लंकेश्वर

[उपन्यास]

लंकेश्वर

मदनमोहन शर्मा 'शाही'

राधाकृष्ण प्रकाशन

ISBN : 978-81-8361-451-1

लंकेश्वर

पहला संस्करण : 1990
पहला राधाकृष्ण संस्करण : 2011
चौथा संस्करण : 2019

मूल्य : ₹ 1395

प्रकाशक
राधाकृष्ण प्रकाशन प्राइवेट लिमिटेड
जी-17, जगतपुरी, दिल्ली-110 051

शाखाएँ : अशोक राजपथ, साइंस कॉलेज के सामने, पटना-800 006
पहली मंज़िल, दरबारी बिल्डिंग, महात्मा गांधी मार्ग, इलाहाबाद-211 001
36 ए, शेक्सपियर सरणी, कोलकाता-700 017

वेबसाइट : www.radhakrishnaprakashan.com
ई-मेल : info@radhakrishnaprakashan.com

मुद्रक
बी.के. ऑफसेट
नवीन शाहदरा, दिल्ली-110 032

LANKESHWAR
Novel by Madan Mohan Sharma 'Shahi'

पूज्य पिता श्री नारायण प्रसाद एवं स्वर्गीय माँ कलावती देवी
के चरण-कमलों में सादर सहृदय भेंट

सस्नेह सीता (पत्नी)
टीटू (अमिताभ), मनोज (पुत्र) एवं पुत्री कल्पना को

दो शब्द

सार्वभौम सम्राट रावण के उदात्त एवं पांडित्यपूर्ण चरित को उद्धृत करती हुई यह बृहद् औपन्यासिक रचना मेरे दस वर्षों के निरन्तर अध्ययनरत रहने का पर्याय है। मैंने रावण को मानव-मूल्यों में व्याख्यायित करते हुए बिलकुल नवीन दृष्टि से देखा है। रावण सम्बन्धी जानकारी प्राप्त करने में मेरी दृष्टि जहाँ तक पहुँचने में सक्षम हुई वहाँ से सामग्री सुलभ करने में मैंने अपनी ओर से कोई कमी नहीं रहने दी है। परन्तु इस रचना की सार्थकता तभी सिद्ध होगी जब यह आपकी पैनी और तीखी नजरों में खरी उतरे।

–मदनमोहन शर्मा 'शाही'

भूमिका

आण्विक युद्ध की तार्किक प्रस्तुति

इसमें कोई दो मत नहीं कि राम-रावण युद्ध केवल धनुष-बाण और गदा जैसे अस्त्रों तक सीमित नहीं था। विभिन्न रामायणों, रामायण विषयक सन्दर्भ ग्रंन्थों और मदनमोहन शर्मा 'शाही' के तीन खंडों में छपे बृहद् उपन्यास 'लंकेश्वर' में दिए उल्लेखों से यह साफ हो जाता है कि रामायण काल में वैज्ञानिक आविष्कार चरमोत्कर्ष पर था। वायुयान, प्रक्षेपास्त्र और ब्रह्मास्त्र, जिन्हें हम वर्तमान सन्दर्भ में परमाणु बम कह सकते हैं, का सफल आविष्कार हो चुका था। राम और रावण दोनों के सेनानायकों ने इन भयंकर आयुधों का खुलकर प्रयोग भी किया। लंकेश्वर उपन्यास को ही प्रमुख आधार बनाकर 'रावण' धारावाहिक का प्रसारण जीटीवी पर किया गया है जिसमें राम और रावण के चरित्र को सामान्य मनुष्य की तरह विकसित होते दिखाया गया है।

लंका उस युग में सबसे सम्पन्न देश था। लंकाधीश रावण ने नाना प्रकार की विधाओं के पल्लवन के लिए यथोचित धन व सुविधाएँ भी उपलब्ध कराई थीं। रावण के पास लड़ाकू वायुयानों और समुद्री जलपोतों के बेड़े थे। प्रक्षेपास्त्र और ब्रह्मस्त्रों का अटूट भंडार व इनके निर्माण में लगी अनेक वेधशालाएँ थीं। दूर संचार यन्त्र भी लंका में उपलब्ध थे। किन्तु राम-रावण युद्ध केवल राम और रावण के बीच युद्ध न होकर एक विश्व युद्ध था। जिसमें उस वक्त की समस्त विश्व शक्तियों ने अपने-अपने मित्र देश के लिए लड़ाई लड़ी। परिणामस्वरूप ब्रह्मस्त्रों के विकट प्रयोग से लगभग समस्त वैज्ञानिक अनुसन्धानशालाएँ और उनके अध्येता काल-कवलित हो गए। यही कारण है कि हम कालान्तर में हुए महाभारत युद्ध में भी वैज्ञानिक आविष्कारों को रामायण काल की तुलना में उत्कृष्ट व सफल नहीं देख पाते हैं।

मदनमोहन शर्मा 'शाही' द्वारा लिखे गए उपन्यास 'लंकेश्वर' में तीन खंड हैं। लेखक ने पहले खंड को 'दिग्विजय', दूसरे खंड को 'वाग्धारा' तथा तीसरे खंड को 'मुक्ति खंड' नाम दिया है। हालाँकि इस अत्यन्त रोचक और अद्भुत रहस्यों से भरे उपन्यास को पढ़ने से एकाएक विश्वास नहीं होता कि राम-रावण युद्ध के दौरान विज्ञान चरमोत्कर्ष पर था लेकिन लेखक ने पुराणकालीन ग्रन्थों और विभिन्न रामायणों व अनेक विद्धानों की खोजों का जो फुटनोटों में ब्यौरा दिया है उससे यह विश्वास करना ही पड़ता है कि उस युग में विज्ञान चरमोत्कर्ष पर था। राम-रावण युद्ध दो संस्कृतियों के अस्तित्व की कायमी के लिए लड़ा गया भीषण आणविक युद्ध था जिसमें विश्व की समस्त शक्तियों ने भागीदारी की थी।

यह तो सर्वविदित है और सभी रामायणें निर्विवाद रूप से स्वीकार करती हैं कि रावण के पास पुष्पक विमान था और रावण सीता को इसी विमान में बिठाकर अपहरण

कर ले गया था। 'लंकेश्वर' में वायुयानों का उस युग में उपलब्ध होने का विस्तृत ब्यौरा है—गंधमादन पर्वत, जहाँ गृध्रों की नगरी थी। यहाँ के गृध्रराज भूमि, समुद्री व आकाशीय मार्ग पर भी अधिकार रखते थे। यह नगरी सम्राट सम्पाति के पुत्र सुपार्श्व की थी। सम्पाति राजा दसरथ के सखा थे। सम्पाति वैज्ञानिक था। उसने छोटे-बड़े वायुयानों और अन्तरिक्ष यात्री की वेशभूषा का निर्माण किया था। सुपार्श्व ने ही हनुमान को लघुयान में बैठाकर समुद्र लंघन कराकर त्रिकूट पर्वत पर विमान उतारा था। त्रिकूट पर्वत लंका की सीमा परिधि में था। सुपार्श्व के पास आग्नेयास्त्र भी थे जिससे प्रहार कर हनुमान ने नागमाता सुरसा को परास्त किया था। इस अस्त्र के प्रयोग से समुद्र में आग लगी और नाग जाति जलकर नष्ट हो गई। त्रिकूट पर्वत के पहले मैनाक पर्वत था। जिसमें रत्नों की खानें थीं। रावण इन रत्नों का विदेश-व्यापार करता था। लंका की सम्पन्नता का कारण भी यही खानें थीं। सुपार्श्व ने राम-रावण युद्ध में राम का साथ दिया।

लंका में ऐसे वायुयान भी थे, जो आकाश में खड़े हो जाते थे और आलोप हो जाते थे। इनमें चालक नहीं होता था। ये स्वचालित थे। उस समय आठ प्रकार के विमान थे जो सौर्य ऊर्जा से संचालित होते थे। वेदों में विमान निर्माण की विधि बताई गई है। भारद्वाज ऋषि द्वारा लिखित पुस्तक 'आशु बोधिनी' में भी वायुयान निर्माण व उनके संचालन की विधियों का उल्लेख है।

रावण पुत्र मेघनाद की निकुम्भिला वेधशाला थी जिसमें प्रतिदिन एक दिव्य रथ अर्थात् एक लड़ाकू विमान का निरन्तर निर्माण होता रहता था। मेघनाद के पास ऐसे विचित्र विमान भी थे जो आँख से ओझल हो जाते थे और फिर धुआँ छोड़ते थे। जिससे दिन में भी अन्धकार हो जाता था। यह धुआँ विशाक्त गैस अथवा अश्रु गैस होती थी। ये विमान नीचे आकर बमबारी भी करते थे।

मेघनाद की वेधशाला में 'शस्त्रयुक्त स्यंदन' (राकेट) का भी निर्माण होता था। मेघनाद ने युद्ध में जब इस स्यंदन को छोड़ा तो यह अन्तरिक्ष की ओर बहुत तेज गति से बढ़ा। इन्द्र और वरुण स्यंदन शक्ति से परिचित थे। उन्होंने मातलि को संकेत कर दूसरा शक्तिशाली स्यंदन छुड़ाया और मेघनाद के स्यंदन को आकाश में ही नष्ट कर दिया और इसके अवशेष को समुद्र में गिराया।

लंका में यानों की व्यवस्था प्रहस्त के सुपुर्द थी। यानों में ईंधन की व्यवस्था प्रहस्त ही देखता था। लंका में सूरजमुखी पौधे के फूलों से तेल (पेट्रोल) निकाला जाता था (अमेरिका में वर्तमान में जोजाबा पौधे से पेट्रोल निकाला जाता है)। अब भारत में भी रतनजोत के पौधे से तेल बनाए जाने की प्रक्रिया में तेजी आई है। लंकावासी तेल शोधन में निरन्तर लगे रहते थे।

इन लड़ाकू विमानों को नष्ट करने के लिए रावण के पास भस्मलोचन जैसा वैज्ञानिक था जिसने एक विशाल 'दर्पण यन्त्र' का निर्माण किया था इससे प्रकाशपुंज वायुयान पर छोड़ने से यान आकाश में हो नष्ट हो जाते थे।

लंका से निष्कासित किए जाते वक्त विभीषण भी अपने साथ कुछ दर्पण यन्त्र ले आया था। इन्हीं 'दर्पण यन्त्रों' में सुधार कर अग्निवेश ने इन यन्त्रों को चौखटों पर कसा और इन यन्त्रों से लंका के यानों की ओर प्रकाशपुंज फेंका जिससे लंका की यान शक्ति नष्ट होती चली गई। बाद में रावण ने अग्निवेश की इस शक्ति से निपटने के

लिए सद्धासुर वैज्ञानिक को नियुक्त किया।

श्री शाही का कहना है, रामायणकाल में इन अद्‌भुत शक्तियों को अलौकिक व ऐन्द्रिय कहकर इनका महत्त्व ही समाप्त करने की साजिश की गई। जबकि ये शक्तियाँ ज्ञान का वैज्ञानिक बल थीं। जिसमें मेघनाद ब्रह्म विद्या का विशारद था। उसका पांडित्य रावण से भी कहीं बढ़कर था। जिसे वाल्मीकि ने मायावी शब्द की टोपी पहनाकर तत्त्वदर्शन के मूल तत्त्व को ही नष्ट कर दिया।

विस्फोटक व विध्वंसक अस्त्रों का तो इस युद्ध में खुलकर प्रयोग हुआ जिसमें ब्रह्मास्त्र सबसे खतरनाक था। इन्द्र ने शंकर से राम के लिए दिव्यास्त्र और पशुपतास्त्र माँगे थे। इन अस्त्रों को देते हुए शंकर ने अगस्त्य को चेतावनी देते हुए कहा, "अगस्त्य तुम ब्रह्मास्त्र का ज्ञाता हो और रावण भी। कहीं अणुयुद्ध हुआ तो वर्षों तक प्रदूषण रहेगा। जहाँ भी विस्फोट होगा वह स्थान वर्षों तक निवास के लायक नहीं रहेगा। इसलिए पहले युद्ध को मानव कल्याण के लिए टालना?" लेकिन अपने-अपने अहं के कारण युद्ध टला नहीं। ब्रह्मास्त्र के प्रस्तुत परिणामों से स्पष्ट हो जाता है कि ब्रह्मास्त्र परमाणु बम ही था।

राम द्वारा सेना के साथ लंका प्रयाण के समय द्रुमकुल्य देश के सम्राट समुद्र ने रावण से मैत्री होने के कारण राम को अपने देश से मार्ग नहीं दिया तो राम ने अगस्त्य के अमोघ अस्त्र ब्रह्मास्त्र को छोड़ दिया जिससे पूरा द्रुमकुल्य (मरुकान्तार) देश नष्ट हो गया। यह अमोघ अस्त्र हाइड्रोजन बम अथवा एटम बम ही था। मेघनाद की वेधशाला में शीशे (लेड) की भट्‌ठियाँ थीं। जिनमें कोयला और विद्युत धारा प्रवाहित की जाती थी। इन्हीं भट्‌ठियों में परमाणु अस्त्र बनते थे। और नाभिकीय विखंडन की प्रक्रिया की जाती थी।

युद्ध के दौरान राम सेना पर सद्धासुर ने ऐसा विकट अस्त्र छोड़ा जो सम्भवतः ब्रह्मास्त्र से भी ज्यादा शक्तिशाली था, जिसने सुवेल पर्वत की चोटी को सागर में गिराते हुए सीधे दक्षिण भारत के गिरी को समुद्र में गिरा दिया। सद्धासुर का अन्त करने के लिए अगस्त्य ने सद्धासुर के ऊपर ब्रह्मास्त्र छुड़वाया। जिससे सद्धासुर और अनेक सैनिक तो मारे ही गए लंका के शिव मंदिर भी विस्फोट के साथ ढहकर समुद्र में गिर गए। दोनों ओर से प्रयोग की गई ये भयंकर परमाणु शक्तियाँ थीं। इस सिलसिले में डॉ. चांसरकर ने ताजा जानकारी देते हुए अपने लेख में लिखा है, पांडुनीडि का भाग या इससे भी अधिक दक्षिण भारत का भाग इस परमाणु शक्ति के प्रयोग से सागर में समा गया था और राम द्वारा 'करूणागल' के स्वर्ण और रत्नों से भरे शिव मंदिर स्वर्ण अट्टालिकाएँ भीषण विस्फोटों से सागर में गिर गईं। इन विस्फोटों से लंका का ही नहीं अपितु भारत का भी यथेष्ठ भाग सागर में समा गया था और लंका से भारत की दूरी उस भू-भाग के नष्ट होने से बढ़ गई थी। नल-सेतु (जल डमरूमध्य) का भाग भी रक्ष रणनीतिज्ञों ने नष्ट कर दिया होगा। यही कारण है कि त्रिकूट पर्वत की चोटियाँ भी तिरूकोणमलै के भाग के साथ लंका के सागर में समा गई होंगी और समुद्र भी गहरा गया होगा। इसका कारण यह भी हो सकता है कि युद्ध के बाद अवशेष बम आदि सामग्री को नष्ट करने के लिए अगस्त्य ने समुद्र में ही विस्फोट कराकर लंका से विदा ली हो, जिससे सागर गहरा हो गया क्योंकि वाल्मीकि रामायण में उथले उदधि और यहाँ नावें नहीं चल सकती का उल्लेख हनुमान करते हैं। अब गहरे पानी में बैठकर पनडुब्बियों से तिरूकोणमलै के रामायणकालीन शिव मंदिरों के कई अवशेष खोज निकाले हैं। डिस्कवरी चैनल द्वारा इन अवशेषों का बड़ा सुन्दर

प्रस्तुतिकरण किया गया है। अब तो अमेरिकीय अन्तरिक्ष एजेंसी 'नासा' ने त्रेतायुगीन इस ऐतिहासिक पुल को खोज निकालकर इसके चित्र भी दुनिया के सामने प्रस्तुत कर दिए हैं। शोधों से पता चला है कि पत्थरों से बना यह पुल मानव निर्मित है। इस पुल की लम्बाई लगभग तीस किलोमीटर बताई गई है। यह पुल लगभग 17 लाख 50 हजार साल पुराना आधुनिक वैज्ञानिक तकनीक के आधार से आँका गया है। नवीनतम दूरसंवेदन तकनीक से इस सेतु के चित्र लिए गए हैं। अब यह सेतु राम-रावण युद्ध के प्रमाण का साक्षात उदाहरण बन गया है, जिसे झुठलाया नहीं जा सकता।

जब रावण अपने अन्त समय से पहले वेधशाला में दिव्यरथ के निर्माण में लीन था तब अग्निवेश ने अग्निगोले छोड़कर वेधशाला और उसके पूरे क्षेत्र को नष्ट करने की कोशिश की। ये अग्निगोले थर्माइट बम थे जिसके प्रहार से इस्पात की मोटी चादर तक क्षण मात्र में पिघल जाती थी। लंका के हेम मंदिर, हेमभूषित इन्हीं अग्निगोलों से पिघली थी।

रावण के प्राणों का अन्त जब अगस्त्य का ब्रह्मास्त्र नहीं कर सका तो राम ने रावण पर ब्रह्मा द्वारा आविष्कृत ब्रह्मास्त्र छोड़ा जो बहुत ही ज्यादा शक्तिशाली था। इससे रावण के शरीर के अनेक टुकड़े हो गए और वह मृत्यु को प्राप्त हो गया।

इस विश्व युद्ध में छोटे-मोटे अस्त्रों की तो कोई गिनती ही नही थी। ये अस्त्र भी विकट मारक क्षमता के थे। शम्बूक ने 'सूर्यहास खड्ग' का अपनी वेधशाला में आविष्कार किया था। इस खड्ग की विशेषता थी—सौर ऊर्जा संग्रहण। जैसे ही इनका प्रयोग शत्रु दल पर किया जाता वह सूर्यहास खड्ग से चिपक जाते। यह खड्ग शत्रु का रक्त खींच लेता। और चुम्बक नियन्त्रण शक्ति से धारक के पास वापस आ जाता। लक्ष्मण ने खड्ग को छीनने के लिए विश्वासघात कर शम्बूक की हत्या की।

लंका के द्वार पर 'दारू पंच अस्त्र' स्थापित थे, इनका आविष्कार शुक्राचार्य भार्गव ने किया था। जिसे 'रूद्र कीर्तिमुख' का नाम भी दिया गया था। इस यन्त्र की विशेषता थी कि जो गतिविधि शत्रु करता था उसका पूरा चित्र इस यन्त्र पर उभर आता था और इसके मुख से अग्निगोला निकलता और शत्रु का संहार करता। यह कीर्तिमुख सम्भवतः यन्त्र मानव था। रावण धारावाहिक में सुमाली जब सुमालीलाट लौट रहा होता है तब इन्द्र सुमाली की गतिविधियों को इसी 'कीर्तिमुख अस्त्र' से देखते हैं और सुमाली के संहार के लिए अग्निगोला छोड़ते हैं। इसी वक्त इस घटना को शिव देख रहे होते हैं और वे सुमाली की रक्षा के लिए इस गोले को बीच में ही नष्ट कर देते हैं।

राम ने वैष्णव चाप पर आग्नेयास्त्र और प्रक्षेपास्त्र चलाए थे, जो भयंकर विस्फोट के साथ शत्रुओं का नाश करते थे। राम को अग्निवेश ने एक विशिष्ट कांच दिया था जो सम्भवतः दूरबीन था। इसी दूरबीन से राम ने लंका के द्वार पर लगे 'दारूपंच अस्त्र' को देखा और प्रक्षेपास्त्र छोड़कर नष्ट कर दिया।

जब कुम्भकर्ण और लक्ष्मण के बीच संग्राम चल रहा था तब लक्ष्मण ने कुम्भकर्ण पर 'मानवास्त्र' छोड़ा जिसे कुम्भकर्ण ने 'कांचनमालिनी शक्ति' से नष्ट कर दिया। इस शक्ति की विशेषता थी कि इसे छोड़ते ही आठ घंटियाँ मधुर ध्वनि उत्पन्न करती हुई बजती थीं। ये घंटियाँ तत्काल सौर ऊर्जा ग्रहण करती थीं। यह शक्ति वायुवेग से चलती थी और सौर मंडल की विद्युत स्वतः उत्पन्न होती थी। इस अस्त्र से जीवित बचना मुश्किल

ही था क्योंकि शत्रु में विद्युत धारा प्रवाहित हो जाने के कारण शत्रु का अन्त हो जाता था।

कुम्भकर्ण अपने कंठ में 'जीवन रत्न वलय' पहनता था। इस यन्त्र की विशेषता थी कि इससे चकाचौंध करती हुई किरणें निकलती थीं, उनके कारण शत्रु के अस्त्र ठहर नहीं पाते थे। लक्ष्मण ने जब कुम्भकर्ण पर 'अर्धनाराच' छोड़ा तो कुम्भकर्ण ने 'अर्धनाराच' को इसी वलय से किरणें निकालकर नष्ट किया। लक्ष्मण ने शम्बूक से छीने अस्त्र 'चंद्रहास खड्ग' का भी कुम्भकर्ण पर बार किया जिसे कुम्भकर्ण ने शूल के प्रहार से काट दिया। बाद में कुम्भकर्ण ने लक्ष्मण पर 'मोक्खशक्ति' छोड़ी जिसका जवाब लक्ष्मण के पास नहीं था और लक्ष्मण घायल हो गए।

'श्री रामचरितमानस' में तुलसीदास ने कुम्भकर्ण को विशालकाय राक्षस व आलसी बताकर उसके चरित्र की हत्या ही कर दी। तुलसीदास ने कुम्भकर्ण को ऐसा आलसी निरूपित किया जो छह माह सोता रहता था और एक दिन के लिए भोजन आदि क्रियाओं के लिए उठता और फिर सो जाता। जबकि वास्तविकता यह थी कि कुम्भकर्ण राष्ट्रभक्त तो था ही एक वैज्ञानिक भी था। वह अपनी वेधशाला में अपनी पत्नी वज्रज्वाला के सहयोग से निरन्तर आविष्कार करने में लगा रहता था। ऐसे में वह खाने-पीने की सुध भी भूल जाता था और अपनी वेधशाला से कम ही बाहर निकलता। कुम्भकर्ण अपनी वेधशाला में यन्त्र मानव (रोबोट) दारूपंच अस्त्र (राडर) दर्पण (दूरदर्शन जैसा यन्त्र) व अणुअस्त्रों के निर्माण में लगा रहता था। कुम्भकर्ण की यन्त्र मानव कला को 'ग्रेट इन्डियन' पुस्तक में 'विजार्ड आर्ट' का दर्जा दिया है। इस कला में रावण की पत्नी धान्यमालिनी भी पारंगत थी, जो राम-रावण युद्ध के समय गर्भवती थी। रावण की मृत्यु के बाद धान्यमालिनी ने अरिमर्दन नाम के एक पुत्र को जन्म दिया जो वीर और प्रतापी था। विभीषण को इसी अरिमर्दन ने पदच्युत किया और लंका की पुनः सत्ता सँभालकर लंकाधीश कहलाया व रावण द्वारा स्थापित मूल्यों की पुनर्स्थापना की।

रावण ने जब इस युद्ध का पटापेक्ष करने के लिए निर्णायक लड़ाई लड़ी तो धान्यमालिनी ने राम की सेना पर मकरमुख, आशी विषमुख, वाराह मुख जैसे विध्वंसकारी अस्त्रों का प्रयोग किया। इन अस्त्रों से छूटनेवाले आयुधों में अग्निदीप्तिमुख प्रमुख था। जो छोड़ने पर सौर मंडल की ओर सीधा जाता फिर किसी नक्षत्र के समान चमकता और आकाश में ही टूटता। फिर सीधा पृथ्वी की ओर गिरकर शत्रु का नाश करता। अन्त में राम ने रावण से छुटकारा पाने के लिए ब्रह्मा का दिया हुआ ब्रह्मास्त्र छोड़ा जिससे रावण वीरगति को प्राप्त हुआ।

अगस्त्य ने राम के हितार्थ शंकर से 'अजगव धनुष' माँगा था। इस धनुष को एक पैटन टैंक माना है। धनुष की व्याख्या करते हुए लेखक 'लंकेश्वर' में लिखते हैं—'चाप' अभी बंदूक के घोड़े (ट्रेगर) के लिए उपयोग में लाया जाता। चाप ट्रेगर का ही पर्यायवाची होकर अजगव धनुष है। पिनाक धनुष में ये सब अनेक पहियोंवाली गाड़ी पर रखे रहते थे तब चाप चढ़ाने अथवा घोड़ा (ट्रेगर) दबाने से भयंकर विस्फोट करते हुए शत्रुओं का विनाश करते थे।

राम और रावण की सेनाओं के पास भुशुंडी (बंदूक) थीं। कुछ सैनिकों के पास स्वचालित भुशुंडियाँ भी थीं। रावण ने एक छत्र का भी निर्माण किया था जिसे 'ब्रह्म-छत्र'

कहा जाता था। संकटकालीन स्थिति में इस छत्र से लंका को ढक दिया जाता था जिससे लंका में अन्धकार हो जाता था और शत्रु को एकाएक लंका दिखाई नहीं देती थी। सम्भवतः इस छत्र का निर्माण वायुयानों से छोड़े जाने वाले विस्फोटकों से बचने के लिए किया गया होगा। वैसे इस तरह के छत्र का निर्माण अभी दुनिया में नहीं हुआ है।

लंका में दूरसंचार यन्त्रों का भी निर्माण होता था। दूरभाष की तरह उस युग में 'दूर नियन्त्रण यन्त्र' था जिसे 'मधुमक्खी' कहा जाता था। जब इससे वार्ता की जाती थी तो वार्ता से पूर्व इससे भिन-भिन की ध्वनि प्रकट होती थी। सम्भवतः इसी ध्वनि प्रस्फुटन के कारण इस यन्त्र का नामकरण मधुमक्खी किया गया होगा। ये यन्त्र लंका के विशिष्ट अधिकारियों और राजपरिवार के लोगों के पास रहते थे। विभीषण ने लंकाधीश बनने की उत्कृष्ट लालसा को पूरी करने के लिए सीता को भी एक मधुमक्खी यन्त्र दे दिया था। जिस पर संवाद जारी रखते हुए सीता ने विभीषण को फोड़ लिया। बाद में अशोक वाटिका में मेघनाद ने इस यन्त्र को पकड़ लिया और रावण के सामने काका विभीषण के राज्यद्रोही होने की पोल खोल दी। फलस्वरूप रावण ने विभीषण को लंका से निष्कासित कर दिया था। वैसे लंका की संहिता के अनुसार राज्यद्रोह का दण्ड मृत्युदंड था लेकिन छोटा भाई होने के कारण उसे क्षमा दान दे दिया। पर विभीषण इतना कृतघ्न निकला कि वह लंका से प्रयाण करते समय मधुमक्खी और दर्पण यन्त्रों के अलावा अपने चार विश्वसनीय मन्त्री अनल, पनस, सम्पाति और प्रभाति को भी अपने साथ राम की शरण में ले गया और राम की हितपूर्ति के लिए रावण के विरुद्ध इन यन्त्रों का उपयोग भी किया। दर्पण यन्त्र अन्धकार में प्रकाश का आभास प्रकट करता था, जिसे ग्रन्थों में 'त्रिकालदृष्टा' कहा गया है। लेकिन यह यन्त्र 'त्रिकालदृष्टा' नहीं बल्कि दूरदर्शन जैसा कोई यन्त्र था।

लंका के दस हजार सैनिकों के पास 'त्रिशूल' नाम के यन्त्र थे। जो दूर-दूर तक सन्देश का आदान-प्रदान करते थे। सम्भवतः ये त्रिशूल वायरलैस ही होंगे। लंका में यान्त्रिक सेतु, यान्त्रिक कपाट और ऐसे चबूतरे भी थे जो बटन दबाने से ऊपर नीचे होते थे। चबूतरे सम्भवतः लिफ्ट थे।

राम-रावण युद्ध में प्रयोग में लाई गई शक्तियों को मायावी या दैवीय-शक्ति कहकर उनके वास्तविक महत्त्व, आविष्कार के ज्ञान व सामर्थ्य को सर्वथा नकार दिया गया। वास्तव में ये विध्वंसकारी परमाणु अस्त्र और अद्‌भुत भौतिक यन्त्र थे। इनकी सूक्ष्म और यथार्थ विवेचना के लिए इनके रहस्यों को समझना अभी शेष है। हालांकि 'रावण' धारावाहिक में वैज्ञानिक आविष्कारों और उनकी क्षमता का प्रस्तुतिकरण ठीक से किया गया है। इस दिशा में हमारे वैज्ञानिकों और विज्ञान अध्येताओं को पहल करनी चाहिए। इस धारावाहिक के पटकथा लेखक चन्दनसिंह का कहना है कि धारावाहिक की साठ प्रतिशत आधार सामग्री लंकेश्वर से ली गई है।

लंकेश्वर में विशिष्ट विज्ञान सम्मत अनुसन्धानों की तार्किक व्याख्या के लेखक मदनमोहन शर्मा 'शाही' का मानव-सेवा में लीन रहते हुए एक दुर्घटना में 27 अगस्त, 1987 को निधन हो गया है।

16 फरवरी, 2009

प्रमोद भार्गव

अनुक्रम

दिग्विजय खंड

चारों ओर बर्फ-ही-बर्फ और उसके बीच घुमावदार पगडंडियाँ तथा इन सँकरी वीथिकाओं के सहारे खड़े वृक्ष। मनुष्य को प्रकम्पित कर देनेवाली शीत लहर। किसी एकाध स्थान पर तप करते हुए विद्याधर, ब्राह्मण, ऋषि। कहीं-कहीं कुलाँचें भरते हुए कस्तूरी मृग—जिन्हें देखकर नवपरिणीता मन्दोदरी का मन पुलक उठता है। वह अपने स्वामी रावण के साथ उसके इष्टदेवता के धाम (कैलास पर्वत) पर जा रही है।

रावण प्रसन्नचित्त धीरगति से चल रहा है। वह कभी-कभी गम्भीर होकर मन्दोदरी से पूछता है, ''देवी को कहीं कष्ट तो नहीं हो रहा?''

''नहीं तो! आपने अभी-अभी तो मुझे कन्धे से उतारा है—कहीं कन्धा तो नहीं दुख रहा आपका?'' होंठों पर हास्य लाते हुए कहा।

''नहीं, मेरी भुजाओं में शक्ति है।''

''आप पुरुष हैं न, इसलिए। हम नारियों को इतना बलवान नहीं बनाया विधाता ने।''

''विधाता ने पुरुष को इसीलिए शक्तिवान बनाया है कि तुम मेरी शक्ति से अर्थात् अपने पति की शक्ति से बलवती कहलाओगी।''

''सुना है, लोग आपके खड्ग के आगे नतमस्तक हो जाते हैं और आप किसी भी नरेश से कभी-कभी अकेले ही लोहा ले लेते हैं!''

''अभी तो रावण की महत्त्वाकांक्षा लोकपालों को जीतने की है।''

''वे देवता जाति के लोग हैं, उनके पास सैन्यबल सर्वाधिक है, उनकी शक्ति अपार है—उन्हें सम्भवतः न हरा सको?''

''रावण को रक्षेन्द्र की उपाधि धारण करना है और वह तभी पूर्ण हो सकती है जबकि देव जाति के सम्राट इन्द्र को श्वेत द्वीप (ईरान) जाकर पराजित कर दिया जाए।''

''हाँ, स्मरण हुआ, मेरे तात कहा करते थे, देव-दानव संग्राम (मात्र जातीय संघर्ष है) में दैत्य कुल के पराजित होने पर उन्हें नया उपनिवेश बसाना पड़ा। उन्होंने बताया था कि समुद्री धारा में कई माह बहने के बाद उन्हें भूखंड दिखाई दिया और वहाँ उन्होंने अपने परिजनों को बसाया, बाद में जिसका नाम ही मयदेश (अमेरिका) पड़ गया।''

''तेरे तात तो कुशल शिल्पी भी हैं। उन्होंने बड़े-बड़े राजप्रासाद, अट्टालिका, तड़ाग आदि का सुन्दर निर्माण किया है।''

''आप मेरे पितृकुल से सुन्दर प्रासाद क्यों नहीं बनवा लेते?''

''वर्तमान में तो विशाल भवन ही है। देखोगी तो दंग रह जाओगी देवी!''

''अच्छा!'' आश्चर्य के साथ ही मन्दोदरी कह पाई थी कि तभी हाथ में खड्ग लिए एक पिशाच निकला। उसने पूछा, ''कहाँ जाते हो भद्र?''

"रुद्र के पास।" रावण ने कहा।

"साथ में कौन है?"

"मेरा वामांग है। अभी-अभी इसके पिता ने मुझे अर्पण किया है।"

"नाम क्या है तुम्हारा व इसका?"

"रावण व मन्दोदरी।"

"ओह, हमारे प्रभु (मात्र सम्बोधन है श्रीमान् की भाँति) का भक्त महान् तपस्वी रावण!" फिर हँसकर कहा, "भ्रम हो गया था तुम्हारे वामांग को देखकर। ऐसा लगा, जैसे पार्वती ही हों!" रुककर फिर कहा, "जाओ, तपस्वी! जाओ। आज शूलगव है, उत्सव होगा। यमुना तीर के नाग भी आए हैं, संगीत की बरखा होगी—जा भद्र, आज द्वार खुला है।"

थोड़ी देर चलकर मन्दोदरी ने हँसकर कहा, "आओ, तनिक विश्राम कर लें।"

रावण मन्दोदरी के साथ एक शिलाखंड पर बैठ गया। तब उसने मन्दोदरी की ओर देखते हुए कहा, "तुम परम सुन्दरी हो, गोरी हो—तभी तो उस आदमी ने तुम्हें पार्वती के अनुरूप बताया!" मन्दोदरी लाज से गड़-सी गई। फिर रावण ने उसके श्रृंगार की ओर देखा— हाथों में चूड़े व फूलों के गजरे, वक्ष पर श्वेत रंग की महीन कंचुकी जिस पर मोतियों का हार जिसके बीच-बीच में रत्न जड़े थे, पतली कमर पर चार बालिश्त चौड़ी रसना झूल रही थी। घुटनों तक लाल रंग का वस्त्र बँधा हुआ था। पिंडल प्रदेश अति सुन्दर व टखनों पर कड़े सुशोभित हो रहे थे। अँगुलियों में हीरे की अँगूठियाँ, आँखों में काजल और अधरों पर लाल रंग रचा था। रावण ने सहसा मुख चूम लिया और कहा, "सम्भवतः तुम्हारी माँ के अनुरूप हो तुम?"

"हाँ, मेरे तात भी यही कहते हैं कि मैं अपनी माँ हेमा पर गई हूँ। वह भी अत्यन्त सुन्दर थी।"

"क्यों न होगी! हेमा का अर्थ ही स्वर्ण होता है परन्तु वह तुम्हारे साथ नहीं है क्या!"

"तात कहते हैं, वह विश्वकर्मा की पुत्री होकर अप्सरा कुल की थी। वह भी नृत्य-प्रवीणा थी। एक बार महादेव के यहाँ अपार्थिव नृत्य किया जिससे प्रसन्न होकर देवाधिदेव (राजा का सम्बोधन मात्र है। राजा ही प्रभु व भगवान कहलाता था) ने दक्षिण-पश्चिम में एक ऋक्ष नगर दिया जो कि समुद्र-तट पर है तथा इस नगर के दुर्गम गुफाओं के बीच होने से इसका चलता नाम बिल (गुफा) पड़ गया है।"

"अच्छा, वर्तमान में कहाँ है तेरी माँ?" रावण ने प्रश्न किया।

"उसे इन्द्र हर ले गया।" उदासी के साथ मन्दोदरी ने कहा।

"कैसे?" रावण ने आश्चर्य के साथ पूछा।

"वह मेरी माँ की दासी स्वयंप्रभा कहती थी कि मेरी माँ एक दिन अपने पिता से मिलने जा रही थी कि मार्ग में इन्द्र मिल गया और वह उस पर आसक्त हो गया। माँ तथा दासी ने दानव पत्नी के पतिव्रत होने की बात कही एवं बार-बार अनुनय-विनय किया परन्तु वह देवताओं का राजा बोला—'दानव पत्नियों का कोई पतिव्रत धर्म नहीं होता।' और उसका हरण कर ले गया। मेरी माँ शिव को ही ब्रह्म कहती थी।" मन्दोदरी की आँख में पानी आ गया।

"इन्द्र! दानवों का शत्रु इन्द्र, नागों का अरि इन्द्र, अहल्या का शील भंग करनेवाला ऋषि कुल-कलंकी इन्द्र तथा ब्राह्मणों को नरेश न बनने देनेवाला इन्द्र, देवाधिदेव को अनार्य कहनेवाला इन्द्र, द्राविड़ वृत्र का वध करनेवाला इन्द्र, मुझ ब्राह्मण वंशी से परास्त होगा देवी!"

"नहीं, आर्य नृप उसके पक्ष में हैं। उसका धाम भी बहुत दूर है। वह बड़ा लोकपाल है।

उसका लोक (लोक का अर्थ वह भू-भाग है जोकि एक नृप की राजधानी अथवा उसके देश की राज्य-सीमाओं के भीतर हो) शूरवीरों से रक्षित है। देव जाति के पास अधुनातम आयुध हैं। उसकी कूटनीति भी महान् है। उसे हराना असम्भव है?''

''नहीं, रावण नीतिविद् है। वह परशुराम-काल (सत्युग) के ब्राह्मण-अब्राह्मण के भेद को नष्ट करेगा। पणिओं को भी अपनी ओर करेगा, आर्येतर जातियाँ—नाग, पिशाच, गन्धर्व, किन्नर, यक्ष तथा विश्वामित्र व वसिष्ठ द्वारा दक्षिण की ओर निष्कासित किए गए आर्यों को भी अपने कटक में सम्मिलित करेगा।''

''आप वह सब न कर सकेंगे विद्याधर!'' मन्दोदरी ने निःश्वास छोड़ते हुए कहा।

''नहीं, रावण असाम्य को साम्य करेगा। गरुड़ नागों के शत्रु हैं और आर्य- अनार्यों के और नीति कहती है—असाम्य की जड़ शोषण में है और शत्रु पक्ष अपने अरि के शत्रु से तत्काल मैत्री करता है। अभाव का जन्म असाम्य से होता है तथा सभी अभाववाले मनुष्यों का मिलान अतिशीघ्र होता है। वे तत्काल एकजुट हो जाते हैं। रावण बहिष्कार और शोषण के विरुद्ध खड्ग चलाएगा देवी! मैं सबको बराबर करूँगा!''

''विधाता करे आपकी मनोकामना पूरी हो!'' मन्दोदरी यह शब्द प्रस्फुटित ही कर पाई थी कि किन्नरियों तथा गन्धर्वियों का समूह कोलाहल करता हुआ निकला। वे सभी रुचिर वस्त्र धारण किए हुए थीं। वे सब स्वर्ण आभूषणों से लदी हुई थीं। उनके चेहरों पर भाँति-भाँति की चित्रकारी भी हो रही थी। उनके साथ कुछ मनुष्य भी थे जो कि नकली चेहरा (मास्क) लगाए हुए थे। तभी रावण ने उत्कंठा के साथ कहा, ''मन्दू, चल, उत्सव का समय हो रहा है।''

एक वेदी पर मृगचर्म बिछाए प्रभु शंकर बैठे हैं जोकि बाघ चर्म लपेटे हुए हैं। वे अपनी किसी योग मुद्रा में लीन हैं। पार्वती उनके निकट प्रसन्न मुद्रा में वाम भाग में बैठी हैं। त्रिपुरारि के हाथ में त्रिशूल सुशोभित है। नन्दीगण (द्वारपाल) खड़ा हुआ है। निकट के एक आसन पर कार्तिकेय विराजमान हैं। गन्धर्व वाद्य यन्त्रों पर उँगलियाँ चला रहे हैं।

बसन्त ऋतु है और आद्रा नक्षत्र। सन्ध्या होने ही जा रही है। काले-काले बादल छाते जा रहे हैं और वैसे-वैसे ही कैलास धाम में आर्य (बहिष्कृत जन), अनार्य जनसमूह उमड़ता चला जा रहा है। लोकपाल कुबेर, भार्गव परशुराम, सुमाली, प्रहस्त, कुम्भकर्ण, विभीषण सभी यथास्थान खड़े हुए हैं। इसी समय सहसा रावण ने मन्दोदरी के साथ प्रवेश किया तथा खड्ग को रखकर रावण ने षाष्टांग प्रणाम करते हुए द्राविड़ नरेश की इस प्रकार वन्दना की—''हे हर, तुझे नमस्कार! हे दिशाओं के स्वामी, तुझे नमस्कार! हे रुद्र, तेरे क्रोध को नमस्कार! हे धनुषधारी, तुझको नमस्कार! हे सर्वगुण निधान, तुझको नमस्कार! हे नीलग्रीव-सहस्राक्ष, तुझको नमस्कार! हे देवाधिदेव, हे सर्वविद्या विषारद, तुझे भक्त रावण का बारम्बार नमस्कार!''

रुद्र ने धीमे-धीमे लाल नेत्र खोले और हाथ उठाकर आशीर्वाद दिया।

फिर परशुराम ने धीरे-से कहा, ''हे महागुरु! हे सर्वव्यापी! हे अनार्य स्वामी! आज शूलगव पर्व पर अनेक अतिथि-ऋषि, ब्राह्मण, दानव (दैत्य), असुर, किन्नर—सभी उपस्थित हैं और पुलस्त्य कुलभूषण विद्याधर रावण, आपका भक्त भी सपत्नी उपस्थित है। आज का कार्यक्रम कौन सम्पन्न करे, यह आज्ञा चाहते हैं।''

''भृगुकुलनन्दन परशुराम, मेरे शिष्य रावण को आज्ञा दो कि आज वही यह यज्ञ सम्पन्न कराए। तत्पश्चात्, प्रथानुसार नृत्य हो, गान हो।''

सर्वप्रथम रावण ने काले रंग के वृषभ का जौ के पानी से अभिषेक किया और मंत्र पढ़ा,

"रुद्राय महादेवाय जुष्टोवर्धस्व।" तदनन्तर परशुराम ने यज्ञ में अग्नि उत्पन्न की और फिर धान, जौ, तिल, घृत आदि के शांकल से आहुति दी व मंत्रोच्चारण किया, "हराय-कृपाय-शर्वाय-शिवाय-भवाय-महादेवावोग्राय, पशुपतये रुद्राय शंकरायेशानाया अशनये स्वाहा।"

फिर एकसाथ पशुपतिनाथ की जय का घोष हुआ। एकसाथ सहस्रों शंख बज उठे। प्रजा ने अपने नृप पशुपति की परिक्रमा हाथ में वृषभ ध्वज धारण कर की। तत्पश्चात् नन्दि (बैल) को हव्य दिया गया और उसे (किसान यानी कि खेती करनेवाले दास को) कर्षक दान कर दिया गया।

कर्षक को बैल के साथ सबसे आगे किया गया और उसके पीछे-पीछे सभी जन पशुपतिनाथ की जय करते हुए वृषभध्वज़ हाथ में लिए हुए प्रदर्शन कर और नगर-परिक्रमा कर पुनः अपने स्थान पर वापस आ गए। फिर सभी ने सोमरस का पान किया और इसी में एक प्रहर रात्रि बीत गई।

रात्रि को ही प्रभो शंकर के समक्ष यक्षनियाँ सजधजकर उपस्थित हुईं। उन्होंने नकली चेहरे लगाए (मास्क) और किन्नरियों तथा मन्दोदरी को साथ लेकर नृत्य के लिए तत्पर हुईं। रावण ने गन्धर्व से वीणा अपने हाथ में ले ली व उसके तार झंकृत करने लगा और मन्दोदरी, जो कि नृत्य विरासत में लाई थी, वे पाँव स्वतः थिरकने लगे। रावण वीणा बजाता रहा; गन्धर्व, किन्नर ताल दे-देकर झूमने लगे। मात्र नृत्य चलता रहा तथा सहसा शंकर के नेत्र लाल हो हुए। उन्होंने डमरू का नाद किया। कुबेर ने पखाबज पर थाप देना प्रारम्भ कर दी तथा मन्दोदरी कुशल अंग-संचालन करते हुए अनेक मुद्राएँ—मुख, हाथ, पाँव आदि से—बनाते हुए थिरकने लगी। तभी रावण ने ताल तथा लय के साथ शंकर की स्तुति गाना प्रारम्भ करते हुए संगीत सुधा की वर्षा की। किन्तु अचानक वीणा का तार टूट गया और उसी क्षण रावण ने योगबल से अपने हाथ की नस निकालकर तार जोड़ दिया व समाँ बाँधे रखा।

नृत्य समाप्त होते ही पार्वती ने प्रसन्न होकर मन्दोदरी को स्वर्णहार पुरस्कार के रूप में प्रदान किया।

फिर रुद्र ने आशीर्वचन कहे, "आप सब प्रसन्न रहें और विधाता का स्मरण करते रहें। सभी को सम भाव से देखें, कोई बुरा कार्य न करें। सृष्टि सहस्रों वर्ष से चली आ रही है। खंड प्रलय होता है, महाप्रलय होता है तो इस चक्रवात में जितना भूखंड आता है, वहाँ सब कुछ नष्ट हो जाता है तथा जिस भू-भाग पर जो शेष रह जाते हैं वे सब फिर सृष्टि का सृजन करते हैं। उनमें जो श्रेष्ठ होता है वह पुनः प्रभुसत्ता को धारण कर लेता है और उसे ही आगामी पीढ़ी प्रभु या ईश्वर के नाम से पुकारने लगती है तथा जो जिस किसी वृक्ष के नीचे प्रलय में प्राण बचाता है वह उसी गोत्र (टोटम) के आधार पर अपने वंश को अग्रसर करता है। यही विधि का नियम है। पुरुष (द्यो) तथा प्रकृति के संयोग से ही नृ-वंश की उत्पत्ति होती है और उनमें से सैकड़ों प्रजापति, सैकड़ों मनु होते हैं किन्तु जो छत्र को धारण कर लेता है, वही और उसका वंश पुराण (इतिहास) का निर्माण करता है।"

"प्रभो, किन्तु मैं कुछ पूछना चाहता हूँ!" रावण ने कहा।

"वत्स, बोलो, यहाँ संभाषण करने की स्वतन्त्रता है। तर्क से शास्त्र और शस्त्र को बल मिलता है। तर्क और निष्कर्ष ही विज्ञान कहलाता है। कल्पना के बिना जैसे कोई छन्द नहीं रचा जा सकता, वैसे ही कल्पना रूप में यह संसार है तथा इसके मात्रिक एवं गुणात्मक तत्त्व ही प्रकृति के तत्त्व हैं। निःसंकोच कहो वत्स!"

"आपको तो संहारकर्ता कहा जाता है भगवन्!" रावण ने संकोच से कहा।

"मानव, मानव का संहारकर्ता होता है, किसी विधाता की सत्ता का नहीं। जिसने सशरीर धरणी पर जन्म लिया है उसे जरा, जीर्ण एवं मृत्यु की अवस्थाओं से निकलना होगा। हम मनुष्य हैं, हमें अमरता का अधिकार नहीं। संहारकर्ता रुद्र स्वयं भी ब्रह्मा (वरुण) से पराजित हुआ है। वह शक्ति क्या है, कोई नहीं जानता पुत्र!"

"आप और पराजित प्रभो?"

"हाँ, आर्य-संस्कृति के प्रसार-प्रभाव से।"

"किन्तु आर्य तो देवता कहलाते हैं।"

"नहीं, आर्य एक श्रेष्ठ जाति और उनसे भी श्रेष्ठ देव जाति है। देव जाति में एक समूह है; गरुड़ एक जाति-समूह है, जैसे कि हमारी गन्धर्व, किन्नर आदि जातियाँ और हमारी अनार्य (द्राविड़) संस्कृति। आर्य एक संस्कृति है जिसमें वे सभी जातियाँ, गोत्र, कुल सम्मिलित हैं, जो कि आर्य-सत्ता के अधीन हैं, जिनकी रक्षक देव जाति है।"

"गुरुभ्यो क्षमः। आपने रावण को पचपन कलाओं में प्रवीण किया है। वह सर्वगुणसम्पन्न है। क्या वह प्रतिशोध नहीं ले सकता?" परशुराम ने बीच में कहा।

"किससे प्रतिशोध वत्स? त्रिपुरारि ने बहुत संग्राम किए हैं। तप तथा युद्ध में ही जीवन बीता जा रहा है किन्तु संघर्ष समाप्त नहीं हो सका। कुटिल-से-कुटिल चाल हमने चली और वही देव, आर्यों ने चली और फिर सन्धि-शान्ति वार्ताएँ भी चलीं किन्तु देव-दानव (आर्य-अनार्य) का वर्ग-संघर्ष समाप्त न हो सका और न ही होगा क्योंकि आर्य-अनार्य दो विरोधी विचारधाराओं या दो विरोधी संस्कृतियों का संघर्ष है।"

रावण बीच में ही बोला, "मैं एक नई संस्कृति का सृजन करूँगा। मैं आर्य- अनार्य के भेद को समूल नष्ट करूँगा। तिरस्कृत, बहिष्कृत जन का ध्रुवीकरण करूँगा। विश्व-बन्धुत्व की भावना जन-जन के हृदय में जागरित करूँगा और जो भी आर्य छत्रप इस पावन यज्ञ का विरोध करेगा, रावण उससे संग्राम करेगा।"

"इतना बड़ा कार्य कैसे करोगे भ्रातर?" कुबेर ने पूछा।

"रावण यज्ञकर्ताओं तथा कृषिकर्ताओं को एक करने के लिए अपने नाम का 'र' तथा यक्ष का 'क्ष' अक्षर लेकर रक्ष (रक्षा करना) संस्कृति का निर्माण करेगा। ऊँच, नीच (आर्य तथा द्राविड़) के भेद को विनष्ट करेगा।"

"इससे क्या लाभ होगा भ्रातर?" पुनः कुबेर ने पूछा।

"इससे यक्ष तथा रक्ष—दोनों परिजन, भाई, बन्धु, रिश्तेदार—सब एक हो जाएँगे और संगठित होने से हमारी शक्ति बढ़ जाएगी।"

रावण के इस संगठनात्मक सूत्र से शिव प्रसन्न हुए और उन्होंने नाग, किन्नर आदि सभी से कहा, "इस संस्कृति में बन्धुत्व की भावना का बीज है, समता का लक्ष्य है। चाहे कोई आर्य हो या अनार्य, जो स्वेच्छा से चाहे वह इसे ग्रहण करे और यही एकता तुम्हारी शक्ति की परिचायक होकर तुम्हें भविष्य में विजयदायिनी भी सिद्ध होगी।"

"यहाँ एक जाति नहीं, अनेक जातियों के समूह; जैसे—देव, दानव, किन्नर, नर, क्षत्रिय, पणि आदि सब सम्मिलित हैं जिनमें कुछ आर्य भी हैं तथा कुछ अनार्य भी जिनके विचारों में भेद है। कोई आदित्योपासक है, कोई वरुण उपासक है और कोई रुद्रोपासक है। यह सब मिटेगा कैसे?" कुबेर ने पूछा।

"सभी संस्कृतियों का एकीकरण ही रक्ष-संस्कृति का प्रतीक है। मिटाने के लिए रावण धार्मिक है, तपोनिष्ठ है, देशभक्त है तथा राजनीति का पंडित होने के साथ-साथ महान योद्धा है। ब्राह्मण कुल में उत्पन्न यह वीर तथा प्रभो शंकर का भक्त, धन-वैभव एवं राज्य की रक्षा करने में समर्थ है एवं उसका उपभोग करने में भी। इस कारण इस नई संस्कृति, सभ्यता को देवाधिदेव का प्रसाद मानकर आप सब स्वीकार करें।" परशुराम ने कहा।

तभी सुमाली ने परशुराम को कोटिशः साधुवाद देते हुए हाथ उठाकर कहा, "रावण अग्नि के समक्ष प्रण करे कि वह अपनी इस प्रजा को कष्ट नहीं देगा और उसकी देव तथा आर्य क्षत्रपों से रक्षा करेगा।"

बीच में ही रुद्र बोले, "फिर भी इस कठिन संकल्प के पालन के लिए अभी रावण को योगी बनना होगा। अभी उसकी विद्याएँ पूरी नहीं हुई हैं। उसे मंत्र एवं तंत्र की भी आवश्यकता होगी क्योंकि ऋषियों ने देव एवं आर्यों का नाना शस्त्र एवं शास्त्रों से अलंकृत किया है। यदि इसका कोई विरोधी होगा तो वे मात्र आर्य ही होंगे।"

"मैं योग विद्या में निपुण होने का भी प्रण करता हूँ।" रावण ने सहसा कहा।

तब उपस्थित जनसमूह ने हर्षध्वनि की एवं रावण ने परशुराम के पास पहुँच- कर कहा, "बन्धु, अग्नि प्रज्वलित करो। अभी रावण को अपने नाना (सुमाली) द्वारा कहे गए वचनों की पूर्ति भी करनी है।"

परशुराम ने शीघ्र ही समिधाएँ प्रज्वलित कर दीं और तब रावण ने अपनी दोनों भुजाएँ प्रज्वलित अग्नि के सामने करते हुए प्रण करते हुए कहा, "देव, ऋषि, ब्राह्मण, मुनि, अब्राह्मण (क्षत्रिय), नाग, किन्नर, गन्धर्व, यक्ष, सब सुनें! मैं पुलस्त्य-वंशी वैश्रवा का पुत्र रावण यह प्रतिज्ञा करता हूँ कि मैं सभी को रक्ष-धर्म में दीक्षित कर उन्हें एक करूँगा और इस ध्रुवीकरण में जो सामने आएगा, उसका संहार करूँगा। प्रभु शंकर का यह भक्त अपनी इस प्रजा का पालन वैसे ही करेगा जैसे कि एक गौ अपने बछड़े को पालती है। इसके लिए रावण को जो भी कीमत चुकानी पड़ेगी, वह प्रथम अकेले ही चुकाएगा। चाहे इन्द्र, यम, वरुण ही क्यों न हों, वह उनसे टकरा जाएगा और यदि मेरा यह उपस्थित परिवार मुझे आज्ञा दे तो मैं इसके लिए आर्य क्षत्रपों से भी सामना करने को तत्पर हूँ।"

परशुराम ने हँसकर कहा, "आज से रावण ब्रह्म से अनुप्राणित हो गया। वह ब्रह्म के लिए धर्म स्थापना करेगा और इसमें यदि कोई शक्ति टकराएगी तो वह उसके खंड-खंड कर देगा।"

उसी क्षण जनसमूह ने रावण की जय-जयकार की और सुमाली ने रावण का माथा चूम लिया और फिर सभी ने कन्द, मूल, फल का प्रसाद पाया। यह उत्सव नई स्फूर्ति के साथ समाप्त हो गया।

2

कैलास में एक गुफा के सामने ही मन्दोदरी बैठी है जोकि सोमलता को काट- काटकर पास ही रखे हुए पत्थर के कलशाकार उलूखल (ओखली) में डालती जा रही है। कुम्भकरण तप के लिए वेदियाँ तैयार कर रहा है और विभीषण स्वर्ण-लिंग-स्थापन में व्यस्त दिखाई दे रहा है। रावण सोमलता को पानी में धो-धोकर मन्दोदरी के पास रखता जा रहा है। पत्थर के मूसल

को उठाते हुए रावण ने कहा, ''देवी, अब इसकी कुटाई करो ताकि मेरे तप का समय न निकल जाए।''

मन्दोदरी बिना कुछ कहे ही उठ खड़ी हुई और उलूखल के पास ही खड़े रावण के साथ ही लता को कूटने लगी।

रावण ने कुछ देर के बाद उलूखल की ओर देखते हुए कहा, ''देवी, सम्भवतः अब इसकी लुगदी तैयार है। इसका रस निचोड़ें और पवमान को द्रोण में रख दें।''

रावण रस निचोड़ने लगा और मन्दोदरी द्रोण लेकर बैठ गई। रावण ने 'शुचि' (शुक्र द्रव) को अपनी दोनों हथेलियों से ऊनी कपड़े में रखकर निचोड़ दिया तभी कुम्भकरण बोला, ''तात! इसे मधु-मिश्रित जल में मिलाकर आशिर रूप में रख दो।''

फिर रावण, कुम्भकरण तथा विभीषण ने वेदी के सामने बाघचर्म बिछाए और पूर्वाभिमुख होकर तीनों ही बैठ गए।

सर्वप्रथम रावण ने अग्नि प्रज्वलित की और सोमरस की बूँद अग्नि में अर्पित की, फिर घृतयुक्त उड़द व तिल की आहुति दी और वैदिक प्रार्थना की :

''धियो योनः प्रचोदयात, स नो बुद्धन्या शुभया संयुनक्तु
तन्मे मनः संकल्पमस्तु, आ नो भद्राः कृतवो यन्तु विश्वतः।।''

रावण इसी प्रकार दिन और रात इन मंत्रों को सिद्ध करता रहा और मन्दोदरी उसकी सहायता करती रही।

आसन से उठते ही मन्दोदरी ने प्रसाद के रूप में तीनों को सोमपान कराया। इसी समय परशुराम आ पहुँचे। तीनों भाइयों ने परशुराम को अपनी-अपनी प्रगति सुनाई, तब बाघचर्म पर बैठते हुए परशुराम ने कहा, ''तात, तंत्र और मंत्र दोनों ही शिव तथा शक्ति के रूप हैं। इन्हें ही हम पुरुष व प्रकृति से उत्पन्न कहते हैं और मोक्ष की सभी कामना करते हैं। तुम्हें अभी अपनी मानसिक शक्ति को भी जाग्रत् करना है, तभी तुम्हारे वचन पूरे हो सकेंगे और प्रजा ने जो तुम्हें अपना नेता बनाया है, उसके भरण-पोषण के लिए अर्थ एवं राज्य का दायित्व भी तुम पर है।''

''भार्गव! मुक्ति के भेद को रावण नहीं समझ सकता, वह तो मृत्यु पर विजय प्राप्त करने की अभिलाषा रखता है और शक्ति-संचय से अपने वचन की रक्षा।''

भार्गव हँसे। फिर कहा, ''मृत्यु तो अवश्यंभावी घटना है। मनुष्य, देवता सभी दीर्घजीवी हो सकते हैं किन्तु समय-चक्र से कोई नहीं बच सकता।''

''रावण प्रयत्न कर रहा है।''

''वह तो स्तुत्य है फिर भी...''

''......''

''सत्, रज, तम पर भी विचार करो।''

''भार्गव, शंकर का सेवक गुरु से दीक्षा लेकर आया है और उन्हीं के द्वारा बताए हुए मार्ग पर चल रहा है। अब मुझे योगबल और प्राप्त करना है।''

''गुरु का आशीर्वाद है तुम पर। द्राविड़ों, अनार्यों की रक्षा के लिए तपोबल से शक्ति के पुंज बन जाओ।'' कहते हुए भार्गव खड़े हो गए और चल दिए।

''सुनो तात! इष्ट साधन संकल्प से ही होता है और दुःसाध्य साधन को बुद्धि ही सरल करती है। मेरा लक्ष्य ही मुझे सब कुछ है, जाने से पूर्व आशीर्वाद देते जाइए।''

भार्गव फिर हँसे और 'तथास्तु' कहकर चले गए।

रावण ने तप के लिए फिर नई व्यवस्था की। उसने कुटिया को हटा दिया और खुले में बर्फ पर आसन लगाते हुए मन्दोदरी तथा दोनों भाइयों से कहा, ''तुमने मायावी शक्ति (ऐन्द्रजालिक) प्राप्त कर ली है। तुम कन्दरा में वास कर तप (योग) करो, मैं दुःसाध्य योग करूँगा और इसका पहला चरण यम-नियम के साथ इसी हिमखंड पर होगा।''

रावण उठा। उसने पार्थिव लिंग (गुरु का प्रतीक) के लिए मन्दोदरी से मृत्तिका मँगवाई तथा स्वयं मृत्तिका-लिंग वेद-विधि-अनुसार तैयार किया फिर नमः शिवाय उच्चारण करते हुए पार्थिक लिंग की स्थापना की। रावण पद्मासन लगाकर बैठ गया और पंचामृत स्नान कराकर वस्त्र धारण कराया, फिर गन्ध, अक्षत और पुष्प शिवलिंग पर समर्पित किए तथा 'नमः पर्ष्णाय' मंत्र से बिल्वपत्र भेंट किए, नैवेद्य अर्पित किया तथा 'त्र्यम्बकम मंत्र' द्वारा आचमन कराया, फिर थोड़ी-सी मृत्तिका लेकर ललाट पर त्रिपुंड लगाकर हाथ जोड़कर वन्दना की और अघोर मंत्र से श्वेत रुद्राक्ष कंठ में धारण कर, योग-क्रिया में संलग्न हुआ।

मन्दोदरी द्रोण से उँडेलकर सोमरस ले आई। रावण ने सर्वप्रथम गुरु प्रतीक पार्थिव-लिंग पर सोमरस चढ़ाया और फिर स्वयं पान किया।

रावण ने मंत्र ध्वनियों का 'ख' (उच्चारण) किया तथा तत्पश्चात् इड़ा, पिंगला एवं सुषुम्ना नाड़ी से ब्रह्मरंध्र खोलने के लिए 'असंप्रज्ञात' समाधि लगाई।

एक वर्ष में रावण अणिमा (परमाणु के समान अपने को बना लेना), गरिमा (अपने को भारी बना लेना), लघिमा (अपने को छोटा बना लेना) में पारंगत हुआ और रुद्र के पास पहुँचकर साष्टांग प्रणाम कर बोला, ''प्रभो! आपके प्रसाद से योग में बहुत कुछ पाया, परन्तु हे योगीश्वर! आपका दास मंत्र 'ख' से अभी तक अमरता को प्राप्त नहीं हुआ।''

''वत्स! तेरे मंत्र 'ख' से हम प्रसन्न हुए। तूने 'ख' करके अपना रावण नाम सार्थक किया किन्तु वैश्रवानन्दन, हम स्वयं विधाता के दास हैं, हम तुझे कैसे अमर बना सकते हैं?''

''नहीं, योगीश्वर, नहीं! आप सतगुरु हैं। आप सर्वज्ञ हैं। आपको इस विद्या को मुझे बताना ही होगा?''

''विधाता का खेल अनुपम है रावण! सुनो, सतयुग में मनुष्य की आयु चार सौ वर्ष और त्रेता में तीन सौ वर्ष मानी जाती है और जितने भी प्रकार के प्राणी हैं, उन सबकी आयु है, अमर कोई नहीं।''

''भगवन्! रावण देवताओं की आयु का भी ज्ञान रखता है और यह भी जानता है कि यदि वे अमर होते तो समुद्र-मंथन क्यों करते? परन्तु देवाधिदेव, आपने जो कुछ अपने इस दास पर अनुग्रह कर औषधियों के बारे में ज्ञान कराया है, उस पर विचार एवं तर्क की कसौटी पर कसने से आपका यह दास इस परिणाम पर पहुँचा है कि समुद्र-मंथन एक अनबूझ पहेली है जिसमें अमृत का रहस्य छिपा हुआ है और आप उसे मुझे नहीं बतला रहे हैं। यदि आप अनुमति दें तो कुछ कहूँ?''

''ऋषि पुत्र! हम पहले ही समझते थे कि तू योग से ज्ञानी हो जाएगा और वही हुआ। तू 'अपराविद्या' में पारंगत हुआ। हम प्रसन्न हैं। समुद्र-मंथन के रहस्य को प्रकट करने की अनुमति देते हैं।''

''बिना कल्पना के कोई भी वैज्ञानिक अपने किसी मत का प्रतिपादन नहीं कर सकता, वैसे ही मेरा काल्पनिक मत है कि समुद्र से पाँच महारत्न (हीरा, मोती, माणिक्य, नीलम और

मरकट) लेकर, सुमेरु से लावा (लावे में स्वर्ण, अभ्रक, गन्धक आदि) लेकर, पारस की धूमवेदी तैयार कर, बासुकि के विष में बुझाकर, बासुकि का दूसरा अर्थ अग्नि लेकर रासायनिक क्रिया की गई होगी जिसको बाष्पन (समुद्र) द्वारा तरल यानी द्रवरूप में तैयार किया गया होगा जिसे प्रयोग के रूप में आपको दिया गया किन्तु इस अमृत में बासुकि के विष का शुद्धिकरण न होने से आपका शरीर नीला पड़ गया, फिर आपने इसे शुद्ध किया होगा और वह भी धतूरे के रस से अथवा उसके बीजों को इसमें डालकर। यही द्रव अमृत हुआ!''

महादेव हँसे। हँसते रहे। फिर बोले, ''मैं तुझे सब कुछ सिखा सकता हूँ—आकाशगामी विद्या भी और सोना बनाने की हेमवती विद्या भी; किन्तु विधाता का दास मनुष्य को कैसे अमृत का रहस्य बता सकता है?''

''भगवन्! मैंने आपके आशीर्वाद से 'देहसिद्धि' मंत्र द्वारा कर ली है, खेचर विद्या (आकाशगामिनी), हेमवती विद्या तथा अन्तर्धान के मंत्र एवं योग से 'यथा- कामवसायित्व' सिद्धि एवं 'कामरूप' धारण करने की कला भी प्राप्त कर ली है और यही नहीं, इनकी औषधि-रूपी सिद्धि भी भार्गव परशुराम से सीख ली है। किन्तु मंत्र-विद्या से पान तैयार करना सीखना है।''

''आश्चर्य वत्स! मंत्र एवं तंत्र को छोड़कर औषधि के प्रयोग मुझे भी सुनाओ। मंत्र-विद्या में भी पारंगत हो जाओगे। श्रम से सभी कुछ प्राप्त किया जा सकता है।''

''जगदीश्वर! आपकी ही विद्या आप मुझसे सुनना चाहते हैं तो सुनें। प्रभो! मुझ अकिंचन ब्राह्मण के पास तो आपके ही वरदान-रूप में मिली सिद्धियाँ हैं। इनमें से कुछ को गोकर्ण में तथा कुछ को हिमालय में ही सिद्ध किया है...सुनिए प्रभु! ढाक (पलाश) का तेल एक पत्र घृत के साथ एक माह तक सेवन करने से और दूध का आहार यत्नपूर्वक करने से मनुष्य अदृश्य (अन्तर्धान) हो जाता है।...और प्रभो! ज्योतिष्मति के बीजों को धूप में सुखाकर उनका तेल निकालकर, शहद में पकाकर, आँच से उतारकर, जायफल, अकोल कूट के सम-भाग का चूर्ण तेल में डालकर उस तेल को चिकने बर्तन में भरकर मुँह बन्द करके धान्य के कोठे में नब्बे दिन रख देने के उपरान्त इसका सेवन आठ माह तक करने व पचने पर चावल खाने से मनुष्य दिव्यरूप धारण करनेवाला अर्थात् कामरूप हो जाता है।...निर्गडी के मूल को घृत के साथ एक माह तक प्रयोग करने से मनुष्य आकाशगामी हो जाता है।...सफेद गुंजा (चिरमिती) के रस में सम्पूर्ण शरीर को लिप्त करने से व 'ऊं बज्रकारिणे अमृतं कुरु कुरु स्वाहा' मंत्र सिद्ध होने से मनुष्य अग्नि से प्रभावित नहीं होता।...इसी प्रकार सफेद चिरमिती को कूम्भ के रस में पीसकर उससे वस्त्र रँगने तथा इन वस्त्रों को इस मंत्र के सिद्ध होने पर जल स्तम्भित हो जाता है—'ऊँ नमो भगवते रुद्राय जलं स्तंभय ठः ठः।' पालेय के कंद के टुकड़े भैंस के दूध में पकाकर व छाया में सुखाकर दस मास भक्षण करने से भूख व प्यास बन्द हो जाती है।...इसी प्रकार जलस्तंभन्, अग्नि को निष्प्रभावी करने की औषधि भी मैंने सीख ली है।''

''वत्स! तेरा प्रयास प्रशंसनीय है। रुद्र तुझ पर प्रसन्न है।''

''योगीश्वर! यदि आप प्रसन्न हैं तो मुझे अमर बनाइए। आपके भक्त की मात्र यही अभिलाषा है। यानी विद्या तो मैं दानवों से ग्रहण कर लूँगा।''

''असम्भव को सम्भव कोई नहीं कर सकता। हठ छोड़ दे रावण!''

''नहीं, गुरु से यदि पराविद्या का ज्ञान नहीं ले सका तो मेरा ब्राह्मण कुल में जन्म लेना निरर्थक हो जाएगा। भगवन्! मोक्ष तो किसी भी प्राणी का नहीं होता, प्रारब्ध और कर्म दोनों से ही मनुष्य अच्छी तथा बुरी योनियों में विचरण करता है। अर्थ, धर्म एवं काम की वासना

सभी को होती है और इनके उपयोग के लिए कोई मरना भी नहीं चाहता।"

"नहीं चाहते हुए ही तो मृत्यु हो जाती है तथा यश, वैभव, धन सब कुछ यहीं रह जाता है।"

"किन्तु भगवन्! उसमें यश की कीर्ति सदैव वट वृक्ष के समान फैलती रहती है। इस कारण यह ज्ञान दो प्रभो!" कहकर रावण रुद्र के चरणों में गिर पड़ा।

"विधि के विधान को पलटना मूर्खता कहलाती है रावण, और उसमें कोई सफल भी नहीं हो सकता। तुम अमरता का आभास ही कर सकोगे परन्तु इसे प्राप्त नहीं कर पाओगे।"

रावण फिर भी शिव के चरणों से नहीं उठा और बोला, "हे नाथ! मैं प्रवृत्ति का अनुयायी हूँ, निवृत्ति का नहीं। निवृत्ति संसार से भागनेवाली कायरता है तथा प्रवृत्ति जगत में लिप्त होकर उसका भोग करानेवाली वीरता। मैं कर्मकांड में विश्वास रखता हूँ, एवं वेद (ऋग्वेद) की प्रार्थनाएँ मनुष्य में उमंग उत्पन्न करनेवाली हैं तथा समृद्धि के लिए ही इनका पठन श्रोत्रिय करता है। मैं होम तथा यज्ञ के स्थान पर पूजा को महत्त्व देता हूँ। ऐसे भक्त पर आप दया नहीं करेंगे प्रभु?"

"वत्स रावण! जीवन नाशवान है। हम मृत्यु से नहीं भाग सकते, इसलिए प्रवृत्ति का मार्ग महान और निवृत्ति का हीन है, यही हमारे पूर्वजों से हम सुनते आए हैं और उसी का अनुसरण हम कर रहे हैं, फिर भी वेद आगम है और हम उस प्रच्छन्न शक्ति की आराधना से ही कुछ प्राप्त कर सकते हैं और प्राणवान बन सकते हैं किन्तु सन्मार्ग पर चलते हुए कर्म करना श्रेष्ठ कहा जाता है और यही मानव की मुक्ति है, अमरता है। उठ, वत्स, उठ।"

रावण हाथ जोड़कर खड़ा होकर बोला, "वेद में मुक्ति, मोक्ष तथा दुख का शब्द ही नहीं है, नरक की कल्पना भी थोथी है। भगवन्! वेदाध्ययन तो निर्बल को सबल बनाता है। ऋचाएँ दीर्घायु का घोष करते हुए विजयदायिनी हैं तथा उनका स्तर आशावादी है। यह मोक्ष तथा नरक और निवृत्ति (संन्यास) उत्साहवादियों के गीत न होकर अवसादियों के हैं और मैं अवसादशून्य तथा संघर्ष को ही सफल जीवन-कर्म मानता हूँ, मुझ आत्मज्ञानी को अमर होने का वरदान दो प्रभु, अन्यथा मैं अपना शीश काटकर आपके चरणों में अर्पित कर दूँगा।" कहकर रावण ने चमकता हुआ खड्ग खींच लिया।

"ठहरो रावण! मैं अनार्य ईश (राजा) सहिष्णुतावादी हूँ। मैं तुमसे प्रसन्न हूँ कि तुममें कुछ विद्या सीखने की लगन है, तुम भी परशुराम के समान ही वीर हो तथा अपराविद्या में निष्णात हो जाओ। अब मैं तुम्हें अपराविद्या द्वारा तथा 'उड्डीस तंत्र' द्वारा कई विद्याओं का ज्ञान दूँगा और वरदान के रूप में अमरत्व की क्रियाएँ भी बतलाऊँगा।" थोड़ा रुककर फिर कहा, "इस खड्ग को खोंस लो वत्स, मैं तुम्हारा कटा हुआ शीश ही अर्पित समझता हूँ।"

रावण ने खड्ग को खोंसकर फिर चरण वन्दना की और बाघंबरधारी के चरणों में नम्रता के साथ बैठते हुए कहा, "देवाधिदेव! मैं तो अमर ही होना चाहता हूँ। मैं सदा संस्कृति का प्रसार विश्व-भर में करना चाहता हूँ। मैं आर्यों की होम तथा यज्ञ की नरसंहारी संस्कृति को मिटा देना चाहता हूँ। क्या ये श्वेतद्वीपी उत्तर से दक्षिण तक फैलते जाएँगे और हम स्वदेशी निष्कासित होते जाएँगे?"

"नहीं। हमने इसीलिए दक्षिण में अगस्त्य ऋषि को लोपामुद्रा (पुलस्त्य की बहन) तथा जमदग्नि के पुत्र तृणधुमाग्नि के साथ भेजा है। ये लोग विंध्य के जंगलों को काटकर रास्ता बनाते हुए तथा अपने साथ यदुओं के लगभग अठारह राजाओं को भी ले गए हैं और दक्षिण

में पश्चिमघाट पर अगस्त्य अपना स्थान बनाएँगे। लोकपाल कुबेर इनके रक्षक होंगे।''

''ऋषियों की नीति का कोई पता नहीं महाराज! जिस आर्य क्षत्रप ने इन्हें गौ और कन्याएँ दे दीं, बस, ये उसी की बजाने लगते हैं। ये शुद्ध अवसरवादी हैं। इनकी झोली में राजप्रश्रय यदि डाल दिया जाए तो ये प्रसन्न हो जाते हैं। इन्द्र ने अहल्या का सील भंग किया तो इन्द्र से विरोध करने में ऋषि-मुनि भयभीत हो गए और बेचारे गौतम अपने पुत्र शतानन्द को लेकर मिथिला राजा सीरध्वज जनक के पास पहुँच गए।''

''रावण! हम समन्वय और शान्ति में विश्वास रखते हैं। आर्य तथा अनार्य दोनों में समन्वय हो, तो नृ-जाति रक्तपात से बच सकेगी इसीलिए ऋषि अगस्त्य दक्षिण में एक समन्वय सेतु का कार्य करेंगे।''

''समन्वय कायर करते हैं भगवन्, साहसी नहीं। काँटे को काँटा ही निकाल सकता है।''

''वत्स! तेरे रुद्र की दृष्टि में सब एक हैं, न कोई आर्य है और न कोई अनार्य। यह सब भ्रामक है और छोटा विचार है।''

''प्रभो! यदि आपकी यही नीति रही तो हमारे पूर्वजों की लिंग-पूजा की देन और हमारा धर्म ही नष्ट हो जाएगा। आप सोचिए भगवन्, जब दक्ष ने अपने यज्ञ में आपको आमन्त्रित नहीं किया और सती स्वयं चली गईं तो वहाँ उनका अपमान ही किया गया और आर्य नृप मुँह लटकाए हुए बैठे ही रहे, फिर आपको युद्ध ही करना पड़ा न?''

''रावण ठीक कहता है प्रभो!'' अनायास ही परशुराम ने प्रवेश करने के साथ ही कहा। रुककर फिर कहा, ''ब्राह्मणों को क्षत्रिय सिंहासन नहीं देना चाहते, उन्हें मंत्री बनाकर उनकी बुद्धि का ही उपयोग करना चाहते हैं। यदि हम क्षत्र धारण को कहें भी तो कहते हैं, आप श्रोत्रिय हैं, आपका राज से क्या सरोकार! यह तो क्षत्रियों को ही शोभा देता है। क्या यह आर्यों की दक्षिणावर्त तक पहुँचने की साम्राज्यवादी नीति नहीं है? और क्या ऋषियों के मात्र हाथ जोड़कर उन्हें ऊँचा आसन देकर उन्हें अपनी ओर करने की सूर्यवंश तथा चन्द्रवंश की चाल नहीं है?. ..यदि है तो रावण को अमृत का भेद बतला दो प्रभु, जिससे कि यह उनसे संग्राम कर सके तथा राजा बनकर अनार्यों की रक्षा कर सके अन्यथा अब्राह्मण प्रजा की दिशा दिन-प्रतिदिन ह्रास की ओर अग्रसर होगी।''

''परशुराम, तुम कहते हो तो मैं इसे योगबल से कुंडलिनी जागरण की क्रिया तथा औषधियाँ बतलाता हूँ।''

''धन्य हो प्रभु! हमारे ऊपर ऐसी ही कृपा बनाए रखें।'' भार्गव ने कहा।

''सुनो! तुम दोनों महाज्ञानी हो। अमर होने की क्रियाएँ दीर्घायु ही हैं। ब्रह्मांड स्वतः स्थिर एवं स्फुरणसम्पन्न है और निर्माण-विनाश, प्रकाश-अन्धकार, व्यवस्था- अव्यवस्था, ताप-ठंडक एवं विस्तार-संकोचन का क्रम काल के अनन्त कल्पों में चलता रहता है।'' शंकर ने कहा।

''प्रभो! हम यह भी जानते हैं कि विस्तृत जगत् एवं सूक्ष्म जगत् के बीच खड़े मानव के चारों ओर बाधाएँ ही बाधाएँ हैं और वह इनसे मुक्त नहीं हो सकता। संसार का निर्माण किसी अदृश्य शक्ति के आदेश से इस प्रकार हुआ है कि जो वस्तुएँ प्रत्यक्ष दिखाई पड़ती हैं, वे वस्तुतः सर्वथा अप्रत्यक्ष तत्त्वों से बनी हैं। फिर भी रावण की अभिलाषा पूर्ण होनी चाहिए।'' परशुराम ने कहा।

''सुनो वत्स! पंच महारत्न, पारे की धूमवेदी अभ्रक एवं स्वर्णमाक्षिक को धतूरे के रस में क्रिया कराने से जो द्रव तैयार होगा, वह अमृत होगा। इसमें सोमरस मिलाकर पीने से मनुष्य

अमर हो जाता है।...रावण! औषधियों से भी श्रेष्ठ है योग! सुनो, प्रत्येक मनुष्य के नाभि व हृदयस्थल में ही प्राण-वायु रहता है। नाभि-प्रदेश पराशक्ति भी कहलाती है। यह नागिन के आकार की है और शरीर में तीन लपेटे मारकर अपनी पूँछ को अपने मुँह में दबाए हुए नाभि में रहती है। इसी कारण नाभि को अमृत कुंड कहा जाता है और इस कुंडलिनी के जाग्रत् होने पर मनुष्य अमर हो जाता है।...और इन सब कर्मों के पूर्ण होने पर ही आत्मज्ञान (पर-ब्रह्म) की प्राप्ति हो जाती है तथा योग से मनुष्य ब्रह्मनिष्ठ हो जाता है। यही एकमात्र साधन है—धर्म, अर्थ, काम और मोक्ष का।''

''धन्य हुआ प्रभो! मैं कुंडलिनी जाग्रत् करूँगा और ब्रह्मनिष्ठ बनूँगा तथा आत्मज्ञान से रक्ष-संस्कृति की रक्षा करूँगा तथा इस विद्या को पुरुषों एवं नारियों दोनों को समान रूप से सिखलाऊँगा।'' कहकर रावण ने शंकर को साष्टांग प्रणाम किया और चल पड़ा।

3

एक आसन पर सुमाली बैठा हुआ है। पास ही रावण, ऋषि वैश्रवा एवं उनकी पत्नी केकसी (रावण की माता) भी विराजमान हैं। सुमाली के मन में कोई बात उठ रही है किन्तु वह कुछ कह नहीं पा रहा है। उसका सिर चकरा रहा है। उसके मस्तिष्क में पूर्व घटनाओं का चित्र घूम रहा है।

हेति और प्रहेति का वंश आज इतनी दूर आंध्रालय (आस्ट्रेलिया) में सीमित है। आर्य-अनार्य एवं कौशिक विश्वामित्र द्वारा निष्कासित जनों तथा दैत्यों के धनहीन दैत्यराज माल्यवान का भाई है। बल में हमारे खड्ग के आगे देवासुर संग्राम में देवताओं तक के दाँत खट्टे हुए। मय दानव विश्वकर्मा से लड़े, इन्द्र वृषपर्वा दैत्य से लड़े, यमराज संहारक से, बृहस्पति शुक्र से, ग्यारह रुद्र असुरों से, और कुबेर कालनेम से लड़े। इस संग्राम में सहोदर भ्राता माली मारे गए तथा देवों ने हमारा पीछा किया और हम पराजित होकर भाग आए तथा आन्ध्र में शरण ली और विघटित सभी जनों को एकत्र कर आज सुमाली आन्ध्रालय के वैश्रवा आश्रम में बैठा है। इस राज्य में कुछ भी नहीं है। मुझे स्मरण है, हम तीनों भाइयों ने लंका को किस प्रकार बनाया और खानों से सोना ला-लाकर लंका को इतना प्रसिद्ध किया कि ब्रह्मावर्त, श्वेतद्वीप, आर्यावर्त तक के नरेश यह मान बैठे हैं कि लंका सोने की है।

आह! 'वैभवशालिनी' लंके, तुझे वर्धित करनेवाले दैत्यराज आज मात्र आन्ध्र में जामाता के आश्रम में हैं।

अरे, दुष्ट देवताओ! तुम्हारे आतंक के कारण मैं वहाँ तक गया जहाँ कोई भी जन पहुँच नहीं सकता था। मैं व मेरा परिवार पाताल (अबीसीनिया) में जाकर रहा और तब से आज तक मैं लंका वापस पहुँचने का साहस नहीं कर पा रहा हूँ और अब लंका का राजा कुबेर बना बैठा है। धिक्कार है दैत्यकुल को, जिसमें सभी वीर हैं फिर भी अपनी लंका से दूर हैं!

सहसा कोई चीज आकाश से उतरी। थोड़ी देर बाद ही विमान तल पर आया और उसमें से कुबेर उतरकर आए। सुमाली सारा घटनाक्रम भूल गया और उस पुष्पक विमान तथा स्वर्ण-आभूषणों से लदे कुबेर को देखता रहा...।

कुबेर ने आते ही पिता वैश्रवा व केकसी के चरण-स्पर्श किए। नाना सुमाली को यह पता

नहीं लगा कि कब कुबेर ने उसे प्रणाम किया और कब रावण तथा कुबेर गले मिले और कब उन्होंने आसन ग्रहण किया।

पिता ने लंका की कुशलक्षेम पूछी।

केकसी ने अन्यमनस्क भाव से पूछा, "वत्स, तुम्हारी माँ ठीक हैं?"

"हाँ, अम्बे! परन्तु कह रही थीं कि तात के दर्शन किए बहुत दिन हो गए, एक बार मुझे ले चलना।"

"अरे बेटा! कहाँ यह वैभव-विहीन आन्ध्र और कहाँ लक्ष्मी से भरी लंका! वे क्या करेंगी यहाँ?" केकसी ने व्यंग्य से कहा।

"नहीं अम्बे! जिस धर्म में तात ने उन्हें तथा आपको चलने की शिक्षा दी है वे उसी में तल्लीन रहती हैं।"

"क्यों न रहेंगी, वे ऋषि भरद्वाज की पुत्री जो हैं! मैं तो यहाँ पति-सेवा कर रही हूँ और वे लंका में सारे सुख भोग रही हैं।"

"ये आज तुम कैसी बातें कर रही हो माँ? मैं तो सभी को समान समझता हूँ। रावण, कुम्भकर्ण, विभीषण—इन्हें मैंने कभी विमाता से जन्मा सौतेला भाई नहीं समझा बल्कि रावण पर तो मेरा असीम प्रेम है।"

वैश्रवा ही बीच में बोले, "पुत्र, तुम्हारी माँ का तो एक ही पुत्र है और वह है मात्र रावण। शेष पर तो इसका स्नेह बहुत ही कम है और मैं तो ऋषि हूँ, मुझे इस धन, दौलत और वैभव से क्या प्रयोजन! तुम्हारी विमाता केकसी को सदैव धन का लोभ लगा ही रहता है।" रुककर बोले, "ऐसा करो, इसे भी वहीं ले जाओ।"

केकसी बीच में ही बोल उठी, "वहाँ मेरी सौत जो बैठी है। वह क्या मुझे चार दिन भी रहने देगी?"

वैश्रवा नाराज होकर बोले, "काफी दिनों बाद तो मेरा बेटा आया है और तुम उल्टी-सीधी बातें कर रही हो! न तो उससे पानी के लिए पूछा और न ही भोजन को। सच है, अपने कुल को छोड़कर लोगों को दूसरा कुल अच्छा ही नहीं लगता। तुझे तो दैत्यकुल ही प्यारा लगता है।"

रावण बोला, "क्या हुआ माँ, बड़े भाई लंका के स्वामी रहें। मेरी भुजाओं के बल से मैं दूसरा राज्य बनाऊँगा! मेरे खड्ग में शक्ति है माँ! तू देखना, रावण कितने राजाओं को परास्त करेगा! कुबेर लोकपाल हैं। मुझे प्रसन्नता है कि इन्होंने देवताओं के समान सम्मान तो अर्जित किया।"

इसी बीच केकसी वैश्रवा के शब्दों से विचलित होकर चली गई थी और आश्रम से कुछ फल-फूल व पानी लेकर वापस आई।

कुबेर ने कुछ खा-पीकर पानी पिया और तात से आज्ञा लेकर वापस चले गए।

सुमाली अब तक चुपचाप सब कुछ सुन रहा था। रावण के 'खड्ग की शक्ति' शब्द पर उसने ध्यान दिया था और उससे वह समझ गया था कि रावण ही कुछ कर सकता है। वह उठा और रावण से बोला, "उठो वत्स, कुटिया में चलो। कुछ बात करनी है।"

रावण नाना सुमाली के साथ ही कुटिया में आ गया और बोला, "कहो तात, क्या बात है?"

"सुनो वत्स! तुम्हें यह पता नहीं है कि यह लंका किसकी है? और जब तक तुम राजा नहीं बनोगे, तब तक तुम्हारी महत्त्वाकांक्षा पूरी नहीं हो सकती और न ही 'शूलगव' में तुम्हारे द्वारा किया गया प्रण। सुनो रावण! इस लंका को मैंने बसाया है। इसको रत्नों, मणियों व सोने

से मैंने भरा है। यह लंका हमारी है, देवजाति अथवा आर्यों की नहीं। नियमानुसार तुझमें ऋषिकुल एवं दैत्यकुल दोनों का रक्त होने से लंका पर अधिकार तुम्हारा होना चाहिए। कुबेर को तो देव एवं आर्यों ने लोकपाल नियुक्त किया है जबकि लंका के वास्तविक स्वामी हम हैं।''

रावण की भुजाएँ फड़कीं। इस समय केकसी ने मन की गाँठ खोलकर कहा, ''तू अपनी सास हेमा को भी तो इन्द्र से छुड़ाना चाहता है और अहल्या के शीलभंग का भी बदला लेना चाहता है, तो यह सब कैसे होगा बेटा? साम्राज्यवादी लिप्सा को जब तक तू नहीं अपनाएगा तब तक इस आश्रम में तपस्या करते-करते ही भूखा मर जाएगा। तेरा साहस, तेरी शक्ति और तेरी महत्त्वाकांक्षाएँ इस कुटिया में रेत के ढेर के समान हैं।''

सुमाली बोला, ''देव-दानव संग्राम के बाद में तंगण (तिब्बत) के रास्ते से पाताल लोक (जहाँ प्लेटो का एटलांटिक द्वीप सागर में विलीन हुआ था, वर्तमान में अबीसीनिया) पहुँचा और वहाँ मैंने सुमाली लाट (शंमाल की लाट) की स्थापना की। वहाँ के लोगों को अपना विज्ञान तथा दूरबोध (टेलीपेथी) की विद्या दी और फिर वापस आया हूँ। न जाने कितने पापड़ बेलने के बाद भी मेरा मन लंका के लिए बेचैन रहता है।''

केकसी बोली, ''लंका की रमणीयता का वर्णन जिह्वा से करना असम्भव है पुत्र! यश-वैभव के बिना जीवन निष्काम है। संसार में जन्म लेकर यदि नाम नहीं कमाया और पुराण में नाम नहीं लिखाया तो तेरी शूरता और वीरता दोनों का मान कौन करेगा? तूने जिस साम्य का संकल्प देवाधिदेव के समक्ष किया है, उसे पूरा करने का अवसर ग्रहण कर।''

रावण की आँखों में रक्त उतर आया। उसे अपने प्रण और परशुराम के शब्द याद हो आए। उसकी छाती गर्व से कुछ फूली, उसी अवसर पर सुमाली बोला, ''रावण, तूने मंत्रों का 'ख' किया है, इसी कारण तेरा रावण नाम भी सार्थक है। मैं तेरे राज-लक्षणों को जानता हूँ, आज नहीं तो कल तू ही लंका का स्वामी बनेगा। मन्दोदरी सम्राज्ञी होगी और मेरे पुत्र प्रहस्त, अकम्पन, विकट, कालिकामुख, धूम्राक्ष, दंड, सुपाश्व, महाबल, संहाद्रि एवं भासकर्ण तेरे चाकर होंगे।''

''चाकर नहीं नाना, ये सब मंत्री होंगे!'' रावण ने अनायास ही कह दिया और सुमाली की बाछें खिल उठीं। केकसी के चेहरे पर प्रसन्नता की झलक आ गई।

फिर रावण बोला, ''अम्ब! मेरा खड्ग दे, मैं राजा बनूँगा।''

रावण यह कह ही रहा था कि कुम्भकर्ण, विभीषण और शूर्पणखा ने कुटिया में प्रवेश किया। सहसा रावण को क्रोधित मुद्रा में देखकर शूर्पणखा बोली, ''भ्राता की नाक पर तो आज गुस्सा दिख रहा है। अरे दिख क्या रहा है, वैसे तो वह धरा ही रहता है...''

बीच में ही केकसी बोली, ''आज कुबेर आया था न, इसलिए।''

शूर्पणखा ने हँसकर पूछा, ''ओ माँ, तूने बताया ही नहीं, मैं उनके पुष्पक विमान में बैठकर घूमती! वैसा यान तो किसी के पास नहीं है।''

केकसी ने शूर्पणखा को डाँटते हुए कहा, ''तू चुप रह, यहाँ दूसरी बात चल रही है।''

इससे नाराज होकर शूर्पणखा फिर बाहर चली गई तो अनायास ही सुमाली का पुत्र प्रहस्त आ गया।

प्रहस्त ने प्रवेश के साथ ही कहना प्रारम्भ कर दिया, ''दैत्य और दानव कह रहे थे कि रावण शान्त ही बैठा है। हमने उसे अपना नेता चुनकर भूल की। देव-जाति आर्य राजाओं से मिलकर हमारे कुल का शोषण कर रही है। हमारी राजनीतिक लड़ाई की पकड़ ढीली पड़ गई

है। हम अनार्यों का नेता रावण जिसमें कि शुद्ध ब्राह्मण तथा दैत्यवंश का रक्त है, वह विद्याधर भी आर्य नृपों द्वारा अनार्य घोषित किया जा रहा है।''

रावण क्रोधित होकर बोला, ''मैं इन सब बातों को समझता हूँ। आर्य-अनार्यों का जातीय संघर्ष बढ़ेगा और रावण आर्यों-देवों पर अपने पंख बाज की तरह फैलाएगा और परास्त करेगा। रावण सार्वभौम बनना चाहता है।'' रुककर फिर कहा, ''मैं भाई कुम्भकर्ण, विभीषण और प्रहस्त, तुमसे पूछना चाहता हूँ कि तुम लोग क्या कर सकते हो?''

तीनों एक साथ बोले, ''हम भी तुम्हारे साथ खड्ग चलाएँगे।''

सुमाली ने प्रसन्न होकर कहा, ''आज मैं ही धन्य नहीं हुआ बल्कि रावण, तेरा पुलस्त्यकुल में जन्म लेना और तप करना सभी कुछ फलीभूत हुआ। पुत्र! तेरे पितामह पुलस्त्य और आन्ध्र सम्राट महाराजा तृणविन्दु की कन्या इला का वंश इस धरती का राजा होगा। परशुराम की भाँति फिर ब्राह्मण का राज होगा। क्षत्रिय-छत्र धूल में लोटे; इन्द्र, वरुण, यम, कुबेर तुझसे चरण-शरण माँगें, मैं यही सब देखने के लिए जीवित हूँ। पुलस्त्यकुल का पौसारा उदय से अस्त तक हो।''

कुम्भकर्ण बोला, ''ऐसा ही होगा नानाजी! किन्तु सेना, अर्थ, अस्त्र-शस्त्र—इनकी व्यवस्था भी तो आवश्यक है।''

''ब्रह्मा को प्रसन्न करो। उनसे ब्रह्मास्त्र वरदान में लो। तब तक मैं इधर कुछ प्रबन्ध कर लूँगा।''

कुम्भकर्ण और विभीषण बोले, ''हम भी ब्रह्मधाम (वरुणालय) तुम्हारे साथ चलेंगे भैया!''

रावण ने दोनों भाइयों को स्वीकृति दे दी और तीनों भाई सहसा उठे और चलने को उद्यत हुए, वैसे ही केकसी बोली, ''ठहरो पुत्र दशानन, तुम वह नौ मणियोंवाला गलहार पहन जाओ जिसमें तुम्हारे पिता ने तुम्हारे नौ प्रतिबिम्ब मुख तथा एक वास्तविक मुख को सम्मिलित करके तुम्हारा नाम दशानन किया। यह गलहार तुम्हारी रक्षा करेगा।...दशानन! तुम्हारे पिता ने यह नामकरण एक और उद्देश्य से भी किया है। वह है दशों दिशाओं में दशानन के नाम का डंका पिटे। इसके लिए तुम ब्रह्मधाम में भी मारथ नामक स्थान पर अनेक विद्याएँ ग्रहण करो। ब्रह्मा से अच्छा कोई वैज्ञानिक नहीं है। तुम उनसे अनेक अधुनातम अस्त्र-शस्त्र बनाना सीखो, यही शस्त्र विद्या का तप तुम्हें युद्ध में विजय देगा।''

इसी मध्य केकसी ने नौ मणियों का गलहार रावण के कंठ में सुशोभित कर दिया और रावण, कुम्भकर्ण, विभीषण तीनों भाई माँ का आशीर्वाद लेकर चल दिए।

ब्रह्मा को रावण, कुम्भकर्ण, और विभीषण तीनों ने प्रसन्न किया तथा रावण ने नाभि से कुंडलिनी जाग्रत् करने का ज्ञान योग से प्राप्त कर अमरत्व की कामना को बल दिया तथा ब्रह्मास्त्र प्राप्त किया। रावण ने एकसाथ दस धनुष चलाने का भी ज्ञान पाया। इस कारण वरुण ने उसे दशकंधर कहा व आशीर्वाद दिया।

कुम्भकर्ण जन्म से ही आलसी था, इस कारण उसने किसी भी विद्या में पारंगत होने का प्रयास नहीं किया। उसकी बुद्धि भी कुंठित थी क्योंकि उत्तरदायित्व के नाम से वह सदैव अपरिचित रहा। इस कारण कुम्भकर्ण आहार व आलस दोनों का दास हो गया था। उसने ब्रह्मा से कहा, ''मुझे आपका इतना ही आशीर्वाद यथेष्ट है कि मुझे पेट भर भोजन तथा नींद में कोई व्यवधान उत्पन्न न हो।''

वरुण बोले, ''कुम्भकर्ण, आलस विनाश की जड़ है और अधिक आहार शरीर को रोगी

बनाता है। यदि अपनी यह आदत ठीक कर सको तो उचित, अन्यथा भावी जीवन में सोने के अतिरिक्त और कुछ नहीं कर पाओगे।"

ब्रह्मा की बात का कुम्भकर्ण पर कोई असर नहीं हुआ, वह बोला, "प्रभु! रावण तो दिग्विजयी सम्राट की महत्त्वाकांक्षा रखता है और प्रत्येक देव या मानव सब अपनी इच्छाओं के दास हैं। मेरी इच्छा तो मात्र सोने की है, राज करने की नहीं। जो कुछ यहाँ ऊँघा नींद में सीख लिया है, उसका उपयोग आवश्यकतानुसार युद्ध में करूँगा अन्यथा सोता रहूँगा।"

"ठीक है कुम्भकर्ण, तुम्हारी तो सरस्वती ने मति ही फेर दी है, इस कारण मैं कहता हूँ कि अब तुम छह माह तक सोते ही रहो।" वरुण ने क्रोधित होकर कहा।

रावण चौंका। वह पुनः बोला, "भगवन्, इसे क्षमा करें। आपने हमारा गुरु बनकर हमें यथेष्ट विद्याएँ सिखाई हैं जिनकी कीमत यह आलसी नहीं जानता। अब चलते समय अपने शिष्य कुम्भकर्ण को क्षमा करने की कृपा करें।"

पितामह ने कुम्भकर्ण की ओर से मुँह फेर लिया और विभीषण से बोले, "वत्स, तुम्हें क्या आशीर्वाद दूँ?"

"पितामह की वैसे हम पर असीम कृपा रही है। मैं वैश्रवा का पुत्र अपने ब्रात्यकुल के गुण ही धारण करना चाहता हूँ। मैं अपने दादा पुलस्त्य एवं पिता के समान ही सद्गति का अभिलाषी हूँ।"

"ठीक है, मैं समझ गया। तू नीति में अभी पंडित नहीं है, इसी कारण 'कर्म' की महत्ता त्याग रहा है; किन्तु जरा सोच, बिना कर्म के मनुष्य का क्या अस्तित्व?"

"मैं 'निवृत्ति' भागी हूँ, 'प्रवृत्ति' का नहीं।"

"बिना प्रवृत्ति के निवृत्ति निरर्थक है।"

"मैं सन्तोष में ही आनन्द समझता हूँ।"

"असन्तोष के बिना जीवन का उत्थान असम्भव।"

"मैं जिस स्थिति में हूँ, उसी में प्रसन्न हूँ।"

"एक दिन पश्चात्ताप करेगा और प्रवृत्ति को अंगीकार करना पड़ेगा। अभी तेरे कन्धों पर भार न होकर रावण के कन्धों पर है, इस कारण तू जगत को समझता नहीं है। वत्स, इस कारण वर्तमान में मैं तुझे समझा नहीं सकता। जब परिस्थितियाँ प्रतिकूल होंगी, तब तुझे कर्म ही करना होगा, यहाँ तक कि कभी-कभी मनुष्य अपने सहोदर भ्राता तक का शत्रु बन जाता है। मैं इसमें तर्क नहीं करता—जा, आज जो तू सोच रहा है, वैसा ही हो। तथास्तु!"

4

एक सिंहासन पर दैत्यराज माल्यवान बैठा हुआ है। उसके मंत्रिगण दाईं ओर पंक्तिबद्ध आसनों पर विराजमान हैं। सभा भरी हुई है। गुप्तचर नए-नए सन्देश सुना रहे हैं।

अकम्पन गुप्तचर ने दैत्यराज का बार-बार जयघोष करते हुए कहा, "महाराज! अगस्त्य मुनि भगवती लोपामुद्रा तथा अनेक प्रजाजनों के साथ प्रभो शिव की आज्ञा के पालन में विंध्य को लाँघकर दक्षिण की ओर आर्य-संस्कृति का प्रचार करते हुए अग्रसर हो रहे हैं।"

"जमदग्नि की भगिनी लोपामुद्रा और अगस्त्य दोनों ही राजनीतिज्ञ हैं। इसमें अवश्य देवों

का कोई-न-कोई षड्यन्त्र होना चाहिए।"

अकम्पन ने उत्तर दिया, "दैत्यराज! ऐसा सुना गया है कि उत्तर में प्रजा का भार बढ़ जाने के कारण भगवान शिव ने भार बराबर करने के दृष्टिकोण से ही उन्हें दक्षिण की ओर भेजा है।"

"इसका आशय हुआ कि उत्तर भारत में प्रजा बढ़ रही है। इस कारण वहाँ अन्न का संकट होने से ही अगस्त्य इधर आया है।"

"नहीं महाराज! सुना है, उनके साथ कुछ आर्य छत्रप भी हैं जिनकी सहायता से उन्होंने पर्वतराज विंध्य को भी परास्त कर दिया है और मार्ग की अनेक बाधाओं को झेलकर भी अगस्त्य निष्कंटक रूप से आगे बढ़ रहे हैं।"

इसी समय सुमाली और रावण ने दरबार में प्रवेश किया व महाराज माल्यवान की जय-जयकार की।

माल्यवान ने कुशलक्षेम पूछने के पश्चात् रावण से कहा, "वत्स, तुम राजनीतिशास्त्र व शस्त्र—सभी में निष्णात हो। अगस्त्य दक्षिण की ओर सप्रयोजन ही आ रहे होंगे, इसमें अवश्य ही इंद्र तथा आर्य क्षत्रपों की कोई नई चाल होगी।"

"महाराज! मेरे मतानुसार ऐसा प्रतीत होता है कि मुनि अगस्त्य आर्य-संस्कृति के प्रचार व प्रसार तथा आर्य-उपनिवेश के दृष्टिकोण से ही आए हैं और इससे दैत्य-दावन, अनार्य-अब्राह्मण सभी को भविष्य में खतरा हो सकता है। अतएव मेरा प्रस्ताव है कि अब हमें दक्षिण भारत को जीत लेना चाहिए।" रावण ने कहा।

सुमाली बीच में ही बोल उठा, "दैत्यराज, रावण का प्रस्ताव स्वीकार करो। इसके खड्ग के आगे दक्षिण का कोई भी नृप नहीं ठहर सकेगा।" रुककर फिर कहा, "और तभी तो हम अपनी लंकापुरी को प्राप्त कर सकेंगे, जिस पर हमारा जन्मसिद्ध अधिकार है। लंका न देव की है और न ही आर्यों की, वह तो हम दैत्यजाति की बसाई हुई हिरण्य नगरी है जिसका काँटा सदैव मेरी छाती में धँसा रहता है और अब उसे निकालने का समय आ गया है।"

दैत्यराज माल्यवान बोले, "राज्यसभा का क्या मत है?"

प्रहस्त बोला, "दक्षिण भारत का ध्रुवीकरण किया जाना ही वर्तमान में आवश्यक है और उसके लिए जो छत्र हमारी अधीनता स्वीकार कर लें, उनसे कर प्राप्त कर बिना लड़े ही आगे बढ़ा जाए। इससे अनार्य सेना थकेगी नहीं और हमारे पास अर्थ की भी कमी नहीं आएगी।"

इसी समय कालिकामुख तथा धूम्राक्ष ने सभा में प्रवेश किया और अनुमति के उपरांत कालिकामुख बोला, "दैत्यराज, अगस्त्य ऋषि ने दक्षिणारण्य में युद्ध किया, जिसमें उपनिवेश अधिष्ठाता सुंद मारे गए और नाग, असुर, यक्ष, दैत्य, दानव सभी ने भागकर लंका में शरण ली।"

"ये सुंद कौन था?" महाराज ने पूछा।

धूम्राक्ष बोला, "राजन्! सुंद धर्मात्मा जंभ का प्रतापी पुत्र था और सुंद को भरतखंड में नैमिषारण्य (बिहार प्रदेश का शाहबाद जिला) के राजा यज्ञराज सुकेतु की यक्षिणी कन्या ताड़का ब्याही थी। ताड़का का पुत्र मारीच अनेक रूप धारण करने की विद्या में निपुण है।"

"यक्षराज सुकेतु को मैं जानता हूँ। वे मेरे मित्र हैं। उनकी ताड़का के विधवा होने का हमें दुख हुआ।" माल्यवान ने कहा।

"महाराज! अब देर करना उचित नहीं। मेरा मन कहता है कि दैत्यों तथा दानवों से आर्य

भयभीत हैं, तभी तो अगस्त्य बिना किसी रोक-टोक के तारे की भाँति अपने यश की कीर्ति फैलाते हुए चले आ रहे हैं। इस तारा-रूपी अगस्त्य को रोकने के लिए संगठन आवश्यक है। मेरे विचार से युद्ध के लिए अधिक सेना की आवश्यकता नहीं, बुद्धि के लिए नाना सुमाली एवं युद्ध के लिए मेरे भाई एवं मेरे मातुल ही बहुत हैं।" रावण ने कहा।

"हम प्रसन्न हुए वत्स! तुम्हें जो आवश्यक हो, वह सब साथ ले जाओ। मेरा आशीर्वाद तुम्हारी विजय के साथ है।"

सभा विसर्जित हो गई। रावण, कुम्भकर्ण, प्रहस्त, अकम्पन और सुमाली तथा माल्यवान सभी गुप्त गृह में पहुँचे। आसनों पर बैठते हुए माल्यवान बोला, "जल सेना में अच्छे सुभट और पोत चलाने के लिए कुशल श्रमिक तैयार करो क्योंकि सागर-संतरण के लिए कुशल नाविक ही चाहिए। समुद्री मार्ग के ज्ञाता एवं समुद्र की चट्टानें व जीव-जंतुओं से बचने के लिए भी उपाय सोचकर यहाँ से कूच करो।"

प्रहस्त बोला, "जलमार्ग का मुझे पूरा ज्ञान है।"

अकम्पन बोला, "पोत-चालक कौन-से अच्छे हैं, इसका मुझे ज्ञान है।"

धूम्राक्ष बोला, "जीव-जंतुओं को मारनेवाले व दूर से जंतुओं के आक्रमण का आभास करानेवाले वीरों को मैं जानता हूँ।"

अंत में सुमाली बोला, "द्वीपों की पूर्ण जानकारी मुझे है।"

"जब ये सारी जानकारियाँ उपलब्ध हैं तो युद्ध के लिए मेरा यह खड्ग बिना सेना के ही शत्रुदल को सेना से कहीं अधिक भारी पड़ेगा।"

"तो शीघ्र समुचित व्यवस्था करने के उपरांत कूच करो।"

5

प्रातःकाल ही सागर में पाँच पोत दिखाई दिए, जिनमें खड्गधारी सैनिक पहरा दे रहे थे। पोत के अग्र भाग पर प्रहस्त उद्विग्न-सा घूम रहा था और संकेत से पथ-प्रदर्शन करता जा रहा था।

धूम्राक्ष के सुभट यदि किसी बड़े मगरमच्छ को पोत की ओर आता देखते तो दूर से ही शूल फेंककर उसका काम तमाम कर देते और किसी बड़ी मछली को देखते तो उस पर जाल फेंककर उसे फँसा लेते। जलमार्ग में जल-दस्युओं के दो पोतों ने अनायास ही आक्रमण कर दिया। रावण ने उनसे संग्राम नहीं किया बल्कि उनके सरदार को बुलाकर कहा, "जो भूख तुमको है, वह मुझे भी। किन्तु मेरी भूख और तुम्हारी भूख में अन्तर इतना है कि तुम मात्र धन लूटकर अपना पेट भरना चाहते हो और मैं राजा बनने की अपनी भूख मिटाकर तुम्हारे जैसे हजारों पीड़ित लोगों की भूख शान्त करना चाहता हूँ। तुममें से कोई दैत्य-दानव, असुर होगा और मुझमें ब्रात्यकुल तथा दैत्यकुल दोनों का मिश्रित रक्त दौड़ रहा है। मैं रावण हूँ, जिसका नाम तुमने अवश्य सुना होगा।"

सरदार बोला, "रावण! मैं नाग हूँ। सुरसा हमारी माता है जो लंका के निकट समुद्र में एक पर्वत पर निवास करती है। वहीं हमारे शेष बन्धु-बांधव हैं। हम उन्हीं के भरण-पोषण के लिए यह कृत्य करते हैं। हमारा अमोघ अस्त्र नागपास है जिसके बन्धन कोई नहीं काट सकता है।"

रावण बोला, "सरदार, मैं नाग-जाति का रक्षक हूँ। क्षत्रिय तुम्हारे शत्रु हैं और देव गरुड़-जाति के रक्षक हैं। हम-तुम सदैव एक रहे हैं। आओ, हाथ मिलाएँ, मित्रता करें।"

दस्यु सरदार बोला, "मैं कालदन्त नाग हूँ। दैत्य-नाग-मैत्री अक्षुण्ण रहेगी, यह वचन देता हूँ।"

रावण ने कालदन्त को छाती से लगा लिया और अब पाँच पोतों के साथ-साथ दो नौकाएँ भी चल रही थीं...।

उत्तर-पश्चिमी द्वीप-समूहों के पहले यवद्वीप (जावा) की भूमि पर रावण आ धमका तथा नाना सुमाली को लेकर अकेला ही यवद्वीप के नरेश के राजमहल के सामने ललकारकर कहने लगा, "हम दैत्यराज माल्यवान के चाकर आपकी नगरी में आपसे यह निवेदन करने आए हैं कि आप या तो दैत्यराज माल्यवान की अधीनता स्वीकार करें या महाराज माल्यवान के इस सेनानी से युद्ध करें। यदि अधीनता स्वीकार करते हैं तो सौ भार स्वर्ण मुद्राएँ कर-रूप में दें।"

रावण ने फिर नाक पर कृत्रिम गुस्सा लाते हुए कोष से चमचमाता खड्ग निकालकर पुनः कहा, "प्रजाजन, सुनें, मैं 'रक्ष-संस्कृति' का रक्षक एवं प्रचारक रावण हूँ।" रुककर फिर गम्भीर गर्जना कर बोला, "यदि उपर्युक्त शर्तें स्वीकार न हों तो मैं द्वन्द्व-युद्ध, गदायुद्ध, खड्गयुद्ध, इनमें से जो युद्ध आपको अथवा आपकी सेना को स्वीकार हो, उसे अकेला रावण स्वीकार करता है।"

रावण...रावण...रावण...! यवद्वीप की प्रजा के चारों ओर कानों में यही आवाजें गूँजने लगीं।

यवद्वीप के नृप भोजन कर रहे थे। इस घोष को सुनते ही उनके हाथ का ग्रास हाथ में ही रह गया। महारानी के कानों में जैसे ही यह आवाज पहुँची, वैसे ही वे पंखा झुलाना भूल गईं और उनकी आँखें फटी-की-फटी रह गईं।

इसी समय मंत्रिगण दौड़ते हुए महाराज के अन्तःपुर में आ गए और थर-थर काँपते हुए बोले, "राजन्, रावण महायोगी, महाधनुर्धर है। हमारी सेना के लिए वह अकेला ही यथेष्ट है। नीति कहती है कि सेना जब तैयार न हो और शत्रु द्वार पर हो तो सन्धि कर लेना चाहिए या कुछ दे-लेकर समझौता कर लेना चाहिए।"

"किन्तु रावण तो अधीनता स्वीकार करने को कह रहा है?"

"राजन्! बुद्धिमान मंत्री वह होता है जो उचित परामर्श दे। महाराज, आपको रावण के शौर्य का पूर्ण ज्ञान है और वह नाभि-प्रदेश की कुंडलिनी जाग्रत् करने का ज्ञान भी ब्रह्मा से सीख आया है, अर्थात् वह अजेय और अमर सदृश है।"

दूसरे मंत्री ने कहा, "पराजय से जनहानि, सेना की लूटपाट एवं सैन्यशक्ति की कमी का मुख देखना पड़ेगा। पराजय के बाद का समझौता और भी लज्जाजनक हो सकता है, इसलिए सौ भार स्वर्ण मुद्राएँ और अधीनता स्वीकार करना श्रेयस्कर है।"

महाराज ने दबे स्वर से कहा, "जब मंत्रिपरिषद का यह परामर्श है तो प्रजा की रक्षा के लिए हमें रावण से ससम्मान समझौता कर लेना चाहिए।"

सभी मंत्री एकसाथ बोले, "महाराज की जय हो!"

फिर यवद्वीप (जावा)-नृप ने आज्ञा दी, "कंचन थालों में भेंट के लिए स्वर्ण मुद्राएँ लेकर परिचारिकाएँ आएँ। हम सभी रावण से भेंट करने चलते हैं।"

रावण धीरवान भी बहुत था एवं उसका आत्मबल बहुत घना था। वह अभी भी चेहरे पर क्रोध लिए किन्तु भीतर से बिल्कुल शान्त हाथ में खड्ग लिए निर्भीक रूप से खड़ा था। उसके

मन में कोई संकल्प-विकल्प नहीं चल रहा था। यही उसका सबसे बड़ा अभिमान था कि वह अपनी बात पर अडिग रहता था।

थोड़ी ही देर में राजप्रासाद के मुख्य द्वार पर रावण की जय-जयकार का घोष उसे सुनाई दिया और आगे-आगे महाराज स्वयं, उनके पीछे मंत्रिगण तथा उनकी सेविकाएँ कंचन थाल लिए, जोकि दूर से चमक रहे थे, दृष्टिगोचर हुईं।

रावण अपना प्रभुत्व जमाने की कला में निपुण था। इतना सब देखते हुए भी उसने चेहरे की भाव-भंगिमा को मुस्कान की ओर रंच मात्र भी नहीं जाने दिया और न ही उसने खड्ग को नीचा किया।

महाराज ने निकट आकर प्रसन्न मुद्रा में कहा, "यवद्वीपीय सम्राट पुलस्त्य- कुलनन्दन का इस भूमि पर प्रजा की ओर से स्वागत करता है।"

इस शब्द के साथ ही रावण ने खड्ग को कोष में खोंस लिया और बोला, "अधीनता स्वीकार है?"

"हाँ।"

"कर देना स्वीकार है?"

"हाँ।"

"तो फिर रावण तुम्हें अभय प्रदान करता है और महाराज से आशा करता है कि वे 'रक्ष-संस्कृति' का समर्थन करेंगे, क्योंकि इसमें सभी को बराबर करने व समभाव से देखने का प्रावधान है। इस निवेदन के साथ-साथ आर्य-क्षत्रप का, जिन्होंने कि हमारा आज तक शोषण किया है और अपनी सत्ता को थोपा है, बहिष्कार करेंगे। रक्ष-संस्कृति में सम्मिलित होने के लिए सभी का द्वार खुला है—चाहे आर्य, अनार्य, अब्राह्मण, नाग, किन्नर, गन्धर्व, असुर, पिशाच कोई भी हो, हम सभी को सम्मिलित करेंगे और उदय से अस्त तक 'रक्ष' शब्द का घोष करेंगे।"

राजा बोले, "हम ऐसे सिद्धान्त का पालन करेंगे।"

"तो आज से आप रावण के अधीन हुए और मैं रावण अपनी ओर से एक दूत को आपके दरबार में नियुक्त करता हूँ।"

"हम धन्य हुए।" महाराज बोले।

"तो जाओ और निष्कंटक राज्य करो। आवश्यकता पड़ने पर मुझे स्मरण करना, मैं तुम्हारी सब प्रकार से सहायता करूँगा।" कहते हुए रावण ने स्वर्ण-थाल नाना सुमाली की ओर कर दिए और वापस चल दिया।

पोत पर आते ही रावण ने आदेश दिया, "अब आंगलीय (सुमात्रा), मलयद्वीप (मलाया), शंखद्वीप (बोर्नियो), बराहद्वीप (मेडागास्कर) को जीतो, फिर शिवदान (अफ्रीका) की ओर कूच करेंगे... ।"

रावण दो माह तक निरन्तर अपने अभिमान में लगा रहा। उसकी वीरता के आगे अधिकतम राजाओं ने बिना लड़े ही अधीनता स्वीकार कर ली और शंखद्वीप तथा बराहद्वीप के राजाओं ने युद्ध किया जिन्हें अकेले रावण ने ही परास्त कर दिया और रावण के पोत शिवदान (अफ्रीका) के तट पर आकर रुक गए।

रावण ने शिवदान की भूमि की वन्दना की। उसे स्मरण हुआ कि यहीं उसके दादा पुलस्त्य सुमेरु पर्वत पर तपस्या कर रहे हैं। बचपन में रावण ने यहीं दादा की गोद में किलकारियाँ भरीं, कानों में शुद्ध वैदिक मंत्रों की गूँज सुनी; और वेदध्वनि के बीच रावण बड़ा हुआ। माँ केकसी

के कहने से पिता वैश्रवा ने सुमेरु पर्वत छोड़ा और वे अपने परिवार के साथ आन्ध्र पहुँच गए...।

रावण अपने नाना सुमाली के साथ सुमेरु की ओर बढ़ने लगा और संध्या के पूर्व ही सूर्य की किरणों के प्रकाश से स्वर्ण सदृश सुमेरु पर्वत दिखाई देने लगा। तब उसे स्मरण हुआ कि उसकी किशोरावस्था में इस पर्वत में विस्फोट हुआ था। आग की लपटें चारों ओर फैल गई थीं और लावा दूर तक बहने लगा था। इसी कारण दादा ने पिता वैश्रवा को आन्ध्र जाने का परामर्श दिया था।

काफी दिनों के बाद आज रावण के चेहरे पर प्रसन्नता है। वह अपनी जन्मभूमि के दर्शन कर धन्य हो रहा है। कितने बड़े अन्तराल के बाद वह अपने दादा के दर्शन करेगा! सम्भवतः वे न पहचान पाएँ। अब रावण युवा है, प्रतापी है। वह उनसे कहेगा कि मैंने इतने द्वीप जय कर लिए हैं और शिवदान को जय करने के बाद रावण अपनी सम्राट बनने की महत्त्वाकांक्षा को पूर्ण करेगा। दादा प्रसन्न होंगे और आशीर्वाद देंगे।

इसी उधेड़बुन में ऋषि की कुटिया आ गई। ऋषि मंत्रगान कर रहे थे। पास ही महाराज तृणविन्दु की पुत्री व रावण की दादी बैठी थीं। रावण उनके पास खड़ा हो गया। तब उन्होंने पूछा, "तू कौन है?"

रावण हँसकर बोला, "गौर से देखो।"

रावण की आवाज में ही हुंकार थी। इस हुंकार को पुलस्त्य समझते थे। उन्होंने मंत्रगान बन्द कर दिया। उनके मुख पर प्रसन्नता दौड़ गई। अनायास ही वे खड़े हो गए और सहसा उनके मुख से निकल गया, "वत्स दशानन..."

रावण उनके पैरों में गिर गया। उसका हृदय फूट पड़ा और आँखों में अश्रु छलक आए, फिर वह दादी के चरणों में लोट गया। दादी की आँखों से भी प्रेमाश्रु निकल पड़े।

फिर सुमाली ने भेंट की, तब पुलस्त्य बोले, "पुत्र! इधर आज कैसे भूल पड़ा?"

"दादाजी! मैं सार्वभौम सम्राट बनने के उद्देश्य से युद्ध-यात्रा पर हूँ। यथेष्ट दक्षिण के द्वीप आपके अधिकार में हैं और अब शिवदान जय करना है।"

"सार्वभौम सम्राट के तो तेरे लक्षण ही हैं दशानन्! मेरा आशीर्वाद है, तू एक दिन अवश्य सम्राट होगा किन्तु सेना, अर्थ आदि की व्यवस्था तूने कहाँ से जुटाई?"

"नाना सुमाली की सहायता से, प्रभो शंकर और प्रजापति से।"

"रुद्र ने तुझे क्या दिया?"

"रव करने से उन्होंने रावण नाम दिया। अब सभी लोग मुझे रावण के नाम से जानते हैं और अनेक विद्याएँ सिखाईं उन्होंने तथा आपके पिता ब्रह्माजी और मेरे परदादा से अमरत्व (कुंडलिनी) का सफल प्रयोग कर लिया है, इस कारण लोग कहने लगे हैं कि मेरी नाभि में अमृतकुंड है। मैं अमर हूँ जबकि ये सब क्रियाएँ विज्ञान हैं और इसमें आपका पोता सफल है।"

"तो तू इतने वर्षों तक अध्ययन और प्रयोग ही करता रहा?"

"जी, दादाजी!"

इसी बीच ऋषि-पत्नी फल-फूल ले आई। सभी साथ उन्हें खाने लगे।

खाते-खाते ऋषि बोले, "यहाँ का राजा वीर है, युद्ध होगा।"

"मैं युद्ध करूँगा दादाजी!"

"वह मल्लयुद्ध में प्रवीण है। आज तक उसे कोई परास्त नहीं कर सका।"

रावण की इतने में ही भौंहें तन गईं। भुजाएँ फड़कने लगीं और वह बोला, "मेरा द्वन्द्वयुद्ध

देखना दादाजी, एक ही दाँव में चारों खाने चित कर दूँगा।"

"मुझे तुझसे इसी वचन की आशा थी। अब सो जा, थका होगा। प्रातःकाल ही तुझे अपना अभियान फिर प्रारम्भ करना होगा।"

रात्रि-भर रावण सोचता रहा। उसका मस्तिष्क चिन्तित रहा। वह मल्लयुद्ध की सारी विद्याएँ रात-भर सोचता रहा। जब प्रातःकाल वह उठा तो उसके सिर में दर्द था और नसें फटी जा रही थीं। फिर भी वह नित्यकर्म से निवृत्त हुआ और दादाजी के सामने विदा लेने के लिए उपस्थित हुआ।

पुलस्त्य ने रावण को आशीर्वाद दिया और सुमाली से कहा, "दशानन का पूरा- पूरा ध्यान रखना।"

रावण लंगर डाले हुए जलपोतों की ओर नहीं गया बल्कि वह अपने नाना के साथ सीधा राजधानी की ओर चल पड़ा।

रास्ते में रावण को काले रंग के लोग, जिनके होंठ मोटे व नीचे को लटके हुए तथा माथा चौड़ा, गाल थोड़े चिपके हुए, केश काले तथा घुँघराले, छाती चौड़ी, हाथ छोटे किन्तु बलिष्ठ, कटि पर चर्म और हाथ में खंग लिए घूमते दिखाई दिए।

सुमाली बोला, "ये पिशाच और असुर हैं। ये नरमांसाहारी हैं। असुर इन्हें इस कारण कहते हैं कि ये प्राणवान हैं अर्थात् ये काया से बलिष्ठ होने से दीर्घायु हैं। इनकी शक्ति बहुत है। मुझे भय लग रहा है, कहीं हमें मारकर न खा जाएँ।"

रावण चौंका और बोला, "ये तो मात्र आठ-दस ही हैं। ये तो रावण के हाथ की चोट से ही धराशायी हो जाएँगे।"

इसी समय एक पिशाच ने सामने आकर कहा, "कहाँ जाता है? तेरा वक्ष-स्थल विशाल है, आँखें तामियाँ हैं, दाँत चमकदार हैं और चेहरा सुन्दर है। तू हमारे वंश का नहीं हो सकता। तू आर्य दिखता है। कुमार तथा हम आर्य-रक्त के प्यासे हैं। हम तेरा मांस भक्षण करेंगे।"

रावण अति उत्पन्नमति था। वह समझ गया, ये आर्य-विरोधी हैं, अतएव उसने तत्काल उत्तर दिया, "मैं आर्य जाति या अनार्य या असुर व पिशाच जाति का विरोधी नहीं हूँ, मैं इनको एक कर रहा हूँ तथा आर्य व देवों के छत्र का मैं शत्रु हूँ।"

"तू एकाकी और यह बूढ़ा मनुष्य छत्रप के शत्रु? असम्भव!" पिशाच अट्टहास करता है, फिर कहता है, "देवासुर संग्राम से भागे हुए हैं हम लोग।"

सुमाली ने बात सँभालते हुए बीच में ही कहा, "मैं सुमाली दैत्य हूँ, मैं भी देवासुर संग्राम से भागा हुआ हूँ।"

"ओह! माली का भाई सुमाली जिसने मय देश में 'सुमाली लाट' की स्थापना की और अब आन्ध्रालय में हैं, वही सुमाली हो क्या तुम?"

"हाँ, वही सुमाली हूँ।"

"और ये सुन्दर युवक कौन हैं?"

"मेरी पुत्री केकसी का ज्येष्ठ पुत्र रावण।"

"रावण! रावण! रावण! जिसने अभी-अभी दक्षिण द्वीपों पर जय की है, वही रावण? जिसके खड्ग हाथ में लेने मात्र से अनेक राजाओं ने अधीनता स्वीकार कर ली, वही रावण?"

"हाँ, ये वही रावण है?"

"ओह, मैं वातापि हूँ और ये मेरा भाई इलबल है।"

सुमाली बोला, "वही वातापि हो जोकि उदर में घुसकर फिर पेट फाड़कर निकल आते हो?"

"हाँ, मैं वही वातापि हूँ। यह विद्या मैंने भार्गव शुक्र से सीखी है।"

"तो आओ वातापि, हम तो मित्र हैं।" सुमाली ने कहा।

"हाँ, असुर तथा दैत्य तो सदैव ही मित्र रहे हैं। मैं इलबल तथा और असुरों को बुला लूँ। वे वहाँ खड़े-खड़े कच्चा नरमांस भक्षण कर रहे हैं।"

"हाँ, जाओ, बुला लाओ।" कहकर सुमाली चुप हो गया तो रावण बोला, "इन नरभक्षियों से मुझे घृणा है। यद्यपि आर्यावर्त में भी नरमांस हट्ट में बेचा जाता है किन्तु हमारी संस्कृति में ये निंदनीय कर्म है।"

"असुरों और पिशाचों का भोजन तो मांस ही है। इन जातियों का हम कहाँ तक सुधार कर पाएँगे! वर्तमान में तो हमें असुरों जैसी श्रेष्ठ लड़ाकू जाति की आवश्यकता है क्योंकि यह राजनीति है कि जो शत्रु का शत्रु है, वह हमसे तत्काल मित्रता करेगा तथा आज हमें सभी जातियों को मिलाकर अपने लंका साम्राज्य की, जिसके कि तुम सम्राट बनोगे, सुन्दर स्थापना करनी है।"

"ठीक है नानाजी, यदि आप ऐसा कहते हैं तो मैं माने लेता हूँ।"

इसी समय वातापि, इलबल तथा अन्य असुरों के साथ आ गया। सभी ने रावण को दंडवत् किया, तब वातापि बोला, "अब बताओ, तुम इस द्वीप में कैसे आए हो?"

"हम इस द्वीप को जय करने के लिए आए हैं।" रावण ने कहा।

"यहाँ का राजा द्वन्द्वयुद्ध में प्रसिद्ध है। क्या तुम लड़ सकोगे?"

"क्यों नहीं?"

"तो फिर देर मत करो, चलो, हम भी तुम्हारे साथ हैं।"

राजप्रासाद के सामने ही फिर रावण ने पूर्व की भाँति, उसी मुद्रा में ललकार दी...।

राजा भी अकेला ही गदा लेकर युद्ध के लिए आ गया तथा रावण से बोला, "इस देश में दस-बारह सैनिकों के साथ मुझसे युद्ध करने आज तक कोई नहीं आया। तू निडर कौन है, परिचय दे?"

"मैं रावण हूँ।"

"कौन रावण, मैं नहीं जानता।"

"पुलस्त्य कुलभूषण दशानन मेरे पिता वैश्रवा द्वारा दिया गया पहला नाम है।"

"पुलस्त्य तथा वैश्रवा का नाम सुना है, देखा आज तक नहीं। हाँ, इतना अवश्य है कि वे महान ऋषि हैं और ऋषि, मुनि अकारण युद्ध नहीं करते, फिर तू श्रोत्रिय बालक क्यों मेरे हाथों मरने आया है?"

"मैं ब्राह्मण राज्य की स्थापना करना चाहता हूँ तथा लंका द्वीप का स्वामी बनना चाहता हूँ।"

"त्रिकूट पर्वत पर बसी हुई धनेश कुबेर की लंका के स्वामी होना चाहते हो या कोई नई लंका बसाकर उसके सम्राट होना चाहते हो?" राजा ने व्यंग्य कसा।

रावण तिलमिला उठा। उसके नथुने फूल गए। उसका चेहरा तमतमा उठा और बोला, "विचार तो कुबेर की ही लंका हड़पने का है।"

"कुबेर लोकपाल है। इन्द्र, आर्य सब उसके सहायक हैं। लंका छीनने में घमासान युद्ध होगा बालक!"

"होनी को कौन मेंट सकता है। होगा तो होगा ही।"

"तू पराजित हो जाएगा।"

"समरकाल में जय-पराजय का विचार मूर्ख करते हैं।"

"अच्छा, ये तो तू अभिमान की बात कह रहा है।"

"यह गलत है। मैं बुद्धि से अभिमानी नहीं हूँ, शरीर से हो सकता हूँ।"

राजा ने अट्टहास किया, फिर कहा, "तेरे शरीर को तो आज मैं ही नष्ट कर दूँगा। फिर भी मैं चाहता हूँ कि तेरे जैसे वीर पुरुष इस धरती पर जीएँ—जा, भाग जा..."

"नहीं, रावण ने कभी आगे बढ़ा हुआ कदम पीछे नहीं हटाया। अब तो दो में से कोई एक—युद्ध या अधीनता।"

"शिवदान सम्राट किसी की अधीनता स्वीकार नहीं करता। वह तो युद्ध ही करता है, किन्तु तेरे पास सेना नहीं है, कैसे लड़ेगा तू?"

"जैसे तुम चाहोगे?"

राजा ने थोड़ी देर विचार किया, फिर पूछा, "तू मल्लयुद्ध जानता है?"

"हाँ, जानता हूँ।"

"तो सुन, यदि मैं मल्लयुद्ध में पराजित हो गया तो यह राज्य तेरा।"

"ठीक है। मैं तैयार हूँ।"

रावण तथा शिवदान नृप में द्वन्द्वयुद्ध होने लगा। पहले हाथ मिलाने के दाँव में ही रावण जमीन पर आ गिरा। किन्तु जैसे ही राजा ने मुष्टिका प्रहार करना चाहा वैसे ही रावण ने नृप की दोनों हाथों में कलाइयाँ जकड़ लीं और छाती पर एक लात मारी कि नरेश दूर जाकर गिर पड़े। इसके पूर्व कि राजा उठता, रावण ने छलाँग लगाकर नरेश की छाती पर मुष्टिका प्रहार कर दिया। नृप की पसलियाँ टूट गईं। फिर एक और गद्दी का प्रहार किया। राजा रक्त वमन करने लगा, और छटपटाने लगा तथा तीसरे प्रहार में ही मर गया।

वातापि ने रावण के जय-जयकार का घोष किया और तब रावण ने उपस्थित जनसमूह को इस प्रकार सम्बोधित किया, "मैं रावण आपकी रक्षा का भार अपने कन्धों पर लेता हूँ और आपको विश्वास दिलाता हूँ, आपको कोई दुख नहीं होने दूँगा। आपकी सब प्रकार से रक्षा करूँगा तथा आपके द्वीप को धन-धान्य से परिपूरित कर दूँगा। आप पर किसी का अत्याचार नहीं होने दूँगा। अतएव आज से मेरे नाना सुमाली इस द्वीप के नरेश होंगे तथा इस द्वीप का नाम आज से ही सुमाली-खंड होगा और आप सब आज से 'रक्ष-संस्कृति' का पालन करेंगे।"

प्रजानन ने फिर एक बार हर्षध्वनि की और रावण ने नाना सुमाली से कहा, "तात! आप यहाँ वातापि व इलबल के साथ रहिए। मैं प्रहस्त और अकम्पन की सहायता से दानवों तथा नागों के द्वीपों को जय कर शीघ्र ही आपको लंका में मेरे राज्याभिषेक के लिए आमन्त्रित करूँगा। इतने द्वीप हमने विजय किए हैं। उनकी देखभाल तथा मेरे संकल्प के प्रचार के लिए सुयोग्य व्यक्ति की आवश्यकता है, अन्यथा ये विजय किए हुए द्वीप भी हाथ से निकल जाएँगे और इन सबके लिए नानाजी, आप ही सर्वथा योग्य हैं।"

"ठीक है वत्स, तू जा। तेरी मनोकामना शीघ्र पूर्ण हो...।"

रावण एक सप्ताह की यात्रा के पश्चात् लंकापति की महत्त्वाकांक्षा की ही उधेड़बुन में लगा रहा। उसे मात्र एक बार मन्दोदरी का ध्यान आया। उस रूप और यौवन की छवि उसके सामने उभरी। मन्दोदरी को कन्धे पर बिठाकर घुमाना और जलक्रीड़ा करना, किसी लतागुल्म में पहरों

बैठे रहना, उसकी माँग सँवारना, फूलों से सजाना—यह सब याद आया। चलते समय उसने कहा था—"मैं भी तुम्हारे साथ चलती, किन्तु मैं मातृत्व प्राप्त करने जा रही हूँ, इस कारण प्राणनाथ, तुम्हारा साथ देने में असमर्थ हूँ। विदा के समय मेरी शुभकामनाएँ तुम्हारे साथ हैं।"

"हाँ।" उसने कहा था।

"जब तक सन्तान हो, तब तक तुम्हें विजय प्राप्त हो जानी चाहिए। अभी यह दो माह का गर्भ है। मैं लंका की महारानी बनकर ही पुत्र जनना चाहती हूँ।"

तब रावण ने कहा था—"पुत्र होगा तो मन्दोदरी, बड़ा प्रतापी होगा, क्योंकि मैंने नक्षत्रों के ज्ञान पर ही तुमसे सहवास किया है।"

इसी समय प्रहस्त बोला, "भ्राता, हम बालिद्वीपों के निकट आ गए हैं। यह नागों का धाम है। यहाँ नागराज वज्रनाभ राज्य करते हैं। यहाँ प्रजा सुखी नहीं है। राजकीय व्यवस्था निकृष्ट है। चोर तथा लम्पटों का बोलबाला है।"

रावण की तन्द्रा टूटी। उसको झटका-सा लगा। वह मन्दोदरी को भूल गया।

इसी बीच सहसा कालदन्त नाग ने कहा, "वज्रनाभ स्वयं लम्पट है। उसके अन्तःपुर में नाग, किन्नर, गन्धर्वों की सैकड़ों स्त्रियाँ हैं। तुम चाहो तो बालिद्वीप का उद्धार कर सकते हो। नागों के पास मणियाँ भी बहुत हैं। हम उन्हें लूटकर लंका के कोष में भर देंगे।"

मणियाँ...मणियाँ...मणियाँ...बेशकीमती...! स्वर्ण से महँगी! रावण को चाहिए। भविष्य में लंकाधीश को रत्नों की भी आवश्यकता पड़ेगी। मन्दोदरी मणिमेखला धारण करेगी।

सहसा रावण ने आदेश दिया, "बालिद्वीप के तट पर लंगर खोल दिए जाएँ और कालदन्त को छोड़कर हम सभी युद्ध को प्रयाण करेंगे। सैनिक यह ध्यान रखें कि नागों की नागपाश से बचने का हरसम्भव प्रयास करें। यदि नागपाश में बाँधे गए तो मुझे छोड़कर सभी मारे जाएँगे।"

वातापि बोला, "मैं उदरस्थ होकर सभी नागों के पेट फाड़ डालूँगा, चिन्ता मत करो रावण!"

रावण ने इस छोटी-सी टुकड़ी के साथ बालिद्वीप में प्रवेश किया और दूत-कार्य में कुशल प्रहस्त को एक सन्देश देकर नागराज वज्रनाभ के पास भेजा।

प्रहस्त सन्देश लेकर नागराज वज्रनाभ की सभा में पहुँचा और बोला, "महायशस्वी नागराज महाराज को दैत्यराज माल्यवान के दूत का प्रणाम स्वीकार हो। सेवक को आदेश हुआ है, कि दैत्यराज माल्यवान एवं दैत्यराज सुमाली दक्षिण द्वीपों के स्वामी हो गए हैं, इस कारण उनका सन्देश है कि नागराज वज्रनाभ का देश उनकी सीमा में आता है, अतएव महाराज वज्रनाभ प्रतिवर्ष बीस भार मणियाँ प्रदान करें अन्यथा महाराज माल्यवान एवं महाराज सुमाली की सेना से युद्ध करें।"

नागराज वज्रनाभ की आँखें लाल हो गईं और वह किसी सर्प की भाँति फुँफकारने लगा। वह सन्देश को सुनकर क्रोधित होकर बोला, "वज्रनाभ की भुजाओं में बल है। अमूल्य मणियाँ प्राप्त करने के लिए कितना श्रम करना पड़ता है, हम जानते हैं। नागों की शक्ति क्षीण नहीं हो गई है। अपने महाराज माल्यवान और सुमाली से कह देना, देवासुर संग्राम में सुमाली गया था तो नाग-दैत्य समर में माल्यवान तथा सुमाली मारे जाएँगे।"

जो आज्ञा कहकर प्रहस्त नियमानुसार झुककर दंडवत् करते हुए वापस चल दिया और रावण को वज्रनाभ का सन्देश सुना दिया।

रावण धैर्यवान था और शौर्य का प्रयोग कब किया जाए, इसका उसे अच्छा ज्ञान था। वह भीषण परिस्थिति में भी विचलित होना नहीं जानता था। सफल योजना बनाने में भी वह

कुशल था। थोड़े से सैनिकों से किस प्रकार बालिद्वीप जय किया जाए, इस पर उसने थोड़ा सोचा, फिर बोला, "प्रहस्त, अभी मध्याह्न है। हम लोग वज्रनाभ को तैयारी का अवसर बिना दिए ही इसी क्षण क्यों न आक्रमण कर दें!"

अकम्पन बीच में ही बोल उठा, "भ्रातर, तत्काल कार्रवाई का ही मेरा विचार है। मैं समझता हूँ, हमें राजधानी की ओर अग्रसर हो जाना चाहिए।"

रावण खड़ा हो गया और अनायास ही उसने आदेश दिया, "मेरे पीछे आओ।"

रावण ने फिर राजमहालय की ड्योढ़ी पर क्रोधित होकर गर्जना की, "मैं महाराज माल्यवान का सेनापति ललकारकर कहता हूँ कि वज्रनाभ महाराज सुमाली की सेना से पराजित होगा। स्त्रियाँ अपने बच्चों के साथ घर में छिपकर बैठी रहें, वृद्धजन बाहर न निकलें और युवक अपने प्राण न गँवाएँ। यह मेरी निषेध आज्ञा है। मैं ब्रह्म से अनुप्राणित रावण हूँ। मेरे रव से उन स्त्रियों को प्रसव हो जाता है जिनको कि प्रसव में देर होती हो।" और रावण हाथ में खड्ग लेकर उसे हवा में लहराता हुआ गर्जना करने लगा व चारों ओर घूमने लगा।

एक गवाक्ष से वज्रनाभ की छोटी रानी यह घोष-गर्जन सुन रही थी जो कि गर्भवती थी, उस पर मनोवैज्ञानिक प्रभाव पड़ा और उसका गर्भपात हो गया। रानी मूर्च्छित हो गई। दासियाँ दौड़ पड़ीं। कोई कहने लगी, "रावण की हुंकार से ऐसा हुआ है।"

एक प्रौढ़ा बोली, "उसका तो नवाँ मास चल ही रहा था, ऐसा तो होना ही था। यह क्या बात हुई कि रावण के भय से ऐसा हुआ है! स्त्रियों में साहस न होने से ही तो वे अबला हैं, अन्यथा पुरुषों से स्त्रियाँ किस बात में कम हैं? दोनों के समान अधिकार हैं।"

एक बोली, "कुछ भी हो, रावण ने जैसा कहा था, वैसा हुआ तो सही। अभी तक ऐसी विचित्र घटना कभी घटी ही नहीं।" और अन्ततः अधिकतम स्त्रियों ने एकमत से यही स्वीकार कर लिया कि रावण की गर्जना से ही गर्भपात हुआ है।

रावण अभी गर्जना कर रहा था। एक दासी भी रनिवास में गर्भवती थी। उसने अन्तःपुर में जब यह चर्चा सुनी तो गम्भीर गर्जना और इस वार्ता से उसे भी प्रसव हो गया। जिन्हें अन्धविश्वास था, उनकी और पुष्टि हो गई।

नागपट्टमहिषी काफी समझदार थी। उसने साहस के साथ वज्रनाभ के अलिंद में प्रवेश किया। वहाँ मंत्रिगण से वज्रनाभ चर्चा कर रहा था, तभी रानी ने व्यंग्य कस दिया, "अन्तःपुर में गर्भ गिर रहे हैं। नागकुल का क्षय हो रहा है। आप अभी तक छिपकर मंत्रणा ही कर रहे हैं। यदि डर लग रहा हो तो मैं कुछ करूँ?"

वज्रनाभ कायर नहीं था। वह साहसी था। रणनीति जानता था, फिर भी स्त्री के व्यंग्यवाणों से उसका हृदय विदीर्ण हुआ और वह बोला, "रावण खड्ग लिए नाचता रहेगा और मेरी सैन्य टुकड़ियाँ कुछ ही पल में उसे नागपाश में बाँध लेंगी। इस रणनीति को तुम नहीं समझ सकती हो। रावण महान कूटनीतिज्ञ है। माल्यवान, सुमाली नीतिहीन वीर हैं। रावण ही ऐसा राजनीतिज्ञ पंडित है जो नागों को हरा सकता है।"

पट्टमहिषी अपना-सा मुँह लिए वापस चली गई और अपने अलिंद में उद्विग्न बैठने का उपक्रम करने लगी; किन्तु रावण की द्वार पर गर्जना के कारण उसका मन नहीं लग रहा था। अन्ततः उसका मन नहीं माना और गवाक्ष पर आ गई। उसने देखा, एक अति सुन्दर क्रोधित बलिष्ठ युवक गला फाड़-फाड़कर गर्जना कर रहा है और खड्ग का हवा में इस कुशलता के साथ संचालन कर रहा है कि उसके ताम्रवपु के चारों ओर चमचमाता खड्ग ही दृष्टिगोचर होता

था। रानी रावण पर रीझ-सी गई। वह मन-ही-मन मुस्काई भी और एकटक रावण की ओर ही देखती रही। इसी समय रानी की दृष्टि रावण को चारों ओर से घेरते हुए नाग सैनिकों पर पड़ी तब वह कुटिल हँसी हँसी। रानी को मनोवेग हुआ। वह मन-ही-मन सोचने लगी—'स्त्री भी क्या है? कभी किसी पर मोहित होती है और पल भर में ही उसे भूल जाती है। मैं रावण पर मुग्ध हुई और अब नाग सेना द्वारा घेरे जाने से प्रसन्न हूँ, इसीलिए मुझे कुटिल हँसी आई। रावण नागपाश में बँधेगा फिर महाराज वज्रनाभ उसे सभा में नाग प्रथानुसार मृत्युदंड देंगे और प्रजा के समक्ष उसका वध किया जाएगा।' पुनः चिन्तन बदला—'नहीं-नहीं, ऐसे सुन्दर युवक का वध नहीं होगा। मैं महाराज से कहकर उसे क्षमा प्रदान करा दूँगी और बालिद्वीप का सेनापति नियुक्त करा दूँगी। इच्छा होगी तो ऐसे युवक से रमण भी करूँगी।' फिर अपने रूप के बारे में सोचा—'अभी तो मेरी नस-नस में कामाग्नि है, अभी महाराज से दो ही पुत्र तो उत्पन्न किए हैं, अभी तो मेरी देहकान्ति ज्यों की त्यों है, नाग कन्याएँ सुन्दरता में वैसे भी प्रसिद्ध हैं, जिसमें तो मैं प्रतिदिन अंगरादिक पदार्थों का अनुलेपन करती हूँ, मेरी सुन्दरता तो षोड्सवर्षीया नाग कन्याओं से भी द्विगुणित है। फिर शृंगार करूँगी तो यह युवक भी विचलित हुए बिना नहीं रहेगा। यदि पट्टमहिषी समझकर सकुचाएगा तो भी मैं हाथ पकड़कर शैया पर खींच लूँगी। ऐसे बलिष्ठ हाथों से नारी-देह मसली जाएगी तो मैं कृतार्थ हो जाऊँगी। रावण मेरा पोर-पोर चटखा देगा। मेरा रोम-रोम रावण के प्यार से फूल जाएगा तथा वह मुझमें और मैं उसमें समा जाऊँगी।'

रानी की आँखें रावण का दृश्य अवलोकन भी कर रही थीं और उसके सौन्दर्य का पान भी कर रही थीं तथा मस्तिष्क पर्यंकशयन की क्रिया कर रहा था। इस प्रकार नागरानी एकसाथ दो मन के झूले पर सवार होकर ऊँची उड़ान भर रही थी कि अनायास ही उसने देखा, रावण पर सैनिकों ने नागपाश फेंक दी है। रानी ने चीख के साथ कहा—"नहीं!" परन्तु उसकी चीख को उसी ने सुनी। रानी की आँखें दृश्य की ओर ही थीं। रानी ने देखा—रावण का खड्ग अभी भी उसी गति से हवा में झूल रहा है। वह समझ गई कि नागपाश का वार खाली गया। उसके होंठों पर फिर मुस्कान खेल गई।

तभी रावण ने गर्जना बन्द कर दी और हुंकारकर कहा, "प्रहस्त, इसी समय आक्रमण करो!"

प्रहस्त, अकम्पन, धूम्राक्ष, वातापि, इलबल—सभी नाग सैन्य टुकड़ी पर टूट पड़े और रावण ने वज्रनाभ को ललकारा।

वज्रनाभ ने रावण पर शूल फेंका। रावण ने इस गति के साथ सामने से खड्ग चलाया कि शूल कटकर नीचे गिर गया। तभी रावण वज्रनाभ पर झपटा। वज्रनाभ फुँफकारा तो रावण ने ललकारकर कहा, "मेरा खड्ग तेरे रक्त का प्यासा है वज्रनाभ, आज तू जीवित अन्तःपुर नहीं जा पाएगा। आज तेरा शोक मनाया जाएगा।"

वज्रनाभ ने फुँफकारकर कहा, "नागपाश से तू बच गया परन्तु अब मेरे गदा-प्रहार से तू नहीं बच पाएगा, सँभल!" कहते हुए वज्रनाभ ने गदा का प्रहार कर दिया। रावण के सिर के स्थान पर गदा कन्धे को लगी तब रावण का क्रोध और बढ़ गया और उसने बाएँ हाथ में परशु ले लिया व कहा, "तेरा काम तमाम करना तो देख मेरे बाएँ हाथ का ही काम है।" और इसके पहले कि वज्रनाभ सँभलता, रावण ने परशु से उसकी गर्दन पर वार कर दिया। फुँफकारता हुआ नागराज भूमि पर गिर पड़ा और छटपटाकर शान्त हो गया।

वज्रनाभ के मरते ही नाग सैनिकों के पाँव उखड़ गए।

पट्टमहिषी यह सब कुछ देख रही थी। विजयी रावण के चेहरे पर अब क्रोध नहीं था। उसने रक्त-रंजित परशु फिर कटि के दाएँ भाग में खोंस लिया था और खड्ग बाईं ओर के कोष में पहुँच गया था। रानी राजमहल से नीचे उतर आई और रावण के सामने आकर खड़ी होकर कहने लगी, ''इतने बड़े द्वीप का नरेश आपके हाथों मारा गया। हमारी प्रथा है जो विजेता होता है उसे विजित की पत्नी स्वतः प्राप्त हो जाती है।'' रुककर पुनः कहा, ''आप माल्यवान के सेनापति मात्र हैं, अब यह राज्य आपने जय कर लिया है तो नागों के रिक्त सिंहासन पर बैठिए, नाग- कन्याओं का उपभोग कीजिए और अहियों के सम्राट कहलाइए। हमारी अहि जाति जहाँ-जहाँ है, वह सब आपको सम्मान देगी तथा अहि कोष भरने के लिए आपको मणियाँ प्राप्त होंगी।''

रावण ने यह नियम नहीं सुना था, उसे विस्मय हुआ। अब तक जितने द्वीप जय किए थे, उनमें महारानी, रानी या दासी तक उसके सामने नहीं आई थीं। आज नाना सुमाली भी परामर्श के लिए उसके पास नहीं थे। जो कुछ करना था, स्वविवेक से ही रावण को करना था। फिर भी रावण ने दबे स्वर से कहा, ''देवि, रावण किसी की पत्नी ग्रहण करने में असमर्थ है। रावण कभी भी उच्छिष्ट वस्तु पसन्द नहीं करता। रावण का अभी तो एक ही उद्देश्य है लंकाधीश कहलाना। यदि सम्राट पद प्राप्त करने के पश्चात् रावण लिप्सामयी हो जाएगा तो तुम्हारा स्मरण अवश्य करेगा।''

इन शब्दों से नागरानी के कानों में झाँई-सी बोलने लगी। उसका चेहरा फक् पड़ गया। मन में उथल-पुथल होने लगी। कुछ देर पूर्व जो उमंग थी, वह समाप्त हो गई। उस पर पहाड़-सा टूट पड़ा। रानी को इतना वज्रनाभ का दुख नहीं हुआ जितना कि दुख रावण ने दोटूक उत्तर देकर रानी को दिया। वह बिफर पड़ी। प्रजा ने समझा, रानी विलाप कर रही है। सम्भवतः अब रावण ने यही माना किन्तु नागरानी का स्वप्न साकार न होकर वह टूट गया। इस कारण वह भी टूट गई। वासना के वेग के आगे सभी वेग गौण हो गए थे। वे अब उभरने लगे थे। पट्टमहिषी साधारण स्त्री से अधिक अब कुछ नहीं रह गई थी। वह मणियाँ और रत्न, जिनसे महारानी लदी रहती थीं, सब विजेता के हो गए थे। स्वामी वज्रनाभ का पार्थिव शरीर उसके सामने पड़ा था। इतनी देर में प्रजा ने रावण का जय-जयकार करना प्रारम्भ कर दिया था। राजा वज्रनाभ को तत्काल ही प्रजा ने भुला दिया था। रनिवास में गर्जना से गर्भ गिरानेवाला रावण नाम चर्चा का विषय अब भी बना हुआ था। रावण के विजयी होने से अन्तःपुर में अटकलें प्रारम्भ हो गई थीं कि यदि ऐसी गम्भीर गर्जना करनेवाला हमारे देश का सम्राट होगा तो हम स्त्रियाँ कैसे गर्भ धारण किए रहेंगी! महारानी मूर्ख है जो रावण से सिंहासन पर बैठने का निवेदन करने गईं। ऐसे राजा को हम स्वीकार नहीं करेंगी।

रावण ने पूर्व की भाँति यहाँ भी प्रजा से अनुरोध किया कि ''वह रक्ष-धर्म का पालन करेगा और आपकी रक्षा के लिए बालिद्वीप के रिक्त सिंहासन पर मैं अपने मातुल सुपार्श्व को सिंहासनारूढ़ करता हूँ। आज से इस द्वीप की प्रजा महाराज सुपार्श्व की आज्ञा का पालन करेगी।''

अब नागरानी खड़ी न रह सकी। वह वहाँ से राजप्रासाद की ओर अपना सब कुछ लुटाकर चल दी।

रावण बिना किसी सैनिक की क्षति के सुपार्श्व को छोड़कर पुनः पोत पर आ गया। लंगर उठ गए। सागर की लहरों पर रावण के पोत तैरने लगे। रावण शान्त बैठ गया, तभी प्रहस्त ने कहा, ''एक द्वीप और अभी रह गया है जय करने को!''

"कौन-सा?"

"सांबद्वीप।"

"वहाँ का सम्राट कौन है?"

"दानव अधिपति मकराक्ष जो कि दानवेंद्र कहलाता है।"

"अच्छा! दानव अधिपति ने भी इन्द्र का विशेषण लगा लिया है?"

"हाँ।"

"तब तो ये अधिक बलशाली होगा?"

"है, किन्तु..."

"किन्तु क्या प्रहस्त?"

"किन्तु उसका भी एक शत्रु है।"

"वह कौन है?"

"कालनेमि!"

"कालनेमि किस कला में निपुण है?"

"माया (विजार्ड आर्ट) में। वह मायावी कहलाता है। वह कौतुक दिखाकर पेट भरता है।"

"ये खेल-तमाशे वाले नट-भांड क्या शत्रुता करेंगे प्रहस्त!"

"वह बहुत बड़ा ऐंद्रजालिक होने से सत्ता का भूखा है। उसके पास दानवों का एक सैन्य संगठन भी है। वह नट-भांड नहीं है। यह दानव अपने काम ऐसे ही समय पर आ सकता है।"

"अच्छा तो चलो, सांबद्वीप ही चलो। वहाँ से तुम कालनेमि को मेरे पास तक ले आना, शेष कार्य मैं कर लूँगा।"

तट पर लंगर खुलते ही प्रहस्त एकाकी मकराक्ष की राजधानी की ओर चला गया। उसने महाराज माल्यवान के गुप्तचर के रूप में इस देश की चार बार यात्रा की थी। उसे पथ-सहायक, सभी की पूर्ण जानकारी थी और ईषत समय में ही प्रहस्त ने कालनेमि के आवास का पता लगाकर गृह के द्वार पर आवाज लगा दी।

कालनेमि भीतर अपनी पत्नी से विनोद कर रहा था। आवाज सुनकर वैसा ही द्वार पर आ गया और आगंतुक से पूछा, "क्या है रे?"

"एक काम है।"

"काम से तो सभी आते हैं, बिना काम के तो कोई किसी के पास नहीं जाता।"

"एक गूढ़ चर्चा करना चाहता हूँ।"

"तो बाहर क्यों खड़ा है? आ, भीतर आ जा।"

प्रहस्त भीतर पहुँच गया और एक आसन पर बैठ गया, तब कालनेमि ने पूछा, "क्या गूढ़ चर्चा है?"

"आपने रावण या दशानन नाम सुना है?"

"रावण नाम राजाओं की सभा तक ही नहीं बल्कि प्रजा तक की जिह्वा पर है।"

"उसी रावण ने तुम्हें सादर बुलाया है।"

"समझा। रावण सांबद्वीप पर भी आक्रमण करने की अभिलाषा रखता है।"

प्रहस्त चतुर था। उसने झट से प्रतिवाद करते हुए कहा, "नहीं, तुम्हें दानवेंद्र के सिंहासन पर बिठाना चाहता है।"

"सिंहासन...राजलिप्सा...यही तो मेरा अभीप्सित है।"

"तो इसे पूर्ण करने का शुभ अवसर आ गया है। तुम्हारी ऐन्द्रजालिक (मायावी) शक्ति और रावण की खड्ग शक्ति दोनों मिलकर महाशक्ति बनेंगी और मकराक्ष का सर्वनाश कर देंगी।"

"तो चल भ्रातर, यह कार्य शीघ्र ही करना चाहिए।"

कालनेमि की प्रतीक्षा में रत रावण सोच रहा था—'मैं रावण प्रभो रुद्र के समक्ष दिए गए वचनों की पूर्ति में सफलता के साथ अग्रसर हो रहा हूँ। ब्राह्मण, यक्ष, गन्धर्व, किन्नर, नाग, दानव, दैत्य, विश्वामित्र के बहिष्कृत जन सभी का एकीकरण करते हुए वर्ग-भेद मिटाने का प्रयास कर रहा हूँ और 'रक्ष-संस्कृति' को सराबोर करता जा रहा हूँ; किन्तु लंकाधीश के पद के लिए रावण बेचैन है। मानवयोनि प्राप्त होने के उपरान्त यदि मनुष्य अपने पुरुषार्थ से यश नहीं कमा सका तो ऐसे जीवन से क्या लाभ? अब रावण का नाम सभी की जिह्वा पर है। प्रहस्त कह रहा था, जब वह सुपार्श्व का तिलक करने गया तो अन्तःपुर की स्त्रियाँ कह रही थीं कि रावण की गर्जना से रानी का गर्भ गिर गया।' रावण मन-ही-मन हँसा। घटना कालगति से हुई, निमित्त रावण बना। जो कुछ है वह काल है...।

इसी समय प्रहस्त कालनेमि के साथ आ गया। रावण प्रत्यक्ष कर्म में संलग्न हुआ। उसने कालनेमि को ससम्मान बिठाया और सपाट रूप से कहा, "मेरा अभियान अब सांबद्वीप जय करने का है। विजय तो मेरी ही होगी, किन्तु सोच रहा था, मकराक्ष के पश्चात् दानवेन्द्र कौन हो?" ललाट पर तीन बल डालकर फिर कहा, "प्रहस्त ने आपका नाम सुझा दिया। सोचा, दानवों का सिंहासन किसी दानव के पास रहेगा तो प्रजा में विरोध नहीं होगा। थोपा हुआ व्यक्ति कब तक नृप-पद का संचालन करेगा! एक दिन तो उसे जातिवाद की आग आत्मसात् करेगी ही।

"सुनो कालनेमि! इन्द्र सूर्यवंशी तथा चन्द्रवंशी क्षत्रिय (आर्य) एक हैं और उनके साथ ब्राह्मण, ऋषि, मुनि सब हैं, फिर हम क्यों न एक हों तथा आवश्यकता पड़ने पर उत्तर की ओर बढ़ें! हमारे-उनके पुराने हिसाब-किसाब चुकाए जाएँ। मैं ब्राह्मण हूँ। गुरु शुक्र भार्गव हैं। काव्य-उष्ना कहलाते हैं, परम विद्वान हैं, परन्तु वसिष्ठ आर्यावर्त में पुज रहा है। ऐसा कौन-सा राज्य है जहाँ दानव, दैत्य, असुर क्षत्रिय, गन्धर्व, किन्नर जातियाँ नहीं हैं (आर्य-अनार्य)! हमारे द्वीपों में सभी जातियाँ हैं फिर ये वर्ग-भेद क्यों? क्या मात्र सूर्यवंश और चन्द्रवंश ही इन्द्र के सहयोग से सदैव एकछत्र राज्य करते रहेंगे तथा हम-तुम पिसते रहेंगे? नहीं, यह सब रावण नहीं होने देगा। वह निरीह प्राणियों की रक्षा करेगा। उन्हें जनाधिकार का ज्ञान कराएगा।... मुझे तुम पर इस कारण विश्वास है कि मेरी माँ दैत्यकुल की हैं और तुम दानव कुल के हो।"

"मैं तुम्हारे विचारों से सहमत हूँ। कालनेमि जब मित्रता का हाथ बढ़ाता है तो अन्तिम साँस तक साथ देता है तथा यही आशा मैं आपसे करता हूँ।" कालनेमि बोला।

"मैं प्रसन्न हुआ कालनेमि! अब तुम प्रजा में विषवमन करो, मकराक्ष का विरोध करो, अपनी ऐन्द्रजालिक माया को छोड़कर कूट माया का प्रचार करो, तब तक रावण युद्ध की तैयारी कर कल राजप्रासाद के सामने मिलेगा।"

कालनेमि वापस आकर अपने कार्य में दत्तचित्त हो गया तथा वह रावण का बल पाकर फूला नहीं समा रहा था। इस कारण वह विरोध के साथ-साथ दानव सैन्य-संगठन में भी लग गया।

रावण ने अकम्पन, वातापि तथा कालदन्त से कहा, "दानवेन्द्र ससैन्य संग्राम करेगा। इस युद्ध में हम सब चलेंगे।"

रावण प्रातःकाल उठा। उसने स्वर्णलिंग स्थापित किया और कुछ देर उपासना करने के बाद ही प्रहस्त को आदेश दिया, "युद्ध के लिए प्रस्थान हो।"

आज रावण ने वक्षत्राण, शीशत्राण, सब कुछ धारण किया था। आज वह पूर्ण सेनापति के भेस में था। उसकी गति सिंह के समान थी। भवें तनी हुई थीं। आँखें लाल थीं। गालों पर लाली थी। हाथों में रत्नों की अंगूठियाँ थीं। आज फिर रावण ने माता द्वारा दिया गया मणियों का हार धारण किया था जिसमें रावण के शीश की प्रतिछाया पड़ रही थी। अब वह दशशीश रावण की उपमा को सार्थक कर रहा था।

रावण राजप्रासाद के चतुष्पथ पर खड़ा हो गया। मात्र बारह सैनिकों का सेनापति रावण शालीनता के साथ एकटक प्रासाद की ओर देखने लगा।

चतुष्पथ पर कुछ ही देर में लोग एकत्रित हो गए। प्रतिहारी सैनिक तथा दानवेन्द्र के गुप्तचर भी चारों ओर से इस छोटे से दल को घेरकर खड़े हो गए। रावण के वक्ष पर सुशोभित बड़ी-बड़ी मणियों में रावण के शीश का प्रतिबिम्ब पड़ रहा था। ऐसा हार दानव प्रजा ने नहीं देखा था। सैनिकों को भी विस्मय हुआ।

तभी एक दानव चर ने पूछा, "तू कौन पुरुष है? ऐसा मणिहार तो नागों के पास भी नहीं है। इसमें तेरे दश शीश दृष्टिगोचर हो रहे हैं और आनन की मुद्रा में जैसा तेरा चेहरा करता है, वही ये प्रतिबिम्ब भी करते हैं। यह तो विचित्र विज्ञान है। मणियाँ सीधी ही रहती हैं, उनका भार बड़े गणित से बनाया गया है। बता, तू दैव, दानव, दैत्य—कौन है?"

रावण हँसा। रावण हँसा तो प्रतिबिम्ब भी हँसे। रावण ने अट्टहास किया तो वैसी ही प्रतिक्रिया मणि प्रतिबिम्ब में हुई। प्रजा को कौतूहल हो गया।

तब रावण ने कहा, "मैं रावण हूँ। मकराक्ष से युद्ध करने आया हूँ।"

प्रजाजन को काठ मार गया। एक दानव बोला, "दानवेन्द्र से पराजित होकर क्यों अपनी बलि चढ़ाना चाहता है! जा, भाग जा। महाराज मकराक्ष तुझे जीवित पकड़ लेंगे और कल प्रातःकाल तेरी बलि चढ़ा देंगे। हमारे देश में शत्रु-दंड की बलि-प्रथा ही है।"

अकम्पन तथा वातापि बलि-प्रथा से ईषत् भयभीत हुए। रावण परिस्थिति की पकड़ तत्काल कर लेता था। उसने आभास किया कि बलि-प्रथा से सैनिकों का सम्भवतः मनोबल गिर रहा है और गिरकर जब मनोबल टूट जाएगा तो ये सब भाग जाएँगे। रावण एकाकी रह जाएगा, शायद प्रहस्त ही साहस जुटाकर खड़ा रह सकेगा। किन्तु वह और मैं कर भी क्या सकेंगे? कालनेमि का अभी तक कहीं पता नहीं है। रावण थोड़ा चिन्तित हुआ परन्तु इस द्वन्द्व से रावण ने शीघ्र मुक्ति पाने का उपाय सोचा और वह फिर वही गम्भीर गर्जना करने लगा।

मकराक्ष ने सैन्य टुकड़ी को आदेश दिया कि वह रावण की सेना पर टूट पड़े तथा मकराक्ष स्वयं खड्ग लेकर आगे बढ़ा। रावण वही गर्जना अभी भी कर रहा था। उसका खड्ग पूर्व की भाँति हवा में लहरा रहा था।

प्रहस्त सैन्य-संचालन में निष्णात था। उसने प्रतिहारियों पर वार कर दिया। छद्मवेषी गुप्तचरों ने खड्ग खींच लिए और युद्ध होने लगा।

मकराक्ष की सेना ने रावण को घेर लिया। वातापि व इलबल ने खड्ग से दानवों का पेट फाड़ना प्रारम्भ कर दिया। कालदन्त ने कुछ को नागपाश में बाँध लिया।

रावण कुछ ही देर में मकराक्ष की सेना से घिर गया। रावण पर वार होने लगे किन्तु उसके खड्ग-संचालन के आगे सभी वार खाली गए। रावण इसी प्रकार से सैनिकों को छकाता रहा, थकाता रहा और फिर उसने अनायास ही गर्जना बन्द कर दी और सैन्यबल पर टूट पड़ा। कुछ का सिर धड़ से अलग हो गया, परन्तु मकराक्ष की बड़ी सेना ने फिर सभी को घेर लिया और मकराक्ष बोला, ''रावण, तुम चारों ओर से घिर गए हो, आत्म-समर्पण कर दो।''

रावण के स्वाभिमान को ठेस पहुँची। जिसकी एक आवाज पर बड़े-बड़े राजाओं ने अधीनता स्वीकार कर ली, वह स्वयं आत्म-समर्पण कैसे कर सकता है! उसकी दृष्टि चारों ओर घूम रही थी। प्रहस्त, अकम्पन, वातापि सभी घिरे हुए थे। युद्ध दानवेन्द्र की आवाज के कारण रुक-सा गया था। रावण कितने द्वीपों को जय करने के उपरान्त दानवेन्द्र के राज्य में बलि चढ़ाया जाएगा। वह लंकाधीश नहीं कहला पाएगा। इसके पूर्व ही उसका जीवन समाप्त हो जाएगा, परन्तु कालनेमि?

रावण का यह सोचना ही था कि मकराक्ष की सेना पर पीछे से किसी ने चिल्लाकर कहा, ''कालनेमि की सेना आ गई है, युद्ध हो।''

रावण की चेतना लौटी। उसे कालनेमि नाम से स्फूर्ति प्राप्त हुई और उसने अनायास ही खड्ग चला दिया व मकराक्ष पर झपटा और उसका शीश काटकर फेंक दिया।

रावण पराजय का मुख देखते-देखते विजयी हो गया। कालनेमि निकट आ गया और रावण ने प्रजा को रक्ष-संस्कृति बताया। रुककर फिर कहा, ''इस देश में नर-मांस का विक्रय नहीं किया जाएगा। आर्यों की किसी भी आज्ञा व उनके यक्षों को प्रश्रय नहीं दिया जाएगा। क्षत्रियों के अश्वमेध यज्ञ जो कि नरमेध यज्ञ हैं, सम्पन्न नहीं होने दिए जाएँगे। एतदर्थ आपके देश के सिंहासन पर मैं कालनेमि को नियुक्त करता हूँ।'' रावण पुनः पोत पर आ गया।

दादा पुलस्त्य की गोद में पलनेवाला दशानन, सुमेरु से पिता वैश्रवा के कन्धे चढ़कर आन्ध्र में बड़ा हुआ तथा सभी विद्याएँ सीखकर नाना सुमाली के कहने से 'लंकाधीश' और फिर मन्दोदरी को दिए गए वचनों से रक्षेन्द्र की उपाधि धारण करने तक जीवित रहेगा या किसी युद्ध में मारा जाएगा, विधाता ही जाने! सार्वभौम सम्राट की लालसा ने रावण को पिता-माता-मन्दोदरी—सबसे पृथक् कर दिया। चार माह की निरन्तर समुद्री यात्रा और उस पर मन्दोदरी जैसी पतिव्रता नारी का विछोह—यह सब कष्टसाध्य है।

'परन्तु शूलगव' के समय उपस्थित जन को ध्रुवीकरण का दिया गया वचन? मन्दोदरी की माँ हेमा को इन्द्र से छुड़ाना, यह समस्त उत्तरदायित्व किसका है? क्या समाज में कृमियों के समान जीने वाले मनुष्यों का? नहीं, मेधावी पुरुषों को जीवन- यात्रा एकाकी ही करनी पड़ती है। उन्हें सहारे के लिए लोग स्वयं मिल जाते हैं, उन्हें खोजना नहीं पड़ता। मुझे भीं तो सहयोगी मिले। कालनेमि जैसा दानव मिला। मातुल, प्रहस्त, अकम्पन-से वीर मिले। हमने युद्ध में कुछ खोया भी तो नहीं है, पाया ही पाया है। नाना सुमाली लंका के न सही, सुमाली-खंड के राजा तो हैं ही। रावण हताश नहीं होगा। रावण का समर अभियान रक्षेन्द्र की उपाधि तक निरन्तर चलेगा। रावण विशुद्ध वेद पाठ का प्रचार करेगा वेद का ज्ञान शूद्रों को भी देगा। इन्द्र की साम्राज्यवादी नीति को समूल नष्ट करेगा। आर्यावर्त में वर्गभेद सर्वाधिक है, वहाँ रक्ष-संस्कृति के पोषकों को राक्षस की ही संज्ञा दे दी गई है जबकि रक्ष-यज्ञ, रक्ष-कर्म दोनों में विश्व-बन्धुत्व है और इसमें विपरीत यज्ञ (यज्ञ) संस्कृति है जिसमें अश्वमेध यज्ञ में अकारण नर-बलि चढ़ा दी जाती है। भूख और प्यास से व्याकुल लोग अपनी सन्तान तक का विक्रय कर देते हैं। इन कुप्रथाओं को समाप्त करना होगा। समाज में क्षत्रियों ने राजाओं को दैवीय सिद्धान्त का रूप दे दिया है।

वे प्रजा से राजा को प्रभु, भगवन् आदि भाँति-भाँति से सम्बोधन कराते हैं जबकि ये मात्र मनुष्य हैं, इसके अतिरिक्त कुछ भी नहीं। इस व्यवस्था को समग्र रूप से मुझ जैसा विद्याधर ही तोड़ सकता है और मुझे ऐसा करना होगा।

"प्रहस्त!" रावण बोला।

"हाँ।"

"लंकद्वीप..." रावण रुका।

"का तट आ गया है।" शेष वाक्य प्रहस्त ने पूरा किया।

"ज्येष्ठ भ्राता कुबेर का धाम...। यक्ष, किन्नर, गन्धर्वों की प्रजा से भरा वैभवशाली देश। सुरक्षित एवं दुर्भेद्य लंकापुरी। विभिन्न मंत्रों और भुशुंडियों से रक्षित त्रिकूट पर्वत पर बसी हमारी विशाल नगरी...इस नगरी के लोकपाल को कौन जय करेगा?"

"हम करेंगे।" प्रहस्त बोला।

"सत्ता के लिए भाई-भाई में संघर्ष!"

"द्रोण-नीति में यह सब वर्ज्य है।" प्रहस्त बोला।

"मैं कुबेर से सर्वाधिक अनुराग करता हूँ।"

"रावण या तो अपने उद्देश्य की पूर्ति कर ले या अपने भ्राता से स्नेह?" प्रहस्त ने कहा।

"रावण राज्य का भूखा नहीं, वह ब्राह्मणों का उत्कर्ष चाहता है तथा सूर्यवंशी एवं चन्द्रवंशी सम्राटों की नीति का विरोध करना चाहता है।"

"दानव-नाम-दैत्य एवं बहिष्कृत आर्य-जन की रक्षा बिना सत्ता के रावण नहीं कर सकेगा।" प्रहस्त बोला।

"तो बिना सत्ता के रक्ष-संस्कृति का प्रसार भी नहीं होगा।"

"हाँ, रावण, उठ। रक्षेन्द्र बन। प्रजा जिन अश्वमेध यज्ञों के नरसंहार से थक गई है, वह तुझे रक्षेन्द्र कहे। मांधाता ने मधुपुर के लवणासुर दैत्य पर, जिसे कि राक्षस कहा गया, आक्रमण किया। उसने मांधाता का वध कर दिया। जब आर्यावर्त का प्रतापी प्रथीपाल अनरण्य है। वह अयोध्या का राजा है। उसकी इन्द्र से मित्रता है और वह गन्धर्व राज्य, दैत्यराज सभी को परास्त कर अपना निष्कंटक राज स्थापित करना चाहता है। यदि आर्य अपने अभियान में सफल होते जाएँगे तो हमें दास बनाया जाएगा।" प्रहस्त ने कहा।

"नहीं, दास-प्रथा का रावण विरोधी है। रावण सभी जातियों में साम्य स्थापित कर उनकी अन्तर्मुक्ति का अभिलाषी है। वह नहीं चाहता कि वर्ग-भेद की खाई और विस्तीर्ण हो, इसे संकीर्ण होना चाहिए।"

"संकीर्ण कौन करेगा रावण?" प्रहस्त ने पूछा।

"मैं।" रावण ने हुंकार के साथ कहा।

"तो उठ...! लंका का मुकुट तेरी प्रतीक्षा कर रहा है। गन्धर्वों का निष्कासन कुबेर ने कर दिया है और तुंबरू (विराध) गन्धर्व भाग गया है। मातंग ऋषि ने ऋक्ष, वानर जाति को परास्त कर दक्षिण की ओर भगा दिया है और उन्होंने किष्किन्धा में शरण लेकर अपना सम्राट बालि घोषित कर दिया है...रावण, रक्तपात हो रहा है। आर्य गोमेध यज्ञ कर रहे हैं और हम वयं रक्षामः का घोष करने वाले हाथ पर हाथ रखकर कैसे बैठे रह सकते हैं! उठ, लंकाधीश...उठ...!" प्रहस्त ने रावण को चेताते हुए कहा।

रावण के रक्त में उष्णता आ गई। उसकी नसें, मांसपेशियाँ सब फूल गईं...। चेहरे पर

सौम्यता रही। वह पोत से उठ खड़ा हुआ तथा प्रहस्त के साथ कुबेर के धाम की ओर अग्रसर हुआ।

रावण ने वैभवशालिनी लंका नगरी के द्वारों के कपाट, परकोटा, खाई, बुर्ज सबका अवलोकन किया। बुर्जों पर रखी हुई भुशुंडियों को देखा जिनमें से आग के गोले निकलते थे। त्रिकूट पर्वत पर प्रातःकालीन सूर्य की किरणों से वह स्वर्ण सदृश देदीप्यमान हो रही थी। रावण ने प्रतिहारी से कहा, ''महाराज कुबेर से कहो, तुम्हारा भाई दशानन तथा मातुल प्रहस्त आए हैं।''

प्रतिहारी ने सन्देश धनपति कुबेर के पास भेज दिया। ईषत् क्षण में ही रावण को ससम्मान बुलावा आ गया। मणिकांचन से पूरित रथ, जिसको चार घोड़े खींच रहे थे व जो हाथी के चर्म से ढका हुआ था, जिस पर सुन्दर चित्रकारी हो रही थी, उस राजरथ में रावण तथा प्रहस्त बैठे। सेविकाएँ चँवर ढुलाने लगीं। राजरथ महापथ पर दौड़ा। महापथ के चारों ओर तड़ाग, सुन्दर वृक्ष, कलरव करते हुए पक्षी एवं अट्टालिकाओं पर भाँति-भाँति की चित्रकारी एवं उनमें से झाँकती हुई कुलवधुओं, कन्याओं द्वारा रावण पर पुष्प, अक्षत सभी फेंके गए। रावण गद्‌गद हुआ। लंका में स्वर्ण प्रासादों से किरणें परावर्तित होकर रावण की आँखों पर पड़ीं। वह चकाचौंध हो गया। उस हिरण्यमयी राजप्रासाद के सामने राजरथ रुका। रावण के उतरने ही सैन्यदल ने खड्ग उठाकर नमस्कार किया। एकसाथ पाँच पुष्पक बाण रावण के चरणों में आकर गिरे... मानो पुष्पराज ने रावण के चरण पखारे। सीढ़ियाँ चढ़ते ही रावण पर कमल दल की वर्षा परिचारिकाओं ने की। रावण की जय का तुमुलघोष हुआ।

मुख्य द्वार पर धनेश कुबेर ने रावण को भुजाओं में भरकर छाती से लगा लिया। रावण ने हाथ सहसा भाई के चरणों की ओर बढ़ गए।

रावण के चरण अब बैदूर्यतल पर उठ-गिर रहे थे। प्रासाद की दीवारें स्वर्ण- निर्मित। उनमें कहीं तड़ाग, कहीं पक्षियों का कलरव, कहीं मनोहारी दृश्य—सब कुछ उत्कीर्ण था। फिर अन्तःपुर आया। रमणियों के सुमंगल गान की मधुर ध्वनि, वीणा की मधुर झंकार, अपार्थिव नृत्य से घुँघरुओं की आवाज—सब कुछ अलौकिक।

फिर धनपति कुबेर का अपना प्रासाद गगनचुंबी। पंक्तिबद्ध आसन, बीच में स्वर्ण-सिंहासन, जिसमें रत्न जड़े हुए। तल पर कीमती कम्बल, पैर पड़ते ही बालिस्त-भर धँस जाएँ। चारों ओर परिचारिकाएँ सुवासित शीतल जल लिए हुए सेवा में उपस्थित हैं।

सब बैठ गए। कुबेर ने पूछा, ''पिता-माता सब सकुशल हैं?''

''हाँ।''

''और कुम्भकर्ण, विभीषण, शूर्पणखा?''

''सव कुशल हैं।''

''नाना सुमाली?''

''वे नरेश हैं। आपकी कृपा से सकुशल होंगे।''

''हाँ, मुझे चर ने अवगत कराया था कि तुमने सभी दक्षिण द्वीपों को विजय कर लिया। दानवराज मकराक्ष तथा नागराज वज्रनाभ को भी परास्त कर दिया है। सुमाली-खंड का स्वामी नाना सुमाली को नियुक्त कर दिया है।''

''हाँ!''

''अच्छा हुआ, दशानन, ये सब मेरे विरोधी थे। जिस कार्य को मैं करने जा रहा था, उसे तुमने अकेले ही पूर्ण कर दिया। मैं प्रसन्न हुआ अनुज तथा आज इसी प्रसन्नता में तेरा इतना

बड़ा स्वागत किया गया है। ऐसा स्वागत मैंने मात्र देवराज इन्द्र का किया था।''

"तात! देवराज इन्द्र के नाम से मुझे चिढ़ है। वह स्त्री को मात्र भोग की वस्तु समझता है। हेमप्रभा, अहल्या, और भी रमणीय, कमनीय, पतिव्रतधारिणी स्त्रियाँ, उसका कोपभाजन बनीं और आप-हम सब शान्त रहे। इनका पुत्र जयंत भी ऐसा ही है। क्या नृपति एवं उनकी सन्तानें हमारे ब्रात्यवंश के साथ यही करती रहेंगी? क्या हम इसका प्रतिशोध लेने में असमर्थ हैं? देवराज इन्द्र की सभा में मंत्री भ्रष्ट हैं। फिर भी हम जय-जयकार कर रहे हैं। प्रजा का शोषण हो रहा है, चहेते आर्यों को संरक्षण दिया जा रहा है, फिर भी हम शान्त हैं। वस्तुओं की कीमत बढ़ती जा रही है। हमारे द्वारा उत्पादित सामग्री कम मूल्य में और उस सम्राट की सामग्री अधिक मूल्य में कहाँ नहीं बेची जा रही है? उनकी संस्कृति राजाश्रम के नीचे सब पर थोपी जा रही है। हमारी सभ्यता का ह्रास हो रहा है। देवराज जिसे चाहें उसे किसी भी राज्य का स्वामी क्षण-भर में बना देते हैं। रण में पराजित कर देते हैं। क्या वे अपना निष्कंटक राज्य उत्तर से दक्षिण तक नहीं चाहते? क्या ये कूटनीति नहीं है?''

"तुमने बहुत कुछ दिया दशानन! देवजाति में दोष हैं तो गुण भी बहुत हैं।''

"गुण और दोष की व्याख्या आप नहीं समझते भैया! यूँ तो प्रत्येक व्यक्ति गुणी है तो अवगुणी भी है। अपने दोष स्वयं दिखाई नहीं देते। इन्द्र को भी हमारे लोग राक्षस ही कहते हैं। यह राक्षस मात्र घृणास्पद शब्द है जिसका उपयोग परस्पर विपक्षी करते हैं। कल यदि मैं देवराज पर चढ़ाई कर दूँ तो वे मुझे भी राक्षस कहने लगेंगे। वेद में राक्षस शब्द खलनायक की भाँति ही प्रयुक्त किया गया है, अन्यथा नहीं।''

"तुम वेदज्ञानी हो, उसका माहात्म्य कर सकते हो। मैं इतना बुद्धिमान नहीं हूँ और न ही मैं अकारण सुसज्जित महाविज्ञानी देवजाति से संघर्ष मोल लेने के पक्ष में हूँ। उनकी शक्ति से ही तो मैं लोकपाल कहलाता हूँ। उन्होंने मुझे भी तो अर्चना में स्थान दिया है। इतना बड़ा सम्मान पाकर कुबेर क्यों देवराज से वैर करे?''

"भैया! तुम सम्मान पाकर मानव के मूलभूत अधिकारों को भूल गए हो। गन्धर्व, यक्ष, किन्नर हमारे मित्र हैं, आप उन्हें निष्कासित कर रहे हैं। जितने भी ऋषि हैं, वे आर्यों तक को दक्षिण की ओर खदेड़ रहे हैं तथा दैत्य, दानवों के सिंहासन पर आर्य खड्ग चला रहे हैं। हम यह कैसे सहन कर सकते हैं, जबकि हमारे कुलवंशियों के अधीन प्रजा सुखी है?''

"दशानन! यदि तू अधिकारों व प्रतिशोध के लिए संघर्ष करना चाहता है तो तू छत्र धारण कर, तभी तेरी मनोकामना पूर्ण हो सकती है। बिना राजदंड के जो तू सोच रहा है, वह तुझ तक ही रह जाएगा।''

प्रहस्त बीच में ही बोला, "यही तो दशानन चाहता है।''

"मातुल! यह तो बड़ी खुशी की बात है। दशानन, रावण के कई विशेषण हों, वह सार्वभौम सम्राट हो, यह मेरा शुभ आशीर्वाद है। दशानन, तुम अपना अभियान चाहो तो लंका में रहकर भी प्रारम्भ कर सकते हो?''

प्रहस्त ने ही निवेदन किया, "धनेश, लंका तो मेरे पिता की बसाई हुई ही है। यह जो चमक-दमक आज यहाँ है, कभी यह त्रिकूट पर्वत निर्जन स्थान था। इसकी रमणीयता को देखकर दैत्यराज सुमाली ने इसे सँवारा, धन-धान्य से भरा और ये राजप्रासाद, ये अट्टालिकाएँ सब हम दैत्यों की वास्तुकला के ही प्रतीक हैं। ये भुशुंडियाँ, आधुनिकतम अस्त्र-शस्त्र—सब दैत्यों द्वारा निर्मित, दैत्यों के विज्ञान का ही चमत्कार हैं। ये जो यान जिसमें बैठकर तुम विहार करते हो,

यह हमारा ही है, जोकि तुम्हें ब्रह्मा से प्राप्त हुआ है। ऐसे यान का निर्माणकर्ता दम्भ पुत्र दानवराज शंखचूड़ था जिसने पक्षी के आकार वाले विमान से देवासुर संग्राम में युद्ध किया था। अतः हमारा जन्मसिद्ध अधिकार है कि लंकापुरी का सम्राट रावण क्यों न हो?''

रावण को ऐसा लगा, जैसे किसी ने डंक मार दिया हो। कुबेर को काठ मार गया। यह अप्रत्याशित घटना चन्द शब्दों द्वारा घट गई, फिर रावण बोला, ''आप मेरे पूज्य ज्येष्ठ भ्राता हैं। आपका मुझ पर असीम स्नेह है। मैं नहीं चाहता कि मैं लंका का सम्राट बनूँ। आप दुख न करें, मैं किसी अन्य क्षत्रीय नरेश को पराजित कर इस खड्ग की नोक से मुकुट धारण कर लूँगा।''

''नहीं रावण! प्रहस्त ठीक कहता है। यथार्थ में ही लंकापुरी तो दैत्यों की ही है। किसी दिन इसके पीछे युद्ध हुआ तो हमें अपयश ही प्राप्त होगा। सिंहासन की भूख पिता-पुत्र तक को नहीं छोड़ती। अकेला प्रहस्त या रावण ही तो निर्णायक नहीं हो सकते। आप लोग लंका न भी चाहें तो दूसरे बन्धु-भाइयों के मन में कभी कलुषित भावना जन्म ले सकती है, वह तब भविष्य में होगा। इससे अच्छा है, हम इस भविष्य में पड़ने वाली गाँठ को सुलझा लें।''

''सुलझाना ही ठीक है कुबेर! वैसे भी रावण तुम्हारा अनुज होने से इस राजपाट का भागीदार है। तुमने उदारता तथा गम्भीरता से इस चर्चा को लिया, अच्छा किया, अन्यथा कल चारों भाई विभाजन के लिए झगड़ते तो उचित नहीं रहता। हो सकता है, आपके परस्पर खड्ग ही खिंच जाते...। जगत में ऐसे कौन से सहोदर भ्राता हैं जो विलग न हुए हों, जिसमें तो आप सौतेले हैं...'' प्रहस्त ने कहा।

''फिर इसका समाधान क्या हो मातुल?''

''समाधान के लिए मेरा यह परामर्श है कि आपके नाना भरद्वाज, सुमाली एवं पिता मुनि वैश्रवा से ही पंच निर्णय करा लिया जाए।''

''मैं सहमत हूँ प्रहस्त!''

''सहमत हैं तो सुमाली एवं वैश्रवा को मैं बुला लाता हूँ। मुनि भरद्वाज को आप बुलवा लीजिए।''

रावण विचलित-सा हो गया। उसका मन खट्टा-सा हो गया। पूज्य भ्राता ने उसे जो सम्मान दिया था, उसे प्रहस्त ने धूल में मिला दिया। क्या ऐसा ही निरन्तर होता आया है और होता रहेगा? भावी क्या है, विधाता क्या है, कोई नहीं जानता। रावण को इसकी कल्पना भी नहीं थी कि वह लंकाधीश बिना श्रम के ही बन सकता है। यह होनी है या रावण का भाग्य? यदि भाग्य में ही सम्राट होना बदा था तो पहले ही प्रहस्त को ऐसी बुद्धि क्यों नहीं आई? यदि अब समय आया है तो ज्येष्ठ भ्राता का सिंहासन ही क्यों? नानाजी की लंका है तो उन्हीं को क्यों नहीं? हम दोनों भाई कहीं और जा बसेंगे।—यह सब सोचते हुए रावण बोला, ''नहीं, लंका स्वर्णपुरी है, दुर्भेद्य है। इससे दक्षिण निष्कंटक है। चारों ओर समुद्र है। इसे जय नहीं किया जा सकता। रावण यहाँ से उत्तर, आर्यावर्त, सभी स्थानों पर जा सकता है तथा दिए गए वचन को पूरा कर सकता है। भैया तो शान्तिप्रिय अधिक हैं, उन्हें किसी बात का दुख नहीं होता। मैं उनकी विचारधारा को बचपन से जानता हूँ। उन्हें अहल्या का दुख नहीं हुआ जबकि श्रोत्रिय छत्र होने से उन्हें देवराज पर चढ़ाई करनी चाहिए थी। चाटुकारों की कहीं भी कमी नहीं है। लोगों ने यह प्रचार और कर दिया कि अहल्या स्वयं देवराज की पर्यंकशायिनी बनी जब कि वह स्पष्ट बलात्कार था। रावण बलात्कार नहीं होने देगा...।''

रावण की भवें तन गईं। आँखें लाल हो गईं। भुजाएँ फड़कने लगीं। कुबेर समझे कि रावण

की यह मुद्रा किसी प्रतिशोध की द्योतक है तो कुबेर ही बोले, ''मंत्रद्रष्टा रावण, तेरा चेहरा तमतमा रहा है। रक्त उबाल ले रहा है। क्या अपने भाई से भी अन्य की भाँति युद्ध करेगा?''

''नहीं, रावण अपने भाइयों से असीम प्रेम करता है। वह युद्ध नहीं करेगा। धनेश कुबेर लोकपाल हैं, लोकपाल ही रहेंगे। रावण की दृष्टि में इन्द्र की धूर्त राजनीति का ही प्रतिशोध है। इसके लिए वह साम्राज्यवादी बनेगा, अपने उपनिवेश बनाएगा और इन्द्र को पराजित करेगा।''

फिर कुबेर ने रावण का मुख चूम लिया और कहा, ''भरद्वाज तथा सुमाली की क्या आवश्यकता है, पिता जो आज्ञा देंगे, हम दोनों उसे स्वीकार करेंगे।''

''और मैं कहता हूँ, पिताजी की भी क्या आवश्यकता है भैया! रावण भी इतना गिरा नहीं है। वह तो उसकी महत्त्वाकांक्षा और देवों-आर्यों की दानव-दैत्य विरोध नीति उसे झकझोर देती है तब उसका मिश्रित रक्त उबलने लगता है और वर्ग-भेद को मिटाने का उसका संकल्प उसे एकलक्षी बना देता है। उस समय रावण सब कुछ भूल जाता है।''

''ठीक है अनुज! फिर भी मैं ज्येष्ठ हूँ। नियमानुसार मुझे ही तुम्हारी सुख-सुविधा का ध्यान रखना चाहिए एवं अब तुम सर्वथा योग्य भी हो गए हो। इस कारण तात को प्रत्येक बात बताना धर्म है।'' फिर हँसकर कहा, ''जाओ प्रहस्त, तात वैश्रवा को पुष्पक विमान से ले आओ।''

प्रहस्त चला गया। तभी धनेश कुबेर की पत्नी फल-फूल, मेवा, मिष्ठान्न लेकर उपस्थित हुई। रावण ने भाभी को पहली बार देखा था। इस कारण कुबेर ने परिचय कराया, तब रावण ने उसके चरण-स्पर्श किए तथा वह रत्नपीठिका पर बैठते हुए मन्दोदरी का कुशलक्षेम पूछने लगी।

रावण ने तत्काल उत्तर दिया, ''भाभी, मैं चार माह से युद्धरत हूँ। मुझे इस समय उसका क्षणिक स्मरण ही हुआ है, इसके अतिरिक्त मैं तो अपने लक्ष्य में ही लगा रहा।''

ठिठोली के साथ ही वह बोली, ''लगता है, तुम्हें उनसे अनुराग नहीं है। तुम्हारे भैया तो मुझे कहीं जाने ही नहीं देते हैं।''

कुबेर उठ गए, तो रावण ने प्रति उत्तर दिया, ''सम्भवतः मैं भी मन्दोदरी को कहीं नहीं जाने देता। हम भाइयों का व्यवहार स्यात् एक-सा ही है।''

''अच्छा, ये फल तो लो। अशोकवाटिका के हैं। अभी सुवासित से मँगवाए हैं। मैंने तुम्हारे लिए भोजन में नाना व्यंजन बनवाए हैं।''

''हूँ। आपके स्नेह का आभारी हूँ।''

''इसमें आभार की क्या बात है देवर जी! यह तो आतिथ्य है। देखिए न, मेरे तीन-तीन देवर हैं परन्तु उनमें से एक को देखने का सौभाग्य आज विधाता से प्राप्त हुआ।'' पुनः विषय बदलकर रावण से पूछा, ''मैंने सुना था कि आपने वज्रनाभ की महारानी से भी विवाह कर लिया है?''

''नहीं, उसने प्रथानुसार प्रस्ताव रखा था जिसे मैंने ठुकरा दिया।''

''किन्तु हमें सूचना दी गई कि आपकी सेना ने वहाँ लूटपाट की और नाबालिग कन्याओं का भी हरण किया?''

''मेरे पास कटक दल नहीं है। मैं एकाकी ही रणक्षेत्र में उतरता हूँ। हाँ...इतना अवश्य है कि मेरे मातुल व दो-चार विश्वसनीय मित्र सहायता के लिए साथ हैं। मैं कोई लूटपाट नहीं करता और न ही किसी कन्या का हरण। विश्वास न हो भाभी, तो अपने चर भेजकर मेरे जलपोत जो कि सागर में लंगर डाले खड़े हैं, की जाँच कर लो।''

''आश्चर्य है। यह बात तो काफी फैल रही है। राजमहल से लेकर प्रजा तक कि रावण

कन्याएँ हरण कर रहा है और वह अब ब्रात्य नहीं रह गया है, राक्षस हो गया है, राक्षस..."

"रावण रक्ष-संस्कृति का प्रचार करते-करते राक्षस कहलाने लगा। इस संसार में भाभी, बात का बतंगड़ ऐसे ही बनता है। फिर भी पूछना चाहता हूँ कि ये भ्रामक प्रचार किस जाति ने किया?"

"मैंने सुना है, लंका के कुछ गरुड़, क्षत्रिय, ऋक्ष तथा वानर जातियों ने, समुद्र के जलमार्ग से तुम्हारे द्वारा विजित देशों से भागकर आनेवाले लोगों ने ही सम्भवतः ऐसा कहा है।"

रावण ने अट्टहास किया। ऐसा अट्टहास महारानी ने कभी नहीं सुना था। वह प्रकम्पित हो गई। तब रावण बोला, "आश्चर्य है भाभी, तुम्हारी बुद्धि पर।"

"क्यों, क्यों, क्या हुआ?"

"अरे, अपनी मातृभूमि को छोड़कर भागनेवाले लोग जयी रावण की प्रशंसा थोड़ी करेंगे! वे तो उसे अधम, नीच, राक्षस सभी विशेषणों से विभूषित करेंगे ही क्योंकि मैंने उनके नरेशों के शीश काट दिए, उनकी सत्ता और संस्कृति पर मैंने अपनी सत्ता और संस्कृति को आरोपित कर दिया। तब रावण उनके लिए दुष्ट ही कहलाएगा न?"

"हाँ, समझ गई, यह मात्र तुम्हारे यश को अपयश में परिवर्तित किया जा रहा है।"

इसी समय प्रहस्त ने मुनि वैश्रवा के साथ प्रवेश किया।

धनेश कुबेर तथा रावण ने पिता वैश्रवा के चरण-स्पर्श किए। पिता ने आशीर्वाद देकर आसन ग्रहण किया।

तब वैश्रवा बोले, "कहो पुत्रो, कैसे अनिवार्य रूप से मुझे बुलाया है?"

रावण शान्त बैठा रहा। उसने मुख से एक शब्द भी नहीं कहा। कुछ देर तक कुबेर मुँह ताकते रहे, किन्तु परिस्थिति समझकर कुबेर ने ही उत्तर दिया, "तात! मैं सबसे ज्येष्ठ हूँ और मेरे भाई अब सुयोग्य हो गए हैं। रावण वीर, मेधावी, साहसी युवक है। यह रक्षेन्द्र की उपाधि भी धारण करना चाहता है। इस कारण मेरा दायित्व है कि मैं अपने भाइयों की उन्नति के लिए उन्हें राज्य-सम्पत्ति का भाग दूँ। इस विषय में प्रहस्त का कथन है कि लंकद्वीप नाना सुमाली का होने से दशानन का ही इस पर अधिकार है। अब आप मुझे आज्ञा दें, मैं क्या उचित कार्रवाई करूँ?"

"पुत्र! तुम सभी भ्राताओं में अक्षुण्ण अनुराग बना रहे, इसके लिए तेरे ज्येष्ठ होने से तुझे ही त्याग करना होगा, क्योंकि दशानन की संस्कृति 'रक्ष' है और तेरी 'यक्ष'। दोनों में विरोधाभास है। इस कारण तुम एक तो रह ही नहीं सकोगे। यदि प्रयास भी करोगे तो कालान्तर में विभाजन तो करना ही होगा। अतः कुबेर, तुम लंका रिक्त कर, रावण को सौंप दो तथा तुम गंधमादन पर्वत पर अलकापुरी बसाकर रहो। मेरा यह परामर्श नहीं, आज्ञा है।"

पिता की आज्ञा कुबेर को सर्वोपरि थी। उन्होंने प्रसन्न मुद्रा में कहा, "तात, रावण राज्याभिषेक की तैयारी करे, मैं सपरिवार अपने बन्धु-बांधवों सहित यहाँ गंधमादन पर चला जाऊँगा।"

"कल्याण हो!" कहते हुए मुनि वैश्रवा चल दिए।

6

धनेश कुबेर लंका रिक्त कर चले गए। रावण के राज्याभिषेक हेतु द्वीप-द्वीप में निमन्त्रण भेजे गए। माल्यवान, सुमाली, कालनेमि, मधुपुरी (मथुरा) का दानवराज मधु, दैत्यपति विरोचन, गन्धर्वराज

शैलूष, गन्धर्वराज तुंबरू (विराध), रावण का श्वसुर मयदानव, गुरु शुक्राचार्य, परशुराम, अक्षनगर का कालकेय-सम्राट विद्युज्जिह्व, वैजयन्तपुर का असुर अधिपति तिमिरध्वज शंबर, गन्धर्वदेश (वर्तमान पेशावर) का अधिपति मित्रावसु तथा दानवराज शंखचूड़ के पुत्र ने विमान से पदार्पण किया।

लंका में इन सबका भव्य स्वागत किया गया तथा ठहरने की उत्तम व्यवस्था की गई। लंका को ध्वजपताका, तोरण, कलश आदि से सजाया गया था। रावण ने स्वयं अतिथियों के लिए उत्तम भोजन का प्रबन्ध किया था। रथों, अश्वों, हाथियों आदि की व्यवस्था के लिए पृथक् समिति बनाई गई थी जिसका सभापति धूम्राक्ष को नियुक्त किया गया था। रोग-उपचार हेतु वैद्यों का दल बनाया गया था जिसका भार सुखेन राजवैद्य के कन्धों पर डाला गया था। यानों को उतरने के लिए रावण ने अपने निर्देश में पट्टी तैयार कराई थी। समुद्र के दोनों तटों पर पोत तथा नावों का बेड़ा लंका में पदार्पण के लिए छोड़ दिया था।

इस प्रकार लंकद्वीप में सभी का जमघट हुआ। लंकावासियों ने नाना प्रकार की नाग, दैत्य, दानव, गन्धर्व, असुर, आर्य, अनार्य रमणियाँ देखीं। राजाओं को, युवराजों को स्वर्ण-आभूषणों से लदा देखा। देश-देश के सम्राटों की पुत्रियों, दोहित्रियों ने अपने यौवन की छटा से लंका को निहाल कर दिया। वेद वर्णित पक्षी-आकार तथा नौका-आकार के विमान लंका में शोभायमान हो रहे थे। लंका में राजरथों पर देश-देश के सम्राटों के राजचिह्नों के ध्वज राजपथ के दोनों ओर रत्नयुक्त स्वर्ण-स्तम्भों पर टाँगे गए थे, जिससे एकता सन्देश संचारण का आभास हो रहा था।

रावण के राज्याभिषेक का शुभ मुहूर्त ब्राह्मणों ने पूर्व से ही निर्धारित कर दिया था। लंकापुरी के सामने ही विशाल मंडप बनाया गया था। मंडप में दो सहस्र पीठिकाएँ रेशम के कम्बलों पर रखी गई थीं। प्रत्येक पीठिका के सामने ही दूरसंचार की व्यवस्था भी की गई थी। दर्शकों के लिए पृथक् से दीर्घाओं की व्यवस्था की गई थी। नारियों को बाईं ओर बिठाने की व्यवस्था की गई थी। सम्राटों के लिए रत्नजटित सिंहासन रखे गए थे। इसी प्रकार अतिथि महारानियों के लिए भी पृथक् से पीठिकाओं की व्यबस्था की गई थी।

ठीक समय पर सभा-मंडप में भीड़ एकत्र होने लगी। सम्राटगण अपनी पटरानियों, पुत्र-पुत्रियों-दोहत्रियों के साथ अपने-अपने रथों में चढ़कर पधारे। जो दानव-दैत्य नरेश विमानों से आए थे, उन्हें रावण के रथ विश्रांति ग्रहों से लाए।

रावण ने सौर ऊर्जा से चलित ध्वनिविस्तारक यन्त्रों की व्यवस्था की थी। प्रहस्त ने ठीक समय पर घोषणा की, ''सम्राटों, सम्राज्ञियों एवं अतिथियों का लंका की भूमि पर स्वागत है। हमें दुख के साथ कहना पड़ रहा है कि आज इस समारोह में क्षत्रिय नरेश नहीं पधारे जबकि आप सब हमारे कुल से सम्बन्धित होने से मार्ग में कष्ट उठाकर आए हैं। हमने देवराज इन्द्र को आमन्त्रित नहीं किया, सम्भवतः इस कारण क्षत्रिय अपनी गुटनीति के कारण आने में असमर्थ रहे।...आप जानते हैं, आज दशानन का राज्याभिषेक होने जा रहा है। दशानन पचपन कलाओं में प्रवीण हैं। अदम्य साहसी हैं। विज्ञान की अनेक तकनीकें जानते हैं। वेद के ज्ञाता हैं। तंत्र, मंत्र, औषधि—सभी में महापंडित हैं। ऐसे लंकाधीश को पाकर लंका की प्रजा जिसमें यक्ष, किन्नर, गन्धर्व, देव, दानव, दैत्य, नाग आदि सभी आर्य एवं अनार्य सभ्यता के लोग निवास करते हैं, प्रसन्न होंगे। मैं...पुनः अतिथियों का आभार करते हुए दैत्यगुरु शुक्राचार्य से अनुरोध करूँगा कि वे लंका के सिंहासन पर दशानन का राज्याभिषेक करने का कष्ट करें।''

भार्गव शुक्र आसन से उठे। परिचारिकाओं ने थाल में मणिखचित स्वर्ण-मुकुट लिए हुए

आगमन किया और गुरु शुक्र के पीछे अतिथि सम्राट एवं विशिष्ट जन राजदरबार की ओर गए। वहाँ गुरु शुक्र ने सिंहासन का पूजन कराया और रावण के सिंहासन पर बैठने के उपरान्त मुकुट धारण कराया तथा राजतिलक, कुमकुम, अक्षत, पुष्प के साथ सम्पन्न कर दिया। नाना वाद्य बज उठे। स्त्रियों का मंगलगान हुआ और रावण का मंत्रों के साथ राज्याभिषेक हो गया।

रावण सभा मंडप में आया। प्रजा ने लंकाधीश की जय का घोष किया। उसके पीछे महारानी मन्दोदरी रुचिर राजकीय वस्त्रों में पधारीं। उनके पीछे कुम्भकर्ण, विभीषण, अकम्पन, धूम्राक्ष आदि सभी मातुल इष्ट-मित्र आए। सब अपने-अपने आसनों पर विराजमान हुए।

रावण सिंहासन पर बैठा फिर उसने उद्‌बोधन किया, ''लंका की प्रजा की ओर से आप समस्त ऋषि, मुनि, सम्राट, अतिथियों का अभिवादन है। लंकेश्वर अपनी प्रजा को अपनी संतति स्वीकार करते हुए उसकी हर प्रकार से रक्षा करेगा। लंका राज्य का रावण विस्तार करेगा। दशानन रक्ष-संस्कृति का प्रचार समस्त भूमंडल पर करेगा। अत्याचारियों को दंड देगा और अवसर प्राप्त हुआ तो देवराज इन्द्र से प्रतिशोध लेगा। क्षत्रिय नृपों ने कभी भी दैत्य-दानव-गन्धर्व सम्राटों को सम्मान नहीं दिया बल्कि उन्हें पराजित किया। मैंने 'शूलगव' पर्व पर प्रतिज्ञा की थी कि मैं सबको एक करूँगा तथा समस्त जातियों को अपनी रक्ष-संस्कृति में अन्तर्भुक्त करूँगा। वही प्रण मैं आज करता हूँ तथा उपस्थित सम्राटों से अनुरोध करता हूँ कि हमारे मैत्री सम्बन्ध और सुदृढ़ हों, इसके लिए हम जाति-भेद भूलकर परस्पर वैवाहिक सम्बन्ध स्थापित करेंगे तो मुझे बड़ी प्रसन्नता होगी।...अन्तर्जातीय वैवाहिक सम्बन्धों से हम सदैव एक-दूसरे के शुभचिन्तक बने रहेंगे और आड़े समय पर काम आएँगे।...आप सभी किसी-न-किसी रूप में क्षत्रियों से उत्पीड़ित हैं, उनका कभी अश्वमेध यज्ञ, कभी गौमेध यज्ञ चला ही करता है और इसमें धन-जन की हानि उठानी ही पड़ती है। ये सभी यज्ञ निकृष्ट हैं। इन यज्ञों को हमें समाप्त करना होगा। अतएव उपस्थित सम्राटों को यदि मेरा रक्ष-सिद्धान्त, जिसमें एकीकरण मुख्य है, रास आता हो तो इसे स्वीकार करने की कृपा करते हुए परस्पर वैवाहिक सम्बन्ध भी करने का कष्ट करें। आप सभी को धन्यवाद।''

रावण के उद्‌बोधन का सम्राट एवं प्रजा पर गम्भीर असर हुआ। तत्काल ही तिमिरध्वज शंबर असुरराज ने इसका समर्थन करते हुए 'रक्ष-संस्कृति स्वीकार है' की घोषणा कर दी और बलशाली महाराज शंबर की घोषणा के बाद ही लगभग समस्त सम्राटों ने इस संस्कृति को अंगीकार कर लिया।

तभी वैभवशालिनी स्वर्णलंका के राजा रावण के भाई कुम्भकरण से विवाह के लिए दैत्यपति विरोचन ने अपनी दोहित्री वज्रज्वाला के सम्बन्ध की घोषणा कर दी। सभागार लंकेश्वर की जय तथा करतल ध्वनि से गूँज उठा।

रावण बुद्धिमान था। जब विरोचन ने परस्पर विवाह का सूत्रपात कर दिया तो मतप्रणेता की ओर से भी इसी प्रकार की उद्‌घोषणा ऐसे शुभ अवसर पर अनिवार्य आवश्यकता है। यदि रावण ऐसा नहीं करेगा तो उसके सिद्धान्त की पुष्टि कैसे होगी? अन्य सम्राटों को विश्वास कैसे होगा?

रावण उठा। उसकी दृष्टि में शूर्पणखा के योग्य कालकेय सम्राट विद्युज्जिह्व था। कालकेय युवक होकर सुन्दर था एवं विद्युत विज्ञान में प्रवीण होने के कारण ही उसका नाम विद्युज्जिह्व था। कालकेय विद्युत शस्त्रों तथा सौर ऊर्जा के अस्त्रों का संचालन कुशलता से करते थे और रावण को विद्युत ऊर्जा की आवश्यकता थी। इस कारण उसने प्रहस्त को बुलाकर, बहन शूर्पणखा

का विवाह विद्युज्जिह्व से करने की घोषणा करा दी।

सभा में प्रसन्नता छा गई। 'लंकेश्वर महाराज की जय' का बार-बार तुमुल घोष हुआ।

इस बीच मयदानव ने, जिनके एक ओर उनके जामाता शंबर (तिमिरध्वज शंबर महारानी मायावती की सगी बड़ी बहन) बैठे थे तथा दूसरी ओर गन्धर्वराज शैलूष बैठे थे, सम्राट शैलूष से निवेदन किया, "आपके भी तो कन्या है। विभीषण जैसे गुणवान को क्यों नहीं ब्याह देते?"

बीच में ही शंबर बोल उठे, "हाँ, हाँ, मय ठीक कहता है। रावण जैसा अद्वितीय योद्धा मित्र हमें कहाँ मिलेगा! इस स्वर्ण अवसर को क्यों गँवाते हो! घोषणा करो। रावण जैसा कुल ढूँढ़ने पर भी नहीं मिलेगा?"

"सोच तो मैं भी यही रहा था तिमिरध्वज जी! आपने मेरे मुँह की बात छीन ली।" शैलूष ने कहा।

"तो फिर घोषणा करो मित्र!" शंबर ने कहा।

और इसके साथ ही गन्धर्वराज शैलूष आसन से उठे तथा उन्होंने कहा, "मेरी पुत्री सरमा का विवाह विभीषण से किए जाने का अनुरोध मैं लंकेश्वर से करता हूँ।"

रावण की यह नीति सफल रही। तीनों विवाह स्वयं रावण ने सम्पन्न करा दिए और सभी ऋषि, मुनि, गुरु एवं अतिथि सम्राटों को भेंट देकर विदा किया।

मन्दोदरी पट्टमहिषी बन गई। रावण लंकेश्वर बन गया। एक महत्त्वाकांक्षा की पूर्ति हो गई। किन्तु रावण के कन्धों पर और भार बढ़ गया। अब वह सम्राट है। प्रजा-रक्षक है। प्रजा के भरण-पोषण का दायित्व रावण का। लंका के युवक- युवतियों को उच्च शिक्षा में प्रवीण कर रोजगार देने का कार्य भी सत्ता का यानी रावण का। अच्छी शिक्षा नहीं मिलेगी तो लंका की भावी प्रजा मूर्ख रहेगी। वह राज्य को क्या समझेगी? राजनीति का ज्ञान कैसे होगा? इससे रावण को विद्यालय खोलने होंगे। उनमें विभिन्न विषयों को पढ़ाने के लिए विद्वान ऋषियों की आवश्यकता होगी। रावण को सर्वप्रथम शिक्षा के विकास पर ध्यान देना होगा। इससे देश में ही भूगर्भशास्त्री, वेदविशारद, खगोलशास्त्री, विज्ञानी आदि सदैव उपलब्ध रहेंगे तथा वे प्रयोग करते रहेंगे। आर्यावर्त से विंध्य तक का प्रत्येक ऋषि आश्रम अनुसन्धान में व्यस्त है। इन्होंने अनेक प्रकार के अधुनातम शस्त्रों का निर्माण कर लिया है। लड़ाकू विमानों का नया अनुसन्धान भी कर लिया है। तो फिर रावण को भी यानों का निर्माण करना होगा। पूँजी तो रावण कोष से व्यय कर देगा, किन्तु इस यांत्रिकी कला का प्रशिक्षण कौन देगा? भरद्वाज नाना हैं, उन्हें भी लाया जा सकता है। अगस्त्य को तो दादाजी पुलस्त्य की बहन लोपामुद्रा अर्थात् मेरे पिताजी की बुआजी ही ब्याही हैं, वे भी ब्रह्मास्त्र का प्रशिक्षण दे सकते हैं। परन्तु ये न आए तो...तो रावण शंखचूड़ की संतति को लाएगा। वे यान की कला जानते हैं। सौर ऊर्जा तथा विद्युत ऊर्जा एवं चुम्बक धातु से शस्त्र फेंके जाने के लिए अक्षनगर से कालकेय आ जाएँगे। वास्तुकला में तो नाना सुमाली एवं तात मय से बढ़कर कोई है ही नहीं...।

राष्ट्र की उन्नति के लिए सहशिक्षा अनिवार्य है, तभी भविष्य में लंका धन-धान्य से भर पाएगी। जल-सेना के लिए नावें तो रावण तैयार करा ही लेगा किन्तु लंकद्वीप का प्रत्येक जन आवश्यकता पड़ने पर सेनानी हो, इसके लिए तो सैनिक प्रशिक्षण भी देना होगा, तभी रावण सार्वभौम सम्राट की परिकल्पना को मूर्त रूप दे सकेगा एवं अभियान में सफल हो सकेगा। क्षत्रिय घृणित अश्वमेध यज्ञ द्वारा साम्राज्यवाद की घोषणा कराते हैं किन्तु रावण ऐसा नहीं करेगा। वह तो स्वयं युद्ध के लिए जाएगा। जिसमें साहस हो, वह सामना करे, अन्यथा

रक्ष-सिद्धान्त स्वीकार करे।

तभी प्रहस्त आ गया। उसे देखकर रावण की तन्द्रा-सी टूटी और कहा, "प्रहस्त, कल मैंने मंत्रियों तथा राजसचिवों की पद-सूची तुम्हें दी थी। उसके अनुसार नई व्यवस्था की घोषणा की या नहीं?"

"कर दी महाराज!"

"मंत्री विभीषण को बुलाओ।" पुनः कहा, "हाँ, राजसचिव प्रहस्त, आप कह रहे थे कि सुंद की पत्नी ताड़का मुझसे एकान्त में कुछ निवेदन करना चाहती है। मैंने मिलने की अनुमति दे दी थी, वह किस समय आ रही है?"

"राजन्, मध्याह्न काल में।"

इसी समय मंत्री विभीषण आ गए। उन्होंने महाराज को नमस्कार किया और पूछा, "कैसे स्मरण किया लंकेश?"

"विभीषण! लंका राज्य की उन्नति के लिए पहला कार्य है उच्च शिक्षा की व्यवस्था। हम युद्ध करेंगे तो हमें आयुध चाहिए, आहतों की चिकित्सा के लिए वैद्य चाहिए। हम इन सबका विभागवार विभाजन करना चाहते हैं तथा यान, शस्त्र सबके निर्माण की कला भी लंका में ही चाहते हैं। कोई दान के स्थान पर वृत्ति से पेट भरनेवाला कोई ब्राह्मण या ऋषि, मुनि मिले, तो ये विद्याएँ उन बटुकों को सिखवाओ। यदि ये न मिलें तो हमारे मित्र राष्ट्रों से विद्वानों को ऊँची वृत्ति पर नियुक्त कर लो। लंका का एक-एक युवक राष्ट्रभक्त बन जाए तथा सेनानी बन जाए। लंका का सैन्यीकरण कर दो विभीषण!"

"जो आज्ञा!" कहकर विभीषण चला गया और ताड़का ने अपने पुत्र मारीच के साथ प्रवेश किया। रावण कुछ पूछे, इसके पूर्व ही अकम्पन बोला, "महाराज, ये ताड़का व इसका पुत्र मारीच है।"

रावण हँसा, फिर कहा, "ये क्या निवेदन करना चाहती है? इससे कहो, रावण राज्य में बोलने की स्वतंत्रता है। यहाँ कोई बन्धन नहीं है। जो कुछ भी यह कहना चाहे, उसे निर्भीकता से कहे।"

"महाराज की जय हो! मैं नैमिषारण्य अपने पिता यक्षराज सुकेतु के यहाँ जाना चाहती हूँ।"

"अनुमति है यक्षिणी ताड़के!"

"महाराज, मेरा कुछ और प्रयोजन भी है।"

"क्या?"

"आप मारीच को कोई पद दे दें, ये पिता के समान ही अद्‌भुत योद्धा है। मैं और मेरा पुत्र दोनों ही आपकी रक्ष-संस्कृति का पालन करते हुए नैमिषारण्य में आपका अभियान चलाएँगे।"

"यदि यह वीर है तो मैं इसे नैमिषारण्य के ही सेनानायक के पद पर प्रतिष्ठित करता हूँ, किन्तु वहाँ अभी सेनानायक नहीं जाएगा, तुम जा सकती हो। तुम नारी हो। वहाँ किसी की बहन, किसी की बुआ कहलाओगी और निश्चिंत रहोगी।"

अकम्पन ने धीमे से कहा, "लंकेश्वर, ताड़का यक्षिणी है, प्रौढ़ होते हुए भी युवती सदृश है। इसकी रगों में भी यक्षराज के वंश का रक्त है। यह राजनीतिज्ञ भी है, क्यों न हम इससे नैमिषारण्य में गुप्तचर का काम लें? पुरुषों की अपेक्षा स्त्रियाँ निष्णात गुप्तचर होती हैं?"

"ठीक है, अकम्पन, जब मैं आज्ञा दूँ, तब इसे भेजना। अभी इसको गुप्तचर विभाग में

ही वृत्ति पर रख लो।" रावण ने कहा।

ताड़का व मारीच रावण की जय-जयकार करते हुए चले गए। अकम्पन खड़ा रहा तथा कुछ देर पश्चात् बोला, "प्रभो! अगस्त्य ऋषि के साथ जो यदुवंशी राजा हैं, वे दक्षिण तक आकर अपना किसी पर्वत पर पड़ाव डाल रहे हैं। इन्हें रोकना चाहिए।"

"क्यों?"

"इसलिए कि अगस्त्य आर्य-अनुयायी हैं।"

"वे दादाजी के बहनोई हैं, हमारे विरोधी नहीं हो सकते।"

"किन्तु उन्होंने विंध्य तथा सुंद को पराजित करने से यह सिद्ध कर दिया है कि वे दक्षिण में आर्य-संस्कृति को फैलाना चाहते हैं।"

"वातापि तथा इलबल को चर-रूप में भेज दो। ये दोनों असुर महान योद्धा हैं। यदि अगस्त्य का अभियान आगे न बढ़ने का हो तो ये दोनों वापस आ जाएँ, अन्यथा उनसे निवेदन करें कि इस क्षेत्र से लौट जाएँ।"

रावण सार्वभौम सम्राट और रक्षेन्द्र कैसे हो? मुकुट तो धारण कर लिया, किन्तु इसमें तो काँटे-ही-काँटे हैं। मित्रों के सहारे चलेगा भी कब तक लंकेश्वर? उसे तो गम्भीर गर्जना करनी ही होगी। लंका में तंत्र-मंत्र-योग की शिक्षा तो प्रारम्भ हो ही जाएगी, फिर भी सैन्यीकरण में समय तो लगेगा ही। तब तक रावण की इन्द्रियाँ शिथिल हो जाएँगी, फिर वह क्या कर सकेगा? उसे तो निरन्तर चलना ही होगा। उसकी अभिलाषा तो दिग्विजय कर एक बार ब्राह्मण-सत्ता तथा 'रक्ष-धर्म' का डंका पीटना ही है। रावण को तो सुप्तावस्था में भी जाग्रत् ही रहना होगा।

इसी बीच पट्टमहिषी मन्दोदरी कुछ फल-फूल लेकर सेवा में उपस्थित हो गई। रावण ईषत विचलित हुआ। महारानी महीन वस्त्र धारण किए हुए थी। दासी ने वेणी में सुवासित जुही के फूल गूँथे थे। मुख से अंगरादिक अनुलेपन की भीनी-भीनी गन्ध आ रही थी। रावण ने मन्दोदरी को हाथों में उठाकर कन्धे पर बिठा लिया।

मन्दोदरी अनायास इस कृत्य से सकुचा गई व बोली, "अब आप सम्राट हैं, परिचारक-परिचारिकाएँ इतस्ततः घूम रहे हैं, अब हमें मर्यादा का ध्यान रखना चाहिए। मुझे उतार दीजिए प्राणनाथ!"

रावण ने तत्काल मन्दोदरी को उतार दिया व कहा, "मुझे वही पुरानी बातें स्मरण हैं। मैं भूल गया था कि अब मैं रावण नहीं, लंकास्वामी हूँ। मेरा प्रत्येक शब्द, प्रत्येक गतिविधि नियम में बँध गई है। मैं स्वच्छन्द विचरण नहीं कर सकता। बिना मंत्रियों के कोई राजनीतिक बात नहीं कह सकता।"

"हाँ, महाराज! प्रत्येक सम्राट को एक आचरण-संहिता में चलना पड़ता है। अब आप संहिता में बद्ध हैं।"

"तो अब मन्दोदरी को दशानन मंदू नहीं कह सकेगा, क्योंकि वह पट्टमहिषी है। लंकास्वामिनी है। अब वह राजसंचालन में भाग ले सकती है। वह युद्धस्थल में भी साथ जा सकती है। वह मात्र महारानी ही नहीं, बल्कि महान वीरांगना भी है। क्यों, सम्राज्ञी?"

मन्दोदरी यह प्रशंसा सुनकर खिलखिलाई तथा बोली, "मन्दोदरी ने आपके विरह में छह माह काट दिए; परन्तु उस विरहाग्नि से मुझे रंचमात्र भी पीड़ा नहीं हुई, क्योंकि आपके विजय की प्रसन्नता तथा आपके धर्म में लोगों के दीक्षित होने से मन्दोदरी दिन व रात न जाने कैसे-कैसे सुन्दर ताने-बाने बुना करती थी। सच पूछते हो तो मैं भी पट्टमहिषी की महत्त्वाकांक्षा रखती

थी और अब आपको दिग्विजयी-सम्राट के रूप में तथा देवराज इन्द्र के समतुल्य देखने की लालसा निःशेष है।"

"ऐसा ही होगा महारानी! इन्द्र परास्त होगा। रावण देवराज से प्रतिशोध लिए बिना रक्षेन्द्र भी तो नहीं कहला सकता।"

"ठीक है, मैं चलती हूँ।"

"ठहरो, मुख्य बात तो बतलाई ही नहीं।"

"कौन-सी?"

"भूल गईं?"

"हाँ, स्मरण हुआ—पुत्र-लालसा! राजन्! विधाता के हाथ है। फिर भी मेरा मन कहता है, पुत्र ही होगा।"

"यह तो मैं भी जानता हूँ, फिर भी तुम्हारे आत्मबल का परीक्षण कर रहा था।"

इसी समय कुम्भकरण आ गया और बोला, "तात, मुझे तो किसी गुफा में सोने तथा खाने का प्रबन्ध कर दो। मैं आलसी हूँ। जब आवश्यकता हुआ करे तब बुला लिया करो।" फिर भाभी की ओर मुख करके कहा, "भाभी, मुझे आज से राग, खांडव, सभी वस्तुएँ एक साथ ही भोजन में भेज दिया करो। मुझे भोजन, वह भी तुम्हारे हाथ का, बहुत स्वादिष्ट लगता है।"

मन्दोदरी को स्मरण हुआ, उसने अपने दोनों देवरों को महारानी होने के पूर्व अपने हाथ का ही भोजन कराया है, उन्हें कोई कष्ट नहीं होने दिया है, इसी कारण कुम्भकरण आलसी-प्रवृत्ति का हो गया है और विभीषण गुणवान हैं, मेधावी हैं। किन्तु उसका उपयोग करने की उनमें क्षमता इस कारण नहीं रह गई है क्योंकि वे सदैव मेरे पति की विचारधारा पर ही आश्रित रहे।

फिर मन्दोदरी ने ही उत्तर दिया, "अपने पिता से कहकर तुम्हें अति सुन्दर गर्भ-गृह का निर्माण करा देंगे, कुम्भकरण, तुम किसी बात की चिन्ता नहीं करो। किन्तु वज्रज्वाला को अपने जैसा नहीं बना लेना।"

कुम्भकरण हँसता हुआ उठकर चला गया।

7

ऋषि अगस्त्य भूखे हैं। भगवती लोपामुद्रा एक कुटिया में बैठी कह रही हैं, "इस भू-भाग में कुछ भी तो नहीं है। बियाबान घना जंगल एवं उस पर एक साथ आए नृप-परिवारों के भरण-पोषण का दायित्व। कहाँ तक हम पथ प्रशस्त करेंगे!"

"तुमसे कह कौन रहा है कि तुम कुछ करो! बैठी-बैठी बड़बड़ा क्यों रही हो?" अगस्त्य ने कहा।

"क्षुधा शान्त नहीं होगी तो मुँह तो चलेगा ही। आप ही तो कह रहे थे, मैंने मार्ग में कुछ क्षत्रिय राजाओं से धन माँगा था तो उन्होंने मना कर दिया था। इस स्थान पर तो आपकी प्रयोगशाला हेतु समुचित सामग्री भी नहीं है!"

"जो साधन सम्पन्न हो, वह क्या उद्यम करेगा! हम तो श्रम से दुसाध्य को साध्य करनेवाले हैं। देवी, तुम देखना, कुछ ही दिनों में यह आश्रम प्रसिद्ध हो जाएगा।"

ऋषि यह चर्चा कर ही रहे थे कि उन्हें दो वीर आश्रम की ओर आते हुए दृष्टिगोचर हुए।

साथियों ने अस्त्र उठा लिए, किन्तु अगस्त्य शान्त खड़े रहे।

निकट आते ही ऋषि ने पूछा, "आप कौन हैं?"

"हम दोनों भाई इलबल और वातापि असुर हैं। राजा रावण की राजधानी लंका से आ रहे हैं।" वातापि ने कहा।

"उदर फाड़नेवाले वातापि तुम्हीं हो?"

"हाँ, ऋषिवर!"

"तुम तो नरमांस भी खाते हो!"

"मांस-भक्षण तो सभी करते हैं। हमारे मुँह नरमांस लग गया है इस कारण।" इलबल ने कहा।

"यह तो बुरी बात है।"

"रावण ने संकल्प किया है कि वह आर्यावर्त तथा भरतखंड में भी नरमांस का विक्रय बन्द कराएगा। वह अपनी रक्ष-संस्कृति का प्रचार करेगा। हम भी नरमांस छोड़ देंगे।"

"रावण यह सब कर सकता है, किन्तु तुम्हारे यहाँ आने का क्या कारण है वातापि?"

"यह स्थान पूर्व से हमारा है। हम चाहते हैं कि हम यहीं रहें और रावण के गुप्तचर के रूप में कार्य करें।"

"किन्तु बन्धु, इसका स्वामी तो अब मैं हूँ। मैंने इसमें आयुध निर्माण का अभियान चलाया है। धनुष, तूणीर, बाण, ब्रह्मास्त्र, भुशुंडिकाएँ, अणु, परमाणु-शक्तियाँ सभी तैयार करना है।"

"तुम्हारी यह वेधशाला हम चलने नहीं देंगे मुनिवर! अच्छाई इसी में है कि आप यह स्थान रिक्त कर दें, जैसे कि कुबेर ने स्वतः लंका रिक्त कर अपनी महानता का परिचय दिया।"

"और यदि रिक्त न करूँ तो?"

"तो हम युद्ध के लिए तैयार हैं।"

"वातापि, मेरा एक ही आयुध तुम्हारा काम तमाम कर देगा। अपना जीवन चाहते हो तो भाग जाओ।"

"भागना कायरता है मुनिवर!"

"तो तुम्हें स्मरण होगा, मैंने जो गति 'सुंद' की की थी, वही तुम्हारी होगी।"

इलबल हँसा, खूब हँसा। फिर बोला, "ऋषिश्रेष्ठ, तुम्हारे पास अनिल-चूर्ण है और तुम्हारे शस्त्र की नली से आग निकलती है जिससे मनुष्य मर जाता है। ऐसे आयुध हमें लंकेश्वर ने भी प्रदान किए हैं; ये अनिर्मित लघु भुशुंडियाँ (बन्दूकें) जिन्हें कि कन्धे का सहारा देकर लक्ष्यवेध किया जाता है, लंका में प्रचुर मात्रा में निर्मित करने की आज्ञा रावण ने दे दी है। प्रेक्षापास्त्रों तथा चुम्बक धातु से चलने वाले बाण, जो कि वापस आ जाते हैं, का ज्ञान भी लंकावासियों को कराया जा रहा है। सभी प्रकार के लड़ाकू विमानों के लिए विमानतल भी तैयार किया जा रहा है। ऐसे सुभट लंकेश के हम दो सेनानियों से संघर्ष करना नीति अनुसार उचित नहीं है।"

"यह रावण वही पुलस्त्य कुल का दशानन ही है न?"

"हाँ, वही वैश्रवा का पुत्र।"

"इसे ब्रह्मास्त्र का प्रयोग करने की शिक्षा तो मैंने दी है। यह ब्रह्मा द्वारा निर्मित किया हुआ श्रेष्ठ आयुध है, इसमें आणवीय शक्ति है। जब इसका विस्फोट होता है, तब इसका विषैला धुआँ वर्षों तक वातावरण को दूषित किए रहता है। अतएव वातापि, अपने लंकेश से कहो—वह अगस्त्य आश्रम को निरापद रहने दे अन्यथा ऋषि का वैर उसे महँगा पड़ेगा।"

"ऋषिवर, हम अपने विवेक का उपयोग करना नहीं जानते। हमारे पास कोई स्वतंत्र विचार नहीं है। हम तो रावण के भक्त हैं तथा वह रुद्र का भक्त है। लंका में रुद्र के मन्दिर बनवाए जा रहे हैं, उनकी पूजा की व्यवस्था की जा रही है। वहाँ जब लंकेश स्वर्णलिंग की दैनिक स्थापना कर पूजा करता है तो घंटे बजते हैं, शंखों का नाद होता है, विशुद्ध वेदगान होता है और प्रजा रावण का गुणगान करती है। उसने अल्प समय में ही कवियों को रावण-गीत लिखने के लिए बाध्य कर दिया है। रावण के प्रशंसित गान की ध्वनियाँ शीघ्र ही भरतखंड तथा आर्यावर्त में गूँजेंगी।"

ऋषि अवाक् रह गए। इन्द्रगान के स्थान पर रावणगान होगा, उसकी पूजा होगी तो आर्य-संस्कृति कहाँ जाएगी! क्षत्रियों का गुणगान समाप्त हो जाएगा। क्षत्रिय तो ऋषियों के रक्षक हैं, मित्र हैं। वे उन्हें गौ, कन्याएँ, स्वर्ण मुद्राएँ सब कुछ दान करते हैं। सम्भवतः रावण इस व्यवस्था को भंग कर देगा। वृत्र को इन्द्र ने मारा था। रावण रक्ष-संस्कृति का पोषक हो गया है तो फिर यक्ष-सभ्यता का क्या होगा? दोनों विचारधाराएँ परस्पर विरोधी हैं। दोनों की चिरकाल से प्रतिकूल व्यवस्था रही है। यह तो अनर्थ है।

जब ऋषि को उत्तर देने में देर हो गई तो वातापि ने कहा, "मुनिवर, क्या सोच रहे हैं?"

"मुझे स्पष्ट दीख रहा है कि कुछ समय पश्चात् विनाश होगा तथा विनाश का कारण 'रक्ष' एवं 'यक्ष' दोनों सभ्यताएँ होंगी, बड़ा अनर्थ होगा।"

"क्या अनर्थ होगा?"

"यही कि यातुधान, देव, क्षत्रिय सब लड़ेंगे।"

"क्यों लड़ेंगे?"

"संस्कृतियों में मेल न होने के कारण।"

"इस बार देवराज भी हार जाएँगे।"

"देवराज महाकूटनीतिज्ञ हैं, वातापि!"

"रावण उससे बढ़कर।"

"रावण राक्षस है।"

"देवराज भी राक्षस है, ऋषिवर! लंकेश जैसा राजा पाकर हम सब धन्य हो गए हैं।"

"लंकेश की विदेशनीति शिथिल रहेगी।"

"नहीं रहेगी, उसने यथेष्ट दैत्य-दानव राजाओं से वैवाहिक सम्बन्ध स्थापित कर मैत्री कर ली है।"

"उससे भी सुदृढ़ सम्बन्ध, देवराज के सूर्यवंशी एवं चन्द्रवंशी सम्राटों से है।"

"सूर्यवंश, चन्द्रवंश ही तो हमारे चिर शत्रु हैं। मुनिवर, इनका पेट फाड़कर तो मैं ही इन्हें खा जाऊँगा।"

"वातापि, ये व्यर्थ की बातें छोड़ो। बोलो, अब तुम क्या चाहते हो?"

"वातापि एक बात ही करता है मुनिवर, यह स्थान हमारा है और हमारा ही रहेगा। यहाँ कोई भी आर्य-संस्कृति का मनुष्य नहीं रह सकता। जो रहेगा, वह रक्ष- संस्कृति का ही होगा। यहाँ कोई होम-यज्ञ नहीं होगा। होगा तो वह रावण के होम- यज्ञ विधिवाला ही होगा।"

"यह तो सम्भव न होगा वातापि!"

"नहीं होगा तो हम युद्ध को तैयार हैं।"

अगस्त्य इसे टालना चाहते थे, क्योंकि वे पैर जमाते ही किसी प्रकार का व्यवधान नहीं

चाहते थे। रावण उन्हीं का है। लोपामुद्रा कुछ अन्यथा ले सकती है। पुलस्त्य कुल का एक ही तो नृप है। किन्तु उसका धर्म?

ये तो मत-मतांतर हैं। ऋषि को इनसे क्या लेना-देना! लेना-देना नहीं तो अगस्त्यराज समुद्र की शरण में गए कालकेय असुरों को क्यों खोजा तथा कालकेय एवं सम्राट समुद्र को क्यों पराजित कराया? समुद्र ने तब से देवजाति से सन्धि कर ली है और वह अपना राज्य आज भी अक्षुण्ण बनाए हुए हैं। समुद्र तथा कालकेय असुर मेरे तो जलस्तमन, जल सोखने वाले आधुनिक विस्फोटों से पराजित हो गए तो मुझे समुद्र पीनेवाला घोषित कर दिया। जब ब्रह्म-हत्या करने से इन्द्र को राक्षस कहा गया तथा नहुष देवलोक का अधिपति बना तो इन्द्राणी ने मेरी ही शरण ली, मैंने उसे छल से पराजित कर दिया। ये सारी जातियाँ क्या अगस्त्य से प्रतिरोध नहीं लेंगी? अगस्त्य को तो कुछ करना ही होगा। वह तो दक्षिण में आया ही इसी उद्देश्य से है। फिर क्या लंकेश और क्या इलबल तथा क्या वातापि! अगस्त्य को तो सभी से निपटना होगा।

अगस्त्य ने पुनः शान्तिभाव से कहा, "वातापि, मेरा उद्देश्य राज्य करना नहीं है, मैं तो शोधकार्य के लिए आया हूँ। यदि हो सकेगा तो उत्तर तथा दक्षिण में समन्वय सेतु का कार्य करूँगा। तुम रावण से जाकर पूछ तो आओ कि क्या अगस्त्य को आश्रम से हटा दिया जाए?"

वातापि तथा इलबल दोनों अडिग वीर थे। वे तो लड़ना, पेट भरना तथा स्वामी की आज्ञा का पालन करना ही जानते थे। वातापि ने सोचा—यदि हम ही अगस्त्य रूपी तारा का वध कर देंगे तो लंकेश प्रसन्न होगा। किसी-न-किसी उपनिवेश का स्वामी हमें भी बना देगा। राज्य पाने की भूख किसे नहीं होती! अयोग्य हो या योग्य, इसका मापदंड तो है ही नहीं। जिसमें शक्ति है वही स्वामी है।

परन्तु लंकेश ने युद्ध के लिए तो कहा नहीं है, फिर क्यों ऋषि से विरोध लिया जाए? किन्तु हम क्यों पुनः जाकर पूछें? हमें हमारे स्वामी के कल्याण से ही प्रयोजन है। अच्छा होगा, रावण का एक काँटा निकल जाएगा।

पल-भर में सब-कुछ सोचने के उपरान्त वातापि ने दो-टूक उत्तर दिया, "ऋषिवर, हम आपके विचार से सहमत नहीं हैं। हमने जो कह दिया सो कह दिया।"

ऋषि के चेहरे पर तेज तमतमा उठा, उन्हें क्रोध आ गया। उनके हाथ अनायास ही भुशुंडि (बन्दूक) पर पहुँच गए और वातापि तथा इलबल दोनों ही धराशायी हो गए। भुशुंडि की जठराग्नि ने दोनों को पचा लिया और अगस्त्य ऋषि निर्भयता के साथ अपने कार्य में लग गए।

8

लंकापुरी में सैन्यीकरण का कार्य आरम्भ हो गया था। लंका में वेधशालाएँ, कल-कारखानों की तैयारी की जाने लगी थी। कुम्भकरण का गर्भगृह मय ने निर्मित कर दिया था। कुम्भकरण अपना आलसी जीवन उसी में बिताने लगा था।

रावण ने सैन्यीकरण में स्त्रियों को बराबर का दर्जा दिया। उन्हें भी प्रकाश- युद्ध, मंत्रयुद्ध, मायायुद्ध, शस्त्रयुद्ध का प्रशिक्षण परशुराम जैसे गुरुओं द्वारा प्रारम्भ कराया। परशुराम ने कुछ दिन लंका में रहकर, बटुकों को धनुर्वेद की विद्या की शिक्षा दी। मंत्रयुद्ध के शब्दों की ध्वनियों द्वारा शस्त्रास्त्रों पर नियन्त्रण किए जाने में नागमाता सुरसा तथा ताड़का ने अल्पकाल में ही

ज्ञान प्राप्त कर लिया।

दानव-दैत्य यंत्रिकियों द्वारा लंका में विमानतल तैयार हुआ, लंका के बुर्जों पर जो भुशुंडियाँ थीं, उन्हें हटाकर रावण ने शतंधियों को प्रतिष्ठित कराया, स्थान-स्थान पर उपलमंत्र लगवाए। इसी प्रकार नौसेना का परिष्कार हुआ। सैकड़ों नौकाएँ, पोत, समुद्र के चारों ओर तैरने लग गए।

जहाँ एक ओर लंका रमणी अस्त्र-शस्त्रों से सुसज्जित हुई, वहीं रावण ने इसकी रमणीयता के लिए तड़ाग, पुष्करिणी, विटप, लता गुल्म, मनोहारी पुष्पों से सजाते हुए रुद्र के मन्दिर, विशाल अट्टालिकाओं आदि का भी निर्माण कराया।

प्रजा की प्रत्येक सुख-सुविधा के लिए विदेशी व्यापार की खुली छूट दी।

रावण लंका के विकास में ही लीन था कि प्रहस्त ने एक सन्देश दिया, ‘‘दंडकारण्य के दक्षिण भाग के निकट वैजयन्तपुर के असुर अधिपति तिमिरध्वज शंबर ने दूत भेजकर आपसे अनुरोध किया है कि क्षत्रिय तथा देवों की सेनाएँ उनसे समर के लिए चल दी हैं, आपकी सैन्य सहायता की आवश्यकता है।’’

देवों की सेनाएँ मयपुत्री मायावती के साम्राज्य में, अर्थात् मेरी ससुराल में! नाना सुमाली ठीक कहते थे—देवता असुर, दानव-दैत्य अधिपतियों को सिंहासन पर फूटी आँख नहीं देखना चाहते। शंखचूड़, धूम्र, संहारक, कालकेय, दम्भ आदि दानव, दैत्य, असुर, सम्राटों को देवताओं ने पूर्व में एक होकर मार डाला तथा अब पुनः उनकी वही रणनीति है। इस प्रकार तो आर्यावर्त तथा भरतखंड ही क्या, रावण की लंका भी सुरक्षित न रह सकेगी। यह युद्ध एक चुनौती है। रावण इसका सामना करेगा। लंकेश अपने मित्र राष्ट्रों की देवजाति से रक्षा करेगा। रावण का इस संग्राम में देवता-सम्राटों से साक्षात्कार होगा। अनेक सूर्यवंशी, चन्द्रवंशी, नृप परस्पर टकराएँगे। रावण को इससे अच्छा अवसर प्राप्त नहीं होगा।

इसी समय अनायास ही अन्तःपुर से नवजात शिशु के रुदन की गम्भीर, किन्तु हुंकार की आवाज सुनाई दी। रावण के चेहरे पर प्रसन्नता की लहर दौड़ी और तत्काल ही परिचारिका ने प्रसन्नवदन दौड़ते हुए प्रवेश कर कहा, ‘‘बधाई हो महाराज, पुत्र हुआ है!’’

रावण सहज ही अट्टहास कर उठा। उसका रोम-रोम पुलकित हो उठा। ऐसा रुदन तो रावण-पुत्र ही कर सकता है। इसने तो उत्पन्न होते ही लघु-गर्जना की। इसका नामकरण मेघनाद रखना चाहिए। रावण फूला नहीं समाया, वह बाहर आ गया और प्रसन्नता में सब कुछ भूलकर आज्ञाएँ देने लगा, ‘‘मंगल-गान करो, वस्त्र-दान, रकम-दान...नहीं-नहीं, रत्न-दान करो! प्रहस्त, अकम्पन, विभीषण, उत्सव मनाओ। रावण आज पिता बन गया। गुरु को बुलाओ—इसका नाम मेघनाद रखें।’’

ईषत क्षण पश्चात् प्रहस्त आ गया। आते ही प्रणाम किया और बोला, ‘‘तात, यह सब कार्य तो मंत्रीवर विभीषण कर लेंगे। आपको तो महाराज शंबर ने युद्ध हेतु आमन्त्रित किया है!’’

रावण की खुशी जाती रही, वह पुत्रोत्सव भूल गया। उसकी भुजाएँ फड़क उठीं, नेत्रों में आमर्ष छा गया। कदाचित इतना बड़ा युद्ध रावण ने नहीं लड़ा। किन्तु अब वह सम्राट है, उसकी सार्वभौम सम्राट की उत्कंठा और बलवती हुई। रावण ने सहसा कहा, ‘‘सेनाएँ दंडकारण्य की ओर जाने दो।’’

प्रहस्त ने गर्दन झुकाई और चला गया। एक पहर में ही जल-थल-नभ तीनों सेनाएँ तैयार

हो गईं। समुद्र-मार्ग में नौकाएँ चल पड़ीं। एक बड़े पोत पर हाथी, अश्व, रथादि को चढ़ा दिया गया। आहतों की चिकित्सा हेतु वैद्यों का दल भी दूसरे पोत पर मय खगोल-भूगोल शास्त्रियों के चला। रावण के ध्वज सागर में लहरा उठे और तुरही बजने के साथ ही दशानन का कटक चल पड़ा।

दशानन ने विभीषण को राजकीय व्यवस्था के सम्बन्ध में समझाया तथा सामग्री व संचार-व्यवस्था के निरन्तर सम्पर्क के लिए प्रतिदिन दो नौकाएँ भेजने को कहते हुए रावण अपने प्रासाद में आ गया। उसने रुद्र की वन्दना की, स्वर्णलिंग कंठ में धारण किया, माता का दिया हुआ मणिहार पहना और राजोचित वस्त्र धारण कर रावण ने राजमुकुट धारण किया। इसमें भी नौ बड़े-बड़े मणि टँके थे तथा रावण के मुकुट और माता के गलहार का ऐसा अद्भुत सामंजस्य किया गया था कि वक्ष पर पड़े हार से किरणें परिवर्तित होकर मुकुट-मणियों में रावण के मुकुट सहित शीश का प्रतिबिम्ब बनाती थीं। रावण ने परशु, खड्ग, सब कुछ धारण कर युद्ध के लिए प्रस्थान किया।

वह अन्तःपुर की ओर गया तथा बाहर से ही बोला, "सम्राज्ञी, तेरी बड़ी बहन का संकटहरण करने तेरा पति जा रहा है, प्रसन्नचित्त से अनुमति दे।"

परिचारिका ने द्वार पर आकर कह दिया, "महाराज, अमर रहें, अनुमति है।"

रावण के चरण इसके साथ ही उठ गए। वह सिंह-जैसी चाल चलता हुआ विमानतल पर आ गया। पुष्पक पर सवार हो गया और थोड़ी देर में पुष्पक आकाश में विचरण करने लगा।

रावण सद्यजात प्रसूता को छोड़ आया। लक्ष्य के सामने पत्नी, पुत्र, परिवार का मोह रावण को क्षणिक होता है। वह मृत्यु से भयभीत नहीं है, उसे विधाता पर छोड़ देता है। जब कभी भीषण अवस्था आती है तो विधाता के हाथ बात कहकर वह अपने कर्म में ही दत्तचित्त हो जाता है।

रावण वैजयन्तपुर आ गया।

अनेक दैत्य-दानव, असुर, सम्राट आ पहुँचे थे। कालकेय, विद्युज्जिह्व, मधुपुरी का मधु, गन्धर्व, तुंबरू (विराध), कबंध, गन्धर्व, मित्रावसु आदि अनेक नृप अपने-अपने कटक के साथ उपस्थित थे। उन्हीं में जब रावण यान से उतरा तो सभी ने झुककर सादर अभिवादन किया। महाराज शंबर ने अगवानी की। महारानी मायावती ने पुष्प-अक्षत रावण पर छिड़के। थोड़ा आगे चला तो भगिनी शूर्पणखा, जो कि पति विद्युज्जिह्व के साथ आई थी, ने आरती उतारी। रावण की जय-जयकार हुई। कुलवधुओं ने रावण के आगमन पर रावण के प्रशस्ति-गीत गाए। रावण अपना ऐसा अनुपम स्वागत देखकर गद्गद हो गया।

रावण बैठा नहीं। स्वागत-समारोह के तत्काल पश्चात् ही रावण ने शंबर से पूछा, "तात, युद्ध-स्थल कौन-सा है, मैं उसका अवलोकन करना चाहता हूँ।"

शंबर तथा अन्य नृपगण भी रथारूढ़ होकर गिरिबृज आए। उन्होंने रणस्थल देखा। रावण ने अपनी सेना के अनुसार उपयुक्त स्थान तथा व्यूह-रचना की कल्पना की और पूछा, "देवराज के साथ और कौन-सा महाप्रतापी राजा आ रहा है?"

"उत्तर कोशलाधिपति महाराज दशरथ।"

"आर्यावर्त का सबसे बड़ा सूर्यवंशी सम्राट दशरथ?" रुककर आश्चर्य के साथ कहा, "तब तो केकय महाराज युधाजित भी आएँगे ही?"

"हाँ!"

"और मिथिलापति?"

"वे तो विदेह हैं, स्यात् न आएँ।"

"दक्षिण कोशलाधिपति अनरण्य?"

"कदाचित नहीं।"

"तो फिर सूर्यवंशी सम्राट के साथ रावण लड़ेगा।"

"कान्यकुब्ज-नरेश व्याधि के आने की सम्भावना है।"

"अच्छा!" रावण ने कुछ सोचा, "मुझे लंका में किसी ने अवगत कराया था, इसका पुत्र विश्वामित्र बड़ा शूरवीर है।"

"है तो।"

"क्या वह भी आएगा?"

"नहीं, युवराज नहीं आएगा?"

"और माहिष्मती के हैहय महाराज?"

"वे तटस्थ हैं।"

"हैहय तो देवताओं के शत्रु हैं, उन्हें आपका साथ देना चाहिए था।"

"हमने निमन्त्रण भेजा था, उन्होंने असमर्थता प्रकट की है।"

"देवताओं के रक्त के प्यासे यहाँ आप या मैं दो ही हैं।" फिर हँसकर कहा, "आने दो, उखासी इन्द्र को, आज उसके छक्के छुड़ा दूँगा।"

रावण रण-स्थल से लौटा।

महाराज शंबर तथा सभी राजाओं ने एकसाथ भोजन किया। इसी समय गुप्तचर ने सूचना दी, "शत्रु दल आ रहा है। पांचालपति, दिवोदास आदि को मिलाकर कुल छत्तीस आर्य, देव, सम्राट आ रहे हैं।"

रावण ने सभी सम्राटों को अपनी-अपनी सेना के साथ गिरिबृज पहुँचने का निवेदन किया।

लंका से प्रहस्त, मय, सभी आ चुके थे। रावण अपने सैन्य शिविर में पहुँचा, उसका रथ सुसज्जित खड़ा था। सेना को उसने क्रोच-व्यूह द्वारा संग्राम करने का निर्देश दिया और रथारूढ़ होकर चल दिया।

महाराज शंबर को इस विशाल सेना का सेनापति नियुक्त किया गया था। यह युद्ध मुख्यतः देव एवं असुरों का था, जिसमें अपनी-अपनी संस्कृति के सम्राटों ने भाग लिया था।

इस युद्ध में पाँच सौ रथ, तीस सहस्र सैनिक, सेनापति शंबर के निर्देश में पंक्तिबद्ध अपने-अपने सम्राटों के साथ खड़े थे। देवराज के रथ के सामने बीचोबीच सेनापति शंबर, उनके पीछे महारानी मायावती। बाईं ओर से विद्युज्जिह्व, उनके पीछे रथ में कालकेय, महारानी शूर्पणखा। मन्दोदरी के सद्यःप्रसूता होने के कारण दाईं ओर रावण से पीछे का आसन रिक्त।

इसी प्रकार इन्द्र के सारथी मातलि और पीछे धनुष धारण किए इन्द्राणी। महाराज दशरथ, उनके पीछे चाप चढ़ाए महारानी कैकेयी तथा इसी प्रकार प्रत्येक सम्राट और उनकी रानियाँ युद्ध के लिए तत्पर।

रावण को भूमंडल के प्रसिद्ध सम्राटों के नाम ज्ञात थे, आज उनसे साक्षात्कार हो रहा था। रावण ने तो एकाकी ही युद्ध जय किए थे, उसने पहली बार आर्यावर्त, भरतखंड आदि सम्राटों की सेनाओं को देखा था, देवराज इन्द्र शकटों पर शतघ्नियाँ भी लाया था। उनकी भुशुंडि सेना अलग थी। धनुषबाण वाली सेना अलग थी। अश्वों पर हरे रंग की झूलें पड़ी थीं। इस कारण

वे सूर्य के प्रकाश में हरे ही दिख रहे थे। अश्व सेना के वस्त्रों का रंग भी हरा ही था जिन पर ऐसा पदार्थ था, जिससे आँखें चकाचौंध हो जाती थीं। उनके कवच भी अद्भुत थे। देवराज दस लड़ाकू विमान भी अपने साथ लाए थे, जबकि असुरों के पास कोई यान नहीं था। शंखचूड़ का विमान शंखचूड़ के साथ ही पूर्व संग्राम में नष्ट हो गया था। रावण का पुष्पक विमान लड़ाकू विमान नहीं था, वह यात्री यान था।

कुछ ही देर बाद दोनों ओर के चिह्न उठ गए। दोनों ओर से रणवाद्य बजने लगे तथा युद्ध होने लगा। हाथी चिंघाड़े, चिंघाड़कर सूँड़ उठाकर परस्पर भिड़ने लगे। अश्वाति तथा पदाति सेना खड्गें, धनुषबाण तथा भुशुंडियों से लड़ने लगीं। माताली ने रथ आगे बढ़ा दिया। इन्द्र ने बाण चलाया, मायावती ने उसे काट दिया। इन्द्र ने प्रकाश-बाण छोड़े, मायावती ने मंत्र-ध्वनि (सोनी कंट्रोल) द्वारा नियंत्रित कर दिया। महाराज शंबर ने प्रक्षेपास्त्र छोड़ा, इन्द्राणी ने उसे बीच में ही बाण से नष्ट कर दिया।

इसी प्रकार रावण ने महाराज दशरथ पर पहले पुष्पबाण छोड़ा जो उनकी छाती में लगा, कैकेयी उसे न काट पाईं। फिर दशरथ ने शूल फेंका, सारथी ने रथ पीछे हटा दिया। रावण ने एकसाथ दस धनुष उठा लिए और दुर्धर्ष संग्राम करने लगा। उसके मुकुट की मणियों में दशशीश चमकने लगे तथा जब वह धनुष चलाता तो मणियों में बीस भुजाएँ प्रदीप्त होतीं। सेना चीखकर कहने लगी, ये तो दशकंधर है; कोई कहता, दशग्रीव है। रावण यह कुछ भी नहीं सुन रहा था, वह तो दशरथ की सेना को काटता जा रहा था। महाराज दशरथ बड़ी कुशलता से वार कर रहे थे किन्तु एकसाथ दस-दस बाणों के छूटने से उनके सभी शस्त्र निकृष्ट सिद्ध हो रहे थे। महारानी कैकेयी बड़ी स्फूर्ति से तीर चला रही थीं कि उनका तरकस पर कब हाथ जाता था और कब बाण धनुष पर चढ़कर छूट जाता था, इसका पता भी नहीं लगता था। किन्तु रावण के आगे उनका शस्त्र-संधान फीका पड़ गया था।

इसी समय रावण ने तत्काल धनुष छोड़ दिया और खड्ग लेकर नीचे उतर आया तथा गर्जना करने लगा। इस गर्जना को इन्द्र ने भी सुना तभी एक सैनिक ने कहा, "देवराज, इसके दश शीश हैं, इसको कैसे जय करेंगे?"

देवराज ने रावण को गौर से देखा, उसके मुकुटमणि से देवराज सब कुछ समझ गए। वे इस समय सैनिक की बात पर हँसना चाहते थे कि इसे परावर्तन का ज्ञान नहीं है, परन्तु रणक्षेत्र में मस्तिष्क व्यस्त था। रावण की गर्जना अभी भी जारी थी, उसका खड्ग शत्रुओं को काटता जा रहा था और दशरथ का कटक निरन्तर पीछे हटता जा रहा था।

इन्द्र थोड़े भयभीत हुए, उन्होंने वायुसेना को आकाश से युद्ध करने की आज्ञा दी। दसों विमान एकसाथ आकाश में उड़े व उड़कर स्थिर हो गए तथा कुछ ही देर में आग के गोले उगलने लगे। असुर-दैत्य-दानव सेना पीछे हट गई। रावण ने इस कृत्य से गर्जना बन्द कर दी। वह यानों की ओर देखता रहा।

विद्युज्जिह्व पांचालपति दिवोदास से संघर्ष कर रहा था, शूर्पणखा हँस-हँसकर बाण चला रही थी। इसी बीच रावण ने देखा, देवराज के भुशुंडिधारी सैनिक आगे बढ़ रहे हैं और महाराज शंबर की सेना पर शीशा छोड़ रहे हैं। रावण क्रोधित हुआ और दशरथ पर टूट पड़ा। खड्ग का वार किया। सारथी सुमन्त ने रथ पीछे हटा लिया, रावण ने दशरथ को द्वन्द्वयुद्ध को ललकारा। दशरथ मल्लयुद्ध नहीं जानते थे, उन्होंने रावण पर खड्ग से ही वार किया, रावण पीछे हटकर फिर रथारूढ़ हो गया तथा मंत्रयुद्ध प्रारम्भ कर दिया। दशरथ की सेना भागने लगी। दशरथ

के स्वयं दो बाण लगे। कैकेयी आगे आ गईं। उन्होंने महाराज को पीछे कर दिया। रावण ने महारानी पर बाण नहीं चलाया तथा कैकेयी ने सुमन्त को आज्ञा दी, ''सारथे, रथ को दूर पीछे ले चलो।''

इसी समय देवराज ने चन्द्रहास खंग से शंबर का शीश काट दिया। मायावती दहाड़ मारकर रुदन करने लगी और युद्ध समाप्त हो गया।

देव तथा आर्यों की सेनाओं ने देवराज का जय-जयकार किया और लौट गई। कैकेयी ने घायल दशरथ से कहा, ''महाराज, ये तो उद्‌भट योद्धा था। इसकी गर्जना ही निराली है। रक्ष-संस्कृति को यदि आप जैसा सम्राट समाप्त न कर सका तो कालान्तर में अयोध्या में भी राक्षसों का ही राज्य हो जाएगा।''

''कैकेयी! रावण पराक्रमी है, उसकी राजधानी लंकापुरी यथेष्ट दूर है, उसे जय करना आसान कार्य नहीं है।''

''किन्तु कैकेयी की अभिलाषा है—अभिलाषा ही नहीं है, अपितु यह प्रण है कि आपके पुत्रों से आज के भीषण संग्राम का प्रतिशोध अवश्य लिवाऊँगी। रावण की क्रूर हँसी, क्रूर अट्टहास सब कुछ मेरी आँखों में बसा हुआ है और आजीवन बसा रहेगा। महाराज, आपकी यह दशा रावण ने ही की है। रावण के दो बाणों के घाव आपकी छाती में जब तक रहेंगे, तब तक वे मेरे हृदय के घाव को हरा करते रहेंगे।''

सुमन्त ने वैद्य को बुलाकर महाराज को औषधि दिलाई और दशरथ की सेनाएँ गिरिबृज से अयोध्या की ओर लौट आईं।

रावण एकाकी महाराज शंबर को देखता रहा, फिर आगे बढ़कर उसने मायावती को उठाया, उन्हें समझाया, ''यह सब विधाता का जाल है। आपके पति को वीरगति प्राप्त हुई है और यदि विधाता ने मुझे अवसर दिया तो मैं एक दिन देवराज को निश्चित ही पराजित करूँगा।'' कहकर रावण अपनी सेना के साथ वापस चला किन्तु गन्धर्वराज मित्रावसु ने निवेदन किया, ''लंकेश्वर! मेरा राज्य निकट ही है, एक दिन का आतिथ्य स्वीकार करो।''

रावण ने मित्रावसु की बात स्वीकार कर ली तथा ससैन्य गन्धर्वराज की राजधानी की ओर चल पड़ा।

मित्रावसु ने रावण का भव्य स्वागत किया। उसने रावण की 'रक्ष-संस्कृति' को स्वीकार कर लिया तथा प्रजा की आमसभा में भाषण कराया।

रावण ने भाषण में कहा, ''मेरा आपसे अनुरोध है कि आप सब एक रहें और 'रक्ष-संस्कृति' का पालन दृढ़ता से करते रहें। 'रक्ष-संस्कृति' में सभी जातियों को एक करने के उद्देश्य के साथ-साथ आर्यों के नरमेध यज्ञों के रोकने का लक्ष्य है। आप देख रहे हैं कि हम शान्त बैठे रहते हैं फिर भी देवराज अकारण अपना प्रभुत्व, अपनी संस्कृति, सभ्यता हम पर थोपना चाहता है। यदि आप उसके आदेश को नहीं मानते हैं तो वह युद्ध करने चला आता है। आप उसे रोकते नहीं हैं बल्कि शीश झुकाते चले जाते हैं। एक इन्द्र, जो कभी अपना था तथा जिसके नाम से आज तक असुरों का सिंहासन चला आ रहा है, वह इतने बड़े भू-भाग पर अपना अधिकार जमाना चाहता है। सप्तसिन्धु के तीर से चलनेवाले हम सभी हैं, उन्हीं में से देवराज के पितर हैं। ऋषि कहते हैं, हम सब काश्यप ऋषि की पत्नी दिति-अदिति से उत्पन्न हैं। उन्हीं में से द्यौस का पुत्र इन्द्र था जिसने अपने पिता का वध किया, छल से अकारण वृत्र का वध किया। वह हमारा बांधव था परन्तु, अब सत्ता तथा संस्कृति की भूख ने हमारे बीच विभाजन-रेखा खींच दी है। काश्यपमिरा

(काश्मीर) में काश्यप ऋषि का वास था। जब प्रलय हुई तो काश्यप हिमालय पर चढ़कर अपनी संतति के साथ भाग गया और उसने हिमालय के उस पार काश्यप-मिरा दूसरा बसा लिया, फिर इन्द्र ने उरपुर बसा लिया और तब से अब तक देवराज की संतति उस सिंहासन को सुशोभित करती आ रही है। उन्होंने अपनी सभ्यता से सूर्यवंश एवं चन्द्रवंश को रँग दिया है। वे परस्पर मित्र हैं। अतएव मेरा आपसे अनुरोध है कि इसी प्रकार मित्रावसु की प्रजा जिसमें चाहे आर्य हों या अनार्य, सब एक रहें तथा अपने सम्राट में विश्वास व्यक्त करते हुए उनके निर्देशों का दृढ़ता से पालन करते रहें। आप सभी को लंका की प्रजा की ओर से प्रणाम!''

रावण के भाषण से प्रजा प्रसन्न हुई। उन्होंने इन्द्र की गाथा पहली बार सुनी, 'रक्ष-संस्कृति' में भाईचारे की भावना से प्रजा ने सुख का भान किया।

रावण तथा मित्रावसु पीठिकाओं पर बैठे हैं। रावण के भाल पर त्रिपुंड सुशोभित है। उसके माथे पर तीन बल पड़ रहे हैं। वह कुछ चिन्तामग्न है। मित्रावसु के मन में कोई बात है। वह कहना चाहता है किन्तु साहस नहीं हो रहा है। मित्रावसु की राज्यसीमा के चारों ओर शत्रु-सीमाएँ लगी हुई हैं, रावण चाहे तो उसे निरापद कर सकता है अन्यथा मित्रावसु कुछ करने में असमर्थ हैं। अभी-अभी सीमा सुरक्षा दल तथा दक्षिण कोशलाधिपति के दल में झड़पें हुई हैं। पाँच सैनिक हताहत हुए। पूर्व से ही अनरण्य गन्धर्वराज के कुछ भू-भाग पर अतिक्रमण किए हुए है, सीमा के निकट ग्रामों की प्रजा भी कष्टमय है। आए दिन लूटपाट होती रहती है। आर्य सैनिक गन्धर्व-कन्याओं का अपहरण कर ले जाते हैं। दो बार मैं विरोध सन्देश भेज चुका हूँ, परन्तु महाराज अनरण्य के कान पर जूँ तक नहीं रेंग रही है। अपहृत जनों को कारा में रख लिया है। उन्हें अभी तक नाम तक नहीं बताए जा रहे। इतने बड़े साम्राज्य से टकराना मित्रावसु की क्षमता के बाहर है। दूसरी ओर महाराज गाधि की सीमा लगी हुई है व कान्यकुब्जी सेना युवराज विश्वामित्र के निर्देश में कई बार सीमा-रेखा का उल्लंघन कर चुकी है। मित्रावसु हताश हो चुका है, अभी-अभी दो गन्धर्व-युवतियों के साथ गाधि सेना ने बलात्कार किया तथा ग्रामीणों को अकारण मार डाला। खेती उजाड़ दी। गाँव रिक्त हो गया है और राजधानी में प्रजा शरण लिए हुए है। उनके पशुओं को हरण कर लिया गया है। यदि मित्रावसु निश्चिंत हैं तो मात्र माहिष्मती सम्राट से। यद्यपि उसकी आँख भी गन्धर्वराज पर लगी हुई है किन्तु अब वह विलासी हो गया है। उसकी विलासिता ने वीरत्व को खा डाला है फिर भी मित्रावसु को तो इस ओर से भी चुप ही रहना होगा क्योंकि कार्तवीर्य की नौसेना नर्मदा में घूमा करती है। वह कभी भी आक्रमण कर सकती है।

तभी रावण ने कहा, ''गन्धर्वराज, आप कुछ चिन्तित दृष्टिगोचर हो रहे हैं।''

''हाँ, लंकेश! कुछ ऐसी ही बात है।''

''कहो, कोई मेरे योग्य सेवा हो तो कहो।''

''लंकेश! तुम्हारी दिग्विजयी सम्राट की कामना की पूर्ति के लिए मित्रावसु की सेनाएँ तैयार हैं, तुम आर्यावर्त से अपना अभियान प्रारम्भ करो तो अच्छा होगा।''

यह तो रावण के मुँह की बात छीन ली, रावण का चेहरा खिल उठा। फिर कहा, ''पहले तुम अपनी व्यथा बताओ। मेरी सेनाएँ अभी तुम्हारी राजधानी में ही पड़ाव डाले पड़ी हैं। नौसेना भी सागर में घूम रही है। लंका से और सामग्री समुद्री मार्ग से आ जाएगी।''

''लंकेश! आर्यावर्त के प्रतापी राजा अनरण्य तथा कान्यकुब्ज के गाधि महाराज मुझे उत्पीड़ित कर रहे हैं। गन्धर्व-ललनाएँ छीन ली जाती हैं, गाँवों को लूटकर उनमें आग लगा दी जाती है।

आर्यों-क्षत्रपों का अत्याचार बढ़ रहा है किन्तु गन्धर्वराज उनसे नहीं टकरा सकता, उनके पास ऋषियों द्वारा दिए गए अनेक अस्त्र हैं। विश्वामित्र मंत्र-युद्ध में भी पारंगत है। वह स्वयं बड़ा विज्ञानी है। भौतिकशास्त्र का ज्ञाता है। इस कारण मैं युद्ध नहीं कर सकता।''

''लंकेश तुम्हारा संकटमोचन करेगा, अपना अभीप्सित कहो मित्रावसु?''

''मेरे विचार से दक्षिण कोशल नरेश अनरण्य पर आक्रमण कर दिया जाए और तदोपरान्त गाधि को जय कर कार्तवीर्य अर्जुन की पहले नौसैनिक शक्ति को नष्ट करके उसे पराजित कर दिया जाए।''

''लंकेश तुम्हारे प्रस्ताव का अनुमोदन करता है। कोशलाधीश को दूत भेजकर सूचित कर दो कि लंकापति रावण युद्ध के लिए आ रहा है। वह आर्यावर्त में 'रक्ष'-सभ्यता को विस्तीर्ण करेगा।''

लंकापति का कटकदल कोशल की सीमा पर आ धमका। महाराज अनरण्य ने दशरथ से सहायता माँगी थी किन्तु वे रावण का पराक्रम शंबर-युद्ध में देख चुके थे तथा वे स्वयं स्वास्थ्य-लाभ ले रहे थे। अकारण लंकापति से बैर लेने की उनमें क्षमता नहीं रह गई थी। इस कारण उन्होंने मात्र सैन्य सहायता ही पहुँचाई। स्वयं युद्ध में भाग लेने नहीं गए।

महाराज अनरण्य की सेना रणक्षेत्र में आ पहुँची। दोनों ओर से भयंकर युद्ध हुआ। रावण फिर गरजा। उसने पुनः गम्भीर घोष किया। महाराज अनरण्य की सेना ने रावण के मुकुट में दश शीश देखे। उसका एकसाथ दस धनुष चलाने का कोशल देखा। भुशुंडियों की आग देखी, शतघ्नियों के गोले देखे, मंत्र-तंत्र तथा यन्त्रचलित शस्त्र देखे। आर्यावर्त की सेना मंत्र-तंत्र-युद्ध में दक्षता नहीं रखती थी, उनके पैर उखड़ गए तथा गन्धर्वराज मित्रावसु ने महाराज अनरण्य के रथ के आगे खड़े होकर कहा, ''राजन्, लंकापति की 'रक्ष-संस्कृति' स्वीकार कर लोगे तो तुम्हें अभयदान दूँगा। यदि 'रक्ष-संस्कृति' स्वीकार न भी करो तो लंकाधीश की अधीनता स्वीकार कर लोगे तो भी प्राणदान दे दिया जाएगा।''

''क्षत्रियों को रण से पीठ दिखाना कायरता है। क्षत्रिय रण में मरना जानता है, भागना नहीं जानता, सँभलो गन्धर्वराज!'' कहते हुए अनरण्य ने एक बाण छोड़ दिया, जो सीधा मित्रावसु के छत्र में लगा। छत्र नीचे गिर गया।

मित्रावसु ने एकसाथ दो बाण छोड़े, जिन्हें अनरण्य नहीं काट सके और सीधे छाती में जाकर धँस गए।

अनरण्य पराजित ही नहीं हुआ बल्कि रणक्षेत्र में मारा गया। मित्रावसु तथा उसकी सेना ने रावण का जय-जयकार किया और रावण कोशलाधीश की राजधानी में रथ पर सवार होकर पहुँचा। प्रजा विजित-विजेता की स्थिति को खूब समझती थी तथा जो सैनिक रणक्षेत्र से वापस आए थे, उन्होंने दशशीश रावण का प्रशस्तिगान कर दिया था। रावण की भयंकर सेना का जो वर्णन सैनिकों ने किया था, उससे प्रजा भयभीत होकर घरों में उसी प्रकार घुस गई थी जिस प्रकार मूषक बिल्ली के भय से अपने बिल में घुस जाते हैं।

जब रावण ने राजधानी में प्रवेश किया, उस समय नगर सुनसान पड़ा था। ऐसा प्रतीत होता था, मानो यहाँ कोई रहता ही नहीं है। रावण राजपथ के चतुष्पथ पर खड़ा हो गया, तब महाराज अनरण्य के कुछ मंत्रिगणों ने आकर प्रणाम किया और एक मंत्री ने निवेदन किया, ''राजन्! कोशल के सिंहासन पर जिसे आप चाहें, बिठा सकते हैं।''

रावण ने अट्टहास किया तथा उत्तर दिया, ''लंकेश को राजपाट कुछ नहीं चाहिए। उसकी

सेना कोई उपद्रव नहीं करेगी। प्रजा निज-निज गृह से निकलकर मेरी बात सुने—मैं पुलस्त्यवंशी, दशानन और मंत्र-रव करने से रावण, आपसे विनती करता हूँ कि आप सब मेरी 'रक्ष-सभ्यता' का, जिसमें सभी को साम्य क़रने का लक्ष्य है, पालन करें। आज से आपका राज्य गन्धर्वराज मित्रावसु के अधीन हो जाएगा। आपका राष्ट्र उन्हें कर देगा। सम्राट आपका ही रहेगा।''

ईषत काल में प्रजा बाहर निकल आई। कुछों ने घरों में ही से शब्द सुने। उनमें से मित का मुँह इस वक्तव्य से कड़वा हो गया व मन-ही-मन बुदबुदाए—'राक्षस कहीं का!'

प्रवरमंत्री ने पुनः अनुरोध किया, ''लंकापति, आपका इस नगर में हम स्वागत करना चाहते हैं।''

''नहीं, लंकापति का सबसे बड़ा स्वागत मात्र उसकी सभ्यता का पालन ही होगा। मैं कुछ ही दिन में आर्यावर्त तथा भरतखंड में उपनिवेश बनाऊँगा। उसमें आपके सहयोग की अपेक्षा करूँगा।'' इतना कहकर रावण ने प्रहस्त को आज्ञा दी, ''चलो, लौट चलें।''

कोशलाधीश अनरण्य की पराजय का समाचार शीघ्र ही वायुगति से सब स्थानों पर फैल गया। जिस आर्य-नरेश ने यह समाचार सुना, वही अवाक् रह गया। गुप्तचरों ने समाचार दिया कि सिन्धु नदी के दोनों तट पर गन्धर्व नगर (वर्तमान पेशावर) से लंकेश ने आकर आक्रमण किया। उसके साथ गन्धर्व नरेश महाराज मित्रावसु भी थे।

इस विजय के कारण मार्ग के छोटे-छोटे राजाओं ने रावण को रोका नहीं, बल्कि उसका स्वागत करते गए और लंकापति मात्र अपने उद्देश्य के अतिरिक्त किसी भी उलझन में नहीं पड़ा। उसकी नौसेना नद-नदियों में घूमती हुई निर्दिष्ट स्थान पर पहुँच जाती थी। उसकी विशेषता यह थी कि जब जल-मार्ग से जाना होता था तो रावण के सुभट रथ, घोड़े तथा सेना को बड़ी नौकाओं में चढ़ा लेते थे और जब निर्दिष्ट स्थान जल-मार्ग से जुड़ा नहीं रहता था तो तट पर आते ही थल पर रथ जोत देते थे और उनमें नौकाएँ व युद्ध-सामग्री भरकर थल-मार्ग से चल देते थे। रावण की सैन्य-संचालन की यह अति सुन्दर व्यवस्था थी। इसी कारण उसका कटक-दल, सरयू, गंगा, सिन्धु, नर्मदा—इनके तटों वाले नृपों से युद्ध कर, फिर समुद्र तीर आ जाता था जहाँ रावण के विशाल युद्धपोत लंगर डाले खड़े रहते थे एवं लंका से निरन्तर समुद्री मार्ग से सामग्री प्रदाय सम्पर्क (सप्लाई लाइन) बना रहता था। यह लंकेश की सामग्री को कमी न होने देने की सबसे बड़ी पैनी युद्ध-नीति थी।

मित्रावसु तथा लंकेश एक ही रथ में यात्रा कर रहे हैं, जिसे आठ घोड़े खींच रहे हैं। सारथी रथ को द्रुतगति से दौड़ा रहा है। मित्रावसु तथा लंकेश दोनों ही प्रसन्नचित्त हैं। रणरंग के बाद विजय प्राप्त हो जाए तो किसी भी सम्राट को इससे बढ़कर और क्या प्रसन्नता हो सकती है! जो जयी हो जाता है, उसका नाम जन-जन के मुँह पर रट जाता है, लोग उसे उपमाएँ देने लगते हैं। रावण को दशशीश, दशग्रीव सभी उपाधियाँ मात्र इस मुकुट तथा गलहार के कारण प्राप्त हो गईं।

मित्रावसु ने पुनः निवेदन किया, ''लंकेश! कान्यकुब्ज को भी इसी समय जय कर लिया जाए तो कैसा रहेगा?''

''मैं तो दिग्विजय का ही अभिलाषी हूँ, क्योंकि मुझे तो इन्द्रधाम तक यात्रा करनी है।''

मित्रावसु फिर गद्गद हुआ और बोला, ''तो फिर कान्यकुब्ज की ओर सेना को अग्रसर होने की आज्ञा दूँ?''

''हाँ, प्रहस्त, धूम्राक्ष, अकम्पन, धूम्रकेतु, वज्रदन्त, बिरूपाक्ष, वज्रकाय आदि महासुभटों को

निर्देशित करो, वे अश्वारूढ़ होकर अभी जाएँ तथा कान्यकुब्ज महाराज के राज्य की सैन्य-संख्या, प्रजा की स्थिति, खाद्य-सामग्री, अस्त्र-शस्त्रों का ज्ञान छद्म भेस धारण कर अर्जित करें, ताकि हमारे पहुँचने के पूर्व महाराज गाधि की राजकीय व्यवस्था की हमें पूर्ण जानकारी प्राप्त हो सके।''

रावण की सेना में मातुल एवं उसके कुल का ही प्रभुत्व होने से स्वामी के प्रति निष्ठावान थे। 'ना' शब्द उन्होंने जाना ही न था। उन्हें लंकेश की आज्ञा सर्वोपरि थी। पल-भर में ही अश्वों पर जीनें कस दी गईं। कुछ ही देर में छद्म भेस धारण कर लिया गया और ईषत् काल में ही छलाँग लगाकर प्रहस्त, अकम्पन, धूम्राक्ष आदि श्रेष्ठ गुप्तचर जो कि लंकाधीश के राजसचिव भी थे, अश्वों पर सवार हो गए तथा राश खींचने के साथ ही चपल तुरंग हवा से बातें करने लगे।

लंकाधीश के सुभटों की यह विशेषता थी कि वे आवश्यकता पड़ने पर परिचारक के कर्म को छोड़कर सचिव, गुप्तचर, सेनापति, उद्घोषक, दूत सभी प्रकार का कार्य करने में दक्ष थे। रावण ने उन्हें अल्प सम्पर्क में ही रण की दुर्भेदनीति तथा प्रत्येक कूट-चाल से विदित करा दिया था। मातुलों से वह कोई बात छिपाता नहीं था और लंकाभक्त, राष्ट्रभक्त मातुल कभी भी राज्य की गोपनीय बातों की हवा तक नहीं लगने देते थे।

कान्यकुब्ज की सीमा के पूर्व ही सभी साथियों को प्रहस्त ने पृथक्-पृथक् भागों से राजधानी में—किसी को अश्वशाला की ओर, किसी को मंत्रियों के आवास की ओर, किसी को मदिरालयों की ओर, बड़े सुनियोजित ढंग से—गूँगे, बहरे, अन्धे आदि का स्वाँग करते हुए प्रवेश करने का परामर्श दिया।

प्रहस्त ने भिखारी के भेस में तथा अकम्पन ने पागल के भेस में राजपथ की ओर जाने का निश्चय किया। प्रहस्त मार्ग पूछ लेता और उसके कुछ अन्तर पर अकम्पन अपने ही रंग में प्रहस्त का पीछा करता हुआ चलता।

सर्वप्रथम धूम्राक्ष ने ललाट की रेखाएँ पढ़कर लोगों का भाग्य बताना प्रारम्भ कर दिया तथा नारियों से थोड़ी-थोड़ी जानकारी करना प्रारम्भ किया।

प्रहस्त ने भिक्षापात्र लेकर, मंत्रियों के आवास में भिक्षा माँगते हुए चर का कार्य प्रारम्भ किया।

अकम्पन चिथड़े लपेटे हुए गाधि सैन्य-शिविर का अध्ययन करने लगा। जब कभी कोई सेनानी उसके निकट से निकलता तो वह सदैव 'कल्याण हो' शब्द का ही उच्चारण करता था और हँसता रहता था तथा गाधि-राज्य एवं गाधि-सैनिकों की प्रशंसा करता रहता था तथा गाधि सैन्य-शक्ति का आकलन करता।

इसी प्रकार सभी लंका सैनिक महाराज गाधि की गुप्तचरी करने लगे।

मार्ग में ही रावण तथा मित्रावसु दोनों ने व्यूह-रचना की सम्पूर्ण व्यवस्था पर विचार किया और कान्यकुब्ज से एक योजन दूर लंकेश का कटक रुक गया।

इस पाँच दिन की यात्रा में लंकेश थक चुका था। वह विश्राम करना चाहता था, किन्तु दिग्विजय के चिन्तन से उसकी नसें फटने लगी थीं। वह लंका से योजनों दूर आर्यावर्त, भरतखंड के युद्ध अभियान पर है। महारानी मन्दोदरी क्या सोचती होगी? उसे महाराज शंबर की मृत्यु का समाचार तो मिल ही गया होगा। उसे दुख हुआ होगा, उसकी बहन विधवा हो गई। यह दुख नारी को असहनीय है। वह अपनी बहन की पीड़ा से रोई भी होगी। कहीं ऐसे ही रावण. ..? नहीं, रावण तो कुंडलिनी जाग्रत् करना जानता है। उसकी नाभि-स्थित कुंडलिनी रावण के लिए अमृत है। कुंडलिनी जाग्रत् होने पर वह अभेद्य है। परन्तु जाग्रत् न कर पाने की स्थिति

में रावण बाध्य है। रावण मारा जाएगा। कहीं भी, कभी भी, किसी भी युद्ध में। तो क्या मन्दोदरी को विलाप करना होगा?

छिः! नहीं, मेधावी रावण को मृत्यु का क्या भय? तपस्वी लंकेश्वर को कोई व्याधि नहीं होगी अन्यथा रुद्र द्वारा दिए गए ज्ञान का क्या प्रयोजन? लंकेश अकेला ही तो विमानों के निर्माण की विद्या जानता है। सौर-ऊर्जा में जितना दक्ष रावण है, उतना कोई नहीं। इन समूची विद्याओं में पारंगत लंकेश की पराजय कभी भी नहीं होगी।

इसी समय प्रहस्त आ गया तथा बोला, "तात, हमने कान्यकुब्ज नरेश की पूर्ण जानकारी प्राप्त कर ली है। उनकी सेना में महारथी मात्र विश्वामित्र ही हैं। वे तंत्र, मंत्र एवं यन्त्र तीनों प्रकार के युद्ध में प्रवीण हैं। गाधि वृद्ध हैं, किन्तु वे रण-बाँकुरे हैं। गाधि की सेना में दस हजार रथ, पाँच हजार हाथी तथा साठ हजार सैनिक हैं। इस सेना के तीन विभाग किए गए हैं। नगर में शान्ति है, किन्तु प्रजा असन्तुष्ट है क्योंकि मंत्रिगण उत्कोच लेते हैं। भूख से व्याकुल लोग अपनी सन्तानों तक का विक्रय कर पेट भरते हैं। मात्र प्राणियों का बोलबाला है, निर्धन संकटग्रस्त हैं। महाराज गाधि को पुरुकुत्स महाराज की पुत्री पौरा ब्याही है। हो सकता है, उधर से कुछ सैन्य सहायता आए!"

"अच्छा, महारानी पौरा सूर्यवंशी हैं?"

"हाँ, महाराज!"

"प्रहस्त, रण-सन्देश भेज दो।"

"जो आज्ञा महाराज!"

"और सुनो, प्रतिष्ठानपुर पुरूरवावंशी महाराज दुष्यन्त तो नहीं आएँगे?"

"नहीं महाराज!"

"क्यों, इनके बारे में क्यों पूछा तात?"

"इसके पश्चात् प्रतिष्ठानपुर मात्र ऐसा राज्य है, जिसे जय करना लंकेश को अनिवार्य है। सुनो, प्रहस्त, महाराज दुष्यन्त के पराजित होने के पश्चात् तो शेष देव (आर्य) छत्रप स्वतः लंका की अधीनता स्वीकार कर लेंगे। रह जाएगा मात्र कार्तवीर्य! अतएव तुम गाधिराज को युद्ध की सूचना दो।"

प्रहस्त ने लंका-दूत का बाना पहना और राजधानी की ओर चल दिया।

महाराज गाधि के गुप्तचरों ने मित्रावसु एवं रावण की सेना की सूचना पूर्व में ही दे दी थी। महाराज की सभा में रावण के उद्देश्य एवं अनरण्य की पराजय की चर्चा हो रही थी। विश्वामित्र ने दोटूक उत्तर दिया था, "राक्षसराज का लक्ष्य समर एवं संस्कृति के अतिरिक्त कुछ नहीं हो सकता। अतएव तात, रण की तैयारी कीजिए, शत्रु द्वार पर आ चुका है।"

फिर मंत्री ने कहा, "राजन्! अपने मित्रों से सहायता प्राप्त कर ली जाए।"

"मंत्री! इतना समय नहीं रह गया है। अब तो अपने बल-भरोसे पर ही कार्य करो।"

पुनः विश्वामित्र बोले, "महाराज, व्यर्थ समय नष्ट करने से कोई लाभ नहीं है।"

गाधि का चेहरा तमतमा उठा, उनकी श्वेत दाढ़ी चमक उठी। फिर गरजे, "रण-दुंदुभि बजने दो!"

महाराज का आदेश था कि प्रतिहारी ने राज्य-सभा में सन्देश दिया, "रावण दूत प्रहस्त आपकी सेवा में उपस्थित होने की अनुमति चाहते हैं।"

सभासद सन्न रह गए। विश्वामित्र क्रोधित हो गए तथा गाधि महाराज ने शान्त होते हुए अनुमति प्रदान की।

रावण दूत प्रहस्त ने कहा, ''रावण-दूत प्रहस्त का, महाराजाधिराज गाधि-नरेश को प्रणाम स्वीकृत हो! राजन्, लंका की सेनाएँ रण के लिए तत्पर हैं। लंकाधीश की आज्ञा है कि महाराज गाधि लंका-स्वामी की अधीनता स्वीकार करें तथा 'रक्ष-संस्कृति' के प्रचार तथा लंका उपनिवेश की अनुमति प्रदान करें अन्यथा लंकापति की 'युद्धं देहि' आवाज को सार्थक करें।''

विश्वामित्र ने खड्ग खींच लिया। उनका चेहरा क्रोधित हो गया।

तभी गाधि महाराज बोले, ''त्रिकूटवासी दूत, अपने राक्षसराज को सन्देश दो कि कान्यकुब्ज नरेश व उसकी प्रजा 'यक्ष-संस्कृति' की पोषक है। वह अपने राज्य में किसी दूसरे का उपनिवेश नहीं बनने देगी। 'रक्ष-संस्कृति' में साम्य सन्देश है, साम्राज्यवादी नीति है। अहंकार है। हम ऐसी नीति को प्रश्रय नहीं दे सकते।''

''राजन्! जो छत्र धारण किए हुए हैं, वे साम्राज्यवाद के नैसर्गिक रूप से पोषक हैं। साम्य सन्देश में वर्ग-भेद मिटाने का लक्ष्य होकर परस्पर सद्भाव की भावना है। इस सुन्दरतम व्यवस्था को कोई भी बुद्धिजीवी निश्चित रूप से स्वीकार करेगा।''

''दूत! इस राज्य में क्षत्रियों का ही बोलबाला है तथा क्षत्रियों से राक्षसराज पराजित होगा।''

''महाराज! रावण राक्षस नहीं, ब्राह्मण है। आपके लिए पूज्य है। प्रतापी सम्राट है। उसके लिए राक्षस जैसा घृणास्पद शब्द रावण का मातुल प्रहस्त नहीं सुन सकता। क्षमा करें महाराज, आपके यहाँ तो प्रजा को कष्ट है। भिक्षा में निष्क तो दूर, रोटी भी आपके राज्य में प्राप्त नहीं होती तथा इस कारण प्रजा अपनी संतति का विक्रय कर उदर-पोषण कर रही है, जबकि लंका की प्रजा के ठाठ निराले हैं। कोई भी रमणी बिना स्वर्ण-आभूषण नहीं है। प्रत्येक अट्टालिका गगनचुंबी है तथा प्रत्येक के पास भ्रमण के लिए अपना रथ है। लंका में प्रातःकाल ही शिव की आराधना होने लगती है। घड़ियाल बजने लगते हैं। शंख निनाद कर उठते हैं। ललनाएँ गान करती हैं। ऐसी लंका से प्रतिस्पर्धा करना एवं वेदपाठी रावण को राक्षस कहना आप जैसे महान यशस्वी नरेश के लिए शोभा नहीं देता।''

विश्वामित्र दूत पर आक्रमण करने के लिए उद्यत हुए, किन्तु महाराज ने 'दूत अवध्य होता है' कहकर रोक दिया तथा फिर कहा, ''जाओ प्रहस्त, कल सूर्योदय पर रणस्थल में तुम्हारे सम्राट से भेंट होगी।''

प्रहस्त आ गया तथा उसने रावण को सन्देश सुना दिया। रावण 'राक्षसराज' शब्द पर खूब हँसा, फिर बोला, ''इसमें कोई अपमान नहीं है प्रहस्त! एक शत्रु व उसकी प्रजा दूसरे शत्रु, उसके सम्राट तथा उसकी प्रजा को दुष्ट ही तो कहती है। जैसे प्रत्येक आक्रांता को हम हेय दृष्टि से देखते हैं, भले ही उसकी सेना ने लूटपाट न की हो, भले ही प्रजा पर कशाघात न किया हो, भले ही सुन्दर कन्याओं या ललनाओं का अपहरण न किया हो, तो भी उसे बुरा ही कहा जाता है। भविष्य में कभी भी, किसी भी राज्य-सभा में क्रोधित नहीं होना अन्यथा तुम अपना प्राण गँवा दोगे तो लंकेश का क्या होगा? मात्र तुम और अकम्पन ही सुयोग्य सचिव हो, शेष वीर हैं।''

''ठीक है तात, भविष्य में प्रहस्त इसका ध्यान रखेगा।''

''तो सैन्य शिविर को ब्रह्ममुहूर्त में ही सजने की आज्ञा दे दो ताकि मध्याह्न तक गाधिराज

पराजित हो जाए। यहाँ चक्रव्यूह से युद्ध करना है।"

ब्रह्ममुहूर्त से ही लंकेश की सेना सजने लगी। रथ, सारथी सब तैयार हो गए। मित्रावसु की सेना भी तैयार हो गई एवं ठीक समय पर दोनों ओर से युद्ध प्रारम्भ हो गया।

गाधि महाराज ने लंकेश की गर्जना सुनी तथा उसके मुकुट में प्रदीप्त होते हुए दशग्रीव देखे, उसका एकसाथ दस धनुष चलाने का हस्तलाघव देखा। रावण की हुंकार सुनी। वे आश्चर्यचकित रह गए।

विश्वामित्र वीरता से लड़े। महाराज गाधि ने हर प्रकार से युद्ध लड़ा, किन्तु रावण की सेना के सामने कान्यकुब्जी सेना के पैर उखड़ गए तथा गाधि एवं विश्वामित्र दोनों ही कुछ सैनिकों के साथ युद्ध-क्षेत्र में खड़े रह गए।

रावण ने अट्टहास किया, फिर कहा, "राजन्, पराजय तो आपकी हो चुकी, किन्तु शीश झुकाए सम्राट पर ये ब्राह्मण कभी शस्त्र नहीं उठाता। आपने यद्यपि मुझे राक्षसराज कहा, परन्तु मैं आपसे पूछना चाहता हूँ कि यदि कोई दैत्य या दानवराज इस प्रकार पराजित हो जाता और यदि वह रणक्षेत्र में अकेला खड़ा रह जाता तो आप उसका शीश काट देते? अपना धर्म उस पर थोप देते? वहाँ की प्रजा को साम-दाम-दंड से, अपनी संस्कृति को राजप्रश्रय के अधीन प्रचारित करते? धर्म परिवर्तन जब तक अन्तःकरण से न किया जाए तब तक आप, हम सब इस भोली प्रजा को कैसे अपने धर्म में दीक्षित कर सकेंगे? मेरी संस्कृति जो कि सुन्दर है, वह आपको इस कारण अच्छी नहीं लगती क्योंकि उसमें ऊँच-नीच, जाति आदि का कोई बन्धन नहीं है। मेरे धर्म का द्वार सभी के लिए खुला है जबकि आपके आर्य-धर्म का द्वार मात्र आपके चाटुकार ब्राह्मण तथा क्षत्रियत्व का अभिमान करनेवाले क्षत्रियों के लिए ही खुला है। यह वर्ण-व्यवस्था किसकी देन है? आप सब कुछ जानते हैं।" रुककर पुनः कहा, "लंकेश की सभ्यता अक्षुण्ण रहेगी। उसके प्रशस्तिगान दानव, दैत्य, नाग, गन्धर्व में अमर रहेंगे क्योंकि इन्हें आपने दास समझा और मैंने किसी को दास नहीं समझा। मैंने निःशस्त्र सैनिकों को मारा नहीं। जिन्होंने आत्मसमर्पण कर दिया, उन्हें कारा में नहीं भेजा और न ही उन पर कोई अभियोग ही चलाया, अपितु उन्हें अपनी नीति बतलाई और वे सब मेरे हो गए। मैंने उन्हें अच्छी वृत्ति दी और वे मेरे सेनानी बन गए। मेरे कटक में भी देव (आर्य), अनार्य अभी हैं। सब-के-सब लंका के भक्त हैं तथा मैं उनका सेवक हूँ, ऐसा मान कर दिग्विजय के लिए आया हूँ तथा सफलता प्राप्त कर रहा हूँ। पराजय के पश्चात् अधीनता स्वीकार करना राजनीति है। धन लेना राजनीति है। यह तो आपको करना ही होगा। उपनिवेश का प्रश्न मेरा अपना है, उसे मैं देखूँगा।"

महाराज गाधि शान्त निर्वाक् खड़े रहे। जिसके बारे में क्रूर, निर्दय, सुना था, वह महान निकला। प्राणों की भिक्षा क्षत्रिय कभी नहीं माँगते, परन्तु लंकेश स्वयं ही सब कुछ बिना माँगे दे रहा है तो गाधिराज को भी देना ही होगा। गाधिराज प्रसन्न हुए, किन्तु विश्वामित्र के पौरुष को ठेस पहुँची। जिस विश्वामित्र के नाम से सम्राट प्रकम्पित हो जाते थे, वही परास्त खड़ा है तथा रावण अपनी महिमा का बखान कर रहा है। वह अपने को महानतम तथा आर्य क्षत्रियों को अधमतम कह रहा है। विश्वामित्र कर भी क्या सकते हैं, बिना सेना के। पौरुष तभी साथ दे सकता है जबकि सेना का मनोबल ऊँचा होकर संग्राम को तैयार हो। सेना तो भाग खड़ी हुई, अब विश्वामित्र शौर्य दिखाएँगे भी तो कितनी देर टिक सकेगा वह शौर्य। आखिर में गर्दन कटेगी ही। युवराज विश्वामित्र को इस समय निरुत्तर रहने के अतिरिक्त और कोई चारा नहीं है।

गाधिराज शालीनता से बोले, "एक सहस्र स्वर्णभार कान्यकुब्ज सम्राट देगा, एक हजार अश्व तथा सौ कन्याएँ भी देगा।"

"राजन्! लंकेश के पास कन्याएँ बहुत हैं, इनसे प्रजा ही बढ़ेगी तथा सैनिकों के उपभोग की सामग्री बनेगी। मैं अपने सैनिकों को विलासी बनाना नहीं चाहता। कन्याओं को आप अपने पास रखिए। शेष मुझे पहुँचा दीजिए, यही मेरा स्वागत है।"

"अच्छा!" कहते ही गाधिराज व विश्वामित्र राजधानी लौट गए।

9

सूर्यवंशी पुरूरवावंशी महाराज दुष्यन्त अपनी राजधानी प्रतिष्ठानपुर में आखेट पर जा रहे हैं। उनके साथ मंत्री तथा सैनिक टुकड़ी अश्वों पर जा रही है। उनके धवल वस्त्रों से उनकी सुन्दरता द्विगुणित हो रही है। शकुन्तला कभी-कभी दुष्यन्त के वक्ष से शीश टिकाकर पूछ ही लेती है, "प्राणनाथ! एक मृगया में तो आपने मेरा आखेट किया था, अब किसका करेंगे?"

"अब तो देवि, दुष्यन्त तुम्हें पाकर निहाल हो गया है।"

"मुझे तो भूल गए थे आप।"

"वह तो दैवयोग था, मैं असमर्थ था।"

"अब तो नहीं भूलेंगे?"

"अब तो विधाता भी चाहे तो मुझे तुमसे पृथक् नहीं कर सकता।"

"नहीं, सम्राट तो सम्भवतः ऐसा प्रत्येक नई रानी से कहते ही हैं।"

"ऐसा दुष्यन्त नहीं कहता।"

"कहीं मुझसे अधिक सुन्दर और कोई कन्या आखेट में मिल गई तो?"

"तो हम उसकी ओर देखेंगे भी नहीं।"

शकुन्तला हँसी, फिर ठिठोल करते हुए कहा, "यह पुरुषों और उनमें भी क्षत्रिय राजाओं को सम्भव नहीं है। उनके अन्तःपुर में रानियाँ, पटरानियाँ सदैव शोभावृद्धि करती रहती हैं। चौथेपन में भी विवाह करना अथवा स्वयंवर में गले में माला डालकर किसी राजकुमारी को लाना, आपकी रीति है। यदि कहीं महाराज को किसी स्वयंवर का निमन्त्रण मिला तो क्या नहीं जाएँगे?"

"जाना तो होगा ही, किन्तु हम प्रथीपालों के अन्तःपुर में रानियों का आधिक्य होना गौरव माना जाता है।"

"चक्रवर्ती सम्राट की उपाधि धारण करनेवाले पुरूरवावंशी महाराज दुष्यन्त के लिए क्या एक पट्टमहिषी यथेष्ट नहीं है? आप क्या जानें जब अत्रिपुत्र दुर्वासा ने क्रोधित होकर मुझे शाप दिया तो मेरी मनोदशा बिन पानी की मछली के समान हो गई थी और जब आपकी अंगूठी नहीं मिली तो आपने मुझे पहचानना अस्वीकार कर दिया, तब आपके अंश का भार लिए सामाजिक बहिष्कार से ग्रस्त ये पट्टमहिषी कुलकलंकिनी, कुलटा जाने क्या-क्या कहलाई, व्यंग्य सुन-सुनकर मेरे कान फट गए।"

"होनी थी महारानी! ऐसी आश्चर्यजनक घटनाएँ कभी-कभी विधाता के कालक्रमानुसार घट जाया करती हैं।"

इसी समय अनायास ही एक मृगछौना निकल आया। विषय समाप्त हो गया। शकुन्तला

ने रथ रुकवा दिया एवं महाराज तीर चलाने ही वाले थे कि शकुन्तला ने उन्हें रोककर कहा, "मैं इसे जीवित पकड़ लूँगी।"

शकुन्तला रथ से उतरी और उसने मृग को बड़ी चपलता के साथ पकड़ लिया।

"देवि! तुमने मृग-शावक क्या, सिंह-शावक भी पकड़े हैं। अरे, तुमने ही क्या, तुम्हारे पुत्र ने भी यही कर्म किया है। सम्भवतः तुम्हीं ने उसे सिंह-शावकों से खेलना सिखाया होगा।"

"हाँ, जब वह रुदन करता था, तो उसे चुप कराने का अन्य साधन भी तो न था। माँ ही तो थी, पिता तो था नहीं जो उसे मनाता, खिलाता।"

"माँ की ममता ने उसे बाल्यावस्था में ही सम्भवतः राजपुत्र का यथेष्ट प्रशिक्षण दे दिया है।"

यह वार्ता चल ही रही थी कि प्राची से धूल उठी, हाथियों की चिंघाड़ तथा रथों के पहियों की गड़गड़ाहट की आवाज महाराज के कानों में सुनाई दी।

शकुन्तला ने धीमे-से कहा, "यह तो किसी सम्राट का कटकदल होना चाहिए।"

"आभास तो ऐसा ही हो रहा है, किन्तु अचानक कौन प्रतिष्ठानपुर की सीमा में प्रवेश कर सकता है।"

"कहीं कोई आक्रामक तो नहीं नाथ?"

"प्रतीत तो ऐसा ही होता है।"

"किन्तु पड़ोसी राष्ट्र तो हमारे मित्र हैं। शंबर मारा जा चुका है। हैहय नरेश कार्तवीर्य से भी हमारे सम्बन्ध अच्छे हैं, फिर कौन हो सकता है?"

महाराज आखेट भूल गए। धूल के बादल निरन्तर बढ़ते जा रहे थे तथा आवाज भी बढ़ती जा रही थी। उनके कान अपने स्थान पर कार्य कर रहे थे तो विवेक अपने स्थान पर। चक्रवर्ती सम्राट दुष्यन्त की राज्य-सीमा पर अतिक्रमण करनेवाला इस भूमंडल का तो कोई क्षेत्रपाल हो ही नहीं सकता। महाराज गाधि?...ओह! स्मरण हुआ, यह तो राक्षसराज रावण की सेना होनी चाहिए। उसने गाधि को हराकर सीधा प्रतिष्ठानपुर का रास्ता अपनाया है। दुष्यन्त क्रोधित हो गए तथा उन्होंने साथ आई सैन्य टुकड़ी से कहा, "देखो, यह जो धूल का गुबार दीख रहा है न, यह रावण का सैन्यदल है। निकटस्थ ग्राम रिक्त करा दो। खेती उजाड़ दो। अन्न भंडार जो पुरों में हैं, उनमें आग लगा दो ताकि खाद्य-सामग्री के अभाव में रावण की सेना भूखी रहे और हम उसे युद्ध में पराजित कर दें।" पुनः चर को बुलाकर कहा, "आप लोग छद्म भेस धारण कर पूर्ण जानकारी ज्ञात करो। अभी लंकेश को प्रतिष्ठानपुर पहुँचने में समय लगेगा। मैं राजधानी पहुँचकर युद्ध की तैयारी करता हूँ।"

दुष्यन्त का सारथी रथ चलाने में कुशल था। रथ हवा से बातें करने लगा तथा उसने सौ योजन की दूरी दोपहर में ही समाप्त कर राजधानी में प्रवेश किया।

रथ से उतरते ही उन्होंने परिचारकों को मंत्रिगण को बुलाने की आज्ञा दे दी तथा उद्घोषक को बुलाकर कहा, "नगर में ढोल पिटवा दो। लंकाधीश का सैन्यदल प्रतिष्ठानपुर की सीमा लाँघ चुका है, अतएव राज्य में संकटकाल की घोषणा की जाती है तथा पणियों से आग्रह किया जाता है कि वे वस्तुओं का मूल्य इस समय स्थिर रखें। जो सामग्री उनकी अन्य राज्यों से आ रही है या और आवश्यकता है, उसे मँगाने की अनुमति प्राप्त कर, राजकीय साधनों से अन्न मंगवाएँ। राजकीय उष्ट्रशकट, बृषभकट, सभी निःशुल्क पणियों को उपलब्ध कराए जाएँगे।

पुरूरवावंशी महाराज दुष्यन्त ने प्रजा से अनुरोध किया है कि वे ऐसे समय में शान्ति बनाए रखें। रक्षा-कोष हेतु प्रजा से निवेदन किया जाए।''

दुष्यन्त की गति तेज हो गई। उन्होंने शकुन्तला की ओर नहीं देखा। वे सीधे राजप्रासाद में पहुँच गए तथा उन्होंने कांस्यताल पर आघात कर दिया। सेवक-सेविकाएँ दौड़कर सेवा में उपस्थित हो गईं। आज महाराज को उन्होंने पहली बार उदास देखा था। चक्रवर्ती सम्राट के अधरों पर कम्पन था, आँखों में लाल डोरे आ गए थे। उनके ललाट पर तीन बल पड़े हुए थे। उनका चेहरा क्रोध के कारण लाल हो गया था।

दुष्यन्त ने कुछ सोचकर कहा, ''युद्ध की तैयारी करो! अन्नगृह खोल दो। चना भूँज लो तथा रथों पर लाद दो। एक दिन के लिए रोटियाँ भी बनाकर रख लो।''

इसी समय मंत्रिगण आ गए। सभी ने महाराज को प्रणाम किया तथा अपने- अपने आसन पर बैठ गए। प्रवरमंत्री ने धीमे-से निवेदन किया, ''राजन्, आज असमय में ही आपने कैसे स्मरण किया?''

''मंत्रिगण! अनायास ही रावण का सैन्यदल चढ़ आया है, हमें युद्ध करना होगा।''

सभी विस्मय में पड़ गए।

''लंकाधीश रावण प्रतिष्ठानपुर तक आ धमका और हमारी चौकियों में सेनानी क्या सोते रहे? उन्होंने अभी तक यहाँ कोई समाचार नहीं भेजा! हमारे गुप्तचर क्या करते रहे? सेनापति की यह कैसी व्यवस्था है?'' एक मंत्री ने पूछा।

''इतनी विशाल सेना ने चौकियों में सेनानियों को घेरा डालकर पकड़ लिया होगा। रावण का सचिव, दूत, सेनापति प्रहस्त बहुत चतुर है तथा धूम्राक्ष, अकम्पन-जैसे महारथी अतिरथी हैं जो आवश्यकता पड़ने पर अपने स्वामी के लिए प्राण गँवाने में पीछे नहीं हटते। इस कारण वे निर्दोष हैं एवं लंकापति के चरों ने हमारे सैनिकों की समस्त युद्ध-सामग्री की पूर्ण जानकारी प्राप्त कर ली होगी। अतएव हमें रावण को बीच में ही रोकना होगा। मैं चाहता हूँ कि खाद्य-सामग्री पीछे से पहुँचती रहेगी, तब तक सेना को आगे बढ़ने दो। हम लोग आज रात को ही रण के लिए चलेंगे। नगर सेना राजधानी की व्यवस्था देखेगी।'' दुष्यन्त ने कहा।

इसी समय सेनापति आ गए।

महाराज ने प्रवेश के साथ ही सेना तथा आयुधों की पूर्ण जानकारी प्राप्त कर ली। उसी क्षण चीथड़े लपेटे हुए महाराज का गुप्तचर आ गया और हड़बड़ाहट में बोला, ''राजन्! रावण-दल राज्य-सीमा पार कर चुका है। उसने चौकी नष्ट कर दी है तथा प्रतिहारियों को पकड़ लिया है। महाराज, सीमा-सुरक्षा दल ने एक झड़प भी की, किन्तु उनमें से कुछ भुशुंडियों द्वारा मार दिए गए तथा कुछ ने आत्मसमर्पण कर दिया।''

''लंकाधीश के पास भुशुंडियाँ हैं?''

''जी महाराज! और...और...''

''और क्या चर?''

''और अनिल चूर्ण का रथों में भंडार है। उसके रथ गजचर्म से चारों ओर से मंडित हैं, जिनमें प्रक्षेपास्त्र, धनुष, बाण, तूणीर, चन्द्रहास आदि विविध आयुध प्रचुर मात्रा में हैं। उसके पास नौसैनिक भी हैं।''

''इतनी दूर से समुद्री मार्ग द्वारा ही तो लंकापति सुगमता से आ सकता है। थल मार्ग से तो कठिनाई होती। उसकी यह बुद्धिमत्ता है।'' दुष्यन्त ने कहा।

पुनः चर बोला, "राजन्, गन्धर्व नरेश मित्रावसु भी उसके साथ है।"

"अच्छा, चर, अब तुम लोग भी रणक्षेत्र में पहुँचकर रावण की कोई अन्य कूटचाल हो तो उसकी जानकारी मुझे देना। हम रात्रि में ही पहुँच रहे हैं।"

"जो आज्ञा महाराज की!" कहकर चर चला गया।

सेनापति बीच में ही बोला, "राजन्! चक्रवर्ती सम्राट की सेना के आगे रावण तथा मित्रावसु दोनों परास्त होंगे। विदेशी सेना इतनी कुशल नहीं हो सकती जितनी कि हमारी।"

"हमारे पास भी भुशुंडियाँ हैं, उनकी जठराग्नि राक्षसराज को पचा डालेगी।"

"रावण के बारे में सुना है, उसने अपनी भुजाओं के बल पर दक्षिण के सभी द्वीप एकांकी ही विजय किए हैं। ऐसे सुभट का भरतखंड में आकर संग्राम करना उसके अद्‌भुत साहस का कार्य है। मात्र महाराज मांधाता ही शिवदान (अफ्रीका) तक पहुँच सके हैं। ऐसी स्थिति में दिग्विजय की उत्कट लालसा लेकर चलनेवाला दशानन, शंबर-संग्राम में दशरथ की छाती को छलनी करनेवाला दशग्रीव अनरण्य तथा गाधि के विशाल साम्राज्य को परास्त करनेवाला ब्राह्मण इतनी शीघ्रता से कैसे जय किया जा सकता है सेनापति? युद्धक्षेत्र में जय-पराजय का पूर्वानुमान नहीं किया जा सकता।"

सेनापति निर्वाक् हो गया, तब पुनः दुष्यन्त बोले, "वर्तमान परिस्थिति के अनुसार यदि रावण की सेना पर हम उसे तैयारी का बिना अवसर दिए आक्रमण करेंगे तो ही सफल हो सकेंगे। अतएव शीघ्र रणवाहिनियाँ सजें और कूच करें।"

मंत्रिगण ने तत्काल सुसज्जित होकर रणक्षेत्र में चलने को कहा व सेनापति के साथ ही उठ गए।

रात्रि के प्रथम प्रहर में ही दुष्यन्त का सैन्यदल सजधजकर तैयार हो गया। महाराज दुष्यन्त ने मुकुट धारण किया। रत्नजटित धनुष कन्धे पर लटकाया। तरकस पृष्ठ भाग पर बाँधा और अन्तःपुर में सन्देश भेज दिया कि महाराज पधार रहे हैं।

महारानी शकुन्तला ने स्वर्णथाल सजाया, उसमें रत्नों से जड़ी हुई मूठ का खड्ग रखा तथा आरती थाल सजाया और अपने अलिंद में तैयार हो गई।

दुष्यन्त के साँभर के, चमड़े के रत्नजटित जूतों के चर्राने की आवाज से भान किया कि प्रतिष्ठानपुर नरेश पधार रहे हैं। सिंह-सी चाल चलते हुए दुष्यन्त ने पट्टमहिषी शकुन्तला के भवन में प्रवेश किया।

पट्टमहिषी शकुन्तला ने नृप के भाल पर कुंकुम का टीका लगाया, अक्षत तथा पुष्प बिखेरे एवं महाराज के हाथों में खड्ग रखा, आरती उतारी एवं चरणस्पर्श करने के उपरान्त कहा, "विजयश्री आपका तिलक करे।"

इसी समय महाराज पीछे घूमे तथा दो पग ही रखे थे कि बिल्ली रास्ता काट गई। अपशकुन हो गया। शकुन्तला एक पल के लिए विचलित हुई, किन्तु साहस व धैर्य के साथ बोली, "राजन्, शत्रु नाद कर रहा हो तो वीरों को शकुन- अपशकुन पर विचार नहीं करना चाहिए। अपने राष्ट्र की रक्षा के लिए दुधारी असि पर तो चलना ही पड़ता है। क्षत्रिय का जन्म तो रणक्षेत्र में ही मरने के लिए हुआ है। अपने पूर्वज पुरूरवा का स्मरण करो, जिन्होंने दिग्विजय की थी। उसी वंश का आर्य सम्राट अपने मन में कोई हीनभावना नहीं आने देगा। जाओ स्वामी, अपनी प्रजा की रक्षा के लिए रणचंडी का स्वागत करो।"

दुष्यन्त वीरांगना के शब्दों से आहत हो गए। उनके चेहरे पर मुस्कान खेल गई। उन्होंने

आगे का चरण पीछे नहीं हटाया और शीघ्र ही शकुन्तला द्वारा दिए गए खड्ग को कटि में खोंस लिया व चल पड़े।

दुष्यन्त का सैन्यदल प्रातःकाल तक पच्चीस योजन दूर आ चुका था एवं प्रातःकाल होते-होते दुष्यन्त की अक्षौहिणियाँ मत्स्य-ब्यूह बनाकर रावण का रास्ता रोकने हेतु खड़ी हो गईं। जब तक सूर्य चढ़ा, तब तक राजधानी से खाद्य-सामग्री भी आ गई। दो पर्वतों के बीच प्रतिष्ठानपुर के सेनापति ने युद्धस्थल का चुनाव किया। भुशुंडिधारी सैनिक पर्वत के ऊपर सन्नद्ध हो गए, जहाँ से शत्रुओं पर सीधा वार किया जा सकता था। सेनापति द्वारा चुना गया, यह रणक्षेत्र सर्वथा दुष्यन्त के अनुकूल था।

लंकेश राजनीतिज्ञ, रणनीति का पंडित था। सेना के चार योजन आगे सदैव ही खगोलवेत्ता, भूगोलवेत्ता, ससैन्य अश्वारूढ़ होकर चलते थे जो कि मार्ग के पर्वत, झरने, नद, नदी, वन आदि की पूर्ण जानकारी लंकेश के पास भेजते रहते थे और उसी के अनुसार इस दल द्वारा सुझाए गए मार्ग से ही सेना आगे बढ़ती थी अन्यथा शिविर लगाकर विश्राम करती तथा पथ-प्रशस्त करती। छोटी-छोटी नदियों को पार करने के लिए नावों का सेतु बनाया जाता, उस पर से सेना पार कराई जाती। जहाँ घनघोर जंगल होता तथा आगे का मार्ग योजनों तक दृष्टिगोचर न होता तो दूसरे मार्ग से सेना ले जाई जाती और यदि आवश्यकता पड़ती तो जंगल काटकर पथ का निर्माण भी कर लिया जाता।

रावण का यह द्रुतगामी दल (फ्लाइंग स्क्वायड) जिसमें कि सुयोग्य लोग होते, वह संकीण मार्ग का दूर तक निरीक्षण करते तब सेना को आगे बढ़ने की अनुमति देते। इस प्रकार लंकेश की अक्षौहिणियाँ बिना किसी संकट के ही आगे बढ़ती थीं।

यह द्रुतगामी दल गीध-दृष्टि रखता था। इनके पास काँच ने दूरदर्शी यन्त्र होते, जिनकी सहायता से यह दल दूर की वस्तु देख लेता था।

इस दल का एक प्रधान होता था, जिसकी आज्ञा का पालन सभी को करना होता। इस दल का प्रधान ही सबसे आगे चलता था और इस बार मातुल कालिका-मुख एवं विकट दोनों ही इस दल में थे। सुमाली ने अपने पुत्रों को किसी-न-किसी विद्या में सम्भवतः अपना खोया हुआ राज्य हस्तगत करने के लिए ही दक्ष किया था। किन्तु रावण से अधिक बुद्धिमान न होने के कारण ये सब-के-सब सुमाली की आज्ञानुसार ही सचिव बनाए गए थे।

कालिकामुख जैसे ही संकीर्ण मार्ग तक आया, उसने सबको हाथ के संकेत से पीछे रोक दिया एवं दूरदर्शी यन्त्र को, जोकि सदैव उसके गले में स्वर्ण जंजीर में लटका रहता था, उठाकर उसने चारों ओर देखा। उसे कहीं भी कुछ दृष्टिगोचर नहीं हुआ। वह आगे बढ़ा। पथ और संकीर्ण हो गया था एवं दोनों ओर घना जंगल था। उसने सबको रोककर विकट को साथ लिया और आगे बढ़ा। कुछ दूर के पश्चात् पथ के दोनों ओर पर्वत-श्रेणियाँ दृष्टिगोचर हुईं एवं ईषत् सपाट क्षेत्र भी दिखा। कालिकामुख इतने पर सन्तुष्ट नहीं हुआ। वह अश्व से उतर गया तथा मार्ग को छोड़कर विकट के साथ पैदल पेड़ों, गुल्मों के मध्य से चला एवं थोड़ा आगे चलकर उसने मैदान की ओर देखा, वह सुनसान था। किन्तु विकट ने अपना दूरदर्शी यन्त्र पर्वत की चोटियों की ओर किया तो वहाँ उसे सैनिक दृष्टिगोचर हुए। वह फुसफुसाया, ''भ्राता, पर्वत श्रेणी पर सेना है।''

कालिकामुख ने सब कुछ देख लिया—भुशुंडिधारी सैकड़ों सैनिक शत्रु प्रतीक्षारत थे। वह

बोला, "विकट, महाराज दुष्यन्त रणनीति में सुयोग्य प्रतीत होते हैं। यहाँ आने पर तो लंकापति जीवित नहीं जा सकेगा। शीघ्रता करो, लौट चलो।"

द्रुतगामी दल वापस आ गया। समूचा कटक उन्होंने दूर से ही लालध्वज लहराकर अवरुद्ध कर दिया। रथों के पहिए जाम हो गए। अश्वों के पाँव थम गए, सेना चौकन्नी हो गई। रावण रथ पर खड़ा हो गया। प्रहस्त, अकम्पन ने तत्काल सुसज्जित सैन्य टुकड़ी को आगे भेज दिया। यह टुकड़ी सदैव रण के लिए बारी-बारी से तैयार रहती थी। इसमें अश्वाति संकटकाल के लिए सन्नद्ध रहते थे जो सेना के तैयार होने तक के लिए किसी भी शत्रु से उतने समय तक लड़ सकते थे।

कालिकामुख ने निवेदन किया, "लंकेश! महाराज दुष्यन्त की सेना सामने सन्नद्ध खड़ी है। यहाँ से दो योजन पश्चात् संकीर्ण मार्ग है, उसके बाद खुला मैदान है जिसके दोनों ओर दो पर्वत अंग हैं। उन पर दुष्यन्त के भुशुंडिधारी सैनिक शत्रु पर वार करने के लिए तैयार खड़े हैं तथा हमारा यह दृढ़ निश्चय है कि उस मैदान के अन्तिम छोर पर स्वयं महाराज दुष्यन्त से आपका सामना होगा।"

रावण हँसा, फिर बोला, "रणनीति दुष्यन्त की सुन्दर है किन्तु उससे बढ़कर हमारी। सेना को सजने दो। भुशुंडिधारी सैनिक पर्वत श्रेणियों के दाईं एवं बाईं ओर से चोटियों पर पहुँचकर प्रतिष्ठानपुर के वीरों पर टूट पड़ें एवं फिर यह घोषणा करें कि लंकापति की सेना ने आपको चारों ओर से घेर लिया है, आप अपने प्राण क्यों गँवाना चाहते हैं, आत्मसमर्पण कर दें। सामने से हमारी अश्वाति सेना तीर की तरह अश्व दौड़ाती हुई दुष्यन्त की सेना से पिल पड़ेगी। उसके बाद रथ तथा रथों में दाईं एवं बाईं ओर से पादाति सैनिक कोशल दिखाते हुए युद्ध करेंगे। दुष्यन्त के पास शतघ्नियाँ हैं, मान नहीं हैं, इस कारण हमें कुछ क्षति अवश्य उठानी पड़ेगी। किन्तु वीरो, लंका के दैत्यों का सम्मान न जाने पाए। लंकावासियों की प्रतिष्ठा के लिए युद्ध हो।"

रावण के निर्देशानुसार सेना विभागवार सज गई। महारथी, अतिरथी सभी अपनी-अपनी अक्षौहिणियों को अनेक निर्देश देने लगे। स्थिति अनुसार युद्ध की नीति समझाने लगे।

मित्रावसु ने अपनी सेना को तत्काल ही ऐसे समय की रणनीति समझाई और अश्वाति को तीर की भाँति दो घड़ी पश्चात् दुष्यन्त कटक में घुसने की बात बताई।

दो घड़ी में पर्वत श्रेणियों तक भुशुंडिधारी सेना पहुँच जाएगी, इसका अनुमान लगा लिया गया और रावण ने रथ त्याग दिया। वह अश्वारूढ़ होकर बोला, "आज के युद्ध में आप सभी मित्रावसु और दशानन हैं। जय-विजय पर वीर विचार नहीं करते एवं विशाल सेना देखकर रणबाँकुरे भयभीत नहीं होते। अपने देश के चिह्न उठा दो, अपने देश के ध्वज लहराते हुए शत्रु पर वार करो तथा हँसते-हँसते अपने राष्ट्र के लिए प्राणों की बलि चढ़ा दो।"

लंकेश ने समूचे समरों में आज पहली बार अपनी कुंडलिनी जाग्रत् की, औषधियों का सेवन किया और ठीक दो घड़ी में योग की समूची क्रियाओं से अपने शरीर को कवच पहनाकर चल पड़ा।

अश्वाति रावण के संकेतमात्र पर वायुवेग से चल पड़ी और कुछ ही देर में दुष्यन्त के सावधान सैनिकों पर बाज की भाँति झपट पड़ी। पर्वत श्रेणी पर खड़ी दुष्यन्त की भुशुंडिधारी सैनिकों की गोलियाँ छूट पड़ीं। चारों ओर से मारकाट होने लगी और रावण गर्जना करने लगा। उसने कोई दस पलमात्र गर्जना की तथा दुष्यन्त के रथ के सामने पहुँच गया।

रावण हँसा। महाराज दुष्यन्त भी हँसे व बोले, "लंकेश, तेरा यह चुनौतीपूर्ण युद्ध स्वीकार है। फिर भी मैं कहता हूँ, मेरी धरती से लौट जा, अन्यथा जीवित नहीं जा सकेगा।"

"राजन्! लंकेश कभी पीछे नहीं लौटता। युद्ध में बन्धु-बांधवों के मारे जाने पर मुझे क्षणिक दुख तो होता है, किन्तु उससे लंकेश युद्ध से विमुख नहीं होता। वार करो पुरूरवावंशी सम्राट! रावण तुम्हारे जैसे चक्रवर्ती के बाणों का वरण किया चाहता है।"

"तो सँभलो लंकेश!" कहते हुए दुष्यन्त ने एक बाण छोड़ा जो लंकाधीश की छाती में लगा, किन्तु लंकापति अट्टहास कर उठा। फिर दूसरा, तीसरा, चौथा सभी बाण निष्फल हो गए तो दुष्यन्त ने गदायुद्ध के लिए ललकारा। रावण ने गरजकर कहा, "राजन्, खड्ग-युद्ध होने दो। लंकेश का गदा रथ में है।"

"तो होने दो लंकेश!"

दोनों के खड्ग चमकते-टकराते, उनसे अग्नि झरती, किन्तु दोनों महान योद्धा किसी को खरोंच भी न कर पाए।

इतने में रावण का रथ आ गया तो रावण बोला, "पुरूसम्राट, ठहरो, अब गदायुद्ध होने दो!"

दुष्यन्त ने गदा उठा लिया। दोनों गदा टकराते, उनमें से अग्नि झरती, किन्तु दोनों वीर एक-दूसरे को देखते व मुस्कराते।

तभी दुष्यन्त ने रावण का विचित्र मुकुट देखा, जिसमें से दशानन प्रतिबिम्बित हो रहे थे। ऐसा मुकुट कभी नहीं देखा था। उसकी मणियों को टाँकने का यह अद्भुत कोशल लंकावासियों या दैत्यों के विज्ञान का एक बेजोड़ प्रतिदर्श था।

रावण हँसा, फिर बोला, "राजन्, मेरा तुम बाणों से कुछ नहीं कर सके तो इस गदा से क्या कर सकोगे? मैं अमर हूँ!"

"लंकेश, अमर कोई नहीं है। तुम मात्र महान योगी हो एवं यौगिक क्रियाएँ ही तुम्हारे प्राणों के मर्म का कार्य कर रही हैं अन्यथा अब तक धराशायी हो गए होते।"

"राजन्, यह भेद तुम कैसे जाने?"

"मेरे सभी बाण कवच को भेदकर सीधी तुम्हारी छाती में धँसने वाले थे, जब सभी विष-बुझे तीर असफल हो गए तो मैं समझ गया कि इस समय तुम अवध्य हो। योगी को शस्त्र नहीं वेध सकते, अग्नि नहीं जला सकती तब तक, जब तक उस क्रिया का प्रभाव है, किन्तु जैसे ही तुम सामान्य स्थिति में आओगे, वैसे ही शस्त्रों का प्रभाव तुम पर होने लगेगा।"

रावण प्रसन्न हुआ था कि रावण की सेना ने गिरि शिखर से घोषणा की, "लंका की सेना ने तुम्हें घेर लिया है वीरो, अपने प्राण अकारण न्यौछावर नहीं करो, आत्मसमर्पण कर दो।"

तभी रावण ने कहा, "राजन्, रावण प्रसन्न है तुम्हारे ज्ञान के कारण। पराजय तुम्हारी ही होगी, मेरे सुभटों के सामने तुम्हारी सेना के कुछ ही देर में पैर उखड़ जाएँगे, वह देखो—समर्पण की पंक्ति लग गई है। मात्र मेरी अधीनता स्वीकार कर लो। अनावश्यक प्राण रावण आप जैसे ज्ञानी सम्राट के नहीं लेगा। मेरी 'रक्ष-संस्कृति' की भावना मुझे दिग्विजयी सम्राट की ओर अग्रसर कर रही है, अन्यथा लंकेश जानता है युद्ध के भयंकर परिणामों को।"

दुष्यन्त भी प्रसन्न हो गए। उन्होंने कहा, "लंकेश, मेरी सेना समर्पण कर रही है, इसका आशय हुआ उसका मनोबल टूट गया है और मनोबल टूटा हुआ व्यक्ति, हतोत्साहित सैनिक तथा शंकालु रोगी, इन्हें कोई ठीक नहीं कर सकता। इस कारण दुख के साथ..."

"बस, राजन्! अधीनता शब्द मत कहो। सम्राट-सम्राट समान है। ऐसी स्थिति किसी भी नरेश के सामने आ सकती है और मेरी 'रक्ष-संस्कृति' में ही भ्रातृत्व की भावना है, तुम्हारी भूमि से लंकाधीश लौट जाएगा।" फिर आदेश दिया, "प्रहस्त, युद्ध बन्द कर दो।"

युद्ध बन्द हो गया, तब महाराज दुष्यन्त बोले, "लंकाधीश भेंट लेकर जाएगा। वह अपने उपनिवेशों की स्थापना कर सकता है।"

10

गन्धर्व (पेशावर) सम्राट मित्रावसु ने रावण की आर्य-छत्रपों पर विजय से प्रसन्न होकर अपनी पुत्री चित्रांगदा का विवाह रावण से कर दिया तथा मणि, रत्न, दास, दासियाँ, रथ, घोड़े आदि के साथ-साथ सौ और गन्धर्व कन्याएँ दान कर दीं।

रावण मित्रावसु जैसे सहायक सम्राट से सदैव स्थिर मित्रता रखना चाहता था तथा नरेशों के अनेक विवाह का प्रचलन होने से रावण ने अपने उर में चित्रांगदा को विराजमान कर लिया और चलते समय मित्रावसु ने कहा था, "लंकेश्वर हैहय- साम्राज्य विशाल साम्राज्य है, यदि कार्तवीर्य पराजित हो जाए, तो समूचे भू-भाग पर लंकेश की अधीनता ही नहीं होगी, वरन् 'रक्ष-संस्कृति' का साम्राज्य होगा और लंका के उपनिवेश होंगे।"

रावण चित्रांगदा के साथ पोत में बैठा है, वामांग में चित्रांगदा लतिका के समान रावण के विशाल वक्ष से सटी हुई है। वह कभी रावण के कुन्तल-केशों पर उँगलियाँ चलाती है तो कभी उसके वक्ष पर कनिष्ठिका के नख से रेखा-सी खींचकर नखक्षत करती है। रावण उसके स्पर्श से सिहर उठता है। चित्रांगदा खिलखिलाती है तो उसके चारू कपोलों पर गड्ढे पड़ जाते हैं। उसके दाएँ गाल पर काला तिल उसकी सुन्दरता में डिठौना का कार्य कर रहा है। वह पादांगुष्ठ के नख से रावण के पिंडल प्रदेश का स्पर्श करती है तथा रावण के मुख की ओर विलासी दृष्टि से देखती है।

रावण को इस सबका आभास मात्र होता है, किन्तु उसके मस्तिष्क में मात्र मित्रावसु के शब्द गूँज रहे हैं, कार्तवीर्य अर्जुन के सम्बन्ध में द्वन्द्व चल रहा है। उसे चित्रांगदा इस समय विलास की सामग्री प्रतीत नहीं हो रही है। वह एकाकी है, चारों ओर से पर्दे तने हुए हैं, मात्र दो गन्धर्व परिचारिकाएँ हैं जो धीवरों के निकट एक प्रथम प्रकोष्ठ में हैं। फिर भी रावण का पौरुष जाग्रत् नहीं हो रहा है। चिन्ता मानसिक स्तर तक रमणा को छूने तक नहीं दे रही है और रावण अनमना-सा मखमली शैया पर करवटें बदल रहा है तो मात्र माहिष्मती साम्राज्य के लिए और चित्रांगदा यदि उदास होकर करवटें बदल रही है तो मात्र सहवास के लिए।

दोनों के चिन्तन में अन्तर है। पति-पत्नी होकर भी सांसारिक सुख दोनों के पास से भाग गया है। रात्रि का सन्नाटा, समुद्री यात्रा, ऊपर स्वच्छ आकाश में चन्द्रमा छिटक रहा है और नीचे सागर शान्त बह रहा है, फिर भी मन में बेचैनी।

दो जीव एक कामाग्नि से ग्रसित, दूसरा हैहय-वंश से ग्रसित।

खिन्न अवस्था में रावण बोला, "क्या गन्धर्व-पुत्री सोएगी नहीं?"

"नींद आए तब सोऊँ न!"

"बिना उपक्रम किए कैसे नींद आएगी?"

"फिर आप क्यों नहीं सो रहे?"

"मुझे अनेक चिन्ताएँ हैं क्योंकि मैं सम्राट हूँ।"

"मुझे भी कोई-न-कोई व्यथा है क्योंकि मैं स्त्री हूँ।"

"स्त्री को कौन-सी व्यथा हो सकती है देवि?"

"वैदज्ञ, विद्याधर ऐसा प्रश्न कर रहा है, आश्चर्य है!"

"वैदज्ञ कोई त्रिकालदर्शी तो नहीं होता। मनोवेगों को समझना और बात है, किन्तु उन पर क्रियान्वयन करना दूसरी बात है।"

"गन्धर्व कन्याएँ ये सब जानती हैं।"

"अब तुम कन्या नहीं हो, लंका की सम्राज्ञी हो। मेरा चिन्तन तुम्हारा चिन्तन है। तुम्हारा लंका में स्वागत होगा। पट्टमहिषी मन्दोदरी तुम्हें छोटी बहन समझकर सम्मान देगी; किन्तु..."

"किन्तु क्या स्वामी?"

"किन्तु तुम्हारे प्रकट समर्पण को लंकेश समझता है परन्तु अभी रावण का लक्ष्य चित्रांगदा नहीं है, अभी तो उसका लक्ष्य कार्तवीर्य अर्जुन है। मैं तुम्हीं से पूछता हूँ महारानी चित्रांगदे, कि इस समय तुम्हारे पति का क्या अभीष्ट हो? भोग-विलास में लिप्त लंकेश्वर अपने उद्देश्य में कैसे सफल होगा? मैंने वर्षों इन्द्रियों का दमन कर तप किया है, महीनों मन्दोदरी का मुख नहीं देखा है, फिर क्या गन्धर्वराज की कन्या रावण को पथ-विचलित करेगी?"

"नहीं, नहीं, नाथ! आज यह पहली रात है, हमारी सुहागरात है। इस कारण चित्रांगदा प्रसन्नवदन होकर अपने स्वामी के सामने हरी फसल-सी बिछकर अपने कांतवपु का समर्पण सानंद करना चाहती थी। यदि यह प्रथम मिलन नहीं होता तो चित्रांगदा कदापि ऐसी भूल नहीं करती और यदि आपकी माहिष्मती सम्राट की व्यथा का रंचमात्र भी आभास होता तो भी आपकी रानी ऐसा मधुर व्यवहार नहीं करती। आपके हृदय में मादकता नहीं भरती, वह क्षमा चाहती है और आपको विश्वास दिलाती है कि जब तक आप अपने लक्ष्य में सफल नहीं हो जाएँगे, तब तक चित्रांगदा इस बारे में सोचेगी भी नहीं, अपितु आपके चिन्तन में, आपके क्रियाकलाप में हाथ बँटाएगी।"

"रावण धन्य हुआ देवि, तुम जैसी अनुपम निश्छल स्त्री पाकर।" फिर गद्गद होकर कहा, "सुनो चित्रांगदे, लंकेश सप्तसिन्धु, ब्रह्मावर्त, आर्यावर्त में कहीं अपने प्रशस्तिगान कराकर, कहीं राक्षसराज-जैसे घृणित शब्दों को सुनकर इन खंड, वर्ष, वर्त को जीतकर अब भरतखंड के प्रसिद्ध सम्राट कार्तवीर्य को जय करना चाहता है। नर्मदा तट पर बसी माहिष्मती नगरी के सम्राट जोकि अजेय होने के कारण सहस्रबाहु की उपाधि धारण किए हैं, उन्हें लंकेश ललकारकर अपनी शालीन सभ्यता में सराबोर करना चाहता है।"

"चित्रांगदा साथ है! प्राणवल्लभ, मैं भी अन्य रानियों की भाँति युद्ध किया चाहती हूँ। मेरे तात ने मुझे नृत्य एवं संगीत की शिक्षा में ही प्रवीण नहीं बनाया बल्कि इन कोमल हाथों ने सरसंधान करना भी सीखा है, अश्व पर आरूढ़ होकर मृगया करने को मैं लालायित रहती हूँ। रथ-संचालन में आपके लिए कुशल सारथी का न सही तो आड़े समय पर अच्छे सारथी का काम भी दे सकती हूँ।"

रावण खिलखिला पड़ा। उसके मुख से अनायास ही निकल गया, "ओह, चित्रांगदे! तुम जैसी वीरांगना पाकर रावण निहाल हो गया। लंकेश को तो वीरता के वचन ही कर्णप्रिय लगते हैं।"

"यही नहीं नाथ! मैंने रथदौड़-प्रतियोगिता भी जय की है। जो मैंने यह वाक्य कहा, इतनी देर में एक योजन रथ निकल जाएगा। मेरे तात के पास यान अवश्य नहीं हैं क्योंकि दानवराज शंखचूड़ की संतति ने उनका मूल्य अधिक कर दिया है और देवराज तो देंगे ही क्यों?"

"मेरे पास पुष्पक है। हम यहाँ से चलकर देवों से भी अच्छे यानों का निर्माण कराएँगे। देवि, लंका में यान-निर्माण की शिक्षा-प्रणाली को मैंने लागू कर दिया है। लंका में यांत्रिकी शिक्षा की सुन्दर व्यवस्था है। तुम अपना यह स्वप्न वहाँ साकार कर लेना।"

चित्रांगदा की बाछें खिल गईं तथा रावण ने देखा, सुधाकर अस्ताचल की ओर जा रहा है। विभावरी बातों में ही बीत रही है। रावण ने फिर कहा, "प्रातःकाल तक माहिष्मती साम्राज्य की समुद्री सीमा तक पोत पहुँच जाएँगे, ऐसा खगोल-शास्त्रियों ने पूर्व में ही अवगत करा दिया था। कार्तवीर्य के पास भी नौसेना है, बड़े-बड़े पोत हैं जोकि पाँच योजन तक पहरा दिया करते हैं, कोई भी शत्रु नौसेना से बचकर नहीं निकल सकता। नर्मदा में नावें घूमा करती हैं जिन पर शस्त्रधारी सैनिक पहरा देते रहते हैं। फिर युद्ध की सामग्री कैसे पहुँचेगी? उसके पास सुवर्णयान भी हैं!"

रावण ने चित्रांगदा को अकेले छोड़ दिया। वह वस्त्रालंकृत प्रकोष्ठ को छोड़कर बाहर आ गया। उसके मस्तिष्क पर तीन बल पड़ गए। सहसा उसने सभी जलपोत रोकने का निर्देश दे दिया। रावण के पोत को घेरकर सभी खड़े हो गए। प्रहस्त रावण के पोत पर आ गया तथा बोला, "राजन्, अब क्या आज्ञा है?"

"प्रहस्त, अब सभी सैनिक ब्राह्मण भेस धारण करें। हम साधु का भेस रखेंगे तभी नर्मदा अवगाहन के बहाने माहिष्मती पहुँच सकेंगे।"

"जो आज्ञा!" कहते ही सैनिकों ने ब्राह्मण का भेस धारण कर अंगरखों में शस्त्रों को छिपा लिया। लंकेश ने त्रिपुंड तिलक भाल पर लगाया। कमंडल हाथ में लिया। कंठ में रुद्राक्ष बल धारण किया। भगवा वस्त्रों से अलंकृत हुआ और सैनिक जमात का स्वामी पल भर में संन्यासी बन गया। फिर पोत आगे बढ़े। पाँच योजन पर ही कार्तवीर्य के पोत घूमते हुए आ गए। एक सैनिक ने पूछा, "ये व्यापारिक पोत हैं या सैनिक या यात्री?"

रावण ही बोला, "इनमें से कोई भी नहीं।"

"क्या आशय है?" सैनिक ने कड़ककर पूछा।

"ये तो साधु, संन्यासियों, ब्राह्मणों के भाड़े के पोत हैं। हम द्वीपीय यात्रा पर हैं, नर्मदा स्नान के अभिलाषी हैं।"

"किन्तु इनमें रथ, अश्व, सभी कुछ हैं। ये तो राजसी पोत प्रतीत होते हैं?"

"राजसी पोतों पर तो नरेशों के ध्वज होते हैं, इन पर देखो, रुद्र की वृषभ ध्वजाएँ ही फहरा रही हैं।"

"फिर भी बिना परीक्षण के प्रवेश नहीं होगा।"

"आज तक किसी सम्राट के सैनिकों ने हमारे पोतों का परीक्षण नहीं किया है, हम तो शिवदान, आंद्र, अंग, मगध, वर्त सभी स्थानों पर घूमते रहे हैं बल्कि हमारा सम्मान किया।"

"सम्मान यहाँ भी मिलेगा किन्तु यहाँ महाराज कार्तवीर्य स्वामी दत्तात्रेय की नीति का अनुसरण करते हैं, बिना जाँच के हैहय-साम्राज्य की सीमा में कोई प्रवेश नहीं कर सकता। इससे अच्छा होगा, आप वापस लौट जाएँ।"

"तो ठीक है, आप अपने सभी सैनिक प्रतिहारियों को प्रत्येक पोत पर भेज दीजिए।"

जैसे ही हैहय-सैनिक दो-दो, चार-चार के समूहों में रावण के पोतों पर पहुँचे वैसे ही उन्हें दबोच कर कैद कर लिया गया तथा हैहय-पोतों पर अधिकार कर लिया।

तट पर लंगर डाल दिए गए, नौसेना ने तत्काल ही नर्मदा में अपनी नौकाएँ छोड़ दीं और लंकाधीश माहिष्मती की ओर अग्रसर हुआ।

कार्तवीर्य प्रातःकाल पुरजन, परिजनसहित नर्मदा अवगाहन करता था। नर्मदा पर प्रजा तथा नरेश के पृथक्-पृथक् घाट बने हुए थे। नदी के बहाव के ऊपर कार्तवीर्य का राजसी घाट था जिस पर सम्पूर्ण व्यवस्था थी। कार्तवीर्य अपनी रानियों, मंत्रियों सभी के साथ अवगाहन करता था। वह विलासी था, इस कारण उसे जलक्रीड़ा में भी आनन्द आता था। वह महीन वस्त्र पहनाकर रानियों, रमणियों को जल प्रवेश कराता एवं तत्पश्चात् उनके अंग-अंग से वस्त्र के चिपक जाने पर कामनियों के कांतवपु का आस्वादंन करता। वह पानी से निकलने के बाद प्रत्येक रमणी को पंक्तिबद्ध खड़ा करता तथा एक-एक के उरोज, जघनस्थल, खुली हुई नाभि का दृश्यावलोकन कर अपने नेत्रों को सार्थक करता।

किन्तु जितना कार्तवीर्य विलासप्रिय था, इतना ही वह युद्ध-प्रिय ही नहीं था अपितु रणनीति का पंडित भी था। कार्तवीर्य की विशाल वाहनियों के सामने कोई क्षत्रिय नहीं टिक पाता था। उसने कभी पराजय नहीं देखी थी। वह सर्वांग सुन्दर चक्रवर्ती सम्राट था, जिसे देखकर कोई भी स्त्री अपना मन हार देती थी तथा स्वतः ही समर्पण की कामना से उसके पास आ जाती थी। कार्तवीर्य कामसूत्र का ज्ञाता भी था। जिस रमणी को उसने भोगा, वह कभी भी उसके अन्तःपुर से न जा सकी। कार्तवीर्य की आसक्ति में ही तल्लीन रही।

और आज कार्तवीर्य सम्राट नर्मदा में केलि-कल्लोल कर रहा है; रानियाँ, रमणियाँ सम्राट पर जल के छींटे मार रही हैं। सम्राट मुस्करा रहा है। जब उसे आवश्यकता का आभास होता है, तभी वह पास ही रस्सी बँधी नौका पर चढ़कर मदिरापान किसी रमणी के सुकोमल हाथों से या स्वयं के हाथों से कर आता है तथा थोड़ा चित लेटकर विश्राम कर लेता है और पुनः जल में आ जाता है।

इसी समय पाँच नौकाओं पर प्रतिहारी की दृष्टि पड़ी। उसने अपना ड्योढ़ा आगे बढ़ाकर नौकाओं को रोककर कहा, "इस समय नर्मदा में नौकाएँ बन्द रहती हैं। यह महाराज के जल आमोद-प्रमोद का समय है।"

रावण बोला, "हम संन्यासी हैं, वत्स, हमें तुम्हारे राज्य-नियमों का क्या पता?"

"जो भी हो महाराज! हैहयराज की आज्ञा मुझे सर्वोपरि है। एक प्रहर पैश्चात् जल-मार्ग खुल जाएगा।"

"हम तो नर्मदा घाट पर स्नान किया चाहते हैं, हम रुद्र के भक्त हैं।"

"स्वामिन! कार्तवीर्य महाराज स्वामी दत्तात्रेय के शिष्य हैं और वे अघोर विद्या में पारंगत हैं; इस कारण हैहयराज भी महान् अघोरी नृप हैं। यदि मैं आपको अनुमति दूँगा तो वे जलक्रीड़ा में ही आभास कर लेंगे कि कोई आ रहा है और फिर मुझे मृत्युदंड का भागी होना पड़ेगा। अतएव एक प्रहर तक रुकने के लिए सेवक आपसे विनती करता है।"

लंकेश सेवक को दंड का भागी नहीं बनने देना चाहता था, इस कारण सेवक को अभयदान देकर रावण ने जल-स्तंभन विद्या का सहारा लेकर जल को स्तम्भित कर दिया।

नर्मदा का प्रवाह अवरुद्ध हो गया। अवगाहन करनेवाले लोग आश्चर्यचकित हो गए। कार्तवीर्य

ने गरजकर कहा, "सैनिको! जल-स्तम्भित करनेवाला कौन है, उसे हमारे समक्ष उपस्थित करो!"

सैनिक ईषतकाल में आकर बोले, "राजन्! माहिष्मती में तो ऐसा कोई मंत्रहस्ता नहीं है जो जलस्तम्भित कर सके। हाँ, नर्मदा के ऊपर के घाट पर संन्यासी अवश्य नौका में खड़े हैं। हो सकता है, यह कार्य उन्हीं का हो, क्योंकि इन विद्याओं में नृप, नृपपुत्र, ऋषि, मुनि, ब्राह्मण तथा साधु-संन्यासी ही पारंगत होते हैं, साथ ही ये गूढ़ विद्याएँ आप लोगों के अतिरिक्त किसी अन्य को आश्रम में सिखाई भी नहीं जाती हैं। शूद्रों को तो सभी कुछ वर्जित है। इस कारण मेरा अनुमान है कि ये भी कोई महान् अघोरी स्वामी ही हैं।"

"ठीक है। हम देखते हैं, अत्रि-पुत्र दत्तात्रेय से बड़ा यह कौन अघोरी महात्मा है?"

कार्तवीर्य कोपीन चढ़ाए हुए थे। उन्होंने गदा हाथ में ग्रहण की और नौकाओं तक आकर बोले, "हैहय-राज्य में बिना अनुमति के प्रवेश करनेवाला तू कौन ढोंगी है?"

रावण शान्त रहा क्योंकि अब तक वह चारों ओर से हैहय-सैनिकों द्वारा घिर चुका था। दूसरे, प्रहस्त, अकम्पन जैसे सेनानी अक्षौहिणियाँ लेकर अभी तक नहीं पहुँच पाए थे क्योंकि ब्राह्मण के भेस में समूची सेना ही पैदल थी, उनके बहुत पीछे रथ आदि थे। क्योंकि प्रहस्त मार्ग में किसी प्रकार का संघर्ष नहीं चाहता था, उससे सेना मार्ग में ही उलझ जाती। वह सीधा माहिष्मती पर घोष आक्रमण रावण के निर्देशानुसार किया चाहता था।

जब रावण निर्वाक् रहा तो कार्तवीर्य क्रोधित होकर बोला, "पाखंडी तपस्वी, यदि तू उत्तर नहीं देगा तो तेरे शिष्योंसहित तुझे इस गदा से मार दूँगा।"

बड़े विनीत भाव से रावण ने कहा, "महाराज, संन्यासी को संसार से क्या सरोकार! हम तो नर्मदा-स्नान मात्र चाहते हैं, राजपाट से हमें क्या लेना-देना!"

"फिर ये जलस्तम्भन क्यों किया?"

"यह विद्या मैं तो नहीं जानता।"

"फिर ये किसकी करतूत है?"

"विदित नहीं राजन्!"

"संन्यासी होकर असत्य बोलते हो?"

"सत्य-असत्य का तो खेल ही है राजन्! यदि इनमें से कोई एक नहीं होगा तो जगत् चलेगा कैसे? ये दोनों एक-दूसरे के पूरक हैं।"

"दार्शनिक विचारों से मुझे तुम ठग नहीं सकते। यह विद्या मैं भी जानता हूँ और जलस्तम्भन को समाप्त भी कर दूँगा किन्तु मैं देखना चाहता हूँ कि तू कितना ऊँचा अघोरी है। मेरे गुरु मात्र स्वामी दत्तात्रेय ही हैं। उन्होंने मुझे सभी ऐसी क्रियाओं की सीख दी है।"

"दरअसल मैं नहीं जानता और न ही इन मत-मतांतरों में पड़ना चाहता हूँ; मैं तो सभी को साम्य समझता हूँ तथा साम्य सिद्धान्त का ही प्रतिपादन करता हूँ।"

कार्तवीर्य चतुर था। उसने सोचा, साम्य सिद्धान्त तो रावण की देन है, वह सारे वर्ग-भेद मिटाना चाहता है तथा अपनी 'रक्ष-संस्कृति' को प्रसारित करना चाहता है, वही इन सभी विद्याओं में पारंगत है। यह रावण ही हो सकता है क्योंकि लंकेश एकाकी भी युद्ध करने में सक्षम है! अनुमान...अरे, अनुमान क्या, लंकाधीश ही होना चाहिए।

फिर हँसकर कार्तवीर्य बोला, "लंकपते, हैहय-राज्य में इस गदा के साथ तुम्हारा स्वागत है।"

रावण भी हँसा, फिर अट्टहास किया तथा बोला, "देर से ही सही किन्तु पहचान तो गए

सम्राट इस छद्म भेस में भी।''

''कार्तवीर्य ने तेरे जैसे अनेक सम्राटों के शीश काटे हैं दशानन, आज तेरा भी काट दिया जाएगा।''

''हैहयराज! रावण ससैन्य है। अपनी 'रक्ष-संस्कृति' एवं दिग्विजय की लालसा में किसी-न-किसी छत्रप का शीश तो कटता ही है; किन्तु देखना है, भाग्य किसका साथ देता है।''

''तो सजा अपनी चतुरंगिनी, मैं भी अपनी तैयारी की आज्ञा देता हूँ और तेरे युद्ध की चुनौती स्वीकार करता हूँ। परन्तु लंकेश, मैं तुझसे प्रसन्न भी हूँ क्योंकि तेरा भी वीरता में नाम है और मुझसे संघर्ष करने दूर से चलकर आया है, तो तू जिस युद्ध में पारंगत हो, उसी में कार्तवीर्य से युद्ध की कामना कर। आज वही कामना पूर्ण होगी।''

''नर्मदा तट पर जब सेनाएँ खड़ी होंगी तब देखेंगे, राजन्, अभी से क्यों चिन्ता? हैहयसम्राट, आप भी साम्राज्यवादी हैं और मैं भी। आपकी सभ्यता यक्ष एवं रक्ष दोनों से पृथक् होकर स्वामी दत्तात्रेय की सभ्यता है। उन्होंने ऋषियों की लिप्सा एवं उनकी ऋचाओं को नकार दिया है। वे तंत्र को महत्त्व दे रहे हैं, जिसमें उन्होंने मैथुन भी सम्मिलित कर दिया है तथा रावण अपनी अक्षुण्ण 'रक्ष-संस्कृति' से प्रजा की रक्षा कर रहा है। वह विध्वंसकारी यज्ञों के विरुद्ध है, वैदिक यज्ञों के अनुकूल है।''

''लंकेश, मेरे उपनिवेशों के स्वामी दत्तात्रेय का धर्म है, तेरे उपनिवेशों में तेरी ही सभ्यता होगी। मैं ऋषियों का मान नहीं करता। मैंने जमदग्नि के आश्रम में आतिथ्य स्वीकार किया तो वहाँ की रमणियों को देखकर मैं मोहित हो गया। उनकी कामधेनु को भी छीन लाया।''

''कार्तवीर्य! भार्गव परशुराम मेरे ज्येष्ठ भ्राता तुल्य हैं तथा तुम्हारी महारानी एवं भगवती रेणुका बहनें हैं। भार्गव के पिता जमदग्नि का अपमान कर तुमने अच्छा नहीं किया। जिस दिन उनका परशु उठेगा उस दिन तुम्हारा सर्वनाश हो जाएगा।''

''भार्गव परशुराम तो यात्रा ही करता रहता है तथा जमदग्नि वहाँ से भाग गया है। मैं रेणुका को चाहता था लंकेश, वह अनिंद्य सुन्दरी अपनी बहन से स्वस्थ व सुन्दर है, किन्तु रेणुका ने मुझे ठुकरा दिया।''

रावण की नसें तन गईं। ब्राह्मण वधू, वह भी कार्तवीर्य की साली, उसके प्रति इस दुष्ट के घृणित विचार रावण सहन नहीं कर सकता। परशुराम की माता यानी मेरी माता। परशुराम यात्रा पर है तो क्या हुआ, रावण ही प्रतिशोध लेगा। माँ का इतना बड़ा अपमान तो कोई भी पुत्र सहन नहीं कर सकता जिसमें लंकेश को अहल्या का भी प्रतिशोध लेना है, फिर कार्तवीर्य के दर्प को चूर तो करना ही होगा। रावण ने ललकारकर कहा, ''अरे दुष्ट कार्तवीर्य, माँ रेणुका पर कुदृष्टि रखनेवाले, तुझे लंकेश जीवित नहीं छोड़ेगा।''

रावण की ललकार सुन कार्तवीर्य गरजा, ''अरे राक्षसराज दशानन, तेरी विजय- यात्राओं का अभियान सहस्रबाहु ही खंडित करेगा। आ, युद्ध होने दे। देख, मेरी सेनाएँ चारों ओर पंख फैलाती हुई आ रही हैं।''

इसी समय रावण ने देखा, ब्राह्मण दल आ रहा है। वह समझ गया, प्रहस्त आ गया एवं पीछे से नौसैनिकों की नावें आ गईं तो रावण ने अट्टहास किया और कहा, ''अरे दुष्ट सहस्रबाहु, देख, तेरी नर्मदा में रावण की नौसेना घूम रही है तथा ये ब्राह्मण दल जो तुझे दीख रहे हैं, वे सब मेरे सैनिक हैं।''

कार्तवीर्य विचलित होना नहीं जानता था। उसकी सैनिक व्यवस्था भी निराली थी। नर्मदा

से कुल्या (नहर) राजप्रासाद तक ले जाई गई थी जहाँ से नौसैनिक बड़ी संख्या में पीछे से आते थे और शत्रु की नाविक-शक्ति नष्ट करते थे।

कुछ ही देर में रावण तथा कार्तवीर्य मैदान में आ गए। कार्तवीर्य की विशेषता थी, वह युद्ध से विमुख होना नहीं जानता था। वह कोपीन पहने हुए ही रण के लिए तैयार हो गया एवं रावण भी जिस स्थिति में था, वैसा ही रण के लिए उद्यत हो गया।

इस काल में यह विशेषता थी कि कोई भी सम्राट यदि किसी को ललकारे तो वह स्वाभिमान के कारण रण के लिए तत्काल ही तैयार हो जाता था। यह स्वाभिमान प्रत्येक छत्रधारी में कूट-कूटकर भरा था। रण में मरना या जय प्राप्त करना, दो ही बातों पर बल दिया जाता था।

रावण तथा कार्तवीर्य जैसे ही एक-दूसरे पर टूटे, वैसे ही बिना ब्यूह के दोनों ओर से संग्राम होने लगा। कार्तवीर्य की नाविक शक्ति श्रेष्ठ थी। उसके अनायास आक्रमण से रावण की नौसेना पराजित होने लगी तथा नर्मदा में रक्त बहने लगा। प्रहस्त, अकम्पन, धूम्राक्ष—सभी वीरता से लड़ रहे थे किन्तु हैहय-सेना उन्हें निरन्तर पीछे हटाती जा रही थी। ऐसा एक भी मोर्चा नहीं था जहाँ से रावण की अजेय सेना हैहय-सैनिकों को पीछे धकेलती। इतना भीषण दुर्धर्ष संघर्ष रावण के कटक ने कभी नहीं किया था, जो आज उन्हें करना पड़ रहा था।

लंकेश को कुंडलिनी जाग्रत करने का समय नहीं मिल पा रहा था और वह भी कार्तवीर्य के गदा-वार से पीछे हटता जा रहा था।

कार्तवीर्य ने एक जोर का प्रहार रावण की गदा पर किया और गदा उसके हाथ से छूटकर दूर जा गिरी। तब सहस्रबाहु अट्टहास कर बोला, ''लंकेश, कार्तवीर्य के भुजबल के सामने आज तक किसी सम्राट की गदा नहीं ठहर सकी। आ, अब द्वन्द्वयुद्ध होने दे।''

दोनों वीर द्वन्द्वयुद्ध के लिए सन्नद्ध हुए। कार्तवीर्य ने कलाई पकड़कर रावण को घुमाकर फेंक दिया। रावण ऐसा गिरा कि वह फिर न उठा सका। तभी कार्तवीर्य ने सैनिकों को आज्ञा दी, ''इस दिग्विजयी सम्राट को कैद कर लो।''

रावण के कैद होते ही लंका सैन्य-दल में भगदड़ मच गई किन्तु इसी समय प्रहस्त ने युद्ध-विराम की घोषणा कर दी और दोनों ओर से समर बन्द हो गया।

कार्तवीर्य ने उद्घोष करते हुए कहा, ''लंका की सेना शस्त्र फेंक देगी तो सहस्रबाहु उनको अभय कर देगा अन्यथा मृत्युदंड देगा।''

अकम्पन ने प्रहस्त के निकट आकर कहा, ''भ्रातर! शस्त्र फेंकना ही श्रेयस्कर है।''

''हाँ, संकटकाल तथा पराजय में समर्पण ही सबसे अच्छी नीति है। फेंक दो शस्त्र।'' प्रहस्त ने घोष किया।

देखते-ही-देखते धनुष-बाण, खड्ग आदि का ढेर लग गया। लंकेश पराजित हो गया।

कार्तवीर्य ने तत्काल ही सभा बुलाई। उसमें रावण को दंड देने एवं समर्पित सेना के सम्बन्ध में विचार किया गया।

प्रवरमंत्री ने कहा, ''राजन्, समर्पित सेना को कैद करने से कोई लाभ नहीं होगा क्योंकि इनके भोजनादि के प्रबन्ध में अनावश्यक व्यय-भार पड़ेगा। प्रजा अनावृष्टि के कारण वैसे भी अन्न-संकट में है, फिर इस कटकदल को अतिरिक्त अनाज की व्यवस्था करनी होगी। कोषपति ने विदित कराया है कि अन्न-भंडारों में भी कमी आ रही है। निरन्तर हैहय-सम्राट के युद्धरत रहने से भी शस्त्र, सेना पर गत दो वर्ष में पूर्व की अपेक्षा अधिक धन व्यय हुआ है।''

दूसरे ने परामर्श दिया, ''सैन्यदल तो वैसे भी वापस ही करना पड़ेगा। यदि वृत्ति पर सम्राट

रखना चाहें तो भी रावण की सेना लंका के प्रति ही श्रद्धालु रहेगी। ये विदेशी सैनिक, स्वदेशी सैनिकों से मेल रखने में असमर्थ रहेंगे एवं अपनी सेना में फूट डालने का प्रयास करेंगे, इस कारण से राजकीय सेना में विकार ही उत्पन्न होगा। अतएव लंका कटक को वापस कर दिया जाना ही उचित है।''

सेनापति ने कहा, ''लंकेश की पराजय से युद्ध-सामग्री एवं लूट में प्रचुर मात्रा में स्वर्ण-भार रत्न, मणियाँ भी सेना से प्राप्त हुई हैं। उन्हें राजकीय कोष में संगृहीत कर लिया जाए। गणना की जा रही है। सम्भवतः करोड़ों की सम्पत्ति है।''

हैहय-सम्राट ने तत्काल ही प्रहस्त एवं अकम्पन से कहा, ''आप अपने कटक दल के साथ वापस लंका जा सकते हैं किन्तु रावण कैद रहेगा, उसे प्रस्तुत किया जाए।''

इतनी देर में रावण को स्वर्ण-जंजीरों में जकड़ दिया गया था। उसके पाँवों में वजनदार कड़े पहना दिए गए थे, जिनके भार से रावण का भागना तो दूर, उसे चलने में भी कष्ट हो रहा था।

रावण धीमी गति से राजसभा में आया। सभासदों ने, प्रजा ने लंकेश को देखा। दिग्विजय की लालसा तथा रक्षधर्म का प्रचारक माहिष्मती नगरी में कैद! आश्चर्य हुआ। गाधि, अनरण्य एवं चक्रवर्ती सम्राट दुष्यन्त को पराजित करनेवाला अजेय, अवध्य रावण कार्तवीर्य से हार गया।

रावण सभा की कार्रवाई में निपुण था। उसने दो धनुषांतर से हैहय-सम्राट का अभिवादन किया और शान्त खड़ा हो गया।

रावण के विरुद्ध अभियोग यूँ बोले गए, ''लंकेश ने हैहय-साम्राज्य की समुद्री सीमा में बिना आज्ञा प्रवेश किया तथा छल से पोत-प्रतिहारियों को कैद किया जो कि दंडनीय अपराध है।. ..लंकपति एक पराजित सम्राट है जिसका शिरच्छेद हैहय- साम्राज्य के नियमों के अनुसार किया जाना प्रस्तावित है।''

कार्तवीर्य ने लंकेश से पूछा, ''तुम अपना अपराध स्वीकार करते हो?''

''कोई भी पराजित सम्राट अपराधी नहीं होता। अपने साम्राज्य का विस्तार करना आज के युग के प्रत्येक नरेश की नीति है और उसी के साथ-साथ प्रत्येक राजप्रश्रय में अपनी-अपनी संस्कृति को संरक्षण व उसका प्रचार किया जाना प्रत्येक क्षमापाल का कर्तव्य है। लंकेश ने कर्तव्यों का ही पालन किया है जो कि किसी अपराध की श्रेणी में नहीं आते। साम, दाम, दंड, भेद—ये नीतियाँ हैं जिनका अनुसरण सभी करते हैं। मैंने भी इन्हीं नीतियों को अवलम्ब बनाकर आक्रमण किया है, जो अपराध की परिभाषा में नहीं आती हैं।''

सभासद् रावण के बुद्धिमत्तापूर्ण तर्कसंगत उत्तर को सुनकर निर्वाक् हुए। स्वयं कार्तवीर्य ने भी ऐसी नीति अनेक बार अपनाई है। फिर लंकेशपति ही क्यों दोषी माना जाए?

इसी समय स्वामी दत्तात्रेय ने अनायास प्रवेश किया। उनके साथ दो-तीन कुत्ते भी थे तथा हाथ में भिक्षा-पात्र था। सारमेय स्वामी-भक्त थे। वे स्वामी के चरणों को बार-बार सूँघा करते थे। सभासद् उठ खड़े हुए। सभी ने साष्टांग प्रणाम किया एवं उन्हें उच्चासन दिया गया। दत्तात्रेय के बैठने के उपरान्त कार्तवीर्य ने कहा, ''स्वामी, यह जो वज्रदेही कैदी है, वह पुलस्त्य कुलभूषण लंका का अजेय सम्राट दशानन है। यह अभेद्य रावण आपके प्रताप से हैहयों से पराजित हो गया है। इसे क्या दंड दिया जाए?''

अत्रिपुत्र दत्तात्रेय हँसा, फिर उत्तर दिया, ''वैश्रवा-पुत्र रावण अवध्य है। इसकी नीति भी ऋषियों एवं दैत्यों (आर्यों) के विपक्ष में है। यह महान योगी है। वेद का ज्ञाता है। ऐसे विद्वान

को नष्ट नहीं किया जाना चाहिए। इससे तो मित्रता करना चाहिए कार्तवीर्य!"

"शत्रु को दंड भी तो दिया जाना अनिवार्य है स्वामी!"

"है। इसे आजन्म कारावास का दंड दो, यही पर्याप्त होगा।"

कार्तवीर्य ने दत्तात्रेय की आज्ञा को स्वीकार कर लिया तथा रावण को आजन्म कारावास का दंड दे दिया। सभी विसर्जित हो गई और प्रहस्त तथा अकम्पन वापस लंका की ओर चल दिए।

11

अहल्या की जारज सन्तानें बालि और सुग्रीव हैं, गौतम-पुत्री अंजनी द्वारा माँ के इस पाप को प्रकट करने पर ऋषि गौतम ने दोनों पुत्रों को निष्कासित कर दिया। बालि तथा सुग्रीव वीर थे तथा इन्द्र-पुत्र होने के कारण उन्होंने किष्किन्धा के राजा ऋक्षराज के यहाँ शरण ली; जिनका राज्य किष्किन्धा एवं अरण्य के मध्य ऋष्यमूक पर्वत के पास अंजनापर्वत तक था। ऋक्षराज इन्द्र के मित्र तथा केसरी (हनु आदिवासी) सम्राट थे। इन्हीं के निकट मारुत (वायु) का विशाल उपनिवेश भी स्थापित था तथा मारुत का साम्राज्य मूँजवान पर्वत तक फैला था।

गौतम-पुत्री अंजनी का विवाह 'अंजनीपर्वत' के नृप केसरी (टोटम आदिवासी) समृद्ध सम्राट से हुआ था। केसरी से अंजनी के निवेदन करने पर उन्होंने ऋक्षराज के यहाँ बालि और सुग्रीव को मंत्री तथा सेनापति-पद दिलवाया था। ऋक्षराज की मृत्यु के पश्चात् बालि किष्किन्धा के सिंहासन पर बैठा एवं उसका विवाह तारा तथा सुग्रीव का विवाह सुषेण की पुत्री रूमा से कर दिया एवं बालि किष्किन्धा के अखंड वानर (आदिवासी) साम्राज्य का स्वामी अपनी वीरता से हो गया।

बालि के राज्य में भाई की पत्नी से विवाह की प्रथा प्रचलित थी। भाई को युवराज-पद पर अभिषिक्त किए जाने का नियम भी था, इस कारण सुग्रीव को युवराज का पद दे दिया गया था। दोनों भाई जारज होने से परस्पर बड़े प्रेमी थे एवं निर्भय होकर निष्कंटक राज्य करते थे। केसरी तथा मारुत से पड़ोसी राज्य होने पर भी शत्रुता के स्थान पर मित्रता थी। बालि-सुग्रीव अहल्या के उदर से जन्म लेने के कारण शुद्ध ऋषि-रक्त एवं इन्द्र-पुत्र होने से शुद्ध आर्य-रक्त से मिश्रित थे।

मय दानव के पुत्र मायावी तथा दुंदुभि (मन्दोदरी के भाई) दोनों ही लंकापति रावण के कारण निर्भय होकर घूमा करते थे और रावण के उपनिवेशों की सहायता करते थे। युद्ध की ललकार में भी वे पीछे नहीं रहते थे। दोनों मायावी शक्ति (ऐन्द्रजालिक) विद्या में विशारद थे। दिव्यरूप धारण करना एवं चोला बदलने की प्रक्रिया में भी निपुण थे। दुंदुभि महिष का रूप धारण कर लेता था एवं आवश्यकतानुसार महिष रूप में भी युद्ध कर लेता था। मय ने अपने पुत्र मायावी को एक माला अर्पित की थी जिसके सुमन सदैव सुवासित रहते थे। यह मय सभ्यता का अद्वितीय चमत्कार था।

मातंग ऋषि ने इन समूचे वानरों (अनार्यों) को किष्किंन्धा की ओर भगा दिया था। इस कारण बालि और मातंग ऋषि में युद्ध हुआ एवं बालि, जिसके राज्य की सीमा ऋष्यमूक पर्वत तक थी, उस पर मातंग आश्रम के लोगों ने अधिकार कर लिया। इस कारण ऋष्यमूक पर्वत

बालि के लिए एक शाप बन गया। वहाँ जाना बालि का निषिद्ध हो गया। ऋक्षराज की ऋष्यमूक पर्वत एक सैनिक छावनी थी जहाँ से शत्रुओं को परास्त किया जाता था। इस पर मातंग दल का अधिकार होने से मातंग ऋषि ने ऋष्यमूक को अपना प्रयोग-स्थल बनाया तथा एक सैनिक अड्डे के रूप में परिवर्तित कर दिया जो कि बालि के लिए दुर्जेय हो गया। मातंग शस्त्रास्त्र-निर्माण में निपुण थे। उनके शिष्यों ने ऋष्यमूक पर वेधशाला का निर्माण कर लिया और शोध में लग गए।

वानरराज बालि करे तो क्या करे! एक ओर मातंग नहीं बढ़ने देते तो दूसरी ओर दैत्य दानव अर्थात् लंकापति के उपनिवेशों में बैठे रक्ष-संस्कृति के रक्षक प्रजा को कष्ट देते हैं तथा उन्हें रक्ष-धर्म स्वीकार करने को बाध्य करते हैं। रमणियों को पकड़ ले जाते हैं और लंका में उनसे विवाह कर लेते हैं। लंकापति हैहयराज के यहाँ कैद है तो क्या हुआ, विभीषण स्वस्थ राज-संचालन कर रहा है। आर्यावर्त, भरतखंड, गन्धर्वदेश—सभी ओर रक्ष-संस्कृति की धूम मची हुई है। निर्धन लोग चाहे वे कोई हों, दैत्यों द्वारा फुसला लिए जाते हैं अथवा उन्हें स्वर्ण के लोभ में फाँस लिया जाता है और वे रक्ष-संस्कृति को सहर्ष स्वीकार कर अपना धर्म-परिवर्तन कर रहे हैं। मेरे ही राज्य की यथेष्ट प्रजा रावण के उपनिवेशों की सहायता कर रही है। मायावी तथा दुंदुभि दोनों ही कुशल राजनीतिज्ञ हैं। उनके पास लंका से अटूट धन आता है। वे धन पानी की भाँति प्रजा में बाँट देते हैं एवं प्रजा धन-लोभ के कारण लंकापति के गुप्तचर का कार्य भी करने लगती है। साम्राज्यवादी नीति में लंका राष्ट्र अपनी कन्याओं तक को माला के समान वानरजाति के कंठ में डाल देते हैं और वे दानव, दैत्य सुन्दर बालाएँ अपने रूप-जाल में विंध्य के सुभटों तक को लंका-देश ले जाती हैं तथा पुनः वापस आ जाती हैं। लंका की सुप्रशिक्षित नारी गुप्तचर रक्ष-सभ्यता का प्रचार एवं किष्किन्धा की पूर्ण जानकारी इस प्रकार प्राप्त कर स्वामी-भवित, राष्ट्र भक्ति का अनूठा परिचय दे रही हैं।

नल, नील, जाम्बवन्त जैसे अति महारथी भी इससे क्षुब्ध हैं। स्थापत्यकला में धनी नल-नील जैसे यांत्रिक अभी तक इस उपनिवेशवादी नीति के बीच में कोई प्राचीर खड़ी नहीं कर पाए। अभी-अभी दुंदुभि ने पाँच वधुओं का अपहरण किया, नग्नावस्था में ही राजनगर के द्वार पर फेंक गया। प्रजा में इससे सनसनी फैल गई। बालि लंका से युद्ध भी करे तो कैसे? समुद्र संतरण के लिए पोतों का अभाव है और यदि नल-नील से सेतु बँधाया भी जाए तो प्रहस्त उसे प्रथम तो बनने ही नहीं देगा और यदि बँध भी गया तो उसका उपयोग सम्भवतः बालि न कर सकेगा। बाणों से भी सेतु का निर्माण किया जा सकता है किन्तु धनुर्विद्या में लंकेश से बढ़कर बालि नहीं है। रावण होता तो बालि कुछ सोचता भी। विभीषण राजनीतिज्ञ नहीं है, वह तो राज्य को प्रहस्त एवं अकम्पन तथा शुक जैसे दूत के बल पर ढकेल रहा है।

लंकापुरी की सामग्री भी किष्किन्धा में खूब आती है और ऊँचे मूल्य पर बिना वानर सम्राट की अनुमति के ही विक्रय कर दी जाती है। तस्कर-व्यापार से किष्किन्धा का धन लंकापुरी की ओर बहता जा रहा है। दुंदुभि पशुओं तक का हरण कर लेता है। यह उत्पाती वीर है। इसका वध तो बालि को करना ही होगा, फिर भले ही क्यों न लंकाधीश से शत्रुता मोल लेनी पड़े। बालि सम्राट होकर ऐसे कृत्यों के प्रति उदासीन रहे या आँखें मीचे रहे, यह नहीं हो सकता। मायावी से सुग्रीव एवं दुंदुभि से मैं स्वयं युद्ध करूँगा। सम्राट ही ऐसी चुनौती स्वीकार नहीं करेगा, तो कौन करेगा? दुंदुभि का तो वध करना ही होगा।

बालि ने भ्राता सुग्रीव को साथ लिया और दोनों चल दिए दानवों के उपनिवेश की ओर।

दुंदुभि एक गुफा में ससैन्य निवास करता था एवं द्वार पर मायावी पहरा दिया करता था।

ये लूट का धन गुफा में ही रखते थे। इस गुफा में किष्किन्धा की कन्याओं को, कुलवधुओं को अपहरण कर, फुसलाकर, लंका के वैभव का बखान कर उन्हें उत्सुक किया जाता व अवसर प्राप्त होने पर इन्हें लंका के पोतों पर बिठाकर त्रिकूट पर्वत पर पहुँचा दिया जाता। इस गुफा के भीतर दुंदुभि ने प्रासाद स्वयं बनाया था जिसमें एक स्वर्ण आसन, जिस पर दुंदुभि बैठकर परामर्श करता तथा उसमें एक आलिंद था जहाँ वह उन्मुक्त सहवास करता। दुंदुभि मांसाहारी, मदिरापायी जीव था जो सदैव धुत रहता था। मादक द्रव्य पान करने के कारण उसकी आँखें सदैव लाल रहती थीं एवं रमणप्रिय होने के कारण उसके चारों ओर रमणियाँ रूपहट्ट लगाए बैठी रहतीं।

ऐसे में बालि गुफा-द्वार पर पहुँच गया और मायावी से बोला, ''मायावी, दुष्ट दुंदुभि से कहो, बालि युद्ध के लिए आ गया है।''

मायावी ऐंठकर उठा व तुनककर बोला, ''बालि आ गया है तो क्या हुआ? भ्राता तो अभी महिष भेस में है।''

''तो उसी भेस में भेज दे।...यह तो चोला बदलने की क्रिया है, इतनी शीघ्रता में नर-देह में थोड़ी आया जा सकता है।''

''नहीं आया जा सकता है।''

''तो मैं ही जाऊँ क्या?''

''तू क्या करेगा रे? थोड़ा ठहर जा, नहीं तो गर्जना कर, दुंदुभि स्वतः आ जाएगा।''

बालि घोर गर्जना करने लगा तो दुंदुभि महिष के चोले में ही रँभाता हुआ आ गया। बालि महिष को देखकर आश्चर्य में पड़ गया किन्तु वह पशु से युद्ध नहीं करना चाहता था, इस कारण बालि ने कहा, ''दुष्ट, ये रूप त्यागकर अपने सही रूप में आ जा, आज तेरा-मेरा घनघोर युद्ध होगा।''

दुंदुभि कब भयभीत होनेवाला था। वह थोड़ी ही देर में दुंदुभि के रूप में बालि के सामने परिवर्तित हो गया।

बालि ने कहा, ''दुष्ट दुंदुभि, मेरी राज्य-सीमा से चला जा अन्यथा तू जीवित नहीं जा पाएगा।''

दुंदुभि हँसा, फिर व्यंग्य के साथ कहा, ''वर्णसंकर क्या लड़ेगा! माता पापिन है तो बाप धर्मात्मा! अरे गौतम तो तेरा बाप है ही नहीं, तू तो इन्द्र का पुत्र है! अच्छी माँ है, दो-दो उपपति हैं! जा, भाग जा जारज सन्तान!'' कहकर दुंदुभि ने अट्टहास किया।

बालि, सुग्रीव दोनों क्रोधित हो गए। सुग्रीव का अन्तस्तल इन शब्दों से छलनी हो गया। वह तुरन्त बोला, ''भ्रातर, माँ का अपमान सहन नहीं होगा, जबकि विधाता जानता है, माँ निर्दोष है।''

''दोष-अदोष का प्रश्न यहाँ नहीं है। हम तो गौतम, इन्द्र, सूर्य—तीनों को ही अपना पिता मानते हैं परन्तु हमें कलंकित करनेवाला यह राक्षस कौन होता है? सुग्रीव, तुम मायावी से युद्ध करो, मैं दुंदुभि से करूँगा।''

सुग्रीव ऐसा अवसर कब छोड़नेवाला था! वह मायावी पर टूट पड़ा और मायावी कुछ ही देर में सुग्रीव के मुष्टि-प्रहारों से मूर्च्छित होने लगा तो आर्तस्वर में बोला, ''युवराज, ये सुवासित पुष्पों की माला धारण करो और मुझे प्राणदान दो।''

सुग्रीव ने उस माला को देखा जिसमें फूल सुवासित थे। उसने माला लेकर उसे गौर से देखा, इतने में मायावी भाग खड़ा हुआ और इसी प्रकार दुंदुभि भी उसी गुफा में दौड़कर भीतर

घुस गया, तब बालि बोला, "युवराज सुग्रीव, मैं दुंदुभि को मारने इस गुफा में जाता हूँ, तुम मेरे वापस आने तक प्रतीक्षा करते रहना।"

"जो आज्ञा!" कहकर सुग्रीव एक शिलाखंड पर बैठ गया तथा बालि गदा लिए हुए ही गुफा में घुस गया।

सुग्रीव बैठे-बैठे बालि के बारे में ही सोचता रहा। भैया अकेले गए हैं, दुंदुभि मायावी है। ऐसा न हो, यह गुफा सुरंग हो तथा दुंदुभि इस सुरंग द्वारा त्रिकूट पर्वत पर पहुँच जाए और भैया भी उसका पीछा करते वहाँ पहुँच जाएँ। दानवों, दैत्यों द्वारा उनका वध कर दिया जाएगा। तारा विधवा हो जाएगी। फिर अंगद का क्या होगा? अभी तो वह छोटा ही है। मेरा उस पर बहुत स्नेह है। भाभी भी सदैव मुझसे प्रसन्न रहती है।

परन्तु लंका तो समुद्र से घिरी है। सुरंग होगी भी तो सागर-तट तक ही हो सकती है; लंका तक होने का तो कोई प्रश्न ही नहीं उठता। हो सकता है, समुद्र के किनारे लंकेश के सैनिक मिल जाएँ और वहाँ युद्ध हो, तो भैया अकेले हैं, मारे ही जाएँगे। दुंदुभि वीर है। निर्भीक है। कहीं भीतर ही गुफा में कोई सैन्य टुकड़ी होगी तो गुफा का ज्ञान न होने से बालि का कोई भी शिरच्छेद कर देगा।

थोड़ी ही देर में गुफा-द्वार पर पाँच किष्किन्धा ललनाएँ प्रकट हुईं। सुग्रीव समझ गया कि ये अपहृत ललनाएँ हैं जिन्हें बालि ने मुक्त करा दिया है, फिर भी उत्सुकतावश सुग्रीव ने पूछा, "तुम कैसे इस गुफा में पहुँचीं?"

"हमें दुंदुभि अपहृत कर ले गया था। वह हमें लंका ले जाना चाहता था किन्तु आज महाराज बालि ने हमें मुक्त करा दिया। दुंदभि भागता हुआ भीतर घुसा चला गया है तथा उसके पीछे-पीछे महाराज चले गए हैं।"

"इस गुफा में क्या है?"

"इसमें सभी व्यवस्थाएँ हैं। पानी के लिए पहाड़ में से झरने का स्रोत फूट रहा है। कृत्रिम प्रकाश की व्यवस्था भी है। भोजन की कोई कमी नहीं है। इस गुफा में मात्र दुंदुभि ही रहता है, अन्य दानव-दैत्य निकट के पर्वत पर वास करते हैं। भोजन में राग और खांडव, मधु और आसव भी शामिल रहते हैं।"

"ठीक है, तुम जाओ, मैं महाराज की वापसी की प्रतीक्षा कर रहा हूँ।"

सुग्रीव पुनः सोचने लगा, भैया ने अकेले इस गुफा में घुसकर बुद्धिमत्ता का परिचय नहीं दिया। दुंदुभि को तो गुफा का ज्ञान होगा ही, परन्तु भैया का कहीं सिर टकराता होगा और कहीं घुप्प अन्धकार में कोई अजगर ही बैठा होगा तो वह निगल जाएगा। दुंदुभि दिव्यदृष्टि की विद्या जानता है, वह तो जैसे-तैसे पहुँच ही जाएगा परन्तु भैया क्या करेंगे? कितने दिन भटकेंगे इस गुफा में और यदि कहीं दुंदुभि मारा भी गया तो कैसे पता लगेगा? जल-प्रवाह तो हो रहा है किन्तु इसका ओर-छोर क्या है, किसे पता? यदि जल के साथ रक्त आया भी तो मैं कैसे पहचानूँगा कि यह किसका रक्त है? मेरा तथा भैया का रक्त मिलता है परन्तु इसकी पहचान मुझे नहीं है। जाम्बवन्त अवश्य ही रक्त-परीक्षण कर लेते हैं किन्तु उन्हें कैसे बुलाया जा सकता है? भैया की आज्ञा से मैं पहरे पर बैठा हूँ। कहीं कोई घटना घट गई तो मैं क्या करूँगा? मैं क्या करूँगा?

ये शब्द अनेक बार उसके मस्तिष्क में गूँजे, फिर उसने यह निर्णय लिया कि जाते समय वह इस शिलाखंड से इसका द्वार बन्द कर देगा।

बालि भीतर धँसा ही चला जा रहा था। उसकी गदा में रत्न जड़े थे जिनसे प्रकाश फूट रहा था। इस प्रकाश के अवलम्ब से बालि मार्ग देख लेता था। गुफा भीतर काफी चौड़ी हो गई थी जो कि साफ-सुथरी थी। कहीं-कहीं चमगादड़ अवश्य उल्टे लटक रहे थे जो कभी-कभी कर्कश आवाज कर देते थे। जल-स्रोत पथ के एक किनारे बह रहा था जिसका नीर ठंडा था। बालि को प्यास लग आई थी। उसने पहले प्यास बुझाई, फिर वह आगे बढ़ा तो एक प्रकोष्ठ पर दृष्टि पड़ी जिसमें मणियों द्वारा प्रकाश की व्यवस्था थी। दुंदभि इसमें छिपा हुआ था। इसके आगे गुफा नहीं थी। अब बालि को कुछ शान्ति प्राप्त हुई तथा ललकारकर कहा, "दुष्ट दुंदुभि; बाहर निकल, मैं तेरा काल द्वार पर खड़ा हूँ।"

दुंदुभि भीतर से ही गरजा, "तू मेरी मायानगरी में है बालि! जब मैं प्रकट होऊँगा तो तुझे बारह दुंदुभि दिखेंगे, तू किस दुंदुभि को मारेगा?"

बालि का सिर चकराने लगा। उसके सामने दुंदुभि अट्टहास कर रहा था। उसके चारों ओर बारह दुंदुभि अट्टहास कर रहे थे। काँचों पर मणि के माध्यम से प्रतिबिम्बों की व्यवस्था की गई थी, इस कारण काँचों में अद्‌भुत संयोग के कारण एक साथ बारह दुंदुभि दृष्टिगोचर होते थे। बारह गदा लिए क्रूर अट्टहास कर रहे थे। बालि को असली दुंदुभि पहचानना कठिन हो गया था। ध्वनि की प्रतिध्वनि के कारण आवाज के द्वारा भी कोई बोध नहीं होता था। बालि विषम परिस्थिति में था।

तभी दुंदुभि गरजा तथा बोला, "आओ वानर यूथपति, पधारो, तुम्हारा दुंदुभि स्वागत करता है। तुमने इतना साहस किया जो मेरे निकट तक आए।"

"साहस तो यथेष्ट है दुंदुभि, तेरे काँचगृह की अद्‌भुत व्यवस्था तुझ पर प्रहार नहीं करने दे रही है अन्यथा अब तक तो तू यमलोक पहुँच गया होता।"

बालि इतना कहकर चुप हो गया। दुंदुभि घूमा। बालि ने पहले दुंदुभि के शीश, फिर वक्ष तथा पैरों की ओर अवलोकन किया तो समझा कि टखनों से ऊपर तक भाग ही काँच में प्रतिबिम्बित होता है, शेष नहीं। इसका आशय हुआ, दुंदुभि के जहाँ पैर दिखेंगे, वही असली दुंदुभि होगा। पैरों का प्रतिबिम्ब काँच में नहीं है। उधर दुंदुभि गरजता रहा और इधर बालि एक-एक पैर का प्रतिबिम्ब देखने लगा। बालि के दाईं ओर के शीशे के नीचे जैसे ही दुंदुभि के पैर दृष्टिगोचर हुए तो वैसे ही बालि ने दुंदुभि पर प्रहार कर दिया। प्रहार की चोट से दुंदुभि तिलमिला उठा एवं काँच फूट गया।

दुंदुभि तथा बालि का गदा-युद्ध हुआ और अजेय बालि ने दुंदुभि का काम तमाम कर दिया। वह रक्त वमन करता हुआ जलस्रोत में औंधे मुँह गिरा। उसका रक्त पानी में बहने लगा। बालि ने मणियाँ उठाईं और चल पड़ा।

सुग्रीव को भूखा-प्यासा बैठे-बैठे पूरा दिन हो गया। भैया अभी तक नहीं आए! उसकी चिन्ता और बढ़ गई। कभी वह जलस्रोत की ओर देखता तो कभी राज्य के बारे में सोचता। इसी समय जलस्रोत का रंग बदला हुआ दिखा। उसने लाल पानी को अंजुली में भर लिया, वह रक्त-मिश्रित था। अब सुग्रीव दुविधा में पड़ गया, यह भैया का रक्त है या दुंदुभि का, क्या कल्पना करे? यदि दुंदुभि जीवित होगा तो वह सुग्रीव को भी मार देगा और किष्किन्धा के सिंहासन पर बैठ जाएगा, तारा तथा रूमा दोनों को ही उपपत्नी बना लेगा। अंगद को मार देगा। नल, नील, जाम्बवन्त को कैद कर लेगा या उनका वध कर देगा। यह तो बहुत बुरा होगा। सुग्रीव और चिंतित हो

गया। उसके मन ने निश्चय कर लिया कि यह निश्चित ही बालि का रक्त है। अतः इस शिलाखंड से गुफा-द्वार अवरुद्ध कर देना चाहिए ताकि दुंदुभि बाहर न आ सके और यदि भैया जीवित होंगे तो वे इस शिलाखंड को हटा ही देंगे क्योंकि सुग्रीव से बालि अधिक बलवान है।

और सुग्रीव ने शिलाखंड गुफा-द्वार पर रख दिया और व्याकुल मन से चल पड़ा।

राजधानी में पहुँचते-पहुँचते सुग्रीव अत्यन्त दुखी हो गया तथा रोने लगा। तारा ने बालि के बारे में पूछा तो उसने कह दिया कि भैया को तो दुंदुभि ने मार डाला। किष्किन्धा में यह समाचार शीघ्र ही फैल गया। अब मंत्रिगण आ गए, पहले रिक्त सिंहासन पर राजतिलक आवश्यक है, तो तारा ने नील से परामर्श किया। उन्होंने सुग्रीव को राजतिलक किए जाने का सुझाव दिया और राजमाता की आज्ञा स्वीकार कर ली गई तथा सुग्रीव वानर-सम्राट बन गया।

बालि प्रसन्नचित्त द्वार तक आया किन्तु गुफा का द्वार शिलाखंड से बन्द देखकर उसे आश्चर्य हुआ। गुफा बन्द किसने की? कहीं मायावी ने फिर से आक्रमण कर सुग्रीव का वध तो नहीं कर दिया? किन्तु इतना विशाल शिलाखंड तो मात्र सुग्रीव ही उठा सकता है, मायावी की भुजाओं में इतना बल नहीं है। सुग्रीव को क्या राज्य का मोह हो गया जो उसने ऐसा किया? बालि ने शिलाखंड हटा दिया व बाहर आ गया। मार्ग में संकल्प-विकल्प करता हुआ राजधानी आ गया। प्रजा जो अभी शोकाकुल थी, प्रसन्न हो गई।

बालि सीधा प्रासाद में पहुँचा। वहाँ सुग्रीव सिंहासन पर बैठा हुआ था। वह बालि को जीवित देखकर प्रसन्न हो गया तथा बालि की छाती से लग गया किन्तु दूसरे ही क्षण बालि क्रोधित होकर बोला, ''सुग्रीव, तू सिंहासन का भूखा है, इसी कारण तू गुफा-द्वार बन्द कर आया था कि बालि जीवित ही मर जाए और तुझे सिंहासन मिल जाए। भ्रातृघाती, भाग जा, मैं तुझे जीवित नहीं छोड़ूँगा।''

सुग्रीव कुछ कहे, इसके पूर्व ही बालि गदा लेकर उस पर टूट पड़ा। सुग्रीव पिटता रहा किन्तु जब प्राण संकट में दिखे तो भाग खड़ा हुआ।

बालि से तारा मधुर वाणी में बोली, ''स्वामिन, आपने यह अच्छा नहीं किया। भाई-भाई का बैर अच्छा नहीं होता। सुग्रीव राज्य का भूखा नहीं था किन्तु अब निश्चय ही हो जाएगा। आप कहें तो मैं उसे मना लाऊँगी।''

''मूर्ख, तू क्या समझे, सुग्रीव भ्रातृघाती हो गया था, वह बालि को मरवाना चाहता था और सिंहासन का उत्सुक हो गया था। वह मेरा भाई नहीं, शत्रु है। बालि उसे कदापि क्षमा नहीं करेगा।''

तारा उदास होकर बैठ गई तो दासी को आज्ञा दी, ''जाओ, रूमा को बुला लाओ।''

दासी रूमा को बुला लाई। बालि ने पहली बार रूमा के रूप का अवलोकन किया। वह उसे तारा से कहीं अत्यधिक सुन्दर लगी। बालि मर्माहत हो गया। रूमा उसके सामने क्षोम (रेशम) वस्त्र धारण किए हुए खड़ी थी। वह माँग निकाले हुए थी। उसके कपोलों से अंगरादिक की सुगन्ध आ रही थी। कानों में कुंडल शोभायमान थे। बालि के मुँह में पानी आ गया। वह क्रोधित होकर बोला, ''तुम भी मेरी शैया पर तारा की भाँति शयन करोगी।''

तारा चीख पड़ी, ''राजप्रासाद से इस प्रथा को दूर रहने दो। अनुज वधू भगिनी के समान मानी गई है। तुम गौतम-पुत्र पहले हो, तुम्हें अपनी संस्कृति का ध्यान रखना चाहिए। देवराज तो विलासी हैं। अपने इस पिता को भूल जाओ प्राणनाथ और रूमा के साथ ऐसा व्यवहार मत

करो। जब राजा ही ऐसे घिनौने कृत्य करेगा तो प्रजा तो करेगी ही। आप सम्राट हैं, आपको रूमा से भी अधिक सर्वांग सुन्दरियाँ और प्राप्त हो जाएँगी। राजा सहस्रों रानियाँ, पटरानियाँ रख सकता है किन्तु अनुज वधू से कुकर्म मत कीजिए।''

''मूर्ख तारा! हमारे समाज में यह प्रथा है। हम रूमा को अपने अंक में, हृदय में बैठाएँगे। जा, चली जा...। बालि ऐसे सुरम्य आनन का अधरों से पान करेगा ही।''

12

कितने दिन हो गए, लंकेश कार्तवीर्य के कारा में कष्ट उठा रहे हैं। उन्हें भोजन दिया भी जाता है या नहीं। आजीवन कारावास का दंड बहुत बड़ा दंड है। चित्रांगदा स्त्री ही नहीं बन पाई। वह बड़ी उमंग से रावण के साथ चली थी। किन्तु पोत से ही जीवनसाथी बिछुड़ गया और जब प्रहस्त ने पराजय तथा दंड का समाचार दिया तो चित्रांगदा दहाड़ें मारकर रुदन करने लगी थी, फिर मूर्च्छित हो गई थी, तो कमल-जल छिड़ककर चेतना लाई गई थी। तब से चित्रांगदा व्याकुल है। पन्द्रह दिवस तक जीवित शव के समान चित्रांगदा पोत पर पड़ी रही और अब राजप्रासाद में भी यही मनोदशा है। यद्यपि मन्दोदरी ने आँसुओं के साथ उसका स्वागत ही किया था, उसे सौतिया डाह नहीं हुई थी एवं अपने ही अलिंद में पर्यंक बिछवा दिया था। चित्रांगदा ने मेघनाद को छाती से लगा लिया था। वह उसे बड़ा प्यारा बालक प्रतीत होता है। चित्रांगदा मेघनाद के समान ही अपना पुत्र भी चाहती है किन्तु लंकेश कैद हैं। पुत्र कैसे हो? यह तो विधि की विडम्बना है, विधाता का खेल है। चित्रांगदा करे भी तो क्या! लंकेश का घुन सभी को लगा हुआ है। मट्टमहिषी मन्दोदरी चिन्ता के कारण आधी नहीं रह गई हैं? उनका कांतवपु पीला पड़ गया है। वे चित्रांगदा की प्रत्येक सुख-सुविधा का ध्यान रखती हैं किन्तु स्वयं सभी सुख-सुविधाओं से वंचित हैं। मेघनाद पर गरज रही हैं। जब वह बड़ा हो जाएगा तब लंकेश को छुड़ाकर लाएगा। तब तक तो चित्रांगदा वृद्ध नहीं तो अधेड़ हो ही जाएगी, फिर क्या वह युवती रह जाएगी? कदापि नहीं। उसके कपोल बैठ जाएँगे। चर्म झुर्रियों से भर जाएगा और चित्रांगदा ऐसे ही एक दिन मर जाएगी लंकेश की आशा में।

मन्दोदरी दूध का कटोरा लेकर चित्रांगदा के सामने खड़ी हो गई। चित्रांगदा कुल बोली नहीं, वह अन्यमनस्क-सी बैठी रही, तो महारानी ही बोली, ''चित्रांगदे, मेरी बहन, तुझे कौन-सा दुख व्याप रहा है?''

''वही जो तुम्हारे भीतर है।''

''मैं कहाँ दुखी हूँ!''

''ऊपरे मन से कहने से क्या लाभ?''

''नहीं, मैं तो प्रसन्न हूँ।''

''लंकेश के कैद होने पर आप जैसी साध्वी कैसे प्रसन्नचित्त रह सकती हैं?''

''लंकेश को छुड़ाने का कार्यक्रम चल रहा है, चित्रांगदे! लो, दूध पी लो।''

''आप तो कुछ खाती ही नहीं, दूसरों को चिन्ता यथेष्ट करती हैं। आज से चित्रांगदा भी कुछ नहीं खाएगी-पिएगी।''

''इस प्रकार का हठ ठीक नहीं।''

"मैं हठ छोड़ सकती हूँ।"

"तो बोलो, तुम्हें क्या चाहिए?"

"मेरा आपका दोनों का दुख समान है। क्यों न हम इसे परस्पर बाँट लें! तुम दूध पीओगी तो मैं भी पीऊँगी।"

"बस, इतनी-सी बात है, तो मन्दोदरी अपनी चित्रांगदा के लिए दूध पीएगी, भोजन करेगी, फिर तो प्रसन्न है?"

"हाँ।"

"तो लो, पहले तुम पीओ, बाद में मैं पी लूँगी।"

"नहीं, पहले पट्टमहिषी सेवन करेंगी, फिर गन्धर्व-कन्या।"

"तुममें अभी बालहठ है। लो, तुम्हारे लिए मैं ही पीए लेती हूँ।" कहकर मन्दोदरी ने दूध पी लिया तो चित्रांगदा ने उच्छिष्ट दूध गटक लिया, फिर कहा, "विभीषण तो हाथ पर हाथ धरे बैठे हैं, वे कुछ कर ही नहीं रहे हैं।"

"बिना सोचे-समझे किसी पर आरोप लगाना ठीक नहीं होता। विभीषण अपने भ्राता से यथेष्ट स्नेह करते हैं, वे भी चिन्तित हैं। सरमा कह रही थी कि वे ठीक से भोजन नहीं करते हैं। दिन और रात लंकेश के सम्बन्ध में ही सोचा करते हैं।"

इसी समय प्रहस्त तात सुमाली के साथ अन्तःपुर में आ गया। मन्दोदरी व चित्रांगदा खड़ी हो गईं।

सुमाली बोला, "पुत्रियो, शोक मत करो। दादा पुलस्त्य को लेने पुष्पक चला गया है। कार्तवीर्य पुलस्त्य की बात नहीं टाल सकेगा। वे लंकेश को कार्तवीर्य से छुड़ा लाएँगे। यदि नहीं छुड़ा सकेंगे तो हम सब पुनः युद्ध करेंगे और सहस्रबाहु को पराजित कर देंगे।"

"सहस्रबाहु बलवान है। जब एक बार लंका की सेना उससे पराजित हो गई तो अब तो सेना के पैर शीघ्र उखड़ेंगे। किसी युक्ति से ही सम्राट को कारा से मुक्त कराना उचित है।" मन्दोदरी ने कहा।

इसी समय पुष्पक आ गया। महारानी ईषत प्रसन्न हुईं। उन्होंने क्षोम वस्त्र सिर पर डाल दिया। सुमाली तथा प्रहस्त चले गए और विभीषण के अलिंद में पुलत्स्य बैठ गए।

ऋषि पुलस्त्य बोले, "वत्स, कैसे अपने दादा का स्मरण किया?"

"तात, लंकेश कार्तवीर्य के कारा में है। उन्हें मुक्त कैसे कराया जाए?" विभीषण ने कहा।

"लंकेश और कारा में! कुछ विश्वास नहीं होता।"

"यह सत्य है तात!"

"तो जमदग्नि तथा दत्तात्रेय से सहायता माँगी होती!"

"जमदग्नि और सहस्रबाहु में बैर हो गया है। दत्तात्रेय अघोरी हैं। वे कभी यहाँ तो कभी वहाँ अदृश्य होकर घूमते रहते हैं। उन्हें बहुत खोजा परन्तु मिले नहीं।"

"परशुराम कहाँ हैं?"

"उनका भी पता नहीं। जब सम्राट होते तब तो वे मास में एकाध बार आ ही जाते थे, अब तो बहुत दिनों से इधर आए ही नहीं।"

"भार्गव जमदग्नि के पास ही होगा।"

"चरों ने हमें कोई जानकारी नहीं दी।"

"ठीक है, कार्तवीर्य से मैं रावण को छुड़ाकर लाऊँगा। यान तैयार करो।"

यान पर सवार होकर पुलस्त्य माहिष्मती की ओर चल दिए। मार्ग में विचार किया, हैहय-सम्राट विशाल साम्राज्य का अधिष्ठाता है। उसकी दुर्भेद्य नगरी को कोई बलशाली ही वेध सकता है। लंकेश ने उतावलेपन में यह कार्य किया अन्यथा यह दशा न होती। रावण को छुड़ाने के लिए सन्धि ही करानी होगी, बिना सन्धि के हैहयराज पुलस्त्य की बात मानते भी हैं या नहीं। यदि पुलस्त्य की बात नहीं मानी तो पुलस्त्य क्या करेंगे? फिर क्या गाधि के पास जाएँगे? किन्तु गाधि तो रावण से पराजित हो चुके हैं, वे क्यों सहायता करेंगे? गाधि वैसे ही हैहय का सामना करने में असमर्थ हैं तथा कार्तवीर्य उनका तो मित्र है, यह तो सम्भव नहीं होगा।

और इसी उधेड़बुन में माहिष्मती नगरी आ गई। राजप्रासाद के सामने ही पुष्पक उतर गया। पुरुषों-नारियों ने पुष्पक यान नहीं देखा था, भीड़ लग गई। प्रजा ने सुना था कि देवों के पास विमान है, परन्तु ये किसका विमान है? यहाँ क्यों उतरा है? क्या देवगण पधारे हैं? यह कैसे चलता है? सौर्य-ऊर्जा क्या है? इसका आविष्कार कैसे हुआ? आदि।

यान से एक जटाजूटधारी, हाथ में कमंडल लिए, व्यक्ति उतरा। ईषत जन चिल्ला उठे, कापर्दी आ गया! रुद्र आ गया! किन्तु आया क्यों? कापर्दी का यहाँ क्या काम? वह तो हेमकूट, कैलास पर ही रहता है। वह घर का पुत्र है तथा महान योद्धा है।

इसी समय कार्तवीर्य स्वयं अपनी सभा के साथ स्वागतार्थ उपस्थित हुआ। उसने ऋषि को साष्टांग प्रणाम किया तथा राजप्रासाद में उच्चासन देकर पूछा, "आप कौन हैं? क्षमा करना मुनिवर, मैं पहचान नहीं पाया।"

"मैं रावण का दादा पुलस्त्य हूँ।"

"ऋषि पुलस्त्य?" कार्तवीर्य का चेहरा खिल उठा व बोला, "अहो भाग्य, जो आप जैसे महानुभाव के आज दर्शन हुए। आपका नाम सुना है। आप शिवध्यान तप करते हैं।" रुककर पुनः कहा, "ऋषि का स्वागत करो।"

पुलस्त्य का नर्मदा नीर से पाद प्रक्षालन किया गया। भाँति-भाँति के मेवा, फल, मिष्ठान ऋषि को दिए गए, फिर कार्तवीर्य ने पूछा, "मुनिवर, और कोई आज्ञा हो तो दें, कार्तवीर्य उसे पूर्ण करेगा।"

"राजन्, तूने जिस आत्मीयता से मेरा स्वागत किया है, उससे मैं प्रसन्न हूँ। मैं लंकेश के लिए यहाँ आया हूँ। तेरी संस्कृति तथा लंकेश की संस्कृति में अन्तर है; वह सभी को बराबर किया चाहता है, ब्राह्मण-अब्राह्मण के भेद को नष्ट करना चाहता है तथा देवराज से युद्ध करना चाहता है। इसी उद्देश्य के कारण उसने तुझ पर चढ़ाई की किन्तु वह पराजित हो गया। नीति अनुसार तूने उसे दंड दिया, वह राजप्रक्रिया अनुसार उचित ही है किन्तु रावण में और तुझमें मैत्री हो तो कितना अच्छा होगा! रावण दक्षिण द्वीपों का एकाकी सम्राट है, उसकी प्रजा सुखी है। लंका सोने से भरी है। वहाँ के प्रासादों पर स्वर्ण मुलम्मा चढ़ा है। ऐसे समृद्धशाली वीर नृप से क्या सन्धि करना उचित नहीं होगा?"

कार्तवीर्य हँसा, फिर कहा, "मुनिवर, आपकी आज्ञा का पालन होगा। मैंने रावण को कोई कष्ट नहीं पहुँचाया है। चलिए, कारापंजर में चलकर देखिए, लंकेश वहाँ रुद्र की ही पूजा कर रहा होगा।"

पुलस्त्य सम्राट के पीछे-पीछे चले, कारागृह लोहे के कपाटों से बन्द था एवं सेना का पहरा लगा हुआ था। कारा द्वारपाल ने कपाट खोले। पुलस्त्य तथा सम्राट ने प्रवेश किया। लंकेश स्वर्णलिंग सामने रखकर आराधना कर रहा था। उसने कपाटों के खुलने की आवाज सुनी थी

तभी उसने आँखें खोल ली थीं। दादा को देखकर वह खिल उठा तथा उसने पुलस्त्य का चरण-स्पर्श किया।

पुलस्त्य बोले, ''पुत्र लंकेश, आज तुझे हैहय-सम्राट ने मुक्त कर दिया है। आगे बढ़कर इन्हें वक्ष से सटा लो और मित्रता करो।''

रावण ने दादाजी की आज्ञा का पालन किया। हैहय-सम्राट एवं लंकाधीश बाँहें पसारकर गले मिले।

पुलस्त्य यथेष्ट प्रसन्न हुए तथा दोनों को शुभ आशीर्वाद दिया। दोनों के मध्य अनाक्रमण सन्धि हो गई।

कार्तवीर्य ने पुलस्त्य को स्वर्ण-मुद्राओं की थैली भेंट की तथा रावण एवं पुलस्त्य को ससम्मान विदा किया।

रावण का यान फिर आकाश में उड़ने लगा। आकाश से ही उसने उपनिवेश के लिए स्थानों का निरीक्षण किया।

ईषत घड़ी में यान लंका पहुँच गया। यान से उतरते ही लंकापति का लंका की प्रजा ने स्वागत किया। विमानतल से लेकर राजप्रासाद तक ध्वजपताका, तोरण, कलश सभी कुछ प्रतिष्ठापित किया गया था। लंका के राजपथ पर सुवासित जल छिड़का गया था। प्रजा ने पंक्तिबद्ध खड़े होकर रावण का जय-जयकार किया व पुष्प बिखेर दिए गए।

राजप्रासाद के मुख्य द्वार पर पट्टमहिषी मन्दोदरी ने सम्राट का अभिवादन किया। महारानी चित्रांगदा ने पुष्पवलय पहनाया और रावण अपने सिंहासन पर विराजमान हो गया।

लंकेश ने विभीषण से पूछा, ''असुरों से विमान क्रय किए जाने के प्रकरण में क्या प्रगति है?''

''असुरराज ने सन्देश भेज दिया है कि विमान निर्मित किए जा रहे हैं, निर्मित होते ही पहली खेप लंका में आ जाएगी। उन्होंने अग्रिम धन माँगा था, आधा भेज दिया है।'' विभीषण ने कहा।

''उपनिवेशों के लिए क्या कार्रवाई की है?''

''किष्किन्धा की ओर दुंदुभि तथा मायावी को उपनिवेश हेतु भेज दिया गया था, किन्तु दुंदुभि वहाँ मनमानी करने लगा, तस्कर व्यापार करने लगा और वानर (आदिवासी) ललनाओं को पकड़ने लगा तथा उनके साथ व्यभिचार करने लगा तो बालि ने उसे मार डाला। अभी-अभी मायावी ने यह सन्देश दिया है।''

''बालि ने दुंदुभि को मार डाला, ऐसा वह जारजी कब से हो गया! वह लंकेश से भयभीत नहीं हुआ?''

''किन्तु दुंदुभि भी तो हमारी संस्कृति तथा सभ्यता को भूल गया था। इस कारण उत्पात करनेवाला कब तक जीवित रहता। उसने शांति तो धारण की ही नहीं।''

''फिर भी दुंदुभि जो कुछ कर रहा था, वह लंका के लिए ही तो कर रहा था, इसका प्रतिशोध तो लेना ही होगा!''

''जैसी सम्राट की इच्छा!''

''नैमिषारण्य जनस्थान आदि की ओर भी दानव, दैत्यों को भेजो! प्रहस्त, ताड़का एवं मारीच को बुलाओ!''

रावण की आज्ञा का पालन करते प्रहस्त चला गया, तब लंकेश ने पुनः प्रश्न किया, ''राज्य

में चोरी, भ्रष्टाचार की कोई सूचना है?''

''हाँ, समुद्री दस्युओं ने इस अवधि में एक जलपोत लूटा है। दस्यु पकड़ लिए गए हैं।''

''बलात्कार की कोई घटना?''

''वर्तमान में नहीं है।''

''कर-अधिप्राप्ति की क्या प्रगति है?''

''राजस्व अधिप्राप्ति में कृषक पूर्ण सहयोग कर रहे हैं, किन्तु अन्य करों में पणी वर्ग कोई रुचि प्रदर्शित नहीं कर रहा है।''

''कर कठोरता से अधिप्राप्त करने की आज्ञा राजस्व मंडल को दे दो।''

इस समय ताड़का तथा मारीच को लेकर प्रहस्त आ गया। ताड़का एवं मारीच ने लंकापति को अभिवादन किया, फिर दशानन ने पूछा, ''तुम नैमिषारण्य में रक्ष-संस्कृति के विस्तार हेतु जाना चाहती थीं न?''

''जी, महाराज!''

''तो जाओ, तुम नैमिषारण्य की अधिष्ठात्री रहोगी क्योंकि तुम सम्राट की पुत्री रही हो, इसलिए राजनीति समझती हो। तुम्हारे साथ एक सैन्य टुकड़ी भी रहेगी जिसमें गुप्तचर रहेंगे। वहाँ तुम उपनिवेश स्थापित करोगी। अपने पुत्र को भी ले जा सकती हो। और हाँ...क्या कहना चाहता था? हाँ, अब तो तुम व तुम्हारा पुत्र मारीच लंका की यथेष्ट विद्याएँ सीख गए होंगे?''

''जी हाँ, महाराज!''

''तुम्हें अर्थ की कोई कमी नहीं रहेगी। रक्ष-संस्कृति हेतु यदि प्रजा के मध्य स्वर्ण मुद्राएँ वितरण करना पड़े तो बाँट देना। लंका के कोष में कोई कमी नहीं है।''

इसी समय खर तथा दूषण, दोनों अनायास ही आ गए। रावण ने दोनों भाइयों को बुलाकर सन्देश दिया, ''तुम पंचवटी के पास जनस्थान में जाकर रहो। वहाँ रक्ष-संस्कृति का प्रसार करो। हाँ, एक बात का ध्यान रखना, दुंदुभि जैसा उत्पात नहीं मचाना अन्यथा दशानन दंड देगा। अपने साथ सैन्य टुकड़ी ले जाओ।''

इसी प्रकार आर्यावर्त तथा भरतखंड के प्रत्येक छत्रप की सीमा में दानव, दैत्यों को भेजकर रावण राजकीय जानकारी प्राप्त कर फिर दादाजी पुलस्त्य के अलिंद में आ गया।

दादाजी ने कुशल-क्षेम पूछकर कहा, ''वत्स, नीतिवान हो, फिर भी एक बात कहे देता हूँ, ऋषियों तथा बड़े सम्राटों से नहीं उलझना। साम्राज्यवादी नीति यद्यपि सभी छत्रपों की है, फिर भी अभी तुम नए सम्राट बने हो, इस कारण पहले अपने राष्ट्र का उत्थान करो, कुल्याओं का निर्माण कर खेती के साधन बढ़ाओ। औद्योगिक क्षेत्र में उन्नति करो। बिना कृषि, पशुपालन, उद्योग आदि के आर्थिक साधन जुटाना कठिन होगा। यदि तुम्हारा राज्य धन-धान्य से परिपूर्ण होगा और सेना एवं राजकीय सेवकों की वृत्ति अच्छी होगी तो वे उत्कोच नहीं लेंगे। राष्ट्र के प्रति उत्तरदायी होंगे तथा राजा का गुणगान करेंगे।''

''दादाजी, आपकी आज्ञा का अक्षरशः पालन होगा। लंका की प्रजा को रावण पुत्रों की भाँति पालेगा, पोसेगा। प्रजा की गणना कराकर यह ज्ञात करूँगा कि लंका में कुल कितने लोग रहते हैं ताकि उसी के अनुसार पूर्ण सुख-सुविधा प्रदान की जा सकेगी।''

''ठीक है लंकेश, अब मैं शिवदान जाना चाहूँगा। पुष्पक तैयार करा दो?''

लंकेश ने दो स्वर्णथाल रत्नों एवं मुद्राओं से भरे हुए मँगवाने की आज्ञा पूर्व में ही दे दी थी। रत्नों का थाल लेकर मन्दोदरी तथा मुद्राओं का थाल लेकर महारानी चित्रांगदा आ गई

थीं। लंकेश का संकेत पाते ही दोनों ने ऋषि के आगे थाल कर दिए तो पुलस्त्य बोले, ''इतने धन का मैं क्या करूँगा दशानन! यह तो नरेशों के लिए ही शोभा देता है।''

''दादाजी, आपके शिष्यों तथा आपकी वेधशाला के काम आएगा। बिना अर्थ के आपको मैं कैसे विदा कर सकता हूँ पितामह?''

दादाजी गद्गद हो गए। उन्होंने मन्दोदरी तथा चित्रांगदा को 'पुत्रवती भव' का शुभाशीष दिया एवं आसन से उठकर पुष्पक पर आ गए। रावण ने हँसते-हँसते पितामह को विदा किया।

अब तक संध्या-सावित्री अठखेलियाँ करने लगी थी और लंकेश अन्तःपुर में आ गया था। मन्दोदरी तथा रावण दोनों की दो ही शैयाएँ थीं किन्तु आज तीन शैयाओं को देखकर विस्मय हुआ, फिर स्मरण हुआ, एक चित्रांगदा की सेज बढ़ गई है। सम्भवतः मन्दोदरी ने अपने पास ही चित्रांगदा को सुलाया है। उसे दूसरे प्रासाद में नहीं जाने दिया है, तो असीम स्नेह भी होगा।

इसी समय आगे-आगे मन्दोदरी तथा पीछे-पीछे चित्रांगदा ने प्रवेश किया। लंकेश ने दोनों रानियों को गौर से देखा तथा देखता ही रह गया। चित्रांगदा का रूप उसकी आँखों में समा गया। तत्क्षण ही मन्दोदरी बोल उठी, ''मेघनाद को धात्री ला रही है। अपने लाड़ले को नहीं देखोगे क्या?''

''मेघनाद, मेरी आशाओं का पुंज मेघनाद कहाँ है मन्दोदरी? मैं पहले उसे ही देखना चाहता हूँ। राजकीय कार्य में रावण अपने पुत्र तक को भूल गया। शीघ्र धात्री की बुलाओ, मैं मेघनाद का मुख चूमना चाहता हूँ। उसके नन्हे-नन्हे हाथ-पाँव अवलोकन कर पुलकित होना चाहता हूँ।''

रावण कह ही रहा था कि दासी मेघनाद को ले आई। रावण ने परिचारिका के हाथों से मेघनाद को छीन लिया और उसके कई कपोल चुम्बन ले डाले। इसी समय मेघनाद ने लघुशंका कर दी, जिससे रावण के राजोचित वस्त्र गीले हो गए। फिर भी वह उसे लिए रहा, खिलाता रहा, खेलता रहा। वह मन्दोदरी एवं चित्रांगदा को भूल गया। वह कहने लगा, ''मेघनाद, तू अपने पिता से भी अधिक प्रतापी होगा। समरांगण में तू अजेय होगा। मैं तुझे समस्त विद्याएँ सिखाऊँगा, तुझे महान तपस्वी बनाऊँगा। तेरा शौर्य देवराज से भी कहीं अधिक होगा। अब तू शीघ्र बड़ा हो जा। मैं तेरा ब्याह करूँगा। प्रत्येक पिता अपनी सन्तान की उन्नति चाहता है। रावण तुझे सिंहासन पर बिठाएगा—हा...हा...हा!'' रावण हँस उठा।

मन्दोदरी मीठी मुस्कान बिखेरती रही। चित्रांगदा लाज से गड़ी जा रही थी किन्तु उसके मन में भी पुत्र-लालसा लगी रही। वह भी ऐसा पुत्र उत्पन्न करेगी जो कि दशानन का नाम प्रकाशित करेगा। वह पादांगुष्ठ से तल पर वर्तुलाकार बनाने लगी तभी मन्दोदरी बोल उठी, ''राजन्, नई-नवेली रानी से बात करो। पोत से अब तक विरहाग्नि में जल रही है। पति-मिलन की उत्कंठा किसे नहीं रहती? मेघनाद को मुझे दे दो, मैं इसे अपने वक्ष से सटाकर दूसरे प्रासाद में चैन से सोऊँगी...''

13

लंका का राज्य एक पुरुष के तुल्य है, जिसका प्राण रावण, पीठ राष्ट्र एवं ग्रीवा, स्कंध, उदर आदि प्रयोजन है। गुरु शुक्र कहते हैं, ''राजा राज्य-रूपी शरीर का मस्तक, अमात्य नेत्र, सुहृदय

कान, कोष मुख, दुर्ग हाथ, राष्ट्र पैर तथा बल मन है।''

लंकाधीश की राज्य-सीमा चतुर्दिक समुद्र है और वह स्वयं संप्रभुता का स्वामी है। रावण की लंका के भू-भाग में कोई प्रवेश नहीं कर सकता। उसकी संप्रभुता को कोई विखंडित नहीं कर सकता। लंका राज्य में यक्ष पूर्व से ही विदेशी है और अब लंका की उन्नति के कारण अन्य राज्यों से भी प्रजा आने लगी है। लंकाधीश को इन्हें रक्ष-संस्कृति से विभूषित करना ही होगा। लंका धर्मनिरपेक्ष राज्य नहीं हो सकता, अन्य राज्य भी धर्मनिरपेक्ष नहीं हैं तो लंकेश क्यों एक म्यान में दो असि समानेवाली कहावत चरितार्थ करे? लंका राज्य में तो रक्ष-धर्म का ही पालन होगा। रावण अपने राज्य का प्राण है तो वह प्रजा को भी प्राणवान बनाएगा।

रावण लंका का संप्रभु है। उसे असीमित अधिकार प्राप्त हैं। लंका राजतंत्र की समूची सत्ता रावण में व्याप्त है। राजतंत्र वंशानुगत है। मेरे पश्चात् मेघनाद सार्वभौम सम्राट होगा। लंकेश के अन्तर्राष्ट्रीय सम्बन्ध गंधर्वराज मित्रावसु, शैलूष, कालकेय, विद्युज्जिह्व, कार्तवीर्य अर्जुन और रुद्र से होकर आन्ध्र एवं शिवदान तक से है। दैत्य विरोचन, असुरराज चन्द्रचूड़ के राज्य से यान आ रहे हैं। लंकेश आकाश-युद्ध में देवराज से टकराएगा। उसे पराजित करेगा तभी वह राक्षसेंद्र कहलाएगा। मांधाता आर्य सम्राट ने दिग्विजय की किन्तु इन्द्र की राजनीति के कारण वह देवराज पर आक्रमण नहीं कर सका। उसे असुरों, दैत्यों से भिड़ा दिया। मूर्ख था मांधाता।

किन्तु पड़ोसी राज्यों में बालि, केसरी, मारुत (वायु) बड़े आदिवासी संगठन हैं। इनसे मित्रता या इन्हें अधीन करना अनिवार्य है। किष्किन्धा लंका में आने के लिए प्रवेश द्वार है। सागर तट पर महाराज समुद्र तथा सम्पाति की जागीर है। सम्पाति वैज्ञानिक है। उसने तथा उसके भाई जटायु ने ऊँची उड़ान भरनेवाले यानों का निर्माण किया परन्तु सूर्य की किरणों ने उन्हें नष्ट कर दिया और तब से अब तक सम्पाति पंख कटे पक्षी की भाँति जी रहा है। यान-निर्माण में सारी सम्पत्ति नष्ट हो गई, कोष रिक्त हो गया है। प्रजा भूखों मरने लगी और दूसरे राज्यों में शरण ले ली। समुद्र आर्यों से पराजित हो चुका है, उसके जलपोत नष्ट कर दिए गए हैं, वह आर्य क्षत्रपों का शत्रु है एवं लंकेश से टकराने के योग्य नहीं है। योग्य है तो बालि?

रावण यह सब सोच ही रहा था कि परिचारिका ने समाचार दिया, सम्राट विद्युज्जिह्व सम्राज्ञी के साथ पधारे हैं। रावण ने नंगे पाँव भगिनी शूर्पणखा तथा विद्युज्जिह्व को देखा, वे खड़े हुए मुस्कुरा रहे थे। उसने दोनों को अपने वक्ष से सटा लिया। प्रेमाश्रु निकल पड़े। लंकेश दोनों को लिवा लाया तथा राजोचित स्वागत किया।

मन्दोदरी नंद की पुत्री को गोदी में लिए थी। लंकेश ने उत्सुकतावश पूछा, ''महारानी, ये पुत्री किसकी है?''

''आपकी बहन शूर्पणखा की।''

''ओह, लंकेश मातुल हो गया! इधर लाओ, मैं इसका मुख चूम लूँ। क्या नाम है इसका?''

''अनंगकुसुमा।'' शूर्पणखा ने कहा।

''बड़ा प्यारा नाम है। बड़ी हो जाएगी तो मैं ही किसी वीर से विवाह करूँगा...'' रुककर, ''अच्छा, विद्युज्जिह्व, राज्य में सब कुशल हैं?''

''जी।''

''मैत्रिक सम्बन्ध ज्यों के त्यों हैं या कहीं दरार है?''

''कुछ सामंत अवश्य सिर उठा रहे हैं, उन्हें कुचल दिया जाएगा। अभी-अभी दो महिदुर्गों का और सुरक्षा की दृष्टि से निर्माण कर लिया है। एक यात्री यान और क्रय करना चाहता

हूँ। वारुणेओं से वार्ता का क्रम चल रहा है। दूत भेजा था, उन्होंने देने का वचन दे दिया है।''

''तब तो राजकीय स्थिति सुदृढ़ है?''

''मेरे राज्य में प्राकृतिक झीलें हैं, उनके जल उपयोग हेतु यांत्रिकी कुल्याएँ निर्मित कर रहे हैं। अभी दो वर्ष लगेंगे, फिर अन्न की दृष्टि से भी कालकेय आत्मनिर्भर हो जाएँगे। अभी हमें पड़ोसी राज्यों सें कई भार अन्न क्रय करना पड़ता है। और भी योजनाएँ बनाई जा रही हैं।''

''तब तो राज्य-संचालन में निपुण हो। अच्छा, हमारी भगिनी भी कुछ सहायता करती है या नहीं?''

''ये मंत्रशक्ति की शिक्षा दे रही हैं। दो आश्रमों में मंत्र विद्या प्रारम्भ कर दी है। 'रक्ष-संस्कृति के भी यथेष्ट अनुयायी हो गए हैं, फिर भी वर्षों पुरानी आर्य सभ्यता को नष्ट तो नहीं किया जा सकेगा?''

''नष्ट तो कोई भी संस्कृति नहीं की जा सकती। जिस संस्कृति या धर्म ने जन्म ले लिया, वह किसी-न-किसी रूप में अपना अस्तित्व तो बनाए ही रखेगी, परन्तु प्रसार तो आवश्यक है।''

''वह सब कुछ हो रहा है परन्तु हमें ऋषि, मुनियों का सहयोग कतई प्राप्त नहीं हो रहा है।''

''उन्हें दान में गायें, कन्याएँ, स्वर्ण, रत्न सभी कुछ तो प्राप्त हो जाता है परन्तु जमदग्नि एक ऐसा ऋषि है जिसे भार्गव द्वारा आर्यों की ओर से तोड़ा जा सकता है।''

''जमदग्नि का तो कार्तवीर्य ने वध कर दिया।''

''क्या, भार्गव परशुराम के पिता जमदग्नि का वध हो गया? रावण उन्हें पिता तुल्य ही समझता था।''

''सुना है, परशुराम ने अपना परशु उठा लिया है। उनके भाइयों ने भी क्षत्रियों के कुलनाश का प्रण कर लिया है।''

''किन्तु विद्युज्जिह्व, परशुराम के पास सैन्यदल नहीं है।''

''नागों (अहिजाति) को उन्होंने अपनी ओर कर लिया है। बहुत से ऋषि इस घटना से क्षुब्ध हैं तथा उन्होंने भी अपने आयुध कार्तवीर्य के विरुद्ध उठा लिए हैं। सहस्रबाहु का दर्प यदि चूर कर सकते हैं तो मात्र भार्गव ही। यह जाति महान योद्धा तथा तंत्र-मंत्र-यन्त्र सभी प्रकार से समरों में निपुण है। भार्गवों का धनुर्वेद सबसे ऊँचा है। उनके धनुष इतने विशाल हैं कि अनेक योद्धा तो उन्हें कन्धे पर धारण करने में ही असमर्थ रहेंगे।''

''परशुराम की सहायता तो लंकेश को करनी ही होगी।''

''सन्देश तो मैंने भी भेजा था परन्तु उन्होंने कहा, परशुराम एकाकी समूची व्यवस्था करेगा एवं भूमंडल को क्षत्रियविहीन कर देगा। उसकी इस घोषणा से समस्त क्षत्रियों में हड़कंप मचा हुआ है। नाग सम्राट इस समय भृगुकच्छ में भार्गव की सभा में बैठकर मंत्रणा करते हैं।''

''परशुराम लंकेश की सहायता अवश्य ग्रहण करेंगे। लंकेश उन्हें धन देगा, सैन्य सहायता देगा किन्तु स्वयं कार्तवीर्य का मित्र होने से संग्राम में भाग नहीं लेगा।''

''भार्गव हठी होते हैं। इन्होंने विष्णु तक पर पादप्रहार कर दिया तो सहस्रबाहु तो नाचीज ही है। ब्राह्मण शब्द ही व्यापक है। अपनी पर आ जाएँ तो समूचे भूमंडल पर इन्हीं का साम्राज्य हो सकता है परन्तु इसकी परस्पर की जातिवाद की फूट इन्हें पनपने नहीं देती। ये सम्राट बन भी जाएँ, तो कहो, उसे दान कर दें, इतने त्यागी भी हैं।''

''लंकेश भी ब्राह्मण है, वह तो राज्य का परित्याग नहीं कर सकता, प्रत्युत देवराज, वारुणेओं,

यम सभी को एक बार अपनी अधीनता में रखना चाहता है।''

''आपकी बात और है, परशुराम जैसा प्रवृत्तिमार्गी मात्र पिता का ही प्रतिशोध लेगा। उसके उपरान्त वह सम्राट बने, ऐसा प्रतीत नहीं होता।''

''परशुराम राजनीतिज्ञ नहीं है, उसका कारण यह है कि उसके चरणों में समृद्धियाँ सदैव लोटती रहती हैं।''

''किन्तु यह युद्ध भयंकर होगा, इससे क्षत्रिय वर्ग त्राहि-त्राहि कर उठेगा तथा परशुराम के चुम्बकीय परशु के सामने भूमंडल हाहाकार कर उठेगा। कार्तवीर्य ने यह अच्छा नहीं किया। जब परशुराम एक हाथ से परशु तथा एक हाथ में धनुष लेकर दाँतों से सरसंधान करेगा तो सम्राटों के मुकुट गिर जाएँगे। परशुराम के गर्जन से क्षत्राणियों के गर्भ गिर जाएँगे।''

''विद्युज्जिह्व, परशुराम के क्रोध को भी शान्त नहीं किया जा सकता। मैंने भार्गव का क्रोध देखा है, उस समय वह धधकता हुआ एक अग्निखंड बन जाता है, उसकी आँखें लाल हो जाती हैं, उसका शरीर फड़कने लगता है तथा फिर उसका क्रूर कुठार उठता है।''

इसी समय अकम्पन आ गया और बोला, ''राजन्, भार्गव परशुराम के कटक में सभी वर्ग सम्मिलित हो रहे हैं। उन्होंने नागों, ब्राह्मणों की विशाल वाहिनी तैयार कर ली है। भार्गव परशुराम ने त्रिवाचा हारा है। वे क्षत्रिय-प्रधान देश को ब्राह्मण-प्रधान देश बनाएँगे। भार्गव ओर्व ने तालजंघ को परास्त कर दिया था। ब्राह्मण कपिलदेव ने सगर के पुत्रों का सर्वनाश कर दिया था–'ब्राह्मणो, उठो, मृगचर्म का परित्याग कर, कुठार ग्रहण करो और अत्याचारी शासकों को नष्ट करो!'

''राजन्! भार्गव परशुराम की इस दुहाई के कारण भरतखंड, आर्यावर्त में परशुराम की सेना की धूल उड़ रही है। वैश्य तथा शूद्र भी परशुराम के साथ हैं, उन्होंने भी क्षत्रियों के विरोध में शस्त्र उठा लिए हैं।''

''भार्गव के साथ गाधि अवश्य आएगा। उसे तो भार्गव-कुल की ही रक्षा करनी होगी।'' रावण ने कहा।

विद्युज्जिह्व मध्य में ही बोला, ''गाधि तो स्वर्ग सिधार गया। उसका पुत्र विश्वामित्र इस समय विशाल कान्यकुब्ज देश का सम्राट है, किन्तु उसकी और दशरथ के गुरु वसिष्ठ की ठनी हुई है। वह स्वयं युद्ध में उलझा हुआ है। वह सहायता करने में असमर्थ रहेगा।''

''आश्चर्य, गाधि ने मुझे राक्षसराज कहा था, उसका पुत्र विश्वामित्र तपस्वी है किन्तु क्षत्रिय ऋषि है। ब्रह्मर्षि वसिष्ठ से जीतना कठिन होगा?'' रुककर फिर कहा, ''तब तो वसिष्ठ भी परशुराम के साथ नहीं आएगा, वैसे वसिष्ठ के पुत्र तंत्रयुद्ध में निपुण हैं।''

''वसिष्ठ तो वैसे भी दशरथ के कारण इस समर में तटस्थ ही रहेगा।'' विद्युज्जिह्व ने कहा।

''मिथिलापति सीरध्वज जनक की इसमें क्या नीति है अकम्पन?''

''महाराजा! वे विदेह हैं। कार्तवीर्य और उनकी कभी पटी नहीं, इस कारण जनक तटस्थ रहेंगे।''

''ब्राह्मण तो लंकेश भी है किन्तु कार्तवीर्य के विरुद्ध खड्ग उठाने से सन्धि टूट जाती है। रावण पितामह के समक्ष दिए गए वचन को भंग नहीं कर सकता। सहस्रबाहु कैसा भी हो, उसने लंकेश को प्राणदंड नहीं दिया और न ही कारा में कोई कष्ट। लंकेश ब्राह्मण होकर अनीति कैसे कर सकता है? जिससे मित्रता कर ली, कर ली; नहीं की, नहीं की।''

इतना कह रावण मन-ही-मन भार्गव परशुराम के बारे में सोचने लगा, क्योंकि लंकेश का कोई सखा है तो वह है भार्गव परशुराम। परशुराम ने दशानन को विद्याएँ दान दी हैं, उन्हीं

के सहयोगवश दशानन लंकेश हुआ। मित्र की सहायता तो करनी होगी, किन्तु लंकेश की सन्धि ब्राह्मण दशानन की सन्धि नहीं, वह लंकद्वीप के सम्राट की सन्धि है। एक नृप ऐसा नहीं कर सकता, अन्यथा अनर्थ हो जाएगा।

"क्या सोच रहे हैं आप?" शूर्पणखा ने पूछा।

"कुछ भी नहीं।"

"नहीं, मैं समझती हूँ, आप भैया, परशुराम के बारे में सोच रहे हैं।"

"हाँ, कुछ-कुछ तू ठीक कह रही है।"

"भैया की सहायता आपको करनी चाहिए।"

"किन्तु मेरी सन्धि का क्या होगा?"

"सन्धि टूट जाने दो, हमें तो ब्राह्मणों का साथ देना है।"

"तू तो अब कालकेय है।"

"तो क्या हुआ, पिता का शुद्ध रक्त भी तो दौड़ रहा है। अपने रक्त को कौन भूल सकता है?"

"मैं साथ दूँ तो स्वयं तो रण में नहीं जाऊँगा अन्यथा रावण को लोग वैसे भी राक्षस कहते हैं, फिर तो विश्वासघाती और कहने लगेंगे।"

"धन एवं सैन्य सहायता भेज दो।"

"अकम्पन के हाथ मुद्राएँ भेज देते हैं और एक सैन्य टुकड़ी। फिर यदि परशुराम कोई अन्य आज्ञा देंगे तब लंकेश कुछ और सोचेगा।"

"यह ठीक है।"

"अकम्पन!"

"जी, महाराज!"

"मैंने जो कहा, वह सुना?"

"जी, लंकेश!"

"तो अब यह राजकीय आदेश है, जाओ, परशुराम की सहायता करो।"

रावण की आज्ञा के साथ ही अकम्पन चला गया। इसी समय महारानी मन्दोदरी आ गई तथा तुनककर बोली, "आज तो मैंने सोमरस बनाया है अपनी नन्द के लिए और आप अभी तक बैठे-बैठे जाने क्या बतिया रहे हैं! अपनी बहन और बहनोई का भी कुछ ध्यान तो रखो।"

रावण खिलखिलाया, फिर बोला, "महारानी की आज्ञा है, गृह-विभाग की अधिष्ठात्री हैं। चलो भई विद्युज्जिह्व चलो।" रुककर पुनः कहा, "विभीषण, कुम्भकर्ण अभी तक नहीं आए?"

"कुम्भकर्ण तो सो रहे हैं, उन्हें जगाने मैं ही गई थी तो बोले, 'भाभी, नींद सता रही है, सोने दो' और जब मैंने कहा—शूर्पणखा आई है तो कुछ हड़बड़ाए, थोड़ी आँखें मलीं और कहा—'तुम चलो, मैं आता हूँ।' अभी-अभी वज्रज्वाला अवश्य आई है, वह कह रही थी—वे फिर सो गए।"

"रावण यदि विक्षुब्ध है तो मात्र कुंभकरण से। इतना आलसी तो कोई हमारे कुल में है ही नहीं। जब जप करता था तो ऊँघने लगता था और सो जाता था। इसने तो कभी कुछ किया ही नहीं। यह भाई जैसा योद्धा है, वैसा कहीं बुद्धिमान होता तो लंकेश अभी तक सार्वभौम सम्राट हो गया होता। विभीषण बुद्धिमान है किन्तु सन्तोषी है। तृष्णा कभी-कभी होती है उसे, फिर शान्त हो जाती है। दोनों भाइयों में यथेष्ट अन्तर है। मातुल सभी योग्य हैं और नाना सुमाली, तात मय तथा मातुलों की शक्ति पर ही लंकेश की शक्ति को जगत प्रणाम कर रहा है।"

"क्या हुआ, यदि एक कुल में सभी आप जैसे हो जाएँ तो फिर विधाता का विधान नहीं मिट जाएगा! आप ही तो सदैव कहते रहते हैं, विधाता जाने अब क्या होगा!" शूर्पणखा ने कहा।

पुनः मन्दोदरी ने कहा, "अब चलिए आप लोग। देवर विभीषण आ गए होंगे। सरमा पहले ही आ चुकी है।"

"तो चलिए..."

14

नैमिषारण्य (बिहार प्रदेश का शाहबाद जिला) में ऋषिगण तप कर रहे हैं। यज्ञ का धुआँ उठ रहा है। बटुक वेधशाला में शस्त्रास्त्रों के निर्माण-कार्य की विधि सीख रहे हैं। वेद-ध्वनि गुंजायमान हो रही है। ऋषि-कन्याएँ तथा ऋषि-वधुएँ आनंदविभोर होकर इतस्ततः घूम रही हैं। कोई मृगशावक को दुर्वांकुर खिला रही है तो कोई किसी गाय को नहला रही है। ईषत मुनि खेती का अवलोकन कर रहे हैं। हरी-भरी वसुंधरा पर सभी कार्य हो रहे हैं।

ताड़का अपने पुत्र मारीच के साथ लंकापति के सेनापति सुबाहु के साथ एक सैन्य टुकड़ी लेकर अपने पिता के भू-भाग पर प्रतिशोध की आग में जलती हुई रक्ष-संस्कृति के प्रसार हेतु आ गई है। वह पुर में द्वार-द्वार घूम रही है। उसे किसी भी द्वार पर जाने में या वार्ता करने में कोई बाधा नहीं है क्योंकि वह यहाँ की पुत्री है। प्रतापी यक्ष सम्राट सुकेतु की कन्या है, नैमिषारण्य की राजकुमारी है। राजकुमारी होने से कूटनीति उसने पिता के गृह में देखी ही नहीं प्रत्युत सीखी है। वह युद्ध करना जानती है तथा लंकापति के यहाँ से अनेक विद्याओं का और ज्ञानार्जन कर आई है। उसमें उपनिवेश की ही नहीं बल्कि राज-संचालन की भी क्षमता है। हर घर में उसका स्वागत हुआ। वृद्ध होने पर भी युवती सदृश प्रतीत होती है, उसने एक ही पुत्र तो जना है। इस कारण देहयष्टि सुन्दर है। मात्र वैधव्य के कारण असमय में ही बुढ़ापे ने प्रकोप कर दिया है। कहीं-कहीं केशों में रजत रेखाएँ भी अब दृष्टिगोचर होने लगी हैं। फिर भी उत्तम परिधानों में उसे अभी कोई वृद्ध नहीं, प्रौढ़ा ही कहेगा। यज्ञ नंदिनी ने इसी नैमिषारण्य में मृगया और हिरण का मांस स्वयं खाया व दूसरों को खिलाया है। इन ऋषियों को तो अनेक बार मांस खंड तथा मद्य उसके पिता ने ही प्रदान किए हैं। मांस तो भोजन ही था जो कि सभी खाते थे। मद्यपान किसी उत्सव में तो दिया ही जाता था, साथ ही राजकीय व्यवस्था में ऋषियों, मुनियों तथा ब्राह्मणों को तो खुली छूट थी। तब भी इन मुनियों की आर्थिक दशा राजाश्रय पर निर्भर थी और आज भी है। कोई विशेष अन्तर नहीं है। ताड़का ने सब कुछ निरीक्षण कर लिया। अतीत से वर्तमान तक की स्थिति का अध्ययन कर लिया और भावी योजना पर विचार करने लगी।

आर्य-संस्कृति प्राचीन होती जा रही है और रक्ष-संस्कृति सर्वथा नव्य है। लोगों को पहले अर्थलोभ से अपनी ओर किया जाए, तब रक्ष-संस्कृति की दीक्षा दी जाए। ब्राह्मणों को परशुराम की ओर किया जाए एवं क्षत्रियों की ओर से विमुख किया जाए, तभी फूट पड़ेगी और जब फूट पड़ेगी तो उपनिवेश सफल रहेगा।

ताड़का ने यज्ञस्थल पर पदार्पण किया। दो-चार युवक जो समिधा काट रहे थे, उनसे कहा,

"भार्गव परशुराम क्षत्रियों से संघर्ष कर रहा है और आप लोग निष्क्रिय होकर बैठे हैं। एक ओर ब्राह्मण-क्षत्रिय संघर्ष का तुमुलघोष हो रहा है तो ब्राह्मणों को परशुराम के कटक में सम्मिलित हो जाना चाहिए। यज्ञ मात्र करना ही ब्राह्मण का मंतव्य नहीं है, ब्राह्मण का कार्य अनाचार के विरुद्ध शंखनाद करना भी है। क्षत्रिय पणियों एवं शूद्रों पर अत्याचार कर रहे हैं। एक-एक सम्राट जो कि वृद्ध हो गए हैं, फिर भी आपसे कन्याएँ दान ले रहे हैं और आप अपनी पुत्रियों, भगिनीयों को जीवित बलि चढ़ा रहे हैं। क्षत्रिय सम्राटों के यहाँ रनिवास युवतियों से भरे हैं, फिर भी कुमारियों का अपहरण हो जाता है। कार्तवीर्य स्वयं विलासी है। नर्मदा तट पर उसका घिनौना दृश्य कोई भी देख सकता है। जिसे आप पवित्र कहते हैं, उसी जल में क्रीड़ा करना क्या घोर पाप नहीं है?

"और यदि है तो परशुराम की माँ भगवती रेणुका पर कुदृष्टि रखनेवाला सम्राट जो कि परशुराम का मौसा है, उसे दंड दिया जाना क्या एक अनिवार्य आवश्यकता नहीं है? यदि है तो अकारण ब्राह्मण ऋषि जमदग्नि का वध करने वाला आततायी कार्तवीर्य अभी तक क्यों जीवित है? इस यज्ञ से आपको क्या प्राप्त होगा? क्या शान्ति? कदापि नहीं। इस यज्ञ ने आपको भिक्षा-वृत्ति करनेवाला बना दिया है, क्यों? इसलिए कि इसमें पशुवध है। ब्राह्मण क्षत्रियों से दान माँगते हैं, उनके आगे हाथ फैलाते हैं। क्या यह अच्छी बात है? आपमें शस्त्र-शास्त्र दोनों का बल है, फिर भी निर्बल हैं। ऐसा शस्त्र और शास्त्र किस काम का जिसका कि उपयोग मानव समुदाय के हित में न हो? इन यज्ञों को छोड़ दो तथा ब्राह्मण रावण जैसा बनकर समाज की रक्षा करो, यही तो रक्ष-संस्कृति है। इस संस्कृति से स्वयं छत्र धारण करो, क्षत्रियों पर आश्रित नहीं रहो, स्वावलम्बी बनो, पुरुषार्थी बनो और पर तथा स्व की उन्नति करो। लंकेश का सन्देश व उसकी संस्कृति यही है। अभी भी अगर आप नहीं चेत सके तो सैकड़ों परशुराम भी आपका उद्धार नहीं कर सकते? समय की यही पुकार है—उठो, अपने शस्त्र फिर सँभालो और क्षत्रियों का सर्वनाश कर स्वयं प्रजा-रक्षक बनो?"

एक बोला, "कहती तो ठीक है। इस यज्ञ से हमें कुछ भी तो प्राप्त नहीं हुआ। जब देखो तब दान के लिए कभी इस सम्राट के यहाँ तो कभी उसके यहाँ खड़े ही रहते हैं। कोई गाय, स्वर्णभार तथा कन्याएँ दान कर देता है तो कोई मना भी कर देता है। शस्त्रों का निर्माण ही नहीं करते बल्कि उन्हें ईजाद भी करते हैं, फिर भी निःशस्त्र हो जाते हैं। वेधशालाओं में जो धन व्यय होता है वह हमारा और उसका उपयोग करते हैं क्षत्रिय। बड़े-बड़े कुलगुरु तो आनन्दमय जीवन व्यतीत कर रहे हैं, उन्हें अप्सराएँ तक भेंट हो जाती हैं। राजनर्तकियाँ उनके चरणों में पड़ी रहती हैं और हम सेवा ही में लगे रहते हैं। रक्ष में रक्षा ही तो करनी है। ताड़का भी तो धर्मात्मा सुंद को ब्याही थी। उसका वध अगस्त्य ने इस कारण कर दिया कि वह क्षत्रिय विरोधी था।"

दूसरे ने कहा, "भगवती रेणुका तो वृद्ध है फिर भी कार्तवीर्य आसक्त हुआ तो दंड का भागी है ही। यदि ब्राह्मणों ने अहल्या का शीलभंग करनेवाले इन्द्र को क्षमा कर दिया तो गौतम एकाकी कर भी क्या सकते थे? प्रतिशोध की अग्नि में ही धधक रहे हैं। परन्तु ऋषि जमदग्नि का वध करनेवाला हैहय इस भूमंडल पर कैसे रह सकता है? कर्म का ज्ञान तो ताड़का ठीक दे रही है। हम युवक हैं, हमारा रक्त उष्ण है, यदि हम ही ब्राह्मणों की रक्षा नहीं कर सके, पणियों एवं शूद्रों पर किया जा रहा अत्याचार नहीं रोक सके तो हम अन्यायी हैं। हमारा ब्राह्मण कुल में जन्म लेना निरर्थक है?"

तीसरे ने आवेश में कहा, "रक्ष-संस्कृति एक ध्रुवीकरण है—ब्राह्मणों, पणियों एवं शूद्रों का। हम शूद्रों को पुत्रियाँ देंगे भी और लेंगे भी, अब क्षत्रियों से हमारा कोई प्रयोजन नहीं। अंत्यजों को लंकेश वेद पढ़ा रहा है तो उचित ही कर रहा है। उठो भ्रातर, इन यज्ञ-कुंडों में पानी उँडेल दो। शस्त्र उठाओ और चलो भार्गव के कटक में।"

सभी यज्ञोपवीतधारी युवकों ने धनुष कन्धे पर लटका लिए तथा परशु हाथ में लेकर कहा, "इस अग्नि की सौगन्ध है, हम अब रक्षा ही करेंगे।"

ताड़का खिल उठी, फिर बोली, "अर्थ भी आवश्यक होता है पुत्रो!"

"अर्थ, और ब्राह्मणों के पास! वह भी आश्रमवासियों के पास सर्वथा असम्भव है।" एक युवक ने कहा।

"किन्तु लंकेश के पास अटूट है।" रुककर पुनः आज्ञा दी, "मंत्री मारीच, इन्हें सुवर्ण-थैलियाँ भेंट करो। आज से ये कर्मयोगी हो गए।" ताड़का ने कहा।

युवक ठिठक गए और मारीच ने सभी को एक-एक थैली भेंट कर दी। वीर युवक प्रसन्न हो गए तथा बोले, "यह भेंट भार्गव को देंगे और रण में जयी होंगे," कहकर चलने को उद्यत हुए, तभी ऋषि बोला, "यज्ञ विध्वंस हो गया। अधूरा यज्ञ ब्राह्मण कभी नहीं छोड़ता। यक्ष-संस्कृति मिट गई। बालको, ताड़का की आवाज में विद्रोह का स्वर है, परशुराम प्रतिशोध में जल रहा है। ब्राह्मण राजा बन जाएगा किन्तु बिना क्षत्रिय के वह छत्रप सार्थक ही नहीं होगा। एकाकी कार्तवीर्य ब्राह्मणों का शत्रु है, न कि समस्त क्षत्रिय सम्राट? भार्गव कब तक लड़ेगा? कब तक प्रतिशोध लेगा और कितने छत्र धारण करेगा? अपने चार भाइयों को नरेश पद दे भी देगा तो क्या वे सँभाल पाएँगे? भावावेश में जो कदम आप उठा रहे हैं, वह युवक-दृष्टि से तो उचित कहा जा सकता है किन्तु प्रौढ़-विचार इससे सहमत नहीं हैं।"

एक बोला, "ऋषि सठिया गया है, इसके रक्त में क्षत्रियों के दान की खाद्य- सामग्री है। जमदग्नि जैसे महान ऋषि का वध हो गया और ब्राह्मण चुप बैठा रहे, यह नहीं हो सकता। रक्त की नदियाँ अब तो बहानी ही होंगी। चलो, वीरो चलो! यह व्यर्थ समय नष्ट कर रहा है।"

ऋषि निर्वाक् हो गए। वे समझ गए कि जब ब्राह्मण-रक्त उबाल पर आता है तो वह नंगा-भूखा होकर भी क्षत्र से टकरा सकता है। उसे मृत्यु का भय नहीं होता। वह परिवार के सुख की भी चिन्ता नहीं करता। ऐसे ब्राह्मणों से कार्तवीर्य का वध तो होगा ही, साथ ही अन्य क्षत्रिय अकारण मारे जाएँगे। कोई-न-कोई मार्ग तो शान्ति हेतु खोजना ही होगा। लंकेश की संस्कृति में बुराई कोई नहीं है, अच्छाई ही है। ब्राह्मण तो अंत्यज से वैर नहीं रखता किन्तु क्षत्रियों ने उन्हें दास बनाया, ब्राह्मणों ने क्षत्रियों की इस नीति का समर्थन किया तो दानव, दैत्य, असुर, नाग सभी में फूट पड़ गई, जातिवाद बढ़ गया और उसी का परिणाम है यह युद्ध तथा परशुराम की सेना में पणियों, शूद्रों का आर्य सम्राटों के विरुद्ध खड्ग उठाना।

ऋषि उठ खड़े हुए। काश्यप ऋषि मात्र इस रक्तपात को बचा सकेगा और कोई नहीं। ऋषि चले गए। कन्याएँ देखती रह गईं और फिर अपने काम में जुट गईं।

ताड़का प्रसन्न हो गई। उसकी यह पहली विजय थी। उसका यह पहला वार था जिसका लक्ष्य ठीक बैठा था और रक्ष-संस्कृति का बीज नैमिषारण्य में बो दिया गया था। यक्ष के स्थान पर रक्ष का सन्देश इसी प्रकार ताड़का विस्तीर्ण करने लगी और ऋषि, ब्राह्मण उत्तेजित होकर भार्गव की ओर अग्रसर होने लगे।

ताड़का फिर बोली, "ऋषि-यज्ञ विध्वंस हो गया। कैसे हो गया! यज्ञ में तो कोई विघ्न

डाला नहीं। फिर विध्वंस का क्या तात्पर्य? रावण स्वयं तपेश्वरी है, यज्ञकर्ता है, मैंने भी यज्ञ देखे हैं। फिर यह झूठा प्रचार क्यों? इससे तो ऋषि विरोधी हो जाएँगे। ब्राह्मण दोष देंगे। ताड़का धर्मात्मा सुंद की पत्नी रही है, उनकी आत्मा को ठेस पहुँचेगी।'' रुककर, ''हो भी गया तो क्या हुआ! यज्ञ से कौन-सा लाभ है! यह तो निठल्लों का काम है। मंत्र-ध्वनि तो ठीक है परन्तु इसमें पशुवध है। यज्ञ में पशुवध की क्या आवश्यकता? यज्ञ से तप श्रेष्ठ है परन्तु तप से किस अभीष्ट की सिद्धि होती है, मैं नहीं जानती। हाँ, योग से अवश्य प्राप्ति होती है परन्तु वह जटिल मार्ग है। कोई करेगा भी तो कैसे? प्रत्येक व्यक्ति रावण तो नहीं हो सकता जो घंटों अग्नि में तपे, धूप में खड़ा रहे! यह तो विरला ही कर सकता है। फिर तो यज्ञ मात्र सम्पत्ति नष्ट करने के अतिरिक्त कुछ भी नहीं। अकर्मण्य और बिना परिवार के संन्यासी क्या करे? बैठे-बैठे यही सही। किन्तु लंकेश के यज्ञ की विधि दूसरी है। उसका यज्ञ क्यों न कराया जाए! उसमें वध नहीं है, विशुद्ध वेद-ध्वनि है। परन्तु इसे क्या ऋषिगण प्रश्रय देंगे? नहीं देंगे। नहीं देंगे तो ताड़का बोलेगी...अगस्त्य जैसे ऋषि को यज्ञ से क्या मिला? क्या वे इतनी भी शक्ति अर्जित नहीं कर सके कि वातापि तथा इलबल अंजलि-भर पानी से मर जाते। उन्हें युद्ध में ही पराजित करना पड़ा।

ताड़का के मन में इसी प्रकार के विचार आते रहे। कभी वह फिसल जाती तो कभी यज्ञ की सार्थकता, निरर्थकता दोनों पर विचार करती और इसी ऊहापोह में सुबाहु ने टोककर कहा, ''स्वामिनी, रहने के लिए स्थान तैयार हो गया है। चारों ओर आज ही रावण के प्रशस्तिगानों का प्रचार करने सैन्यदल छद्म भेस में चला गया है। उन्हें निर्देश दे दिए गए हैं कि वे गाँवों में, शूद्रों में ये गीत गायें ताकि रावण इन गानों के माध्यम से अमर हो सके। रक्ष-संस्कृति का प्रभाव यदि उपदेशों से नहीं हो तो दामनीति का अवलम्ब लिए जाने की भी आज्ञा दे दी गई है।''

''ठीक किया सुबाहु! तुम यथेष्ट विद्या विशारद हो, कुशल सेनापति हो। रावण की लंका में जहाँ स्त्रियाँ तक तप करती हैं, वहाँ पुरुषों का तप को विलक्षण है ही, परन्तु मैं जानना चाहती हूँ कि ऋषि ने यह कैसे कहा कि यज्ञ विध्वंस हो गया?''

''स्वामिनी! यह तो छोटी-सी बात है। कोई भी ब्राह्मण अधूरा यज्ञ नहीं छोड़ता और उसने यदि यज्ञ अधूरा छोड़ दिया तो वह खंडित हो गया यानी विध्वंस हो गया। दूसरा आशय यह है कि ऋषिगण आर्य संस्कृति के यज्ञ के पोषक हैं। उसमें रक्ष-संस्कृति के कर्म के समावेश से उनकी सभ्यता पर कुठाराघात होने से यज्ञ विध्वंस हो गया।''

''ओह! मैं तो इसी ऊहापोह में बैठी थी। अच्छा हुआ, जो तुमने शंका समाधान कर दी, अन्यथा मैं यज्ञ को भी गलत समझने लगी थी।''

''ठीक है, अब इस पर फिर विचार होगा अवसर मिलने पर। वर्तमान में तुम अपने लक्ष्य की पूर्ति में लगे रहो। हमें लंकेश की आज्ञा का पालन करना है परन्तु यह ध्यान रहे, किसी ऋषि अथवा मुनि से संघर्ष न किया जाए और न ही इनमें से किसी का वध किया जाए।''

''ऐसा ही होगा स्वामिनी! वैसे भी मैंने सेना को भी निर्देशित किया है कि प्रजा तक को किसी भी प्रकार का कष्ट नहीं होने दिया जाए क्योंकि ऐसे कार्य निर्विघ्न तभी सम्पन्न हो सकते हैं जबकि शान्ति एवं धैर्य के साथ उन्हें किया जाए। अधीरता, व्याकुलता में कोई भी कृत्य किए जाने से उसमें भूल हो जाती है तथा उसका आगामी परिणाम ठीक नहीं निकलता।''

''यह तुम्हारी दूरदृष्टि है, इससे ताड़का तुम्हारे जैसा सेनापति पाकर धन्य हुई। अब विश्राम

करो आप लोग..."

"जो आज्ञा स्वामिनी!" कहकर मारीच तथा सुबाहु दोनों ही उठ गए।

15

रावण दिग्विजय के उद्देश्य से लंकपति, रक्ष-संस्कृति के हेतु बना है। रक्ष-संस्कृति तथा लंका के उपनिवेश साम्राज्यवादी नीति का विस्तार करने के लिए स्थान-स्थान पर प्रतिष्ठापित हो गए हैं। हेमप्रभा को वह अभी तक नहीं छुड़ा पाया है। यह काँटा अभी तक उसकी छाती में धँसा है। देवराज, वरुण, यम को पराजित करना रावण के लिए अनिवार्य है। तभी उसकी मनोकामना पूर्ण होगी।

इसी चिन्ता में रावण घुना जा रहा है। विमानों की खेप आ गई है एवं विमान-युद्ध में प्रशिक्षण हेतु व्यवस्था कर दी गई है। लंकेश के पास लक्ष्मी की कमी नहीं है। समुद्री व्यापार जोरों पर है। कर विदेशी पोतों से लंकेश को खूब प्राप्त होता है। चारों ओर सागर ही सागर है। लंकेश ने हेमवती विद्या से स्वर्ण का भंडार भर लिया है। तंगणदेश (तिब्बत) से भी स्वर्ण क्रय की वार्ता गन्धर्वराज से चल रही है। तंगणदेश की खानों का सोना सौ टिंची है। उसमें अशुद्धता नहीं है। लंकेश धनपति कुबेर से अर्थ के दृष्टिकोण में बराबर है। कुबेर भैया ने मुझे छोड़ा ही क्या था! लंका का रिक्त कोष सौंपा था, जिसमें आज पुनः रत्न, मणियाँ, स्वर्ण सब कुछ हैं। लंका राज्य समृद्धशाली राज्य है।

इसी समय अकम्पन वापस आकर प्रणाम कर बोला, "राजन्, भार्गव परशुराम ने कार्तवीर्य का ही नहीं, अपितु एकसाथ इक्कीस क्षत्रिय सम्राटों को परास्त कर और कार्तवीर्य का वध कर अपने पिता का प्रतिशोध ले लिया है।"

रावण हँस उठा और बोला, "लंकेश आज प्रसन्न है। भार्गव ने एक आततायी को नष्ट कर दिया, क्षत्रियों के दर्प को चूर कर दिया।"

"राजन्! भार्गव ने हमारी सहायता को ठुकरा दिया। उनकी सेना में ब्राह्मण, नाग, पाणि और शूद्र थे। इन सबने दुर्धर्ष संग्राम किया और अपने परशु को रक्त रंजित कर परशुराम पुनः क्षत्रियों का सर्वनाश करने का अभियान चलाने वाले थे कि..."

अकम्पन निर्वाक् हो गया तो उत्सुकतावश लंकेश ने पूछा, "हाँ, फिर क्या हुआ?"

"...भार्गव परशुराम ने काश्यप ऋषि को समूची धनसम्पदा और राजकीय वैभव दान कर दिया। यह शेष क्षत्रिय सम्राटों की कूटनीति थी जिसमें भार्गव फँस गए और अपनी माता के साथ महेंद्रगिरि की ओर चले गए।"

"आश्चर्य! ब्राह्मणों का बुरा चाहनेवाला काश्यप कहाँ से मर आया! यदि भैया भार्गव छत्रधारी हो जाते तो लंकेश का संकट टल जाता। मुझे दुख है अकम्पन, घोर अवसाद!"

रावण को पल-भर में मूर्च्छा आ गई। वह अचेत-सा हो गया, फिर उसने पानी माँगा। परिचारिका ने सुवासित उत्पल जल पिलाया, रावण को चेतना आई। पानी पीने के पश्चात् भी उसका कंठ शुष्क रहा और वह खिन्न होकर आसन के सहारे पाँव पसारकर गम्भीर चिन्तन की मुद्रा में लेट-सा गया, तभी दूत ने आकर प्रणाम किया, "महाराज, कोशल देश की राजकुमारी का स्वयंवर हो रहा है। दक्षिण कोशलाधीश ने आपको इस कारण निमन्त्रण भेजा है क्योंकि वह आपकी

अधीनता में अनरण्य के बाद से चला आ रहा है। निमन्त्रण में कन्या के गुण तथा रूप का सुन्दर वर्णन किया गया है। कौशल्या के स्वयंवर में आप सादर आमन्त्रित किए जाकर आपको पृथक् आसन आदि की व्यवस्था की गई है।''

''कोशलाधीश की कन्या कौशल्या का स्वयंवर! द्वीप-द्वीप के भूप आएँगे। हरण भी हो सकता है। हरण हुआ तो लंकेश को ही किसी क्षत्रिय भूप की चुनौती स्वीकार करनी पड़ेगी। चुनौती स्वीकार होगी तो युद्ध होगा। किससे होगा, कल्पना से परे बात है। रावण न जाए तो प्रतिष्ठा का प्रश्न है। जाता है, तो ससैन्य ही जाना होगा। दशरथ, विश्वामित्र, गय आदि बड़े-बड़े सम्राट आएँगे। उनकी अक्षौहिणियाँ आएँगी तो लंकेश कितनी अक्षौहिणी सेना ले जाए या एकाकी प्रहस्त के साथ जाए? नहीं, सैन्यदल आवश्यक है। वापसी में केसरी तथा बालि से भी निपट लेंगे। ठीक है, दूत, तैयारी करो, हम ससैन्य कोशलाधीश के स्वयंवर में पहुँचेंगे।''

लंकेश का कटक तैयार होकर पुनः पोत पर आ गया। लंकेश ने पट्टमहिषी मन्दोदरी तथा चित्रांगदा से विदा माँगी और सब कुछ भूलकर पुष्पक विमान पर आ विराजा। लंकेश की यह सबसे बड़ी विशेषता थी कि उसे क्षणिक संताप तथा क्षणिक प्रसन्नता ही होती थी। वह किसी भी बात पर विचार अवश्य करता था किन्तु किसी नए कार्य का समाचार प्राप्त होने पर वह उसमें दत्तचित्त हो जाता था।

समुद्री मार्ग से लंकेश का कटक चला और लंकापति पुष्पक से।

दक्षिण कोशलाधीश भानुमान ने स्वयंवर की सुन्दर व्यवस्था की थी। प्रत्येक भूप को ठहरने के लिए विशाल भवनों का निर्माण कराया था तथा स्वयंवर स्थल विशाल पांडाल द्वारा बनाया गया था। विविध भाँति के पकवान बनाने हेतु अच्छे रसोइए नियुक्त किए गए थे जिन्होंने लेह, चौस्य, राग, खांडव भाँति-भाँति के व्यंजनों के अशाकाहारी भोजन भी बनाया था। सम्राटों के लिए मद्य की व्यवस्था की गई थी।

लंकेश का पुष्पक कोशल में आ रुका। भानुमान ने लंकापति की आगवानी करते हुए उसका स्वागत किया तथा रावण को विशाल भवन में ठहराया गया।

इसके उपरान्त ही महाराज दशरथ का अपने मंत्री सुमन्त के साथ आगमन हुआ, फिर गय, विश्वामित्र, मिथिला, काशी, केकय और अंगदेश के सम्राट पधारे। रात्रि को सभी का सहभोज हुआ। लंकेश तथा दशरथ ने आँख से आँख मिलाई और तब दशानन बोला, ''चक्रवर्ती सम्राट दशरथ, कोशल में सब कुशल तो हैं? वीरांगना महारानी कैकेयी की क्रूर दृष्टि अब भी लंकेश पर बनी है क्या?''

''लंकपते, कैकेयी कैकय नरेश की पुत्री है। वह जो एक बार ठान लेती है, उसे पूर्ण करके रहती है। सम्भवतः वह चाहती है कि दशरथ-पुत्र तुझसे प्रतिशोध ले?''

रावण हँसा, फिर मांसखंड खाते हुए बोला, ''दशरथ निपुत्र है, वह सन्तान के लिए छटपटा रहा है और रावण पिता बन चुका है। अपनी पट्टमहिषी से कहना, यह अभीप्सित अगले जन्म में पूर्ण करें। इस जन्म में तो असम्भव है।''

''लंकेश, अगले जन्म का क्या भरोसा! इसी जन्म में वह सब कुछ करेगी।''

''क्या मात्र पुत्री शान्ता के द्वारा या उसके पति ऋष्यशृंग द्वारा दामाद भी तो पुत्र तुल्य होता है।''

''दशरथ-पुत्र द्वारा।''

''राजन्, प्रौढ़ हो गए हो, फिर वृद्धावस्था आएगी और परलोक सिधार जाओगे। आप

मुझसे आयु में बड़े हैं, इसलिए निवेदन है कि मेरी वृद्धावस्था में कहीं सौभाग्य से तुम्हें पुत्र-रत्न की प्राप्ति हो जाए तो उन यौवनपूर्ण सन्तानों की बलि लंकेश के हाथों मत चढ़वाना?''

''यह तो समय बताएगा लंकेश!''

''समय क्या होता है! काल को रावण कुछ नहीं मानता। वह पुरुषार्थ को ही सब कुछ मानता है। लंकेश के उपनिवेश प्रत्येक स्थान पर हैं। लंकेश की रक्ष-संस्कृति की धूम मची हुई है। पाणि, नाग, शूद्र, ब्राह्मण और निर्धन क्षत्रिय—सभी दशानन की नीति का स्वागत कर रहे हैं। देवराज की आर्य-नीति खंडित हो रही है।''

''देवराज की तुलना में तुम कुछ भी नहीं हो दशानन!''

''वह तुम्हारा मित्र है दशरथ, और मेरा शत्रु। एक दिन उसे भी मैं जय करूँगा। देव सम्राटों में इन्द्र, वरुण, यम तीनों ही मुझसे परास्त होंगे।''

सीरध्वज बोले, ''विधाता जो करेगा, वह होगा। दशरथ की छाती में रावण, तुम्हारे शंबर-युद्ध के बाणों के चिह्न जब तक रहेंगे और कैकेयी जब-जब उन्हें देखेगी तब-तब वह कुछ-न-कुछ तो सोचेगी ही तथा लंकेश जब तक जीवित है तब तक वह दशरथ एवं कैकेयी को स्मरण तो करेगा ही। पांचाल नरेश दिवोदास की जय हुई हो या इन्द्र की, युद्ध में एक पक्ष को तो हारना ही होता है। अतएव दोनों परस्पर क्यों विवाद करते हो? जिसके मन में जो है, वह उसे कार्यान्वित जब करेगा तब सोचना।''

''मिथिलापति, आप ठीक कहते हैं। रावण प्रसन्न हुआ।'' फिर मद्य का एक घूँट पिया और बोला, ''भानुमान, भोजन स्वादिष्ट है, स्वयंवर का क्या कार्यक्रम है?''

''लंकपते!'' एक घूँट मद्य पीकर भानुमान ने कहा, ''कन्या जिसके कंठ में माला डाल दे।''

''आपकी कोई शर्त तो नहीं है?'' रावण बोला।

''नहीं।''

''हरण करने का किसी क्षत्रिय सम्राट का विचार तो नहीं है?''

दशरथ ने मांसखंड चबाते हुए कहा, ''भानुमान यह कैसे कह सकते हैं! यह तो स्वयंवर में भाग लेनेवाले भूपों के मन की बात है।''

''फिर तो युद्ध होगा आर्य दशरथ!''

''होगा तो हो लंकेश!''

रावण ने ग्रीवा ऊँची कर कहा, ''अंगपते, कैकय नरेश, काशीनाथ, कान्यकुब्ज नृप, आपमें से किसी का ऐसा विचार है क्या?''

काशीनाथ बोले, ''हरण होगा तो युद्ध होगा।''

''हाँ, आपने मेरे मुँह की बात छीन ली। लंकापति की भी यही इच्छा थी।''

अंग नरेश बोले, ''मैं इसका समर्थन करता हूँ बन्धु!''

''तो फिर आओ, हम सब आपानक करें।'' और रावण के इस वाक्य के साथ ही चषक से चषक टकरा गए और सभी ने आपानक कर अपने-अपने भवन की ओर प्रस्थान किया।

प्रातःकाल ही सभी सम्राटों की सेनाएँ सज-धजकर सरयू तट पर खड़ी हो गईं। प्रत्येक सम्राट ने अपने-अपने देश के अनुसार भेसभूषा धारण कर मुकुट धारण किए और समस्त सम्राट स्वयंवर पांडाल में उपस्थित होकर अपने-अपने मंत्रियों के साथ अपने-अपने आसनों पर विराजमान हो गए। सेनापति सम्राटों के संकेत के लिए सन्नद्ध हो गए। सरयू नदी में महाराज दशरथ तथा

रावण की नौशक्ति घूमने लगी।

चारण ने उद्घोष किया, "राजाधिराज, चक्रवर्ती सम्राट महाराज कोशलाधीश की राजधानी में आपका स्वागत है। कन्या कौशल्या वरमाला लेकर शीघ्र ही उपस्थित हो रही है। जिस सम्राट के कंठ में राजकुमारी माला पहना देगी, वही उसका पति हो जाएगा। विवाह में एक हजार श्यामवर्ण घोड़े, पाँच सौ दास-दासियाँ, सौ हाथी, पाँच सौ गाएँ तथा रत्न एवं स्वर्णदान दिए जाएँगे।"

जब चारण निर्वाक् हो गया तब नीची ग्रीवा किए हुए राजकुमारी कौशल्या स्वयंवर-स्थल की ओर एक-एक चरण बढ़ाती हुई दो दासियों के साथ अग्रसर हुई। सभी सम्राटों ने राजकुमारी की छवि की ओर निहारा। कौशल्या के रूप पर मोहित हुए और अपने-अपने भाग्य का निर्णय करने लगे।

महाराज दशरथ प्रथम पंक्ति में बैठे हुए थे। राजाओं के आसनों के निकट आकर कौशल्या ने समस्त सम्राटों की ओर अवलोकन किया। अन्तिम पंक्ति में लंकेश निराले सिंहासन पर बैठा था। उसके गले में हार तथा शीश पर मणियुक्त सुशोभित हो रहा था। रावण के भाल पर चन्दन चर्चित त्रिपुंड भ्राजित था। उसका चेहरा कमल के फूल के समान खिला हुआ था। लंकेश की ओर कौशल्या ने कनखियों से देखा और दृष्टि फेर ली। फिर क्रमशः विश्वामित्र, कैकय नरेश, मिथिलापति आदि की ओर देखते ही कौशल्या ने महाराज दशरथ की ओर दृष्टिपात किया। महाराज ने आँख भरकर कौशल्या की ओर अवलोकन किया। कौशल्या देखती रही; किन्तु महाराज दशरथ सहसा उठे, कौशल्या ने अनायास माला डाली और दशरथ कौशल्या को उठाकर दौड़कर रथ पर बैठे और रथ तीव्रगति से दौड़ने लगा। सुमन्त पूर्व से समुचित व्यवस्था कर चुके थे। वे रथ-संचालन में अति कुशल थे। रथ सरयू की ओर दौड़ाने लगा था।

सभी सम्राट हतप्रभ रह गए। सीरध्वज जनक ने कहा, "कौशल्या ने कंठ में माला डाल दी है, मैंने देखा है।"

किन्तु अन्य नृप क्रोधित होकर बोले, "यह अपहरण है, फिर दशरथ भागे क्यों?"

लंकेश बोल उठा, "यह कोशलाधीश की कूटचाल है। यह सम्राटों का अपमान है। महाराज दशरथ से समर किया जाए।"

विश्वामित्र बोले, "लंकापति के कंठ के आसन से तो राजकुमारी वापस आ गई थीं, आपको तो उसने चुना नहीं था।"

"मैं स्वयं भी राजकुमारी से विवाह करना नहीं चाहता और न ही मैं मात्र एक स्त्री के लिए संघर्ष की बात कर रहा हूँ। दशरथ के गले में वरमाला कब पड़ी, यह तो किसी ने देखा नहीं, फिर भी साक्षी दे रहे हैं आप लोग तो यह स्पष्ट रूप से पक्षपात है। दशानन पक्षपात को प्रश्रय नहीं देता और इसे अपना अपमान मानता है अतएव मैं अपनी सेना को आज्ञा देता हूँ, दशरथ को घेर लिया जाए।" कहकर ही लंकेश भी सरयू तट की ओर दौड़ चला।

सरयू तट पर ही कौशल्या के साथ दशरथ एवं सुमन्त नौका में बैठ गए। नौका तीव्रगामी केवट खे रहे थे, नौका द्रुतगति से सरयू के प्रवाह में बह चली। इसी बीच लंकेश आ गया। उसने अपनी नौसेना को आज्ञा दी, "दशरथ की नौका को घेर लो, शीघ्रता करो।" और रावण स्वयं तीव्रगामी नौका में बैठ गया। रावण के नाविक अधिक कुशल थे। कुछ ही देर में दशरथ को सरयू में चारों ओर से घेर लिया गया।

लंकेश छलाँग लगाकर दशरथ की नौका पर आ गया। दोनों में युद्ध होने लगा। खड्ग

टकराने लगे। कौशल्या ने विनीत भाव से कहा, ''सम्राट, मैं महाराज दशरथ से विवाह कर चुकी हूँ एवं मैंने इन्हें पतिरूप में स्वीकार कर लिया है, अब संघर्ष व्यर्थ है।''

''लंकापति राजकुमारी के लिए युद्धरत नहीं है प्रत्युत इसलिए कि दशरथ ने तुम्हारा अपहरण किया है।'' कहकर रावण ने पदाघात से नौका को तोड़ दिया। उसके दो टुकड़े हो गए। एक पर कौशल्या तथा रावण एवं दूसरे पर सुमन्त-दशरथ बह गए।

थोड़ी दूर पर ही दोनों टुकड़े किनारे लगाए गए। रावण ने गरजकर कहा, ''कौशल्या, चलो, मैं तुम्हें तुम्हारे पिता के पास ले चलता हूँ। वे चाहे जिसे तुम्हें सौंपे।''

इसी समय मत्स्य आ गया। मत्स्यराज ने धीमे से कहा, ''मेरी दृष्टि में सभी सम्राट समान हैं। महाराज दशरथ या आप युद्ध करें, उचित नहीं है। मेरा विचार है, यौवनपूर्ण कन्या जो कि अल्पायु न हो, वह जैसा कहे वैसा हमें स्वीकार करना चाहिए। राजकुमारी योग्य हैं, पूर्ण वय-प्राप्त हैं। उन्होंने जिसका भी वरण किया होगा, वह सोच-समझकर ही किया होगा, इसलिए राजकुमारी जो कहें, वह हमें स्वीकार करना चाहिए। अनिच्छा से किसी भी स्त्री को यदि धर्मपत्नी बनाया भी जाएगा तो नरेश, उससे शान्ति प्राप्त कदापि नहीं हो सकती।''

मत्स्य की बात न्यायपूर्ण थी। दशरथ तथा सुमन्त दोनों के मन की बात थी। यद्यपि लंकेश तो पूर्व में ही कौशल्या का निर्णय सुन चुका है, अब उसे क्या पूछना है! निर्णय तो मत्स्यराज ने ही कर दिया।

लंकेश बोला, ''कौशल्या, वैसे मैं तुम्हारे वचन सुन चुका हूँ, तुम्हारे सामने दो रास्ते हैं। तुम दशरथ के साथ जाना चाहती हो तो यह मार्ग खुला है। अब रावण की आँखें खुल गई हैं। वह युद्ध तभी करेगा जबकि तुम्हारा संकेत होगा।''

कौशल्या ने किसी भी ओर नहीं देखा, वह सीधी महाराज दशरथ के निकट जाकर खड़ी हो गई।

रावण को उत्तर मिल गया था। उसने अपनी नौसेना को आज्ञा दी, ''वापस चलो। विधाता के अंक लंकेश कैसे मेंट सकता है! दशानन अब कोशल से चला जाएगा। अपनी समस्त सेनाओं को दक्षिण पथ की ओर अग्रसर कर दो।''

रावण की आज्ञा के साथ ही सेना वापस हो गई। तब दशानन ने अट्टहास कर कहा, ''कोशलाधीश दशरथ, मात्र कौशल्या के कारण ही आप जीवित जा रहे हैं, अन्यथा लंकेश आज कैकेयी को अनाथ कर देता परन्तु ये नव्यरानी अभी से कैसे वैधव्य धारण करती और कहाँ तक करती!'' पुनः व्यंग्य के साथ कहा, ''जाओ अब, पुत्रोत्पन्न कर लंकेश के वध की तैयारी करो। रावण को तुम्हारे व तुम्हारी पट्टमहिषी के शब्द सदैव याद रहेंगे।''

दशरथ ने अधर काट लिए। रावण के इन शब्दों ने कौशल्या का हृदय छलनी कर दिया। वह सुयोग्य राजकुमारी थी। समझ गई कि महाराज दशरथ के पुत्र नहीं है, इस कारण लंकेश ने यह व्यंग्य किया। कौशल्या रावण के इस अकारण हस्तक्षेप को सहन नहीं करेगी। संकल्प कर कौशल्या ने पीठ फेर ली।

लंकेश ने अट्टहास किया, फिर मंतव्य समझकर पुनः कहा, ''राजकुमारी, एक प्रकार से तुझ जैसी पतिव्रता नारी का पर-पुरुष से घृणा करना उचित ही है, लंकेश इसका बुरा नहीं मानता किन्तु महारानी, लंकेश यदि चाहे तो तुझे तथा दशरथ कोससैन्य हराकर लंकापुरी में ले जा सकता है। परन्तु दक्षिण कोशलाधीश की पुत्री को ले जाकर लंकेश क्या करेगा? लंकापति के अन्तःपुर में पट्टमहिषी मन्दोदरी तथा चित्रांगदा जैसी अनिंद्य रूप-सुन्दरिया हैं। मैं उनके रूप

के समक्ष अन्य की सुन्दरता को तुच्छ समझता हूँ, किन्तु तुझे सम्भवतः रूप का गुमान हो गया है। लंकेश दशरथ के ललाट की रेखाएँ पढ़कर यह कहता है कि कैकेयी एवं तुझसे भी सुन्दर एक रानी और आएगी। जा, यही मुझ ब्राह्मण का शाप है।''

दशरथ व सुमन्त निर्वाक् रहे। लंकेश ने अब और रुकना उचित नहीं समझा, फिर भी मत्स्यराज से बोला, ''मत्स्यराज, तू आर्य सम्राट दशरथ से भी अधिक बुद्धिमान है। रावण तुझे भेंटस्वरूप में मणि प्रदान करता है।'' कहकर लंकेश चल दिया।

दशरथ इन लज्जाजनक शब्दों से आत्मग्लानि से भर गए। उनके मन में आया, अभी इस सरयू में छलाँग लगाकर प्राण त्याग दें। नवपरिणीता कौशल्या चक्रवर्ती सम्राट को क्लीव ही समझेगी। वह क्षत्रिय किस काम का जो ऐसे मर्म वचन सुनकर भी शस्त्र उठाने में असमर्थ रहे! जब-जब लंकेश का सामना होता है, तब-तब ऐसे वीर से युद्ध करने को मन करता है परन्तु जाने कैसा दैवयोग है कि चक्रवर्ती सम्राट रावण के समक्ष हतोत्साहित हो जाता है। सम्भवतः शंबर-समर से दशरथ लंकेश से भयभीत हो गए हैं। उनका साहस लंकेश के आगे-पीछे धकेलता है। कैकेयी का प्रण ठीक है परन्तु रावण तो पुत्र के लिए व्यंग्य कसकर चला गया। दशरथ को तो पुत्र चाहिए ही...।

कौशल्या समझ गई कि महाराज आत्मग्लानि से पीड़ित हैं। उसने उचित अवसर समझकर कहा, ''महाराज, राक्षसराज स्वाभिमानी है, मुँहफट है। कौशल्या का इस पर कोई गम्भीर प्रभाव नहीं है। चलिए स्वामिन...!''

16

लंकेश फिर पोत पर है। वह सोच रहा है–दशरथ जैसे अनेक चक्रवर्ती सम्राटों का लंकेश शीश काट देता है परन्तु जब-जब इसका सामना होता है, दशानन इसका वध नहीं कर पाता। वह बच निकलता है। रावण आर्द्र हो जाता है। ऐसा मात्र इसी सम्राट के साथ क्यों है? अन्य को समरांगण में विलोक कर रावण पसीजता ही नहीं है। दशानन से दशरथ कहता है–कैकेयी दशरथ-पुत्र द्वारा लंकेश से प्रतिशोध लेगी, फिर भी दशानन का खड्ग दशरथ के कंठ पर नहीं चलता। कौशल्या ने निवेदन किया तो रावण ने स्वीकार कर लिया। कदाचित् कोई अन्य सम्राज्ञी प्रार्थना करती तो भी रावण वध कर देता। दशरथ सदैव लंकेश से पराजित हो जाता है, परन्तु प्राण उसके बच जाते हैं। यदि लंकेश सरयू तट पर दशरथ का वध कर देता तो कैकेयी की प्रतिज्ञा असफल हो जाती, फिर दशरथ-पुत्र कहाँ से होता? कैकेयी नियोग भी करती तो दशरथ-पुत्र कैसे कहलाता? लंकेश क्यों शान्त हो जाता है दशरथ जैसे प्रतिद्वन्द्वी से?

क्या दशरथ-पुत्र रावण का वध करेगा? किन्तु लंकेश की नाभि में अमृत है, वह कुंडलिनी जाग्रत कर लेगा। फिर मेघनाद किशोर हो गया है, तप कर रहा है, परन्तु रावण ऐसा सोचे ही क्यों? दशरथ के अभी तो कोई पुत्र है ही नहीं। कौशल्या के ही चाहे हो जाए, कैकेयी तो अब पुत्र जन्मने से रही। किन्तु दशरथ सम्राट है। वह और विवाह कर लेगा और कन्याएँ माँग लेगा। नहीं माँग लेगा तो अपहरण ही कर लेगा। सभी स्त्रियाँ तो बंध्याए हो नहीं सकतीं? फिर सम्राट है, औषधि-उपयोग भी कर सकता है। स्वयं रावण बंध्या तक से औषधि-प्रयोग से पुत्रोत्पन्न करने में समर्थ है, तब क्या दशरथ ऐसा नहीं करा सकता? वह पुत्रेष्टि यज्ञ भी करा सकता

है? परन्तु यज्ञ असफल है, लंकेश से अच्छी यज्ञ-विधि आर्यावत में कौन जानता है? कोई नहीं। लंकेश अजेय है, अमर है, फिर दशरथ के वृद्धावस्था में सन्तान हो भी गई तो क्या तब तक रावण जीवित रहेगा? वह अमरत्व उसमें तभी है जबकि वह शीघ्रता में कुंडलिनी जाग्रत कर ले? ब्रह्मा ने यही वरदान में कहा था। अमर तो कोई हो ही नहीं सकता। अमृत बनाने की विधि पर लंकेश का शोध चल रहा है, परिकल्पना चल रही है, किन्तु उसमें अभी सफलता नहीं मिली है।

इसी समय प्रहस्त ने कहा, ''राजन्, आप कुछ चिन्तित दिखाई दे रहे हैं?''

''हाँ, प्रहस्त, इस दशरथ के कारण मुझे कुछ चिन्ता है। इसके वध का अवसर आता है किन्तु रावण का हृदय आर्द्र हो जाता है। मेरा खड्ग नहीं उठता। क्यों नहीं उठता, लंकेश नहीं जानता।''

''राजन्, होनी अटल है। जब तक उसका जीवन है तब तक कौन दशरथ को, मुझको, आपको मार सकता है! यह तो विधाता के हाथ है, आप ही तो कहते हैं।''

रावण का चेहरा खिल उठा, पुनः इस शब्द से प्रसन्न हो गया। विधाता के हाथ है, मैं ही तो कहता हूँ, फिर सोच किस बात का? सोचता हुआ रावण बोला, ''ठीक है, मातंग ऋषि के आश्रम से होते हुए हमारा कटक किष्किन्धा पहुँचेगा, प्रहस्त, यह ध्यान रखना।''

''राजन्, तब तो तट से पोत लगा देना होगा। उस सामने के पर्वत पर से मार्ग गया है जो सीधा पंपापुर तक है।''

''तो चलो प्रहस्त, शीघ्रता करो।''

लंकेश की आज्ञा के साथ ही जलपोत तट पर लग गए। सैन्यदल उतरकर चल पड़ा। लंकेश ने पुष्पक को पोत पर ही रहने दिया। वह पैदल ही चल पड़ा। पहले पंचवटी आया। वहाँ के उपनिवेश का निरीक्षण किया तथा खरदूषण को ऋषियों के यज्ञ में पशुवध रोकने के लिए कठोर कार्रवाई के निर्देश दिए व कहा, ''पशु धन है, इसका वध पाप है। वैदिक यज्ञ में पशु-बलि नहीं है, यह आर्य-संस्कृति में इन्द्र की देन है, इसे नष्ट करना है और विशुद्ध सात्विक यज्ञ का विधान मेरे वेद भाष्य के अनुरूप करने का निर्देश ऋषियों को दो, साथ ही एक बात ध्यान रहे, जनस्थान में मात्र कठोर शब्दों से ही कार्य लिया जाए। किसी ऋषि, मुनि से संघर्ष न किया जाए।'' कहकर रावण आगे बढ़ गया।

संपाति के भाई जटायु की जागीर दंडकारण्य में प्रवेश करते ही मिली। वैनितेय पुत्र जटायु वृद्ध थे, इस कारण लंकेश से मिलने नहीं आ सकते थे परन्तु लंकेश स्वयं ही उनके पास पहुँचा, सादर अभिवादन किया, फिर बोला, ''तात, मैं दशानन लंकापति आपसे निवेदन करता हूँ कि यान-निर्माण में आपकी ईंधन- शक्ति कैसे सूर्य के ताप से नष्ट हुई?''

''ओह, दशानन! तुम्हारा नाम सुना है। सुना क्या है, तुम्हारी विजयों ने तुम्हें महान विजेता घोषित कर दिया है तथा तुम यान-विद्या में अभिरुचि रखते हो, इस कारण मुझे प्रसन्नता हुई तेरे जैसे सम्राट से मिलकर। सुनो लंकेश, यान भ्राता संपाति तथा मैंने मिलकर निर्मित किया था जो पक्षी के आकार का था। इस यान से हमें प्रसिद्धि प्राप्त हुई, परन्तु मेरी हठ के कारण वह यान आकाश में सौर ऊर्जा के अतिशय प्रभाव के कारण बन्द हो गया। उसके कल-पुर्जों ने अनायास कार्य करना बन्द कर दिया, तो वह सागर में गिर गया। हम दोनों भाई बाल-बाल बच गए। उस यान की ईंधन-शक्ति क्यों नष्ट हुई, यह हम आज तक नहीं समझ सके। अब दूसरा बनाएँ तो शरीर कार्य नहीं करता और अर्थ हमारे पास है नहीं।''

"तात, यदि आपकी ज्योति ठीक हो तो रावण लंका से उत्तम यांत्रिकी भेज देगा और अर्थ की पूर्ण व्यवस्था कर देगा।"

"रावण! यान का विज्ञान दो भागों में विभाजित है। उसका आधा ज्ञान मुझे है और आधा मेरे ज्येष्ठ भ्राता संपाति को, इस कारण मैं असमर्थ हूँ और भैया की इन्द्रियाँ भी शिथिल हो गई हैं। अब वे कुछ नहीं कर सकते। अब तो वे अपने स्वयं का भोजन प्रबन्ध करने में भी असमर्थ हैं।"

"कोई बात नहीं तात, रावण आपको भेंट देगा। लंकेश किसी को भूखा नहीं देख सकता। सौ मुद्राएँ रख लो। समाप्त हो जाएँ तो सन्देश भेज देना और मुद्राएँ आ जाएँगी।"

"वैनितेयवंशी दान नहीं लेते, वे स्वयं उद्यमी होते हैं। बिना श्रम के यदि व्यक्ति को भोजन प्राप्त होता रहेगा तो वह आलसी हो जाएगा। उसकी तृष्णा की मृत्यु हो जाएगी तो व्यक्ति का विकास अवरुद्ध हो जाएगा। जो स्वयं परिश्रमी है, वही उन्नति के शिखर को छू सकता है। जो किसी पर आश्रित होकर जीता है, वह तो मुर्दा है सम्राट!" पुनः हँसकर कहा, "लंकेश, यही शब्द मुझसे चक्रवर्ती सम्राट दशरथ ने भी कहे थे, जब उन्होंने शनि पर आक्रमण किया था। तब मैंने उनकी सहायता की थी, तब से वे मेरे अभिन्न सखा हैं, किन्तु जटायु ने उनकी सहायता को भी स्वीकार नहीं किया। परोपकार करने के उपरान्त किसी फल की अभिलाषा की जाए तो वह परोपकार न होकर व्यक्ति का स्वार्थ है और जटायु स्वार्थी नहीं है दशानन!"

"लंकेश प्रसन्न हुआ तात, आपसे अच्छा ज्ञान प्राप्त हुआ। मेरे अनुचर यहीं घूमते रहते हैं क्योंकि यहाँ दंडकारण्य में लंकेश का उपनिवेश है। यदि कोई गम्भीर कार्य पड़े तो पुलस्त्यवंशी को स्मरण कीजिएगा।"

"ठीक है वत्स! तेरी उदारता एवं सम्राट की इस प्रकार की शालीनता उसके उच्चकुलीन और सर्वश्रेष्ठ सम्राट होने का प्रतीक है। मेरा आशीर्वाद है, तेरी यात्रा सफल हो!"

लंकेश दंडवत् कर फिर चल दिया अगस्त्य ऋषि के आश्रम की ओर...। भगवती लोपामुद्रा ने लंकेश का स्वागत किया तथा अपने भाई पुलस्त्य का कुशलक्षेम पूछा। अगस्त्य ने लंकेश को छाती से लगा लिया और कहा, "वत्स, ब्राह्मण कुल में जन्म लेकर सम्राट विरले ही होते हैं। तू 'छत्र' धर्म का पालन योग्यता से करना।"

"तात की आज्ञा का पालन होगा। मैंने सुना है, आपने आधुनिक भुशुंडियों का निर्माण किया है तथा आणविक शक्ति पर भी अनुसंधानरत हैं?"

"प्रयोग है, सफल होने में वर्षों व्यतीत हो जाते हैं। जिन शस्त्रास्त्रों का शोध मैं कर रहा हूँ, वह तुम भी जानते हो। यह बात अलग है कि तुम्हें सम्राट-पद प्राप्त होने से राजकीय चिन्ता के कारण समय न मिलता हो, किन्तु पुलस्त्य कुलभूषण दशानन महान ऋषि है, मेधावी है, वेदज्ञ है। रुद्र का भक्त रावण महान है।"

"यह तो आप सभी के पुण्य का प्रताप है।"

"यह तो तेरा कुल बोल रहा है।"

"तात, मैं एक बात पूछना चाहता था, आपने वातापि तथा इलबल को कैसे मार डाला?"

"वत्स! सम्राट कोई भी हो, वह चारों ओर तो देख नहीं सकता। लंका-सम्राट लंका की घटनाओं पर तभी कोई सुधारात्मक कदम उठाएगा जबकि वैसी कोई घटना घटे। तुम्हारे अनुचर इतनी दूर रहते हैं कि उनके बारे में सम्राट तक जानकारी पहुँचना भी असम्भव और पहुँच भी जाए तो किस-किस अनुचर को राज्य दंड देगा? सम्राट समझेगा, मेरा राज्य ठीक है, प्रजा में

सेवक अत्याचार करें, हत्याएँ करें तो यह शिथिलता तो व्यक्ति की ही है परन्तु छत्र धारण करने से उत्तरदायित्व सम्राट का माना जाता है। वातापि तथा इलबल ऐसे ही दो अनाचारी असुर थे। यद्यपि वे नरमांस भक्षी थे क्योंकि नरमांस यथेष्ट जातियाँ खाती हैं, वह उनके प्रचलन में है, मुझे उसमें कोई विशेष आपत्ति भी न थी; परन्तु दोनों जड़-बुद्धि थे। वे मुझसे उनका यह स्थान रिक्त कराने को कहने लगे। मैंने बहुत समझाया, वे माने ही नहीं, युद्ध को उतारू हो गए, तो मेरे इस भव्य शस्त्र भुशुंडि ने उनका काम तमाम कर दिया।''

''तात, आपने सम्राट को सुन्दर शिक्षा दी। लंकेश के अनुचर यदि राज्य की बिना आज्ञा ऐसा कृत्य करें तो सम्राट का क्या दोष? जनस्थान में कोई घटना घट जाए तो एक सुदूर बैठा हुआ सम्राट तभी तो कुछ करेगा जबकि उसके तथ्य सामने हों और बिना तथ्यों के यदि राज्य अपने सेवकों को दंड देगा तो सेवक स्वामिभक्त नहीं रहेंगे। इस कारण यह तो विडम्बना है। छत्र धारण करने वाले को यश-अपशय दोनों का सामना तो करना ही पड़ता है।''

''तू तो बड़ा निष्णात हो गया है लंकेश! सुना है, तू राजनीति में भी दक्ष है। चल, प्रसन्न रह।''

इसी समय लोपामुद्रा दूध लेकर आई। लंकेश ने घारोष्ण दुग्ध का पान कर कहा, ''अंब, यह बड़ा स्वादिष्ट था। किस गाय का है?''

''श्यामा गाय का है।''

''और कोई कष्ट तो नहीं है अंब?''

''नहीं है। बहुत दिनों बाद आया है। मुझे वर्षों हो गए, कहीं जा नहीं पाती।''

''चलो अंब, कुछ दिन लंका में रह आना। मन्दोदरी आपके चरणों की शुश्रूषा कर धन्य हो जाएगी।''

''वत्स, ऋषि-चरणों में ही आनन्द है। इस वृद्धावस्था में राजसुखों का क्या होगा? तू युवा है, तू ही राजसुख भोग।''

''अच्छा, तात, मैं चलूँगा। दादाजी एवं पिताजी के पास आपका कुशल समाचार पहुँच जाएगा। जब आप अणुशक्ति में सफल हो जाएँ तो मुझे अवश्य सूचित कीजिएगा।''

''अत्रि भी यही प्रयोग कर रहा है। देखते हैं, इस होड़ में कौन कितना सफल होता है!''

''ठीक है तात, यदि आर्थिक सहयोग चाहिए हो तो आज्ञा दें, मैं तत्काल प्रबन्ध किए देता हूँ। क्योंकि कोई भी भौतिकशास्त्री जब तक राजाश्रय द्वारा पोषित नहीं होगा तब तक वह अपने अनुसंधान में सफल कैसे होगा?''

''अर्थ की तो आवश्यकता है लंकेश!''

''तो आज्ञा दीजिए, रावण तो वैज्ञानिकों की परिकल्पना पर ही कटि-कोटि धन न्यौछावर कर सकता है। लंकापति विद्वानों एवं वैज्ञानिकों के लिए कुछ करने को तत्पर है।''

''तो हजार मुद्राएँ वर्तमान में यथेष्ट होंगी।''

''प्रहस्त तात, अगस्त्य को दो सहस्र मुद्राएँ चल-कोष से दे दी जाएँ।'' कहते हुए रावण ने ऋषि तथा भगवती लोपामुद्रा से आशीर्वाद प्राप्त किया और उठकर खड़ा हुआ तो अगस्त्य ने कहा, ''अधुनातम शस्त्र ब्रह्मास्त्र मैंने निर्मित कर लिया है, वह ले जाओ। इसमें आणुविक शक्ति है पुत्र! ब्रह्म एक अणु है, इस कारण इसका नाम ब्रह्मास्त्र रखा है। इसे आड़े समय पर काम में लेना। इस बटन को दबाने से चल जाएगा।''

रावण पुलकित हुआ और ब्रह्मास्त्र प्राप्त कर चल दिया।

थोड़ी दूर पर इन्द्र द्वारा पराजित तथा रक्ष-संस्कृति से विभूषित कबंध एक गुफा में रहता था। उसके दो पत्नियाँ थीं जो उसकी सेवा-शुश्रूषा करती थीं एवं भोजन का प्रबन्ध करती थीं। इन्द्र ने कबंध पर वज्र प्रहार किया जिसके कारण उसकी गर्दन की हड्डी टूट गई थी और ग्रीवा सदैव नीचे वक्ष की ओर लुढ़की हुई रहने से उसका कबंध नाम पड़ गया था। यद्यपि कबंध उपचाररत था तभी वह जीवित भी था। उसका जीवन औषधियों पर निर्भर था और मात्र सनत्कुमार ही शल्य चिकित्सा में दक्ष थे जोकि देवों के मित्र थे, इस कारण कबंध पीड़ादायक कष्टमयी जीवन-यापन कर रहा था।

लंकेश ने गुफा-द्वार पर आवाज लगा दी। कबंध के दो हाथ रूपी दोनों पत्नियाँ बाहर आ गईं। उनमें से जेठी बोली, "कहो अतिथि सम्राट, क्या कार्य है?"

"मैं लंकेश्वर रावण!"

"महाराज रावण? आइए, पधारिए राजन्, आपका स्वागत है!"

रावण प्रहस्त के साथ भीतर पहुँचा। कबंध ने पलकें ऊपर उठाकर आगंतुक की ओर देखा एवं लंकेश को पहचानते ही बोला, "अरे, सम्राट, इस दीन के पास! आश्चर्य है!" फिर पत्नियों को निर्देशित करते हुए कहा, "महाराज का स्वागत करो।"

पाषाण पीठिका पर रावण मृगचर्म पर बैठ गया। दोनों पत्नियाँ पति-निर्देश पाकर शान्त रहीं। रावण भाँप गया कि कबंध के पास कुछ नहीं है। तब उसने कहा, "कबंध, मैंने अभी-अभी मार्ग में विश्राम किया था। इस कारण कुछ लूँगा नहीं। सैन्यदल होने से पाथेय हमारे पास सदैव रहता है। रात्रि को कोई-न-कोई आखेट कर ही लिया जाता है और उससे उदरपूर्ति कर ली जाती है जैसा कि प्रत्येक सम्राट अपने प्रवास के समय करता है। राजकीय व्यवस्था के निरीक्षण हेतु एवं प्रजा के सुख-दुख की जानकारी हेतु मैं इस समय भ्रमण पर हूँ। अधिक समय मैं कहीं भी नहीं दे रहा हूँ, क्योंकि मुझे पंपाधीश के यहाँ कितना समय लगेगा, कहा नहीं जा सकता।"

"फिर भी जल तो ग्रहण करना ही होगा राजन्!"

"अवश्य! परन्तु मैं जानना चाहता हूँ कबंध, कि तुम्हारी सहायता हेतु राजकोष से प्रतिमाह दो सौ स्वर्ण भार का व्यय डाला जाता है और तुम्हारी दीन स्थिति से ऐसा प्रतीत होता है कि तुम्हें वह धन प्राप्त नहीं हो रहा है। स्थिति स्पष्ट करो।"

"राजन्! मुझे इसकी तो जानकारी नहीं है किन्तु लंका कोष से मुझे आज तक कुछ भी प्राप्त नहीं हुआ है। वह तो मैं धर्मपत्नी-रूपी हाथों से उदर-पोषण कर रहा हूँ।"

"वैद्यराज सुषेण ने घूँटी बनाई थी आपके लिए, वह सम्भवतः भेज दी गई है, आपको प्राप्त हुई क्या?"

"हाँ, वह तो प्राप्त हो गई है, उसका सेवन भी कर रहा हूँ, कुछ आराम भी है।"

रावण अपने प्रत्येक उपनिवेश अधिष्ठाता का ध्यान रखता है, फिर भी कबंध को धन नहीं पहुँच रहा? इसका आशय व्यवस्था में भ्रष्टाचार व्याप्त हो रहा है, सम्भवतः राजसेवक उत्कोच भी प्राप्त करते हों! यह तो भयंकर दुर्व्यवस्था है। बहुत बड़ा अपराध है। दंड देना अनिवार्य है! फिर प्रहस्त से पूछा, "यहाँ राशि किसके हस्ते भेजी जाती है, कुछ ज्ञान है?"

"मुझे ज्ञान नहीं है, कौन राशि लाता है।"

"ठीक, इस व्यवस्था में प्रहस्त ऐसा करो, अकम्पन या शुक को भेजा करो। चाकर अर्थ के सम्बन्ध में अविश्वसनीय हो रहे हैं, वर्तमान में दो सौ मुद्राएँ चलकोष से अग्रिम दे दी जाएँ।"

कबंध प्रसन्न हो गया तथा बोला, "लंकेश, वह तो दैहिक ताप है अन्यथा रक्ष-संस्कृति

के लिए कबंध श्वेत द्वीप तक दौड़ जाता। असमर्थ हूँ।''

''आपकी सहानुभूति ही पर्याप्त है। शुभचिन्तकों के शब्द ही लंकेश को यथेष्ट हैं। कार्य के लिए लंका में अभी मनुष्यों की कमी नहीं है...'' रुककर व हँसकर फिर कहा, ''अच्छा, चलता हूँ।'' कहकर सम्राट फिर यात्रा की ओर...।

मातंग किसी शोध-कार्य में व्यस्त थे। वे प्रक्षेपास्त्र तैयार कर रहे थे कि रावण ने शीश झुकाकर अपना परिचय देते हुए प्रणाम किया।

ऋषि प्रसन्न हुए व बोले, ''राजन्, दीर्घकाल पश्चात् भ्रमण पर आए हो। ऋष्यमूक पर्वत पर बड़ी वेधशाला है, वहाँ वानरराज बालि वेधशाला नहीं बनाने देता था। मेरे बटुकों ने उसे एक झड़प में ही शस्त्रबल से पराजित कर दिया। अब ऋष्यमूक पर्वत पर शोध हो रहा है। बालि अधुनातम शस्त्रों के भय तथा बटुकों की बर्र सेना से डरता है, वह इस ओर नहीं आता।''

''मुनिवर, आप जैसे अणु-परमाणु ज्ञाता ऋषियों की सहायता के लिए ही मैं आया हूँ। आप लोग घनघोर जंगलों में आदिवासियों के बीच रह रहे हैं तथा बिना किसी सहायता के मानव समाज पर नूतन अनुसन्धान कर उपकार कर रहे हैं। कोई भी विवेकी सम्राट आप लोगों की खोजों से ऋणी हो जाएगा। कोई इन्हें विध्वंसकारी मानता है, कोई कल्याणकारी मानता है किन्तु भौतिक जगत में भौतिक साधनों से सुसज्जित होना प्रत्येक सम्राट के लिए अनिवार्य आवश्यकता है। तपस्वी उद्धार के लिए हैं और विज्ञान समाज के कल्याण के लिए। इस मानव समुदाय के कल्याण में दशानन आर्थिक सहयोग करना चाहता है। जो आप माँगेंगे, वही दूँगा।''

''तुम तो समर्थ हो क्योंकि हेमवती विद्या के धनी हो। हम इस विद्या को नहीं जानते। प्रत्येक मनुष्य प्रत्येक विषय में पारंगत हो, ऐसा कदापि सम्भव नहीं है, इस कारण समर्थ से लेने में कोई आपत्ति नहीं है। जो सम्राट की इच्छा हो, वह दे दें।''

इस समय शबरी फल लेकर आ गई। रावण ने एक फल उठाया और खाने लगा एवं खाते-खाते ही प्रहस्त से कहा, ''इन ऋषि-मुनियों के हजारों स्थान होते हैं। ये यहाँ कब तक रहेंगे, कोई नहीं कह सकता। अतएव दो सौ मणियाँ ऋषि के श्रम का प्रतिफल तो नहीं हो सकता किन्तु मात्र सहयोगार्थ अर्पित कर दो।''

ऋषि ने मणियाँ शबरी को दे दीं। वह उन्हें लेकर चली गई। फिर मातंग ने कहा, ''ये प्रक्षेपास्त्र अन्य प्रक्षेपास्त्रों से आधुनिक हैं, ले जाओ।''

''धन्य हो मुने!'' रावण गद्गद हुआ, ''अब आज्ञा दीजिए।''

''जाओ, मेरी शुभकामनाएँ, सम्राट, तुम्हारे साथ हैं।''

लंकेश प्रक्षेपास्त्र लेकर फिर चल दिया। सैन्यदल पुनः अग्रसर होने लगा।

अंजनीपर्वत पर सम्राट केसरी के राजप्रासाद के द्वार पर पहुँचकर रावण ने सन्देश भेजा। सम्राट लंकेश वानर (टोटम आदिवासी) सम्राट के दर्शन करना चाहते हैं।''

द्वारपाल ने महाराज केसरी को सन्देश दिया, वैसे ही महारानी अंजनी, पुत्र हनुमान एवं केसरी स्वयं द्वार पर अगवानी हेतु आए एवं रावण को ससम्मान प्रासाद में ले जाकर उच्चासन दिया तथा कहा, ''राजन्, पूर्व सन्देश भेजा होता तो अंजनी राज्य में आपका आज स्वागत किया जाता। अनायास आने से आपका स्वागत करने में केसरी असमर्थ है।''

''कोई बात नहीं नरेश! हृदय से आपने लंकेश को सम्मान दिया, यही यथेष्ट है। मैं ससैन्य हूँ।''

''कहीं आक्रमण की तैयारी है क्या?'' महारानी अंजनी ने विहँसकर पूछा।

"मैं कभी आक्रमण का पूर्ण निर्णय लेकर नहीं चलता। बस, जिसने रक्ष-संस्कृति तथा रावण के क्रिया-कलाप में हस्तक्षेप किया, उसी से युद्ध कर लेता हूँ। मार्ग में जितने सम्राट मिलते हैं, लंकेश उनसे एकाकी, ससैन्य दोनों तरह से मिल लेता है। हाँ, इतना अवश्य है कि दिग्विजय की अभिलाषा अन्य छत्रपों की भाँति मुझे भी है।"

"तो कहीं महाराज केसरी को अधीन करने का विचार तो नहीं है?" पुनः अंजनी ने शंकालु होकर विहँसकर ही पूछा।

"नहीं है, किन्तु मैं अपनी रक्ष-संस्कृति में आपसे सहयोग की कामना अवश्य करूँगा।"

हनुमान महान बुद्धिमान थे तथा अनेक विद्याओं में निष्णात थे। साहसी थे एवं महान योद्धा थे। उन्होंने चुटकी बजाकर पूछा, "लंकेश, तुम्हारा नाम तो मैंने भी सुना है, किन्तु आज दर्शन हुए तो प्रसन्नता भी हुई परन्तु वर्षों पुरानी आर्य-सभ्यता जिसमें आप व आपके पूर्वज लिप्त रहे हैं, उसे भू-मंडल से समूल नष्ट कैसे किया जा सकता है और क्यों किया जाए?"

"आर्य-संस्कृति क्या सदैव अक्षुण्ण रहेगी? क्या इसकी शाखाएँ-प्रशाखाएँ नहीं फैलेंगी? फिर सभी को दिति-अदिति और काश्यप ऋषि की सन्तान कहा गया है परन्तु क्या मनु, इच्छवाकु ने भेदभाव नहीं किया? हम सब भाई-भाई हुए फिर दैव, दानव, नाग, पाणि, शूद्र आदि पर क्षत्रियों का अत्याचार क्यों? वेद शूद्र नहीं पढ़ सकता। क्यों नहीं पढ़ सकता? सभी मनुष्य समान हैं तो देवराज के सिंहासन पर हमारा अधिकार क्यों नहीं? क्या हम नीति में, शस्त्र में, शास्त्र में उससे कम हैं?"

"नहीं हैं; परन्तु वर्ण-व्यवस्था तो ब्राह्मणों की देन है, इसका विभाजन तो ब्राह्मणों ने क्रमानुसार किया है।"

"कर्म करने से क्या मनुष्य अंत्यज हो गया? कल जो काश्यप की सन्तान था, वह क्या आज शूद्र की सन्तान हो गया? कोई बुद्धिमान पुरुष स्वीकार कर सकता है क्या?"

"नहीं लंकेश, यह तो स्वीकार नहीं करेगा।"

"जब नहीं करेगा तो मैं यही तो कर रहा हूँ। मैं सभी को एक ही तो कर रहा हूँ; अर्थात् मानव समुदाय की रक्षा ही तो कर रहा हूँ। मैं तो जारज सन्तानों तक को प्रश्रय दे रहा हूँ। दोष स्त्री या पुरुष का, सन्तान क्यों उसका फल भोगे? आर्य संस्कृति में जारज सन्तान उसकी जाति से तो बहिष्कृत है ही, साथ ही आर्य समाज से भी बहिष्कृत, ऐसा क्यों? बहिष्कार उस व्यभिचारी पुरुष अथवा व्यभिचारिणी स्त्री का क्यों नहीं किया जाता जो वासना के दास होकर इच्छा से या अनिच्छा से बलात्कार करते हैं? बलात्कार किए जाने पर माँ का दोष कहाँ है? नारी तो अबला है। उसे चार व्यक्तियों ने खड्ग दिखाया या हाथों में उठाया और ले भागे तथा कौमार्य भंग कर दिया या कुलवधू का सतीत्व नष्ट कर दिया तो अपराधियों को समाज ने क्या दंड दिया? छत्र ने क्या दंड दिया?"

हनुमान सोचकर बोले, "बात तो लाख टके की है सम्राट!"

"तो इन सभी कुरीतियों को समाप्त कर देवों (आर्यों) के नरसंहारकारी अश्वमेध यज्ञों एवं पशु-वध वाले यज्ञों के स्थान पर शुद्ध सात्त्विक यज्ञों को प्रचलित करना है। इन्द्र किसी का भी हरण कर लेता है। किसी से भी रतिदान माँग लेता है। क्या यह अच्छी बात है? यदि सम्राट ही ऐसा करेगा या सम्राट की जयंत जैसी विलासी सन्तानें चाहे जिसके रूप पर मुग्ध होकर पापाचार करेंगी तो क्या हम जैसे बुद्धिमान आँखों पर पट्टी बाँधकर बैठे रहेंगे? परशुराम ने ठीक किया। उसने सही अर्थ में क्षत्रियों को दंडित किया परन्तु दशरथ के यहाँ से क्षत्रियों

की कूटचाल में काश्यप ऋषि आ गया। उसने भार्गव से राज्य प्राप्त कर लिया और पुनः क्षत्रियों को ही लौटा दिया।''

अंजनी रावण की बातों से सकपका गई। उसकी माँ अहल्या के साथ भी यही घटना अंजनी के ही समक्ष घटी है तथा अंजनी-पुत्र हनुमान मारुत (वायु) के भी पुत्र हैं। लंकेश यदि एकता के सिद्धान्त का अनुयायी है तो यह उसका महान कार्य है। परन्तु देवराज तथा लोकपाल इसकी रक्ष-संस्कृति को फलने-फूलने नहीं देंगे।

कुछ देर बाद अंजनी बोली, ''लक्ष्य तो ठीक है, परन्तु अभी तक तुमने कितने अंत्यजों, शूद्रों से बेटी-ब्याह किए?''

''रावण यह कार्य शीघ्र स्वयं पूर्ण करेगा। वह हनुजाति (आदिवासी) से भी इस प्रकार के सम्बन्ध स्थापित करेगा।''

तभी केसरी बोले, ''तो बढ़ा हाथ, केसरी तुझसे मित्रता करता है।''

रावण ऐसे शुभ अवसर को हाथ से छोड़नेवाला नहीं था। उसने तत्काल ही मित्रता कर ली और कहा, ''मैं यह भी वचन देता हूँ कि यदि हनुसम्राट केसरी पर कोई आक्रमण करेगा तो वह ससैन्य केसरी के शत्रु के सामना करेगा।''

''तो केसरी भी यह वचन देता है कि मारुत (वायु) तथा वानरराज बालि को छोड़कर शेष सभी के साथ चाहे वह वरुण, इन्द्र, यम ही क्यों न हों, केसरी लंकेश के साथ ससैन्य समरांगण में जाएगा।''

फिर दोनों गले मिले। फिर रावण का आतिथ्य हुआ और लंकेश ने कहा, ''हनु महाराज केसरी, लंकेश मारुत से और भेंट करना चाहते हैं।''

''जाओ सम्राट, पुत्र हनुमान तुम्हारे साथ जाएगा और मारुत (वायु) जो कि इसके तात भी हैं, उनसे भेंट कराएगा। सेना यहीं रहने दो।''

लंकेश ने विदा ली। हनुमान ने गदा को कन्धे पर रखा और चल दिए।

मार्ग में लंकेश तथा हनुमान की विद्वत्तापूर्ण चर्चा हुई। हनुमान ने अपनी समूची विद्याओं का बखान किया। रावण अपनी दोनों खेचर विद्या (आकाशगामी) में निपुण, योग में पारंगत पाकर आश्चर्यचकित हुआ। तब रावण ने ही पूछा, ''हनुमान, तुम्हें इतनी विद्याएँ किस गुरु ने सिखाईं?''

''तात, मारुत ने। और तुम्हें?''

''महादेव ने। भार्गव परशुराम ने।''

''ओह, तभी मैं सोचूँ कि इतना गुणवान सम्राट तो क्षत्रियों में भी कोई नहीं है।''

''ठीक सोचा।''

''वह देखो, सामने ही तात का प्रासाद दिख रहा है। अब हम शीघ्र ही पहुँचनेवाले हैं।''

''मारुत, महारानी क्या देवी अंजनी जैसी ही निष्णात हैं?''

''नहीं, उनका दाम्पत्य जीवन कष्टमय है, इस कारण चिड़चिड़ी-सी रहती हैं अंब! परन्तु मुझसे बड़ा स्नेह करती हैं, बिल्कुल सगी माँ जैसा।''

''अच्छा, दाम्पत्य जीवन में किस बात की कमी है?''

''मुझे कहने में संकोच है क्योंकि आप वय में बड़े हैं न, इसलिए।''

''नहीं, कहो, पूर्ण वय का पुत्र भी मित्र के समान मानना चाहिए।''

''अंब को स्त्री-सुख नहीं है। तात अस्तित्ववादी विचार के हैं, उन्हें माँ से वितृष्णा है, और

क्यों, यह कोई नहीं जानता।''

''अंब कुरूप तो नहीं हैं?''

''नहीं, अभी भी सुन्दर प्रतीत होती हैं।''

''तो मारुत की ही भूल है।''

''क्या पता! इस विषय पर सम्भवतः अंब अंजनि एवं तात केसरी ने भी तात मारुत को निवेदन किया, परन्तु उन्होंने इस कान सुना, उस कान निकाल दिया।''

पुनः हनुमान बोले, ''लो, आ गए लंकेश्वर।''

हनुमान सीधे राजप्रासाद में घुस गए। उन्हें द्वारपालों ने प्रणाम किया एवं बेरोकटोक जाने दिया। मारुत वैसे ही लेटे हुए थे। भाव-विह्वल होकर बोले, ''आ वत्स, बहुत दिनों में आया। साथ में ये मुकुटधारी सम्राट कौन हैं?''

हनुमान ने परिचय दिया, ''लंकेश दशानन...रावण...दशग्रीवा...!''

''ओह, आ भणे, सम्मान है तेरा मारुत नगर में।''

रावण आसन पर बैठ गया, तब मारुत ने कहा, ''सम्राट की इस ओर यात्रा का कोई प्रयोजन?''

''निरुद्देश्य तो कोई प्रवास करता नहीं।''

''यह तो मारुत जानता है, फिर भी औपचारिकता में पूछना तो अनिवार्य है।''

''वह तो यथार्थ है। कभी-कभी निरुद्देश्य यात्रा भी मनुष्य करने लगता है।''

''यह तो उस समय की बात है नृप, जबकि मानव समुदाय कबीलों में रहता था। सत्ता का स्वरूप नहीं था। भोजन मात्र ही उसकी खोज थी और प्रवास ही उसका जीवन था। स्त्री क्रीड़ा की सामग्री थी। वह किसी से भी सहवास करती थी। माँ तथा भगिनी में भी भेद नहीं समझा जाता था और छोटी बातों पर झगड़ा हो जाया करता था तथा एक कबीला दूसरे पर आक्रमण किया करता था। तब और आज में कितना अन्तर है, सत्ता का स्वामी है, राज्य के दंड-विधान हैं, मानव बुद्धिजीवी है, विज्ञानी है। उस समय तो निरुद्देश्य यात्रा को सार्थक्य की श्रेणी में रखा जा सकता है परन्तु आज के भौतिकवादी, साम्राज्यवादी, प्रतिस्पर्धावादी युग में एक सम्राट की यात्रा, वह भी लंकापति की, निरुद्देश्य हो यह समझ से परे है?''

''प्रयोजन तो मेरा आपने सुना भी होगा।''

''हाँ, रक्ष-संस्कृति और राक्षसेंद्र की उपाधि के अतिरिक्त रावण कुछ नहीं चाहता, यह सुना है।''

''रावण का जीवन तो द्यूतक्रीड़ा के समान है क्योंकि द्यूत पौरुषप्रधान क्रीड़ा है। इसे वीर तथा ओजस्वी पुरुष ही खेल सकते हैं, कायर नहीं। पाँसों पर ध्यान केन्द्रित होने से एकाग्रता बढ़ती है। साहस बढ़ता है। उसे हारने या जीतने पर न हर्ष होता है, न विषाद। साथ ही वह दृढ़ निश्चयी भी हो जाता है कि वह तो जीतेगा ही, भले ही पराजित हो, किन्तु उसे हर खिलाड़ी अपने दाँव को सफल ही समझता है। इसी प्रकार लंकेश भी एक सफल द्यूत-क्रीड़ज्ञ है।''

''वाह...वाह...क्या व्याख्या है आपकी! मन प्रसन्न हो गया। मारुत ने ऐसा नवीन राजनीतिक विचार नहीं सुना। इसी कारण सम्भवतः तुम्हारी युद्ध में विजय भी होती है तथा इसीलिए स्वाभिमानी भी हो क्योंकि राजपद भी कायरों का कार्य नहीं है। यह सत्ता भी पौरुषप्रधान व्यक्ति के ही योग्य है। कहो...लंकेश, अपना अभीष्ट कहो?''

''लंकेश रक्ष-संस्कृति का प्रचार एवं आपको इस धर्म में दीक्षित करना चाहता है।''

''यह नहीं होगा रावण!''

"मारुत, आपको यह तो करना ही होगा। लंकेश अपने पड़ोसी राज्यों को या तो अधीन करेगा या मित्र बनाएगा?"

मारुत गम्भीर हो गए। वे लंकेश की अधीनता स्वीकार नहीं कर सकते और देवराज तो उन्हें सम्मान देता ही है, सार्वभौम सम्राट है। अभी लंकेश है भी क्या? दृढ़ निश्चयी हो सकता है परन्तु सफलता के लिए तो अभी बहुत पापड़ बेलने हैं। कार्तवीर्य से दशानन पराजित ही हुआ है और फिर जिस गुट का बोलबाला है, उसी में रहना चाहिए। देवराज के सभी राष्ट्र मित्र हैं। लंकेश अभी उसकी तुलना में कुछ भी नहीं। सहसा उनके मुख से निकल गया, "असम्भव।"

"नहीं, सम्भव!" रावण ने कहा।

"कैसे?"

"इस चमचमाते खड्ग से।"

"तो क्या युद्ध के बल पर मारुत को झुकाना चाहता है?"

"हाँ, प्रयास है। डर क्या है?"

"तो मारुत तैयार है।"

"रावण भी तैयार है।"

"......"

"ससैन्य या एकाकी?"

"जैसा लंकेश चाहे।"

"एकाकी होने दो मारुत।"

"तो चल, बाहर राजमहालय की वाटिका में होगा।"

"चलो...।"

हनुमान की विचित्र दशा थी। अभी-अभी तो रावण सुन्दर बातें कर रहा था और पल-भर में ही युद्ध को तैयार हो गया, जैसे युद्ध कोई खाद्यसामग्री हो! तात मारुत वृद्ध हैं, ऐसा न हो, रावण जयी हो जाए। हनुमान को तो तात के साथ लड़ना ही होगा परन्तु एकाकी समर में हनुमान कैसे हिस्सा ले सकते हैं? यह तो नियम-विरुद्ध है। फिर भी युद्ध होने दें, तब सोचेंगे।

वाटिका में मारुत तथा लंकेश के खड्ग टकराने लगे। उनमें से विद्युत झरने लगी। और कभी मारुत पीछे हटते तो कभी लंकेश। दोनों ही महान योद्धा। असिसंचालन में निष्णात। जूझते रहे। किन्तु अनायास ही रावण का खड्ग छूटकर गिर गया तो मारुत ने खड्ग फेंककर मल्लयुद्ध के लिए ललकारा। रावण मल्लयुद्ध करने लगा और कुछ क्षण में मारुत चारों खाने चित हो गए। रावण छलाँग लगाकर मारुत की छाती पर बैठकर मुष्टिका प्रहार करने लगा।

हनुमान अपने तात की पराजय कब तक देखते! उन्होंने लंकेश को खबरदार कर दिया और मल्लयुद्ध के लिए ललकार दिया। रावण तैयार हो गया। हनुमान एवं रावण दोनों अपने-अपने दाँव चलाने लगे। एक पहर हो गया, कोई किसी को पराजित ही न कर सका तो मारुत ने दोनों को रोककर कहा, "मैं समझ गया रावण, तू वीर है। आ, मित्रता करते हैं एवं परस्पर अनाक्रमण संधि करते हैं। मारुत के राज्य से तेरा कटक बेरोकटोक अन्य सीमाई प्रदेशों की ओर जाएगा तथा सहायता माँगने पर मारुत तेरे साथ समर को जाएगा। तू महान योद्धा है लंकेश! योद्धा वीर से मित्रता करना ही श्रेष्ठ होता है क्योंकि पुरुषार्थी ही सहायता करने में समर्थ होता है, अकर्मण्य नहीं।"

"मैंने पूर्व में ही निवेदन किया था नृप, किन्तु आपने स्वीकार ही नहीं किया तो विवश

होकर रावण को यह खड्ग उठाना पड़ा। मित्रता के साथ-साथ रावण हनुमान के भी अतुलित बल से प्रभावित है। इसके हाथों की पकड़ इतनी मजबूत है कि उँगलियों की हड्डियाँ चरमराने लगती हैं। ऐसे वीर को तो सेनापति-पद पर अभिषिक्त किया जाना चाहिए?''

''लंकेश, हनुमान सम्राट बालि का सेनापति ही था, परन्तु सुग्रीव से इसकी मित्रता घनिष्ठ होने से हनुमान ने सुग्रीव का साथ देते हुए सेनापति का पद त्याग दिया। हनुमान और सुग्रीव दोनों ही सखा हैं यद्यपि हनुमान वय में सुग्रीव से छोटे हैं फिर भी दोनों में युवराज एवं सेनापति का सम्बन्ध न होकर मैत्री का ही था। अब सुग्रीव बालि के भय के कारण ऋष्यमूक पर्वत पर रहता है, वहीं उसकी कुटिया है तथा वह ऋषि की सेवा करता है। उसे विश्व के भूगोल, भू-गर्भ का जितना अच्छा ज्ञान है, उससे अच्छा किसी को नहीं।''

''हनुमान सेनापति-पद लेना चाहें तो मैं उन्हें लंका में सुरक्षित कर सकता हूँ।''

हनुमान ने कहा, ''जिस पद को हनुमान त्याग चुके, उसी को ग्रहण करे, ऐसा तो कभी किया ही नहीं है। हनुमान तो मात्र सुग्रीव की आज्ञा का पालक है, अन्य किसी का नहीं हो सकता। हनुमान इस प्रस्ताव से असहमत है।''

''अच्छा, तो मैं एक नया प्रस्ताव तात मारुत आपके समक्ष रखता हूँ, अभी तक हनु-जाति (आदिवासी) से किसी उच्चकुल ने विवाह का द्वार नहीं खोला है। लंकेश अपनी भगिनी शूर्पणखा की पुत्री अनंगकुसुमा से हनुमान का विवाह करना चाहता है?''

मारुत प्रफुल्ल होकर बोले, ''इस पर तो केसरी, अंजनि और मैं बिल्कुल सहमत हैं। हमारे सम्बन्धों में प्रगाढ़ता आ जाएगी। एकसाथ पुलस्त्यकुल एवं कालिकेयों से सुदृढ़ राजनयिक सम्बन्ध हो जाने से हनु जाति का उत्थान ही होगा। मारुत प्रसन्न है।''

''तो बात पक्की है तात?''

''हाँ, पक्की।''

''तो रावण विवाह की तैयारी करे और अपनी भगिनी को सूचित करे?''

''आश्वस्त होकर।''

''अच्छा, तात, तो अब लंकेश चलता है। अभी बालि से और चर्चा करना शेष है।''

''तो जाओ, अपने अभियान में विधाता तुम्हें सफलता प्रदान करे।''

लंकेश पुनः मार्ग में। सैन्यदल फिर पीछे-पीछे और आ गया किष्किन्धा सम्राट बालि की राज्यसीमा में।

लंकेश तथा प्रहस्त बालि के यहाँ पहुँच गए। बालि का दरबार लगा हुआ था। वह लंका की ही राजनीति पर विचार कर रहा था कि द्वारपाल ने समाचार दिया, ''महाराज लंकाधीश रावण पधारे हैं!''

''रावण और किष्किन्धा में? कहीं अपने साले दुन्दुभि का प्रतिशोध तो लेने नहीं आया?''

मंत्री जाम्बवन्त बोला, ''राजन्, अनायास ही कोई निर्णय नहीं लेना चाहिए। बिना सोचे-विचारे लिया गया निर्णय उचित नहीं होता है। लंकेश मेधावी सम्राट है। पहले हमें उसका सम्मान कर उसे आतिथ्य प्रदान करना चाहिए?''

नल तथा नील ने भी इसका समर्थन किया और बालि ने ससम्मान लंकेश को राज्यसभा में बुलाने हेतु जाम्बवन्त जैसे कुशल मंत्री को भेजा।

जाम्बवन्त ने लंकाधीश को प्रणाम किया व कहा, ''राजन्, किष्किन्धा में आपका स्वागत है!''

रावण को सभा में उच्चासन दिया गया। वानर-सम्राट बालि ने लंकेश से पूछा, ''लंका में सब कुशल तो हैं?''

''जी हाँ, आपकी कृपा से सब कुशल हैं।''

''क्या सम्राट उपनिवेशों में निरीक्षण हेतु प्रवास पर हैं या दिग्विजय की उत्कट लालसा से पधारे हैं?''

''दोनों ही कार्य हैं।''

''तो बालि से क्या काम है?''

''वानरराज, आपसे लंकेश्वर का निवेदन है कि उसके उपनिवेशों में कार्यरत चाकरों का वध मत कीजिए। आपने दुंदुभी को अकारण मारा। मैंने विरोधसन्देश भेजा तो आप चुप्पी साध गए?''

''आपके उपनिवेश के चाकर अनियंत्रित हैं। वे वानर-रमणियों का अपहरण दिन-दहाड़े कर ले जाते हैं। राहगीरों को लूट लेते हैं और सबसे घिनौना कृत्य वे यह करते हैं कि स्त्रियों के साथ बलात्कार करने के उपरान्त उनके गुप्तांग काट देते हैं। उन्नत उरोज जो कि नारी की सुन्दरता है, उन्हें काट देते हैं या फिर वध ही कर देते हैं। एक सम्राट के राज्य में ऐसी घटनाएँ प्रतिदिन घटें तो क्या प्रजा राजा को दोषी नहीं ठहराएगी? दुंदुभि ऐसा ही दुष्ट प्रवृत्ति का व्यक्ति था। मैंने उसका वध कर दिया तो कौन-सा पाप किया?''

''किन्तु लंकेश को तो सूचना यह दी गई के आपने लंकेश्वर के अभियान में हस्तक्षेप करते हुए दुंदुभि का वध कर दिया।''

बालि खूब हँसा, फिर बोला, ''अनुचरों की बात विश्वसनीय नहीं रह गई है। मेरी सभा की बात भी मत मानो, प्रजा से पूछो, इसमें सभी जातियाँ हैं, अकेली वानर जाति ही तो प्रजा नहीं है? दानव, दैत्य, नाग, गरुड़—सभी हैं। आप अपने ही दानवों या ब्राह्मणों से पूछो, दुंदुभि के उत्पातों की गाथा किष्किन्धा के हर घर में सुनने को मिल जाएगी।''

''रावण ने अपने किसी भी सैनिक उपनिवेश के अधिष्ठाता को ऐसे निर्देश नहीं दिए। आपकी बात पर विश्वास व्यक्त करते हुए आपको भी विश्वास दिलाता हूँ कि कोई भी सम्राट ऐसी प्रजा-संहारिणी आज्ञाएँ नहीं दे सकता। हाँ, युद्ध के विजयोल्लास में अवश्य ही इस प्रकार की घटनाएँ घटती हैं। सेना लूटपाट करती है, किन्तु लंकेश्वर ने अपनी किसी भी विजय में ऐसा नहीं होने दिया। लड़ाई दो सम्राटों की होती है, अपनी संप्रभुता के लिए, अपने राज्य के विस्तार के लिए और जो भी सम्राट है, उसके नाम तथा यश के लिए।''

''आप ठीक कहते हैं। यद्यपि दुंदुभि के वध का मुझे भी पश्चात्ताप मात्र इसलिए हुआ कि वह आपका साला था किन्तु दुष्ट प्रकृति के मनुष्य को दंड देना भी आवश्यक था। मैं उसे कारापंजर में ही डाल देता परन्तु उस मायावी ने अन्तिम साँस तक युद्ध किया तो मरता ही।''

''आपकी सुन्दर भावनाओं का लंकेश्वर सम्मान करते हुए निवेदन करता है कि आप-हम पड़ोसी देश हैं। आपका भी विशाल साम्राज्य है। हम-आप एक होकर रहेंगे तो कोई भी आर्य सम्राट हम पर आक्रमण करेगा तो हम परस्पर एक-दूसरे की सहायता करेंगे। हमारे-आपके साम्राज्यों का पतन ही क्षत्रिय सम्राट चाहते हैं किन्तु अभी तक तो विंध्य का विशाल सम्राज्य इनका रास्ता रोके था। अब अगस्त्य ने दक्षिण तक का पथ प्रशस्त कर दिया है। उनके साथ सम्राट भी है। यद्यपि अगस्त्य से हमारा-आपका कोई अप्रिय नहीं होगा परन्तु क्षत्रिय सम्राट तो सत्ता हथियाने का प्रयास ही करेंगे। इस कारण इन बाहरी शक्तियों से बचने के लिए

हमें-आपको एक हो जाना चाहिए।''

''बात आपकी स्वीकार योग्य है किन्तु 'रक्ष-संस्कृति' एक धर्मसंकट है?''

''क्यों, आप तो आर्य-संस्कृति के उपेक्षित ही हैं। आपकी जाति का उच्चकुल में सम्मान ही नहीं है; बल्कि अत्यंजों की श्रेणी में आते हैं। आप अवश्य सम्राट है तो मात्र आपको सम्मान दो कारणों से प्राप्त होता है—एक तो आप इन्द्र-पुत्र हैं किन्तु क्या इससे वानर जाति को उतना सम्मान प्राप्त है? क्या ऋक्षराज की पुत्री श्रीप्रभा से कोई सम्राट विवाह कर सकता है? आपकी वह भगिनी तुल्य है और आप सम्राट हैं, क्या आप नहीं चाहेंगे कि किसी बड़े कुल से उसका सम्बन्ध हो? यह व्यवस्था मात्र रक्ष-संस्कृति में है, यक्ष में नहीं। मनु के सिद्धान्त के अनुयायी वैसे तो आप-हम सभी हैं परन्तु जातिवाद में संकीर्ण विचारधारा ने समाज में कुष्ठ रोग उत्पन्न कर दिया है जिसमें क्षत्रिय, सूर्यवंशी, चन्द्रवंशी क्या आपको दास से अधिक समझते हैं? क्या आपको किसी स्वयंवर के लिए निमंत्रित किया गया है? उत्तर होगा, नहीं!''

''लंकेश, आप कहते तो ठीक हैं, परन्तु आपका इन्द्र से विरोध है और वे मेरे तात हैं। वैसे आप सब कुछ जानते हैं, मैं गौतम-पुत्र हूँ। परन्तु वर्णशंकर होने से मुझे भी अनुताप ही प्राप्त हुआ। बाल्यावस्था में जब बटुकों को मेरे बारे में जानकारी मिली तो गुरुकुल में ही हम दोनों भाइयों पर व्यंग्य कसे गए। समाज ने हमें कोई सम्मान नहीं दिया। पिता ने परित्याग कर दिया। इस प्रकार हम ठुकराए हुए भाइयों को बड़ी ग्लानि के बीच से जीवन-यापन करना पड़ा है और इन्द्र तथा भगिनी अंजनी के कारण ही हम आज इस स्थिति में आ सके हैं। इस कारण इन्द्र-विरोधी मैं नहीं कहलाना चाहता।'' रुककर पुनः कहा, ''लंकेश, यद्यपि सत्ता पिता, पुत्र, भाई तक में बैर कराने वाली रूपवती स्त्री से भी अधिक कमनीय वस्तु है। जैसे स्त्री, भूमि के पीछे संघर्ष होता है, खड्ग खिंच जाता है, वैसे ही सत्ता के लिए सेनाएँ सन्नद्ध हो जाती हैं। फिर भी वानरराज पिता से द्रोह नहीं कर सकता?''

''और लंकेश का तो उद्देश्य ही इन्द्र से प्रतिशोध लेना है। वानरराज, क्या आपकी माता अहल्या का शीलभंग देवराज ने नहीं किया? क्या आप समाज में जारज सन्तान के नाम से नहीं जाने जाते हैं?''

रावण ने इतना कहा ही था कि बालि क्रोधित होकर बोला, ''लंकेश, मैं माँ के बारे में एक भी शब्द नहीं सुन सकता। भरी सभा में यह बालि का अपमान है। मैं मातृभक्त हूँ। जा, चला जा, अन्यथा जीवित नहीं छोड़ूँगा।''

रावण धैर्यवान था। वह धीमे-धीमे क्रोधित हुआ, फिर गरजा, ''सच है, वानरराज में बुद्धि नहीं है। वह विदेशनीति समझता ही नहीं है तो लंकेश ऐसे सम्राट को किष्किन्धा के सिंहासन पर नहीं रहने देगा। कल प्रातःकाल युद्ध होगा। अपनी तैयारी करो वानरराज!'' कहते हुए रावण आवेश में उठा और द्रुतगति से चल दिया।

बालि ने ललकारकर कहा, ''प्रातःकाल मेरा यह गदा, जिसने दुंदुभि को मारा है, उसी से कल तेरा भी सिर कुचल दिया जाएगा।''

रावण के कान में भनक पड़ी किन्तु वह चलता ही गया, उसके पाँव रुके नहीं और सीधा सैन्य शिविर में आकर बैठा। क्रोध के कारण को पसीना आ गया था, फिर प्रहस्त को आज्ञा दी, ''सेना सजाओ, वानर मूर्ख है। उसे समरांगण में सबक सिखाया जाएगा।''

प्रातःकाल ही दोनों ओर की सेनाएँ मैदान में खड़ी हो गईं। बालि की सेना में द्वन्द्वयुद्ध करने की नीति के पोषक अधिक थे क्योंकि वानरराज आधुनिक शस्त्रों से सज्जित नहीं था,

किन्तु वानरों में जातिवाद इतना कूट-कूटकर भरा था कि वे किष्किन्धा के लिए अपने प्राण उत्सर्ग करने में पीछे नहीं हटते थे। दूसरे शब्दों में सत्ता के स्थान पर जातिवादी विचारधारा के कारण वानर (टोटम) एक सूत्र में बँधे थे और इस कारण वे भयंकर संग्राम करते थे।

रावण की सेना धनुषबाण, खड्ग तथा भुशुंडि सैनिकों सहित व्यूह बनाकर खड़ी हो गई। दस धनुषांतर पर लंकेश्वर एवं वानरराज बालि का सामना हुआ। दोनों के रथ आमने-सामने हुए। बालि ने गम्भीर गर्जना कर कहा, "राक्षसराज, आज तुम्हें छठी का दूध वानर-सेना स्मरण कराएगी।"

रावण ने अट्टहास किया, फिर क्रोधित होकर गरजा व कहा, "देखते हैं, कौन किसे क्या करता है! जारज कायर होते हैं। आज यह विद्याधर तुझे मजा चखाएगा।"

बालि आगबबूला हो गया और उसने आज्ञा दी, "लंकपति किष्किन्धा में ही पराजित हो। युद्ध होने दो।"

जाम्बवन्त, नल, नील टूट पड़े लंकापति की सेना पर।

दोनों ओर से दुर्धर्ष संग्राम प्रारम्भ हो गया। गदाओं की मार से लंका की सेना व्याकुल होने लगी। वानरसेना छलाँग लगाकर वार करती और सीधी मस्तक पर चोट करती और एक ही गदा के वार में लंका का सैनिक चीत्कार करता हुआ सदैव के लिए सो जाता। ऐसा युद्ध करने की शैली लंका की सेना नहीं जानती थी। उसके पैर उखड़ गए और भगदड़ मच गई...।

और रावण, प्रहस्त, अकम्पन एकाकी खड़े रह गए। तब रावण से बालि बोला, "कोई बात नहीं लंकेश, सेना को भाग जाने दो। अब मेरा-तुम्हारा द्वन्द्वयुद्ध होगा। यदि मैं हार जाऊँगा तो भी तुम्हारी जय स्वीकार की जाएगी।"

लंकेश तत्काल तैयार हो गया। बालि एवं लंकेश ने लंगोट कस लिए। दोनों चौड़ी छाती के वीर दो हृदय-पुष्ट पहलवानों की भाँति आमने-सामने खड़े हुए और दोनों में घूँसा, लात आदि की लड़ाई प्रारम्भ हो गई। दोनों को एक-दूसरे उठाकर पटकते और लात का ऐसा प्रहार करते कि सात-सात, आठ-आठ धनुष की दूरी पर दोनों गिरते।

अन्ततः बालि ने रावण की छाती पर एक घूँसा जड़ा और रावण कराहकर लेटा तो फिर उठा ही नहीं, तभी बालि ने आदेश दिया, "इसे कैद कर लो...!"

17

बालि लंकेश की भुजाएँ बाँधकर उसे राजप्रासाद में ले आया तथा तारा व सभा के समक्ष खड़ा कर दिया। रावण ने वैद्यराज सुषेण की पुत्री रूमा को देखा एवं पहचानकर बोला, "भगिनी, तू कुशल से तो है न?"

रूमा तारा के सामने क्या कहे। यदि बालि के बारे में कुछ कहती है तो तारा पूरा संवाद बालि से कह देगी। फिर बालि उसे प्रताड़ित ही नहीं करेगा बल्कि और पीटेगा। उसकी पीठ पर कशाघात करेगा और नस-नस तोड़ देगा। कुछ सोचकर उसने कहा, "कोई भी स्त्री बिना पति-सान्निध्य के कुशल कैसे रह सकती है भ्रातर?"

रावण का माथा ठनका। वह समझ गया कि रूमा का जीवन कष्टप्रद है। बालि ने अनुज वधू को उपपत्नी बना लिया है, यह तो सभी को पता है, परन्तु बालि एक अबला को कष्ट

पहुँचाता है, यह रावण को असहनीय है। वानर (टोटम) जाति में भ्राता-वधू से विवाह का प्रचलन है। उनके समाज में इसकी मान्यता है तो प्रथागत नियम होने से लंकेश का इससे कोई विरोध नहीं। विरोध है तो मात्र स्त्री-जाति पर अकारण हाथ उठाने से। जब समाज में वामांग को सिंहासन पर बिठाने तक का अधिकार दिया है, वह रणक्षेत्र में जाती है तो बालि तारा के समान ही रूमा से व्यवहार क्यों नहीं करता? वह गम्भीर होकर बालि से बोला, ''वानरराज, रूमा कष्टमय प्रतीत होती है। इसे सम्मान क्यों नहीं देते?''

''हूँ...स्त्री तो दासी ही होती है, उसे पगतल में विराजना चाहिए। मैं स्त्री को सिर पर चढ़ाना नहीं चाहता।''

रावण बालि के शब्द सुनकर आश्चर्य में पड़ गया। बालि यथार्थ में ही सम्राट जैसी बुद्धि नहीं रखता, किन्तु इसको दंडित भी कौन करे? इसके कंठ की माला रावण तोड़कर फेंक देता परन्तु वानर यूथपति लड़ाकू है। उन्हें पराजित करने में वर्तमान में रावण समर्थ नहीं है। फिर भी कहा, ''राजन्, स्त्री समाज की निर्मात्री है। मातृ-सत्तात्मक परिवार में उसने राज्य-संचालन तक किया है। उसे हेय दृष्टि से देखना पाप है?''

बालि ने अट्टहास किया, फिर कहा, ''मेरा कैदी मुझे ही सीख दे रहा है! मैं चाहूँ तो अभी तेरा वध कर दूँ। अपराधी को अपनी सीमा में ही बात करनी चाहिए। वह तो मैं तुम्हें महान सम्राट मानकर अन्तःपुर में लाया हूँ। कुछ तुमसे सीखना भी चाहता हूँ क्योंकि तुम परम विद्वान हो। ऐसे विद्वान का बालि वध नहीं करेगा क्योंकि प्रतिभा प्रत्येक मनुष्य के पास नहीं होती, यह तो दैवीय देन है और इस दैवीय देन को बालि नष्ट नहीं करना चाहता, वह उसका सदुपयोग करना चाहता है।'' फिर कहा, ''बन्धनमुक्त कर दो परिचारक! यह अन्तःपुर में ही बालि के साथ रहेगा।''

रावण ऐसे व्यवहार से प्रसन्न हो गया। वह तो कारापंजर में जाने की सोच रहा था। उसे तो कालकोठरी या अंधकूप ही यहाँ प्राप्त होता, परन्तु बालि सद्-व्यवहार कर रहा है! लंकेश की विद्वत्ता का सम्मान कर रहा है, वह अवश्य ही कुछ-न-कुछ लंकेश से चाहता है।

रावण बन्धनमुक्त हो गया तो बालि ने एक पीठिका पर लंकेश को बैठने का निर्देश दिया तथा तारा और रूमा को बाहर जाने का और रावण के भोजन हेतु सभी प्रकार की भोज्य-सामग्री तैयार कराने की आज्ञा दी।

दोनों जब शान्तिपूर्वक बैठ गए तब बालि बोला, ''लंकेश, तुम महाविज्ञानी हो, मेरे राज्य में भी नल-नील, जाम्बवन्त जैसे योद्धा ही नहीं अपितु मेधावी पुरुष हैं किन्तु हमारे यहाँ उन्हें प्रशिक्षण कौन दे, इसकी कमी है। लंकेश, तुम उन्हें कुछ विद्याएँ सिखाओ?''

''लंकेश तो यही चाहता है, वह किसी भी विद्या को गौण नहीं होने देना चाहता। यह तो देवों, क्षत्रियों की नीति है कि वे जो खोज कर लेते हैं, उसे दूसरों को नहीं बताते। मैंने देवाधिदेव की वर्षों चरण-वन्दना की है, साधना की है, तब कहीं यथेष्ट ज्ञान प्राप्त कर पाया हूँ। यदि तुम्हारे यहाँ ऐसे लगनशील बुद्धिमान मनुष्य हैं तो मैं उन्हें विद्या दान दूँगा।''

इसी समय बालि की भगिनी ऋक्षराज की पुत्री श्रीप्रभा स्वर्णथाल में पाथेय लेकर आ गई। रावण ने श्रीप्रभा को और श्रीप्रभा ने लंकेश को देखा। दोनों के चार नेत्र अनायास हो गए। श्रीप्रभा के अधरों पर लास्य आ गया। उसने स्वर्णथाल स्फटिक की पीठिका पर रख दिया तथा फिर स्वतः ही पीठ फेरकर चली गई। श्रीप्रभा की पीठ पर पाँच चोटी लटकी हुई थीं। वह उस गजगामिनी की अल्हड़ चाल को देखता रहा। तभी बालि बोला, ''लो, खाओ लंकेश, प्रारम्भ

करो।'' हँसकर पुनः कहा, ''मैंने नल-नील, जाम्बवन्त को बुलवाया है।''

''ठीक किया आपने। मात्र यान-विद्या को छोड़कर शेष यथेष्ट विद्याएँ मैं सिखा दूँगा।''

''वैसे नल-नील कुशल यांत्रिक हैं। वे भवन एवं सेतु निर्माण-कला में निपुण हैं। वे शीघ्र ही इन कार्यों को निपटा देते हैं। उनके मस्तिष्क में भी भावी योजनाओं की रूपरेखा रहती है। एक बार नील मुझसे कह रहा था–'यदि सम्राट समुद्र अनुमति दे दे तो इस सागर पर सेतु बाँध सकता हूँ तथा यदि दस सहस्र श्रमिक प्रतिदिन लगाए जाएँ तो सात दिन में सेतु बँध जाएगा...' ''

इसी समय श्रीप्रभा पानी लेकर उपस्थित हुई। लंकेश सेतुबन्ध की बात भूल गया। श्रीप्रभा उसकी ओर विस्फारित नेत्रों से देख रही थी एवं खड़ी-खड़ी इठला रही थी। वह राजकुमारी थी। उसका विवाह भी किसी सम्राट से हो, ऐसी उसकी भी लालसा थी तथा लंकेश से बड़ा सम्राट कौन हो सकता है! उसके पास यान है, श्रीप्रभा उसमें बैठेगी। लंका स्वर्ण की है। यहाँ तो इतना वैभव है नहीं। क्या अच्छा हो यदि लंकेश मुझे तात से माँग लें! किन्तु लंकेश हम जैसी हेय जाति से क्यों विवाह करेंगे? उन्हें अनेक कन्याएँ प्राप्त हो जाएँगी। क्षत्रियों के स्वयंवर में लंकेश आमंत्रित होते हैं। उनकी सुन्दरता को देखकर कोई भी रमणी रीझे बिना नहीं रह सकती और ऐसा बलिष्ठ पुरुष देखकर माला डाले बिना नहीं रहेगी। लंकेश क्यों मुझ वानरी से विवाह करने लगे? मेरे मन में जो उत्साह था, वह समाप्त हो रहा है तो मैं क्या क्वाँरी ही रहूँगी? मेरे साथ की सभी सहेलियाँ मातृत्व प्राप्त कर चुकी हैं और मैं अभी तक राजभवन में ही कैद हूँ। सोलह, अठारह, बीस और अब बाईसवें बसन्त में प्रवेश कर चुकी हूँ।

श्रीप्रभा उदास हो गई और लौट गई अपने अलिंद की ओर। मार्ग में भाभी रूमा मिली। वह उससे नहीं बोली और सीधी जाकर कपाट बन्द कर अपनी शैया में सिर देकर सुबकने लगी...।

लंकेश भी उदास हो गया। अभी उसने कुछ कहा ही नहीं है, फिर क्यों श्रीप्रभा चली गई? उसकी आँखों के सामने जब तक थी तब तक चमक थी। यह कैसा संयोग है विधाता का! रावण अपराधी रूप में कैद हुआ और बालि स्वार्थवश उसे अपने अन्तःपुर में स्थान दे रहा है और श्रीप्रभा जैसी अनिंद्य सुन्दरी सम्भवतः उस पर अपने प्राण न्यौछावर कर रही है। लंकेश क्या करे?

उसी काल नल, नील, जाम्बवन्त ने प्रवेश कर प्रणाम किया। लंकेश का ध्यान भंग हो गया। उसने प्रणाम का उत्तर दिया और निर्वाक् हो गया।

बालि मौन भंग कर बोला, ''दशग्रीव, ये हैं मेरे कुशल कलाकार। इन्हें धनुर्वेद, आयुर्वेद, संगीत, चित्रकला में प्रवीण करते हुए रणनीति, राजनीति एवं शतघ्नि, भुशुंडि सभी का ज्ञान कराओ तथा यदि अणुशक्ति हेतु अर्थ की आवश्यकता हो तो वह भी बालि व्यवस्था करेगा। बालि वानर-साम्राज्य का उत्थान चाहता है। उसे भौतिक साधनों से सम्पन्न करना चाहता है।''

''अणु, परमाणु शक्ति का सम्राट तो देवराज है। अगस्त्य, अत्रि आदि ऋषियों ने अपनी साधना से जो प्राप्त किया, वह मात्र देवजाति (आर्य) पर उत्सर्ग कर दिया। इन ऋषि वैज्ञानिकों ने ये ज्ञान अपने पास ही धरोहर के रूप में रख लिया है। वे शस्त्र तो दान कर देते हैं किन्तु उसकी निर्माण-विधि नहीं बताते। रावण हेमवती विद्या जानता है और लंका के गुरुकुल में इसी विषय को पढ़ाया जाता है। वानरराज, सोना बनाने में गंधक, पारद को मन्दी आँच पर क्रिया करने व मूसा, कीनी जड़ों में रस-संयोग से सोना नहीं बन पाता, मैं विल्वपत्र के रस से स्वर्ण निर्माण करता हूँ।''

''आपकी होड़ करना तो कठिन है परन्तु जहाँ समूचा युग प्रयोगवादी हो गया हो वहाँ

बालि कैसे पीछे रह सकता है!''

''तो दशानन आपकी सहायता करने को तत्पर है।''

इधर रूमा श्रीप्रभा के अलिंद में पहुँची। उसकी लाल आँखें देखकर पूछा, ''तुम्हें क्या हो गया है श्रीप्रभा?''

''कुछ नहीं भाभी!''

''कुछ तो है जो मुझसे छिपा रही है।''

''मेरे मन में एक टीस भी है, प्यास भी है।''

''वह क्या है?''

''क्या वानरियों का विवाह किसी उच्चकुल के सम्राट से नहीं हो सकता? क्या हम शूद्रों का कोई उत्थान नहीं कर सकता? हममें भी आर्य-अनार्य मिश्रित रक्त है और ऐसा इस पृथ्वी पर करनेवाला कौन है कि मैं विशुद्ध आर्य अथवा अनार्य हूँ? समूचा विश्व वर्णसंकर है, प्रत्येक जाति अंतर्भुक्त हो रही है। फिर हमें क्यों कोई अंतर्भुक्त नहीं करता।''

रूमा हँसी, फिर बोली, ''मैं समझ गई, तू सम्राट लंकापति को चाहती है, वह मिल भी सकता है। रावण स्वयं सबसे बड़ा सम्राट है। वह ऊँच-नीच का भेद भी नहीं समझता। तेरी अभिलाषा हो तो भैया लंकेश से मिलने का प्रयास कर लंका सम्राज्ञी बन सकती है।''

''लंकेश को स्त्रियों की क्या कमी है! सम्राट है, मुझ जैसी शूद्र-पुत्री का क्यों वरण करेंगे?''

''श्रीप्रभा सुन्दरता में किसी अप्सरा से कम नहीं है। तेरी सुन्दरता पर रावण मुग्ध हुए बिना नहीं रह सकता। यद्यपि वह ब्राह्मण है, फिर भी संसार में ऐसा कोई युवा, वृद्ध पुरुष उत्पन्न नहीं हुआ जोकि अनुपम सुन्दरी की ओर आकर्षित न हुआ हो। नारी एकनिष्ठा मानी गई है, पुरुष नहीं। तुम एकनिष्ठ होकर यदि रावण पर डोरे डालोगी तो तुम्हारी अभीप्सित पूर्ण हो सकती है। वह ऋषिपुत्र है, चाहेगा तो तुम्हें बालि से माँग लेगा। मैंने तात सुषेण से ऐसे अनुलेप सीखे हैं जिनका मुख पर अनुलेप करने से पुरुष आकृष्ट हो जाता है। वह अनुलेप मैं तुम्हारे मुख पर लगाऊँगी और तुम्हें एकाकी लंकेश की सेवा में भेजूँगी, सम्भवतः बात बन जाए अन्यथा तुम्हारे भाग्य पर छोड़ेंगे।''

श्रीप्रभा कमल पुष्प की भाँति खिल उठी। वह अपनी भाभी से पुत्री के समान लिपट गई और बोली, ''यहाँ हम दो ही तो दुखी हैं। बालि भैया कितने निर्लज्ज हैं कि उन्होंने आपको भी नहीं छोड़ा। इससे भैया को अपयश प्राप्त हुआ और हमारे बारे में यह धारणा बनी कि वानरजाति में पतिव्रत शिथिल है।''

''विधाता जो दिन दिखाए वे दिन स्त्री को कैसे भी काट देना चाहिए। इस अस्थिचर्मयुक्त शरीर से पुरुष क्रीड़ा ही तो करेगा, कर ले किन्तु अन्तरात्मा से जब तक किसी कामिनी का समर्पण न हो तब तक वह तो अपने-आपको पवित्र ही मानेगी क्योंकि यह तो एक प्रकार का बलात्कार ही है। यहाँ मिलन की एकनिष्ठा नहीं है, बल्कि एकाकी कामेक्षा की पूर्ति है और दूसरे की वितृष्णा। बेबसी में सहवास, सहवास नहीं है मात्र लूट-खसोट है।''

श्रीप्रभा रूमा जैसी महान नारी के वचन सुनकर हत्प्रभ रह गई। उसे लगा कि हम शूद्रों में भी इतनी गम्भीरता से किसी विषय पर चिन्तन करनेवाली महिलाएँ हैं जो कि अपना सतीत्व नष्ट होने पर भी अन्तरात्मा से उसे कुछ नहीं मानतीं। उनके मन में वह मात्र एक घटना है और अपने पति के प्रति आज भी एकनिष्ठ है। उन्हें पर-पुरुष जोकि रमण करता है, वह एक

बलात्कारी के अतिरिक्त कुछ भी नहीं है, फिर भी ऐसे व्यक्तित्व को भी हम शूद्रों में उद्धार नहीं हो पाता। हमें कुलटा कह दिया जाता है जबकि ऐसा चरित्र आर्यों में भी कदाचित न मिले और आर्यों का क्या है, वे तो उन्हें कन्या का ही रूप दे देते हैं जबकि वे दो, दो-दो क्या, तीन-तीन स्थानों पर भी कभी-कभी एकनिष्ठा हो जाती हैं और पतिव्रता साध्वी जाने क्या-क्या कहलाती हैं!

श्रीप्रभा बोली, "भाभी, मैं प्रयास करने को तैयार हूँ, तुम मेरा शृंगार करो। आज लंकेश का भोजन श्रीप्रभा ही ले जाएगी। वह उनकी सेवा करेगी और फल की आशा में समय की प्रतीक्षा भी करेगी।

लंकेश ने नल, नील, जाम्बवन्त को पहले दिन ही बहुत कुछ सिखाया। नल-नील दशानन की वाक्चातुर्यता, उसके समझाने के सरल ढंग एवं विधि से लेकर प्रयोग तक समूची बातें जिस ढंग से लंकेश ने समझाईं उससे उन्हें लगा कि दशानन पंडित तो है ही, साथ ही किसी आचार्य से कम नहीं। वे गद्‌गद होकर चले गए। महाराज भी उठ गए तो एकाकी लंकेश ही रह गया। वह चाहे तो भाग सकता है। वह चाहे तो इस अंतःपुर में कुछ भी कर सकता है। किन्तु दशानन क्यों भागेगा? बालि ने उसे अन्तःपुर में स्थान दिया, यह सम्राट की महानता ही है और रावण भाग जाएगा तो कायर कहलाएगा। कायर कहलाकर तो लंकेश जीना ही नहीं चाहता। वह तो पुरुषार्थी है, पुरुषार्थी रहेगा। लंका का राज्य तो सुदृढ़ है ही, विभीषण नैसर्गिक रूप से कार्य सम्पन्न कर ही लेगा। अब तो वह बाल-बच्चों वाला है, प्रौढ़ है, और बुद्धि प्रखर ही हुई होगी। चिन्तन भी बढ़ा होगा तो रावण को क्या चिन्ता? किष्किन्धा की दृष्टिकैद अच्छी है, सम्मान है, आदर है और रावण ज्ञान बाँटकर पुण्य ही कर रहा है। प्रहस्त से कह ही दिया है कि हनुमान का विवाह जाते ही कर देना। वह हो ही जाएगा। लंकेश तो शूद्रों को भी अपना रहा है। उन्हें वेद पढ़ा रहा है। यह बालि पर उपकार है और बालि प्रसन्न हो जाएगा तो लंकेश का निष्कंटक मार्ग हो जाएगा। कोई भी आर्यावर्त अथवा भरतखंड से चक्रवर्ती सम्राट मांधाता के समान सिंहलद्वीप लंका, शिवदान तथा अन्य दक्षिण द्वीपों की ओर आँख उठाकर नहीं देख सकेगा। बालि उसका रास्ता रोककर खड़ा हो जाएगा तथा वीर वानर सेना उसे पराजित कर देगी। लंका अजेय, अभेद्य हमेशा के लिए हो जाएगी। रावण की यह राजनीति अपने आपमें स्वस्थ है।

रावण ऐसा सोच ही रहा था कि तोतली बोली बोलता हुआ बालिकुमार अंगद आ गया। अभी वह चार या पाँच की वय का ही है परन्तु वह रावण से कह रहा है, "अंब कह लई थीं तुम तोई (कोई) तम्लाट (सम्राट) हो...हो...हो... हो...न...?"

रावण भावविह्वल हो उठा। ऐसे ही मेघनाद बोलता था। कितना प्यारा लगता था! वह तो वयस्क हो रहा है किन्तु अक्षयकुमार इसी के बराबर है। वह चित्रांगदा का पुत्र है। लंकेश उससे स्नेह करता है और अंक में बिठा लेता है। यह बालि तनय है। कितना भोला, सुकुमार बालक है! रावण ने उसे बाँहों में भर लिया और कपोल चुम्बन ले लिया। रावण स्व तथा पर का भेद बालकों में नहीं रखता, वह सम्राट होकर भी जब लंका में राजपथ से निकलता है तो किसी भी बालक को खिलाने लग जाता है। अंगद को कन्धे पर बिठा लिया, फिर पूछा, "अंगद, तुम बड़े होकर क्या बनोगे?"

राजपुत्र खिलखिला उठा और तपाक से बोला, "मैं लाजा (राजा) बनूँगा। घोले (घोड़े) पल (पर) बैठूँगा, तील (तीर) चलाऊँगा।"

"शाबाश! अच्छे बच्चे ऐसे ही होते हैं। अच्छा, मैं घोड़ा बनता हूँ, तुम मेरी पीठ पर बैठना।"

"हाँ, जैते (जैसे) तात बनते हैं वैते (वैसे) बनोगे तो तवारी (सवारी) तरूँगा (करूँगा)।"

रावण घोड़ा बन गया! अंगद उस पर बैठ गया और रावण से कहने लगा, "चल घोले (घोड़े), चल!" रावण चलने लगा और वह भूल गया कि वह एक सम्राट है। उसे लगा जैसे कि उसकी पीठ पर अक्षयकुमार ही बैठा है और घोड़ा बना ही द्वार तक आ गया। द्वार पर श्रीप्रभा आगे तथा उसके पीछे रूमा खड़ी थी। रावण ने नूपुरयुक्त सुन्दर सुकोमल नारी चरण-युगल देखे तो वह ठिठक गया। ऐसे पैर रावण ने कभी नहीं देखे थे। इनमें अद्भुत आकर्षण है। किसके हो सकते हैं? अनायास ही ग्रीवा उठ गई, श्रीप्रभा मुस्कान बिखेरती हुई खड़ी थी। उसके पीछे रूमा भी हँस रही थी। अंगद बोल उठा, "बुआजी हैं, चल घोले (घोड़े), चल।"

रूमा ने डाँटते हुए कहा, "अंगद, नीचे उतरो और जाओ भीतर।"

अंगद उतरकर कूदता हुआ चला गया। रावण खड़ा हो गया। श्रीप्रभा एकाकी भीतर चली आई। रूमा वापस हो गई। रावण ने श्रीप्रभा के मुख की ओर देखा, उससे सुगन्ध आ रही थी। उसके मदमत्त नयन रावण के हृदय को विदीर्ण कर रहे थे। श्रीप्रभा के गले में सुवर्णमाला, कानों में कुंडल, भुजाओं में केयूर जो कि सर्पाकृति के थे एवं श्रीप्रभा के मांसल प्रदेश में खचे हुए थे। कटि में मणियों की दानेदार मेखला पहने हुए थी एवं चीरांतरित के नीचे रशना भी नाभि के ठीक नीचे एवं जंघाओं के उद्गम स्थान पर लटकी हुई थी। कमलनाल-सी सुचिक्कण, कलाइयों में शंख की श्वेत चूड़ियाँ गुलाबी अंग से चिपकी हुई थीं। वह क्षोभ वस्त्र धारण किए हुए थी।

लंकेश एक क्षण को चौंधिया गया, फिर बोला, "रंभोरू, तू किस प्रयोजन से आई है?"

"सुना है, आप महान संगीतज्ञ हैं। मुझे नृत्य एवं संगीत प्रिय है। आप सभी को विद्याएँ दान कर रहे हैं, क्या मुझ पर यह उपकार नहीं करेंगे? मैं आपकी अहर्निश सेवा करूँगी सम्राट!"

"सिखाऊँगा! रावण जितनी कलाएँ जानता है, वे सब सिखाएगा परन्तु कोई सीखने वाला तो हो?"

"मैं तत्पर हूँ सम्राट और देखो, यह मेरा अनुपम शृंगार, क्या नृत्य के योग्य नहीं है? क्या मेरी चितवन और बंक-भ्रू किसी निष्णात नर्तकी के तुल्य नहीं है? लंकेश की वीणा पर श्रीप्रभा के चरण थिरकेंगे, वह नाचते-नाचते मदहोश हो जाएगी और थककर आपके चरणों में एक पवित्र पुष्प की भाँति अर्पित हो जाएगी।"

"तेरा अंग-अंग इस योग्य है, परन्तु क्या तात बालि ने इसकी अनुमति दे दी है?"

"हाँ, महारानी रूमा से यह अनुमति प्राप्त कर ली है।"

"महारानी रूमा तो देवि हैं। तुम्हें कितना अनुराग करती हैं!"

"सर्वाधिक।"

"तो आओ, मैं तुम्हें नृत्यकला सिखाऊँ!" रावण ने सर्वप्रथम कंठ्य संगीत से शिक्षा प्रारम्भ की। रावण ने मधुर कंठ से गीत गाया व वीणा पर उँगलियाँ दौड़ने लगीं। श्रीप्रभा एकटक लंकेश की ओर ही देखती रही और मधुर आवाज में लीन हो गई। फिर सहसा रावण गाते हुए ही उठा। उसने गीत के बोलों के माध्यम से श्रीप्रभा के हाथों को निज कर से पकड़-पकड़कर लहराना प्रारम्भ किया एवं पाद-विन्यास के लिए चरणों को ताली के ताल से शम पर पदाघात करने की प्रेरणा दी। वह गाता रहा, उसकी आवाज आरोह-अवरोह के साथ चलती रही तथा श्रीप्रभा की कटि पकड़कर उसे कटि-संचालन भी सिखाया और नेत्र-विक्षेप, स्तन-संचालन भी स्वयं का

वक्ष-संचालन करके दिखा-दिखाकर सिखाया और श्रीप्रभा नृत्य करने लगी। लंकेश फिर वीणा बजाने लगा एवं संगीत की मधुर धारा बहाता रहा। गीत के विश्राम पर आते ही श्रीप्रभा रावण के चरणों में गिर पड़ी।

रावण ने उसे उठाकर कहा, ''पहले दिन ही तुम थक गईं। जाओ, विश्राम करो। कल फिर नृत्य होगा।''

श्रीप्रभा जाना नहीं चाहती थी। वह तो रावण के खुले हुए जनेऊधारी वक्ष से सटना चाहती थी तथा उसने खड़े होते समय अपने उरोजों को वक्ष से कौतूहलपूर्ण ढंग से परस भी किया किन्तु भावना को अभिव्यक्त न कर सकी। उसके अधरों पर लास्य की मीठी स्मिति आती रही, जाती रही परन्तु लंकेश अपने स्थान से हिला नहीं। श्रीप्रभा की आँखें सब कुछ कह रही थीं व मूक निमंत्रण दे रही थीं परन्तु संयमी सम्राट लंकेश टस से मस न हुआ व फिर बोला, ''जाओ, बाला, जाओ।''

श्रीप्रभा पैर पटकती हुई चली गई तथा उसने दिन में जो रावण का चित्र बनाया था, वह जानबूझकर गिरा गई। रावण उठा। उसने चित्र उठा लिया, फिर देखा वह समझ गया, यह निश्चय ही श्रीप्रभा द्वारा निर्मित है। यह आसक्ति का संकेत ही नहीं वरण परिणति भी है। परन्तु सम्राट लंकेश विवाह के बिना तो वह सब नहीं कर सकता जो श्रीप्रभा चाहती है। लंकेश श्रीप्रभा को महारानी बना सकता है, यदि बालि सहमत हो तो।

और लंकेश सो गया। उसे मीठी-मीठी नींद ने घेर लिया। फिर स्वप्नों में खो गया। ऐसे ही विद्या सिखाते एवं श्रीप्रभा का मन मारते उसने छह माह बिता दिए। नल, नील, जाम्बवन्त निष्णात हो गए थे तथा रावण के निर्देश पर किष्किन्धा में युवकों को प्रशिक्षण दिया जाने लगा था। लंका में सहशिक्षा का द्वार रावण ने खोला था। उसकी पुनरावृत्ति बालि-साम्राज्य में भी हुई। किष्किन्धा रावण के उपकार से ऋणी हुआ परन्तु श्रीप्रभा अभी तक उपेक्षित थी। उसके समस्त श्रृंगार रावण के सम्मुख फीके रहे। आज वह रावण को मृगया के लिए ले गई थी। वहाँ उसने सम्राट से विनोद भी किया था एवं घने जंगल में एक सरोवर में अवगाहन की इच्छा व्यक्त की थी, रावण ने मना कर दिया तो वह बोली, ''मैं अवश्य जल विहार करूँगी,'' तो श्रीप्रभा ने अति महीन वस्त्र धारण कर जल में प्रवेश किया था और लंकेश पेड़, पत्तों में जैविकीय तत्त्व विद्यमान होने पर विचार करने लग गया था। वह अपने लक्ष्य में दत्तचित्त हो गया था। श्रीप्रभा यह समझ रही थी कि सम्राट उसकी ओर अवश्य अवलोकन कर रहे होंगे एवं जब पानी से निकली थी तो जलपरी के समान प्रतीत हो रही थी। वह शिलाखंड पर अपने नग्न कांतवपु का प्रदर्शन रावण के लिए कर रही थी परन्तु रावण रथ में ही नहीं था, वह वनस्पतियों में उलझ गया था और जड़ी-बूटियाँ खोज रहा था। श्रीप्रभा अभी भी शिलाखंड पर खड़ी इठला रही थी। प्रकृति स्वयं सुन्दर है और उसकी गोद में कहीं ऐसी नारी आकर बैठ जाए तो उससे बढ़कर और क्या उद्दीपन हो सकता है। श्रीप्रभा ने बड़े धीमे-धीमे दूसरे वस्त्र परिवर्तन किए थे। पहले उसने अपने कौशेय की गाँठ वक्ष से खोली थी एवं वक्ष उन्मुक्त कर दिए थे। वह आभास कर रही थी कि लंकेश इन्हें दूर से विलोक कर धन्य हो रहा होगा। फिर उसने नौवीं खोल दी थी और अपने शरीर को देखकर स्वयं ही लजा गई थी। तब उसने हँस-हँसकर दूसरे वस्त्र धारण किए थे और दौड़कर रथ पर आ गई थी किन्तु लंकेश को रथ पर न पाकर खीज गई थी एवं सम्राट-सम्राट की आवाज चारों ओर गूँजने लग गई थी। सम्राट किसी लतागुल्म से कुछ हाथ में जड़ी-बूटियाँ लिए खिलखिलाता हुआ आ रहा था और आकर

श्रीप्रभा का पुनः सारथी बन गया था।

श्रीप्रभा अब तक नहीं समझ सकी कि ये कैसा सम्राट है! इसने तो ऋषियों तक को पीछे छोड़ दिया! धरणी पर आज तक ऐसा तो कोई नरेश नहीं देखा गया जो रमणी की इतनी निकटता तथा उसके रूप पर आकृष्ट होना तो दूर, काम के समस्त भाव प्रकट करने के उपरान्त भी न पसीजे तो नारी क्या करे? महाराज दुष्यन्त ने शकुंतला को स्वयं ही अंगीकार कर लिया और गन्धर्व विवाह कर लिया था। मुझ श्रीप्रभा के भाग्य में क्या सार्वभौम सम्राट लिखा ही नहीं है? यदि नहीं लिखा है तो बिना सम्राट रावण के श्रीप्रभा पानी में छलाँग लगाकर मर जाएगी।

सोचते-सोचते प्रासाद आ गया और श्रीप्रभा उदास-सी रूमा भाभी के कक्ष में पहुँच गई। उसने समूची घटना सुना दी। रूमा ऐसे वृती के बारे में क्या कहे, वह उसके भ्राता तुल्य हैं, फिर भी श्रीप्रभा के लिए कुछ तो करना ही होगा, अन्यथा वानरकुल का उद्धार कैसे होगा? रावण की रक्ष-संस्कृति यहाँ न चल सकी, क्योंकि वानर साम्राज्य देवराज इन्द्र से सम्बन्धित है। यदि ऐसा हो जाता तो कदाचित लंकेश श्रीप्रभा को माँग लेता।

रूमा उठ खड़ी हुई। छह माह बाद आज अपने भैया से स्पष्ट बात करेगी किन्तु क्या कहेगी, कहने से पहले कोई भूमिका तो बाँधनी ही होगी? इसी ऊहापोह में लंकेश के भवन में पहुँच गई। लंकेश जड़ी-बूटियों का अध्ययन कर रहा था, देखते ही बोला, "आ भगिनी, बैठ, अब तो मेरा मन किष्किन्धा से उचट रहा है। मैं कैदी अवश्य हूँ किन्तु जाना चाहता हूँ। सम्भवतः बालि दुखी होंगे या सुखी किन्तु मैं श्रीप्रभा के कारण अवश्य दुखी रहूँगा। उसने मेरी पत्निवत् सेवा की है और उसके मनोभावों को मैं अच्छी तरह समझता हूँ परन्तु बिना विवाह के लंकेश अपयश नहीं लेना चाहता। वह उसके उपनिवेशों के कारण वैसे भी कीर्तिहीन हो रहा है। दुंदुभि ने बहुत बुरा किया और बालि ने उसका वध किया। उसके लिए धन्यवाद देता हूँ क्योंकि लंकेश इस प्रकार के कृत्यों से घृणा करता है परन्तु त्रिकूट पर बसी लंका के स्वामी को सूचना ही न मिले तो उसका क्या दोष? बोलो, बहन, कैसे आईं?"

"तुमने बहुत कुछ अपने मुख से ही कह दिया भैया—मेरे एक ही ननद है, वह लंका की महारानी का स्वप्न देख रही है। यदि तुम चाहो तो उसकी यह मनोकामना पूर्ण हो सकती है तथा हमारे इस कुल पर उपकार होगा एवं यह विवाह आपकी रक्ष-संस्कृति के एक सिद्धान्त ऊँच-नीच के वर्ग-भेद को मिटाने का पोषक होगा।"

"कदाचित् सम्राट बालि इसकी स्वीकृति न दें?"

"वैसे तो वे मान जाएँगे। नहीं मानें तो हरण कर लीजिए।"

"यह बालि का अपमान होगा भगिनी! लंकेश कभी किसी के साथ विश्वासघात नहीं करता। वह जो करता है, कहता है, वह चौड़े में। हाँ, कूटनीति अवश्य मेरी गूढ़ होती है और वह सम्राट को गोपनीय ही रखना चाहिए। यदि श्रीप्रभा का स्वयंवर होता है तो मैं निश्चय ही हरण पर विचार कर सकता था क्योंकि यह तो प्रथा है, नियम है परन्तु किसी नए अध्याय का प्रारम्भ एक स्त्री के लिए लंकेश्वर नहीं कर सकता।"

"तो आप श्रीप्रभा को बालि से माँग क्यों नहीं लेते?"

"यह ठीक है। मैं चलने से पूर्व बालि से वार्ता अवश्य करूँगा और तुम तथा तारा दोनों भी वानरराज के कान में यह बात पहुँचा दो कि श्रीप्रभा ऐसा चाहती है, कदाचित लंकेश तैयार हो जाए तो आपकी बहन सम्राज्ञी होकर लंका में राज्य करेगी एवं सम्राट से मैत्री सम्बन्ध होने से दोनों के सम्बन्ध सुदृढ़ होंगे।"

रूमा कुछ प्रसन्नता के साथ चली गई व सीधी बहन तारा को लेकर बालि के प्रासाद में जा पहुँची एवं बालि को राजनीतिक परिवेश में श्रीप्रभा एवं लंकेश के सम्बन्ध को बीच में रखकर वार्ता की तो बालि भी प्रसन्न हो गया एवं उसने स्वीकृति दे दी।

इसी समय आकाश से पुष्पक नीचे उतरा। प्रहस्त तथा वैश्रवा उसमें से बाहर आए। बालि ने ऋषि की अगवानी की, स्वागत किया एवं उच्चासन देकर कहा, ''प्रभो, इस दीन के यहाँ कैसे आगमन हुआ?''

''वानरराज, मैं किष्किन्धा तथा लंका में मैत्री सम्बन्ध स्थापित कराने के उद्देश्य से आया हूँ,'' वैश्रवा मुनि ने शान्त स्वर में कहा।

''इतनी-सी बात के लिए बालि का स्मरण किया होता प्रभो, बालि सिर के बल आपके पास आ गया होता। आपने क्यों कष्ट उठाया?''

''लंकेश्वर तुम्हारे कारापंजर में जो है, मैत्री तो उसी से करनी होगी।''

''दशानन कारापंजर में नहीं है मुने, वह तो सम्राट की ही भाँति बालि साम्राज्य में खुले कारावास में आनन्द से घूमता है। उसे कोई कष्ट नहीं है। अभी बुलाए देता हूँ।'' कहते हुए बालि ने सेवक को रावण को बुलाने की आज्ञा दे दी तथा तारा, जो कि पास में खड़ी थी, को आज्ञा दी, ''मुनि का सत्कार करो, भेंट दो, अहोभाग्य जो पुलस्त्य नंदन पधारे।''

ईषतकाल में रावण उपस्थित हो गया। तात वैश्रवा को देखकर उनके चरणों में झुक गया और बोला, ''मुझे छुड़ाने को सम्भवतः आपको कष्ट उठाना पड़ा तात!''

''पुत्र कारा में हो तो ऐसा समाचार सुनकर कौन पिता शान्त रह सकता है! उसे तो उद्यम करना ही होगा।''

''अंब सकुशल है?''

''हाँ, लंका में ही छोड़ आया हूँ।''

''ठीक किया आपने।''

''सुन वत्स, बालि से मित्रता कर लो, बालि भी मैत्री को तैयार है। समसन्धि उचित होगी।''

''लंकेश पिता-आज्ञापालक है। वह अपने तात की आज्ञा का पालन करने को तत्पर है।''

''तो अग्नि प्रज्वलित करो तथा मैत्री करो।''

बालि ने अग्नि प्रज्वलित की, तब रावण ने अग्नि पर हाथ फैलाकर कहा, ''हे अग्निदेव, आप साक्षी रहें। मैं लंका का सम्राट दशानन किष्किन्धा सम्राट बालि से मैत्री करते हुए उन्हें वचन देता हूँ कि किष्किन्धा पर मैं जीते-जी आक्रमण नहीं करूँगा तथा बालि की सहायता करूँगा।''

फिर बालि ने अग्नि पर हाथ फैलाकर साक्ष्य किया, ''हे अग्निदेव, मैं किष्किन्धा सम्राट बालि लंका पर कभी आक्रमण नहीं करूँगा और न ही मेरे जीते जी लंका पर इस मार्ग से कोई आक्रमण कर पाएगा। यदि क्षत्रिय सम्राट किष्किन्धा की पंपानगरी से जाएगा तो वह बालि को मारकर ही लंका की ओर बढ़ सकेगा, अन्यथा नहीं।''

रावण प्रसन्न हुआ। इसी समय तारा तथा रूमा दोनों ही भेंट ले आईं। ऋषि ने वस्त्र बिछा दिया और रत्न तथा मुद्राओं का वस्त्र पर ढेर लग गया।

वैश्रवा बोले, ''रावण के कारण लंका में यथेष्ट कार्यों का विकास अवरुद्ध है, कई योजनाएँ अधूरी पड़ी हैं। इसका यहाँ बहुत सत्कार हो गया। अब तो इसे बन्धन-मुक्त कर दो?''

बालि हँसा, फिर बोला, ''मैं तो रावण को और बन्धन में बाँध रहा हूँ प्रभो! जाने से पूर्व वानर-कन्या की डोली भी साथ जाएगी। मेरी बहन श्रीप्रभा भी लंकेश को भेंट दी जाएगी।

इस शुभ अवसर पर आप पधारे प्रभो! इससे बढ़कर बालि को और कोई खुशी नहीं हो सकती।''

श्रीप्रभा को तारा तथा रूमा ने पहले ही तैयार कर दिया था। वह माला लेकर दासियों के साथ आई और रावण के गले में माला डालकर उसका वरण कर लिया। बालि ने प्रथा अनुसार सभी कुछ दान में दिया और अपनी बहन को आँसू बहाकर विदा किया। तारा ने श्रीप्रभा को पतिव्रत धर्म की गौरव-गाथा का बखान किया व छाती से लगाकर हिलकियाँ भरते हुए रूमा ने श्रीप्रभा को विदा किया।

लंकेश का पुष्पक आकाश मार्ग से चला, उसी समय प्रहस्त से पूछा, ''समुद्र से वार्ता हुई कि नहीं?''

''सम्राट समुद्र का सन्देश आया था कि लंकेश से ही चर्चा करूँगा। राजनयिक सम्बन्ध नरेश द्वारा ही निबटाए जाएँगे, किसी दूत द्वारा नहीं।''

''तो फिर पुष्पक को समुद्र की राजधानी में उतार दो। एक पहर उनसे भी चर्चा करते चलें।''

पुष्पक सागर के तट पर बसे महाराज समुद्र की राजधानी में उतर गया। लोगों की भीड़ की भीड़ पुष्पक को देखने एकत्र हो गई। तात वैश्रवा, रावण एवं महारानी श्रीप्रभा राजप्रासाद की ओर चले। प्रहस्त पुष्पक के पास ठहर गया।

समुद्र ने लंकेश का स्वागत एवं वैश्रवा की चरण-वंदना की तथा महारानी श्रीप्रभा का समुद्र की पत्नी ने आदर किया व अंतःपुर में ले गईं। समुद्र ऋक्षराज का मित्र था। उसने श्रीप्रभा को पुत्रीवत स्नेह किया एवं रावण को दामाद की भाँति, फिर बोला, ''महाराज लंकेश्वर, आपका मैत्री सन्देश मुझे प्राप्त हुआ था। मैं तो मैत्री ही चाहता हूँ तथा मेरे मछुए भी आपकी संस्कृति से प्रभावित हैं। हम इस संस्कृति को स्वीकार करते हैं। अन्य आज्ञा हो तो कहिए।''

''राजन्, आपका सागर पर अधिभार है। आपके जलपोत इतस्ततः घूमा करते हैं। आपकी अनुमति के बिना एक भी पोत इस ओर से लंका तक नहीं जाना-आना चाहिए। सागर के बीस योजन तक का भाग आपकी सीमा में रहेगा। उस सीमा के बीच से निकलनेवाले वाणिज्य पोतों से कर आप वसूल करेंगे तथा लंका के सागर में आपको कोई कर नहीं देना होगा, परन्तु एक शर्त है?''

''सम्राट दशानन, समुद्र की सीमा भी आपने बढ़ा दी तो मेरी आय का श्रोत भी बढ़ गया। आपकी शर्त मैं मानूँगा, बेहिचक कहिए?''

''कोई भी आर्य क्षत्रप इस ओर नहीं आएगा। यदि आ जाने का प्रयास करेगा तो तुम उससे युद्ध करोगे। उसे रास्ता नहीं दोगे, क्योंकि तुम्हारे राज्य की सीमा से मेरी सीमा लगी हुई है। यदि तुमने मार्ग दे दिया तो हम दोनों पर संकट आ जाएगा।''

''ऐसा ही होगा लंकेश!''

''एक बात और।''

''वह क्या?''

''सागर पर किसी के द्वारा सेतु भी नहीं बाँधा जाना चाहिए।''

''यह भी स्वीकार है। परन्तु यदि कोई सम्राट समुद्र को ही पराजित कर दे तब क्या होगा लंकेश?''

''मैं तुम्हारी पूर्ण सैन्य सहायता ही नहीं करूँगा अपितु स्वयं युद्ध करूँगा।''

''तब तो समुद्र निश्चिंत हो गया लंकापते! मेरे पास तो मात्र नौसेना ही है, आपके पास

तो सभी सेनाएँ हैं। समुद्र इस ओर से किसी को नहीं आने देगा। निष्कंटक होकर लंका में विश्राम करना। मेरी सेना लंका तक की रक्षा करेगी।''

''मुझे आपसे यही आशा थी राजन्! अब आप निर्भय होकर आधुनिक पोत तैयार करो। अपने देश में विकास के लिए जितना चाहो उतना मुझसे ऋण भी ले सकते हो।''

''तो मुझे वर्तमान में एक सौ नए पोत तैयार करने हैं। आप मेरे दूत के हस्ते धन भिजवा दीजिएगा।''

''ठीक है, व्यवस्था शीघ्र हो जाएगी। अब मैं चलूँगा।''

''बिना भोजन के समुद्र नहीं जाने देगा।''

''तो भोजनोपरांत चले जाएँगे। आपका भोजन स्वीकार है राजन्!''

18

महाराज दशरथ व्याकुल हैं। इतने विशाल साम्राज्य का कोई उत्तराधिकारी नहीं। कौशल्या के कोई पुत्र नहीं। इस पुत्र-प्राप्ति के लिए कैकेयी, कौशल्या, सुमित्रा, तीन-तीन रानियाँ रनिवास में आईं किन्तु दशरथ का अभीप्सित एक पूर्ण न कर सकी। दशरथ बिना पुत्र के भवसागर से पार नहीं होंगे। सूर्यकुल में कुलदीपक नहीं, यह कैसी विधि की विडम्बना है? वैद्य, योगी सभी के यहाँ दशरथ घूम आए, फिर भी पुत्र नहीं। कैकेयी और कौशल्या प्रतिदिन दशरथ को स्मरण कराती हैं, रावण से प्रतिशोध दशरथ-पुत्र ही लेगा। कौशल्या ताना देती है, ''महाराज रावण ने तो मुझे आपसे छीन ही लिया था, कहीं वह अपहरण ही कर ले जाता तो आप क्या करते? छत्राणी की कोख से जन्म लिया दशरथ-पुत्र मांधाता के समान दिग्विजय करेगा। वह अनरण्य, मांधाता की पराजय का प्रतिशोध लंकेश्वर से लेगा, आप कुछ कीजिए।''

दशरथ क्या करें? विश्वामित्र के समान राजपाट त्यागकर प्रव्रज्या धारण कर लें? विश्वामित्र भी चक्रवर्ती-सम्राट थे। जब वह वसिष्ठ से पराजित हुए तो अकारण ही वसिष्ठ के पुत्रों के वध के पश्चात्ताप ने विश्वामित्र को ब्रह्मर्षि बना दिया और दशरथ पुत्र के लिए तड़प रहे हैं।

इसी समय वसिष्ठ आ गए, उन्होंने राजा दशरथ को प्रणाम किया और पूछा, ''आर्य, आज व्याकुल प्रतीत हो रहे हैं?''

''हाँ, मुनिवर, पुत्र की चिन्ता मुझे खाए जा रही है। यदि दशरथ के पुत्र नहीं होगा तो कैकेयी, कौशल्या को रावण प्रतिशोध का आंतरिक प्रण असत्य हो जाएगा। दशरथ रावण के सम्मुख घिघिया-सा जाता है। उससे दशरथ भयभीत होने लगता है। चक्रवर्ती-सम्राट की छाती में रावण-अभ्युदय का काँटा धँसा है। उसकी संस्कृति फल-फूल रही है। वह दिग्विजय करता चला जा रहा है। उसकी मैत्री सफल हो रही है और दशरथ के ही राज्य में शूर्पणखा-पुत्र शंबूक, सूर्यहास-खंग प्राप्त करने के लिए साधना कर रहा है। दशरथ के ही राज्य में रक्ष-संस्कृति प्रवेश कर रही है। रावण अपने अभियान में सफलता की सीढ़ियाँ चढ़ रहा है और दशरथ कैकेयी, कौशल्या के व्यंग्य बाणों से प्रतिदिन व्यथित हो रहा है।''

वसिष्ठ हँसे और बोले, ''दशरथ ने आज तक अपने तथा महारानियों के मन की बात राजपुरोहित वसिष्ठ पर प्रकट नहीं की। राजन्, प्रत्येक समस्या का समाधान है। वसिष्ठ को समय तो लगेगा, किन्तु लंका जय करने की रूपरेखा वसिष्ठ अवश्य तैयार कर देगा। आर्य-संस्कृति

के यज्ञों को ताड़का, मारीच, सुबाहु ने बन्द करने की ठान ली है। वे यज्ञों में बलि नहीं देने देते और जब तक पशुवध नहीं होगा, तब तक यज्ञ कैसे सफल होगा? रावण यह सब रोक रहा है। यह टीस मेरे मन में ही नहीं, विश्वामित्र के मन में भी है क्योंकि हमारा अस्तित्व भी रावण ने प्रायः समाप्त कर दिया है। उसके धन-दान से प्रजा सन्तुष्ट हो जाती है। शूद्र उसकी प्रशंसा करते नहीं अघाते हैं क्योंकि रावण शूद्रों को अपना ही नहीं रहा है प्रत्युत उन्हें कन्या दे भी रहा है और उनसे ले भी रहा है। रावण का भांजा शंबूक आपके लिए ही काँटा नहीं है, हमारे लिए भी है।''

''जब आपकी-मेरी एक ही व्यथा है फिर समाधान क्या है, मुने?''

''आपके सन्तान होगी। ऋष्यशृंग आपका जामाता भेसज विज्ञान में निष्णात है। उसने जितने भी पुत्रेष्ठि यज्ञ सम्पन्न किए हैं, वे सभी सफल रहे हैं। वह यज्ञ धार्मिक यज्ञ नहीं है, राजन्, प्रत्युत सन्तान उत्पन्न करने की एक विधि है जिसे मात्र ऋष्यशृंग ने ही खोजा है। वह बहुत बड़ा विज्ञानी है। यज्ञ की अग्नि से वह किसी पत्थर द्वारा रासायनिक क्रिया करता है। उससे सन्तान निश्चय ही उत्पन्न होगी। और आप 'अपुत्रस्य गतिरनास्ते' से मुक्त हो जाएँगे। अतएव अपने मित्र लोमपाद को सन्देश भेजकर अपनी पुत्री शान्ता सहित उन्हें आमंत्रित कीजिए।''

''वसिष्ठ, मेरे जामाता के पास यह विद्या है और आपने आज तक उसकी शक्ति का मुझे परिचय नहीं कराया! वह इस प्रयोग में सफल हो गया, यह तो प्रसन्नता है। काश्यप ऋषि को भेजना उपयुक्त होगा।

''काश्यप ऋषि को सन्देश भेज दो। सारथी सुमंत को भेजो, ताकि वे द्रुतगामी अश्वरथ में जाकर आज ही ऋष्यशृंग को ले आएँ। मैं अन्तःपुर में जाकर रानियों को यह शुभ समाचार देता हूँ।''

दशरथ अंतःपुर में प्रसन्नचित्त आए। महाराज के मुख पर प्रसन्नता देखकर रानियाँ आश्चर्यचकित हुईं एवं तीनों में से पट्टमहिषी कैकेयी ही ने पूछा, ''आज सम्राट प्रसन्न क्यों हैं?''

सम्राट ने आसन ग्रहण किया और कहा, ''कैकेयी, अब दशरथ के पुत्र होगा। तुम्हारे लिए रावण-प्रतिशोध का द्वार खुलेगा।''

''कैकेयी तो उदास होती जा रही है, कदाचित् दशरथ-पुत्र के हाथों रावण का वध है ही नहीं। अब तो अगले जन्म में देखा जाएगा। महाराज, अब तो लंकेश का प्रभुत्व बहुत बढ़ गया। उन्नति के शिखर को उसका देश छू रहा है। उसके पास शक्तियों का अंबार लग रहा है और वह देवराज को पराजित करने का स्वप्न लिए बैठा है। यदि आपके मित्र देवराज पराजित हो गए तो रावण राक्षसेंद्र हो जाएगा और फिर अब कब तक जीएगा लंकेश! उसके तो पुत्र भी युवा होकर युवराज हो गए हैं। मेघनाद स्वयं बहुत बड़ा साधक है और कालनेमि की पुत्री सुलोचना (जिससे मेघनाद का विवाह हुआ है) और भी अधिक। रावण की शक्ति बढ़ती जा रही है, और आपकी शक्ति क्षीण होती जा रही है।''

कैकेयी के शब्द तीर की भाँति दशरथ की छाती में धँसते थे। वह बोलती थी तब स्वभाववश ऐसे ही बोलती थी। उसने लंकेश का क्रोध, लंकेश का सरसंधान, लंकेश की गर्जना सब-कुछ सुना था। सब कुछ अलौकिक था। रुद्र ने उसको सर्वविद्या निपुण किया था। उसको कौन जय कर सकता था!

दशरथ फिर भी बोले, ''जिसका उदय हुआ है, उसका अस्त भी अवश्यंभावी है। सुलोचना

के सम्बन्ध में प्रसंगवश वसिष्ठ ने सुनाया था कि वह सह-शिक्षा के कारण मायावी (ऐंद्रजालिक) हो गई है। मेघनाद के साथ वह भी साधनारत है एवं अनेक प्रयोग कर रही है। परन्तु दशरथ की लालसा पूर्ण होगी तो क्या कैकेयी, कौशल्या की नहीं होगी? सुमित्रा तो अभी प्रौढ़ा नहीं है, किसी-न-किसी को तो दशरथ-पुत्र होगा ही।''

''कैसे होगा? अब महाराज को कौन-सी युक्ति प्राप्त हो गई है जो चौथेपन की ओर अग्रसर होने पर भी पुत्र प्राप्त हो जाएगा?''

''कैकेयी, तुम सदैव कटु बोलती हो। मेरी पूर्ण बात सुनने के पहले ही तुम्हारी जिह्वा चलने लगती है और मैं उसके आगे परास्त-सा हो जाता हूँ।''

''कैकेयी की रगों में आर्यवंश का रक्त है। कैकय सम्राट की वह पुत्री है, जिसे छत्र का ज्ञान है। वह युद्ध-कला भी जानती है। राजनीति की पैठ भले ही न हो; परन्तु समयानुसार किस कूटनीति का अवलंब लेना चाहिए, यह भी जानती है और इसी कारण मैंने आपको अपना मंतव्य शंबर-वध के पश्चात् ही विदित करा दिया था कि रावण दशरथ-पुत्र से पराजित ही नहीं होगा, बल्कि मारा भी जाएगा। यह क्षत्राणी का प्रण है। और पट्टमहिषी भी चौथेपन के प्रथम चरण में प्रवेश कर रही है। इन्द्रियाँ शिथिल हो चुकी हैं, अब क्या पुत्र होगा? अब तो इसी चिन्ता में चिता पर चढ़ेगी कैकेयी।''

''कैकेयी, तुम मेरी प्रसन्नचित्त से बात तो सुनो?''

''हाँ, वह तो पति की बात है, सुननी तो होगी ही। कहिए, ऐसी कौन-सी चमत्कारिक बात है, पुत्र-प्राप्ति की?''

''हमारा जामाता ऋष्यशृंग पुत्रेष्टियज्ञ द्वारा पुत्रोत्पन्न कराने की विद्या में निष्णात है, उसे बुलवाया है, स्यात् हमें सन्तान हो जाए!''

''एक धूमिल आशा मात्र है।''

''नहीं, वह कोई द्रव औषधरूप में यज्ञ में तैयार करता है।''

''यथेष्ट भेसज, जड़ी-बूटियाँ, फल और सौ हाथियों तक का वध कर लिया आपने, फिर भी तो पुत्र नहीं हुआ। मुझे तो प्रतीत होता है, ब्राह्मणों तथा ऋषियों के मंत्र-तंत्र एवं भेसज विज्ञान सब रावण के आगे निस्तेज हो गए हैं। उसका विज्ञान, उसके तंत्र-मंत्र सबकी धूम मची हुई है। उसके यहाँ की रमणियाँ तक हर कार्य-क्षेत्र में आगे हैं। सुरसा नागमाता सागर में पर्वत पर बैठी है, ताड़का नैमिषारण्य में, शूर्पणखा कालकेयों में, लंकिनी लंका के द्वार पर और रावण का भांजा शंबूक अयोध्या धाम में निर्भीकता के साथ चन्द्रहास खंग से भी आधुनिक सूर्यहास-खंग के निर्माण की साधना कर रहा है, तप कर रहा है, उपनिवेश का विस्तार कर रहा है और महाराज अभी पुत्र को ही तरस रहे हैं!'' रुककर फिर मुँह बनाकर कहा, ''देखते हैं, ऋष्यशृंग कौन-सा द्रव प्रदान करते हैं?''

दशरथ ऐसी रानी से क्या कहें, कैकेयी वीरांगना है। कौशल्या एवं सुमित्रा से योग्य है। पट्टमहिषी है। उसे अयोध्या की चिन्ता है, किन्तु उसकी सोच का धरातल सकारात्मक कभी नहीं हुआ, नकारात्मक ही रहा। हठी भी है, जो ठान ले वह करके रहती है।

इसी समय काश्यप ऋषि, सुमंत ऋष्यशृंग एवं शान्ता आ गई। दशरथ की बाछें खिल गईं। कैकेयी ने पुत्री को छाती से लगा लिया। उसकी आँखों से प्रेमाश्रु फूट पड़े।

ऋष्यशृंग ही बोले, ''तात, किस कारण से स्मरण किया है? मुझे ऋषि काश्यप ने कुछ नहीं विदित कराया?''

वसिष्ठ जो कि आ ही रहे थे, उन्होंने उत्तर दिया, "महाराज का पुत्रेष्टि-यज्ञ सम्पन्न कराने के लिए।"

"बस, इतना-सा कार्य है! यह तो जारण-सारण की क्रिया है, अग्नि में जड़ी-बूटियों के साथ इसके पत्थर पिघलाकर एक द्रव तैयार होगा जिसे पायस के साथ सेवन करने से निश्चित ही पुत्र उत्पन्न होता है। तैयारी करो, मैं वेदी की रचना कर यह प्रयोग आज ही सम्पन्न किए देता हूँ।"

ऋष्यशृंग ने सभी आवश्यक सामग्रियाँ मँगा लीं तथा वेदी का निर्माण कर अग्नि प्रज्वलित करते हुए मंत्रोच्चारण किया तथा अपने प्रयोग में जुट गए।

ऋष्यशृंग ने एक कटोरा लिया। उसमें जानवरों के पक्वाशय में उत्पन्न होने वाले पत्थर का टुकड़ा डाला। बूटियों के रस डाले। लक्ष्मणा (सफेद कटेरी) की सूखी हुई जड़ डाली और अग्नि पर चढ़ा दिया। इस विचित्र विधि को सभी लोग उत्सुकता के साथ अवलोकन कर रहे थे। वसिष्ठ कभी-कभी पूछ लेते थे, "लक्ष्मणा की जड़ किस काम आती है ऋष्यशृंग?"

"यह काकबंध्या के भी सन्तान उत्पन्न करने की क्षमता रखती है।"

"और यह पत्थर?"

"यह जानवरों के पक्वाशय में स्वतः उत्पन्न होता है। यह पत्थर किस पशु के है, यह हम लोग ज्ञान से जान लेते हैं और उस पशु का वध कर उसमें से इसे निकाल लेते हैं। यह पत्थर चिकित्सा की कई विधाओं में काम आता है, जिसमें पुत्र-प्राप्ति के लिए यह पत्थर उपयुक्त है। इसको इन जड़ी-बूटियों के रस में पिघलाकर उस द्रव को नष्ट न होने देना तथा कितनी मात्रा की आवश्यकता है, उस मिश्रण को तैयार करना व शोधन ही कला है।"

"जब यह द्रव बन जाएगा तो इसका सेवन कैसे होगा?"

"पायस में इस द्रव्य को मिश्रित कर खाने से पुत्र की ही प्राप्ति होगी। मैं इसमें पुत्र-शुक्राणुओं की अधिकता के लिए अच्छा द्रव्य तैयार कर रहा हूँ ताकि महाराज के पुत्र ही हों।"

"एक स्त्री को पायस का कितना भाग दिया जाएगा?"

"यह तो औषधि है मुने, जब वैद्य उपस्थित हैं तो वह उसकी मात्रा हिसाब से ही देगा।"

वसिष्ठ तर्क की कसौटी से इस निष्कर्ष पर पहुँचे कि यह द्रव्य यथार्थ में ही पुत्रोत्पन्न करेगा और तभी कटोरे में पत्थर पिघलने लगा। जैसे ही पत्थर पिघला, वैसे ही ऋष्यशृंग ने एक चुटकी चूर्ण भी डिबिया से निकालकर और छोड़ दिया, इससे उसका रंग श्वेत होने लगा और फिर ऋष्यशृंग ने अग्नि को और प्रज्वलित कर दिया एवं थोड़ी ही देर में लाल रंग का एक द्रव्य तैयार हो गया जिसे ऋष्यशृंग ने नीचे उतार लिया फिर उसे पानी-भरे बर्तन में ठंडा होने के लिए रख दिया।

ऋष्यशृंग बोले, "पायस तैयार कराओ। उसमें केसर, कस्तूरी घोंटकर मिलाकर दूध को फिर आँच पर चढ़ाना।"

ऋष्यशृंग के निर्देशानुसार पायस तैयार किया गया और फिर उस पायस में से आधा कटोरा पायस लिया एवं उस आधे कटोरा पायस में तैयार किया गया औषध द्रव्य मिश्रित कर ऋष्यशृंग बोले, "यह पुत्रेष्टि-यज्ञ सम्पन्न हो गया। राजन्, तीनों रानियों में यह पायस अब वितरित कर दो।" पुनः कहा, "राजन्, पायस का भाग एक चतुर्थांश से अधिक नहीं होना चाहिए। इसके भाग स्वविवेक से बनाना। जो दो भाग पान करेगी उसके दो पुत्र होंगे। एक भाग से एक पुत्र होने की मात्रा का पुट मैंने दिया है। यह आपकी इच्छा पर निर्भर है, आप किसे कितना देते

हैं। जाओ, विभावरी का आगमन होनेवाला है तथा रात्रि के प्रथम पहर में ही इसकी सेवन-विधि है। इसके पश्चात् इस पायस में मिश्रित द्रव में न्यूनता आ जाएगी तथा प्रातःकाल तक पायस खराब हो जाएगा और फिर फेंकने के अतिरिक्त और कुछ नहीं होगा।"

दशरथ कटोरा लेकर अन्तःपुर पहुँचे। वहाँ उन्होंने तीनों रानियों को बुलाकर, पायस के बराबर-बराबर तीन भाग कर, तीनों को एक-एक सोने की कटोरी में रखकर महाराज दशरथ वापस आ गए।

कैकेयी चतुर थी। उसने कौशल्या से कहा, "मैं तो वृद्धावस्था की ओर अग्रसर हो रही हूँ और तुम प्रौढ़ता की ओर। हमें एक-एक पुत्र ही पर्याप्त है। वैसे तो हमने योगी के दिए आमफल सभी कुछ खा लिए हैं, इस कारण विश्वास तो होता नहीं, किन्तु ऋष्यश्रृंग का यह अनुभूत प्रयोग है। इस कारण विश्वसनीय द्रव्य है। फिर भी कहीं हमारे-तुम्हारे भाग्य में ही पुत्र न लिखा हो तो हम क्यों न सुमित्रा को और अपने में से आधा-आधा करके दे दें और उसके दो भाग कर दें। हमारा एक-एक भाग हो जाएगा, स्यात उसके ही सन्तान हो जाए। मुझे तो सन्तान की आवश्यकता अयोध्या के सिंहासन के लिए नहीं अपितु रावण से प्रतिशोध के लिए है अन्यथा मेरे प्रण का क्या होगा? विधाता इसकी पूर्ति करते हैं या नहीं!"

"आप क्यों मन छोटा करती हैं, विश्वास रखो, यह भेसज पायस है, निश्चित ही सन्तान होगी और हम दोनों की मनोकामना पूर्ण होगी।"

"अरे कौशल्या, ज्योतिषी, हस्तरेखा, विशारद, कहते सब हैं, पुत्र तो भाग्य में है, परन्तु पुत्र होगा कब? एक ने कहा था, पैंतालीस की वय में होगा। वह पैंतालीस भी निकल गई और मैं जैसी की तैसी हूँ। कोख रिक्त है। मुझमें माँ बनने की क्षमता है क्योंकि शान्ता मेरी ही कोख से जन्मी है, फिर यह विधाता का कैसा खेल कि अब मैं तरस रही हूँ, तुम तड़प रही हो, सुमित्रा तो लाई ही इसीलिए गई है कि इसके तो सन्तान होगी ही। परन्तु वह भी बेचारी भाग्यहीना हो गई क्या?"

"अरे जिज्जी, मेरा मन कहता है, इस पायस में पुत्रोत्पन्न करने की शक्ति है, मुझे तो यह दिव्य द्रव्य प्रतीत हो रहा है।"

"अरे, पुत्र हो जाए तो दिव्य द्रव्य है अन्यथा सब व्यर्थ। औषधि है, लगी तो लगी, नहीं तो नहीं।"

"वह तो ठीक है, परन्तु अब इसे ग्रहण करो अन्यथा प्रहर समाप्त हो जाएगा।"

"हाँ, तो हम ऐसा ही करें, सुमित्रा को दो भाग दे दें।"

"हाँ, मैं सहमत हूँ। सुमित्रा युवती है, उसी के हो जाएँ तो सच जिज्जी, मैं उन शिशुओं को आक्रोढ़ में ही बिठाए रहूँगी।"

"तो ले, पहले अपने हिस्से में से हम उसका एक भाग और बढ़ा दें, फिर तुम उसे बुला लाना। वह दो कटोरी पान करेगी और हम दोनों एक-एक कटोरी।"

कैकेयी तथा कौशल्या ने अपने-अपने भाग के पायस में से आधा-आधा और निकाल सुमित्रा के दो भाग कर दिए, फिर कौशल्या सुमित्रा के प्रासाद में पहुँची और उसको अपने साथ लिवाकर कैकेयी के प्रासाद में आ गई।

कैकेयी ने आदरपूर्वक सुमित्रा को बिठाया और कहा, "सुमित्रे, लो यह हमारे जामाता ऋष्यश्रृंग का दिया हुआ औषध है इसके दो भाग तुम सेवन करो, एक-एक भाग हम करेंगी।"

सुमित्रा कम बोलती थी। उसे अनावश्यक प्रलाप रास नहीं आता था और न ही वह महाराज

दशरथ के साथ में ही सिंहासन पर बैठी थी। वैसे तो अधिकतर कैकेयी ही पट्टमहिषी होने से महाराज दशरथ के साथ सिंहासन पर ही नहीं बैठती थी अपितु प्रत्येक राज-कार्य में हाथ भी बँटाती थी तथा महाराज के साथ समरांगण में जाती थी और मृगया को भी जाती थी। यह सौभाग्य कौशल्या को भी एकाध बार ही प्राप्त हुआ है। परन्तु सुमित्रा को एक भी बार नहीं। इस कारण उसका स्वभाव व प्रवृत्ति एकाकी रहने की-सी हो गई है। इतना अवश्य है कि सन्तान की तड़प उसे भी है। विवाहोपरान्त पाँच वर्ष तक भी मातृत्व प्राप्त न कर पाना, प्रत्येक स्त्री के लिए चिन्तनीय है, वही स्थिति उसकी भी थी।

सुमित्रा हँसी, फिर बोली, ''जिज्जी, ये पायस है। यदि सन्तान के लिए कोई विष भी औषध कहकर दे तो मैं पान कर जाऊँगी। लाओ, मैं दो भाग सेवन करूँगी ताकि पुत्र होने पर तुम्हारा प्रण तो पूरा हो।''

कैकेयी खिल उठी और उसने अपने हाथ से दो भाग सुमित्रा को दिए तथा एक कौशल्या को और एक स्वयं लेकर पान किया...।

19

लंकेश्वर सिंहासन पर बैठा है। राज्यसभा भरी हुई है। लंका-राष्ट्र के उत्थान एवं योजनाओं पर तर्क चल रहा है। लंका की शिक्षा सुधार-नीति पर विचार हो रहा है तथा मुख्य चर्चा देवराज के ऊपर आक्रमण की होनी है। युवराज मेघनाद एक आसन पर विराजमान है। उसने अक्षय तूणीर का आविष्कार कर लिया है, जिसे वह सभा में भी पीठ पर लटकाए है।

विभीषण बोल रहे हैं, ''सभासदो, लंका में पुलस्त्यनगर निर्माण की योजना है। इस नगर के निर्माण में पाँच कोटि का व्यय होगा। प्रजा को प्रत्येक सुख-सुविधा भी होगी एवं गुरुकुल भी होगा। इस गुरुकुल में ऐसी शिक्षा पर बल दिया जाएगा जिससे कि बटुक तकनीकी होकर अपने पैरों पर खड़ा हो सके। प्रत्येक युवक को चाकर तो बनाया नहीं जा सकता क्योंकि देश में आय के स्रोत तो असीमित हैं, परन्तु युद्ध, आयुध और विकास में अर्थ व्यय किया जा रहा है तथा प्रत्येक की वृत्ति का प्रबन्ध राज्य कर सके, ऐसा सम्भव नहीं है। सेना की संख्या हमने दस अक्षौहिणी और बढ़ा ली है। तकनीकी शिक्षा पर हम बल दे रहे हैं।...हमारे देश में अनुसंधान भी चल रहे हैं, इन पर भी राजकीय धन व्यय हो रहा है तथा लंका को अब एक शक्तिशाली राष्ट्र माने जाने लगा है। हमारी संस्कृति भी लोग अंगीकार कर रहे हैं, यह सब महाराज लंकेश की देन है।...मेघनाद जैसा प्रतिभाशाली युवराज आपको प्राप्त है और लंकाधीश अब इन्द्र पर विजय प्राप्त करना चाहते हैं तथा यह समय भी उपयुक्त है। हम अश्वमेध यज्ञ की क्षत्रियों की नीति के विरुद्ध हैं। हम स्वयं इन्द्र की राजधानी सुषा पर आक्रमण करेंगे। वरुण तथा यम को पराजित कर लंका के नाम की गूँज द्वीप-द्वीप में कर वापस आएँगे। हमारे पास लड़ाकू यान भी पर्याप्त हैं। सूर्य की ऊर्जा से विस्फोट करने वाले 'सूर्यहास' जैसे शस्त्र हैं। ब्रह्मास्त्र जैसा एक ही बार में समूचे द्वीप को ध्वस्त करनेवाला अणु-अस्त्र भी हमारे अगस्त्य से प्राप्त हो गया है। हम शस्त्र-संचालन में ही नहीं अपितु उनके निर्माण में भी आत्मनिर्भर हुए हैं। यह सब आपके सम्राट दशानन की तपस्या का फल है... सम्राट ने अनुलोम तथा प्रतिलोम विवाह से भी असवर्णों को अपनी ओर कर लिया है। हमारी अजेय, दुर्भेद्य लंकानगरी पर उत्तर से कोई आक्रमण नहीं

हो सकता क्योंकि वानरराज बालि और सम्राट समुद्र से हम मैत्री कर चुके हैं। हमारे जामाता हनुमान तथा सम्बन्धी मारुत भी आज इस सभा में उपस्थित हैं। ये भी वरुण से युद्ध करने हमारे साथ जाएँगे। सभासदों, मंत्रिगणों तथा अतिरथी एवं महारथियों का जो विचार हो, वह प्रकट करने का कष्ट करें?...एक प्रसन्नता की बात और यह है कि आज इस सभा में सोमाली खंड के सम्राट सुमाली हमारे नानाजी, सम्राट कालनेमि जी मेघनाद के श्वसुर, तात मय लंकाधीश के श्वसुर, गन्धर्वराज शैलूष, दैत्यराज विरोचन तथा गन्धर्वराज मित्रावसु एवं मधुपुरी (मथुरा) के सम्राट मधु भी उपस्थित हैं। और हम सभी का एक ही उद्देश्य है, इन्द्र, वरुण, यम को पराजित करना। देवाधिदेव रुद्र का कटक भी कैलास से हमारे साथ हो जाएगा।''

शुक बोला, ''मार्ग यथेष्ट लम्बा है। खाद्य-सामग्री, वैद्य, रथकार, धनुषकार, सभी को पहले गन्धर्वराज मित्रावसु तक पोत द्वारा भेजा जाए, वहाँ से कैलास और कैलास पार कर वरुण, यम और इन्द्र की राजधानी सुषा पर आक्रमण किया जाए, यह पथ ठीक रहेगा।''

सुमाली उठे व बोले, ''गन्धर्व देश में ही समस्त सामग्री प्रचुर मात्रा में अभी से ही लंका से भेजना प्रारम्भ कर दी जाए, ताकि सेना को किसी वस्तु की कमी न रहे।''

विद्युज्जिह्व बोला, ''मेरी सेना चुम्बकीय शस्त्रों के प्रयोग में सफल हो गई है। उनके शस्त्र विद्युत गति के समान जाते हैं और वापस भी आ जाते हैं। इन आयुधों के पाँच रथ कालकेय राजधानी से भेजे जाएँ, जिन्हें सेना के साथ सुरक्षित स्थान पर गन्धर्वराज के यहाँ एकत्रित कर दिया जाए।''

मारुत बोला, ''मेरा कटक कैलास पर आपको हनुमान के साथ उपलब्ध हो जाएगा।''

हनुमानजी ने धीमे से प्रश्न किया, ''क्या इस युद्ध का देवासुर-संग्राम जैसा रूप होगा?''

रावण ने कहा, ''हाँ, विचार तो ऐसा ही है।''

''तो लंकापति भूल कर रहे हैं।''

''कैसे?''

''फिर तो क्षत्रियों की अक्षौहिणियाँ सुषा पहुँच जाएगी, और देवराज की वायुसेना ब्रह्मास्त्रों से, अग्नि-गोलों से हमारी सेना को नष्ट कर देगी। एक ओर क्षत्रिय सैनिक मारकाट मचाएँगे, दूसरी ओर इन्द्र की अश्वसेना और वायुसेना?''

''तो आपके पास कोई नया सूत्र हो तो बताओ।'' मय दानव ने कहा।

''मेरी समझ से इन्द्र, वरुण, यम को लंकापति अन्तिमेत्थम भेज दे कि हेमा को वापस करो अन्यथा अमुक तिथि से युद्ध होगा और यह अन्तिमेत्थम समूची सेना के गन्धर्वराज (पेशावर) तथा कैलास की ओर नासीर होते समय भेजा जाए। इससे लोकपालों को अवसर नहीं मिलेगा और दशानन दिग्विजयी सम्राट ही नहीं बल्कि राक्षसेंद्र घोषित हो जाएगा अन्यथा असम्भव!''

हनुमानजी की मौलिक सूझबूझ अति उत्तम होकर सभासदों को सुखदायिनी थी। सभी ने हर्ष-ध्वनि प्रकट की एवं तालियाँ बजाकर हनुमानजी के प्रस्ताव का स्वागत व समर्थन किया।

फिर दैत्यराज विरोचन बोले, ''लंकापति के सैनिक-पोत वैसे भी सागर में चारों ओर घूमा करते हैं, यदि इन पोतों को टुकड़े-टुकड़े में भेजा जाएगा तो मार्ग में कोई अवरोध भी उत्पन्न नहीं होगा, क्योंकि लंकापति की सेना पर अब सभी आर्य-सम्राटों की वक्रदृष्टि है। कोई पोत डुबोया भी जा सकता है।''

गन्धर्वराज शैलूष ने कहा, ''अनिलचूर्ण, कम-से-कम पाँच पोत भेजा जाना अनिवार्य होगा। इन्द्र की सेना में भुशुंडियाँ, शतघ्नियाँ बहुत हैं।''

विभीषण बोले, "पाँच पोत अनिलचूर्ण तो लंकापति के पास नहीं हैं। सेनापति ने अवगत कराया है कि मात्र दो पोत ही अनिलचूर्ण हैं।"

लंकेश बोला, "आपमें से किसी अन्य सम्राट के पास हों तो बताने का कष्ट करें। लंकापति उसे क्रय कर लेगा।"

सभी निर्वाक् हो गए, तब हनुमानजी ही बोले, "अनिलचूर्ण कीमती है, सम्राट, इन नरेशों के पास कहाँ से आया? मैं समझता हूँ, युद्ध आत्मबल की प्रबलता के प्रतीक हैं, शस्त्र उसके सहायक मात्र हैं। जितनी व्यवस्था है, उतना कम नहीं है लंकेश! यदि सेना में जय का आत्मविश्वास व्याप्त हो जाए तो पराजय होना कठिन और शस्त्रास्त्रों की चकाचौंध से भयभीत हो जाए तो ब्रह्मास्त्र भी धरा रह जाएगा, उसे चलानेवाले में भय के कारण हाथ काँपेंगे और अजेय सेना भी जय कर ली जाएगी।"

हनुमान की पुनः बुद्धिमानीपूर्ण बात पर सभासदों में प्रसन्नता छा गई। सभासदों ने तालियाँ बजाकर हनुमानजी का स्वागत तथा उनकी बात का समर्थन किया।

इसी समय प्रहरी ने आकर कहा, "राजन्, अलकापुरी से महाराज कुबेर के दूत पधारे हैं।"

"जाओ, उन्हें ससम्मान ले आओ, लंका की सभा में अलकापुरी के दूत का स्वागत है।"

दूत ने नियमानुसार दंडवत् प्रणाम किया और बोला, "राजन्, आपके ज्येष्ठ भ्राता कुबेर ने सन्देश दिया है कि आपके उपनिवेशों के अधिष्ठाता, अनुचर उत्पात मचा रहे हैं। ऋषियों, मुनियों से युद्ध कर बैठते हैं, इससे लंकापति की छवि धूमिल हो रही है अतएव उन्हें प्रताड़ित करें और यदि दंडित नहीं करेंगे तो लंकेश की अपकीर्ति होगी।"

रावण का माथा ठनका। उसकी व्यवस्था में वध नाम की चीज नहीं है और अनुचर मनमानी कर रहे हैं। बालि ने दुंदुभि का अत्याचार बताया था। यदि इसी प्रकार का अत्याचार होता रहा तो लंकापति द्वारा अर्जित किया जानेवाला यश अपयश में परिवर्तित हो जाएगा तथा आर्य क्षत्रप फिर तिल का ताड़ बना देंगे तथा रावण की अपकीर्ति फैला देंगे। उसे लोगों की दृष्टि में गिराने का प्रयास करेंगे। लंकेश लंका में बैठा है, उपनिवेश योजनों दूर हैं। इतनी दूरी पर बैठा हुआ सम्राट क्या-क्या देख सकेगा और अकेला नरेश भी क्या कर लेगा। सेवकों में भी कितनों को दंडित करेगा। यदि करेगा तो वे विरोधी हो जाएँगे। लंकापति में उनकी निष्ठा नहीं रह जाएगी, यह तो एक उलझन है और मुकुटधारी को संकट। मुकुटधारी पर ही आरोप लगेंगे, चाहे वे सत्य हों या असत्य, उन्हें सुनना तो लंकेश को ही पड़ेगा और दंड भी दे तो बिना परीक्षण के कैसे दे? अभी तो लंकेश दूसरे अभियान में व्यस्त हैं, फिर भी सन्देश तो भेजना ही होगा। तब लंकेश विचार कर बोला, "दूत, भैया लोकपाल धनेश कुबेर से कहना, मैं इस दुर्व्यवस्था को निकट भविष्य में ठीक करूँगा। उनके सन्देश का स्वागत है तथा कुछ दिन बाद अलकापुरी में भैया से भेंट भी करूँगा। कहना, लंका में सब कुशल हैं।"

दूत चला गया तो अकम्पन ने पूछा, "लंका में प्रजा की गणना का कार्य भी हो चुका है, उसके क्या आँकड़े हैं?"

विभीषण ने उत्तर दिया, "सभासद सुनें, लंकापति के एक लक्ष्य पूत तथा सवा लक्ष्य नाती हैं।"

धूम्राक्ष ने प्रश्न किया, "इस पहेली को स्पष्ट करें।"

विभीषण बोले, "सम्राट की प्रजा को पुत्र कहा जाता है, उनकी संख्या एक लक्ष्य तथा इस पुत्ररूपी प्रजा की संतति की संख्या सवा लक्ष्य है जिसमें राजकुल के पारिवारिक सदस्य

भी सम्मिलित हैं। इस प्रकार लंका की कुल प्रजा-संख्या स्त्री-पुरुषों को मिलाकर सवा दो लक्ष्य आज की स्थिति में है।''

सभा में प्रसन्नता छा गई। उन्हें पहली बार आभास हुआ कि हमारे देश की कुल कितनी प्रजा है।

प्रहस्त ने कहा, ''इस प्रजा को भोजन, वस्त्र एवं आवास की समुचित व्यवस्था में और कोई नवीन परिवर्तन किए जाने का प्रस्ताव है क्या? यदि नहीं हो तो जोड़ लिया जावे।''

विभीषण ने उत्तर दिया, ''लंकापति के निर्देश में अन्य स्थलों पर भी नगरों का निर्माण किया जा रहा है, जहाँ कुटिया में रहनेवालों को विस्थापित कर स्थापित किया जाएगा। खेती एवं पशुपालन के प्रोत्साहन के लिए राज्य की ओर से निर्धनों को मुद्राएँ दान की जाएँगी एवं कल-कारखानों को आर्थिक सहायता दी जावेगी।''

सभा ने तालियों की गड़गड़ाहट में लंकेश्वर का जय-जयकार किया और समवेत स्वर से दिग्विजय की योजना को सफल किए जाने के संकल्प के साथ सभा विसर्जित हुई।

राज्य की ओर से रावण के प्रासाद में समस्त अतिथियों एवं सभासदों के भोजन का प्रबन्ध किया गया था। अन्तःपुर में मन्दोदरी, चित्रांगदा, श्रीप्रभा, शूर्पणखा, अनंगकुसुमा और सम्राट की सबसे छोटी युवा क्वाँरी मौसेरी भगिनी कुंभीनसी परिचारिकाओं के साथ-साथ स्वयं भी व्यस्त थी व भोजन तैयार कर रही थी।

उन्होंने अपने निर्देशन में ही षटविध-भोज्य, भक्ष्य, पेय, चर्व्य, चोष्य तथा लोह्य पदार्थ बड़ी रुचि एवं परिश्रम के साथ तैयार किए थे। मोदक, खांड, घृत-मिश्रित पायस, अपूप, राग, खांडव, ये गृहिणियों द्वारा बनाए गए थे एवं सूद तथा पोरागव (रसोइए) द्वारा कुक्कुट, कपोत, तितिर आदि का मांस तैयार किया गया था। मद्यपान हेतु सुरा एवं मैरेय की व्यवस्था भी की गई थी। अन्तःपुर से बाहर मांस तथा मद्य को रखा गया था। सात्त्विक भोज्य-सामग्री की व्यवस्था पूर्णतः रनिवास पर थी और शाक एवं मांस की व्यवस्था बाहर थी।

समस्त विशिष्ट अतिथियों को स्वर्ण थालों में भोजन परोसा गया था। लंकेश ने सुवर्ण तथा असुवर्ण का भेद मिटाने के लिए भोजन भक्ष्य-पदार्थ शूद्रों से परसवाए ही नहीं थे अपितु उन्हें भी भोज में सम्मिलित किया गया था। अंत्यजों को इतना सम्मान किसी भी छत्रधारी द्वारा इस युग में नहीं दिया गया था जितना कि रावण द्वारा। वे गद्‌गद होकर मुक्त कंठ से रावण की प्रशंसा ही नहीं करने लग गए थे बल्कि रावण के भक्त भी हो गए थे।

उचित समय पर ही भोजन प्रारम्भ किया गया था। रावण ने भी आज उन्हीं थालों में भोजन किया था जिनमें कि समस्त अतिथि व संभ्रांत नागरिक तथा गणमान्य शूद्र भोजन कर रहे थे। कुंभीनसी, मन्दोदरी, शूर्पणखा, त्रिजटा सभी भोजन परोस रही थीं।

कुंभीनसी असुरराज मधु से आग्रह करके कहती है, ''सम्राट, ये मोदक बहुत अच्छे हैं, एक तो मेरे हाथ से लेना ही होगा।'' फिर पायस की कटोरी रख जाती तो फिर अपूप दे जाती। उसकी आवाज हंस के समान गद्‌गद करनेवाली थी। वह पीन पयोधरा थी, उसकी जंघाएँ मंसृण एवं संहत थीं जो श्वेत कौशेय से ढँकी होकर प्रकाश के कारण श्याम रूप में प्रकट हो रही थीं। उसके पाणितल रक्तयुक्त थे। उसका आनन पूर्ण चन्द्रमा के समान था। उसकी क्षीण कटि पर मणि-मेखला झूल रही थी। उसके कांतवपु से प्रियंगु, चन्दन तथा केसर की सुगन्ध आ रही थी। वह सुयोग्य अल्हड़ बाला-सी अपने रूप तथा यौवन का प्रदर्शन मधु के सामने आकर कर जाती थी और मधु के अभिराम नेत्रों में अपनी छवि छोड़ जाती थी।

इस राजकीय महाभोज में निर्मांस, सारी तथा कृत्रिम तीनों प्रकार के धूपों की सुगन्ध बिखरी हुई थी और सभी सम्राटगण, अतिथिगण, आपानक करते हुए सुस्वादु भोजन का आनन्द ले रहे थे तथा आनंदमयी वार्तालाप में व्यस्त थे कि पुनः कुंभीनसी मधु के पास खांडव की एक कटोरी लेकर आ गई व बोली, "यह मैंने बनाया है, नरेश, इसे तो पान करना ही होगा।"

"नहीं-नहीं, बहुत हो गया।" कहते हुए मधु ने कटोरी से हाथ लगाकर उसे वापस करना चाहा, उसी में दोनों की अँगुलियाँ छू गईं। विद्युत तरंग-सी दौड़ गई और इसी समय वेणी पर से उत्तरीय कंटकित होने के प्रकंपन से खिसककर नीचे आ गया। कुंभीनसी की हिरण्यरज्जू से वेणी बँधी हुई थी। उसके कंठ में गलहार सुशोभित हो रहा था जो वक्षोज को आवृत किए हुए था तथा कानों में पारिहाटक कुंडल झूल रहे थे। उसके बिम्ब अधर पर लास्य खेल रहा था और नेत्रों से अनुराग का अजस्र श्रोत फूट रहा था।

मधु आकर्षित होकर बोला, "शुभलक्षणे, एकान्त सदन में भेंट की अभिलाषा है। क्या सम्भव है?"

कुंभीनसी कुछ नहीं बोली तथा गजगामिनी पीठ फेरकर चली गई।

मधु को धक्का लगा। क्यों चली गई? क्या मैंने कुछ गलत कह दिया या शिष्टाचार के विरुद्ध बात कह दी अथवा वह लाज के कारण चली गई? किंवा इस समाज के भय ने उसके ओठ फटने नहीं दिए। यदि उसके मन में आसक्ति न होती तो वह मधु को ही स्नेह से इतना भोजन क्यों कराती? और भी तो नृप हैं, वह किसी के पास नहीं गई! सम्भवतः उसका निश्छल प्रेम था। मैंने स्यात् भावनाओं को समझने में भूल की।

इसी समय कुंभीनसी पुनः प्रकट हुई। इस समय उसके हाथ में मात्र एक कमलपुष्प था जो कमलपात में ही लिपटा हुआ था। वह निकट आई और उसने कमलनाल-सी भुजयस्टियाँ बढ़ाकर कहा, "ये पुष्प-भेंट हैं।" वह फिर चली गई।

मधु भी पुष्प एवं पात लेकर महाभोज को छोड़कर बाहर आ गया। वह तीव्र गति से अपने प्रासाद में आ गया और सीधा सुगन्धित द्वीप आधार के पास पहुँच गया। उसने पात में लिपटे हुए कमलपुष्प को गौर से देखा तथा एक ओर रख दिया फिर कमलपात को खोला, उस पर एक वाक्य लिखा था : 'अशोकवाटिका में मध्य रात्रि को आपकी प्रतीक्षा होगी।'

मधु का मुख कमल की भाँति ही खिल उठा। अर्धरात्रि, अभी तो एक पहर रात्रि ही व्यतीत हुई है। इतनी घड़ियाँ गिन-गिनकर कैसे कटेंगी? अशोकवाटिका कोई लघु उपवन तो है नहीं। आज ही लंका की शोभा देखी थी तो इस उपवन को देखा था। बहुत बड़ा है—अशोक के वृक्ष, कदली के वृक्ष, फिर भाँति-भाँति की लताएँ और पुष्पों से भरा हुआ है। कृत्रिम तड़ाग सब कुछ है। कैसे खोजेगा अपनी प्रेयसी को? एक पथ हो तो अँधेरे में अशोक विटप के नीचे खड़े होकर मार्ग की ओर टकटकी लगाकर देखा भी जा सकता है। अनेक पथ और फिर वाटिका में रक्षक भी नियुक्त हैं। उनकी दृष्टि से भी बचना होगा। मधु किस मार्ग पर अपनी आँखें गड़ाए सोचता रहे? फिर बुद्धि-व्यायाम स्वतः होता रहा। अनायास विचार आया कि अन्तःपुर से जो पथ वाटिका की ओर जाता है, उस मार्ग पर दृष्टि रखी जाए। यही मात्र समाधान है इस समस्या का।

मधु बैचेनी में खड़ा हुआ। राजवस्त्रों का परित्याग किया। साधारण वस्त्र धारण किए और चल पड़ा। मार्ग में सबसे पहले मधु ने राकाशशि की ओर अवलोकन किया व आभास किया, अभी मध्यरात्रि को एक घड़ी शेष है। इतनी देर में अन्तःपुर से जानेवाले मार्ग का अनुसन्धान दिशाज्ञान से कर लिया जाएगा तथा मधु मधुर मिलन के लिए कुछ भी कर सकता है। उसकी

गति तेज हो गई व दिशाज्ञान के आधार पर वह अन्तःपुर के मार्ग पर आकर सीधा अशोकवाटिका के पथ की ओर चल दिया एवं मार्ग समाप्त होते ही एक घने अशोक वृक्ष के नीचे खड़ा होकर जिस पथ से आया था, उसी की ओर निर्निमेष देखने लगा।

कुंभीनसी अपने अलिंद में भोजनादि से निवृत्त होकर आई। उसने एक वस्त्र से समूचे शरीर को आवृत्त किया था। पूर्व वस्त्र त्यागे, आँखों में अंजन लगाया तथा गाल पर गोरोचन लगाया और चारों ओर देखा। अन्तःपुर सुनसान पड़ा हुआ था। सभी स्त्रियाँ खा-पीकर सो गई थीं। कतिपय अलिंदों से प्रकाश आ रहा था, कतिपय के दीपाधार बुझा दिए गए हैं। परिचारिकाएँ दिन-भर से थकी-माँदी होने के कारण जिसे जहाँ इच्छा हुई थी, वह वहीं ही खर्राटे ले रही थीं तथा कुछ के वस्त्र तक अस्तव्यस्त से थे। कुंभीनसी ने परीक्षण के लिए एक दासी के वस्त्र ठीक किए, फिर भी वह नहीं जागी बल्कि करवट बदलकर कोहनी पर सिर रख सोती रही।

कुंभीनसी सभी स्त्री प्रतिहारियों की आँख बचाकर बाहर आ गई तथा मार्ग छोड़कर उससे परे होकर चलने लगी और अशोकवाटिका तक पहुँच गई। उसे स्वयं मधु को नहीं खोजना पड़ा, बल्कि मधु ने अशोक वृक्ष से निकलकर कुंभीनसी को एक हाथ से खींच लिया एवं उसी वृक्ष की ओट में ले जाकर कहा, ''मैं यहाँ यथेष्ट काल से हूँ। इस ओर कोई भी राक्षस नहीं आता। सभी उधर ही रह जाते हैं। यह स्थान सुरक्षित है।''

''आते तो हैं, किन्तु आज सभी ने छककर पान किया होगा न, इस कारण औंधे पड़े होंगे। कुछ वेश्यालयों में चले गए होंगे। आज महाराज की ओर से सैनिकों को सुरा निःशुल्क दी गई है! इसीलिए तो हम और आप निरापद यहाँ तक आ सके हैं अन्यथा लंका के रक्षकों, सैनिकों से कौन आँख चुरा सकता है? इतने पर भी गुप्तचर राजप्रासाद के चारों ओर एवं जितने भी सम्राटगण पधारे हैं, उनके अलिंदों की ओर घूम रहे होंगे तथा जानकारी एकत्रित कर रहे होंगे। लंकेश्वर को प्रातःकाल अकम्पन-जैसे चरपति प्रत्येक नरेश की सत्य जानकारी पहुँचा देंगे।''

''इतनी बड़ी व्यवस्था है लंकापति की?''

''जी हाँ! यहाँ की तो नारी चर भी विकट हैं। उनकी दृष्टि तो पुरुष चरों से भी तीव्र है। वे गम्भीर-से-गम्भीर बात निकालने के लिए आप-जैसे सम्राटों से प्रेम का नाटक रच लें तथा लंका को आपकी सैन्य-संख्या, आपकी राजनीतिक गतिविधियाँ और अन्य राष्ट्रों से सम्बन्ध के पूर्ण समाचार लंकापति को भेज दें। जितनी स्त्री-चर हैं, वे सब अति सुन्दर हैं एवं उनको सदैव सुन्दर व स्वस्थ रखने के लिए राज्य की ओर से ही पूर्ण व्यवस्था की जाती है।''

''नारीचर तो अभी किसी भी देश में नहीं हैं, अतिरिक्त देवराज के। उसकी चर-व्यवस्था भी सम्भवतः ऐसी ही है।''

''होगी, मुझे क्या पता?''

''मुझे पता है।''

''आप भी देवराज से शत्रुता रखते हैं?''

''हाँ, वह सभी दैत्य, दानव, असुरों का शत्रु है।''

''उसका हमसे बैर क्यों है?''

''देवराज विश्व की एक शक्ति है। क्षत्रिय उसके सहायक हैं और हम देवराज की शक्ति, उसकी सभ्यता को नमस्कार नहीं करते। इस कारण वह हमसे बैर रखता है और युद्ध करता है।''

''सुना है, उस देश की स्त्रियाँ बड़ी सुन्दर होती हैं?''

''कोई विशेष नहीं हैं। वह तो उनके द्वीप की जलवायु के प्रभाव के कारण व शीत प्रकृति होने के कारण वर्ण में अन्तर है अन्यथा तुमसे अधिक सुन्दर थोड़ी हैं।''

''यह तो मन भरनेवाली बात कह दी आपने। कुंभीनसी ने भैया कुबेर की उस देशीय अप्सराओं में रंभा को देखा है। उसे देखकर मेरे मन में ईर्ष्या हो गई थी।''

''वह तो उनका शृंगार व वस्त्रों से अलंकृत होने से ऐसा भान होता है कि वे बहुत सुन्दर हैं अन्यथा लंका की रमणियों के प्राकृतिकं सौन्दर्य के सामने रंभा कुछ भी नहीं है।'' पुनः आकाश की ओर देखकर मधु बोला, ''रात आधी हो गई और तेरी-मेरी बात प्रारम्भ ही नहीं हुई।''

''आप पुरुष हैं, आप ही कीजिए न कोई बात! मैं तो स्त्री हूँ, क्या कहूँ?''

''मधु क्या बोले, कुछ समझ में नहीं आता। संकोच तथा भय दोनों एकान्त में भी निवास करते हैं। सम्राट होकर भी अनुराग को नारी के सम्मुख अभिव्यक्त न कर पाना भी एक जटिल समस्या है। अन्धकार में तो हाव-भाव, चेष्टाएँ भी दिखाई नहीं देती हैं, दिन हो तो आँखों को पढ़कर ही कुछ कहा जाए। चाँदनी में भी कुछ सोचा जा सकता है, किन्तु यहाँ इस घने वृक्ष की छाया में निपट अन्धकार है।''

तभी कोयल कूक उठी और सहसा कुंभीनसी मधु से या मधु कुंभीनसी से सटे और अलग हो गए।

''तुम एक वस्त्र में आई हो?'' मधु ने पूछा।

''रात्रि के परिधान में ही तो आ सकती थी। इसके दो आशय हैं—एक तो ये परिधान दासियाँ पहनती हैं। कहीं कोई रक्षक मिल भी जाता तो वह दासी समझ कर टोकता नहीं। सोचता, आज महाभोज था, अन्तःपुर के कार्य में देर हो गई होगी। पूछता भी तो इतना ही 'कहाँ जा रही हो'...मैं आवाज बदलकर कह देती, 'सदन की ओर'। रात्रि में दूर से मुख तो दिखता नहीं।''

''तो समूची बातें विचार कर निर्धारित कार्यक्रमानुसार ही आई हो?''

''बिना योजना तथा संकल्प-विकल्प के तो आपको आमंत्रित नहीं किया जा सकता था।''

''तो ठीक है, चलो उस ओर, थोड़ा चाँदनी में स्फटिक पीठिका पर बैठेंगे।''

''उस ओर नहीं,'' संकेत कर कहा, ''पूर्व की ओर वहाँ, फूलों की क्यारियाँ हैं, जलस्रोत हैं, लतागुल्म हैं तथा छिपने को स्थान भी है।''

''यह तुम्हारा नगर है, तुम्हें अधिक ज्ञान होगा। चलो, जहाँ तुम ले चलोगी वहीं मधु जाने को तैयार है।''

आगे-आगे हंसिनी-सी चाल चलती हुई कुंभीनसी और उसके पीछे-पीछे मधु। दोनों ही नियत स्थान पर खुले में बैठ गए। फिर कुंभीनसी स्फटिक शिला पर उठंग हो गई। अनायास ही मधु ने अपनी आक्रोढ़ में कुंभीनसी का सिर रख लिया तथा छिटकती चाँदनी में उसके मुख को निहारने लगा।

कुंभीनसी ने पूछा, ''सम्राट, मधुपुर में भी क्या ऐसी ही नारियाँ हैं?''

''हैं क्यों नहीं; किन्तु आकर्षण हो, तब न!''

''क्यों, मुझमें ऐसी कौन-सी विशेषता है?''

''मन विशेष गुणों को कहाँ देखता है, ये तो जिस पर रीझ गया उस पर रीझ गया।''

''तो आप क्या सचमुच रीझ गए हैं?''

''न रीझता तो यहाँ तक एकाकी कैसे आता? क्या तुम्हारी मनोदशा वही नहीं है जो मेरी है?''

"है क्यों नहीं, न होती तो मैं कैसे आती? क्या तुम्हें विश्वास नहीं होता?"

"तो फिर प्रिये, यह क्षुधा शान्त करो।"

"लोकलाज तो नारी का आभूषण है, अलंकार है, इसे कैसे त्यागा जा सकता है?"

"लाओ, मैं इसका परित्याग किए देता हूँ।"

"यह तो प्रत्येक पुरुष की वासनामयी प्रवृत्ति हुई। मैं नहीं कहती कि बिना कामेच्छा के स्त्री-पुरुष पूर्ण हो सकते हैं परन्तु मर्यादाएँ जो हैं, उनका पालन अनिवार्य है।"

"क्या आशय है?"

"आशय यह कि बिना विवाह के कुंभीनसी को नहीं भोग सकेंगे।" कहते हुए कुंभीनसी बैठ गई।

मधु चिन्तित हो गया। यह कैसा संयोग है! समस्त भोगों को भोगनेवाला सम्राट एक नारी के लिए इतना तड़प रहा है! जिसके एक संकेत पर रूप हट्ट लग जाए, वह कुंभीनसी के आगे दीन है। क्या यही मनोदशा दुष्यन्त की भी हुई होगी शकुंतला को देखकर तथा उससे मिलकर? शकुंतला ने दुष्यन्त को अनेक उपदेश दिए। नारी ने अपने सतीत्व को नष्ट नहीं होने दिया, उसकी रक्षा की और अपनी ओर से किसी पुरुष को प्रश्रय भी नहीं दिया। कुंभीनसी एकाकी है। मिलन की लालसा है। वह मधु को प्रश्रय भी दे रही है, किन्तु सामाजिक व्यवस्था को नहीं तोड़ना चाहती। ऐसी कुलीन नारी को पत्नी बनाना ही होगा। मुझे भी वही करना होगा जो महाराज दुष्यन्त ने किया।

फिर प्रकट में बोला, "मैं गन्धर्व विवाह करने को तैयार हूँ कुंभीनसी!"

"कुंभीनसी इस विवाह से सहमत है, किन्तु...।"

"किन्तु क्या प्रिये?"

"विवाह तो कुंभीनसी आज और इसी समय कर लेगी, परन्तु लंकेश कुंभीनसी को सम्भवतः मधु को नहीं देगा।"

"क्यों नहीं देगा? मैं भी सम्राट हूँ!"

"वे अन्य सम्राटों की भाँति मेरा स्वयंवर करना चाहते हैं।"

"तो और भी अच्छा है, तुम मेरे गले में वरमाला पहना देना।"

"माला तो मैं पहना दूँगी; परन्तु लंकेश्वर की राजधानी में देव, अदेव सभी नरेश होंगे और मैं जानती हूँ कि मेरी सुन्दरता मुझे कहीं अभिशाप न बन जाए और देव छत्रप युद्ध न करने लगें।"

"युद्ध हो जाएगा।"

"और जैसे कि भैया दशानन ने महाराज दशरथ को कौशल्या स्वयंवर में पराजित किया था, वैसा हो गया तो कुंभीनसी बेमन से देव जाति की बाँहों में होगी तथा हृदय से तुम्हारी। फिर तुम क्या कर सकोगे? इस कारण मैं ऐसे विध्वंसकारी स्वयंवरों से घृणा करती हूँ। स्त्री को तो उसका मनमीत मिलना चाहिए और अब कुंभीनसी के लिए वह मात्र आप हैं। जिसका मन हो गया, उसके लिए यह तन भी हो गया। इसके अतिरिक्त मैं कुछ नहीं जानती।"

"तो मुझे निर्देश दो कुंभीनसी, फिर मैं क्या करूँ? तुम्हारे जैसी उच्च विचारों की धर्मपत्नी के लिए मधु प्राणों तक की बाजी लगा सकता है।"

"आप मेरा हरण कर लीजिए, यह प्रथा सबसे अच्छी होगी।"

"किन्तु हरण में तो लंकेश से ही युद्ध करना होगा और उसमें मधु हार जाएगा। द्वितीय

शक्ति के रूप में उभरते हुए लंकापति का कौन सामना करेगा? जिसकी सेनाएँ कुछ ही दिन में सुषा पर आक्रमण करनेवाली हों तथा देवराज की यान-युद्ध नीति को ध्वस्त करनेवाली हों, उसके सम्मुख एक मधुपुर का छोटा नरेश कितने समय तक ससैन्य खड़ा रह सकेगा, वह तो मारा ही जाएगा? एक चींटी हाथी की समता करेगी?''

''यह तो मैं भी जानती हूँ, किन्तु कूटचाल भी मैं ही बताती हूँ।''

''बतलाओ।''

''जब रावण की सेनाएँ किन्हीं दूसरे युद्धों में रत हों, उस समय तुम एकाकी कुछ सैनिकों के साथ आ जाना और राजप्रासाद से ही मेरा हरण कर लेना। मैं स्वेच्छा से तुम्हारे साथ तत्काल चली जाऊँगी और जलपोत से हम भाग चलेंगे। पट्टमहिषी मन्दोदरी आपके स्वागत में व्यस्त हो जाएँगी और हम चुपचाप दासियों को बताकर भाग जाएँगे। मेरी निजी दासियाँ मेरे हरण का समाचार मन्दोदरी को जब देंगी तब तक हम योजनों दूर पहुँच चुके होंगे। विभीषण होंगे नहीं। कुंभकरण का प्रासाद ही दूर है, फिर वह आलसी है। जब तक सुनेंगे, सोचेंगे, समझेंगे और पीछा करेंगे तब तक हम मधुपुर पहुँच जाएँगे।''

''मधुपुर पहुँचने के उपरान्त भी लंकेश आक्रमण कर देंगे तो मेरा तो वध ही कर देंगे।''

कुंभीनसी ठहाका मारकर हँसी और बोली, ''आप तो लंकापति के नाम से ही भयभीत हैं। वहाँ मैं भैया को समझा लूँगी। मधुपुर पहुँचने के पश्चात् के समस्त उत्तरदायित्व मेरे और हरण से मधुपुर तक के आपके। आप जैसे नरेशों को ही तो राजकुमारियाँ हरण-निमंत्रण देती हैं और आप कायर ही नहीं बन रहे हैं बल्कि आपकी घिग्घी बँध-सी गई है। मैं भी वीरांगना हूँ। लंका में नारी को युद्ध-प्रशिक्षण दिया जाता है। यदि अवसर आएगा तो धनुषबाण ही नहीं, कुंभीनसी खड्ग चलाएगी।''

मधु का हतोत्साही मन उत्साही हो गया। कुंभीनसी के ओजस्वी वाक्यों ने युवा नरेश मधु की हृततंत्री पर सीधा प्रहार किया। उसके दोनों हाथ सहसा उठ गए। कुंभीनसी ने भी बाँहें पसार दीं और दोनों ने एक-दूसरे को भुजापाश में बाँध लिया। मधु ने एक मधुर चुम्बन किया। प्रतिउत्तर में कुंभीनसी ने भी मस्तक चुम्बन किया और बाँहें छुड़ाकर बोली, ''महाराज, आप गुणवान हैं, धर्म को समझते हैं। कुंभीनसी हृदय से आपकी हो चुकी, अब विदा माँगती है। और यह जो पुष्पमाला मेरे कंठ में पड़ी है, उसे आपके कंठ में पहनाकर गन्धर्व विवाह की प्रक्रिया पूर्ण करने की अनुमति चाहती है।''

''अनुमति तो तुम्हें मधु पहले दे चुका है। जो तुम्हारी मनोकामना हो, वह पूर्ण करो देवि!''

कुंभीनसी ने महाराज मधु के कंठ में माला डाल दी व चरण-स्पर्श कर कहा, ''स्वामी, मैं पवित्र, अपवित्र सभी कुछ लंका में रहकर जान गई हूँ। यद्यपि अपवाद में संसार में, लंपट, कामी, कुलटा तथा व्यभिचारिणी स्त्रियों एवं पुरुष सभी का अस्तित्व है, परन्तु लंकापति का श्रोत्रिय कुल पूर्णतया इन कुकर्मों से दूर है। स्वयं लंकेश महान योगी व तपोनिष्ठ हैं। पट्टमहिषी मन्दोदरी लंकेश की सेवा व आज्ञा में ही लगी रहती हैं तथा भैया विभीषण विशुद्ध वैदिक कर्मकांड के उपासक हैं और उनसे भी महान तपेश्वरी मेघनाद तथा महासती सुलोचना हैं जो कि पति की प्रसन्नता में प्रसन्न और पति के दुख में दुखी होती हैं। ऐसे कुल की नारी 'मधुर मिलन' मधुपुर में ही करेगी, यहाँ नहीं। आप मेरे हृदय तथा शरीर के स्वामी, माला पहनाने के साथ ही हो गए हैं फिर भी मेरा निवेदन स्वीकार करेंगे तो मुझ दासी पर बड़ी कृपा होगी।''

''कुंभीनसी, तुम दासी नहीं, मेरे हृदय की स्वामिनी हो। तुम्हारी सभी बातें सुन्दर हैं जो

किसी भी विवेकी पुरुष के लिए नैसर्गिक रूप से स्वीकार योग्य हैं। तुम मेरी अर्धांगिनी हो। अब से मैं और तुम एकनिष्ठ हो गए हैं। अतएव जाओ प्राणेश्वरी, मधु तुम्हारे, 'मधुर मिलन' की तैयारी शीघ्र करेगा। विदा प्रिये, विदा...''

''इस शुभरात्रि की तृतीय पहर की विदाई हमारे मिलन की शीघ्र सुखद व्यवस्था करे। नाथ, विदा...!''

20

महाराज दशरथ आज अतीव प्रसन्न हैं। राजधानी में घर-घर मंगलगान गाए जा रहे हैं। नाना प्रकार के वस्त्र, रत्न दान दिए जा रहे हैं। ब्राह्मणों को शुभ लक्षणोंवाली गौएँ दी जा रही हैं। कुछेक को ग्राम दान किए जा रहे हैं। महाराज दशरथ आनन्द के समुद्र में डूबे हुए हैं। उनके मुँह से आज दान शब्द के अतिरिक्त कुछ भी उल्लास के कारण प्रस्फुटित नहीं हो रहा है। दशरथ के मन में पुत्रोत्पत्ति की लालसा बहुत दिनों से थी। वह भाग्य से या ऋष्यशृंग जैसे आयुर्वेद आचार्य के प्रयत्नों से पूर्ण हुई। उनका मन नहीं लगा था तो वे अन्तःपुर में ही पुत्र देखने चले गए थे जहाँ सबसे पहले कौशल्या के पुत्र के दर्शन किए थे फिर कैकेयी के पुत्र और तदनंतर सुमित्रा के यमज (जुड़वा) पुत्रों के दर्शन कर दशरथ धन्य हो गए थे तथा उन्होंने सोल्लास वसिष्ठ, सुमंत, काश्यप से कहा था, ''आज दशरथ के चार पुत्र होने से चार भुजाधारी हो गया है। मुनिवर, ज्योतिष से इनकी शुभ घड़ी देखो।''

काश्यप ने उँगलियों पर ही अपना ज्योतिष फैलाकर उत्तर दिया था, ''चैत्रमास के शुक्लपक्ष में नवमी को जन्म लेनेवाला कौशल्या तथा आपका ज्येष्ठ पुत्र कर्क लग्न में पुनर्वसु नक्षत्र के समय जबकि पाँच ग्रह उच्च के हैं तथा सूर्य मेष राशि पर है, इस प्रकार मध्याह्न काल में जन्म लेनेवाला यह बालक चक्रवती सम्राट तो होगा ही, साथ ही इसकी प्रतिभा के सामने कोई नहीं ठहर सकेगा एवं सुयश अर्जित करेगा।''

''तात वसिष्ठ, आप इसका नामकरण और कर दें।'' दशरथ ने कहा।

''राजन्, प्रतापी, यशस्वी ज्येष्ठ पुत्र 'राम' नाम से सुविख्यात होगा एवं कैकेयी का पुत्र 'भरत' के नाम से जाना जाएगा व तपस्वी होगा तथा सुमित्रा का ज्येष्ठ पुत्र 'लक्ष्मण' नाम से विख्यात होकर अपने ज्येष्ठ भ्राता राम के प्रति आदर भाव रखेगा तथा त्यागी पुरुष होगा और सुमित्रा का छोटा पुत्र तथा सभी भ्राताओं का अनुज यह मेधावी होकर 'शत्रुघ्न' नाम अमर करेगा। सम्राट, आपके ज्येष्ठ पुत्र राम सर्वगुणसम्पन्न होंगे तथा अपना नाम अपने सुकृत्यों से अमर करेंगे।''

''ओह! दशरथ धन्य हुआ ऋषि! सौ गाँव तथा सौ गाएँ आपको दी जाती हैं।'' रुककर पुनः कहा, ''सुमन्त! नट, भांड, खेल दिखानेवाले ऐंद्रजालिक विद्या को प्रदर्शन करनेवाले सभी को भोजन, वस्त्र आज सब कुछ दो। राज्यभर में सात दिन तक उत्सव मनाया जावे।''

सभी नगरनिवासी राम-जन्म पर आनंदित हैं। कोई भाग्य की, कोई करनी की तथा कोई ऋष्यशृंग की चिकित्सा की सराहना कर रहा है। कुलवधुएँ चौथेपन में सम्राट के एकसाथ चारों पुत्र उत्पन्न होने से जुड़वाँ पुत्रों की चर्चा कर रही हैं। अयोध्या नगर तथा अयोध्या राज्य में आनन्द छाया है।

किन्तु कैकेयी तथा कौशल्या दोनों अपने पुत्रों का बार-बार मुख चूम लेती हैं, फिर किसी अतीत में खो जाती हैं। कैकेयी को स्मरण हो रहा है रावण का युद्ध, जिसके बाणों के घाव के चिह्न आज भी महाराज के वक्ष पर हैं। कैकेयी की उँगलियों ने जब इन चिह्नों को छुआ, तब-तब उसकी आँखों में रक्त उतर आया है। कैसे हैं ये घाव जो महाराज को तो चैन से सो भी जाने देते हैं, किन्तु कैकेयी जो इन्हें बीस वर्ष से देख रही है, उसकी आँखों में नींद समाती ही नहीं है। कैकेयी उस समय माँ अवश्य थी किन्तु मात्र पुत्री शान्ता के उपरान्त कैकेयी को सन्तान की पीर नहीं आई। 'कहाँ नहीं गई मैं—सभी स्थानों पर। सभी योगियों के पास, परन्तु पुत्र-लालसा कम न होकर बढ़ती ही गई तथा मैं असमय में ही वृद्ध प्रतीत होने लगी। भला हो ऋष्यशृंग तुम्हारा, जो महाराज रोमपाद की कृपा से तुम जैसा सुयोग्य पुत्रेष्टि यज्ञकर्ता जामाता महाराज को प्राप्त हुआ और उसकी कृपा से हमारी मनोकामना पूर्ण हुई।' कैकेयी चारों पुत्रों से बराबर स्नेह करेगी तथा यह देखेगी कि कौन-सा पुत्र लंकेश के लिए सक्षम बैठता है।

'मैं पट्टमहिषी हूँ। मुझे अधिकार प्राप्त है। राजकीय मुद्रा तक का उपयोग मैं कर सकती हूँ। मुझे इन्द्र को सूचित करना चाहिए कि रक्ष-संस्कृति को रोकने के लिए क्या भावी योजना बनाई जाए। वसिष्ठ जैसे ज्ञानी जिन्हें भूगोल का पूर्ण ज्ञान है तथा रक्ष-संस्कृति के विरुद्ध हैं, इन जैसे पुरोहितों, मंत्रियों से भावी योजना गोपनीय रूप में तैयार कराना चाहिए और अब तो विश्वामित्र भी वसिष्ठ जी के मित्र हैं, वे भी नैमिषारण्य में रक्ष-संस्कृति के बढ़ते हुए प्रभाव के कारण एवं रावण द्वारा पराजित होने से कुछ-न-कुछ प्रतिशोध की भावना तो अवश्य ही रखते होंगे। उनका भी उपयोग किया जा सकता है। वे ब्रह्मर्षि हैं, वे विधाओं के धनी हैं। उनका गुरुकुल चारों पुत्रों के लिए श्रेष्ठ रहेगा, वहाँ अल्पकाल में ही विद्या प्राप्त कर लेंगे। शस्त्र-संचालन सीख लेंगे। जब लंकेश एकाकी दिग्विजय कर सकता है तो क्या दशरथ-पुत्र लंका जय नहीं कर सकेंगे और यदि नहीं कर सकेंगे तो क्या हुआ, क्षत्रिय का धर्म तो युद्ध करना ही है। किन्तु लंकेश और मांधाता में सन्धि हो गई। मांधाता शिवदान तक चले गए और मांधाता ने एक पृथक खंड बसाया व फिर वापस आए; परन्तु...अब?

अब रावण के अनिंद्य सखा ही नहीं अपितु भ्राता तुल्य भार्गव परशुराम दक्षिण में हैं, उन्होंने शूर्पारिक जलपत्तन का निर्माण कर लिया है। सम्राट समुद्र उनका सहायक है तथा वे मत्स्यजाति का उद्धार कर रहे हैं। भार्गव परशुराम अब शस्त्र नहीं उठाएँगे, किन्तु रुद्र के भक्त हैं, इस कारण देवाधिदेव की महिमा का गुणगान व उनकी पूजा का प्रचार वे भी रावण की भाँति कर रहे हैं। इस कारण देवराज का विरोध तो होना स्वाभाविक है, निश्चित ही दशरथ को सहायक होंगे।

कैकेयी की भृकुटि तन गई। वह कुटिल हो गई। उसके हृदय से अनायास ही पुत्र-मोह जाता रहा। वह प्रसूता होकर भी सिंहनी के समान उठी और कांस्यताल पर आघात कर दिया। परिचारिका भयभीत-सी उपस्थित हो गई, तब रानी बोली, "जाओ, गुरु वसिष्ठ को बुला लाओ।"

परिचारिका दौड़ती हुई चली गई।

कौशल्या क्या करे! राम के मुख की ओर जब-जब देखती है तो उसमें एक नवीन दिव्यता का आभास होता है। उसकी आँखों से दृष्टि मिलती है तो जाने किस विचार में कौशल्या का मन डूब जाता है। उसके हृदय में राम के सम्बन्ध में विविध मनोवेग होने लगता है। राम ज्येष्ठ है। राम बड़ा होकर अयोध्या का सम्राट होगा। आज इसके नन्हे-नन्हे हाथ हैं, कल विशाल बाँहोंवाला हो जाएगा। राम का प्रताप बढ़ेगा। राम दिग्विजय करेगा, अश्वमेध यज्ञ करेगा और

यक्ष-संस्कृति की रक्षा करेगा। राम ज्येष्ठ होने से महाराज की आशा है। किन्तु इसकी आँखों में ये क्या दृष्टिगोचर होता है, चतुर्भुजरूप-सा या मेरा मनोवेग होकर दृष्टिवैषम्य है? फिर मन-ही-मन हँसी। सोचने लगी—पुत्र भी क्या चीज है, इसके लिए माता-पिता दोनों ही बड़े स्वप्नों की रचना करते हैं। उसी रचना में कौशल्या राम के चतुर्भुज रूप की कल्पना कर रही है। राम के विवाह, बहू, नाती तक की बात सोच रही है। कहा जाता है, पुत्र के युवा होने से पिता का गृह-भार एवं उत्तरदायित्व दोनों ही निर्भर हो जाते हैं। राम के युवा होने से दशरथ भी चिन्तामुक्त हो जाएँगे और युवा होने पर राम का राज्याभिषेक होगा। कौशल्या फूली नहीं समाएगी।

परन्तु राम को तो दूसरा कार्य करना होगा। कौशल्या का रावण मात्र ही चिर शत्रु है। राम अयोध्या का सम्राट बनते ही लंका जय करने जाएगा। भले ही उस अजेय, दुर्भेद्य नगरी में राम पराजित हो जाए, फिर भी कौशल्या का मन नहीं डोलेगा। क्षत्राणी के पुत्र तो रणभूमि में मरने के लिए ही जन्मते हैं। फिर क्षत्राणी का दूध राम कैसे लजा सकता है, वह तो जीतेगा ही तथा रक्ष-संस्कृति को समाप्त करेगा। इस संस्कृति के बोलबाला ने यक्ष-संस्कृति को पंगु बना दिया है जिसके कारण क्षत्रियत्व रसातल की ओर जा रहा है। शूद्र सिर उठा रहे हैं। रावण के प्रशस्ति-गान गा रहे हैं। वेदों का पाठ कर रहे हैं, तप कर रहे हैं एवं अनुसन्धान कर रहे हैं। रावण श्रोत्रिय होकर वानर (आदिवासी) जाति से विवाह कर रहा है, उन्हें अंतर्भुक्त कर रहा है तथा शिवलिंग पूजा का विधान बता रहा है। देवाधिदेव इन्द्र के शत्रु हैं तो हमारे भी हैं। रुद्र को अनार्य देवता के रूप में कोई स्वीकार करे, यह क्षत्रिय कैसे देख सकता है क्योंकि क्षत्रिय-पूजा ही आज तक चली आ रही है। इस पूजा को नष्ट करनेवाला कोई जीवित क्यों रहे?

रावण की अधीनता अधिकतम सम्राटों ने स्वीकार कर ली है तथा रावण के उपनिवेशों की संख्या प्रत्येक राज्य में बढ़ती ही जा रही है। ये राक्षस क्षत्रिय-यज्ञों के स्थान पर रावण-यज्ञों की स्थापना कर रहे हैं। जो विरोध करते हैं, उनसे युद्ध करने लगते हैं तथा यज्ञ विध्वंस कर देते हैं और क्षत्रिय सम्राट, ऋषि, मुनि सब देखते रहते हैं। ऋषि, मुनि शाप तक नहीं देते। कोई मंत्र (कूटचाल) तक नहीं करते। क्यों नहीं करते, इसलिए कि लंकेश ब्राह्मण है, पुलस्त्य-कुल में जन्मा है और क्षत्रियों के यज्ञ में पशुवध है, रावण के यज्ञ में वध नहीं है। वह पशु को पशुधन कहता है, वह गौवंश की रक्षा करना चाहता है। हम क्षत्रियों का समूचा विधान महाराज मनु इक्ष्वाकु का है। इस पशुवध के नियम को कैसे तोड़ सकते हैं फिर ऋषि स्वयं यज्ञ सम्पन्न कराते हैं, फिर रावण की नवीन व्याख्या, नया सिद्धान्त क्यों लोगों को अधिक आकर्षित कर रहा है?

कौशल्या ने तो रावण को निर्निमेष ही देखा है। मुझे तो वह अच्छा नहीं लगा था या हो सकता है कि जिससे हम घृणा करते हैं, वह हमें स्वाभाविक रूप से अच्छा नहीं लगेगा, शेष को या उसके मित्रों को तो वह वरेण्य ही होता है। परन्तु मुझे तो रावण नहीं बल्कि उसकी अभ्युदयी शक्ति तथा क्षत्रियों की क्षीण हो रही शक्ति दोनों को तौलना है। लंका राज्य एक ऐसी शक्ति के रूप में उभर रहा है जिसे यदि नष्ट नहीं किया गया तो कालांतर में आर्य-नीति रंचमात्र नहीं रह जाएगी। कौशल्या को कैकेयी के वचनों को पूरा करना होगा।

कौशल्या ने परिचारिका के हस्ते सन्देश भेजा, ''जा हला, पट्टमहिषी से कह—आपके प्रतिशोध के लिए महाराज के चार पुत्र उत्पन्न हो गए हैं। कौशल्या अपने पुत्र का मोह आपके अभियान हेतु कतई नहीं करेगी।''

परिचारिका ने कैकेयी को कौशल्या का सन्देश सुना दिया। कैकेयी गद्गद हो उठी और इसी समय मुनि वसिष्ठ पर्दे की ओट में एक आसन पर बैठ गए।

कैकेयी ने कहा, "मुने, मेरा अभीप्सित पूर्ण करो!"

"क्या अभीप्सित है आपका?"

"लंकेश को पराजित करना।"

"वर्तमान में असम्भव!"

"मैं भविष्य की बात कर रही हूँ।"

"भविष्य के लिए अयोध्या में ऐसे सम्राट की आवश्यकता है जो ऊँच-नीच दोनों में भेद न रखे एवं रावण जिस प्रकार इन्हें अपना रहा है, उसी प्रकार अपनाए तो प्रजा के बीच उसकी छवि बढ़ेगी, तभी आपका मनोरथ पूर्ण हो सकेगा।"

"मैं दशरथ पुत्रों को इसी प्रकार शिक्षित करना चाहती हूँ, ताकि वे मर्यादा की सीमा में रहकर अपने कुल व गुणों की छाप प्रजा पर छोड़ें तथा पुत्रों की ख्याति अन्य द्वीपों में भी फैले जिससे रावण पर आक्रमण की भूमिका का निर्वाह हो सके।"

"लंकापति को विजय करने के लिए विशद योजना तैयार करनी होगी। सभी ऋषि-मुनियों को अयोध्या के प्रति निष्ठावान करना होगा, तभी सम्भव हो सकेगा।"

"मेरा विचार यही है, आप तथा विश्वामित्र दोनों ही इस योजना को पूर्ण करें।"

"समूची योजना में कूटनीति के अतिरिक्त तथा मार्ग के सभी राजाओं को अपनी ओर किए जाने के अलावा और कुछ नहीं है। फिर यह भी देखना होगा कि इन पुत्रों में से कौन-सा पुत्र इस योग्य निकलता है जो कि रावण से टकरा सके?"

"कुछ भी हो, ये अभियान तो पूर्ण करना ही होगा। भले ही अयोध्या-सम्राट पराजित हो जाएँ, किन्तु दशरथ-पुत्रों को कैकेयी के मनोरथ के लिए युवा होते ही जाना होगा। रावण की संस्कृति, उसकी ख्याति क्या आपकी आँखों में नहीं खटकती है?"

"खटकती है। रावण की कीर्ति के आगे सभी निस्तेज हो गए हैं, बुद्धि कार्य नहीं कर रही है।"

"बुद्धि का उपयोग तो करना ही होगा, भले ही इस कार्य में अर्थ तथा कुछ वर्ष व्यतीत हो जाएँ, परन्तु यह कार्य करना होगा।"

"ठीक है महारानी, मैं इस कार्य को सम्पन्न करूँगा। सभी से सम्पर्क स्थापित कर अगस्त्य तक के मार्ग को राम के लिए प्रशस्त करूँगा।"

"इस कार्य के लिए देवराज से भी चर्चा करना अनिवार्य है।"

"अवसर आने पर उनसे वार्ता आपकी करा दी जाएगी।"

21

समुद्र में श्वेत सिंहवाली रावण सैन्य की ध्वजाएँ पोतों पर फहरा रही हैं। सुमाली, यम, माल्यवान, कालनेमि, मित्रावसु, मधु, विद्युज्जिह्व, मारुत, हनुमान, मेघनाद तथा अन्य समस्त रावण के मित्र धूप या इन्द्र, वरुण, यम को विजय करने जा रहे हैं। मात्र पंपापुर के सम्राट बालि ने इस अभियान में भाग नहीं लिया। यह पहला अवसर था किसी सम्राट के ससैन्य कैलास पार कर श्वेतद्वीप पर आक्रमण करने का। मांधाता इन्द्र से युद्ध करना चाहते थे; किन्तु उन्हें इन्द्र ने ही रावण राक्षसराज से उलझाया और मांधाता अपनी शक्ति नष्ट कर रावण से सन्धि कर वापस लौट

गए। रावण इन्द्र की इस कूटचाल का प्रतिशोध कूटचाल से ही लेना चाहता था और इसीलिए लंका भी अक्षौहिणियाँ जय के दृढ़ निश्चय के साथ चल पड़ी थीं।

रावण-पुत्र मेघनाद को रण करने का यह पहली बार सौभाग्य प्राप्त होने जा रहा है। वह अपने पिता के समान महान योद्धा तथा देवाधिदेव से अनेक विद्याएँ प्राप्त कर स्वयमेव विद्या-बर्मधारी हो गया है और आज मेघनाद के ही निर्देशन में सभी सम्राटों की सेनाएँ चल रही हैं। मेघनाद की भृकुटि भी अपनी नानी हेमा का स्मरण आते ही तन जाती है। उसके अधर फड़कने लगते हैं तथा वह आवेश में निकट ही बैठे हनुमान से पूछ बैठा, "तात, आपने तो इन्द्रधाम देखा होगा? इन्द्र की सेना कैसी है? उसके वायुयान कैसे हैं? क्या हमारे यान इन्द्र के यानों को नष्ट करनेवाले नहीं हैं? क्या मातलि से अच्छा कोई सारथी विश्व में नहीं है? क्या ऐरावत हाथी से अधिक भयंकर युद्ध करनेवाले लंका के हाथी नहीं हैं? यदि नहीं हैं तो लंकेश्वर का दल इन्द्र की शक्ति के आगे समर्पण ही करेगा?"

"मेघनाद, मैंने तो सुषा, बैकुंठपुर, वरुणालय, मृत्यलोक (अपवर्त प्रदेश जो कि ईरान का एक प्रदेश था, इसे आजकल अविवर्द (दोजख) कहते हैं जहाँ यमराज का साम्राज्य था।) नहीं देखा। श्वेतद्वीप जाने का अवसर ही आज प्राप्त हो रहा है।"

"फिर इन्द्र की सैनिक-शक्ति की जानकारी किसे है?"

"मेघनाद, लंकेश्वर किसी दूसरे की सैनिक-शक्ति के बल पर नहीं, अपनी स्वयं की शक्ति की जानकारी पर युद्ध करते हैं। दिग्विजयी सम्राट का स्वप्न देखनेवाले अपने मनोबल के अवलंब से अग्रसर होते हैं, दूसरों के अवलंब से नहीं। यह तो विश्व है—इसमें छोटी-बड़ी सभी शक्तियाँ हैं और सभी अपने-अपने कोशल से एक-दूसरे से टकराती ही रहती हैं। पराजित होने पर सन्धि, मैत्री या अधीनता स्वीकार कर लेती हैं और कालांतर में फिर अपने स्व-अस्तित्व में आ जाती हैं, यही नियम प्रकृति ने राज्यों के नष्ट होते तथा निर्मित होते रूप का बनाया है जिसे विधाता भी नहीं मेंट सकता।"

"किन्तु बिना जानकारी के सैनिक-अभियान की सार्थकता क्या है? जय की आशा क्या है?"

"लंकेश का दृढ़ निश्चय ही उनकी सफलता की आशा है एवं दिग्विजय की कामना ही सैनिक-अभियान की सार्थकता है और देवजाति को पराजित करना ही सम्राट का लक्ष्य है, जिसमें तुम्हारी नानी के प्रतिशोध के साथ अन्य आर्य (देव) अनार्य (दैत्य, दानव) कारण जुड़े हुए हैं, जिनके कारण देवराज से युद्ध करना अवश्यंभावी घटना बन गई है।" पुनः कहा, "मेघनाद, रण को चलते समय तथा रथ-स्थल में शत्रु-शक्ति की जानकारी प्राप्त होने पर किसी भी सम्राट की जय हो सकती है और किसी की पराजय। इस कारण कूच के बाद यह सब सोचना व्यर्थ है अन्यथा ऐसी जानकारी एवं विचार से मन में भय उत्पन्न हो जाता है।"

"तात, आपने इस तथ्य से मेरी आँखें खोल दीं।"

इसी समय अकम्पन तथा धूम्राक्ष आ गए व बोले, "वत्स मेघनाद, अब हम गन्धर्वदेश की सीमा में आ गए हैं, यहाँ से सिन्धु नदी से नौसेना जाएगी और हम कैलास पार कर चलेंगे।"

सुमाली बोला, "गन्धर्वराज मित्रावसु के यहाँ जो सामग्री, शिल्पी तथा वैद्यदल हैं उन्हें एवं समूची सेना को जल-मार्ग से ही जाने दो, हम कैलास होते हुए चलेंगे। यह समूचा प्रदेश मेरा घूमा हुआ है, दीर्घ अवधि पश्चात् सुमाली पुनः देव-राज से युद्ध करने जा रहा है। यहाँ से प्रहस्त तथा अकम्पन के नेतृत्व में सैन्यदल को जाने दो।"

मारुत बीच में ही बोले, "कैलास पर रुद्र से मिलना क्या अनिवार्य है?"

"हाँ तात!" सुमाली ने कहा।

"किसलिए?"

"वहाँ दशानन तथा लंका के विमान पहुँच गए होंगे।"

"वह तो ठीक है, परन्तु उस बर्फीले प्रदेश में हम क्या करेंगे? मात्र दूत ही यथेष्ट है जो सेना की सूचना सम्राट को दे देगा।"

"हम रुद्र के भक्त हैं। उनके दर्शन करेंगे, उनसे आशीर्वाद प्राप्त करेंगे।"

"आशीर्वाद विजयी होने का?"

"हाँ, तात!"

"आप सठिया गए प्रतीत होते हैं।"

"क्यों?"

"रुद्र वीर हैं, उनसे बड़ा कोई योद्धा नहीं है। एक योद्धा दूसरे को जय का आशीर्वाद नहीं देगा तो क्या पराजय का देगा?"

"यह बात नहीं है तात मारुत, हम देवों के स्थान पर मात्र देवाधिदेव की कापालिक क्रिया तथा रावण द्वारा प्रणीत यज्ञ एवं दशानन की ही संस्कृति का उत्थान चाहते हैं, अन्य किसी का नहीं। हम शिश्नोपासक हैं व मात्र रुद्र की अर्चना करते हैं। इस कारण रुद्र हमारे सर्वस्व हैं। हम उनके चरणों में नतमस्तक होकर अपने को धन्य करेंगे।"

"चलो, हम सभी चलते हैं सुमाली!"

लंकेश देवाधिदेव से निवेदन कर रहा है, "प्रभो, इन्द्र के स्थान पर आपकी पूजा प्रारम्भ हो गई है। रावण द्वारा प्रणीत यज्ञों में विशुद्ध वेद-मंत्रों का उच्चारण किया जा रहा है। मेरे यज्ञों में मद्य, मांस दोनों वर्जित हैं, इस कारण विरोध भी हो रहा है। कुछ आर्य सम्राट ऐसी कूटनीति अपनाकर भ्रामक प्रचार कर रहे हैं कि रुद्र की कापालिक क्रिया का प्रचार रावण कर रहा है, जबकि आपको विदित है, लंकेश ने यज्ञों से इस विधान को हटा दिया है जिस कारण ऋषि, मुनि कुछ तो इसे हृदय से स्वीकार कर रहे हैं। किन्तु वसिष्ठ-जैसे ज्ञानी वही मेरे बुद्धिकोशल से हतप्रभ होकर ईर्ष्यावश मुझे राक्षस कह रहे हैं क्योंकि उनके यज्ञ कुछ तो स्वयं ही नष्ट हो रहे हैं, कुछ मेरे विधान के कारण। और रावण की कीर्ति को कलंकित कर रहे हैं, क्षत्रियों के चाटुकार ऋषि।"

"रावण! सत्ताधारी को अनेक प्रकार की कठिनाइयों का सामना करना पड़ता है, उनमें से झूठा प्रचार भी एक कठिनाई ही है, इसका सामना भी तुम्हीं को करना होगा।"

"परन्तु भगवन्! युद्ध से जय तथा पराजय के बाद छुटकारा मिल जाता है और धन प्राप्त होने पर निर्धनता भाग खड़ी होती है, किन्तु झूठे अपयश को सुयश में परिवर्तित करने के लिए कोई विकल्प नहीं है। इस कारण मन में अशान्ति-सी हो जाती है।"

"दशानन, निर्भीक रहो। जब तुमने कोई निंदनीय कार्य किया ही नहीं और स्वयं तप, साधना में ही तल्लीन रहते हो तो कोई कैसे विश्वास करेगा कि रावण धर्म से विमुख हो गया?" रुककर पुनः बोले, "वर्तमान में तो तू श्वेतद्वीप के सभी सम्राटों को जय करने जा रहा है, उसी पर वार्ता कर। यही सब तो सांसारिक क्रम है, चलता ही रहेगा, इसे भूल जा रावण! प्रजा महान स्वार्थी होती है। जिसकी स्वार्थसिद्धि नहीं होगी वही सत्ता पर दोषारोपण करने लगेगा। अतएव

ऐसे थोथे विचार ही मन में नहीं लाने चाहिए।''

रावण प्रसन्न हुआ और बोला, ''देवाधिदेव! इन्द्र, वरुण, यम को जीतकर लंकेश श्वेतद्वीप से वापस आए, यही कामना है!''

''देवराज तथा यमराज से ही भयंकर युद्ध होगा, वरुण इतना शक्तिशाली नहीं है। इस कारण तेरी वायुसेना पर युद्ध का निर्णय अधिक निर्भर है। इन्द्र के लड़ाकू यान दोहरी अय धातु से निर्मित हैं, उन्हें नष्ट करने के लिए अच्छे गुणोंवाले अनिलचूर्ण की आवश्यकता के साथ-साथ भुशुंडिधारी अच्छे लक्ष्यभेद्यवाले सैनिकों की आवश्यकता है।''

''लंकेश इस बार हनुमान, मारुत, मेघनाद, शैलूष, मित्रावसु, विद्युज्जिह्व, प्रहस्त, अकम्पन-जैसे महारथियों, अतिरथियों के साथ आया है।''

''आश्चर्य है रावण, तेरी बुद्धि पर, जो तूने हनुमान, मारुत जैसे महान वीरों को अपनी ओर कर लिया तथा इनसे पुत्री विवाह कर सम्बन्धों को प्रगाढ़ कर लिया। आज तक इस वानर (टोटम आदिवासी) जाति को किसी सुवर्ण ने नहीं अपनाया।''

''यही संकल्प मैंने इसी स्थान पर किया था कि मैं सभी को साम्य करूँगा, वर्गभेद नष्ट करूँगा एवं आपकी सभ्यता को प्रचारित करूँगा। वही कार्य तो मैं कर रहा हूँ।''

इसी समय मारुत, सुमाली, मय, हनुमान आदि सभी आ गए तथा सभी ने अनार्य स्वामी रुद्र को नमस्कार किया तथा आसनों पर बैठ गए।

मारुत बोले, ''प्रभो! दशानन की सेना श्वेतद्वीप की ओर अग्रसर हो गई है। ब्रह्मास्त्र (अणुअस्त्र) इन्द्र के विमानों को ध्वस्त करने के लिए रावण के पुष्पक में हैं, आप क्या सहायता दे रहे हैं?''

''रावण के लिए रुद्र सैन्य-सहायता नहीं देगा तो कौन देगा! मेरी अक्षौहिणियाँ तैयार हैं। मारुत, किन्तु मैं स्वयं नहीं जाऊँगा।''

''आपको तो देवजाति ने स्थान ही नहीं दिया है, फिर आप क्यों पीछे हट रहे हैं?''

''मारुत! स्थान तुम्हें भी नहीं मिला है, फिर भी रुद्र के समरांगण में पहुँचने से स्थिति गम्भीर हो जाएगी और हो सकता है, समर टल जाए। इस कारण मेरा श्वेतद्वीप न पहुँचना ही एक कूटनीति है।''

''परन्तु श्वेतद्वीप में तो रमणियाँ भी युद्ध करती हैं, उनके शस्त्र-संधान से वीरों के छक्के छूट जाते हैं।''

''तो क्या हुआ! आपकी सेना में हनुमान-जैसे शस्त्र एवं शास्त्र दोनों विद्याओं में निपुण वीर भी हैं, जिनकी गदा की मार से ऐरावत तक धराशायी हो सकते हैं।''

सुमाली बीच में ही बोला, ''प्रभो, रण-स्थल अपने-पराये का ध्यान नहीं रखता। यह तो युद्ध में ही देखा जाएगा। अब तो हमें अन्तिमेत्थम भेजने की तैयारी करनी चाहिए।''

''हाँ, यह उचित है। अन्तिमेत्थम तो भेज ही दो ताकि श्वेतद्वीपवासियों को यह विदित हो जाए कि लंकाधीश अब राक्षसेंद्र की उपाधि के लिए आ रहा है। सम्भवतः गौतम ऋषि का शाप अब सिद्ध होगा। देवराज पराजित होगा, मुझे ऐसा आभास होता है।'' रुद्र ने कहा।

रावण ने देवाधिदेव के चरणों में मस्तक रख दिया और कहा, ''मैं मात्र आपका आशीर्वाद लेने ही पधारा हूँ। मेरे लड़ाकू यान कैलास से ही उड़ान भरेंगे और देवराज की सेना पर बाज की भाँति टूटेंगे। अब तो आशीर्वाद दो प्रभु!''

''आशीर्वाद तो मैं दे चुका और सेना भी तुझे समर्पित कर चुका। किन्तु दुख है तो एक आज परशुराम नहीं है अन्यथा उसकी बाछें खिल जातीं। तेरा सच्चा मित्र यदि कोई है तो मात्र

भार्गव, जिसके कारण लंकेश, तुम्हारे नाम का डंका पिट रहा है। जिन विद्याओं, आविष्कारों पर तुम इतरा रहे हो, वह सब भार्गव की ही महिमा है।''

''यह सत्य है, भार्गव ने ही मेरा मार्ग प्रशस्त किया है। भार्गव के कारण ही रावण दिग्विजयी सम्राट होने जा रहा है। मैं उनके ऋण से उऋण नहीं हो सकता।''

''जा वत्स, मेरा आशीर्वाद है!''

''रावण धन्य हुआ प्रभो!'' फिर प्रहस्त से कहा, ''मातुल, आड़े समय पर तुम्हीं समस्त कार्य करते आए हो, जाओ—सुषा नारी में बैठे हुए देवराज से कह दो—हेमा को वापस कर दे। अहल्या की शीलभंग के प्रतिशोध के लिए उर की सौ कन्याएँ दे दे तथा वृत्र ब्राह्मण का वध करनेवाला इन्द्र रावण की अधीनता स्वीकार करे अन्यथा युद्ध करे, यह लंकाधीश का अन्तिमेत्थम है।'' पुनः रावण ने कहा, ''हम तुम्हें श्वेतद्वीप में ही अपने सैन्य शिविर में मिलेंगे।''

प्रहस्त चल दिया। उसका अश्व सरयू के किनारे-किनारे दौड़ रहा था और प्रहस्त शान्त व धैर्य के साथ बिना किसी शक के चला जा रहा था। प्रहस्त ने जब श्वेतद्वीप में प्रवेश किया तो वहाँ के वातावरण को विलोककर धन्य हुआ। सुरम्य उर्वरा भूमि, हरे-भरे श्वेत, गौ संकुल विचरण करते हुए, फल-फूलों से लदे वृक्ष। पथ के दोनों ओर शोभादार लताएँ पेड़ों पर चढ़ती हुईं। रमणियों का अनूठा शृंगार, सब स्वर्ण आभूषणों से लदी हुई तथा कार्पास्य के महीन वस्त्र धारण किए हुए, जिनसे छिपती हुई पुष्ट जंघाएँ। नैनों में अंजन जो कि भौंहों तक फैला हुआ। वक्ष पर कंचुकी जिस पर स्वर्ण की पच्चीकारी। कंठ में मणिहार। मसृण कृत गात। हाथ लगाओ तो फिसल जाए! ऐसी सुन्दरता प्रहस्त ने कभी नहीं देखी। कृष्ण वेणी में सुवासित सुमन। कोई उत्तरीय धारण किए हुए, कोई बिना उत्तरीय के बेखटके इतस्ततः आ-जा रही थीं।

प्रहस्त ने सोचा—सच है, उर की कन्याएँ निश्चित ही अनिंद्य सुंदरियाँ हैं, गौरवर्णा हैं, फिर भी देवराज स्वयं तथा उनका पुत्र जयंत लंपट है।

इसी समय एक प्रतिहारी राजकीय वेशभूषा में दृष्टिगोचर हुआ। प्रहस्त ने अश्व रोककर पूछा, ''राजप्रासाद का मार्ग कौन-सा है?''

''मार्ग तो मैं बता दूँगा, किन्तु आप कहाँ से पधारे हैं श्रीमान?''

''मैं कैलास से आ रहा हूँ। लंकापति रावण का दूत हूँ। देवराज के लिए सन्देश है।''

''दूत ही हो, चर तो नहीं?''

''चर होता तो राजकीय भेस में क्यों आता, वह तो छद्मभेस में आता।''

''तो चलो, मैं तुम्हें राजप्रासाद तक ले चलता हूँ।''

प्रहस्त तथा प्रतिहारी दोनों के घोड़े दौड़ने लगे। प्रतिहारी आगे-आगे तथा पीछे-पीछे प्रहस्त का अश्व। प्रहस्त नगर की शोभा भी देखता जा रहा था। विशाल भवन, भवनों के चारों ओर वाटिका तथा मध्य में पुष्करिणी। पनघट पर नारियों की भीड़। स्वर्णकलश शीश पर रखे हुए खिलखिलाती हुई स्त्रियाँ। महापथ के एक ओर पप्यशाला। प्रत्येक पप्य में सामग्री भरी हुई। प्रजा घोड़ों पर बैठे-बैठे ही वस्तु क्रय करती हुई दृष्टिगोचर हुई। प्रत्येक के तुरग सजे हुए। सोने की झूलें। पूँछ में स्वर्ण की पुंगेरी। पैरों में सोने के कड़े। हर रंग के क्षोम वस्त्र से अश्व ढका हुआ। रजत रज्जू से निर्मित वल्गा। पुरुषों का अद्भुत शृंगार तथा प्रत्येक के कटि प्रदेश पर सोने की मूँठवाला खंग।

प्रतिहारी बोला, ''लो, आ गया राजप्रासाद का मुख्य द्वार।''

दोनों घोड़ों से उतर गए। प्रतिहारी ने द्वारपाल से कहा, ''ये लंकापति महाराज रावण के

दूत हैं। सम्राटों के सम्राट महाराज देवराज के लिए कोई सन्देश लाए हैं। समाचार भेजो।''

द्वारपाल ने सन्देश देवराज के पास भेजा। देवराज ने दूत को ससम्मान बुलाने की आज्ञा दी और प्रहस्त ने देवराज से निवेदन किया, ''राजाधिराज महाराज देवराज को लंक-दूत प्रहस्त प्रणाम करता है तथा लंकाधीश का यह अन्तिमेत्थम प्रस्तुत करता है कि आप हेमप्रभा को वापस कर दें तथा अहल्या के शीलभंग के प्रतिशोध के रूप में सुषा की सौ कन्याएँ दें और ब्राह्मण वृत्र का वध करनेवाले देवराज लंकापति रावण की अधीनता स्वीकार करें या फिर युद्ध करें।''

देवराज हँसे, फिर बोले, ''दूत, लंकापति दुर्गम मार्गों के बीच से अपने कटक के साथ कैसे श्वेतद्वीप तक आ सकता है? पथ में भोजन-व्यवस्था तथा अन्य राज्यों की सीमाओं के मध्य से बिना लड़े ही सेना की निकासी, यह सब असम्भव प्रतीत होता है, दूत! आज तक श्वेतद्वीप की ओर दक्षिण से कोई सम्राट नहीं आया और फिर हिमालय जैसे शीत प्रदेश से होकर आना, यह सब लंकापति के लिए एक अग्निपरीक्षा सिद्ध होगी।''

''महाराजाधिराज देवराज! लंका की सेनाएँ कैलास पर्वत पार करके सिंधनद के किनारे-किनारे से श्वेतद्वीप की सीमा भी पार कर शीघ्र ही आपके इस धाम सुषा तक पहुँचनेवाली हैं।''

''आश्चर्य हुआ, रावण की कूटचाल पर तथा उसके साहस पर एवं बुद्धिकोशल पर। मांधाता ने अवश्य सुषा पर आक्रमण की योजनाएँ बनाई थीं, किन्तु वह असुरराज लवण द्वारा मार दिया गया। तब से देवराज शान्त था, निर्भीक था और अपने राष्ट्र के उत्थान एवं आविष्कारों में व्यस्त था। आज तुमने अन्तिमेत्थम् देकर ललकारा है तो इन्द्र युद्ध ही करेगा।'' फिर कहा, ''दूत, मुझे आभास हो रहा है कि ब्रह्मऋषि गौतम का शाप सम्भवतः सिद्ध होगा। यदि कहीं देवराज लंकेश से पराजित हो गया तो उसके सहस्रों अपमान, अपयश के घाव उभर आएँगे, वह क्लीव कहलाएगा तथा वृत्र-वध एवं देवासुर संग्राम में अर्जित की गई ख्याति नष्ट हो जाएगी। देवताओं के सम्राट की ख्याति नष्ट होना 'सहस्र भग' के तुल्य ही है। न जाने क्यों मेरे मन में तुम्हारा सन्देश सुनकर उत्साह नहीं रहा है।''

''महाराजाधिराज देवराज! यद्यपि मैं लंक-दूत हूँ, फिर भी मैं आपकी मधुर वाणी से गद्गद हुआ। मेरा निवेदन है कि आप सोत्साह युद्ध करें। अपने मन से संयश निकाल दें।''

देवराज के ओठों पर स्मृति की रेखा दौड़ गई, फिर बोले, ''लंकदूत, मैंने मात्र ऋषि गौतम के शाप का उल्लेख किया है, मैं युद्ध से विमुख या विचलित नहीं हो रहा। यह तो प्रसन्नता है कि दक्षिण में ऐसा कोई वीर तो हुआ जिसने सुषा की भूमि पर ससैन्य पदार्पण किया। इसी द्वीप में, बैकुंठ, यमपुरी, वरुणपुरी सब कुछ है और मैं जानता हूँ कि लंकेश अपनी दिग्विजयी लालसा को पूर्ण करने के लिए इन सबसे युद्ध करेगा।''

इसी समय परिचारक ने सोमरस प्रहस्त के आगे प्रस्तुत कर दिया जिसका प्रहस्त ने पान किया।

तदोपरान्त पुनः देवराज बोले, ''जाओ, युद्ध की तैयारियाँ करो। देवराज की सेनाएँ सदैव तत्पर रहती हैं, उसके यान अनिलचूर्ण व अग्निगोलों से भरे रहते हैं, उसके चपल अश्वों के पाँव थिरकते रहते हैं। जाओ, लंकाधीश रावण से कहो, हेमा, सौ कन्याएँ, सब रणस्थल में ही दी जा सकती हैं; यदि सामर्थ्य है तो अपनी सास को देवराज को पराजित कर ले जाओ।''

प्रहस्त ने दंडवत् किया और राजप्रासाद से बाहर आकर अश्व पर सवार होकर लौट पड़ा।

लंका का कटक एवं सहयोगी सम्राट सभी का सुषा से दो योजन दूर शिविर लगा हुआ है। रावण

एक रत्नपीठिका पर प्रतिष्ठित है, उसके चारों ओर अतिरथी महारथी एवं सम्राटगण बैठे हैं। आकस्मिक सभा भरी हुई है। रावण प्रहस्त की बेसब्री से प्रतीक्षा कर रहा है। हनुमान, मारुत, सुमाली परस्पर चर्चा कर रहे हैं। सभी किसी-न-किसी उधेड़बुन में लगे हुए हैं व बुद्धि-व्यायाम कर रहे हैं।

रावण बोला, ''जामाता हनुमान, देवराज ने भी सैन्यीकरण कर लिया है। सुषा नगरी की स्त्रियाँ भी अच्छा युद्ध करती हैं तथा धर्म कहता है कि रमणियों पर वार नहीं करना चाहिए।''

''तात! रण-स्थल में रमणियाँ न होकर वे सेनानी हैं। सैनिक पर आक्रमण करने का निर्देश धर्म देता है। रण-स्थल में स्त्री-पुरुष कोई भी हो, सभी पर आक्रमण करना होगा। वहाँ वह वीरांगना हैं। शिखंडी पर वीर आक्रमण नहीं करते। नारी शिखंडी की श्रेणी में न होकर सैनिक भेस में पुरुष ही हैं।''

''बहुत अच्छा हनुमान, तुम्हारी कुशाग्र बुद्धि के आगे मैं नतमस्तक हो जाता हूँ।''

''प्रज्ञावान तो आप मुझसे कहीं अधिक हैं, परन्तु शिष्टतावश सभा में ऐसे प्रस्ताव रखकर उनका शंका-समाधान करना प्रत्येक नीतिवान सम्राट का कर्तव्य है। आप मात्र उसी का निर्वाह कर रहे हैं।''

''यह तो ठीक है, किन्तु देवराज के पास जो अनीक हैं, उसमें सब कुशल योद्धा हैं। उसके यान भी श्रेष्ठ हैं, जिन्हें नष्ट किए बिना सेना कैसे आगे बढ़ेगी?''

''जब रणरंग चढ़ता है तो मनुष्य को मृत्यु का भय नहीं रहता है अपितु वह अपने नाम के लिए तथा उपाधि के लिए दुर्धर्ष संग्राम करता है। सेनानी राष्ट्रभक्त हो, वह अपनी मातृभूमि तथा अपने देश की ख्याति के लिए धराशायी भी हो जाता है तो वह समझता है कि उसका नाम अमर हो गया। भले ही हम लोग उस अमर सेनानी को भूल जाएँ।''

इसी समय प्रहस्त आ गया। सभा का मुख प्रहस्त की ओर हो गया तथा प्रहस्त बोला, ''देवराज युद्ध के लिए तैयार है।''

रावण की भृकुटि टेढ़ी हो गई, उसके चेहरे पर क्रोध छा गया, फिर उसने अट्टहास किया तथा दूत शुक से कहा, ''जाओ, ब्राह्मण-विरोधी उस राक्षस देवराज को सन्देश दे आओ कि कल ब्रह्ममुहूर्त से ही लंकेश का दल तुम्हारी प्रतीक्षा करेगा।''

शुक चला गया। फिर रावण बोला, ''कल से सेनापति नाना सुमाली होंगे, हनुमान महारथी होंगे। मेघनाद अतिरथी होकर इन्द्रपुत्र जयन्त से युद्ध करेगा। प्रत्येक अक्षौहिणी का स्वामी सेनापति सुमाली की आज्ञा का पालन करेगा तथा मत्स्य-व्यूह की रचना से युद्ध किया जाएगा।''

प्रहस्त बोला, ''किन्तु देवराज सूर्य-चक्र-व्यूह से युद्ध करता है !''

''करने दो!''

''उसका भेदन आवश्यक है!''

''युवराज का यह प्रथम अवसर है।''

''सम्राटों के पुत्र यदि प्रथम या द्वितीय अवसर देखते रहे, तो फिर ऐसे पुत्रों की सत्ता जाएगी ही।''

''देवराज एवं जयन्त दोनों ही युद्ध-निष्णात हैं। युवराज मेघनाद लंका का भावी सम्राट है, उसे जयन्त के स्थान पर किसी दूसरे से लड़ाना उचित है।''

''नहीं, रावण का पुत्र किसी सम्राट के पुत्र से ही समर करेगा, किसी श्रृगाल से नहीं। प्रहस्त, तुम चिन्ता न करो, रावण अपने राष्ट्र के लिए पुत्र-मोह नहीं करता और सन्धि भी तभी

करता है जबकि वह लंका-साम्राज्य के अनुकूल हो। अन्यथा जय एवं पराजय के अतिरिक्त लंकेश और कुछ भी नहीं सोचता।"

बीच में ही सुमाली बोला, "अब वार्ता में समय नष्ट मत करो। वैद्यराज सुषेण अपनी सारी व्यवस्था कर लें। सेना भोजन से निवृत्त हो ले तथा प्रातःकाल के पूर्व ही सजधजकर खड़ी हो जाए। रथों के पहियों आदि को शिल्पी देख लें ताकि संग्राम में किसी भी सैनिक को कोई असुविधा न हो।"

सुमाली के निर्देश का तत्काल पालन होने लगा। रथों में धनुष एवं बाण रखे जाने लगे। शतघ्नियों में अनिलचूर्ण भरा जाने लगा। अश्वाति अपने तूणीर तैयार करने लगी।

रात्रि का सुहाग चन्द्रमा अस्ताचल की ओर जाने लगा था तथा सूर्यदेव प्राची से लाल-लाल रश्मियों के साथ उदित होने लगे और देवराज एवं लंकापति की सेनाएँ कच्छप की भाँति अपने पाँव फैलाकर यथास्थान सन्नद्ध होने लगीं। देवराज का रथ धीमे-धीमे प्रकट हुआ। कुशल सारथी मातालि वल्गा थामे हुए था। उसके पीछे देवी इन्द्राणी विराजमान थीं और इसी प्रकार प्रत्येक अतिरथी, महारथी के पीछे उसकी धर्मपत्नी शीशत्राण, वक्षत्राण धारण कर प्रसन्नचित्त बैठी हुई थी।

कुछ ही देर में पाँच धनुषांतर पर सुमाली तथा देवराज के रथ आमने-सामने हुए। सुमाली ने एक पुष्पक बाण छोड़कर देवराज को समर का निमंत्रण दिया। देवराज ने एकसाथ पाँच पुष्पक छोड़कर युद्ध का निमंत्रण स्वीकार किया। फिर देवराज हँसे व बोले, "लंकाद्वीप के सेनापति का श्वेतद्वीपीय भूमि पर बाणों की बौछारों में स्वागत है।"

सुमाली गरजा, "इस द्वीप की सुरम्य भूमि को हम रक्तरंजित नहीं करना चाहते। श्वेतद्वीप की सुवर्ण सुन्दरियों को हम असमय में ही वैधव्य धारण कराना नहीं चाहते। अतएव आप हेमप्रभा को वापस लौटा दें?"

"ये देवों का स्थान है, यहाँ की सेवी हुई वस्तु बाहर नहीं जाती। देवराज किसी भी अपहृत नारी को वापस नहीं करता। यदि साहस है तो राक्षसराज रावण से कहो, देवराज से युद्ध करे अन्यथा यहाँ से वापस चला जाए।"

"इन्द्र, तुम्हें भी ब्राह्मण वृत्र के वध के कारण राक्षस ही कहा गया है तथा अहल्या का शीलभंग करने से नैमिषारण्य सिद्धाश्रम तथा ऋषि गौतम के आश्रम तक ही नहीं अपितु समूचे भरतखंड एवं आर्यावर्त की प्रजा तुम्हें राक्षस ही कहती है। तुम्हारे पुत्र जयन्त को लंपट कहती है। ऐसे देवराज को लंका की सेना कभी क्षमा नहीं कर सकती।"

"वृत्र का वध मुझसे पूर्व के सत्ताधारी देवराज ने किया और सिंहासन पर बैठे हुए इन्द्र को राक्षस कहा गया। अब वर्तमान में इन्द्रद्युम्न सिंहासन पर है तो आरोप तो आपका सही है, किन्तु राक्षण रावण क्या कम पापी है, जिसने यज्ञ-विधि ही अपनी प्रारम्भ कर दी? मनु के नियमों को पलट दिया? ऐसे सम्राट को देवराज दंड नहीं देगा तो कौन देगा?"

"रावण पुण्यात्मा है, तपोनिष्ठ है। उसका प्रत्येक कार्य यज्ञ से प्रारम्भ होता है, तप से प्रारम्भ होता है, जिसमें कोई वध नहीं है। पशुओं की बलि नहीं है जबकि आपके द्वारा प्रणीत यज्ञों में पशुवध है। ऋग्वेद के विपरीत आपका यज्ञ विधान है तो ऐसी संस्कृति जिसमें शोषण-ही-शोषण हो और आपके यहाँ दैत्य, दानव असुरों को कोई स्थान न हो, वर्गभेद हो तो ये जातियाँ देवों से संग्राम ही करेंगी। रावण महान है जिसने सभी को अपनाया है। इसका धर्म ही नृ-वंश तथा गौ-वंश की रक्षा कर, विशुद्ध ऋग्वैदिक यज्ञ सम्पन्न कराना है। ऐसे सम्राट

की प्रजा पूजा ही करेगी।''

''देवराज किसी राक्षसराज की प्रशंसा नहीं सुनना चाहता। मैं तुम्हारे महान रावण को अधम दशानन ही कहूँगा। देखता हूँ, वह कितना वीर है! उसके लिए तो श्वेतद्वीप की स्त्रियाँ ही यथेष्ट हैं।''

सुमाली ने गरजकर कहा, ''तूर्यनाद हो, शंखनाद हो। श्वेतद्वीप की भूमि लाल हो जाए। राक्षस इन्द्र दुष्ट है, इसकी पराजय ही इसका दंड है, युद्ध हो!''

दोनों ओर से घमासान युद्ध होने लगा। रावण ने कुंडलिनी जाग्रत की और धनुष हाथ में लेकर टूट पड़ा। हनुमान ने गदायुद्ध प्रारम्भ कर दिया तथा मेघनाद और जयन्त का मायावी युद्ध होने लगा एवं आकाश में दोनों ओर के यान आ गए। सबसे पहले दोनों यानों ने पुष्पवर्षा की और तदोपरान्त दूसरे यान आए, जिनसे अग्नि गोले छूटने लगे। शतघ्नियों की बत्तियों में आग लगा दी गई और धाँय-धाँय की आवाज से कान फटने लगे।

सुमाली जिस बाण को मंत्र-मंडित कर छोड़ते, उसी को इन्द्राणी मंत्र शब्दों की विशेष ध्वनि के माध्यम (सोनी कंट्रोल) से नियन्त्रण कर देती। फिर देवराज ने प्रकाशगति से, द्रुतगति से चलनेवाला अस्त्र छोड़ा जिसके नियन्त्रण के लिए सुमाली ने वायु की गति से बढ़नेवाला अस्त्र छोड़ा और दोनों ही शस्त्र परस्पर टकराकर नष्ट हो गए।

विद्युज्जिह्व विद्युतास्त्र (सौर ऊर्जा) देवराज की सेना पर छोड़ रहा था तथा उसके वपु से जब शत्रु-खड्ग टकराता तो विद्युत झरती। इन्द्र की सेना ने ऐसा सुभट नहीं देखा था, जिसके गात से विद्युत झरे। फिर एकसाथ कई सुभटों ने विद्युज्जिह्व पर वार किया और जैसे ही उनके खड्ग विद्युज्जिह्व से टकराए, वैसे ही विद्युत तरंग से सभी धराशायी हो गए। देवराज की सेना का साहस टूटने लगा। तभी श्वेतद्वीप की एक सुन्दरी ने ललकारकर कहा, ''यह अभी योगमुद्रा में है। इसे शस्त्र नहीं वेध सकता, अभी इससे युद्ध मत करो।''

मेघनाद तथा जयन्त का घमासान मायावी युद्ध चल रहा था। दोनों एक-दूसरे पर मायावी बल का प्रयोग कर रहे थे, किन्तु प्रहार खाली जा रहे थे। तभी मेघनाद के ऊपर इन्द्र का एक यान आया, मेघनाद छलाँग लगाकर शतघ्नि के पास आया तथा शतघ्नि को आगे से उठाकर उसका मुँह ऊँचा कर दिया। देवराज का विमान आगग्रस्त होकर नीचे आने लगा।

लंकेश घोर गर्जन करते हुए खड्ग से आक्रमण कर रहा था। लंकेश कुंडलिनी जाग्रत कर युद्धरत था। महारथी के शस्त्र चलाते-चलाते हाथ थक गए थे, फिर भी रावण शत्रुदल का सर्वनाश कर रहा था। भूमि के गड्ढों में रक्त भरने लगा था। किसी का शीश कहीं पड़ा था तो धड़ कहीं।

हनुमान तथा मारुत गदायुद्ध, द्वंद्वयुद्ध एवं संकुलयुद्ध करने में तल्लीन थे। हनुमान के गदा प्रहार से दो अतिरथी मारे जा चुके थे तथा चार रथ नष्ट किए जा चुके थे। पाँच घोड़े भी घायल हो गए थे। हनुमान ने एक भी नारी पर वार नहीं किया था और वे हँसकर उनके आक्रमण को दाएँ-बाएँ अथवा छलाँग लगाकर बचा जाते थे। नारियाँ युद्धप्रवीण थीं। अब तक उन्होंने जिन सम्राटों से युद्ध किया था, उन्हें खूब छकाया था। किन्तु हनुमान जैसे योद्धा को छकाने के लिए सभी पैंतरे विफल हो गए थे जबकि प्रारम्भिक युद्ध में रावण को दोबारा अपने रथ को नारियों के वार के कारण पीछे हटाना पड़ा था और स्त्रियाँ हँस-हँसकर ताने देने लगी थीं, ''कायर है, श्वेतद्वीपीय स्त्रियों के आक्रमण को ही सहन नहीं कर सका?'' और दो-चार मिलकर स्त्री सहज स्वभाव की कुटिल हँसी हँसने लगी थीं। देवराज की सेना में रावण को श्वेतद्वीपीय

स्त्रियों द्वारा छकाए जाने का समाचार इन्द्र तक पहुँच गया था और लंकेश के भी रमणियों के शस्त्र-संचालन में छक्के छूट गए थे और लंकेश के पौरुष को ठेस पहुँची थी एवं इतनी ही देर में दशानन को अपयश प्राप्त हो गया था।

सुमाली ने पुनः चन्द्रहास बाण छोड़ा, किन्तु इन्द्राणी ने सूर्यहास से काट दिया और इसी अवसर पर सुमाली पर इन्द्र ने ब्रह्मास्त्र फेंक दिया। सुमाली, उसका रथ, सारथी सब कुछ नष्ट हो गया और इन्द्र ने अपनी विजय का निनाद कर दिया तथा सूर्यास्त के पूर्व आज का युद्ध विश्राम पर आ गया।

लंकेश ने नाना के झुलसे हुए शव को देखा तथा निकट ही पड़े हुए अनेक मृत सेनानियों को देखा। ब्रह्मास्त्र के प्रयोग से विषैली गैस की गन्ध अभी तक आ रही थी, जिससे किसी सैनिक की आँख में अश्रु व किसी को छींकें तथा किसी के कानों में साँय-साँय की आवाज दौड़ रही थी। नाना सुमाली का अपार्थिव शरीर रावण के सामने पड़ा हुआ था। जिस नाना ने रावण को सिंहासन पर बैठाया, वह आज धूल में मिल गया है। चारों ओर सुमाली के पुत्र प्रहस्त, अकम्पन, धूम्राक्ष आदि की आँखों से अविरल अश्रुधारा बह रही थी। रावण के नेत्र भी सजल हो उठे। तभी हनुमान ने कहा, ''इस समय धैर्य की आवश्यकता है। इन्हें शिविर में ले चलो तथा अन्तिम संस्कार की तैयारी करो। यह रण-स्थल है, इसमें तो सभी भाई-बन्धु होंगे एवं कोई-न-कोई सेनापति, अतिरथी महारथी, तो मरेगा ही एवं सैनिकों को भी वीरगति प्राप्त होनी है, अतएव शोक करना व्यर्थ है। अभी घायलों को उठाकर शिविर में पहुँचाना है तथा उनकी चिकित्सा भी होनी है। लंकेश, जीवन-मरण दोनों अवश्यम्भावी घटनाएँ हैं। जो घटित हुआ, उसे भूल जाओ एवं भविष्य के युद्ध की संरचना करो!''

रावण ने अपने हाथों पर नाना का शव रख लिया और शिविर की ओर चल दिया। जहाँ रावण सैन्य सुमाली की मृत्यु से शोकग्रस्त था, वहीं देवराज के सैनिकों में उल्लास छाया हुआ था और अभी देवराज का क्रूर अट्टहास उसके कानों में गूँज रहा था। शची पुलकित हो गई थी और मातालि प्रसन्नचित्त होकर वापस चला गया था।

रावण ने शिविर के बीचोबीच नाना सुमाली का शव रख दिया। वैद्यराज सुषेण ने कहा, ''चन्दनचूर्ण मेरे पास है, चिता तैयार करो तथा राजकीय सम्मान के साथ दाह-संस्कार करो और कल के युद्ध की तैयारी करो!''

रावण ने नाना के दाह-संस्कार से निवृत्त होकर शोक-सभा की जिसमें वह बोला, ''लंका का एक अद्वितीय वीर रणभूमि में सो गया है जिसकी क्षति अपूरणीय है। नानाजी ने अपना नाम तो अमर किया ही है, साथ ही उनके कार्यों के लिए लंकावासी सदैव ऋणी रहेंगे। फिर भी लंका की गोद रिक्त हुई है, किन्तु कोख नहीं। लंका की प्रजा तथा सेना को ऐसा महान योद्धा सदैव स्मरण रहेगा। नानाजी ने अपनी सभ्यता, अपनी कला का स्वयं विकास किया था, जिसका प्रतीक है उनकी विदेश में 'सुमाली लाट' की स्थापना एवं आपके सम्राट के साथ दक्षिण द्वीपों को जय करना। हम उनके चरणचिह्नों पर चलें, यही हमारी सबसे बड़ी श्रद्धांजलि नानाजी के लिए होगी। आज हम श्वेतद्वीप में रणरत हैं। नानाजी की अभिलाषा थी कि इन्द्र हमसे पराजित हो। उनके इस संकल्प को पूर्ण करने के लिए आओ, हम सभी इस अग्निरथ के सामने हाथ फैलाकर सौगन्ध लें कि देवराज को पराजित करके ही सुषा से सैन्यदल, प्रतिसंहृत होगा, अन्यथा नहीं।''

मेघनाद आवेश में चिता के निकट आ गया तथा उसने हाथ फैलाकर कहा, ''मैं मेघनाद,

पुत्र रावण यह सौगन्ध लेता हूँ कि देवराज को पराजित करूँगा या बाबा सुमाली की भाँति इसी भूमि में चिर निद्रालीन हो जाऊँगा।''

इसका गम्भीर प्रभाव सैनिकों पर पड़ा। वे कानाफूसी करने लगे, ''जब युवराज ही ऐसा संकल्प कर रहा है तो हम क्यों पीछे रहें? हम भी सुभट हैं, हमारी रगों में भी लंका का रक्त है। मृत्यु तो सैनिक की हथेली पर ही नाचा करती है, फिर भय किस बात का! आओ, हम भी यही संकल्प दोहराएँ।''

और इसके साथ ही सहस्रों भुजाएँ फैल गईं व संकल्प की, शपथ की, सौगन्ध की पुनरावृत्ति होने लगी।

रावण का अवसाद जाता रहा। वह भूल गया कि क्या घटित हुआ था। उसने तत्काल ही मारुत से कहा, ''तात, चलो हताहतों के उपचार की व्यवस्था का निरीक्षण कर आएँ।''

मार्ग में चलते हुए मित्रावसु बोला, ''कल का युद्ध और भी भयंकर होगा। तात हनुमान को सेनापति बनाया जाना योग्य होगा।''

''हनुमानजी से पूछो, वे तैयार हैं क्या?''

हनुमानजी स्वयं ही बोल उठे, ''तात, सीधे इन्द्र से संग्राम करना मेरे लिए उचित नहीं है, क्योंकि सुग्रीव मेरे परम मित्र हैं और रण में जब अस्त्र-शस्त्र चलते हैं, तब कोई भी मारा जा सकता है। शस्त्र निर्दयी होते हैं, माता अंजनि ने भी इन्द्र से युद्ध करने को मुझे मना किया है। यद्यपि इन्द्र का मेरा गदा-युद्ध हो चुका है और उसकी चोट का चिह्न अभी भी मेरी हनु (ठोड़ी) में है। इस कारण मुझे इन्द्र की शक्ति का भी ज्ञान है। मेरे मत में स्वयं सम्राट ही कल के लिए उपयुक्त सेनापति रहेंगे।''

रावण के मुख से सहसा निकल गया, ''हाँ, कल तो देवराज से मैं ही टकराना चाहता हूँ। देखना है, उसमें कितना बल है!''

इसी समय रावण ने हताहतों के शिविर में प्रवेश किया। सुपार्श्व के एक घाव छाती में लगा था। वैद्य सुषेण ने औषध लगाकर पट्टी बाँध दी थी। रावण ने पूछा, ''कोई कष्ट तो नहीं है मातुल?''

''सम्राट प्रातःकाल सुपार्श्व रणक्षेत्र में जाएगा।''

''छाती में गम्भीर घाव धारण करनेवाला सुपार्श्व युद्ध-क्षेत्र में नहीं जाएगा, वह विश्राम करेगा।'' कहते हुए रावण और आगे बढ़ गया। एक का हाथ कटा हुआ था, दूसरे का पैर। दोनों पीड़ा के कारण बेचैन थे। सम्राट को देखकर दोनों सैनिकों की आँखों में अश्रु झलक आए।

रावण ने उँगलियों से अश्रु पोंछते हुए कहा, ''वीरों के नेत्रों में पानी नहीं आता। यदि परिवार का स्मरण हो रहा हो तो पुष्पक से लंका भेज दूँ?''

''नहीं महाराज, आँसुओं का कारण परिवार या लंकाधाम की चिन्ता नहीं बल्कि यह है कल का युद्ध हम देख नहीं सकेंगे।''

''वीरों का यही आदर्श होता है, मैं प्रसन्न हुआ। तुम्हारी वृत्ति घर बैठे ही दी जाएगी।'' कहते हुए दूसरे शिविर में पहुँचा। वहाँ दो की स्थिति गम्भीर थी, दोनों अचेत थे तथा झटके खा रहे थे। ग्रीवा पर गम्भीर चोटें थीं। एक के वक्षस्थल में भुशुंडि का शीशा धँसा हुआ था, जिसे वैद्यराज ने बूटी से गलाकर बाहर निकाल दिया था। फिर भी बचने की आशा कम थी। रावण ने चिन्तित होकर वैद्यराज से पूछा, ''क्या इन्हें लंका भेज दिया जाए?''

''जी राजन्! इनके बचने की कोई आशा नहीं है। मार्ग में मृत्यु नहीं होगी, इतनी मात्रा

मैं दे दूँगा। घर पहुँचकर परिवार के सदस्य भी इनसे मिल लेंगे।''

''ठीक है, विभीषण को सन्देश दो, वे पुष्पक भेज दें।'' रुककर फिर कहा, ''और हाँ, विभीषण से पूछना, खरदूषण को कहीं कोई चोट तो नहीं आई तथा अन्य वीरगति पानेवाले सैनिकों के दाह-संस्कार की व्यवस्था न हुई तो हो व्यवस्था शीघ्र करें और आज के हत सैनिकों की गणना हो गई हो तो लंका में पुष्पक से उनके परिवारवालों को समाचार भेज दें।''

शुक बोला, ''महाराज, आज के युद्ध में दो सहस्र सैनिक हत हुए हैं, पाँच सौ उपचार-रत हैं, दो अतिरथी तथा एक महारथी भी मारा गया है। देवसेना ने हत सैनिकों की अँगूठियाँ चुरा ली हैं तथा दो सैनिक लापता हैं जिन्हें या तो देवराज ने कैद कर लिया है या फिर उनके शव प्रातःकाल ही प्राप्त हो सकेंगे।''

''अच्छा, हमारे शिविर में कितने देव सैनिक कैद हैं?''

''राजन्, मात्र पचास।''

''बहुत कम संख्या है।''

''देवसेना के जब पैर उखड़ते हैं तो वह पीछे भाग जाती है जबकि हमारा कोई भी सैनिक पीठ नहीं दिखाता।''

''ठीक! प्रातःकाल की क्या तैयारी है?''

''यह तो मंत्रिवर विभीषण ही बतला सकेंगे, क्योंकि वे और महाराज कालनेमि, महाराज शैलूष आदि व्यवस्था कर रहे हैं।''

''सेना का भोजन तैयार हुआ या नहीं?''

धूम्राक्ष बीच में ही बोला, ''भोजन कर रहे हैं तथा घायल सैनिकों को निर्देश दे दिया है कि वे दोपहर तक विश्राम कर लें।''

''किसी सामग्री की कमी हो तो कैलासधाम से मँगवा ली जावे।''

''नहीं, भैया प्रहस्त तथा अकम्पन ने सब कुछ देख लिया है।''

''अब प्रहस्त और अकम्पन दुखी तो नहीं हैं?''

''नहीं, वे दोनों शिल्पियों के शिविर में रथों का निरीक्षण करवा रहे हैं तथा अश्वतल में अश्वों का अवलोकन कर रहे हैं।''

''तो चलो, अभी तात मारुत, हनुमान आदि सभी भूखे होंगे, हम सब एकसाथ भोजन करेंगे। क्योंकि सम्राट के नाना सुमाली का दुख इस प्रकार विभाजित हो जाएगा और पेट में कुछ पहुँचने से नींद भी शीघ्र आ जाएगी।''

फिर वही ब्रह्ममुहूर्त की पावन बेला आ गई। विटपों पर पक्षी चहचहाने लगे हैं, वृक्षों से सूर्य-रश्मियों का प्रकाश छन-छनकर आ रहा है। रावण तथा देवराज की सेनाएँ पुनः रणक्षेत्र में आकर खड़ी हो गई हैं।

देवराज आज ऐरावत पर आरूढ़ हैं। ऐरावत की खींसें सोने से मढ़ी हुई हैं। महावत का अनूठा शृंगार है। देवराज के पीछे शची रण-वेश-भूषा में बैठी हुई हैं।

देवराज ने गरजना कर कहा, ''लंकेश, कल का सेनापति यमलोक पहुँच गया, और आज स्वयं सम्राट मृत्यु के सम्मुख खड़ा है। एक राक्षस चला गया, दूसरा आ गया। अब भी वापस चले जाओ, अन्यथा समूची राक्षस-सेना श्वेतद्वीप में डूब जाएगी।''

''इन्द्र, तू अधम है। तेरे कृत्यों से किसी भी बुद्धिमान की आँख नीची हो जाती है, तेरी

सभा में विलासिता का नंगा नाच होता है। अप्सराएँ सजधजकर किसी की भी पर्यंकशायनी बनने के लिए बाध्य की जाती हैं और तू जिसे भी सुन्दर समझता है, उसी का अपहरण कर लेता है। इसका दंड मैं दूँगा।''

''देवकुल में यह प्रथा है। इस प्रथा को मुझे वर्तमान इन्द्र ने तो नहीं बनाया। प्रथाओं का निर्माण करनेवाले मेरे, तुम्हारे पूर्वज ही तो थे। हम सभी तो काश्यप की संतति हैं। दिति-अदिति की सन्तानें हैं। फिर मैं ही क्यों दोषी हूँ? दोषी हैं तो हमारे पूर्वज? मैं तो रूढ़िवाद के आधार पर उपभोग कर रहा हूँ। यह सब भी तो प्रथानुसार मानव को प्राप्त होता है। तूने किसी सम्राट के यहाँ जन्म तो लिया नहीं, तू तो तपस्वियों का पुत्र है, मैं राजपुत्र हूँ। मेरा तो सत्ता पर जन्म-सिद्ध अधिकार है तथा यह सुषा का सिंहासन पीढ़ी-दर-पीढ़ी उत्तराधिकार के रूप में हमें ही प्राप्त होता आ रहा है। तूने तो लंका छीनी है, तू क्या समझे राज्य और उसके स्वरूप को?''

''दिति-अदिति की सन्तानें तो सभी हैं, किन्तु सूर्यवंश, चन्द्रवंश के उत्थान पर ही आपने बल दिया है, शेष जातियों को तो आपने शूद्र कहकर उन्हें पदतल में स्थान दिया है। क्या वे काश्यप की सन्तानें नहीं हैं? क्या वे हमारे बन्धु-बांधव नहीं हैं?''

''उनके कर्मों के कारण विभाजन-रेखा खींची गई हैं। सभी ब्राह्मण, क्षत्रिय हो जाएँ तो सेवक कौन रहेगा, दास कौन होगा? सम्राट को राज्य करने के लिए प्रजा भी तो चाहिए। यदि सभी भूप की बराबरी के हो जाएँ और मंत्रिपद दे दिया जाए तो नृप क्या बुद्धिमानों पर राज्य करेगा? कुछ मूर्ख, कुछ बुद्धिमान सभी राज्य में होने चाहिए, तभी तो सम्राट राज्य का संचालन कर सकता है अन्यथा सिंहासन के लिए स्पर्धा होगी। खड्ग खिचेंगे एवं प्रतिदिन रक्तपात होगा। इस कारण शूद्रों की प्रत्येक राज्य के लिए एक अनिवार्य आवश्यकता है तथा उनका अशिक्षित होना भी आवश्यक है।''

रावण ने अट्टहास किया, फिर हँसा और गरजकर कहा, ''इन्द्र, तब तो तुम निश्चित ही मात्र मूर्खों के सम्राट हो तथा अधिनायकवादी हो। अपनी देवजाति के अतिरिक्त किसी दूसरी जाति का उत्कर्ष नहीं चाहते हो। क्षमापाल होकर प्रजा को विद्या अध्ययन न करने देना तथा वेदों से उन्हें वंचित रखना, काश्यप ने तो ऐसा निर्देश अपने पुत्रों को नहीं दिया होगा कि तुम अपने भ्राताओं की छाती पर पैर जमाकर राज्य करना अथवा उनका सिर कुचलकर उन्हें धूल में मिला देना? प्रत्युत यह कहा होगा कि भ्रातृत्व की भावना पर सभी मिल-जुलकर रहना।''

''राजनीति तथा सत्ता दोनों ही अपने से योग्य व्यक्ति को प्रश्रय नहीं देतीं, योग्य मानव सत्ता हथियाने का ही प्रयास करेगा।''

''तो तेरे राज्य में तभी तेरी तूती बज रही है। सुन कष्ट, लंकेश तो साम्य सिद्धान्त का प्रणेता है, वह बुद्धिमान समाज का स्रष्टा है, वह तुझ-जैसे अधम को समूल नष्ट कर देगा और वर्षों से बिछुड़ी हुई हेमा को आज उसके पति से मिला देगा।''

देवराज ने आज्ञा दी, ''राक्षसराज आज जीवित न बचने पाए, घमासान युद्ध हो!''

श्वेतद्वीप की नारियाँ रावण के सम्मुख आ गईं व चारों ओर से स्त्री रथों ने इन्द्र एवं रावण को घेर लिया। आज की देवराज की रणनीति निराली थी, वह रावण को सुषा की रमणियों द्वारा ही पराजित करने का विचार रखता था अथवा देवराज रावण को यह अवगत कराना चाहते थे कि तुम जैसे सम्राटों को तो स्त्री सैनिक ही यथेष्ट हैं और यह लंकेश की खुली मानहानि थी।

रावण के सामने इन्द्र का ऐरावत और चारों ओर रमणी-रथ अधरों पर लास्य रेखा। कपोलों

पर रक्तिम आभा। नेत्रों में रावण को छकाने के लिए विलास का विराट रूप। स्तनांशुक अति महीन। अधोवस्त्र श्वेत किन्तु झीना। कटि प्रदेश में खड्ग। कन्धे पर धनुष और पीठ पर तरकस। स्वर्ण रज्ज से मंडित केशराशि। कांत बपु, किन्तु बलिष्ठ जैसे मल्लयुद्ध में भी प्रवीण हो। लंकेश ने सब कुछ विलोका और दृष्टि नीची कर कहा, "देवराज! समरांगण में इस नग्न प्रदर्शन की क्या आवश्यकता है! ये वीरांगनाएँ हैं तो शस्त्र क्यों नहीं उठातीं?"

"शस्त्र ही उठाएँगी और तुम्हारा वध भी करेंगी। तुम युद्ध करो रावण!"

रावण सकुचा गया। फिर स्मरण हुआ, हनुमान ने कहा था, 'स्त्री सैनिक पर वार करने में कोई दोष नहीं है।' लंकेश ने क्रूर अट्टहास किया और कहा, "दुष्ट देवराज, यह छलनीति मात्र तू ही समझता है! क्लीव, लंकेश इन सुन्दरियों का काम तमाम तो करेगा ही, साथ ही आज तेरा भी करेगा।" कहते हुए लंकेश ने ऐरावत पर खड्ग-प्रहार कर दिया। ऐरावत स्वयं सुप्रशिक्षित था, वह पीछे हट गया तथा उसने अपनी दोनों खींसों से रावण के रथ में टक्कर दी। रथ दो हाथ पीछे हट गया और इसी समय लंकेश ने कुंडलिनी जाग्रत कर ली तथा रमणी सैनिकों के बाण छूटने लगे। रावण ने नारियों की धनुर्विद्या का अवलोकन किया, वे निश्चित रूप से पुरुषों से कहीं अधिक कुशल थीं। उनके पहले तीर ने ही छत्र काट दिया एवं रथ के पहियों को भेदकर बाण धरती में धँस गए और रथ कुछ ही क्षण में जाम हो गया। सारथी नियंत्रित हो गया।

अब रावण छलाँग लगाकर नीचे आ गया और गम्भीर गरजना करने लगा तथा खड्ग हवा में लहराने लगा। उसके मुकुट तथा गलहार में फिर दशशीश प्रतिबिम्बत हुए। श्वेतद्वीप की स्त्रियों ने ऐसी गर्जना नहीं सुनी थी तथा न ही इस प्रकार खड्ग घुमानेवाला योद्धा उनकी दृष्टि में आया था। शची भी आश्चर्य में पड़ गई। देवराज ने चन्द्रहास छोड़ दिया; परन्तु रावण उसी प्रकार गर्जना करता रहा। इन्द्र को आश्चर्य हुआ और उन्होंने दाँतों तले उँगली दबा ली। नारी सैनिक अभी भी वार कर रही थीं, किन्तु वे सब असफल हो रही थीं।

सहसा इन्द्राणी के मुख से निकल गया, "रावण अमर है। इस पर शस्त्रों का कोई प्रभाव नहीं हो रहा है। यह दशशीश परास्त नहीं होगा। इससे सन्धि किया जाना उचित है।"

देवराज ने क्रोधित होकर कहा, "तुम योग विद्या नहीं जानतीं। रावण ने नाभि प्रदेश की कुंडलिनी जाग्रत कर ली है। आज यह पराजित नहीं हो सकेगा, किन्तु सामान्य स्थिति में आने पर रावण को एक पल में धराशायी कर दूँगा।"

तभी लंकेश बोला, "आ जा इन्द्र, मल्लयुद्ध होने दे।"

इन्द्र नीचे उतर आए और लड़ने लगे। रावण ने इन्द्र की कलाई जकड़ ली, परन्तु इन्द्र ने वक्ष पर पाँव से प्रहार किया। रावण दूर जा गिरा।

लंकेश ने छलाँग लगाकर इन्द्र की ग्रीवा पर पाद प्रहार कर दिया। इन्द्र दूर जा गिरे। तभी ऐरावत चिंघाड़ता हुआ आ गया और उसने रावण का पीछा करना शुरू कर दिया। रमणियाँ हँसने लगीं क्योंकि उन्होंने देवराज के साथ कई संग्राम किए थे। उनमें ऐरावत का यही अभिनय रहता था। वह शत्रु को सूँड़ से पकड़कर घुमाकर फेंक देता था और शत्रु छटपटा-छटपटाकर प्राण छोड़ता था।

रावण ने ऐरावत का सूँड़ पकड़ लिया तथा उसके पैर में पाद प्रहार किया। ऐरावत चोट के कारण चिंघाड़ उठा। लंकेश गजयुद्ध में भी कुशल था। उसने ऐरावत की खींस पकड़ ली व उसकी गर्दन को घुमा दिया। ऐरावत चीखने लगा। तभी इन्द्र ने एक बाण रावण पर छोड़

दिया जो सीधा उसकी भुजा में आकर लगा। तभी लंकेश ने गरजकर कहा, "दुष्ट, यह प्रहार नियम-विरुद्ध है। यद्यपि इस बाण के विष को रावण पचा जाएगा, परन्तु तेरी धृष्टता देवराज कहने के स्थान पर दुष्टराज, राक्षसराज कहे जाने योग्य है।"

इसी समय युद्ध बन्द के शंख बज उठे और रावण बोला, "तेरे ऊपर विधाता प्रसन्न है अन्यथा इस वार का प्रतिशोध लंकेश आज ले लेता। जा, चला जा।"

इसी समय देवदूत ने दौड़कर इन्द्र से कहा, "प्रभो! जयन्त मेघनाद से पराजित हो गए। मेघनाद ने उन्हें नागपाश में बाँध लिया है, उनका वध नहीं किया है।"

देवराज का सिर चकराने लगा, इन्द्राणी मूर्च्छित हो गईं। तभी इन्द्र ने कहा, "कल का समर इन्द्र का रावण से नहीं, मेघनाद से ही होगा। लंकेश, अपने पुत्र को सन्देश दे देना।"

"लंकेश का पुत्र तो सदैव रणरंग में ही रहता है। कल का सेनापति लंकासैन्य का मेघनाद ही होगा।"

मेघनाद ने जयन्त को अपने ही शिविर में रखा। जयन्त के बन्धन खोल दिए गए एवं मेघनाद ने सम्मानसहित आसन देकर जयन्त का स्वागत किया। सोमरस तथा फल-फूल दिए गए और मेघनाद ने कहा, "मित्र, रणक्षेत्र में युवराज तथा सम्राट का वध यदि लड़ते-लड़ते हो जाए तो कोई बात नहीं अन्यथा समर्पण किए हुए सैनिकों तथा पराजित सम्राटों के साथ सुन्दर व्यवहार करना चाहिए।"

जयन्त ने मुस्कान के साथ उत्तर दिया, "मैं आपके व्यवहार से प्रसन्न हूँ। परन्तु लंकेश के सम्बन्ध में जो समाचार प्राप्त होता है, उसमें बुराई ही रहती है जबकि प्रत्यक्ष में ऐसा कुछ नहीं है। युद्धस्थल में जय-पराजय का प्रश्न संशयात्मक ही होता है, इस कारण पराजित नरेश को सम्मान देना ही विजेता का कर्तव्य है।"

इसी समय रावण सुषेण से औषधि लगवाकर पट्टी बाँधे हुए मेघनाद के शिविर में आया एवं जयन्त से ही पूछा, "वत्स, यहाँ कोई कठिनाई तो नहीं है? लंकेश्वर किसी के साथ अन्याय नहीं करता। इतना अवश्य है कि सत्ता के नियमों में बँधा होने से तुम्हें मुक्त नहीं कर सकता जब तक कि समर का निर्णय न हो जाए। तुम्हें यहाँ राजकीय व्यवस्था के अनुरूप ही सम्मान दिया जाएगा तथा ठहरने की उत्तम सुविधा दी जाएगी। तुम चाहो तो मेघनाद के साथ भी रह सकते हो।"

"तात, मैं मित्र मेघनाद के साथ ही ठीक रहूँगा।"

"ठीक है। तुम्हारा श्वेतद्वीप तो सुरम्य है, किन्तु राजप्रासाद, अट्टालिकाएँ एवं नगर की शोभा मेरी लंका के तुल्य नहीं हैं। यदि लंका को एक बार देख लोगे तो आश्चर्य में पड़ जाओगे।"

"तात, सुना है, लंका तो सोने की है और आप स्वयं हेमवती विद्या विशारद हैं। ऐसी तो किसी भी द्वीप के सम्राट की राजधानी नहीं है।"

"लंकद्वीप सोने का नहीं है। हाँ, राजधानी के कतिपय भवनों पर सोने का मुलम्मा हो रहा है। अन्तःपुर अवश्य स्वर्ण-निर्मित हैं। तंगण देश के यक्ष व गधर्वों से भी हम सोना मँगाते हैं। हमारे-उनके व्यापारिक सम्बन्ध हैं। अवसर आएगा तो तुम्हें लंका की यात्रा के लिए निमंत्रित करेंगे और हम विजयी हो गए तो तुम्हें लंकाधाम तक ले ही चलेंगे।"

"मैं धन्य हुआ!"

"महाराज!" इसी समय शुक ने आकर समाचार दिया, "आज के युद्ध में देवराज के पाँच

यान तथा हमारे दो यान नष्ट हुए, जिसमें दोनों चालकों ने वीरगति प्राप्त की।''

''दोनों चालकों के शव पुष्पक से लंका उनके परिवार के पास भेज दो तथा दोनों परिवारों को सौ भार स्वर्ण मुदाएँ दान में दे दो। हमारे दोनों श्रेष्ठ चालक रणखेत हुए, इसका मुझे दुख है। शोक-संतप्त परिवार को भी राजकीय संवेदना प्रकट कर दी जाए।''

हनुमान ने आकर समाचार दिया, ''राजन्, आज एक बहुत अच्छा हृदय- परिवर्तन हुआ।''

''वह क्या?''

''सम्राट मारुत को रणस्थल की रमणियाँ देखकर अपनी पत्नी के प्रति मोह उत्पन्न हो गया और वे आज ही पुष्पक से मिलने जाना चाहते हैं। यह सुयोग वर्षों बाद माता-पिता को प्राप्त होगा। जीवन-भर पति-पत्नी में मानसिक रस्साकसी रही है। आज उसका अन्त हो रहा है तो इससे अच्छी सुखद बात और क्या हो सकती है?''

''हनुमान, यह प्रसन्नता का समाचार है। तात मारुत निर्मोही थे, आज उन्हें आसक्ति का आभास हुआ है तो समझ लो, ये हमारे लिए शुभ चिह्न हैं व शुभ-शकुन प्रतीत होता है। तात मारुत पुष्पक से जाएँ एवं लंका से वापसी में प्रातःकाल के पूर्व पुष्पक से ही लौट आएँ। इस मधुर मिलन के लिए मेरी ओर से तात मारुत को शुभकामनाएँ!''

प्रातःकाल ही फिर दोनों ओर की सेनाएँ सन्नद्ध हो गईं। आज मेघनाद लंका-सैन्य का सेनापति था। उसके सामने इन्द्र-उच्चैष्णा घोड़े पर बैठे हुए थे तथा मेघनाद भी अश्वारूढ़ था। युद्ध में आज मेघनाद ने सौम्य शब्दों में कहा, ''तात, मेरी नानी को वापस कर दो अन्यथा आज तुम्हारी पराजय अवश्यंभावी है। मेघनाद यज्ञ सम्पन्न कर आया है। जब मेघनाद का यज्ञ पूर्ण हो जाता है तब वह अजेय हो जाता है।''

''मेघनाद, इन्द्र युद्ध से कभी विमुख नहीं हुआ है। मैं जानता हूँ, तू मायावी युद्ध में निष्णात है, तो भी, युद्ध ही हो।''

मेघनाद ने दो पुष्प तीर इस भाँति छोड़े कि एक इन्द्र के चरणों में गिरा तो दूसरा देवि इन्द्राणी के। एकसाथ इस प्रकार बाण चलाने में विरला ही धनी होता था। इन्द्र ने दो बाण छोड़े जो दोनों पहले वायु गति से सीधे गए फिर लौटे व परस्पर टकराकर मेघनाद पर पुष्प वर्षा की।

फिर भुशुंडियों, शतघ्नियों की आवाजें होने लगीं। चारों ओर से संग्राम छिड़ गया।

मेघनाद योग से आकाश में आ गया, देवराज भी आ गए। दोनों गदा-युद्ध करने लगे। मेघनाद ने दो बार प्रहार किया। इन्द्र ने हँसते-हँसते वार झेल लिए और एक प्रहार इन्द्र ने मेघनाद के मस्तक पर किया। मेघनाद पीछे हट गया तथा अन्तर्धान हो गया। ईषत्काल पश्चात् ही अग्नि की वर्षा होने लगी। इन्द्र ने अग्नि को निष्प्रभावी कर दिया और मेघों का आह्वान किया तथा पानी बरसने लगा। खेचर विद्या, अन्तर्धान विद्या के धनी इसी प्रकार आकाश में कुछ देर तक संघर्ष करते रहे तथा सैनिक इस दृश्य को कौतूहल के साथ देखते रहे।

पुनः दोनों ही नीचे आ गए और दोनों अश्वारूढ़ हो गए तथा दोनों के खड्ग खटकने लगे। जब परस्पर खड्ग टकराते तो विद्युत झरती। चुम्बकीय स्पदंन से चन्द्रहास, सूर्यहास अस्त्र छूटते और पुनः आकर्षण-विकर्षण से वापस आ जाते।

फिर मेघनाद गम्भीर गर्जना करने लगा। उसका रव रावण एवं स्वयं देवराज से कहीं ऊँचा था। इन्द्र ने भी रव करना प्रारम्भ किया। किन्तु मेघनाद की रव कला के आगे फीका रहा।

इन्द्राणी इस रव से भयभीत ही नहीं हो गईं अपितु मूर्च्छित भी हो गईं। मातालि ने कमलजल आनन पर छिड़का तक चेतना आई।

फिर इन्द्र बोले, ''मायावी, आज तुमसे जयन्त का प्रतिशोध इन्द्र लेगा? सँभल यह ब्रह्मास्त्र है।'' कहते हुए इन्द्र ने ब्रह्मास्त्र छोड़ दिया जो प्रकाश की गति एवं सौर ऊर्जा से युक्त होकर मेघनाद की ओर बढ़ने लगा।

मेघनाद ने तत्काल ही कहा, ''तुम्हारे ब्रह्मास्त्र को मैं ब्रह्मास्त्र से ही नष्ट किए देता हूँ किन्तु इस अणु अस्त्र से सैनिकों को हानि अधिक होगी। जब तुमने छोड़ ही दिया है, तो देखो, अभी मेरा ब्रह्मास्त्र तुम्हारे से टकराएगा और चूर-चूर हो जाएगा। इन्द्र, भागो!'' कहते हुए मेघनाद ने अणुअस्त्र छोड़ दिया। दोनों आसमान में टकराए, भयंकर विस्फोट हुआ और जब नीचे गिरे तो धरणी धँस ही नहीं गई बल्कि पानी बहने लगा। चारों ओर धुआँ हो गया। सैनिक गिरने, उठने लगे। तभी मेघनाद ने मेघ आह्वान किया और जलवृष्टि होने लगी जिससे सैनिकों को कुछ राहत मिली।

तभी मेघनाद ने कहा, ''तात, मैं तुम्हारे ऊपर अब अमोघ अस्त्र नाग-पाश का प्रयोग कर रहा हूँ। मेरे इस जाल से आज तक कोई नहीं बचा। जैसे मछलियाँ जाल में फँसकर तड़पती हैं, वैसे ही तुम इसमें फँसकर तड़पोगे। सँभलो।'' कहते हुए मेघनाद ने नागपाश फेंका। इन्द्र फँस गए और मेघनाद ने इन्द्र को जीत लिया तथा अपनी विजय की खुशी में नाच उठा। विजय का डंका बज उठा। मेघनाद की जय-जयकार होने लगी। रावण और हनुमान युद्ध बन्द कर दौड़ते हुए आए।

रावण ने मेघनाद को छाती से लगा लिया और कहा, ''पुत्र, तुमने आज अपने पिता की वर्षों की साधना सफल कर दी, उसकी अभीप्सित पूर्ण कर दी। मेरे अहोभाग्य जो तुम्हारे जैसा पुत्र विधाता ने मुझे दिया।''

हनुमान ने वाह-वाह की तथा मेघनाद को शाबाशी दी।

फिर लंकेश बोला, ''देवराज, हेमा मात्र मुझे चाहिए। मुझे आपके द्वीप की सौ कन्याओं की आवश्यकता नहीं, वह तो अन्तिमेत्थम था। आज मैंने अहल्या के शीलभंग का भी प्रतिशोध ले लिया। तुम्हारी छाती में मेरे पुत्र के प्रहारों के घाव हैं। गौतम का शाप पूरा हुआ। वह देखो, बाण के फल की आकृति के सभी घाव भग की आकृति के समान होकर 'सहस्र भग' ही हैं। तुम्हारी कीर्ति को मेघनाद ने नष्ट कर दिया है। और आज वृत्र से लेकर अब तक तुम्हारी सिंहासन के वंशानुगत वैरों का प्रतिशोध मैंने ले लिया है।''

''हाँ, लंकेश...नहीं, राक्षसेंद्र! तुमने अपना मनोरथ पूर्ण किया। तात मय को भेज दो। वे हेमा को ले आएँ। इन्द्र पराजित हो चुका है।''

मय बोला, ''मैं हेमा को इतने वर्षों बाद पहचानूँगा कैसे?''

''श्वेतद्वीप का सोमरस एवं हेमकूट पर्वत की औषधियाँ देवराज को सदैव प्राप्त होती हैं, जिनसे हम दीर्घायु तो होते ही हैं साथ ही यौवनपूर्ण भी दृष्टिगोचर होते हैं। देवि इन्द्राणी आपको ससम्मान ले जाएँगी तथा ससम्मान ही आपको हेमा वापस करेंगी।''

''मय अब फिर मयदेश (अमेरिका) चला जाएगा। अब वह यहाँ नहीं रहेगा। इन्द्र, तुमने मुझे बड़ा कष्ट पहुँचाया था। मैं हेमा के वियोग में विरही होकर द्वीप-द्वीप घूमता रहा। अपनी कला, विद्या का प्रचार-प्रसार करता रहा और अब फिर अपने देश चला जाऊँगा। तुम्हारी पराजय, देवराज, तुम्हारा अभिमान तथा अत्याचार एवं अंत्यजों के साथ पक्षपातपूर्ण नीति ही है।''

"जो भी हो तात! पिंजरे में बन्द सिंह गर्जना के अतिरिक्त और कर भी क्या सकता है!"

फिर लंकेश बोला, "मेघनाद, तुम इसी समय जाओ और देवाधिदेव को सुषा विजयी की गाथा सुनाओ। अब हम यमराज को परास्त करेंगे एवं इसके उपरान्त वरुण तथा नागों के राजा वासुकि को पराजित करने के उपरान्त ही लंका की ओर जाएँगे।"

22

अपवर्त देश के महापथ पर रावण-कटक जा रहा है। कहीं-कहीं पानी के गड्ढ, वृक्षों पर अभी भी प्रलय का प्रकोप छाया हुआ है। पत्ते नहीं हैं, रूख खड़े हैं। जीव-जन्तुओं का अभाव। प्रलय की तांडव लीला के उपरान्त यम ने इस भू-भाग पर अपना राज्य स्थापित किया। तब से अब तक यम यथेष्ट उत्थान कर चुके हैं, फिर भी प्रजा भूखी ही रहती है। पानी को काटकर समुद्र की ओर प्रवाहित होते-होते वर्षों बीते जा रहे हैं। फिर भी भू-भाग बहुत कुछ निकल आया है, कुछ अभी भी जलमग्न है। यम क्या करें, प्रकृति से कहाँ तक संघर्ष करें, बीज-वपन के लिए भूमि तो हो, तभी कृषि पर अन्न उत्पादन बढ़ाया जाए और प्रजा की क्षुधा शान्त की जाए। वनों में पशु नहीं हैं, मृग, सिंह, शृंगाल सब कुछ प्रलय ने नष्ट कर दिया है। भोजन, भक्ष्य का साधन जितना जुट पाया है, उतने में प्रजा का पोषण कैसे हो? आज भी दलदल बहुत है, अभी तो भूमि सूखी ही नहीं। एक ज्वालामुखी के विस्फोट ने क्षीरसागर(फारस की खाड़ी) से श्रीनार(शीश्तान) तक के सम्पूर्ण भाग को प्रलय में परिवर्तित कर दिया और इस अपवर्त देश का मैं सम्राट हूँ, जहाँ जीवन कष्टमय है, इसी कारण बाह्य प्रदेश इसे मृत्युलोक कहते हैं।

है भी ठीक। राजा यम सम्राज्ञी दक्षप्रचेतस की कन्या संध्या फिर भी भुखमरी का साम्राज्य। प्रजा का पेट-पीठ दोनों मिलकर एक हो रहे हैं। वनस्पतियों तक के बीज नष्ट हो गए हैं। कुछ अब उत्पन्न भी हो रही हैं तो फलने-फूलने तक समय तो लगेगा ही। फिर किससे ऋण लिया जाए और प्रजा की क्षुधा से रक्षा की जाए? भूख से दुखी मानव कष्ट भोग रहे हैं। मर रहे हैं। वनस्पतियों के अभाव के कारण औषधि तैयार न होने से लोगों के घाव सूख नहीं रहे हैं। जिनके पैर पानी के दलदल में नंगे पाँव चलने से गल गए हैं, उनमें पीव पड़ गई है, यमराज क्या करे? पक्षियों तक के झुंड नहीं हैं, जिन्हें मारकर प्रजा अपनी उदरपूर्ति भी करे तो कहाँ से? अब कुछ उड़-उड़कर बाहर से आ रहे हैं तो उनका वंश ही नष्ट न हो, इसलिए आखेट न किए जाने की आज्ञा दे दी है। हिमालय से वन पशु आ तो जाते हैं, परन्तु जंगल का अभाव होने से फिर भाग जाते हैं।

इन्द्र तथा वरुण ने सहायता की है। ऋण दिया है, विकास हो रहा है। परन्तु दरिद्रता यहाँ मुँह बाए खड़ी है। मृत्युलोक की जनसंख्या बढ़ाने के लिए सभी प्रयास किए जा रहे हैं, फिर भी समस्या बनी हुई है। इन्द्र ने अनेक कन्याएँ भेजी हैं, वरुण ने पुरुष भी भेजे हैं। परन्तु सन्तानें उत्पन्न होने, फिर उनके वयस्क होने में समय लगेगा तब तक धरती का दलदल मिटेगा या नहीं या यमराज इस मृत्युलोक में मृत्यु को प्राप्त हो जाएगा। क्या सोचे, क्या करे?

भृगु पुत्र शुक का पुत्र अत्रि बैकुंठधाम से दक्षिण की ओर चला गया है। अत्रि का उपनिवेश अत्रिपत्तन (एट्रोपेटन) सूना पड़ा हुआ है। अत्रि नदी के तट पर अब कोई पोत नहीं आता। अत्रि की तपोभूमि रिक्त पड़ी है। बैकुंठधाम (सत्यलोक) के कल्पटस वृक्ष भी नष्ट हो गए हैं,

उनके फल भी लाए जा सकते थे परन्तु अब उजाड़ है। सोमलता भी सत्यलोक से आ सकती थी, परन्तु प्रलय इसे भी खा गई है। बैकुंठधाम तक में पानी भरा हुआ है। वरुण ने व्यवस्था तो पानी-निकासी की की है, फिर भी पानी नहीं सूख पा रहा है और इसी कारण वरुण के लघुभ्राता सूर्य ने निकटस्थ तीनों देशों (बैलोनियाँ, सीरिया तथा मिस्र) को जय कर अपने राज्य में मिला लिया और त्रिविक्रम की उपाधि धारण कर ली है। आदित्य की वीरता के सम्मुख विदेशियों ने शीश झुका दिया है और श्रीनगर की शक्ति बढ़ा ली है। परन्तु यम तो शक्तिहीन है, उसकी शक्ति तो इन्द्र तथा वरुण में ही निहित है। भार्गव ओर्व ऋषि ओर्व पर्वत (अरब गणराज्य) पर पहुँच गए हैं। इस प्रलय ने सब कुछ छिन्न-भिन्न कर दिया। सब भाग गए। जैसे काश्यप काश्यपमिरा (काश्मीर) से पहली प्रलय में (4500 पूर्वेषा) कैलास पार कर भागा और श्वेतद्वीप में दूसरा काश्यपमिरा बसाया, फिर इस दूसरी प्रलय में (3200-3500 पूर्वेषा) में मनु को मत्स्य जाति ने बचाया और उसने पुनः व्यवस्था की, फिर सत्ता को सँभाला और वर्षों पश्चात् भी मानव कीड़े-मकोड़े की भाँति जीवन-यापन कर रहा है। संकट-ही-संकट है। प्रजापतियों ने इसी कारण अनेक विवाह किए कि नृ-वंश बढ़े; परन्तु प्रकृति की विनाश-लीला स्वयं परिवर्तन करा देती है। परिवर्तन का गतिरोध होता है तो महापरिवर्तन हो जाता है। तब से अनेक सम्राटों ने यथेष्ट कार्य किया और वे सब काल के गाल में चले गए। जातियों का संघर्ष सभ्यता के समय से अब तक हो रहा है। एक जाति दूसरी जाति का उत्थान नहीं चाह रही। सिंहासनों के नाम चले आ रहे हैं। इन्द्र का आसन अक्षुण्ण बना हुआ है। घर के पुत्र रुद्रों ने अपनी विजय का डंका पीटकर कैलासधाम पर पैर जमा लिए हैं। मूँजवान गिरि परमारुत (वायु) के वंशजों का साम्राज्य हो गया है। मारुत स्वयं दक्षिण में रहता है। केसरी उनके मित्र हैं। मारुत (वायु) घूमते ही रहते हैं। धनेश कुबेर से लंका रावण ने छीन ली है या पिता की आज्ञा से कुबेर ने बँटवारा कर लिया है तथा अब कुबेर अलकापुरी में वास कर रहे हैं। यज्ञ भूगर्भ शास्त्री है, उन्होंने तंगण देश में स्वर्णखदानों को खोज लिया है और कुबेर तथा लंकापति से सोने का व्यापार कर रहे हैं। सभी लोकपाल अप्सराओं का उपभोग कर रहे हैं, और यमराज को तो अन्न का ही संकट है तो उपभोग क्या सूझेगा! अश्व की नस्ल ही नहीं रह गई है, यहाँ तो जंगली महिष ही बहुत हैं। इस महिषों से ही खेती की जाती है। यही बोझा ढोने के काम में आते हैं और यही सवारी के भी तथा यमराज के रथ में भी भैंसा ही जोते जाते हैं। महिष के दूध से ही पेट भरा जा रहा है अन्यथा इस लोक का लोकपाल तो दरिद्र है। आए दिन लोग सैकड़ों की संख्या में मरते रहते हैं, इस कारण यमराज मृत्यु का स्वामी ही घोषित हो गया है। विधाता का खेल ही निराला है।"

यमराज के निकट ही एक आसन पर सम्राज्ञी संध्या विराजी हुई है। शेष रानियाँ अन्तःपुर में ही व्यस्त हैं। संध्या निष्णात है, उसके मन में साम्राज्य की लालसा व विस्तार की अभिलाषा है। परन्तु उसका मन उद्विग्न हो रहा है। कल चर ने कहा था, "देवराज के पुत्र जयन्त को मेघनाद ने नागपाश में बाँध लिया है। यदि देवराज रावण से पराजित हो गए तो रावण वरुण तथा यम को भी पराजित करेगा। यही लंकेश का अभीप्सित है। यमराज के पास तो इतना सैन्य दल भी नहीं है। यमराज के पास अस्त्र-शस्त्र भी प्रचुर मात्रा में नहीं हैं। अत्रि ऋषि से कुछ आयुध भी प्राप्त किए जा सकते हैं किन्तु वे तो मन्दाकिनी नदी के किनारे पर यहाँ से बहुत दूर आश्रम बनाकर रह रहे हैं। कहीं लंकेश सीधा ही यमपुरी आ गया तो यमराज को अन्तर्धान ही होना पड़ेगा। लंका-सैन्य को विजय करना असम्भव ही है।

फिर सोच-विचारकर बोलीं, ''स्वामी, लंकाधीश रावण के बारे में आपका क्या विचार है?''

''उस राक्षस को तो देवराज परास्त कर देंगे।''

''और कहीं देवराज ही परास्त हो गए तो?''

''तो इस दलदल में लंकेश अपना कटक क्यों फँसाएगा?''

''जब वह सार्वभौम सम्राट की उपाधि धारण करना चाहता है तो बिना इन्द्र, यम, वरुण के तो यह सम्भव नहीं होगा।''

''पर जीतेगा तब न?''

''वह अमर है, उसकी नाभि में अमृत-कुंड है। उसे देवाधिदेव ने सभी विद्याओं में निष्णात कर अभिमानी बना दिया है, अन्यथा देवजाति पर आक्रमण करने का आज तक किसी ने साहस ही नहीं किया।''

''किया तो है। वृत्र ने युद्ध किया, मारा गया। देवासुर संग्राम हुआ। देव जीत गए। उनकी इन विजयों के कारण अन्य सम्राटों ने यह मान लिया कि देवजाति को जय करना कठिन है। और रावण ऐसा साहस करके आया है कि उसके अधुनातम शस्त्रों तथा सैन्यदल के समक्ष देवजाति परास्त हो जाएगी। इतना ही अन्तर है विचारों का।''

''और यदि कहीं इसी परिपक्व विचार एवं दृढ़ निश्चय के आधार पर रावण जयी हो गया तो?''

''तो फिर हमारा युद्ध होगा।''

''आपके पास है क्या?''

''द्वन्द्वयुद्ध होगा, एकाकी होगा।''

''यदि रावण न माना तो?''

''तो जितनी सेना है, उसके साथ रण होगा। परन्तु तुम क्यों चिन्तित हो?''

''चिन्ता तो सम्राज्ञी होने से आवश्यक है।''

''मैं वीर हूँ। रावण को परास्त कर दूँगा।''

संध्या हँस उठी और बोली, ''रावण ब्राह्मणवंशी है, क्षत्रियवंशी नहीं। वह तपोनिष्ठ है। विद्वान है। उसका युद्ध भी रुद्र की अर्चना तथा यज्ञ की पूर्ण आहुति के साथ सम्पन्न होता है। ऐसे यज्ञकर्ता को जय करने में देवराज के भी दाँत खट्टे हो जाएँगे।''

''देखो, अभी रावण-वध का सन्देश चर लाता ही होगा।''

इसी समय चर आ गया और उसने प्रणाम करने के उपरान्त कहा, ''महाराज, देवराज पराजित हो गए और उन्हें भी मेघनाद ने नागपाश कहूँ या इन्द्रपाश कहूँ, उसमें बाँध लिया और मेघनाद को देवाधिदेव ने इन्द्रजीत की उपाधि प्रदान कर दी।''

''देवराज हार गए! यह मैं क्या सुन रहा हूँ? कानों को विश्वास नहीं होता! मन अधीर हो उठा है। धैर्य धारण करने की क्षमता नहीं रह गई है। क्या गौतम ऋषि का शाप पूर्ण हो गया है? रावण के नाम से बुद्धि कुंठित हो जाती है। शरीर शक्तिहीन हो जाता है। लंकेश ने मूँजवान के मारुतों को हरा दिया। देवराज को पराजित कर दिया। दक्षिण द्वीप जय कर लिए। विश्वामित्र ब्रह्मर्षि हो गया। दशरथ पराजित हो गया। अनरण्य मारे गए। कौन-से नक्षत्र में रावण उत्पन्न हुआ है? वैश्रवा ने किस तपोबल से कैकसी को गर्भ धारण कराया कि महाप्रतापी पुत्र उत्पन्न हुआ? ऐसा सम्राट तो मनु से आज तक क्षत्रियों में भी उत्पन्न नहीं हुआ जिसने कैलास के इस ओर विजय के दृष्टिकोण से अभियान किया हो। क्या रावण के आगे सभी लोकपालों

को नतमस्तक होना पड़ेगा? क्या उसकी संस्कृति और प्रशस्तिगान अमर होंगे?"

संध्या बोली, "नहीं होंगे?"

"कैसे?"

"इसकी एक युक्ति है।"

"वह क्या?"

"रावण के कटक को अपवर्त में प्रवेश करने दिया जाए और दलदल के ठीक मध्य में उसे घेर लिया जाए व युद्ध किया जाए तो रावण की अनीक न भाग सकेगी, न लड़ सकेगी और वहीं खप जाएगी तथा हमारी सेनाएँ पीछे व सामने से वार करें।"

"यह तो अच्छी युक्ति है। सेनापति को आज्ञा दो, वह इस प्रकार के व्यूह की रचना करे।"

परिचारक चला गया। मृत्युलोक के स्वामी के पास विमान नहीं हैं। आदित्य यदि गरुड़-यान को दें तो विमान-युद्ध हो सकता है; किन्तु इतनी शीघ्रता में श्रीनार तो सन्देश भेजा नहीं जा सकता। देवराज पराजित होकर रावण के यहाँ कैदी हैं; उनका दिव्ययान एवं चालक मातालि दोनों का ही रावण के अधिकार में होना स्वाभाविक है। इन्द्र का दिव्यरथ (दिव्य-विमान) जिसमें तीन दिन तक के लिए पर्याप्त ईंधन की क्षमता रहती है तथा लड़ाकू यानों के होने पर भी देवराज जयी न हो सके तो यमराज यान-युद्ध में कैसे सफल हो सकते हैं? कार्तवीर्य अर्जुन का स्वर्ण विमान तथा सोम विमान दोनों ही परशुराम के अधिकार में हैं। परशुराम तो यानहीन थे, फिर भी कार्तवीर्य हार गया। शौर्य व साधना के लिए परशुराम से मुझे ज्ञान लेना चाहिए, जिसने एकाकी ही सैन्य संगठन किया और विजय प्राप्त की। यमराज दरिद्र होकर भी लड़ेगा, भले ही हार जाए।

मंत्रिगण आकर खड़े हो गए और प्रवर मंत्री बोला, "महाराज, मृत्युलोक पर आक्रमण कर क्या रावण अपनी मृत्यु ही बुला रहा है?"

"किसी भी सम्राट को मृत्यु से क्या भय?"

"किन्तु मृत्यु के स्वामी तो आप हैं।"

"कैसे स्वामी, किसका स्वामी? आपकी अंधभक्ति ने यमराज को भी अन्धा कर दिया। आपने कहा, शान्ति सबसे अच्छी है। सैन्य संख्या मत बढ़ाओ। पूँजी का व्यय राष्ट्र के विकास में करो। हमने ऐसा ही किया और अब जब शत्रु द्वार पर आ गया तो कहते हो, मृत्यु के स्वामी आप हैं। अब मृत्यु के स्वामी को स्वयं मृत्यु पुकार रही है। अपवर्त देश में वैसे भी मृत्युलोक है। अब यमराज क्या करे? देवराज अवश्य सहायता करते, किन्तु वे स्वयं कारा में हैं। तुम्हारे जैसे मंत्रियों ने राष्ट्र का सर्वनाश कर दिया। राज्य की रक्षा के लिए सेना आवश्यक है और आप कहते हो, शान्ति सर्वोपरि है। ऐसी शान्ति का सिद्धान्त किस काम का जिससे स्वराष्ट्र की प्रभुसत्ता ही न रहे? अल्पतम सेना तथा सीमित युद्ध-सामग्री में यमराज पराजित नहीं होगा तो क्या रावण जैसे कुशल योद्धा को जय करेगा? मेरी दृष्टि में आप जैसा मंत्री जो अन्धविश्वासी हो एवं शान्ति-शान्ति की रट लगाता हो, उसे ऐसे उत्तरदायित्व के पद पर नहीं रहना चाहिए। मंत्री को पुरुषार्थी होना चाहिए, चाटुकार नहीं। उपयुक्त समय पर परामर्श देकर राज्य का संचालन करना चाहिए।"

प्रवर मंत्री चुप हो गया। वह कर्मयोगी नहीं था। भाग्य पर प्रत्येक कार्य को छोड़नेवाला था। युक्ति से सोचकर कर्म को क्रियान्वयन करने के उपरान्त फल-अफल को भाग्य पर छोड़नेवाला था। शान्ति के स्थान पर क्रान्ति का रचनात्मक सन्देश तक देने में वह क्षमता नहीं रखता था।

यमराज की अब आँखें खुल गई थीं। उन्होंने मंत्री को हटाकर दूसरे को नियुक्त किया व कहा, ''युद्ध में जीव-हिंसा एक अवश्यंभावी घटना है, यह पाप या पुण्य किसी भी श्रेणी में नहीं रखी जाती है। इस घटना में जो मरता है, उसे वीरगति प्राप्त हो जाती है। युद्ध में अहिंसा शब्द वर्ज्य माना गया है। समर एक देश के उत्थान एवं साम्राज्यवाद के लिए किया जाता है। अपने राष्ट्र के गौरव के लिए किया जाता है। रावण लंका का गौरव बढ़ा रहा है, जिसमें उसका गौरव एवं यश मात्र उसके शौर्य के कारण है। यथार्थ में तो रावण की कीर्ति नहीं, बल्कि लंका की कीर्ति फैल रही है तथा अपने राष्ट्र के यश के लिए प्रत्येक सम्राट यही करता है जो कि लंकेश कर रहा है। वह लंका के प्रति समर्पित है, लंका उसके प्रति नहीं। लंकावासी अवश्य रावण के प्रति समर्पित हैं क्योंकि उसने लंका में दरिद्रता नहीं रहने दी है। लंका की आर्य-अनार्य सभी जातियाँ उससे प्रसन्न हैं और बिना वर्ग-भेद के रावण दल में जो सैनिक हैं, वे सब लंका तथा सम्राट दोनों के प्रति निष्ठावान हैं। यही कारण है कि लंकेश अपनी संस्कृति तथा अपनी दिग्विजयों में सफल है। वह कर्म की महत्ता के आगे अन्धविश्वास को फटकने नहीं देता। कर्म के फल को विधाता पर छोड़ता है, किन्तु साहस एवं धैर्य दोनों नहीं त्यागता है। नाना सुमाली की मृत्यु पर जितनी देर उसे पश्चात्ताप करना चाहिए था, मात्र उतने काल तक ही किया एवं अंत्येष्टि के उपरान्त वह फिर अपने संकल्प के क्रियान्वयन में जुट गया। यह शिक्षा भी हमें दशानन के उदाहरण से प्राप्त करनी चाहिए। यह नहीं कि कोई प्रिय-से-प्रिय मर गया तो रोते-धोते ही रहो। यह तो विधाता का क्रम है, जन्म तथा मृत्यु के बन्धन से कोई नहीं छूट सकता।'' पुनः कहा, ''हमारे दर्शनशास्त्र में ऋषिगण ऐसा कहते हैं कि द्यौ (आकाश) तथा पृथ्वी के संयोग से सृष्टि की रचना हुई है। इसकी नियंता प्रकृति है और यही सत्य है। फिर भी इस प्रकृति का नियंता है तो उसे यमराज भी नहीं जानता। विधाता को किसी ने नहीं देखा।''

इसी समय दूसरा चर आ गया। उसने सूचना दी, ''प्रभो! रावण की सेना उसी रास्ते से यमपुरी की ओर बढ़ रही है।''

''और अपनी सेना?''

''वह सेनापति के साथ छिपती-छिपती लंकेश पर पीछे से आक्रमण करने के लिए चली गई है।''

''तो सामने से आक्रमण के लिए यमराज तैयार है। कटक को जाने की आज्ञा दो। हमारे रथ में महिष जोतो और सारथी को सरथ उपस्थित करो।''

निर्देश के साथ ही यमराज अंतःपुर में आए। उन्होंने कवच, मुकुट, कुंडल सब कुछ धारण किया तथा अंतःपुर की सभी रानियों से विदा ली और संध्या ने विजयश्री का तिलक किया तथा यमराज महिषरथ में आरूढ़ होकर रणक्षेत्र की ओर चल दिए।

रावण का कटक जैसे ही दलदली मार्ग पर आया, वैसे ही कालिकामुख ने सेना को संकेत से रोक दिया एवं रावण के पास आकर कहा, ''महाराज, यमपुरी का यह महापथ तो जटिल मार्ग की श्रेणी में आता है, कोई अन्य पथ हो तो उसका ज्ञान हमारे चरों को नहीं है। यदि इस मार्ग से हम जाएँगे और कहीं यमराज ने पीछे व सामने से आक्रमण की योजना बना ली होगी तो हमारा कटक इस दो योजन के दलदल में बिना लड़े ही रणखेत हो जाएगा। अतएव सेना सजाकर ही चलना उपयुक्त होगा। उसमें भी पैदल सेना मात्र रक्षा करे तथा आक्रमण का भार अश्वपति पर रहे, जिसमें आधी अश्वाति पीछे की ओर तथा आधी सामने की ओर रहे। यमराज के पास

वैसे भी अधिक सेना नहीं है।''

''ठीक है, मेघनाद व हनुमान को दोनों ओर का सेनानायक बनाकर सेना को सजा दो। मैं स्वयं आगे-आगे चलता हूँ।''

रावण की सेना सज गई और धीमे-धीमे कालिकामुख के निर्देशानुसार बढ़ने लगी और जैसे ही बीच में पहुँची, वैसे ही सामने से महिषरथ तथा महिषों पर आरूढ़ सेना दृष्टिगोचर हुई और पीछे से भी महिषों के रँभाने की आवाज सुनाई दी।

रावण ने यह दृश्य देखकर अट्टहास किया तथा कालिकामुख की अग्रिम बुद्धि पर उसे शाबाशी दी और कहा, ''शस्त्र उठा लो, निर्देश दिए जाने पर आक्रमण हो। आगे चलो वीरो!''

सेना बढ़ते-बढ़ते तीस धनुषांतर पर यमराज के महिषरथ से दूर खड़ी रह गई। रावण हँसता हुआ बोला, ''लोकपालजी, मृत्युलोक में हम बिना सूचना के समर नहीं करते। आपने असमय में ही सैन्यबल सजाकर यदि छल से लंकेश को हराने की योजना इस प्रकार बनाई भी है तो भी रावण पराजित नहीं होगा।''

''ओ दुष्ट राक्षसराज, तूने देवराज को परास्त कर दिया तो क्या यमराज को भी कर देगा? ये परशु देख, इसने अनेकों योद्धाओं के शीश काटकर फेंक दिए हैं। और यह शूल जिसने रिपुओं की छातियाँ भेदकर अपनी प्यास बुझाई है। यदि अपना भला चाहता है तो देवराज को छोड़ दे और यहाँ से चला जा।''

''अरे दुष्ट यमराज! राक्षस वह होता है जो किसी की स्वच्छंदता का अवरोधक हो। मैं किसी स्वतंत्रता का अवरोधक नहीं हूँ, प्रत्युत पोषक हूँ। स्वतंत्रता का शोषण तुम करते हो, इस कारण तुम राक्षस हो। मैं तो मनसा-वाचा-कर्मणा से तपोनिष्ठ हूँ और अपनी प्रजा को स्वतंत्रता के ही अधिकार देकर मात्र लंका की प्रभुसत्ता का संचालक हूँ। मेरी प्रजा से पूछो—मैंने उसके लिए क्या किया है। तुम्हारी प्रजा तो सदैव मौत के मुँह में ही रहती है। वह सम्राट किस काम का जिसके राज्य में प्रजा पोलि (रोती) के कारण मृत्यु का वरण करे? वह सत्ताधारी अधम कहलाता है जो अपनी प्रजा को भोजन, वस्त्र और आवास की सुविधा न दे सके? मानव की उक्त तीनों आवश्यकताओं की पूर्ति करने का उत्तरदायित्व सम्राट का होता है, राज्य का होता है। वह सत्ताधारी किस काम का जो वस्त्र तथा आवास तो दूर, एक जून तक की रोटी की व्यवस्था न कर सके?''

''तो तू क्या मेरी प्रजा का पालन करने आया है?''

''मैं तो आक्रांता हूँ। इसका भार तो सम्राट का है। आक्रांता यदि विजयी हो जाएगा तथा तुम्हारा वध हो जाएगा एवं यदि यहाँ तुम्हारी इस दरिद्र नगरी में राज्य करना चाहेगा या किसी को यहाँ के सिंहासन पर अपनी ओर से नियुक्त करेगा तो निश्चित रूप से ही रावण उपर्युक्त तीनों व्यवस्थाओं की पूर्ति करेगा। परन्तु रावण तो सार्वभौम सम्राट का अभीप्सित पूर्ण करने के साथ-साथ अपनी संस्कृति का प्रचार कर रहा है। इसके अतिरिक्त और कुछ भी नहीं। आपको ही उचित है ऐसा दरिद्र सिंहासन!''

''तेरी राक्षस संस्कृति इस अपवर्त देश में नहीं चलेगी और न ही तू विजयी होकर यहाँ से जा सकता है।''

''तो होने दो यमराज युद्ध, रावण की भुजाएँ कभी नहीं थकतीं। उसके वक्ष-स्थल के घाव कभी पीड़ा नहीं देते। यदि पीड़ा होती भी है तो रावण दिग्विजय और रक्ष-संस्कृति का प्रतिष्ठाता होने से सब कुछ भूल जाता है और हँसते-हँसते युद्ध करने लगता है।''

''होने दो।''

"तो आज्ञा दो।"

"सैनिको! इस दलदल में दशकंधर का वध कर दो।"

दोनों ओर से युद्ध होने लगा। रावण तथा यमराज ने पहले शूल फेंका। फिर खड्ग टकराए। फिर दोनों ही मायावी खेचर विद्या के धनी आकाश में स्थित होकर गदायुद्ध करने लगे और देखते-ही-देखते दोनों अन्तर्धान हो गए।

सेनाएँ दोनों ओर से लड़ती रहीं। कुछ काल उपरान्त रावण अपने रथ पर खड्ग घुमाता हुआ प्रकट हो गया, किन्तु यमराज अभी तक प्रकट नहीं हुए थे। यमराज की सेना स्तब्ध रह गई। इसके पूर्व कि सेना यह सोचे कि यमराज पराजित हो गए हैं, यमराज अपने रथ पर प्रगट हो गए। सारथी ने महिषरथ को रावण के रथ से टकरा दिया। महिषों की मार से अश्व हिनहिना उठे और पीछे हट गए। यमराज की महिष सेना दलदल में कुछ दूर तक प्रवेश भी कर जाती थी और दूर से ही वार करती।

यमराज ने रावण को द्वन्द्वयुद्ध के लिए ललकारा। रावण तत्काल नीचे आ गया व ताल ठोककर खड़ा हो गया। यमराज भी आ गए। दोनों वीर अपने-अपने दाँव लगाने लगे। रावण को यमराज ने घुमाकर फेंक दिया। रावण भूमि पर गिर पड़ा तथा पीठ व पसली की हड्डियाँ चरमरा गईं। इसी समय यमराज ने कोष से खड्ग खींच लिया व रावण पर वार कर दिया। रावण पलटी खा गया। वार खाली चला गया और रावण ने तेजी से यमराज के पैरों में पैर फँसाकर कैंचीदाव चला दिया और यमराज सिर के बल गिरे और उसी क्षण रावण ने खड़े होकर छलाँग लगाई व यमराज की पीठ पर बैठ गया तथा मुष्टिका प्रहार किया और कुछ काल में ही यमराज को पराजित कर बाँध लिया व युद्धविराम होने के साथ ही अपनी संस्कृति के प्रचार हेतु एक सैनिक टुकड़ी के अधीन यमपुरी के राज्य का संचालन आगामी आज्ञा तक सौंपकर तथा यमपुरी के भूखों को सैनिक अन्न भंडार में से दो सहस्र भार अन्न और पाँच सहस्र स्वर्ण मुद्राएँ देकर रावण यमराज को कैद कर लौट पड़ा श्रीनार की ओर।

23

पुष्पक विमान आकाश में तीव्र गति से उड़ रहा है। देवराज तथा यमराज इस विमान का अवलोकन कर रहे हैं। मयूर की आकृति के इस अद्भुतयान में अष्ट स्वर्ण स्तंभ। मणि निर्मित द्वार। मणि-सुवर्णमय सीढ़ी तथा वेदियाँ। गुप्तगृह और अट्टालिकाएँ (कक्ष)। नीलम निर्मित लंकेश का सिंहासन जिस पर रावण प्रसन्नचित्त बैठा हुआ है। नाना प्रकार के मनोहारी पुष्प चित्र मानो उद्यान ही लगा हो और गवाक्ष।

देवराज के दिव्य रथ (विमान) से अतिश्रेष्ठ, अग्नि तथा वायु से चलनेवाला, सभी ऋतुओं में आरामदायक (वातानुकूलित) पुष्पक विचित्रता का अनूठा उदाहरण है। त्रिपुरारि का त्रिपुर विमान, जो कि जल, थल एवं नभ तीनों मार्गों में चलता है, से भव्य तथा आदित्य के गरुड़यान से विशाल पुष्पक धूल के बादल उड़ाते हुए पृथ्वी से ऊपर उठता है। निश्चित ही मूल्यवान है यह यान।

देवराज तथा यमराज दोनों ने विस्फारित नेत्रों से अवलोकन किया तभी देवराज ने पूछा, "लंकेश, इस यान में बैठने तथा इसे देखने का यह मेरा पहला अवसर है। यद्यपि यह यान

कुबेर को वरुण (ब्रह्मा) ने दिया है तब भी इसका उपयोग आपके द्वारा करने से एवं आपको अमर होने की क्रिया का ज्ञान देने के उपरान्त भी आप उन पर आक्रमण करेंगे, जबकि आप उनके भक्त हैं?''

''देवराज, प्रश्न आपका उचित है। पुष्पक भैया को दान किया था, मुझे नहीं। जहाँ तक विद्या प्राप्त करने व अस्त्र-शस्त्रों का ज्ञान प्राप्त करने का प्रश्न है, वहाँ रावण ब्रह्मा का भक्त नहीं, क्रीतदास है, व्यक्तिगत रूप से। किन्तु जहाँ सम्राट वरुण और सम्राट रावण हैं, वहाँ दोनों का साम्राज्यवादी नीति के अनुसार युद्ध सत्य के अनुरूप है। लंका एवं श्रीनार दोनों राष्ट्रों के हित-अहित का प्रश्न है। वरुण (नारायण) तथा सूर्य (आदित्य, मित्र, विष्णु) किसी भी देश के सम्राट हों, लंकेश की दिग्विजय तो तभी पूर्ण होगी जब वह इन्हें और पराजित कर देगा, अन्यथा वह सार्वभौम सम्राट कैसे कहलाएगा?''

''जिस ब्रह्मा से विद्याएँ वरदान में प्राप्त करने के लिए आपने तपस्या की, जिसके चरणों में शीश झुकाया, उसी से युद्ध करना नैतिक सिद्धान्तों के विपरीत प्रतीत होता है।''

''ब्रह्मा मेरे हृदय के सम्राट हैं, किन्तु राजनीतिक दृष्टिकोण से वे मेरे शत्रु भी हैं। मात्र मेरे या उनके सम्राट होने से यदि रावण हटकर मात्र दशानन रह जाएगा तो वह लंकेश नहीं होगा। उस समय वह इनका दास ही होगा। मैं क्या करूँ देवराज, इस राजनीति, कूटनीति का जनक मैं तो नहीं हूँ न, हैं तो हमारे-आपके पूर्वज ही। मैं तो मात्र विचारक हूँ तथा एक रावण जैसा विचारक यह कहता है कि राजनीति में ईर्ष्या, दंभ, अभिमान धृष्टता, छल, कपट सब कुछ वैध है। इसमें अवैध कुछ भी नहीं है। इसके पिता जैसे कि आपने पिता का वध कर, मेरा आशय है, आपने सम्राट घोस का वध कर सुषा का नाम अमरावती रखा। वृत्र की गौओं का अपहरण आपने किया और उनके पुरों (किलों) को अकारण ध्वस्त कर दिया। उसके द्वारा निर्मित कुल्याओं (नहरों) को तोड़कर अपने खेतों (क्षेत्र) में पानी भर लिया तथा कुल्याओं पर अपना अधिकार कर अपनी प्रजा से जलदेवता इन्द्र की उपाधि धारण करा ली, पुरंदर नाम रखा लिया और जब आपको ऋषियों ने ब्राह्मण वृत्र के वध के कारण राक्षस कहा व पातक लगा तो उसका परिमार्जन भी कर लिया ऋषियों, ब्राह्मणों को कन्याएँ, गौ देकर...और वे प्रसन्न हो गए तथा वेद में आपका गान होने लगा। यह एक राजनीति है।...वरुण (ब्रह्मा) ने प्रलय के पश्चात् मनु द्वारा बसाई सुषा नगरी को जिस पर कि मिट्टी की परत चढ़ गई थी फिर से निकलवाया। प्रलय के रुके हुए तल को कुल्याएँ खुदवाकर समुद्र की ओर प्रवाहित कराया। समुद्र की सीमा बाँधी व जल पर अधिकार किया। पृथ्वी को समतल करके उसमें बीजों का वपन किया जिससे वह उपजाऊ बनी। इसी कारण वरुण को आदि रचयिता (ब्रह्मा, प्रजापति) कहा जाता है। जल का विभाजन करने से इन्हें नारायण भी कहा जाता है। ये आदित्यों में ज्येष्ठ हैं और इस सुषानगरी को इन्द्र ने वरुण से छीन लिया। वरुण की सभ्यता सुमेरु-सभ्यता है, उनका धर्म सुमेरु-साम्राज्य में फैला हुआ है और आपका इन्द्रपुरी में। दोनों के धर्म (सभ्यता, संस्कृति) में अन्तर होने से आपने वरुण के प्रभुत्व को कम किया और अब वे श्रीनार के सम्राट हैं। उन्होंने अनेक विजय की हैं, सूर्य क्षीरसागर (फारस की खाड़ी) में शेष शैया पर विश्राम करते रहते हैं। नागजाति उनका पहरा दिया करती है। सुषा से वरुण को हटाने का कार्य भी आप ही ने किया। एक यह भी राजनीति है और जबकि आप जानते हैं कि सभी दिति-अदिति की सन्तानें हैं तो फिर विरोध भाई-भाई में कैसा? फिर भी देवकुल तो एक है, सूर्यवंश, चन्द्रवंश एक है, परन्तु शेष सब शत्रु हैं। एक यह भी राजनीति है।...तो मुझे विदित कराओ, इन्द्र, जब सुर तथा असुर

दोनों ने ही अमृत का अनुसंधान एक होकर किया तो छल से अमृत-पान आप सबने कर लिया और जब असुरों के राजा राहू अनधिकार चेष्टा आपके मतानुसार कर अमृत का घूँट निगलने ही वाले थे तो ग्रीवा आपने काट दी। यह छल की राजनीति आप ही की है। यद्यपि ये सभी घटनाएँ प्राचीन हैं और अमृत पीनेवाले तथा न पीनेवाले सभी दीर्घायु होकर काल के गाल में चले गए, मात्र उनकी गाथाएँ, किंवदंतियों के अवलंब पर हम-आप राजनीतिक स्पर्धा करते आ रहे हैं और करते रहेंगे, फिर भला ये उपदेश लंकेश पर ही क्यों? आप पर क्यों नहीं? देवकुल तो आप ही का है। ये यमराज, आपने इन्हें 'अपवर्त देश', जिसका प्रलय का पानी अभी तक सूखा नहीं, उसका सम्राट बनाया है। यह कौन-सा न्याय है? अरे, ये कहो देवराज कि सभी अपनी-अपनी सिंहासन के संमृग में बुरा ही कर रहे हैं, अच्छा नहीं। मैं तो आप सभी को पराजित करने के उपरान्त भी सम्मान दे रहा हूँ, आपके साथ सद्व्यवहार कर रहा हूँ। किन्तु कहीं लंकेश हार जाता तो उसका तो अब तक वध ही कर दिया गया होता। क्या मेरे और आपके रक्त में भिन्नता उपर्युक्त तथ्यों के आधार पर है? यदि नहीं तो फिर लंकाधीश दशानन, दशकंधर दसों दिशाओं का सम्राट क्यों नहीं?...लंकेश तो ब्रह्मा एवं रुद्र की पूजा करता आया है और करता रहेगा। परन्तु क्या कभी आपने रावण को मात्र लोकपाल बनाने को भी सोचा? किन्तु आप ऐसा नहीं कर सकते और यदि आप कहेंगे तो भी दशानन आपके अधीन रहकर लोकपाल क्यों बने? जिसकी भुजाओं में बल है, वह उसकी शक्ति, पौरुष का प्रदर्शन क्यों न करे? रावण सार्वभौम सम्राट की उपाधि आप ही से धारण करेगा पुरंदर और यह अभीप्सित तभी पूर्ण हो सकता है जबकि रावण वरुण को और परास्त कर दे। आपमें एवं वरुण में सन्धि हो गई। शिलालेख उत्कीर्ण हो गए। आप अमरावती के देवराज हो गए और यह देवराज इन्द्र, वरुण, यम का नाम आज तक सिंहासन के नाम पर चला आ रहा है तो मेरी लंका के सिंहासन का नाम रावण के नाम पर क्यों न निरन्तर अक्षुण्ण रूप से युगों तक चले?''

यमराज बीच में ही बोले, ''मैं आपके वरुण-आक्रमण को नीति-विरुद्ध साम्राज्यवादी राजनीति नहीं मानता। गुरु एवं सम्राट तथा वचन—सभी में अन्तर होता है। कभी-कभी हम किसी वचन में फँस जाते हैं और दूसरे की रक्षा के लिए अपने मित्र, अपने गुरु से ही सिद्धान्तों के अनुरूप किसी एक धर्म के पालन में या किसी एक हित को दृष्टिगत रखते हुए संघर्ष, युद्ध सभी कुछ करते हैं। पिता, पुत्र, इष्टमित्र तक में युद्ध हो जाता है या करना पड़ता है। दशकंधर नाम सार्थक तभी हो सकता है जबकि वरुण और पराजित हो जाएँ अन्यथा नहीं।''

''हाँ, यमराजजी, आप ठीक कहते हैं। ब्रह्मा मेरे शत्रु नहीं हैं किन्तु वे उपर्युक्त प्रकार की सार्वभौम सम्राट की नीति के क्रम में रिपु ही हुए।''

''दशानन, ब्रह्मा के सबसे छोटे भाई सूर्य पर विजय प्राप्त करना आसान कार्य नहीं है। कहीं ऐसा न हो कि रावण श्रीनगर (शीस्तान) में ही मर-खप जाए। सोच-समझकर पैर बढ़ाते तो ठीक था?''

''जब दशग्रीव ने इन्द्र एवं यम को परास्त कर दिया तो ब्रह्मा तथा आदित्य को परास्त करना कौन-सी बड़ी बात है! रावण ने कभी साहस नहीं छोड़ा और न ही वह भीषण परिस्थिति में कर्तव्य से विचलित हुआ और इसी कारण लंकेश्वर की विजय हो जाती है। संग्राम में दशानन क्या खोता और क्या पाता है, इस पर विचार नहीं करता है। नाना सुमाली की मृत्यु से मुझे क्षणिक आघात हुआ। पश्चात्ताप किया और फिर मैं युद्धरत हो गया।''

इन्द्र बोले, ''मेघनाद भी मेधावी है। वह युद्ध-विद्या में आपसे अधिक निपुण है। उसी के

कारण मैं पराजित हुआ अन्यथा रावण इन्द्र को हरा दे, यह सम्भव नहीं था। मैंने उसका युद्ध देखा है। उसके अग्निबाण, उसका खड्ग-संचालन, उसकी सभी विद्याओं को देखकर दाँतों तले उँगली दबाने को बाध्य होना पड़ता है। मेघनाद प्रशंसा के योग्य नहीं, वरन् वह प्रशस्तिगान के योग्य है।''

इसी बीच श्रीनार (शीस्तान) आ गया और एक पर्वत के मैदान में धूल उड़ाता हुआ पुष्पक उतर गया। देवराज एवं यमराज भी रावण के साथ सीढ़ियों से उतरे तथा एक वृक्ष के नीचे खड़े हो गए। लंकेश के कटक दल के आने में अभी विलम्ब था। इस कारण वह पर्वत की चोटी से ही श्रीनार पर आक्रमण की रूपरेखा पर विचार करने लगा।

इसी समय चर आ गया और बोला, ''यानधारी, तुम लोग कौन हो? परिचय दो अन्यथा शिरच्छेद कर दिया जाएगा?''

लंकेश बोला, ''मैं लंका का राजा रावण हूँ।'' फिर संकेत करते हुए कहा, ''ये दोनों देवराज तथा यमराज हैं।''

रावण का नाम सुनते ही चर के मुख पर हवाइयाँ उड़ने लगीं। वह फटी आँखों से रावण तथा देवराज व यमराज की ओर अवलोकन करने लगा। उसे विदित था कि रावण ने देवराज तथा यमराज दोनों को पराजित कर दिया है और उक्त दोनों चक्रवर्ती सम्राट लंकेश के कैदी हैं। फिर भी साहस बटोरकर चर ने कहा, ''यह देवी लक्ष्मी का यानस्थल है, यहाँ उनका उलूकयान तथा भगवतीवाणी का राजहंस उतरता है। इस स्थान पर अन्य विमान उतरना वर्जित है। कृपया अन्यत्र अपना यान उतारें अन्यथा मुझे सेनापति को सूचित करने हेतु बाध्य होना पड़ेगा।''

''सेनापति को क्या, आप तो प्रजापति को सूचना दो कि आपका क्रीतदास रावण दिग्विजय सम्राट का अभीप्सित पूर्ण करने के लिए आपकी ब्रह्मपुरी में ससैन्य पधार चुका है। अधीनता या युद्ध चाहता है।''

''लंकापते! वरुण देव ने तो आपको यथेष्ट शिक्षा दी है, फिर भी उनसे युद्ध न्यायोचित नहीं है। आपको तो उनके लघुभ्राता सूर्य ही यथेष्ट हैं।''

''क्षीरसागर (फारस की खाड़ी) में शेषशैया पर विश्राम करनेवाले मित्र के नाम से ही दशानन चौंक जाए, यह सम्भव नहीं हो सकता? दशग्रीव की संस्कृति का डंका चारों ओर तभी पिटेगा जब श्रीनार और जय कर लिया जाए। जाओ, मेरा सन्देश मेरे ही गुरु को सुना आओ।''

चर तीव्रगति से आया और वरुण की सभा में पहुँचकर बोला, ''प्रभो! चित्रकूट पर्वत पर लंका का राजा रावण, आपका दास आप ही से युद्ध के लिए तैयार होकर आ गया है।''

''यह तो मैं जानता ही था कि पुलस्त्य कुलभूषण दशानन देवराज एवं यमराज को पराजित करने के उपरान्त वरुणालय पर ही आक्रमण करेगा। रावण अपने लक्ष्य तथा अपनी संस्कृति के लिए संघर्ष कर रहा है। उसका अभियान सफल हो रहा है। वरुण को समर तो करना ही होगा।''

अमात्य परिषद के सदस्य ने कहा, ''प्रभो! देवजाति के पराजित होने से उसकी संस्कृति रावण नष्ट कर देगा? देवजाति की प्रतिष्ठा समाप्त हो जाएगी? लोग देवराज, यमराज तथा प्रजापति के वंशानुगत राजपद को भूल जाएँ जिन्हें हमने जय कर अपनी अधीनता में कर लिया है, वे सिर उठाने लगेंगे और 'रक्ष-धर्म' स्वीकार कर अपना आर्य-धर्म परिवर्तन कर लेंगे। यह तो अनर्थ हो जाएगा।''

''विधाता ने जिसे जितना कष्ट भोगना लिखा है, उतना तो उसे भोगना ही होगा। देवजाति

के सम्राट इन्द्र ने शूद्रों को अपना द्वार नहीं खोला, उन्हें वेदाध्ययन व उच्च पदों पर आसीन नहीं किया तो मनुष्य की यह स्वाभाविक प्रवृत्ति है कि जहाँ उसे अधिक सुविधाएँ प्राप्त होंगी, वह उसी की सेवा करेगा। उसी के धर्म का पालन करेगा। हमारी कार्य-प्रणाली में भी दोष है तथा स्वयं देवराज द्वारा स्त्रियों का अपहरण किए जाने व उनके पुत्र जयन्त की कामलीला के कारण विरोध ने जन्म लिया है। रावण का दक्षिण से उत्तर तक कहीं भी विरोध नहीं किया गया, प्रत्युत उसका स्वागत किया गया। उसके पशुवध विरोधी यज्ञ को कतिपय ब्राह्मणों ने खुली स्वीकृति प्रदान कर दी। उसके धर्म में ताड़का जैसी विदुषी महिला दीक्षित होकर नैमिषारण्य में उपनिवेश अधिष्ठात्री होकर बैठ गई और लंकेश जिस-जिस सम्राट को जय कर रहा है, वहाँ अपने कट्टर अनुयायी छोड़ रहा है तो वरुण एकाकी क्या करें? हमने तो प्रलय के पानी को नहरों के माध्यम से समुद्र की ओर प्रवाहित किया। प्रलय में डूबी हुई सुषा नगरी को निकलवाया और हमीं से वह नगरी इन्द्र ने छीन ली। बैकुंठधाम नष्टप्राय है। उसका भी उद्धार इन्द्र चाहते तो कर सकते थे। कल्पतरु के विटप ही नहीं रह गए हैं, इनको नष्ट होने से बचाने के लिए वृक्षारोपण कराया जा सकता था, परन्तु इन्द्रदेव को अवसर ही नहीं है। उनके पूर्वजों द्वारा वृत्र का वध करने वाली सैन्यशक्ति को वर्तमान इन्द्र खो चुका है और उसी का परिणाम है कि देवराज हार गए। प्रतिष्ठा समाप्त हो गई। अन्य सम्राट यह समझ गए कि देवराज-जैसी विश्व की मानी हुई शक्ति को भी परास्त किया जा सकता है तो फिर हमारी सुमेरु-सभ्यता कब तक अमर रह सकेगी? यदि देवराज की आर्य-सभ्यता, वरुण की सुमेरु-सभ्यता और रावण की रक्ष-संस्कृति में साम्य नहीं तो विरोध अवश्यंभावी है। यदि उसमें रावण जयी हो रहा है तो उसकी लगन के कारण।''

''परन्तु देवजाति को जय करने के उपरान्त तो लंकेश अभिमानी हो जाएगा?''

''रावण स्वाभिमानी है, अभिमानी नहीं। हाँ, उसे अपनी बलिष्ठ देह पर अवश्य अभिमान हो सकता है। दशानन कितना मृदुभाषी एवं व्यवहारकुशल है, यह मैं जानता हूँ। अभी तक जितने नृपों को उसने हराया है, उनमें से किसी के भी साथ दशानन ने अभद्र व्यवहार नहीं किया अपितु उसे सम्मान ही दिया है। और कहीं यदि रावण किसी आर्य अथवा देव सम्राट से पराजित हो जाता तो उसका वध ही कर दिया जाता। उसने आत्म-समर्पित सैनिकों के साथ वैसा ही आचरण किया है जैसा कि एक सम्राट अपने सैनिकों के साथ करता है और इसके इस साम्य भाव के कारण देव सैनिक, क्षत्रिय सैनिक तथा रावण की सेना में ऊँची वृत्ति पर ऊँचे पदों पर नियुक्त है। क्या ऐसा व्यवहार हम कर सकते हैं? कदापि नहीं। यही कारण है कि सम्राटों के लिए लंकेश आततायी, अभिमानी, राक्षस आदि विशेषणों से युक्त है। परन्तु क्या विजय के उपरान्त लंकेश ने किसी भी नगर को लूटा? यदि उसने ऐसा निर्देश भी दिया हो तो इसका प्रमाण नहीं है। फिर भी सेना ने अथवा किन्हीं मनचले व्यक्तियों ने मार्ग के किसी पुर या ग्राम की किसी कन्या अथवा वधू का अपहरण कर लिया हो या ईषत् ने लूटपाट कर ली हो तो एक सम्राट इसके लिए दोषी कदापि नहीं है। रावण जैसे वीर सम्राट की प्रशंसा वरुण तो निश्चित ही करेंगे।''

''प्रभो! आप तो उसकी विरुदावली पढ़ रहे हैं और राक्षसराज आप पर ही चढ़ाई कर रहा है जबकि आप उसके गुरु भी हैं?''

''गुरु तथा सम्राट दोनों में अन्तर है। गुरु विद्यादान करता है, बिना किसी भेदभाव के और सम्राट शब्द में राजनीति निहित है, जिसमें मित्र, शत्रु और आवश्यकता पड़े तो पिता, पुत्र

तक को मृत्युदंड दे दिया जाता है अथवा उसके विरोधी या विपक्षी होने पर उनका निष्कासन कर दिया जाता है या षड्यन्त्र से वध तक करा दिया जाता है। रावण का गुरु ब्रह्मांड है और सम्राट वरुण है। दशानन ब्रह्मा का क्रीतदास है। किन्तु रावण लंका का सम्राट है। लंका के नाम के लिए रावण दिग्विजय कर रहा है, सार्वभौम सम्राट की उपाधि धारण करना चाहता है। इसमें वरुण पर आक्रमण करना सम्राट पर आक्रमण करना है जो कि न्यायोचित है। इसमें एक सम्राट कतई दोषी नहीं है।''

''प्रभो! रावण युद्ध के लिए आ चुका है तो रण की तैयारी के लिए क्षीरसागर तक सन्देश तो भेजा जाना आवश्यक है। बिना आदित्य के युद्ध में आनन्द ही क्या आएगा?'' मंत्री ने कहा।

''परिचारक को भेज दो ताकि सूर्य शीघ्र आए। शेष सभी सुन्दर नौका का परित्याग कर दें।'' फिर कहा, ''सेनापति, महारथी, अतिरथि सब तैयार हों।''

क्षीरसागर में आदित्य (विष्णु, मित्र, सूर्य) शेषशैया पर चित लेटकर विश्राम कर रहे हैं। शेष आकृति की यह विशाल नौका जिस पर रत्नजटित आसन, मखमली बिछावन तथा उसके ऊपर सुगन्धित सुमन बिछे हुए हैं। श्वेत कमल, नीलकमल सभी का आस्तरण बिछा हुआ है। नौका तल वैदूर्य से निर्मित है एवं नौका में मणियाँ खची हुई हैं तथा भाँति-भाँति के चित्र उत्कीर्ण हैं जिनमें पक्का स्वर्ण रंग भरा हुआ है। नाव को तीन भागों में विभाजित किया गया है, जिसमें भगवान सूर्य के पीछे की ओर अलिंद है उसके पश्चात् फिर खुला भाग है और फिर एक बादाम की लकड़ी का एक भवन है, जहाँ वार्ता के लिए पीठिकाएँ पड़ी हैं और उसके पीछे एक गुप्त प्रकोष्ठ है, वहाँ गोपनीय वार्ता भगवान करते हैं। आदित्य की अँगुली में चक्र शोभायमान है, जिसको घुमाने और उसके द्वारा शत्रुओं के शीश काटने का कार्य सूर्य अनेक बार कर चुके हैं। उनके इस सुदर्शन चक्र के सामने कोई भी वीर नहीं टिक सकता। जब भगवान इसे छोड़ते हैं तो यह शत्रु का पीछा ही करता रहता है और जब तक उसे मार नहीं देता तब तक वापस नहीं लौटता। यह अस्त्र किसी के पास नहीं है। यह अमोघ अस्त्र है जिसके संचालन, जिसको अँगुली में ही धारण करने और अँगुली से ही फेंकने और वापसी पर पुनः अँगुली में ही धारण करने का ज्ञान किसी भी अस्त्र-वेत्ता को नहीं है और न ही इसके निर्माण व इसके विज्ञान का ज्ञान अतिरिक्त मित्र के किसी को है।

यह नौका एक प्रकार से राजप्रासाद ही का रूप है। परिचारक, परिचारिकाएँ, प्रतिहारी सब कुछ भगवान की सेवा में हैं। आदित्य कभी क्रोधित नहीं होते। यह उनका स्वभाव है। फिर भी जब कभी हो जाते हैं तो उनके भृकुटिविलास से ही लोग थर-थर काँपने लगते हैं। भृगु ने पदाघात कर दिया तब भी प्रभो शान्त रहे और हँसते रहे जबकि भगवती लक्ष्मी को बुरा लगा और उन्होंने इसे अपमान समझा। परन्तु विष्णु शान्त, जैसे थे वैसे ही रहे।

राजधानी से परिचारक आ गया। उसने प्रतिहारी को पहले तो राजधानी का कुशल क्षेम बताया फिर प्रभो से भेंट कर उन्हें नारायण (वरुण) का सन्देश देने की अभिलाषा प्रकट की तो प्रतिहारी (गण) जय बोला, ''भगवान तो अभी विश्राम कर रहे हैं, इस समय उन्हें कौन जगाएगा?''

''भगवान को तो इसी समय जगाना अनिवार्य है क्योंकि लंकापति रावण युद्ध के लिए तत्पर होकर आ गया है।''

गण विजय बोला, ''आ गया है तो कौन-सा सूरमा है। चल, हम चलते हैं। अभी पराजित किए देते हैं। इस छोटे से कार्य के लिए प्रभो को जगाना ठीक नहीं है। महाराज को समाचार

दो कि भगवान के गण जय-विजय ही रावण के लिए यथेष्ट हैं।''

''रावण महान योद्धा है, उसने देवराज एवं यमराज दोनों को पराजित कर कैद कर लिया है। आज तक ऐसा कोई सम्राट हमने तो नहीं देखा व सुना जिसने सभी देवों को जय किया हो। देवराज को जब से वृत्र के किले ध्वस्त करने से पुरंदर की उपाधि देवताओं ने प्रदान की है तब से तो देवराज भी पराजित नहीं हुए और उन्हें हरा देने का तात्पर्य है देवताओं पर घोर संकट! आपद्काल!''

''देवराज तो नीतिवान है, युद्ध-कुशल नहीं। देवराज को रावण को नीति से परास्त करना चाहिए था। युद्ध में तो हमारे भगवान ही पारंगत हैं।''

जय-विजय तथा परिचारक की इस युद्धवाली वार्ता की भनक भगवती लक्ष्मी के कानों में पड़ गई। उन्होंने सेविका को प्रतिहारियों से इस विषय में जानकारी के लिए भेजा।

परिचारिका के आने के साथ ही जय-विजय ने प्रश्न किया, ''भगवान का हम क्या प्रिय करें?''

''कुछ नहीं, सेविका को आज्ञा दी गई है कि आप लोग जिस विषय पर वार्ता कर रहे हैं उसकी पूर्ण जानकारी दें।''

''श्रीनार से परिचारक आया है। उसका कहना है कि लंकापति रावण युद्ध के लिए आ गया है। इस कारण प्रभो ने भगवान को बुलाया है।''

परिचारिका ने यह समाचार भगवती लक्ष्मी को दे दिया। भगवती लक्ष्मी की भृकुटि तन गई। उनके चेहरे पर क्रोध आ गया और उन्होंने परिचारिका को आज्ञा दी, ''जा, राजधानी से आए परिचारक को बुला ला। मैं स्वामी को जगाती हूँ।''

भगवती ने आदित्य को मयूर पंख की पंखुड़ी के स्पर्श से जगाया। भगवान जागे, उन्होंने धीमे-धीमे कमल नेत्र खोले, फिर पूछा, ''क्या बात है देवि?''

''बात तो कुछ भी नहीं है और आपको प्रातःकाल समूचा संसार नमस्कार करता है। किन्तु सम्राट के भाई युवराज को राजकीय कार्य हो सकता है। युवराज ही तो भविष्य के भूप हैं।''

''बात छिपाने से क्या लाभ? यह ठीक है कि जगाते ही विपत्ति की बात नहीं करनी चाहिए परन्तु मध्याह्न के उपरान्त मित्र विश्राम करते हैं। उन्हें जब भी ऐसे समय में जगाया गया तो किसी-न-किसी आपत्ति का ही सामना करना पड़ा है, यह मेरा अनुभव है।''

''मुझे क्या पता, राजा ने आपको किस कारण से बुलाया है। कोई गोपनीय कार्य भी हो सकता है। राष्ट्र के विकास अथवा साम्राज्य के विस्तार के लिए किसी पर आक्रमण की बात भी हो सकती है। सुमेरु-सभ्यता को द्वीप-द्वीप में फैलाने वाले युवराज सूर्य के आगे कौन नतमस्तक नहीं हुआ। आपका ही वंश तो सर्वाधिक चक्रवर्ती सम्राट है। उसके पश्चात् चन्द्रवंश।''

''देवि! आज तुम यह सिद्ध कर रही हो कि पतिव्रता नारी अपने पति से जब बात करती है तो ऐसे मानो शब्दों की पुष्प-वर्षा हो रही हो और आपत्ति में भी साथ देती है तो ऐसे जैसे कोई संकट ही न हो। सहचारिणी के कर्तव्यों के निर्वहन में तुम पूर्णतया निष्णात हो। जब तुमने आक्रमण की ही बात कही है तो मैं समझ गया कि श्रीनार पर कोई चढ़ाई करना चाहता है।''

''आप तो अन्तर्यामी कहलाते हैं, भला मैं किसी भी आपत्ति को क्या समझूँ? आपका यश दसों दिशाओं में फैले, आपके लिए वेद में गान के सूक्त ऋषि-मुनि रचें। वेद का विकास, देवों की प्रशंसा उनके कार्यों से होकर एक गाथा बन जाए, यही मात्र अभीप्सित है मेरा।''

''वेद रचयिता देवराज तो लंकेश के यहाँ कैद हैं। ऋषियों ने पूर्व में जितना हमारे सिंहासनारूढ़

पूर्वजों के बारे में गान किया है, उतना ही पर्याप्त तो नहीं कहा जा सकता, उसमें इतिहास है, परन्तु शृंखलाबद्ध न होने से कमी खटकती है। देवों की गाथा म होकर प्रशस्ति और वंदना में अधिक परिणत हो गया है। यदि भार्गव शुक्र यह कार्य करते तो इसका महत्त्व और अधिक बढ़ जाता। सुना है, ब्रह्मर्षि विश्वामित्र भी वेद का कोई मंडल रच रहे हैं और बृहस्पति भी। जमदग्नि ने तो सूर्य को ही सब कुछ बताया परन्तु उनका वध कार्तवीर्य ने कर दिया और देवि, सूर्य क्षीरसागर में ही विश्राम करते रहते हैं।'' पुनः बात बदलकर कहा, ''रावण कार्तवीर्य से पराजित हो गया, परन्तु देवलोक के सभी नृपों को जय करेगा और वही आक्रमण करने आ रहा है।''

''यह मुझे विदित नहीं है, फिर भी आपका पूर्वानुमान सही प्रतीत होता है।''

''सही तो है ही। कल ही मुझे गुप्तचर ने सूचित कर दिया था कि यमराज पराजित हो गए और लंकेश का पुष्पक अब सीधा श्रीनार की भूमि पर उतरेगा। इस कारण मैंने तुम्हें पूर्ण बात बताई।''

इसी समय परिचारक आ गया और बोला, ''प्रभो के चरणों में सेवक का षाष्टांग प्रणाम स्वीकृत हो! युवराज, महाराज नारायण ने आपको इसी समय स्मरण किया है।''

''किस कारण से?''

''लंकेश आक्रमण करना चाहता है।''

''यह कोई नव्य सन्देश नहीं है।''

''सेवक को अन्य जानकारी नहीं।''

''ठीक है, हम आ रहे हैं। तुम जाओ और महाराज से कहो, मंत्रिपरिषद, अमात्य-परिषद की आपातकालीन बैठक बुलाएँ!''

परिचारक चला गया तो देवि लक्ष्मी बोलीं, ''स्वामिन, सुना है, दशानन अमर है अर्थात् दीर्घायु है?''

''कुछ समय के लिए अमर सदृश है क्योंकि वह महान योगी है। हमारा भक्त भी है। किन्तु उसकी रक्ष-संस्कृति और सार्वभौम सम्राट की लालसा उसे नारायण तक पर आक्रमण करने को बाध्य कर रही है। हम उसकी वीरता के प्रशंसक भी हैं, किन्तु संस्कृति के विरोधी हैं।''

''क्या कुंडलिनी जाग्रत कर लेता है?''

''हाँ, यह विद्या उसे देवाधिदेव ने ही सिखाई और तात वरुण ने इसका पूर्ण प्रयोग सिखाकर एक प्रकार से रावण को अमरत्व का वरदान दिया। रावण ने देवि मंत्रों का 'रव' किया है, घोर-अघोर तपस्या की है। इस कारण ऋद्धियाँ-सिद्धियाँ उसके पुरुषार्थ के सम्मुख दासी के समान घूमा करती हैं। उसने लंका राज्य को कुबेर से कहीं अच्छा शक्तिशाली बना लिया है। लंका की पर्वत चोटियों पर विमान उतरने के लिए पट्टियाँ तक बन गई हैं। वह संपाति व जटायु के समान आकाश तक उड़ना ही नहीं चाहता अपितु आकाश तक मार्ग प्रशस्त करना चाहता है और स्वर्ण में सुगन्ध भी भरना चाहता है। ऐसा चमत्कारी वैज्ञानिक कहीं किसी युद्ध में मारा गया तो संसार से एक ऐसा मस्तिष्क विदा हो जाएगा जिसकी पूर्ति विधाता नहीं कर सकेगा।''

''परन्तु अभी तो आप कह रहे थे कि वह अमर सदृश है?''

''है तो, किन्तु दीर्घायु अथवा योग की क्रिया के अधीन दशानन कब तक जीएगा? एक दिन तो उसे अग्निरथ पर आरोहण करना ही होगा।''

"फिर देवकुल ने तो अमृतपान किया है, आपने भी किया है, फिर भी क्या अमृत से मनुष्य अमर नहीं हुआ?"

"अमृत नामक औषधि का सेवन किया है, किन्तु ग्रीवा पर कुठार रखकर किसने परीक्षण किया है कि वह नहीं मरा? मैं तो समझता हूँ कि अमृत मात्र दीर्घायु प्रदान करनेवाला एक द्रव्य था जिसका पान किया गया और अब उसकी क्रिया ही समझ में नहीं आ रही है। वह तो अनायास तुम्हारे पिता समुद्र तथा सभी दैत्य, दानवों के सहयोग से यह बन गया था, जिसे एक अनायास सफल प्रयोग कहा जा सकता है और उसी समय तो तुम्हारे पिता ने तुम्हें मुझे सौंप दिया था।"

देवि लक्ष्मी खिल उठीं, फिर बोलीं, "अब जाइए नाथ, और महाराज का संकट मोचन कीजिए।"

"रावण जैसा ज्योतिष विशारद ऐसी शुभ घड़ी में लंकाद्वीप से दिग्विजय को निकला है कि वह इस समय तो परास्त नहीं होगा। यह तो उसके उत्थान का समय है, भाग्य उसका साथ दे रहा है तो आदित्य और नारायण दोनों ही पराजित होंगे। यह युद्ध का पूर्व निर्णय मैं तुम्हें अभी से बताए देता हूँ।"

"आपका सुदर्शन चक्र क्या निस्तेज हो गया है जो ऐसी अनहोनी बात कह रहे हैं?"

"अनहोनी कोई भी नहीं होती, भेद इतना है कि जिसका फल गलत होता है या जो घटना हमारे प्रतिकूल होती है हम उसे अनहोनी कह देते हैं। है तो वह होनी ही।"

"लीजिए, सारथी गरुड़ दूर से ही हाथ जोड़े आ रहे हैं, आपका आठ घोड़ों द्वारा खींचे जानेवाला रथ आ गया है, अब पधारिए।"

"बिना राजोचित वस्त्र और मुकुट के?"

"नहीं, राजकीय वेशभूषा के वस्त्र मैं लाती हूँ, आप जब तक कमल जल से मुँह तो धो लीजिए। अभी भी आँखें अलसाई-सी हैं।"

गरुड़ के आते ही मुख प्रक्षालन करते हुए विष्णु भगवान ने पूछा, "सारथी, आज गरुड़यान नहीं लाए क्या, जो रथ पर ही चलना पड़ेगा?"

"भगवन्, गरुड़यान, उलूकयान दोनों ही लंकेश से युद्ध करने के लिए आग्नेय अस्त्रों से भरे जा रहे हैं, सेवक इस कारण रथ ले आया।"

"तुम्हें लंकेश के आक्रमण की सूचना किसने दी?"

"प्रभो! पूरी राजधानी में रावण आक्रमण की डोंडी पिट गई है तथा राज्यभर में संकटकाल की घोषणा महाराज की आज्ञानुसार कर दी गई है। युद्ध की तैयारी की जा रही है।"

"प्रजा तक यह समाचार पहुँच गया?"

"जी भगवन्!"

"सारथे! इस भयंकर युद्ध में रण का संचालन बुद्धि से होना चाहिए। नागपाश में निष्णात मेघनाद की पाश काटने के लिए आपने समूचे सुभटों को तैयारी के निर्देश दे दिए या नहीं, क्योंकि गरुड़ (टोटम) सेना के कारण ही आज तक सूर्य पराजित नहीं हुआ।"

"जी भगवन्, यह समूची तैयारी हो रही है।"

इसी समय देवि लक्ष्मी ने राजकीय वस्त्र अर्गली पर टाँगे तथा प्रोच्छन्न वस्त्र भगवान आदित्य के हाथ में दिया और बोलीं, "सारथे! गरुड़, समरांगण के युवराज का पूरा ध्यान रखना।"

"सर्व-शक्तिमान; सर्वसमर्थ का ध्यान यह अकिंचन क्या रखेगा देवि? वह तो स्वयं प्रभो की कृपा पर ही जीवित है।"

भगवान मित्र विहँसे और शान्त भाव से उन्होंने राजोचित वस्त्र धारण किए, आरसी के सम्मुख खड़े होकर मणियुक्त मुकुट धारण किया। कानों में कुंडल तथा वक्षस्थल पर कौस्तुभ मणियुक्त हार धारण किया व राजीव चरणों में अभिराम उपानह धारण कर अँगुली में चक्र धारण कर स्मृति के साथ चलने ही वाले थे कि भगवती इन्द्राणी तथा संध्या पधार आईं। भगवान ने दोनों देवियों को प्रणाम किया और फिर ठिठक गए।

देवि इन्द्राणी बोली, ''आप क्या रण तैयारी को पदार्पण कर रहे हैं?''

''वह तो करना ही होगा।''

''परन्तु हमारे स्वामी लंकेश के यहाँ कैद हैं।''

''यह तो रण-क्षेत्र है। जो जीत गया, उसी का पलड़ा भारी, मैं क्या कर सकता हूँ?''

''आप युद्ध में विजय प्राप्त कर उन्हें मुक्ति दिला सकते हैं?''.

''विजय सरल कार्य तो नहीं है।''

''आप जैसे समर्थ के लिए?''

''रावण कौन-सा असमर्थ है?''

''उस राक्षसराज का नाम मैं सुनना नहीं चाहती।''

''सच्ची बात कड़वी लगती ही है।''

''कौन-सी सच्चाई है?''

''यही कि वह भी समर्थ है, तभी तो योजनों दूर देवलोक में पधारा।''

''और आप उसी की प्रशंसा कर रहे हैं?''

''शत्रु यदि प्रशंसा-योग्य हो तो करना अनिवार्य हो जाता है।''

''उस अधम की, जिसने आर्य-संस्कृति को मिटाने का बीड़ा उठाया है? जिसने शूद्रों तक को साम्य करने की सौगन्ध ली है?''

''हमारी दृष्टि में वह अधम नहीं है। असाध्य को साम्य करना अच्छी नीति है, सद्विचार है।''

''जब आप ही उसकी विरुदावली पढ़ रहे हैं तो आप हमारा उद्धार क्या करेंगे?''

''उद्धार तो होगा, परन्तु अभी नहीं होगा।''

''फिर कब होगा?''

''पहले हम भी लड़ लें, तब कुछ सोचें। कहीं जीत गए तो स्वतः उद्धार हो गया और हार गए तो फिर आप तीनों भगवती पार्वती से हमारा उद्धार कराना।''

''पता नहीं इस दुष्ट रावण को किसने देवलोक पर आक्रमण की बुद्धि प्रदान की? यहाँ कौन-सा नारद मुनि पहुँच गया?''

''नारद मुनि कोई नहीं है, स्वयं आपके पतिदेव हैं जिन्होंने हेमा का अपहरण किया, अहल्या का शीलभंग किया और लंकेश का अकारण विरोध किया। लंकेश कभी भी देवलोक पर दृष्टिपात नहीं करता यदि देवराज हेमा का अपहरण न करते तो? हेमा की टीस ने उसे यहाँ तक पहुँचा दिया।''

''किन्तु मैंने तो सुना है, यमलोक पर आक्रमण के लिए रावण को किसी नारद (षड्यन्त्रकारी पुरुष) ने भेजा था।''

''लंकेश नीतिवान है, वह किसी की बातों में आकर इतनी कठिन यात्रा और कठिन संघर्ष नहीं करता। यह बात अवश्य है कि लंकेश अपने रक्ष-धर्म के लिए कुछ भी कर सकता है।''

संध्या बोली, ''इन्हें जाने दो, हम लोग परस्पर वार्ता करेंगे।''

भगवान् विष्णु फिर हँसे और चल दिए। आगे-आगे भगवान और पीछे-पीछे गरुड़ पूर्ण मर्यादा में और रथ पर आकर बैठ गए। गरुड़ ने बैठने के साथ ही वल्गा खींच दी और अश्व दौड़ने लगे।

वरुण अमात्य परिषद एवं मंत्रिपरिषद से परामर्श कर रहे थे कि इसी बीच भगवान विष्णु ने प्रवेश किया। सभी लोगों ने खड़े होकर युवराज का सादर अभिवादन किया और मित्र अपने रिक्त आसन पर विराज गए।

मंत्री बोले, "युवराज पधार आए हैं, पहले दिन के युद्ध का सेनापति भगवान विष्णु को बनाया जाए।"

गरुड़ बीच में ही बोल उठे, "लंकेश अन्तर्धान होने की कला भी जानता है और मेघनाद मायावी है। दशानन के यान कैलास से उड़ान भरते हैं और सीधे शत्रु पर वार करते हैं। सबसे पहले लंकेश के यानों को नष्ट किया जाए?"

"यान तो देवाधिदेव की कृपा पर उड़ान भर रहे हैं। रावण को समूची सामग्री कैलास के मार्ग से ही प्राप्त होती है। उसने कैलास को उठा रखा है। वह छोटी-छोटी बातों तक के परामर्श के लिए रुद्र के पास जाता है। दशानन ने रुद्र की पूजा को जो फैला दिया है, अब देवाधिदेव वर्तमान में रावण के साथ विश्वासघात कभी नहीं करेंगे। मैं वर्तमान परिस्थितियों में रुद्र को बीच में लाना नहीं चाहता।"

युवराज बोले, "आप तो युद्ध के लिए सेनाएँ तैयार करो तथा उन्हें रणस्थल की ओर भेजो।"

इसी समय रावण के दूत शुक ने प्रवेश किया और कहा, "भगवान के चरणों में लंकेश-दूत शुक षाष्टांग प्रणाम करता है और लंका के राजा की ओर से निवेदन करता है कि आपके भक्त रावण की सेनाएँ समर के लिए तैयार हैं। लंकापति की प्रार्थना है कि वह अपने गुरु का सम्मान करना जानता है किन्तु सार्वभौम सम्राट भी यदि आपके आशीर्वाद से कहलाने लगे तो आपकी बड़ी अनुकंपा होगी।"

वरुण हँसे, विष्णु भी हँसे, फिर ब्रह्मा बोले, "लंकेश अपने अभियान में सफल हो रहा है, इस पर हम प्रसन्नता प्रकट करते हैं। दूत, अपने सम्राट से कहो, कल समरांगण में हमारा आशीर्वाद प्राप्त करे।"

शुक दंडवत् करता हुआ चला गया और दोनों ओर की सेनाएँ प्रातःकाल ही रणस्थल में आ गईं।

रावण संगीत का शिरोमणि। उसकी ध्वजाओं पर वीणा का चिह्न रणस्थली में दृष्टिगोचर होने लगा। चारों ओर से रावण की वीणा के ध्वज वायु में लहराने लगे। रावण विद्युत तथा सौर-शक्ति से सम्पन्न होकर रणक्षेत्र में आ डटा।

आठ घोड़ों के रथ पर आरूढ़ भगवान विष्णु और अँगुली में सौर-शक्ति से चालित सुदर्शन चक्र। रथ-संचालन में निष्णात सारथी गरुड़ के साथ भगवान ने रावण की सेना पर दृष्टिपात किया। फिर उनकी आँखें रावण की ओर हुईं। लंकेश ने रथ पर बिराजे ही भगवान को हाथ जोड़कर नमस्कार किया। प्रभु ने ग्रीवा हिलाकर रावण को मूक आशीर्वाद दिया।

फिर ब्रह्मा का रथ दौड़ता हुआ आया। रावण के सम्मुख पाँच धनुषांतर पर रुक गया।

दशानन अपने रथ से नीचे उतरा तथा ब्रह्मा के रथ के नीचे भूमि पर घुटने टेककर बैठा व ब्रह्मा की सर्वप्रथम वंदना की और निवेदन किया, "प्रभो, आप तो त्रिकालदर्शी हैं, सर्वगुणनिधान

हैं। मैं तो अकिंचन हूँ, परन्तु आपके आशीर्वाद के बिना आपका ही भक्त कैसे युद्ध कर सकता है?''

प्रजापति ने प्रसन्न होकर कहा, ''दशानन, विधाता के नियम कोई उलट नहीं सकता। जो होगा वह तो घटेगा ही, परन्तु कोई भी गुरु अपने शिष्य को आशीर्वाद न दे, यह सम्भव नहीं हो सकता। जा, मेरा आशीर्वाद है, तेरी विजय हो।''

''भगवन्, यह कैसा आशीर्वाद आप प्रदान कर रहे हैं? मैं तो इस रणस्थल में आपका शत्रु हूँ, सम्राट होने से?''

''परन्तु तुम हमारे भक्त पहले हो। सम्राट लंकेश, अपने कर्तव्य से विचलित मत होओ।''

''जो आज्ञा प्रभो की!'' कहता हुआ रावण भगवान आदित्य के रथ के निकट आया तथा भूमि पर बैठकर हाथ जोड़कर वन्दना की, फिर निवेदन किया, ''प्रभो, आपके सुदर्शन चक्र से कोई नहीं बच सकता। सार्वभौम सम्राट की उत्कट लालसा लिए यह वीर क्या आज ही रणस्थल में सुला दिया जाएगा? उसका अभीप्सित पूर्ण नहीं होगा? क्या उसका वर्षों का तप निष्फल जाएगा?''

''नहीं लंकेश, नहीं! अभी तुम्हारी मृत्यु का समय नहीं आया है। अभी तो तुम्हारा विजयकाल चल रहा है। मैं वचन देता हूँ कि मेरा सुदर्शन दशानन पर नहीं चलेगा। साथ ही तुम्हें आशीर्वाद देता हूँ कि तुम्हारी मनोकामना पूर्ण हो। मैं प्रसन्न हूँ, रावण कि दक्षिण में कोई ऐसा वीर तो हुआ जोकि अजेय देवताओं तक को पराजित कर रहा है।''

''मैं धन्य हुआ प्रभो! रावण आपका भक्त वैसे तो आपके हाथों मरकर मुक्ति प्राप्त करता, किन्तु सम्राट लंकेश को अभी मुक्ति की आवश्यकता नहीं है।''

''दशानन, तुम स्वयं दर्शन के ज्ञाता हो तथा विद्याधर (भौतिकशास्त्री) वंशी हो, मृत्यु प्राप्त होने को ही मुक्ति या मोक्ष कहा जाता है। मेरे सम्मान व मर्यादा के अनुरूप तुमने भक्ति की बात कही है, जिससे आदित्य प्रसन्न हुए। जाओ, अपने रथ पर आरूढ़ होकर युद्ध करो। लंकेश, विजय तुम्हारी होगी।''

दशानन दंडवत् करता हुआ अपने रथ पर आ बैठा तथा दोनों ओर से रणदुंदुभियाँ बज उठीं और युद्ध प्रारम्भ हो गया। हनुमान, मेघनाद, विद्युज्जिह्व, मधु की बाण-वर्षा होने लगी। विभीषण भगवान विष्णु के सामने रहे। उन्होंने शस्त्र नहीं उठाया। वे आदित्य के दर्शनों में ही भूले रहे। सूर्यदेव की सम्मोहन शक्ति विभीषण को प्रभावित किए रही और वे हाथ जोड़े ही खड़े रहे। भगवान मित्र का सुदर्शन छूटता और शत्रु का शीश काटता तथा वापस आ जाता। विभीषण इस कौतुक में ही खोए रहे। सुदर्शन चक्र जब छूटता तो उससे अग्नि झरती और मार्ग में जितने सैनिक पड़ते वे सब उस विद्युतधारा से धराशायी हो जाते एवं उनके पार्थिक शरीर स्याह पड़ जाते तथा जिस अतिरथी या महारथी की ओर उसका निशाना होता, वह सीधा उसकी ग्रीवा ही काटता और फिर चक्र बनाता हुआ वापस आता तो फिर मार्ग के सैनिक उससे मर जाते। चक्र के तीव्र प्रकाश को देखा नहीं जा सकता था। आँखें चकाचौंध हो जाती थीं और अधिक देर तक इसके प्रकाश का अवलोकन करने में दृष्टि जाने का भय था।

रावण युद्धरत था। हनुमान ध्वनि गति से आगे बढ़नेवाले शस्त्रों का प्रयोग कर रहे थे। फिर भी आगे बढ़ने में कठिनाई हो रही थी।

किन्तु इसी बीच मेघनाद तथा प्रहस्त एवं रावण के शस्त्रास्त्रों के आगे वरुण सेना पराजित हो गई एवं प्रजापति रावण से पराजित हो गए और आदित्य भगवान अन्तर्धान हो गए।

24

भोगपुरी (नागलोक) में नाग-कन्याएँ इतस्ततः स्वच्छंद विचरण कर रही हैं। कोई हंसगमना है, कोई कोयल-बैनी है, कोई कलकीर-वचना है। प्रत्येक कामिनी कुसुम मंजरी से शोभित होकर अंग-अंग में विलास के साथ यौवन का उदय करनेवाली प्रतीत हो रही है। उन्नत नितम्बों के भार के कारण पूर्व पान किए गए अलक्तक को मानो इनके पाँव उगल रहे हों तथा रणित नूपुर मानो बालमराल को चुनौती दे रहे हों। प्रत्येक के जघनपुलिन स्थल पर काँचन काँची शोभित हो रही है। प्रत्येक चन्द्रमुखी के अधर इस प्रकार सुशोभित हो रहे हैं मानो कंदर्प ने अशोक के पल्लवों से अपने आयुध का निर्माण किया हो। उनके दाँत ऐसे सुशोभित हो रहे हैं, मानो आनन-लक्ष्मी मोतियों का प्रकाश बिखेर रही हों। इन रमणियों के कांतबपु से अंगरादिक की भीनी-भीनी गन्ध आ रही थी। कार्पास्य के महीन वस्त्रों के बीच से जंघनस्थल दृष्टिगोचर हो रहा था। इन सर्वांग सुन्दर नागबालाओं, वधुओं को देखकर सेना ही नहीं अपितु रावण, हनुमान, मेघनाद तथा विभीषण- जैसों का हृदय जलने लगा। नागलोक का सम्भवतः इसी रूपजाल के कारण भोगपुर नाम रखा गया प्रतीत होता है, इसका आभास क्षण-भर में लंकेश ने कर लिया।

ऐसा ही अवसर रावण को नागरानी के प्रणय प्रस्ताव के समय आया था, जिसे ठुकरा दिया था। किन्तु इस लोक की स्त्रियाँ प्रौढ़ होकर भी षोड्सवर्षी प्रतीत होती हैं। प्रत्येक नारी मानो स्वयं ही रति हो और मानव को रमण के लिए आमंत्रित कर रही हो। विधाता ने इस लोक में सुन्दरता का उद्यान ही लगा रखा है। विषाद इनके मुख पर है ही नहीं, सभी सर्वांग सुन्दर होकर मुकुलों के समान खिली हुई हैं। जब रावण का मन डोल रहा है तो ये वीर, जो कि एक माह से रण पर हैं, उनकी मनोदशा तो और भी चिन्तनीय होगी। इस लोक में आकर तो कोई पुरुष यहीं का निवासी होकर रह जाएगा। इसी कारण नाग-कन्याओं का अपहरण हो जाता है। अपहरण क्या हो जाता है बल्कि इनकी सुन्दरता तथा उस पर ये कामज्वर उत्पन्न करनेवाला अनुपम श्रृंगार और वेशभूषा मनुष्य को अपहरण करने के लिए बाध्य करती है। मनुष्यों का क्या दोष! यदि ये साधारण वस्त्रों में रहें तो अपहरण नहीं होगा, परन्तु सम्राट वासुकि की प्रजा, जो कि धनाढ्य है, उसको तो निष्क पानी की भाँति विलास सामग्रियों में बहाना ही होगा।

रावण ने एक दीर्घ निःश्वास छोड़ा व विचार किया—वर्तमान में तो वासुकि बलवान भी है। स्यात युद्ध करे। शेष का वंशज युद्ध निष्णात है, परन्तु कामिनियों के जाल में फँसा होने से कापुरुष हो गया है। आदित्य का समर्थक है, परन्तु ब्रह्मा के पराजित होने से आदित्य अन्तर्धान हो गए हैं। लंकेश को नागलोक को तो जीतना ही होगा अन्यथा सार्वभौम सम्राट की उपाधि लोकपालों द्वारा सम्भवतः न दी जाए।

रावण ने गरजकर आज्ञा दी, "सेना को रोक दो! मैं जानता हूँ, इनका मन जोकि चंचल है, वह नूपुरों की ध्वनि में उलझ गया है। वीरों को बसन्त का स्मरण नहीं करना चाहिए। यदि भोगपुरी पर लंका का अधिकार हो गया तो ये रमणियाँ दासियों के समान सैनिकों को प्राप्त होंगी। इसलिए मन को नियंत्रित कर अपने उद्देश्य की पूर्ति में संलग्न होकर, अपने राष्ट्र की विजय की कामना करो। यह हमारी अन्तिम लड़ाई है। इसके उपरान्त हम अपने देश को लौट चलेंगे। आपका सम्राट दशानन आपकी प्रत्येक बात को समझता है। आपको अपने विचार से दूर हुए यथेष्ट दिवस हो गए हैं, फिर भी आप जिस साहस व धैर्य के साथ द्वीपों को जय कर

रहे हैं, इससे लंका को ख्याति प्राप्त हो रही है। लंका की प्रजा का शीश गर्व से उन्नत हो रहा है और लंकेश के नाम व उसकी नीति से नृपों में हड़कंप हो रहा है। यह सब सैनिकों के अदम्य साहस व शौर्य के कारण, रावण के कारण नहीं। रावण तो मात्र आपका, अपनी प्रजा का पालक है। परन्तु उसको भी ख्याति दिलानेवाले आप ही हैं। अतएव इस चर्म के लोथड़ों, जिनमें भीतर रक्त, मज्जा, वसा ही भरा है, पर आसक्त होना अपने कर्तव्य से विचलित होना है। मैं आशा करूँगा कि आप इस सुन्दरता को भूलकर अपने राष्ट्र की सुन्दरता का आह्वान युद्ध से करें।''

कतिपय युवा सैनिक कानाफूसी कर परस्पर कहने लगे, ''मित्र, आज तक के युद्ध में रावण ने तो अपना नाम उन्नति के शिखर तक हमारी शक्ति के कारण पहुँचा दिया और हमें कहीं लूट भी नहीं करने दी। अब इस लोक में जहाँ कि वासना चेरी के समान मनुष्य के आगे-पीछे डोल रही हो, वहाँ ये संन्यासियों-जैसा उपदेश दे रहा है। प्रवृत्तिमार्गी निवृत्ति का मार्ग अपना रहा है। जब प्रवृत्ति ही सब कुछ है तो नाग-कन्याओं का उपभोग क्यों न किया जाए?''

दूसरा बोला, ''इतने बड़े कटकदल में से दस-बीस युवा सैनिक यदि नागबालाओं को लूटकर ही ले जाएँ तो लंकेश क्या कर लेगा? मित्र, इस लोक में बार-बार तो आना होगा नहीं, मैं तो एक सुन्दरी का उपभोग निश्चित ही करूँगा।''

तीसरा बोला, ''यहाँ रात्रि को भोगपुरी में चलेंगे। अप्सराओं का सेवन करेंगे। मद्यपान कर आनन्द लेंगे।''

एक नागा सैनिक बोला, ''पहचान लिए गए तो महाराज वासुकि मृत्युदंड ही देंगे। और लंकेश को कहीं पता चल गया तो उसका खड्ग उठ ही जाएगा।''

वानर सैनिक बोला, ''यहाँ तो हनुमान के कारण कहीं जा भी नहीं सकते। रात्रि के प्रथम पहर में तो वह गणना करेगा और यदि कहीं पता चल गया तो गदा से मार-मार कर हड्डी-पसली तोड़ देगा। अब तक तो ब्रह्मचारी रह लिए, अब इस लोक की स्त्रियों को विलोककर तो ये व्रत खंडित होता प्रतीत होता है।''

पहला बोला, ''चलो, आज रात्रि को तो नागों का नाच देखेंगे ही, चाहे फिर कुछ भी क्यों न हो। प्रातःकाल नहीं तो दूसरे दिन तो युद्ध करना ही होगा और लंकेश यहाँ से वापसी की आज्ञा प्रदान कर देगा। फिर तो यह लोक हमें स्वप्न के समान हो जाएगा मित्र, इस कारण अपनी इच्छापूर्ति के लिए आज सैनिक नियम तोड़कर ही रहेंगे।''

रावण, हनुमान, विभीषण, मेघनाद आदि अपनी राजप्रक्रिया में लीन हो गए और युवा सैनिक जिनके नेत्रों में नाग-कन्याओं की सुन्दरता बसी हुई थी, वे छद्मभेस में सैनिक शिविर से समूह रूप में राजधानी भोगपुरी की ओर चल दिए।

राजधानी में नर्तकियों के आवास की व्यवस्था पणि पप्यशाला के मध्य में की गई थी जिसके दोनों ओर दो मदिरालय बने हुए थे जहाँ पानप आते, पान करते और नर्तकियों के अलिंदों में प्रवेश करते।

मदिरालय पर लंका के अष्टदश सैनिक छद्मभेस में प्रकट हुए। मद्यपान किया और निज बुद्धि से पानपों के पीछे-पीछे चलकर नर्तकी के आवास में प्रवेश किया।

अप्सराएँ द्वादश थीं जो कि अपार्थिव नृत्य के लिए तैयार खड़ी थीं। उनका असाधारण शृंगार था। उनके वक्ष पर मात्र कंचुकी कसी हुई थी, जिसमें से पीन पयोधर बाहर निकलने को उत्सुक हो रहे थे। पृष्ठप्रदेश पर मात्र कंचुकी की गाँठ थी, शेष भाग उन्मुक्त था। अधोवस्त्र इतना झीना था जो पारदर्शी लग रहा था और नाभिप्रदेश पर मणिमेखला पड़ी थी जिसके प्रकाश

के कारण आँखें चकाचौंध हो जाती थीं।

सभी सैनिकों का कापिशायनी द्वारा स्वागत किया गया और फिर उनके हाथों में वारुणी के चषक पकड़ा दिए गए और नाग-अप्सराएँ नृत्य करने लगीं। उनका कटि-संचालन, पाद-संचालन, ग्रीवा-संचालन सब कुछ विलक्षण था। इस काल वे सैनिकों को गंधर्वों से भी अधिक नृत्यप्रवीणा प्रतीत हो रही थीं। नृत्य जिस गति से बढ़ रहा था, उसी गति से सैनिकों पर वारुणी का प्रभाव भी बढ़ रहा था। फिर भी वे चौकन्ने थे और अपने साथ छिपे हुए अस्त्रों को बार-बार टटोल लेते थे। किन्तु कामाग्नि से जलने के कारण उनका मन सहवास की परिणति की ओर शीघ्र अग्रसर हो जाता था और भूल भी जाते थे कि वे परराष्ट्र के सैनिक हैं।

नृत्य व गीत के समाप्त होते ही समूचे सैनिकों ने स्वर्ण-मुद्राओं की थैलियाँ खोल दीं, किसी ने फेंक दीं, जिनकी झनझनाहट से अलिंद गूँज उठा।

एक नर्तकी ने पूछा, "यहाँ तो एक या दो मणियाँ ही लुटाई जाती थीं, आज स्वर्ण-मुद्राएँ लुटानेवाले आप कौन हैं?"

एक बोला, "अप्सरा का तो धन से तात्पर्य रहता है, परिचय से नहीं।"

"किन्तु ये मुद्राएँ इस देश की न होने से पूछना अनिवार्य है?"

"किन्तु मुद्राएँ तो हैं, किसी भी देश की हों, प्रचलन तो सभी का है।"

"इस देश की मुद्रा मणि है, स्वर्ण निष्क नहीं।"

"परिवर्तन करा लेना अथवा इनसे स्वर्ण आभूषण बनवा लेना। स्त्रियों को स्वर्ण प्रिय होता है और विशेषकर नागजाति की नारियों को रमण भी प्रिय होता है।"

"अच्छा, रमण के लिए तो लंका के पुरुष ही प्रसिद्ध हैं और आप भी रमण-प्रिय दीखते हैं, इस कारण कहीं लंकावासी तो नहीं हो?"

"नहीं, इतनी दूर से रमण के लिए कौन कष्ट उठाएगा।"

"रावण की सेना जो नागलोक में आ गई है।"

"आप तो पातुर हैं, आपको राजकीय समाचार कैसे प्राप्त हुआ?"

"महाराज वासुकि के चर प्रत्येक अप्सरा को सूचित जो कर गए हैं और उन्हीं ने तो इन मुद्राओं की बात भी बताई थी तथा नगर की ललनाओं ने भी रावण की सेना का अवलोकन किया है एवं अपनी रूप-माधुरी की मधुर धारा बहाई है। उसी से प्रभावित होकर ही तो तुम लोग यहाँ तक पहुँचे हो।"

दूसरा सैनिक बोला, "जब विदित है तो फिर अपने-आपको धन्य क्यों नहीं करतीं?"

"विदेशी को वेश्या कैसे समर्पित हो सकती है? नागलोक की कन्याओं के उपभोग की पात्रता राज नियमानुसार परराष्ट्र वालों को नहीं है। यहाँ विवाह अवश्य हो सकता है।"

"तुमसे विवाह कोई भी सभ्य पुरुष क्यों करेगा?"

"क्यों, जब मनुष्य अप्सरा के कांतबपु से खेलता है, उसका उच्छिष्ट चषक पान करता है, लक्ष्मी लुटाता है तो क्या उसे अपना नहीं सकता?"

"तुम्हें अपनाकर कोई अपने कुल को क्यों कलंकित करेगा?" तीसरे सैनिक ने कहा।

"तो फिर अप्सरा भी आप-जैसे पुरुष से सहवास कर क्यों कलंकित होगी?"

"पुरुष इसके लिए स्वच्छंद है।"

"नारी क्यों नहीं?"

"नारी की एकनिष्ठा की समाप्ति के कारण।"

"पुरुष पर एकनिष्ठा क्यों आरोपित नहीं होती?"

"इसलिए कि उसको आज तक एकनिष्ठा में किसी नियम द्वारा नहीं बाँधा गया है।"

ठहाका मारकर वह हँसी, फिर बोली, "तुम कुछ समझते ही नहीं हो। तुम्हें तो नारी मात्र वासना-पूर्ति का साधन है।"

"इसके अतिरिक्त स्त्री के पास है भी क्या?"

"वही जो पुरुषों के पास है—गुण, अवगुण, सब कुछ।"

पहला सैनिक जिसे मदिरा कुछ अधिक चढ़ गई थी, खीजकर बोला, "क्यों अनावश्यक बातों में समय नष्ट कर रही हो, अपना मूल्य बताओ।"

"मैं अनमोल हूँ सैनिक, मुझे क्रय करनेवाला कोई उत्पन्न नहीं हुआ। यहाँ तक कि स्वर्ण लंकापुरी का सम्राट रावण भी मुझे क्रय नहीं कर सकेगा।"

दूसरा क्रोधित होकर बोला, "हमारे सम्राट का मूल्यांकन तुम अपने से कर रही हो, यह लंका का सैनिक सहन नहीं कर सकता।" कहते हुए छुपा हुआ खड्ग खींच लिया।

नर्तकी भयभीत हो गई। शेष जो खड़ी थीं, उन्होंने नम्रता के साथ हाथ जोड़कर कहा, "हमारे अलिंदों के चारों ओर महाराज वासुकि के सैनिक घूम रहे हैं, आप प्राण गँवा सकते हैं।"

"प्राणों की लंका के सैनिक चिन्ता नहीं करते, तुम्हें यदि सेज बिछानी हो तो अपना मोल करो अन्यथा हम तुम्हारा अपहरण कर लेंगे। तुम्हारे रूप, यौवन के सामने हम अन्धे हैं और कामबाण से पीड़ित व्यक्ति प्रभंजन-गर्जना संघर्ष से भयभीत नहीं होता।"

एक बुद्धिमती बोली, "यद्यपि हम अप्सराएँ हैं फिर भी हमारे लिए कुछ नियम हैं। आज हमें महाराज वासुकि के अमात्य मंडल की सेवा में उपस्थित होना है। कल हम आपका स्वागत कर सकेंगी।"

"कल का क्या पता, होता भी है या नहीं।" कहते हुए द्वितीय सैनिक ने एक को बाहुपाश में कस लिया और कहा, "हम लंका के सैनिक हैं, यदि चीख निकाली तो तुममें से एक भी जीवित नहीं रहेगी।"

पुनः एक नर्तकी ने निवेदन किया, "नागकुल की रीति है, हम कभी झूठ नहीं बोलते। कल के लिए हम आपको आश्वस्त करती हैं।"

"तुम्हारे आश्वासन पर यदि हम यहाँ आ भी गए तो तुम्हारी नगर-सेना यहाँ हमें पकड़ लेगी। यह चाल रावण के सैनिकों पर नहीं चलेगी।"

"तो फिर नाग-अप्सराएँ अपना शीश कटा देंगी, किन्तु अपने देश के कठोर नियम का दृढ़ता से पालन करेंगी।"

पहले सैनिक ने आदेशात्मक स्वर में कहा, "एक-एक को कन्धे पर उठा लो और खड्ग चलाते हुए ले चलो इन्हें। इनसे अब किसी लतागुल्म में ही बात होगी।"

इसके साथ ही रावण के वीर छद्मभेसी सैनिकों ने एक-एक को उठा लिया और अप्सराएँ चीख उठीं तथा उनके हाथ-पाँव चलते रहे व सैनिकों के केश पकड़-पकड़कर खींचती रहीं तथा दाँतों से काटती रहीं। किन्तु वज्रदेह सैनिक एक हाथ से खड्ग चलाते रहे और एक ही हाथ से अपनी बलिष्ठ भुजाओं में नाग-कन्याओं को कसे रहे। वासुकि के प्रतिहारी सैनिक स्वयं धराशायी हो गए। किन्तु अपने देश की ललनाओं को मुक्त कराने में सर्वथा असमर्थ रहे और रावण के सैनिक अप्सराओं का अपहरण कर उन्हें वन में ले आए तथा उनके साथ बलात्कार करने

में दत्तचित्त हो गए।

प्रातःकाल ही रावण उठा। उसने अवगाहन किया तथा स्वर्ण शिवलिंग आसन पर प्रतिष्ठापित कर चन्दन चर्चित त्रिपुंड तिलक लगाया और शिव शंकर की पूजा करने में लीन हो गया। चारों ओर इसी प्रकार रुद्र की वन्दना होने लगी। रावण का यज्ञ होने लगा व यज्ञ की सुगन्धित गन्ध उठने लगी। सैनिक, शिल्पी, वैद्य—सभी अपने-अपने कार्यों में जुट गए। भोजन बनानेवाले दल ने अपना कार्य प्रारम्भ कर दिया।

नागलोक में रात्रि की अपहरण की घटना से प्रजा में भय व्याप्त हो गया। सम्राट वासुकि खिन्न हो गए। उनके चर, नगर सेना, सैनिक कहीं भी अपहरणकर्ताओं को न खोज सके। प्रातःकाल जब भैंस चरानेवालों ने सूचना दी कि निकट ही नदी के तीर के लतागुल्म में चार नर्तकियों के शव पड़े हुए हैं, तो इस समाचार के उपरान्त ही नगरसेना अश्वारूढ़ होकर निहित स्थान पहुँची। चारों शवों की दशा देखकर नेत्रों में पानी आ गया। किसी का स्तन काटकर फेंक दिया गया था, किसी के रतिमन्दिर को खड्ग की नोंक से काट दिया गया था, किसी के जघन स्थल से मांस काट दिया गया था और किसी की नाभि को चीर दिया गया था। इस बीभत्स दृश्य से रोंगटे खड़े हो गए थे। पास ही शेष नर्तकियाँ भी चेत-अचेत अवस्था में नग्न-अर्धनग्नावस्था में कराह रही थीं। नगरसेना ने जब पूरी बात पूछी तो स्त्रियों द्वारा प्रतिरोध किए जाने के कारण उनकी यह दशा की गई, उन्होंने यह मार्मिक विवरण सुनाया। तब उन्हें रथ पर चढ़ाकर नगर सेना-अध्यक्ष सीधा महाराज वासुकि के पास पहुँचा।

महाराज उदास-से बैठे हुए। यद्यपि युद्ध के लिए नागसेना अपना अमोघ अस्त्र नागपाश के साथ तैयारी करने लगी थी। अनायास ही नगर सेनाध्यक्ष की उपस्थिति पर उनके मस्तक एर तीन बल पड़ गए और पूछा, "नर्तकियों का कहीं पता लगा?"

"जी, महाराज!"

"कहाँ हैं?"

"उपचार हेतु राजवैद्य के यहाँ भेज दी गई हैं।"

"क्यों?"

"रावण के सैनिकों ने व्यभिचार किया है, वह भी लज्जाजनक। उसका वर्णन नहीं किया जा सकता है। इस अत्याचार के उपरान्त भी जब सैनिकों की वासना की भूख नहीं मिटी तो उन्होंने चार की जो नृशंस हत्या की है, वह भी अवर्णनीय है।"

"ऐसा कृत्य तो लंपट, चोर भी नहीं करते।"

"यह तो सैनिकों का कार्य नहीं महाराज, प्रत्युत सैनिकों के भीतर जो भूत् है, उसका कार्य है। वासना के भूखे भेड़ियों का शिरच्छेद किया जाना चाहिए। नागजाति एवं स्त्रियों के सतीत्व के लिए यह कलंक है महाराज! इसका प्रतिशोध रावण से लेना ही होगा।"

"रावण तो स्वयं युद्ध के उद्देश्य से ही यहाँ आया है, किन्तु यह विदित नहीं था कि उसके कृत्य ऐसे हैं।"

"सुना है, लंकेश तो तपेश्वरी है, यज्ञकर्ता है। भले ही वह रक्ष-संस्कृति का जनक है, किन्तु इस प्रकार के दुराचारों के विरुद्ध है।"

"कुछ भी हो, जो कृत्य सेना या प्रजा करती है, उसका समूचा दोष तो सम्राट पर ही आता है।" रुककर गम्भीर मुद्रा बनाकर फिर कहा, "दूत को भेजो, लंकेश को पूर्ण विरोध की सूचना देना अनिवार्य है। यह तो राक्षसों का ही कृत्य हो सकता है। इसी कारण रावण को राक्षस की

संज्ञा भी दी जा रही है।''

''किन्तु देवलोक, यमलोक कहीं से भी ऐसी घटना की सूचना प्राप्त नहीं हुई। फिर यह अप्रत्याशित घटना नागलोक में क्यों घटी? क्या नाग-कन्याएँ अनिंद्य सुन्दरियाँ हैं अथवा उनका वस्त्र-विन्यास, केश-विन्यास सभी कुछ अद्‌भुत और आकर्षक है, इसलिए?''

''इसमें भी कोई दो मत नहीं हैं कि हमारा लोक वायुमंडल के वातावरण के प्रभाव के कारण सुरम्य है और प्रकृति के कारण ही हमारी सन्तानें अति सुन्दर हैं। परन्तु नागलोक की नारियों का सतीत्व अपने स्थान पर है। वे उसे अक्षुण्ण बनाए रखना चाहती हैं। इस दुखद घटना से सम्राट वासुकि का मस्तक झुक गया।''

''ठीक है, मैं राजवैद्यजी से उन नाग-अप्सराओं की दशा की जानकारी प्राप्त करता हूँ तब तक आप लंकेश को कड़े विरोध का सन्देश भिजवाने की व्यवस्था करें।''

नगर सेनाध्यक्ष चला गया और दूत आ गया तो नागराज वासुकि ने विरोध- सन्देश सुना दिया। दूत चपल अश्व पर आरूढ़ होकर रावण-शिविर की ओर चल दिया।

रावण यज्ञ से निवृत्त होकर हनुमान, मेघनाद, विभीषण से मंत्रणा कर रहा है। आवश्यक बैठक हो रही है और लंकेश अतिरथी, महारथियों को रणनीति का निर्देश दे रहा है। इसी समय प्रतिहारी ने लंकापति को महाराज वासुकि के दूत-आगमन की सूचना दी। लंकापति ने ससम्मान बुलाने की अनुमति प्रदान की।

दूत ने आते ही मधुर वाणी में निवेदन किया, ''महाराजाधिराज, ब्राह्मणराज सम्राट लंकापति को नागराज महाराज वासुकि का दूत साष्टांग प्रणाम करता है और निवेदन करता है कि जिस सम्राट को वेदज्ञ, संगीतज्ञ, विद्याधर आदि नाना विशेषणों से देवराज, क्षत्रिय-नृप सब पुकारें, उसको अभी तक राक्षसराज द्वेषतावश कहा जाता था। किन्तु अब आपको राक्षस ही कहना उपयुक्त होगा क्योंकि आज रात्रि को आपके सैनिकों ने राजधानी में अनधिकृत रूप में प्रवेश किया और भोगपुरी की अप्सराओं का अपहरण कर उन्हें नदी तीर पर ले जाकर उनके साथ बलात्कार ही नहीं किया अपितु उन नाग-कन्याओं के प्रतिरोध करने पर उनके स्तन काट दिए गए, उनके साथ अमानुषिक अत्याचार किया गया और यही नहीं, चार की नृशंस हत्या भी कर दी गई। इस अशोभनीय कुकृत्य के लिए आपका ही उत्तरदायित्व है और आप ही दोषी हैं? आप-जैसे यज्ञोपवीतधारी मेधावी तपोनिष्ठ के लिए नागराज वासुकि अधम राक्षस कहते हुए सन्देश देते हैं कि आपके इस कृत्य का हम कड़ा विरोध ही नहीं करते बल्कि आपकी भर्त्सना करते हैं और आपको समर के लिए आमंत्रित करते हैं।''

मेघनाद के नथुने फूल गए। उसके मस्तक पर तीन बल पड़ गए। वह दूत के शब्दों से क्रोधित हो गया था। किन्तु इस कृत्य के कारण लाज से गड़ा भी जा रहा था और यही दशा हनुमान, विभीषण तथा अन्य वीरों की थी।

रावण चिन्तित हुआ, फिर बोला, ''लंकेश को अपयश प्राप्त हुआ तो कहाँ हुआ जबकि वह अन्तिम विजय प्राप्त करने जा रहा है। सभासदो, मैंने कल ही सेना को उपदेश दिया था, इसके उपरान्त भी यह घटना घटी। लंकेश दुखी ही नहीं बल्कि उसकी ख्याति कलंकित हो गई। अब क्षत्रिय सम्राट उसे नाग-कन्याओं का अपहरणकर्ता, दुराचारी, अनाचारी, राक्षस—सभी कुछ कहेंगे। अरे सैनिको, तुम्हारी मति भी मारी गई तो कहाँ जबकि लंकापुरी के यश की ध्वजा को चार चाँद लगनेवाले थे। अब इसमें एक धब्बा भी रहेगा जो रावण की कीर्ति, उसकी संस्कृति

को धूमिल करेगा। एक पावन यज्ञकर्ता सैनिकों के कारण पापी, नराधम हो गया। ये क्या किया तुमने? अपने राष्ट्र और देश को ही राक्षस कहलवा दिया? अरे दुष्टो, यदि वासना की भूख ही शान्त करनी थी तो मुझे सूचित करते। मैं इस युद्ध-अभियान को ही निरस्त कर देता या तुम्हें पुष्पक से सीधा लंका भेज देता।...दूत, रावण की यशलता यहाँ से कट गई क्योंकि लंका के शत्रु अधिक हैं। लंका का वैभव क्षत्रियों को तो सुहाता ही नहीं है और अब देवराज तक रावण से परास्त होने से उनके स्वाभाविक रूप से शत्रु होंगे। अब लंकापति की छवि नष्ट हो गई। रावण आतताई, दुष्ट निरूपित हो गया। वासुकि का आरोप सही है दूत! प्रजा के द्वारा किए गए दुष्कृत्यों का भागी सम्राट ही होता है। इस उत्तरदायित्व से उसे वंचित नहीं किया जा सकता। इस जघन्य अपराध के लिए महाराज वासुकि से लंकेश क्षमा माँगता है और दुख प्रकट करता है। समर के लिए रावण तत्पर है, प्रातःकाल दुर्धर्ष संग्राम हो।''

दूत चला गया तो रावण ने आर्तस्वर से कहा, ''हनुमानजी, भ्राता विभीषण तथा सभी मित्रगण सम्राटो! आप जानते हैं, दशानन इसमें निर्दोष है, परन्तु इस अप्रिय घटना का दोषी भी दशानन ही है। परन्तु अवसाद कि मेरा उपदेश युवा सैनिकों पर गम्भीर प्रभाव नहीं डाल सका। रावण की सेना में ऐसे सैनिक नहीं रहेंगे भले ही वे लंकापति के विरोधी ही क्यों न हो जाएँ तथा यदि आप अतिरथी, महारथी लोग कहीं इनका पता लगा लें तो रावण उन्हें सेवा से पृथक् तो करेगा ही, साथ ही उनका कृष्णमुख करके गधे पर बैठाकर लंका के राजपथ पर नर-नारियों के समक्ष उनका नग्न प्रदर्शन करेगा। इसका विश्वास दिलाता हूँ कि मृत्युदंड किसी भी सैनिक को नहीं दिया जाएगा।''

विभीषण ने दबे स्वर से कहा, ''तात! भोगपुरी में तो सैनिकों को दंड नहीं दिया जा सकता है, क्योंकि इससे सैनिकों में फूट पड़ जाएगी और वे दंड से क्षुब्ध हो जाएँगे तथा युद्धरत सम्राट को पराजय का मुख देखना पड़ेगा।''

''जो तुम कहते हो, मैं उसे स्वीकार करता हूँ। परन्तु रावण के ललाट पर त्रिपुंड की पवित्र तीन रेखाएँ सुशोभित रहती थीं, उनमें से यह कलंक की चौथी रेखा भी ललाट पर ही तब तक विराजती रहेगी जब तक कि रावण मर नहीं जाएगा।''

''ये सब बातें उपरांत की हैं, आपने वासुकि से क्षमा माँग ली। यह बात आप-जैसे मेधावी सम्राट की महानता की परिचायक है। राजन्, इस विषय को छोड़ो और कल के युद्ध की तैयारी करो।''

प्रातःकाल ही सेनाएँ आमने-सामने हो गईं। रावण ने बड़ी आत्मीयता के साथ सम्राट वासुकि से कहा, ''नागराज, आपके देश में युवा सैनिकों ने जो बीभत्स कृत्य किया, उसके लिए आपने सम्राट को दोषी ठहराया, वह नियमानुसार सत्य है, क्योंकि किसी भी ऐसे अप्रिय कृत्य के लिए सत्ता ही दोषी नहीं मानी जाती है, जिसके लिए मैंने आपसे क्षमा माँगी थी। आशा है, आपने मुझे उदार हृदय से क्षमा कर दिया होगा...और अब लंकेश आपकी रण-चुनौती को स्वीकार करता है और आपसे अनुरोध करता है कि आप मेरी अधीनता स्वीकार कर लें तथा रक्ष-संस्कृति को अपना लें तो रावण यहाँ से चला जाएगा, क्योंकि इसके उपरान्त वह दिग्विजयी सम्राट हो गया। सार्वभौम सम्राट की लालसा पूर्ण हुई और दशानन का दशग्रीव, दशकंधर नाम सार्थक हुआ।''

''सम्राट दशानन! वासुकि की छाती में कल की घटना का घाव अभी सूखा नहीं है। वासुकि

आपकी सेना के शौर्य को देखना चाहता है। नारियों को कन्धे पर बिठाकर अपहरणकर्ता लंका के सेनानियों की भुजाओं में कितनी शक्ति है, आज वासुकि उसका अवलोकन करना चाहता है। मेरे हृदय में प्रतिशोध की अग्नि धधक रही है। युद्ध तो करना ही होगा लंकेश!"

"तो फिर रण-दुंदुभि बजने दो!" रावण ने कहा।

दुर्धर्ष संग्राम प्रारम्भ हुआ। नागपाश में रावण के अनेक सैनिक बाँध लिए गए। मेघनाद ने ब्रह्मपाश में वासुकि के यथेष्ट सैनिक बाँध लिए तथा मायावी युद्ध से नाग अतिरथी, महारथियों को परास्त करने लगा।

और रावण तथा वासुकि दोनों का मंत्रयुद्ध होने लगा। बाण छूटने लगे। रावण ने पहले बाण में ही वासुकि का छत्र काटकर गिरा दिया।

और ईषत्काल में ही रावण की विजयी हो गई। वासुकि पराजित हो गए तो रावण बोला, "अहिराज! रावण नागलोक में उपनिवेश प्रतिष्ठापित करेगा तथा रक्ष-धर्म का प्रचार करेगा। इस लोक में पशुवधवाले यज्ञ सम्पन्न नहीं होंगे। अब रावण वापस अपनी लंकापुरी को जाएगा।"

इसी समय रावण को सूचना दी गई कि आप विजय के साथ पराजित हो गए हैं, क्योंकि कालनेम विद्युज्जिह्व मारे गए हैं।

रावण के हाथ से खड्ग छूट गया और वह मूर्च्छित-सा होने लगा।

25

रावण की सेना के मनचले सैनिकों ने भोगपुरी में लूटपाट भी की और नाग-कन्याओं के मुँह में कपड़ा ठूँसकर उनके हाथ-पैर बाँधकर उन्हें रथों में डाल लिया। रावण, मेघनाद तो दूर, इसका आभास महारथियों तक को नहीं होने दिया और रावण, मेघनाद, हनुमान, विभीषण चारों ही ब्रह्मा, देवराज, यमराज, वासुकि के साथ पुष्पक में बैठकर कैलासधाम आ गए। प्रहस्त, अकम्पन, धूम्राक्ष सेना की वापसी में सेना के साथ रहे।

रावण के पहुँचते ही पुष्पक एक चोटी पर उतर गया तथा वहाँ से सम्राटगण देवाधिदेव के पास आए। उन्हें प्रणाम किया और नंदी ने सूचना दी कि "भगवती सरस्वती, लक्ष्मी तथा संध्या भी यहीं हैं।"

रावण इस सूचना पर हँसा, फिर अट्टहास किया और बोला, "तीन देवियाँ—भगवती, पार्वती, संध्या—इन्हें लंकापति से छुड़ाने का उद्यम कर रही होंगी। रावण की दृष्टि में कैद प्रभो ब्रह्मा को लंकेश ने उन्हीं के आशीर्वाद से परास्त नहीं किया, प्रत्युत यों कहिए कि अपने शिष्य को कृतार्थ करने के लिए भगवान् स्वयं हार गए।"

देवाधिदेव विहँसे, फिर बोले, "यह तो संसार है दशानन, आज तुमने दिग्विजय की है तो कल दिग्विजयी सम्राट पराजित भी हो सकता है। कभी-कभी बड़ी-से-बड़ी सेना और सार्वभौम सम्राट भी छोटे-से-छोटे सम्राट से पराजित हो जाते हैं। यह समय है। अभी तुम्हारा पुरुषार्थ और भाग्य दोनों ही बलवान हैं और जब विधाता की भृकुटि टेढ़ी होगी, तब तुम भी हार जाओगे।"

"ईश्वर! लंकेश का लक्ष्य तो मात्र दिग्विजयी सम्राट कहलाना था। अब वह कोई युद्ध नहीं करेगा, प्रत्युत अपना समय वेद भाष्य, उड्डीसतंत्र, संगीत आदि कलाओं की रचनाओं में लगाएगा और विद्याधर वंशी होने से विद्याधर (भौतिकशास्त्र) ग्रन्थ का भी निर्माण करेगा और

स्वयं तप, यज्ञ में संलग्न होगा। अब तो विभीषण को चाहिए कि वह दशरथ तथा जनक को और परास्त कर दे। रावण की तो रक्ष-संस्कृति पनप रही है। उसका साम्य सिद्धान्त लोगों ने स्वीकार कर लिया है। यही दशानन की अभिलाषा थी। देवराज की यद्यपि असुरों से हार हुई है, परन्तु वर्तमान देवराज को मैंने परास्त कर अपने लंकापति के नाम को सार्थक कर लिया है। प्रभो, अब तो रावण की सभी महत्त्वाकांक्षाएँ पूर्ण हो गईं। यदि दुख हुआ तो यह मैंने नाना सुमाली और बहनोई विद्युज्जिह्व को इन युद्धों में चिर निद्रा में सुला दिया। नाना तो वृद्ध थे, किन्तु विद्युज्जिह्व के लिए रावण को जीवन-भर पश्चात्ताप करना होगा।''

''दशानन, रणस्थल में मृत्यु कब किसका वरण करे, इसका कोई भान नहीं होता। विद्युज्जिह्व ने वीरगति प्राप्त की है। तुम्हारे-जैसे धैर्यवान व बुद्धिमान मनुष्य के लिए यह सोच व्यर्थ ही है दशानन! मैं तुम्हें सार्वभौम सम्राट की उपाधि प्रदान करता हूँ।''

इसके उपरान्त ही वरुणदेव बोले, ''यमराज और वासुकि को पराजित करना कोई विशेष बात नहीं है दशग्रीव! विशेषता है तो देवराज इन्द्र को पराजित करने की। मेघनाद ने मुझसे तथा रुद्र से ज्ञान प्राप्त किया और उसका इतनी शीघ्रता से इतना विस्तार कर लिया कि जिस देवराज के पास दिव्य रथ (विमान), ऐरावत हाथी और उच्चश्रवा-जैसा रणकुशल अश्व हो और जो ब्रह्मास्त्र-जैसे विस्फोटक अस्त्रों से सज्जित हो, उसे पराजित करना तुम्हारे वश की बात नहीं थी। वह तो मात्र मेघनाद-जैसा मायावी ही कर सकता था। अतएव मैं मेघनाद को इन्द्रजीत की उपाधि प्रदान करता हूँ।''

मेघनाद ने बैठे-बैठे ही सभी को शीश झुकाकर मनन किया, फिर प्रार्थना की, ''प्रभो, आपका भक्त और भगवान शंकर का दास मात्र रुद्र की संस्कृति से ही यह सब करने में सफल हुआ है। रुद्र की अनार्य पूजा का यद्यपि तात ने वर्जन किया है। फिर भी उनके प्रताप के सम्मुख सुषा स्वामी की यह नीति उचित प्रतीत नहीं होती। हमारी लंका में देवाधिदेव के मन्दिर हैं। प्रातःकाल ही लंका की ललनाएँ तात दशानन रचित शिव-प्रार्थना का गान करती हैं और घंटों घड़ियाल के निनाद से समुद्र तट गुंजायमान होकर दूर तक डमरू के नाद मंत्रों की गाथा सुनाता है। यद्यपि ऋग्वेद में भी पक्षपात तात देवराज ने किया है, फिर भी ऋषिगण महादेव को भुला तो नहीं सकते। इसी कारण रुद्र का भी कापर्दी रूप में गान तो हो ही रहा है। हमारे लंका राज्य में धर्म-निरपेक्षता है, फिर भी स्वर्णलिंग की प्रतिमा प्रत्येक घर में पूजा के स्थान पर मिलेगा ही। जबकि हमारी पशुवध विरोधी, नरवध विरोधी यज्ञ नीति का विरोध हो रहा है और हमारी सात्त्विक राक्षस-संस्कृति को रक्ष-संस्कृति निरूपित किया जाकर हमें अपयश का भागी बनाया जा रहा है। इसी टीम ने, इसी प्रतिशोध की भावना ने और पिता के साहस ने मुझे शक्ति प्रदान की और मैंने तात देवराज व उनके पुत्र जयन्त को हरा दिया।''

ब्रह्मा प्रसन्न होकर बोले, ''मेघनाद, यदि तुम इसी प्रकार व्रती तथा सात्त्विक प्रवृत्ति के बने रहोगे तो तुम्हें कोई भी समरांगण में पराजित नहीं कर सकेगा।''

हनुमान बीच में ही बोल उठे, ''तात प्रजापति, लंकेश्वर ने जब देवजाति को परास्त कर दिया तो महाराज दशानन अजेय हो गए। इन्द्र का वज्र जिससे कि मेरे हनु में चोट आई तथा आपके ब्रह्मास्त्र (अणुशस्त्र) जिससे कि विदेशी शक्तियों ने आपका चमत्कार स्वीकार कर आपके चरणों में शीश झुकाया और तात यमराज जिन्हें कि मृत्यु का देवता ही कहा जाता है, जिनके यमदूत रण में किसी के भी प्राण अपनी आत्मशक्ति के बल पर खींचने का ज्ञान रखते हैं, वे तक तात रावण से हारकर रणभूमि में सो गए। ऐसे तेजस्वी एवं कुंडलिनी जाग्रत करने से अमर

दशानन से अब भू-मंडल का कोई भी देव, क्षत्रिय, सम्राट तो टकराएगा ही नहीं और रावण दीर्घायु है। मंत्रों से, तपोबल से, औषधि से, तो फिर ऐसा दिग्विजयी सम्राट किस प्रकार मृत्यु को प्राप्त होगा? क्योंकि मृत्यु एक अवश्यंभावी घटना है। विधाता की आज्ञा है।''

रुद्र ही बीच में बोले, ''वत्स हनुमान! तुम्हें हम सभी ने विद्या दी, युद्ध में पारंगत बनाया और तुम ज्योतिष में भी नारद के समान प्रकांड विद्वान हो, फिर भी ऐसा प्रश्न कर रहे हो, आश्चर्य होता है! स्वयं दशानन जानता है कि उसकी मृत्यु कब होगी?''

''मैंने तो सुना है प्रभो, ब्रह्माजी ने दशानन को अमरत्व का गहन ज्ञान प्रदान कर दिया है।''

''वत्स हनुमान! रावण ने भी मुझसे अमर होने के सम्बन्ध में यथेष्ट अनुनय-विनय किया था। तब मैंने उसे समझा दिया था कि विधाता की आज्ञा से एक दिन मृत्यु का वरण तो स्वयं रुद्र को भी करना होगा, फिर तू कैसे बच सकता है? फिर भी इसे विश्वास नहीं हुआ तो तात ब्रह्मा के पास वरदान माँगने हेतु तप करने लगा। फिर प्रजापति ने योगक्रिया का ज्ञान दिया और समझाया कि दीर्घायु के अतिरिक्त और कुछ नहीं हो सकता। मृत्यु तो सभी की होगी और होनी है। हमारे पूर्वजों ने अर्थात् देव, सभी ने अमृत अनुसंधान करने का प्रयोग किया है। यदि वे अमर थे या हम अमर हैं तो अमृत की आवश्यकता क्यों? अमृत की खोज इस बात का प्रतीक है कि न पूर्व इंद्र, न पूर्व प्रजापति और पूर्व रुद्र कोई भी अमर नहीं थे। उनका वह प्रयोग था और यदि वह सफल रहा तो वह विद्या उन्हीं के पास रह गई। हमें उनका कोई ज्ञान नहीं है, अब तो मात्र आसन चले आ रहे हैं, जिन पर हम बैठे हुए हैं। इस कारण दशानन को मरना तो होगा ही।''

रावण ही बीच में बोला, ''मैंने तप, ज्ञान और योग से जो कुछ प्राप्त किया है, उसमें अमरत्व कहीं नहीं है। यह मैं अच्छी तरह समझ गया हूँ। नाभि-कुंड में अमृत है तो उतने ही समय तक के लिए जितने तक कि रावण योगाधीन है, उसके उपरान्त वह एक साधारण देहधारी मनुष्य है। मैं समझता हूँ कि मेरी मृत्यु प्रजापते के ज्योतिषानुसार किसी युद्ध में होगी, परन्तु मेरा गणित कहता है कि मेरा वध होगा। यद्यपि वह समररत होने के बीच ही होगा, इस कारण मैं युद्ध में सावधान होकर ही लड़ाई करता हूँ और वैसे साधारणतया निश्चिंत रहता हूँ।''

ब्रह्मा हँसे, पुनः बोले, ''देवाधिदेव का अनुग्रह रावण तुझ पर सर्वाधिक है, फिर भी एक समय तेरा ऐसा आएगा कि यही हनुमान और विभीषण तक तेरे शत्रु हो जाएँगे और तेरी मृत्यु में मुख्य सहयोगी यही होंगे।''

विभीषण दबे स्वर में बोले, ''प्रभो, विभीषण अपने भाइयों के हेतु अपना रक्त तक बहा सकता है। वह तात दशानन का रक्तपिपासु बने, ऐसा अवसर अपनी ओर से कभी नहीं आने देगा। तात दशग्रीव यदि अभी मेरा शीश माँगें तो मैं दे सकता हूँ।''

शंकर विहँसे, फिर बीच में ही बोले, ''जगत में राजमोह ने बंधु और सखा तो क्या, पिता तक का वध करा दिया है। विभीषण, भाई जैसा मित्र नहीं और भाई जैसा शत्रु नहीं। सर्ग में प्रत्येक सहोदर भ्राता प्रेमी होता है, फिर परिवार का भार बढ़ने से निर्धन का धन के कारण विलगाव होता है और राजनीति में क्षत्र के कारण युद्ध तक हो जाता है। यह तो विधाता का अमिट नियम है जिसके कारण परिवार टूटते हैं, प्रेम समाप्त होता है और सामाजिक व्यवस्था में झगड़ों का कारण श्री नाम की सामग्री ही है। यह श्री एक वांछनीय वस्तु है, जिसमें प्रत्येक व्यक्ति लिप्त है। धनहीन धनवान होना चाहता है। राजपुत्र युवराज, मंत्री तथा सेनापति सम्राट

होना चाहते हैं। इसीलिए राजा का कोई मित्र नहीं होता, उसके सभी शत्रु होते हैं। प्रजा की सुविधा में कमी आने पर दोष सम्राट का! राजसेवकों द्वारा मनमाना कृत्य करने, जैसा कि नागलोक में सेना ने अपहरण का कृत्य किया, दोष सम्राट का। चोरी, उत्कोच, लंपट, गुंडों को न रोक पाने पर दोष सम्राट का। यह रीति आज से नहीं, जब से मनुष्य सभ्य हुआ है, तभी से चली आ रही है। जैसे कि बालि और सुग्रीव में बैर हो गया है। अब उनका समझौता होने का प्रश्न ही उत्पन्न नहीं होता। ऐसी ही परिस्थितियाँ प्रत्येक के साथ स्वतः किसी-न-किसी घटना के निमित्त होने से बनती हैं और उन परिस्थितियों की दासता में फँसा हुआ व्यक्ति भले ही वह बुद्धिजीवी ही क्यों न हो, तपेश्वरी ही क्यों न हो, वह समस्त कृत्य करने को बाध्य होता है जिन्हें कि साधारण लोग करते हैं।''

पुनः कहा, ''मैं स्वयं दादा यमराजजी के कुल का हूँ, वसुवंशी हूँ, किन्तु मुझे प्रजापति का जामाता होने के उपरान्त भी कोई स्थान नहीं दिया गया और उमा के कारण युद्ध करना पड़ा। यह राजनीतिक बैर अब तक ज्यों-का-त्यों बना हुआ है। आदित्य ने त्रिविक्रम की उपाधि धारण कर आदित्यपुरी (वर्तमान अदन) नाम की अपनी नई राजधानी बनाई। इनकी कुल चार राजधानियाँ हैं—आदित्यनगर, कश्यपनगर, इन्द्रवन और भंडार, जहाँ आदित्य (सूर्य) की पूजा होती है। सुमेरु-सभ्यता का गान होता है और रुद्र तथा देवराज का कोई स्थान नहीं है। इन्द्र तथा वरुण दोनों ने मित्रता की शपथ ले ली है, शिलालेख गढ़वा दिए गए हैं और यमराज को मृत्युलोक-जैसा दलदल भरा स्थान दिया गया है। यह सब परस्पर भाई-बन्धु होने के उपरान्त हो रहा है। हम सभी देवकुल के हैं, किन्तु मुझे अनार्यदेव घोषित कर दिया है। देवराज ने मेरी सभ्यता, मेरे धर्म को मान्यता नहीं दी है। इन्द्र की संस्कृति आर्यावर्त और भरतखंड में सूर्य तथा चन्द्रवंश द्वारा फैलाई जा रही है। वरुण तथा आदित्य की सुमेरु-संस्कृति का विस्तार हो रहा है। किन्तु रुद्र गंधर्वों तथा नागों का ही स्वामी रह गया है। मेरी पूजा इन्हीं तक सीमित कर दी गई है जबकि हम सब एक हैं । फिर भी भीतर-ही-भीतर गम्भीर खाई बनी हुई है जिसे पाटा नहीं जा सकता। अपनी-अपनी शक्ति व संस्कृति के कारण और भाई-बन्धु होकर भी शत्रु हैं तो फिर क्या विभीषण और क्या हनुमान? सिद्धान्तों के टकराव में कोई किसी का नहीं होता। विचारधाराओं की असमानता मानसिक विलगाव को जन्म देती है और आगे चलकर यही अलगाव शत्रुता में परिवर्तित हो जाता है। फिर सम्राट होने के कारण यह शत्रुता साम्राज्यवादी विचारधारा के कारण वटवृक्ष के समान हो जाती है। इस विधाता की विचित्रता के आगे हम सोचते-समझते सब कुछ हैं, किन्तु कर कुछ भी नहीं पाते। प्रत्युत अपने-अपने यश तथा प्रभुत्व के लिए शत्रुता की पुष्टि करते चले जाते हैं। जब हम यह देखते हैं कि इंद्र, वरुण, यम और रुद्र के सिंहासन दैत्य व दानव जोकि हमारे ही वंश के हैं, के प्रभुत्व व उनके युद्धों की मार से खटाई में पड़ते दृष्टिगोचर होते हैं, तो अपनी राजगद्दी के लिए, अपने स्वार्थ के लिए हम एक हो जाते हैं और संग्राम में विजय की ओर अग्रसर होते हैं। वृत्र कोई और नहीं था, पूर्व इन्द्र का भाई ही था। किन्तु कुल्याओं के निर्माण के समय इन्द्र ने उसका वध ही नहीं किया बल्कि उसके दुर्ग नष्ट कर पुरंदर की उपाधि भी धारण की और ब्राह्मण के वध के कारण पातक लगने से उसे राक्षस भी कहा गया। फिर भी ऋषियों ने पूषां की वंदना की अथवा कराई, यह कौन कह सकता है! ऋग्वेद में इतिहास पूषां के रंजनापूर्ण वर्णन के कारण टेढ़ी-मेढ़ी पगडंडी के समान विकसित हुआ है। वत्स, दशानन, हनुमान, यह तो जगत-नियंता का निराला अभिराम उन्मीलन है। हम स्वयं इस अनोखे तथ्य को समझने में असमर्थ हैं। देवराज नहुष से पराजित हुए, बालि से पराजित

हुए और छल से पुनः राज्य प्राप्त किया। यदि इनमें अमरत्व होता तो वे दुर्दिन क्यों देखने पड़ते? आख्यान बहुत हैं, किन्तु बुद्धिजीवियों के लिए, काव्य मनीषियों के लिए, मेरा इतना कथन पर्याप्त है।''

रावण खिल उठा। हनुमानजी भी निर्वाक् हो गए। मेघनाद उपर्युक्त सारगर्भित वचन सुनकर धन्य हुआ। विभीषण को यह उपदेश कर्णप्रिय लगा। किन्तु इन्द्र को काठ मार गया, और इसी समय रावण ही बोला, ''हे जगदीश, आपके प्रताप से ये समस्त देव सम्राट दो वीरों, नाना सुमाली तथा विद्युज्जिह्व की आहुति के उपरान्त पराजित हुए हैं, यदि इनकी अभिलाषा हो तो मैं लंका में आदर के साथ इनका सम्मान करना चाहता हूँ।''

ब्रह्मा बोले, ''अब तुम इन्हें मुक्त कर दो वत्स! देवराज, यमराज, वासुकि और मैं स्वयं राजप्रथानुसार लंका सम्राट के कैदी हैं, किन्तु अभीप्सित पूर्ण होने के उपरान्त इन्हें कारापंजर में रखने का कोई औचित्य नहीं है।''

''मैं तो पूर्व में ही मन से मुक्त कर चुका हूँ। रावण दिग्विजयी सम्राट, सार्वभौम सम्राट हो गया। अब यदि देवराज कोई चाल न चलें और राजनीति से संन्यास धारण कर लें तो आपका यह दास जिसका कि साम्य सिद्धान्त स्वीकार हो चुका है, जिसकी 'रक्ष-संस्कृति' पल्लवित हो रही है, वह भी तप में लीन होकर अन्य अनुसंधान करने में जुटे।''

देवराज ही बोले, ''लंकेश्वर, इन्द्र एक विशाल भू-भाग का स्वामी होकर आर्य सभ्यता का प्रतीक ही नहीं, उसकी ध्वजा युगों तक फहराने के लिए पूर्व से ही वचनबद्ध है। तुम्हारी अनार्य संस्कृति और रक्ष-संस्कृति धर्म का तो वंशानुगत वैर है। क्षत्रिय सम्राट दैत्य, दानवों की अधीनता में रहना नहीं चाहते। इस कारण देवराज राजनीति से संन्यास लेने में नीति अनुसार असमर्थ है; क्योंकि फिर तो दशानन का ही धर्म, दशानन की ही संस्कृति समूचे विश्व में प्लावन की गति से फैलेगी। रावण ही एक दूसरा जगदीश कहलाने लगेगा, उसकी कीर्ति के कारण देवताओं का यशोगान धूमिल हो जाएगा, इसलिए रावण-जैसी शक्ति को नष्ट करना देवराज की एक अनिवार्य आवश्यकता है। हाँ, इतना अवश्य वचन दे सकता हूँ कि देवराज स्वयं लंकेश से युद्ध नहीं करेगा।''

''रावण आपकी स्पष्ट नीति से गद्गद हुआ। दशानन यह भी समझता है कि देवराज की कूटनीति सूर्यवंश से प्रारम्भ हो सकती है। इसका भय दशकंधर नहीं करता, वह महान उत्पन्न हुआ है और महानतम हो गया है। अब उसे किसी का भय नहीं है।''

''यह तो तुम्हें अभिमान जाग्रत हो गया लंकेश!'' यमराज ने टोका।

''नहीं धर्मराज! यह तो मेरी निर्भीकता का प्रतीक है। मैं चाहूँ तो आप सभी को मृत्युदंड दे सकता हूँ, किन्तु दशानन यह अनर्थ नहीं करेगा। वह तात ब्रह्माजी व महादेवजी की आज्ञा का ही पालन करेगा। यद्यपि नीति कहती है कि बड़े रिपु का वध कर अपना निष्कंटक मार्ग प्रशस्त करना चाहिए, फिर भी मैं किसी कैद-नृप का वध नहीं करना चाहता और भविष्य में आपके सिंहासनों पर किसी दूसरे का ही अधिकार होगा। इन्द्र, रावण, वरुण, यम—सभी के आसन मिट जाएँगे। राजतंत्र बड़ा घिनौना खेल है धर्मराज! विधाता जब खराब समय लाता है तब चक्रवती सम्राट तक मिट जाते हैं।''

इसी समय कुबेर पधार आए, उन्होंने सभी को दंडवत् नमस्कार किया और एक आसन पर विराज गए।

भगवान शंकर ही बोले, ''वत्स कुबेर, आपका कैसे आगमन हुआ? मेरे निकट अलकापुरी

में आपको कोई कष्ट तो नहीं है?''

''नहीं जगदीश्वर, आपके सान्निध्य से तो कुबेर का तंगणदेश से स्वर्ण व्यापार चल रहा है। आपकी मध्यस्तता के कारण ही गंधर्वों ने सोना देना स्वीकार किया है।''

''और इसी स्वर्ण के कारण धनेश कुबेर और सम्पन्न होता जा रहा है। तुमने तंगण देश के सोने की खानों को ही क्रय कर लिया है?'' शंकर बोले।

''हाँ, तात, यक्षों को सोना प्रिय होने से मुझे खानों को ही क्रय करना पड़ा।''

''प्रसन्नता है कि स्वर्ण-वाणिज्य में आप उन्नति कर रहे हैं।''

रावण बीच में ही बोल उठा, ''तात, हेम प्रिय सब हैं और उसकी चमक-दमक कामिनियों को तो लुभाए ही रहती है। किन्तु कहीं इस हेम में सुगन्ध और होती तो कितना अच्छा होता!''

ब्रह्मा हँस उठे, फिर बोले, ''यह प्रयोग मात्र तुम कर सकते हो दशानन!''

''दशानन तो बहुत कुछ करना चाहता है, वह सोने में सुवासित सुगन्ध भी भरना चाहता है और आकाश स्थित अन्य लोकों तक सम्पाति की भाँति द्रुतगामी यान, जिन पर सूर्य की किरणों का कोई प्रभाव न पड़े, वह भी भेजना चाहता है। परन्तु युद्ध और कूटनीति की व्यस्तता मुझे यह प्रयोग करने में बाधक हो रही है। मैं हेमवती विद्या, खेचर विद्या में पारंगत होकर भी कोई नवीन प्रयोग न कर सका, तो ये कार्य फिर कोई नहीं कर सकेगा।''

''इन्हें पूर्ण करो लंकेश! अमृत मंथन की क्रिया के पश्चात् यदि तुम सोने में सुगन्ध का प्रयोग कर लोगे तो युगों तक दशानन अपने विद्याधर को जीवित ही नहीं रखेगा बल्कि ऋषि उसके प्रयोग का अनुसरण करेंगे।''

''आपका अनुग्रह रहा और मेरे इष्ट देवाधिदेव का वरदूहस्त रहा तो मैं यह प्रयोग भी कर दिखाऊँगा।''

देवराज बोले, ''सम्राटों को अनुसंधान करने का अवकाश कहाँ रहता है! उन्हें तो रण तथा रणनीति, दो वस्तुएँ ही प्रिय होती हैं। इस राजमुकुट को जिसने धारण कर लिया, वह इसी छत्र की सुरक्षा और इसके यश में ही संलग्न रहता है। मैं समझता हूँ, तुम यह प्रयोग न कर सको।''

यमराज शान्त भाव से बोले, ''दशग्रीवा का आतिथ्य स्वीकार देवगण नहीं करेंगे तो कौन करेगा?''

''परन्तु दशकंधर के यहाँ सभी समान हैं। इनके भोज में शूद्र भी सम्मिलित होते हैं, इस कारण कहीं क्षत्रिय तथा आर्य ऋषिगण रुष्ट न हो जाएँ।'' देवराज ने कहा।

''जन्म से सभी मनुष्य हैं। जातिवाद तथा स्पृश्य-अस्पृश्य को बढ़ावा दिया है तो मात्र क्षत्रियों ने, क्योंकि उन्हें दासों की गहन आवश्यकता रहती है और दास-प्रथा के कारण ही कर्मानुसार जातियों का निर्माण हुआ है। रावण यदि उन्हें अपना रहा है तो इससे बढ़कर और उसकी क्या महानता हो सकती है! यह तो सत्कार्य है। इस ऊँच-नीच के भेद को मिटाने के कारण दशानन अनेक क्षत्रियों के लिए काँटा बन गया है। उसने लंका में सभी जातियों को अन्तर्भुक्त कर दिया और सभी को बराबर कर एक योग्य सम्राट का परिचय दिया है। उसकी सेना में भी सभी वर्ग हैं जो कि अपने स्वामी के लिए प्राण देने को तत्पर रहते हैं और इसी कारण लंकेश विजयी हो रहा है। मेरा मत है, हम-आप सभी को लंका में पहुँचना चाहिए।'' ब्रह्मा ने कहा।

रुद्र हँसे, फिर बोले, ''ब्रह्मा का वाक्य हम सभी को स्वीकार होना चाहिए, स्यात मात्र देवराज को चाहे ठेस पहुँचे।''

देवराज इन्द्र सभी की सहमति में अपनी असहमति कैसे प्रकट कर सकते थे अन्यथा शूद्र

जो कि वैसे भी परशुराम तथा रावण ने एक कर दिए हैं, समस्त आर्य सम्राटों के राज्य में क्षुब्ध हो जाते तथा विरोध करते और इस प्रकार इन्द्र की राजनीतिक पराजय हो जाती। सम्राट के मुख से वाक्य निकलना एक दूरदर्शिता है अन्यथा एक वक्तव्य से इन्द्र की राजनीति चकनाचूर हो जाएगी। देवराज के मुख के शब्दों का समाचार भूमंडल पर पहुँच जाएगा। इस कड़वे घूँट को तो पीना ही होगा। फिर बोले, "जब आप सबकी सहमति है और वरुणजी के कारण हम मुक्त हो रहे हैं तो स्वीकार करने में मुझे कोई आपत्ति नहीं।"

इसी समय कुबेर बोले, "देवराजजी, आपका आतिथ्य इन्द्रजीत ही करेगा। दशानन मेरा आतिथ्य स्वीकार करेंगे। इन्होंने मेरा नया राज्य देखा नहीं है।"

"नहीं, यदि दशकंधर भी लंका में उपस्थित रहें तो मुझे और अधिक प्रसन्नता होगी।"

रुद्र ने बात को भाँपकर कहा, "रावण नहीं जाएगा तो तुम्हारे अन्तर्मन को खुशी होगी देवराजजी। तुम्हारा राजनीतिक अध्ययन पूर्ण हो जाएगा। तुम्हारी कूटचाल को मैं समझता हूँ। किन्तु तुम रावण का कुछ अनिष्ट नहीं कर पाओगे, कोई और भले ही कर दे। फिर भी मैं रावण को आज्ञा देता हूँ कि वह कुबेर का आतिथ्य स्वीकार करें और आप सभी देवगण लंका में युवराज इन्द्रजीत का।"

रावण गद्गद होकर बोला, "मैं हर बात में सहमत हूँ। मैं भैया की अलकापुरी जाऊँगा। आप सभी इन्द्रजीत तथा विभीषण का लंका में आतिथ्य ग्रहण करें।" रुककर फिर बोला, "विभीषण, देवताओं के स्वागत में कोई कमी न रहे।"

"ऐसा ही होगा तात!"

26

अलकापुरी में यक्ष लोग स्वर्ण भार से लदे हुए घूम रहे थे। कामिनियाँ कटि देश पर काँची की लड़ियाँ धारण किए हुए किंकिणी की मधुर ध्वनि उत्पन्न करती हुई जा रही हैं तथा उनके चरण थिरकते हुए उठ-गिर रहे हैं मानो संगीत के सम पर स्वतः ही चरण थिरक रहे हों। यक्षणियों का वस्त्र-विन्यास, केश-विन्यास भी अनुपम था। वे श्वेत रत्नजटित कंचुकी बाँधे हुई थीं जिनमें से वक्षोज उभरकर कलशों के समान प्रतीत हो रहे थे। उत्तरीय का चिह्न नहीं था, उनका अधोवस्त्र भी श्वेत ही था जो चरणयुगल का स्पर्श कर रहा था और चरणों में अलक्तक रचा हुआ था, जिनके कारण उनके पैरों की शोभा द्विगुणित हो गई थी।

महापथ के दोनों ओर अशोक के ऊँचे-ऊँचे वृक्ष खड़े थे। उनके बीच-बीच में लताएँ तथा पुष्प खिल रहे थे। मार्ग के दोनों ओर कृत्रिम पुस्करणियाँ बनी थीं, जिनके किनारे पर पक्षी कलरव कर रहे थे। यक्षों की गगनचुम्बी अट्टालिकाओं के गवाक्षों से हिरण-जैसे नेत्रोंवाली यक्षणियाँ झाँक रही थीं। छज्जों पर खड़ी पोषिताएँ एक-दूसरे से सटकर मार्ग का दृश्य देख रही थीं।

राजप्रासाद श्वेत पर्वत के समान दृष्टिगोचर हो रहा था जिसमें रत्न जड़े थे। जिन पर दृष्टि नहीं ठहरती थी। प्रासाद के सामने ही चार गुंबज बने हुए थे जिन पर सोने के रत्नजटित कलश भ्राज रहे थे। प्रासाद के एक ओर भांडागार, धान्यागार, अश्वागार और गजागार थे।

रावण यान से कुबेर के साथ नीचे उतरा। प्रजा ने जय-जयकार का तुमुलघोष किया। रावण को अमात्यपरिषद ने पुष्पमालाओं से लाद दिया। रावण का अलकापुरी में यानतल पर ही अभूतपूर्व

स्वागत किया गया। फिर रथ से रावण राजप्रासाद की ओर अग्रसर हुआ।

राजप्रासाद के मुख्य द्वार के सामने ही कमलों से भरा सरोवर था जिसका तल वैदूर्य का था और हरी-हरी मसृण तृण भूमि पर भाँति-भाँति के पुष्प खिल रहे थे। जहाँ-तहाँ केतक, चम्पा, कुंद आदि के वृक्ष शोभित हो रहे थे। रावण का द्वार पर नलकूबर ने स्वागत किया और रावण ने प्रासाद में प्रवेश किया। प्रासाद का तल सोने का था जिसके बीच-बीच में मणियों द्वारा कमल के अनेक सुमन बनाए गए थे। दीवालों पर अप्सराओं के चित्रों के साथ-साथ वन्य प्राणियों, सरोवर में कलरव करते हंसों तक की चित्रकारी की गई थी।

रावण अलकापुरी को देखकर हर्षित हुआ। रावण को पृथक् से अन्तःपुर में ही एक प्रासाद में ठहराया गया, जिसमें स्नानगृह आदि की पृथक् से व्यवस्था थी एवं सामने ही उद्यान था। रावण ने थकान दूर करने के लिए अवगाहन किया। तत्पश्चात् सभी ने भोजन किया और अपने अलिंद में आकर भैया कुबेर की उन्नति तथा उनकी इस वैभवशालिनी अलकापुरी के बारे में विचार करने लगा, जिसका कि निर्माण सुनियोजित ढंग से वास्तुकला के धनी निष्णात शिल्पियों द्वारा माप कर किया गया था। मार्ग में कुबेर ने महिदुर्ग, गिरिदुर्ग आदि को संकेत से ही यान में बैठे-बैठे बता दिया था। यथार्थ में ही अलकापुरी यक्षराज की एक अनुपम नगरी है जिसके चारों ओर लंका के समान ही परिखा और उसके शत्रु को खा जानेवाले मगरमच्छ भरे हुए हैं। ऊँचे-ऊँचे बुर्ज, जिन पर सैन्य टुकड़ियाँ और प्राचीर इतनी विस्तीर्ण कि एक रथ स्वच्छंदतापूर्वक दौड़ता हुआ जा सकता है। यक्षराज की यह नगरी अभेद्य है।

रावण ऐसा विचार कर ही रहा था कि कुबेर तथा नलकूबर आ गए और नलकूबर ने निवेदन किया, ''तात, यक्षों ने आपके स्वागत के लिए आज नृत्य व गान का आयोजन किया है। रंभा का नृत्य होगा और आपकी वीणा की मधुर ध्वनि होगी तो संगीत का अनुपम समाँ बँधेगा। चलिए, मंडल में समूची व्यवस्था हो गई है।''

रावण ने सभा-मंडप देखा। हरी-नीली पक्की ईंटों से यह मंडप बना था, जिसमें चमत्कारिक ढंग से ईंटों की जुड़ाई की गई थी, जोकि मयूर आकृति की होकर स्तम्भों पर आधृत नहीं थी और कहीं भी स्थानांतरित की जा सकती थी जिसमें गन्धर्व तथा यक्ष कन्याएँ मुकुलमाल लिए पक्के रंग से चित्रित की गई थीं। जिसमें आठ द्वार थे, जिनमें रत्न जड़े गए थे। इन द्वारों पर सजी-धजी यक्षणियाँ खड़ी थीं जो मधुर मुस्कान के साथ अतिथियों का स्वागत करती जाती थीं। मंडप में चारों ओर कीमती कम्बल बिछे थे जिन पर एक ओर रमणियाँ तथा सामने पुरुषवर्ग बैठा हुआ था। मध्य भाग नृत्य व संगीत के लिए रिक्त रखा गया था।

ईषतकाल में ही ताल विशारद, नृत्य विशारद, गीत विशारद, यक्ष, गन्धर्व तथा किन्नर संगीत के अपनी-अपनी कला में संलग्न हुए। किसी ने मृदंग, किसी ने झाँझ, मंजीरे और बाँसुरी को उठा लिया। संगीत के तीनों प्रकार—कंठ्य, वाद्य तथा नृत्य के रूप में रंभा अप्सरा मंडप में प्रकट हुई तो रावण ने उसके अनुपम सौन्दर्य का अवलोकन किया। नख-शिख तक के अद्‌भुत शृंगार पर दृष्टिपात किया।

इसी शुभ अवसर पर कुबेर ने सगर्व कहा, ''रंभे, आज इस सभा में संगीत विशारद ही नहीं, प्रत्युत संगीत सम्राट लंकेश दशानन मेरा अनुज भी उपस्थित है जिसे स्वर, श्रुति, ताल, लय, करण, ग्रामराग तथा मूर्च्छना का अपरिमित ज्ञान है और जिसकी वीणा की झंकार तथा कंठ की मधुर ध्वनि मन को मोह ही नहीं लेती बल्कि रावण के कंठ से निकली हुई ध्वनि तथा वीणा के मधुर स्वरों की अनुभूति वृक्षों तक को होती है। वनस्पतियों के प्राणतत्त्व लंकेश ही

समझता है। और वनों से प्रकृति के परिवर्तन, वर्षा, झंझावात आदि का ज्ञान रखने से वह उद्यान लगवाता है, वृक्षारोपण कराता है। आज देखना है तेरा अपार्थिव नृत्य और रावण की वीणा में कौन कितना ऊँचा कलाकार है।''

''महाराज, अप्सराएँ, नृत्य-प्रवीण होती हैं। लंकापति संगीत शिरोमणि हैं। मैं उन्हें नमस्कार करती हूँ। मैंने उनके बारे में सब-कुछ सुन रखा है, फिर भी अनुमति हो तो एक बात कहूँ?''

''कहो रंभे, प्रेमपूर्वक कहो।''

''यही बात है तो आज मेरी और सम्राट दशानन की नहीं, प्रत्युत संगीत शिरोमणि महाराज रावण की स्पर्धा हो जाए।''

''रंभे! तुम पराजित हो जाओगी। जैसे कि भार्गव शुक्राचार्य की पुत्री देवयानी कच से पराजित हो गई थी, विचार कर लो?''

''यक्षराज! यह तो स्पर्धा है, कोई-न-कोई तो परास्त होगा ही?''

रावण बीच में ही बोल उठा, ''इसे नृत्य का अभिमान है तात! मैं इसके दर्प को अपने कंठ से चूर-चूर कर दूँगा। इसके मान का मर्दन कर दूँगा।'' कहते ही रावण ने वीणा को उठा लिया।

रभा विहँसी, फिर बोली, ''यदि आपकी स्वरलहरी और वीणा की झंकार ने मुझे प्रभावित किया तो मैं नृत्य करूँगी और यदि आप मुझे नृत्य कराने में असमर्थ रहे तो आपकी पराजय समझी जाएगी।''

''रंभे! लंकापति ने युद्ध की चुनौतियाँ सम्राट के रूप में स्वीकार की हैं, आज वीणाविशारद तेरी यह चुनौती भी स्वीकार करता है।''

रंभा के अधरों पर लास्य आ गया। वह कुछ बोलना चाहती थी किन्तु रावण ने शान्त स्वर से कहा, ''मैं तुम्हारे मन की बात जानता हूँ। शान्त रहो।''

रंभा हत्प्रभ-सी खड़ी रह गई और रावण की अँगुलियाँ वीणा के तारों पर चलने लगीं। वाद्य बजने लगे तथा रावण के मधुर कंठ से गीत के बोल निकलने लगे।

वीणा की सप्ततंत्रियों पर सप्त, शुद्ध स्वरों पर लंकेश की अँगुलियों से मूर्धना प्रपंच की विविध स्वरलहरियों का निर्माण होने लगा और कंठ के आकार-उकार से शम पर आने पर तालविशारद पाणिताल लगाते व मात्राओं की गणना भी करते जाते।

रंभा के नूपुरों में अभी भी कोई क्रिया नहीं हुई थी। वह अभी भी हँस रही थी, जबकि कुबेर बार-बार वाह-वाह का शब्द उच्चारित कर रहे थे। सहसा रावण तीन ग्राम पर आ गया। उसके कंठ के बोलों से हृद्तंत्री उल्लसित ही नहीं होने लगी अपितु ऐसा आभास होने लगा मानो संगीत से ही शरीर की रचना हुई हो। ऐसी वीणा कभी नहीं सुनी गई थी। लोग आश्चर्य में पड़ गए और रंभा ने भी दाँतों तले अँगुली दबा ली। वह स्पर्धा के कारण नाचने का मन नहीं कर रही थी किन्तु नृत्य के धनी कंठ के मधुर राग और वीणा के स्वरों के आगे कब तक अपने नूपुरों को थामे रहती। उसके पग उठने लगे फिर स्पर्धा का ध्यान आते ही जहाँ के तहाँ रुक गए। परन्तु रावण के स्वर गम्भीर प्रभाव डाल रहे थे और रंभा के कानों द्वारा मस्तिष्क नाच के लिए बाध्य कर रहा था। वह अनायास ही मात्र संगीत में खो गई। उसके मन तथा मस्तिष्क में रावण के स्वर ही ईषतकाल में पैठ गए और वह थिरकने लगी। उसका पाद-विन्यास, कटि-संचालन, हाथ-संचालन होने लगा। और रंभा अपार्थिव नृत्य करने में दत्तचित्त हो गई। रावण, द्रुत, विलंबित सभी गतियों में आरोह-अवरोह के साथ संगीत को छेड़े रहा। उपस्थित

समूह के नेत्र कभी रावण की ओर, कभी रंभा की ओर घूमते एवं कान, गीत, वीणा के स्वर एवं नर्तकी के नूपुरों की ध्वनि का आनन्द लेते। कुछ देर तक तो वे यह सुध भी रखे रहे, किन्तु जब कंठ, वाद्य और नृत्य से सराबोर होकर मन-ही-मन अपनी विजय पर रावण ने प्रसन्न होकर जो तीन ताल पर तीन ग्राम में द्रुत गति से वीणा वादन प्रारम्भ किया और उसी गति से गीत गाया तो यक्ष, गन्धर्व, किन्नर व सम्राट कुबेर तक ने सुध-बुध खो दी और लोग झूमने लगे।

कुछ देर में जब संगीत व वीणा की स्वरलहरी टूटी तो संगीत में निमग्न महाराज ने धीमे-धीमे आँखें खोलीं तो देखा, रंभा रावण के चरणों में पड़ी है और लंकेश निर्वाक् शान्त बैठा है।

कुबेर ने धीमे से कहा, ''रंभे! उठो, तुम पराजित हो चुकी हो।''

रंभा के कानों में भनक-सी पड़ी। वह थककर चूर हो गई थी। उसका अंग-अंग टूट रहा था, फिर भी इस आवाज से वह धीमे-धीमे उठी। उसने गर्दन ऊँची की और रावण से आँखें मिल गईं, फिर पराजित होने से पुनः झुक गईं और रंभा उठकर लड़खड़ाती-सी धीमे-धीमे मंडप से बाहर हुई।

रावण अपने अलिंद में बैठा है। वह अपनी जय पर अधिक प्रसन्न नहीं है। रंभा को तो परास्त होना ही था, परन्तु स्त्री का दर्प चूर करके रावण को क्या मिला? रंभा की देवलोक तक अपकीर्ति हो गई। वह इन्द्र की सभा में भी नाचती है। वह एक रात्रि के लिए किसी की भी पत्नी है। वह ऋषियों, मुनियों सभी को देवराज के संकेत पर लुभाने भी जाती है। तपस्या भंग कराती है। कामदेव के साथ भी जाती है। ऐसा राजकीय सम्मान प्राप्त नारी को पराजित कर रावण स्वयं दुखी है। आवेश में चुनौती स्वीकार कर ली जिसका प्रतिफल मुझे दुख प्राप्त हुआ।

रावण एकाकी उद्यान में आ गया। ऐसा ही नृत्य मन्दोदरी भी करती थी। उसके नृत्य पर पार्वती तक प्रसन्न हो गई थीं। फिर भी रंभा का नृत्य, नृत्य की पराकाष्ठा है, उससे अच्छा नृत्य कोई भी गन्धर्व या किन्नर नहीं कर सकता। रंभा प्रशंसा के योग्य है। यदि अवसर आया तो रंभा का नृत्य लंकावासियों को अवश्य दिखाऊँगा। रंभा की अनूठी नृत्यकला का दिग्दर्शन सभी क्यों न करें? वह मात्र लोकपालों की धरोहर कैसे हो सकती है? कला का प्रदर्शन होगा तो रंभा की ख्याति बढ़ेगी। वह मात्र किसी तपस्वी की तपस्या भंग करनेवाली रंभा या उपभोग की रंभा नहीं अपितु कला-रूपिणी रंभा होगी और यही उसके साथ न्याय है।

रावण यह सोच ही रहा था कि किसी की पदचाप सुनाई दी। दीपाधारों के प्रकाश के बीच एक स्त्री प्रकट हुई। पहले वह रावण के अलिंद के द्वार पर ठिठकी फिर दो पग आगे घूमी। फिर घूमी और सीधी द्वार से भीतर आ गई। फिर वापस आकर द्वार पर खड़ी हो गई।

रावण का माथा ठनका। कहीं कोई स्त्री चर तो नहीं जो लंकेश के अकेलेपन में उसकी गुप्तचरी करने आई हो? परन्तु भैया क्यों किसी चर को नियुक्त करेंगे? फिर भी राजनीति है, कहीं किसी को मुझ पर दृष्टि रखने के लिए ही नियुक्त कर दिया हो!

रंभा ने चारों ओर रावण को उत्सुकता के साथ देखा। वह उसे कहीं भी दृष्टिपथ में नहीं आया, तो सोचा, इस समय लंकेश कहाँ जा सकते हैं? होना तो उन्हें यहीं चाहिए। स्यात् उद्यान में छिटकती चाँदनी का आनन्द ले रहे हों, ऐसा मानकर वह उद्यान की ओर अग्रसर हो गई। रावण स्फटिक पीठिका पर बैठा था और इस रमणी को अपनी ओर आते हुए स्पष्टतया देख रहा था। रंभा ने रावण को पहले दूर से देखा, फिर भी कहीं कोई और न हो, ऐसा समझकर वह निर्वाक् रावण की ओर बढ़ी। जब निकट पहुँच गई तब लंकेश को पहचानकर बोली, ''आप

यहाँ विराजे हैं और मैं बेचैनी से आपको खोज रही हूँ।''

''ओह! पहचाना—रंभे, तुम यहाँ कैसे चली आईं?''

''मन की बेचैनी और ये निगोड़ी आँखें जिनमें आपका यह रूप समाया है, वे खींच लाईं।''

''अच्छा! मन और आँखों से संचालित होकर लंकेश के समीप आई हो?''

''जी हाँ! सम्राट लंकापति के पास एक राजनर्तकी जो कि पराजय की ग्लानि से पीड़ित नहीं है अपितु आपकी विजय पर प्रसन्न होकर स्वाधीन अवस्था में प्रसन्नचित्त से प्रसन्नबपु लेकर आई है।''

''ग्लानि तुम्हें भले ही न हो, परन्तु मुझे अवश्य ही आत्मग्लानि अभी थी।''

''आपको तो मुदित होना चाहिए कि आपने रंभा को जीत लिया।''

''मैं रंभा को जीतकर क्या करूँगा। हाँ, रंभा की कला को जीतने से एक विचार अवश्य मेरे मन में आया है कि तुम्हारी नृत्यकला को किन्हीं देवजाति के सम्राटों की धरोहर क्यों समझा जाए? उसका अवलोकन, उसका प्रचार अनेक स्थानों पर क्यों न किया जाए?''

''इससे रंभा को क्या मिलेगा?''

''ख्याति।''

''उस ख्याति से क्या होगा?''

''तुम्हारा नाम और तुम्हारी कला दोनों अमर हो जाएँगे। रावण तुम्हारे नाम को उन्नति के शिखर तक पहुँचा देगा, यदि तुम चाहो तो?''

''मैं यह नहीं चाहती।''

''तो क्या अभीप्सित है तुम्हारा रंभे! तुम निःसंकोच कहो?''

''यहाँ नहीं, आप अपने अलिंद में चलिए।''

''यहाँ भी कोई भय नहीं है। रावण के सम्मुख आने का साहस कौन कर सकता है?''

''फिर भी मैं यहाँ कुछ नहीं कहना चाहती।''

''तो चलो!''

रावण उठ खड़ा हुआ और रंभा के साथ अपने अलिंद में आकर शैया पर बैठ गया। रंभा खड़ी रही और बोली, ''पहले आप यह बतलाइए कि आपने सभामंडप में यह कैसे कह दिया कि आप मेरे मन की बात जानते हैं?''

''अप्सराएँ भोग को प्रधानता देती हैं, इस कारण।''

''यह आपने इतनी शीघ्रता में भाँप लिया?''

''भगवान शंकर की कृपा से मैं यह सब ज्ञान रखता हूँ।''

''अच्छा है। जितनी कलाओं में आप पारंगत हैं, उतनी में कोई भी नहीं।''

''इन विद्याओं को सीखने में मुझे यथेष्ट तप करना पड़ा है। मैंने अपना युवा जीवन तपस्या में भोगा और उस समय मात्र मन्दोदरी ही ऐसी कल्याणी धर्म-पत्नी मुझे प्राप्त हुई जिसने सहचरी के समस्त कर्तव्यों का पालन कर मुझे महान बनाया। उसने दुर्दिन भी देखे हैं।''

''वे सौभाग्यशालिनी हैं कि आप-जैसा पुरुषार्थी पुरुष उन्हें पतिरूप में प्राप्त हुआ।'' कहते हुए वह रावण की ओर कामुक दृष्टि से निहारने लगी।

रावण ने देखा, रंभा के नेत्रों में मन्मथ भ्रमण कर रहा था। उसके अधर व कपोल आरक्त हो उठे थे। वह अंगूठे से धरणी पर कुछ लिख रही थी और दृष्टि रावण के वक्षस्थल पर लगी हुई थी।

रावण ही बोला, ''रंभे, इस समय तुम अनूठा शृंगार किए हुए हो। आज किसी की पर्यंकशायिनी बनोगी?''

''वैसे तो नलकूबर की पत्नी हूँ आज के दिन, परन्तु चित्त आपकी ओर आकर्षित है।''

''तो जाओ।''

''कैसे जाऊँ?''

''कोई बाधा है क्या?''

''हाँ!''

''कौन-सी?''

''आप!''

''क्यों?''

''मैं तो आपसे...'' कहकर रंभा ने उत्तरीय नीचे सरका दिया और रावण से सट-सी गई और फिर कटाक्ष किया। हाव-भाव का प्रदर्शन इतना किया कि वसिष्ठ व विश्वामित्र जैसे ऋषि भी पिघल जाते। रावण द्रवित हुआ और बोला, ''रंभा, तुम आज किसी की पत्नी हो, पर-पुरुषगामी बनकर अपना धर्म नष्ट मत करो। अप्सराओं के जो नियम हैं, उनका पालन करो, अन्यथा अनर्थ हो जाएगा।''

''कोई अनर्थ नहीं है। मन जिसे स्वीकार करेगा, वही तो मानव करेगा। आपका रूप, आपकी यह बलिष्ठ देह, किसे मोहित नहीं करेगी? जगत में ऐसी कौन-सी स्त्री होगी जो आप जैसे रूपवान, गुणवान से सहवास की इच्छा प्रकट नहीं करेगी?'' कहकर वह उठंग हो गई। उसका पिंडल प्रदेश क्या, अजानु तक का भाग खुल गया और वह लंकेश की, जोकि बैठा था, कटि में हाथ डालकर पृष्ठ प्रदेश से चिपक गई।

रावण क्रोधित हो उठा और गरजकर बोला, ''रंभा, तुमने तपस्वियों की तपस्या भंग कर दी होगी, परन्तु मेरी करने में असमर्थ रहोगी। जाओ, निकल जाओ, अन्यथा मुझे कुछ और करना पड़ेगा। रावण के तीन रानियाँ हैं और तीनों ही अनिंद्य सुन्दरियाँ हैं। पत्नी के अतिरिक्त रावण किसी परनारी पर कुदृष्टि नहीं रखता। सार्वभौम सम्राट होकर भी मैंने क्षत्रिय सम्राटों की भाँति अपने अन्तःपुर में स्त्रियों का साम्राज्य स्थापित नहीं किया है।''

रंभा अभिमानिनी थी। वह तुनककर खड़ी हो गई और कटुवचन बोली, ''शैया पर कामेच्छा से आई हुई परनारी को भोगने के मनु के नियम को आप भंग कर रहे हैं। रंभा किसी महान व्यक्ति की ही एक रात के लिए पत्नी बनती है, किसी अधम की नहीं। रंभा कामशास्त्र में प्रवीण होकर भी आपके मन को न डिगा सकी तो उसकी यह विद्या भी निष्फल हुई।'' कहते हुए वह नारी स्वभाव-वश रावण की छाती कूटने लगी।

रावण ने रंभा की चोटी पकड़कर उसे धक्का दिया और बाहर धकेल दिया। उसकी केशराशि खुल गई। वह किसी नागिन के समान प्रतिशोध की अग्नि में जल गई और बोली, ''आपका अभिमान टूटेगा। मेरी क्रोधाग्नि तुम्हें अब किसी भी परनारी को भोगने नहीं देगी। अब तुम अपनी धर्मपत्नियों के अतिरिक्त किसी भी स्त्री की शैया सुशोभित नहीं कर सकोगे?''

''अप्सराओं में शाप की शक्ति नहीं होती। तुम्हारे इन क्रोध-भरे शब्दों से मुझ पर कोई प्रभाव नहीं होगा। मैं पटरानी की ओर देखता भी नहीं हूँ। परिणीता स्त्री ही रावण का सर्वस्व है। अब तू चली जा अन्यथा कहीं मैं और क्रोधित हो गया तो मेरे नाम को बट्टा लग जाएगा।''

रंभा अन्यमनस्क-सी नलकूबर के अलिंद में आ गई। नलकूबर रंभा की प्रतीक्षा कर रहा

था। रंभा के मुख पर विषाद दौड़ रहा था। उसका शृंगार अस्त-व्यस्त हो गया था। वह ठगी-सी खड़ी थी। नलकूबर ने पूछा, "रंभे! ये कैसा शृंगार किया है?"

"स्वामी, शृंगार तो अनुपम ही किया था।"

"फिर क्या हुआ?"

"क्या कहूँ! कहने में ब्रीड़ा आती है।"

"नहीं, कहो, आज तुम मेरी अर्धांगिनी हो। आज मैं तुम्हारी प्रत्येक बात सुनूँगा।"

"सुनने से आपको विश्वास न हो?"

"विश्वास के धरातल पर ही विश्व स्थिर है।"

"आपके कानों में सुनने का साहस हो और मुझे कोई दंड न दें तो कुछ निवेदन करूँ?"

"मैं तुझे कोई दंड नहीं दूँगा।"

रंभा समझ गई कि स्त्री की छलनीति में पुरुष वासना के वशीभूत होकर कितना शीघ्र प्रत्येक बात मान जाता है। कदाचित बिना कामवेग के नारी की एक भी बात पुरुष कुछ विचार कर स्वीकार करे। नारी के कपटी स्वभाव और उसके प्रतिशोध के लिए इससे अच्छा स्वर्ण अवसर हो ही नहीं सकता। रंभा समझ गई कि अब मेरे वाक्यों का जादू नलकूबर पर चल गया है। नलकूबर पूर्णतया रंभा की बात स्वीकार करने को उद्यत हो गया तो रंभा बनावटी ढंग से बोली, "स्वामिन्! यह दशा मेरी लंकापति ने की है।"

नलकूबर को काठ मार गया। उसके कानों के पर्दे इस वाक्य से फट से गए। उनके आनन पर क्षोभ आ गया, फिर भी उसने पूछा, "काकाजी तपेश्वरी हैं, ज्ञानी हैं, विज्ञानी हैं। वे ऐसा कृत्य करें, मेरी समझ के बाहर है रंभे!"

"नाथ! रमणी के मदमत्त नेत्र, उसकी उन्मुक्त नाभि और रंभा जैसी कलशस्तना तथा गजगामिनी और उसके इस रुचिर शृंगार पर सहस्रों सम्राट चरणों में लेटे बिना नहीं रह सकेंगे। मैंने वसिष्ठ, विश्वामित्र-जैसे अनेक राजऋषि, ब्रह्मऋषियों तक को अपनी कामकला से उनके वृत्त का खंडन किया है। फिर सम्राट दशानन-जैसे मार्ग में ही रंभा को रोककर उसके कांतबपु पर मोहित न हों, यह कैसे सम्भव हो सकता है? आप अपने ही मन से पूछिए, क्या इस समय भी रंभा रति की साक्षात् मूर्ति नहीं है?"

"है तो, किन्तु तात धैर्यवान हैं। उन्हें कर्तव्य सर्वोपरि है, वे ऐसा करें, विश्वास के योग्य प्रतीत नहीं होता?"

"मैंने तो पूर्व में ही निवेदन किया था कि आपको विश्वास नहीं होगा।"

"स्त्री के स्वभाव की मुझे यथेष्ट जानकारी है। वह अपने उद्देश्य की पूर्ति के लिए अधम-से-अधम कृत्य कर सकती है। यहाँ तक कि वह अपने पति तक का विद्रोह कर सकती है। रिपु से मिल सकती है और गुप्त से गुप्त भेद भी प्रकट कर सकती है। और यदि अवसर आ जाए तो वह अपनी मनोकामना की पूर्ति के लिए इस शरीर को भी बिना किसी हिचक के किसी को भी समर्पित कर सकती है।"

रंभा को डंक मार गया। फिर भी साहस के साथ बोली, "मैंने आपके काकाजी से यह भी निवेदन किया था कि मैं आज आपके भतीजे नलकूबर की पर्यंकशायिनी हूँ, फिर भी वे नहीं माने। कामांध हो गए और मेरे प्रतिशोध करने पर मेरी यह दशा हुई है। क्या मेरे प्रतिशोध का प्रमाण ये मिटा हुआ, लुटा हुआ-सा शृंगार नहीं है?"

नलकूबर क्रोधित हो गए। वे आवेश में रंभा का हाथ पकड़े ही रावण के अलिंद में आ

गए व गरजकर बोले, "काकाजी, आपने इसके साथ जो किया, वह अशोभनीय है। आज से आप किसी भी परनारी का भोग उसकी बिना इच्छा के नहीं कर सकेंगे, यह मेरा शाप है।"

रावण हँसा, फिर शान्त व गम्भीर स्वर में बोला, "वत्स नलकूबर! बिना सोचे-समझे अपने मुख से वाक्य निकालने पर किसी का अनिष्ट भी हो सकता है, यह बात ध्यान में रखकर ही कोई वाक्य प्रस्फुटित किया करो। मैं रंभा के सम्बन्ध में इस समय कुछ भी नहीं कहना चाहता। परन्तु इतना अवश्य है कि स्त्री की बातों में आकर सदैव ही पुरुष की पराजय हुई है। इस कुटिला के शब्द तुम्हारे लिए ब्रह्म-वाक्य हैं। अब मैं कुछ कहूँगा भी तो तुम्हें विश्वास नहीं होगा। इस कारण नीति कहती है, जब युवा आक्रोश हो तो सयाने लोगों को शान्ति से काम लेना चाहिए। तुम्हारे क्रोध को तत्काल शान्त नहीं किया जा सकता और न ही लंकेश लंपट है जो तुम्हारे श्राप की चिन्ता करे। जाओ वत्स, यह बात हम तीनों के मध्य ही रहनी चाहिए अन्यथा भैया को दुख होगा। उनके सम्मान को ठेस पहुँचेगी और रंभा का कथन एक झूठ को छिपाने के लिए झूठा ही होगा। इस कारण नारी के लिए कोई कसौटी नहीं है जिस पर से उसके खरे होने की बात को स्वीकार किया जा सके। भविष्य में नारी के सम्बन्ध में जब भी कोई विवाद हो तो उसे कामांध या मदांध होकर नहीं, अपने विवेक का प्रयोग कर सुलझाना। मैं तुम्हारे शाप को स्वीकार करता हूँ। जाओ पुत्र, जाओ!"

नलकूबर में रावण की बात सुनकर कुछ विवेक लौटा और वह रंभा पर शंकालु निगाहों से दृष्टिपात करता हुआ, रंभा की बाँह पकड़ लौट आया।

27

देवराज चिन्तित हैं। लंका गढ़ सुदृढ़ है, लंकापुरी अजेय है। बटुक अनुसन्धानरत हैं। लंका के मुख्य द्वार पर लंकिनी विराजी है और समुद्र में नागमाता सुरसा का साम्राज्य है। वह वृद्ध है, फिर भी उसकी आँखों से बचकर शत्रु समुद्र संतरण नहीं कर सकता। समुद्र में नावें दिन और रात चलती ही रहती हैं। समुद्र मात्र एक स्थान पर उथला है, वहाँ नागजाति रावण की प्रतिहारी है। किसी भी ओर से लंका पर आक्रमण किया जाना मूर्खता के अतिरिक्त कुछ नहीं है।

लंका में अनार्य देव शंकर की पूजा हो रही है। चंडी के मन्दिर बन रहे हैं और नगर देवी निकुम्भिला विराजमान हो गई है। मेघनाद निकुम्भिला यज्ञ सदैव किया करता है। कालनेमि की पुत्री सुलोचना राक्षस नारियों में सतीत्व का प्रसार कर रही है। पर-पुरुष भोगने के पापाचार का दृष्टांत सुना-सुनाकर वह रमणियों के बीच साध्वी स्त्री स्वीकार हो गई है। इन्द्रजीत व्रती है, धार्मिक है। तप तथा यज्ञ करता रहता है। कभी चंडी के मन्दिर तो कभी निकुम्भिला देवी के मन्दिर में। इन्द्र अथवा आर्य देवों की पूजा के कोई चिह्न लंका में नहीं हैं। रावण द्वारा रचित विधि-विधान से ही यज्ञ सम्पन्न होता है और सफल होने पर तत्काल प्रतिफल भी प्राप्त हो जाता है। लंकेश किस नक्षत्र में उत्पन्न हुआ है कि जिधर देखो, उधर ही उसकी विजय-पताका फहरा जाती है। नई-नई संस्कृति रावण के मस्तिष्क से उपजी और विस्तीर्ण हो गईं। ज्यादातर लोगों ने रावण की सभ्यता स्वीकार कर ली है। उसके यज्ञ के सैकड़ों अनुयायी हो गए हैं। काव्यउष्ना से भी आगे बढ़ गया है रावण। उसके प्रशस्ति गान सभी जातियों में हो रहे हैं, विशेषकर दक्षिण का वह अधिष्ठाता ही नहीं बल्कि देवता बन गया है।

मेघनाद ने लंका में हमारा अतुलनीय सत्कार किया है। रावण के सभा-मंडप में हमारा नागरिक अभिनन्दन भी विभीषण जैसे योग्य मंत्री ने कराया। सहस्र स्तम्भों पर आधारित सहस्र द्वार युक्त लंकेश का सभामंडप निश्चित ही मय वस्तुकला का अनूठा उदाहरण है। प्रत्येक स्तम्भ स्वर्ण का, उसमें नागमणियाँ खची हुई हैं। वैदूर्य का तल और सुन्दर पच्चीकारी से युक्त यह सभामंडप इन्द्र के सभामंडप से कहीं भव्य, बड़ा और कीमती है, जिसे देखकर सहज ही प्रतिस्पर्धा उत्पन्न हो जाती है। विभीषण मेरे निकट बैठे थे और मेघनाद स्वयं ही रथ हाँक रहा था, तब मुझे लंका राज्य का भ्रमण कराया था। समुद्र के किनारे-किनारे विभीषण की अग्रहारी (जागीर) और फिर मेघनाद की। दो-दो पक्के विमानतल, जिनकी सुरक्षा के लिए अष्टप्रहर सन्नद्ध सैनिक टुकड़ियाँ। अद्भुत व्यवस्था है लंकेश की। सूर्य-चक्रव्यूह का निर्माण कर लंकेश निश्चिंत हो गया है। लंका पर चढ़ाई करके तो रावण को पराजित नहीं किया जा सकता और किया भी जा सकता है तो जब तक बालि, अगस्त्य बैठे हैं, तब तक दक्षिण तक पहुँचा भी कैसे जा सकता है? हनुमान तो जामाता ही है, इन जातियों के बिना सहयोग के तो कोई भी अभियान सफल नहीं हो सकता? आर्यावर्त में अयोध्या का सम्राट दशरथ और मिथिलापति जनक ही कुछ कर सकते हैं। परन्तु जनक तो विदेह है और दशरथ में इतना साहस नहीं है कि वे रावण-जैसी महाशक्ति से टकरा सकें। हाँ, कैकेयी अवश्य प्रतिशोध की आग में धधक रही है। वह कुछ कर सकती है, उसका निमंत्रण भी मुझे आया है।

इन्द्र अनार्य सभ्यता को कैसे सहन कर सकता है! देवाधिदेव पूजागृह में प्रतिष्ठापित हों और इन्द्रासन पर बैठा हुआ इन्द्र जिसे कि पूर्वजों ने आर्य संस्कृति के लिए ही बिठाया है, वह चुपचाप यह देखता रहे, कैसे हो सकता है? हैहय ने भी दत्तात्रेय की संस्कृति को भृगुकच्छ तक फैला दिया था। परन्तु अब तो वहाँ सुपारा (वर्तमान शूर्परिक) पोतपत्तन बनाकर भार्गव परशुराम बैठा है। भार्गवों के पास ही निराली काव्यशक्ति है, वही वेद के सूक्तों के रचयिता हैं। इस कारण परशुराम से कोई अनिष्ट नहीं हो सकता। उनके सभी भाई वसिष्ठ और विश्वामित्र के युद्ध में मारे गए। जमदग्नेय भार्गव दिबवन्त बड़ा वीर था। विश्वामित्र की ओर से लड़ा था, परन्तु रणक्षेत्र में मारा गया। वसिष्ठ भी अपने पुत्रों को नहीं बचा सके। इस युद्ध में ब्राह्मणों की यथेष्ट क्षति हुई है, उनके शस्त्र परस्पर टकराने से। वेधशालाओं में आयुधों की कमी आ गई है। जो शेष ब्राह्मण वीर थे, उनमें से बहुतायत कार्तवीर्य के युद्ध में स्वाहा हो गए हैं। परशुराम ने अंत्यजों, वैश्यों और अब्राह्मणों के सहयोग से यह युद्ध जीता और दशरथ सभा में काश्यप ऋषि को दान कर दिया। यह अच्छा ही हुआ अन्यथा क्षत्रियों के सिंहासन पर ब्राह्मण बैठ जाते तो फिर कभी भी सूर्यवंशी और चन्द्रवंशी सम्राट के पद पर विभूषित न हो पाते। काश्यप ऋषि ने देवराज के लिए यह अति सुन्दर कार्य किया है अन्यथा देवराज की लुटिया डूब गई होती। अब तो कैकेयी से ही वार्ता करना अनिवार्य है।

देवराज का दिव्यरथ मातालि लेकर उपस्थित हो गया। देवराज स्वयं तत्काल ही चल पड़े। मार्ग में ब्रह्मा, रुद्र तथा वासुकि के सम्बन्ध में भी चिन्तन किया और देवराज तो अब रावण पर मित्रता होने से चढ़ाई भी नहीं कर सकते। लंकेश ने सन्धि ही महान कूटनीति से की है। हम लोकपालों में से कोई भी उस पर आक्रमण नहीं करेगा अन्यथा सन्धि टूट जाएगी। रावण की यह सफल चाल है। क्षत्रिय उसे परास्त करने में असमर्थ हैं और देवता (आर्य) सन्धि-सूत्र में बँध गए हैं। यह लंकेश की राजनीतिक विजय है। वह सच्चा सार्वभौम सम्राट हो गया है। अब तो वह लंका का और भी विकास करेगा। अपनी शक्ति को परिवर्धित करेगा। अपनी

प्रजा को सम्पन्न करेगा। यह सब तो मिटाना होगा अन्यथा आर्य-संस्कृति का लोप हो जाएगा। वरुण तो अपनी सुमेरु-सभ्यता का विस्तार कर ही रहे हैं और रुद्र पुजने लगे हैं तो रह गया इन्द्र, उसे तो आर्य संस्कृति की रक्षा करनी ही है।

अयोध्या नगरी में दिव्यरथ (विमान) उतर गया। महाराज दशरथ ने देवराज के अनायास आगमन का कारण पूछा तो देवराज चुप्पी साध गए, "कुछ नहीं, यों ही घूमता हुआ चला आया। कोई राजकीय यात्रा पर नहीं हूँ।"

"फिर भी बिना कारण के देवलोक के सम्राट यहाँ तक आ ही नहीं सकते? कोई-न-कोई प्रयोजन तो होना ही चाहिए?"

"चक्रवती सम्राट दशरथ, प्रत्येक सम्राट के कुछ प्रकट कुछ अप्रकट कार्य होते हैं, जिन्हें सभी पर प्रकट किया जाए, यह राजनीति नहीं कहती।"

"क्षमा करना। मैंने इस कारण पूछा कि कहीं किसी युद्ध के लिए तो सम्राट मुझे बुलाने नहीं आए?"

"नहीं, वर्तमान में कहीं युद्ध नहीं है। हाँ, रणनीति की तैयारी अवश्य कर रहा हूँ।"

"तो करिए और मुझसे वांछनीय सहयोग प्राप्त कीजिए।"

इसी समय पट्टमहिषी कैकेयी का बुलावा देवराज जी को आ गया। इन्द्र तो इस प्रतीक्षा में ही थे। वे तत्काल ही दशरथ से आज्ञा लेकर अन्तःपुर की ओर चले गए।

पट्टमहिषी कैकेयी तथा वसिष्ठ दोनों ही आसनों पर बैठे हुए थे। तीसरे आसन पर प्रणाम आदि औपचारिकता के उपरान्त देवराज भी बैठ गए।

देवराज ने शान्त व मधुर वाणी से कहा, "महारानीजी, देवराज को किस कारण से बुलाया है?"

"लंकेश से आप भी पराजित हो गए हैं और कैकेयी की छाती में रावण की क्रूर हँसी का प्रतिशोध आज भी अक्षुण्ण बना हुआ है। जब तक पुत्र नहीं थे, तब तक उनके लिए तड़पती रही और अब पुत्र हो गए हैं तो मैं छटपटा रही हूँ कि कब ये बड़े हों और कब मैं सुनूँ कि रावण दशरथ-पुत्रों द्वारा मारा गया। कैकेयी का यह मनोरथ विधाता कब और कैसे पूर्ण करेगा, समझ नहीं आता! आप सम्राटों के सम्राट हैं, आपसे अच्छी मंत्रणा और कौन दे सकता है?"

"यह तो आपने मेरे मुँह की बात छीन ली। मैं भी यही चाहता हूँ। परन्तु गुरु वसिष्ठ-से ज्ञानी ने कुछ तो रूपरेखा निश्चित की ही होगी। विश्वामित्र भी रावण के वैरी हैं।"

वसिष्ठजी शालीनता से बोले, "महारानी की आज्ञानुसार मैंने पूर्ण योजना तैयार कर ली है। मुनि विश्वामित्र को भी रूपरेखा से अवगत करा दिया गया है। उन्होंने अगस्त्य तक सन्देश भेज दिया है।"

"ऋषि अगस्त्य ने तो राजा नहुष से फिर से मुझे इन्द्रासन पर बैठाया है अन्यथा इन्द्रासन तो नहुष के अधिकार में ही चला गया था। उन तक आप अब मेरा सन्देश भेज दीजिए। वे अवश्य ही हमारी सहायता करेंगे।"

"अगस्त्य आयुधों का प्रबन्ध कर देंगे, अपनी बटुक सेना तथा जो क्षत्रिय सम्राट उनके साथ हैं, वह सैन्य-सहायता सम्भवतः हमें प्राप्त न हो?"

"अगस्त्य लंकेश के अभी विरोध में भी एकाएक नहीं होंगे क्योंकि भगवती लोपामुद्रा का रावण पर यथेष्ट स्नेह है।" कैकेयी ने कहा।

"यह तो ठीक है, किन्तु भरद्वाज जैसे आर्य याज्ञिक ऋषि तो राक्षस-संस्कृति के विरोध

में होंगे ही।'' इन्द्र ने कहा।

''भरद्वाज कट्टर ब्राह्मण हैं, वे तटस्थ रहेंगे। हाँ, इतना अवश्य है, उनसे हमें आयुध अवश्य किसी बहाने से प्राप्त हो जाएँगे।''

कैकेयी बीच में ही बोली, ''मुझे तो रावण से प्रतिशोध लेना ही है। रावण ने कौशल्या के स्वयंवर में व्यवधान किया। वह भी दशानन का उत्कर्ष फूटी आँख नहीं देखना चाहती। मैं तो विधाता से यही प्रार्थना कर रही हूँ कि कब पुत्र युवा हों और दशानन का शिरोच्छेद करें।''

''दशानन विश्व की एक महान शक्ति है, उसकी लंका को मैंने देखा है, वह अजेय और दुर्भेद्य नगरी है। रावण का आत्मबल, मनोबल बहुत ऊँचा है। वसिष्ठ और विश्वामित्र में जितनी संयुक्त शक्ति होगी उतनी एकाकी रावण में है।'' देवराज ने कहा।

वसिष्ठ कुछ सोचकर बोले, ''उसका मनोबल तोड़ा जा सकता है।''

''वह कैसे?'' कैकेयी ने प्रश्न किया।

''उसको मानसिक रूप से भयभीत किया जाए तो?''

''यह कैसे सम्भव होगा?'' इन्द्र ने पूछा।

''सम्भव होगा देवराज, ऐसे कि रावण भाग्यवादी भी है। वह भाग्य और विधाता के संबल पर ही कोई भी कृत्य करता है। यदि रावण के पास यह सन्देश भेज दिया जाए कि दशरथ तुझसे युद्ध ही नहीं करेंगे बल्कि वे अथवा उनके पुत्र तेरा वध कर कौशल्या के अपमान का प्रतिशोध लेंगे।''

''तब तो वह तत्काल ही अयोध्या पर चढ़ाई कर देगा और दशरथ का वध ही कर देगा। रावण महान नीतिवान है। यह चाल तो हमें घातक सिद्ध हो सकती है।'' कैकेयी ने कहा।

इंद्र ही बोले, ''भाग्यवादी बात में कुछ संशोधन करना होगा। दशरथ के स्थान पर दशरथ-पुत्रों द्वारा वध की बात कहने से रावण चिंतित हो जाएगा। और जब उसकी चिन्ता बढ़ेगी तो मनोबल टूटेगा।''

''इस पर भी वह कोई-न-कोई प्रतिक्रिया तो करेगा ही। वह वैसे भी विदेह और दशरथ को जीतना चाहता है।'' वसिष्ठ ने कहा।

''मुनिवर! मृत्यु का भय इतना भयानक होता है कि महान-से-महान व्यक्ति भी इससे टूट जाता है। रावण कहाँ तक धैर्य रखेगा? उसकी चिन्ता उसे भयभीत बनाए रखेगी।''

''रावण परिस्थिति से संघर्ष करना जानता है, वह क्षणिक विचार ही करेगा, इसके उपरान्त वह अपने कर्तव्य पर आरूढ़ हो जाएगा।'' कैकेयी ने कहा।

''यह सब भविष्य की बातें हैं, वर्तमान में यह कार्य कौन सम्पन्न करेगा, यह विचारणीय बात है।'' वसिष्ठ ने कहा।

''कौन करेगा...कौन करेगा?'' ऐसा दो बार कहकर देवराज बोले, ''यह कार्य नारद मुनि कर सकते हैं। वे ज्योतिष शास्त्र के प्रकांड विद्वान भी हैं और संगीत के धनी भी। रावण मात्र ऐसे ही विद्वानों का आदर करता है और उन्हीं की बात को मानता है। वह नारद की भविष्यवाणी पर निश्चित ही विश्वास करेगा।''

''यह ठीक है। यदि नारद रावण की भाग्यरेखा पढ़कर उससे ऐसा कहते हैं और कहीं यथार्थ में ही उसका मरण इक्ष्वाकुवंश के हाथों होना है तो रावण चिन्तित अवश्य होगा। क्योंकि वह भी ज्योतिषशास्त्री है। इस कारण उसे विश्वास करना पड़ेगा।'' वसिष्ठ ने कहा।

''तो यह कार्य मेरे कन्धों पर और मार्ग प्रशस्त करने का काम मुनिवर आपके कन्धों पर।''

कैकेयी गद्गद होकर बोली, "योजना तो उचित प्रतीत होती है। परन्तु देवराजजी के पुत्र बालि भी तो उसके मित्र हैं।"

"बालि बात का धनी है। वह वचन भंग नहीं कर सकता। हाँ, सुग्रीव को अब फुसलाया जा सकता है। किन्तु यह कार्य भविष्य का है।" इन्द्र ने कहा।

"तो अच्छा है, देवराजजी, आप भी इसमें सहयोगी हो गए हैं तो मेरा मन कहता है, इसमें सफलता अवश्य ही प्राप्त होगी। अब आप इस मंत्रणा को अपने तक ही रखिए और महाराज दशरथ का आतिथ्य स्वीकार कीजिए।" वसिष्ठ उठ खड़े हुए।

28

विधाता ने मानव को कामिनी के सम्मुख इतना कायर बना दिया है कि वह उसकी असत्य बात भी स्वीकार कर लेता है। इन कामिनियों के कारण ही संयुक्त परिवारों का विभाजन हो रहा है। पति ने एक बार जो पत्नी की बाँकी चितवन देखी कि बस, उसका दास हो जाता है। नलकूबर ने लंकेश के हृदय को चोट पहुँचाई। उसने शाप दे दिया। लंकेश किसी परनारी की ओर देखता ही नहीं है तो भोगने की अभिलाषा? क्या मैं चाहूँ तो इस शाप को खंडित कर सकता हूँ। इसका परिमार्जन कर सकता हूँ, परन्तु मुझे इसकी आवश्यकता ही नहीं है। अब तो मैं सार्वभौम सम्राट हूँ। दिग्विजयी सम्राट हूँ। देवराज से सन्धि है। फिर भी वे कूटचाल चल सकते हैं। सम्राट नहुष से पराजित होने पर भार्गव तथा अगस्त्य ने पुनः खोया हुआ राज्य वापस दिलवा दिया। देवराज की प्रतिष्ठा को मैंने धूल में मिला दिया है। उनकी संस्कृति को चोट पहुँची है तो वे कुछ-न-कुछ तो रावण के विरोध में पग उठाएँगे ही। इन्द्र चुपचाप तो बैठे नहीं रह सकते?

इसी समय चारण ने आकर सूचना दी, "देवलोक से नारद मुनि पधारे हैं।"

"उन्हें ससम्मान बुलाकर लाओ!"

रावण ने नारदजी का स्वागत किया। उन्हें उच्चासन प्रदान किया, फिर पूछा, "मुने, असमय, अकारण पधारने का प्रयोजन?"

"लंकपते! नारद तो अपनी अभिलाषा का स्वामी है, उसकी इच्छा हुई, देवराज को पराजित करनेवाले लंकेश के धाम ही क्यों न पहुँचा जाए।"

"यमपुरी पर आक्रमण करने के लिए आपने जो सन्देश भेजा था, उसका पालन मैंने किया और यमराजजी को परास्त किया।"

"यमराज ने मुझे सम्मान नहीं दिया था, इस कारण मैं उसके अभिमान को चूर कराना चाहता था और उसके दर्प को मात्र आप ही तोड़ सकते थे। इस कारण सन्देश भिजवाया था। परन्तु आश्चर्य तब हुआ जबकि आदित्य भी परास्त होकर अन्तर्धान हो गए तो मेरी इच्छा हुई, सार्वभौम सम्राट की उपाधि धारण करनेवाले परम विद्वान का भाग्य क्यों न पढ़ा जाए?"

"मैं भी यही चाहता था कि अपने भाग्य का गणित व फल मैं तो निकाल नहीं सकता और मात्र आप ही ऐसे ज्योतिषी रह जाते हैं जोकि ललाट व हस्तरेखाओं के आधार पर ही सही फल बता सकते हैं। किन्तु युद्धरत रहने से अवसर ही प्राप्त नहीं हुआ और इस बीच आप पधारे भी नहीं। इस कारण शान्त हो गया था। अब आप मेरा भविष्य बताइए।" कहते हुए

रावण ने अपना दक्षिण कर नारदजी के सामने कर दिया।

नारदजी ने सभी बातें विस्तारपूर्वक बताईं जो कि सही निकलीं। फिर रावण ने ही पूछा, ''मुनिवर! मुझ जैसे वरदानी, तपेश्वरी की मृत्यु का विधाता ने क्या लेख लिखा है, वह बात बताओ?''

नारद मुनि ने गम्भीर मुद्रा में कहा, ''दशानन, मृत्यु तेरी क्षत्रिय द्वारा होगी।''

''ऐसा कौन-सा क्षत्रिय है इस भूमंडल पर, जो रावण के प्राण हर सके?''

''ऐसा क्षत्रिय आर्यावर्त के अयोध्या के चक्रवर्ती सम्राट दशरथ का पुत्र है।''

''दशरथ तो निपुत्री है, उसके तो कोई सन्तान नहीं है?''

''दशानन, तुम्हें युद्धों तथा अपनी संस्कृति और दिग्विजयी सम्राट की लालसा ने आर्यावर्त, भरतखंड के सम्राटों की ओर ध्यान ही नहीं देने दिया। दशरथ के चार पुत्र हैं।''

''यह कैसे सम्भव हुआ मुने?''

''उनके जामाता ऋष्यश्रृंग ने किसी भेसज से ऐसा चमत्कारिक कार्य किया है।''

''अच्छा, उनके किस पुत्र से मेरी मृत्यु होगी?''

''दशानन, जिस कौशल्या को तुम सरयू तट पर छोड़ आए थे, उसी का पुत्र तुम्हारा वध करेगा और सीरध्वज जनक की पुत्री सीता तुम्हारे वध का कारण बनेगी।''

''मुनिवर! मृत्यु से तो लंकेश भयभीत नहीं होता, परन्तु दशरथ का पुत्र यदि दशानन का वध करेगा तो कैकेयी का मनोरथ अवश्य ही पूर्ण होगा। दशरथ ने मुझे अवगत कराया था कि कैकेयी शंबर-युद्ध का प्रतिशोध दशरथ-पुत्रों द्वारा रावण से लेगी।''

''वही कैकेयी समूची व्यवस्था करेगी।''

''मैं विभीषण को दशरथ एवं विदेह को पराजित करने भेजता हूँ।''

''दशानन, विदेह और दशरथ थोड़े ही तुम्हारी मृत्यु के लिए आएँगे। तुम्हारे लिए काल तो कौशल्या-पुत्र है। उनके वध से कोई लाभ नहीं।''

''लाभ है। मैं दशरथ के चारों पुत्रों को और जनकपुत्री सीता को कारा में डाल दूँगा।''

''यह तुम्हारी इच्छा है। जो होनी है, वह अटल है! ज्योतिष का फल भी अटल है दशानन! तुम स्वयं इस विद्या में निपुण हो, तुम्हें समझाने की आवश्यकता नहीं है। विधाता के लिखे को कौन मेंट सकता! भावी षड्यन्त्र सम्राटों के लिए होता है। हम जैसे ऋषियों का राजनीति से कोई प्रयोजन नहीं रहता है।''

''मुने! मैं भी राजनीति जानता हूँ।'' मेरा गणित कहता है, आपको देवराज ने भेजा है। यह उनकी चाल है। परन्तु मैं आपके गणित व भविष्यवाणी को असत्य नहीं मान सकता क्योंकि आपका फलित बहुत सुन्दर है, किन्तु दशानन तो निश्चिंत ही रहेगा क्योंकि दशरथ-पुत्र का कटकदल पंपापुर, फिर समुद्र से युद्ध करने में ही विफल हो जाएगा, और इसके उपरान्त भी यदि क्षत्रिय युवराज आते हैं तो इस समुद्र के मगरमच्छ ही उनको खा जाएँगे, फिर यह अजेय लंकापुरी! बड़ा जटिल कार्य होगा।''

''भाव सभी कुछ सरल कर देती है। मित्र शत्रु और शत्रु मित्र हो जाते हैं, दशानन!''

''फिर भी लंकेश विभीषण को भेजकर यह पता तो लगवाएगा ही कि दशरथ कोई चाल चल रहा है या नहीं?''

''दशरथ कोई चाल नहीं चलेगा। यह कार्य तो कैकेयी ही करेगी। तुम विभीषण को नहीं भेजो लंकेश, जो होनी है उसी का अवलोकन करो। विभीषण तुम्हारे बराबर कूटनीतिज्ञ नहीं

है और न ही वह दशरथ तथा जनक को पराजित कर सकता है। यह कार्य तो मात्र लंकेश का भुजबल ही कर सकता है। अतएव मेरा सुझाव है कि यह तथ्य मात्र मुझ तक और तुम तक ही सीमित रहे, अन्य पर प्रकट न किया जाए अन्यथा यह रहस्य खुल जाने से अभी से ही लोगों का मनोबल टूटने लगेगा।''

''मैं वैसे भी दशरथ और उसके पुत्रों की परवाह नहीं करूँगा। यह सुझाव जो आपने दिया, वह स्तुत्य है। मैं विभीषण को भी नहीं भेजूँगा। जो कुछ करूँगा, स्वयं करूँगा।''

''तो मैं चलता हूँ दशानन!''

''बिना दक्षिणा के ब्राह्मण सम्राट के द्वार से कोई भी ऋषि-मुनि नहीं जा सकता। अपनी दक्षिणा ले जाइएगा मुनिवर और यह भी सुनते जाइए कि मैं भाग्यवादी अवश्य हूँ, किन्तु निराशावादी नहीं हूँ और इतना अन्धा भी नहीं हूँ कि कर्म को भूलकर पूर्णतया भाग्य के ही निर्णय पर कोई बात छोड़ दूँ तथा इतना अन्धविश्वासी भी नहीं हूँ कि मैं अपनी मृत्यु के लिए कौशल्या-पुत्र को ही मान लूँ। जीवन एवं मृत्यु विधि के हाथ है, कहीं ऐसा न हो कि मैं उनका वध कर दूँ। यह तो गणित है, इसमें भूल भी हो सकती है और आपकी कुछ भविष्यवाणियाँ असत्य भी सिद्ध हुई हैं। इस कारण संबल के लिए तो ये ठीक प्रतीत होती है, परन्तु पूर्णतया इन्हें सत्य माना जाना मुझ जैसे विद्वान के लिए असम्भव है। मैंने देवजाति के सभी सम्राटों को पराजित किया। क्या कोई यह भविष्यवाणी कर सकता था? मैंने आदित्य, वरुण तक को जिसमें कि सुदर्शन चक्र के सम्मुख बड़े-बड़े सम्राट न टिक सके, उन्हें हराया। क्या यह कोई गणितशास्त्री बतला सकता था?''

''नहीं।''

''तो फिर मैं कैसे यह एकाएक स्वीकार करूँ कि मुझ जैसा नाभि में अमृतकुंड (कुंडलिनी) रखनेवाला महान योगी एकमात्र छोटे-मोटे युवराजों से हारकर मृत्यु का भागी बने? यह असम्भव है। इन्द्रजीत जैसा मेरा मायावी पुत्र ही उन्हें यथेष्ट होगा।''

''दशानन! मैंने मात्र भविष्य का विश्लेषण किया है। वह सत्य है अथवा असत्य, यह मैं कैसे कह सकता हूँ? बिना घटना के घटित हुए तो सत्यता और असत्यता को प्रमाणित नहीं किया जा सकता?''

''मृत्यु के सम्बन्ध की समस्त भविष्यवाणियों को मैं असत्य ही मानता हूँ और आपके इस भविष्य को मात्र देवराज की मुझे मानसिक रूप से विचलित करने की मंत्रनीति मानता हूँ।''

''यह आप जानें, मुझे जो समझ आया, वह बखान दिया। अब मैं चलूँगा।''

इसी समय मन्दोदरी कंचनथाल में द्रव्य लेकर आई और मुनि के समक्ष प्रस्तुत किया। मुनि ने कुछ रत्न ग्रहण कर लिए। वे प्रसन्न मन से उठ खड़े हुए।

रावण बोला, ''मुने, अपने देवराज से कह देना, मेरी राजनीति में आड़े न आए, अन्यथा सन्धि के सूत्र मिट जाएँगे।''

नारद विहँसे और निर्वाक् चल पड़े।

नारद के जाने के उपरान्त मन्दोदरी ने कहा, ''मुनिवर कैसे पधारे थे?''

''सम्भवतः इन्द्र ने रावण का मानसिक सन्तुलन खराब करने हेतु भेजा था। देवराज समझते हैं, मैं पूर्णतया भाग्यवादी हूँ, कर्मवादी नहीं, जबकि मैं भाग्य पर आधृत होकर मात्र फल-अफल की कल्पना करता हूँ और कर्म की प्रधानता रखता हूँ।''

''क्या कह रहे थे?''

"कुछ नहीं, यूँ ही। ज्योतिष पर शास्त्रार्थ हो गया था।"

"फिर भी?"

रावण ने पुनः बात छिपाकर कहा, "फिर भी क्या? मैं स्वयं अपना भविष्य जानता हूँ, उनकी बात क्यों स्वीकार करने लगा?"

"क्या भविष्य बताया आपका?"

"सर्वोच्च शिखर पर दशानन का नाम पहुँच गया है। अब क्या आवश्यकता है मुझे भविष्य पूछने की? ऋद्धि, सिद्धि, यश तथा नाम—सब कुछ मेरे अधीन है। अनावश्यक रूप से क्यों उन्हें कष्ट देता? दशानन का यह समय अतिसुन्दर चल रहा है। उसे क्या आवश्यकता है कुछ पूछने की?"

"वह तो ठीक है, परन्तु मैं आपसे कुछ न कहना चाहती थी?"

"क्या सम्राज्ञी?"

"बात कुछ गम्भीर है।"

"तो भी श्रवण करूँगा।"

"पहले एक वचन दो, क्रोधित तो नहीं होओगे?"

"तुम्हारी तो अप्रिय बात भी प्रिय लगती है और तुम्हारे पतिव्रत धर्म के कारण ही मैं ऊँचा उठा हूँ। कहो!"

"आप अभी-अभी अलकापुरी से आए हैं। रात्रि में थकान के कारण आप सो गए थे और आते ही मैं कुछ कहना भी नहीं चाहती थी।"

"सुयोग्य गृहिणियाँ कभी भी घर आते ही पति को दुखद समाचार नहीं सुनातीं। सुखद होता है तो शीघ्र कह देती हैं।"

"इसी कारण मैंने नहीं कहा। अब ध्यान से सुनो, कुंभीनसी..." बात फिर अटक गई तो रावण ने फिर कहा, "कहो, कुंभीनसी को क्या हुआ?"

"कुंभीनसी मधुपुरी के दैत्यराज मधु के साथ चली गई।"

"क्या कह रही हो महारानी?"

"ठीक कह रही हूँ, देवताओं के स्वागत में हम व्यस्त रहे। इस कारण रात्रि के भोज में तो वह सम्मिलित हुई, परन्तु रात्रि को ही जाने कब चली गई, विदित नहीं हो सका। प्रातःकाल जब सरमा उसके अलिंद में पहुँची तो दासी रज्जू से बँधी हुई थी, उसके मुँह में वस्त्र ठुँसा हुआ था। जब उसके बन्धन खोले तो उसने बताया कि मधुपुरी के दैत्यराज मधु कुंभीनसी का हरण कर ले गए हैं।"

"हरण? दशानन के कुल को बट्टा लगानेवाली तू मुझ ब्राह्मण के वंश में उत्पन्न ही क्यों हुई? मैं तुझे अभी बालिका समझ रहा था, अन्यथा तेरा विवाह कभी का कर दिया होता। तूने तात वैश्रवा के कुल को कलंकित कर दिया। यदि तू और मधु अनुराग ही करते तो मुझसे कहा होता, मैं कभी भी तुझे अप्रसन्न नहीं करता। मैंने तुझे भगिनी शूर्पणखा से अधिक स्नेह किया और तूने दशानन जैसे भाई के साथ विश्वासघात किया! रावण के यश को धूल में मिला दिया! कुल-कलंकिनी, तेरा व मधु का रावण वध करेगा। माता-पिता और भ्राताओं के आत्म-सम्मान और प्रतिष्ठा को समाप्त करनेवाला कृत्य कर तूने मुझे मधु से युद्ध करने हेतु बाध्य कर दिया है। अन्यथा रावण अब अपनी लंका का और विकास करता व तप करता। कुल-कलंकिनी, तूने सार्वभौम सम्राट बनते ही दशानन की इस प्रतिष्ठित पदवी का मानमर्दन कर दिया! रावण

को कहीं का नहीं छोड़ा। इसीलिए शास्त्रों में ठीक लिखा गया है कि नारी एकाकी नहीं रह सकती। तेरी रक्षा का भार मेरे कन्धों पर था। मैं तेरा इस राजकीय व्यस्तता के कारण रक्षा-कवच न बन सका। विमाता समझेगी कि रावण की वह सौतेली भगिनी थी। इस कारण दशानन कोई सुयोग्य वर न ढूँढ़ सका। मेरे मन में तेरे विवाह के सुन्दर सपने थे। मैं तेरा स्वयंवर रचता। द्वीप-द्वीप से भूप जुड़ते और फिर जिसे तू चाहती, उसका वरण करती। भैया कुबेर और मैं आँसू भरकर तुझे विदा करते।...भैया कुबेर जब सुनेंगे तो कितने दुखी होंगे! माता पछाड़ खाकर मूर्च्छित हो जाएगी। तात मुझे ही दोष देंगे। अरे दुष्टिनी, तूने अपने कुल व परिवार सभी का नतमस्तक करा दिया है। यह अनहोनी घटना जब पुरवासी सुनेंगे तो उन पर क्या प्रभाव पड़ेगा? लंका की सभी वर्ग की नारियाँ घर पर यही चर्चा करेंगी और कुंभीनसी तेरे नाम का उपहास करेंगी। कुछ कहेंगी—राजघराने में ही जब ऐसा हो रहा है तो प्रजा के गृहों में भी हो सकता है। रावण तेरा वध करेगा, फिर भले ही वह भगिनीघाती ही क्यों न कहलाए और हरण करनेवाले मधुपुरी (मथुरा) के सम्राट मधु का शिरच्छेद करेगा।''

मन्दोदरी सुनती रही। बीच में कतई नहीं बोली और जब दशानन सिर धुनने लगा तो अवसर अनुसार बोली, ''स्वामिन, जो होना था, वह हो गया। अब समय व धैर्य से काम लो। कुंभीनसी अब कोई अछूत कन्या नहीं रह गई होगी जो उसे यहाँ सम्मान दिया जाए। उसका कृत्य उसके साथ रहेगा। आप क्यों इस झमेले में पड़ते हैं?''

''सम्राज्ञी! कुंभीनसी का हरण सम्राट दशानन को एक चुनौती है। यह लंकेश का अपमान है। कुंभीनसी अपनी स्वेच्छा से गई है या उसका अपहरण किया गया है, इसकी सत्यता भी आवश्यक है। मैं मधु जैसे विलासी सम्राट से कभी भी कुंभीनसी का विवाह नहीं करता। मधु वीर है, परन्तु चरित्र नाम की चीज उसके पास नहीं है। नागलोक में भोगपुरी की जो नाग-अप्सराओं के साथ घटना घटी थी, उसमें ऐसे ही नवयुवकों का हाथ था। मधु के कहने पर ही युवा सैनिकों ने नाग-कन्याओं का भी अपहरण किया है। उनमें से यथेष्ट लंका के सैनिकों के अन्तःपुर में बिलख रही हैं और कुछ को मधु ले गया है। वे कन्याएँ रावण को ही कोस रही होंगी। उसे ही सत्यानाश का अभिशाप दे रही होंगी। कर्म कोई कर रहा है और फल किसी को प्राप्त हो, यह कैसे सहन किया जा सकता है? मैं तो उन सैनिकों को दंड दूँगा तथा मधु, जिसने लंकापति की भगिनी का अपहरण किया, उसका शिरच्छेद करूँगा। रावण अपनी छाती के इस गम्भीर घाव को तभी भर सकेगा जबकि मधु जैसे दुष्टात्मा का वध कर देगा। ऐसे पापियों को जीने का कोई अधिकार नहीं। मैं सार्वभौम सम्राट हूँ। मैं ऐसे पापात्माओं को सधर्म दंड देने का अधिकार रखता हूँ। सम्राट ऐसे किसी भी व्यक्ति को मारता है तो वह सुकृत्य की श्रेणी में आता है और उसका कोई पाप नहीं लगता देवि! तुम पाप और पुण्य की चिन्ता छोड़ो। मैं यह कृत्य लंका के लिए नहीं प्रत्युत समाज के लिए करूँ।'' फिर कहा, ''सेना सजने दो, लंकेश मधुपुरी पर आक्रमण करेगा। जाओ!''

29

मधुपुरी (मथुरा) का राजा अन्तःपुर के एक विशाल अलिंद में बैठा हुआ है। चारों ओर परिचारिकाएँ ही खड़ी हुई हैं, जिनकी वेशभूषा विचित्र है। कोई मात्र एक-वस्त्रा है, कोई शृंगार किए हुए

है। कोई वक्षस्थल उन्मुक्त किए खड़ी है। किसी का बपु अजानु तक ढँका हुआ है तो किसी का उन्मुक्त है। कोई कटि-प्रदेश पर मात्र काँची की लड़ियाँ धारण कर इठला रही है मानो भुवन सुन्दरी वही हो! कोई कटि प्रदेश पर मात्र पुष्प वलय धारण किए हुए है जिसके मध्य में पुष्प-गुच्छ झूल रहा है। कोई पीन कटियुक्त है। कोई क्षीण कटि वाली भी है। कोई पुष्ट नितंबा है तो किसी के नितंब का मांस अस्थियों ने चूस लिया है।

प्रत्येक वर्ग और लगभग सभी द्वीपों की कामिनियों का पण्य लगा हुआ है। अभी-अभी नाग-कन्याएँ जो हरण कर लाई गई हैं, वे भी इसी प्रकार की अवस्था में हैं।

इसी समय चंद्रिका धारण किए हुए नवपरिणीता महारानी कुंभीनसी पधारी। मधु ने अट्टहास किया, फिर कहा, ''कुंभीनसी! तुम भी देखो। इन सुंदरियों में तुम्हें कौन-सी सबसे सुन्दर लगती है? यह सुंदरियों की प्रतियोगिता है। देखते हैं, दशानन की भगिनी को लंकेश ने किन-किन विद्याओं में पारंगत किया है और तुम्हारी परख कैसी है?''

कुंभीनसी ने इस अवस्था में स्त्रियों को नहीं देखा था। यहाँ तो नग्नरूप हट्ट लगा है। कुंभीनसी लजा गई, उसे क्षोभ हुआ, फिर बोली, ''नाथ, यह घिनौना दृश्य मुझे नहीं रुचता। कल से अन्तःपुर में परिणीता सम्राज्ञियों के अतिरिक्त कोई भी नारी नहीं रहेगी। दासियाँ जितनी वांछनीय होंगी, वे ही रहेंगी। यह प्रतियोगिता मुझे रास नहीं आती।''

''तुम महारानी हो कुंभीनसी! सम्राटों के ठाट समझती हो। क्या लंका का सम्राट दासियों, अप्सराओं का भोग नहीं करता?''

''लंका का सम्राट तपेश्वरी है, ब्राह्मण है। हमारे यहाँ सम्राट होकर भी ऐसा नहीं होता। भाभी मन्दोदरी कहीं यह सब देखना तो दूर, कहीं सुन भी लेंगी तो उन्हें घृणा हो जाएगी। वे विवाहित स्त्री को भगिनी की भाँति स्वीकार कर लेती हैं, परन्तु अन्य का तो उनके अलिंद में प्रवेश वर्जित ही है।''

''मैंने तो तुम्हारे लिए यह सब कृत्य किया है कि कुंभीनसी राजसी वैभव देखकर और प्रसन्न होगी।''

''यह तो कुलटा और कामुक नारियों के लिए शोभा देता है। मुझ जैसी ब्राह्मण बाला का कोई प्रयोजन नहीं।''

''परन्तु मैं दैत्य सम्राट हूँ। क्षत्रिय तथा दैत्य भूपों के यहाँ तो विलास एक राजकीय अंग माना गया है।''

''यह तो स्वनिर्मित राजकीय अंश है। किसी विधान में थोड़ी ही है। हाँ, स्वमेव आपको एक कन्या क्या, यदि दस भी माला पहनाएँगी तो मैं उन्हें राजकीय सम्मान के साथ अन्य रानियों की श्रेणी में रखूँगी। उन्हें मान भी दिया जाएगा।''

''किन्तु राजनर्तकियाँ तो कहीं भी जाती हैं। यह व्यवस्था तो आपके भैया कुबेर के यहाँ भी है?''

''उन नर्तकियों का अपना चरित्र है, वे महान् पुरुषों की ही मात्र सेवा करती हैं। वह भी नियमानुसार, और इनका क्या भरोसा?''

''फिर भी देखो कुंभीनसी, उसकी कमर मछली जैसी है और शंकु ग्रीवा है। कंठ से थूक निगलती है तो प्रतीत होता है कुछ निगल रही है।'' फिर दूसरी की ओर संकेत कर कहा, ''उसके नेत्र, भौंहें बाँकी हैं। हिरणी भी लजा जाए। उसके चारु कपोलों पर हँसते ही गड्ढे पड़ जाते हैं। ये कपोल पुरुषों के अधरों को धन्य करनेवाले हैं।''

''यह नख-शिख अवलोकन आप ही कीजिए, और इनके बपु का माप भी आप ही कीजिए, और इन कुंतल केशुओं को पुरस्कार में दीजिए अपना यह शरीर ताकि आप भले ही धन्य न हों, किन्तु ये अवश्य सम्राट को पाकर अपने जीवन को सार्थक कर सकें। परन्तु फिर कभी इस नश्वर देह के सम्बन्ध में भी विचार करो, विषय से आप रुग्ण हो जाएँगे और अपना जीवन होम देंगे तो इस राज्य का क्या होगा? आपकी पटरानियों की दशा क्या होगी। इन्हीं रानियों जैसी? सुनो नाथ! जो राजा इस उन्मूलन में उलझ गया, वह अपना राज्यादि सब कुछ गँवा देता है और अपने परिवार को कष्ट पहुँचाता है। आपकी रानियाँ भी सुन्दर हैं और मैं स्वयं इनसे कम नहीं हूँ। मैं आपको इतना रति-सुख प्रदान करूँगी जितना की आप चाहेंगे। मैं आपके समक्ष हरी खेती-सी बिछ जाऊँगी। आप इन्हें यहाँ से भगा दीजिए और नाग-कन्याएँ यदि अपने देश वापस जाना चाहें तो उन्हें वापस कर दीजिए अन्यथा सैनिकों को प्रदान कर दीजिए। अन्यथा कुंभीनसी को आप जानते हैं कि वह अपना स्पर्श भी नहीं करने देगी।''

''ओह! मैं तो इनकी आँखों की मदिरा पी रहा था। तुम्हें कहाँ से बुला लिया, सब रस नीरस कर दिया। आज तक तो पट्टमहिषी तक ने कुछ नहीं कहा और अब तू आ गई धर्मात्मा भाई की धर्मात्मा बहन शिक्षा देने।''

''हमारा कुल शिक्षा ही नहीं देता; अस्त्र-शस्त्र और अभिशाप भी देता है। ब्राह्मणी को शरीर का अनुराग नहीं होता। रूप का अभिमान-गुमान नहीं होता, उसकी वाणी में शक्ति होती है।''

''कुंभीनसी! मैं तुम्हें अपने हृदय की अधिष्ठात्री मानकर लाया हूँ। जाने क्यों तुम्हारे लिए मेरे उर के तार प्रकंपित होते रहे, उन पर तुम्हारे नाम के ही राग के स्वर निकलते रहे और मैं युद्धरत होकर भी तुम्हारी छवि को नयनों में बसाए रहा। तुम मेरे इन अभिराम नेत्रों में अनुराग की देवी के समान अष्टप्रहर साथ रहीं और आज मेरे मन पर प्रहार करना चाहती हो, क्यों?''

''कुंभीनसी अपने देवता के लिए सर्वस्व समर्पित करती है, किन्तु उसमें वे गुण भी होने चाहिए जोकि सत्पुरुषों में होते हैं। मैं आपसे विमुख नहीं हो रही, प्रत्युत आपके इन कृत्यों से दुखी होकर ऐसा कर रही हूँ। इन कामिनियों के नग्न प्रदर्शन में सुख नहीं है। पिपासा शान्त करने की इनमें क्षमता नहीं है। ये तो लुटी हुई नारियाँ हैं, इन्हें लूटकर क्या करोगे? प्रत्येक नारी कामवती है, किन्तु वह समर्पण के समय संकोची हो जाती है और मैं आपको विश्वास दिलाती हूँ कि निर्भीक होकर आपके समक्ष, बिना किसी संकोच के समर्पित होऊँगी और आपको यह उच्छिष्ट सहवास भुला दूँगी।''

''तो ठीक है, इन्हें हटा दो और मुझे मदिरा पिलाओ।''

''मैं स्वयं मदिरा का पात्र हूँ। स्त्री के आगे मद्य की क्या आवश्यकता? आप मेरी रूपमाधुरी का पान कीजिए। इस दृष्टि को उठाकर मेरी ओर निहारिए। देखिए, मैं आपको कैसा अनूठा मद्यपान कराती हूँ!''

रूप हट्ट महाराज का आदेश पाते ही हट गया। रह गई कुंभीनसी और मधु। मधु ने आँखें मलीं, फिर कुंभीनसी की ओर अवलोकन किया, पाँवों में अलक्तक और नूपुर। पिंडलियाँ उन्मुक्त, अजानु मांसलयुक्त और शेष भाग महीन श्वेत वस्त्र से आवृत जिसमें से गौर जंघाएँ दिपती हुईं। कटि में मणि मेखला, क्षीण कटि। साहकार से पयोधर जो कंचुकी में कसे हुए, किन्तु ऊपरी अर्ध भाग खुला हुआ। शंकु ग्रीवा और मृणाल-सी भुज-यष्टियों में केयूर हीरक अँगूठियाँ। अँगुलियों में पिराई हुई और कपोल आरक्त जिनसे अंगरादिक की सुगन्ध आ रही थी। कानों में मकर

कुंडल। भाल पर बिन्दी और शीश पर मणियुक्त चन्द्रिका। भौंहें बाँकी। नेत्रों में अंजन की मादक कोर।

फिर आँख मिलते ही कुंभीनसी ने नेत्र-बाण विहँसकर छोड़ा और पीठ कर खड़ी हो गई व एक पाँव को दूसरे पर रख लिया। उन्मुक्त पृष्ठप्रदेश जिस पर मात्र कंचुकी की गाँठ और पुष्ट नितंब देखकर मधु खड़ा हो गया और कुंभीनसी से लिपट गया।

कुंभीनसी ने तत्काल ही अपने को बाहुपाश से छुड़ाया व दूर खड़ी होकर इठलाने लगी तथा उसने चंद्रिका को उतार दिया और कंचुकी को थोड़ा और स्वयं ही नीचा कर दिया जिससे उरोजों का आधा भाग दृष्टिगोचर हुआ व फिर उसने अपनी हीरक दंत-पंक्ति निकाली।

मधु स्वयं बोला, "तुम इस समय मद्य चषक ही प्रतीत हो रही हो। आओ, मेरे निकट आओ।"

"अभी नहीं! अभी तो मेरे नखरे देखो। मेरी आपको रिझाने की कलाएँ देखो। आपको मैं इतना बेचैन कर दूँगी कि आप परनारी को भूल जाएँगे और दिन-रात कुंभीनसी की ही रट लगाएँगे।" कहते हुए उसने स्तनांशुक उतारकर फेंक दी और गले में पड़े हुए कंठहार ने दोनों वक्षोजों को आवृत कर लिया तथा कुंभीनसी ने नृत्य की मुद्रा में अपनी दोनों भुजयष्टियाँ फैला दीं व अधरों पर जिह्वा फेरने लगी।

मधु आगे बढ़ा। किन्तु कुंभीनसी ने उसे रोक दिया। तब मधु दूर से ही बोला, "सम्राज्ञी! मधु तुम्हारी इन मुद्राओं से कायल हो गया है, अब तो अर्धांगिनी का सुख प्रदान करो।"

"प्यास और बढ़ने दीजिए। इतनी कि जब आप बुझाएँ तो सरोवर में पानी न रहे।"

"नहीं, मेरी क्षुधा बहुत बढ़ चुकी है।"

"अभी तो धड़कनों में ज्वार नहीं आया होगा स्वामी! मुझ एकाकी को ही अनेक रूप धारण कर, आकृतियाँ बनाकर आपको सत्पथ पर लाना है।" कहते हुए उसने अधोवस्त्र ढीला कर दिया।

मधु की आँखों में अनुराग के डोरे चलने लगे। उसका शरीर कामाग्नि से जलने लगा और वह पुनः बोला, "कुंभीनसी! नेत्रों में तुम्हारा ही सुख बस रहा है। हृदय में तुम्हारे इस सुगठित सुन्दर बपु की छवि उत्कीर्ण हो रही है। तुम्हारे जैसी धर्मपत्नी पाकर मधु धन्य हुआ।"

"नहीं, आपने मेरा मन तो अवश्य लंका में मोह लिया था परन्तु मुझे यह विदित नहीं था कि आप कामी हैं। इस कारण आपने मात्र हाथों का खिलौना समझकर ही सम्भवतः हरण किया था।"

"नहीं, यह तुम गलत समझ रही हो। वह तो तुम्हें सच्चे मन से किया है और सच्चे मन से ही मैं तुमसे अनन्य प्रेम करता हूँ। किन्तु किसी भी सम्राट की कोई-न-कोई शिथिलता अवश्य होती है, वही मुझमें भी है।"

"यह तो मैं भी जानती हूँ कि यदि आपके हृदय में मेरी छवि न बसती तो आप हरण के लिए खिंचे कैसे चले आते! परन्तु जब तक आप इस निंदनीय कृत्य को सदैव के लिए त्यागने का वचन नहीं देंगे तब तक मैं आपके हाथ नहीं आनेवाली।"

"इतना संयम बरत सकती हो?"

"स्त्री चाहे तो वर्षों तक संयमी बनी रह सकती है। वह संसर्ग को सदैव के लिए भुला सकती है। आप जानते हैं, युवा विधवाएँ वृद्धावस्था तक अपना एकाकी जीवन काट देती हैं। हाँ, अपवाद के लिए परपुरुष के साथ भाग जानेवाली मात्र कुछ नारियाँ मिलेंगी जिनमें कि मन

को नियंत्रित करने की क्षमता नहीं होती। परन्तु यदि पुरुष कहीं युवावस्था में विधुर हो जाए तो पुनर्विवाह अवश्य करा लेगा और हम नारियों को तो पुनर्विवाह करना समाज ने निषिद्ध कर दिया है जबकि यह घोर अन्याय है स्त्री वर्ग के साथ। उन्हें भी ऐंद्रिय सुख उतना ही वांछनीय है जितना कि पुरुषों को। फिर भी वे जीवन को मन मारकर ही सही, किन्तु बिना कहीं मुँह मारे काट ही देती हैं और पुरुष तो ताक-झाँक करेगा ही। जिसमें आप तो सम्राट हैं, आपको तो विलासिता विरासत में ही प्राप्त हो जाती है फिर कैसे छोड़ सकते हैं? इसके लिए तो संयम ही मात्र साधन है या फिर मुझ जैसी नारी आपके इस लंपटपन को दूर कर सकती है।''

''यह वचन मत लो देवी!''

''क्यों न लूँ?''

''कहीं ये वचन देकर उसे तोड़ न दूँ।''

''मैं आपसे कोई राजपाट नहीं माँग रही। आपके व इस राज्य के भले के लिए यह वचन अनिवार्य है। आप पुरुष हैं। एक छोटा-सा वचन नहीं हार सकते तो वीर नहीं, कायर हैं। मैंने तो आपके लिए अपने पूर्वजों तक के नाम को कलंकित किया। भैया मेरा स्वयंवर ही रचाते और उस समय पता नहीं मैं किस सम्राट का वरण करती। वह क्षत्रिय सम्राट भी हो सकता था। मेरे तो दोनों लोक बिगड़े और अब मैं न तो इधर की रही, न उधर की बल्कि अधर में त्रिशंकु की भाँति लटक गई हूँ। अब मुझे पश्चात्ताप भी होगा कि आप जैसे पुरुष के साथ भागकर मैंने अपने ही पैर पर कुल्हाड़ी मार ली है।''

''ऐसा न कहो प्रिय! प्राणवल्लभे! मधु ने तुम्हारे लिए दिन-बासर गिन-गिनकर काटे हैं। वह पाई हुई वस्तु को खोना नहीं चाहता और यह तुम सुन्दर उपदेश ही दे रही हो। मैं इससे सहमत हूँ। वह तो मैंने तुमसे मन की बात कही थी, कहीं वचन-भंग न हो जाए अन्यथा मेरा जीवन निरर्थक हो जाएगा। चक्रवर्ती सम्राट मांधाता का वध करनेवाला हमारा कुल कलंकित हो जाएगा। देवि, मैं तुम्हें वचन देता हूँ कि आज से परनारी का स्पर्श नहीं करूँगा। यदि करूँ तो तुम्हारा सत्य मेरे मस्तक के टुकड़े-टुकड़े कर दे।''

कुंभीनसी कली के समान खिल गई। वह स्वयं मधु के पास आकर उससे लिपट गई और उसके अनेक मृदु चुंबन सहसा ले डाले व फिर कहा, ''आपसे मैंने जो कहा है, मैं वही करूँगी। लीजिए, आपकी अर्धांगिनी की यह स्वर्ण-देह आपके अंक में समर्पित है। चाहे नखक्षत कीजिए या दंतक्षत। मैं मधुर सीबी से आपको पुलकित कर अपने-आपको धन्य करूँगी और नारी जीवन सार्थक कर मातृत्व को प्राप्त करूँगी।''

महाराज मधु में अनायास यथेष्ट परिवर्तन हुआ जानकर प्रजा ने नई महारानी को चर्चा का विषय बना लिया। नाना गृहों में लोग यही कहते—ये रानी तो बहुत अच्छी आई है जिसने नृप मधु की दिनचर्या ही नहीं बदली बल्कि जीवन ही बदल डाला। हम तो उसे राक्षसी समझते थे, वह तो बड़ी पतिव्रता है और यज्ञ में हाथ बटानेवाली है। रावण की भगिनी ने 'रक्ष-संस्कृति' के सिद्धान्तों को हमारे गले उतार दिया है। इस ब्राह्मण की बेटी ने निर्धनों को व्यवसाय के लिए राज्य की ओर से ऋण की व्यवस्था कराई है। बेसहारा एवं असहाय, गूँगे, बधिर, लंगड़े, लूलों को नित्यप्रति भोजन कराने की व्यवस्था की है। मधुपुरी के विकास के लिए नव्य योजना बनाई है। उद्यान नगर में लगाए जाएँगे। पक्के पथ बनाए जाएँगे तथा यमुना के पानी से खेती की जाएगी। जितना हमने इसे बुरा समझा था, उतनी ही वह निष्णात एवं रावण जैसी ही नीतिज्ञ

भी निकली। सभी वर्गों का ध्रुवीकरण हो रहा है। जातियों को अन्तर्भुक्त किए जाने का कार्यक्रम चल रहा है। फिर से सब एक हो जाएँगे तो राष्ट्र की शक्ति पूर्वाधित होगी और जब शक्ति बढ़ेगी तो मधुपुरी का यश फैलेगा। ऐसी रानी तो ढूँढ़े से नहीं मिलती जिसने कि दास-दासियों सभी का मन मोह लिया है और सभी उससे प्रसन्न हैं। अन्यथा मधु तो विलासी ही था। महाराज लवणासुर के समय में अर्जित की गई ख्याति धूल में मिल जाती।

महाराज मधु सिंहासन पर बैठे हैं, उनके वामांग में आसन पर ही कुंभीनसी पट्टमहिषी बैठी है। अमात्य परिषद तथा मंत्रीपरिषद से विशद वार्ता चल रही है। कुंभीनसी रक्ष-संस्कृति एवं जातियों के एकीकरण की प्रगति पर वार्ता कर रही है।

इसी समय बिना किसी अनुमति के रावण ने प्रवेश किया। प्रतिहारी अवाक् रह गए। मधु आश्चर्यचकित हो गया। सभासद रावण को देखकर दंडवत् करने लगे एवं खड़े होकर महाराज की ओर विस्फारित नेत्रों से देखने लगे। इसके पूर्व कि रावण कुछ कहे—कुंभीनसी ने विहँसकर कहा, "तात, मधुपुरी में आपका स्वागत है। आपकी सेना का भी हम स्वागत करते हैं। अपनी भगिनी के मोह में यहाँ तक आनेवाले लंकापति के दर्शन कर मधुपुरी की प्रजा प्रसन्न हुई। आप उच्चासन पर विराजिए।"

"कुलटा, तूने दशानन की क्रोधाग्नि शत्रुओं के शीश काटते हुए सुनी है। मैंने आज तक किसी नारी पर हाथ नहीं उठाया है, किन्तु आज तेरा व मधु का वध कर तुझे मृत्यु का आलिंगन कराऊँगा, फिर भले ही ये जगत मुझे बहनोई व भगिनी का वध करने से पापी कहे तो भी मैं उसकी चिन्ता नहीं करूँगा। तूने दादा पुलत्स्य के कुल को कलंकित कर दिया है।"

"तात! आप ही कहते हें, जीवन नश्वर है, मृत्यु का तो आज नहीं कल आलिंगन करना ही होगा। फिर भी क्या आपका अपयश समाप्त हो जाएगा? कुंभीनसी का हरण लंकापति के लिए एक धब्बा है, क्या वह वध से धुल जाएगा? विधाता का योग ही ऐसा था कि कुंभीनसी को महाराज मधु ही पतिरूप में प्राप्त हुए। इस विधाता के अंक को आप कैसे मिटा सकते हैं? यदि आपमें यह सामर्थ्य है तो पहले कुंभीनसी का और फिर महाराज मधु का वध कर अपने खड्ग को बहन के रक्त से पवित्र कीजिए।" कहते हुए कुंभीनसी सिंहासन त्यागकर रावण के सम्मुख खड़ी हो गई।

"कुभीनसी! मधु मेरा शत्रु है, यह लंपट है। इसने नागलोक की कन्याओं के अपहरण से दशानन के यज्ञ को धूल में मिला दिया। जगत् मुझ स्त्री अपहरणकर्ता निरूपित कर रहा है और देवराज इसका खूब प्रसार कर रहे हैं। लंकेश निर्दोष होकर भी मधु के कारण अपयश का भागी बन रहा है। कतिपय उपनिवेशों से यह समाचार भी मुझे दिया गया कि इससे रक्ष-संस्कृति में भी बाधा उत्पन्न हो रही है। इस पर तुझे भगाकर ले आया तो दशकंधर का मान मर गया। दशग्रीव के विशेषण से युक्त लंकापति रावण को यह चुनौती है।"

"नहीं तात! लंकापति की भगिनी ही इसके लिए दोषी है, महाराज मधु नहीं। आपकी इस भगिनी ने ही मधु पर अपना प्रेम प्रकट किया और लंका की अशोकवाटिका में मैंने ही मधु को यह अवगत कराया कि लंकेश्वर अपनी बहन का स्वयंवर करेंगे तो आप स्यात उसे न पा सकेंगे इसलिए जब लंकेश न हों तब मेरा अपहरण कर लीजिए और मधु ने मेरे हरण-निमंत्रण पर मेरी ही युक्ति से मेरा अपहरण किया है। अपहरण तो इस युग में सम्राटों की प्रथा है। आप भी सार्वभौम सम्राट हैं और मधु भी नृप हैं तो उन्होंने प्रथागत कार्य ही तो संपन्न किया

है। इसमें आपकी यदि लोग अपकीर्ति करते हैं तो वह उनकी त्रुटि है। आप तो वेदज्ञ हैं, आपकी भगिनी आपसे और क्या निवेदन कर सकती है?''

''फिर भी मधु कामी है। ये तेरे जीवन में अमृत कभी नहीं घोल सकता। ये विष वमन ही करेगा। तू इसे छोड़कर मेरे साथ चल, मैं तेरा लंका में अभी भी स्वयंवर रचा सकता हूँ।''

''ये कैसे भी हैं, अब तो मेरे प्राणेश्वर हैं। पतिव्रत धर्म की महानता और उसकी गहनता में आप भी विश्वास करते हैं। तभी तो आपने रंभा के प्रणय प्रस्ताव को ठुकरा दिया। भले ही नलकूबर ने अज्ञानतावश आपको शाप दिया; किन्तु विधाता तो जानता है कि आप निर्दोष हैं। यद्यपि लोगों को यही विश्वास है कि आपने रंभा के साथ अत्याचार किया होगा, परन्तु यह तो मैं समझती हूँ कि भैया निर्विकार हैं, उन्हें पाप छू तक नहीं गया है, फिर भी अपवाद के भागी तो आप बने ही हैं तो उसमें यदि मेरा अपवाद और ऐसे ही जुड़ जाएगा तो लंकेश को क्या अन्तर पड़ जाएगा?''

लंकेश का क्रोध धीमे-धीमे भगिनी कि तर्क से शान्त हो रहा था और लंकापति की सेना बाज-पक्षी की भाँति मधुपुरी को घेरकर रावण के संकेत की प्रतीक्षा कर रही थी। कुंभीनसी का तर्क रावण को झकझोर रहा था। वह अनायास ही आसन पर बैठ गया। सभा में सन्नाटा छाया हुआ था। किसी-किसी की घिग्घी ही बँधी हुई थी। अभी भी मंत्रिगण हाथ जोड़े खड़े थे। वे भयानक विपदा का चिन्तन कर रहे थे, किन्तु महाराज मधु शान्त एवं प्रफुल्ल बैठे हुए थे।

रावण बोला, ''कुंभीनसी, तू किशोरी है। यह घटना तेरी किशोरावस्था के कारण घटी है। मैं तुझे ऐसे कामी पुरुष के यहाँ नहीं रहने दूँगा। तू नासमझ है। अपना अच्छा-बुरा नहीं समझती है। मधु का मैं वध कर तुझे वापस ले चलता हूँ।''

''नहीं भैया! मैं पूर्ण वय ही हूँ। मैं अपना अच्छा-बुरा समझती हूँ। आप यदि मेरे पति का वध कर देंगे तो क्या आप अपनी विधवा बहन को जीवित पा सकेंगे और क्या कोई भी भाई अपने ही हाथों से अपनी भगिनी को विधवा बना सकता है?''

''तूने पूर्णवय होने से यह निर्णय लिया तो भी अनर्थ ही किया है। यह तेरे सुघड़पन का प्रतीक तो नहीं है। किसी भी भाई के घर यदि यह घटना घटती है तो उस पर क्या बीतती है, यह वही जानता है। बस, मृत्यु ही नहीं होती, शेष सारी कुगतियाँ हो जाती हैं। जिसमें तो तेरा पति नारकीय है, पतित है।''

''नहीं, अब वे पतित नहीं हैं। मैंने उन्हें सात्त्विक बना दिया है। अन्तःपुर में पवित्रता है।''

जब कुंभीनसी चुप हो गई तो महाराज मधु का मंत्री बोला, ''लंकेश्वर! यथार्थ में आपकी भगिनी देवी हैं। उन्होंने मधु के आचरणों में परिवर्तन करा दिया है। उनका हृदय-परिवर्तन हो गया है। मधुपुरी के गृह-गृह में कुलवधुएँ देवी कुंभीनसी का गुणगान करती हैं और आपके कुल की महिमा का बखान करती हैं। मधु राज्य में रक्ष-संस्कृति भी फैल रही है, आर्य-संस्कृति को लोग भूलते जा रहे हैं। हम तो ऐसी महारानी पाकर धन्य हुए हैं। विधाता करे, ऐसी पुत्री, ऐसी भगिनी हर घर में दे।''

रावण स्तब्ध रह गया। यहाँ तो उसके कुल की प्रशंसा हो रही है और कुंभीनसी ने आते ही रक्ष-संस्कृति का कार्य प्रारम्भ कर दिया है। इससे बढ़कर रावण की प्रसन्नता की बात और क्या हो सकती है! रावण जिस ध्रुवीकरण के लिए संघर्षरत है, वह कार्य यदि मधुपुरी में हो रहा है तो यह रावण की जीत ही है।

रावण ऐसा सोच रहा था कि मधुपुरी के दूत ने आकर समाचार दिया, ''राजन्! इस नगर का ध्रुवीकरण हो गया है। लोगों ने शूद्रों को अपना लिया है, उनके साथ आज नगर में प्रीतिभोज का आयोजन भी किया जा रहा है। रक्ष-संस्कृति का विरोध कुछ यज्ञोपवीतधारी ब्राह्मणों ने अवश्य किया है और वे नगर छोड़कर शकटों में अपना असबाब भरकर चले भी गए।''

रावण और गद्गद हो गया। उसके मुख से क्रोध का भाव तिरोहित हो गया। वह हँसना चाहता था, किन्तु स्वभाववश न हँस सका। इसी अवसर पर महाराज मधु सिंहासन त्यागकर रावण के सम्मुख हाथ जोड़कर उपस्थित हुए और बोले, ''महाराजाधिराज, सार्वभौम सम्राट लंकेश्वर! आप अपना रौद्ररूप त्यागिए और अपनी भगिनी के वचनों पर विश्वास कीजिए। मैं अब वह नहीं रह गया हूँ जो कभी था। अब तो तप और यज्ञ दो कार्य ही करता हूँ। आपके द्वारा प्रचलित यज्ञ-अनुष्ठान मैं तथा कुंभीनसी दोनों ही करते हैं। कुंभीनसी के संस्कारों का प्रभाव मुझ पर ही नहीं अपितु मेरी प्रजा पर भी पड़ा है और उसी का परिणाम है कि आपके ब्राह्मणकुल की ख्याति का मधुपुरी में वायुगति से विस्तीर्ण हो रहा है। फिर भी यदि आप जैसा ज्ञानी मुझे दंड देना चाहे तो मेरी यह ग्रीवा प्रस्तुत है।''

रावण खिल उठा। वह प्रफुल्लित हो गया और बोला, ''मैंने कुछ सोचा था और पाया कुछ? अब मैं अपनी प्यारी भगिनी को विधवा कैसे बना सकता हूँ? जो भगिनी अपने भाई की सभ्यता में संलग्न हो और उसका कल्याण चाहती हो, उसका वध कर रावण पापी नहीं कहलाना चाहेगा। अब तो वह अपने बहनोई का आतिथ्य सत्कार स्वीकार कर वापस चला जाएगा।''

मधु ने हँसकर रावण के स्वागत की तैयारी की आज्ञा तत्काल ही प्रसारित की और मंडप आदि के साथ-साथ संगीत का कार्यक्रम आयोजित करने का निर्देश भी दिया। तभी रावण दूत शुक आ गया और बोला, ''महाराज, सेनाएँ आज्ञा की प्रतीक्षा में हैं।''

''उन्हें सूचना दो, अब युद्ध नहीं होगा। सेना का मधुपुरी में स्वागत होगा। वे अपना सैनिक भेस त्यागकर सामान्य भेस में आनंद-उत्सव में भाग लें।''

''राजन्! चर ने समाचार दिया है कि कालकेयों ने विद्युज्जिह्व की मृत्यु का समाचार सुन विद्रोह प्रारम्भ कर दिया है। राजमाता शूर्पणखा इस समय संकट में हैं, उन्होंने आपसे सहायता माँगी है।''

''शूर्पणखा के समक्ष जाने में रावण को संकोच है। उसका पति मेरे कारण युद्ध में मारा गया है। मैंने शोक-सन्देश भेजा था तो उसने दूत को बहुत बुरा-भला कहा था। अब इस आपत्ति में मैं स्वयं ससैन्य चलूँगा। काल प्रातःकाल ही कूच हो।''

30

शूर्पणखा चिन्तित, व्यथित-सी राजमहालय में घूम रही है। उसका वीर पति नागलोक में वीरगति को प्राप्त हुआ। लंकेश ने देवों के युद्ध में अपने नाना तथा बहनोई दोनों की बलि ले ली। शूर्पणखा विधवा हो गई। वह अपने पति से सर्वाधिक स्नेह करती थी। विद्युज्जिह्व भी शूर्पणखा के बिना रह नहीं पाता था। वह सदैव ही शूर्पणखा को साथ रखता था। शंबर-समर में मैंने कैसे-कैसे भीषण प्रहारों को रोका था! इस बार मैं हतभाग्य क्यों उनके साथ नहीं गई? मुझे उन्होंने कभी एकाकी नहीं छोड़ा था। किन्तु इन महायुद्धों में वे जान-बूझकर मुझे नहीं ले गए।

क्या विधाता ने ही साथ नहीं जाने दिया? अन्यथा मैं जाती तो स्यात यह घटना नहीं घटती। वृद्धावस्था में नारी का संबल पुत्र होता है, किन्तु शंबूक सूर्यहास खड्ग का निर्माण कर रहा है, तप कर रहा है। उसे आविष्कार के सम्मुख राज्य-सुख न्यून समझ आता है। वह राजनीति से घृणा करता है। वह इसे निंदनीय कर्म मानता है। शंबूक तप व ज्ञान की महत्ता ही स्वीकार करता है। राजनीति को अधर्म व निकृष्ट मानकर इसे चैन-हरण का रोग मानता है जिसका कोई निदान नहीं है। यदि वही आ जाता तो युवराज आज सम्राट हो जाता। अब मैं राजमाता क्या-क्या करूँ? कालकेय जाति चाहे जब तो परस्पर विद्रोह कर देती है और सामंतगण सत्ता के लिए खड्ग खींच लेते हैं। इस राज्य में तो उपद्रव ही हुआ करता है। कभी इस अश्वशाला में तो कभी उस अश्वशाला में, आए दिन दो-चार झगड़े हो जाते हैं। नगर-सेना कहाँ तक क्या व्यवस्था करे?

कल ही भगवान शंकर के मन्दिर से स्वर्णकलश चोरी हो गया। स्वर्ण घंटे चले गए। मूर्ति रातों-रात चोरी हो गई। शैव मतावलंबियों में परस्पर संघर्ष हो गया। उन्होंने बिना विवेक के किसी को भी मौत के घाट उतार दिया। नगर-सेना ने अस्त्र उठाए तो स्थिति नियंत्रित हुई तो अमात्य परिषद एवं मंत्रिपरिषद में मानसिक रस्साकसी हो गई। मंत्रिगण परस्पर एक-दूसरे के विरोधी हैं। सेनापति राष्ट्रभक्त है, परन्तु यहाँ तो सैनिक ही विद्रोह कर देते हैं। उनका जातीय संघर्ष चला ही करता है। सामंती सेना अनियंत्रित है, वह सामंतों की आज्ञा का ही पालन करती है। ऐसी अवस्था में कुशल प्रशासक क्या करे?

ऐसे राज्य की राजमाता सैनिकों या मंत्रिपरिषद की कठपुतली बनकर तो राज्य-संचालन नहीं कर सकती। दक्षिण के सामंत स्वतंत्र होना चाहते हैं। वे कालकेयों की अधीनता में नहीं रहना चाहते। शूर्पणखा इतने बड़े राज्य का विभाजन कैसे होने दे सकती है? इन सामंतों को विद्रोहात्मक आन्दोलन को कुचलना ही होगा। एक सप्ताह से दक्षिण में मारकाट मची हुई है। अश्वशालाएँ नहीं खोली गई हैं। प्रजा को दैनिक उपयोग की सामग्री प्रदान नहीं हो सकी है। पाँच शकट अनाज भेजा था, जिसे मार्ग में ही लूट लिया गया। प्रजा भयभीत है। राष्ट्र का विभाजन करनेवाले लोग सत्ता के प्रलोभन में उत्पात मचा रहे हैं। जन-आक्रोश कतई नहीं है फिर भी मुट्ठाठेली राजनीति की आड़ में राजमाता के विरोध में सब कुछ हो रहा है। क्षत्रियों ने पाँच शूद्रों को अकारण मौत के घाट उतार दिया। उनका दोष था तो यह कि उन्होंने रक्ष-संस्कृति को अपनाकर वेद-अध्ययन प्रारम्भ कर दिया था। शूर्पणखा ऐसे तो और संकट में पड़ जाएगी और किसी दिन कोई वध कर देगा। दक्षिण-यात्रा पर मैं गई थी तो बड़ी कठिनाई से प्रजा को डरते-डरते सम्बोधित करना पड़ा था, फिर भी उसी दिन निर्धनों की झोंपड़ियों में आग लगा दी गई। यह सत्ता को खुली चुनौती थी, परन्तु मैं रुधिर का घूँट पीकर रह गई। मेरे पथ पर भी पत्थर फेंके जाने का कार्यक्रम था, परन्तु सेनापति की चौकसी और चरों की सूचना के कारण मार्ग बदलकर आना पड़ा अन्यथा शूर्पणखा तो दक्षिण में ही मारी जाती। फिर भी दूसरे ग्राम में मैं सभा को सम्बोधित नहीं कर सकी। वहाँ तो एक पत्थर मुझे लग भी गया जिसका चिह्न अब भी बना हुआ है। अंग-रक्षक तो घायल ही हो जाते यदि सेना सतर्क होकर पूर्व से ही नियुक्त न होती तो। ऐसे राज्य का मुकुट धारण करने से क्या लाभ जिसमें प्रजा विपक्षियों के कहने पर ही भड़क जाए और तोड़-फोड़ की नीति अनुसरण करने लगे। कालकेय जाति कभी एक नहीं हो सकती। होती भी है तो क्षणिक। फिर बिखर जाती है और कानाफूसी में ही विश्वास करने लगती है। किसी भी बात का तथ्य जानना तो इन्होंने सीखा ही नहीं, जाने किस विद्यापीठ

ने इन्हें शिक्षा दी है। मैं तो अबला हूँ। स्वयं सम्राट भी इनके कारण सदैव चिन्तित रहते थे और प्रतिदिन किसी-न-किसी गाँव, पुर, नगर में कोई-न-कोई अप्रिय घटना घटने का समाचार प्राप्त हो ही जाता था और सुदूर घटना घटने पर भी यहाँ की प्रजा दोष सम्राट को ही देती है। सम्राट राजधानी में रहता है, उसे वस्तुस्थिति की सूचना जब तक न मिले, तब तक मंत्रिपरिषद में विचार-विमर्श कैसे हो? चाकर इतने चतुर हैं कि घुमा-फिराकर जानकारी भेजते हैं, जिससे किसी निष्कर्ष पर ही नहीं पहुँचा जा सकता। नगर-सेना इतनी भ्रष्ट हो चुकी है कि उत्कोच के बिना प्रजा की कोई कष्ट निवारणीय बात तो सुनती ही नहीं है। कोई-कोई तो चोर-लुटेरों तक से मिले हुए हैं और यदि कोई लुटेरा पकड़ा भी जाता है तो उसे भी उत्कोच लेकर छोड़ दिया जाता है। मनमानी इतनी है कि मंत्रिगण यदि प्रवास के समय किसी चाकर को निर्देश प्रजा-हित में दे आएँ तो जब उनकी इच्छा होगी तब करेंगे अन्यथा कोई गौर ही नहीं है।

अभी-अभी पिछली सभा में महाराज ने दो ग्रामों में पेयजल की समस्या को दूर करने के उद्देश्य से दो नलकूप निर्माण हेतु ग्रामपति को आज्ञा दी थी, परन्तु राशि भेजने के उपरान्त भी जल का संकट तो दूर, कूप का गड्ढा तक नहीं खोदा गया है। जब उसी ग्राम का ग्रामपति कुछ नहीं कर रहा है तो सम्राट क्या करे? छत्र जब दंड देने में असमर्थ हो जाए तो ऐसे राज्य का परित्याग कर देना चाहिए। राजमाता शूर्पणखा ऐसी सत्ताधारी बनकर तो रह नहीं सकती? इससे तो तप कर अपना जीवन ही धन्य करूँगी और यदि राजसेवा ही करनी है तो मुझ-जैसी योग्य को किसी भी राज्य में कोई-न-कोई सम्मानीय पद तो प्राप्त हो ही जाएगा। मैं तो कालकेयों के राज्य में अब रहना नहीं चाहती। मुझे तो वितृष्णा हो रही है। शंबूक चाहे इसे सँभाले या न सँभाले, मेरे बलबूते का यह काँटों और भेद से भरा हुआ राज्य नहीं है। इसे तो मैं छोड़ूँगी ही।''

शूर्पणखा ऐसा सोच रही थी कि परिचारिका ने सन्देश दिया, ''महाराज लंकेश्वर कालकेयों के विद्रोह पर जय प्राप्त कर आपके दर्शनार्थ पधार रहे हैं।''

''उन्हें सादर आने दिया जाए।''

रावण ने राजमाता के भवन में प्रवेश किया और दूर से ही कहा, ''शूर्पणखे! मैंने विद्रोही कालकेयों को पराजित कर दिया है। यद्यपि मैंने इस कृत्य में तुम्हारी अनुमति प्राप्त नहीं की थी, जिसके लिए राजमाता क्षमा करेंगी। मैंने स्वयं विद्रोहियों को कुचल दिया है और यथेष्ट को कैद कर लिया गया है, जो कि नियमानुसार तुम्हारे कैदी हैं। उन्हें दंड देने का अधिकार भी तुम्हें ही है। मैंने तुम्हारे लिए अब निष्कंटक मार्ग प्रशस्त कर दिया है। अब तुम्हारे ऊपर पत्थर नहीं फेंके जा सकेंगे। जिन्होंने फेंके थे, उन्हें पकड़ लिया गया है और उनमें से जो उद्दंड थे, उनका अकम्पन ने वध कर दिया है। अब तुम्हें कोई चिन्ता नहीं करनी चाहिए।''

शूर्पणखा अब भी शान्त बैठी थी। वह श्वेत वस्त्रों में अपना मुँह छिपाए हुए थी। भाई से मिलने की तीव्र उत्कंठा भी थी। किन्तु पति का शोक भी हृदय में रह-रहकर उबल रहा था। उसकी आँखों में अश्रु झलक आए थे। उन्हें वह पी जाना चाहती थी, परन्तु पति-वियोग का स्मरण मन को अशान्त किए हुए था। वह अपने भाई से क्या कहे? भाई की दिग्विजयों में शूर्पणखा को पति से हाथ धोना पड़ा और लंकेश को सार्वभौम सम्राट का पद प्राप्त हो गया। किन्तु शूर्पणखा को दुख के अतिरिक्त और क्या दिया है, इस भाई ने?

जब शूर्पणखा नहीं बोली तो रावण ही उसके अतिनिकट पहुँच गया। उसने देखा, दोनों हथेलियों को गाल पर रखे शूर्पणखा रो रही है। उसकी आँखों से अविरल अश्रुधारा बह रही

है। रावण एक पल के लिए क्षुब्ध हो गया, फिर बोला, ''भगिनी, जो हो गया, उसे भूल जा। यदि तू मुझे विद्युज्जिह्व की वीरगति का दोषी समझे तो यह तुझ जैसी वीर नारी की भूल है।''

शूर्पणखा सहसा क्रोधित हो उठी एवं फफककर बोली, ''नहीं, भूल तो सभी मेरी है जो आपके साथ रणक्षेत्र में उन्हें भेजा और मैं रह गई। अन्तिम समय में उनके दर्शन तक न कर सकी। आप पुष्पक से उनका शव यहाँ तक भेज सकते थे? वह भी नहीं किया गया?''

''स्नेहवश मैं ऐसा नहीं कर सका। उस वीर सम्राट का शव देखने योग्य नहीं रह गया था। नागों के बाणों ने उनका शरीर छलनी तो कर ही दिया था साथ ही उन्होंने खड्ग की नोक से अनेक जगह छेद कर दिए थे। विद्युजिज्ह्व जैसे योद्धा की नागों ने कुगति कर दी थी। जब भी वह दृश्य मुझे स्मरण आता है, मेरे रोंगटे खड़े हो जाते हैं। ऐसा शव देखकर तुम्हें और कष्ट ही नहीं होता, स्यात तुम प्राण ही गँवा देतीं। मेरे प्रेम ने मुझे ऐसा नहीं करने दिया बहन शूर्पणखे!''

''लंकापति तो सार्वभौम सम्राट बन गया और शूर्पणखा विधवा हो गई। यह पुरस्कार तो तुम्हीं ने मुझे दिया है न?''

''नहीं, भगिनी, व्यंग्य-बाणों से मेरा हृदय और छलनी मत करो। मैं राजकीय कार्यों के बोझ से वैसे ही दबा हुआ हूँ।''

''दबे हुए हो तो अपने लिए। मेरे लिए तो आपने इस कालकेय राज्य में विपदाओं के अतिरिक्त कुछ भी नहीं छोड़ा है। इस राज्य को एक अबला नहीं सँभाल सकती।''

''मेरे बल पर तुम सबला हो। लंकेश की शक्ति के सम्मुख कोई विद्रोही अपना सिर नहीं उठा सकता।''

''जब तक तुम यहाँ रहोगे, तब तक ही यहाँ के सामंत भयभीत रहेंगे और तुम्हारे जाने के बाद फिर वही स्थिति हो जाएगी। मुझे वर्षों बीत गए यहाँ के सामंतों के बीच रहते-रहते। वे अपनी इच्छा के दास हैं, दूसरे की इच्छा के नहीं।''

''इतना बड़ा कालकेय साम्राज्य फिर किसे सौंपा जाएगा, भगिनी?''

''लंकापति की अधीनता में। मुझे तो राज्य से वितृष्णा है।''

''फिर तुम क्या करोगी?''

''कहीं भी तप करूँगी या फिर कुछ और?''

''तुम्हारे जैसी योग्य बहन राजनीति से संन्यास लेने का विचार करे, यह मुझे उचित प्रतीत नहीं होता। भगिनी, इन आँसुओं को पोंछ दे। बीती घटना को बिसार दे। यह तो कालकेय है जो अजस्र चलता रहेगा। मैं और तू तो विधाता के खिलौने हैं। मृत्यु तो मेरी भी होगी और तेरी भी, तो क्या अहर्निश मृत्यु पर ही विचार किया करें? कोई भी विवेकी क्षणिक सुखी और क्षणिक दुखी होता है। हानि-लाभ, जीवन-मरण, यश-अपयश यह सब विधाता के हाथ हैं, मेरे और तेरे नहीं।'' पुनः रुककर कहा, ''भगिनी, कोई कह सकता था कि रावण देवताओं को पराजित कर अपनी यश-लता को समस्त भूमंडल पर फैलाएगा! नारद जैसे भविष्यवक्ता ने भी यह कभी नहीं सोचा होगा कि रावण इन्द्र जैसी विश्व की महान-शक्ति को पराजित कर देगा।''

''यहाँ तो मैं पराजित होकर बैठी हूँ। मुझे तो अब अन्धकार ही दिखाई देता है। मेरा जीवन-यापन कैसे होगा?''

''कालकेयों की राजमाता राजसी ठाट-बाट से जीवन-यापन करेगी।''

''कालकेय मुझे इस रूप में फूटी आँख भी नहीं देखना चाहते। जिन्हें तुमने कैद किया

है, वे मुझे राजमाता के स्थान पर राँड़माता और न जाने क्या-क्या कहते थे! किसी ने मेरा नाम किसी मंत्री के साथ ही जोड़ दिया। किसी ने सेनापति के साथ अनैतिक सम्बन्धों का प्रचार कर दिया और यहाँ तक कि मेरी आज भी अक्षुण्ण सुन्दरता को विलासिता में लपेटकर मेरे नाम की अपकीर्ति फैला दी। प्रजा मुझे विलासी समझती है। परिचारिकाओं को चरों ने ऐसी पट्टी पढ़ा दी है कि वे मेरी चौकसी करती हैं। कभी कोई मंत्री से मैं गुप्त मंत्रणा करती हूँ तो उसे विलास का ही रूप दे दिया जाता है। यहाँ की प्रत्येक दासी किसी-न-किसी अमात्य, सामंत अथवा मंत्री की गुप्तचर है। इस प्रकार इन थोड़े दिनों में ही मैं झूठी होकर कुलटा, पतिता, सब कुछ हो गई। क्या मेरा रूप मुझे अभिशाप है अथवा रूपवती विधवा को फँसाने के लिए मंत्रियों की चाल है, मैं यह समझ ही नहीं पा रही।'' आँसुओं को पल्लू से पोंछकर पुनः कहा, ''मेरे इस अपयश का भागी कौन? मैं या लंकापति रावण?''

''ठीक कहती है, सम्राट इसके लिए दोषी है, किन्तु तेरे भाई रावण ने दुर्दिन देखे हैं, तुझे तो सब कुछ विदित है। हमने बचपन में कितने कष्टमय दिन भोगे हैं! हमें किसी ने प्रश्रय नहीं दिया। यहाँ तक कि बड़े भैया कुबेर ने भी हमारी कभी सहायता नहीं की। मात्र नानाजी ने अवश्य हमारे लिए आश्रय ही नहीं दिया अपितु हमें सुशिक्षित कर हमारे लिए राज्य का भी प्रबन्ध किया और हमारे लिए ही युद्ध किया और हमारे लिए ही प्राण न्यौछावर कर दिए। इस कारण प्रभुता पाकर मुझे सार्वभौम सम्राट का मद चढ़ गया और उस मद में रावण को विजय की इतनी प्रसन्नता नहीं हुई जितना कि तात सुमाली और कहीं उससे सौगुना अधिक दुख विद्युज्जिह्व की वीरगति का हुआ।''

''कहाँ तक शोक करेगा कोई, मैं तो विधवा हुई, फिर तत्काल ही राजमाता बनी और अब वृद्धावस्था में प्रजा द्वारा कलंकित विलासिनी शूर्पणखा कहाँ जाए?''

''तेरा यथार्थ में ही मन उचट रहा है क्या?''

''हाँ!''

''क्यों?''

''सुना तो दी पूरी कथा।''

''राजनीति में ऐसी अफवाहें तो नित्य ही फैला करती हैं। इनकी चिन्ता की जाए तो सम्राट तो जी ही नहीं सकता।''

''पुरुष सम्राट को कोई अन्तर नहीं पड़ा, परन्तु स्त्री की प्रतिष्ठा समाप्त होने से लोग उससे घृणा करते हैं।''

''करते हैं तो करने दे, तू जब सच्ची है तो प्रजा को उत्तर दे, उसे सन्तुष्ट कर।''

''मैं नारी होकर घर-घर जाकर अपनी पवित्रता की सफाई प्रस्तुत करूँ भी तो क्या मेरा यह रूप और अभी भी आपकी औषधियों का सेवन करने से एक भी बाल पका नहीं होने से किसी को विश्वास करने देगा? आज भी शूर्पणखा के बपु पर कहीं चर्म में सिकुड़न तक नहीं है। वृद्धावस्था में भी अधेड़ सदृश है।''

''फिर तू क्या चाहती है?''

''संन्यास! इस राज्य से निवृत्ति।''

''रावण जानता है, बहन, निवृत्ति-मार्ग मनुष्य का विकासोन्मुखी नहीं है। वहाँ भी क्षुधा है। वस्तुओं का अभाव है और भोजन-व्यवस्था के लिए प्रजा का द्वार ही अवलंब है। सार्वभौम सम्राट की साध्वी बहन शूर्पणखा द्वार-द्वार पर भिक्षावृत्ति करे, यह नहीं होगा। इसके पूर्व तेरा

भाई दशानन प्राण त्याग देगा। मैंने तुझे कभी बचपन में कष्ट नहीं होने दिया और कभी-कभार तेरा व मन्दोदरी का अर्थात् ननद-भाभी की कहा-सुनी भी हुई तो भी मैंने मन्दोदरी को ही प्रताड़ित किया, तुझे कभी नहीं।" पुनः कहा, "शूर्पणखा! तू राज्य त्यागना चाहती है तो इसका परित्याग कर दे और चल, लंका में ही तू शेष जीवन-यापन आनन्द से कर।"

"नहीं! लंका में मुझे कौन-सा सुख प्राप्त होगा? भाभी मन्दोदरी की और बात है, वे आज भी हृदय से स्नेह करती हैं। किन्तु चित्रांगदा, श्रीप्रभा और फिर पुत्र-वधुएँ सभी कोई तो मुझे अनुराग नहीं करेगा। कभी-न-कभी, किसी-न-किसी बात पर अन्तःपुर में मेरा अपयश मुझ पर व्यंग्य कसे जाने का अवसर दे ही देगा। उस समय घर में ही शूर्पणखा की कुदशा होगी।"

"तुझसे आँख चढ़ाकर भी यदि किसी रानी ने बात की तो मैं उसे प्रताड़ित ही नहीं करूँगा, दंड भी दूँगा।"

"मेरे कारण तुम्हारे गृह में कलह हो, यह अच्छा नहीं है।"

"तो फिर कोई-न-कोई मार्ग तो खोजना ही होगा।"

"मेरी कुछ करने की अभिलाषा ही निःशेष नहीं है, तो फिर क्यों कष्ट उठा रहे हो?"

"एक राजनीतिज्ञ राजमाता जो दशानन की भगिनी हो, वह राजकार्य से विमुख कैसे की जा सकती है? जिसने देवासुर संग्राम में धनुष की टंकार सुनी हो, वह वीरांगना मात्र लोकापवाद के कारण बहिष्कृत कर दी जाए, यह रावण नहीं कर सकता। तुझे राजनीति में ही रहना होगा।" फिर कुछ सोचकर बोला, "हाँ, स्मरण हुआ। जनस्थान में खरदूषण के साथ तुम उपनिवेश अधिष्ठात्री बनकर रहो। वे तो हमारे भाई हैं, वीर हैं और वह उपनिवेश लंकापति की रक्ष-संस्कृति का सबसे बड़ा केन्द्र है। मैं वहाँ किसी अन्य को वैसे भी भेजना चाहता था, अब वह कार्य तुम करोगी।"

शूर्पणखा कुछ विचार कर बोली, "कार्य अधिक तो मैं न कर सकूँगी, फिर भी देखभाल तो कर ही लूँगी।"

"तू वहाँ भले ही कुछ मत करना, किन्तु मात्र आसन पर तो विराजी रहना व खरदूषण को निर्देश देती रहना। उतना लंकेश को यथेष्ट होगा।"

"ठीक है, तुम कहते हो तो मैं जनस्थान के उपनिवेश का कार्यभार सँभालने को तत्पर हूँ और इस राज्य को तुम लंका के अधीन कर लो।"

"जब मैंने यहाँ आकर विद्रोह दबाया है और विद्रोही कालकेयों को जय किया है तो यह राज्य मेरी अधीनता में स्वतः आ गया। इसकी व्यवस्था मैं कर दूँगा। तू मेरे साथ पुष्पक में चल, तुझे जनस्थान पर छोड़ आऊँ।"

"ठीक है, मैं मंत्रिगण को यह जानकारी दे दूँ, ताकि वे यह न समझ सकें कि राजमाता कोष का कुछ धन लेकर चंपत हो गई, अन्यथा यह दूसरा झूठ और जुड़ जाएगा। मुझे तो राजमाता होने से प्रजा व इस राष्ट्र से अटूट स्नेह है। इस कारण प्रजा का धन प्रजा के गणमान्य नागरिकों के बीच गणना-स्वामी के माध्यम से सही रूप में अवगत कराने का उत्तरदायित्व पूर्ण किए देती हूँ।"

"ठीक है, तू यह सब कर ले। तब तक मैं विश्राम किए लेता हूँ।"

"विश्राम बाद में करना, पहले भोजन करो भैया! अब तो हमें यहाँ आना नहीं।"

"यथेष्ट दिनों से हमने बचपन की भाँति एकसाथ भोजन नहीं किया, आज मैं और तुम दोनों ही साथ-साथ भोजन करेंगे।"

"मैंने भी बस पेट भरा है। भोजन नहीं किया है। आज अवश्य करूँगी। तब तक मैं यह सन्देश भिजवा दूँ।" कहते हुए शूर्पणखा उठ गई।

31

जनस्थान में शूर्पणखा ने प्रजा को नियंत्रित कर ऋषियों-मुनियों पर रक्ष-संस्कृति थोप दी। अभी तक तो विघटन का कोई समाचार प्राप्त नहीं हुआ है। खर तथा दूषण जैसे कुशल सेनानायक मेरे यज्ञ सम्पन्न करा रहे हैं। जनस्थान में कोई विरोधी नहीं रह गया है। शूर्पणखा योग्य प्रशासिका है। हाँ, ताड़का का अवश्य समाचार प्राप्त हुआ है। नैमिषारण्य में उसका विरोध अब हो रहा है। मारीच तथा सुबाहु ने युद्ध भी किया। विश्वामित्र का रुष्ट होना नैमिषारण्य के उपनिवेश के लिए उचित नहीं है। फिर भी ब्रह्म ऋषि है, स्वयं युद्ध सम्भवतः नहीं करेगा और जब ताड़का का विरोध करने में असफल हो जाएगा तो नैमिषारण्य छोड़कर चला जाएगा। रावण इस ओर से भी निश्चिंत है।

लंकेश के गीत शूद्र-वधुएँ भरतखंड और आर्यावर्त में भी गाने लगी हैं और मेरा वेद-भाष्य प्रचलित हो रहा है। अब मैं तप करूँगा। काव्य लिखूँगा। नृत्यशास्त्र की रचना करूँगा। इसी में अपना जीवन बिता दूँगा। चित्रांगदा का पुत्र अक्षयकुमार भी युवा हो गया है। विभीषण को मैंने पृथक् से अग्रहारी (जागीरदार) बना दिया है और मेघनाद को भी। पुलस्त्य नगर का निर्माण हो रहा है। यह कार्य पूर्ण हो ही जाएगा। अब सार्वभौम सम्राट के उपरान्त चौथेपन में रावण मात्र यज्ञ तथा तप कर शान्तिपूर्वक अपना शेष जीवन बिताएगा। लंका में सूर्य चक्रव्यूह बनाकर मैंने लंका को अजेय कर दिया है। विमानों द्वारा ही किसी छोटे-मोटे शत्रु को परास्त कर दिया जाएगा। उसमें मेरी आवश्यकता नहीं पड़ेगी, मेघनाद ही इसके लिए यथेष्ट है।

हाँ, सेना अवश्य साधनाहीन होने से निष्क्रिय हो सकती है क्योंकि अब युद्ध करने की आवश्यकता नहीं रह गई है। देवलोक को जीतने से रावण के नाम के आगे अनेक कथाएँ जुड़ गई हैं। किसी ने भगवान आदित्य को ही मेरा सारथी बना दिया है तो किसी ने यमराज को मेरी काल-कोठरी में बन्द बता दिया है। मानव समुदाय में अटकलों की कमी नहीं है। जिसे जो समझ आता है, वह वैसी ही वार्ता कर देता है। किसी ने मुझे नलकूबर के शाप का ही भागी बना दिया। यह बात भी खूब झूठी ही प्रचारित हो रही है जबकि वस्तुस्थिति मैं तथा रंभा दोनों ही जानते हैं और मुझे यह अपयश प्राप्त होना था, सो हो गया। इस कारण भैया कुबेर भी नाराज हैं। उन्होंने विवेक अपनाया ही नहीं। विभीषण ने भी स्यात् विश्वास कर लिया कि रंभा के अप्सरा होने से सम्भवतः मेरा मन विचलित हो गया हो किन्तु विधाता जानता है, शिवदान में जन्म लेनेवाला रावण, विद्याधर वंशी ऐसा घृणित कर्म नहीं कर सकता, फिर भी किस-किसका मुँह बन्द करेगा रावण और समाज में कौन मेरे कथन पर विश्वास करेगा? यहाँ तो स्त्री की बात सच्ची और पुरुष की बात झूठी मानी ही जाती है। यह कोई स्वीकार नहीं करेगा कि रंभा ही रावण पर आसक्त थी।

फिर एक घूँट पानी पिया व रावण चित्त उठंग गया और उसके मस्तिष्क में फिर क्रिया होने लगी—पिता द्वारा दिए हुए दशानन नाम के साथ मैंने भगवान् शंकर से विद्याएँ सीखीं फिर मैं नेता बना और ब्राह्मण उत्कर्ष के लिए मैं एकाकी आगे बढ़ा। एकाकी युद्ध किया और नाना सुमाली की कृपा से मुझे लंका राज्य प्राप्त हुआ और तब दशानन यज्ञ और तप करते-करते रावण हुआ और शंबर-युद्ध से अब तक निरन्तर युद्धरत रहा। मेरे बार-बार कैलासधाम जाने से लोगों ने मुझे कैलास उठानेवाला ही निरूपित कर दिया है तथा मुझे अभिमानी घोषित कर मेरे मान-मर्दन के लिए प्रभो शंकर के पैर के अंगूठे से दबाए जानेवाला कह दिया, जबकि मैं

प्रभो शंकर का भक्त हूँ। उनकी चरण वन्दना करता हूँ और उनके पादांगुष्ठ का चरणामृत पान करता हूँ। ये लोग कैसे हैं जोकि बात का बतंगड़ बना देते हैं? मैंने नव्य सभ्यता को जन्म दिया तो मुझे राक्षस कह दिया गया। जब मेरी संस्कृति को लोगों ने स्वीकार कर लिया तो मुझे दुष्ट, वेद-विरोधी और न जाने क्या-क्या ब्राह्मणों ने ही कह दिया। ऋषियों को क्षत्रियों की चाटुकारी ही रास आई। मुझ ब्राह्मण का उत्कर्ष ब्राह्मणवंशियों की आँख में किरकिरी के समान पीड़ादायी बना, जबकि मैंने मात्र इन्हीं के सम्मान के लिए यह चरण उठाया। इन्हें भार्गव परशुराम की विजयों का उल्लास नहीं हुआ बल्कि दशरथ के यहाँ से काश्यप ऋषि को बुलाकर उसे समस्त जयी राज्य दान करा दिए। इन ब्राह्मणों की विशेषता रही है कि ये अपने ही समुदाय के उठते हुए व्यक्ति का बुरा चाहते हैं। ऋषियों में एकता नहीं है। सभी अपनी-अपनी वंदना में व्यस्त हैं। दशरथ के यहाँ वसिष्ठ, सीरध्वज जनक के यहाँ गौतम पुत्र शतानन्द और कार्तवीर्य के यहाँ दत्तात्रेय स्वामी के नाम से प्रसिद्ध हुआ। इस अघोरी ने अपना पृथक् से मत प्रचलित किया और हैहयों ने जिसे स्वीकार कर लिया।

दशानन ने मात्र क्षत्रियों के यज्ञों का विरोध किया तो उसे वेद-विरोधी कह दिया। मेरी सेना के उच्छृंखल युवकों ने नागलोक में नाग-कन्याओं का अपहरण कर लिया तो मुझे लंपट घोषित कर दिया, जबकि एक-एक क्षत्रिय सम्राट लंपट है, कामी है। अन्तःपुर में युवतियों की भीड़ है, पटरानियों की कमी नहीं। उनके लिए ऋषि-मुनि सब राजा के अनुरूप हैं, की संज्ञा देकर प्रशस्ति गान करते हैं और मेरे मात्र तीन ही रानियाँ हैं तो मुझे कामी कहते हैं। मैं तप तथा यज्ञ में ही संलग्न रहता हूँ तो भी मुझे पापी कहा जाता है और जिन क्षत्रिय सम्राटों ने तप कभी जाना नहीं, उन्हें धर्मात्मा कहा जा रहा है। कैसी बुद्धि है मुनियों की? भार्गव परशुराम के पिता जमदग्नि का वध हो गया और भार्गव ने परशु उठाकर क्षत्रियों को क्षत्रविहीन कर दिया तो त्राहि-त्राहि मच गई और क्षत्रियों ने एक होकर अपनी कूटचाल से मुनियों, ब्राह्मणों को एक कर, अपने-आपको ब्राह्मणों का सेवक बताकर पुनः राज्य प्राप्त कर लिया तथा ब्राह्मणों ने अपने श्रीमुख से कह दिया—'ब्राह्मणों का रक्षक क्षत्रिय।' योग्य ऋषि ही क्षत्रिय सम्राटों के यहाँ मंत्री होगा। सामाजिक विडम्बना है। लोग संत्रस्त होकर भी क्रान्ति को जन्म देने में असमर्थ हैं। उन्हें राजदंड तथा काल-कोठरी का भय विचलित किए हुए है। यदि भार्गव परशुराम जैसे मेधावी लोग क्रान्ति के जनक होकर सफलता भी प्राप्त कर लेते हैं तो ब्राह्मण उन्हें पनपने नहीं देते। इस वर्ग की रगों में क्षत्रिय-कन्याओं के कारण दोष आ गया है। सम्राटों के प्रश्रय में रहने के कारण उनसे विरोध करने में अक्षम हो गए हैं। प्रत्येक क्षत्रिय सम्राट के राज्य में सामाजिक दुर्दशा बढ़ती जा रही है। क्षत्रियों के नरसंहारी अश्वमेध यज्ञों से प्रजा संतप्त हो गई है। उन पर कर-भार इतना बढ़ा दिया गया है कि राजस्व की अधि प्राप्ति में ही अनाज का बहुत कुछ भाग निकल जाता है। श्रम का प्रतिफल भी लोगों को प्राप्त नहीं हो पा रहा है, फिर भी ब्राह्मणों पर आँख लगाकर प्रजा बैठी है। उन्हें विश्वास है, कि परशुराम जैसा दानी कोई हो जो कि हमारा संकटमोचन करे।

मैंने आर्य सभ्यता में मात्र संशोधन किया तो मुझे प्रभो शंकर के साथ जोड़कर अनार्यों की श्रेणी में रख दिया गया। मैं कहता हूँ कि न कोई आर्य है, न कोई अनार्य। हम सब एक हैं और इस तथ्य को ब्राह्मण, क्षत्रिय, वैश्य, शूद्र सभी जानते हैं। हम सब काश्यप ऋषि की सन्तान हैं। काश्यप ऋषि का बास काश्यपमिरा (काश्मीर) में था। जब खंड प्रलय हुई तो काश्यपमिरा से ऋषि भागा और हिमालय पार कर फिर उसने अपने ही नाम पर दूसरा मिरा बसाया और

उसकी संतति का विकास हुआ। मन्वंतर-पर-मन्वंतर बीतते गए और प्रजा बढ़ती गई। उन्हीं में से इन्द्र हुआ, जिसने सम्राट की पहली पदवी धारण की और तब से अब तक ऐसे ही जाने कितनी गद्दियाँ चली आ रही हैं, जिनमें मात्र अपने ही प्रभुत्व के कारण संघर्ष रहा। इन्हीं में से मनु हुआ जिसने राजकीय व्यवस्था के नियम बनाए और मनु से ही सूर्यवंश तथा चन्द्रवंश की उत्पत्ति हुई जिसमें दोनों वंश सरयू के किनारे-किनारे ऋषियों के साथ आगे बढ़े और उन्होंने आर्यावर्त नामक पृथक् द्वीप नाम देकर अपना राज्य निर्मित किया और इसी भाँति पीढ़ियों से ये वंश फैलकर सभी स्थानों पर अपनी सत्ता बनाए हुए हैं। फिर ऋषियों ने कर्मानुसार जाति का विभाजन कर दिया तो जातिवाद का विकास हो गया और इस जातिवादी विचारधारा ने क्षत्रियों को अक्षुण्ण सम्राट घोषित कर दिया।

देवजाति को अमरत्व की लालसा हुई तो उन्होंने दानव तथा दैत्यों से सुलह कर अमृत का आविष्कार करने का अभियान चलाया। इस द्रव को तैयार करने से ही स्वयं सिद्ध है कि देवजाति अमर नहीं है, न थी। मृत्यु का भय उन्हें भी था और इस प्रयोग में वे सफल हुए या नहीं, कहा नहीं जा सकता। किन्तु इस समुद्र-मंथन ने विषवमन किया और देव, दानव, दैत्यों में एक खाई पड़ गई तथा यहीं से भ्रातृत्व की भावना का लोप होकर संघर्ष ने रूप धारण कर लिया। और तब से अब तक इस अमृत की अनबूझ पहेली ने अनेक युद्धों को जन्म दिया तथा विषमता इतनी बढ़ा दी कि अब मेरी एकता का सन्देश इन्द्र के प्रभुत्व व उसकी कूटनीति के कारण सफल नहीं हो पा रहा है।

मैंने भी अमृत का आविष्कार करने में यथेष्ट समय नष्ट किया। समुद्र के पंच-महारत्न लिए, जारण-सारण किया, पारद की क्रिया कराई, फिर भी यह द्रव तैयार न हो सका। हाँ, दीर्घजीवी औषधि अवश्य मैं तैयार कर सका और उसी द्रव के सेवन से मैं दीर्घायु होकर अभी तक जीवित हूँ। मैंने शंबर-युद्ध से अब तक अनेक सम्राटों को परास्त किया है। कालक्रम में उनकी दो-दो, तीन-तीन पीढ़ियाँ तक समाप्त हो गईं, फिर भी रावण जीवित है और भविष्य में लोग यह विश्वास नहीं कर सकेंगे कि रावण-जैसे सार्वभौम सम्राट को इतनी आयु का कैसे स्वीकार किया जाए? मैंने दुष्यन्त को पराजित किया और उसका स्वर्गवास हुए अरसा बीत गया। मैंने जितनी दिग्विजय कीं, वे सभी क्षत्रिय सम्राट काल के गाल में चले गए और अब रह गया हूँ मैं या फिर दशरथ।

देवजाति को परास्त करने से भी लोग यही समझेंगे कि रावण ने इन युद्धों में आदित्य, जिन्हें कि भगवान ही स्वीकार किया गया है, उन्हें कैसे जय किया तो मैं यह कह रहा हूँ कि उन्हीं के आशीर्वाद से मैंने देवजाति को परास्त किया। यह सही है कि मात्र वरुण जिनसे कि मैंने वरदान रूप में अनेक आयुध प्राप्त किए, उन्हीं गुरु को पराजित करना असम्भव था किन्तु भाग्य और मेरे कर्म ने मेरा साथ दिया जिसके कारण मेरी सार्वभौम सम्राट की अभिलाषा की पूर्ति हुई।

मैंने भी अन्तर्धान से लेकर मायावी युद्ध और योग से कुंडलिनी जाग्रत कर नाभि में अमृतकुंड की उपमा से अमरत्व प्राप्त किया, परन्तु मैं अमर नहीं हूँ। मृत्यु मेरी भी होगी। कैसे होगी? कब होगी? मुझ जैसे ज्योतिषी तो क्या, यदि भृगुसंहिता रचयिता भृगु ऋषि भी होते तो भी नहीं बता सकते थे। अमरत्व के सम्बन्ध में प्रभो शंकर, भगवान वरुण सभी से मैंने विचार-विमर्श किया है और सभी ने एकमत से यह विचार प्रकट किया है कि अमर कोई नहीं हो सकता। मात्र योग की साधना से व दीर्घ जीवनदायिनी औषधियों के प्रयोग से मनुष्य दीर्घायु हो सकता है।

तब से अब तक लंकेश ने दशग्रीव, दशकंधर अपने नाम धारण कर अपने जीवन को सार्थक किया। भूमंडल पर रावण नाम अमर हो गया। मैंने इन्द्र की ही भाँति अपना नाम भी अमर कर दिया। वह क्षत्रियों, आर्यों के लिए भले ही अपयश के रूप में हो, किन्तु लंका की प्रजा और दक्षिण में लंकापति का सुयश ही फैलेगा। मैंने अपनी प्रजा को कोई कष्ट नहीं होने दिया है और जहाँ-जहाँ मेरे उपनिवेश हैं, वहाँ-वहाँ के लोगों की प्रत्येक प्रकार से सहायता ही की है। वर्तमान में तो रावण का नाम देवताओं से कम नहीं है। उसकी संस्कृति और ध्रुवीकरण का सन्देश चारों ओर गूँज रहा है।

देवराज के यहाँ भी पक्के विमानतल नहीं हैं और लंकापुरी में दो-दो पक्के विमानतल हैं। विमान-युद्ध में लंका की सेना निष्णात हो गई है। लंकापति के वायुयान जगत्प्रसिद्ध हो गए हैं। उसकी वायुसेना व लंका विज्ञान क्षत्रियों को मथासूर हो गया है। सूर्य-चक्रव्यूह बनाकर रावण लंकापुरी में अभय हो गया है। सम्राट समुद्र और सम्राट बालि दोनों ही मित्र हैं। इस ओर से लंका को कोई खतरा नहीं है। अब रावण को क्या चिन्ता? अब तो मात्र तप ही अवलंब होगा। मेघनाद इन्द्रजीत होकर कुशल युवराज है। यदि अवसर आएगा तो वह ही मेरी मृत्यु के पश्चात् लंका का सम्राट होगा। अक्षयकुमार भी राजकार्य में हाथ बँटाता है और पुत्रों के सयाने होने पर पिता को कोई चिन्ता नहीं रह जाती है तो फिर रावण क्यों न निश्चिंत होकर शेष जीवन ऋषियों की भाँति व्यतीत करे?

परन्तु ये मुकुट क्यों शान्ति के साथ जीवन काटने देगा? इस मुकुट की मणियों की चमक में तो सारा संसार फँसा हुआ है। जिन व्यक्तियों के शीश पर ये विराजता है, उन्हें सोने ही नहीं देता है। जगत् में ऐसा कौन-सा मुकुटधारी सम्राट है जो छत्र को धारण करने के उपरान्त सुख की नींद सोया हो? कभी सामन्तों का विद्रोह, कभी प्रजा का विद्रोह, कभी मंत्रियों का विद्रोह। कुछ-न-कुछ चलता ही रहता है। मंत्रिगण सामन्ती गुटवादी में ही फँसे रहते हैं और सामन्त कभी एक नहीं हो सकते। यदि वे एक हो जाएँ तो फिर चक्रवती सम्राट का सिंहासन हथियाने का प्रयास करेंगे या सम्राट को सिंहासन से उतारने का षड्यन्त्र रचेंगे। यदि सम्राट निष्क्रिय हो जाए तो फिर उन्हें ये कार्य और सरल हो जाता है, फिर प्रजा भी सत्ताधारी को अकर्मण्य कहने लगती है। राजा के साथ अनेक अटकलें जोड़ने लगती है तथा चाकरों में स्वेच्छाचारिता बढ़ जाती है। अन्य राष्ट्रघात लगाकर आक्रमण करने की तैयारी करने लगते हैं या फिर सत्ताधारी का वध करने का षड्यन्त्र रचने लगते हैं। स्वदेश के ही लोग देशद्रोही बनकर अपने राष्ट्र का भेद देने लगते हैं और इस भेद के बदले में उन्हें मात्र कुछ निष्क ही तो प्राप्त होते हैं और इस निष्क में वे अपने देश का विक्रय कर देते हैं। ऐसे देशद्रोही प्रत्येक राष्ट्र में जन्मते हैं और ये देशद्रोही ही तस्कर-व्यापार करते हैं। कन्याओं का उन्मुक्त विक्रय करते हैं और धन उपार्जित कर ये लोग धन्ना सेठ बनकर बड़े धर्मपरायण अपने-आपको घोषित करते हैं। ऐसे लोगों से नगर सेना भी कभी-कभी सम्पर्क स्थापित कर उत्कोच लेने लगती है और अपराधियों को ऐसा घिनौना कृत्य करने में बल मिलता रहता है। यथेष्ट चाकर तो बिना निरीक्षण के ही जलपोतों को उत्कोच पर छोड़ देते हैं। अभी-अभी एक ऐसा पोत विभीषण ने पकड़ा था, जिसमें चोरी की सामग्री भरी हुई थी और आश्चर्य की बात यह थी कि वह समूचा असबाब लंका का ही था, जिसमें अनाज भी था। मेरे जैसे सम्राट की दृढ़ अवस्था पर भी तस्कर पोत का पकड़ा जाना अपने-आपमें राजकीय अव्यवस्था का प्रतीक है। फिर रावण को विदेश-नीति पर भी आँख रखनी है तो कैसे निश्चिंत हो सकता है?

एक ओर इन्द्र पराजित हुए हैं तो दूसरी ओर से कोई-न-कोई नई कूटनीति का अवलंब अवश्य ही लेंगे। भले ही उनके षड्यन्त्र में समय लगे, परन्तु देवराज प्रतिष्ठा खोकर उसे पुनः अर्जित करने का प्रयास तो करेंगे ही। दशानन जैसा कूटनीतिज्ञ फिर कैसे राजनीति से संन्यास ले सकता है? दशानन तो राजतंत्र का पोषक है। यदि प्रजातंत्र का सत्ताधारी होता तो गणराज्य का स्वामी कोई भी योग्य व्यक्ति बन सकता था। परन्तु राजतंत्र में तो समूची सत्ता सम्राट में ही निहित है और सम्राट ही राष्ट्र की प्रभुसत्ता से आवृत्त है तो लंका जैसे विशाल साम्राज्य का संचालन बिना रावण के कैसे होगा? फिर रावण ने तो 'रव' कर अस्त्र-शस्त्र प्राप्त किए हैं। वर्षों पंचाग्नि तपी है, धूप में एक पैर से खड़े होकर तप किया है, तब कहीं सिद्धि प्राप्त कर राज्य प्राप्त किया है। उसे कैसे छोड़ा जा सकता है?

दशानन तो एक निर्धन व्यक्ति था। मात्र साहस ही उसका साथी था। मैंने वह समय भी देखा है जबकि मेरे पास भोजन तक की समस्या रहती थी। मैंने अपने भाइयों को कभी इसका आभास नहीं होने दिया तथा उनके लिए किसी-न-किसी प्रकार भरण-पोषण की व्यवस्था करता रहा और ब्राह्मण होकर खड्ग के बल पर अपना उत्कर्ष करता रहा और दक्षिण द्वीप जय कर महाराज माल्यवान का राज्य विस्तार करता रहा और जब लंका प्राप्त हुई तो भैया ने मुझे लंका का रिक्त कोष सौंपा, जिसमें कुछ भी नहीं था। उसे मैंने अपनी हेमवती विद्या से पूरित किया। यक्ष प्रजा के कतिपय निर्धन लोग ही यहाँ रह गए थे। शेष धनवान यक्ष जिनके हाथ में वाणिज्य था व जो पूँजीपति थे, वे सब उन्हीं के साथ चले गए थे। लंका में पूँजीपति वर्ग ही नहीं रह गया था जो कि राष्ट्र की उन्नति में हाथ बँटाता तथा निर्धनों को काम देकर स्वयं धन अर्जित करता। वह तो मैंने बड़ी कठिनाई से दैत्यों व दानव भूपों से ऋण लेकर, सामग्री लेकर अपनी प्यारी लंका में पणियों को प्रश्रय दिया और अपने देश का उत्थान किया। अब तो इस देश के हनु (आदिवासी) भी पिछड़े हुए वर्ग में नहीं रह गए हैं। उन्हें मैंने पूर्ण प्रश्रय प्रदान कर वानर-सम्राट बालि की प्रजा से भी अधिक सम्मान दिया है। यद्यपि वे लंका में अल्पसंख्यक हैं, फिर भी प्रतिभावानों को अच्छे-अच्छे पदों पर नियुक्त किया गया है। रावण ने सभी को एक करने का प्रयास किया है, जिसके कारण क्षत्रिय सम्राट नाक-भौं सिकोड़ते हैं, तो यह व्यवस्था बिना रावण के कैसे स्थिर रह सकेगी? यह तो चरमराकर टूट जाएगी। रावण संन्यासी तो हो ही नहीं सकता अन्यथा उसका वध ही कर दिया जाएगा।

शिक्षा के प्रसार के कारण लंका के युवक गुणवान हो गए हैं। लंका में प्रतिभाएँ उभर रही हैं। उन्नति के शिखर को स्पर्श करनेवाले राज्य से रावण को मोह है, वह निर्लिप्त होकर भी लिप्त रहेगा।

इसी समय मन्दोदरी सोमरस लेकर उपस्थित हुई व प्रसन्न मुद्रा में बोली, "स्वामिन्! सुलोचना कह रही थी कि अब तो तात को रणनीति त्यागकर शान्तिपूर्वक लंका राज्य का विस्तार नहीं, विकास करना चाहिए, अन्यथा साम्राज्यवादी नीति में किसी दिन लंकेश फँस भी सकते हैं क्योंकि प्रसार में शत्रुओं का बाहुल्य हो जाता है। प्रत्येक सम्राट सार्वभौम सम्राट का मित्र कम, शत्रु अधिक है। लंकेश का उत्कर्ष व रावण नाम धरती से उठकर व्योम में छा गया है तो आर्य क्षत्रियों को इस नाम को डुबोने की कूटचाल चलना नैसर्गिक है।"

"सुलोचना का चिन्तन ठीक हो सकता है, परन्तु मेरे अनुशीलन से भिन्न है। रावण नाम अब डूब नहीं सकता। भगवान शंकर के भक्त का नाम युगों तक चलेगा। हाँ, इतना अवश्य है, अब रावण को शान्तिप्रिय हो जाना चाहिए क्योंकि उसकी सभी अभिलाषाएँ पूर्ण हो चुकी

हैं, अन्यथा अजेय सम्राट कभी दुर्भाग्यवश पराजित भी हो सकता है।"

"यही विचार मेरा भी है। अब तो आप पूर्व की भाँति तप करते रहिए और मैं आपको तप में सहयोग करती रहूँगी। वृद्धावस्था में राजनीति में लिप्त होकर निर्लिप्त जैसा कार्य कर शेष जीवन निष्कंटक, निर्विघ्न रूप से बिताएँ। आप मुझसे कहा करते थे—मन्दोदरी, देवताओं को पराजित करने के उपरान्त मैं वेदभाष्य करूँगा, तंत्रशास्त्र, संगीतशास्त्र की रचना करूँगा, तो यह वही समय आ गया है, जिसका आप पालन करेंगे तो आपके यश को चार चाँद और लग जाएँगे।"

"तुम्हारे मेरे विचार में साम्य है। अभी-अभी मैं यही सोच रहा था। रावण की अब कोई इच्छा नहीं रह गई है। यदि है तो वह यह कि सोने में सुगन्ध का प्रयोग तथा आकाशीय लोकों का भ्रमण।"

"इनका प्रयोग करते रहेंगे। यदि सफलता प्राप्त हुई और विधाता की अनुकम्पा हुई तो आप यह कार्य भी सिद्ध कर लेंगे।" फिर हँसकर बात परिवर्तन कर कहा, "सम्राट एक पुत्री के भी पिता हैं। श्रीप्रभा की पुत्री मनोरमा शनैः-शनैः बढ़ रही है। पिता को पुत्री-चिन्ता की वस्तु मानी गई है।"

"मन्दोदरी! सार्वभौम सम्राट को पुत्री की चिन्ता रंचमात्र नहीं। विभीषण की पुत्री त्रिजटा और मनोरमा में मैंने कभी भेद नहीं माना। जैसा विवाह त्रिजटा का किया, उससे भी बढ़कर मैं मनोरमा का करूँगा। प्रिय! मनोरमा राजकुमारी है। हम उसका स्वयंवर करेंगे। स्वयंवर भी ऐसा रचाएँगे कि प्रत्येक द्वीप के भूपों को आमन्त्रित करेंगे और उनका सात दिन तक लंकद्वीप में स्वागत होता रहेगा। विशाल पांडाल बनाएँगे। हमारी स्वर्णपुरी को नववधू की भाँति भ्राजित करेंगे और उस स्वयंवर से एक बार फिर दशानन अपनी प्यारी लंका की श्रीसमृद्धि करेगा। पुत्री तो रत्न है मन्दोदरी! रावण मनोरमा को पुत्रों से भी अधिक स्नेह करता है। वह मुझे भारी न होकर प्रसन्नता देनेवाली है। रावण कन्यादान कर तुम्हारे, चित्रांगदा और श्रीप्रभा के ऋण से मुक्त होकर मोक्ष की प्राप्ति करेगा। रावण की विधाता ने लाज रख ली, वह एक पुत्री भी चाहता था, जिसके विवाह में एक पिता अपने दोनों हाथ खोलकर सोल्लास व्यय करेगा और पिता के कर्तव्य का पालन कर अपने मानव जीवन को धन्य करेगा।"

"यह विचार मेरा भी है।"

"तब तो रावण को अभी और कुछ दिन सिंहासन पर कुंडली मारकर बैठना होगा, अन्यथा मैं मेघनाद को राज्य देकर कैलासधाम पर तुम्हारे साथ सानन्द जीवन बिताता।"

"प्रतापी सम्राट का प्रतापी पुत्र अभी सिंहासन पर बैठने के योग्य नहीं हैं। आपकी संस्कृति, आपके उपनिवेश, सभी लंका के विरोध की जड़ें हैं। आपके विरोध का कारण मुख्यतः आपकी संस्कृति में संलग्न व्यक्ति जो कि वर्तमान में किसी भी विपक्षी का वध कर रहे हैं और ताड़का की स्वेच्छाचारिता इतनी बढ़ गई है कि कभी-कभी अकारण ही सुबाहु के सैनिक ऋषियों से झगड़ जाते हैं और फिर उनका कोपभाजन बनते हैं। इस कारण विजयों के उपरान्त आपको इन समस्याओं का भी अन्त करना होगा। लंका में भी वानर-प्रजा यद्यपि अल्पसंख्यक है, फिर भी उनके साथ दुर्व्यवहार हो रहा है। इस कारण हनु जाति क्षोभमय है। अभी-अभी चार वानरियों के साथ नगर-सेना ने अत्याचार किया जिस पर आपने मृत्युदंड दिया तो नगर-सेना भड़क गई। वह कभी विद्रोह भी कर सकती है तो उन्हें दबाने के लिए सक्षम, सुयोग्य सम्राट की ही आवश्यकता है।"

"वानर-प्रजा भी उच्छृंखल है। उनकी वानरियाँ लंपट हैं और वयस्कों को फुसलाकर स्वयं ही तो समर्पित होती हैं और जब पकड़ी जाती हैं तो असत्य आरोप लगाकर लंकावासियों को अपयश का भागी बनाती हैं फिर वानर-प्रजा क्रोधित हो जाती है और सम्राट के पास गुहार करने लगती है। अपना दोष तो यह जाति देखती नहीं, दूसरे पर दोष मढ़ने में चतुर है। इस समस्या का कोई समाधान है तो वह यह कि इस प्रजा को बालि के राज्य में ही वापस जाने की आज्ञा दे दी जाए। जहाँ तक नगर-सेना का प्रश्न है, इसकी उद्दण्डता को अवश्य दबोचना होगा। यदि रक्षक ही भक्षक बन जाए तो प्रजा का कष्ट-निवारण कौन करेगा? इसी कारण तो मैंने मृत्युदंड दिया। चाकरों में चरित्र का निर्माण किया जाना व उन्हें पाप-पुण्य दोनों बातें समझाकर उत्कोच से विमुख करना भी एक अनिवार्य आवश्यकता है अन्यथा प्रजा के हित के लिए जो योजनाएँ मैंने बनाई हैं, उनके क्रियान्वयन में कठिनाई ही है।"

मन्दोदरी बीच में ही बोली, "इसीलिए तो मेरा कहना है कि अभी सार्वभौम सम्राट को प्रव्रज्या धारण का अवसर नहीं है।"

"तो ठीक है, अब लंका की आन्तरिक समस्याएँ दूर करने में कुछ समय व्यतीत किया जाए और कुछ तपस्या में। मैं कर्महीन होकर तो जीवन निरर्थक नहीं बना सकता। मैं तो कर्मशील हूँ और कर्मशील बनकर ही मैंने ख्याति प्राप्त की है। और इस ख्याति को मैं अपने काल में ही मिटा दूँ, यह तो हो नहीं सकता। अतएव मन्दोदरी! मैं प्रयास करूँगा कि युद्ध न हो और शान्ति-वार्ता से ही काम चल जाए अन्यथा जैसी परिस्थिति होगी, वैसा पग उठाना रावण जानता है।"

वाग्धारा खंड

श्रीराम ने क्या-क्या नहीं देखा...गुरु वसिष्ठ से विश्वामित्र तक की दीक्षाएँ, आखेट के समय घने जंगलों में घूमना, चारों भाइयों द्वारा पशुओं का वध करना, फिर अश्वारूढ़ होकर सिंह का पीछा करना, रथ का स्वयं संचालन करना, हाथियों का शिकार करना और अपनी-अपनी विजय पर चारों भाइयों का खिलखिलाकर हँसना। सब कुछ विलक्षण था। मानव जीवन की बाल्यावस्था का आनन्दपूर्ण कौतुक तथा तात दशरथ का प्रसन्न होना।

भरत ने अकेले ही एक खूँखार सिंह को मार दिया, इसी प्रकार शत्रुघ्न ने बारह बाणों से एक बहुत बड़े हाथी का शिकार किया था; मुझसे तो एक किरात ही मर गया था, तब मैं बहुत दुखी हुआ था, तब गुरु वसिष्ठ ने कहा, ''राम, क्षत्रिय के हाथ से यदि निरपराध कोई अनार्य मर जाता है तो वह भी मुक्त हो जाता है। तुम्हें अपने सूर्यकुल का स्मरण करना होगा और इस कुल की शक्ति को अक्षुण्ण रखना होगा। तुम्हारे तात दशरथ के कार्यकाल में कोशल राज्य की सीमा का विस्तार नहीं हुआ है, तुम्हारे पिता की शिथिलता के कारण भरतखंड में 'रक्ष' संस्कृति विस्तीर्ण हो गई है, और रावण के अनुयायी मिथिला पर आक्रमण की तैयारी कर रहे हैं। राम, तुम्हें इन्द्र तथा रावण दोनों की शक्तियों के बीच एक तीसरी शक्ति के रूप में उभरना है। तुम्हारा जन्म आर्य धर्म की ध्वजा को फैलाने के लिए ही हुआ है। इस आर्य संस्कृति के लिए तुम्हें अरण्य में भी जाना होगा जहाँ कि रावण की जय-जयकार होती है।''

''ये रावण क्या है तात?''

''रावण विश्व की वर्तमान महाशक्ति है जिसने इन्द्र तक को पराजित कर दिया है।''

''किन्तु राम का रावण से क्या सम्बन्ध?''

''राम को सार्वभौम सम्राट बनना है।''

''वह तो प्रत्येक राजकुमार की बलवती इच्छा होती है।''

''किन्तु राम पौरुषपूर्ण होगा और भाग्य को चुनौती देगा।''

''ऐसा राम को क्या चमत्कार करना है?''

''राम युवाशक्ति का पुंज होगा जो अनार्यों तक को अपनाएगा और दक्षिण तक अपनी शक्ति को बढ़ाएगा।''

''राम किशोरावस्था से ही राज्यलिप्सा में फँसा दिया जाएगा या फिर इन्द्र तथा रावण की राजनीति में उलझ जाएगा।''

''राम तुम्हारा युद्ध दूसरे प्रकार का होगा...''

''कैसा तात?''

''तुम दक्षिण तक आर्य-अनार्यों सभी का एकीकरण करोगे।''

''एकीकरण एक द्विविधा है, तात!''

"दृढ़ निश्चयी के लिए सब सम्भव है।"

"राम का दृढ़ निश्चय राजनीतिक चालों के सम्मुख बौना हो जाएगा। राम की युवाशक्ति कब पनपेगी यह भी एक विडम्बना ही होगी। राम क्षत्रिय है और कहीं-कहीं क्षत्रिय तथा ब्राह्मणों का बैर है, कहीं ऋषियों तथा राक्षसों का बैर है, और कहीं-कहीं वैश्य शूद्रों के साथ-साथ आर्यों व अनार्यों में मतभेद है। युवाशक्ति का अभ्युदय मतभेदों के बीच से कैसे होगा?"

"जो असम्भव है उसे ही तो राम को सम्भव करना है।"

"राम जब पशुओं पर बाण छोड़ता है तो उनके तड़प-तड़पकर प्राण त्यागने पर उसके मन में करुणा का उद्वेग आता है फिर नरसंहार में तो राम नहीं टिक सकेगा।"

लक्ष्मण आँखें तरेरकर बीच में ही सगर्व बोले, "भैया, गुरुजी ठीक कहते हैं, किसी भी क्षत्रिय के हाथों मारा हुआ पशु नहीं अपितु श्रीराम रघुवंशी के हाथों मारा हुआ कोई भी हिंसक प्राणी या दुष्ट प्रकृति का मनुष्य मुक्ति का भागी होगा और राम करुणामयी तो रहेंगे किन्तु उसमें भीरुता नहीं होगी।"

"नहीं लक्ष्मण! राम को प्रकृति के नियमों पर भी अवलोकन करना होगा, महाराज मनु के धर्म को भी धारण करना होगा।"

"राम का धर्म जन क्रान्ति और जन आक्रोश को उत्पन्न करना नहीं बल्कि राम का कर्म एक आदर्श कर्म होगा जिसका अनुसरण समूचा समाज करेगा और राम एक महान पुरुष कहलाएगा। राम का आदर्श लोककल्याण के लिए प्रतिदर्श बने, यह मेरी अभिलाषा है, वत्स!" वसिष्ठ ने कहा।

राम ने कुछ सोचा फिर कहा, "तात, आपने ही तो बताया था कि जब राजा वेन की राजकीय व्यवस्था चरमरा गई तो उसका वध कर दिया गया और उसके पुत्र पृथु को राजा बनाया गया जिसके नाम पर धरती को पृथ्वी नाम प्राप्त हुआ, क्या यह क्रान्ति नहीं थी? और थी तो राम यह नहीं करेगा।"

"मैं ऐसी तामसी क्रान्ति की बात नहीं कर रहा हूँ। मैं दुष्ट प्रवृत्तियों अर्थात् राक्षसों द्वारा अपनी धार्मिक व्यवस्था पर की गई चोट के निराकरण की बात कर रहा हूँ। मैं शस्त्र उठाकर रक्त बहाने का परामर्श नहीं दे रहा क्योंकि शस्त्र उठाने से समाज में विघटन होता है।

"शस्त्रों के निर्माण तथा भौतिक साधनसम्पन्न होने के कारण ही राष्ट्रवादिता के स्थान पर आर्यावर्त में गुटबन्दी ने जन्म ले लिया है जिसका बीज वपन रावण ने किया है, और यह विश्वशान्ति के लिए घातक है। राम फिर से जनजागरण करेगा तथा आर्य धर्म की सुप्त चेतना को जगाएगा। राम कर्म परिणाम, हानि, हिंसा तथा सामर्थ्य को विचारकर ही कुछ करेगा।"

"राम की क्रिया की प्रतिक्रिया कैसी होगी, कौन कह सकता है? 'रक्ष संस्कृति' से राम ही क्यों टकराए? क्या रावण के प्रति राम का यह कृत्य बुरा नहीं माना जाएगा? राम की जो आर्यावर्त के लोगों को अच्छी लगेगी, वही बात लंकावासियों के लिए कुठाराघात होगी और फिर राक्षसों के लिए राम भी राक्षस होगा। दो संस्कृतियों के टकराव को टकराव से नहीं काटा जा सकेगा गुरुवर! आज के समाज व वर्तमान राजकीय व्यवस्था में वैमनस्य भरा हुआ है, दासप्रथा चरम सीमा पर पहुँच गई है, ब्राह्मणों तथा क्षत्रियों के भेदभाव की खाई को परशुराम ने और बढ़ा दिया है। ब्राह्मण तथा अब्राह्मण को मिटाया गया तो वैश्य एवं शूद्रों को हानि होगी। परिणाम अच्छे नहीं होंगे तात बल्कि इच्क्ष्वाकु कुल गर्त में चलाएगा।"

"वत्स राम, उत्थान तथा पतन के भाव में अहं भाव निहित है। राम में अहं भाव के परित्याग

और लोगों में समानता तथा बन्धुत्व के संस्कार उत्पन्न करने से ही ये विषमता पाटी जा सकेगी। युद्ध तो मेरा और विश्वामित्र का भी हुआ है किन्तु क्या उससे हम समाज को कुछ दे सके, अलावा हानि के। मेरा विचार है—सामाजिक जीवन में समरस होकर, वैयक्तिक अथवा राजकीय अहंकार त्यागकर समाज में ऐसे संस्कार उत्पन्न करो कि वर्तमान व्यवस्था में सुधार हो।''

फिर कहा, ''राम, तभी तुम राष्ट्र की सर्वांगीण उन्नति के लिए मार्ग प्रशस्त करने में सक्षम हो सकोगे। तुम्हारे पिता ने कोशल राज्य की सीमाएँ छोटी कर ली हैं। महाराज मान्धाता द्वारा अर्जित ख्याति को ठेस पहुँचाई है। जब समाज स्वस्थ होता है तभी राष्ट्र-जीवन शक्तियुक्त होता है और कल के सम्राट तुम्हीं हो, इस कारण सरयू की लाज तुम्हारे हाथ ही होगी।

''वत्स राम, पहले कोशलाधीश एक था। फिर यह भाग उत्तर कोशल तथा दक्षिण कोशल दो भागों में बँटा और दो अयोध्या नाम पड़े, दो राजधानियाँ हुईं और तुम्हारे ही वंश के महाराज अनरण्य को रावण पराजित कर गया। महाराज दशरथ हाथ पर हाथ रखे बैठे रहे। क्या साकेत का भावी सम्राट राम अपने राष्ट्र में किसी विदेशी शक्ति को पुनः प्रवेश देगा और लूटमार देख सकेगा?''

अनायास राम के मुख से निकला, ''नहीं गुरुवर! राम आपके उपदेशों पर तो चलेगा ही, साथ ही वह अपने बुद्धि-विवेक से भी परिस्थिति अनुसार निष्कर्ष निकालेगा और इस साकेत के लिए ही नहीं अपितु इस पृथ्वी के लिए कुछ करेगा।''

राम ने एक गहरी साँस ली, उन्होंने मस्तक टटोला, पसीने की बूँदें उभर आई थीं। लक्ष्मण कन्दमूल फल लेने गए थे और भगवती सीता मृगशावक को दूर्वांकुर चुगा रही थीं। वे अभी राम की ओर निहार भी नहीं रही थीं और राम पंचवटी पर पर्णकुटीर के द्वार पर बैठे-बैठे अतीत में खोए हुए थे, उन्हें वन गमन में ही अपना कर्तव्यबोध हो रहा था। श्रीराम का जीवन चुनौतियों के बीच से ही व्यतीत हो रहा था। भविष्य की परिकल्पना श्रीराम के पास क्या हो, इसी ऊहापोह में राम के अनुशीलन में निखार, परिष्कार तथा विकृति, सभी प्रक्रियाएँ गड्डमड्ड हो गई थीं।

राम गुह का साख्य नहीं भूला है। महाराज दशरथ अपनी चतुरंगिणी सेना के साथ गंगा स्नान करने हम चारों भाइयों को लेकर गए थे। उस समय गुह ने सूर्यवंशी चक्रवर्ती सम्राट के पूर्व स्नान करने का हठ किया और युद्ध हो गया क्योंकि तात दशरथ क्षत्रिय और गुह शूद्र राजा था जो ससैन्य गंगा स्नान हेतु आया था, दोनों में साम्य की सम्भावना का प्रश्न ही नहीं था। युद्ध हुआ, गुह बाँध लिया गया और उसने तात से कहा, ''मुझे राम के दर्शन करना है क्योंकि वे मेरे मित्र हैं, मेरे क्षेत्र में वे आखेट कर गए हैं।'' तब पिता ने अथवा एक सम्राट ने उत्तर दिया था, ''राम क्षत्रिय और तुम शूद्र, मित्रता का प्रश्न ही नहीं उठता।'' मैं रथ में बैठा सब कुछ सुन रहा था फिर भी गुह ने नम्रता के साथ कहा, ''महाराज, राम से तो पूछिए, मैंने उन्हें मित्रता में बाण विद्या भी सिखाई है और यह विद्या मैंने वसिष्ठ गुरु से सीखी है। वे मेरे पितातुल्य हैं और मुझे अपने पुत्र के समान ही मानते हैं।''

सम्राट दशरथ क्रोधित हो गए, उनका चौथेपन में भी माथा तमतमा उठा किन्तु इसके पूर्व कि तात कोई आज्ञा देते, गुह ने पैर के अँगूठे से ही सर सन्धान कर दिया तब मैं अनायास ही प्रकट होकर गुह के पास आया और उसका छोड़ा हुआ तीर काटा व फिर कहा, ''लक्ष्मण, अग्नि प्रज्वलित करो, गुह से अब हम साख्य करेंगे।''

गृह और मैं दोनों ही यथेष्ट काल तक बैठे रहे थे, हमने साथ-साथ ही गंगा स्नान किया था। गुह को राजनीति का भी अच्छा ज्ञान था :

"भद्र राम, हम ऐसे संसार में जी रहे हैं जिसमें विषाद सर्वव्यापी है। परम्पराएँ, संयम और स्थापित नियम व्यवस्था आश्चर्यजनक रूप से शिथिल हो गई हैं। संसार का नियमन करनेवाली आर्य सभ्यता तथा शताब्दियों से लोगों के आचरण का निर्देशन और अनुशासन करनेवाले मनु महाराज की स्मृतियाँ रावण जैसी महान शक्ति के आगे नतमस्तक हो गई हैं। रावण के तन्त्र, सार्वभौम सम्राट रावण का वेदभाष्य और उसकी रचनाएँ मुक्त कंठ से गाई जा रही हैं। जगत में 'रक्ष संस्कृति' तथा 'आर्ष संस्कृति' कटुताओं एवं संघर्षों से विदीर्ण हो रही है। सारे समाज का वातावरण सन्देह, अनिश्चितता और भविष्य के अत्यधिक भय से भरा है। ऐसी स्थिति में राम हम युवाओं के कन्धों पर सामाजिक चेतना जगाने का भार होता है। हम शूद्र हैं भद्र राम, किन्तु हमारी जाति के बढ़ते हुए कष्टों, आर्थिक दरिद्रता की तीव्रता, तथा अभूतपूर्व पैमाने पर होनेवाले युद्धों और उच्चपदस्थ लोगों के मतभेदों के कारण हमारी ढहती हुई सामाजिक व्यवस्था के लिए कुछ-न-कुछ करना ही होगा अन्यथा विज्ञान एवं भौतिक साधनों से सम्पन्न लंकेश की शक्ति के सम्मुख जिस प्रकार इन्द्र झुक गया उसी प्रकार इन्द्रजीत के आगे तुम्हें भी झुकना होगा।

"मित्र राम! तुम्हें अपना मात्र कोशल राज्य ही नहीं देखना है प्रत्युत आर्यावर्त अर्थात् उत्तर के प्रत्येक राज्य पर राजनीतिक दृष्टि रखते हुए समय पर उनकी सहायता भी करनी है तथा अपने कोशल राज्य की सीमाओं का विस्तार भी करना है। यदि मिथिला पर आक्रमण होता है तो यह नहीं कि कोशल का राजकुमार राम अपने पिता की भाँति बैठा रहे बल्कि रावण के उपनिवेशों से 'रक्ष संस्कृति' के उठते हुए धूम को मिटा दे। यदि उस समय रक्तपात हो तो होने दे। क्योंकि रावण की सभ्यता पंगु सभ्यता है, वह महान दार्शनिक व विचारक है, इस कारण लंकेश तो अब तपस्या में तल्लीन-सा है किन्तु सोया हुआ नहीं है परन्तु उसके उपनिवेश अधिष्ठाता अब लगनशील नहीं रह गए हैं, अब वे आलसी तथा विलासी हो गए है, इस कारण ऋषि-मुनि सभी से वे झगड़ बैठते हैं क्योंकि सुदूर लंका में बैठे दशानन के अनुशासन में शिथिलता आ गई है और यही उत्तम समय है रावण के उपनिवेशों को उत्तराखंड में समाप्त करने का।"

पुनः गम्भीर मुद्रा बनाकर कहा, "तात राम, गुरु वसिष्ठ ने मुझे शिक्षा दी थी कि वत्स, शत्रु जब असावधान हो अथवा किसी युद्ध में उलझा हो तो उस समय अधीन राज्य को अपने आपको स्वतन्त्र घोषित कर लेना चाहिए एवं शत्रु राजा की शक्ति के स्रोतों को नष्ट करने का उपाय सोचना चाहिए। रावण लंका का महान सम्राट हो सकता है परन्तु हमारे लिए तो वह विदेशी शासक ही हुआ और हम उसके उपनिवेशों को सहन नहीं करेंगे। रावण की राजनीतिक सफलता यही है कि नैमिषारण्य में उसका उपनिवेश है और ताड़का उसकी अधिष्ठात्री है जो बराबर कर की वसूली (अधिप्राप्ति) करती है और जो कृषक कर के रूप में लगाया हुआ अनाज नहीं देता उसको वह दंड देती है। राम, आप जानते हैं किसान कौन है, ब्राह्मण, क्षत्रिय, वैश्य तथा शूद्रों में वे लोग जो कि हमें अपनी उपज का निर्धारित भाग कर के रूप में देते हैं फिर उनकी दशा और कितनी दयनीय होगी यह हम नहीं विचारेंगे तो कौन विचारेगा राम?"

"रावण के इस समय तपश्चर्यारत होने से उसके चाकर दम्भी हो गए हैं। वे अब ऋषियों-मुनियों से कर की अधिप्राप्ति करने जाते हैं तो उनसे झगड़ बैठते हैं, उनके यज्ञों का विध्वंस कर देते हैं, उन्हें मार देते हैं और चूँकि ये रावण के सैनिक उपनिवेश हैं इस कारण सेना प्रजा पर पाशविक अत्याचार करती है, उनका उद्देश्य मात्र लूटना है तथा लंका के प्रति एवं अपनी संस्कृति के प्रति निष्ठावान रहना ही उनका धर्म है। यह विदेशी शक्ति हमें खोखला कर रही है, हमारी नारियों का सतीत्व सेना नष्ट कर रही है और लंकेश की वृद्धावस्था होने से लंका

राज्य की सत्ता का नियन्त्रण भी शिथिल हो गया है। इन्द्रजीत ऐन्द्रजालिक विद्या तथा निकुम्भला यज्ञ में लीन रहता है। इस कारण लंका की सामाजिक व्यवस्था भी चरमरा रही है, वहाँ वानर जाति पर अत्याचार किया जा रहा है, यदि वहाँ सुखी हैं तो मात्र विप्र, दैत्य-दानव वर्ग का वह तबका जो कि उच्च पदों पर होकर अनार्य संस्कृति का पोषक है। लंका के क्षत्रियों की दशा भी ठीक नहीं है। अन्त में यों कहा जा सकता है कि विश्व की इस महान शक्ति को नष्ट करने का अब समय आ गया है।''

राम विहँसे फिर बोले, ''गुह...। सभ्यताओं का जन्म और विकास पूर्णतया किसी जाति की उत्कृष्टता पर अथवा आसपास की परिस्थितियों की स्वतः चालित कार्रवाई पर निर्भर नहीं होता। सभ्यता का जन्म बदलती हुई परिस्थितियों के कारण होता है तथा जो लोग राजपद्धति के सहारे, जाति के नाम पर अथवा धर्म के नाम पर किसी नई संस्कृति को जन्म देकर उसे थोपना चाहते हैं, वह संस्कृति स्थायित्व ग्रहण नहीं कर सकती क्योंकि वह समाज के विकास में बाधाजनक होती है और थोपी हुई होने से समाज के लिए चुनौती के रूप में सामने आने से कष्टप्रद होती है। इस कारण ऐसी संस्कृति को मनुष्य कुछ दिन के लिए ओढ़ सकता है किन्तु अन्तःकरण द्वारा स्वीकार न होने पर वह इसे छोड़ भी सकता है। जो संस्कृतियाँ समय के अनुकूल नहीं होती हैं उनके ध्वंसावशेष ही रह जाते हैं, संस्कृति या सभ्यता नहीं।''

''मित्र गुह! रावण की युद्ध सभ्यता किसी व्यक्ति के निजी स्वार्थ के लिए लड़े गए युद्ध नहीं हैं। रावण के समरों में इन्द्र के प्रति वैरभाव एवं इन्द्रजीत तथा सार्वभौम सम्राट की उत्कट लालसा ही मुख्य रूप से छिपी हुई थी क्योंकि रावण मेधावी, राजनीति का पंडित सुना गया है और राजनीति में साम्राज्यवादी लिप्सा आवश्यक होने के कारण तथा जन्म से श्रोत्रिय एवं कर्म से क्षत्रिय होने तथा तपस्या से ऋषि-मुनि की श्रेणी में रावण के होने से ही वह अपने अभियान में सफल हुआ है। इतने सारे गुणों से परिपूर्ण दशानन ने यदि अपनी 'रक्ष संस्कृति' पनपा ली है तो उसे आर्य सभ्यता में अंशरूप में अन्तर्भुक्त करना ही होगा। राक्षसों के समाज को शत्रुता के स्थान पर मित्रता के साथ अपनाने से ही काम चलाना चाहिए अन्यथा युद्धों से तो विघटन ही होगा। जब प्रकृति के आधारभूत नियम का, जो सुसंगति, एकता, मनुष्य और मातृभाव के प्रति जो आदर है, पैरोंतले रौंद दिया जाता है तब अस्तव्यस्तता, विद्वेष और युद्ध के अतिरिक्त किसी वस्तु की आशा नहीं की जा सकती।''

पुनः राम ने शान्त स्वर से कहा, ''सखे! प्रत्येक सभ्यता किसी-न-किसी धर्म की अभिव्यक्ति है और धर्म परम मूल्यों में विश्वास और उन मूल्यों को उपलब्ध करने के लिए जीवन की एक पद्धति का प्रतीक होता है और यदि किसी सभ्यता के मूल्यों पर से हमारा विश्वास हट जाए तो उस सभ्यता के नियम निर्जीव हो जाएँगे।''

इसी बीच गुरु वसिष्ठ ने वार्ता में हस्तक्षेप करते हुए कहा, ''वत्स राम! परिस्थितियों को मनुष्य ही बदलते हैं। रावण एक मेधावी, मायावी तथा भौतिक शक्तियों का पुंज है जिसने अपनी शक्ति के आधार पर परिस्थितियाँ बदली ही नहीं बल्कि उन पर विजय भी प्राप्त की है। वैसा ही परिवर्तन कर आर्य सभ्यता की विजय भी प्राप्त करनी होगी। राम का यही दृढ़ निश्चय होगा।''

राम विहँसे और बोले, ''प्रतिकूल परिस्थितियों को साहस से अनुकूल बनाया जा सकता है। मित्रता और प्रेम से विघटन को संगठन में परिवर्तित किया जा सकता है। किसी भी संस्कृति के प्रचलन का पूर्णरूपेण खंडन नहीं किया जा सकता है बल्कि उस संस्कृति के व्यक्तियों को भी प्रश्रय प्रदान कर धर्मनिरपेक्ष भावना के आधार पर इनकी कट्टरता को मिटाया जा सकता

है। दोनों संस्कृतियों को सामंजस्य के सूत्र में बाँधकर उन्हें आत्मसात् करने का प्रयास करना चाहिए अन्यथा दोनों संस्कृतियों में टकराव होने से युद्ध होगा।''

दशरथ बीच में ही बोले, ''बेटा राम! धर्मनिरपेक्षता राष्ट्र की सबसे बड़ी शिथिलता है। जिस राज्य में अनेक धर्म हों, वहाँ उनकी स्वामिभक्ति अपने धर्म के प्रति ही रहती है, दूसरे के प्रति नहीं। सभ्यताओं में निष्ठा का स्वरूप होता है इस कारण उन्हें आत्मसात् नहीं किया जा सकता है। रावण स्वायत्त हो गया है, वह सार्वभौम सम्राट होने के कारण देवताओं के समान अपने-आपको स्वामी घोषित कर रहा है। दशानन ईश्वरहीन संस्कृति का निर्माण कर परमात्मा के विरुद्ध विद्रोह कर रहा है। उसकी भौतिक सर्वोच्चता ने उसे अधिनायकों की श्रेणी में लाकर खड़ा कर दिया है। उसकी सभ्यता का स्वरूप मनुष्य की प्रवृत्ति तथा भवितव्यता पर आधारित न होकर खड्ग की शक्ति पर आधारित है।''

फिर बोले, ''राम! हमारा धर्म वह अनुशासन है जो अन्तरात्मा को स्पर्श करता है, बुराई से संघर्ष करने में हमारी सहायता करता है तथा काम, क्रोध और लोभ से हमारी रक्षा करता है। धर्म का सार उन धर्म सिद्धान्तों में और धार्मिक मतों में, विधियों में, संस्कारों में नहीं है जिनमें हममें से अनेक को विरक्ति होती है अपितु युगों की गम्भीरतम बुद्धिमत्ता में अनवरत तत्त्वज्ञान में, आर्य धर्म में है। लंकेश के विचार की किंकर्तव्यविमूढ़ अस्तव्यस्तता में हमारा धर्म हीं एकमात्र पथप्रदर्शक है। रावण ने समाज के मूल्यों का अपहरण कर लिया है, उसकी वीरता से उसे अन्धा बना दिया है इस कारण 'रक्ष संस्कृति' शाश्वत संस्कृति न होकर एक विकारयुक्त सभ्यता है जिसके कारण इस 'रक्ष धर्म' के पालकों को हम आर्यों ने राक्षस, म्लेच्छ जैसे शब्दों का प्रयोग कर उन्हें अधम ठहराया है।''

''तात! व्यक्ति समाज में निहित है। समाज के बाहर उसका कोई अस्तित्व नहीं है, इसी प्रकार धर्म चाहे अच्छा हो या बुरा, जिस व्यक्ति की आत्मा ने उसे स्वीकार कर लिया वही 'आनन्द ब्रह्म' की श्रेणी में रखा जाएगा। हमने सुना है, दशानन तपेश्वरी है, धार्मिक है, यज्ञकर्ता है फिर हम उसे अधम कैसे ठहरा सकते हैं! यदि रावण आक्रामक है तो वह वीर है और क्षत्रियों के लिए आक्रामक होने से वह असुर भी हो सकता है क्योंकि उसकी शक्ति के आगे सभी नतमस्तक हो गए हैं और यदि वह ब्राह्मण कुल में जन्म लेने से परम बुद्धिमान है तो उसके विचारों का खंडन तर्कशक्ति से ही करना होगा तभी रावण के मत को विखंडित किया जा सकेगा, अन्यथा नहीं। अकारण रावण जैसे विद्वान को चुनौती देने का अर्थ युद्ध होगा। वह राजनीतिज्ञ है, उसे किसी नीति से ही झुकाया जा सकता है, वैसे नहीं। लंकेश के उपनिवेश, लंकेश की राजनीतिक सन्धियाँ और वानरों से मित्रता, ये सब उसकी उत्कृष्टतम महान कूटनीति के उदाहरण हैं। इतनी बड़ी शक्ति से कोशलाधीश वर्तमान परिप्रेक्ष्य में टकराने में समर्थ नहीं हैं।'' राम ने कहा।

''वत्स राम! तुम तो रावण की विरुदावली गाने लगे। रावण विधर्मी है, पापाचारी है, स्त्रियों का अपहरणकर्ता है, अन्यायी है, आततायी है, व्याभिचारी है। ऐसे लंकापति को जिसके उपनिवेशों में मानवता पैरोंतले रौंदी जा रही हो तथा अधिनायकवाद पर रावण का मुकुट सैनिकतन्त्र के आधार पर देवताओं तक को कष्टप्रद हो, उस पापी को यदि राम पराजित नहीं कर सकेगा तो इस धरणी से फिर मानवता की अर्थी ही उठ जाएगी। रावण योग्य हो सकता है किन्तु प्रजा के हितों का संरक्षण करनेवाला नहीं हो सकता। राम, तुम्हें यदि क्षत्रियों का अस्तित्व स्थिर रखना है तथा ब्राह्मणों का वेदगान अमर रखना है तो रावण की शक्ति को मिटाना ही होगा।''

राम गम्भीर हो गए। राम के ललाट पर बल पड़ गए, उनकी पलकें झुक गईं फिर कुछ

सोचकर बोले, ''तात, सभी लोग कहते हैं, रावण दुष्ट है किन्तु लंकावासियों के लिए वह महान है। मैं समझता हूँ जो व्यक्ति जितना ऊँचा उठता जाता है, उसके साथ उतनी ही अटकलें लगाई जाने लगती हैं, तथा उसकी महानता व उसके आदर्शों को अपयश में परिवर्तित करने के लिए बुद्धिमान लोग कुछ-का-कुछ तोड़-मरोड़कर प्रस्तुत करने लगते हैं क्योंकि जब एक व्यक्ति राजनीतिज्ञ तथा सम्राट के रूप में ऊँचाई के शिखर को छूने लगता है तो अपवाद के लिए बिना बात के बतंगड़ खड़े करना, उस व्यक्ति का अनैतिक कर्तव्य हो जाता है जो कि सत्ता अथवा अपनी शक्ति को उठाने का प्रयास करता है। जबकि यथार्थ में सत्ताधारी वैसा कुछ नहीं करता और महान व्यक्तियों के साथ अनाचार, दुराचार आदि शब्द जोड़कर उसकी छवि विकृत करने के लिए समाज में ऐसी बातें फैलाई जाती हैं। ये अपवाद अकेले लंकेश के साथ ही नहीं, प्रत्युत अवसर आया जो समाज तो दूर, घरवाले भी उसके अपने नहीं होते हैं और वे भी किन्हीं कारणों से असत्य बात का प्रचार करने लगते हैं। यह तो समाज में बैठे उन ठेकेदारों की काली करतूतें होती हैं जिनका कि कोई प्रभुत्व नहीं होता। मैं अनायास दशानन जैसे परम विद्वान को दोषी नहीं ठहरा सकता।''

2

लक्ष्मण कन्दमूल फल लेकर आ गए और दूर से ही बोले, ''भैया, आज तो आखेट में कुछ नहीं मिला, ये कन्दमूल फल ही हमारी क्षुधा शान्त करेंगे।''

सीता विहँसीं तथा मृगशावक को छोड़कर राम के निकट आ गईं। नतग्रीव लक्ष्मण के हाथ से समूचे फल लेकर बोलीं, ''राजप्रासाद के भोज्य पदार्थों से सुस्वादु एवं पौष्टिक हैं ये कन्दमूल फल।''

फिर राम की गम्भीर मुद्रा को तोड़ते हुए खिलखिलाकर बोलीं, ''आप तो आज कुछ खोए हुए से प्रतीत हो रहे हैं। ओठों पर हास्य तो आया ही नहीं। जब अभी से मेरा व्रती पति उदास है तो वह जगत का कल्याण कैसे करेगा? कैसे क्षत्रिय होकर अपनी कीर्ति फैलाएगा? आर्य का बनवास सोद्देश्य है एवं लड़खड़ाती हुई आर्य सभ्यता, आर्य धर्म को स्थिरता प्रदान करने का लक्ष्य है। इस लक्ष्य की पूर्ति के लिए संकटों का सामना तो करना ही होगा, 'रक्ष संस्कृति' को मिटाने के लिए संघर्ष करना ही होगा, भले ही श्रीराम इसको एकाकी करें अथवा किसी की सहायता से परन्तु एक क्षत्रिय राजकुमार हँसते-हँसते कष्ट झेलने में समर्थ न हो तो उसका क्षत्रिय कुल में जन्म लेना व्यर्थ।''

लक्ष्मण की भृकुटी तन गई। भुजाएँ फड़कने लगीं और क्रोध से बोले, ''भैया! आज्ञा हो तो फिर से राजपद प्राप्त करा दूँ और इन्द्र तक को जीतकर आपकी शरण में लाकर खड़ा करा दूँ?''

राम खिलखिला उठे। वे जान गए कि मेरे चिन्तन से सीता व लक्ष्मण दोनों भिन्न-भिन्न अर्थ लगा रहे हैं। सीता सम्भवतः यह समझ रही हैं कि राम को राजप्रासाद के राजभोगों का स्मरण हो रहा है और लक्ष्मण यह समझ रहे हैं कि इन्द्र के लम्पट पुत्र जयन्त ने सीता पर कुदृष्टि क्यों डाली और राम ने उसका वध नहीं किया, मात्र उसकी आँख को बाण से भेदकर छोड़ दिया। यदि इन्द्र बहुत बड़ी शक्ति है तो क्या उससे राम डर जाएँ?

राम ने इतना अनुशीलन सीता तथा लक्ष्मण के मनोवेगों का कुछ क्षण में ही कर लिया, फिर बोले, "लक्ष्मण, अपना क्रोध शान्त करो, सीता तुम मेरे पास बैठो, सुनो, "राम अपने कर्तव्य से विमुख कभी नहीं होता। राम के मन में करुणा तो उत्पन्न होती है किन्तु लक्ष्य की पूर्ति में वह उसका उद्वेग नहीं आने देता। तुम तो जानते हो भैया लक्ष्मण, हमें भूख व प्यास दोनों को मिटाने की बला तथा अतिबला विद्याएँ भी आती हैं। इस कारण देवी के ऐसे शंकालु विचार निरर्थक हैं।

"और जहाँ तक तुम इन्द्र के जीतने की बात सीता को कुदृष्टि से देखनेवाले जयन्त के कारण कर रहे हो तो सुनो, बेटे की भूल के कारण बाप को दंड देना अनुचित है। जयन्त कोई बच्चा नहीं है जो इन्द्र उसे डाँटे, मारे, पीटे। यह तो संसार सागर है। इसमें कामी, लम्पट, चोर तथा तपस्वी सभी रहते हैं और सभी अपनी-अपनी बुद्धि व अच्छी-बुरी धारणा के साथ काम करते हैं। जयन्त कामी है और कामी को प्रत्येक पराई नारी अति सुन्दर लगती है, इसी कारण ऐसे लोग बलात्कार करते हैं किन्तु इनका अन्त बुरा होता है। समाज की दृष्टि में इनका कोई मूल्य नहीं होता है और कुलवधुएँ ऐसे लोगों के नाम तक से घृणा करती हैं, अवसर आने पर इन्हें भले ही राजदंड प्राप्त न हो पाए किन्तु कोई वीर अवश्य ही जान से मार देता है। मैंने जयन्त की आँख छीन ली, वह शरण में भी आ गया और क्षमायाचना एवं लोक में अपयश का भागी होकर काक के समान चला गया तो वह मरा हुआ ही है। पानीदार को दो अपशब्द ही बुरे होते हैं और लज्जाहीन को कशाघात का दंड भी निष्प्रभावी है। जयन्त एक सम्राट का पुत्र है तथा हम भी राजकुमार हैं, तो शरण में आए हुए शत्रु को भी क्षमा करना हमारा नैतिक धर्म है।"

लक्ष्मण को अन्तिम शब्द चुभे, वे पचा न सके और तत्काल बोल उठे, "तात, लम्पट के साथ विनम्रता धर्म नहीं अपनी शिथिलता है। वह तो आप सामर्थ्यवान थे इसलिए जयन्त जैसा अधम शरण में आकर क्षमायाचना करने लगा और यदि कोई दुर्बल होता तो जयन्त उसे मारकर उसकी पत्नी का अपहरण कर ले जाता। यदि रावण ने हेमप्रभा तथा अहल्या के शीलभंग के लिए इन्द्र जैसी शक्ति को पराजित कर अपने अधीन किया है तो यह अच्छा ही किया है। मैं तो समझता हूँ, जैसा बाप है वैसा ही उसका बेटा है। दोनों वध के योग्य हैं किन्तु दोनों ही बचे हुए हैं।"

"इन्द्र तात के मित्र है, वे आर्य धर्म तथा मनु महाराज द्वारा निर्मित नियमों के रक्षक हैं। इन्द्र जैसी महाशक्ति से अकारण विरोध करना उचित नहीं। इन्द्र कभी भी कोशल का बुरा नहीं सोच सकते। महाराज दशरथ ने देवासुर संग्राम में सदैव इन्द्र का ही साथ दिया है। आवेश में कोई भी कार्य करना घातक सिद्ध हो सकता है। मन्दाकिनी नदी के शिलाखंड पर एकाकी बैठी हुई सीता को कोई साधारण रमणी समझकर ही जयन्त ने ऐसा दुष्कृत्य किया है, हम इसे एक सामान्य घटना मानते हैं, लक्ष्मण और उस घटना के अनुरूप अपराधी को जो दंड दिया गया है, यह यथेष्ट ही है।

"लक्ष्मण जब हम माता कैकेयी की आज्ञानुसार नीलपूर्व मुनि के यहाँ तान्त्रिक तथा ऐंद्रजालिक विद्या सीखने गए थे उस समय हमने तीन माह तक प्रतिदिन उनके उपदेश सुने थे, वे कहते थे, "वत्स, हमारा समाज वर्णव्यवस्था कर आधारित है। चतुर्वर्णों में ब्राह्मण श्रेष्ठ हैं क्योंकि वह सुकृत कर्म कर्ता है, विहित कर्म कर्ता है, इस कारण उसका अन्तःकरण परिवर्तनशील होकर पवित्र रहता है। वर्णव्यवस्था राष्ट्रीय रक्षा के लिए कवच भी है और इसी आधार पर क्षत्रिय

सत्ताधारण करते आ रहे हैं क्योंकि राजा को ही प्रभु कहकर उसका दैवी रूप ब्राह्मणों ने प्रजा के कंठ में उतार दिया है इसी कारण सम्राट वंशानुगत हो गए हैं एवं प्रजा की वर्णव्यवस्था सम्राट के प्रति निष्ठावान होकर देश के प्रति सीधी स्वामिभक्ति है। वर्णव्यवस्था का आधार गुण एवं कर्म होने के कारण इसमें स्वाभाविकता विकेन्द्रीयकरण होकर शक्ति का सन्तुलन रहता है। इस कारण जब कभी कोई हमारे धर्म पर अथवा आर्य सभ्यता पर चोट करता है तो कुछ समय के लिए हमें कठिनाई का सामना अवश्य करना पड़ता है किन्तु बाद में हमारा समाज फिर से उठ खड़ा होता है और समाज की अथवा वर्णों की ही नहीं अपितु अपने राष्ट्र की भी रक्षा करता है।

''सुनो राम-लक्ष्मण! तुम क्षत्रिय राजकुमार हो तथा चक्रवर्ती सम्राट महाराज दशरथ के पुत्र होने से तुम्हारे कन्धों पर अधिक भार है, समाज का अधिक उत्तरदायित्व है। कोशल और मिथिला पर लंकेश की आँखें लगी हुई हैं। दशानन वर्णव्यवस्था के स्थान पर वर्गव्यवस्था को प्रोत्साहन दे रहा है क्योंकि महाराज दशरथ की राजनीतिक शिथिलता के कारण वर्णव्यवस्था ने विषमता को जन्म दिया। परशुराम ने ब्राह्मणों को एक कर क्षत्रियों से युद्ध किया। इस कारण हमारी वर्णव्यवस्था में एक खाई पड़ी और समाज का ढाँचा चरमरा गया और यह दुर्व्यवस्था फैलती गई, परशुराम के त्याग के उपरान्त भी क्योंकि आर्यावर्त के क्षत्रिय सम्राट साहसहीन से हो गए थे जिसमें महाराज दशरथ रावण से भयभीत थे। जब महाराज अनरण्य पर रावण ने आक्रमण किया तो महाराज दशरथ अपनी अयोध्या में ऐसे बैठे रहे जैसे कि बिल्ली के भय से चूहा बिल में बैठा रहता है और दशकन्धर ने आर्य सभ्यता को चुनौती ही नहीं दी बल्कि उस पर अपनी रक्ष सभ्यता व शैवमत को थोप दिया व वर्णव्यवस्था को भंग कर वर्गव्यवस्था को जन्म दे दिया। अब उसका वर्ग राक्षस वर्ग है यद्यपि उस वर्ग में सभी वर्ण हैं किन्तु रावण ने सभी में खानपान, बेटी-व्यवहार सब कुछ बिना किसी भेदभाव के प्रारम्भ करा दिया है। यही कारण है कि लंका का वर्णहीन समाज वर्गव्यवस्था में कर्मशील होकर रावण के राजप्रश्रय, उसकी बुद्धि, सम्पत्ति और भौतिक उपलब्धियों के सहारे उन्नति कर रहा है। लंका सोने की नगरी कहलाती है। वहाँ ऊँच-नीच का भेद नहीं है। रावण स्वयं शूद्रों को आमन्त्रित करता है और स्वयं वानरों तक के हाथ का भोजन करता है। वैसे यह उसकी महानता कही जाएगी किन्तु वर्गव्यवस्था के भीतर भी वर्णव्यवस्था गुट निर्माण के रूप में सुलगती रहती है और पुनः समाज भीषण विषमता तथा धनवानों व सामन्तों द्वारा दुर्बलों पर अत्याचार में परिणत हो जाता है।

''वत्स राम! रावण ने विश्व की महान शक्ति इन्द्र को पराजित नहीं किया बल्कि आर्य धर्म को पराजित किया है और रक्ष धर्म की विजयपताका फहराई है, यही रावण जैसे विचारक की सबसे बड़ी उपलब्धि ही नहीं अपितु नाम अमर करनेवाली गाथा है। दशानन की यह राजनीतिक विजय समस्त क्षत्रिय सम्राटों की पराजय ही नहीं अपितु देवजाति की भी पराजय है, तुम्हारे पूर्वजों की भी पराजय है।

''राम की माता कैकेयी ही नहीं बल्कि कौशल्या भी यही चाहती है कि राम-लक्ष्मण सर्वगुणसम्पन्न होकर रावण की संस्कृति पर विजय प्राप्त करें तभी तुम आर्य कहलाने के योग्य हो, अन्यथा नहीं क्योंकि माताएँ ही पुत्रों को वीर बनाती हैं, कैकेयी ने रणस्थल देखा है। दशरथ के वक्षस्थल पर रावण के बाणों के चिह्न जब-जब कैकेयी देखती है तब-तब उसके मन में प्रतिशोध की आग भभकती है और कौशल्या स्वयंवर में रावण का व्यवधान कौशल्या की छाती में ज्वालामुखी के समान भीतर-ही-भीतर उफान ले रहा है।

''और आर्यावर्त तथा भरतखंड की भूमि पर आर्य धर्मरक्षक राम से अपनी संस्कृति की रक्षा चाहते हैं। देवजाति के लोग लंकेश के उत्कर्ष की समाप्ति चाहते हैं। तो राम को नीलपूर्व तन्त्र, मन्त्र, ऐन्द्रजालिक सभी विद्याएँ दान दे रहे हैं जिससे कि मायावी मेघनाद, तपेश्वरी रावण से कहीं युद्ध भी हो तो राम अपराजेय रहें।''

बीच में ही लक्ष्मण बोल उठे, ''और इसीलिए मुनि नीलपूर्व ने हमें चलते समय एक धनुष तथा पतीलदेव तपस्वी ने तीन स्वनिर्मित बाण प्रदान किए थे, जो हमारे साथ हैं।''

''लक्ष्मण! मैंने मुनिवर को इस प्रश्न का उत्तर दिया था कुछ स्मरण है।''

''हाँ! आपने कहा था, ऋषिवर मैं आपका शिष्य हूँ, उस अल्प बुद्धि से कुछ विचार कर रहा हूँ, क्षमा कीजिएगा। तात! वर्णव्यवस्था तथा वर्गव्यवस्था दोनों में धर्म तो निहित रहता ही है अन्तर इतना है कि व्यक्ति अथवा व्यक्तियों का समूह जिस धर्म को अधिक महत्त्व दे रहा है उसी का बोलबाला हो जाता है तथा उसी धर्म के अनुरूप धर्म में निहित संस्कृति उन्नति के शिखर पर स्वतः पहुँच जाती है किन्तु कुछ काल पश्चात् उसमें विकृति भी आना स्वाभाविक है। इस कारण किसी धर्म की कट्टरता के आधार पर लंकापति की सभ्यता अक्षुण्ण नहीं रह सकती। कालान्तर में जब एक समाज दूसरे समाज को आत्मसात् करने लगता है तब कुछ-न-कुछ अन्य धर्मों की धार्मिक मान्यताएँ अथवा विधर्मों में विहित नियमों का कुछ अंश निश्चित रूप से ग्रहण करता है क्योंकि बिना आत्मसात् के अनेक समुदाय व सम्प्रदाय के लोग विघटन से तभी बच सकते हैं जबकि उनमें सामंजस्य हो।

''सुना है रावण ने अस्पृश्यता, भौतिक सुख की लालसा आदि को आत्मकठोर प्रयास से जय किया है। उसका आत्मकठोर कर्म तथा उसकी मात्र अमरत्व प्राप्ति की दुःसाध्य तपस्याओं ने ही उसे सार्वभौम सम्राट के पद तक पहुँचाया है मात्र राजनीति ही रावण का सर्वस्व नहीं है। रावण परम विद्वान होने से जानता है कि जीवन को राजनीतिमय रखना हानिकारक भी है। राजनीति सत्ता के साथ रावण के दशग्रीव ने राज्यप्राप्ति के उपरान्त राष्ट्रीय आदर्शों के आधार पर निष्ठावान समर्पण भावयुक्त कार्यकर्ताओं का निर्माण किया। उन्हें 'रक्ष संस्कृति' में दीक्षित किया और फल की चिन्ता किए बगैर स्वयं कर्म में संलग्न हुआ और फल को विधाता पर छोड़ता हुआ अपने प्रत्येक संघर्ष में सफल हुआ। उसने न तो यक्ष सभ्यता से ही ईर्ष्या की और न ही आर्य से बल्कि अपने ब्राह्मणत्व से पांडित्य के आधार पर उसने अपनी संस्कृति को चमत्कृत किया, लंका राष्ट्र के रिक्त कोष को भरने के लिए हेमवती विद्या तप द्वारा अनार्य देव शंकर के प्राप्त की व द्वीप-द्वीप में घूमकर दैत्यों, दानवों सभी से सम्बन्ध स्थापित किए व उनका शिरोमणि बना और समाजवाद का शंख फूँका। जैसा अवसर आया उसी का लाभ उठाकर अपने राष्ट्र में यानों तक को स्थान दिया और इन्द्र तक को जय किया। ऐसे पौरुषवान रावण ने तात की छाती पर युद्ध में बाणों से घाव किए और व्रण के पीब को पतिव्रत धर्म के अनुसार यदि माता कैकेयी ने पीब को चूसकर निकाला भी तो क्या राम के लिए अथवा स्त्री जीवन में पतिव्रता की महानता के लिए?

''यदि माता कौशल्या के स्वयंवर में रावण ने कोई धृष्टता की थी तो तात दशरथ की चतुरंगिणी सेना क्या नपुंसक हो गई थी अथवा लंकेश को अपराजित शक्ति मानकर महाराज दशरथ भी अपने आपको असमर्थ समझ रहे थे। यदि ऐसा नहीं था तो फिर रावण का वध क्यों नहीं कर सके? दशकन्धर ने मात्र मत्स्यराज के कहने पर दोनों को छोड़ दिया, वह चाहता तो वध कर देता। क्या यह उसकी विशाल हृदयता नहीं है?

"मुनिवर, आर्य धर्म तथा उसमें विहित आर्य सभ्यता में विकृति आने के कारण, शूद्रों पर अत्याचार होने के कारण तथा हमारे धर्म में इनके लिए द्वार बन्द होने के कारण ही रावण की नई सभ्यता को लोगों ने स्वीकार कर लिया। रक्ष संस्कृति की स्वीकारोक्ति के कारण ही दोनों में संघर्ष होने लगा। फिर ऋषि-मुनियों व ब्राह्मणों की विद्याएँ रावण के आगे निस्तेज हो गईं, यही कारण है कि उसके अनुयायियों को, जिसमें कि प्रत्येक वर्ग एवं जाति का व्यक्ति समूह था, राक्षस की ही संज्ञा दे दी गई। इससे विरोध को और बढ़ावा मिला और रावण यज्ञकर्ता होकर भी युद्धकर्ता बन गया तथा अपने उद्देश्य में सफलता के चर्मोत्कर्ष पर पहुँच गया।"

3

राम-लक्ष्मण के इस अतीत को माता जानकी सानन्द श्रवण कर रही थीं कि कदम्ब, पनस तथा आम्रकुंज के बीच पत्तों की खड़खड़ाहट हुई। सीताजी ने ग्रीवा पीछे की ओर घुमाकर देखा तो उन्हें विशालकाय खड्गधारी मनुष्य दिखाई दिया जो कि रंग का साँवला था, लम्बी जटाएँ लटकी हुई थीं। जानकी अनायास ही भयभीत हो गईं तथा अनायास ही प्रकम्पित आवाज में बोलीं, "तात, वृक्षों के बीच कोई है जो इधर ही आ रहा है।"

राम थोड़े गम्भीर हुए व लक्ष्मण से बोले, "मेरा धनुष लाओ, हो सकता है यह ऋषियों को मारनेवाला कोई हो।"

यह व्यक्ति फिर भी निःसंकोच आगे बढ़ता आया। उसने राम के शब्द भी सुने किन्तु निर्भीकता के साथ कुछ दूरी पर आकर खड़ा हो गया और तीनों को घूर-घूरकर देखने लगा।

तभी लक्ष्मण ने राम को धनुष दिया और राम ने खड़े होकर पूछा, "तुम कौन हो? किसलिए यहाँ आए हो?"

वह बोला, "मैं गृध्रराज हूँ। मैं वृद्ध हूँ फिर भी भुजाओं में शक्ति है। मैंने यान बनाया था इस कारण आर्थिक संकट में हूँ। मैं तुमसे कोई भिक्षा लेने अथवा राक्षसों (अनार्यों) के आतंक से शरण लेने नहीं आया मात्र घूमते हुए इधर आ गया हूँ क्योंकि मेरा निवास भी निकट ही है। अपनी गृध्र जाति का राजा हूँ। परन्तु आविष्कारों ने मुझे व मेरे भाई सम्पाति की धन-दौलत को नष्ट कर दिया। विज्ञान जितना चमत्कारी है उतना विनाशकारी भी है और जब मनुष्य के बुरे दिन आते हैं तब अपने ही साथ छोड़ जाते हैं। मेरे सभी सम्बन्धी मुझे छोड़कर राजा रावण के उपनिवेशों में मौज कर रहे हैं। यह जनस्थान है यहाँ की अधिष्ठात्री चन्द्रनखा (सूर्पणखा) है। वह अधिनायकवादी है। उसके एक संकेत पर अनार्य सेना किसी का भी वध कर देती है। ये जो पर्णकुटी तुमने बनाई है यह भाग चन्द्रनखा की सीमा में आता है, उसकी अनुमति के बिना तुम यहाँ न रह सकोगे। रावण अब इधर कई वर्षों से नहीं आया क्योंकि चन्द्रनखा युद्ध करना भी जानती है, वह वीरांगना भी है। इसलिए तुम लोग यहाँ से चले जाओ, अन्यथा जनस्थान की सेना तुम्हारा कभी भी वध कर देगी और इस नारी का अपहरण कर लेगी।"

लक्ष्मण की भृकुटी तन गई, मुट्ठियाँ भिच गईं किन्तु राम ने शान्त कर मन्द स्वर में प्रश्न किया, "तुम राक्षस नहीं हो इसका विश्वास हो, इसके लिए अपने कुल का भी नाम बताओ।"

"विनिता के दो पुत्र गरुड़ तथा अरुण हुए उनमें से अरुण का छोटा पुत्र हूँ मैं। सम्पाति को कभी-कभी मैं भोजन दे आता हूँ, वे बिल्कुल असक्त हैं, असहाय हैं, यहाँ से बहुत दूर उनका

निवास है। हमारे सम्बन्धियों से मिलने मैं जब कभी चला जाता हूँ। मैंने राक्षस संस्कृति नहीं अपनाई है, मैंने शनि युद्ध में महाराज दशरथ की सहायता भी की है और शनि को पराजित कराने में मात्र मेरा सहयोग होने से महाराज दशरथ ने मुझे मित्र स्वीकार किया। मैं राक्षस नहीं हूँ परन्तु तुम भी तो अपना परिचय दो?''

राम हँसे फिर निकट आकर बोले, ''तात, मैं महाराज दशरथ का पुत्र राम हूँ। ये कोई साधारण नारी नहीं बल्कि मेरी पत्नी सीता हैं तथा ये मेरा भाई लक्ष्मण है।''

गृध्रराज ने सन्देह को दूर करने की दृष्टि से पुनः पूछा, ''जनक की पुत्री सीता!''

''हाँ, सीरध्वज जनक की पुत्री सीता।''

''तो क्या विराध ने इन्हीं का अपहरण किया था।''

''हाँ, और लक्ष्मण ने उसे पराजित कर दिया व सीता को मुक्त करा लिया। आप मेरे पिता के सखा होने से सम्माननीय हैं अतएव बैठिए और जलपान ग्रहण कीजिए।''

गृध्रराज राम के निकट ही बैठ गया फिर बोला, ''राम, तुम जिस उद्देश्य से वनवास के लिए निकले हो वह वृत्त बड़ा कठिन है। आर्य संस्कृति दंडकारण्य से लंका तक नहीं है। यहाँ तो सभी राक्षस सभ्यता को आत्मसात् किए बैठे हैं। कुछ ऋषि-मुनि अवश्य ही रावण व उसकी संस्कृति के विरोधी हैं किन्तु अर्थ की चकाचौंध तथा खड्ग की धार के कारण मुँह से आवाज निकालना कठिन है। यह बात अलग अवश्य है कि रावण तक इसकी सूचनाएँ व सही जानकारी पहुँचती हैं अथवा नहीं या फिर दिग्विजय के अभियान ने रावण को मन्दबुद्धि बना दिया है या रावण ने राजनीतिक चालों के लिए अपने सैनिकों को खुली छूट दे दी है या फिर वह मात्र तप में ही लीन होकर अपना जीवन व्यतीत कर रहा है।''

''तात! धरती पर मानव समुदाय में जब अशान्ति हो और मर्यादाएँ शक्ति के प्रयोग से तोड़ी जा रही हों और तप करते हुए ऋषि-मुनियों का अकारण वध किया जा रहा हो एवं राजकीय व्यवस्था दुर्व्यवस्था में परिवर्तित हो गई हो तो किसी-न-किसी वीर व धीर पुरुष को सामने तो आना ही होगा। लंका राज्य के राक्षस सैनिकों का उत्पात समूचे भारतवर्ष के लिए सहन नहीं किया जाएगा। रावण सार्वभौम सम्राट भले ही हो किन्तु उसके विरुद्ध जनमत तो तैयार किया ही जाएगा। तभी तो हम अपने पूर्वजों की आर्य सभ्यता को बचा सकेंगे?''

''राम, तुम्हें ब्रह्मा ने सन्देश भेजा कि रावण को परास्त करो, क्यों? इसलिए कि ब्रह्मा और इन्द्र रुद्र की राजनीतिक गतिविधियों में शिथिल हो गए। रावण ने रुद्र की पूजा प्रारम्भ कर दी तो आर्य देवताओं को साँप सूँघ गया और विश्व की राजनीति का केन्द्रबिन्दु मात्र अब लंकेश रह गया है, इस कारण इन्द्र ने महाराज दशरथ तथा कैकेयी को बुलाकर निर्देश दिया कि रावण के उत्कर्ष को यदि कोई समाप्त कर सकता है तो मात्र राम। यह बहुत बड़ी कूटनीति है, तुम्हें निर्वासित कराने की। इस धर्म की ओट में राम क्या-क्या नहीं होता! साम्प्रदायिकता की संकीर्ण विचारधारा समूचे समाज को विषैला बना देती है। अनार्यों की 'रक्ष संस्कृति' की कट्टरता ने उन्हें अन्धा बना दिया है, एक-दूसरे के विधर्मी तथा सधर्मी का दोषारोपण रक्त के प्रवाह से भी दूर नहीं हो रहा है बल्कि बढ़ रहा है। मानव समाज की धार्मिक सहिष्णुता ने किसी को बेघरबार किया है और किसी को राजप्रासाद तक पहुँचा दिया है, हानि इस संस्कृति के नाम पर किसकी हो रही है मात्र प्रजा की! धर्म के नाम पर युद्ध होगा तो जीवन कितनों का किस होड़ में किसके लिए समाप्त होगा? मनुष्य जीवन के संकल्पों में रावण की लंका नगरी में ही अन्याय हो रहा है, वानरजाति को शूद्रों की श्रेणी में रखकर उनके साथ दानवजाति निरन्तर

अत्याचार करती जा रही है किन्तु सब निर्वाक् हैं। मात्र हनुमान ने विरोध किया किन्तु बालि ने हनुमान को दोषी ठहरा दिया और कहा, 'हनुमान का लंका में हो रही घटनाओं से क्या सम्बन्ध? यह तो लंका के सम्राट का दायित्व है कि वह अपने देश की आन्तरिक समस्याओं से कैसे सुलझे?' और सुग्रीव अपनी वानर जाति के क्रय-विक्रय को देख नहीं सकते, असहाय और दुखी होकर देश-विदेश सभी में रावण व बालि के विरोध में घूम आए किन्तु किसी भी राष्ट्र ने अभी तक कोई हस्तक्षेप नहीं किया। हनुमान और मरुत सब रावण के रिश्तेदार होकर भी अपने ही वर्ग की सुरक्षा नहीं कर पा रहे हैं। लंकापति की मन्त्रिपरिषद में सब भ्रष्ट लोग भरे हुए हैं जो सच्ची बात सैनिक तन्त्र के कारण मुँह से खोल ही नहीं सकते। मात्र विभीषण अवश्य कटु सत्य वक्तव्य देते हैं तो वे लंका के नागरिकों में अपनी शनैः-शनैः प्रतिष्ठा खो रहे हैं क्योंकि सत्ताधारी के बोलबाले के आगे विभीषण नतमस्तक हैं। हनुमान जी खिन्न हो गए हैं और अब हाथ-पर-हाथ धरे बैठे हैं। सुग्रीव की पत्नी रूमा बालि का कोपभाजन बनी हुई है और वानरजाति फिर भी सम्राट बालि की ही हितैषी है, इन्द्र स्वयं बालि से भेंट कर आए हैं कि वह रावण से की गई सन्धि समाप्त कर दे और 'रक्ष संस्कृति' को प्रथम प्रश्रय न दे फिर भी बालि टस से मस नहीं हो रहे हैं तो इन्द्र ऋषियों के पास घूम रहे हैं रक्ष सभ्यता के विरोध में। किन्तु स्वयं सन्धिसूत्र में रावण से बँधे होने से प्रकट में कुछ न करते हुए अयोध्या के महाराज दशरथ व कैकेयी, जो कि महान राजनीतिज्ञ हैं, के द्वारा आपको भिजवा दिया है आर्य धर्म व उसके आदर्शों की स्थापना के लिए? अथवा देवजाति जो कि दशानन के सम्मुख अपना सर्वस्व खो चुकी है उसकी पुनर्स्थापना के लिए? यह सब राम के द्वारा धार्मिकता के नाम पर रचाया जानेवाला एक महान राजनीतिक षड्यन्त्र है जिसमें राम-लक्ष्मण जैसे सुकुमारों के प्राण तो जाएँगे ही, साथ ही जानकी के भी। मैं कहता हूँ राम, तुम इस दंडक वन से लौट जाओ। तुम्हारे कुल के मान्धाता सम्राट भी रावण जैसे वीर योद्धा के सामने से वापस लौट गए थे। वही तुम करो, साम्प्रदायिकता की विषाक्त नदी के उफान में कहीं तुम न डूब जाओ।''

राम विहँसे फिर बोले, ''तात, आपका समग्र जीवन रण, आविष्कार आदि में व्यतीत हुआ है। और आप सम्राट भी हैं, इस दंडकारण्य के एक विशिष्ट भूभाग के। आप आर्य मतावलम्बी हैं किन्तु सुखों के भोग के कारण और रावण के उपनिवेश अधिष्ठाताओं द्वारा नाना प्रकार के प्रलोभन देकर उसके पक्ष में करना दमन नीति है। इस प्रलोभन में आपकी गृध्र जाति ने राक्षस धर्म को ग्रहण कर लिया और अपना धर्म परिवर्तन कर लिया। स्वर्ण के लालच में तथा पद की लोलुपता में आपकी जाति भी रावण की दमन नीति में फँस गई और आप जैसे आर्यधर्मी का साथ छोड़ गई, क्यों? इसलिए कि आपके राज्य में अन्न का संकट था, भुखमरी फैली हुई थी और आपने राजकीय कोष भौतिक विज्ञान के अनुसन्धानों में व्यय कर डाला और गृध्र प्रजा के सामने उदर-पोषण की भीषण समस्या उत्पन्न हुई तो उन्होंने विवशता में शैव धर्म स्वीकार कर रावण का प्रश्रय ग्रहण कर लिया। कुछ चाटुकार लोगों के पदों पर बिठाने से प्रजा को आपके विरुद्ध भड़का दिया गया तथा प्रजा आपको छोड़कर भाग खड़ी हुई। परन्तु क्या वे लोग अन्तःकरण से इस संस्कृति को स्वीकार कर सके हैं, यह ज्ञात करने का आपने प्रयास ही नहीं किया। यदि आप उन लोगों के मन को टटोलते तो पाते वे आज भी अपनी सभ्यता-संस्कृति के प्रति उतने ही निष्ठावान हैं जितने कि पूर्व में थे। परन्तु आप ही की जाति के प्रधान लोग उन्हें बाँधे हुए हैं जिनके लिए लंकेश की ओर से धनागार खुला है। एक सीधी गऊ की तरह।

''मैं पूछना चाहता हूँ आपसे कि आप जैसा महान वीर जिसने अयोध्या के राजा दशरथ

के साथ युद्ध किया हो और विजयश्री प्राप्त की हो, वह लंकेश के नाम या उसकी अजेय सेना से भयभीत हो और मेरे प्राणों के लिए मेरे संकल्प को प्रतिसंहृत करने की बात कहे तो एक यह एक महान योद्धा के लिए कायरता ही है। इन्द्र अथवा देवजाति पराजित होने के उपरान्त मात्र कूटनीति का अवलम्ब ही तो ले सकती है क्योंकि देवाधिदेव शंकर दशकन्धर के संरक्षक हैं। भार्गव परशुराम भी दशानन के ब्राह्मणत्व के कारण उसके शुभचिन्तक हैं। और भार्गवों के पराक्रम व परशुराम के परशु के सामने क्षत्रिय नतमस्तक हैं। तो फिर एक साथ दशानन से प्रकट विरोध करने में न तो देवजाति ही सक्षम है और न ही क्षत्रिय सम्राट क्योंकि दैत्य तथा दानव सम्राट भी बलवान हैं और वे सब रक्ष धर्म के अनुयायी होकर लंकेश के नातेदार भी हैं। इन सबके सम्मुख यदि प्रकट रूप में रक्ष धर्म के विरुद्ध शंखनाद किया जाता है तो भारतभूमि में गृहयुद्ध छिड़ जाएगा। भारत रणक्षेत्र बनेगा और फिर देवासुर संग्राम जैसा भयंकर विनाश होगा। जनहानि होगी, प्रासाद गिरेंगे, वायुयानों से अग्नि गोले फेंके जाएँगे तो चारों ओर भारत का ही सर्वनाश होगा। राम यह नहीं चाहता, राम शान्ति के साथ गौण रूप में रक्ष संस्कृति को मिटाने का प्रयास कर रहा है और आर्य धर्म की रक्षा का प्रयास। राम मान्धाता की भाँति ससैन्य नहीं आया बल्कि एकाकी पद यात्रा पर है, राक्षस धर्म के विपरीत जनमत तैयार करने। और इस जनमत में जब राम सफल हो जाएगा तो रावण अपने आप परास्त हो जाएगा। राम का वर्तमान में यही उद्देश्य है और इसकी पूर्ति में जो सामने आ रहा है राम और लक्ष्मण उसे परास्त कर रहे हैं।

"तात, हमें समन्वय पर भी बल देना है। दशानन के अनुयायी रुद्र के भक्त हैं और रुद्र को राम रुष्ट नहीं कर सकता क्योंकि देवाधिदेव विश्व की बहुत बड़ी शक्ति हैं। इस कारण अपनी सभ्यता में अनार्य सभ्यता को भी स्थान दिया जा रहा है ताकि वर्षों की रक्ष संस्कृति को आर्य संस्कृति आत्मसात् कर ले और फिर शनैः-शनैः आर्य धर्म की ही एकमात्र धर्मध्वजा द्वीप-द्वीप में फहराए।"

गृध्रराज प्रसन्न हो गए, उनकी वृद्ध आँखों में चमक आ गई, उनका झुर्रियोंवाला चेहरा तमतमा उठा और वे कुछ कहना चाहते थे कि विराध आ गया जो कन्दमूल, फल झोली में भरे हुए था और उसके सेनानियों की पीठ पर मृग लदे हुए थे।

विराध ने आते ही राम को साष्टांग प्रणाम किया तथा बोला, "भगवन्! इस वन में आज कंचनमृग भी हमें दिखे किन्तु मैं उनका आखेट न कर सका, मेरा वार खाली गया और वे घनघोर जंगल में कहीं लुप्त हो गए।"

फिर गृध्रराज की ओर मुख करके पूछा, "तात, आज आपका अनायास इधर कैसे आगमन हुआ, यदि कहीं तात सम्पाति के भोजन की व्यवस्था न हुई तो मैं अपने सैनिकों से भिजवा दूँ, आज्ञा दें?"

गृध्रराज विराध जैसे आततायी राक्षसराज की बात सुनकर स्तब्ध रह गए। अनायास इतना बड़ा परिवर्तन विराध में होना असम्भव था। यह तो रक्ष सभ्यता का कट्टर उपासक था। लूट-मार, नारी अपहरण इसकी प्रवृत्ति थी और बात-बात में खड्ग से शीश काटना तो एक खेल था फिर ऐसा लम्पट, लुटेरा, तमोगुणी आज इतनी शालीनता से कैसे बात कर रहा है, जटायु के ज्ञान से बाहर है या फिर जैसा कि राम के बारे में सुनता आ रहा हूँ कि राम से जो एक बार मिल लेता है, वह उन्हीं की शरण में आ जाता है। राम योद्धा के साथ-साथ वाक्शक्ति में भी निपुण हैं, जिसके कारण व्यक्ति उनकी ओर आकर्षित हो जाता है या फिर राम की सम्मोहन शक्ति

रावण से बढ़ी हुई है। राम धनुर्विद्या में भी निष्णात है। विराध का बैर रावण के भाई कुबेर से था। वह गायन-वादन की कला में प्रवीण था। सभा के नृत्य के समय वह कुबेर की सभा में संगत देता था और तुम्बुरु के नाम से विख्यात था। उसकी माता शतह्रद और पिता जय थे, ये भी गन्धर्व होने से नृत्य-गान आदि कलाओं के धनी थे। विराध (तुम्बुरु) को संगीत की शिक्षा माता-पिता की देन थी किन्तु यौवन की दोपहरी में रम्भा के रूप की आसक्ति ने उसे कुबेर का कोपभाजन बना दिया और वह ताड़का की भाँति रावण का मित्र हो गया तथा दंडक वन के प्रवेश द्वार का स्वामी बना दिया गया। रावण द्वारा पद दिए जाने व उसके द्वारा धन दिए जाने से विराध कट्टर राक्षसधर्मी हो गया तथा रम्भा के आकर्षण का मारा हुआ तुम्बुरु कामी हो गया। नारियों का अपहरण उसकी वासना की अधूरी तृप्ति मात्र रही क्योंकि उसके मनःपटल पर रम्भा का चित्र अंकित हो गया था, उसके नेत्रों में रम्भा जैसी रमणी का कमल-सा मुख अष्टपहर घूमा करता था, रम्भा को पाने के लिए कुबेर से युद्ध भी करना चाहता था। रम्भा का अपहरण भी करना चाहता था किन्तु असफल होने से कुबेर का शत्रु बन गया और रावण का मित्र।

और आज वही कामी विराध जो कि ऋषि-मुनि सभी के बीच राक्षस संस्कृति अपनाने का प्रचार करता था और जो उसकी बात नहीं मानता था, उसी का वध कर देता था, अनायास इतना विनम्र, इतना सुशील और जिस जगह जननी सीता का हरण कर लिया था उसी के चरणों में ढोक लगाकर माता शब्द से सम्बोधित कर रहा है। विराध के इस परिवर्तन से ऐसा आभास होता है मानो वह सद्गुणों की खान हो गया हो। अच्छे गुणोंवाला व मृदुभाषी होने से लगता है, उसका दिव्य रूप हो गया हो। इस भव्य परिवर्तन को देखकर कहना होगा कि विराध अकेले ने ही नहीं प्रत्युत उसकी समूची सेना ने ही दिव्य रूप धारण कर लिया है। समूची सेना अब राम से संचालित है जो कभी लंकेश से संचालित थी। आश्चर्य है!

गृध्रराज के इस प्रकार अनुशीलन मग्न होने पर लक्ष्मण बोले, ''क्या सोच रहे हैं तात, क्या हम अपने अभियान में असफल होंगे या हमें फिर गुरु वसिष्ठ ने जो विद्याएँ पढ़ाईं कि नाभि के पुत्र ऋषभदेव और उनके पुत्र भरत के नाम पर इस द्वीप का नाम भारतवर्ष पड़ा, हम उन्हीं स्वायम्भुवमनु के धर्म की रक्षा के लिए अपनी प्राचीन सभ्यता, जिसकी कि जड़ें राक्षस धर्म ने उखाड़कर फेंक दी हैं, को पुनः स्थापित करने के लिए यदि लोगों को दशानन के धर्म से विमुख कर रहे हैं तो लोककल्याण ही तो कर रहे हैं।

''तात! आप तो परम विद्वान हैं, आपको विदित होगा, राजा वेन ने भी एक नया धर्म चलाना चाहा था, उस पैशाचिक धर्म का विरोध ब्राह्मणों ने किया और राजा के चाटुकारों ने वेन के धर्म को समझाने की चेष्टा की किन्तु परिणाम क्या हुआ?''

सहसा गृध्रराज बोल उठे, ''ब्राह्मणों ने राजा वेन का वध कर दिया और उनके पुत्र पृथु को राज्य सौंप दिया। उस पृथु ने जंगलों को अग्निसात् कराया। भूमि के टीलों, पहाड़ों का समतलीकरण कराया और भूमि का विकास करने से ही पृथु के नाम पर इस धरणी का नाम पृथ्वी पड़ा।''

''तो वही कार्य भैया राम कर रहे हैं। रावण के धर्म को ऋषि-मुनि पैशाचिक धर्म कहते हैं क्योंकि लंकेश सार्वभौम सम्राट होने से लंका में निश्चिन्त होकर बैठा है। उसके उपनिवेश अधिष्ठाता कामान्ध हैं, धर्मान्ध हैं, हो सकता है, इसका ज्ञान दशानन जैसे महान राजनीतिज्ञ को चर न कराते हों क्योंकि उत्कोच में आजकल हर चीज दबी हुई है और सही सूचना लंका

की राजधानी में न पहुँचने से रावण यही समझ रहा हो कि उसका राज्य, उसके अधीन राज्य एवं उपनिवेशों में सब सुन्दर कार्य चल रहा है; जबकि आप देख रहे हैं आर्यावर्त में दशकन्धर के सैनिक कितने निष्ठुर, निर्दयी तथा आततायी हैं कि खड्ग की नोक पर बलात्कार करते हैं, स्त्रियों की हत्या और असहाय प्रजा का अकारण वध करते हैं, गाँवों में लूट मचाते हैं। क्या इन सब निन्दनीय कृत्यों के लिए सम्राट दशग्रीव को दोषी नहीं ठहराया जाएगा। सत्ताधारी का प्रशासन अनुशासनहीन हो जाए और सैनिकतन्त्र का साम्राज्य हो जाए तो अराजकता के अतिरिक्त और क्या हो सकता है, इन सबको नष्ट करने में यदि हमारा जीवन होम हो जाएगा तो हम समझेंगे कि हमने लोककल्याण जन जनजागृति के लिए सभी को सचेत कर दिया है। भारतवासी इन विदेशी उपनिवेशों को सहन नहीं करेंगे। अब आर्यावर्त से दंडकारण्य तक का भूभाग राक्षसों का प्रतिकार ही नहीं करेगा बल्कि आर्य धर्म की रक्षा के लिए वह युद्ध करेगा।''

गृध्रराज (जटायु) गद्गद होकर बोले, ''राम, तुम्हारे वनगमन के उद्देश्य का मुझे पूर्ण ज्ञान है। सुनो, महाराज दशरथ तथा महारानी कैकेयी के साथ मैं इन्द्रधाम गया था। इन्द्र ने महाराज दशरथ को आमन्त्रित किया था, राजनीतिक विदेश नीति पर चर्चा हेतु! क्योंकि देवेन्द्र दशानन से पराजित हो गए थे और तुम्हारे जन्म के बाद कैकेयी ने इन्द्र को बुलाया था। महारानी कैकेयी की एक ही अभीप्सा थी कि रावण अयोध्या के राजा द्वारा पराजित हो परन्तु आपके पिता दशरथ में इतना साहस नहीं था कि वे सार्वभौम सम्राट रावण से युद्ध करते, इसी कारण उत्तर कोशल के महाराजा अनरण्य के साथ रावण का जब संग्राम हो रहा था उस समय वे मूकदर्शक बने हुए बैठे थे।

''उस समय इन्द्र ने महाराज दशरथ से गुप्त मन्त्रणा की व कहा, 'दशरथजी, आप तो रावण की राजनीति, छद्मनीति सभी से परिचित हैं। महाराज रघु के रनिवास में भी लंकेश विप्र भेस में पहुँच गया था परन्तु सत्कार के समय ही रावण ने स्वयं अपना परिचय दिया तो अन्तःपुर में भूचाल-सा आ गया तब महानीतिज्ञ रावण स्वयं ही उठकर खड़ा हुआ व उसने कहा कि महाराज रघु के दर्शनार्थ सम्राट दशानन आया है।' इस पर ढाढ़स बाँधकर एक रानी ने रावण को विनम्र भाव से कपाट की ओट से कहा, 'आप सम्राट हैं, विद्याधर वंशी हैं, आपको छद्म भेस धारण कर नहीं आना चाहिए था, इससे नारियों की मर्यादा टूटती है, यदि आपको महाराज से ही कार्य था तो उन्हीं से सभागार में मिलते। आप तपोनिष्ठ हैं, धर्मात्मा हैं, अतएव सरयू तट पर तप कर रहे महाराज रघु के दर्शन कीजिए।'

''लंकेश ईषत लज्जित भी हुआ किन्तु अपनी दृष्टि नीचे किए हुए ही सीधे सरयू तट पर गया तथा महाराज रघु के सामने खड़ा हो गया। रघु ने नेत्र खोले, आचमन किया और बोले, 'सम्राट दशानन का आगमन कैसे?'

रावण निर्भीकता से बोला, ''इस अवधपुरी के सम्राट को परास्त करने की रावण की लालसा है किन्तु पूर्ण नहीं हो पा रही, इसलिए इस सुन्दर नगरी अयोध्या का अवलोकन करने चला आया हूँ कि कोशलाधीश पर भौगोलिक दृष्टि से किस ओर से आक्रमण करना सरल होगा।'

''रघु हँसे फिर बोले, 'बैठो लंकेश हम-तुम दोनों ही सम्राट हैं। मैं भी चाहता हूँ कि तुमसे समर हो किन्तु आज तुमने मेरी अनुपस्थिति में मेरे रनिवास में बिना अनुमति प्रवेश करने की धृष्टता की है जो कि अक्षम्य है। आप जैसे नीतिवान को, गुणवान को ऐसा कृत्य शोभा नहीं देता। जिन विद्याओं में तुम पारंगत हो और शंकर ने जिन चमत्कारों से तुम्हें विभूषित किया है, यह उनकी विद्याओं का अनादर है। जिस प्रकार तुमने लंका में सिंह से गौ की रक्षा की

थी उसी प्रकार से मैं भी गौ रक्षक हूँ। भेद है तो मात्र संस्कृति और जाति का। जातिभेद के कारण तुम अधिक भटक गए हो और यदि रघु को अवसर प्राप्त हुआ तो वह सम्राट के युद्ध की लालसा अवश्यपूर्ण करेगा।'

''दशानन किंचित् चकित हुआ कि गौ तथा सिंह की बात रघु ने भी अपने बुद्धि-कौशल से ज्ञात कर ली, फिर बोला, 'लंकेश भी लंका में राजा रघु के सैन्यदल की प्रतीक्षा करेगा।'

'' 'महाराज दशरथ', इतना कहकर रावण चला गया और महाराज रघु रणनीति, राजनीति में लगे रहे किन्तु उदय से अस्त तक की सत्ता को धारण करनेवाले रावण की लंकापुरी तक न पहुँच सके। अपने अन्तःपुर की घटना का प्रतिशोध रावण के अन्तःपुर की रानियों को छकाकर न कर सके और वही रावण कौशल्या के स्वयंवर में फिर एक बार कोशलाधीश को चुनौती देकर चला गया।

''दशरथ ने एक गहरी साँस ली तथा इसी बीच कैकेयी ने कहा था, 'रावण, दशानन, दशग्रीव सूर्यवंश की महारानी कैकेयी जब कभी इन शब्दों को सुनती हैं तब-तब उसके कानों की झिल्लियों में प्रवाहित होते शब्द मस्तिष्क को एक नई दिशा देते हैं। महारानी कैकेयी अपने पूर्वजों तथा उनकी मनोकामनाओं के लिए सब कुछ करने को तैयार हैं किन्तु रावण की नगरी में ब्रह्मा के द्वारा शस्त्रों व शास्त्रों का ज्ञान दिया जाता है। विद्यापीठों में शारदा की वीणा बजती रहती है। गन्धर्व गान करते रहते हैं, वरुण जलप्रदाय योजनाओं का दिशा-निर्देश देते हैं और नित्य प्रातः शंकर की पूजा होती है। ऐसे तेजस्वी को हराने में स्वयं इन्द्र की अमरावती परास्त हो गई तो कोशलाधीश कैसे सक्षम हो सकता है। महाराजा दशरथ और महारानी कैकेयी ऐसे राजनीतिज्ञ से कैसे जीत सकते हैं। दक्षिण जैसे दुर्गम पथ में अयोध्या की सेना को खाद्य सामग्री कैसे उपलब्ध होगी जबकि बीच-बीच में रावण के उपनिवेशों का जाल बिछा हो तथा रावण समर्थक अनेक सम्राट बैठे हों।'

''इन्द्र कैकेयी के मर्मभेदी वाक्यों से विचलित हो उठे, फिर सोचकर बोले, 'रावण ने वैज्ञानिक अनुसन्धान द्वारा भौतिक प्रगति से तथा अपनी कुटिल राजनीति से सारे जगत में अपनी सत्ता प्रतिष्ठित कर ली, अपने नए धर्म को थोप दिया है, क्या आर्य धर्म का इससे ह्रास नहीं हुआ? क्या लंकेश अपने से भिन्न मत रखनेवालों से द्वेष नहीं रखता, रक्तपात करके क्या वह आर्यों की व्यवस्था पर चोट नहीं कर रहा है? क्या यह दशानन की असहिष्णुता नहीं है कि वह उपनिवेश और लंका के अधीन राज्य परिवर्तन को महत्त्व दे रहा है?'

'' 'दश-ग्रीव सभी से कर अधिग्रहण करता है किन्तु ऋषियों पर भी कर लगाने की उसकी नवीन व्यवस्था क्या किसी रुधिर कर से कम है? और ऋषि-मुनियों के रक्षक क्षत्रियों के लिए यह स्थिति सहन करने योग्य है? यदि है, तो सूर्यवंशी महाराज और महारानियों को भी अयोध्या को लंकेश की शरण में सौंप देना चाहिए या फिर नीति के साथ यह गुरुतर भार पूर्ण करने के लिए राम को इस योग्य बनाना चाहिए।'

''एक क्षण तक निस्तबधता छाई रही। सूर्यवंश जिसने कि सम्राटों को जन्म दिया, जिसने कथाओं में अपने यशोगान लिखवाए, उस वंश की महारानी कैकेयी इन्द्र के शब्दों से ईषत क्रोधित हो गई और बोली, 'हमारे वंश ने विश्व में ऐसे अनूठे कार्य किए हैं, जिनकी महानता का गुणगान आज भी हो रहा है। हम सूर्यवंशियों ने इतने युद्ध रचे हैं कि जिनसे धरणी लाल हो गई है और हमारे यज्ञ के अश्व को पकड़ने का कोई भी दानव-दैत्य सम्राट साहस नहीं करता और आपको भी देवासुर संग्राम में विजयश्री प्राप्त करानेवाली कोशलाधीश की सेनाएँ नहीं अपितु

सूर्यवंश के प्रतापी सम्राट महाराज दशरथ हैं और यदि सूर्यवंश को अमरावती सम्राट इन्द्र ललकारता है तो वह यह जान ले कि कैकेयी वह वीरांगना है जिसने रावण से युद्ध किया है और आपसे भी युद्ध करने में नहीं हिचकिचाएगी, यदि आज्ञा हो तो अवसर दें।'

"इन्द्र समझ गया कि अब कैकेयी उत्तेजित हो गई है और कैकेयी जैसी वीरांगना को चैतन्य कर देने से ही इन्द्र अपने अभियान में सफल हो सकता है। कैकेयी हठी है, वह जो ठान ले उसे करके छोड़ती है। कैकेयी मन में जय-पराजय एवं समाज के सम्मान-असम्मान की भी परवाह नहीं करती। ऐसी ही नारियाँ समाज के लिए कुछ कर सकती हैं। जिनमें साहस नहीं है और जो सोचती बहुत हैं वे कुछ भी नहीं कर सकतीं। यह तो मात्र कैकेय महाराज की पुत्री कैकेयी हैं जो कि अग्नि से खेल सकती हैं और कोई अप्रिय घटना घट जाए तो उस अपवाद को भी सहन कर सकती हैं। वह विशालहृदया हैं तथा रावण के समान ही कट्टर भी हैं। कैकेयी की हँसी में भी रावण के समान कोई-न-कोई राज रहता है और क्षत्राणी होने से वह कर्तव्य से विमुख नहीं हो सकती हैं। वह महाराज दशरथ को फटकार भी सकती हैं, आर्य धर्म के लिए बलिदान कर सकती हैं तथा त्याग की मूर्ति होने से त्याग भी कर सकती हैं, अपने पुत्रों के लिए। मात्र इन्द्र का ही अभिप्राय था जो कैकेयी के माध्यम से ही पूर्ण हो सकता था और अब इन्द्र के व्यंग्य-बाणों से व्यथित कैकेयी सिंहनी के समान गरज रही है तो रावण का अन्त निश्चित है।

"इन्द्र सब-कुछ भाँप कर पुनः बोले, 'देवी! मेरा तात्पर्य आपके आर्यावर्त तथा भरतखंड में बढ़ती हुई रावण की शक्ति को क्षीण करने से ही है। इस कार्य को पूर्ण करने के लिए आप राम को तत्पर करें, उन्हें गुरु विश्वामित्र जैसे मुनि के यहाँ विद्याध्ययन के लिए भेजें ताकि राम राजनीति में निष्णात होकर आर्य धर्म ध्वजा को लंका तक फैलाएँ तथा रक्ष धर्म पर विजय प्राप्त करें। दक्षिण में अगस्त्य अकेला ही आर्य धर्म का प्रचारक होकर शस्त्रों का अनुसन्धान कर रहा है। ऋष्यमूक पर्वत पर भी वेधशाला है व वहाँ की जनता भी आर्य अनुयायी है। मेरा रथचक्र अब राजनीतिक अभियान में घूमेगा और राम के लिए पथ प्रशस्त करेगा।'

" 'सुनो महारानी! लंका में अभी-अभी एक घटना घटी है। नल ने मुग्ध होकर एक निशाचरी, जो कि यथेष्ट सुन्दरी है, से अनुराग किया। रावण के चरों ने लंकेश को सूचना दी कि हनुमान जी के साथ भ्रमण कर आए कपीश नल ने लंका की रमणी से लंका के नियमों का उल्लंघन कर सहवास किया है। इस पर सभा बैठी जिसमें रमणी ने सभा में नल को पतिरूप में वरण करने की अनुमति चाही जिसका विभीषण ने समर्थन किया किन्तु प्रहस्त ने आपत्ति उठाई कि नल पहले अपना धर्म परिवर्तन करें तभी वे लंका की रमणी को पत्नी रूप में स्वीकार करने के अधिकारी हैं, अन्यथा नहीं और ऐसा नहीं करते तो लंका नियमान्तर्गत यह अपराध है जिसके लिए नल दंडनीय है।'

"इस पर महाबली हनुमान ने उदाहरण सहित कहा, 'लंका में अनेक जातियाँ हैं, उनमें से किसी भी जाति की रमणी को पत्नी बनाने का अधिकार दैत्य व दानव जाति को ही क्यों दिया गया है जबकि अभी नागजाति ने वानरजाति की एक कन्या को पत्नी बनाया है और उसकी अनिच्छा होने पर भी उसका अपहरण कर राक्षस विवाह की नई पद्धति से उसको सामाजिक नियमों में बाँध दिया गया है तो नल यदि वानरजाति के होने पर किसी राक्षस धर्म की अनुयायी रमणी से विवाह करते हैं, और जो उनसे निश्छल प्रेम करती है तो बिना धर्म परिवर्तन के ही अनुमति दी जानी चाहिए।'

"अनेक तर्कों के साथ भी रावण ने अपने सिंहासन से सारी प्रथाओं एवं अन्य नियमों

को अमान्य करते हुए यह आज्ञा दी, 'लंका की रमणी से कोई भी विदेशी बिना अपना धर्म परिवर्तन किए विवाह नहीं कर सकेगा।' साथ ही यह एक नया नियम और उसने पारित किया कि उस व्यक्ति को लंका की नागरिकता लेना भी अनिवार्य होगा। और इसी क्रम में जनगणना भी लंका में हुई जिसमें सवा दो लक्ष्य कुल जनसंख्या आँकी गई। इस पर रावण को प्रहस्त ने लंका का पिता निरूपित करते हुए कहा, 'सार्वभौम सम्राट लंकेश के लाख पुत्र तथा सवा लाख नाती हैं अर्थात् एक लाख प्रजा के सवा लाख पुत्र हैं जिन्हें कि रावण के नाती कहकर सम्बोधित किया। इससे दैत्य, दानव, नाग प्रसन्न हुए और रावण की जय-जयकार हुई किन्तु लंका की वानरजाति जो कि आर्य संस्कृति का पालन करती है वह तथा विभीषण के अनुयायी खिन्न हो गए हैं और इस सौतेले व्यवहार से लंका में अब विभाजन की रेखा खिंचनी प्रारम्भ हो गई है।'

" 'हनुमान रुष्ट होकर नल के साथ वापस आ गए हैं और पवन देव जो कि रावण के संरक्षक थे, वो भी अपनी जाति के अपमान को सहन नहीं कर सकने से रुष्ट हैं। विभीषण योग्य मन्त्री हैं किन्तु प्रहस्त तथा मेघनाद के हस्तक्षेप के कारण वे दुखी हैं। इस कारण रावण के परिवार से विभीषण कटते जा रहे हैं और आर्य प्रजा उनको अपना संरक्षक मानती है, इस कारण उनका राजनीतिक स्तर और उठ गया है। साथ ही विभीषण गम्भीर व अनुशीलनवाले व्यक्तित्व के हैं, लंका की राजकीय व्यवस्था को उन्होंने उठाया और उन्हीं के कारण रावण महान बना और अब उन्हीं की बात को रावण पुत्र मद के कारण काट देता है। इससे विभीषण को भी आत्मग्लानि हो रही है और उन्होंने अब अपनी अग्रहारी (जागीर) का काम भी कर दिया है। वानरजाति हनुमानजी के निर्देश पर उन्हें सत्ता में लाने का गौण प्रयास भी कर रही है, लंका के आर्य विदेशी हस्तक्षेप की ताक में भी हैं कि रावण के स्थान पर विभीषण अब भावी सम्राट हो।

"विभीषण रक्ष व यक्ष दोनों संस्कृतिवालों के लिए समान हैं, उनके अच्छे व्यवहार के कारण कुछ राक्षस भी उनके पक्ष में हैं। समय आ गया है कि लंका की आन्तरिक फूट का लाभ राम को मिलेगा। रावण के चर अब कामचोर हो गए हैं। राजकीय व्यवस्था की सही सूचनाएँ रावण तक नहीं पहुँच पाती हैं और पहुँचती भी हैं तो देर से।

" 'सूर्पणखा का पुत्र अब दक्षिण की ओर चला गया है और वहाँ किसी पर्वत पर अब अपना अनुसन्धान कर रहा है। शम्बूक महाविज्ञानी है, उसके पास ऋषियों से अच्छा मस्तिष्क है और वह ऐसे भयानक विस्फोटक आयुध तैयार कर रहा है जिनसे कि कभी भी, कुछ भी हो सकता है। राम को इसे भी मारना होगा।'

"कैकेयी चुप रही तो महाराज दशरथ बोले, 'जब लंका राज्य अराजकता तथा विषमता व विरोधाभास के बीच चल रहा है और रावण की गुप्तचर व्यवस्था शिथिल है तो आप स्वयं क्यों आक्रमण नहीं कर देते? मेरे पुत्र को क्यों आग में झोंकने की सीख दे रहे हैं? बालि के विशाल साम्राज्य से कौन टकराएगा? वह रावण का मित्र है और किष्किन्धा की सीमा पार किए बिना लंका तक कौन पहुँच सकता है? वानरराज बालि की सेना को परास्त करना लोहे के चने चबाना है। ऐसी स्थिति में कोशल की सेनाएँ तो वानरराज के कालमुख में ही समा जाएँगी!'

"कैकेयी महाराज दशरथ के विपरीत क्रोध से आवेश में बोली, 'तुमसे तो अब वृद्धावस्था में खड्ग नहीं उठता और जिसमें दशानन के नाम से तो तुम भयभीत हो जाते हो। इस युग में विश्व की महान शक्ति रावण को पराजित करने का श्रेय यदि कोशलाधीश को या उसकी

सन्तान को प्राप्त होता है तो वही सर्वश्रेष्ठ कहलाएगा और उसी को लोग महान कहेंगे तथा वह व्यक्ति अपने प्रशस्तिगान लिखाकर अपना नाम अमर कर जाएगा। जिस धरती पर रावण को हरानेवाला जन्म लेगा उसका नाम स्वर्णाक्षरों में लिखा जाएगा और वह धरती तीर्थ बन जाएगी। वहाँ की प्रजा गौरवशालिनी होगी और अपने को धन्य समझेगी। इसके लिए अयोध्या का वर्तमान नहीं तो भावी सम्राट ही उपयुक्त है और महाराज रघु द्वारा भेजे गए लंकापुरी के पाँच चर जो कि बाणों का कार्य कर रहे हैं तथा प्रजा में विभाजन-रेखा खींच रहे हैं वे धन्य होंगे रघुकुल की राजनीतिक लाज रखने के लिए तथा राक्षसों को पराजित करने के लिए कैकेयी ही सब कुछ करेगी। रावण का अट्टहास और उसकी बार-बार अयोध्या पर लगी हुई दृष्टि को राम ही दूर करेगा और राम को ऐसी ही शिक्षा दी जाएगी।

" 'देवेन्द्र, अब आप अपना अभियान प्रारम्भ कीजिए। कैकेयी अपने पूर्वजों के मान व आर्य धर्म के लिए अनार्यों से अपने पुत्रों को लड़ाएगी। मेरी अयोध्या में ही बिना महाराज की अनुमति के शंकर का मन्दिर बन गया और शैव पूजा करने लगे। यह सब कुछ इक्ष्वाकु कुल के लिए घातक है। देवेन्द्र तो सुषा में हैं, उसकी राजनीति उसके साथ और कैकेयी की अपनी नीति अपने साथ।'

" 'महारानीजी! वे सब कार्य परशुराम के देशाटन से लौटने के पूर्व होना अनिवार्य है, नहीं तो वे रावण के उत्कर्ष को गिरने नहीं देंगे और लंका की प्रजा में परशुराम की धाक है क्योंकि अधिकतर प्रजा ब्राह्मण है जो कि कभी विरोध में तो कभी एकीकरण की कतार में खड़ी हो जाती है। यदि परशुराम आ गए तो अयोध्या की क्षत्राणी का संकल्प धरा रह जाएगा। वे अपनी वाक्शक्ति से लंका की प्रजा को सम्मोहित कर लेंगे और फिर अजेय रावण अपनी प्राकृतिक मृत्यु से ही मरेगा अन्यथा नहीं।'

" 'मैं अपने पुत्रों को रण के लिए सुयोग्य होते ही ससैन्य भेज दूँगी, बिना किसी अवसर की प्रतीक्षा के।'

" 'नहीं-नहीं, ससैन्य यदि अवधपुरी की सेना कूच करेगी तो यातुधान बड़े पराक्रमी हैं वे अरण्य में ही परास्त कर देंगे और दक्षिण के मार्ग का ज्ञान कम होने से कहीं भी सेना खप जाएगी। वह तो एकाकी कार्यक्रम बनाना होगा ताकि रावण के चर व उसके उपनिवेश के सैनिक यह समझ भी न पाएँ कि कोई युद्ध करने आ रहा है। यह तो महान षड्यन्त्र रचा जाएगा और रावण विरोधियों को आत्मसात् करते हुए उन्हीं की सेना से यह भीषण संग्राम रचा जाएगा। अवध को मात्र श्रेय प्राप्त होगा और यदि राम अपने अभियान में सफल हो गए तो विश्व में राम-नाम अमर होगा। यह मेरा आशीर्वाद है। एकाकी यात्रा में लाभ बहुत है। एक तो यह कि धीमे-धीमे अपने आदर्शों व साम-दाम-दंड-भेद की नीति से राम आगे बढ़े। आर्य सभ्यता शाश्वत तथा प्राचीन है, रावण ने मात्र राज प्रश्रय से उसमें आंशिक संशोधन किए हैं। वेदों का पाठ राक्षस भी करते हैं। वे भी कर्मकांडी हैं, तपेश्वरी हैं, मात्र उनकी विद्या क्षत्रिय विरोधी है। अश्वमेध यज्ञ उन्हें नहीं सुहाता। वह इसे पशुवध मानते हैं, इस कारण तापस भेस में वनगमन होगा जिसमें उद्देश्य होगा रावण की शक्ति का उन्मूलन और यदि दल-बल के साथ युद्ध का अभियान चलाया जाता है तो समुद्र के किनारे तक पहुँचते-पहुँचते, लड़ते-लड़ते समूची अनीक शिथिल पड़ जाएगी और यदि रावण को कहीं पता लग गया कि अवधपुरी की सेनाएँ लंकापति की नई सभ्यता व संस्कृति को कुचलने आ रही हैं तो वह निश्चित रूप से युद्ध करेगा क्योंकि वह युद्ध अभिमानी है। समर से पीछे हटना रावण नहीं जानता। वह अकेला तब तक लड़ता

रहेगा जब तक उसका प्राणान्त नहीं हो जाएगा। युद्ध में अपने कुटुम्बियों की मृत्यु पर उसे क्षणिक दुख होता है और उसके उपरान्त वह फिर युद्ध में संलग्न हो जाता है। दूसरी बात यह भी है कि इस दीर्घ यात्रा तक वह अपनी पूर्ण तैयारी कर लेगा और परशुराम तथा शंकर का सहयोग भी प्राप्त कर लेगा। इस कारण यह समूची कार्रवाई अप्रकट रूप से होगी।'

" 'इसके लिए राम को कौन तत्पर करेगा देवेन्द्रजी।'

" 'यह व्यवस्था विश्वामित्र-वसिष्ठ जैसे महामुनि करेंगे और इन्द्र का रथचक्र प्रत्येक ऋषि के द्वार पर जाकर उन्हें उत्प्रेरित करेगा। आयुधों की व्यवस्था होगी। सब कुछ होगा। यान का सहयोग इन्द्र स्वयं देगा। रावण मात्र वायुयानों की शक्ति के कारण अजेय है, उसके लिए भी कोई-न-कोई सूझबूझ निकाली ही जाएगी।'

" 'तो ठीक है देवेन्द्रजी, शेष कार्य मैं पूर्ण करूँगी।'

"इस मन्त्रणा के पश्चात् देवेन्द्र ने महाराज दशरथ व महारानी कैकेयी का स्वागत-सत्कार किया। रात्रि को नर्तकियों का अमरावती में अपार्थिव नृत्य हुआ और प्रातःकाल ही लोग वापस लौट पड़े। इस कारण मुझे ज्ञात हो गया कि आप माता कैकेयी के आदेशानुसार तथा इन्द्र के निर्देशन में धर्म के कल्याण के लिए पधारे हैं।" जटायु ने कहा।

श्रीराम गृध्रराज से यह भेद जानकर प्रसन्न हुए और उनके उद्देश्य को समझकर बोले, "तात! आपके शीश की जटाएँ काफी बड़ी हैं, इस कारण आज से मैं आपको 'जटायु' नाम देता हूँ। यदि आप इस आश्रम में रहना चाहें तो रह सकते हैं।"

गृध्रराज प्रसन्न हुआ और बोला, "ठीक है, आपकी अनुपस्थिति में मैं माता सीता की रक्षा का कार्य किया करूँगा क्योंकि इस विजन वन में इतनी शीघ्रता में आप वह कार्य नहीं कर सकेंगे तो आप पृथु के समान करते आ रहे हैं। भूमि का समतलीकरण तथा उसकी कृषिकरण की योजना में आपको यथेष्ट सहयोग ऋषियों, मुनियों और यहाँ के आवासियों का प्राप्त हुआ, किन्तु यहाँ के जंगल में आग लगाकर खेती का कार्य आरम्भ करेंगे तो सूर्पणखा से युद्ध करना होगा, क्योंकि इस समूचे भूखंड पर उसी का अधिकार है।"

लक्ष्मण ने तीखे स्वर से कहा, "हम अपने कर्मपथ से विचलित नहीं होते, यह हमारी माँ की आज्ञा है, इस कारण हम किसी भी आपत्ति पर ध्यान न देते हुए जो करते आ रहे हैं वही करेंगे। तात! आप निश्चिन्त रहें, हमारे इन कोमल हाथों ने सबसे पहले जब मार्ग के लिए वृक्ष काटे थे तो भैया के हाथों में छाले पड़ गए थे और मेरे भी। परन्तु अब यह सब स्वभाव का अंग बन गया है, पहले तो कष्ट रहा, पद यात्रा के दुख का भी आभास हुआ किन्तु अब वर्षों की प्रक्रिया में हमारा जीवन व हमारी दिनचर्या संघर्षों को सहन करने में सहज हो गई है।"

इसी समय सीता कुछ फल ले आईं जिन्हें राम ने जटायु व विराध को दिया तथा स्वयं भी ग्रहण किया। रात्रि आगमन के कारण राम अपनी कुटिया की ओर चले गए। लक्ष्मण सेवक की भाँति अपने स्थान पर प्रतिहारी के रूप में सजग, चौकन्ने-से अपने स्थान पर रुके रह गए।

4

राम की आँख नहीं लग रही है। वे सोने का प्रयास कर रहे हैं किन्तु मन में अनेक विचार आ रहे हैं और मस्तिष्क व्यायाम कर रहा है। वे कहीं से बात सोचते हैं और कहीं पर पहुँच जाते

हैं। मनःस्थिति में भूचाल-सा आ रहा है। उन्हें विदित है कि महाबली हनुमान (आदिवासी) ने दशानन का विप्र धर्म स्वीकार कर लिया है और उस धर्म का वे निर्वाह भी कर रहे हैं। विप्र होने से उन्हें वेदों का अमिट ज्ञान है। दशानन के जामाता होने के कारण राजनीति के पंडित भी हैं। दशकन्धर जैसे परम बुद्धिमान ने मरुत तथा हनु जाति को विप्र बाना देकर नागों की भाँति उनका उद्धार किया है। अहिजाति की भाँति हनुओं को भी अपनी समाजवादी विचारधारा में जोड़कर लंकेश ने शूद्रों पर हो रहे अत्याचार को रोका है। जिन क्षत्रियों ने इन जातियों का तिरस्कार किया उन्हें अनार्यों ने संरक्षण देकर समाज के दूषित वातावरण को समाप्त करने का सफल प्रयास किया है। फिर इस जाति को विप्र बनाकर यज्ञोपवीत धारण कराने के उपरान्त दशानन जैसा सार्वभौम सम्राट मात्र एक कपीश नल के विरुद्ध एक लंका सुन्दरी के पीछे ऐसा निर्णय कैसे ले सकता है, वास्तुकला, स्थापत्य कला में प्रवीण नल जैसे मन्त्री को अपने यहाँ रखने की कोई बात होनी चाहिए या या फिर नल द्वारा विप्र न बनने के कारण एवं कपीश जाति की पशुवध तथा उनके सामाजिक नियमों में बहुपत्नीत्व की प्रथा होने के कारण रावण जैसे बुद्धिमान सम्राट ने लंका सुन्दरी के प्रेम प्रस्ताव को युवावस्था का मानसिक प्रलोभन मात्र समझने से, उसको सोचने का यह अवसर प्रदान किया है क्योंकि लंकेश, कुम्भीनसी के कारण मधु दैत्य के कामी होने से मधुपुरी (मथुरा) तक दलबल के साथ आ गया था। इस कारण उसे यह शंका रही होगी कि कपीशों में लंका सुन्दरी को ब्याहने से उसका जीवन कष्टमय ही रहेगा क्योंकि कपिजाति में ज्येष्ठ या लघु भ्राता की पत्नी तक को उपपत्नी के रूप में रख लिया जाता है और बहुपतित्व तथा बहुपत्नीत्व के कारण समाज में कपीशों में स्त्री की दशा दयनीय रही है। यदि ऐसा सोचकर रावण जैसे नीतिवान ने लंक-कन्या न देने का निर्णय किया है तो उचित ही किया है।

परन्तु रावण को इसका शायद अनुमान ही न हो कि इससे हनुमानजी रुष्ट हो गए हैं क्योंकि हनुमान तो नल के साथ भाग आए और खिन्न होकर वनों में विचरण कर रहे हैं। हम क्षत्रिय अपने आर्यों के लिए प्राण तक उत्सर्ग कर देते हैं लेकिन एकमात्र अनार्य विप्र सम्राट रावण की प्रजा व उसके अनुयायियों को राक्षस कहते हैं। यदि स्वदेशी और विदेशियों के भेद को मिटाने तथा राक्षस आदि सम्बोधनों के सम्भ्रम में राम पड़ेंगे तो उनकी यात्रा अधूरी ही रह जाएगी। राम को तो राक्षसों (अनार्यों) को भी आत्मसात् करना होगा, तभी तो राम आर्य सभ्यता का बीज-वपन अनार्यों में भी करने के लिए सक्षम हो सकेगा। राम यदि त्याग एवं तपस्या की मूर्ति ऋषियों के लिए है तो रावण भी अपनी प्रजा के लिए त्याग, तपस्या और बलिदान की मूर्ति हैं। लंका की प्रजा रावण से असीम स्नेह करती है तथा उसको अपना सर्वश्रेष्ठ सम्राट मानते हुए उसके द्वारा प्रणीत यज्ञों को ही प्रश्रय देती है। लंका में गऊ की रक्षा की जाती है जबकि यक्ष गोमांस का सेवन करते हैं। तो कुबेर की यक्ष जाति से तो लंका की जाति ही श्रेष्ठ है जो कि विभिन्न वर्णों में जन्म लेने के उपरान्त भी एक वर्ग में सिमट गई। तभी लंका राष्ट्र उन्नति के शिखर पर है। यह रावण जैसे महान नीतिविद् की ही देन है कि सभी जाति समूह एक होकर समाजवाद के कारण राजतन्त्रीय सत्ता होने पर भी लोकतन्त्रीय जीवनयापन कर रहे हैं। लंका में दरिद्र तो कोई है ही नहीं, इसी कारण लंका को सोने की लंका की संज्ञा क्षत्रिय सम्राट दे रहे हैं क्योंकि जिन सम्राटों ने भी लंका की यात्रा की है उन्होंने उसका गुणगान ही किया है। फिर सार्वभौम सम्राट दशानन स्वयं विज्ञानवेत्ता है, उसे एक नल जैसे मन्त्री अथवा हनुमान जैसे महान योद्धा की भी अब क्या चिन्ता रही होगी जबकि समूचे राष्ट्र में यानों का

जाल बिछा है तथा सूर्य चक्र-व्यूह बनाकर लंकेश्वर अहोरात्र यज्ञ, तप ही किया करता है अथवा अपनी रचनाओं में व्यस्त रहता है। इस समय का रावण का जीवन पूर्ण शान्त तथा सात्त्विक है। ऐसे विशिष्ट गुणों से सम्पन्न व्यक्ति के लिए मात्र राम को ही वन आना पड़ा जबकि आर्यावर्त में रावण के विरोध में सभी ने मुझसे बहुत-कुछ कहा था किन्तु ऐसा प्रत्यक्ष में भी कुछ भी नहीं है। और यदि शंकर का कृपापात्र दशकन्धर जो कि अहर्निश कैलास को उठाए रहता है एवं रुद्र की चरण वन्दना करता है तो इन्द्र को क्या दुख? राम तो इस ऊहापोह में राजप्रासाद छोड़कर आ गए, हठी लक्ष्मण भी आ गया और सीता भी नहीं मानी। ये सब आर्य धर्म के लिए एवं राक्षस धर्म के विनाश के लिए अयोध्या के राजकुमार को ही इन्द्र ने चुने तो इससे इन्द्र का ही उत्कर्ष होगा, राम को क्या मिलेगा?

राम उठे। उन्होंने कुटिया का द्वार खोला। लक्ष्मण अभी भी अपने स्थान पर सेवक की भाँति जमे थे या फिर यह लक्ष्मण की नीति थी कि कहीं विराध अथवा अन्य कोई भी प्राणी विश्वासघात न कर दे और हमारा आर्य अभियान धरा न रह जाए। इसके लिए लक्ष्मण का शंकालु होना स्वाभाविक भी है और वर्षों से उनके द्वारा यही दिनचर्या अपनाने से अब तो यह कार्य लक्ष्मण के लिए सम्भवतः सरस व सरल हो गया है। फिर भी लक्ष्मण के जागरण से राम को तो दुख होगा ही क्योंकि यह साधना जटिल है और इससे ऐसा भी आभास होता है कि राम कितने निष्ठुर हैं जो अपने भ्राता को सोने का अवसर ही नहीं देते। परन्तु राम क्या करें, लक्ष्मण की हठ के सामने और उसकी नाक पर क्रोध भाव उभर आने से ही राम शान्त हो जाते हैं और लक्ष्मण की तनी हुई भृकुटी राम को निर्वाक् कर देती है।

राम ने सब कुछ सोच लिया। पुनः कपाट बन्द कर, दो घूँट पानी पीया और फिर सोने का उपक्रम करने लगे।

फिर वही विचार-शृंखला--सुना है कपि (टोटम) जाति झक्की होती है। वैसे यह बलवान है किन्तु जब इन्हें इनके बल का स्मरण कराया जाता है और इनकी विरुदावली पढ़ी जाती है तो उससे इनकी छाती चौड़ी हो जाती है और ओज तथा तेज एवं वीरत्व इनके शरीर से फूटने लगता है तब इन्हें रणरंग चढ़ता है और फिर यह जाति कुछ भी करने में सक्षम हो जाती है। फिर तो आकाश के तारे तोड़ने तक की बात करने लगती है। सम्भवतः इसी झक्की स्वभाव के कारण ही हनुमानजी लंका से चले आए। विभीषण लंका में आर्य धर्म के अनुयायी हैं। यह भी एक राजनीति है लंकेश की कि एक ही परिवार में एक अनार्य दल का नेतृत्व करता है और दूसरा आर्य का। लंका के आर्यों तथा अनार्यों में समानता का संचार होने से दशानन प्रत्येक धर्मवाले का चहेता बन गया है, प्रजा तो ऐसे सम्राट शिरोमणि की पूजा करेगी ही। यदि महाराज रघु ने अपने चर भेजकर आर्यों का जयस्तम्भ बनाने में लंका में सफलता प्राप्त कर ली है तो 'रव' कर्ता रावण ने भी तो अयोध्या में शंकर का मन्दिर निर्मित कराने में सफलता अर्जित कर ली है। रघुकाल से आज तक यदि किसी विप्र को अयोध्या सम्राट दंड भी देता है तो वह मात्र शंकर के मन्दिर की पूजा-अर्चना का। यह धार्मिक भेदभाव हमारे पूर्वजों के काल से ही चला आ रहा है और अयोध्या तथा लंका की सभ्यताओं के कारण क्षत्रियों की आँख की किरकिरी बना हुआ है धुरन्धर विप्र रावण।

परन्तु गृध्रजाति तो दूरदृष्टि वाली है। कठोर परिश्रमी तथा दृढ़ विचारवाली इस जाति को लंकापति के उपनिवेशों ने कैसे आत्मसात् कर लिया। गृध्रजाति आविष्कारक है। इनके पास दिव्य दृष्टि है फिर भी असहाय-सा होकर गृध्र (टोटम) समाज सम्पाति जैसे सम्राट तथा महान

योद्धा को विपत्तिकाल में छोड़कर चला गया। सुना है सम्पाति भोजन तक की व्यवस्था करने में असमर्थ हैं।

पुनः सोचा। ठीक भी है विपत्ति पड़ने पर कोई अपना नहीं रहता। सम्पाति ने तेजगति और सबसे ऊँची उड़ान भरनेवाले वायुयान का निर्माण किया अर्थात् विश्व को आश्चर्य में डालनेवाला आविष्कार किया और विज्ञान के चमत्कार ने ही उसे नष्ट कर दिया। जहाँ विज्ञान चमत्कारी है वहाँ विनाशकारी भी है। अनुसन्धान युद्ध में तत्काल निर्णय के लिए सहायक मात्र हैं किन्तु बिना पुरुषार्थ के इनका क्या उपयोग है! सम्पाति ने यान बनाने में अपना कोष रिक्त कर दिया तो प्रजा को उदरपूर्ति के लाले पड़ गए और वह भोजन व्यवस्था की खोज में अनार्य हो गई।

राम को स्मरण है जब तात दशरथ एवं माता कैकेयी इन्द्रधाम से वापस आए थे तो सर्वप्रथम माँ ने मुझे ही बुलाकर कहा था, "वत्स राम, तुम जनता के संरक्षक हो। करतार ने तुम्हें महान कार्य सम्पन्न करने के लिए जन्म दिया है। तुम भावी सम्राट हो। राजकुमारों का यह कर्तव्य है कि वे अपने राष्ट्र का नाम ऊँचा करने के लिए अनादिकाल से चली आ रही अपनी आर्य सभ्यता के प्रकाश को चारों और फैलाएँ। शक्तिशाली निर्बलों पर अत्याचार न करें, अनाथों को तुम्हें सनाथ बनाना है और इस धरती पर से गूँज रही राक्षस संस्कृति को मिटाना है। तुम्हें अपने ही राज्य के प्राणिमात्र को नहीं अपितु उत्तर से दक्षिण तक समूचे भारतवर्ष के प्राणियों को सुखी बनाना है। तुममें तुम्हारे अन्य भाइयों की अपेक्षा जनता को सुरक्षा प्रदान करने की अपूर्व प्रतिभा और क्षमता है। अपने आराम का ध्यान नहीं रखते हुए दूसरों के हितों के लिए तुम्हें अनवरत संघर्षपथ पर चलते रहना है। तुम्हें मैं एक न्यायपालक शासक के रूप में देखना चाहती हूँ। हमारे पूर्वजों ने जो नियम बनाए हैं उनमें रावण ने परिवर्तन कर दिया है, उसने आर्य सभ्यता को चारों नीति से क्रय कर लिया है और इन्द्र को पराजित करने के साथ ही वह व उसकी संस्कृति चरमोत्कर्ष पर पहुँच गई है। असुर जाति का इतना उत्थान हो गया है कि सुरजाति दशानन के आगे नतमस्तक हो गई है। इससे रावण का शीश गर्व से उन्नत हो गया है। इन्द्र आर्य धर्म का प्रणेता है और हम क्षत्रिय उसके पोषक हैं और ऋषि-मुनि सब उन्हीं यज्ञों को सम्पन्न कराते हैं जो कि वैदिक हैं। दशानन ने यज्ञ विधि में परिवर्तन कर दिया है। वह समाजवादी सिद्धान्त पर चल रहा है और सभी का ध्रुवीकरण करता आ रहा है। राम बेटे, इसलिए तुम्हें अपनी किशोरावस्था तथा यौवनावस्था में ऐसा कार्य करना होगा जिससे कि रावण के स्थान पर राम नाम के लोक-गीत गाएँ और राम मर्यादा की मूर्ति के रूप में स्वीकारा जाए। यों तो प्रत्येक राजा दैवी सिद्धान्त से प्रभु रूप में स्वीकारा जाता है, राजसिंहासन पर उसका वंशानुगत अधिकार होता है परन्तु वह प्रभु किस काम का जो कि स्व का सम्मान खोकर पर के भय से अपनी एक सीमित सीमा में ही स्वयंभू बना बैठा रहे। सम्राट तो वह है जिसकी सार्वभौमिकता दशानन की भाँति दिगदिगन्त में हो।

"बेटे राम! पवित्रता तथा निष्ठा संसार में सर्वोत्तम गुण हैं। जो इनको धारण कर लेता है लोग उसी को दिव्य पुरुष कहने लग जाते हैं। दशानन में ये गुण है। वह हृदय से पवित्र है और युद्ध काल में बन्दी बनाकर लाई गई रमणियों को भोगता नहीं है जबकि सम्राट होने से उसे भोग का पूर्ण अधिकार प्राप्त है। रणस्थल में वह निर्मोही है। यह मैं स्वयं अपनी आँखों से देख चुकी हूँ। दशकन्धर का अट्टहास विचित्र है, उसका खड्ग संचालन अनूठा है, उसका शरसन्धान अचूक है। महान योद्धा में वीरोचित जो गुण होने चाहिए वह उनसे भी विभूषित है किन्तु उसके धर्म, उसकी ख्याति को आर्यों को ही तो चूर करना होगा। अन्यथा इक्ष्वाकु

कुल की लाज चली जाएगी वत्स!

"सुनो राम! शत्रु कई प्रकार के होते हैं। दशानन हमारे कुल के लिए सम्राट के रूप में भी अरि है क्योंकि तुम्हारी माता कौशल्या के स्वयंवर के समय भी रावण ने व्यवधान खड़ा किया था। वह हम क्षत्राणियों का अपमान ही कहा जाएगा और इसके पूर्व रघुकुल में भी रावण विप्र भेस में अन्तःपुर तक आ गया था। वह भी काकुत्स्थ कुल के लिए डूब मरने की बात है और सूर्पणखा का पुत्र शम्बूक चन्द्रहास खड्ग के स्थान पर सूर्यहास खड्ग का आविष्कार करने के साथ-साथ अवधपुरी में ही अनार्य देवता शंकर का मन्दिर बनवा गया, यह रावण का लंका में आर्य जय-स्तम्भ का प्रतिशोधात्मक राजनीतिक उत्तर है और धर्म की दृष्टि से तो लंकेश हमारा चिर शत्रु ही माना जाएगा क्योंकि सूर्यवंश सबसे बड़ा प्रतापी वंश है संसार के राजवंशों में, और इसी वंश के लोग मनु नियमों का पालन करते आ रहे हैं। आज वे ही नियम दक्षिण से टूटना प्रारम्भ हुए हैं तो उत्तर ही नहीं, उत्तर के पार इन्द्रधाम तक टूटते चले गए हैं। देवता तथा क्षत्रिय, ऋषि, मुनि सब षड्यन्त्र तो रच रहे हैं परन्तु आज तक मात्र अगस्त्य ऋषि ही दक्षिण में पहुँचकर आर्य सभ्यता का संचालन करने में सफल हुए हैं शेष सब निष्काम। इसलिए अयोध्या का राजकुमार सर्वगुण सम्पन्न होकर भले ही रावण से युद्ध न करे फिर भी उसकी सभ्यता को नष्ट करने भर से रावण स्वयं पराजित हो जाएगा। तुम्हारा कर्तव्य होगा मात्र आर्य सभ्यता का प्रसार और मुझे विश्वास है कि तुम कर्तव्य से विमुख नहीं होओगे?"

राम की किशोर मुट्ठियाँ तन गईं। उनके नेत्र लाल हो उठे, फिर क्रोध से बोले, "माँ के आशीर्वाद से कठिन कार्य भी सरल हो जाते हैं। माताएँ ही पुत्रों को महान बनाती हैं। त्याग तथा बलिदान से ही मानव ख्याति प्राप्त करता है। जो दूसरों पर उपकार करता है, जगत उसी को नमन करता है। जिसके पास साहस एवं शक्ति दोनों हैं वही राजसिंहासन का सच्चा अधिकारी है। जिसने प्रजा की रक्षा का संकलन नहीं किया और असहायों की सहायता नहीं की वही संसार में दुष्ट है। किसी के पास धन हो और वह उसे सत्कर्म में व्यय नहीं करे तो उससे तो निर्धन ही अच्छा।

"अम्ब! तेरे चारों पुत्र इस योग्य हों कि वे अपने कुल का नाम चारों दिशाओं में प्रकाशित कर सकें। आशीर्वाद दो माँ कि राम तुम्हारे द्वारा दिए गए निर्देश का अक्षरशः पालन करे। नीलपूर्व मुनि से हम ऐंद्रजालिक विद्याओं की शिक्षा प्राप्त कर आए हैं। गुरु वसिष्ठजी ने शस्त्र संचालन में प्रवीण कर दिया है। राम अपने पूर्वजों के शाश्वत नियमों को नहीं मिटने देगा। राम आर्य सभ्यता के लिए स्वयं बलिवेदी पर चढ़ जाएगा किन्तु राक्षस धर्म को फलीभूत नहीं होने देगा।"

कैकेयी की बाछें खिल उठीं। दीर्घकाल से सोचे हुए उसके मनोरथ को पूर्ण करने के लिए राम तत्पर हो गए थे किन्तु कैकेयी के मन में शंका है तो मात्र दशरथ की ओर से क्योंकि महाराज दशरथ राम से ही सर्वाधिक स्नेह करते हैं। सम्भवतः वे राम से कुछ न कह सकें। हाँ, कौशल्या बलिदान की मूर्ति है, वह कैकेयी के मार्ग का काँटा नहीं बनेगी।

फिर भी राम को क्षत्रिय वचनबद्ध करना अनिवार्य है क्योंकि राम जैसा महान योद्धा ही दक्षिण तक के मार्ग के कष्टों को सहन कर सकता है। दुख तो कैकेयी को भी होगा परन्तु इसको भी कैकेयी पी जाएगी। फिर इन्द्रदेव भी राम की सहायता करेंगे तो राक्षस संस्कृति को उखाड़ने में कोई बाधा नहीं आएगी। कैकेयी चारों ओर से समाचार प्राप्त कर चुकी है कि रावण के विरोध में अब जनमत तैयार किया जा सकता है। जो कार्य रघु और दशरथ तथा इन्द्र नहीं

कर सके वही काम यदि दशरथनन्दन कर देंगे तो सूर्यवंश सदैव के लिए अमर हो जाएगा और कहीं राम असफल भी होता है तो भी इस षड्यन्त्र का रावण को तो आभास ही नहीं है, दशरथनन्दन सुरक्षित है।

फिर पुनः राम ने ही पूछा, "क्या सोच रही हो अम्ब? क्या युधाजित की पुत्री पथविचलित हो रही है पुत्र मोह के कारण। तुम वही कैकय सम्राट की वीरांगना कन्या हो जिसने कभी देवासुर संग्राम में भाग लिया था। तुम वही नारी हो जो कि स्वयं शत्रु का संहार करती हो। अपनी मृदु भावनाओं एवं मातृत्व की कोमलता को भूल जाओ। अपनी आर्य धर्मध्वजा को चतुर्दिक् विस्तीर्ण करने के लिए राम को आज्ञा दो।"

कैकेयी की आँखें छलछला उठीं। उन्होंने मुँह फेरकर आँचल से उन्हें पोंछा जिसका आभास राम को हो गया, फिर भी अज्ञानी से बैठे रहे। तब कैकेयी ने तत्काल ही अपने मुख पर प्रसन्नता-भाव लाते हुए कहा, "राम! महाराज दशरथ के साथ समरांगण में शत्रुओं का शीश काटनेवाली क्षत्राणी कायर नहीं हो सकती, वह देवेन्द्र को दिए गए वचनों का पालन करेगी, किन्तु सोच है कैकेयी को तो मात्र यह कि जगत कल्याण के लिए राम ही क्यों? भरत क्यों नहीं? इसका रहस्य कैकेयी समाज को नहीं बतला सकेगी। इस कारण यह राज मात्र तुम तक और मुझ तक ही रहेगा। गुरु वसिष्ठजी का कथन है भरत वीर भले ही है किन्तु गम्भीर नहीं है एवं सतोगुणी वृत्ति होने से भोला भी है। शत्रुघ्न उतावला है, उसे प्रत्येक कार्य शीघ्र करना रास आता है जबकि राजनीति में राजपाट के कार्यों में सम्मति, सहमति के साथ-साथ स्वविवेक का प्रयोग भी अनिवार्य माना गया है। मात्र-लक्ष्मण अवश्य इन दोनों से अधिक गुणवान एवं शीलवान है। परन्तु क्रोध उसकी नाक पर धरा रहने के कारण वह इस अभियान के योग्य नहीं है। इस कारण गुरु वसिष्ठ तथा प्रवर मंत्री सुमन्त जैसे ज्ञानियों ने इस कार्य के निमित्त तुम्हें ही सुयोग्य घोषित किया है। इसी में सहमति देवेन्द्र की भी है। लक्ष्मण इस भावी राजनीतिक षड्यन्त्र के रहस्य को पचा नहीं सकेगा, वह बात को क्रोध आते ही पानपत्ता की भाँति उगल देगा और रावण व उसका वेदभाष्य इस भरत भूमि पर गुंजित होता रहेगा। इसलिए ये समूची बातें महारानी कैकेयी तक ही सीमित हैं। इस कारण राम तुम्हें सभी के उद्धार के लिए इस कंटकपथ पर चलना होगा, इसका वचन अपनी माता को दो। कैकेयी लोककल्याण के लिए सामाजिक अपवादों को भी सहन कर जाएगी परन्तु रघुकुल की अपकीर्ति कदापि सहन नहीं करेगी।

"राम! रावण का अद्भुत अट्टहास आज भी मेरे कानों में सुनाई देता है। कैकेयी उसी समय प्रण कर चुकी थी कि दशरथपुत्रों से इस अट्टहास क़ा प्रतिशोध लेगी, फिर भी मैं भूल जाती परन्तु तुम्हारी माता क़ौशल्या के स्वयंवर में रावण उपस्थित था, उसके कंठ में कौशल्या ने माला नहीं डाली तो रावण ने महाराज का ही नहीं अपितु जयमाला डालने के उपरान्त दशरथ की रानी कौशल्या का अपमान किया। कैकेयी तब भी जीवित रही। वह मरी नहीं क्योंकि उसे चौथेपन में ही पुत्र प्राप्त होने थे और तब से अब तक कैकेयी ने जो गाँठ बाँधे थी, वह आज खोल रही है कि अब अनार्य देव शंकर का भक्त रावण का अस्तित्व नहीं बल्कि रघुकुल के राम का अस्तित्व ही स्थिर रहेगा।

"तुमको यथेष्ट पारंगत बना दिया गया है। अब यह तुम्हारा अपना कर्तव्य होगा कि तुम अपना मार्ग किस प्रकार एकाकी रूप में प्रशस्त करते हो। राजकुमारों की बुद्धि स्वतः ही विलक्षण, प्रत्युत्पन्न होती है। यह भार तुम्हारे ही कन्धे पर है कि तुम आर्य धर्म का पालन किस प्रकार करते हो। माताएँ दिशा प्रदान करती हैं, मार्ग नहीं। पथ-प्रदर्शक होती हैं किन्तु पथगामिनी नहीं।

यह तो पुत्रों का ही कर्तव्य है कि वे अपने माता-पिता के आशीर्वाद से यश अर्जित करें। राम, धन अर्जित करना सबसे सरल कार्य है किन्तु यश कमाना बड़ा कठिन कार्य है। अपनी कीर्ति के लिए अश्वमेध यज्ञ किया जाता है। अपने राज्य के विस्तार के लिए ही युद्ध किया जाता है। किन्तु तुम्हारा युद्ध शान्तिप्रिय होकर भी क्रान्तिकारी होगा। तुम चीर वस्त्रों में रहकर तापस भेस में वनगमन करते हुए अपने लक्ष्य की पूर्ति करो ताकि रावण के स्थान पर राम-नाम का इतिहास रचा जाए।

एक क्षण रुककर कैकेयी फिर बोली, "अब जाओ पुत्र, अपनी माता कौशल्या के पास।"

राम तनकर खड़े हो गए। उन्होंने दो शब्द कहे, "माँ, तेरा कर्ज कोई चुका नहीं सकता किन्तु राम तुझे वचन देता है कि तेरी अभीप्सा पूर्ण करने में राम पीछे नहीं होगा।"

राम ने झुककर कैकेयी के चरण-स्पर्श किए और लौट पड़े माता कौशल्या के भवन की ओर। मार्ग में वसिष्ठ की शिक्षा का स्मरण हुआ किन्तु माता द्वार पर ही खड़ी हुई थीं मानो वे राम की ही प्रतीक्षा कर रही हों। राम ने सहसा कौशल्या की ओर देखा, वे मुदित खड़ी थीं। राजोचित वस्त्र और आभूषणों से अलंकृत माता कौशल्या मन-ही-मन पुलकित भी हो रही थीं, साथ ही उन्होंने भी राम को देख लिया था। जिन पुत्रों के लिए महाराज को न जाने कितने पापड़ बेलने पड़े थे वे ही पुत्र अब किशोर हो चुके थे, अयोध्या के आँगन में।

राम ने माता को प्रणाम किया और कौशल्या राम को भीतर ले गईं, फिर मिष्टान्न आदि की थालियाँ सामने रखकर पूछा, "बहुत दिनों में आते हो राम! शिक्षा और राजकार्य ने तुम्हें व्यस्त कर दिया है। राजकुमारों को तो युवराज के पद धारण करने के दिन से ही सम्राट बनने और उसके उपरान्त युद्ध करने के कारण अवकाश ही नहीं मिलता, कठिनाई तो हम रानियों को है जो पत्नी बनकर आती हैं परन्तु आते ही युद्ध में संलग्न महाराजाओं को धीर धरकर विदा करना पड़ता है फिर जब पुत्रवती हो जाती हैं तो राजकुमारों को हम सहारा मान लेती हैं किन्तु वह भी क्षणिक होता है। उनकी आयु के बढ़ने के साथ ही उनके कन्धों पर शिक्षा और राजकीय भार का दायित्व गुरुओं, मंत्रियों द्वारा सौंपा जाने से हम नारियों को पुत्रों के तो दर्शन तक दुर्लभ हो जाते हैं।

"राम! कुछ खाओ न, क्या बड़ी माता के पास नहीं गए? वे तो तुम्हें देखकर फूली नहीं समाती हैं। एक बार भरत से भले ही पट्टमहिषी कुछ कह दें परन्तु राम से कभी भी कुछ नहीं कहतीं। क्यों नहीं कहतीं कि राम ही मात्र अयोध्या के योग्य भावी सम्राट हैं। भरत की तो प्रकृति तपस्वियों जैसी है, उसे राज-पाट से अधिक लगाव नहीं है, वह भौतिक सुखों को आनन्द नहीं मानता।"

राम कुछ कहने ही वाले थे कि इतने में कौशल्या खुद ही बोलने लगीं, "बेटे, कैकेयी ने बड़े दुर्दिन देखे हैं। उन्होंने बड़े युद्ध किए हैं और तुम्हारे पिता दशरथ के अनेक बार प्राण बचाए हैं। वे जब कभी राजकीय कार्य से निवृत्त होकर प्रसन्नचित्त हों तो अपना अतीत खूब हँस-हँसकर सुनाती हैं और कहीं राजनीति में व्यस्त हों तब कुछ पूछो तो झुँझला पड़ती हैं। फिर तो चाकरों तक को खूब फटकारती हैं। वे कहती हैं वत्स कि जब गिरिब्रिज नगर में आयोजित स्वयंवर के उपरान्त अन्य नरेशों की सेनाओं ने महाराज दशरथ के रथ का पीछा किया तो सारथी तक रथ हाँकने में असमर्थ हो गए। उस समय कैकेयी ने स्वयं वल्गा अपने हाथ में ले ली और महाराज के एक सुयोग्य सारथी का कार्य किया। इसी प्रकार अभी जब महाराज दशरथ पराजित होकर पड़ोसी देश में कारा में डाल दिए गए थे तो हम तो दुखी हो गई थीं परन्तु कैकेयी ने स्वयं

वीराना बाना पहना और युद्ध में विजय प्राप्त कर महाराज को कारा से छुड़ाया।''

राम ने अभी तक एक ग्रास भी नहीं खाया था तो अधीर होकर कौशल्या ने पूछा, ''क्या बात है बेटा! क्या कोई ताप है? राजवैद्य को बुलवाऊँ क्या?''

''नहीं माँ, यह आन्तरिक ताप है, इस ज्वर का राजवैद्य अयोध्या में नहीं है, वह तो लंका में बैठता है।''

आश्चर्य के साथ ही कौशल्या के मुख से सहसा निकला, ''यह क्या कह रहे हो वत्स! यह सब तुमसे किसने कहा?''

''मैं वही कह रहा हूँ जिसे तुम छिपा रही हो। यह सब मुझसे बड़ी माँ ने ही तो कहा है।''

''किन्तु इस अल्पायु में तुम्हारा दशानन जैसा महान योद्धा और उसकी संस्कृति से टकराना उचित नहीं। लंकपति विश्व की सबसे बड़ी अलौकिक शक्ति है। वह दक्षिण में 'रावणेश्वरम्' कहलाता है, उसकी हुंकार के सामने आर्य सम्राट तो क्या, देवेन्द्र भी कुछ नहीं हैं।''

''परन्तु राम तो अम्ब को क्षत्रिय वचन दे आया है। अब तो राम एकाकी वनगमन करेगा और अरण्य में राज्य करेगा।''

कौशल्या चौंक उठी। किन्तु उन्हें विदित है कि कैकेयी का निर्णय ठीक समय पर सही एवं कुल की मान-मर्यादा के लिए तथा आर्य धर्म के लिए होता है। अयोध्या सम्राट के जनक ही बस घनिष्ठ मित्र रह गए हैं। भरत के मामा स्वयं अयोध्या पर आक्रमण करना चाहते हैं। इसके पूर्व विभीषण भी मिथिला तथा कोशल का घेराव कर चुका है क्योंकि रावण ने उसे जम्बू-द्वीप का सम्राट घोषित करने की योजना बनाई है। विभीषण के भय के कारण सीरध्वज जनक तथा महाराज दशरथ दोनों ही भाग गए थे और लंका की सेना नकली सम्राटों का वध कर वापस चली गई थी। विभीषण धर्मभीरु है, वह असली और नकली का भेद ही न समझ सका। यदि उसके स्थान पर कहीं रावण होता तो दोनों राज्यों की एक साथ पराजय होती। विभीषण के बारे में सुना अवश्य था कि वह पदलोलुप है, राजा बनने का स्वप्न देखता है, परन्तु कुशल राजनीतिज्ञ न होने से असफल रहता है। वह एक ऐसा राजनीतिज्ञ है जो कि मंत्रिपद पर होते हुए भी कैसी भी नीति प्रदर्शित कर देता है। कभी-कभी वह अपने दायित्वों को भूलकर सम्राट के ही विरोध में वक्तव्य दे देता है और राजनीतिक रहस्य को किसी के भी समक्ष प्रकट कर देता है।

चलो, आज कौशल्या भी धन्य हुई। यह कार्रवाई देवेन्द्र से संचालित है तभी कैकेयी ने इतना शीघ्र यह निर्णय लिया है ताकि आगामी समय में राम और सक्षम होकर कुछ कर सके।

फिर पुलक कर बोलीं, ''राम तुम्हारी अम्ब कैकेयी के बराबर मुझमें बुद्धि नहीं है फिर भी उनके सत्संग से जो कुछ प्राप्त किया है, उस अनुसार बताती हूँ बेटा—मनुष्य को जिस रूप में आज देख रहे हैं वह हजारों वर्ष पूर्व ऐसा नहीं था। विधाता ने इस प्राणी को शरीर और मस्तिष्क दोनों दिए, उनमें से मस्तिष्क के परिष्कार का विकसित रूप आज का जगत है। मानवता तथा संस्कृतियाँ स्वाभाविक रूप से मानव-सभ्यता की आज की उपज नहीं हैं, यह तो क्रूरता और अन्याय के विरुद्ध वर्षों से संघर्षरत हमारे पूर्वज आर्यों की उस समय की देन हैं जबकि उनका जीवन कष्टमय था। दुख के कारण ही संस्कृति रुचि तथा परम्पराओं से उपजी हुई एक ऐसी वस्तु है जिसे हम ओढ़ सकते हैं किन्तु फेंक नहीं सकते। अन्यथा हम अपनी सभ्यता के अभाव में नग्न हो जाएँगे। हमें इसे सँजोकर रखना होगा और लंकेश्वर, जो कि लोगों को भय दिखाकर अथवा बलपूर्वक अपनी नई सभ्यता को प्रजा पर थोप रहा है, वह स्थायी नहीं है,

उसके काल के पश्चात् यह मिट जाएगी क्योंकि इसमें गतिशीलता नहीं है। इसे स्वर्ण की चकाचौंध से क्रय तो किया जा सकता है किन्तु हृदय से अंगीकार नहीं किया जा सकता। हम क्षत्रियों का धर्म वेद की रक्षा और द्विज की रक्षा करना है। मैं नहीं कहती कि दशग्रीव बुरा है क्योंकि मेरा उसका सामना हुआ है। वह विद्वान सार्वभौम सम्राट है। उसके कंठ में पड़े हुए कंठहार में उसका शीश का प्रतिबिम्ब जब पड़ता है तो विज्ञान का ऐसा चमत्कार कि दसशीश एक साथ दिखें, कोई अन्य विज्ञानी 'मय' के अतिरिक्त कर नहीं सकता। वह विनयशील भी है। क्षमा का रूप भी है और समर में काल का मुख भी है। यदि ऐसे मेधावी की नव्य सभ्यता, नया विप्रधर्म जिसमें कुछ न कुछ आकर्षण अवश्य होगा तभी तो रावण महान हुआ किन्तु हमारे धर्म का शत्रु होने से हमारा प्रतिद्वन्द्वी भी है, इसलिए अरण्य में पनप रहे राक्षस धर्म को मिटाकर उस राजनीति के पंडित को हराओ ताकि रघु जिस काम को नहीं कर सके, वह काम तुम पूरा कर सको। जाओ हँसते हुए जाओ और हँसते हुए वापस आओ, यही मेरा शुभाशीष है।''

कौशल्या ने राम का माथा सूँघा और उन्हें विदा कर दिया।

तीसरी माता, सम्राट सुमित्र की अत्यन्त रूपवती पुत्री सुमित्रा जो अवसर पर अपने राजप्रासाद से बाहर आती थीं अन्यथा अपने ही अलिन्द में उपेक्षिता नारी की भाँति पड़ी रहती थीं। महाराज दशरथ कभी-कभार आए तो आए, नहीं तो महीनों नहीं आते थे। इसी कारण सुमित्रा को राजप्रासाद की कोई जानकारी भी नहीं मिलती थी, उन्होंने यौवन के अधिकतम दिवस भी मानसिक कष्ट में ही काटे हैं। इस कारण उन्हें अपने रूप पर कभी-कभी आत्मग्लानि भी होने लगती थी। उनके प्रासाद में अच्छे चाकरों की भी व्यवस्था नहीं थी, दासी तो उन्हें दी ही नहीं गई थी, जबकि कैकेयी के पास विरोचन दैत्य की पुत्री मन्थरा सबसे योग्य दासी थी। मन्थरा का दैत्य के घर जन्म होने से राजनीति वह विरासत में लाई थी। वह युद्ध में भाग लेती थी और कैकेयी को दैत्यों की कूटनीतिक चालों का ज्ञान कराती थी। वह अनार्य होकर भी अपनी स्वामिभक्ति से कभी भी पीछे नहीं हटी। अनार्य धर्म का पालन करते हुए भी उसने देवासुर संग्राम में महारानी कैकेयी का साथ दिया था और रणरत होने से उसको चोट भी आई थी। राम, लक्ष्मण, भरत, शत्रुघ्न को बालकाल में उसी ने समभाव से पाला-पोसा था और राम खेल-खेल में मिट्टी के ढेले भी मार दिया करते थे। इसी मन्थरा की कूटनीति के कारण महारानी कैकेयी राजनीति में सफल हुईं।

सुमित्रा ने तो कभी किसी का विरोध नहीं किया। वह तो एकाकी ही जीवनयापन करती रही। हाँ, कभी-कभार मन्थरा से उसकी वार्ता अवश्य होती रही। मन्थरा ने ही सुमित्रा को अवगत कराया था कि भरत वैरागी है, यदि वह राज्य करेगा तो उसका वैराग्य दूर हो जाएगा। किन्तु सुमित्रा जानती है, भरत प्रकृति व प्रवृत्ति से अपने पिता पर गया है जो कि बहुत बड़े बलशाली को देखकर भाग जाते हैं। कोशल की राजनीतिक, सामाजिक एवं आर्थिक दशा वैसे भी वर्तमान में सुदृढ़ नहीं हैं। धार्मिक आन्दोलनों में वैष्णव तथा शैव दोनों ही परस्पर टकरा रहे है। और पट्टमहिषी कैकेयी क्या कब निर्णय ले लें इसका कोई विश्वास नहीं है क्योंकि शासन-प्रशासन सब कुछ वर्तमान में उन्हीं के हाथ में है।

सुमित्रा यह विचार ही कर रही थीं कि राम ने दहलीज पर पैर रखा और उनके अनायास आगमन से वे अचकचा उठीं तथा राम से बैठने को न कहते हुए स्वयं ही खड़ी हो गईं। उपेक्षिता होने से उन्होंने जीवन-भर रोया ही था, पति का साहचर्य कम प्राप्त होने के कारण उनके केश भी श्वेत होने लगे थे। सबसे छोटी सम्राज्ञी होने पर भी उनमें प्रौढ़ावस्था में ही वृद्धावस्था जैसा

भाव आ गया था। सुमित्रा पहले से ही टूटी हुई थीं, उनके मुख पर प्रसन्नता बहुत कम आती थी। उनकी आँखों ने सदैव अश्रु ढलकाए हैं और आज भी राम के आते ही उन्होंने पहले राम को जी भरकर देखा। मातृस्नेह उभरा और उनकी आँखों से प्रेमाश्रु लुढ़कने लगे। इतनी शीघ्रता में राम सोलहवें वसन्त को पार कर युवा हो गए, सुमित्रा को ज्ञात नहीं था। लक्ष्मण को तो अभी बालक ही समझती थीं परन्तु राम को देखकर उन्हें आभास हुआ कि दशरथ पुत्र युवा हो गए, इसी कारण मन्थरा राज्य की बात करती थी।

राम ने झुककर माता के चरण-स्पर्श किए और कहा, "अम्ब! मैं दंडकारण्य में जा रहा हूँ, मुझे आशीर्वाद दो।"

सुमित्रा ने तत्काल ही करुण कंठ से कहा, "वहाँ चन्द्रमा जैसे राम को रावण जैसा राहु डस लेगा। वत्स, यह व्रत तुझे किसने दिया?"

"माता कैकेयी ने।"

"क्यों?"

"आर्य धर्मध्वजा की डूबती नैया को सहारा देने के लिए।"

"या राक्षस धर्म को मिटाने के लिए?"

"एक ही बात है।"

"परन्तु यह कार्य असम्भव है।"

"असम्भव को ही राम सम्भव करेगा।"

"जिसे देवजाति न कर सकी उसे मानव जाति कैसे कर सकती है?"

"रावण भी तो मानव ही है, उसने कैसे उतनी उन्नति कर ली?

"सुमित्रा यह नहीं जानती। वह तो इतना जानती है कि तपेश्वरी दशानन का खड्ग उठा और उसके यानों ने देवेन्द्र तक को पराजित कर दिया।"

"राम का धनुष उठेगा और वह रक्ष सभ्यता को समाप्त कर देगा।"

"राम, तुम मूढ़ हो। दंडकारण्य तक अगस्त्य जैसे मुनि पहुँच तो गए हैं परन्तु आज तक रावण का बाल बाँका भी नहीं कर सके हैं।"

"मुझे रावण से तात्पर्य नहीं, मेरा सम्बन्ध तो मात्र आर्य धर्म की पुनःस्थापना से है।"

इसी समय लक्ष्मण आ गए। प्रवेश के साथ ही विहँसकर बोले, "भैया! आज आखेट में बहुत आनन्द आया।" फिर सहसा माँ की ओर देखा। उनकी आँखों में पानी था, फिर सहमकर पूछा, "अम्ब! तेरी आँखें सजल क्यों हैं?"

"अपने भैया से ही पूछ! दंडकारण्य में जा रहा है। अकेला क्षत्रिय-आर्य धर्म की रक्षा करने। कैकेयी जब देखो तब ऐसा ही कार्य करती है जिसमें दुख-ही-दुख प्राप्त होता है। मेरी समझ में तो यह आया है कि वह राम को वन भेजकर वास्तव में ही भरत को युवराज बनाना चाहती है। सौतन अपना स्वभाव कैसे छोड़ सकती है!"

"यदि ऐसा है तो लक्ष्मण इस राजनीतिक खेल को अभी समाप्त कर देगा और युद्ध में भरत तो क्या महाराज दशरथ को भी परास्त कर देगा।"

"लक्ष्मण, तुम बात को समझे बिना ही क्रोधित हो जाते हो। यह विवेकी लोगों का कार्य नहीं है। मैं स्वयं हँसी-खुशी से जा रहा हूँ क्योंकि जिस प्रकार एकाकी दशानन सार्वभौम सम्राट होकर अपने विजय गीत रचने का अवसर कवियों को दे सकता है उसी प्रकार क्या राम अपने आदर्शों के लिए, अपने पूर्वजों के लिए, क्या एकाकी वह कार्य नहीं कर सकता जो देवेन्द्र चाहें

और माता-पिता चाहें। पुत्रों का कर्तव्य ही है अपने माता-पिता तथा गुरुओं की आज्ञा का पालन करना।''

लक्ष्मण को तत्काल कर्तव्यबोध हो गया। वे समझ गए, राम दृढ़ प्रतिज्ञ हैं; अब उन्हें प्रतिसंहृत नहीं किया जा सकता। राम का लक्ष्य ऊँचा है। राम लोकप्रिय होकर दशानन की भाँति लोक-नायक होना चाहते हैं। अपने रघुकुल तथा माता-पिता के यश व कीर्ति लता को आर्य धर्म के वृक्ष पर चढ़ाकर अमर करना चाहते हैं। युग की पुकार भी है। ऋषि-मुनि सब चाहते हैं कि आर्य धर्म का पतन होने से उसे पुनर्जीवित करने के लिए किसी-न-किसी युवक को ही संकल्प लेना चाहिए। युवा शक्ति के आधार पर ही स्वदेश व परदेश दोनों का कल्याण हो सकता है। तो लक्ष्मण को भी भैया राम के साथ ही जाना चाहिए।

लक्ष्मण अचानक बोल उठे, ''तात! मैं भी आपके साथ चलूँगा।''

''लक्ष्मण, तुम कहाँ वन-वन भटकोगे, भूख और प्यास को सहन करोगे। यह कार्य तो मुझे ही करने दो क्योंकि यह एक महान राजनीतिक षड्यन्त्र है, इसमें हो सकता है हम ही फँस जाएँ और कहीं ऐसा न हो कि अयोध्या पर किसी दूसरे का अधिकार हो जाए क्योंकि अवधपुरी पर शत्रुओं की कुदृष्टि लगी हुई है इसलिए तुम इसकी रक्षा के लिए यहीं रहो।''

''नहीं, जहाँ राम वहाँ लक्ष्मण जाएगा ही। अपनी प्रतिज्ञा को पूर्ण करने के लिए कुछ भार मुझे भी सौंपो क्योंकि आज मात्र माता कैकेयी का अभीप्सित ही नहीं वरन् गुरु वसिष्ठ की भी मनोकामना पूर्ण होने जा रही है। शायद इसलिए कल मुनि विश्वामित्र भी पधारने वाले हैं, उनके स्वागत की बाहर तैयारियाँ चल रही हैं। उनके आश्रम की वेधशाला में यथेष्ट आधुनिक शस्त्र हैं, हम उनसे ज्ञान भी प्राप्त करेंगे।''

सुमित्रा बीच में बोलीं, ''आखिर रघुकुल तथा रावण कुल के वंशानुगत धार्मिक, राजनीतिक, बैर के प्रतिशोध के लिए कैकेयी का मन्त्र काम आ ही गया। क्या विलक्षण बुद्धि है कैकेयी की, राम चीर वस्त्र धारण कर जाएँ ताकि उन्हें कोई राजकुमार न समझ सके। यह छद्म भेस भी है और तापस भेस भी। या तो अब रघुकुल डूबेगा या फिर दशग्रीव का कुल दोनों में से कोई एक ही रहेगा और सम्भावना रघुकुल के ही डूबने की अधिक है किन्तु जैसी हठी कैकेयी है वैसे ही हठी हैं, ये राजकुमार भी। सब उसी को गए हैं।''

फिर कहा, ''तुम लोग मेरी बात तो मानोगे ही नहीं इसलिए मैं तो सदा दुखियारी ही रही हूँ। पहले पति से रही, अब तुम पुत्रों के वियोग से दुखी रहूँगी। जाओ बेटे, विधाता तुम्हारे मार्ग का पथप्रदर्शक बने और प्रकृति तुम्हारा पग-पग पर स्वागत करे, यही मेरा आशीर्वाद है।''

5

राम चल दिए। उनके मन में अनेक प्रश्नवाचक चिह्न उभरे, उतराए और विलीन हुए। धर्म संसार के प्रत्येक भूभाग पर अपने क्षेत्र में उत्पन्न होकर विकसित हो रहा है। रावण का 'रक्ष' धर्म, कुबेर का यक्ष धर्म, रुद्र का शैव धर्म, वरुण का वैष्णव धर्म और इन्द्र का आर्य धर्म। इन धर्मों का सम्बन्ध जिस जाति अथवा मानव समुदाय से है वह वही धर्म मात्र ईश्वरीय सत्ता के भय के कारण ओढ़कर बैठा है, ठीक उसी तरह जिस तरह कि हम उष्णीष धारण करते हैं और उतार देते हैं। किन्तु लंकेश का सम्पर्क जब विश्व के अन्य भूभागों से व्यापार तथा युद्ध के

माध्यम से हुआ तो उसने अपना धर्म प्रचारित कर दिया है। उसकी संस्कृति विश्व-संस्कृति बन गई जिसमें सभी अनुयायी लंकेश की महान दार्शनिकता में विलीन हो गए। इसके लिए राम को मानव प्रकृति को विचारों द्वारा केवल उनकी ऊपरी सतह को छूकर नहीं किया जा सकता अपितु इसके लिए प्रकृति में ही आमूल परिवर्तन करना होगा। मनु कहते हैं कि हमें भिन्न देशवासियों की प्रथाओं का भी आदर करना होगा तो राम को आर्यों की सहिष्णुता के स्वीकृत सिद्धान्त को ही आधार बनाना होगा।

राम को यदि अपने अभियान में सफल होना है तो उन्हें सभी धर्मों के अनुयायियों की रक्षा करनी होगी। यहाँ तक कि यदि किसी धर्म में विश्वास न रखता हो तो भी उसकी रक्षा करनी होगी। इस कार्य में एक कठिनाई भी आ सकती है। धर्म कितना भी सार्वभौम क्यों न हो किन्तु धर्म की स्थानीय विशिष्टता राम की मैत्री में भी बाधक हो सकती है। क्योंकि लंका राष्ट्र के नागरिक अधिक संख्या में रक्ष धर्म के ही अनुयायी हैं। इस कारण राम उनके लिए नास्तिक और आक्रान्ता सिद्ध होगा। धर्म तो परमात्मा के विषय में निरन्तर विकासमान मानवीय विचार है और रावण के विकासमान मानवीय दार्शनिक विवेचनों के कारण ही लंका साम्राज्य की उन्नति हुई। रावण ने कर्मवाद से अपनी सभ्यता की जड़ें ठोस की हैं, भाग्यवाद से नहीं। वह यज्ञकर्ता है, तपकर्ता है, उसी में उसका कर्म निहित है। जब वह किसी यज्ञ को निर्विघ्न सम्पन्न कर लेता है तब उल्लासमय हो जाता है और उस यज्ञ से उसे विश्वास हो जाता है कि उसकी आत्मा प्रबल हो गई है। वह फिर देवजाति तक को युद्ध में परास्त कर देता है। उसने इतिहास के अदम्य नियमों के कारण परिस्थितियों को बदला और व्यक्ति भी बदल गए। परिस्थितियों ने इतिहास बनाया या लंकेश ने स्वयं इतिहास से परिस्थितियाँ निर्मित कीं, कहना कठिन होगा किन्तु इतने पर भी उसे आनन्द, शोक, क्षमा और विद्वेष का ज्ञान है। वह अपने स्वतन्त्र विचारों से ऊपर उठा। किसी का परिवेश या सिद्धान्त उसने उधार नहीं लिया और उसी मानव-आत्मा की अनुल्लंघनीय स्वतन्त्रता, मानवीय भावना की स्वाधीनता के कारण उसने अपने राज्य का निर्माण किया जिसे वहाँ की प्रजा ने उचित ठहराया और विश्व की महान शक्ति बना रावण।

आज जबकि सामाजिक आचरण रूढ़ियों द्वारा नियंत्रित है। इन्द्र जैसी केंद्रीय शक्ति के हाथ में राजनीतिक प्रभुत्व संकेन्द्रित है, इन सबके होते हुए भी लंकपति ने यह बताया है कि आध्यात्मिक जीवन का मार्ग भौतिक वस्तुओं में निहित है, इसका लाभ लोगों को मिला है। इससे उसने लोगों के हृदय को जीता है तथा लंका राष्ट्र की प्रगति का श्रेय जो कि अब सभी राष्ट्रों को खल रहा है, वह एकमात्र दशग्रीव जैसे प्रतिभासम्पन्न व्यक्ति द्वारा प्रारम्भ किए गए सर्वथा नए विचारों की देन है। यदि उसमें बौद्धिक स्वतन्त्रता न होती तो यान्त्रिक आविष्कारों से लंका राज्य सम्पन्न नहीं होता। इन आविष्कारों में एक भिन्न नई सामाजिक व्यवस्था बनी जिसकी होड़ में सब पीछे रह गए और रावण की लंका को सोने की लंका जैसी उपमा से विभूषित कर दिया गया। उसकी महत्त्वाकांक्षा ने, 'हेमवती विद्या' से लेकर नाभि चक्र की अमृतवाली विद्या की सफलता ने, उसे अमर कर दिया।

तो राम को दृढ़ संकल्प से ही मार्ग प्रशस्त करना होगा। अपने हृदय को मैला न बनाकर इसमें सभी को आत्मसात् करने की क्षमता उत्पन्न करनी होगी, जिसके लिए प्रेम तथा श्रद्धा के साथ राम को तत्पर होना होगा। यदि ऋषियों-मुनियों की वास्तविकताएँ, व्यक्ति की प्रवृत्तियों के अनुरूप लोह अनिवार्यता के साथ एक अपरिहार्य लक्ष्य के लिए राम को ले जा रही है तो

राम यह घोषणा करता है कि भविष्य की गत्वर (गतिशील) व्यवस्था के लिए संगठित प्रयत्न दक्षिण दिशा के लिए किया जाएगा एवं राम का युवा आक्रोश दीन-से-दीन व्यक्ति की आत्मा में विद्यमान चिनगारी को आर्य धर्म के लिए सुलगाएगा जिसे लंका का शक्तिशाली साम्राज्य कुचल नहीं सकेगा अपितु स्वयं भस्मीभूत हो जाएगा। तभी राम इस सभ्यता को जीवित बचा सकेंगे।

इसी समय गुरु वसिष्ठ बीच मार्ग में मिल गए। राम का मुख चिन्तन में तमतमा रहा था। उनके नेत्र चढ़े हुए थे तो गुरु ने ही कहा, "क्या राम इतने चिन्तन-कर्मी हो गए कि गुरु प्रणाम को भूल गए?"

"मानव की सहज प्रवृत्ति भूल की धृष्टता के लिए क्षमा करें और साष्टांग प्रणाम स्वीकार करें।" राम ने कहा, "आपके द्वारा दिए गए विचारों में अनुशीलन निमग्न राम माता कैकेयी के आज्ञा-पालन के लिए योजना के संकल्प-विकल्पों में अटन करता हुआ सहसा गुरु चरणों तक आ पहुँचा। आपके उपदेश और आर्य धर्म का पुनर्जागरण, क्षत्रियों की नीति आदि में राम प्रण तो कर बैठा किन्तु इस उथल-पुथल और भौतिकवादी युग की गहराई में राम का चित्त अशान्त है कि सार्वभौम सम्राट रावण के राजप्रश्रय से फलीभूत हुई सभ्यता एवं उसकी समाजवादी विचारधारा से एकाकी राम कैसे जूझेगा? कैसे गुरुवर, कैसे?"

"राम! यह एक स्वप्न है जिसमें औरों का हिस्सा नहीं होता। जो स्वप्नों को साकार करते हैं वही दूसरों को कुछ देते हैं। तुम्हारे कठिन परिश्रम का कोई मूल्यांकन नहीं करेगा परन्तु तुम उसी प्रकार अपने लक्ष्य में जुटे रहो जिस प्रकार कि एक अनुसन्धानकर्ता अपने अन्वेषण में चारदीवारी के भीतर बाह्य जगत से दूर आन्तरिक संसार के निकट होकर परिकल्पना के सहारे जुटा रहता है। उसके श्रम का मूल्य कोई नहीं चुका सकता। तुम्हारा जीवन एक शिल्पी की भाँति है जो रेखाएँ खींचता है, मुखाकृति को सुन्दर व आकर्षक बनाने के लिए कुटिल को सीधा करता है तथा आच्छन्न को प्रकाशित करता है। तुम्हारे द्वारा गढ़ी हुई सामाजिक मूर्ति धवल कान्तिमयी होगी, यशस्वी होगी, सोचो। ये बड़ी-बड़ी सफलताएँ जिन पर मानव जाति को गर्व है, उन लोगों की कृतियाँ हैं जिन्होंने आलस्य को त्यागकर शास्त्रों का अध्ययन कर अति सूक्ष्म वस्तुओं तथा आकाश के ग्रह-नक्षत्रों की गतियों का चिन्तन किया। आज हम उनका आनन्द ले रहे हैं। ठीक इसी प्रकार आज भी सूर्पणखा का पुत्र शम्बूक बारह वर्ष से 'सूर्यहास खंड' के निर्माण में दक्षिण में दत्तचित्त है तो क्या राम, जो कि विश्व के कल्याण के लिए कोलाहलपूर्ण वातावरण को शान्त करने जा रहा है, शम्बूक से कम तपेश्वरी है?

"सुनो वत्स! लोगों ने मात्र अस्थायी सुरक्षा के कारण परमावश्यक स्वाधीनता को रावण के अतुलित बल के सम्मुख त्याग दिया है जबकि दशानन की दृष्टि में वे स्वाधीनता के पात्र हैं और न सुरक्षा के। उन्हें चेतना देनी होगी, उनका स्वाभिमान जगाना होगा। व्यक्ति के हृदय की स्वतन्त्रता जो कि ईश्वर ने मानव जाति के रक्त में प्रवाहित की है, वह भरती नहीं है वरन् बाह्य वस्तु से वह आवृत हो जाती है, उनको अनावृत करना होगा। एक परिवार की रक्षा के लिए एक व्यक्ति का बलिदान किया जा सकता है। एक ग्राम की रक्षा के लिए एक परिवार का बलिदान किया जा सकता है तो पूरे समाज की संस्कृति की सुरक्षा के लिए पूरे राष्ट्र का भी बलिदान किया जा सकता है और ऐसा होता रहा है, तो क्या राम सुरक्षा प्रदान करने में असमर्थ है? जबकि राम के लिए विश्वामित्र, अगस्त्य तथा देवेन्द्र जैसे सहायक प्राप्त हों। दशानन ने भी सर्वथा एकाकी और घोर संकटों, विपदाओं, आपत्तियों का सामना कर अपने आपको

महानतम बनाया है तो क्या राम क्षत्रिय होकर मृत्यु से भयभीत होनेवाला कायर है या उसके पुरुषार्थ में किसी प्रकार की शिथिलता है? तुम्हें यह रचनात्मक कार्य सौंपा जा रहा है जिसे तुम मानव-मन की नैसर्गिक रचना के विवेक भाग से निष्कर्ष निकालकर उसके आदेशानुसार चलोगे व अपने कर्तव्य का पालन करोगे, ऐसा करने पर जहाँ आज रावण नाम है वहाँ राम-नाम होगा। तुम्हारा मानव जीवन धन्य हो जाएगा। इसलिए राम, तुम कार्यफल में अनासक्त रहकर संसार में व्यवस्था स्थापित करने के लिए यही श्रेष्ठ कर्म करो। हम दार्शनिक हैं, गुरु हैं, राज्य के चाकर हैं, किन्तु राजनीति से दूर नहीं हैं क्योंकि बिना राजनीतिक जीवन के मनुष्य का अस्तित्व ही नहीं है। कोई भी महान कार्य करने का अवसर बिना राजनीति के अप्राप्य है और राजनीति राज्य से जुड़ी होने से तथा सौभाग्य से तुम्हारे क्षत्रिय राजकुमार होने से यह शुभ अवसर तुम्हें ही अपना नाम अमर करने के लिए प्राप्त हुआ है। राम, प्रेम, शान्ति तथा सद्भावना से तुम लोगों के हृदय पर विजय प्राप्त करोगे। कहीं कभी तुम्हारे मन में यह विचार आ जाए या कोई अनहोनी घटना घट जाए जिससे तुम्हें यह प्रतीत होने लगे कि तुम्हारा यह विश्व प्रयोजन निष्फल रहेगा तो भी तुम हताश नहीं होना क्योंकि फिर तुम स्वयं ही नैसर्गिक रूप से क्रान्तिदर्शी हो जाओगे, इस विश्वास के साथ कि लोग तुम्हारे उद्देश्य को समर्थन देंगे और फिर तुममें स्वतः ही स्फूर्ति आएगी तथा तुम कष्ट सहते हुए भी सांसारिक शक्तियों से जूझ पड़ोगे और इस भरसक प्रयत्न से सफलता की सीढ़ियाँ तुम्हें स्वयं प्राप्त हो जाएँगी।''

राम के मुख पर इन शब्दों से नई आभा झलक आई और वे पुलकित होकर गुरु-चरणों में गिर पड़े।

वसिष्ठ ने उन्हें उठाया। उनको प्रफुल्लित देखकर बोले, ''चलो राम, तुम्हें तुम्हारे पिता ने मंत्रिपरिषद की बैठक में बुलाया है। तुम्हारी माता कैकेयी भी वहीं हैं। तुम्हारी मनःस्थिति की परीक्षा के लिए मैं स्वयं ही आया था। अब मुझे विश्वास हो रहा है कि राम रघुकुल में अपनी कीर्ति के चार चाँद लगाकर रामचन्द्र कहलाएगा।''

भावविह्वल राम गुरु के साथ चल पड़े। मंत्रिपरिषद में सब अपने-अपने आसनों पर विराजमान थे। केवल गुरु वसिष्ठ तथा राम का आसन रिक्त था। राम ने सभी को आदर के साथ शीश झुकाकर, अंजलिबद्ध प्रणाम किया और पिता दशरथ के चरण-स्पर्श कर अपने स्थान पर बैठ गए।

तब मन्त्री सुमन्त सगर्व बोले, ''जिन चक्रवर्ती सम्राट महाराज दशरथ के सामने कभी किसी सम्राट ने दृष्टि उठाने का साहस नहीं किया, जिन्होंने युद्धों में अपने पुरुषार्थ का परिचय दिया, आज उन्हीं सम्राट के चौथेपन में अयोध्या राज्य की सीमाओं के निकट शत्रु उत्पात कर रहे हैं। विदेशी शक्तियों की सहायता के लिए पड़ोसी देश याचना कर रहे हैं तथा अवधपुर पर शनि ग्रह की कुदृष्टि होने से आन्तरिक स्थिति शिथिल है। हमारी वित्तीय स्थिति भी निरन्तर युद्धरत रहने से दिनोदिन बिगड़ती जा रही है। और कैकय सम्राट महाराज युधाजित भी सम्भवतः अयोध्या पर आक्रमण करना चाहते हैं। यह सब चक्रवर्ती सम्राट के चौथेपन में राजकीय कार्य में अधिक समय न देने से हो रहा है। साथ ही देवेन्द्र भी इक्ष्वाकु कुल के दशरथ नन्दन श्रीराम से रावण के राक्षस धर्म को समाप्त कराना चाहते हैं। इस कारण आज यहाँ हम सब यह मन्त्रणा करेंगे कि इन सब बिन्दुओं पर क्या कार्रवाई की जाए?''

कश्यप ऋषि बोले, ''रावण का तो रघुकुल से पुराना बैर है क्योंकि उसकी संस्कृति हमारी संस्कृति से भिन्न है। उसके राक्षस सैनिक हमारे प्रत्येक कार्य में व्यवधान उत्पन्न करते हैं। क्षत्रिय

को छत्र धारण करनेवाला कहा गया है और क्षत्रिय ही द्विज, ऋषि, मुनि तथा पृथ्वी का रक्षक है, हमारी आर्य संस्कृति ने उसी के कन्धों पर गुरुतर भार रूढ़ियों से सौंपा है तो इस प्रथागत नियम के पालन के लिए एवं मनु की विधि के प्रवर्तन को सुयोग्य बनाने के लिए, राजकुमारों को रावण व उनकी अनार्य सभ्यता को नष्ट करने के लिए मात्र राम ही इस योग्य प्रतीत होते हैं कि ये कुछ करके दिखाने में सक्षम हैं।''

फिर कैकेयी बोली, ''राम को और प्रशिक्षण प्राप्त करने के लिए हमने मुनि विश्वामित्र को भी निमंत्रित किया है। वे कल प्रातःकाल यहाँ पहुँच जाएँगे जो कि नैमिषारण्य में राम को ले जाएँगे। महाराज की सहायतार्थ युवराज पद के लिए भरत इसलिए ठीक रहेगा कि भरत के कारण हो सकता है कैकय सम्राट अयोध्या आक्रमण का विचार त्याग दें क्योंकि भरत के वे मातुल हैं और ननिहाल अपने भानजे पर सम्भवतः आक्रमण न करे क्योंकि ऐसा माना जा सकता है कि कैकय सम्राट भरत को ही सिंहासन पर बिठाना चाहते हैं। इससे उनकी अभिलाषा भी पूर्ण हो जाएगी और अवधपुरी से युद्ध टल जाएगा। दंडनीति के अनुसार मेरा यही परामर्श है।

''जहाँ तक प्रश्न रावण व उसकी रक्ष सभ्यता का है तो उसके लिए राम को दंडकारण्य तक वनगमन करना होगा, तभी इस उद्देश्य में क्षत्रिय सफल हो सकते हैं क्योंकि कश्यप ऋषि ने परशुराम से क्षत्रियों के पराजित होने पर भी, अदम्य साहस के साथ क्षत्रियों को राज्य वापस दिलवाया था। परन्तु परशुराम और रावण के व्यक्तित्व तथा कृतित्व में गम्भीर अन्तर है। परशुराम महान आर्यवर्ती हैं, वे अग्निपूजक हैं और भृगु होने से उनके पूर्वजों ने वेद-रचना की है, इस कारण उन्होंने भोग की अभिलाषा से राज्यों को जय नहीं किया था। वे महान त्यागी हैं और इस कारण उन्हें तो जीते हुए क्षत्रिय राज्य किसी-न-किसी को देने ही थे वह उन्होंने कश्यप को दान कर दिए और पुनः क्षत्रियों को लौटाकर महानता का काम किया है। लंकेश दशानन ने राज्य भोग करने की दृष्टि से नहीं अपितु, अपने नए दार्शनिक विचारों को भी प्रजा में विस्तीर्ण करने के उद्देश्य से प्राप्त किया है और वह कर रहा है व उसकी साम्राज्यवादी नीति ने समूचे विश्व को पराजित कर उसे लंका के एकमात्र अधिनायक के रूप में, विश्व की शक्ति के रूप में प्रतिष्ठित किया है। जिसके लिए इन्द्रदेव ने हमारे सबल क्षत्रिय कन्धों पर यह भार सौंपा है कि शिखर छूती हुई सभ्यता एवं आकाश को चूमती हुई रावण की यशवल्लरी को समाप्त किया जाए। तदर्थ मेरा सुझाव है कि राम को एक निश्चित अवधि में यह कार्य पूर्ण करने के लिए वन में चीरवस्त्र धारण कराकर भेजा जाए।''

गुरु वसिष्ठ बोले, ''महामती सम्राज्ञी कैकेयी के विचारों से मैं सहमत हूँ। क्योंकि रावण के सिद्धान्त स्वप्रणीत हैं और राम में भी ऐसी क्षमता है, शक्ति है, कि वे विश्वामित्र जैसे महान शोधकर्ता से और विद्याएँ प्राप्त कर हमारे पूर्वजों द्वारा प्रदत्त मानव सभ्यता को पुनर्जीवित कर सकते हैं।''

''भरत का राज्याभिषेक एक सफल कूटनीति है। इससे युद्ध निश्चित रूप से टल ही नहीं जाएगा प्रत्युत कैकेय की सेनाएँ कूच ही नहीं करेंगी। महाराज को भरत से सहयोग प्राप्त होता रहेगा और इससे राजकीय कार्य में गति आएगी।''

सुमन्त बोले, ''वनगमन के लिए राम से सहमति लेना अनिवार्य है।''

आगे सुमन्त और कुछ बोलते इसके पूर्व ही राम उठकर खड़े हो गए। धनुष टंकार कर उन्होंने कहा, ''राम तो पिता की आज्ञापालन के लिए सन्नद्ध खड़ा है। उसे क्षत्रिय कुल में जन्म

लेने का गर्व है कि क्षत्रिय के सबल कन्धों तथा क्षत्रिय की विशाल बाँहों में प्रजा की रक्षा निहित है। उसके विशाल वक्ष पर आर्य धर्म का विशाल साम्राज्य स्थापित है। राम को तो अपने कर्तव्य का ज्ञान आप सभी की अनुकम्पा से है परन्तु बिना तात आज्ञा राम क्या करे?''

दशरथ प्रसन्न हो गए। उन्होंने देखा, राम अभी भी खड़े हैं और धनुष की टंकार की प्रतिध्वनि गूँज रही है। राम अभी राजकुमार के भेस में हैं। शीश पर मुकुट है, कानों में कुंडल हैं और राजोचित वस्त्रों में उनका स्यामल गात पिता को आह्लादित कर रहा है और राम अपने पिता के शब्दों की प्रतीक्षा कर रहे हैं।

दशरथ चक्रवर्ती सम्राट हैं। अन्याय पर न्याय की विजय तथा अधर्म पर धर्म का राजतिलक सदैव करत आए हैं। दशरथ ने कभी प्राणों की भिक्षा किसी भी सम्राट से पराजित होने पर नहीं माँगी बल्कि अन्य विजितों को दी है। दशरथ की वीरता की अनेक गाथाओं के साथ रावण के भय से भागने का अपवाद भी जुड़ा हुआ है। और पराजित होने से कारागार से मुक्त कराने की सौभाग्य की कथा सम्राज्ञी कैकेयी जैसी वीरांगना की यश कथा के साथ जुड़ी हुई। कैकेयी दूर-दृष्टि, एवं दृढ़ संकल्प तथा कठिन परिश्रम व परित्यागमयी नारी है। इसी कारण वह जब बोलती हैं तब सविवेक बोलती हैं और उनका कटु सत्य सभी को बुरा लगता है किन्तु आज का कैकेयी का निर्णय राजनीतिक दृष्टिकोण से सर्वसम्मत तथा सर्वफलदाई कहलाएगा। दशरथ अपने पुत्र-वियोग के कष्ट को सहन करेगा। जिन हाथों ने राम को पाला-पोसा है उन्हीं हाथों से राम को विदा भी सहर्ष करेगा क्योंकि राम एक महान कार्य करने जा रहा है तो पितृ स्नेह क्यों न कुचल दिया जाए यही तो राजधर्म है।

दशरथ ने गर्व से आज्ञा दी, ''राम, तुम वनगमन करोगे किन्तु बारह वर्ष में लौट आना पुत्र। इतनी अवधि तक दशरथ तुम्हारी प्रतीक्षा कर सकेगा या नहीं यह तो ईश्वर ही जाने। वर्तमान परिस्थितियों को देखते हुए भरत का राज्याभिषेक कर दिया जाए तथा राम के वापस आने पर यह धरोहर भरत उन्हें लौटा दें।''

और दशरथ की आज्ञा के साथ ही मंत्रिपरिषद की बैठक समाप्त हो गई थी।

और तभी राम को प्रातःकाल माता कौशल्या ने कहा था, ''पुत्र, तुम्हारे पिता ने आज्ञा तो राज्य धर्म के पालन में निस्पृह, निष्ठुर होकर दे दी क्योंकि वीर अपने पुत्रों की बलिदानी किंवदन्ती के यशस्वी, ओजस्वी गान राष्ट्र के हितार्थ अपने प्राण गँवाकर कवियों की अतिशयोक्ति के वर्णन का मान पाते आए हैं किन्तु वे रात्रि के प्रथम प्रहर में ही कैकेयी के भवन में पहुँच गए थे। सम्राट की भोजन की इच्छा नहीं थी और न ही महारानी कैकेयी को। उस समय महाराज इतने विकल थे कि उनकी आँखों से अश्रुधारा बहने लगी थी। कैकेयी भी इतनी दुखी थी कि उनके कंठ से आवाज नहीं निकल रही थी क्योंकि कोई भी माता-पिता अपनी सन्तान को इतने कठोर व्रत के लिए आज्ञा नहीं दे सकता जिसमें दो विरोधी सिद्धान्तों का पारस्परिक टकराव हो और रावण जैसे बलशाली से युद्ध की सम्भावना सर्वाधिक हो। महाराज को शायद इसी कारण कुछ क्षण के लिए मूर्च्छना भी आ गई थी परन्तु इस समय वैसे भी अयोध्या दो चाकों के बीच है। उधर मिथिला पर घात लगाए ताड़का बैठी है। और यदि मिथिला एवं कोशल दोनों ही कहीं राक्षसों के हाथ लग गए तो फिर इस भूखंड में कोई ऐसा अन्य क्षत्रिय सम्राट नहीं बचेगा जो इनसे युद्ध कर सके।

''राम, मन्थरा ने मुझे आगे सुनाया कि वह भी उस समय बैठी-बैठी आँसू बहाती रही क्योंकि भोजन किसी को प्रिय नहीं लग रहा था और उस भवन की सुन्दरता ऐसे गायब हो गई थी

मानो वह कोप-भवन हो। भवन की प्रत्येक वस्तु आसन, सिंहासन, आस्तरण चिक्कणियाँ, सब नीरस प्रतीत हो रही थीं। सुवासित पुष्प गन्धहीन से एवं मुरझाए-कुम्हलाए से प्रतीत लग रहे थे। महाराज तो ऐसे लग रहे थे मानो उनकी भाग्यलक्ष्मी, श्रीलक्ष्मी उनसे रूठ गई हो। और कैकेयी कभी-कभार हिचकी भरकर कह भी देती थी कि मैं इन्द्र, वसिष्ठ और विश्वामित्र जैसे ऋषियों के कहने पर इनके षड्यन्त्र में फँसकर क्या आज्ञाएँ दे रही हूँ। मेरा बेटा राम जो राजवस्त्र धारण करता था अब वह चीरवस्त्रों में वनवास को जाएगा। हाय विधाता! ये मनुष्य-योनि भी क्या चीज बनाई तूने कि राजा, रंक, निर्धन सभी को किसी-न-किसी रूप में कष्ट ही भोगने पड़ते हैं जिसमें नारी को धरती के समान सब कुछ सहन करने की क्षमता की संज्ञा देकर उसे तो निरुपाय कर दिया है। किन्तु फिर कहती—यह तो विधाता के अंक हैं, इन्हें कौन मेट सकता है। ईश्वरीय सत्ता से कौन टकरा सकता है? भावी अटल है, जो होगा वह तो होगा ही, कहकर सन्तोष भी कर लेती थी। कभी कहती—राजा से तो सामान्य प्रजा ही अच्छी है जिसे वैयक्तिक आपत्तियों के अतिरिक्त कम-से-कम अन्य से कोई सम्बन्ध नहीं है। यहाँ सम्राट को तो देश की आर्थिक, सामाजिक, धार्मिक, राजनीतिक सभी दशाओं को देखते हुए विदेश नीति पर मात्र दृष्टि ही नहीं रखनी पड़ती प्रत्युत अपने पुत्रों का त्याग करना पड़ता है।

"और ऐसी ही बातों में कैकेयी की सिर धुन-धुनकर वह स्याह भरी रात कटी और महाराज ने दो-चार बार हे राम, हे राम कहा। पिता और माता का ऐसा दारुण वैकल्य मैंने नहीं देखा, कहती हुई मन्थरा रुदन करती चली गई, बेटा!"

और राम उस समय स्वयं निष्ठुर हो गया था अथवा करतार ने शक्ति का पुंज रूप दे दिया था जिसके कारण राम माता की ये बातें भी सुनता जा रहा था। और उसकी आँखों से बहती हुई अविरल धारा को भी देखता जाता था और साथ में चीरवस्त्र भी धारण करता जा रहा था। माँ कौशल्या मेरे राजवस्त्रों को उठाकर खूँटी पर टाँगती जा रही थी।

और राम ने फिर सहसा धनुष धारण कर लिया और अम्ब के सामने तनकर खड़े हो गए। बोले, "स्त्री शक्ति होती है। नारी वह कर्म तक करने में सक्षम है जिसे पुरुष नहीं कर सकता। जन्मभूमि से किसे मोह नहीं होता, फिर भी राम जा रहा है, अपने लिए नहीं अपितु दूसरों के लिए। तू हँसकर विदा कर, माँ, जब राष्ट्र पर संकट आता है तो माताएँ ही तो अपने लालों को विदा करती हैं। मैं तो बड़भागी हूँ अम्ब, कि पिताजी ने मुझे इस योग्य तो समझा कि मैं परोपकार कर सकता हूँ। ये आँसू पोंछ ले माँ। बारह वर्ष बीतने पर जब वापस आऊँ तो तब मिलन के प्रेमाश्रु बहाकर अपने बेटे को छाती से लगा लेना। यदि तू अभी क्रन्दन करेगी तो राजमहल में हाहाकार मच जाएगा, वह इस अवसर पर उचित नहीं है।"

कौशल्या ने आँचल से डबडबाई आँखों को पोंछ लिया और कहा, "बेटा! ऋषि, मुनि, दीन-दुखियों का कष्ट निवारण करना। क्षत्रिय का यह भी एक महान व्रत है।"

"ठीक है, तेरे निर्देश का पालन होगा।"

राम इतना ही कह पाए थे कि परिचारिका ने सन्देश दिया—ब्रह्मर्षि विश्वामित्र पधार गए हैं, महाराज उनके चरण पखार रहे हैं और सभागार में विशिष्ट जन एवं गण्यमान्य नागरिक उनके स्वागत के लिए तत्पर खड़े हैं। ड्योढ़ी पर खड़ा सेवक कह रहा है कि राम शीघ्र ही सभागार में पहुँचें।

राम ने तत्काल ही अम्ब के चरण स्पर्श किए और चल पड़े। बाहर लक्ष्मण तैयार खड़े थे, वे भी चीरवस्त्रों में थे। उनके कन्धे पर धनुष, तूणीर और कटि प्रदेश पर खड्ग लटक रहा

था। राम लक्ष्मण को इस भेस में देखकर आश्चर्यचकित हो गए। उनके विस्मय की सीमा न रही, फिर भी पूछा, "लक्ष्मण, तुम इस भेस में क्यों?"

"जैसा तुम्हारा वैसा मेरा।"

"क्यों?"

"इसलिए कि बड़ा भाई पिता-तुल्य माना जाता है। और जब ज्येष्ठ भ्राता राजभोग से दूर हैं तो फिर लक्ष्मण भी दूर रहेगा।"

"यह तो तुम्हारा हठ है।"

"तो हठ ही सही, वैसे मैंने माँ के परामर्श पर वस्त्र धारण किए हैं तो क्या माँ की बात टालकर पाप का भागी बनूँ या क्षत्रिय होकर भी वचन भंग करूँ!"

राम सहम गए और बोले, "तो फिर चलो।"

6

राम के सभागार में पहुँचने के पूर्व ही धुरन्धर नीतिवान मुनि विश्वामित्र तथा गुरु वसिष्ठ गुप्त मन्त्रणा कर चुके थे तथा उन्होंने यह भी अवगत करा दिया था कि भरत इस निर्णय से प्रसन्न नहीं है। उसका निवेदन है महाराज से कि यदि कैकेय नरेश आक्रमण के लिए आते हैं तो हम सब उनका सामना करेंगे और अवधपुरी के लिए प्राणोत्सर्ग करेंगे, भरत को राज्य नहीं चाहिए। माता-पिता का निर्णय अबोधों के लिए तो उचित हो सकता है परन्तु वयस्कों के लिए बिना उनके विचार जाने यह थोपा हुआ निर्णय पालन करने योग्य नहीं है। यदि युद्ध के भय से ऐसी अनौचित्यपूर्ण आज्ञाएँ छत्र द्वारा दी जाएँगी तो उनकी अवज्ञा ही होगी और अवज्ञा से क्या राज्य की एकता, अखंडता को महाराज दशरथ बचा सकेंगे। इससे तो विघटन होगा। प्रजा राम को चाहती है, भरत को नहीं।

और उसकी हाँ में हाँ मिला रहा है शत्रुघ्न तथा दोनों ही अभी-अभी राम से मिलने गए हैं।

राम और लक्ष्मण राजपथ पर ही थे कि सामने भरत एवं शत्रुघ्न आते दिखाई दिए। चारों भ्राताओं की दृष्टि समागम हुई।

भरत ने राम के चरण-परसकर कहा, "यह मैं क्या सुन व देख रहा हूँ?"

"यह सब सत्य है भरत।"

"यदि यह सब सत्य है तो भरत इसे असत्य करेगा।"

"इससे छत्र का अपमान होगा, राजाज्ञा का उल्लंघन होगा।"

"भरत ऐसी आज्ञा में विश्वास नहीं करता जिसमें माता का स्वार्थ अपने पुत्र के निमित्त निहित हो।"

"यह तुम्हारा भ्रम है भाई। दंडनीति के अनुसार तथा सम्राज्ञी जिसने शम्बर-दिवोदास संग्राम में बाणों की बरसा कर तात के प्राण बचाए हों उस राष्ट्रस्वामिनी पर ऐसा आरोप निराधार है। तुम्हें मात्र भ्रातृमोह के कारण भ्रान्ति का आभास हो रहा है जबकि यथार्थ में इस समय कोशलपति संकटकाल के बीच है। एक ओर से राक्षसों से समर की आशंका है तो दूसरी ओर से कैकेय सम्राट से। ऐसी विपत्ति में माता का दोनों ओर से अपने देश पर छाए हुए स्याह मेघों

को हटाने के लिए न्यायपूर्ण छत्राज्ञा है।''

भरत कुछ कहते इसके पूर्व शत्रुघ्न बोल पड़े, ''यदि यही न्याय है तो हम वनगमन करते हैं और तुम यहाँ की सुरक्षा करो।''

''शत्रुघ्न! तुम अभी राजनीति नहीं समझते। दंडकारण्य और मिथिला पर होनेवाले ताड़का के सम्भावित आक्रमण को निष्फल बनाने का दुष्कर कार्य राम को ही करना होगा क्योंकि यहाँ तो वसिष्ठ, सुमन्त एवं स्वयं महाराज तुम्हारे सहायक हैं परन्तु राक्षसों की उच्चकोटि की कूटनीति से टकराने के लिए राम का ही जाना सर्वथा उचित है।''

भरत ने इससे असहमति प्रकट करते हुए कहा, ''यह सही है कि भरत स्वयं प्रव्रज्या लक्षणा है किन्तु शत्रुघ्न ऐसा नहीं है। वह लक्ष्मण भैया की भाँति ही वीर है किन्तु हम सब में छोटा होने से यह गुरुतर भार उसे नहीं सौंपा जा सकता परन्तु अकारण ही राक्षसों से विरोध करना रावण जैसी शक्ति को अपने आपमें चुनौती देना है जो शान्ति में अशान्ति के अतिरिक्त कुछ नहीं।''

लक्ष्मण ने समझाते हुए कहा, ''तात! इस परिव्राजक नीति के कारण ही तुम्हें अवधपुरी का राज्य दिया गया है, ताकि तुम्हारे राजपुत्र होने से तुम राजनियमों एवं राजकीय भोगों से परिचित होकर, सँभलकर भविष्य में कुछ कर सको।''

''नहीं, चलो इसका निर्णय हम चारों भाई क्यों करें, हमें तो जो आज्ञा हुई है उसका ही पालन करना होगा, फिर भी कोई शंका है तो हम सभी सभागार में चल रहे हैं, वहाँ स्वयं मुनिवर विश्वामित्र ही सब कुछ बता देंगे।'' राम के इस कथन के साथ ही चारों भाई सभागार की ओर चले।

उस समय राम ने मुनि विश्वामित्र को पहली बार देखा था—मुनि का ललाट चमचमा रहा था। नेत्र लाल थे। दाढ़ी श्वेत थी और यह सहज ही प्रतीत होता था कि राम किसी महान व्यक्तित्व के समक्ष खड़े हैं। उनसे कुछ पूछने का साहस उत्पन्न करना अत्यन्त कठिन था। उनकी सेवा में स्वयं तात दशरथ और सम्राज्ञी कैकेयी खड़ी थीं।

अनायास ही गुरु वसिष्ठ ने आज्ञा दी, ''राम, मुनि विश्वामित्र को साष्टांग प्रणाम करो।''

तब राम ने ही नहीं अपितु चारों भाइयों ने मुनि को साष्टांग प्रणाम किया था। मुनि ने 'चिरजीवी' का आशीर्वाद देकर अनायास ही बोलना प्रारम्भ कर दिया, ''समाज की शक्ति सबल व्यक्तियों की शक्ति से बनती है। कोई भी सबल व्यक्तित्व-प्रधान मानव सत्य और सृजनशीलता का एक संसार रचने के लिए प्रयत्नशील रहेगा। एक ऐसा संसार जो उपेक्षितों, अनुपेक्षितों—सभी के लिए समान हो, को सही अर्थों में उत्पन्न करने का प्रयास करेगा। सैनिक विजय कोई अन्तिम सफलता नहीं है। जब तक कि हम जनता के लिए इस विज्ञानवादी यन्त्रीकृत युग में शान्ति का द्वार न खोल सकें। आज रावण की साम्राज्यवादी नीति ने जनद्वेषी बर्बरता का प्रेत खड़ा कर दिया। हमारी भक्ति नैतिकता का दशानन ने अपनी नई संस्कृति के द्वारा अपहरण कर लिया है जिसे कि हम पवित्र मानते हैं। दशकन्धर ने राष्ट्र को एक विश्व समाज में सम्भावित सदस्य के रूप में न मानते हुए उसे एक यान्त्रिक शक्ति का रूप देकर एक-दूसरे का विरोधी बना दिया है। उसने शतघ्नियों, विमानों और युद्धपोतों से समस्त राष्ट्रों को जय कर अशान्ति, भय और कोलाहलपूर्ण वातावरण को जन्म दे दिया है जिसके कारण दक्षिण से उत्तर राष्ट्रीय समुदाय तितर-बितर हो गए हैं और प्रजा भयानक युद्धों से त्रस्त होकर शान्ति सन्धि के लिए छटपटा रही है। तो शान्तिप्रिय समाज की नई संरचना के लिए संसार का कार्यभार विवेकशील

और मानवीय अन्तःकरण के नर-नारियों को अपने हाथ में लेना ही होगा। तो इस नई व्यवस्था का भविष्य भारत की ही नई युवा पीढ़ी के हाथ में देना होगा तभी हम अपनी संस्कृति की सुरक्षा कर सकते हैं। दशानन के कारण कोई भी स्वतन्त्र राज्य अपनी सम्प्रभुता को बचाए नहीं रख सकता, इसी कारण कोशल तथा मिथिला में मैत्री है। और मिथिला पर ताड़का आक्रमण करने की चेष्टा कर रही है तो फिर दशरथ को महाराज अनरण्य पर हुए आक्रमण के समान अब चुप नहीं बैठना होगा बल्कि उन्हें राम जैसे सुयोग्य राजकुमार द्वारा राक्षसों से मिथिला को बचाना होगा और यही नहीं अपितु अब हमें दशानन जैसी शक्ति को चुनौती के रूप में स्वीकार कर—विश्वमाता मेरी माता है, सबका स्वामी मेरा पिता है, सब मनुष्य मेरे भाई हैं और तीनों लोक मेरा स्वदेश है, के सिद्धान्त पर चलना होगा।

''सुनो, भरत तथा शत्रुघ्न संघर्षों की चोट और आपत्तियों का सामना करने में सक्षम नहीं हैं। राम का वनवास एक महायात्रा है, रघुकुल के पूर्वजों के दंडकारण्य तक फैले हुए प्रताप को फिर से सुशोभित करने की। इक्ष्वाकु के छोटे पुत्र दंडक को अरण्य का राज्य महाराज इक्ष्वाकु ने दिया था। दंडक को विन्ध्य तथा शैवाल के भाग का सम्राट बनाकर उसे 'कुम्भकार कुट' नामक नगर के राजसिंहासन पर बैठाया था। दंडक उद्दंड प्रवृत्ति का था तथा उसका विवाह सम्राट बनने के उपरान्त भार्गव गुरु शुक्राचार्य (काव्य उशना) की पुत्री अरजा के साथ हुआ था। वह बड़ी साध्वी तथा परिव्राजकों की भक्तिन थी किन्तु जैन श्रमण के द्वारा अन्तःपुर में अनधिकार प्रवेश करने से राजा दंडक ने अपनी उद्दंड नीति अनुसार बिना विवेक के ही जैनमुनि को यन्त्र में पेरने की आज्ञा दी, इस पर निर्ग्रंथ मुनि ने अपने आश्रम के सभी और ब्राह्मणों को, वेधशाला से, शस्त्रों से, सुसज्जित कर युद्ध के लिए तत्पर किया जिसमें दंडक की पराजय हुई और वह फिर अरण्य में भटक-भटककर मर गया या भार्गवों द्वारा मार दिया गया। तब से कुछ काल तक विन्ध्य एवं शैवाल का भाग बिना शासक के रहा और बाद को राक्षसों तथा जैन मुनियों में फिर युद्ध हुआ और वह समूचा भूभाग अब दशानन के अधिकार में होकर उसका सबसे बड़ा उपनिवेश है। मुनियों में से कुछ भाग गए, जो रह गए हैं, वे सब कहीं गृध्रराज के यहाँ शरण लिये हैं तो कुछ ने रक्ष सभ्यता स्वीकार कर ली है और हमारे पूर्वजों आर्यों की निष्कासन नीति के कारण उत्तर से जिन जातियों का निष्कासन दक्षिण की ओर किया उन्होंने भी कहीं रावण से मैत्री, तो कहीं उसी के अनुयायी होकर उसकी आज्ञा का पालन कर रहे हैं। उस संक्रमणकाल में राम ही ऐसी युवा शक्ति के रूप में प्रकट हो सकता है जो कि दंडकारण्य के अपने पूर्वजों के राज्य को फिर से प्राप्त कर सकता है।

''सुनो वत्स! समुद्र-मन्थन के पूर्व दैत्य, दानव, देव (आर्य), नाग आदि सभी एक हो गए थे और उन्होंने मिलकर दक्षिण देश के समुद्र तक यात्रा की थी, जिसमें शेषनाग ने मन्दराचल पर्वत से लकड़ी मँगवाई और दूसरे नाग सम्राट ने रस्सी, मस्तूल आदि से व आर्यों के सहयोग से बड़े-बड़े पोतों का निर्माण किया तथा समुद्र यात्रा में उन्हें रत्न प्राप्त हुए जिनका कि इन्हें ज्ञान न था एवं सम्राट समुद्र से युद्ध हुआ जिसमें ऐरावत हाथी तथा समुद्र की पुत्री लक्ष्मी को प्राप्त किया। वहीं अमृत का आविष्कार भी सभी ने एक साथ किया किन्तु इन समस्त वस्तुओं की महान उपलब्धि में बँटवारे पर देवताओं (आर्यों) ने पक्षपात किया जिस पर वहीं युद्ध हुआ और आर्यों के सभी शत्रु हो गए। नाग, दैत्य, दानव और सम्राट बलि भागकर अपने राज्य में आ गया। इस घटना से दैत्यों-दानवों में असन्तोष बढ़ा और बलि तथा प्रह्लाद (हिरण्यकशिपु का पुत्र) ने देवताओं (आर्यों) से युद्ध का निश्चय किया तथा युद्ध हुआ जिसमें देवजाति पूर्णतया

पराजित हुई और फिर सम्राट बलि ने भार्गव शुक्राचार्य को गुरु बनाकर अति सुन्दर शासन व्यवस्था की। यज्ञों को आरम्भ किया।

"और तब से अब तक ये आपस की वैमनस्यता का भाव चला आ रहा है। सम्राट समुद्र की समूची सम्पत्ति चली जाने से वह कंगाल हो गया था जो अब रावण के संरक्षण में पुनः उन्नति कर रहा है। रावण उनका मित्र है।

"वत्स राम! इस कारण आज पुनः इन सभी को आत्मसात् करने की आवश्यकता है ताकि इन सभ्यताओं के मध्य से एक नई आर्य राम की सभ्यता जन्म ले जो कि दशानन की सभ्यता को नष्ट कर पुनः देवजाति के खोए हुए गौरव को प्राप्त कर सके।

"अब राम तुम्हें दया, शान्ति एवं करुणा के साथ-साथ कर्म से लोगों के हृदय में अपने प्रति श्रद्धा का भाव उत्पन्न करते हुए इस महान कार्य को करना है, यही देवेन्द्र का लक्ष्य है, और यही मेरा। राम, मन को केन्द्रित कर मेरी ओर देखो, मैंने भी दशानन से युद्ध किया है। मेरा तथा वसिष्ठ का समर हुआ है जिसमें जमदग्नि के दो पुत्र मारे गए और अनेक ब्राह्मण युवकों को भी मात्र गुरु गम्भीरता के कारण हताहत होना पड़ा और अन्ततः हम दोनों को ही पश्चात्ताप हुआ और अब हम शान्तिमय क्रान्ति के पथप्रदर्शक हैं। राम, तुम्हें यदि धरती से उठकर स्वर्ग तक यश अर्जित करना है तो त्याग और बलिदान से कर सकते हो, इसे यौवनावस्था में ही कर सकोगे। चलो वत्स, चलें।"

इतना कहकर मुनि उठ खड़े हुए थे। इन मुनि के धारा-प्रवाह प्रवचन में हम सभी बह गए थे और सभी को उत्तर भी मिल चुका था। हम सब हतप्रभ थे। उनके सम्मुख कोई कुछ बोलने की क्षमता नहीं रखता था। सभी नतमस्तक खड़े थे। मानो मुनि विश्वामित्र की वाणी से सम्मोहित हो गए हों।

और कुछ देर उपरान्त महाराज दशरथ ने मुझे व लक्ष्मण को विकल मन से मुनि के साथ विदा कर दिया था।

7

आगे-आगे मुनि और उनके पीछे-पीछे पहले मैं मेरे पीछे लक्ष्मण चल रहे थे। ऋषि की वृद्धावस्था में भी गति तीव्र थी, उनकी पादुकाएँ निरन्तर एड़ी से टकराकर चट्-चट् की ध्वनि कर रही थीं। हमें उनकी गति के साथ चलने में ईषत कष्ट का आभास भी हो रहा था और मैं बिलखते नर-नारियों की करुणा या उनकी अटूट श्रद्धा पर यह सोचकर चल रहा था कि जीवन नश्वर है फिर भी मोह के कारण अवधवासी दुखी हुए जबकि मुझसे मुनियों को शाश्वत आशाएँ हैं कि मैं धर्म के लिए संघर्ष करूँगा।

ऐसे ही विचारों में मग्न राम की तन्द्रा तोड़ने हेतु मुनि विश्वामित्र विहँसकर बोले, "वत्स राम और लक्ष्मण, हम सरयू तट पार कर सिद्धाश्रम का मार्ग पकड़ेंगे। तुम्हें आश्चर्य होगा कि मैं तुम्हें वहाँ से ही अन्य विद्याओं में भी पारंगत करूँगा। वत्सो, मैं तुम्हें अयथार्थ से यथार्थ की ओर, अन्धकार से प्रकाश की ओर तथा मृत्यु से हटाकर शाश्वत जीवन की ओर ले चल रहा हूँ। तुम्हारा जीवन अब उन आदर्शों पर निर्भर होगा जिन्हें कि ऋग्वेद में ऋषियों ने गाया है।

"राम! आवश्यकता किसी नियम को नहीं देखती क्योंकि वहाँ आत्मस्वीकृति होती है जो विधाता की स्वीकृति मानी गई है। अपनी प्राण रक्षा के लिए कभी-कभी अनुचित कार्य भी करने पड़ते हैं, ऐसा समय आपत्तियों में, क्षुधा में प्रत्येक मनुष्य पर आता है, मेरी धर्मपत्नी ने और मैंने बड़े दुर्दिन देखे हैं। यहाँ तक कि कुत्ते का मांस तक चुराना पड़ा है। किन्तु यह नहीं माना कि मैं मांसाहारी हूँ अपितु सम्राट होकर मुझे जिन दैविक, दैहिक, भौतिक कष्टों का सामना करना पड़ा, वह कह रहा हूँ। तुमको श्रेष्ठ व्यक्तित्व एवं श्रेष्ठ व्यवहार से मानव समुदाय में अपना स्थान स्वयं बनाना है। स्वस्थ व अच्छा अन्तःकरण भी इसके लिए अनिवार्य है।"

"राम, गुरु बृहस्पति ने घोषणा की है कि 'प्रत्येक देश, जाति और कुटुम्ब की चिरकाल से चली आ रही प्रथाओं या परम्पराओं को ज्यों-का त्यों बनाए रखना चाहिए।' और रावण की संस्कृति ने हमारी समस्त परम्पराओं को तोड़ा है। उसके नियम व भाष्य लोकहित विरोधी हैं अतः अनैतिक हैं। मैं नहीं कहता कि वह दुष्ट है क्योंकि वह ज्ञानी है, तपेश्वरी है, यज्ञकर्ता है, प्रकांड पंडित है परन्तु उसके अधिनायकवाद और समाजवादी दृष्टिकोण ने उस तक सूचनाएँ पहुँचने में शिथिलता का वातावरण निर्मित किया है। उसके सैनिक एवं उपनिवेश अधिष्ठाता मनमानी करें तो ऐसे शासक को भले ही वह धर्मात्मा ही क्यों न हो, नष्ट करना ही उचित होगा।

"परन्तु राम, कभी-कभी विवेक अनुसार अनुपयुक्त नियमों में परिवार की भी गहन आवश्यकता होती है। पूर्व में कई अनैतिक प्रथाएँ मान्य थीं परन्तु उन्हें सदोष मानकर अस्वीकृत कर भी दिया जाता है क्योंकि वे सब परिवर्तन समाज की आवश्यकता के अनुरूप शासकों द्वारा भास्करों की सहायता से कराए गए। रावण ने स्वयं ऐसा किया है, उसने मुझ विश्वामित्र, गौतम और वसिष्ठ जैसे ऋषि तथा गुरु बृहस्पति से कोई परामर्श ही नहीं लिया। दशानन वेद को क्या समझे! वेद का गान हम कर रहे हैं और सूक्तों का निर्माण अपनी शाश्वत आर्य सभ्यता को अमर बनाने के लिए कर रहे हैं, फिर दशानन क्यों आर्य धर्म के साथ खिलवाड़ कर रहा है, इसे कोई अधिकार नहीं है। हमें ऐसे सार्वभौम सम्राट के विरुद्ध युद्ध करना होगा। लोगों के मन को नया रूप देना होगा अन्यथा हमारी सभ्यता अनार्यों की विस्तार पाती हुई महत्त्वाकांक्षा के बीच मर जाएगी और इस समय हम प्राणहीन अवस्था तक आ पहुँचे हैं तथा सृजन की भावना खो चुके हैं। अब तुम्हारे जैसे युवकों को ही समाज को नवजीवन देना होगा।

"राम-लक्ष्मण, इन्द्र प्रथम छत्र सम्राट हैं जिसके कारण तुम्हें क्षत्रिय शब्द की संज्ञा दी गई है। इन्द्र का तुम्हें सन्देश है कि तुम सभी विदेशी जातियों को, चाहे वे असुर ही क्यों न हों, आर्यों के प्रभाव में लाओ और मैं राम की सहायता करूँगा।"

राम ने ऐसा उपदेश आज तक नहीं सुना था। राम और लक्ष्मण बड़े ध्यान से ऋषि के शब्दों को सुनते व हृदयंगम करते। राम के मन में तर्क के लिए भी प्रश्न उठते थे किन्तु अभी वे इन पर अनुशीलन ही कर रहे थे।

इसी समय सरयू तट आ गया। नाव पर चढ़कर तीनों ने सरयू नदी पार की। मुनि फिर बोले, "राम-लक्ष्मण, यहाँ से दो मार्ग सिद्धाश्रम को जाते हैं जिसमें पहले मार्ग से हमें तीन दिन लगेंगे और दूसरे मार्ग से हम तीसरे प्रहर तक आश्रम पहुँच जाएँगे किन्तु इस मार्ग से जाने में ही ताड़का का भय है जो कि रक्ष संस्कृति की पोषिका है तथा इस नैमिषारण्य से ही वह लंकेश्वर को भरतखंड, आर्यावर्त, जम्बू-द्वीप की समस्त राज सूचनाएँ भेजती है। यह लंकेश का, आर्यावर्त का प्रसारण केन्द्र है। यदि इसे तुम नष्ट कर दोगे तो दंडक वन तक भी जो कुछ तुम करते

जाओगे उसकी सूचना दशकन्धर तक नहीं पहुँच सकेगी तथा यह ताड़का वीरांगना होने से मारीच एवं सुबाहु जैसे वीर सेनानियों के कारण व नाग जाति की दुर्धर्ष सेना की अधिष्ठात्री होने से मिथिला पर आक्रमण की योजना भी बना रही है एवं मेरे शोधार्थियों द्वारा निर्मित अनेक शस्त्रों को चुराना भी चाहती है जो कि मैंने तुम्हारे लिए कठिन परिश्रम से बनाकर रखे हैं। इसके सैनिक बड़े ढीठ और उत्पाती हैं। चाहे जब किसी भी नए अनुसन्धान का सूत्र चुराने के लिए या पूछने के लिए यज्ञशाला में घुस आते हैं। कोई चीज न बताने पर बटुकों को पकड़कर, उन्हें यातनाएँ दे-देकर उनसे अनुसन्धान के सूत्र पूछते हैं और यही नहीं, दो बार तो मेरी यज्ञशाला का भी विध्वंस कर चुके हैं।''

राम स्वयं ही खिलखिलाकर गम्भीर होकर बोले, ''दूसरा मार्ग ही ठीक रहेगा। मनुष्य होकर विपत्तियों से क्या भयभीत होना तात! अब तो आग तपे सोने की भाँति राम और लक्ष्मण को कंटक मार्ग से ही चलना है।''

विश्वामित्र प्रसन्न हुए। ''पुत्रो! यह तुम्हारी परीक्षा थी कि तुम अपने व्रत में, संकल्प में कितने सुदृढ़ हो या शिथिल। मैं समझ गया कि तुम्हारा वनवास का प्रयोजन अब निश्चित ही सफल होगा क्योंकि मनुष्य का साहस ही पुरुषार्थ होता है और वह तुममें जीवित अवस्था में है तो तुम निश्चित रूप से अपने लक्ष्य की पूर्ति करोगे।''

निर्विघ्न राम, लक्ष्मण के साथ मुनि सन्ध्या तक आश्रम पर आ गए। जहाँ ऋषि-शिष्यों ने राम व लक्ष्मण का स्वागत किया, फिर कन्दमूल फल राम-लक्ष्मण को खाने को दिए। तदनन्तर ऋषि ने शिष्यों के साथ राम-लक्ष्मण को वेधशाला देखने को भेजा।

राम ने यज्ञशाला में भाँति-भाँति के अस्त्र-शस्त्रों को देखा तो उनके आश्चर्य की सीमा न रही। कई अस्त्रों से राम-लक्ष्मण परिचित ही नहीं थे। अनेक स्थलों पर बटुक नाना प्रकार के प्रयोगों में व्यस्त थे। औषधियों का भी ढेर लगा था। नाना प्रकार की जड़ी-बूटियाँ ऋषि आश्रम में उपस्थित थीं। भेसज विज्ञान व शल्य क्रिया पर भी कुछ बटुक मानव अस्थियों व सन्धियों का अवलोकन कर परस्पर वार्ता कर रहे थे।

राम-लक्ष्मण वापस आ गए तो विश्वामित्र ने पूछा, ''राम, यज्ञशाला अच्छी लगी।''

''अति सुन्दर तात!''

''इनमें से तुम्हें यथेष्ट विद्याओं में पारंगत होना है, तभी तुम दशानन की बराबरी कर सकते हो।''

''तात! हम दोनों भाई इन सभी विद्याओं का गहन अध्ययन करेंगे।''

''वत्स! हमारे पास विद्याओं का कोष कंठस्थ रूप में विद्यमान है। आज पहले मैं बल तथा अति बल दोनों जड़ी-बूटियों से परिचित कराऊँगा, इनसे भूख और प्यास नहीं लगती और तेज, बल क्षीण नहीं होता। तुम इनका समयानुसार सेवन कर सकते हो।''

ये औषधि विश्वामित्र ही जानते हैं। शास्त्र में मेरी 'सौमित्र' की प्रार्थना प्रातःकाल बटुकों द्वारा गाई जाती है जिसे वे गुरुमन्त्र रूप में स्वीकार करते हैं।

''ॐ भूर्भुवः स्वः तत्सवितुवरिण्यम् भर्गोदेवस्य धीमहि धीयो योनः प्रचोदयात्'' मेरी आदित्य उपासना को सुनते ही ताड़का इसका विरोध करने आ जाती है।

''राम! तुम क्षत्रिय हो। मैं भी क्षत्रिय हूँ किन्तु अब इस कर्म को त्याग दिया है। मेरा 'मख' आर्य संस्कृति का स्वरूप है और रावण की स्वयं की संस्कृति का। इस कारण यज्ञ विधियों के प्रचार-प्रसार में बाधा पड़ रही है। तुम इन्हें युद्ध में परास्त करो।''

"किन्तु तात! नारी पर राम कैसे शस्त्र उठाएगा?"

"ताड़का साधारण स्त्री नहीं, महान वीरांगना है। वीर से युद्ध करना वीर का ही कर्तव्य है। ताड़का सैनिक सन्निवेश की अधिष्ठात्री होने से अबला नहीं सबला है और जो भी सत्ताधारी है, वह चाहे स्त्री हो या पुरुष, उससे तो राजनीतिक, धार्मिक, सामाजिक विद्रोह कभी भी किसी भी कारण से हो सकता है। इस कारण वह युद्ध के योग्य नहीं, सुयोग्य है। स्त्री और पुरुष दोनों में से कोई एक, जो भी सिंहासन पर बैठता है, वह सम्राट है और सम्राट में ही सत्ता निहित होने से वह नारी होकर भी रणक्षेत्र में वध के योग्य है।"

राम-लक्ष्मण ने ऐसी नीति गुरु वसिष्ठ और गुरु सुधन्वा से नहीं सुनी थी। किन्तु वेद सूक्त का निर्माता आर्य धर्म का संरक्षक जिसके सामने राम प्रश्न नहीं कर पाते हैं, विश्वामित्र की मेधा के आगे, उनकी कूटनीति के आगे नतमस्तक हो जाते हैं।

लक्ष्मण ने ही पूछा, "ये ताड़का कौन है?"

ऋषि बोले, "ये सुकेतु की पुत्री है। सुकेतु नैमिषारण्य में ही रहता था। इसका पति अरण्यवासी सुन्द था जिसे अगस्त्य ने मार डाला, तभी से यह अपने पुत्र के साथ रक्ष संस्कृति में दीक्षित होकर यहाँ चली आई है। यहाँ उसकी घर-घर में पहुँच है और लोग उसका सम्मान भी करते हैं। वह प्रजापालिका भी है किन्तु राज्यलिप्सा ऐसी भयानक वस्तु है जिसमें धर्म, अधर्म छत्र गड्ड-मड्ड होकर रुधिर नद बन जाते हैं। ताड़का मिथिला पर आक्रमण की योजना बनाए बैठी है और सीरध्वज जनक अपनी पुत्री सीता का स्वयंवर रच रहे हैं। कहीं ताड़का इसके पूर्व ही जनक की राजधानी पर अधिकार न कर ले, इसलिए इसको यहीं समाप्त करना अनिवार्य हो गया है। अन्यथा मिथिला का राज्य जिसके लिए लंकेश ने इन सैनिक सन्निवेशों की संरचना की है, वह भी राक्षसों के हाथ चला जाएगा। अतएव तुम रण करो, मैं तुम्हें 'मानवास्त्र' भी प्रदान करूँगा।"

फिर राम को मानवास्त्र दिखाकर कहा, "इसकी विशेषता है कि इसके वार से शत्रु शतयोजन दूर तक चला जाता है। यह अमोघ अस्त्र है। इसके और चन्द्रहास खड्ग के निर्माण में अन्तर है। यह एक प्रकार का प्रक्षेपास्त्र है, इसके निर्माण की विधि वेधशाला में सीखो। अब रात्रि का द्वितीय प्रहर है राम, विश्राम करो।"

8

प्रातःकाल ही सिद्धाश्रम में विश्वामित्र की प्रार्थना की—'ॐ भूर्भुवः स्वः' से समूचा आश्रम गुंजायमान होने लगा। राम तथा लक्ष्मण भी इसे गाने लगे। मुनि विश्वामित्र खड़े होकर सभी का अवलोकन कर रहे थे एवं मन-ही-मन प्रसन्न भी हो रहे थे कि अब रावण की रचनाओं के स्थान पर आर्यावर्त के ऋषियों के सूक्तों की गूँज होगी! वर्षों का ऋषियों, मुनियों का आर्यावर्त का स्वप्न राम के द्वारा पूर्ण होगा जिसमें लक्ष्मण सहायक होगा। इस युवावस्था में ही ये राजपुत्र कुछ कर सकते हैं। प्रौढ़ावस्था एवं वृद्धावस्था में तो असमर्थ हो जाएँगे। मानव-मन को जीतने में राम जैसी सौम्य मूर्ति विवेक का प्रयोग कर अब सफल हो जाएगी।

इसी समय ताड़का ऋषि को दृष्टिगोचर हुई, उसके साथ मारीच तथा सुबाहु भी थे। उनके साथ सैनिक नहीं थे।

निकट आते ही बोली, ''तात विश्वामित्रजी, क्यों तुम अपने सिद्धान्तों से जगत को ठग रहे हो। तुम्हारे मखों में पशुवध है, हम पशुओं की तो क्या वनस्पतियों तक की रक्षा करते हैं। लंका का अशोक वन संरक्षित वन है। लंका में गौ, विप्र की रक्षा की जाती है और तुम्हारी मन्त्र ध्वनियों से टंकार ही होता है। हमारे लंकेश की संस्कृति शाश्वत, सुन्दर एवं आर्थिक दृष्टि से भी सुदृढ़ है। तुम्हारे धर्म से मात्र भिक्षावृत्ति और शूद्रों के साथ अन्याय के अतिरिक्त कुछ है भी नहीं। इसका त्याग कर दो मुनिवर! आप तो जानते हैं मेरे पिता भी धर्मात्मा थे और पति महान था फिर भी अगस्त्य ने वध क्यों किया? इसलिए कि मेरे पति के ज्ञान के सामने अगस्त्य कुछ भी नहीं थे। यह मात्र आप लोगों का स्वयं के अस्तित्व को स्थिर रखने के अलावा और है क्या?''

पुनः विहँसकर बोली, ''मुझे चर ने समाचार दिया है कि तुम दशरथ के दो पुत्रों को दो उद्देश्य से लाए हो—एक तो मेरा मिथिला का अभियान समाप्त हो जाए, दूसरा रावण का सस्वर वेदपाठ, शिवस्तोत्र, कुमारतन्त्र (वैद्यक), रावणीयम (संगीत) उड्डीशतन्त्र (इन्द्रजाल), अर्कप्रकाश तथा नाड़ी परीक्षा जैसे महान ग्रन्थों के रचयिता रावण की महान दार्शनिकता का नैमिषारण्य से अन्त हो जाएगा। मुने! तुम्हारा यह अभीप्सित कभी भी पूर्ण नहीं होगा। बुला उन दोनों राजकुमारों को, आज मेरा उनका समर होगा। अब ताड़का सम्राट विदेह की राजधानी मिथिला को बाद में देखेगी, पहले इन दो राजकुमारों को मारेगी।''

मुनि हँसे फिर बोले, ''ताड़के! मैंने भी युद्ध किए हैं और अपने ही अस्त्रों-शस्त्रों से शत्रुओं को योजनों दूर पीछे हटा दिया है। परन्तु ऋषि धर्म पालन करने से क्षत्रिय धर्म का परित्याग कर चुका हूँ। इस कारण तुम्हारा सन्निवेश यहाँ पैर जमा गया परन्तु अब तो करतार ने पाँसा पलट दिया है, अब तू मारी जाएगी।''

ताड़का खिलखिलाई, फिर व्यंग्य से बोली, ''तुम तो सठिया गए हो, मुने! तुम्हें तो वसिष्ठ ने ही परास्त कर दिया था और तब तुम्हें अन्न भी उपलब्ध नहीं हुआ तो मांस भक्षण कर अपनी क्षुधा को शान्त किया। तुम्हारे राज्य में तो नरमांस तक का विक्रय किया जाता था किन्तु तुम्हारे पिता गाधिन् के हारने के उपरान्त सम्राट दशानन ने ही नरमांस की निषेधाज्ञा दी और अब वह शनैः-शनैः अवरुद्ध हो गया है। हमारी इस सभ्यता को अब अन्य क्षत्रियों ने भी ग्रहण कर नरमांस न खाए जाने की व इस पर कठोर दंड दिए जाने की आज्ञाएँ पारित कर दी हैं। आप लोग रावण व उसकी प्रजा को राक्षस की संज्ञा देते हैं जबकि वह स्वयं महान यज्ञकर्ता है, तपस्वी और वेदों का ज्ञाता होने से यज्ञ-विरोधी भी नहीं है। विरोधी है तो तुम्हारी यज्ञ प्रणाली और अपनी यज्ञ प्रणाली का। जल्दी करो मुने, मैं उन राजकुमारों को तत्काल प्राणहीन करना चाहती हूँ।''

विश्वामित्र ने राम और लक्ष्मण को अन्य बटुकों में से बाहर आने का संकेत किया। राम व लक्ष्मण भृकुटि के संचालन के साथ ही धनुष पर बाण चढ़ाकर गुरु के समीप ताड़का की ओर मुख करके खड़े हो गए।

विश्वामित्र ही आदेशात्मक भाव से बोले, ''राम, देखो, ये नारी होकर भी कितनी पौरुषपूर्ण है कि तुम्हें युद्ध के लिए निमन्त्रण दे रही है, चुनौती दे रही है। यह रक्ष सभ्यता की, रावण सैनिक सन्निवेश की प्रशासिका रणचंडी जैसी ही है। यह रावण के तान्त्रिक, यान्त्रिक, दोनों प्रकार के रणों से परिचित है। इसे हराने के लिए तुम्हारे पिता तथा विदेह दोनों प्रयासरत रहे हैं परन्तु आज तक यह उनके दाँव पर न चढ़ सकी। आज इसका अभी वध कर दो, बिना

सोचे-विचारे अन्यथा सैनिक शक्ति के साथ इसे मारना कठिन होगा और राम, जब शासक का वध हो जाता है तो सेना स्वयं परास्त ही मानी जाती है। सम्राट के युद्ध में हारने पर युद्ध स्वतः ही बन्द हो जाता है क्योंकि सम्राट में ही सत्ता निहित है और सत्ताधारी के वध से ही एक सत्ता की समाप्ति तथा दूसरी सत्ता का प्रारम्भ माना जाता है। यह स्वामिनी है, इससे सत्ताधारी के रूप में युद्ध करो। ये नारी-शक्ति है एवं सत्ता में होने से सम्राट की आज्ञाओं की संचालिका है और लंकेश की दूर-संचार व्यवस्था की अधिष्ठात्री है। इस पर विजय आर्य धर्म की विजय होगी और राम तुम्हारे युग-निर्माण का कार्य इसी क्षेत्र से प्रारम्भ होगा। तुम्हें युगनिर्माता होना है तो षड्यन्त्र, कूटनीति सब राजनीति के ही अंग हैं, सबका अवलम्ब लेना होगा। इससे युद्ध करो और इसकी इहलीला समाप्त करो।''

ताड़का ही बीच में बोली, ''जो आज्ञा, कहने की हिम्मत नहीं है क्या राजकुमार राम? यदि साहस नहीं है तो क्षत्रिय कुल में जन्म ही क्यों लिया? क्षत्रिय छाती पर वार सहते हैं, पीठ पर नहीं।''

राम क्रोधित हो गए। उन्होंने अनायास ही कह दिया, ''गुरु की आज्ञा का पालन होगा। युद्ध के लिए मैं तैयार था ताड़के, किन्तु तुम्हारे मात्र नारी रूप के संकोच के कारण शरसन्धान नहीं कर रहा था, अब समझ गया कि वीरांगना पुरुष के समान ही होती है इसलिए तैयार हो जा।''

ताड़का ने एक तीर छोड़ा और राम ने एक साथ दो बाण चलाए जिनमें से एक ने ताड़का के तीर को काटा और दूसरे ने ताड़का का काम तमाम कर दिया। ताड़का चीत्कार करते हुए जैसे ही गिरी वैसे ही सुबाहु ने दौड़कर राम पर खड्ग का प्रहार करना चाहा किन्तु राम ने एक ही बाण से सुबाहु का वध कर दिया तो वह भी चीत्कार करते हुए भूमि पर जा गिरा। फिर मारीच अब भी समर के लिए तैयार नहीं था उस पर राम ने मानवास्त्र छोड़ दिया जिससे वह घायल होकर भाग गया।

ताड़का व सुबाहु की चीत्कार सुनकर सैनिक आ गए तो उन्होंने देखा—ताड़का व सुबाहु दोनों मर चुके थे फिर तो राक्षस सैनिकों एवं राम-लक्ष्मण का घनघोर युद्ध होने लगा तो विश्वामित्र के बटुकों की भी बाण-बरसा होने लगी और कुछ ही देर में राक्षस सेना काफी संख्या में मार दी गई तो लक्ष्मण-प्रहार को सहन न करने से कुछ सैनिक भाग खड़े हुए, और राम जीत गए।

''राम, तुम्हें मैंने वीरांगना स्त्री के साथ युद्ध करने का न्याय दिया है ताकि तुम युग के निर्माण में किसी भी रूप में रावण से पीछे न रहो। मैं तुम्हें आज उस बाणविद्या की शिक्षा दे रहा हूँ जो फेंकने पर वापस लौट आता है। यह (बूमिरेंग) बाणविद्या मैंने वर्षों में प्रयोग कर पाई है। मैंने स्वयं सरस्वती के तट पर राक्षसों से मित्रता की है और ब्राह्मणों से संघर्ष किया है किन्तु अग्निपूजक भार्गव परशुराम के कारण ब्राह्मण, वैश्य एवं शूद्र एक हो गए तो क्षत्रियों का संहार हो गया। परशुराम के कारण ही रावण महान बना है तो विश्वामित्र के कारण राम भी महान बनेगा।

''राम, राजनीतिक संग्राम में मित्रों को छोड़कर सभी को शत्रु माना जाता है। रावण की सभ्यता, उसकी सार्वभौमिकता से पुलस्त्य के पुत्र ऋषि अगस्त्य भी खिन्न हैं, क्योंकि रावण जैसे मेधावी मायावी को प्रकट रूप में परास्त नहीं किया जा सकता। उसके ऊपर विजय प्राप्त भी की जाएगी तो विभीषण जैसे पदलोलुप को अपनी ओर करके ही। रावण की कीर्ति के कारण सभी ऋषियों की विद्याएँ धरी रह गई हैं। रावण द्वारा अन्त्यजों का सम्मान किए जाने से शूद्रगण

को अभिमान हो गया है। वे हमारे समक्ष दम्भप्रदर्शन तो करते ही हैं साथ ही क्षत्रियों के गर्व को भी नष्ट करते हैं। रावण शिवभक्त होने से शिव की महिमा का ही गान करता है क्योंकि शिव अनार्य हैं और हम उन्हें आदित्य के आगे कुछ नहीं मानते इसलिए एक ज्ञान की बात और कि अब ऐसी विषम स्थिति में तुम्हें ही रक्ष, यज्ञ सभी संस्कृतियों के बीच से कुछ सिद्धान्तों को छोड़ते हुए, कुछ को ग्रहण करते हुए आर्य संस्कृति का विकास करना होना, इसमें आवश्यक परिवर्तन करना होगा। परिवर्तन नहीं करोगे तो तुम्हारी कट्टरता से तुम्हीं नष्ट हो जाओगे जैसे कि आज हम सब अपनी धार्मिक सहिष्णुता के स्थान पर धार्मिक कठोरता के कारण संसार में पूज्य होकर भी अपूज्य से बन बैठे हैं।''

इसी समय दास आ गया और बोला, ''तात! जनक ने धनुर्यज्ञ के लिए आपको आमन्त्रित किया है। मैं नीलगिरि पर्वत से नीलमणि लेने गया था, वहाँ से अभी चार मणि ही प्राप्त हुई हैं।''

''ठीक है, राम और लक्ष्मण को यह नीलमणि धारण कराओ। यह इनको शान्ति प्रदान करेंगी। और हाँ, मेरे राम के साथ मिथिला जाने की तैयारी करो।''

इसी समय विश्वामित्र के आश्रम पर एक सुसज्जित रथ आकर रुका जिसके चारों ओर पर्दे खिंचे हुए थे, जिसमें एक लावण्यमयी स्त्री बैठी हुई थी। विश्वामित्र के दर्शनार्थ पधारी सीता की सखी ने धीमे-धीमे सीता को पर्दों से बाहर आने का संकेत किया। सीता बाहर आई, रथ से उतरी और ऋषि को प्रणाम किया। सीता अपनी रक्षा हेतु धनुष-बाण भी लाई थीं।

राम ने कनखियों से सुकोमल नारी को देखा और सीता ने भी राम की ओर निहारा। दोनों अनायास आकर्षित हुए।

तभी विश्वामित्र ने हँसते हुए कहा, ''राम, यह जनकनन्दिनी सीता हैं और सीते, ये हैं दशरथनन्दन राम और इनके छोटे भाई लक्ष्मण। इन दोनों राजकुमारों की सहायता से ही मैंने ताड़का जैसी सबल नारी का वध कराया है।

''राम, संसार की बड़ी-बड़ी सफलताओं के लिए प्रेरणा नारी के प्रेम से ही प्राप्त हुई है। नारी-साहचर्य से पुरुष जगत में कभी ऊँची-ऊँची उड़ान भर सकता है। रावण की रचनाएँ मन्दोदरी के कारण हैं। शिव को यदि पति-पत्नी की एकरूपता में पत्नी को समाज में पुरुष की ही भाँति स्वीकार करने से पार्वती को वामांग रूप में धारण करने से अर्धनारीश्वर का प्रतीक ठहराया है तो वह एक पत्नीव्रत की पराकाष्ठा है। स्त्री संकट और साहस के मार्ग में पुरुष जीवन के महान कर्तव्यों में हिस्सा बँटाने की अधिकारिणी है। सुख, सुख से प्राप्त नहीं होता अपितु एक आदर्श साध्वी नारी कष्टों में भी सुख का अनुभव करती है। धर्म और अर्थ की सिद्धि स्त्रियों पर ही निर्भर है। मानवीय प्रगति के लिए वे आवश्यक हैं। स्त्री भी ऊर्जस्वी और महत्त्वाकांक्षी होती है। नारियाँ समान अधिकारों की अधिकारिणी होकर मूलतः पुरुष की शिक्षिका हैं। यदि कोई प्रतिभाशाली वस्तु है तो वह है नारी का प्रेम। सुशिक्षित कन्या परिवार के अभिमान की वस्तु है। अत्रि और अनसूया, अगस्त्य और लोपामुद्रा ये सब स्त्री व पुरुष के मानवीय अधिकारों के मध्य स्त्रियों के लिए पतिव्रता और पुरुषों के लिए एकपत्नीव्रत के उदाहरण हैं।

''राम, पूर्वानुराग के तीन प्रकार माने जाते हैं प्रत्यक्ष दर्शन, स्वप्नदर्शन एवं चित्रदर्शन। इनमें यह प्रत्यक्ष दर्शन है और सीता सुशीला, औदार्यशालिनी एवं कर्तव्यपथ पर चलनेवाली एक महान नारी हैं। इनके पिता सीरध्वज जनक ने प्रतिज्ञा की है कि शिवधनु को तोड़नेवाला ही सीता का चिर सहचर होगा। उसे अब तक कोई भंग नहीं कर सका, कुछ भूप आए भी थे

जो देखकर चले गए, सम्भवतः जनक की इस प्रतिज्ञा से सीता दुखी है।''

फिर सीता ही बोली, ''तात! मैंने सुना है दशरथनन्दन तो वनगमन कर चुके हैं और इन सुकुमारों से वह पिनाक जो कि शकट पर रखा है तथा उसे अय ने बनाया है। शिव तथा उनके भक्तों के अतिरिक्त उसके सन्धान का किसी को ज्ञान नहीं, कौन चढ़ाएगा। सुना है जब उसको चलाया जाता है तो विस्फोटक ध्वनि होती है और उसमें अग्नि गोले निकलते हैं। ऐसा अमोघ शस्त्र शंकर ने अथक परिश्रम से तैयार कराया है जो कि रणक्षेत्र के लिए शत्रुनाशक है।''

फिर प्रेमविह्वल होकर, राम की ओर निहारकर मुस्कराहट के साथ कहा, ''यदि आपकी कृपा से श्रीराम इस पिनाक अस्त्र को चला देंगे तो सीता अपने पतिव्रत धर्म का पालन करते हुए क्षत्राणी होने के नाते प्रतिज्ञा करती है कि श्रीराम के साथ वह भी वन को चली जाएगी तथा दशरथनन्दन के महान कार्य में हाथ बँटाएगी। मार्ग के कष्टों को सहन करेगी। आर्य संस्कृति की संस्थापिका होकर आवश्यकता पड़ने पर वीरांगना का भेस धारण करने में भी नहीं हिचकिचाएगी।''

विश्वामित्र विहँसे और बोले, ''सीते, तुम्हारे स्वयंवर में राम आएँगे। मैं उन्हें पिनाक पर चाप चढ़ाने का ज्ञान दूँगा। तुम निःसंकोच जाओ पुत्री, राम का विवाह विधाता ने तुम्हीं से होना लिखा है। राम को यह एक अवसर भी प्राप्त होगा, भूमंडल के भूपों के मध्य अपनी शक्ति प्रदर्शन का, जिससे राम की ख्याति बढ़ेगी। शिव का धनुष तो अग्नि के गोले बरसानेवाला यन्त्र है, उसको दशरथनन्दन चढ़ाएँगे। मेरा विश्वास रखो जनकनन्दिनी, तुम्हारे कटाक्ष से राम को प्रेरणा प्राप्त होगी और उस शकट पर रखे हुए पिनाक यन्त्र (पैट्रन टैंक) को राम मेरे ज्ञान से भंग करने में सफल होंगे।''

जनकनन्दिनी सीता अपनी सखियों के साथ रथारूढ़ होकर वापस चली गई, श्रीराम की छवि अपने मनःपटल पर अंकित कर और राम मानव संवेदनाओं के मनोवेगों में सीता की सुन्दरता को चित्र में सँजोकर बैठ गए।

इसी समय दासों ने विश्वामित्र की पूर्ण तैयारी कर दी। मार्ग के लिए पाथेय का भी प्रबन्ध कर दिया और कन्दमूल फल खाकर मुनि राम-लक्ष्मण के साथ चल पड़े मिथिला की ओर।

मार्ग में ही विश्वामित्र कहने लगे, ''वत्स! तुम्हारा आचरण पवित्र होगा। लक्ष्मण तुम राम के प्रति बड़ा आदर रखोगे। राम, तुम्हारा निष्कासन धर्म के पुनर्स्थापन के लिए दशरथ ने किया है। राम, तुम पौरुष पूर्ण हो, भाग्य को चुनौती दोगे और अपनी मर्यादा को स्थिर, सुनिश्चित रखोगे, तभी रावण जैसे समाजवादी विचारक को पराजित कर सकोगे।

''राम, हम यहाँ से गंगा पार करेंगे, जहाँ एक आश्रम है उस आश्रम की महिमा कभी जगतविख्यात थी। गौतम ऋषि अपनी पत्नी अहल्या (शूरवीर पांचालिक की पुत्री) के साथ शब्द मन्त्रों की रचना करते थे और धार्मिक जीवन बिताकर आश्रमवासियों को उपदेशों से अनेक प्रकार की अणु, परमाणु सम्बन्धी बातें बतलाया करते थे। वहाँ इन्द्र ने अहल्या का शीलभंग किया जिसके कारण वह निर्दोष नारी आज भी उसी आश्रम में शिलाखंड पर खड़ी होकर आत्मशुद्धि कर रही है, प्रायश्चित्त कर रही है। गौतम हिमालय पर्वत की ओर पहुँच गए हैं और रावण ने इसी अहल्या के शीलभंग का प्रतिशोध लेने का व्रत लेकर अधिकतम ब्राह्मणों को अपनी ओर आकृष्ट कर लिया। इन्द्र के इस निन्दनीय कृत्य से क्रुद्ध ऋषि, मुनि भी क्षत्रिय विरोधी हो गए और गौतम की पुत्री अंजनी जो कि केसरी (आदिवासी) को ब्याही गई एवं गौतम पुत्र बालि तथा सुग्रीव दोनों ही कपीशों (टोटम) के किष्किन्धा में स्वामी हैं। जो गौतम द्वारा परित्यक्त

हैं इनसे ही भविष्य में तुम्हारा दक्षिण दिशा में काम पड़ेगा। इस कारण इस परित्यक्ता, उपेक्षिता नारी का उद्धार आवश्यक है। इसका पुत्र शतानन्द मिथिलापति जनक का राजपुरोहित है।''

''किन्तु व्यभिचारिणी नारी का परित्याग तो शास्त्र-सम्मत है। यही हमारी प्रथा है।''

''नहीं राम! अहल्या व्यभिचारिणी नहीं अपितु वह बलात्कार की मारी है, बलात्कार में स्त्री अपना शरीर तो विवशता में समर्पित करती है किन्तु आत्मा नहीं।''

''परन्तु शारीरिक सम्भोग से ही नारी को अपवित्र मान लिया गया है तथा इसी घृणा भाव के कारण गौतम ने समाज के लांछनों के कारण उसका परित्याग कर दिया है।

''कामवासना को अपवित्र या अशिष्ट समझना नैतिक विकृति है। यौन प्रवृत्तियाँ कोई लज्जाजनक वस्तु नहीं हैं अपितु वासना स्त्री-पुरुष दोनों की आत्मिक आवश्यकता है। नारी के अकेले होने का लाभ उठाकर इन्द्र द्वारा एक अबला के साथ किया गया रमण पुरुष की दुर्बलता है, स्त्री की नहीं।

''फिर क्षत्रिय और ब्राह्मण आज तक उसे दोषी क्यों मानते रहे? उसे समाज में स्थान क्यों नहीं दे सके?''

''यह हमारे धर्म की दुर्बलता है, हमारे समाज का स्त्री के प्रति घोर अन्याय है कि सैनिक, चोर, लम्पट उन्हें स्वच्छन्द होकर लूटें, मर्यादाएँ तोड़ें और हम फिर नारी को ही अपवित्र कहकर उसका सामाजिक बहिष्कार करें, यह बड़ी विडम्बना है। नारी बलात्कारी की प्रेमिका भी नहीं है, पत्नी भी नहीं है, उस समय नारी पुरुष के लिए मात्र सम्भोग की वस्तु है, और उस नारी की दृष्टि में वह पुरुष है पापी। और संस्कारवश नारियाँ अपना सतीत्व नष्ट होने के बोध के कारण आत्मग्लानि से भर जाती हैं क्योंकि पति को कदाचित् इससे मानसिक ठेस पहुँचती है, समाज उससे घृणा करता है, उसका पारिवारिक जीवन नष्ट हो जाता है। ऐसा ही है, यह ऋषि परिवार भी। राम इससे तो कपि जाति ही अच्छी है कि वहाँ अंजनी जैसी धर्मपरायण नारी से मरुत अभिसार करता है और केसरी इसके उपरान्त भी अंजनी को निर्दोष मानकर आज भी अंगीकार किए बैठे हैं। यदि नारी की शक्ति और उसके साथ हुई इन घटनाओं के उपरान्त भी उसका उद्धार नहीं किया जाएगा तो बिना नारी के समाज को गति कौन देगा?

''और फिर राम अहल्या (शूरवीर की पुत्री) उद्धार से तुम्हारे एक उद्देश्य की पूर्ति होगी। ब्राह्मण वर्ग तुम्हें मान देगा। देव जाति के अत्याचार को एक क्षत्रिय ढकेगा तो तुम्हें चारों ओर से सहानुभूति प्राप्त होगी। पुरुषवर्ग ही अनुशासन का निर्माता है और अनुशासन से ही युग का निर्माण किया जा सकता है तो राम बिना किसी भय तथा संकोच के अहल्या का जीवनोद्धार कर अपने को सामर्थ्यवान बनाएगा।''

राम फिर निर्वाक् हो गए। ऋषि की गम्भीर वाणी से पुनः उनमें नई स्फूर्ति, नई चेतना का संचार हुआ, उन्होंने विचारा, यदि रावण ने अहल्या के शीलभंग के प्रतिशोध की घोषणा कर विश्व की दैवी शक्ति इन्द्र को पराजित किया है तो राम प्रेम की सहजता व सरलता से मात्र श्रद्धा और विश्वास के ठोस धरातल से लंकपति के समान अपने लिए लोगों के हृदय में स्थान बनाएगा।

''राम, देखो गंगा तट आ गया। वह रहा अहल्या का रमणीक तपोवन।'' गुरु विश्वामित्र बोले, ''चल रहे हो, एक माता का कष्ट निवारण करने जो कि तुम्हारी अम्ब सुमित्रा जैसी दुखी है।''

राम तो मुनि वाणी से मन्त्राभिभूत हो जाता है। राम ने विनम्र स्वर में कहा, ''तात, जो

आज्ञा आप देते हैं मैं उसे सहज स्वीकार कर लेता हूँ। मैं नहीं जानता कि यह मेरी अदृश्य महत्त्वाकांक्षा है जो आपकी वाणी के कारण प्रकट हो जाती है अथवा मेरे युवाकाल की कुछ करने की इच्छाशक्ति है जिसे मैं मार नहीं पाता और मेरे पग सहज ही उठ जाते हैं उस ओर जिस ओर कि मानवता मुझे स्वयं आहत-सी पुकारती है।''

9

राम-लक्ष्मण के साथ मुनि विश्वामित्र ने अहल्या के तपोवन में प्रवेश किया। अहल्या एक शिलाखंड पर खड़ी हुई थी। आहट पाकर भी उन्होंने ध्यान नहीं तोड़ा तो ऋषि ने कहा, ''राम, अहल्या ध्यानस्थ हैं, इनका स्कन्धशूल पकड़ो तो ये आँखें खोल लेंगी।''

राम ने अहल्या के कन्धे को जैसे ही स्पर्श किया वैसे ही उन्होंने नेत्र खोले और पूछा, ''कौन हो तुम? मुझ दुखियारी से क्या लेने आए हो? मैं तो गौतम जी के कष्ट से दुखी हूँ और मैं उन्हीं विचारों में लीन हूँ। मेरा भले ही सर्वस्व नष्ट हो जाए किन्तु गौतम का सब कुछ बचा रहे तो मेरा अस्तित्व बना रहेगा। उनके प्रति मेरा प्रेम वृक्ष से लिपटी हुई लता के समान है। वे सदा मेरे मन में रहते हैं, एक आनन्द के रूप में नहीं अपितु मेरे अपने अस्तित्व के रूप में। इस कारण मेरा उनका विच्छेद हो ही नहीं सकता।''

कौशिक ही बोले, ''अहल्ये, मैं हूँ मुनि कौशिक?''

''ओह ऋषिवर विश्वामित्र! आओ बैठो, परन्तु ये दोनों युवक कौन हैं?''

''दशरथनन्दन राम और लक्ष्मण। ये तुम्हें खोई हुई प्रतिष्ठा पुनः देंगे। तुम्हारा उद्धार करेंगे अहल्ये।''

''स्वागत है इक्ष्वाकु कुल दीपक का। किन्तु कठोर और अपूर्ण सामाजिक नियमों के परिणामस्वरूप कुचली हुई अहल्या का क्या समाज में पहले जैसा आदर होगा?''

''हाँ मानुश्री, राम नैतिकता के परम आदर्श तथा वसिष्ठ के मतानुसार आप जैसी स्त्रियों के प्रति सहानुभूति ही नहीं प्रदर्शित कर रहा है बल्कि इस मत का भी खंडन करेगा कि पुरुष परमात्मा की प्रतिमूर्ति और महिमा है और स्त्री पुरुष की महिमा है। यह धारणा मिथ्या है कि पुरुष स्त्री का नहीं अपितु स्त्री पुरुष की है, स्त्री परमात्मा की सृजनात्मक महिमा है उसने पुरुष का सृजन किया है। किसी भी समाज की सांस्कृतिक दशा बिना नारी की दशा सुधारे सुधर ही नहीं सकती। उठो अम्ब, राम तुम्हें नवजीवन ही नहीं देगा, तुम्हारे पुत्र शतानन्द से तुम्हारा संयोग भी कराएगा और कालान्तर में जब ऋषि गौतम को पता लगेगा कि तुम्हारा प्रायश्चित्त मातृ सिद्धान्तों के अनुरूप पूर्ण हो गया है, तब वे भी तुम्हें पहले की तरह ही ग्रहण करेंगे। यदि समाज के किसी भी व्यक्ति ने तुम्हारे बारे में अब कुछ कहा तो उसका उत्तर तुम्हें नहीं देना होगा अम्ब, अब राम देगा, चलो, हम मिथिला चल रहे हैं।''

''राम, तुम सन्मार्ग पर चलते हुए स्त्रियों, जो संसार में पत्नी कहलाने में सर्वाधिक सम्मानजनक और धर्म में अधिक पवित्रता के सिद्धान्त पर चल रही हैं, के लिए एक सुन्दर मार्ग निर्माण करते रहो। इससे नारियों में आर्य धर्म की आस्था की जाग्रति होगी और जहाँ-जहाँ समाज बहुपत्नीत्व तथा बहुपतीत्व की धारणा में चल रहा है उसका ह्रास करने में सक्षम हो जाओगे यह मेरा तुम्हें शुभाशीष है।''

"चलने के पूर्व राम कुछ खा-पी लो। मुने कौशिक! तुमने जो उपकार राम को यहाँ लाकर किया उसके लिए अहल्या आभारी है।"

ऋषिवर जब गंगाजी के किनारे आए तब उन्हें निषाद मिल गया, वह राम को देखकर बोला, "मित्रवर, आज इधर आगमन कैसे? सुना है आपको तो दंडकारण्य का राज्य महाराज दशरथ द्वारा माता कैकेयी के कहने से दिया गया है।"

"हे सखे! किसी भी शासक के लिए अपनी गुप्त महत्त्वाकांक्षाओं को तब तक छिपाए रखना चाहिए जब तक कि उपयुक्त समय न आ जाए। इस कारण उस अवसर की प्रतीक्षा में मैं अपने वास्तविक मनोभावों का प्रदर्शन नहीं कर रहा हूँ।"

"मित्रवर राम! इन्द्र तथा रावण जैसी धुरी शक्तियाँ युद्ध को सामाजिक उन्नति का आवश्यक अंग मानती हैं और उनका विश्वास है कि शक्ति ही राष्ट्र की महानता की कसौटी है। युद्ध गौरव की वस्तु है, अपराध नहीं तथा छल, विश्वासघात, आतंकवाद, जिससे भी युद्ध में विजय प्राप्त हो, वह सब उचित है तो तुम्हारा शान्ति प्रदर्शन दंडकारण्य में किस काम आएगा?"

"राम तो वर्तमान में कठोर को मृदु से जीतने का प्रयास कर रहा है और जब अहिंसा और शान्ति का प्रहार होगा तो राम बीच के समझौते के मार्ग निकालने का प्रयास करेंगे और जब इनसे भी काम नहीं चलेगा तो राम विचलित होना भी जानता है। वैसे वह अहिंसा के आदर्श को एक श्रेष्ठ लक्ष्य बनाकर अभी चल रहा है। जिससे कोई राम को आक्रामक न कह दे और राम जिस लक्ष्य को लेकर वनगमन कर रहा है वह कहीं मार्ग में ही विफल न हो जाए। इस कारण इस गुप्त योजना को गुप्त ही रहने दो।"

गुह प्रसन्न हुआ फिर बोला, "नृ-वंश के आने के उपरान्त ही हमें एक यथार्थ का ज्ञान होता है। राम तुम्हारा संकल्प पूर्ण हो, यदि मेरी सहायता की आवश्यकता हो तो समाचार देना। मित्र होने के कारण मैं तुम्हारी सहायता के लिए कहीं भी सेना सहित आ जाऊँगा। राम, साख्य एक पवित्र बन्धन है जिसमें मित्रता भ्राता के समान कार्य करती है। मैं तुम्हारे कर्तव्य पथ में यदि कहीं भी सहायक हो सकूँ तो सेवा का अवसर मुझे अवश्य देना।"

"आज तो तुम गंगा पार करो गुह, अवसर की प्रतीक्षा प्राणान्त तक मनुष्य को करनी चाहिए भले ही वह उसे प्राप्त हो या न हो।"

"नौका में बैठने के पूर्व मित्र तुम्हारे साथ मुनि हैं, माता अहल्या है जिनका तुमने उद्धार किया है तो आज मुझे भी प्रेमाश्रु बहाकर मित्र मिलन और उसके साथ ही बारह वर्ष की दीर्घ अवधि तक में बिछोह के लिए साहस जुटा लेने दो।"

गुह ने विश्वामित्र तथा माता अहल्या एवं राम, लक्ष्मण के चरण-कमल पखारे फिर नाव में बैठाया और अपनी मित्रता की प्रगाढ़ता का आश्वासन देते हुए राम को गंगा पार उतार दिया। स्वयं भी निषाद सम्राट होने से कुछ सैनिकों के साथ चल पड़ा।

चलते-चलते तीन दिन व्यतीत हो गए थे। यद्यपि मुनि दुर्गम पथ से ही राम को ले जा रहे थे ताकि धनुष यज्ञ में ठीक समय पर सम्मिलित हो सकें। फिर भी राम ने पूछ ही लिया, "तात! यहीं कहीं ऋष्यशृंग का भी आश्रम है। मैंने भगिनी को काफी दिनों से नहीं देखा है, इस महायात्रा में भगिनी से मिलना भी आवश्यक प्रतीत होता है।"

मुनि ने कुछ नहीं कहा, प्रत्युत उन्होंने उधर की ओर चरण बढ़ा दिए जिधर कि ऋष्यशृंग का आश्रम था। एक प्रहर की यात्रा के उपरान्त ही मुनि ने ऋष्यशृंग के आश्रम पर लाकर खड़ा कर दिया। भगिनी शान्ता पर्ण-कुटीर के द्वार पर ही खड़ी थी। सहसा राम व लक्ष्मण को

दूर से ही पहचानकर भैया-भैया कहती हुई दौड़ी चली आई और राम तथा लक्ष्मण को छाती से लगाकर प्रेमाश्रु बहाने लगी। राम व लक्ष्मण ने बहन के चरण स्पर्श किए और आश्रम पर आ गए।

ऋष्यशृंग सभी को देखकर बोले, "धन्य भाग जो इस दीन कुटिया पर ब्रह्मर्षि विश्वामित्र पधारे। शान्ता आतिथ्य करो इनका।"

बहन, शान्ता ने तत्काल ही जौ का आटा माड़ा और भोजन बनाने में व्यस्त हो गई। मुनि और ऋष्यशृंग अनुसन्धानों पर वार्ता में व्यस्त हो गए। राम व लक्ष्मण अपनी बहन से प्रेमपूर्वक बातें करने लगे। अहल्या एक वृक्ष की छाया में एकाकी बैठ गई तो ऋष्यशृंग ही बोले, "अम्ब, तूने बहुत कष्ट उठाए हैं। मैं तेरे पुत्र के ही समान हूँ। मैं तेरा सादर-सत्कार करता हूँ और तेरे चरणों में शीश झुकाता हूँ। कुटीर में ही बैठ माँ, ऋष्यशृंग इन घटनाओं को एक साधारण घटना मानकर समाज में इनके लिए कोई स्थान नियत नहीं करता। हम विज्ञानी हैं, हम भौतिक परिवेश में जी रहे हैं फिर भी रूढ़िवादिता से ग्रसित रहे तो फिर वर्ग व वर्ण चेतना कौन करेगा?"

"राम ने यह काम कर तो दिया। अब तो अनुकरण मात्र ही तो करना है।" अहल्या ने सहज भाव से कहा।

"ठीक है," तभी भीतर से शान्ता ने जोर से आवाज लगाई, "भोजन तैयार है सब लोग पलासपात बिछा लें। निषादराज तुम यह व्यवस्था करो।"

शान्ता राम से बार-बार पूछ रही थी, "तू वनगमन क्यों कर रहा है। वहाँ अनार्यों का साम्राज्य है। वे तुझे मार डालेंगे, तू तो मुझसे बहुत छोटा है फिर भी माता कैकेयी ने चौथेपन में यह क्या किया जो तुम जैसे सुकुमार को दंडकारण्य का राज्य दिया। लक्ष्मण, तू बड़ भागी है जो अपने भाई के साथ उसी भेस में वनगमन कर रहा है। कितने कष्ट के उपरान्त पिता दशरथ के चार पुत्र हुए। वे भी तुम्हारे जीजाजी के कठिन तप से प्राप्त की हुई औषधि से। जिन्हें राज भोग का सुख प्राप्त करना चाहिए था, आज वे ही मेरे भाई पादुकाएँ धारण किए हुए वनगमन भटकेंगे। राम-लक्ष्मण तुम विद्रोह कर दो। इस आज्ञा का उल्लंघन कर दो।"

"नहीं भगिनी, यह तेरा भ्रातृ स्नेह बोल रहा है। जबकि राम और लक्ष्मण एक महान कार्य के लिए वनगमन कर रहे हैं। मृत्यु से क्या भयभीत होना, वह तो सदैव साथ ही चलती है।"

"ठीक है। फिर भी सँभलकर जाना, यह यात्रा कठिन है और रावण से चौकन्ने रहना।"

"तू तो हमें भोजन करा ताकि हम आगे बढ़ें।"

सभी ने एक साथ भोजन किया और फिर बहन शान्ता से विदा लेकर, उसे बिलखती छोड़कर राम महर्षि के पीछे-पीछे चल पड़े...।

पथ में मुनि से धीमे से पूछा, "राम क्या भगिनी का मोह नहीं हुआ?"

"तात! जब शरीर की नश्वरता का ज्ञान और पुरुष तथा प्रकृति के संयोग से जगत्पति का तत्त्व ज्ञान हो गया तो फिर राम किससे मोह करे! इस संसार में मेरा अपना कुछ भी नहीं है। सुयश से ही अपनी गाथा का स्रष्टा है प्राणी।"

"तो इसी तत्त्व ज्ञान के कारण राम अपने आदर्शों को उठाएगा। मुझे तुमसे ऐसे ही उत्तर की आशा थी। अब अपना लक्ष्य तुम निश्चित कर चुके हो तो तुम्हें कोई भी परास्त नहीं कर सकेगा। यह अवश्य है कि उद्देश्य की पूर्ति में बाधाएँ आ सकती हैं। जीवन को झकझोर देनेवाली तथा लक्ष्य से पीछे ढकेलनेवाली विपत्तियाँ भी आ सकती हैं जिन्हें तुम धैर्य और साहस के साथ जीतोगे। जिसमें हिम्मत है वही संसार को जय करने की क्षमता रखता है। मेरा आशीष है तुम्हें

कि अपने गुरुओं तथा कुल का मान मर्यादा के साथ रखोगे।''

फिर कहा, ''राम वह देखो! मिथिला के राजप्रासादों की गगनचुम्बी बुर्ज और अट्टालिकाएँ यहीं से दीखने लगी हैं। तुम्हें पिनाक की कोटियों पर प्रत्यंचा चढ़ाने की विधि बतलाता हूँ। इस पिनाक के दोनों सिरों पर दो हीरा जटित बटन लगे हुए हैं जिनमें से किसी भी एक को दबाने से उसमें ऊर्जा उत्पन्न होती है और कोटियों पर स्वतः प्रत्यंचा चढ़ जाती है तथा पिनाक से विस्फोट पदार्थ में क्रिया होकर वे आवाज करते हुए अग्नि गोले छूटने लगते हैं जिससे आमसान में धुआँ ही धुआँ छा जाता है। यह शंकर का आविष्कार है। उन्होंने दो पिनाक निर्मित करने में यथेष्ट श्रम व पूँजी व्यय की है। इसके संचालन की विधि रावण भी जानता है किन्तु इस धनुष श्रेष्ठ को शंकर का होने से वह इसमें अपने गुरु का अपमान समझता है क्योंकि वह शिव का परम भक्त है। इस कारण वह इस स्वयंवर में सम्भवतः भाग नहीं लेगा।''

इस बीच मुनि मिथिला के राजपथ पर पहुँच गए थे। मिथिला नगरी को जनक ने खूब सजाया था। देश-देश के भूपों के लिए स्थान-स्थान पर स्वागत द्वार बनाए गए थे। ध्वज पताकाओं एवं कलशों से भी नगरी को सजाया गया था। ऋषियों-मुनियों के ठहरने की व्यवस्था पृथक् थी और सम्राटों की पृथक्। रथ, अश्व एवं हाथियों की अनेक कतारें लगी हुई थीं। राम इनमें महाराज दशरथ की सेना को भी विलोक रहे थे। एक स्थान पर उन्हें अवधपुरी का ध्वज दृष्टिगोचर हुआ। एक स्थान पर श्वेत सिंह का ध्वज भी दृष्टिगोचर हुआ। उस ध्वज को देखकर राम ने पूछा, ''यह शार्दूल का चिह्न किस राष्ट्र का है तात?''

''यह लंकपति रावण का ध्वज चिह्न है राम।''

जैसे ही मुनि ने रावण का नाम लिया वैसे ही अहल्या ने प्रसन्न होकर कहा, ''इस महान तपस्वी के आज मैं दर्शन कर अपने भाग्य को सार्थक करूँगी। यही वह ब्राह्मण शक्ति है जिसने इन्द्र जैसे पापिष्ठ को दंड दिया। युगों-युगों तक रावण तेरा नाम व कुल अमर रहे तूने अत्याचार का प्रतिशोध लेकर युद्ध कुशल विश्व की देवजाति को पराजित कर अपने सुयश में चार चाँद लगा लिये हैं।''

राम विहँसे और बोले, ''अम्ब, रावण अवसरवाद एवं खड्ग बल का सहारा लेकर उठा है। और इस बल पर जो जितना शीघ्र उठता है वह गिरता भी उतना ही जल्दी है।''

''वत्स! वह अब गिरे या उठे। अहल्या के शीलभंग का प्रतिशोध लेनेवाला महान् तो कहलाएगा ही!''

मुनि बाले, ''महान् को महान् कहना ही होगा राम! हमारा उद्देश्य आर्य सभ्यता का वह ध्वज लहराना है, राक्षस सभ्यता का नहीं। रावण एक व्यक्ति है और उसकी सभ्यता एक आदर्श समाज से परे होने से हमारा विरोधी है।''

इसी समय चारों चरों ने कौशिक के आगमन की सूचना विदेह को दे दी। तत्त्वदर्शी जनक सम्राट अपने पुरोहित शतानन्द के साथ पूजन सामग्री लेकर स्वागत के लिए द्वार पर आए। उन्होंने मुनि को साष्टांग दंडवत् कर, उनका पूजन कर साथ आई अहल्या एवं दोनों नर-शार्दूल पुत्रों को देखकर पूछा, ''ये दोनों बालक कौन हैं तात।''

''ये दोनों दशरथ के पुत्र राम तथा लक्ष्मण हैं। और शतानन्द इन्हें नहीं पहचाना यह तुम्हारी अद्य अहल्या शूरवीर, पांचाल पुत्री हैं जिन्हें राम लाए हैं।''

विकुक्षि पुत्र राम जनक ने आश्चर्य के साथ पूछा, ''परित्यक्ता अहल्या को क्या समाज में स्थान राम द्वारा आतिथ्य स्वीकार करने के उपरान्त दे दिया गया है?''

''हाँ, मैंने भी और कोशलेश के क्षत्रिय राजकुमार ने भी। जिस कार्य को आप न कर सके वही कार्य अहल्या का उद्धार कर एवं ताड़का का वध कर तुम्हारी मिथिला पर घिरे आक्रमण के संकटपूर्ण मेघों को भी राम ने हटा दिया है।''

''ओह! जनक प्रसन्न हुआ मुनि कौशिक! ये दोनों ही श्रेष्ठ काम कर निश्चित ही राम ने युवावस्था में महान कार्य किया है तो वनवास में जाने और क्या करेंगे!''

प्रत्य ने कहा, ''शतानन्द, अपनी माँ के चरण छुओ। अब जनक भी अहल्या को मनु की नीति अनुसार उनके द्वारा यथेष्ट काल तक प्रायश्चित करने से उन्हें पवित्र रूप में ग्रहण करता है। सम्राट और नागरिक सुनें, अब अहल्या प्रत्य समाज में सम्राट जनक की आज्ञा के साथ स्वीकार की जाती है।''

शतानन्द को अहल्या ने छाती से लगा लिया और प्रेमाश्रु निकल पड़े। शतानन्द माँ को भीतर राजप्रासाद में लिवा ले गए।

महाराज जनक कौशिक को धनुष यज्ञ स्थल की ओर दोनों राजकुमारों के साथ ले गए। निषादराज गुह भी राज आसन की ओर बढ़ गया।

एक विशाल सर्वशोभा सम्पन्न विस्तीर्ण मंडप में अनेक भूप अपने-अपने आसनों पर बैठे हुए थे। मंडप रत्नजटित स्तम्भों, सुन्दर वितान, मनोहर तोरण तथा मोतियों के पुष्प और फलों से शोभायान हो रहा था। सुवर्ण भूषण भूषित वेदपाठी ब्राह्मण एक ओर बैठे हुए थे। निष्कपटी नारियाँ एक ओर बैठी हुई इस स्वयंवर का आनन्द खिलखिलाकर, विहँस-विहँस कर ले रही थीं।

राम ने देखा पिता दशरथ, माताएँ तथा गुरु वसिष्ठ एवं उनकी पत्नी अरुन्धती तथा मंत्रिगण एवं भाई भरत तथा शत्रुघ्न सभी उपस्थित थे। राम ने मन ही मन सभी को प्रणाम किया। विश्वामित्र के आसन के निकट ही एक वेदी पर राम व लक्ष्मण भी बैठ गए।

शुभ अवसर पर जनक ने घोषणा की, ''जो भी सम्राट या व्यक्ति पिनाक धनुष की कोटियों पर प्रत्यंचा चढ़ा देगा उसके साथ जनक पुत्री सीता का विवाह सम्पन्न होगा।''

विकुक्षि नन्दन ने पुनः कहा, ''मन्त्री, तुम विश्वेश्वर का पिनाक धनुष इस मंडप के मध्य में रखवा दो और शतानन्द, आप सीता को सखियों के साथ जयमाला सहित निर्दिष्ट व निश्चित स्थान पर लाकर खड़ी करो।''

जनक के चर पिनाक को ला रहे थे। यह पिनाक धनुष एक शकट पर रखा हुआ था। जो दूर से ही भारी प्रतीत हो रहा था। उसमें सैकड़ों घंटिया बँधी हुई थीं जिनसे मधुर ध्वनि निकल रही थी। और धनुष हीरे, मणि, रत्नों आदि से सुसज्जित था। पिनाक शकट जिसमें कि छोटे-छोटे आठ चक्र लगे थे व जिनमें भी मणियाँ, हीरे, मोती खचे हुए थे, चक्रों के घूमने से देदीप्यमान हो रहा था। विदेह के पाँच सौ दास उस शकट को धकेल कर लाए और यथास्थान उसे खड़ा कर वापस चले गए।

दूसरी ओर से रंगभूमि में सजी-सँवरी, लज्जामयी सीता की सुकोमल मूर्ति प्रकट हुई। सीता अपनी सखियों के साथ कर में जयमाल लिये धीमे-धीमे चरण बढ़ाती हुई आई। सैकड़ों भूपों की दृष्टि कभी पिनाक पर और कभी सीता के सौन्दर्य पर उठती-गिरती व फिसलती।

सीता के पग स्थिर करने पर जब समस्त वातावरण शान्त हो गया तब जनक ने पुनः घोषणा की, ''जो भी शूरवीर सम्राट व्यक्ति प्रत्यंचा चढ़ाएगा उसी को मात्र सीता ब्याही जाएगी, यह मेरी प्रतिज्ञा है।''

एक सम्राट ने पूछा, "क्या एक सम्राट ही प्रत्यंचा चढ़ाएगा अथवा दो या दो से अधिक भी यह कार्य कर सकते हैं।"

शतानन्द ने उत्तर दिया, "यह कार्य एक व्यक्ति करेगा। एक से अधिक व्यक्ति नहीं।"

रावण दूत शौष्कल बोला, "राजाधिराज विदर्भराज विदेह को रावण दूत शौष्कल (शुक) का दंडवत् प्रणाम स्वीकृत हो। सार्वभौम सम्राट महाराजा लंकपति दशानन, रावण जिनकी कीर्ति के सम्मुख देवराज व क्षत्रिय सम्राट यशोगान नहीं कर सकते, का सन्देश है कि—यह अजगव धनुष उनके योग्य नहीं है क्योंकि यम, वरुण सभी महाराजाधिराज दशकन्धर के सन्धि-सूत्रों में बँधे हैं, इस कारण वे इसमें भाग लेने में असमर्थ हैं। सीता को वे सम्राट के लिए नहीं अपितु लंकपति के राजकुमारों के लिए माँगते हैं।"

अत्रि पुत्र चन्द्रमा बोला, "शुक्र यह तो स्वयंवर है, इसमें माँगने का प्रश्न ही नहीं उठता। यहाँ तो विदेह की प्रतिज्ञा वैदेही विवाह के लिए दाँव पर लगी है। यदि लंकपति को इस अजगव को अयोग्य ठहराने का ही अभिमान था तो यहाँ अपना पौरुष दिखाने वे स्वयं वृद्ध होने से नहीं आ सकते थे तो इन्द्रजित को तो भेज ही सकते थे।"

इस व्यंग्य पर सारी सभा हँस उठी तो रावण का महान बुद्धिमान दूसरा दूत मातुल प्रहस्त कठोर स्वर में बोला, "धर्मात्मा तपेश्वरी लंकेश्वर रावण अपनी सहधर्मिणी महारानी मन्दोदरी के लिए एक और पत्नी लाने की अभिलाषा नहीं रखते हैं और युवराज इन्द्रजित संयमी हैं, वे सती सुलोचना के अतिरिक्त किसी अन्य नारी को कुदृष्टि से नहीं देखते। यही नहीं, लंकेश्वर रावण अपने सिद्धान्तों पर अटूट विश्वास के सहारे चलते हैं। यह अजगव विश्वेश्वर भगवान शंकर का है और वे रुद्र के भक्त हैं, इसलिए प्रत्यंचा चढ़ाकर अपने इष्ट शिव का अपमान नहीं कर सकते हैं। यह धनुष यज्ञ स्पष्टतः शिव का अपमान है। और लंकाधीश के सेवक भी अपने सम्राट की आज्ञानुसार इसे रुद्र का अनादर समझते हुए आपसे निवेदन करते हैं कि ऐसी प्रतिज्ञा के स्थान पर स्वयंवर में जानकी जी जिसे चाहें उस युवक के कंठ में माला पहनाएँ।"

सभा में सर्वत्र कोलाहल हो गया। ईषत सम्राट इस प्रस्ताव से सहमत हो गए। ईषत प्रतिज्ञा शब्द के कारण चुप रहे और कुछ हरण की बात भी सोचने लगे, तभी नारदजी सीता के निकट से उन्हें देखते हुए निकले। सीता वैसे भी एकटक राम की ओर ही निहार रही थी और राम भी मानव स्वभाववश उनकी ओर कभी देख लेते थे और दोनों मन ही मन मुस्कराते थे किन्तु जानकी संवदेनशील होने से पूर्व से ही इस धनुषयज्ञ से भयभीत थी और नारद को देखकर तो उन्हें क्षण भर को मूर्च्छा ही आ गई। एक सखी ने कन्धे का सहारा देकर उन्हें सँभाला तभी जनक ने नारद को सभा भवन से बाहर जाने को कह दिया तो पुनः शान्ति स्थापित हुई।

मगध सम्राट आए। उन्होंने अजगव को चारों ओर से देखा। फिर प्रयास किया किन्तु कुछ भी समझ में न आने से वापस चले गए। फिर क्रमशः कई सम्राट, युवराज, सभी वर्गों वर्णों के वयस्क आए और अपना-अपना बल, बुद्धि, विवेक लगाकर चले गए।

जनक उदास से हो गए तो उन्होंने गम्भीर गर्जना कर कहा, "मुझे ऐसा प्रतीत होता है कि यह भूमंडल वीरों से हीन हो गया है। बुद्धि से हीन हो गया है। यहाँ पर ऋषि, मुनि, ब्राह्मण, देव, यज्ञ, किन्नर, राक्षस और क्षत्रिय सभी हैं फिर भी इस पिनाक की प्रत्यंचा न चढ़ा सके तो जनक अब यही समझता है कि विधाता ने जानकी का विवाह ही नहीं लिखा है।"

इस पर क्षत्रियों के खड्ग खिंचने लगे। अश्वपति बोले, "जनक, तुम यदि वृद्ध न होते तो कैकेय नरेश तुम्हारा शिरच्छेद कर देता। यह समस्त वीरों का अपमान है। इससे तो रावण

दूत शुक तथा प्रहस्त के प्रशंसनीय प्रस्ताव हैं। सीता स्वयंवर के मंडप से वापस नहीं जा सकती जिस क्षत्रिय की भुजाओं में बल होगा वह रण क्षेत्र में तुम्हें परास्त कर सीता ले जाएगा।''

तब वसिष्ठ जी ने मृदुवाणी में कहा, ''यहाँ तो अभी मधुपुरी (मथुरा), काम्बोज, अनर्त, गन्धर्वराज आदि सभी द्वीपों के भूप हैं। अभी तो कुछेक ने प्रयास किया है। अभी से उदास क्यों होते हो जनक? वैदेही का विवाह तो इसी मंडप में होगा।''

जनक को कुछ धीरज प्राप्त हुआ, फिर भी मन अशान्त था। तभी गन्धर्वराज ने कहा, ''रावण ने धनुष-परीक्षा को अस्वीकार कर सम्राटों व अपने गुरु का मान रखा है। मेरे मत से वसिष्ठ जी इस कारण से पक्ष ले रहे हैं कि इसके पूर्व 'चक्रवर्ती' सम्राट महाराज दशरथ ने भी अपने पुत्रों के विवाह के उद्देश्य से नाना भूपों के निकट दूतों द्वारा सन्देश भिजवाए थे और सन्देश मुझे भी प्राप्त हुआ। तदनन्तर ही विदर्भराज विदेह का। इससे व महाराज दशरथ की चतुरंगिणी सेना के अवलोकन से ऐसा आभास होता है कि सम्भवतः दशरथ व जनक परस्पर वचनबद्ध हैं।''

दशरथ उठे व बोले, ''मैं इस पृथ्वी के भूपों के समक्ष असत्य नहीं बोलूँगा। मैंने अपने पुत्रों के विवाह का सन्देश भिजवाया था परन्तु अनायास ही कुछ परिहार्य परिस्थितियों के निर्मित होने से राम को बारह वर्ष की अवधि तक के लिए वनवास दिए जाने से मेरा वह स्वप्न चूर हो गया है। इस अजगव जिसे कि मेधावी, बलवान, सम्राट सभी बल प्रयोग से देख चुके व अभी तक प्रत्यंचा चढ़ाने में असमर्थ हैं तो दशरथ तो यही कहेगा कि जनक को ऐसी प्रतिज्ञा ही नहीं करनी चाहिए थी जिससे हम सभी का अपमान हो। समूचे विश्व समाज के लिए एक भयानक चुनौती के रूप में रत्नजटित यह अजगव मुझे तो किसी भयानक नाग की भाँति प्रतीत हो रहा है और मेरा मन क्षत्रियों के नाम पर आत्मग्लानि से भर रहा है।''

सभी लोग शान्त हो गए। फिर चार-छह लोग उठे, देखा-परखा, बल लगाया और पुनः वापस आ गए।

तभी विश्वामित्र ने राम को संकेत किया और राम वेदी से उठे। धीर व वीरगति से आगे बढ़े और अजगव शकट के निकट खड़े हो गए। जनकनन्दिनी पुलकित हुई किन्तु मन में प्रत्यंचा न चढ़ने की आशंका भी थी।

10

राम के सूर्य के समान तेज को सभी भूप देख रहे थे। राम की सुकुमारता पर यह भी सोच रहे थे कि यह युवक क्या धनुष चढ़ाएगा? राम फिर हँसे। सभी ने उनकी इस प्रसन्न मुद्रा को देखा। राम ने अजगव की परिक्रमा की और दृष्टि से सिरों पर जड़े हीरक बटनों का अवलोकन किया और पलक झपकते ही राम के हाथ कब बटन पर पहुँचे और कब प्रत्यंचा चढ़ी कोई न देख सका बल्कि एक भयंकर आवाज के साथ अजगव के पुराने होने से वह स्वयं दो खंड हो गया था।

धनुष के दो टुकड़े देखकर महाराज ने राम का आलिंगन किया और हर्षित हुए तथा सखियों सहित सीता आई। उन्होंने प्रकम्पित हाथों से राम के कंठ को माला से सुशोभित कर दिया।

और फिर निशा देवी का आगमन हुआ, चन्द्रमा ने नृत्य किया और नृत्य के उपरान्त राम

तथा लक्ष्मण दोनों ही ने माता-पिता से भेंट की। तब भरत बोले, "भैया, अब लौट चलो।"

"क्षत्रिय व्रत तोड़ा नहीं जाता भरत।"

"यह मेरा एकाकी मत नहीं प्रत्युत सभी का है।"

"नहीं। राम का जीवन अब एकाकी नहीं वरन् सभी का हो गया है। उसके कन्धों पर जो गुरुतर भार गुरु वसिष्ठ और मुनि विश्वामित्र ने डाला है उसे उत्तरदायित्व के साथ राम को ही पूर्ण करना होगा।"

"परन्तु अब तो माता-पिता दोनों ही दुखी हैं।"

"दुख न होता तो मनुष्य सुख का अनुभव कैसे करता? दुख व दुर्दिनों के पश्चात् ही मनुष्य को सुख व अच्छे दिनों को भोगने का सौभाग्य प्राप्त होता है।"

"किन्तु अब तो आप विवाहित हैं क्या पत्नी को भी छोड़ जाएँगे?"

"आर्यावर्त के लिए पत्नी क्या माता-पिता से बड़ी वस्तु है?"

"किन्तु नवपरिणीता सीता को यह असह्य दुख होगा।"

"वह क्षत्राणी है, कष्टों को झेलने की सामर्थ्य तो होगी ही।"

वसिष्ठ और मुनि विश्वामित्र दोनों ही इस वार्तालाप से प्रमुदित हो रहे थे क्योंकि अब तक राम आग तपे सोने की भाँति खरे हो गए थे। अब उनमें विचलित होने का भाव नहीं रह गया था।

तभी भरत ने लक्ष्मण की ओर मुख करके पूछा, "तुम्हारा क्या विचार है लक्ष्मण?"

"लक्ष्मण तो राम के पदचिह्नों पर चलेगा, क्यों?"

"लक्ष्मण तो राम की सेवा के लिए ही जन्मा है।"

"यह तुम्हारी भावुकता है।"

"नहीं, दृढ़ संकल्प। भावुक तो आँसू बहाते हैं किन्तु लक्ष्मण कभी भी बारह वर्ष तक अश्रु नहीं बहाएगा, घोर विपत्ति आने पर भी।"

"तो तुम वनगमन करोगे ही।"

"वह तो सुनिश्चित है।"

"किन्तु लोग तो माता कहूँ या विमाता कहूँ कैकेयी को ही दोष दे रहे हैं।"

"जब घर के लोगों के मन में ही किसी के प्रति दुर्भावना हो तो बाहर तो बात फूटेगी, फैलेगी ही। वैसे यह सब करतार का खेल है। तुम्हें माता कैकेयी को कुछ नहीं कहना चाहिए। समाज की यह विशेषता होती है कि वह भ्रम और सन्देहों में अधिक बहता है और इसी कारण परिवार टूटते हैं, समाज टूटते हैं, तथा फिर विघटन की क्रिया प्रारम्भ हो जाती है। जबकि हम एक महान संगठनात्मक कार्य के लिए यात्रा पर निकले हैं।"

"तुम तो पूर्ण आदर्शवादी हो गए हो।"

"यह सब रघुकुल की देन है।"

"तो फिर भरत राजपद प्राप्त नहीं करेगा वह पदलोलुप नहीं है।"

"किन्तु कोशल जैसे साम्राज्य के लिए राजपद तो धारण करना एक अनिवार्य आवश्यकता है उससे आप वंचित नहीं हो सकते।"

"मैं भी वही करूँगा जो तुम कर रहे हो।"

"पिता और माता की आज्ञा परमेश्वर की आज्ञा होती है। तुम्हें कोशल का राज्य दिया गया है। यदि तुम इस कर्म को त्याग दोगे तो स्मरण रखो न क्षत्रिय कर्म कर पाओगे और न

ही श्रोत्रिय कर्म। इसलिए अपना कर्तव्य पालन करो। यह मेरा परामर्श है।''

''ठीक है, तो फिर मैं नन्दीग्राम में आश्रम बनाकर रहूँगा और वहीं से शत्रुघ्न के बल पर धरोहर के रूप में कोशल का राज्य संचालन करूँगा परन्तु सिंहासन पर कभी नहीं बैठूँगा। जिस प्रकार का जीवनयापन आप करेंगे, उसी प्रकार का मैं भी करूँगा। यह प्रतिज्ञा करता हूँ।''

पुनः कहा, ''अब मैं बड़े भैया की हेमभूषित पादुकाएँ अवश्य ले जाऊँगा जो कि मेरा दिशा-निर्देश करेंगी। भैया, आप पादुकाएँ देने का कष्ट करें।''

राम ने हेमभूषित पादुकाएँ उतार दीं और भरत ने उन्हें ग्रहण कर माथे से लगा लिया और तदुपरान्त मुकुट उस पर धारण कर लिया। पिता-माता सब यह कृत्य देखते रहे। कैकेयी व दशरथ को क्षण भर के लिए इन्द्र का पराक्रमी परामर्श या वर्तमान का दुष्परिणामी सुझाव स्मरण हुआ और वे दोनों ही किसी विचार में डूब गए।

इसी समय सीता के साथ महाराज जनक ने प्रवेश किया एवं प्रवेश के साथ ही बोले, ''कोशलपते! मैं लक्ष्मण के साथ उर्मिला को ब्याहना चाहता हूँ?''

इसके पूर्व कि कोई कुछ बोलता लक्ष्मण ही बोल उठे, ''मैंने वनवास की अवधि तक ब्रह्मचर्य व्रत की प्रतिज्ञा की है। मैं विवाह नहीं कर सकता। यदि उर्मिला चाहे तो वन से लौटने तक मेरी प्रतीक्षा कर सकती है। मैं उन्हें वचन देता हूँ कि वापस आने पर उन्हें सहधर्मिणी के रूप में स्वीकार कर लूँगा।''

सब लोग अवाक् रह गए। लोग एक-दूसरे का मुँह ताकने लगे, तो सहसा उर्मिला ने ही प्रवेश कर कहा, ''मैंने द्वार पर प्रतिज्ञा सुन ली है। मैं उनकी प्रतीक्षा करूँगी।''

तभी सीता बोली, ''मैं भी वन साथ चलूँगी।''

प्रश्न राम से था। राम उन्हें क्या कहें, यह उनकी समझ में नहीं आया। नवपरिणीता सीता वन जाने के लिए कह रही हैं।

इस पर माता कैकेयी ने कहा, ''तुम नारी हो, घर की शोभा हो। तुम्हारा सुकोमल अंग वन के योग्य नहीं है। राजघराने में पली-पोसी तुम वन के कष्ट नहीं झेल सकोगी। तुम कोशल में ही रहो।''

''विदेह जैसे तत्त्वज्ञानी की पुत्री सीता पतिव्रत धर्म कैसे भूल सकती है। स्त्री का सर्वस्व तो उसका पति ही है। यदि पति दुख उठाए तो सहचरी होने से नारी का यह कर्तव्य है कि वह उसमें पति की भागीदार बने। मुझे मेरी माता ने ससुराल के पूर्ण दायित्वों से परिचित कराया है परन्तु उनमें भी पति के आगे राज-पाट सब तुच्छ होने से सीता वही करेंगी जो उसके पति करेंगे।''

राम ही बोले, ''तात ने आज्ञा मुझे दी है। तुम्हें नहीं। तुम माता-पिता की सेवा, सुश्रूषा करना। वह भी तो तुम्हारा कर्तव्य है।''

''पति-पत्नी एक इकाई माने जाते हैं, उन्हें पृथक् नहीं किया जा सकता और उस इकाई से सीता को पति को हुई आज्ञा में नैसर्गिक रूप से हाथ बँटाने का अधिकार है।''

''परन्तु वन में सिंह, रीछ सभी का भय है। मैं तुम्हारी रक्षा कैसे करूँगा जबकि मुझे अन्य कार्य भी करने हैं।''

''जो पति अपनी पत्नी की रक्षा नहीं कर सकेगा वह जगत की क्या रक्षा करेगा? फिर भी यदि आप मेरी सुरक्षा नहीं भी कर सकेंगे तो मैं भी क्षत्राणी हूँ। युद्ध-विद्या जानती हूँ, अपनी रक्षा स्वयं कर लूँगी।''

"सीते! यह तुम्हारा हठ है। पुरुष और नारी के प्रवास में अन्तर है। आजकल लोगों की प्रवृत्ति व प्रकृति दोनों अविश्वसनीय है कब कौन-सी घटना तुम्हारे कारण घट जाएगी इसका किसे ज्ञान हो सकता है? फिर अरण्य में न तो सुस्वादु भोजन ही प्राप्त होगा और न ही शुद्ध पानी। उदास स्थिति में तुम्हारी दशा क्या होगी, सोचो तो। मैं पति होने से तुम्हें समझाता हूँ कि तुम ये हठ छोड़कर यहीं रह जाओ।"

"मैंने आत्मत्याग और पतिव्रत धर्म की महिमा को जाना है। आप मुझे अपने धर्म से विचलित होने को कह रहे हैं, जबकि स्वयं अपने आर्य धर्म का पालन करने जा रहे हैं तो सीता अपने कुल को कैसे कलंकित होने देगी? आर्य, मैंने स्वयं भी यह व्रत लिया था कि यदि आपसे विवाह हो जाएगा तो मैं भी बारह नहीं अपितु चौदह वर्ष तक वनवास में आपके साथ रहूँगी। क्षत्राणी का वचन भी कभी टूटता नहीं है, उसकी प्रतिज्ञा अटल प्रतिज्ञा होती है।"

सभी निर्वाक् हो गए तो सीता ने आभूषण उतार दिए और कहा, "प्रातःकाल में इन राजसी वस्त्रों में नही आऊँगी। सीता आपके साथ इसी प्रकार चलेगी जैसे कि अगस्त्य ऋषि के साथ भगवती लोपामुद्रा चलीं।"

11

सीता लौट गई, और लौट चले देश-देश के भूप जिनके रथों के पहियों की गड़गड़ाहट की ध्वनि आने लगी। रथचक्र की भाँति ही कालचक्र घूम गया और अब विश्वामित्र का कर्तव्य भी पूर्ण हो गया। अब तो मात्र राम, लक्ष्मण और वामांगना सीता को ही अरण्य की ओर जाना है। राम के साथ कहाँ सीता का भाग्य जुड़ा जबकि राम वनवासी हैं। एक संन्यासी वृत्ति के सामान्य प्राणी हैं। और जहाँ यौवनावस्था में मनुष्य को भोग की आवश्यकता होती है वहीं योगियों जैसा जीवन बिताना कितनी कठिन साधना है। सीता नैतिक दृष्टि से सही है परन्तु दुर्गम पथ रक्ष संस्कृति के क्षेत्र में सीता जैसी साध्वी के लिए कोई-न-कोई संकट खड़ा हो ही सकता है। फिर भी कहती है, 'मैं अपनी रक्षा स्वयं कर लूँगी।' तो फिर राम को क्या भीरु समझ रखा है जो निज वामांग की ही सुरक्षा नहीं कर सकेंगे। चलने दो जहाँ लक्ष्मण वहाँ सीता और सही।

विश्वामित्र बोले, "अब आप सभी लोग विश्राम करें इन्हें तो प्रातःकाल जाना ही है।"

विभावरी बीत गई। भोर हो गई और ब्राह्ममुहूर्त में ही राम-लक्ष्मण जाग गए तथा अपने नित्य नियम की तैयारी में जुट गए।

सीता इनसे भी पहले जागी थीं या उनको नींद ही नहीं आई थी। वे झटपट सामान्य वस्त्रों में तैयार होकर द्वार पर आकर खड़ी हो गई थीं।

राम और लक्ष्मण दोनों एक साथ बाहर आए तो उन्होंने देखा सीताजी भी वल्कल वस्त्र धारण किए हुए प्रसन्नचित्त खड़ी हैं। उनके पीछे निषादराज गुहमन्त्री सुमन्त तथा महाराज दशरथ और जनक भी उदास से खड़े हैं।

तभी राम ने गुरु वसिष्ठ और मुनि विश्वामित्र को प्रणाम किया और सभी नागरिकों का हाथ जोड़कर अभिवादन किया और मुस्कराते हुए चलने को उद्यत हुए वैसे ही महाराज दशरथ ने सुमन्त को रथ लाने की आज्ञा दी और सुमन्त ने रथ राम के सम्मुख तत्काल ही खड़ा कर दिया।

राम ने पिता दशरथ की परिक्रमा की और सीता सहित रथ पर आरूढ़ हो गए। उनके

पीछे धनुर्धारी लक्ष्मण तथा एकाकी सखा गुह भी बैठ गए। दशरथ ने सुमन्त से कहा, "जहाँ तक राम चाहें रथ ले जाना।" फिर कहा "रुको सारथी, मन्त्री, सुमन्त," परन्तु कर्तव्यपरायण राम ने कहा, "चलो सारथी विलम्ब हो रहा है।"

रथ हाँका गया। कुछ दूर तक महाराज दशरथ चले, किन्तु उन्हें मूर्च्छा आ गई और राम ने कर्तव्य के कारण पीछे नहीं देखा। उन्होंने सारथी को रथ तीव्र गति से हाँकने को कहा और चारों अश्व पथ पर दौड़ने लगे।

नागरिकों के विशेष मोह के कारण राम ने रथ को उलटे-सीधे मार्गों से होते हुए श्रृंगवेरपुर की ओर ले जाने का निर्देश दिया।

सारथी चतुर था। उसने कभी अयोध्या के मार्ग की ओर रथ हाँका तो कभी किसी दूसरे पथ की ओर। इस प्रकार सन्ध्या तक रथ तमसा नदी के तट तक आ गया। राम तमसा के तट पर वृक्ष के नीचे सीता सहित सोए। लक्ष्मण तथा गुह ने रखवाली की।

फिर प्रातःकाल ही रथ चला और सन्ध्या तक गंगा तट पर बसे श्रृंगवेरपुर तक रथ आ गया। राम ने शिंशपा (शीशम) के वृक्ष के नीचे रात बिताई और प्रातःकाल ही सुमन्त जी से बोले, "तात अब आप वापस लौट जाइए। मनुष्य सदा ही सुख व दुख से घिरा रहता है। क्योंकि मनुष्य शरीर पाप तथा पुण्य के मेल से उत्पन्न होने के कारण सुख व दुखमय ही है। सुख के भीतर दुख और दुख के भीतर सुख सर्वथा वर्तमान रहता है। ये दोनों ही जल व कीचड़ के समान मिले हुए हैं। इसलिए विद्वान लोग 'सब कुछ माया ही है' इस भावना के कारण इष्ट या अनिष्ट में धैर्य रखकर हर्ष या शोक नहीं मनाते।"

आँसू भरकर सुमन्त रथ पर बैठ गए और मन्थर गति से उन्होंने रथ का मुख मोड़ दिया। तब राम ने गुह से गंगा पार कराने को कहा और गुह ने राम, सीता, लक्ष्मण को नौका में बैठाकर गंगा पार किया।

फिर मार्ग में चलते हुए निषादराज गुह ने कहा, "सखे राम! यमुना तक मेरी राज्य सीमा है। यहाँ से कुछ दूर महान तपस्वी मुनि भरद्वाज वैयाकरण का आश्रम है। गंगा-यमुना के संगम पर प्रयाग (आनन्द भवन के निकट) में रहते हैं। वे गुरु वृहस्पति के भाई उत्थ्य के पुत्र हैं। प्रत्येक मकर में समस्त ऋषिगण कल्पवास करने इन्हीं के आश्रम में ठहरते हैं। इसी से प्रयाग प्रसिद्ध है और एक धाम भी है। इनकी एक कन्या ऋषि विश्रवा मुनि को ब्याही है जिससे रावण के भाई कुबेर जन्मे हैं। दूसरी कन्या ऋषि याज्ञवल्क्य को ब्याही है। याज्ञवल्क्य विद्वान हैं, स्मृति की रचना कर रहे हैं। मुनि भरद्वाज अहल्या के कारण इन्द्र से रुष्ट हैं। आप इन वैयाकरण महात्मा के दर्शनों का लाभ उठाइए।"

"मुनि भरद्वाज का नाम मैंने भी सुना है। वे कुबेर के नाना होने से उसके संरक्षक है। जिस प्रकार रावण अपने नाना एवं मातुलों के कारण विश्वविजयी हुआ, उसी प्रकार मुनि कुबेर भी यक्ष संस्कृति के पोषक भी हैं तथा कुबेर से लंका छिन जाने से रावण के प्रति कटुता भी रखते हैं वहाँ हमारा सत्कार होना स्वाभाविक है। निषादराज जिस प्रकार तुम्हारे राज्य में आर्य, अनार्य, ब्राह्मण सभी हैं किन्तु सम्राट तुम हो जबकि तुम केवट जाति के हो फिर भी तुम्हारा शासन प्रबन्ध सुन्दर होने से लोग तुम्हारी प्रशंसा ही करते हैं।"

"यह तो आपकी मर्यादा ही है राम कि आप बिना किसी भेदभाव के सभी को सम्मान देते हैं। राम इस समय हम वत्स देश में हैं यहाँ खाने को अन्न नहीं मिलेगा अतएव रात्रि बिताने के लिए मैं एक हिरन मारे लाता हूँ जिससे हम क्षुधा शान्त करेंगे।"

12

राम ने एक रात उस वत्स देश में भी बिताई और प्रातःकाल ही फिर पथ पर आगे बढ़े जहाँ कि वनवासी आर्य लकड़ी काटकर अग्नि जला रहे थे। यहाँ से संगम दृष्टिगोचर होने लगा था और राम को गुह ने मुनि भरद्वाज के आश्रम के सम्मुख खड़ा कर दिया था।

राम ने एक बटुक से कहा, "भ्रातर मुनि को सूचना दो राम आए हैं।"

बटुक ने राम के आगमन का समाचार मुनि को दिया तो उन्होंने पुनः पुछवाया, "यह पूछकर आओ कि जमदग्नेय राम आए हैं या दाशरथि राम?"

बटुक ने यही प्रश्न राम से किया तो उन्होंने विहँसकर उत्तर दिया, "दाशरथि वनवासी राम आया है।"

बटुक ने मुनि को दाशरथि राम की सूचना दी तो मुनि ने आश्रमवासियों को राम के स्वागत एवं आतिथ्य का निर्देश दिया और उन्हें आदर के साथ बुलाने की आज्ञा दी।

राम, लक्ष्मण, सीता एवं गुह के प्रवेश के साथ ही भरद्वाज उठ खड़े हुए और कहा, "राम आपके समागम से मेरी तपस्या पूर्ण हुई। मैंने नाना आयुध निर्मित किए हैं, उनमें से कुछ तो अति अधुनातन हैं जिनका प्रयोग आप संकट के समय कर सकते हैं।"

"मुनिगण जिसे आदर दें, वही व्यक्ति संसार में महान है। आप तो तत्त्वदर्शी हैं। मुझे आशीर्वाद देकर कृतार्थ कीजिए।"

"राम, तुम्हारा भगवती सीता तथा भ्राता लक्ष्मण के साथ वनगमन का मनोरथ पूर्ण हो। यही मेरा शुभाशीष है। रावण की सभ्यता ने युद्ध की चेतना को जन्म दिया है। राम, तुम जनता और शासकों को सार्वभौम प्रेम से प्रेरित करना। इस समय सभी राष्ट्र रावण के सम्मुख परतन्त्र से हैं। इन राष्ट्रों को स्वाधीनता का अधिकार तभी प्राप्त होगा जबकि राम अपनी शक्ति से प्रजा के मन में श्रद्धा का पात्र बन जाएगा, तभी वह राम राजाराम नहीं बल्कि एक तापस राम का होगा। रावण ने मानव से दैवी पुकार की भावना को नष्ट कर दिया है। रावण को हराकर उसे फिर से स्थापित करना होगा।"

पुनः कहा, "राम जिस सर्वशक्तिमान परमात्मा ने मुझे आशीष के रूप में शास्त्रों को प्रदान किया है। वे अमोघ अस्त्र तुम्हारे काम आएँ। तुम्हारे सम्मुख जो अग्निपरीक्षा उपस्थित है उसमें परमात्मा तुम्हारी सहायता करे। और तुम एक महान धार्मिक न्याय के लिए वनगमन कर रहे हो, ऐसे नहीं जैसे कि महाराज सगर ने अपने पुत्र असमंजस को वनवास दिया था, बल्कि ऐसे जैसे मान्धाता ने विजय यात्रा की थी। अरण्य का राज्य दक्षिण कोशल की सीमा में ही था, परन्तु अब उसका भाग राक्षसों के हाथ चला गया है। उसका राज्य अर्थात् दंडकारण्य का राज्य तुम्हें दिया गया है, उसमें तुम्हें सफलता प्राप्त हो।

"राम! समाज की उन्नति के क्रम में सबसे बड़ा सोपान यह है कि मानव की अन्तरात्मा में निःस्वार्थता आ जाए तथा प्रेम और नियम एक हो जाएँ तो वही अन्तिम स्थिति मानवता का लक्ष्य मानी गई है। उनमें से तुम हो जिसने कि राज्य से प्राप्त समस्त लाभों का परित्याग कर दिया है, तुम तीनों अपने घर का त्याग कर चुके हो, अपनी वैयक्तिक आकांक्षाओं का बलिदान लोक कल्याण के लिए कर चुके हो तो तुम्हारे भीतर जो प्रकाश है, जो कि सत्य एवं प्रेम की दिव्य ज्योति से आ रहा है उसे अब तुम बुझा नहीं सकोगे। क्योंकि यह दिव्य प्रकाश तुम्हें ऋषि-मुनियों ने अपने ज्ञान से दिया है तो ऐसे व्यक्ति की ओर संसार पीछे मुड़कर देखने को स्वतः विवश

है और वह भविष्य में तुम्हें देखेगा। तुम्हें महापुरुष के रूप में प्रणाम करेगा।''

इसी समय शिष्यों ने भोजन का प्रबन्ध कर दिया। राम, सीता, लक्ष्मण ने सभी कुछ खाया-पीया और सो गए।

प्रातःकाल ही राम, सीता, लक्ष्मण व गुह ने संगम पर स्नान किया तथा मुनि से पूछा, ''अब हम कहाँ पर्णकुटी बनाएँ और किस मार्ग से जाएँ मागर्दशन का कष्ट करें।''

''राम! दक्षिण में राक्षसों की बस्तियाँ हैं। नाग, गरुड़, असुर, ऋक्ष, वानर आदि जातियों के आर्य तथा अनार्य सम्मिलित राज्य भी हैं। कहीं-कहीं राज-तन्त्रात्मक व्यवस्था भी है और कहीं-कहीं गोत्र गण भी हैं। इस प्रकार दक्षिण का यह समस्त भूभाग छोटे-छोटे राज्यों के रूप में समुद्र तट और लंका तक चला गया है। मेरी समझ से अभी यहाँ से तुम भार्गव वाल्मीकि के आश्रम (बाँदा जिला) पर निवास करो। वह तुम्हारे सर्वथा योग्य है। तुम्हे यमुना पार कराकर मेरे शिष्य आश्रम तक छोड़ आएँगे।

''जो आज्ञा तात,'' कहकर राम फिर आगे चल दिए। शिष्यों, लक्ष्मण तथा गुह ने लकड़ियों और पेड़ों की छाल को बाँधकर नाव बनाई। उस पर बेंत बिछाए और नाव पर खोदने का शस्त्र, धनुष-बाण आदि रखकर सभी उस पर बैठे। गुह तथा शिष्यों ने उसे खेया और सीता ने यमुना नदी के बीच धार में यह कहा, ''यदि मेरे पति वनवास व्रत को कुशलतापूर्वक समाप्त करेंगे तो मैं एक हजार गायों और सुरा के घड़ों से यमुने तुम्हारा पूजन करूँगी।''

यमुना पार कर दस योजन चलकर राम भार्गव वाल्मीकि के आश्रम (बाँदा जिला) पर खड़े हो गए। भरद्वाज के शिष्यों ने भार्गव वाल्मीकि जी से निवेदन किया, ''मुनिश्रेष्ठ, दाशरथि राम आपके द्वार पर हैं।''

भार्गव वाल्मीकि तत्काल ही उठे। बाहर आकर राम-सीता-लक्ष्मण को विलोककर बोले, ''राम, तुम्हारे वनवास का तो मुझे ज्ञान था किन्तु मैं यह नहीं समझ पा रहा था कि आप किस ओर से जाएँगे? रघुश्रेष्ठ! आश्रम में आपका स्वागत है।''

राम ने मुनि को सांष्टांग दंडवत् किया और कुशलक्षेम पूछने के उपरान्त बोले, ''अग्निपूजक भृगुवंशी आप तो काव्यकार हैं। आपके कुशी-लव गा-गाकर पूर्व कथाओं को सुनाते हैं जिनका सरल भाषा व शब्दावली में बँधा होने से लोग कुशी-लवों से सुनकर कथाओं को शीघ्र ही स्मरण कर लेते हैं। ऐसे महामुनि के दर्शन कर राम धन्य हुआ।''

''राम कन्दमूल, फल खाकर मेरा आतिथ्य स्वीकार करो। ऋषियों के पास मात्र ज्ञान ही धन है।''

''मेरे पास जो तरुण आर्य शिष्य हैं, वे सब अत्रि पुत्र दत्तात्रेय की संस्कृति के विराधी हैं। कार्तवीर्य अर्जुन के वध के समय माहिष्मती युद्ध में यथेष्ट लोग गए थे जिसमें परशुराम जीता था। अब वह महेन्द्र की ओर चला गया है व देशाटन पर है। उसने क्षत्रिय-सम्राट हर्या[illegible] का भी वध कर दिया है। शूपरिक पोंतपत्तन का स्वामी भी वह एकाकी बना और रावण का सखा होने से उसका शुभचिन्तक भी है।''

''किन्तु आर्यश्रेष्ठ, आपका कुल तो वेद सूक्त रचयिता है। भार्गववंश अग्निपूजक है। वह रावण भी अनार्य सभ्यता को कैसे ग्रहण कर सकता है, परशुराम ने अपने पिता के वध का प्रतिशोध लिया जो एक वीर के लिए नैतिक कार्य के रूप में स्वीकार किया जाएगा। परन्तु हमारे पूर्वजों की सभ्यता की सुरक्षा कौन करेगा जो कि आप ही की देन है। यदि आपके ही वेद गीत रावण नष्ट कर देगा और कृष्ण-यजुर्वेद जैसे नए वेद का विकास कर आपके गीतों

पर पानी फेर देगा तो इस आर्य धर्मध्वजा को कौन सँभालेगा?''

''हिमालय पर अहल्या पति गौतम पहुँच गए हैं। वे भी वेद के मंडलों के रचयिता हैं किन्तु इन्द्र के दुष्कृत्य ने ब्राह्मणों को क्षत्रियों तथा देवजाति के विरुद्ध एक मानसिक संघर्ष के रूप में खड़ा कर दिया। इसी कारण सारी सभ्यता पर रावण चोट करता चला गया क्योंकि उसका किसी ने विरोध नहीं किया। उसके समाजवादी विचारों ने लोगों को आकृष्ट कर लिया। उसके युद्धों को, शस्त्रों को विधाता का सन्देश मानकर दक्षिण ही नहीं वरन् आर्यावर्त तक के लोगों ने स्वीकार कर लिया। यह स्वाभाविक है राम कि नई संस्कृति में अभ्युदय का पहले अभिवादन ही स्वतः मनुष्य करते हैं किन्तु जब कपिल के सांख्य दर्शन को देखते हैं तो फिर इन धर्मों के अनौचित्य का भी ज्ञान हो जाता है। सूक्ष्म और स्थूल के मध्य व्याप्त जगत में जड़ और चेतन से लोगों को हम भला क्या दे सकते हैं अतिरिक्त निराशापूर्ण जीवन के। रावण ने आशाओं का सेतु बाँधा, मनुष्यों को नया मार्ग दिखाया तो मनुष्य जो कि एक सामाजिक प्राणी है और सुखों की ओर दौड़ता है, लंकपति के भौतिक सिद्धान्त का अनुयायी स्वतः होगा ही। मन चंचल है, इस पर नियन्त्रण रखना अत्यन्त कठिन है तो युवावर्ग भौतिक सुख-साधनों में लिप्त होने के लिए उसी ओर जाएगा जहाँ कि कष्टमय जीवन न हो फिर वह सभ्यता कोई भी हो, वह उसे अंगीकार किए बिना नहीं रहेगा।''

''इस क्षणिक जीवन के लिए हम क्या त्याग के मार्ग से मानव जीवन में शान्ति का प्रादुर्भाव नहीं कर सकते? क्या शान्ति मात्र इसी धर्म में है, अन्य में नहीं? एक राम जो कि सम्राट था, समस्त वैभव छोड़कर मात्र अपनी संस्कृति के लिए दक्षिणपथ पर है, क्या उसके निर्वसन से, उसके उद्देश्य से युवकों में जागृति नहीं होगी? क्या उनकी रगों में आर्यरक्त को ऊर्जा प्राप्त नहीं होगी?''

''होगी राम! तुम्हें आर्य तरुणों के साथ-साथ अनार्य तरुणों को भी अपनी सभ्यता के प्रचार व प्रसार में बिना फल की चिन्ता किए हुए संलग्न करना होगा, तभी तुम्हारा व्रत पूर्ण होगा। जैसे कि परशुराम ने सभी ब्राह्मण युवकों तथा वैश्य एवं नागजाति तक के तरुणों को अपनी ओर किया और क्षत्रियों को पराजित किया। किसी तरुण शक्ति को तुम्हें भी संगठित करना होगा, आर्य-अनार्य सभी को। तभी तुम अपने स्वनिर्मित आदर्शों से रक्ष सभ्यता को नष्ट कर सकोगे। राम! आवश्यकता पड़ने पर कभी-कभी ऐसा भी करना पड़ता है कि दूसरे की सभ्यता व संस्कृति को कुछ अंश तक स्वीकार भी करना पड़ता है जिससे धार्मिक विद्रोह न हो।''

''ठीक है तात! राम ऐसा ही करेगा और उसका केन्द्र वर्तमान में चित्रकूट ही होगा। प्रातःकाल ही आप मेरे ठहरने के लिए उपयुक्त स्थान बता दें। अब विश्राम करते हैं।''

ब्रह्ममुहूर्त में ही राम-सीता-लक्ष्मण व गुह सभी ने जागकर नित्य नियम किया और मुनि वाल्मीकि से अपनी कुटिया के बारे में पूछा।

मुनि ने उत्तर दिया, ''राम! चलो मैं तुम्हें मन्दाकिनी नदी और पर्वत के बीच का स्थान दिखाता हूँ, जहाँ तुम आनन्दपूर्वक रह सकोगे।''

राम मुनि के साथ उस स्थान पर दो दिन में पहुँच गए और वहाँ उनके लिए कुशी-लवों तथा गुह व भरद्वाज के शिष्यों ने दो पर्णशालाएँ बनाईं जिनमें एक बड़ी थी और उनके द्वार पूर्व-पश्चिम तथा उत्तर-दक्षिण क्रमशः रखे गए।

राम ने कुछ दिन बाद गुह से कहा, ''सखा, अब तुम जाओ। तुम्हारा राज्य है एवं सम्राट को प्रजापालक कहा गया है। तुम्हारी प्रजा इस समय मात्र मन्त्रियों के निर्देशों, आज्ञाओं का

पालन कर रही होगी और बिना भूप के मन्त्रियों की आज्ञाएँ किस प्रकार की होंगी इसकी कल्पना नहीं की जा सकती। तुमने मेरे लिए यथेष्ट कष्ट सहा जिसके लिए मैं तुम्हें अगाध-स्नेह के अतिरिक्त और क्या दे सकता हूँ!''

गुह ने अनुनय-विनय के साथ कहा, ''तात, मैं मित्र हूँ। संकट के समय सखा ही सर्वहितैषी होता है, इसलिए दंडकारण्य तक मुझे भी ले चलो। जब आप राज-पाट त्याग आए हैं तो मुझे क्यों राज भोगने की शिक्षा दे रहे हैं। मैं भी तो उसी धर्म का अनुयायी हूँ जिसके आप। यदि निज धर्म के लिए मैं भी काम आऊँगा तो अपने को धन्य समझूँगा।''

''नहीं! यह कार्य तो मेरा है, आप जाइए गुहराज! सखा होने से मेरा आपसे निवेदन है। क्या अपने मित्र का निवेदन भी तुम ठुकरा दोगे?''

''नहीं! नहीं! यह आप क्या कह रहे हैं? गुह और आपकी बात टाल दे, यह नहीं हो सकता। मैं चला जाऊँगा सखे! किन्तु फिर अनुरोध करता हूँ कि यदि संकट पड़े तो अपने सखा को अवश्य स्मरण करें।''

इतना कहते ही राम ने भाव-विह्वल गुह को वक्ष से लगाया और गुहराज नतग्रीव वापस लौट चले...।

फिर राम ने भरद्वाज के शिष्यों से निवेदन किया, ''आप भी अब जाइए। मुझे तो अपना कर्तव्य पालन करना है।''

''नहीं, मुनि की आज्ञा है कि हम भी आर्य संगठन में आपका सहयोग करें। दक्षिण में जाति एवं वर्णव्यवस्था बिखरी पड़ती है। किरात कुल का स्वामी कार्तिकेय भी रावण का मित्र है। भले ही वह उत्तर का इन्द्र कहलाता है, तब भी किरात, गन्धर्व जाति उसी के निर्देश पर चलती है। इस समय घृणित दासप्रथा का भी हमें अन्त करना होगा, सामन्ती युग में भी लोकतान्त्रिक अधिकारों के लिए मानव को चैतन्य करना होगा और अन्तर्भुक्ति के प्रयास किए बिना एक सशक्त संगठन नहीं बनाया जा सकता। इस कारण मुनि भरद्वाज ने हम युवकों को जो प्रशिक्षण दिया है, हम उसे आपके मार्गदर्शन में और बृहत्तर रूप देंगे। दंडकारण्य में भार्गवों ने जब से आपके कुल के राजा 'दंड' का वध किया है, तब से अब तक इस ओर किसी का ध्यान आकर्षित ही नहीं हुआ अन्यथा दक्षिण की व्यवस्था को सुधारने का प्रयास बहुत पहले होना चाहिए था।''

''ठीक है, जब आप तरुणों की ऐसी इच्छा है तो आप लोग रह सकते हैं।''

फिर भार्गव वाल्मीकि स्वयं बोले, ''राम, यह चित्रकूट तुम्हारे लिए उत्तर व दक्षिण का केंद्र बिन्दु है। यहाँ विन्ध्य पर्वत श्रेणी है जिसे पार कर महात्मा अगस्त्य गोदावरी के आगे आश्रम बनाकर रह रहे हैं। उनका विज्ञान सर्वश्रेष्ठ है। वे ब्रह्मास्त्र के निर्माण की विधि व उसे चलाना भी जानते हैं। दंडक वन यमुना नदी के दक्षिण से प्रारम्भ होता है और गोदावरी के पार तक फैला हुआ है। अब मैं वापस जाता हूँ।''

''अच्छी बात है तात! मैं यही अनुरोध करने जा रहा था कि आपने मेरे मुँह की बात छीन ली। प्रणाम तात! यदि आवश्यकता हुई तो आपसे हम सम्पर्क स्थापित करेंगे।''

मुनि वाल्मीकि कुशी-लवों के साथ वापस अपने आश्रम (बाँदा जिला) की ओर चल पड़े।

13

वैयाकरण एवं वेद सूक्त रचयिता भरद्वाज के पाँच शिष्य राम के साथ थे। राम ने इन युवा

आर्यों के माध्यम से ही अपना कर्तव्य पालन आरम्भ किया। युवा संगठन के बिना राम का राजनीतिक उद्देश्य पूर्ण करना असम्भव था। दक्षिण द्रविड़ों को रक्ष विरोधी बनाना राम के लिए टेढ़ी खीर थी। दक्षिण का पुरोहित वर्ग ही शासक था जो बिना किसी भेदभाव के अपने एकमात्र द्रविड़ देव शंकर का भक्त था। राम के कन्धों पर जो भार था, वह एक असाध्य को साध्य करने जैसा था। प्राचीन रूढ़िगत परम्पराओं के बीच से राम को अपना मार्ग स्वयं प्रशस्त करना था। रावण का यह अप्रकट विरोध था जिसमें टकराहट की स्थिति अधिक थी। कुछ ऋषि रावण के पक्षधर हैं तो कुछ विरोधी भी हैं। कोई-न-कोई कहीं-न-कहीं रावण का सम्बन्धी व नातेदार भी है। नीलमणि लानेवाले श्रमिक बताते हैं कि 'नीलगिरि' पर्वत पर सूपणखा का सम्मान ही नहीं किया जाता है प्रत्युत वहाँ उसकी अर्चना भी की जाती है। और 'नीलगिरि' की प्रजा रावण धर्म को ही मानती है। जब इतनी दूर तक रावण धर्म का डंका पिट रहा है तो राम एकाकी कितना अपने जीवन में कर पाएँगे जबकि उनके अनुयायी ही न हों तो राम को पहला काम तो अनुयायी बनाने का करना होगा, तभी वे बारह वर्ष में कुछ लोग राजकुमार राम से मिलने आए थे जो यह कह रहे थे, "राम जब कभी द्रविड़ों का कोई व्यक्ति इधर आता है तो वह रावण की ही प्रशंसा करता है और उसी के श्लोक, सूक्त, कंठस्थ करने का निर्देश देता है तो जो कट्टर आर्य हैं वे उनकी बात नहीं सुनते और पलायनवादी से भाग खड़े होते हैं। जबकि उन्हें अपने विचारों व उनके विचारों का खंडन-मंडन करना चाहिए, शास्त्रार्थ करना चाहिए, परन्तु प्रजा मात्र भय-विह्वल होकर भाग खड़ी होती है जबकि अनार्य लोग अनावश्यक रूप से युद्ध भी नहीं करते। किन्तु आन्तरिक भय के कारण तथा रावण की वीरता के कारण व्यक्ति व व्यक्तियों का समूह ऋषियों की भाँति भाग खड़ा होता है, और दक्षिण में ही अगस्त्य अचल होकर बैठे हैं। जब भार्गव दक्षिण पथ की ओर गए तो विन्ध्य तथा शैबाल के बीच राजा 'दंड' द्वारा बसाए गए मधुमन्त नामक नगर को ध्वंस कर दिया और दंड के कामी होने से उसका वध कर दिया। अब परशुराम गए हैं, जिन्होंने दक्षिण में आर्य संस्कृति को चेर देश (केरल और कोंकण) जिनकी अभी तक खोज भी नहीं हुई थी, जो समुद्र तट पर खोजा और इसी कारण भार्गव परशुराम को चेर देश की भूमि को समुद्र से निकाले जानेवाला कहा गया। जब कि यह चेरदेश (केरल) खोज करके आर्य सभ्यता को वहाँ तक पहुँचाने का काम परशुराम ने कर दिया है। भार्गव अग्निपूजक होने से निरन्तर ऐसे ही अनुसन्धानों में रत रहे हैं। इन्होंने रत्नाकर (अरब सागर) को पार कर ओर्बगिरि (अरब गणराज्य) तक अपनी सभ्यता को फैलाया ही नहीं अपितु ओर्ब भार्गव के नाम पर ओर्ब शिखर (अरब राज्य) में अपना नगर ही बसा लिया है। ये ऋषि इसी प्रकार निरन्तर भ्रमण करते रहते हैं परन्तु कैलास धाम पहुँचने पर सभी शिव भक्त हो जाते हैं। वहाँ से नए चामत्कारिक आविष्कारों का ज्ञान प्राप्त कर पुनः द्वीप में परा सभ्यता का प्रचार करते हैं। राम को भी ऐसे ही महात्मा बनकर अपने पिता की भाँति किंकर्तव्यविमूढ़ न होकर भरत जैसे संन्यासी को राज्य और आप जैसे योग्य राजकुमार को वनवास देकर अपनी ख्याति को धूमिल किया है उसे उनका पुत्र मिटाएगा।"

प्रजाजन चले गए। राम क्या कहें? राम का निर्वासन किसलिए है? यह तो मात्र राम और माता कैकेयी ही जानती हैं या फिर इन्द्र और ऋषिगण। राम को पहले वाक्शक्ति से कार्य लेना होगा तभी वह अपना वचन पूरा करने में समर्थ होगा।

राम को दो दिन हो गए थे और अभी भोजन का कोई प्रबन्ध नहीं था। लक्ष्मण ने अपनी हीरक मुद्रिका का विक्रय कर कुल्हाड़ा और शस्त्रागार के लिए कुछ आवश्यक सामग्री क्रय कर

ली थी जो कि काकासुर (राक्षस) के यहाँ से आई थी। लक्ष्मण को काकासुर के बारे में ग्रामीणों ने अवगत कराया था कि वह स्वेच्छाचारी है तथा दासप्रथा का पोषक है, रक्ष धर्म को मानता है, वह चित्रकूट का एकमात्र स्वामी है जिससे सभी भयभीत रहते हैं। काकासुर प्राणवान है, वह युद्ध के लिए सन्नद्ध हो जाता है। उसके अधीन चित्रकूट के आर्य, अनार्य, ऋक्ष, वानर सभी जातियाँ हैं। उसके पास अतुलित धन है और सामन्ती प्रथा में दास व भोग को अपने साथ रखता है। रावण इस प्राणवान को अपनी यात्रा में विदेश से लाया था। यह बलवान था, इसलिए रावण के प्रलोभन में आकर धन से क्रय कर उसे चित्रकूट के सैनिक सन्निवेश का अधिष्ठाता बना दिया गया है। लक्ष्मण ने यह समाचार राम को ग्राम से लौटने पर दिया था। लक्ष्मण कुछ युवकों को भी बुला आए थे।

राम के पास तो कुछ भी नहीं है साधन जुटाने के लिए। सीता के पास अवश्य चूड़ामणि हैं किन्तु वह सीता की अपनी सम्पत्ति है। राम का उस पर कोई अधिकार नहीं। आज प्रातःकाल जब हमने मन्दाकिनी में अवगाहन किया था तो सीता चूड़ामणि में मेरे प्रतिबिम्ब को देखकर हर्षित हो रही थीं। वे बार-बार चूड़ामणि को मेरी ओर करके उसमें प्रतिबिम्बित राम-छाया को विलोककर उस पर आँखें गड़ा देती थीं। तभी मैंने पूछा था, ''सीते! यह कौतुक विधाता का कौतुक है। तुम जिस राम के कारण वन आई हो, वह राम तुम्हारा भरण-पोषण करने में भी असमर्थ है। इन कष्टों को देखकर क्या तुम्हें राज वैभवों का स्मरण नहीं होता।''

''नहीं होता आर्य। जहाँ आप है वहाँ क्षुधा और प्यास का मुझे भान ही नहीं होता। बस आपकी प्रसन्नता से ही मैं प्रसन्न रहती हूँ। इस पवित्र मन्दाकिनी का जल ही मेरे लिए पर्याप्त भोज्य पदार्थ है। मेरी परीक्षा ही लेनी है आर्य तो लेते रहो। मैं तो आपकी सेवा के अतिरिक्त कुछ भी नहीं चाहती। मेरी एकनिष्ठा ही मेरी शक्ति है।''

''किन्तु वन में तुम्हारी एकनिष्ठा हिंस्र पशुओं तथा हिंसक प्रवृत्तिवाले पुरुषों से कैसे बचेगी?''

''मैं भी शस्त्र सन्धान जानती हूँ। मैं अपनी रक्षा स्वयं कर लूँगी। यह खड्ग और धनुष-बाण कोई पुरुषों के ही तो आभूषण नहीं हैं। नारियों के भी हैं। आपकी माता कैकेयी वीरांगना होकर वीरांगना है तो उस कुल की कुलवधू क्या वीरांगना नहीं हो सकती।''

राम विहँसे फिर कहा, ''कदाचित् अकेली कैकेयी बिना सैनिक शक्ति के वीरांगना नहीं हो सकती।''

''और मैं आपके बल पर वीरांगना हूँ। मैं भी नारियों का उत्थान करूँगी, उन्हें सुसभ्य ही नहीं बनाऊँगी बल्कि धर्म की शिक्षा के साथ युद्ध की भी शिक्षा दूँगी।''

''ठीक है। चलो चलें। सौमित्र आ गए होंगे।''

तब हम कुटिया पर आ गए थे। लक्ष्मण कहीं से एक काले मृग का शिकार कर ले आए थे जिसे अँगीठियों में सेंका जा रहा था, उसकी शल्यक्रिया बटुक कर चुके थे। उसके टुकड़ों के जलने की गन्ध भी आ रही थी।

जैसे ही हम पहुँचे वैसे ही सौमित्र हँसकर बोला था, ''भाभी, आज के लिए तो यह हिरण हम सभी के लिए यथेष्ट होगा। शीघ्र भोजन करो, कुछ तरुण व तरुणियाँ यहाँ आएँगे।''

हम सभी ने यथाशीघ्र पातों पर खंड रख लिये थे कि इसी समय एक पशु वानर झपटकर सीता का भाग उठा ले गया और पेड़ पर चढ़कर अपने लाल मुख से दाँत निकालकर उस खंड को पकड़कर खाने लगा था। लक्ष्मण उसे मारने के लिए उद्यत हो गए थे तो सीता ही बोली थी, ''देवर! ये पशु हैं, वह भी भूखा होगा। ये भी विधाता की सृष्टि के अंग हैं, इनमें विवेक

नहीं होता, इनका वध करने के स्थान पर चित्रकूट पर काकासुर की हिंस्र प्रवृत्ति का वध करोगे तो अच्छा होगा।''

फिर सीता को एक बटुक ने दूसरा अच्छा भुना हुआ खंड परोस दिया। सभी ने एक साथ भोजन किया।

मध्याह्न में ही कुछ लोग आश्रम के समीप के पर्वत पर चढ़ते दिखाई दिए। उन्हें इस पर्वत पर चढ़ने में कोई कठिनाई नहीं हो रही थी। वे ऐसे पहाड़ों पर चढ़ने-उतरने में अभ्यस्त प्रतीत हो रहे थे।

सभी तरुण-तरुणियों ने आकर राजकुमार राम का अभिवादन किया। मैंने उन्हें बैठने का संकेत दिया और सभी बड़ी शान्ति के साथ बैठ गए।

राम बोले, ''हम इस समय एक द्विपथ पर खड़े हैं, जहाँ एक ओर 'आर्य धर्म' जिसके कि हम निर्माता हैं, संरक्षक हैं, वह है और दूसरी ओर 'रक्ष धर्म' जिसका निर्माता एक विदेशी है जिसकी सत्ता में युद्ध की भयंकरता है और जिसने व्यक्तियों को अर्थ से क्रय कर लिया है। समूची मानवता उसकी यन्त्रणा से पीड़ित है और जिसने दासता को प्रोत्साहन दिया है, उसकी उस सभ्यता को हम क्यों ओढ़ें? हमारे जीवन का उद्देश्य अपने ही धर्म से अपनी ही संस्कृति से समाज की उन्नति कर दासता की शृंखलाओं को तोड़ देना है। रावण के साम्यवादी, समाजवादी विचार से सम्राट, जिसे कि आप प्रभु मानते हैं, उसका वंशानुगत अधिकार रावण ने समाप्त कर स्वयं छत्र को धारण कर नए सिद्धान्तों की अवधारणा की है। उन्हें हम आर्य वंशजों को मिटाना होगा। आप अपनी वर्णव्यवस्था को रावण की वर्णव्यवस्था के कारण तोड़ रहे हैं। जबकि वर्गव्यवस्था में उन्हीं का बोलबाला रहता है जो कि सम्राट के अधिक निकट रहते हैं। मैं अन्त्यजों का पक्षधर हूँ। किन्तु यदि वे अभिमानी और दम्भी होकर सिर पर चढ़ने का प्रयास करेंगे तो फिर दूसरे वर्णों के भी मन की भावना को ठेस पहुँचती ही है, इस कारण समन्वय के सिद्धान्त पर हमें चलना चाहिए।''

''प्रकृति ने अनेक जातियाँ बनाई हैं, जिनकी भाषाएँ, धर्म और सामाजिक परम्पराएँ भिन्न हैं और उसने मनुष्य को यह कार्य सौंपा है कि वह मानव जगत में रुग्ण व्यवस्था के स्थान पर जीवन का एक ऐसा मार्ग खोज निकाले जिससे विभिन्न समूह आपसी मतभेदों को भुलाकर शान्तिपूर्वक रह सकें। विधाता ने यह ब्रह्मांड, राष्ट्रों में विभाजित कर युद्ध क्षेत्र के लिए नहीं सृजा है अपितु इसलिए रचा है कि हम एक समृद्धि का जीवन परस्पर सहयोग के प्रयत्न पर जी सकें।''

''हम शतघ्नियों, भुशुंडियों, युद्धपोतों और विमानों से शत्रु पर विजय तो प्राप्त कर सकते हैं किन्तु क्या इससे हमें स्थायी शान्ति प्राप्त होगी? कदापि नहीं। शान्ति तो अपनी आत्मा पर पूर्ण अधिकार प्राप्त होने से ही प्राप्त की जा सकती है। हमारे धर्म में यह व्यवस्था है कि विश्वामित्र क्षत्रिय होकर भी ऋषि हैं, ब्राह्मण हैं। सीरध्वज जनक भी एक उदाहरण हैं। हमारी संस्कृति में दूसरी सभ्यता को अन्तर्भुक्त करने की सामर्थ्य है। तो हम क्यों न सभी अगजग होकर आज यह संकल्प करें कि हम सभी तरुण नर-नारी अपनी सभ्यता को ही अमर रखेंगे क्योंकि यह किसी की धरोहर है जिसे नष्ट नहीं किया जा सकता है। हमारी एक शिथिलता भी है कि हमारे ऋषिगण जिन अनुसन्धानों को कर रहे हैं उसका द्वार उन्होंने सभी के लिए उन्मुक्त नहीं किया है, जिसके कारण उनका विज्ञान उन्हीं की वेधशालाओं तक सीमित हैं कि राम को जिस विषय व भौतिक वस्तु का ज्ञान है वह सभी को वितरित करेगा। हम अन्न बटोरनेवालों

की श्रेणी में आते हैं जबकि हमें अन्न उत्पन्न करने का भागीदार होना चाहिए। जिस प्रकार विदेशी शक्ति रावण कृषि तथा वाणिज्य व विज्ञान के क्षेत्र में उन्नति कर अपनी राजधानी को स्वर्ण से भर रहा है, उसी प्रकार हमें भी ऐसी बात का अनुकरण कर अपनी प्रगति स्वयं करनी चाहिए। यह हो सकता है कि लंका समुन्नत राष्ट्र होने से वहाँ उन्नति के अवसर व प्रतिभाओं को उभारने के अवसर अधिक प्राप्त हों किन्तु क्या रावण के पूर्व कुबेर के शासनकाल में यह विशेषता लंका राज्य की थी। नहीं थी, तो यह द्वार किसने खोला, मात्र लंकेश ने। तो वही मार्ग यदि राम आपको अपनाने को कहेगा तो क्या नहीं होगा, सब कुछ होगा। रावण महान संगठन की शक्ति पर बना है, उसने स्वयं तपकर भौतिक साधन उपलब्ध किए हैं तो हमें क्यों ईर्ष्या हो? ईर्ष्या है तो मात्र उसकी सभ्यता से। हम उस सभ्यता को कतई ग्रहण नहीं करेंगे जिसमें कि सामाजिक स्वतन्त्रता कम और दासता अधिक हो तथा ऋषियों द्वारा रचित सूक्तों का विरोध हो।

''हमारे धर्म की विशेषता है कि सदाचरण और इन्हीं आचरणों से हम शूद्र के घर में जन्म लेकर भी उच्चतम पद तक पहुँच सकते हैं। हमारा लक्ष्य है प्रेम, श्रद्धा और विश्वास। हमारी भावना है भ्रातृत्व और मैत्री की, विद्वेष की नहीं। यदि रावण आदिवासियों से प्रेम करता है तो राम आपको विश्वास ही नहीं देता बल्कि प्रण करता है कि वह अन्त्यजों का उच्छिष्ट भोजन भी करेगा किन्तु अपने धर्म के आदर्श की नौका को नहीं डूबने देगा और न ही धर्म परिवर्तन को पल्लवित होने देगा। रावण का धर्म आर्यावर्त के लिए एक आव्रजक धर्म है जबकि हमारा धर्म सांस्कृतिक और आध्यात्मिक बन्धन में कहीं अधिक चिरस्थायी है।

''तो आओ कल का सूर्य आपका सूर्य होगा जिसमें जंगल काटकर कृषीकरण का साधन जुटाया जाएगा और रचनात्मक कार्यों से राष्ट्र का पुनरुत्थान किया जाएगा। यह हमारा भले ही जटिलतम मार्ग होगा किन्तु हम समवेत स्वर से संघर्ष करते हुए अस्त्र, शस्त्र और कृषि दोनों से रावण के उपनिवेशों को समाप्त करें और यह प्रण करें कि जब तक भारतभूमि से विदेशी सत्ताधारी की शक्ति समाप्त नहीं हो जाएगी तब तक भारत की एकता, अखंडता व इसकी सम्प्रभुता के लिए रावण द्वारा भेजे गए घुसपैठियों व उसके सैनिक उपनिवेशों का उन्मूलन नहीं कर देंगे, तब तक चैन से नहीं बैठेंगे और हमारा यह प्रचार होगा कि प्रजा विदेशी शक्ति से घृणा करे ताकि जिनके हृदय में रावण के प्रति श्रद्धा है वे उसे भूल जाएँ।

''और जब आप यह स्वीकार कर लेंगे तो अपने स्वामी आप स्वयं हैं, व अपने भविष्य का निर्माण हम स्वयं कर सकते हैं तब हमें उल्लास ही नहीं होगा बल्कि हमें अपने आप पर गर्व होगा और इस युवा आक्रोश, इस युवा संगठन से भारत का नवनिर्माण होगा।''

एक ने पूछा, ''राम! हमारी संस्कृति में अश्वमेध यज्ञ है जिसमें आर्य सम्राट या आर्य नगर तो छोड़ दिए जाते हैं और अनार्य, द्रविड़ों के राज्य लूट लिये जाते हैं। इन यज्ञों को विजय यात्रा नहीं बल्कि अनार्यों की लूटयात्रा सम्राट दशानन कहता है और अश्वमेध यज्ञ में होनेवाले पशुवध का वह विरोधी भी है। इसी कारण दक्षिण में द्रविड़ों में रावण पूजनीय है क्योंकि आपके पूर्व वंशजों के अत्याचार की कहानी दक्षिण के नगर, पुर, ग्राम सभी में गूँज रही है इसी कारण लोग आर्य धर्म के विपक्षी हो गए। कुछेक ने इन्द्र द्वारा अहल्या के शीलभंग के कारण भी आर्यमत से भिन्न 'रक्ष' मत स्वीकार कर लिया।''

राम हतप्रभ हो गए। राम को ऐसे प्रश्न की आशा नहीं थी। फिर भी प्रत्युत्पन्नमति राम ने विवेक से तत्काल उत्तर दिया, ''भद्र तरुण, हम रूढ़िवादी नहीं हैं। यदि समाज ऐसे यज्ञों

को प्रश्रय नहीं देगा तो वे स्वतः बन्द हो जाएँगे। आवश्यकता नियम परिवर्तन, संशोधन, निगर्सन की जननी है। राम सामाजिक, राजनीतिक एवं धार्मिक अनिवार्यता को देखकर आप जैसे मेधावी तरुणों से विचार-विमर्श कर नए परिवेश को जन्म देगा। नारी की अस्मिता के लिए तरुणियाँ सीता के सहयोग से संघर्ष करें और हमारा दायित्व है कि हम नारियों के सतीत्व की रक्षा के लिए किसी भी संस्कृति की परवाह किए बिना ऐसे आततायी का वध कर दें अथवा उसके हृदय परिवर्तन के लिए ऐसा वातावरण तैयार करें।''

''ठीक है भद्र राम! यदि ऐसा आपका विचार है तो इस नई व्यवस्था के लिए हम सभी युवक-युवतियाँ प्रातःकाल ही आ जाएँगे। हम काकासुर से अब भयभीत नहीं होंगे।''

सभी तरुण-तरुणियाँ चले गए तो लक्ष्मण ने धैर्य के साथ पूछा, ''तात! काकासुर का वध कर दिया जाए तो ठीक रहेगा। वही चित्रकूट में धाक जमाए हुए है।''

''अभी नहीं। अभी तो इस संगठनात्मक कार्य में समस्त जातियों का एकीकरण कर उन्हें आर्यव्रत की दीक्षा देनी है, उसके बाद हम काकासुर को मारेंगे।''

भरद्वाज का एक बटुक बोला, ''काकासुर गिरि गुफा में रहता है। उसमें अन्धकार है, और गुफा से निरन्तर जल प्रवाहित होता रहता है। उसके भीतर वह राक्षस पड़ा रहता है। दास व दासियाँ उसकी सेवा करती रहती हैं। उसके पास अटूट धन है, वह खड्ग से ही युद्ध करना जानता है। वह यहाँ से जनस्थान तक सूचना भेजता है और जनस्थान से दशानन की बहन सूर्पणखा नागजाति तक सन्देश भेजती है। इस प्रकार भारत की समूची राजनीतिक स्थिति का ज्ञान रावण को रहता है।

''यही नहीं, उसके असुर अनुयायी इन्द्रधाम तक व उससे भी आगे और चारों ओर फैले हुए हैं जो कि रावण तक विश्व की पूरी बात पहुँचा देते हैं। कैलास पर्वत पर उसके गुप्तचर नहीं हैं क्योंकि वहाँ की शिवभक्त नन्दी जाति और किन्नर व गन्धर्व जाति विज्ञान की धनी है और हिमालय से ही उनके यान अन्तरिक्ष तक के लिए उड़ान भरते हैं। तंगण (तिब्बत) देश के लोग व तंगण के उस पार के लोग कन्दराओं, गुफाओं में योजनों तक चले जाते हैं और उनमें रुद्र द्वारा बताई गई लिपि व भाषा में स्वयं ही अनुसन्धान करते रहते हैं। हिमालय में कैलास धाम इनका केन्द्र है। शिव को सौरमंडल का जितना ज्ञान है उतना किसी को नहीं। भले ही वे द्राविड़ देवता कहलाते हैं परन्तु अन्तर्ध्यान से लेकर सभी कलाओं में वे निपुण हैं। उनकी संस्कृति शैव है फिर भी वे देवराज इन्द्र, वरुण, यम आदि की रक्षा करते रहते हैं। इस समय विश्व की महानशक्ति शंकर ही है जिसे आज का समाज चमत्कारों के कारण भगवान मानता है और रावण भी रुद्र को ईश्वरीय शक्ति के रूप में स्वीकार करता है व उन्हीं की पूजा करता है। ऐसा मुनि भरद्वाज ने हमें एक बार बताया था।

''द्राविड़ शक्ति के स्वामी को ईश्वरत्व से सम्बोधित किया जाना कोई आश्चर्य की बात नहीं है क्योंकि आदित्य (सूर्य) भी बहुत बड़े विज्ञानी हैं। उन्होंने भी अनेक विजय यात्राएँ की हैं और अपनी सभ्यता, संस्कृति को सभी को प्रदान किया है। लोग उनकी भी उपासना करते हैं तथा सम्राट को ईश्वरत्व की संज्ञा दी भी गई है। उसमें यदि अर्चना के मन्त्र प्रार्थना के रूप में ऋषियों, मुनियों ने गा दिए तो हमें तो दक्षिण तक की यात्रा तक सभी को शीश झुकाकर अपना व्रत पूर्ण करना होगा। हमारी आलोचना का, द्वेष का विस्मय मात्र एक सभ्यता है, अन्य नहीं। उसमें भी यह विशेषता होगी कि हम भी उसी प्रकार यात्रा कर रहे हैं जिस प्रकार लंकेश्वर ने की। अन्तर इतना है कि दशानन साम्राज्यवादी हिंसात्मक नीतियों पर चले, उनके युद्धों से

उन्हें लोगों ने रक्तपिपासु की ही संज्ञा दे दी। इसका आशय यह हुआ कि भीषण संग्रामों से समूचा समाज अब ऊब गया और अब शान्ति चाहता है इसीलिए हम शान्ति के प्रतीक बनकर अहिंसात्मक संघर्ष से मानव मनों पर विजय पाने का प्रयास कर रहे हैं।''

''ठीक है राम भद्र! तुम्हारी भी बुद्धि विलक्षण प्रतीत होती है। यदि समय अनुसार सोच-विचार कर आगे बढ़ते गए तो अवश्य ही कुछ कर दिखाएँगे।''

''तो अब विश्राम करें बटुक बन्धुओ! प्रातःकाल हमारे जीवन के लिए एक उत्साहवर्धक और सफलता की पहली सीढ़ी का प्रतीक होगा।''

सब इसी के साथ अपने-अपने स्थानों पर विश्राम के लिए पहुँच गए।

14

प्रातःकाल होते ही युवक-युवतियों के साथ-साथ कुछ अन्य कृषक भी आ गए थे। राम-लक्ष्मण-सीता तीनों ही हाथ में कृषि क्रान्ति मसाल लेकर आगे-आगे चले, लक्ष्मण ने कुछ कुल्हाड़ियाँ व कुदाल आदि युवकों के बीच वितरित कर दिए। और मन्दाकिनी के तट के किनारे वन की झाड़ियों में आग लगा दी। लक्ष्मण स्वयं वृक्ष काटने लगे। इन राजकुमारों के कृत्य को देखकर लोगों में एक नई चेतना आई। कोई किसी से कुछ नहीं बोला और सब स्वतः कार्य में जुट गए। ठकाठक की ध्वनि सुनाई पड़ रही थी। सीता कटे हुए वृक्षों व ठूँठों को कुदाल से खोद रही थीं और उनका अनुकरण अन्य महिलाएँ भी करती जा रही थीं।

दिनभर में यथेष्ट भूमि तैयार कर ली गई थी। यद्यपि दिनभर के भूखे लोगों ने मात्र मन्दाकिनी का मीठा पानी ही ग्रहण किया था। फिर भी वे आज प्रमुदित थे कि काकासुर की दासता ने उन्हें निखट्टू बना दिया था। वे आर्यों के मुख्य कर्म कृषि व पशुपालन को भूल से गए थे। आज राम ने पृथु के समान फिर से धरती का ऋण उतार दिया था स्वयं का प्रस्वेद बहाकर। उनके पग में काँटा भी चुभ गया था और रक्त बह निकला था किन्तु राम इस पीड़ा को दबा गए थे। आज उनका मन हर्षित हो रहा था कि युवा शक्ति रचनात्मक कार्य में जुट गई है।

सन्ध्या समय सभी लोगों ने कृषि औजार राम के आगार में वापस किए तो एक कृषक जिसके तन पर मात्र लँगोटी थी और पेट व पीठ दोनों मिलकर एक हो गए थे, बड़ी दीनता के साथ बोला, ''भद्र राजकुमार! मेरे पास दो कृशकाय से वृषभ हैं और लकड़ी का हल भी है। कल से ही क्षेत्र जुताई का कार्य प्रारम्भ कर दिया जाए।''

''तात! अभी तो यह बंजर धरती है। बिना पानी के हल नहीं चलेगा।''

''जिस तरुणाई ने जंगल में आग लगाकर मैदान किया है वही तरुण दल क्या घड़ों से पानी नहीं दे सकता?''

''इतने बड़े क्षेत्र को पानी बिना कुल्या (नहर का द्वार) के देना असम्भव है। वैसे प्रकृति चाहे तो सब कुछ हो सकता है।''

एक बटुक बोला, ''भद्र राम, कृषक का प्रस्ताव अनुमोदन योग्य है। कुछ ही दिवस में आर्द्रा नक्षत्र लगनेवाली है। उस समय हम इस क्षेत्र में बीज-वपन करेंगे तब तक जितना भी क्षेत्र हम परिश्रम से तैयार कर सकें उतना तो कर लें।''

''मुझे अभी इन्हें युद्ध का भी तो प्रशिक्षण देना है। अपनी आत्मरक्षा तथा पुर, ग्राम रक्षा

के लिए भी तो इन्हें तैयार करना है ताकि लुटेरे और दास बनानेवाले द्राविड़ इन्हें दबा न सकें।''

''वह भी हो जाएगा भद्र राम! हम पाँचों बटुकों में से कोई मल्लयुद्ध में, कोई तन्त्र युद्ध में, कोई धनुष युद्ध में प्रवीण है। महिलाओं को भाभी सीता प्रशिक्षण देंगी और हम पुरुषों को देंगे।''

''तो ठीक है। इन तरुणों को कहो, कल हल चलेगा। क्षेत्र में पानी घड़ों से दिया जाएगा।''

कुछ तरुण व तरुणियाँ चली गईं, कुछ ने कहा, ''राम भद्र! यदि तुम्हारी आज्ञा हो तो हममें से कुछ आश्रम में निवास करें।''

राम ने गद्‌गद होकर कहा, ''मैं तो यही चाहता हूँ कि आप लोग यहीं रहें व अपने जीवन के लिए कर्म से जीतें।''

वे लोग ठहर गए थे परन्तु आज भोजन को कुछ नहीं था। दिन भर के काम के कारण इन थके-हारे लोगों को निद्रा कैसे आएगी। अन्न तो मनुष्य का प्राण है और शरीर रक्षा के लिए आहार अत्यावश्यक है। आपातकाल में खाद्याखाद्य का विचार नहीं किया जाता परन्तु इस समय तो कुछ है ही नहीं।

राम ऐसा सोच ही रहे थे कि एक वैश्य कुछ लिये हुए आश्रम पर आया और बोला, "भद्र राम! मैं परशुराम के समय में माहिष्मती तट तक समर में गया था। मेरे पास सम्पत्ति भी थी किन्तु उसे अनार्य काकासुर ने लूट लिया। मैंने रावण को देखा है, उसने ऐसे निर्देश नहीं दिए जैसा कि ये उपनिवेश अधिष्ठाता घृणित कार्य कर रहे हैं। रावण और परशुराम दोनों गुरु-भाई हैं। किन्तु रावण तक कोई सही समाचार नहीं पहुँचता। समुद्र के उस पार राजसिंहासन पर सुशोभित धर्मात्मा दशानन को क्या पता कि उसके ये मिशन क्या कर रहे हैं? काकासुर अत्याचारी है। उसके अंगरक्षक किसी भी आदिवासी या किसी भी वर्ण की सुन्दर कन्या अथवा कुलवधू को उठा ले जाते हैं और उसे गिरि कन्दरा में छिपाकर रख लेते हैं व अपनी वासना को शान्त करते हैं। ये लुटेरे हैं राम! न तो काकासुर का सम्बन्ध आर्य धर्म से है और न ही राक्षस धर्म से। वह कहता है, 'धर्म शब्द झूठ है। धर्म पीड़ित प्राणी की सिसकी मात्र है। धर्म मात्र निर्धनों के लिए एक छलावा है, धनिकों के लिए यह एक आडम्बर है तथा धर्म के मठाधीशों को अपना प्रभुत्व व अस्तित्व स्थिर रखने के लिए अधिकतम व्यक्तियों को अपनी ओर भटकाकर रखना मात्र है।' इस धर्म से हमें क्या प्राप्त होता है, कष्ट, घुटन और पीड़ा। जबकि हमें चाहिए आनन्द व शान्ति और वह प्राप्त होती है उन्मुक्तता से। धर्म एक बन्धन है उसमें प्राणी के स्वच्छन्द विचरण की छूट नहीं है बल्कि सभ्यता की शृंखला से मानव जाति के पैरों को बाँध दिया गया है, धर्म के नाम पर। क्या शैव, वैष्णव, यक्ष, रक्ष, आर्य सभी को इसी धर्म के कारण विघटन के कगार पर आकर नहीं रुकना पड़ा। और मानव मन जिसे कि प्रकृति ने खाने, पीने और आनन्द के लिए जन्म दिया उस प्रकृति के मूलभूत अधिकार से क्या धर्म हमें वंचित नहीं कर देता? हम तो न रावण धर्म को मानते हैं, न ही किसी अन्य को। हम तो जीवन के आनन्द को ही महत्त्व देते हैं और वह निहित है भोगों में। प्रकृति की श्रेष्ठ सम्पदाओं का उपभोग नहीं किया तो मनुष्य जीवन निकृष्ट।

"भद्र राम! तो यह संसार विचित्र है। जिस लंकेश के कारण काकासुर को भोगों की प्राप्ति हुई, वह उसी को भूल गया, यह है मनुष्य की स्वार्थ प्रवृत्ति और जिसकी थाली में खाना उसी में छेद करनेवाली बात। ऐसे लोग आपको इस जगत में बहुत मिलेंगे। निष्ठावान व्यक्तियों के अभाव के कारण ही सत्ताएँ पलट दी जाती हैं और कर्मठ, सुयोग्य चाकरों के अभाव में प्रशासन

शिथिल हो जाता है। इसी कारण मन्त्री सदैव ब्राह्मण को रखा जाता है ताकि वह राजनिष्ठा के साथ अपने कर्तव्य का पालन प्रजा से करा सके। दशानन के भौतिकवाद ने कर्मकारों को सेवा में लेते समय अच्छे, बुरों का ध्यान नहीं रखा। इसीलिए काकासुर जैसे दुष्ट व अधर्मी लोग सत्ता को कलंकित कर रहे हैं। मेरा धन काकासुर ने लूट लिया फिर भी मैंने युद्ध किया किन्तु एकाकी होने से हार गया और मेरा हाथ कट गया राम। मैंने इस भीरु समाज को चेतना देने का प्रयास किया किन्तु सब असफल हुआ। मुझ जैसे वीर ने जब आज सुना कि राजकुमार राम और लक्ष्मण समाज को नई दिशा दे रहे हैं, रचनात्मक कार्य कर रहे हैं तो आपके पास यह तुच्छ भेंट कृसर (चावल, तिल और दूध से बना हुआ मिष्टान्न) आपका मीठा मुँह कराने के लिए लाया हूँ। जगत में दाताओं की कमी नहीं है। पात्र यदि सुपात्र हो तो दान का ढेर लग जाता है। भार्गवों को कभी भी अर्थ के संकट का सामना नहीं करना पड़ा। क्षत्रिय और परशुराम के समर में वैश्यों तथा शूद्रों ने खूब धन दिया और भार्गवों ने अस्त्र-शस्त्र सभी कुछ क्रय किया, निर्माण किया व अनेक युद्ध जय किए।"

राम प्रसन्न हुए और बोले, "भद्र! आप कृसर को इन आश्रमवासियों में वितरित कर दें। और मेरा इस अभियान में सहयोग करें।"

वणिक ने कहा, "राम, तुम्हारा कृषि क्रान्ति का चरण आज के युग की अनिवार्य आवश्यकता है। हम गौरक्षक हैं, इसका पालन भी हमें करना चाहिए। गौ से दूध व घृत जैसे पौष्टिक पदार्थ की प्राप्ति होकर हमें क्षेत्र के लिए वृषभ भी प्रदान करती है।"

"यह भी होगा। कुछ दिन सब्र तो करना पड़ेगा। यह विश्राम का समय है, इन सब श्रमिकों का और मेरा समय है चिन्तन का, भविष्य की रूपरेखा बनाने का।"

"तो भद्र राम! मैं चलता हूँ। बीज-वपन की व्यवस्था मैं कर दूँगा।" कहते हुए वणिक प्रणाम कर चला गया।

सहसा रात्रि को ही पश्चिमी हवा चलने लगी और देखते-ही-देखते बदली घिर आई और बिजली की कड़क के साथ ही कुछ पल के लिए अच्छी वृष्टि हुई। राम ने इसे विधाता की कृपा माना और वयस्कों ने इसे राम का चमत्कार समझा।

प्रातःकाल अनेक युवक हल लेकर क्षेत्र पर पहुँच गए। बंजर धरती के पानी की समस्या का समाधान हो गया था और बटुक व तरुणों ने ऊसर धरती पर हल की सीता को चला दिया था। एक दल अभी भी और वनों को काटकर धरती को निकाल रहा था। आज राम भी कुल्हाड़ा चला रहे थे। इतने में एक श्वेत सिंह निकल आया। सीता चाहती थी कि राम उसका शिकार करें किन्तु राम ने बात काटते हुए कहा, "श्वेत सिंह दुर्लभ हैं। इनकी रक्षा करनी चाहिए अन्यथा कालान्तर में इनकी जाति ही नष्ट हो जाएगी। मुझे नीलपूर्व मुनि ने यह भी बताया था कि उत्तर में हिमालय के पास पंखयुक्त उड़नेवाले श्वेत सिंह भी पाए जाते हैं। इन श्वेत सिंहों पर आरूढ़ होकर पराशक्तियाँ विचरण करती हैं। इन सिंहों पर श्वेत वर्ण के लोग बैठते हैं जो अपना रंग भी बदल लेते हैं और जिनकी भाषा भी भिन्न होती है, जो कैलास, मानसरोवर की कन्दराओं, गुफाओं में ही रहते हैं। ये लोग जब अन्धकार में अपना मार्ग तय करते हैं तो इनके हाथों में प्रकाश शिखा होती है। ये हिमालय के अन्तर्भूमिक मार्गों से निकलते हैं। रुद्र के इस देश में 'कंचनजंघा' के तल में अपार धनराशि व रत्नों के कोषागार हैं जिनका दर्शन मुनि नीलपूर्व व उनके शिष्यों ने हिमालय की यात्रा एवं ऐंद्रजालिक विद्या का ज्ञान प्राप्त करते समय किया।

"सीते! मुनि कहते थे—वहाँ ग्रीष्म ऋतु में नीले रंग के पुष्प खिलते हैं तथा इस रहस्यमय

आदर्श लोक की व इनके प्रासादों की रक्षा रात्रि में सिर पर जगमगाते दीप उठाए, उड़ते हुए सर्प करते हैं। इस कारण रुद्र की ऐसी मानता हो गई है कि वे भगवान शिव हैं तथा जो अमृत की विधि भी जानते हैं और यहाँ कुछ गुप्त यान-अड्डे भी हैं जहाँ से ये लोग अन्तरिक्ष के लिए उड़ानें भरते हैं। परन्तु रुद्र ने नीलपूर्व को समूचा ज्ञान नहीं दिया। परशुराम तथा रावण ने ज्ञान से ज्ञान को बढ़ाया है। दैत्य संस्कृति को समुन्नत करनेवाले माली, सुमाली तथा माल्यवान ने अपने इष्ट शिवशंकर से यथेष्ट ज्ञान प्राप्त कर उसे अपनी वैदेशिक यात्रा के समय शंभाल तक विस्तीर्ण किया है। इसी कारण शिव के अन्तर्भूमिक योजनों लम्बे आगारों में अनेक हस्तलिखित ग्रन्थ संगृहीत हैं जिनसे वे अन्तरिक्ष अर्थात् सौर-मंडल के ग्रहों तक की यात्रा करते हैं। वहाँ के निवासियों से भी कैलासवासियों का सम्पर्क है। इन पराशक्तियों का नीलपूर्व मुनि ने दर्शन किया है। वे कहते थे—वहाँ उस आदर्शलोक की शोभा देखी तो जा सकती है किन्तु जिह्वा उसका वर्णन करने में सदैव असमर्थ रहती है। इसलिए राम ऐसे हिंस्र पशुओं का भी वध नहीं करेगा जिससे कि जाति के ही समाप्त होने का भय हो।"

दिन भर काम होता रहा, सीता भी हाथ बँटाती रहीं। उन्होंने कुछेक युवतियों को आत्मरक्षा के लिए शिक्षा भी दी। पति के महत्त्व तथा एक पत्नी एवं एकनिष्ठा पर भी प्रकाश डाला।

इसी प्रकार विश्राम-काल में राम ने भी युवकों को शरसन्धान सैनिक शिक्षा दी, जब सन्ध्या को सभी लौट आए, आश्रम पर भीड़ लगी थी। राम व बटुकों तथा युवकों को आश्चर्य हो रहा था कि यह भीड़ किसलिए है? कहीं कोई अप्रिय घटना तो नहीं घट गई? इसी शंका में राम ने फटिक शिला पर खड़े होकर पूछा, "क्या बात है जो आज आप सभी पुर छोड़कर मेरे आश्रम पर आ गए हैं?"

किसी में कोई साहस नहीं था, सभी मेमने बने हुए थे। वणिक ही बोला, "राम, तुम्हारे इन कृत्यों की सूचना काकासुर को मिल गई है। उसके गुप्तचरों ने ससैनिक पुर में प्रवेश किया। और कहा, 'वह तपस्वी बालक राम तुम्हें बहका रहा है। तुम दास हो दास ही रहोगे। तुम्हें स्वतन्त्रता का अधिकार नहीं है। यहाँ का सम्राट अब काकासुर ही है। तुम्हें उसी की आज्ञा माननी होगी। कृषि से वाणिज्य उत्तम है, उसमें शीघ्र ही धन की उपलब्धि होती है। इसमें तुम्हें क्या मिलेगा? आधा भाग तो कर में ही चला जाएगा, जो शेष अनाज रह जाएगा उसे मैं ले लूँगा। तुम तो निर्धन ही उत्पन्न हुए हो और निर्धन ही मरोगे। जब निर्धन नहीं होंगे तो धनवान कौन कहलाएगा और जब धनवान नहीं होंगे तो सत्ता का कार्य-संचालन कैसे होगा? यह भेद तो भाग्य ने मनुष्य के साथ किया ही है, तुम कर्म से कैसे सफल हो सकते हो जबकि तुम्हारे लिए अन्न नहीं मांस भक्षण ही विधाता ने लिखा हो।'

"और राम फिर उन्होंने मारा-पीटा व दो तरुणियों को उठा ले गए। वे बिलखती हुई उन दुष्टों के कन्धे पीटती हुई चली गईं। यह काकासुर की स्वेच्छाचारिता है। वह कामान्ध है और लुटेरा भी है। इससे सुरक्षा करनी होगी, तभी तुम यहाँ की प्रजा को इन उजड़े हुए पुरों और ग्रामों में बसा सकते हो अन्यथा ये भी भाग जाएँगे।"

इतना उत्पात तो ताड़का भी नहीं करती थी। मारीच और सुबाहु स्वेच्छाचारी नहीं थे। वे मात्र रक्ष धर्म के ही पोषक थे किन्तु काकासुर किसी का अनुयायी नहीं है। वह तो स्त्रैण है तो राम को इसके लिए धनुष टंकार करनी ही होगी। अन्यथा ये लोग राम का साथ छोड़ जाएँगे।

राम ने परिस्थितियों का अध्ययन किया। लक्ष्मण के नथने फूल गए थे, उनके कन्धे पर

तरकश पहुँच गया था और नर-नारी राम से आशा लेकर आए हैं तो इन्हें निराश नहीं किया जा सकता।

राम गरजकर बोले, "क्या इस समय भी उस नराधम की गुफा में प्रवेश किया जा सकता है?"

"नहीं, वहाँ घना जंगल है और बिना प्रकाश के उसमें प्रवेश नहीं किया जा सकता क्योंकि उसका मार्ग हमें विदित नहीं है।" एक वृद्ध ने कहा।

"नहीं, उस गुफा तक मैंने प्रवेश किया है। मैंने दो काले हिरणों व दो कस्तूरी मृगों का विक्रय किया था। उस समय मैं व मेरी भगिनी दोनों को ही पारिश्रमिक के घने लोभ में हमने उन हिरणों को वहाँ तक पहुँचाया था। परन्तु राम, लोभ सबसे खराब वस्तु है। इसके कारण हमें वहाँ पारिश्रमिक नहीं प्राप्त हुआ, उलटा मेरी भगिनी को और रोक लिया गया जो आज तक वहीं है। तब से अब तक मैं प्रतिशोध की ज्वाला से जला जा रहा हूँ। प्रतिदिन इस घात में रहता हूँ कि कब काकासुर निकले और मैं उसे मार दूँ।" एक आदिवासी तरुण ने कहा।

"ठीक है, आज रात्रि को ही वहाँ चलते हैं और प्रातःकाल तक घेराबन्दी कर उसकी लीला समाप्त कर दी जाएगी।" राम ने कहा।

कुछ लोग इस तात्कालिक निर्णय से भौचक्के रह गए। कुछ के भय के कारण छक्के छूट गए। वे कानाफूसी करने लगे। कहाँ काकासुर की सेना और कहाँ राम, लक्ष्मण सुकुमार! यह कार्य इन राजकुमारों से होगा कि नहीं होगा! कहीं काकासुर ने इन्हें ही मार दिया तो फिर हमें तो भागना ही पड़ेगा। अभी कम-से-कम यहाँ पड़े हैं तो ठीक ही है। काकासुर किसी-न-किसी तरह हम लोगों के पेट भरने की व्यवस्था तो करता ही है। अकारण बैर कौन मोल ले! वह तो सोते हुए सिंह को राम ने ही जगाया है अपना शंख फूँककर अन्यथा काकासुर के चर ही आते हैं वह तो कभी इधर आता तक नहीं है। उसने आदिवासियों और अन्त्यजों पर ही अत्याचार किया है। अन्य जातिवालों को तो उसने छूआ तक नहीं है। तो हमारी क्या अटकी जो राम के साथ जाएँ!

राम समझ गए कि इनमें से अधिकांश जन तो भीरु हैं और मित्र इस उधेड़-बुन में भी हैं कि अनावश्यक रूप से व अकारण वे क्यों काकासुर के विरोधी बनें। हमारे समाज की यही सबसे बड़ी शिथिलता रही है कि इन्होंने मानव समाज की कठिनाइयों में कभी भी भागीदारी नहीं की। जिस पर जो बीता उसे उसी ने सहा, दूसरे ने दुखों के बारे में पूछा ही नहीं।

किन्तु राम को तो चाहे आदिवासी हो या ब्राह्मण, क्षत्रिय सभी को समान दृष्टि से देखना है। आशा व उत्साह से ही सफलता प्राप्त होती है। यदि राम आज सजग नहीं हुए तो उनके संकल्पों की मृत्यु चित्रकूट में ही हो गई। राम जाएगा।

राम सबके हाव-भाव भाँपकर बोले, "भाइयो, आप लोग हमारे साथ मत चलो। मैं और लक्ष्मण ही उसे मारने जाते हैं, आप यहाँ सीता को देखें।"

बटुक बोला, "हममें से दो आपके साथ चलेंगे और तीन भाभी की सुरक्षा के लिए यहीं रहेंगे।"

वह आदिवासी तरुण सक्रोध गरजा, "ये तो सभी कायर, शिखंडी हो गए हैं राम। इनमें उत्साह नहीं है। चाहे राक्षस इनकी वधुओं की अस्मत इन्हीं के सामने लूटते रहें, इनमें संगठन नहीं है। ये जो वृद्धजन हैं वे स्वयं आर्य धर्म अनुयायी हैं परन्तु विरोध करने में ये लोग पीछे हटते हैं। हम तरुण तो तत्पर हैं संग्राम तक के लिए, परन्तु हमारे समाज की जातिवाद, वर्ण-भेद

की खाई हमें ही खा रही है। ये यह नहीं जानते। वह वैश्य अवश्य एक मात्र योद्धा है जिसका कोई साथ नहीं देता। उलटे लोग उसे ही मूर्ख कहते हैं, तू क्यों इन लोगों की सुरक्षा के लिए अपने प्राण काकासुर को अर्पित करना चाहता है। मैं चलूँगा राम। मेरी आत्मा का यह स्वर है कि अब काकासुर इस धरती पर जीवित नहीं रहेगा।"

इस आदिवासी तरुण की बात सुनकर शेष तरुणों में उत्तेजना तो आई किन्तु वे कुछ बोल न सके, फिर एक ब्राह्मण बाला ने दहाड़कर कहा, "राम, ये तरुण टुकुर-टुकुर हम तरुणियों की ओर देख सकते हैं परन्तु काकासुर के वध के लिए इनमें स्वाभिमान नहीं है। हमें विश्वास है कि आज हमें भगिनी सीता ने जितनी शिक्षा दी है, उसी से हम काकासुर का वध करने में सक्षम हैं। इन्हें तो हमारे वलय धारण करा दो और हमें शस्त्र दो राम, हम युद्ध करेंगी।"

राम को विश्वास नहीं हो रहा था कि सीता ने एक ही दिन में नारी-शक्ति को इतना ओज व तेज दिया होगा कि वह वारांगना से तत्काल ही वीरांगना बन जाए। यह सब सीता का ही विलक्षण कृत्य है जो कि नारियों को संगठित कर उन्हें भी अपने अधिकारों का ज्ञान करा दिया।

राम मुस्कराए और बोले, "भ्राताओं के होते हुए भगिनीयों को युद्ध में जाने की आवश्यकता नहीं पड़ेगी। अभिमान से तो मैं नहीं कहता परन्तु गुरु की कृपा से हमें अपनी युद्ध विद्या पर गर्व है और मैं तो दूर, यह कार्य तो अकेले सौमित्र ही कर देंगे।"

फिर कहा, "सौमित्र चलें। कर्तव्य पथ पर रात्रि और दिन का क्या विचार करें। ये हमारी ही प्रजा तो है। अब तो ये समूची भूमि ही हमारी है। हम जहाँ-जहाँ आश्रम में रहेंगे हम वहीं की प्रजा को सुशिक्षित करेंगे और सुरक्षा प्रदान करेंगे। और ये ही धर्म राजा के धर्म भी तो हैं। हमारे शीश पर हेमभूषित मुकुट नहीं है तो क्या हुआ! प्रजा का साम्राज्य तो हमारे हृदय पर है। चलो सौमित्र! अब विलम्ब उचित नहीं।"

लक्ष्मण तो आज्ञा की प्रतीक्षा में थे ही। उन्होंने पादुकाएँ धारण कीं और चलने को उद्यत हो गए तो वणिक बोला, "राम, मेरी भुजाओं में भी बल है, मैं चलूँगा। मैं इन राक्षसों की कूटनीति भी जानता हूँ।"

वैश्य के साथ ही कुछ आर्य तरुण भी स्वतः साथ हो गए और शेष सभी आश्रम पर ही रह गए, जो तीन बटुक थे उन्होंने अपना-अपना मोर्चा सँभाल लिया तथा तरुणियों ने भी वीरांगना ग्रहण कर लिया।

सबसे आगे आदिवासी युवक और उसके पीछे वैश्य तथा उनके पीछे राम-लक्ष्मण। शेष युवक सबसे पीछे चल रहे थे।

एक प्रहर में पहाड़ की ढलान उतरकर आदिवासी युवक बोला, "भद्र राम! हम काकासुर के स्थान पर आ गए हैं, अब यहाँ से सँभलकर चलना होगा। राक्षस चर बहुत योग्य होते हैं। कहीं उनकी दृष्टि पड़ गई तो हमें अनावश्यक रूप से किसी संकट का सामना करना पड़ सकता है।"

"ठीक है, यहाँ अन्धकार में छुपकर बैठे रहो। यह रात्रि का तीसरा प्रहर है। प्रातःकाल राम ललकारकर युद्ध करेगा।"

गुफा से किसी के आने की आहट हुई। उसके हाथ में दीपशिखा थी। सम्भवतः वह प्रहरी था जो चौकन्ना होकर चारों ओर देख रहा था। उसके कटि भाग पर खड्ग लटक रहा था। वह अधोवस्त्र धारण किए हुए था। उसकी अँगुलियों में पड़ीं हीरक अँगूठियाँ देदीप्यमान हो रही थीं। वह कंठ में नीलमणियों की माला धारण किए हुए था।

लक्ष्मण के तरकश पर कब हाथ पहुँचा और कब बाण छूटकर सीधा प्रहरी की छाती में धँसा, राम समझ ही न सके और वह चीत्कार करते हुए गुफा-द्वार पर आ गिरा। राम समझ गए कि यह कार्य लक्ष्मण का है।

इस चीत्कार से गुफा से अनेक राक्षस निकले जो कि मदमत्त थे किन्तु मद्यपान के उपरान्त भी गम्भीर थे। उन्हें प्रत्येक बात का आभास एवं ज्ञान था। उनमें से एक बोला, "यह वार बाण से किया गया है। प्रतीत होता है कि हमारा कोई शत्रु निकट ही कहीं छिपा है। इस समय सभी भीतर बैठो और भीतर ही द्वार पर पहरा दो। प्रातः इस पुर के वासियों को देखेंगे और जिसका यह कृत्य होगा उसे जीवित नहीं छोड़ेंगे।"

कुछ युवा आक्रोश में आ तो गए थे परन्तु उनका पुरुषार्थ अभी इतना सशक्त नहीं था कि वे साहस के साथ रण निमन्त्रण को स्वीकार करते। फिर भी साहस बटोरकर बैठे रहे।

भोर हुई। पक्षियों का विटपों पर कलरव आरम्भ हुआ। प्राची से अरुण आरक्त उदित हुए और राम तथा लक्ष्मण दोनों ही धनुष ताने हुए गुफा-द्वार से दो धनुषान्तर पर खड़े हो गए।

राक्षस सजे-धजे खड्ग ले-लेकर बाहर आए। आते ही एक ने हँसकर पूछा, "सुकुमारो, तुम यहाँ किसलिए आए हो?"

"तुमसे रण करने आए हैं।" राम ने कहा।

वह हँसा फिर ठहाका मारा, खिलखिलाया और बोला, "रण कोई साधारण वस्तु तो नहीं है। तुम लोग तो तापस दीखते हो। तुम रण रंग क्या जानो!"

"हम तापस भेस में हैं। दशरथ नन्दन राम तथा लक्ष्मण।"

"कौन दशरथ, क्या कोशल नरेश के पुत्र हो?"

"हाँ, उन्हीं चक्रवर्ती सम्राट के पुत्र हैं।"

"निर्वासित राजकुमार तुम्हीं हो?"

"हाँ, हमी हैं।"

"क्यों अपने प्राण गँवाना चाहते हो, अभी तो यौवन की दहलीज पर हो। इस जीवन को नष्ट मत करो।"

"यौवनावस्था में ही तो कुछ किया जा सकता है, वृद्धावस्था में खड्ग तथा बाण चलेंगे नहीं, वह वानप्रस्थ अवस्था के लिए होता है।"

"तुम तो अभी से परिव्राजक बन गए हो फिर इन शस्त्रों को क्यों उठा रहे हो?"

"अन्याय पर न्याय की विजय के लिए और अधर्म पर धर्म की जय के लिए।"

"कैसा धर्म-अधर्म, हम नहीं जानते।"

"तुम अकारण स्वतन्त्र मानव जाति को परतन्त्र बना रहे हो। स्त्रियों पर अत्याचार कर रहे हो, उसे मिटाने के लिए एवं दासों की मुक्ति तथा अपहृत नारियों के सतीत्व की रक्षा के लिए तुम्हें दंड देना ही होगा।"

"हम राजा रावण के सैनिक हैं, जिसने देव जाति को भी पराजित कर दिया है, उस सार्वभौम सम्राट का नाम न सुना हो तो अपने पिता से पूछ आओ।"

"तपेश्वरी रावणेश्वर का नाम सुना है। महान कूटनीतिज्ञ और राजनीतिक पंडित दशानन का नाम सुना है। उसकी सभ्यता व रक्ष धर्म का नाम सुना है किन्तु लंका में बैठे दशकन्धर को क्या पता कि उनके नाम पर आप जैसे दुष्ट लोग कितने घृणित कार्य कर रहे हैं, जो कि समाज के लिए कलंक है।"

"तो तुम कौन होते हो बीच में हस्तक्षेप करनेवाले?"

"एक मानव, जिसके हृदय में मानवता की सुरक्षा का विशाल साम्राज्य है।"

"मानवता? कैसी मानवता जिसके कारण सभी दुखी हो रहे हों। हम तो उपभोग में ही सुख की अनुभूति मानते हैं।"

"यही तुम्हारी धृष्टता है जो अक्षम्य है।"

"राम बहुत हो गया, चले जाओ अन्यथा मारे जाओगे।"

"अपहृत की गई नारियों को बिना मुक्त कराए तथा लूटे गए धन को पुरवासियों को बिना लौटाए राम यहाँ से अपना चरण पीछे नहीं हटा सकता।"

"नहीं हटा सकते तो तुम्हारा क्षत्रिय रक्त बहेगा।" यह वाक्य काकासुर ने पूर्ण किया।

राम ने देखा, काकासुर विशाल वक्ष। तामियाँ आँखें, हाथ में खड्ग और ताम्रवर्ण पर धारण किए हुए था अच्छे वस्त्र। मूँगे तथा मोतियों की माला। वृद्धावस्था में भी तना हुआ, कपोलों पर झुर्रियों का चिह्न तक नहीं था।

"तो फिर युद्ध के लिए तैयार हो जाओ।" राम ने ललकारा।

"वह तो हम तत्पर ही हैं किन्तु यह प्रहरी तुमने क्यों मारा राम? शत्रु तो मैं था।"

"इसने तुम्हें चुनौती दी थी?"

"धोखे से!"

"यह तो कूटनीति है धोखा नहीं।"

"क्षत्रियों में तो ऐसा नहीं है।"

"इसीलिए वे पराजित हुए।"

"तो फिर सँभलो राम! ये सैनिक परम वीर हैं। होने दो युद्ध।"

राम-लक्ष्मण की ओर जैसे ही सैनिकों ने खड्ग संचालन किया वैसे ही राम-लक्ष्मण के बाणों ने वर्षा प्रारम्भ कर दी और कुछ पल में ही सभी सैनिक धराशायी हो गए। भयभीत होकर काकासुर गुफा में भाग गया।

राम की इस अनुपम धनुष संचालन कला को देखकर युवकों में ओज का संचार हुआ। जिन राक्षसों से वे भयभीत थे उन्हें राम-लक्ष्मण दोनों ने ही मार दिया। किसी की सहायता की उन्हें आवश्यकता ही नहीं पड़ी। युवक प्रसन्न हो गए। वैश्य खिल उठा और बोला, "राम, तुम्हारा रण कोशल देखकर इन युवकों में भी उत्तेजना आई है और अब ये भीरु नहीं रह जाएँगे प्रत्युत महान योद्धा बन जाएँगे।"

"यह तो ठीक हे तात, किन्तु काकासुर तो अभी जीवित है। इसे इस गुफा में कैसे मारा जाए?"

"मैं चलता हूँ। मेरी देखी हुई है। ऐसी विशेष लम्बी नहीं है। ये दीपशिखा लेकर मैं प्रवेश करता हूँ। आप मेरे पीछे-पीछे आइए। हाँ, यह ध्यान रखिए कि दृष्टि ठीक सामने रहे अन्यथा उसका वार मुझ पर होगा।"

वैश्य ने दीपशिखा उठाई। उसने धीमे-धीमे पग रखे। राम का पहला चरण ही शीतल जल का स्पर्श पाकर ठंडा हो गया। थोड़ी दूर चलने पर ही रमणियाँ दृष्टिगोचर हुईं जो कि भयभीत थीं, तो राम बोले, ''तुम डरो नहीं और निर्भीकता के साथ बाहर जाओ। चित्रकूट वासी तुम्हारे भाई आदि बाहर हैं। अब तुम मुक्त हो।'' किशोरियाँ शीघ्र ही आतुरता के साथ बाहर आईं।

एक युवती बोली, "काकासुर सीधा गया है। यह गुफा बहुत छोटी है, आगे संकीर्ण भी

है। इसलिए वह वहीं मारा जाएगा। खड्ग चलाने के लिए स्थानाभाव है। यह हीरों से प्रकाशित रहती है।"

राम थोड़ी ही दूर पहुँचे कि काकासुर सामने ही खड़ा था। वह चिल्लाकर बोला, ''राम, मैं शरणागत हूँ, मुझे मत मारो किन्तु लक्ष्मण का तीर काकासुर की छाती में धँस चुका था।

निकट पहुँचते ही राम ने कहा, "काकासुर, लूट की सम्पत्ति प्रजा को दे दो। अब तो तुम्हारा प्राणान्त होने जा रहा है।"

काकासुर ने एक गठरी की तरफ संकेत से बता दिया और मर गया।

गठरी वैश्य ने उठाई तथा राम व लक्ष्मण वापस आ गए। बाहर युवकों ने राम की जय-जयकार की। आदिवासी युवक के पास ही उसकी भगिनी खड़ी थी। राम भाई-बहन के मिलन पर हर्षे और बोले, "अब तो सभी मुक्त हैं और धन भी तात वैश्य के पास है। चलो शीघ्र वापस चलें, सीता चिन्तित होंगी।"

15

सभी एक प्रहर में वापस आश्रम पर आ गए। राम और लक्ष्मण को देखकर एकत्रित नर-नारी पुलकित हुए। वैश्य ने काकासुर तथा अन्य सभी राक्षसों के मारे जाने का वृत्तान्त सुनाया एवं अपहृत कन्याओं, कुलवधुओं को पुनः समाज में ससम्मान प्रतिष्ठा के साथ स्थान दिया। वैश्य को निर्देश दिया, "जिसका जो आभूषण हो वह उसे दे दिया जाए और जो किसी का न हो उसे समाज के कल्याण में व्यय कर दिया जाए। यह कार्य परस्पर आप ही लोग सद्भावना के आधार पर कर लें। राम वनवासी है इस कारण वह इसे देखेगा भी नहीं।"

सभी ने फिर राम की जय-जयकार की और अपने-अपने काम में जुटने का संकल्प किया।

राम के इस कृत्य से चित्रकूट निवासियों के मन में ही नहीं प्रत्युत आसपास तक के यथेष्ट भूभाग में काकासुर वध का समाचार फैल गया और लोगों के मन में सहज ही राम के प्रति श्रद्धा उत्पन्न हुई।

राम अपने कर्तव्य से विमुख नहीं होते थे। उन्होंने फिर पृथ्वी की जुताई कराई और तिल-जौ-धान आदि का बीज-वपन कराकर लोगों को पुनः कृषि की ओर अग्रसर कर अपने नाम को महाराजा पृथु के समान यशगान में निरूपित किया।

इसी बीच राम तरुण एवं तरुणियों को युद्ध का प्रशिक्षण देते हुए, आर्य सभ्यता के रंग से सराबोर करते हुए एवं वैदिक ज्ञान का प्रचार करने से शनैः-शनैः ऋषियों के हृदयों में स्थान बनाते हुए, आदर्श पुरुष के नाम से विख्यात होने लगे।

राम के सुकृत्यों का समाचार गया, व फल्गू नदी के तट से टकराता हुआ नैमिषारण्य तक ही सीमित न रहकर उत्तर भारत में शनैः-शनैः विस्तीर्ण होने लगा। राम का आश्रम जनता के मध्य चर्चा का विषय बनता गया और आर्य धर्म के अनुयायी सतोगुणी वृत्तिधारी राम-लक्ष्मण के आश्रम पर भीड़ के रूप में आने लगे तथा चित्रकूट को एक धाम का रूप जनता ने राम के महिमामयी कृत्यों के कारण प्रदान कर दिया तो राम कुछ वर्ष में ही प्रजा के अधिक आगमन से कुछ दुख का आभास, एहसास करने लगे तो उन्होंने चित्रकूट आश्रम का परित्याग कर दिया व दक्षिण की ओर बढ़ने लगे। क्योंकि उनका उद्देश्य दंडकारण्य ही था।

राम के कृत्यों पर इन्द्र की दृष्टि बराबर लगी हुई थी। राम के ज्ञान का अभी और परिमार्जन होना था। राम ने भले ही अब तक आर्य सभ्यता का जयघोष करने में सफलता प्राप्त की हो तो भी इन्द्र जैसा कूटनीतिज्ञ सम्राट बिना रावण की संस्कृति का उन्मूलन किए और उसे हराए चैन से नहीं बैठ सकता था। इन्द्र ने अपने दिव्य-रथ (यान) से अपने पुत्र जयन्त को अत्रि व अनसूया के साथ भेजने का निश्चय किया।

अत्रि ऋषि भार्गव शुक्र (काव्य उशना) के पुत्र थे। उन्हें कपिलदेव की साध्वी बहन अनसूया व्याही थी। मूलतः चित्रकूट के निकट उनका आश्रम था किन्तु राक्षसों के कारण हिमालय पार किया, घोर तपस्या की और आर्य वीयनि (अजरबेजान) में देव स्थान नामक नव्य उपनिवेश बनाया। वह अत्रि की तपोभूमि (ईरान का तपुरिया स्थान) कहलाई। और इस उपनिवेश अत्रिपत्तम (एट्रोपेटन) से ही अत्रि नदी (आट्रीक नदी) निकली, जहाँ पति पत्नी दोनों ने ही दुःसाध्य तप किया। यहाँ सोम की प्रचुरता थी।

अत्रि ऋषि अपने अत्रिपत्तम आश्रम (उपनिवेश) में साध्वी अनसूया के साथ शान्त बैठे हुए थे कि आकाशमार्ग में उन्हें दिव्य-रथ दृष्टिगोचर हुआ। ऋषि इस इन्द्र के वायुयान को पहचानते थे। उन्होंने अनसूया से कहा, "आज तो सम्भवतः देवराज अपने ही आश्रम पर आ रहे हैं। देव सम्राट के स्वागत के लिए कुछ तैयारी करो।"

विमान उतरा और उसमें से जयन्त बाहर आया। जयन्त ने बैठे हुए ऋषि को साष्टांग प्रणाम किया व बोला, "तात! देवराज का सन्देश है कि राजकुमार राम ने अपनी धर्मपत्नी तथा भाई लक्ष्मण के साथ चित्रकूट आश्रम त्याग दिया है और अब वे अपने लक्ष्य साधन में दंडकारण्य की ओर अग्रसर हो रहे हैं। उन्हें अभी और ज्ञान देना है इसलिए आप इस उपनिवेश को छोड़कर अपने मूल स्थान पर चलें। आपको जिन राक्षसों ने 'शतद्वार यन्त्र' में फँसाकर जलाना चाहा था उन्हें राम ने मारकर चित्रकूट को अब निरापद स्थान बना दिया है। अब 'शतद्वार यन्त्र' के निर्माता नहीं रह गए हैं। तात का निवेदन है कि आपके पहुँचने से राम को शक्ति बल मिलेगा तथा दक्षिण तक के ऋषिगण आपके कारण राम के लिए रावण जैसे विद्वान ब्राह्मण के विपक्ष में कूटनीतिक चाल से हो जाएँगे। आपके अपने स्थान पर पहुँचने के उपरान्त देवराज स्वयं भी प्रत्येक दक्षिण निवासी ऋषि से सम्पर्क करेंगे और राम के संकल्प को पूर्ण करने में सहयोग देंगे।"

"जयन्त! अभी तुम युवराज हो। ब्राह्मण ऋषियों में कोई सूर्य उपासक है जैसे कि अगस्त्य और कोई वरुण उपासक है जैसे कि शरभंग और कोई रुद्र उपासक है जैसे कि मतंग। इन सबका अपना-अपना दर्शन शास्त्र है जैसे कि मेरी 'अत्रि संहिता' गौतम की अपनी स्मृति है जिसमें कृषि का छठा भाग कर रूप में लेने को मान्यता दी गई है। मेरे पिता ने 'शुक्रनीति' के प्रणेता होकर 'मृत संजीवनी विद्या' का वर्षों प्रयोग कर उसके अनुसन्धान में सफलता प्राप्त की। असुरराज विरोचन पुत्र बलि सम्राट के गुरु रहे और मेरी बहन देवयानी का विवाह क्षत्रिय सम्राट ययाति से हुआ।

"तो इन ऋषियों के विवेक के सम्बन्ध में कुछ कहा नहीं जा सकता। रावण ब्राह्मण वंशी है। उससे एकाएक ऋषिगण क्यों व कैसे विरोध करेंगे? जबकि वह प्रजापालक हो, दैत्य, दानव, अहि, वानर, विप्र सभी को समान रूप से देखता हो तथा रुद्र का भक्त हो। फिर भी मैं चलता हूँ क्योंकि मुझे वसिष्ठ तथा विश्वामित्र का सन्देश गौतम ऋषि के माध्यम से प्राप्त हो चुका है कि राम ने तुम्हारे पिता देवराज द्वारा शीलभंग की गई अहल्या का उद्धार कर दिया है। उसे

समाज में सम्मान प्राप्त हो गया है तो ऐसे वीर पुरुष राम के लिए तथा आर्यों के लिए कुछ तो करना ही होगा।

"चलो। अनसूया से कुछ पान कर लो। सोमरस ही पीकर चलें।"

दिव्य यान फिर धरती पर धूल उड़ाता हुआ ऊपर उठा और आकाशमार्ग से चल दिया, कुछ घड़ियों में ही चित्रकूट से आगे मन्दाकिनी के तट पर ऋषि के निर्जन व शान्त आश्रम पर उतर गया। जयन्त उस वन की शोभा देखकर प्रसन्न हुआ।

राम के बटुकों ने कहा, "राम आगे अत्रि अनसूया का निर्जन आश्रम है वहाँ कोई नहीं है हम कुछ समय वहाँ रहेंगे और वहाँ से आगे चलेंगे।"

राम आश्रम के निकट के वातावरण को देखकर प्रसन्न हुए तथा बोले, "ऋषि तो इस समय आर्यवीयनि गए हुए हैं उनके प्रत्यागमन का कोई ठिकाना नहीं है। हमें तो शीघ्र दंडकारण्य पहुँचना है बटुक।"

इसी समय अत्रि ने दूर से ही पुकारकर कहा, "राम, मैं अत्रि ऋषि लौट आया हूँ। मेरे साथ इन्द्र पुत्र जयन्त भी है, आओ।"

राम गद्‌गद हो गए तथा ऋषि को साष्टांग प्रणाम किया फिर जयन्त को गले लगाया और बैठ गए। तो अत्रि ऋषि ने कहा, "भद्र राम! तुम सीता को मेरी साध्वी पत्नी के पास भेज दो, वे भीतर हैं।"

सीता ने अनसूया का नाम व उनके पतिव्रत धर्म के साथ जुड़ी हुई किंवदन्तियों को अपने पिता विदेह से सुना था। वे आतुरता के साथ मुस्कराती हुई भीतर जाने लगीं तो विश्व सुन्दरी सीता को देखकर जयन्त जैसे लम्पट की आँखों में जानकी की छवि उतर गई।

सीता सीधी भीतर प्रवेश कर गई। उन्होंने देवी अनसूया को प्रणाम किया और अनसूया ने वैदेही के सिर पर हाथ फेरकर उन्हें आशीष दिया। उन्हें निकट ही बैठाकर अंगरादिक चूर्ण व क्षोम वस्त्र (रेशम के वस्त्र) दिए जो कि वे उपनिवेश अत्रिपत्तम से अपने साथ लाई थीं। क्षोम का प्रचलन अयोध्या में नहीं था। मिथिला में नहीं था। देवराज की नगरी के अनुपम वस्त्र पाकर सीता धन्य हो गईं फिर मुनि पत्नी ने मधुर वाणी में कहा, "पुत्री जनकनन्दिनी! माता-पिता, भाई-बहन सभी का संग व प्रेम कुछ दिन तक के लिए सीमित होता है। स्त्री के लिए तो पति प्रेम से बढ़कर सभी वस्तुएँ तुच्छ हैं। नारी पति की सुख-दुख की सहचरी है। पत्नी का माता बनना उसका कुशल कर्तव्य है। स्त्री का सदाचार ही पुरुष का आभूषण है। तुम अपने मन में भी किसी पर-पुरुष को नहीं आने दोगी। जब तक कोई स्त्री न चाहे तब तक उसे पथभ्रष्ट नहीं किया जा सकता। इसलिए हे सुमुखि! तुम निर्विकार मन से एकनिष्ठ होकर अपने पति राम के कर्तव्य में हाथ बँटाओ। सदाचार के लिए आकांक्षाओं का बलिदान करना पड़ता है, तभी उस बलिदान की तपस्या से जो फल प्राप्त होता है, वह लोक में आदर्श नाम से जाना जाता है। तुम ऐसी ही मर्यादामयी नारी हो जो कि 'स्व' के लिए कुछ नहीं कर रही बल्कि 'पर' के लिए नई दिशा प्रदान कर रही हो। तुम्हारा मार्ग कल्याणकारी हो सीते! यही मेरा शुभाशीष है।"

सीता ने अनसूया के चरणों में ढोक लगाई और वापस आकर पति राम के निकट बैठ गई।

मुनि राम से कह रहे थे, "राजकुमार राम, जिस आर्य सभ्यता को चरम सीमा तक पहुँचाने का संकल्प लेकर तुम चले हो, वह वैसे दुःसाध्य कार्य है किन्तु दुःसाध्य को साध्य करने से

ही मनुष्य महान कहलाता है।"

''अयोध्या से पूर्व से ही देवताओं की मैत्री चली आ रही है। दशरथनन्दन तुम्हारे कुल में विकुक्षि पुत्र परमजय जब अयोध्या के सिंहासन पर बैठे उस समय उत्तर की देवजाति के सम्राट इन्द्र पर भी दैत्यों-दानवों यानी कि अनार्यों के आक्रमण दक्षिण भारत की ओर से निरन्तर होते थे। इन प्राणवान दैत्यों-दानवों के आक्रमण से सफलतापूर्वक भिड़ने के लिए देवजाति के राजा इन्द्र ने परमजय से युद्ध का नेतृत्व करने की प्रार्थना की जिसे उन्होंने स्वीकार कर लिया तो देवजाति ने अयोध्या सम्राट को हर्ष के कारण कन्धे पर बिठा लिया और उनका नाम काकुत्स्थ घोषित कर दिया। इन काकुत्स्थ की वीरता व अयोध्या की सेना के कारण दक्षिण के दैत्यों-दानवों के उत्तर के देवों पर होनेवाले आक्रमणों में दैत्य-दानव जातियों की हार हुई और देवताओं की जीत होने से देवराज तथा अयोध्या सम्राट परमजय की घनिष्ठ मैत्री सन्धि हुई जो अब तक परम्परागत रूप से चली आ रही है। फिर आपके ही कुल में श्रवस्त नामक राजा ने अयोध्या से चौबीस योजन दूर श्रावस्ती नामक नगर बसाया जो दूसरी अयोध्या कहलाई।

"इस प्रकार मान्धाता के पुत्र पुरुकुत्य ने मध्य भारत के नागवंशियों का राज्य गन्धर्वदेश (पेशावर से डेरागावी खाँ तक का भूभाग) के राजा मित्रवसु को हराकर जिसकी एक कन्या चित्रांगदा रावण की पत्नी है, से मध्य भारत का राज्य छीनकर अहिवंश के सम्राट को वापस कर दिया जिसके प्रत्युपकारस्वरूप नागराज ने अपनी राजकन्या नर्मदा का विवाह पुरुकुत्य से कर दिया और महाराज पुरुकुत्य की कन्या पौरा का विवाह विश्वामित्र के पिता गाधि से हुआ।

''इस भाँति देवराज इन्द्र तथा मध्यभारत, नागराजा और विश्वामित्र सभी अयोध्या के शुभचिन्तक हैं। गन्धर्वराज की कूटनीति के कारण ही गाधि को रावण ने पराजित किया एवं उसी की मन्त्रणा से रावण ने दक्षिण से लेकर उत्तर और उसके पार के सभी देव जाति के वीर सम्राटों, यथा—इन्द्र, वरुण, यम को पराजित कर सार्वभौम सम्राट की उपाधि धारण की है। तुम्हें उत्तर की भाँति दक्षिण में भी आर्य, अनार्य सभी प्रकार की जातियों एवं सम्राटों से मिलना होगा। यह मत भूलना राम कि उत्तर के नाग यदि अयोध्या के नातेदार हैं तो दक्षिण के नागराजा रावण के पक्षधर हैं। इस तरह का जाति वैमनस्य और राजनीतिक विरोध तुम्हें प्रत्येक स्थान पर मिलेगा।

"रावण ने नागों के राजा वासुकि को भी पराजित किया है। वासुकि की राजधानी भोगवती (इलाहाबाद) है। यह आर्यों का मित्र है और भोगवती से ही रावण पर यह आरोप लगाया गया कि उसने नागों (टोटम) के सबसे बड़े सम्राट वासुकि को पराजित कर नाग कन्याओं का अपहरण किया है जबकि भोगवती (इलाहाबाद) के निकट ही भरद्वाज का आश्रम (आनन्द भवन के निकट) है जिनसे मिलकर तुम आ रहे हो। उन्होंने मुझे बताया था कि वह कृत्य ब्राह्मण रावण का न होकर सैनिकों का दुष्कृत्य था। इसी कारण दक्षिण की नागजाति जिनकी सम्राज्ञी आज भी नागमाता सुरसा है, वह रक्ष धर्म की संरक्षिका है और शेष नाग जाति जो कि उत्तर में हिमालय, पूर्व में बंग व दक्षिण में माहिष्य तक और फैली है वह सब रावण की विपक्षी है। गरुण जाति (टोटम) विशुद्धतया आज भी आर्य धर्म से पगी है जिसका सहयोग तुम्हें प्राप्त होगा।

''आर्य राम! ब्राह्मणों, पुरोहितों की नीति सदैव सन्दिग्ध रही है। ये कब किसके हो जाएँ, कहा नहीं जा सकता। कहो तो अपने ही कुल के शत्रु हो जाएँ और दूसरे को खुला समर्थन दे दें और कहो तो किसी भी क्षत्रिय सम्राट तो क्या देव सम्राट से युद्ध के लिए तत्पर हो जाएँ। इसीलिए इस वर्ण में एकता कभी नहीं रही है और अधिक मेधावी होने से स्वयं ही स्वयं पर

कीचड़ उछालता रहता है। इस कारण इस ब्राह्मण वर्ग को प्रेम से ही जय करना। यद्यपि मैं भी उन्हीं में से हूँ और रावण भी पुलस्त्य नन्दन हैं फिर भी आर्य धर्म के लिए यह कह सकता हूँ कि रक्ष-धर्म का विरोध उचित है।

"वैसे तो राम, वरुण जिसने कि सुमेरु सभ्यता को प्रचलित किया व जो कि श्वेतवर्ण कहलाते हैं वहाँ नरबलि की। जिसे इन्द्र ने अवरुद्ध कराया और यदि आर्यों के यज्ञों में पशुवध है जिसे रावण अवरुद्ध कराना चाहता है तो इस अंश की अंतर्भुक्ति आर्य धर्म में कर लेना एक अनिवार्य आवश्यकता है, क्योंकि बलि एक दुष्कर्म है। जीव हत्या हिंसा है। इसे मिटा रहा है रावण तो यह भी एक कल्याणकारी कार्य ही है। यद्यपि विश्व की सभी संस्कृतियाँ वरुण, मित्र (सूर्य वरुण के छोटे भाई) इन्द्र एवं रुद्र के अनुयायियों के मध्य ही घूम रही हैं। इनमें सभी का पृथक्-पृथक् अपना-अपना दार्शनिक मत है और कालान्तर में ये मत जीवित रह पाएँगे या नहीं अथवा जिस सभ्यता को पल्लवित करने के लिए तुम ब्राह्मण सम्राट रावणेश्वर की नव्य 'रक्ष संस्कृति' के विपक्ष में संघर्ष कर रहे हो, वह भी रह सकेगी या नहीं अथवा मानव मस्तिष्क परस्पर आत्मसात् हो जाएगा, कोई कह नहीं सकता। फिर भी हमने जिस युग में जन्म लिया है उसमें अपनी सभ्यता में परिष्कार करने, उसका मापदंड बढ़ाने-घटाने का अधिकार है। यह तुम्हारे विवेक पर निर्भर करता है कि तुम किस प्रकार इस आर्य सभ्यता और रावण की अनार्य सभ्यता में साम्य स्थापित करोगे। श्रद्धा या प्रेम से या बाण के फलक से।

"एक रहस्यमय बात और मैं तुम्हें बताता हूँ। क्षत्रिय युवराज सुनो। आगे के मार्ग में तुम्हें सभी जातियाँ मिलेंगी और ऋषिगण भी मिलेंगे जिनकी अपनी वेधशालाएँ हैं। उनके अपने अनुसन्धान के अस्त्र-शस्त्र हैं। कोई ब्रह्मास्त्र (अणुशस्त्र) का निर्माता है तो कोई सूर्यहास खंग का। भार्गव शुक्राचार्य महाविज्ञानी थे उनकी विद्याएँ अधिकतम ऋषियों के पास हैं। मेरे पिता ने ही नालिकास्त्र (तोप), आग्नेयचूर्ण (लवण, गन्धक, आक के मिश्रण से बारूद), अष्ट कोनों की मोती तथा वक्षस्थल के बराबर गदा, चार हाथ लम्बा प्रास (फरसा), शिरस्त्राण और अनेक प्रकार के बाणों के फलों का ज्ञान दिया है। पक्षी के आकार के यान तथा अन्य भौतिक विज्ञान के अनुसन्धान में ऋषिगण व्यस्त हैं। उनसे तुम्हें भविष्य की आवश्यकता के लिए यह ज्ञान भी प्राप्त करना होगा क्योंकि रावण की लंका अजेय वैज्ञानिक चमत्कार के कारण ही है। कुम्भकर्ण भले आलसी है किन्तु जिस गुफा में वह रहता है, उसमें अपार सम्पत्ति है और उसका मार्ग अन्तर्भूमिक होने से रावण ही जानता है। कुम्भकर्ण वहाँ बटुकों को भौतिकशास्त्र की शिक्षा प्रदान करता है एवं सौर मंडल के बारे में गहन चिन्तन करता है। उसका कथन है कि 'जीवन की उत्पत्ति परलोकीय प्राणियों की देन है।' वह कहता है कि 'पृथ्वी घूमती है। और पारलौकिक प्राणी नाना रंग-रूप तथा आकार धारण करने में सक्षम हैं। वह आत्माओं को अमर बताते हुए अन्तरक्षि में उनके भ्रमण करने का भी मत प्रतिपादित करता है। मारीच जिसे कि तुमने ताड़का युद्ध के समय बाण मारा और वह भागकर आज भी परलोक के ज्ञान में जुटा हुआ है।'

"रावण और कुम्भकर्ण के मत में अन्तर है। रावण ब्रह्म को ही मूल ऊर्जा मानता है और कैलास पर्वत के रुद्र को पारलौकिक शक्ति का स्रोत स्वीकार करते हुए यह मानता है कि अन्तरिक्ष के ग्रहों जैसे आकाश गंगा में बसे लोगों से निश्चित रूप से सम्बद्ध है और हिमालय से ही रुद्र के यान अन्तरक्षि की उड़ान भरते हैं। वह यह भी मानता है कि शंकर अमृत की विधि ही नहीं जानते बल्कि अमर हैं। इसी कारण उसने 'शिव स्तोत्र' की रचना कर उनसे अमरत्व एवं अमर होने का ज्ञान प्राप्त करना चाहा किन्तु तपस्या अर्थात् अन्वेषणों के बीच वह योग-क्रिया से

कुंडली जाग्रत् करने में ही सफल हुआ।

''रावण से कुम्भकरण अधिक चिन्तनशील है। वह धरणी के मनुष्यों को चाहे वह देवजाति ही क्यों न हो, उसे देव रूप में स्वीकार नहीं करता। वह वरुण, इन्द्र सभी को सामान्य प्राणी मानता है और इसी कारण रावण ने देवजाति के दम्भ को चकनाचूर कर दिया। क्यों मृत्यु का आलिंगन सभी को करना है और इन देव सिंहासनों के निर्माता मर चुके हैं। सिंहासन के नाम पर वही प्राचीन नाम चले आ रहे है जिस पर इस समय थौंस का पुत्र इन्द्र नहीं बल्कि इन्द्रद्युम्न नामक देव व्यक्ति सिंहासन पर हैं जो कि अपनी देव प्रतिष्ठा भी खो चुका है।

"राम ऐसे वैज्ञानिकों से युद्ध का परामर्श मैं नहीं दूँगा। रावण की लंका में सेना अपयान (परेड) करती है। अनेक लौह अस्त्रों, शस्त्रों तथा सूर्य चक्र व्यूह से सज्जित लंका नगरी पर आक्रमण करना काफी दुष्कर कार्य होगा। वैसे कायर के पास अधिक सेना भी हो तो वह समर में अस्थिर कहलाता है किन्तु जहाँ रावण व इन्द्रजीत जैसे वीर हों और जो बिना सेना के ही युद्ध को ओढ़ लेते हों, उनसे इन्द्र की कूटनीति या छलनीति के आधार पर समर करना तो जानबूझकर मृत्यु का आलिंगन करना है। दक्षिण तक अपने आर्य धर्म की पताका को फहराकर शीघ्र ही अवधि पूर्ण कर वापस लौटना ही श्रेयस्कर है।"

राम बोले, ''मुनिवर! आपके ज्ञान की बातों से मेरी बुद्धि के रन्ध्र खुल गए हैं। मैं अकारण तो रावण जैसी महान शक्ति से नहीं टकराऊँगा किन्तु अपने संस्कृति के अभियान में कोई शक्ति मुझसे यदि टकराएगी तो फिर प्राण ही क्यों न चले जाएँ, क्षत्रिय धर्म का पालन करने के लिए राम युद्ध के विमुख नहीं होगा।"

"अब हमें चलने की आज्ञा दें तात ताकि हम अपने संकल्प को न भूलें।"

''ठीक है राम! जाओ, तुम्हारी महायात्रा लम्बी है, यदि एक योजन भी चलेंगे तो बारह वर्ष में दंडकारण्य घूम लोगे।''

राम ने ऋषिवर के चरण स्पर्श किए। ऐसा ही लक्ष्मण तथा बटुकों ने किया और राम को चिरंजीवी का आशीष देने के साथ ही विदा किया।

16

फिर मार्ग पर थोड़ी दूर चलने के उपरान्त ही राम ने बटुकों को कन्दमूल फल लाने के लिए भेज दिया और सीता समेत राम-लक्ष्मण मन्दाकिनी में पड़ी एक स्फटिक शिला पर बैठ गए।

कामी जयन्त अभी भी पीछा करता आ रहा था। उसे अपने बाहुबल पर अभिमान था। यद्यपि इन्द्र की पूर्ण जानकारी जयन्त को थी फिर भी वासना के वशीभूत होने से जयन्त सारी बातें भूल गया। उसे स्मरण रहा तो मात्र सीता का रूप जो कि उसकी आँखों में घूम रहा था।

जयन्त ने देखा स्फटिक शिला पर सीता बैठी है और उनके पैर का अँगूठा ही दिख रहा था। जयन्त ने झपटकर सीता के पादांगुष्ठ को पकड़कर खींचा ही था कि राम ने गरजकर कहा, "ठहर लम्पट!"

कामी में साहस नहीं होता। वह इसी गर्जना से भयभीत हो गया, राम की आँख से आँख मिलाकर पीछे हटा। राम ने तत्काल ही बाण चला दिया जो सीधा जयन्त की एक आँख में घुसा और जयन्त वहाँ से भागा। लक्ष्मण चीखे, "इस नराधम को मार डालो राम! इसने भाभी

पर कुदृष्टि डाली है।"

"लक्ष्मण! इतना दंड कम नहीं है। वह काना हो गया। जयन्त इन्द्र का पुत्र है और इन्द्र हमारे सहायक हैं। पुत्र के दुष्कृत्य का जितना दंड उचित था, उतना राम ने दे दिया। सीता का स्पर्श ही तो जयन्त ने किया है। हाँ, दृष्टि अवश्य दोषी थी तो उसे नष्ट कर दिया।"

"नहीं, यह तुम्हारी भीरुता है भैया। साध्वी धर्मपत्नी के अंग स्पर्श को ही अपवित्र माना गया है।"

"पवित्रता-अपवित्रता स्त्री के आचार से मानी गई है। सीता ने तो उसे देखा तक नहीं। वह तो अभी भी सकुची-सी, सिमटी-सी, लज्जा की मूर्ति बनी बैठी है। ऐसी घटनाओं पर महान व्यक्तियों को विशेष ध्यान नहीं देना चाहिए। अब उसे क्षमादान कर दो सौमित्र! इन्द्र ने ही हमारे लिए अत्रि को यहाँ तक भेजा जिनसे हमने पारलौकिक ज्ञान की बातें सुनीं। एक शक्ति से जूझने के लिए अकारण ही दूसरी विश्व शक्ति को विपक्षी नहीं बनाना चाहिए। यह दूरदर्शिता कहलाती है।"

लक्ष्मण चुप हो गए और इसी समय बटुक सीताफल (शरीफा) तोड़ लाए व बोले, "राम, जयन्त की आँख में तीर घुसा था वह हाँफता हुआ, भागता जा रहा था और पीछे भी देखता जा रहा था। वह हमारे सामने से सीधा निकला और दिव्य रथ में बैठा तथा आकाशमार्ग से चला गया।"

"भाग जाने दो। अच्छा हुआ। लाओ, जो कुछ लाए हो वही खाकर आगे बढ़ें।" राम ने कहा।

राम को विदित था कि आर्य सभ्यता और रक्षाम सभ्यता की गहरी खाई को आदिवासी (हनु) सम्राटों को बिना मिलाए नहीं पाटा जा सकता क्योंकि मध्य भारत और उसके आगे सभी स्थानों पर रक्षाम जाति का बोलबोला है। बनारस में वानर सम्राट है। वह अभी तटस्थ है किन्तु विदेशी सभ्यता वहाँ भी पल रही है। राम को बनारस भी जाना होगा फिर ताड़का ने तो समूचे नैमिषारण्य में रावण हत्या वाद्ययन्त्र को भी प्रचलित कर दिया है तो राम को तो रावना (गीधतोटम) जाति के मन से इस भावना को निकालना होगा।

राम समूचे मार्ग में सोचते हुए बनारस आ गए। किरात परिवार (कपिकिरात, अहि) के सम्राट से मिले। बनारस का सम्राट वानर (तोटम) जाति का था। सुग्रीव यहाँ हनुमान के साथ घूम रहा था।

राम ने स्वयं भूप के यहाँ पदार्पण किया। वानरराज ने दशरथ कुमारों का परिचय पाकर उनका सम्मान किया और राम को वचन देकर कहा, "हम तो वैसे भी महाराज दशरथ के मित्र हैं। हम आर्य सभ्यता को ही स्वीकार करते हैं परन्तु इस समूचे वृहत्तर भारतवर्ष में रावण की सभ्यता से सभी परिचित ही नहीं हैं अपितु अन्तःकरण से स्वीकार कर चुके हैं।

"जब महाराज सीरध्वज जनक पुष्कर के नरेश को पराजित कर आ रहे थे तो सूर्पणखा के अनुयायियों ने उनका मार्ग रोक दिया था। मैं स्वयं साथ था। बड़ी कठिनाई से हम लोग युद्ध कर निकल पाए। वहाँ चन्द्रनखा (सूर्पणखा) को लोगों ने अम्ब के रूप में हृदय में स्वीकार किया है एवं नत्तू नामक जाति पूर्णतया अपने आपको सूर्पणखा की सन्तान के रूप में ही मानती है। सम्राज्ञी की भाँति सूर्पणखा की अर्चना होती है। दासियाँ धरणी पर लोटती हैं और उन पर चरण रखकर सूर्पणखा जाती है। उसे वहाँ दैवी रूप दे दिया गया है। राम, तो रावण द्वारा प्रचलित ऐसी संस्कृति को मिटाना सरल कार्य नहीं है। जो आप कर रहे हैं वह प्रसन्नता का

विषय अवश्य है किन्तु जटिलता का मार्ग होने से आपका दंडकारण्य में कार्य सिद्ध होना असम्भव प्रतीत होता है।

''आपने ताड़का का वध कर दिया परन्तु फल्गू के तट पर (गया से राँची तक) रावना परिवार (उरा, खरिया, गौड ब्राह्मण, असुर, टोटम गीध) का ही बोलबाला ताड़का जैसी कूटनीतिज्ञ तथा चित्रकूट से काकासुर जैसे महान योद्धा के कारण है। आपने चित्रकूट से जो आर्य सभ्यता का शंख फूँका है, उसका प्रभाव गम्भीर तभी हुआ है जब आपने दोनों का वध कर दिया है अन्यथा रावण के धन से जो परिवार, ग्राम, पुर, नगर सराबोर हुआ वही राक्षस हो गया है। वह आज तक उसी संस्कृति में है। इनकी कट्टरता को तोड़ा नहीं जा सकता बल्कि इस आर्य धर्म को आपको यथार्थ में ही उन्नत करना है तो हम आदिवासियों की रीतियों के साथ-साथ आपको राक्षसों की रीतियों का भी समावेश करना होगा, तभी आपकी बात को विभिन्न धर्मों व सम्प्रदाय के लोग मानेंगे। एक ताड़का और एक काकासुर के वध से काम नहीं चलेगा। यदि आप राक्षस धर्म का वध करेंगे तो अपनी आर्य सभ्यता को भी लचीला करना होगा। इसकी मात्र ब्राह्मणवादी संकीर्ण विचारधारा में राम भटक जाएगा।''

राम नहीं जानते थे कि बनारस का आदिवासी बानरराज इतना योग्य और राम को गुण ग्राहक जैसी बात बताएगा।

राम ने उत्तर दिया, "कपीश्वर, राम तुम्हारी सूझ-बूझ का समर्थन करता है और विश्वास दिलाता है कि वनवास से वापस आने के उपरान्त राम द्वारा जितने भी परिवर्तन आर्य संस्कृति (ब्राह्मण संस्कृति) में किए जाएँगे। उनसे प्रत्येक प्रजाजन को अवगत कराया जाएगा।"

वानरराज पुनः बोला, "राम! इस वनवास की परिक्रमा में स्थान-स्थान पर रक्ष धर्म के अनुयायियों से आपका पाला पड़ेगा। हमारी जाति सदैव घूमती ही रही है। सुग्रीव जो कि ऋष्यमूक पर्वत पर इस समय निवास कर रहे हैं, उन्हें भारतवर्ष के भूगोल का अच्छा ज्ञान ही नहीं है अपितु उन्होंने चारों दिशाओं में भ्रमण किया है और प्रत्येक वन, पर्वत, वर्ष, खंड का स्वयं जाकर अध्ययन किया है। जिस प्रकार अत्रि ऋषि को खगोल शास्त्र और सौर मंडल का ज्ञान है, उसी प्रकार अगस्त्य ऋषि को भी है। आपके गुरु विश्वामित्र जब कान्यकुब्ज के सिंहासन से विरक्त हुए और उनका तथा वसिष्ठ का विरोध हुआ तो उन्होंने अपना स्थान सिद्धाश्रम के ही नाम से उत्तर में बनाया, किन्तु इस आश्रम (मेरठ जिला) के समूचे भूभाग तक मधुपुरी (मथुरा) की सम्राज्ञी कुम्भीनसी ने मय सभ्यता तथा रक्ष सभ्यता को बिखेर दिया है। कुम्भीनसी के कारण मधुपुरी (मथुरा से मेरठ) ही रक्ष संस्कृति का केन्द्र बनी हुई है। रावण की संस्कृति इन्हीं सम्राटों व लंकेश के अनेक सैनिक सन्निवेश होने के कारण फलीभूत हो रही है। विश्वामित्र को वहाँ सफलता तो दूर वे अपने पैर ही नहीं जमा सके क्योंकि कुम्भीनसी का पुत्र लवणासुर प्राणवान (बलवान) है, वह मय सभ्यता तथा रक्ष सभ्यता दोनों का सम्मिश्रण कर रहा है। इन्द्रप्रस्थ तक उसकी धाक है। इसी कारण विश्वामित्र की जब वसिष्ठ के साथ मैत्री हुई तो वे नैमिषारण्य चले आए यहाँ उन्हें ताड़का मथाशूर मिली और जब आपने वध कर दिया तो अब उस प्रदेश को विश्वामित्र आर्यव्रत धारण कराने में सफल हो जाएँगे।

''अभी तो आपको मध्य भारत और स्वर्णपुर जहाँ कि साल के वृक्ष हैं तथा यह एक प्रकार से लंका का ही रूप है जहाँ तक जनस्थान की स्वामिनी सूर्पणखा का साम्राज्य फैला हुआ है तथा वह खर-दूषण के साथ वहाँ निरन्तर आती रहती है और स्वर्णपुर के प्रासाद में कभी-कभी छः-छः मास तक के लिए अपनी राजधानी बदलती रहती है। तथा स्वर्णपुर क्षेत्र (जबलपुर से

उड़ीसा तक का क्षेत्र जहाँ सोनपुर है) में सदैव राक्षसों का जमघट लगा रहता है। क्योंकि यह समूचा क्षेत्र विप्र (गौड़ ब्राह्मणों) से भरा हुआ है। इस कारण लोग इसे लंका का लघु रूप ही मानते हैं क्योंकि रक्ष संस्कृति लंक सभ्यता के नाम से जानी जाती है। इस कारण राक्षसों के इस स्थान को भी लोग लंका के समान ही समृद्धशाली मानते हैं क्योंकि इस स्थान पर रावण ने सोने का ढेर लगा दिया है। इसी स्थान से सोने का विनिमय राक्षस लोग करते हैं और स्वर्णपुर में रावण की ओर से दक्षिण की खानों का सोना आता है जो कि मध्य भारत और उत्तर तक क्रय किया जाता है। ये लोग वानर सम्राटों से घृणा करते हैं क्योंकि हमारा दिग्विजयी सम्राट बालि स्वर्णपुर के राक्षसों को अपने अधीन करना चाहता था क्योंकि वह बनारस, स्वर्णपुर, पम्पापुर, किष्किन्धा तक अपनी जाति का ही साम्राज्य चाहता था। सुग्रीव और हनुमान दोनों ने प्रयास किए और आज भी कर रहे हैं किन्तु बालि तथा रावण की मैत्री होने से अब वे असहाय हो गए हैं, अन्यथा हम इस ओर से इस सभ्यता को मिटा देते। इसी कारण हम वानरों तथा राक्षसों का विरोध भी है।

"और क्या बताऊँ राम! शेष आप स्वयं अपने नेत्रों से देखेंगे। अब आप आतिथ्य ग्रहण करें।"

"ठीक है, हम आपकी बातें स्मरण रखेंगे कपिराज, और आतिथ्य के उपरान्त आगे बढ़ेंगे।"

"राम यह महायात्रा है आपकी आर्य धर्म के लिए किन्तु पथ पर अन्धकार-ही-अन्धकार है। प्रकाश तुम्हें स्वयं उत्पन्न करना होगा। स्वर्णपुर में शिव व शक्ति के मन्दिर हैं। इनकी शिव भक्ति व पूजा रावण रचित शिवस्त्रोत से ही होती है। पूजा का प्रचलन हमारे यहाँ नहीं है। पूजा दक्षिण से ही इधर आई है। राक्षस का तन्त्रपाठ भी है। यहाँ मन्त्रों-तन्त्रों से युद्ध का प्रशिक्षण भी दिया जाता है। यह सब कार्य रावण जैसे सुयोग्य विदेशी सम्राट की नीति है। सूर्पणखा का पुत्र सूर्यहास खड्ग का आविष्कार कर रहा है। वह भौतिकशास्त्री है और सूर्यहास को खड्ग के आविष्कार ने मतवाला बना दिया है। इस कारण उसे राजपाट से मोह नहीं है। उसकी सहायता स्वर्णपुर से ही की जाती है।"

"ठीक है तात! राम प्रकाश की किरणें बिखेरने का प्रयास करेगा। अब हम चलते हैं।"

राम-लक्ष्मण-सीता और बटुक फिर मार्ग पर।

राम के सामने समस्या है किस मार्ग से दक्षिण की ओर जाएँ और अवधि भी यथेष्ट है तो राम को इन सभी स्थानों पर नहीं तो मुख्य-मुख्य मार्गों से होते हुए जाना ही पड़ेगा। राम मध्यदेश से दक्षिण की ओर जाएगा।

राम मार्ग में चल रहे हैं। भरद्वाज आश्रम से साथ आए समस्त बटुक उनसे गहन बात करते हैं किन्तु अग्निवेश सदैव किसी धुन में ही रहता है। क्या यह भौतिकशास्त्र पर अनुसन्धान करता है या फिर इसके मन में कोई-न-कोई बात रहती है। मुनि भरद्वाज ने बताया था कि अग्निवेश अगस्त्य ऋषि का शिष्य है और युद्धविद्या जिसे कि धनुर्वेद भी कहते हैं, और जो भार्गवों की देन है, उसमें निष्णात है। धन शब्द सभी प्रकार के शस्त्रास्त्रों अथवा युद्ध पद्धतियों का वाचक है। उन्होंने कहा था अग्निवेश अस्त्रों के संग्रहण और संहार (फेंककर लौटा लेने की विद्या) तथा शत्रु के शस्त्रों के निवारण आदि विद्याओं में निष्णात है।

राम ने बाल्यावस्था में कोशल में ऋषि सुधन्वा से प्रारम्भिक सामरिक शिक्षा प्राप्त की। उस समय मैं तथा लक्ष्मण दोनों ही आचार्य सुधन्वा जी के आश्रम में शस्त्रास्त्र रखे रहते थे और कवच धारण किए रहते थे। उपाध्याय सुधन्वा ने हमें अर्थशास्त्र की भी उच्च शिक्षा दी

जिसका उपयोग राम को भविष्य में करना है।

परन्तु अग्निवेश का वाक् कभी फूटता ही नहीं है। रात्रि को भी वह किसी-न-किसी अनुशीलन में ही रहता है तो राम ही बात करते हैं।

"भद्र अग्निवेश जी, आपने प्रयाग में तो धनुर्वेद की शिक्षा देकर ख्याति अर्जित कर ली है। विश्वामित्र जैसे मुनि ने जहाँ मुझे पचपन अक्षामान्य व दुर्लभ अस्त्रों की प्रयोग विधि की शिक्षा दी है जिसमें कि अजगव जैसा अस्त्र (पैटन टैंक) संहार भी सम्मिलित है वहाँ आप मेरी वय के होने से भ्रातातुल्य हैं, क्या मुझे अगस्त्य जैसे धनुर्विद् आचार्य के अनुसन्धानों में से किसी एकाध अस्त्र का ज्ञान नहीं देंगे?"

"क्षत्रिय राम! अग्निवेश ने जो अनुसन्धान किए हैं वे सब आप जैसे राजकुमारों व ब्राह्मण युवकों को सुशिक्षित करने के लिए ही हैं परन्तु वेधशाला के अभाव में आपको प्रायोगिक ज्ञान नहीं हो सकेगा। इस कारण यात्रा में जहाँ हम सब एक साथ हैं, वहाँ वर्तमान में तो आपको अपने संकल्प को पूर्ण करने के लिए मार्ग के नगर, पुर, ग्रामवासियों को बहुत-कुछ देना है। इस कारण जहाँ हमारा कहीं निवास होगा वहाँ मैं आपको कुछ शिक्षा दूँगा किन्तु मेरे गुरु अगस्त्य के धनुर्वेद आश्रम पर ही आप इनका प्रयोग कर पाएँगे। क्योंकि विज्ञान में अर्थ पानी की भाँति व्यय होता है। गुरु अगस्त्य को धन की व्यवस्था कुबेर कर रहे हैं। इस कारण उनकी वेधशाला भय और आतंक की वेधशाला कही जाती है। अगस्त्य जी मित्रावरुण के पुत्र हैं, वसिष्ठजी के छोटे भाई हैं। अगस्त्य ने भगवती लोपामुद्रा, जो कि रावण कुल की हैं, से विवाह किया है। रुद्र ने ही इन्हें कैलास से दक्षिण के लिए भेजा है। इनके श्वसुर पुलस्त्य शिवदान (अफ्रीका) में सुमेरु पर्वत के निकट रहते हैं। जहाँ कि घनघोर जंगल है और वे वहीं पशुविज्ञान एवं वनस्पतिशास्त्र पर शोधरत हैं। इनका आयुर्वेद पर अधिकार है। शल्यक्रिया में निष्णात हैं। इसी कारण लंकेश के परिवार को महान विज्ञानवेत्ता होने से व भार्गवों के मित्र ही नहीं अपितु भ्राताओं जैसे इस वंश से सम्बन्ध होने से जहाँ धनुर्वेद व आयुर्वेद घर में ही हो और जो शंकर जैसे पराविज्ञानी के भक्त हों कौन जय कर सकता है। इस कारण मेरे गुरु की वेधशाला में तुम्हें पूर्ण ज्ञान प्राप्त होगा। लंकेश ने ब्रह्मास्त्र का ज्ञान अगस्त्य से ही प्राप्त किया है और अगस्त्य के साथ आए परशुराम के भाई सुखेन ने रावण की लंकापुरी को वेधशालाओं से भर दिया है। आज लंकापुरी आयुधों की खान है और धनधान्य से परिपूर्ण है तो तात, दशानन जैसे वैचारिक क्रान्तिदर्शी की सुन्दर संस्कृति से इन्द्र या राम अथवा क्षत्रियों को विद्वेष क्यों?

"राम की पद यात्रा कैकेयी जैसी महान कूटनीतिक सम्राज्ञी की कोई मौलिक सूझबूझ है जिसमें आर्य-अनार्य सभ्यताओं के लिए आप जैसा क्षत्रिय राजकुमार क्यों इन्द्र द्वारा चुना गया?"

राम समझ गए कि अग्निवेश महान बुद्धिमान बटुक नहीं अपितु एक कूटनीतिक प्राध्यापक भी हैं। ब्राह्मण समर्थन की भी ध्वनि निकल रही है फिर भी इसको सन्तुष्ट करना ही होगा।

राम बोले, "मेरा ध्येय राजनीतिक कम धार्मिक अधिक है। धर्म व राजनीति वर्तमान में जुड़े हुए हैं तो राम कैसे अलग हो सकता है? जिस प्रकार समन्वय सेतु का कार्य अगस्त्य कर रहे हैं उसी प्रकार मैं भी करूँगा। अब समन्वय में यदि आर्य, अनार्य अथवा ब्राह्मण, क्षत्रिय और शूद्रों का भी कहीं प्रश्न उठेगा तो भी राम समन्वय करेगा और आवश्यकता हुई तो अन्य धर्मों व राजनीति को भी स्वीकार करेगा। मैं समझता ही नहीं हूँ अपितु यह चाहता भी हूँ कि दशानन जैसे परम विद्वान से भी ज्ञान प्राप्त कर हम मैत्री भाव से सभी जन एक होकर विश्व समाज को कुछ दें। रावण की विद्वत्ता यदि इन्द्र को खटकती है तो भी राम वरेण्य ब्राह्मण राजा

रावण का सम्मान करेगा। हमारा वंश सदैव निजों की सेवा करता आया है और इनके लिए ही प्रधानमन्त्री का पद सुरक्षित करता आया है। राम यह भी देखना चाहता है कि रावण की संस्कृति को विश्व के अधिकतम द्वीपों ने किस प्रकार अंगीकार कर लिया और आर्य धर्म को क्यों नकार दिया? इसका कारण उनके धर्म की विशेषता ही होना चाहिए। मैं मित्रता में विश्वास रखता हूँ।"

अग्निवेश प्रसन्न होकर बोला, "मैत्री व शान्ति ही समाज के आनन्द नहीं परमानन्द हैं। क्षत्रिय और ब्राह्मण का खड्ग टकराएगा तो विनाशकारी युद्ध ही होगा जिससे मानव सभ्यता कराह उठेगी। मैं हिंसात्मक विद्रोह के विरुद्ध हूँ। यही यदि आपकी नीति है तो फिर सब मिलकर युवक संगठन को तो जन्म देंगे ही, साथ ही रचनात्मक कार्यों से भारतवर्ष ही नहीं विश्व को भी एक आदर्श आदान-प्रदान करेंगे।"

अग्निवेश रुक गया और बोला, "हम मध्य देश के उस स्थान पर भी पहुँचेंगे जहाँ कि मातंग ऋषि व उनकी शूद्र (आदिवासी) शिष्या शबरी का आश्रम था। यह आश्रम इस समय रिक्त है क्योंकि ऋषि दक्षिण में ही ऋष्यमूक पर्वत पर अपनी अनूठी वेधशाला में विश्व को चौंका देनेवाले अनेक प्रयोग कर रहे हैं। शबरी भी वहीं रहती है, ऋषि की सेवा करती है।

"राम गोदावरी नदी उत्तर भारत तथा दक्षिण भारत को विभाजित करनेवाली नदी है। इस नदी तक पहुँचने में हमें शाल वृक्ष वन से जाना होगा क्योंकि दक्षिण पथ गोदावरी के किनारे के ऊपरी भाग से प्रारम्भ हो जाता है और इसके बाद दंडक वन का क्षेत्र है। इस मध्य देश से होते हुए स्वर्णपुर पहुँचेंगे और वहाँ से दक्षिण कोशल जो कि आपके सूर्यवंश का ही साम्राज्य है और जहाँ के सम्राट अनरण्य रावण युद्ध में मारे गए थे। वहाँ से हम दंडकारण्य की ओर गोदावरी के किनारे-किनारे चलेंगे। राम अब यहाँ के लगभग सभी स्थान रक्ष संस्कृति के विद्वान ब्राह्मणों के हाथ में हैं और यह भूभाग लंका के समान ही समृद्धशाली हो गया है क्योंकि इनकी समृद्धियों तथा रक्ष संस्कृति के कारण आर्य इन्हें भी लंकद्वीप ही कहते हैं। महानदी को ही सागर मानते हैं। नीलगिरि पर्वत के मजीठ (नील वस्त्र रँगनेवाला) का व्यापार दूर-दूर तक करते हैं। यहाँ विरोध का साम्राज्य है और नीलगिरि के लोग ही सूर्पणखा की पूजा इसलिए करते हैं कि उसने वहाँ के वासियों के मजीठ व्यापार को व्यापक रूप देकर उनके शोषण को समाप्त कर उन्हें श्रम के पूर्ण प्रतिफल का लाभ पहुँचाया है। इस कारण श्रमिकों में वह अधिष्ठात्री होकर उन्हें अर्थ में सामर्थ्यवान बनाने से दैवी रूप में अवतरित हो गई है। मेरी उनसे जनस्थान एवं गुरु अगस्त्य आश्रम पर अनेक बार वार्ता हुई है। वे मृदुभाषिणी हैं, तथा वृद्धावस्था में भी युवती सदृश दिखती हैं। अभी तक एक भी बाल पका नहीं है। नेत्रों की ज्योति ठीक है। अनदेखे व पहचाने कोई भी उन्हें एक युवती ही समझेगा। वह अब भी तप करती है, अपने जनस्थान के राजप्रासाद में ठाट से रहती है। वह प्रजापालिका है। जनस्थान में अगस्त्य जो कि उन्हीं के फूफा हैं व मतंग ऋषि को धन भी दान करती रहती है और कभी भी जनस्थान का कोई व्यक्ति दुखी नहीं रहता। दक्षिण का ब्राह्मण वर्ग पुरोहित वर्ग कहलाता है। वे सब बड़े कर्मकांडी और रावण व सूर्पणखा की दीक्षा के कारण परम विद्वान हैं। और इसी कारण दक्षिण में दशानन की प्रशंसा समुद्र तटरक्षक के रूप में भी की जाती है।"

राम ही गद्गद होकर बोले, "अग्निवेश! तुम्हें तो इस मार्ग का व यहाँ के भूगोल तथा वातावरण सभी कुछ का ज्ञान है। यदि तुम मेरे साथ न होते तो राम किस प्रकार पहुँचता?"

"वह तो तात भरद्वाज की आज्ञा है। मैंने उनके आश्रम में धनुर्वेद पढ़ाया है और उनसे

व्याकरण की शिक्षा ली है क्योंकि ऋषि अगस्त्य तमिल व्याकरण का कार्य भी कर रहे हैं इस कारण मैं उन्हें सहयोग दूँगा। दक्षिण में कोई वैयाकरण नहीं है। इस कमी को अगस्त्य वैयाकरण पूर्ण करेंगे। परस्पर की शिक्षा-दीक्षा से ही हम लोग उन्नति कर सकते हैं।''

"मध्य देश से कितने आश्विन (दूरी) पर हम स्वर्णलंका पहुँचेंगे अग्निवेश?"

"अभी तो यथेष्ट आश्विन है परन्तु आज हम दक्षिण कोशल की उस सीमा तक पहुँच जाएँगे जहाँ कि मध्य देश लगभग समाप्त होता है और मध्य देश के इस भूभाग (जबलपुर, मंडला, अमरकंटक) में विश्राम करेंगे जहाँ कि हमें रक्ष सभ्यता के कुछ विद्याधरों से वार्ता करना है। इन विद्याधरों को भी आर्य सभ्यता आप देंगे।"

17

सन्ध्या तक यह दल एक पुर के निकट पहुँच गया और शाल वृक्ष के नीचे विश्रामलीन हो गया।

इसी समय एक कुत्ता व एक गधा लिये हुए एक प्रौढ़ एक स्त्री के साथ आया जो इस शाल वृक्ष के नीचे बैठे, उठँगे, विश्रामित मनुष्यों को देखकर ठिठक गया। उसमें पूछने का साहस नहीं था कि तुम कौन हो?

राम ही बोले, "भ्रातर आओ बैठो? कहीं यह वृक्ष तुम्हारा ठिकाना तो नहीं है?"

इस स्नेहसिक्त वाणी को सुनकर वह सहमते हुए बोला, "मैं अनार्य हूँ। इस वृक्ष के नीचे मैं रात्रि विश्राम करता हूँ। अब आप ठहरे हैं तो मैं किसी दूसरे विटप को अवलम्ब बना लूँगा?"

"क्यों, क्या पुर में तुम्हारी कुटिया नहीं है?"

"अनार्यों को पुर में रात्रि विश्राम नहीं करने दिया जाता।"

"क्यों, यह कौन-सा क्षेत्र है जिसका राज्य है यहाँ?"

"यह रेवाखंड (रीवाँ से आगे तक का भाग) है। यहाँ तुर्वसुओं का साम्राज्य है। यहाँ के क्षत्रिय आर्यधर्मी हैं, इसलिए हम अनार्यों को रात्रि में पुर के बाहर ही ठहरने की आज्ञा रहती है।"

"अच्छा, साथ में ये नारी कौन है?"

"मेरी स्त्री धन है।"

"तुम्हें कोई काम नहीं दिया जाता क्या?"

"हमें तो दस्यु के नाम से सम्बोधित किया जाता है। यहाँ वृत्ति के लिए काम हमें कोई नहीं देता। मृगया ही हमारी जीविका है।"

"तुम अपने अनार्य अधिष्ठाता विराध के पास स्वर्ण लंका क्यों नहीं गए?"

"वहाँ से ही भागकर आया हूँ क्योंकि ये मुझ पर आसक्त थी और इसका पिता निर्धनता के कारण मुझसे इसका विवाह नहीं करना चाहता था। इस कारण हम दोनों स्वर्णपुर भाग आए, और राक्षस विवाह कर जो मिल रहा है उसी में दोनों उदरपूर्ति कर रहे हैं।"

"ये तुर्वसु क्षत्रिय अनार्यों से इतनी घृणा करते हैं!"

"हाँ, मैं स्वर्ण आभूषण कुछ पहने था। मुझे मध्यदेश का कोई ज्ञान तो था नहीं और जैसे ही यहाँ रुका और मैंने अपने आपको रक्ष-धर्मी बताया तो यहाँ के विंशी (बीस ग्रामों के समूह का स्वामी) ने हमारे समस्त आभूषण छीन लिये और उनके विनिमय में लोहे के गहने हमें पहना

दिए, और निर्देश दिया, कि तुम्हारे वस्त्र मृत व्यक्तियों के वस्त्र होंगे। हमारा उच्छिष्ट (जूठन) तुम्हारा भोजन होगा। रात्रि में तुम्हारा पुर प्रवेश निषेध होगा। अनाथ व्यक्तियों के शव चिता भूमि तक ढोकर लेकर जाओगे। तुम्हें सम्पत्ति का अधिकार नहीं होगा। धर्मस्थान (न्यायालय) में तुम्हारी साक्षी नहीं मानी जाएगी।"

राम आश्चर्यचकित हो गए यह तो दासप्रथा से भी घिनौना बन्धन है अनार्यों के साथ। मानव-मानव एक समान हैं। धर्म और संस्कृति मनुष्य को संत्रस्त करें तो कौन ऐसे धर्म को मानेगा? यह तो अत्याचार, अनाचार है आर्यों का। राम सहृदय हैं। राम भले ही क्षत्रिय हैं, आर्य हैं किन्तु इन पाशविक नियमों को नहीं मानेगा। राम के भीतर का क्रोध उनके मुख पर प्रकट हो रहा था जिसे चाँदनी में मात्र अग्निवेश ताड़ रहा था और अग्निवेश के लिए राम की यह परीक्षा भी थी कि क्या अब रावण महान नहीं है? यदि आर्य सभ्यता का यह स्तर हो तो रावण की सभ्यता अनार्यों के लिए महान ही होगी। जबकि रावण के घर में ही विभीषण आर्य सभ्यता का पोषक है और रावण सभी को समान दृष्टि से अपने छत्रक में प्रश्रय दे रहा है। किसी का विरोध नहीं बल्कि अपनी नाम की संस्कृति को विस्तीर्ण करना उसका अपना स्वामित्व है जिसका निर्वहन स्वामी के अधिकारों में उचित है।

राम उठे उन्होंने धनुष कन्धे पर रख लिया और बोले, "चलो भ्रातर इस विंशपति क्षत्रिय को आज ही आर्य-अनार्य का पाठ पढ़ाएँगे।"

अनार्य धर्मी विस्मित हो गया। यह कौन है? कहीं इन्द्रजित तो नहीं? क्योंकि हमारी रक्षा तो सार्वभौम सम्राट ही कर सकता है। परन्तु लंका से एकाकी युवराज मेघनाद बिना सेना के क्यों आने लगे! ये तो कोई और है। पहले परिचय प्राप्त करना चाहिए। मैं भी योद्धा हूँ, वीर हूँ। परन्तु इस समय एक भिक्षुक-सा मेरा जीवन हो गया है, अपनी ही जन्मभूमि छोड़ने से। सच कहा है परदेश में कोई सुख नहीं अतिरिक्त विपत्तियों के।

अनार्य सुवक बोला, "आप कौन हैं? आपने मुझसे मेरा परिचय प्राप्त कर लिया और अपना नहीं दिया। मुझ राक्षस के शुभचिन्तक क्या आप भी कोई रक्ष सम्प्रदाय के हैं?"

"नहीं, मैं आर्य राम हूँ।"

"कौन परशुराम।"

"नहीं, क्षत्रिय युवराज राम।"

"अभी तक तो मात्र भार्गव परशुराम और रुद्र के पुत्र कार्तिकेय ही अनार्यों के रक्षक हैं, आप कौन से कहाँ के राम हैं?"

"मैं उत्तर कोशलाधीश चक्रवर्ती सम्राट दशरथ का पुत्र राम हूँ। मेरी सहचरी सीता और भाई लक्ष्मण मेरे साथ हैं और ये सभी अब मेरे मित्र हैं।"

"इतने आश्विन चलकर किसलिए आए हो, कहाँ जा रहे हो?"

"दंडकारण्य जा रहा हूँ। पिता द्वारा मुझे वनवास दिया गया है।"

"ओह! क्षत्रिय होकर हम अनार्यों पर आप क्यों कृपा कर रहे हैं?"

''यह कृपा नहीं है। यह तो मानव धर्म है कि अत्याचार के विरुद्ध चाहे आर्य हो या अनार्य एक होकर ऐसे नियमों को पालन करानेवाली शक्ति का गला घोंट दे। राम भी युवक है। वह मानव सभ्यता के विपरीत आर्य नियमों को तोड़ देगा। जैसा कि मैंने दासप्रथा की समाप्ति के लिए चित्रकूट में काकासुर अनार्य का वध कर दिया।

"ओह! तो वही राम हूँ जो युवकों का संगठन करते हुए ऐसी सामाजिक कुरीतियों का

उन्मूलन करूँगा और मृगया को अधिकतम जीविका का साधन न बनाते हुए कृषि को जीविका का साधन बनाने पर बल दे रहा हूँ।"

"ठीक है चलो। मुझे भी कोई अस्त्र या शस्त्र दो। मैं भी यदि अवसर आया तो रण करूँगा।"

लक्ष्मण बीच में ही बोले, "आर्य, यह कार्य लक्ष्मण करेगा परन्तु प्रातःकाल।"

"कर्मशील दिन और रात्रि की गणना नहीं करते लक्ष्मण।"

"यह भी तो उचित नहीं है कि तुर्वसु भी तो क्षत्रिय ही हैं। वे भी तो समर कर सकते हैं। कोई अनायास ही तो रण नहीं किया जा सकता। हो सकता है हमारे परिचय मात्र से ही कार्य हो जाए।"

अग्निवेश बीच में ही बोल उठा, "पहले वार्ता करनी चाहिए और जब वार्ता से हल न निकले तब युद्ध करना चाहिए। यह शत्रुनीति कहती है।"

"तो ठीक है, अभी विश्राम करो, प्रातःकाल ही यह कार्य निदान करेंगे।"

अनार्य युवक ने बड़े दीन भाव से पूछा, ''यदि आप लोगों ने कुछ खाया-पीया न हो तो हमारे पास दो खरगोश जीवित हैं। कहो तो सेक दें और इस वृक्ष के ऊपर हमारी एक गठरी रखी है उसमें बेर और मूल हैं।''

सीता बीच में ही बोली, "ठीक है, बेर व मूल ही खा लेंगे। उतारो अपनी पोटली।"

जब युवक पोटली उठाने व उसकी गाँठ आदि खोलने में व्यस्त हो गया तो सीता ने रमणी से पूछा, "क्यों तुम स्वेच्छा से आई हो या इन्होंने तुम्हारा अपहरण किया है?"

"अपहरण तो अनिच्छा का प्रतीक है। मैंने तो अनुराग में ही पवित्रता का दर्शन किया है। इस कारण मैंने भी भागने में साथ दिया और शिवलिंग स्थापित कर हमने विवाह कर लिया।"

"तुम्हारे समाज में तो राक्षस विवाह को मान्यता है।"

"नहीं है। यदि होती तो रावण महाराज कुम्भीनसी कांड को देखकर युद्ध करने क्यों जाते? यह तो यक्षों की संस्कृति है। हमारे यहाँ तो परिणय ही माना गया है।"

"फिर राक्षस विवाह को लोग बुरा मानते हुए रावण के सिर क्यों मढ़ते हैं?"

''आपने देखा नहीं हमारे साथ आर्य सभ्यतावाले लोगों का किस प्रकार का निकृष्ट आचरण है। जबकि ये धर्म, कर्मकांड ज्ञान को समझते ही नहीं। हम भी इन्हें राक्षस ही कहते हैं। रागस शब्द वेद में आया है जो उन प्रत्येक मनुष्यों पर लागू होता है जिनकी कि प्रवृत्ति समाज विरोधी है। हमारी सभ्यता में सूर्य (आदित्य) संस्कृति भी सम्मिलित है और फिर स्मृतिकार कोई ईश्वर तो हैं नहीं जिसके विचार जितने ऊँचे उड़े उसने अपनी मौलिक सूझबूझ से उन विचारों पर मनन कर एक को तोड़-मरोड़कर वातावरण को देखते हुए परिस्थितियों की अनुकूलता में ढालकर रच दिया है। उसी रावण जैसे परम मेधावी व विद्वान ने रक्ष संस्कृति को जन्म देकर, कुछ भेद मिटाने का प्रयास किया तो इन्द्र, वरुण और क्षत्रियों को यह खटकने लगा तो अब उन जैसे प्रजापालक, धर्मरक्षक महान सम्राट के नाम पर ही प्रत्येक दूषित कर्म जो करते सभी हैं, रावण के नाम मढ़ा जाने लगा। ऐसे असत्य आरोप सभ्यता व धर्म के नाम पर अपनी-अपनी तूती बजाने के लिए सभी धर्मावलम्बी करते हैं। राक्षस विवाह कहाँ किस जाति व किस धर्म में आज नहीं हो रहा है? एक मैंने कर लिया तो क्या इससे मेरी अस्मिता नष्ट हो गई जब कि मेरे मन में पर-पुरुष का ध्यान नहीं आता। यह तो नारी ही बतला सकती है व जान सकती है कि कौन साध्वी है।"

''आप देख रही हैं हमारे लिए ये दुर्दिन ही हैं फिर भी क्या मैं अपने पति को छोड़कर

कहीं जाऊँ अथवा उनसे किसी अच्छे वस्त्र या आभूषण की माँग करूँ? हम अनार्य नारियों में किसी प्रकार की लोभ प्रवृत्ति नहीं है जबकि यह आप लोगों में है। क्या आर्य और क्या अनार्य हैं तो सभी मनुष्य ही फिर एक समुदाय को उच्छिष्ट भोजन की व्यवस्था, ग्राम से बाहर रहने की व्यवस्था, क्या स्वमेव विद्रोह का स्वर नहीं है? और यदि रावण जैसे महान विद्याधर सम्राट ने इन विद्वेषी भावनाओं को मिटाने के लिए अपना नया मत प्रतिपादित किया तो आपको क्यों साँप सूँघ गया? वह भी तो विशुद्ध आर्य रक्त है। उनके दादा पुलस्त्य विशुद्ध ब्राह्मण कुल के हैं जिन्होंने अग्निपूजकों (भृगु) से यथेष्ट ज्ञान अर्जित किया है।''

सीता तरुणी की बातें सुनकर हतप्रभ हो गईं और राम बिहँसे फिर बोले, "तुम्हारा कहना यथार्थ है। मैं तुम्हारे ऐसे एकनिष्ठा सम्पन्न राक्षस विवाह को आज से मान्यता देता हूँ। यह भी विवाह के प्रकारों में आर्य धर्म में सम्मिलित कर लिया जाएगा।"

अग्निवेश समझ गया राम अवसरवादी भी हैं और कोमल-हृदया भी हैं जैसा कि सार्वभौम सम्राट लंकेश। राम कर्तव्य परायण भी हैं जो रावण के समान ही तत्काल निर्णय लेता है। इन क्षत्रिय राजकुमारों को यह वसिष्ठ और विश्वामित्र का ही ज्ञान है। राम लचीला भी है, गर्वीला भी है। यह व्यक्तित्व दक्षिण में उभर भी सकता है और डूब भी सकता है। यह तो भविष्य ही कुछ बता सकता है।

इसी समय अनार्य तरुण ने सभी की हथेलियों पर बेर व मूल रख दिए। सभी ने खाया।

फिर वही तरुण बोला, "भद्र राम, पानी ले आता हूँ। मेरे पास तो मिट्टी के टूटे-फूटे पात्र हैं। इन्हीं से काम चला लेता हूँ। आपको उच्छिष्ट का विचार तो नहीं है। वैसे मैं भी क्षत्रिय युवक ही हूँ। और ये वैश्य हैं।"

"राम इन बातों में विश्वास नहीं रखता। वह छुआछूत को मनुष्य का विकार भाव मानता है। तुम पानी लाओ, हम पान करेंगे।"

18

जब राम जागे तो उन्हें लक्ष्मण कहीं भी दृष्टिगोचर नहीं हो रहे थे। राम चिन्तित हुए किन्तु अनार्य तरुणी हँस रही थी। राम ने चिन्तातुर होकर पूछा, "क्यों ये कहाँ गए?"

"विंशपति के पास।"

"एकाकी।"

"नहीं मेरे पति भी गए हैं।",

"ठीक है किन्तु तुम इतनी शीघ्र जागकर अब क्या कर रही हो?"

"मैं पानी भर लाई हूँ, वे ग्राम से वीहि भी ला रहे हैं फिर मैं सीता देवी के साथ भोजन बनाऊँगी और सबको खिलाऊँगी।"

लक्ष्मण विंशपति को लेकर अग्निवेश के साथ आ गए थे।

विंशपति ने नम्रता के साथ हाथ जोड़कर अभिवादन किया और कहा, "राजकुमार राम! मैं दशरथ को जानता हूँ। ये व्यवस्था मैंने तो निर्मित नहीं की। हम तो छत्र आज्ञा का पालन मात्र करते हैं। इसमें बुराई है या भलाई यह देखने का कार्य मन्त्रिपरिषद, अमात्य परिषद का है हमारा नहीं। इस कारण चाकर द्वेषी नहीं है यदि है तो सम्राट व उसका छत्र जिसके अधीन

हम काम करते हैं।"

विंशपति के निर्भीक वचन सुनकर राम समझ गए। यह कटु सत्य है। ये आज्ञाएँ तो छत्र ही पारित करता है। गुण-दोष तो हमें देखना चाहिए।

राम ने अनुशीलन कर रहा, "यह मेरी आज्ञा है कि अब अनार्यों के साथ यह भेदभाव नहीं रखा जाएगा और शूद्रों को भी समाज में समुचित स्थान दिया जाए।"

"आपकी आज्ञा इस देश में कैसे चलेगी भद्र राम?"

"राम की सुन्दर आज्ञा मनुष्यता के अनुरूप सर्वत्र चलेगी।"

"यह कैसे सम्भव हो सकता है?"

''लक्ष्मण इसे सम्भव का ज्ञान करा दो।''

लक्ष्मण की भृकुटि तन गई। नेत्र लाल हो गए और उनका बाण धनुष पर चढ़ गया। विंशपति लक्ष्मण की यह क्रोधित मुद्रा देखकर समझ गया कि क्षत्रिय राजकुमार है इनका क्या विश्वास जब सीधी तरह काम नहीं चलता तो ये नर-वध तत्काल कर देते हैं। वह गिड़गिड़ाने लगा व बोला, "ठीक है राम मेरे यहाँ यह हो जाएगा।"

"हो नहीं जाएगा बल्कि इस तरुण व तरुणी को एक कुटिया में ग्राम में स्थान भी दोगे और इनसे छीने हुए आभूषण वापस कर दो। एक गेहूँ का क्षेत्र इसे दो। ये सब तुम्हारे अधिकार में हैं।"

''हैं महाराज! हम तो आपके ही सेवक हैं। ये क्षेत्र भी नदी मातृका (सिंचाईवाला खेत) वाला दे दूँगा और हल्या तथा वृषभ सभी के साथ-साथ बीज की भी व्यवस्था कर दूँगा।"

"बीज, वृषभ का ब्याज नहीं लेना जैसा कि आप लोग करते हैं। बीज, वृषभ की इसे छूट देना।"

"जो आज्ञा।"

"सुनो, "इस परिवार को इनका धर्म पालन करने देना।"

तरुण बीच में ही बोल उठा, "जब आपने मेरे समूचे संकट समाप्त कर दिए तो मैं तो वही धर्म मानूँगा जो कि राम कहेंगे। आप तो मुझे भगवान के समान ही मिल गए, अन्यथा, मुझ अनार्य को इन ठीकरों में उच्छिष्ट भोजन करते-करते मृत्यु का आलिंगन करना पड़ता। आपकी कृपा से देवमातृका (मेह पर निर्भर खेत) क्षेत्र के स्थान पर नदी मातृका को प्राप्त हो गया। आवास के लिए बीज हस्ति (हाथ) भूमि प्राप्त हो गई तो मेरा तो उद्धार हो गया भगवान राम। आर्यों में तो ऐसा कोई राजकुमार हुआ ही नहीं है। आपने यथार्थ में ही घृणा के स्थान पर जो प्रेम मुझे दिया उससे आपके प्रति मेरी श्रद्धा हो गई।"

"मैं तो मानव हूँ और मनुष्य योनि में जन्म लेकर मानव सेवा कर कुछ अपने लिए यश अर्जित कर रहा हूँ। वैसे आर्य संस्कृति का विस्तार ही मेरी यात्रा का उद्देश्य है। आपने यदि अन्तःकरण से आर्य धर्म को ग्रहण किया है तो उसका पालन भी करना।"

"ठीक है तात! आपने तो मुझ अनाथ को सनाथ कर दिया। मैं व्रीहि ले आया हूँ। भोजन करके ही आप जाएँगे।"

विंशपति बीच में ही बोला, "नहीं राम! आज का आतिथ्य विंशपति का होगा। अपूप का भोजन आप पधारकर मेरे गृह पर कीजिए।"

"ठीक यहीं भिजवा दीजिए। हम अभी स्नान आदि से भी निवृत्त नहीं हुए हैं। जब तक आप अपूप तैयार कराएँगे तब तक हम तैयार हो जाएँगे।"

विंशपति चला गया। राम बटुक आदि स्नान हेतु कुएँ पर आ गए। सीता अनार्य वधू से बतियाने लगीं। सीता वाक्पटु थीं और वीरांगना भी। इसके अतिरिक्त उन्हें अपने पिता जनक से एक और कला विरासत में प्राप्त हुई थी, वह थी किसी को भी अपनी सहानुभूति में ले लेना या अपनी ओर कर लेना। वे अबला कहलानेवाली नारी न होकर सबला थीं तभी उन्होंने राम जैसा पति प्राप्त करने के लिए चौदह वर्ष वनवास जैसे कठोर व्रत का संकल्प किया।

सीता मृदु भाषा में बोलीं, "तरुणी! तुम्हें अभी जीवन में बहुत-कुछ करना है, उसके लिए मेरा उपदेश यह है कि कभी भी अपने पति को नाराज नहीं करना। यदि दैवयोग से कहीं बिछुड़ने का समय भी आ जाए तो भी पतिव्रत धर्म का परित्याग नहीं करना। किसी भी प्रलोभन में नहीं आना। और आपद्काल में धैर्य धारण कर अपनी बुद्धि से कार्य करना। यदि तर्क शक्ति व सम्मोहन शक्ति का ज्ञान हो तो शत्रु के यहाँ रहते हुए भी शत्रु के ही गृह में फूट डालकर उसके किसी विशिष्ट व्यक्ति को अपनी ओर आकृष्ट कर, अपने सतीत्व की रक्षा करना चाहिए। अपहरण होने पर अथवा सैनिक अभियान में नारियों के लूटे जाने पर भी साहस के साथ शत्रु के कारा में रहते हुए भी अपने देश व अपनी संस्कृति की ही विरुदावली गाते रहना चाहिए जिससे शत्रु की नारी चर तुम्हारे लिए समय पड़ने पर सहायक हो सकें। रोना-धोना विपत्ति में काम नहीं आता, उस समय नारी को अपनी शक्ति व विवेक ही क्रियाशील रखना चाहिए और अवसर की प्रतीक्षा दृढ़ संकल्प के साथ करते रहना चाहिए। यह मेरा उपदेश समय पर तुम्हारे काम आ सकता है।"

तरुणी ने स्वीकृति की सूचना ग्रीवा हिलाकर दी और इसी समय सभी आ गए।

विंशपति अपूप व कदलीपात साथ में लाया था। राम व उनके साथियों ने एक साथ भोजन किया। धान के इन स्वादिष्ट अपूपों को सभी ने खाया। फिर हस्त प्रक्षालन कर राम ने विंशपति से कहा, "विंशपति, वापस आकर मैं तुम्हारे इस भोजन व्यवस्था के लिए कुछ पुरस्कार दूँगा। राम किसी का ऋणी नहीं रहेगा। अब हम चलेंगे।"

19

राम पुनः दक्षिण पथ पर। अग्निवेश के कन्धे पर एक थैला सदैव लटका रहता था जिसमें वह अनिल चूर्ण सदैव साथ रखे रहता था। किन्तु ये रहस्य उसने अभी तक किसी पर प्रकट नहीं किया था। राम ने सीता से कहा था कि अग्निवेश के इस थैले का भेद तुम्हें प्राप्त करना है।

सीता ने एक दिन अग्निवेश को एक शिलाखंड पर बैठाकर पूछा, "अग्निवेश, तुम राम के सखा नहीं अपितु लक्ष्मण के समान उनके अनुज रूप हो और मैं तुम्हारी माता समान भाभी हूँ। तुम भौतिकशास्त्री हो। हमें तुम्हारे जैसे क्रान्तिकारी युवक पर दम्भ भी है परन्तु तुम्हारी नीति दक्षिण के द्राविड़ों की ओर अधिक झुकी हुई प्रतीत होती है। जबकि हम आर्यों व द्राविड़ों में परस्पर सहयोग चाहते हैं। इस कर्म में जो सद्विचार एवं सतगुणी हो, उसका समर्थन तुम्हारे जैसे मेधावी युवक को करना चाहिए।"

''भाभी, मैं भी विचारक हूँ। जब कहीं अग्निवेश अनार्यों की अनीति देखेगा तभी तो समर्थन देगा। अभी तक तो आर्यों की नीति ही सर्वथा अनुचित रही है। आपके कुल में हरिश्चन्द्र सम्राट हुए। वे निःसन्तान थे। उस समय उनके पुत्र रोहित तक को नरबलि के लिए माँगा गया था

और सत्यवादी हरिश्चन्द्र भी पुत्र मोह के कारण अठारह वर्ष तक रोहित को नरबलि के लिए नहीं दे सके थे।

"ये कुरीति आर्य अथवा ऐसे सभ्य मानव समुदाय के चन्द कर्णधारों की याज्ञिक नीति है जिसमें नरबलि दी जाती थी और अब पशुबलि। जबकि दक्षिणावर्त का कर्णधार रावण ऐसी कुरीतियों का विरोधी है। मानव समाज में ऐसे व्यक्ति का तो आदर ही किया जाएगा। हाँ, राम जैसा आर्यावर्त से दक्षिण तक ध्रुवीकरण कर्ता तो एकमात्र वही है, अब राम भी उसी के सहयोगी होंगे भले ही राम का रावण से साक्षात्कार न हुआ हो, लेकिन रावण जैसा परम विद्वान अनावश्यक रूप से राम का विरोध नहीं करेगा। हाँ, यदि राम ने कोई अनुचित पग उठाया तो रावण स्वाभिमानी है, वह टूट सकता है किन्तु झुक नहीं सकता और फिर जो वह सोचेगा वही करेगा।"

"मैं राम व रावण, दो व्यक्तियों के बारे में नहीं दो समाजों के बारे में पूछ रही हूँ। वह सामाजिक व्यवस्था ठीक है, जिसमें आर्यों के यहाँ अनार्य दास हों और अनार्यों के यहाँ आर्य दास हों जैसा कि हम देखते आ रहे हैं।"

"यह सामन्ती युग है। इसमें तो धाँधली होगी ही। राज्य चाहे आर्य सम्राट का हो, चाहे अनार्य का। दोनों में सामन्तवाद को ही प्रश्रय प्राप्त होगा। फिर भी रावण ने सम्राट के वंशक्रम के सिद्धान्त को तोड़कर यह सिद्ध कर दिया है कि सम्राट कोई दैवी शक्ति नहीं है। परलोक की शक्तियों का सम्बन्ध सम्राट से जोड़ा जाना भ्रमपूर्ण है। इसीलिए इन्द्र, वरुण, यम जिन्हें लोगों ने पारलौकिक शक्ति मान लिया था अब वे समझ गए कि ये देवजाति मनुष्य ही हैं। इनमें पारलौकिकता रंचमात्र भी नहीं है। तो इससे समाज में एक विकार उत्पन्न हो गया है और रावण की शक्ति को लोग अब पारलौकिक शक्ति ही कहने लगे हैं, और यह स्वाभाविक है कि जब मनुष्य को समाज में सम्मान प्राप्त होता है तब उसमें स्वेच्छाचारिता आ ही जाती है। इसी स्वेच्छाचारिता से व्यक्ति पतित भी होता है। इस कारण राम व रावण के समाज के बीच गम्भीर खाई है। यदि वह पाटी जाती है तो प्रसन्नता होगी। नहीं तो युद्ध अवश्यम्भावी होगा।"

"युद्ध होगा तो तुम किसके समर्थक रहोगे?"

"धर्म से आर्यों का, विचारों से अनार्यों का।"

"ऐसा क्यों?"

"इसलिए कि आर्य पुत्र हूँ, इस कारण माँ का दूध नहीं लजाऊँगा और विचारों में रावण प्रौढ़ है, इस कारण बौद्धिक साम्य होने से अन्तःकरण दशानन का समर्थक रहेगा।"

"अच्छा! अग्निवेश तुम हम लोगों से कितना प्रेम करते हो?"

"प्रेम नहीं श्रद्धा रखता हूँ। अपने भाई राम और भाभी सीता के लिए प्राण दे दूँगा।"

सीता हँसी फिर बोलीं, "नहीं देवरजी! हम तुम्हारे ऊपर अपने प्राण उत्सर्ग कर देंगे। कहीं कोई माँ अपने बेटों के प्राण लेती है। इस वन में मैं तुम्हारी रक्षा, सुरक्षा सभी कुछ एक माँ के समान करूँगी।"

"माँ! अग्निवेश जब तुतलाता था तभी से आश्रम में है। माँ का वात्सल्य कुछ दिन तक ही प्राप्त हुआ। तब से भगवती लोपामुद्रा ने ही सभी बटुकों को वात्सल्य प्रदान कर अम्ब की कमी को पूर्ण किया है। अब जानकी कहती हैं जो कि मेरे वय बराबर ही हैं कि वे अम्ब जैसा दुलार देंगी। स्त्री! माता व भगिनी दोनों रूपों में अम्ब के ही समान है जिसमें कि पवित्रता है।

प्रेम का सुन्दर बन्धन है। अब जानकी ही धर्म की माता सही अग्निवेश को वात्सल्य, ममत्व तो प्राप्त होगा। भाभी की प्रतिष्ठा अग्निवश अपने हृदय में अम्ब के समान करते हुए दंडक वन तक राम को सहयोग देगा।"

फिर अग्निवेश खिलिखलाया, खूब विहँसा और बोला, "यह भी एक मानवता का उच्च नैतिक आदर्श है। अग्निवेश को भाभी तो मिलीं। हम बटुकों को सांसारिक ज्ञान की बात सूझती ही नहीं है क्योंकि मस्तिष्क में अनुसन्धान की विचार शृंखला निरन्तर चलती रहती है जो कि किसी दूसरे विषय को सोचने का अवसर ही नहीं देती।"

"अच्छी बात है। विज्ञानियों से राष्ट्र को ख्याति प्राप्त होती है और भौतिक साधनों की उपलब्धि। तुमने क्या अनुसन्धान किया है, कुछ मुझे चमत्कार दिखाओगे?"

अग्निवेश फूल गया। उसने तत्काल ही कन्धे से थैला उतारा और सीता के निकट बैठकर ही अनिल चूर्ण निकाला। तत्काल उसने एक अग्निगोला तैयार किया और सीता से बोला, "तुम इस गोले को बाण के फल पर चढ़ाकर उस टीले पर जहाँ घने शाल वृक्ष दिखाई दे रहे हैं, छोड़ दो।"

सीता ने बाण पर गोला चढ़ाकर जो निशाना साधकर छोड़ा तो जैसे ही गोला टकराया वैसे ही विस्फोट हुआ और धुएँ के साथ ही अग्नि की लपटें उठने लगीं। जहरीली गैस की गन्ध से टीले में विश्राम कर रहे मृग तथा हिंस्र पशु भागे तथा आवाज सुनकर कुंजरों का झुंड चीत्कार करता हुआ निकला।

राम को यह आभास नहीं हुआ था कि यह विस्फोट किसने किया था किन्तु जब उनकी दृष्टि सीता तथा अग्निवेश की ओर गई तो वे समझ गए, यह बाण सीता ने चलाया है और अग्निचूर्ण से अग्नि गोला तैयार किया है अग्निवेश ने। सीता मन-ही-मन मुदित हो रही थीं उन्होंने विस्फोट को पहली बार अपनी आँखों से देखा था। राम ने इस प्रकार का चमत्कार विश्वामित्र आश्रम में भी नहीं देखा था। लक्ष्मण अतीव प्रसन्न हो रहे थे क्योंकि शत्रु पुर को समाप्त करने के लिए यह अति सुन्दर विधि सेनानियों के लिए सबसे अच्छी शत्रुनाशक थी।

सीता ने दूर से देखा एक श्वेत गज चिंघाड़ता हुआ इधर ही सूँड़ उठाए दौड़ता आ रहा था। सीता की प्रवृत्ति किसी भी सुन्दर हिंस्र पशु को देखकर उसके आखेट करने की थी। वे तत्काल ही राम के पास आकर बोलीं, "आर्य! इस श्वेत कुंजर का वध करो।"

''श्वेत गज दुर्लभ होते हैं। मैं साधारण कुंजर का आखेट कर लाता हूँ।"

"नहीं, श्वेत सिंह की बात मैंने मान ली थी। अब श्वेत गज की नहीं मानूँगी। इनकी जाति बहुत सुन्दर है।"

राम जानते थे कि सीता का हठी स्वभाव है, राम को जाना ही होगा। उन्होंने धनुष टाँगा और कुछ दूर जाकर एक विशाल भोट वृक्ष के पीछे खड़े होकर एक साथ दो-दो तीर चलाए एवं कुछ ही देर में श्वेत गज गिर गया।

जैसे ही गज गिरा वैसे ही सीता प्रसन्नतावश उछल पड़ीं।

राम ने विहँसकर कहा, "सीता हमारे बीच जीव तथा परमात्मा के बीच माया के समान वनगमन कर रही हैं। इस कारण उसके विनोद का ध्यान भी मुझे रखना है ताकि राजप्रासादों में पली वैदेही को किसी प्रकार की आत्मिक ग्लानि का भान न हो। चलो वह अब प्रसन्न है। चलते हैं।"

मार्ग में ही शाल वृक्ष का वन अधिक घना होता गया। तब अग्निवेश से राम ने पूछा,

"इस दुर्गम पथ से सम्भवतः ही कोई पथिक जाता हो?"

''नहीं, यह तो महापथ है जो गोदावरी तक पहुँचता है। यही पथ दक्षिणापथ कहलाता है। यह अरण्य से भरा हुआ है इस कारण दिन में एकाकी लोग पशुओं के भय के कारण नहीं जाते। राम थोड़ी दूर पर ही ब्राह्मणों का एक ग्राम है जो अपने आपको सबसे ऊँचा ब्राह्मण कहते हैं। ये सभी रावण के अनुयायी हैं और इन्होंने अपने आपको रावण का वंशज ही घोषित कर दिया है। यहाँ एक पुष्करिणी भी है और यहाँ से कुछ ही दूरी पर शबरी का रिक्त आश्रम है।''

''इस दक्षिण पथ में श्रेष्ठ ब्राह्मणों (गौड, जो कि मंडला, अमरकंटक में हैं) से चर्चा तो करनी ही होगी। चलो, उधर से ही चलो क्योंकि राम का तो यह प्रवास है। उसे तो घूम-घूमकर भूली हुई आर्य सभ्यता का प्रचार कर उसे पुनर्जीवित करना है।''

ग्राम के बाहर ही अग्निवेश ने सभी को रुकने का निर्देश दिया। क्योंकि अग्निवेश से विदित था कि बिना पूछताछ किए रावण के अनुयायी ब्राह्मण मार्ग से आगे नहीं जाने देते हैं क्योंकि 'स्वर्ण लंका' के लिए यह एक ऐसा द्वार था जहाँ से शत्रु नहीं जा सकता था।

20

ग्रामपति तत्काल ही आ गया क्योंकि उसे चर ने सूचित कर दिया था। राम ने देखा, ग्रामपति रक्त चन्दन का त्रिपुंड तिलक लगाए हुए है। इसी रक्त त्रिपुंड के कारण आर्यों ने राक्षसों को रक्त पिपासु की भी संज्ञा दी है जो उनके लाल रंग के त्रिपुंड धारण करने के कारण ही दी गई है। राम को यह पता अभी तक नहीं था कि रक्त चन्दन का त्रिपुंड समस्त रक्ष संस्कृति के लोग लगाते हैं या मात्र रावण परिवार। ग्रामपति के कंठ में स्वर्ण का शिवलिंग भी सुशोभित हो रहा था जिसके दोनों ओर एक-एक नीलमणि भ्राज रहे थे। ग्रामपति की अँगुली पर्व में ही एक अँगूठी भी पिरोयी हुई थी। ग्राम के बीच से जो वधुएँ आ-जा रही थीं वे सब अवगुंठना थीं। आर्यावर्त में अवगुंठन (पर्दा प्रथा) का प्रचलन नहीं था। यह प्रथा अनार्यों की ही थी जिसका अवलोकन राम कर रहे थे। वे वधूटियाँ स्वर्ण आभूषणों से लदी हुई थीं। यह सोना दक्षिण की खानों व नदियों की रेत का ही था। विश्वामित्र ने राम को हेम की जाति के बारे में बताया था किन्तु वे हेमवती विद्या नहीं जानते थे। परन्तु उन्होंने राम को बताया था कि 'रावण हेमवती विद्या का तो धनी है ही—साथ ही खानों व नदियों की रेत से भी सोने को निकलवाता है एवं तांण, देश के गन्धर्वों की स्वर्ण खानों से स्वर्ण व्यापार करता है। इसी कारण 'लंक द्वीप' को स्वर्णद्वीप की संज्ञा दी गई है। वैसे लंका के राजप्रासाद व मन्दिर स्वर्ण निर्मित ही हैं।'

राम यह सब सोच रहे थे कि ग्रामपति ने औदार्यपूर्ण वाणी से कहा, "आप कौन, कहाँ जा रहे हैं और क्यों जा रहे हैं?"

राम ही बोले, "मैं चक्रवर्ती सम्राट दशरथ का पुत्र राम हूँ। ये सब मेरे अनुज समान हैं। और सीता मेरी पत्नी हैं, उसके पीछे जो खड़े हैं वह मेरे सहोदर भ्राता लक्ष्मण हैं। मुझे पिताजी ने वनवास दिया है। मैं उनकी आज्ञा का पालन करने हेतु आर्य धर्म निभाने के लिए दक्षिणापथ पर हूँ।"

"क्या आर्य धर्म है! दो भाई वनवास और दो भाई सम्राट! ये सौतेली माँ क्षत्राणी कैकेयी

का निन्दनीय कृत्य है तथा आपके पिताजी की भीरुता। एक सम्राट वह इन्द्र भी है जो अपने पिता द्यौस को मारकर सिंहासन पर बैठा। तुम्हारे पिता ने पुत्र प्राप्ति के लिए हाथियों का वध किया। तुम्हारे यज्ञ में नरबलि, पशुबलि सब कुछ आज भी प्रचलित है। और हमारे सार्वभौम सम्राट का धर्म यह है :

1. किसी भी यज्ञ में नर-वध, पशु-वध निषिद्ध है।
2. कोई भी रक्षधर्मी भ्राता-भगिनी से विवाह नहीं करेगा।
3. कोई भी नारी अवगुंठनहीन नहीं रहेगी। कुमारी एवं विधवा दोनों अवगुंठन नहीं करेंगी।
4. किसी भी वर्ग या वर्ण का व्यक्ति साक्षी दे सकेगा।
5. यदि विधवा युवती हो तो उसकी अभिलाषा पर या माता-पिता की अनुमति पर पुनर्विवाह होगा।
6. नृ-वंश समान है इसलिए विभिन्न वर्ण, धर्म एवं वर्ग के व्यक्ति एक होकर एक राष्ट्र में अपने-अपने अस्तित्व को बनाए रखते हुए भी नियम 'रक्ष धर्म' को ही मानेंगे।
7. 'रक्ष संस्कृति' को विस्तीर्ण करना प्रत्येक लंका नागरिक का नैतिक बन्धनकारी एवं कर्तव्य है। वह चाहे देश में रहे या विदेश में।
8. विधाता ने प्रत्येक मनुष्य को समान अधिकार के साथ स्वतन्त्र रूप में उत्पन्न किया है फिर वर्गभेद क्यों आर्य कर रहे हैं? अतएव मानव-मानव में साम्य स्थापित किया जाए।
9. प्रत्येक अनार्य के भाल पर त्रिपुंडू का तिलक होगा।
10. लंका-द्वीप में सत्ताधारी रावण का कर्तव्य है कि वह अपनी प्रजा का भरण-पोषण पुत्रवत् करे।
11. राष्ट्र के उत्थान के लिए लंका कोष को सदैव स्वर्ण से भरा रखा जाए और गुरुकुलों में विज्ञान की वेधशालाएँ खोली जाकर बटुकों को ऐसी शिक्षा दी जाए जिससे कि वे अपने ही पैरों पर खड़े हो सकें।
12. स्वाभिमान के साथ जीने के लिए विधाता ने यह जीवन हमें प्रदान किया है। हम मानव योनि के गर्व को धारण करते हुए महान प्राणी बनकर जीवन-यापन करें।''

"सिद्धान्त सुन्दर है परन्तु क्या सुदूर लंकाद्वीप में बैठा हुआ रावण अपनी राजकीय व्यवस्था को देखने में समर्थ है। उसके सैनिक सन्निवेशों में स्वेच्छाचारिता बढ़ गई है। रावण के नाम पर पद-लोलुप अत्याचार कर रहे हैं तो उससे मानवता क्या चीखेगी नहीं?"

"भद्र राम! हमारे यहाँ तो शान्ति है। परन्तु क्या आपके राज्य में भी दशरथ के नाम पर शूद्रों पर अत्याचार नहीं हो रहा है? आपकी आर्य संस्कृति में तो तप करते हुए शूद्र तक का वध करने का विधान है तो क्या यहाँ मानवता का करुण क्रन्दन नहीं है?

"प्रत्येक अपनी-अपनी संस्कृति को अच्छा ही कहता है। अपनी माँ को किसने डायन कहा है?"

"ग्रामपति! मूल में तो आर्य सभ्यता ही समाई हुई है। फिर तने व उसकी शाखाओं को क्यों पकड़े हुए हो?"

"क्षत्रिय राजकुमार! जिस वृक्ष से तुम संस्कृति की तुलना कर रहे हो उसी वृक्ष का मूल, तना, छाल, पत्ते व फल सभी कुछ को मिलाकर ही तो वृक्ष कहलाता है।"

"मेरी बात को समझने का प्रयास करो।"

"ग्रामपति ने सभी शास्त्र पढ़े हैं। उसे राम तुम्हारे जैसा युवक क्या पढ़ाएगा! हाँ, तुम्हारे लिए द्वार अवरुद्ध नहीं है। धर्म का रूप व्यापक है और सर्वत्र है। तुम अपनी क्षमता से जितना कर सकते हो करो। इसमें मुझे कोई आपत्ति नहीं है। जहाँ प्रजा में जो व्यक्ति सहानुभूति प्राप्त करेगा वही उसका अनुयायी होगा राम भद्र! यदि आतिथ्य स्वीकार हो तो करो। राक्षस वेद का शब्द है जो आपके गुरुओं ने हमारे लिए संज्ञा के रूप में दिया है परन्तु आप देख रहे हैं कि आर्यावर्त के आचारों से कहीं अभिराम हमारे रावण की आचार संहिता है। वैसे मैं एक बात बताता हूँ कि जिन धर्मों के झमेले में आज समर हो रहे हैं वे मानव जाति का विकास होने पर एवं ब्राह्मणों तथा क्षत्रियों के आडम्बरों का अन्त होने पर कोई भी विवेकशील प्राणी जब यह समझ जाएगा कि पारलौकिक शक्ति ने सभी को मनुष्य रूप में जन्म दिया है तो वर्णभेद, वर्गभेद दोनों ही मिट जाएँगे।"

राम हतप्रभ हो गए। इतने विद्वान ग्रामपति के मिलने की उन्हें आशा नहीं थी। उन्हें ग्रामपति ने शब्दों के माध्यम से अच्छा ज्ञान दिया था। राम ने अनायास ही कहा, "तुम्हारा आतिथ्य स्वीकार है।"

राम का अभिराम आतिथ्य रक्ष अनुयायियों ने किया और राम फिर मार्ग पर।

राम सोच रहे थे कि इस ब्राह्मण वर्ग ने राम की बात नहीं सुनी। राम को असफलता हाथ लगी फिर भी राम निराश नहीं होगा। अपनी अम्ब द्वारा दिए गए गुप्त वचनों का पालन करेगा।

सहसा अग्निवेश बोला, "भ्राता राम, वह शबरी का आश्रम है (अमरकंटक के पास) और यहाँ से कुछ दूरी पर खर का उपनिवेश है। वह जनस्थान में रहता है परन्तु कभी-कभी प्रवास पर इधर आता है तो अपने सुरक्षित स्थान पर ही ठहरता है। यह रक्ष संस्कृति आपके आर्यावर्त, ऋक्षगिरि, मध्य देश एवं दक्षिण कोशल में ही घनीभूत नहीं है अपितु विश्व में फैली हुई है। महेन्द्रगिरि पर क्षत्रिय विरोधी भार्गव परशुराम ने आश्रम बनाया था जिसका सम्बन्ध मतंग ऋषि के आश्रम से था और उन्होंने मतंग को धनुर्वेद में निष्णात किया और अब मतंग अपनी शिष्या को लेकर ऋष्यमूक पर्वत पर हैं। वहाँ उन्हें अनेक सुविधाएँ प्राप्त हैं कभी-कभार अगस्त्य उन्हें मार्गदर्शन देने यान से जाते हैं। उनके लघु यान हैं जो सीधे ऊपर उठते हैं फिर बाज की भाँति शत्रु यानों पर वार करते हैं और मेघों में छिप जाते हैं। भ्राता राम अगस्त्य तथा मतंग की वेधशाला का दर्शन करोगे तो अपने को बड़भागी समझोगे। मैंने जो विस्फोट किया है वह तो साधारण है इतना तो शबरी ही जानती है।

"अब हम स्वर्णपुर की ओर हैं। यहाँ से सँभलकर चलना है। यहाँ का शाल वन दस्युओं से भरा हुआ है। वे मार्ग के पथिकों को लूट लेते हैं। राम तुम धनुष तानकर आगे चलो। उनके पीछे भाभी जानकी, फिर भैया लक्ष्मण और उनके पीछे ये बटुक और सबसे पीछे मैं चलूँगा। ताकि पीछे के भाग से हमें किसी प्रकार का कोई संकट न रहे।

"अब हम दक्षिण के घने अरण्य में हैं। विराध के चर गोदावरी तट तक घूमा करते हैं। वह खर के स्थान पर इस स्वर्णलंका का भोक्ता है। उसके राजप्रासाद की दीवारें सोने से मढ़ी हैं अर्थात् आर्यावर्त के लिए स्वर्ण यहीं से उत्तर भारत व कैकय देश (अश्वपति, कैकेयी के पिता, वर्तमान पंजाब) तक जाता है। विराध के चर निष्णात हैं वे कभी भी आक्रमण कर सकते हैं इसलिए चौकन्ने होकर चलना होगा क्योंकि विराध किसी भी शस्त्रधारी को दस्यु समझता है। सोने से लदी नौकाओं को लुटेरे लूट लेते हैं जिससे व्यापार को क्षति पहुँचती है। अर्थशास्त्र का ज्ञाता होने से वह लाभ के आशय एवं सोने की खपत तथा मार्ग का अच्छा ज्ञाता है।"

21

इस चर्चा के बीच ही कमलदल से सुशोभित पुष्करिणी दृष्टिगोचर हुई। अग्निवेश ने जल पीने का आग्रह किया और सभी ने पुष्करिणी का शीतल जल पान किया। सभी लोग क्षणिक विश्राम के लिए बैठ गए।

इसी समय विराध स्वर्णपुर से बाहर निकलकर ससैन्य राम के सम्मुख उपस्थित हो गया व बोला, "तुम आर्य, अनार्य या दस्यु कौन हो? मेरे पुर की ओर तुम्हारा प्रवेश इसका प्रतीक है कि तुम लोग दस्यु हो।"

"नहीं। हम चोर नहीं बल्कि मैं सम्राट दशरथ का पुत्र राम हूँ।"

"वनवासी राम?"

"हाँ।"

"चरों ने समाचार दिया था कि क्षत्रिय राजकुमार राम दक्षिण पथ की ओर आर्य संस्कृति के प्रचार-विस्तार के लिए आ रहे हैं। परन्तु इस रमणी को क्यों साथ लाए हो? यह तो हम जैसों के लिए है तुम तपस्वियों को स्त्री नरक का द्वार मानी गई है।"

"मेरी पत्नी सीता है। राम के लिए नारी स्वर्ग का द्वार है। राम तपस्वी होकर भी गृहस्थ है और इन्द्रियों को वश में किए है।"

"राम! हमारे व्यापार के कारण ऋषियों को अपने अनुसन्धान में व्यवधान होता था। इस कारण मतंग, शबरी और भी अनेक ऋषि इस स्थान को छोड़कर चले गए हैं। तुम इस रमणी रत्न को मुझे सौंपकर चले जाओ। मेरी आसक्ति रम्भा पर थी, आज भी है और रम्भा का रूप मुझे मानसिक रूप में कष्टदायी है, उसकी छवि अहर्निश मेरे चित्त पर छाई रहती है। उसकी कमी के लिए सीता मुझे एक औषध होगी। ये भी अद्वितीय सुन्दरी है।" विराध ने लपककर सीता को उठा लिया।

राम को इस अप्रत्याशित घटना की आशा नहीं थी। इस पर लक्ष्मण क्रुद्ध हो गए। अग्निवेश भी माता समान सीता का अपहरण होने से क्रुद्ध हो गए। उन्होंने अनिल चूर्ण से अनिल गोले बनाए और स्वर्णपुर पर छोड़ने लगा। राम, लक्ष्मण व बटुक विराध व उसकी सेना से लड़ने लगे।

विराध देख रहा था कि अग्निवेश का बाण सीधा स्वर्णपुर पहुँचता, विस्फोट करता और आग की लपटें उठने लगतीं। थोड़ी ही देर में विराध की स्वनामधन्य, स्वर्ण-लंका आग की चपेट में आ गई और शीघ्र ही राख होने लगी।

विराध की सेना पराजित हो चुकी थी। उसके हाथ से खड्ग, बाण सब कुछ चलना बन्द हो गए थे। सीता इस बीच अवसर देख भागकर राम के पास खड़ी हो गई थीं। विराध अब किसके लिए लड़ता। वह राजनीति जानता था क्योंकि गन्धर्व था। मात्र रम्भा के कारण वह कुबेर का विरोधी ही नहीं हुआ था बल्कि उसने यक्ष धर्म त्यागकर रक्ष धर्म अपना लिया था। और अब असहाय-सा दीनहीन-सा राम के बाण के सम्मुख खड़ा था। मात्र शरण या सन्धि ही प्राण बचाने के लिए सही व समयानुसार नीति थी।

विराध हाथ जोड़कर सामने आकर बोला, "आर्य, मैं तुम्हारी शरण में हूँ। मेरी अतिशय कामाशक्ति ने मुझे अन्धा बना दिया था। मैं अपनी लम्पटता स्वीकार करता हूँ। अब मेरे उपभोग की नारियाँ व स्वर्णपुर सब कुछ आपके अग्नि बाणों ने समाप्त कर दिया है। मैं विज्ञान जानता

हूँ। इस स्थान पर ये विषाक्त गैसें वर्षों तक अपना साम्राज्य बनाए रहेंगी। अब इस स्थान पर कुछ समय तक के लिए प्राणी के लिए उपर्युक्त वातावरण नहीं रहेगा। इसलिए राम चलो मैं भी अपने शेष सैनिकों के साथ चलता हूँ।''

"राम अभयदान देगा किन्तु विराध गन्धर्व तुम्हें अपने अन्तःकरण को दिव्य करना होगा। जो कलुषित विचार तुम्हारे मन में हैं तुम उनका परित्याग कर दोगे और सीता को सीता माता कहोगे। जिससे इस माता शब्द के कारण तुम्हारे मन में कभी कोई विकार नहीं आएगा और अपना हृदय परिवर्तन आर्य धर्म से करोगे। यह वचन दोगे तभी तुम्हें प्राण दान दिया जाएगा।"

''मैं आपके प्रत्येक प्रस्ताव का आश्वासन, वचन सब कुछ देता हूँ और राम तुमने अभी तक किसी गन्धर्व अनार्य से मैत्री की नहीं होगी। यदि अवसर आएगा तो तुम्हें पता चलेगा कि विराध किस धातु से बना है। मैं क्षमा चाहता हूँ आर्य राम कि मैंने तुम्हारा परिचय पाकर भी कामवश माता सीता का स्पर्श किया जबकि महाराज दशानन के निर्देश हैं कि परायी नारी का स्पर्श तक न किया जाए। इसलिए मैंने अपने सम्राट का भी निरादर किया है राम! रावण जैसा तपस्वी सार्वभौम अनार्य हमें सच्चरित्रता की अनेक आज्ञाएँ देता है परन्तु, धर्म, अर्थ, काम, मोक्ष में कौन नहीं फँसा है, इस कारण जानते हुए भी हम विष निगल रहे हैं तो वमन तो होगा ही। ये सब मनुष्य के विकार हैं। माया के बन्धन हैं जिनमें आप व मैं सभी उलझे हुए हैं। यह तो विधाता ही समझ सकता है कि उसने इस भवसागर में लोभ, मोह, काम, क्रोध को क्यों उत्पन्न किया? ये अवगुण सभी में हैं तो फिर मैं ही दोषी कैसे हूँ?"

राम विराध की वाणी सुनकर प्रसन्न हुए। उन्होंने धनुष से तीर उतार लिया और कहा, "विराध, तुम तो मुझसे वय में भी बड़े हो। मेरे ज्येष्ठ भ्राता के समान हो। मैं शरणागत की रक्षा करता हूँ, भले ही वह शत्रु ही क्यों न हो। मैं तुम्हारी स्वामिभक्ति से गद्गद हूँ। जो वीर आर्य राम के समक्ष अनार्य दशानन की खुली प्रशंसा करे वही सच्चा स्वामिभक्त है और जो मुँह देखकर प्रशंसा करे व पीठ पीछे बुराई करे उसे धोखेबाज कहा जाता है। आज से तुम मुझ युवराज राम के दंडकारण्य राज्य के सेनापति हो। मुझे तात ने दंडकारण्य का ही राज्य दिया है।"

"भद्र राम! मैं प्रसन्न हुआ तुम्हारी तीक्ष्ण बुद्धि व नीति से कि अभी आप सम्राट नहीं हैं फिर भी आपने सेनापति का पद देकर मेरा मन जीत लिया। यह पद मुझे प्राप्त न भी हो तो भी इस यात्रा में निस्वार्थ व निष्काम भाव से मैं आपके साथ रहूँगा।"

राम ने विराध को गले लगा लिया। किसी अनार्य को आर्य राजकुमार द्वारा इतना मान देना गौरव की बात थी। विराध इस कृत्य से फूला नहीं समाया और वह हमेशा के लिए राम के वशीभूत हो गया।

राम फिर दक्षिण पथ पर। विराध मार्ग में कहता जा रहा था, "राम, वह देखो गोदावरी का सुहावना तट। इसके किनारे पर आर्य-अनार्य सभी के स्थान हैं। इसके दोनों ओर अच्छा धान व शालि बीज-वपन किया जाता है। उन पके शालि के केदारों (हरी फसल सिंचित) से पृथ्वी सुहावनी लगती है। क्षेत्र कर की व्यवस्था रावण ने की है। क्षेत्रकर (खेत बनानेवाला अधिकारी) इन खेतों का कर, माप कर निर्धारित करता है। एक कांड या दो कांड (सोलह हाथ चौड़ा, लम्बा) का क्षेत्र कृषक को देकर उसका नाम खेती के अनुरूप करता है। व्रीहि के खेत को व्रैहेय, शालि के खेत को शालेय आदि नाम देता है। एक परिवार के लिए द्विहल्य भूमि यथेष्ट होती है।

''रघुनन्दन ऋषिगण अति सुन्दर वृषभ जोड़ी से कृषि-कार्य सम्पन्न करते हैं। फिर लूनयव (कटाई) एवं पूयमानभव (खलिहान में बरसाना) करने के उपरान्त अन्न को कोठार (गोदाम) में पहुँचा देते हैं। फिर अमान्य को कर (लगान) देकर राष्ट्र का कोष भरते हैं। आपकी वनावधि दीर्घ है। दंडकारण्य के घने जंगलों को आग लगाकर कृषि कार्य करो।''

"विराध! जहाँ विश्राम के लिए पर्णशाला निर्मित करेंगे वहीं यह अभिराम कार्य भी करेंगे। इस समय तुम किस दिशा की ओर ले चल रहे हो?"

"भद्र राम! हम पश्चिम पयोधि की ओर चल रहे हैं, वहाँ दंडकारण्य है जिसका राज्य आपको दिया गया है। जिधर ऋषियों की वेधशालाएँ हैं और शरभंग व अगस्त्य जैसे महान् विज्ञानियों का निवास है। इनके दर्शन से ही आप कृतार्थ हो जाएँगे और कुछ ज्ञान भी प्राप्त करेंगे।"

राम गोदावरी के किनारे कई दिन चले। उन्हें राक्षसों के ग्राम मिले जिन्हें वे 'लंक' कहते थे। विराध के कारण सभी ने राम का सत्कार भी किया किन्तु धर्म के नाम पर वे रावण की जय-जयकार ही करते रहे। यहाँ तक के क्षेत्र को भार्गव परशुराम कभी-कभार महेन्द्र गिरि से उतरकर देखते थे। कुशल-क्षेम आर्य-अनार्य सभी का पूछते थे और धनुर्वेद का ज्ञान भी देते थे।

विराध राम को वहाँ की बातों से अवगत कराता जाता था, ''क्षत्रिय राजकुमार राम! परशुराम, राम अंकित मुद्रिकाएँ भी लोगों को बाँटते हैं। ये परशुराम की मुद्रिकाएँ यथेष्ट अनार्य धारण करते हैं। मुद्रिकाओं पर नाम उत्कीर्ण करने का ज्ञान हमें नहीं था। इसे भार्गव ने पूर्ण कर दिया। इस समय वे कैलास पर हैं, और तपस्या कर रहे हैं। परशुराम जलस्तम्भन का भी आविष्कारक है। वह रावण से कहीं अधिक बलवान और विज्ञानी है। जिस अजगव का आपने संचालन किया उसमें से एक अभी परशुराम के पास है जो सदैव उनके साथ रहता है। उसकी शक्ति के सम्मुख कोई भी नहीं ठहर पाता। वे वायुयानों को अजगव (पैट्रन टैंक पर लगी ताप) से नीचे गिरा देते हैं।''

अग्निवेश अपनी ही धुन में था। वह दक्षिण के भूगोल पर ही विचार कर रहा था। हमने स्वर्णपुर से महानदी पार की फिर मेखल, उत्कल, दक्षिण कोशल की सीमा को पार करते हुए अब गोदावरी के तट से चल रहे हैं। राम का विराध के कारण किरात परिवार, हनुपरिवार स्वागत कर रहे हैं। वे सभी को मात्र मैत्री शब्द धारण करने को कह रहे हैं। राम सम्भवतः रावण के एकीकरण मार्ग का ही अनुसरण करते प्रतीत हो रहे हैं। किन्तु क्षत्रियों ने आज तक इस भेदभाव की खाई को ध्रुवीकरण से पाटने का प्रयास नहीं किया। इस कारण यह पहला शुभ अवसर है कि कोई राम जैसा क्षत्रिय युवराज आर्य होते हुए भी अनार्यों तथा आदिवासियों को गले लगा रहा है, अपना प्रेम प्रदर्शित कर रहा है।

22

गोदावरी की ओर अग्रसर होते हुए गरुड़ों का ग्राम मिला। यह वह गरुड़ जाति थी जो कि रुद्र अनुयायी नागजाति की विरोधी थी और इन्हें रुद्र के कारण विष्णु ने निर्वासित कर दिया था और रुद्र ने इनका स्थान गोदावरी तट निश्चित किया था। यह गरुड़ (टोटम) जाति का ग्राम गृध्रराज की राज्य सीमा में आता था। गृध्रराज अपने यान से ही अपने राज्य की रक्षा करता

था परन्तु उसकी प्रजा में अधिकतम मनुष्यों ने 'रक्ष संस्कृति' गृध्रराज का कोष रिक्त होने से मात्र उदरपूर्ति के कारण ग्रहण कर ली थी जिसे हृदय से स्वीकारोक्ति न माना जाकर मात्र उदर पोषण व विवशता से स्वीकार करना माना जा सकता है। यदि राम का ऐसा मधुर व्यवहार रहा तो ये जातियाँ कुछ काल में प्रेम, मैत्री व श्रद्धा भाव के कारण आर्यों में अन्तर्मुक्त हो जाएँगी और राम इस प्रकार अपने संकल्प को पूर्ण करने में समर्थ हो जाएगा।

अग्निवेश यह सब सोच ही रहे थे कि गरुड़ सैनिकों के एक दल ने विराध से पूछा, "विराधराज! ये मुनिवेश धारी कौन हैं? कहीं हमारे शत्रु अहि तो नहीं? यदि ये अहि लोग हैं तो समर के लिए तैयार हो जाओ। क्योंकि लंकेश इस समय कैलास पर हैं और जब-जब सार्वभौम सम्राट दशग्रीव तप करने कैलासधाम पर जाता है तब वह दो-चार वर्ष बाद वापस आता है और दशग्रीव के तप व यज्ञ काल में ही उनके सैनिक स्वेच्छाचारी होकर उत्पात मचाते हैं। नाग हमें लूट जाते हैं और एकाकी अवसर प्राप्त होते ही हमारी स्त्रियों, बालकों तक को उठाकर समुद्र में बैठी सुरसा के राज्य में समा जाते हैं। इसलिए ये तपस्वी मुनि नहीं हैं क्योंकि इनके कन्धे पर शस्त्र हैं। मुनि, तपस्वी न अस्त्र-शस्त्र धारण ही करते हैं और न ही उठाते हैं बल्कि उठाने की शिक्षा देते हैं। उनका आविष्कार करते हैं।"

विराध ने विहँसकर कहा, "ये तो चक्रवर्ती सम्राट दशरथ के पुत्र हैं।"

"क्या वही दशरथ जिनकी मित्रता हमारे सम्राट गृध्रराज से है।"

"हाँ, उन्हीं दशरथ के सुकुमार राजकुमार राम और लक्ष्मण तथा राम की भार्या जानकी हैं।"

"ओह! धन्यभाग आज मेरे यहाँ आतिथ्य करो। इसके बाद तो दंडकारण्य में शरभंग का ही आश्रम मिलेगा जहाँ आप लोगों को विश्राम के लिए स्थान मिलेगा। इधर कंचन व सही मृग होता है। यहाँ गोदावरी का शालि व व्रीहि (धान) अच्छा है। इनका भोजन सुस्वादु है और ईश्व का रस आपको पान कराएँगे।"

सन्ध्या भी हो रही थी। राम ने अग्निवेश से परामर्श कर आतिथ्य की स्वीकृति दे दी।

जल आदि से सेवा करने के उपरान्त गरुड़ बोला, "आर्य! दो-तीन दिन से इन्द्र दिव्य रथ (वायुयान) भी आकाशमार्ग में दृष्टिगोचर हो रहा है। एक दिन वह गृध्रराज के यान स्थल (राम टेक) पर उतरा भी था और फिर उड़ा था। पता नहीं किस उद्देश्य से इन्द्र आकाश में मँडरा रहा है।"

"अच्छा! तुम कैसे पहचानते हो कि इन्द्र का दिव्य रथ यही है?"

"रावण के पुष्पक, इन्द्र के दिव्य रथ, परशुराम के अजगव और सम्पाति व गृध्रराज के छोटे यानों को कौन नहीं जानता? इनकी आकृतियों में ही अन्तर है। और मुनि अगस्त्य के जब लड़ाकू विमान एक साथ पंक्तिबद्ध होकर आकाश में विचरते हैं तो उनकी ध्वनि से कानों की झिल्लियाँ फटने लगती हैं।"

"हमारे आर्यावर्त में यानों का अभाव है। सुना था कि मात्र हैहय सम्राट कार्तवीर्य अर्जुन के पास स्वर्ण विमान था जिसे पहले तो भार्गवों ने नष्ट कर दिया था परन्तु पश्चात् परशुराम ने उसे ठीक कर दिया जिसका उपयोग भार्गव ही करते हैं।"

लक्ष्मण सहसा बीच में बोल उठे, "मेरी समझ से इन्द्र का यान हमें ही खोज रहा है क्योंकि हमने जयन्त को काना कर दिया है। स्यात् इन्द्र उसका प्रतिशोध लेने आया है। मैं उसके यान को नीचे गिरा दूँगा।"

राम ने समझाकर कहा, ''सौमित्र! बिना विचारे कुछ नहीं करना चाहिए। तुम्हारे मन के विकार से अकारण अनर्थ भी हो सकता है। हमें शंकाओं-कुशंकाओं पर विचार न करते हुए जो भी स्थिति सामने आती है उसका दृढ़ता के साथ सामना करना चाहिए। बिना सोचे-विचारे लिये गए निर्णय घातक भी होते हैं।''

लक्ष्मण शान्त हो गए तो गरुड़ ही बोला, ''आप सभी भ्रम में मत पड़ो। इन्द्र जब से रावण से पराजित हुआ तब से वह ऋषियों-मुनियों के पास दक्षिण में आता रहता है किन्तु उसकी नीति का पता हमें तो अभी तक कुछ लगा नहीं है। परन्तु यह ध्रुव सत्य है कि इस समय रावण लंका मे नहीं है तो इन्द्र के चर जो कि षड्यन्त्र रचा करते हैं तथा दशानन के नाम से ही उन षड्यन्त्रों को करते रहते हैं जिसके कारण दशानन की अपकीर्ति हो या अव्यवस्था फैले इसके लिए वह चरों से मिलने भी आता है और उन्हें आर्थिक मदद देने भी आता है।

''किन्तु जो दशग्रीव विल्वपत्र के रस से सोना बनाता हो और अपने वायुयानों के लिए वृक्षों के रस (वर्तमान में पेट्रोलियम के संकट के कारण ऐसे वृक्ष खोज लिये गए हैं जिनसे कि पेट्रोल प्राप्त होता है) से अपने युद्ध-विमानों को ईंधन देता है। सौर ऊर्जा का ज्ञाता है। उस जैसे पात्र विद्वान का इन्द्र कुछ नहीं कर पाएँगे। यद्यपि नागों के कारण हम दशग्रीव के पक्षधर नहीं हैं फिर भी विद्वत्ता का धनी होने से स्वयं हमारे सम्राट गृध्रराज भी उनका सम्मान ही करते हैं। गृध्रराज के यान सबसे ऊँची उड़ान भरनेवाले हैं परन्तु वृक्षों से ईंधन प्राप्त करने में वे भी असफल रहे हैं कि यह ज्वलनशील पदार्थ किस वृक्ष से एवं कैसे तैयार किया जाता है? ऐसे चमत्कारी सार्वभौम सम्राट के सामने यदि नतमस्तक होते हैं तो उसके उन गुणों के लिए जो वर्तमान में विश्व के किसी भी ब्राह्मण वैज्ञानिक के पास नहीं हैं।''

गरुड़ की बात पर अग्निवेश ने भी हाँ में हाँ मिलाई और फिर राम ने विश्राम किया।

फिर राम ने गरुड़ से विदा ली और विराध व बटुकों के साथ अपने लक्ष्य की ओर अग्रसर हुए।

दिन भर चलने के उपरान्त तीसरे पहर राम को दंडकारण्य की सीमा से विराध ने परिचित कराया। राम इस भयानक वन को देखकर आश्चर्यचकित रह गए जिसके बीच से संकीर्ण मार्ग गया था। कदाचित् बियाबान वन में प्रवेश के साथ ही किसी ओर से सिंह गर्जना की ध्वनि भी आ रही थी एवं सिंह की दुर्गंध भी नासिका को बेधने लगी थी। मृग दल इतस्ततः प्राण बचाता हुआ भाग रहा था। जिनमें से यथेष्ठ स्वर्ण मृग ही थे। राम ने स्वर्ण मृग नहीं देखा था, उसे देखने की उनकी उत्कट लालसा थी।

भाग्य से एक कंचन मृग भयभीत-सा निकला जिसे देखकर विराध ने कहा, ''राम वह देखो, कंचन मृग।''

इस वाक्य के साथ ही सभी ने देखा, कंचन मृग चौकन्ना होकर बीच मार्ग में खड़ा हो गया था। वह गर्दन हिला-हिलाकर चारों ओर देख रहा था। इस मृग की कंचन सदृश शरीर रचना को देखकर राम विस्मित हुए। सीता ऐसे मृग चर्म पर विश्राम की कल्पना करने लगीं। कितना शुचि वर्ण और सुकोमल होगा यह चर्म। वे राम से इसके आखेट के लिए कहना ही चाहती थीं कि सिंह आ गया। सिंह कंचन मृग पर वार करता कि लक्ष्मण का बाण सिंह के मुख से जा धँसा था और मृग इतने में भाग खड़ा हुआ। सिंह पीड़ा से और जोर की गर्जना करते हुए सीधा टूटा।

लक्ष्मण तो हिंस्र पशुओं की इस प्रकार की प्रवृत्ति को जानते ही थे। उनकी बाण वर्षा

ने शीघ्र ही सिंह का काम तमाम कर दिया।

विराध आगे-आगे चल रहा था। उसके पीछे उसकी सैन्य टुकड़ी फिर राम-सीता-लक्ष्मण, चार बटुक और फिर विराध की सैन्य टुकड़ी व सबसे पीछे अग्निवेश चल रहा था।

विराध बोला, ''आर्य राम, वह शरभंग मुनि का तपोवन दृष्टिगोचर हो रहा है। आप कहेंगे तो आज वहाँ हम रात्रि विश्राम कर लेंगे अन्यथा आगे कुम्भज ऋषि के आश्रम पर ठहरेंगे।''

अभी विराध का यह वाक्य पूरा ही हुआ था कि उन्होंने देखा कि शरभंग आश्रम के ऊपर धूल उड़ रही है। और एक यान ऊपर उठकर उत्तर दिशा की ओर जाता दिखाई दिया।

राम तथा समूचा राम-दल कुछ भी न समझ पाया। विराध ने अवश्य समझा कि यह इन्द्र का वायुयान था। परन्तु वह चुप रहा और आश्रम आ गया।

सभी लोग आश्रम के बाहर रह गए। राम-लक्ष्मण-सीता ने आश्रम के भीतर प्रवेश किया। राम-लक्ष्मण ने शरभंग व उनकी पत्नी का चरण-स्पर्श किया। मुनि ने 'दीर्घायु भव' का आशीर्वाद दिया व सुतीक्ष्ण की ओर मुख करके कहा, ''सुतीक्ष्ण राम को मृगासन पर बैठाओ और जलपान कराओ। मेरे लिए अग्निरथ तैयार करो।''

राम अग्निरथ शब्द सुनते ही चौंक उठे। मुनि के आश्रम में राम ने वैखानस, बालखिल्य, संप्रक्षाल, मरीचिष, वायु, यक्ष, अश्यकुट्ट् आदि सम्प्रदाय के ऋषियों की ओर दृष्टि उठाई फिर बोले, ''तात! क्या राम के आगमन से आप प्रसन्न नहीं हैं? जो अग्निरथ पर आरूढ़ होने की बात कर रहे हैं?''

''दशरथनन्दन! तुम तो पीछे-पीछे आ रहे हो और तुम्हारे कुल का मित्र तथा रावण बैरी इन्द्र आगे-आगे यान से आकर तुम्हारे आगमन पर तुम्हारे स्वागत का निवेदन हम लोगों से कर रहा है। अभी तुमने उसका स्वर्ग में उड़ता हुआ विमान देखा होगा। वह मुझसे कह रहा था कि तुम राम की सहायता रावण वध के लिए करो। मैंने ऐसी सहायता देने से मना कर दिया तो देवराज ने कहा कि तुम फिर मेरे साथ इन्द्रधाम चलो। मैंने उसके लिए भी नकार दिया तो बोला, ''इससे तो अच्छा है कि तुम आर्य ही न होते और यदि राम की इस रूप मदद नहीं कर सकते तो तुम्हारा आर्य ऋषि होने से तो तुम्हारा मर जाना अच्छा है।

''तो देवराज की बात नहीं मानेंगे तो ऋषि उसका कोपभाजन बनेगा, तुम्हारा बनेगा तो वृद्धावस्था में यह दशा हो तो मर जाना ही श्रेयस्कर है। सम्राटों की यही नीति हम वेध शास्त्रियों के लिए सदैव घातक रही। यदि दशकन्धर को सहायता नहीं दी जाती है तो उसके सैनिक और तुम्हें नहीं दी जाती है तो तुम प्राण खाओगे। क्योंकि हमें तो पिसना ही है। इसलिए न क्षत्रिय राम भला और न ही ब्राह्मण रावण। दोनों ही सत्ता से सम्बन्धित होने से कब किस कूटनीति का सहारा लेकर हम निर्विकार आत्माओं को कष्ट पहुँचा दें कहा नहीं जा सकता। पम्पा नदी से मन्दाकिनी तक आर्य धर्म व रक्ष धर्म के कारण हिमालय के उस पार बैठा इन्द्र और समुद्र के उस पार बैठा दशानन दोनों ही ऋषियों को खाए जा रहे हैं। मेरी दृष्टि में दोनों ही दोषी हैं। दोष का मूल मात्र परस्पर का सौतेला व्यवहार है। आर्य सामन्ती राज्यों में अनार्यों को दास बनाया जा रहा है और इसी कारण रावण मानवता के मूलभूत अधिकारों की दुहाई देता हुआ अनार्यों को स्वतन्त्र कर रहा है। उसके उपनिवेशों में आर्यों को प्रतिशोध के कारण दास बनाया जा रहा है, दास कौन हुआ? मनुष्यता या धर्म?

''धर्म को दासता का बाना नहीं पहनाया जा सकता क्योंकि धर्म तो धारण किया जा जाता है और दासता मानव समूह के लिए कलंक है जिसे इन्द्र जैसे लम्पट ने जन्म दिया तो रावण

ने अहल्या व अपनी माता (सास) का बदला उसे पराजित कर ले लिया। रावण का वह कृत्य अति सुन्दर ही कहलाएगा। शरभंग ऐसे श्रेष्ठ कार्य के लिए रावण को ही महान कहेगा, इन्द्र को नहीं। भले ही राम तुम क्षत्रिय हो और आर्य धर्म के संस्थापक इन्द्र के एक मात्र संरक्षक हो तो क्या तुम भी अन्धानुकरण ही करोगे? यदि हमारी संस्कृति में कोई त्रुटि है तो उसको सुधारना ही होगा। तभी हम किसी को आत्मसात् कर सकते हैं यह सम्भव नहीं कि हम संस्कृति के लिए युद्ध करें और रावण जैसे परम विद्वान को नष्ट करने का षड्यन्त्र रचे।

"रावण अभी लंका में नहीं है वह कंचनजंघा (कैलास पर्वत पर कंचनजंघा से आगे रावण तप करता था वह स्थान आज भी रावण की तपोभूमि कहलाता है।) से आगे तपस्या कर रहा है। कौन-सी तपस्या कर रहा है, वह भी सुन लो; "रावण ने सौर ऊर्जा में उन्नति कर ली। वृक्षों से वायुयानों के लिए ईंधन (पेट्रोलियम) ईजाद कर लिया। विल्वपत्र के रस के संयोग से सोना निर्मित कर लिया जो कि खानों से प्राप्त सोने के समान ही विशुद्ध है। यह कार्य अभी अगस्त्य नहीं कर पाए हैं। अगस्त्य लड़ाकू विमान और ब्रह्मास्त्र के निर्माता ही हैं। रावण उनसे कई अनुसन्धानों में अग्रगण्य है। फिर भी उसके अभी तीन कार्य शेष हैं जिन्हें पूर्ण करने के लिए वह अभी कुछ दिन पूर्व मुझसे व अगस्त्य से मिलकर गया है और अपनी परिकल्पना हमें बताकर गया है। अगस्त्य ने उस परिकल्पना को सही ठहराया है व कुछ और मार्गदर्शन भी रावण को दिया है तथा रावण उसके स्वयं के ज्ञान भंडार व हमारे परामर्श पर अब अपनी कैलास स्थित तपोभूमि पर आविष्कार कर रहा है। उस तपोभूमि की हिम कन्दराओं में उसकी वेधशाला है जिसका मार्ग कोई नहीं जानता। मात्र मैं व अगस्त्य जानते हैं। वह वहाँ तीन परिकल्पनाओं को साकार रूप देने का प्रयोग कर रहा है और इस समय परशुराम भी वहीं हैं। वे दोनों मेधावी जन इन तीन विषयों को अधूरा मानते हैं जिन्हें पूर्ण करने का प्रयास कर रहे हैं :

(1) 'सोने में सुंगध।'

(2) स्वर्ग नसेनी अर्थात् अन्तरिक्ष के ग्रहों तक पहुँचनेवाले ऐसे सुदृढ़ यान जिनका कि परिभ्रामी गति से उस पार जाने पर सौरमंडल में कुछ न बिगड़े। क्योंकि सम्पाति व गृध्रराज द्वारा निर्मित ऊँची उड़ान भरनेवाला यान (राकेट) असफल हो गया था और वह नीचे आ गया था जिसके कारण उन्हें क्षति उठानी पड़ी और अब सम्पाति तो तभी से असहाय सा समुद्र तट पर रह रहा है क्योंकि उसका शरीर ही तब से बेकार हो गया है। गृध्रराज अवश्य ही फिर से एक छोटा यान बनाने में सफल हो गए हैं। यदि लंकेश्वर को यह सिद्धि (सफलता) प्राप्त हो जाती है तो हम लोग अन्तरिक्ष के ग्रहों पर चरण रखेंगे। विश्व के लिए वह दिन बड़े सौभाग्य का दिन होगा।

(3) बिना अग्नि के अग्नि अर्थात् विद्युत को संगृहीत करना। विद्युत का प्रकाश होता है, उससे प्रचंड शक्ति व अग्नि है किन्तु इन गुणों से परिचित होना मात्र एक विज्ञानी का ध्येय नहीं होता बल्कि उसको प्रयोग के बल पर सिद्ध कर सभी को लाभ पहुँचाने का उद्देश्य हर भौतिकशास्त्री का होता है। जहाँ रावण विद्याधर वंश (पुलस्त्य भौतिक शास्त्र के ज्ञाता होने से विद्याधर ब्राह्मण कहलाए) में जन्मा है तो वह इसे पूर्ण करेगा ही। इस विद्युत को एकत्रित (प्रिजर्व) करेगा ही। विद्युज्जहि जो कि सूर्पणखा का पति था वह इसमें पारंगत था किन्तु युद्ध में मारा गया।

"राम! तो ऐसा अनोखा अनूठा मस्तिष्क इन्द्र इस कारण नष्ट करना चाहता है कि ये विद्याएँ सर्वसुलभ न हों। ये धरोहर के रूप में ब्राह्मणों से क्षत्रियों तक पहुँचें, शेष सब वंचित

रहें। इसके विपरीत रावण के गुरुकुलों (विश्वविद्यालय) में सभी को समस्त शास्त्रों के अध्ययन की खुली छूट है तो शरभंग इन्द्र की बात कदापि स्वीकार नहीं करेगा। वह इन ऋषियों के समक्ष जीवित प्राण त्याग देगा।

"क्षत्रिय राम! इन्द्र तो सदैव ही ब्राह्मण विरोधी रहा है। उसने आदित्य (विष्णु) से मिलकर भृगु की पत्नी का वध आदित्य से करा दिया। वह वीरागंना इन्द्रासन के लिए संघर्ष कर रही थी। समर जुटा रही थी और इन्द्र की नीति के विरुद्ध थी। ऐसे ब्राह्मण-घाती इन्द्र की बात शरभंग कदापि नहीं मानेगा। जबकि तुम्हारे क्षत्रिय वंश के रक्षक हम ही हैं। ये ब्रह्मर्षि क्रतु के बालखित्य पुत्रगण तुम्हारे निकट बैठे हैं। ये सब आदित्य के सम्प्रदाय के हैं, विशुद्ध आर्य रक्त हैं। फिर भी इन्द्र ने इनका उपहास किया तो इन्होंने इन्द्र विरोधी होकर गरुड़ों की सहायता से वैनितेय गरुड़ को इन्द्रासन पर बैठाने हेतु सेना एकत्रित की। परन्तु देवजाति ने सन्धि कर ली और गरुड़ को ही गरुड़ेन्द्र की उपाधि देकर उसे सन्तुष्ट कर दिया। वह इसके बाद युद्ध को तैयार नहीं हुआ और इन्हें एकाकी छोड़कर इन्द्रधाम से वापस आ गया। तो इन्द्र ने बालखित्यों को काटकर कुत्तों को खिलाना प्रारम्भ कर दिया तो ये क्रतु की सन्तानें भाग आईं और अब सपरिवार मेरे साथ रहती हैं। तो हम ऐसे इन्द्र की राजशक्ति के सम्मुख कैसे झुक सकते हैं अथवा सन्धि कर सकते हैं जिसने कि सदैव अपना उल्लू सीधा करने के लिए भार्गवों, ऋषियों, ब्राह्मणों के साथ अपनी नीति अनुसार विश्वासघात किया हो।

"सुनो राम! जब विष्णु से भृगु पत्नी का वध इन्द्र ने करा दिया तो अग्निपूजक भृगु क्रोधित हो गया और वह एकाकी ही आदित्य के पास क्षीरसागर में पहुँचा जहाँ आदित्य यह जानते थे कि अग्निपूजक भृगु निश्चित ही प्रतिशोध के लिए आदित्य के पास आएगा। भृगु के तेज व बल के सम्मुख आदित्य के प्रतिहारी निस्तेज हो गए और भृगु ने विष्णु के वक्षस्थल पर एक लात मारी फिर भी विष्णु विहँसते रहे तो भृगु का क्रोध शान्त हो गया, अन्यथा भार्गवों का विष्णु से युद्ध होता तो फिर विश्वयुद्ध ही जन्म लेता। इस कारण विष्णु ने भविष्यद्रष्टा होने से भृगु के पादप्रहार को उर में धारण कर शान्ति व्यवस्था का एक अनूठा उदाहरण प्रस्तुत किया।"

"मुनिराज, आप क्रोध को शान्त कीजिए। मैं भी सूर्यवंशी क्षत्रिय हूँ, इस कारण विष्णु का अंशधारी हूँ। मैं भी शान्ति के साथ ही समन्वय नीति का प्रश्रय ग्रहण करते हुए आर्य धर्म की रक्षा करूँगा। आप प्राण त्याग का विचार त्याग दीजिए। राम रक्षेंद्र रावण के वध के लिए नहीं आया आप विश्वास कीजिए तात।"

"राम राजनीति पारंगत नहीं है। राम, छत्र के तरु रूप में पल्लवित राजनीति एक विषैला वृक्ष है जिसके फल विषाक्त ही होते हैं। इसमें प्रतिपल नए विचार, नई व्यवस्था, नई संस्कृति स्वतः काल क्रमानुसार जन्म लेती है जो प्राचीन नियमों को झकझोरती है और नैसर्गिक रूप से घटती-बढ़ती है। इसे तुम नहीं मिटा पाओगे। बल्कि तुम भी इसी में लिप्त हो जाओगे।"

"क्षत्र और स्रोत दोनों का एकीकरण असम्भव है। विश्वामित्र क्षत्रिय बल पर और वसिष्ठ ब्रह्म बल पर लड़े ही एवं जब सब कुछ स्वाहा हो गया तभी उन्हें विरक्ति हुई। अतएव जब विनाश हो जाएगा तभी निर्माण की प्रक्रिया प्रारम्भ हो सकती है, इसके पूर्व नहीं। इन्द्र और रक्षेन्द्र रावण दोनों के राजनीतिक संघर्ष में अथवा सांस्कृतिक संघर्ष में राम कैसे शान्ति स्थापना कर सकता है।"

"वैसे ही जैसे कि दशानन ध्रुवीकरण की ओर अग्रसर हो रहा है।"

"रावण की अन्तर्भुक्ति नीति रक्ष संस्कृति है। और राम की अन्तर्भुक्ति आर्य संस्कृति

होगी तो दोनों में ठनेगी। समन्वय कहाँ है राम?"

राम हतप्रभ हो गए। ऋषि से तर्क शक्ति मे जीता नहीं जा सकता। इन्द्र ने राम अभिमान को चकनाचूर कर दिया। इन्द्र यहाँ आया ही क्यों? जब इन्द्र की नीति से ऋषियों-ब्राह्मणों को सन्तोष नहीं है तो राम इन्द्र का सहारा नहीं लेगा। राम दोनों के बीच का मार्ग अपनाएगा।

राम ऐसा सोच ही रहे थे कि लक्ष्मण बोले, "तात, आपके आश्रम का नाम सुना था आर्यों की शक्ति का केन्द्र माना जाता है और हम भी आर्य सभ्यता के निमित्त आए हैं। और आप अब स्वर्ग जा रहे हैं?"

"लक्ष्मण! हम तो ऋषि हैं। हमें भविष्य का भी ज्ञान है और भूत का भी। किसी विनाश को ऋषि देखे या सुने इसके पूर्व ही वह इस नाशवान शरीर को त्यागना चाहता है। हमारे संकल्प दृढ़ होते हैं, वे किसी के द्वारा थोपे हुए नहीं होते, जैसे कि राम न तो कैकेयी की आन्तरिक आज्ञा से और न ही दशरथ की आज्ञा से आए हैं बल्कि इन्द्र, वसिष्ठ और विश्वामित्र की आज्ञा से आए हैं उसके पीछे छल है जिसमें रावण वध गौण था जो कि अब इन्द्र द्वारा प्रकट कर दिया गया है। इन्द्र की नीति ही सफल होगी। राम को तो सामाजिक अन्तर्भुक्तीकरण दक्षिण में करना ही है तभी तो वह महान होकर आदर्शवादी पुरुष कहलाएगा। विधाता का खेल निराला है। हम आप तो उसके खिलौने हैं। मैं और तुम दोनों कुछ नही हैं। ये तो माया में बँधे हुए हैं इसलिए होनी अटल है, क्या घटेगा मैं जानता हूँ किन्तु घोषणा नहीं करता मेरा आत्मदाह तुम्हारी विजय का प्रतीक है, ऐसा जानो यही मेरा आशीष है।"

कहते हुए मुनि उठ खड़े हुए। उनसे कुछ कहने का, पूछने का अब साहस नहीं था। ऋषि बाहर आ गए उन्होंने चिता के पास जाकर कुछ मन्त्र पढ़े, हाथ जोड़कर अग्निरथ को शीश झुकाया और चिता पर चढ़कर आसन लगाकर बैठ गए। उनके पीछे उनकी पत्नी भी चिता पर चढ़ी, वह उनके वामांग में सुशोभि्‍त हुई।

सुतीक्ष्ण ने चिता का मन्त्र पढ़कर विधिपूर्वक पूजन किया। देखते ही देखते शरभंग व उनकी स्त्री जलकर राख हो गए। बालखित्य व अन्य आर्यों ने पुष्प वर्षा की और सुतीक्ष्ण यह सब देखते रहे। राम सोच रहे थे कि सुतीक्ष्ण अग्नि देगा किन्तु ऐसा नहीं हुआ। मुनि ने नेत्र खोले और ऐसा प्रतीत हुआ मानो कोई ज्योति उनके नेत्रों से निकली हो और कुछ देर में चिता स्वतः जल उठी...।

राम ने यहाँ ठहरना उचित नहीं समझा। सुतीक्ष्ण राम के मन की बात ताड़कर बोले, "भद्र राम, चलिए, मैं ऋषि अगस्त्य का शिष्य सुतीक्ष्ण हूँ और आपके साथ जो अग्निवेश है वह मुझे जानता है। हम दोनों गुरु भाई तथा सखा हैं।"

राम कुछ बोलते इसके पूर्व अग्निवेश ही बोल पड़ा, "आर्य राम! सुतीक्ष्ण ने घोर तपस्या व गुरु अगस्त्य की सेवा कर अनेक विद्याएँ प्राप्त की हैं। अध्ययन समाप्त कर सुतीक्ष्ण ने गुरुवर से निवेदन ही नहीं किया बल्कि हठ किया कि, 'आप गुरु दक्षिणा लें,' इस पर गुरुजी ने कहा, 'तू राम को अयोध्या से इधर ला।'

"और आज आप इधर आ गए हैं क्योंकि आपके वनवास का ज्ञान सभी को है। अगस्त्य के ज्येष्ठ भ्राता वसिष्ठ ने राम आपके वनगमन व आपके आर्य संरक्षण के उद्देश्य का सन्देश पहले ही दक्षिण में भेज दिया है। इसी कारण सुतीक्ष्ण आपको ही ढूँढ़ रहा था। आप मिल गए तो अगस्त्य आश्रम तक चलकर सुतीक्ष्ण को गुरु दक्षिणा से मुक्त कीजिए।"

राम सहमत हो गए और चल दिए...।

23

अब सुतीक्ष्ण राम का पथ प्रदर्शक है। सुतीक्ष्ण आगे-आगे चल रहे हैं। चलते-चलते सुतीक्ष्ण ने राम से कहना प्रारम्भ किया, ''राम मिश्रा वरुण के पुत्र और आपके गुरु वसिष्ठ के लघु भ्राता ब्रह्मर्षि अगस्त्य का आश्रम कावेरी नदी के तट पर है। वहीं अयोमुख पर्वत (मलय) है, यहाँ चन्दन बहुत होता है जिसकी सुगन्ध से मेरे गुरु का आश्रम सदैव सुरभित रहता है। भद्र राम! अभी आपने गोदावरी नदी, कृष्णा नदी और तुगंभद्रा नदी पार की है। अभी दक्षिण दिशा की कावेरी नदी को पार करना शेष है। मेरे गुरु का आश्रम जहाँ विज्ञान का सबसे बड़ा केन्द्र है, वहीं वह धर्म का भी केन्द्र है। वहाँ ब्रह्मा (गरुड़), विष्णु (आदित्य, सूर्य, मित्र), अग्नि, कुबेर, कार्तिकेय आदि के स्थान बने हुए हैं अर्थात सभी सम्प्रदाय के लोग उस आश्रम में निवास करते हैं और गुरु की वेधशाला में अनुसन्धान करते हैं। आपके साथ जो विराध व उसकी सैन्य टुकड़ी है ये सभी वहाँ जब जाते हैं तब विश्राम करते हैं। आपके आगमन का सन्देश जब मुझे शरभंग मुनि ने दिया तो मैं प्रसन्नता से नाच उठा क्योंकि मुझे गुरु दक्षिणा के कारण आपको लेने जाना ही पड़ता।''

''ठीक है सुतीक्ष्ण! हमें तो शीघ्र ही अपना कर्म करना है इसलिए मुनि के दर्शन कर हमें पुनः कहीं न कहीं विश्राम के लिए ठिकाना भी तो ढूँढ़ना है और अपना संकल्प भी पूर्ण करना है।''

''रघुनन्दन! आज तो हम पंचाप्सर-सरोवर पर मांडकर्णि मुनि के आश्रम पर विश्राम करेंगे और कल हम अगस्त्याश्रम पर पहुँच जाएँगे। पंचाप्सर का निर्माण मांडकर्णि मुनि ने स्वयं किया है। वे अघोरी तपस्वी थे, वे पानी में प्रवेश कर तप करते थे और अपनी पाँचों गन्धर्व पत्नियाँ, जो कि अनिंद्य सुन्दरी हैं, से विवाह किया था, वे वहाँ जल-क्रीड़ा करती हैं। मुनि अब स्वर्ग सिधार गए हैं और वे मुनि पत्नियाँ अभी वहीं रह रही हैं।''

सुतीक्ष्ण पंचाप्सर-सरोवर के किनारे आ गए वहाँ राम को कहीं भी कोई आश्रम दृष्टिगोचर नहीं हुआ तो पूछा, ''सुतीक्ष्ण यहाँ कोई आश्रम दृष्टिगोचर नहीं हो रहा है।''

''इक्ष्वाकु नन्दन! इसी जल के भीतर मुनि पत्नियों का वास है, वे मेरी आवाज पहचानती हैं। वे जलस्तम्भन कर बाहर आएँगी क्योंकि मुनि की तपस्या से इन्हें जल के भीतर रहने का अभ्यास हो गया है। इसी पानी में बीचोबीच वह देखो मुनि ने अपना प्रासाद बनाया है और वहाँ तक जाने के लिए कोई नौका नहीं रखी है बल्कि, जलस्तम्भन के द्वारा वे इस पानी पर चलकर जाते थे। इस क्रिया में पुलस्त्य नन्दन दशानन दक्ष है।''

फिर सुतीक्ष्ण ने दक्षिण की भाषा में आवाज लगाई (तमिल भाषा जिसके प्रवर्तक अगस्त्य माने जाते हैं।) और थोड़ी ही देर में प्रासाद का द्वार खुला व जलस्तम्भित हो गया और पाँचों गन्धर्वी प्रकट हुईं। उनमें से एक ने पूछा, ''सुतीक्ष्ण, इस सन्ध्याकाल में आज कैसे आगमन हुआ?''

''मेरे साथ राम-सीता-लक्ष्मण आर्यावर्त अयोध्या के राजा दशरथ के पुत्र हैं व साथ में हम सब। आज विश्राम करना चाहते हैं।''

''अच्छा तो तुम गुरु दक्षिणा को चुकाने के लिए साथ ले ही आए।''

''नहीं देवियो! राम तो वनवास पर हैं वह तो मेरे साथ भाग्य से इधर मिल ही गए और अब मैं उन्हें ले जा रहा हूँ।''

"राम वनवासी हैं, उनसे पूछो क्या वे हमारे इस प्रासाद में ठहरेंगे या फिर उन्हें माया से कुटीर बनाया जाए।"

"यह प्रासाद नहीं है देवियो! यह महात्मा का आश्रम ही है। मेरे कारण आपको माया नगर या पुर का निर्माण करना पड़े तो वह विद्या मैं भी जानता हूँ। मैं आपके प्रासाद को कुटीर ही मानता हूँ।"

"तो ठीक है, हमने जलस्तम्भन कर दिया है आप पधारिए।"

सुतीक्ष्ण ने ही सबसे पहले अपना चरण पानी पर रखा और उनके पीछे-पीछे सभी पहुँच गए। सीता को पहले तो यही लगा कि इस पर कैसे चला जा सकता है किन्तु जब सभी रेंगे तो वे भी चली आईं।

मुनि पत्नियों के जलगृह में सब कुछ था। राम मृगचर्म पर बैठ गए, शेष सब कोई आसन पर, कोई पीठिका पर बैठ गए।

राम के सत्कार के लिए फल रख दिए। तब राम ने ही पूछा, "आप रूप-रंग में दक्षिणवासिनी प्रतीत नहीं हो रही हैं? आप किसी अन्य देश की प्रतीत होती हैं।"

ठीक कहा, "राम, हम गन्धर्व देश की हैं। हम पाँचों का इन्द्र ने अपहरण किया था और हमें वह दुष्ट इस मुनि के पास छोड़ गया था। मुनि ने विवाह तो कर लिया किन्तु हम अभी भी कन्याएँ ही हैं। हमने वासना के वशीभूत होकर उनकी तपस्या में विघ्न भी उपस्थित किया परन्तु वह अघोरी टस-से-मस नहीं हुआ और स्वर्ग सिधार गया। अब तब से अब तक इस जल से घिरे जल-महल में अपना समय काट रही हैं। वह तपस्वी हमें विद्याएँ अवश्य कई सिखा गया है, परन्तु स्त्री का धर्म तो मातृत्व प्राप्त करना है। इस कारण हम उस पापी इन्द्र को कोसती रहती हैं। वह जब तक था तब तक किसी प्रकार मन भी लगता था पर अब तो उदासी ही उदासी है, नीरवता हमें खाए जाती है। सोचती हैं कभी हमारे गन्धर्व सम्राट मित्रावसु तक सन्देश पहुँचे और वे हमें यहाँ से ले जाएँ। यह तो एक प्रकार से कारागृह है।"

"ओह! इन्द्र के ऐसे कृत्यों के कारण ही मित्रावसु ने रावण जैसे महान योद्धा को अपनी कन्या दी और आर्य नरेशों को पराजित कराकर इन्द्र की ऐसी नीतियों के कारण उसे परास्त कराने में सहयोग दिया।"

पुनः राम ने कहा, "मुनि पत्नियों को राम माता समान मानता है, इस कारण आप लोगों का उद्धार भी राम करेगा और आप लोगों का कौमार्य अखंड है, इसलिए आप लोगों के विवाह की व्यवस्था भी राम वनवास की अवधि पूर्ण करने के उपरान्त करने का वचन देता है। यद्यपि अभी भी राम तुम्हें अयोध्या सम्राट भरत के पास भेजकर तुम्हारी समूची व्यवस्था करने में सक्षम है फिर भी सन्देश द्वारा कराए गए कार्य और स्वयं किए गए कार्य में अन्तर होता है। इस कारण माताओ, जहाँ आपने इतने कष्ट सहन किए वहाँ कुछ दिन और सही।"

"राम, यदि कहीं सार्वभौम सम्राट लंकेश्वर होता तो वह इसी समय हमें गन्धर्व देश पहुँ देता। आर्य उसकी अनावश्यक रूप से बुराई करते हैं किन्तु दक्षिण का वह भगवान है। इसी के कारण ऋषियों के आश्रमों पर अनुसन्धान चल रहे हैं। वह इनका हितैषी है फिर भी उससे कटुता रखना व अकारण किसी के सर दोष मढ़ना उचित नहीं है। सूर्पणखा ने हमसे कहा था कि हम वैधव्य के जीवन को ही शालीनता से व्यतीत करें, उसी में हमारा कल्याण है परन्तु अभी जब हम कुमारी ही हैं तो सांसारिक सुख की अनुभूति किए बिना मरना पाप है और पुत्र का मुख देखने से ही मोक्ष प्राप्त होता है, हम क्यों इस थोपे हुए अनिच्छा वाले वैवाहिक बन्धन

को स्वीकार करें? हम तो अपने आपको कुआरी ही मानती हैं।''

राम सकपका गए। फिर थोड़ी देर बाद बोले, ''माताओ, यदि आप शीघ्र ही मुक्त होना चाहती हो तो आपको राम अगस्त्य आश्रम से अयोध्या भेज देगा। प्रातःकाल ही मेरे साथ चलें।''

एक बोली, ''यह तो हम सभी से छोटी है इस कारण उतावलेपन में ये बातें कह रही है। राम जब अभी तुम्हारे हाथ में सत्ता नहीं है तो तुम हम पाँचों का विवाह तुम्हारे अनुज से क्यों नहीं करा देते, हम भी सीता के समान वन में रहेंगी।''

''यह लक्ष्मण से ही पूछो।''

लक्ष्मण बोल उठे, ''मैं तो संयमी हूँ। वनवास यद्यपि भैया को हुआ है परन्तु लक्ष्मण चौहद वर्ष तक व्रती रहेगा। यह क्षत्रिय प्रण है।''

फिर जेठी गन्धर्वी बोली, ''यह तुम्हारी परीक्षा थी लक्ष्मण जिसमें तुम खरे उतरे। हम राम की वनवास अवधि तक प्रतीक्षा करेंगे और जब राम हमारी व्यवस्था कर देंगे तभी हम यहाँ से जाएँगी। हम पाँचों को चोला बदलने का भी ज्ञान है। इस कारण हम निरापद हैं।''

फिर सुतीक्ष्ण ही बोला, ''माताओ, आज आपकी परीक्षा ने तो मुझे अचम्भे में ही डाल दिया था कि आज आप लोग कैसी बातें कर रही हैं, अब कुछ शान्ति हुई।''

''सुतीक्ष्ण, राम लक्ष्मण तापस वेश में हैं। इनमें तपस्वियों जैसा संयम है कि नहीं इसकी परीक्षा अनिवार्य थी, क्योंकि इन्द्र हमसे मिलकर गया है। वह रावण वध की बात कर रहा था और राम व लक्ष्मण का गुणगान कर रहा था। हमने राम से पहले रावण का गुणगान सुना था। तब ऋषि जीवित थे जब रावण आया तो उन्होंने उसके संयम की परीक्षा का निर्देश हमें दिया था जिसमें राम-लक्ष्मण के समान रावण भी खरा उतरा था।

''किन्तु सुतीक्ष्ण यह समझ में नहीं आया कि रावण का वध राम से ही इन्द्र क्यों कराना चाहता है? हम तो दशानन के प्रशंसक हैं।''

राम ही बोले, ''मैं इन्द्र की किसी कूटचाल में नहीं हूँ। मेरा लक्ष्य तो आर्य सभ्यता का विस्तार है, रावण वध नहीं।''

''हम प्रसन्न हुई राम, आतिथ्य स्वीकार करो, विश्राम करो और मुनि अगस्त्य से विद्या अर्जन कर अपनी अवधि सानन्द समाप्त करो।''

प्रातःकाल राम फिर सुतीक्ष्ण के साथ अगस्त्य आश्रम की ओर अग्रसर हुए।

सुतीक्ष्ण व अग्निवेश अब आगे-आगे चल रहे हैं और इनमें सबसे पीछे विराध चल रहे हैं।

अब मलय गिरि से जो पवन आता तो चन्दन की सुगन्ध से समूचा वातावरण सुरभित हो जाता। कावेरी का कलकल निनाद भी राम को सुनाई दे रहा था। राम ने उत्सुकतावश पूछा, ''सुतीक्ष्ण, अब तो निकट ही होगा मुनि का आश्रम?''

''राम, हम आश्रम के निकट ही हैं। वह देखो वन में बटुक वनस्पतियों की खोज कर रहे हैं। कुछ जड़ी-बूटियों को पुष्पों से, कुछ को पत्तों से जाना जाता है। कुछ के पुष्प तो सूर्य की किरणों के आगमन पर खिलकर बन्द ही हो जाते हैं जिन्हें फिर नहीं पहचाना जा सकता। इस कारण आयुर्वेद की शिक्षा प्रातःकाल ही दी जाती है।''

फिर दो-चार बटुकों ने सुतीक्ष्ण को प्रणाम कर पूछा, ''ये कौन हैं सुतीक्ष्ण?''

''मेरी गुरु दक्षिणा हैं राम-सीता-लक्ष्मण।''

''ओह, इतना शीघ्र ले आए प्रसन्नता हुई।''

फिर इस समूह ने राम को अतिथि के रूप में प्रणाम किया। राम ने भी अभिवादन का उत्तर दिया।

सुतीक्ष्ण ने राम-लक्ष्मण-सीता सहित अगस्त्य कुटीर में प्रवेश किया। राम ने अगस्त्य के चरण स्पर्श किए और आशीर्वाद प्राप्त किया। सीता ने भगवती लोपामुद्रा का चरण-स्पर्श किया और एक ओर बैठ गई।

फिर मुनि अगस्त्य सुतीक्ष्ण से बोल, "वत्स! राम-सीता का आतिथ्य करो तुम्हारी गुरु दक्षिणा प्राप्त कर मैं प्रसन्न हुआ। राम के साथ अग्निवेश भी आया है सुतीक्ष्ण, वह क्या बाहर ही रह गया?"

"उसे बटुक घेरे हुए हैं। वह मुनि भरद्वाज जी के आश्रम से व्याकरण और धनुर्वेद का ज्ञान अर्जित कर आया है। बाहर वही आपस में वार्ता चल रही है। अब तमिल व्याकरण तैयार हो जाएगा जिससे दक्षिणावर्त में साहित्य का शोध कार्य सरल हो जाएगा। उसने मार्ग में राम की रक्षा की है और विराध को हराने में सहायता भी।"

"क्यों नहीं करेगा? है भी तो मेरा ही शिष्य।"

इसी समय अग्निवेश ने प्रवेश किया व अगस्त्य जी के चरणों में ढोक लगाई और बोला, "तात! राजकुमार राम और भगवती सीता आर्य धर्म के संरक्षक और दासप्रथा के विरोधी हैं। धीर व वीर हैं और इनसे बढ़कर है लक्ष्मण का संयम।"

"महान व्यक्ति इसी प्रकार अपने आचरण से संसार को मुग्ध करते हैं अग्निवेश! अब राम को आश्रम दिखाओ और जिस विषय की जानकारी इन्हें चाहिए उसे दो। राम को अभी बहुत कठिन काम करना है।"

सुतीक्ष्ण भी मार्ग में चल रहे हैं और यदु क्षत्रिय सम्राटों को देखकर राम ने पूछा, "ये सम्राट यहाँ किसलिए हैं, सुतीक्ष्ण?"

"भद्र राम! अवन्तिका में महात्मा अगस्त्य का पहले का आश्रम (उज्जैन) अगस्त्येश्वर से जाना जाता था। दक्षिण का मार्ग उत्तर भारतीयों के लिए दुर्गम था। अगस्त्यजी ने अपने आश्रम अगस्त्येश्वर का परित्याग किया और वे जब चले तो उनके साथ अठारह यदु सम्राट चले जिन्होंने बटुक व अपनी सैन्य टुकड़ियों की सहायता से जंगल को काटकर मार्ग प्रशस्त किया अन्यथा दंडकारण्य के भय के कारण दक्षिण भारत में बिना सेना के प्रवेश सर्वथा असम्भव था, अगस्त्य जी की कृपा से यह आश्रम काफी महत्त्वपूर्ण हो गया है क्योंकि सामरिक शस्त्रों का यह सबसे बड़ा केन्द्र है और इन क्षत्रियों ने यहीं खेती करना प्रारम्भ कर दिया है और इन्हीं की सन्तानें बटुक रूप में सभी शास्त्रों-शस्त्रों का ज्ञान प्राप्त कर रही हैं।"

अग्निवेश बोला, "राम! अगस्त्य जी का विज्ञान ज्योतिष के 'चन्द्र सिद्धान्त' पर आधारित है और दशानन का 'सूर्य सिद्धान्त' पर। हमें मुनि ने दोनों सिद्धान्तों से परिचित कराया है पारंगत नहीं और उन्हीं सिद्धान्तों पर रावण ने ब्रह्मास्त्र को चलाने का ज्ञान अगस्त्य से प्राप्त किया और अब रावण विज्ञान में सबसे आगे है। यह विश्व की महान शक्ति है।"

"अग्निवेश! जो ज्ञान तुम मुझे मार्ग में दे सकते थे वह यहाँ आने के बाद क्यों बतला रहे हो?"

"आर्य! मार्ग में वेधशाला नहीं थी। भूल हो जाए तो उसके समाधान के लिए गुरु का अभाव था और यहाँ सभी वस्तुएँ सुलभ हैं। इस कारण पथ में विवशता थी, असमर्थता थी।"

"तो यह गूढ़ ज्ञान मुझे दो। राम को अपने लक्ष्य की पूर्ति के लिए चारों ओर से तत्पर होना पड़ेगा।"

"सुनो राजकुमार! अभी तक यह मत प्रचलित है कि सूर्य घूमता है। हो सकता है अन्य शोधार्थी भविष्य में इसका खंडन कर दें क्योंकि मतमतान्तर विवेक पुरुष की ही देन है। सूर्य चन्द्रमा से छोटा ग्रह है। सूर्य नौ हजार योजन। पृथ्वी का विस्तार पचास करोड़ योजन है। सारे पृथ्वी मंडल को मेघ जल ने, मेघ जल के उद्गम स्रोत सागर को अग्नि ने, अग्नि को आकाश ने तथा आकाश को वायु ने धारण किया हुआ है। सूर्य उत्तरायण और दक्षिणायण के रूप में घूमता है। जब सूर्य का वरुणपुरी में मध्याह्न होता है तो चन्द्र की विभानगरी में प्रातःकाल होता है जो इन्द्र की अमरावती में अर्ध रात्रि होती है तो उस समय यमपुरी में अस्तबेला होती है और दक्षिण-पश्चिम दिशा के प्रदेशों में जब प्रातःकाल का समय होता है उसी समय उत्तर दिशा प्रदेशों में रात्रि प्रारम्भ होती है। जिस स्थान से सूर्योदय होता दिखाई देता है, वह उदय और जहाँ अस्त होता है उसे 'अस्त' कहते हैं। इस 'उदय' और 'अस्त' पर ही सारा गणित आधारित है। और सूर्य-चन्द्र जब अन्य ग्रहों के साथ घूमते हैं तो नक्षत्र चक्र के समान उनका अनुसरण करते हैं।

"राम! सूर्य का ताप जल को खींच लेता है तथा वायु के आघात से मेघ उस जल को पृथ्वी पर बरसाते हैं। इस प्रकार निरन्तर जल का उत्क्षेपण और सम्पात आदि होते रहते हैं। वस्तुतः जल का नाश कभी नहीं होता। उसका रूप परिवर्तित होता रहता है। सूर्य उष्णता को और चन्द्रमा शीतलता को धारण करता है। जल ही उष्ण होकर वाष्प रूप धारण करता है और उस वाष्प से ही बादल बनते हैं। मेघ तीन प्रकार के होते हैं–

आग्नेय–अग्नि से उत्पन्न होनेवाले, कृष्ण वर्णवाले और विद्युत तत्त्व से विहीन।

ब्रह्मज–विद्युत तत्त्व से समृद्ध तथा धारा प्रवाह वर्षा करके धरती को नवयौवन प्रदान करते हैं।

पक्षज–नाना रूप धारण करनेवाले, घोर गर्जन करनेवाले व प्रलय का दृश्य उपस्थित करनेवाले होते हैं। इन सबका अर्थात् वर्षा का स्रष्टा सूर्य ही है।"

राम को सौर मंडल की गहन जानकारी प्राप्त हुई। राम-सीता-लक्ष्मण आश्रम को देखते जा रहे थे और चलते भी जा रहे थे। मार्ग के दोनों ओर बड़े-बड़े कुटीर बने हुए थे जिनमें अगस्त्य के साथ आए हुए यादव सम्राट अपने परिवार के साथ किसी-न-किसी शास्त्र के गहन अध्ययन में रत थे। उनके साथ के सैनिक भी शस्त्रों के निर्माण में जुटे थे। अब यह आश्रम निर्धन न होकर सब प्रकार से परिपूर्ण हो गया था।

यादव सम्राट ने सुतीक्ष्ण से पूछा, "ये कौन हैं?"

"दशरथ के पुत्र राम और लक्ष्मण तथा जनकनन्दिनी सीता राम की पत्नी है।"

"ओह! ये तो क्षत्रिय राजकुमार हैं। दक्षिण में आने का इन्होंने महान कष्ट उठाया है, इस कारण स्वागत योग्य हैं।"

"हाँ, क्षत्रियों को तो जातीय एकता का भाव जन्म से ही प्राप्त हुआ है। तुम्हारा कुल चाहे सूर्यवंशी हो या चन्द्रवंशी किन्तु दूध में पानी की भाँति शीघ्र मिल जाता है।"

"यह सब तुम ब्राह्मणों की ही तो दीक्षा है सुतीक्ष्ण। हम तो उसी नियम व सिद्धान्त का पालन करते हैं जो तुम बना देते हो। क्षत्रिय तो सदैव ब्राह्मण, ऋषि, मुनियों के मार्गदर्शन पर चला है। उसने अपने को बिना ब्राह्मण के सामर्थ्यहीन ही माना है। यदि ब्राह्मण का साथ नहीं

होगा तो क्षत्रिय छत्र धारण करने के उपरान्त भी छत्रविहीन है। क्षत्रिय में क्षत्रियों को आत्मसात् करने की अद्‌भुत क्षमता है परन्तु राज्य का लोभ उसे भी परस्पर युद्ध के लिए बाध्य कर देता है और क्षत्रिय-क्षत्रिय में युद्ध हो जाता है। ऐसा ब्राह्मणों में नहीं मिलेगा।''

''ब्राह्मण त्यागी है वह राजभोग नहीं चाहता। वह तो जो कर्म करता है, वह अपने लिए नहीं अपितु क्षत्रिय के लिए ही करता है या फिर जनकल्याण के लिए। ब्राह्मण, ब्राह्मण का उत्कर्ष नहीं देख सकता, बल्कि अकारण ही किसी से मिलकर दूसरे ब्राह्मण को किसी प्रकार परास्त करने का प्रयास करता है और इसी कारण द्विज वर्ग कभी एक नहीं हुआ। परशुराम ने अवश्य इनका एकीकरण किया था किन्तु परशुराम को भी द्विज समाज ने छत्रहीन कर दिया।''

अग्निवेश बीच में ही बोला, ''कोई किसी को परास्त नहीं करता मित्रो! यह तो मात्र काल है जो सब कुछ करा देता है। यथार्थ में न कोई द्विज है और न कोई क्षत्रिय। सभी मानव मात्र हैं और सभी वर्ण संकर हैं क्योंकि किसी की माता क्षत्राणी है तो किसी का पिता ऋषि। किन्तु जातिवाद इतना पनप गया है कि लोग दूसरी जाति से घृणा करते हैं और इसी कारण हम सब परस्पर एक-दूसरे से कटते जा रहे हैं।''

''और दशानन पनपता जा रहा है अग्निवेश।'' राम ने सहसा कहा।

यदु कुल की स्त्रियों ने सीता को देखा, उन्हें प्रसन्नता हुई कि उत्तर भारत से कोई क्षत्राणी दक्षिण तक उन्हीं की भाँति चलकर आई। उन्हें सीता की सुकुमारता पर तरस भी आया क्योंकि पुरुषों की अपेक्षा एक नारी ने दक्षिण तक आने का यह अदम्य साहस दिखाया। यादवों की पत्नियों ने सीता को बुलाया तो सभी रुक गए...।

एक प्रौढ़ यदु महारानी ने कहा, ''वैदेही, पत्नी के पति से दूर रहने को धर्म शास्त्र में बहुत बुरा कहा है। तुमने राजकुमार के साथ आकर पत्नी के इस दोष से मुक्ति प्राप्त कर ली है। पत्नी अपने पति को दो ऋणों से मुक्त करती है एक तो यज्ञ में साथ देकर देव ऋण से तथा दूसरे पुत्रोत्पत्ति कर पितृ ऋण से। अतः प्रत्येक नारी का ध्येय सन्तानोत्पत्ति तथा यज्ञ में पति का साथ देना होना चाहिए। तुम सूर्यकुल की सम्पत्ति हो, तुम्हारा पति जो न खाता हो, न पीता हो या न पाता हो उसे तुम्हें भी न खाना, न पाना और न पीना चाहिए। जानकी, यदि कहीं पति का संग छूट जाए तो किसी अवस्था में साध्वी स्त्री को श्रृंगार नहीं करना चाहिए, पूरा भोजन नहीं करना चाहिए तथा अपने शरीर को सुखा देना चाहिए और मुख पर प्रसन्नता के भाव न लाते हुए दुखी रहना चाहिए।

''सीते! यह सब ज्ञान हमें भगवती लोपामुद्रा ने दिया है। वे कहती हैं कि च्यवन ऋषि की पत्नी सुकन्या ने अपने भाइयों से कहा, 'मैं अपने पति को जीते जी नहीं छोड़ सकती।'' इन शब्दों को सुनकर सुकन्या के भाई चले गए और युवती सुकन्या अपने पति की सेवा में ही लगी रही। ये सब ज्ञान की बातें हम नारियों को धारण करना अनिवार्य है ताकि हम जो आय-व्यय का ब्योरा रखती हैं वे गृह स्वामिनियाँ कभी भी पथ विचलित न हों और कुमार्ग पर न चलें।'

सीता धीमे से बोली, ''मुझे बहुत-कुछ सीख माता-पिता ने दी है और जो ज्ञान मुझे मार्ग से अनसूया जी से तथा आपसे प्राप्त हुआ सीता उस ज्ञान को धारण करेगी और विपत्ति में भी सन्मार्ग पर ही चलेगी।''

इसी समय व्रात (विविध अस्त्रधारी सैनिकों का झुंड) आ गए। उन्होंने अपरिचित राम-लक्ष्मण को विलोककर पूछा, ''ये तपस्वी कौन हैं?''

यदुराज ने राम का परिचय दिया तो सभी ने इन अतिथियों को प्रणाम किया। उसके बाद राम ने इनका परिचय पूछा।

यदुराज बोले, "राम! दक्षिण भारत में क्षत्रिय और ब्राह्मणों का आवागमन उत्तर भारत से किसी-न-किसी रूप में होता ही रहा है। हम लोग मुनि अगस्त्य के साथ आए तो कुछ का उत्तर के सम्राटों ने निष्कासन किया जैसे कि दंडक का और बहुत से वसिष्ठ के कारण आर्यावर्त से निष्कासित हुए। विश्वामित्र के पुत्र भी उनके कोपभाजन से अन्ध्र, पुंड्र के रूप में इधर ही रह रहे हैं और अपने कुल की वृद्धि कर रहे हैं। आज भी इन्हें शूद्र कहा जाता हैं क्योंकि ये पशुओं को मारकर अपनी जीविका चलाते हैं। कृषि कार्य में उन्नति नहीं है। ये सब आर्यावर्त के हैं, अतः क्षेत्रीय आधार पर तुम्हारे सहयोगी होंगे।"

राम ने सैनिकों की ओर देखा वे शिरस्त्राण, वक्षत्राण धारण किए हुए थे। उनके वृषभ स्कन्धों पर भुशिंडियाँ (बन्दूकें) झूल रही थीं। वे युद्ध निष्णात प्रतीत हो रहे थे। इनमें क्षत्रिय, ब्राह्मण, वैश्य, दैत्य, दानव एवं वानर आदि सभी जातियों के लोग प्रतीत हो रहे थे।

राम ने पूछा, "तात, इस गुरुकुल में सैनिकों की क्या आवश्यकता है?"

यदुराज बोला, "यह गुरुकुल अनुसन्धान का केन्द्र है। ऋषि अगस्त्य द्वारा दी गई विद्याओं का संचालन बटुक करते हैं और युद्ध शस्त्रास्त्र पर अधुनातन प्रयोग यहाँ निरन्तर चलता रहता है। इस कारण इसकी सुरक्षा एक अनिवार्य आवश्यकता है तथा अन्य सम्राटों के भय के कारण सैनिकों की आवश्यकता है।"

पुनः कहा, "राम! राजा अपने गुणों के कारण समादृत होता है। राजा का सम्मान उसके बल, पराक्रम तथा शौर्य से होता है। राजा में अदम्य साहस होना चाहिए तथा उसे अपनी सुरक्षा में सक्षम होना चाहिए। भार्गव शुक्र के अनुसार सम्राट का अपनी इन्द्रियों पर पूर्ण अधिकार होना चाहिए। शुक्र नीति के अनुसार भूप संयमित भोगों का अधिकारी है। ये समस्त गुण रक्षेन्द्र रावण में हैं। इसी कारण वह सार्वभौम सम्राट हुआ। दशकन्धर के बलिदानी होने से लंका की प्रजा अपने सम्राट रूपी स्वामी दशानन की आज्ञा का पालन उसी प्रकार करती है जिस प्रकार एक योग्य पुत्री अपने पिता की आज्ञा को शिरोधार्य करती है।

"सुनो राम! दशानन के राज्य में मेघ समय पर वर्षा करते हैं। प्रकृति रोगों की उत्पत्ति नहीं होने देती। इसी कारण लंका साम्राज्य का चक्रवर्ती सम्राट रावण शुक्र नीति के अनुसार दिव्य शक्तियों से सम्पन्न कहलाता है। लंका राज्य के सप्तांग (स्वामी सम्राट, आमात्य, मित्र, कोश, राष्ट्र, दुर्ग और दंड) लंका का निर्माण और उत्थान कर रहे हैं। रक्षेन्द्र रावण सृष्टि का सार एवं सर्वप्रकाश का प्रतीक होकर असामान्य व्यक्ति है। दशकन्धर काल का निर्माता या युग-निर्माता होकर प्रजारंजक है। रावण जब विजयोपरान्त नगर प्रवेश करता है तो लंका की प्रजा जयघोष से उसका अभिनन्दन करती है और पुलस्त्य वंश की महिमा के गीत गाए जाते हैं। ध्वजा, पताकाओं और तोरणों से राज्य पथ सजाया जाता है। लंका की कुमारियाँ तथा वयस्क स्त्रियाँ धान फेंककर मंगल कामनाएँ करती हैं। प्रणत राजा रावण के मुद्रायुक्त आज्ञा पत्र प्राप्त करते हैं।

"क्षत्रिय सम्राटों की राजनीति से दशानन की नई राजनीतिक विशेषता है कि राज पद छीनकर रावण उन्हें अपने अधीन मात्र करता है और जब कभी कोई महारानी अपने पति के रण खेत होने पर योग्य मन्त्रियों द्वारा अपने गर्भस्थ शिशु के लिए राज माँगती है तो रावण प्रत्यावृत हो जाता है। ऐसे आदर्श गुणों का समूह रावण स्वर्ण सिंहासन पर, स्वर्ण सभागार में

बैठता है।"

राम बोले, "तात! रावण की प्रशंसा समूचे भारतवर्ष में हो रही है, क्या उसने कभी कोई बुरा कार्य नहीं किया?"

"भद्र राम! महान व्यक्तियों की प्रशंसा ही नहीं की जाती है अपितु उनके चरण पखारे जाते हैं। राजा ही ईश्वर, प्रभु, भगवान आदि दैवी सम्बोधनों से पुकारा जाता है क्योंकि विजय उसे ईश्वरीय श्रेणी में लाकर खड़ा कर देती है। विजय का तात्पर्य मात्र युद्ध नहीं है जिस समाज में हम रहते हैं उसके लिए किए गए किसी भी कार्य की सफलता विजय का प्रतीक है और प्रत्येक क्षेत्र में विजयश्री ने दशानन का वरण किया है। जब तक ऐसा कोई वह कृत्य न करे जिससे कि उसकी महानता को बट्टा लगे तब तक रावण की छवि को धूमिल करना हम जैसे मनुष्य के लिए सर्वथा जटिल कार्य ही है।"

"किस प्रकार से रावण के नाम को बट्टा लग सकता है तात!"

"किसी भी मनुष्य को कलंकित करने के लिए उसका चारित्रिक हनन अनिवार्य है। सच्चरित्र से ही व्यक्ति को सम्मान प्राप्त होता है और दुश्चरित्र से बड़े से बड़ा सम्राट तो क्या पुरुष पुरातन भी रसातल में चले जाते हैं। महान पुरुषों ने भले ही परायी नारी को भोगा न हो किन्तु यदि उसके साथ घनिष्ठता भी कर ली है तो भी समाज के लोगों को शंका के लिए एक वातावरण तैयार हो जाता है और फिर शनैः-शनै उसकी ख्याति खोखली होती जाती है। भले ही इसका ज्ञान उस महान व्यक्ति को न हो। लेकिन प्रजा में उसका अपयश फैलने लगता है और नारी के कारण वह प्रजारंजक होने पर भी प्रजा द्वारा सिंहासन से नीचे उतार दिया जाता है।"

"क्या दशानन किसी पर-नारी को सम्राट होने पर भी नहीं छूता?"

"नहीं। वह संयमी है लक्ष्मण की भाँति। वह तपस्वी है। यज्ञकर्ता एवं ब्राह्मण वंशी होने से इस अवगुण से दूर है जबकि क्षत्रिय सम्राटों में यह दुर्गुण विद्यमान रहता है।"

अग्निवेश बीच में ही बोले, "भद्र राम! क्षत्रियों में नारी अपहरण, उपभोग इन्द्र की देन है। इन्द्र ने हेमा का अपहरण किया, इन्द्र ने ही अहल्या का शीलभंग किया तो क्षत्रियों ने इसे बुरा नहीं समझा बल्कि इसे मन-ही-मन स्वीकार कर लिया। इसके कारण उनको ब्राह्मणों का कोपभाजन बनना पड़ा। इसीलिए नहुष से इन्द्र हारे फिर नहुष इन्द्रासन से ही सन्तुष्ट नहीं हुए प्रत्युत इन्द्राणी (शची) पर कुदृष्टि डाली तो अगस्त्य जी की कूट चाल के कारण भृगु के सहयोग से नहुष को ब्राह्मणों ने परास्त किया और सर्प की भाँति उसे सिंहासन से घसीटकर उतार दिया तथा पुनः सुषा का राज्य इन्द्र को ही दे दिया। पर-स्त्री का अपहरण राजनीतिक दृष्टिकोण से ही क्यों न किया जाए परन्तु यह लोकापवाद का विषय तो है ही क्योंकि नारी के अपहरण के उपरान्त कौन यह कह सकता है कि वह स्त्री पराधीन होकर भी साध्वी रही? भले ही वह अपने सतीत्व की अग्नि परीक्षा में खरी उतरे किन्तु साधारण मनुष्य तो दूर, विवेकी पुरुष भी शंका करते हैं और इसी से लोग इस अपहरणकर्ता और उस नारी से घृणा करते हैं। यही कारण है कि समाज जिसको मान्यता नहीं देता या जिस कर्म को बुरा कहता है, वह काम करने से महामानव तो क्या अतिमानव भी अपयश के भागी हो जाते हैं।"

राम यह सब सुनकर विस्मित हुए। तभी सुतीक्ष्ण ने दूर बोध द्वारा कोई जानकारी प्राप्त कर कहा, "राम भोजनोपरान्त आज का रात्रि विश्राम यहीं होगा। प्रातः शेष आश्रम देखेंगे।"

24

राम ब्रह्ममुहूर्त मे जागे। नित्य कर्म से निवृत्त हुए, सभी को शीश झुकाकर प्रणाम किया और पुनः सुतीक्ष्ण के साथ मार्ग पर...।

सुतीक्ष्ण बोले, "राम, अगस्त्य आश्रम का यह स्थान विष्णु स्थान के नाम से जाना जाता है जहाँ यदुराज राजनीति, अर्थशास्त्र, कृषि एवं पशुपालन की शिक्षा देते हैं। अब हम इस आश्रम के महेन्द्र स्थान पर चल रहे हैं जहाँ आक्रमणकारी और रक्षणशील (अफेंसिव एंड डिफेंसिव) आयुधों का ज्ञान दिया जाता है एवं जिसकी शिक्षा परशुराम के भाई भार्गव तृणधूमाग्नि द्वारा दी जाती है और गरुड़ स्थान जहाँ कि यान, यातायात आदि का ज्ञान शिक्षार्थी ग्रहण करते हैं उसकी व्यवस्था भी भार्गव तृणधूमाग्नि के हाथों में ही है। भार्गव के मार्गदर्शन में बनाए गए विध्वंसात्मक शस्त्रों के कारण यह आश्रम भय और आदर दोनों का विषय है।"

"भार्गव ऋषि ब्रह्मर्षि जमदग्नि के आश्रम में धनुर्वेद की उच्च शिक्षा दी जाती थी। अर्धरथ, रथ, महारथ की उपाधियाँ दी जाती थी। यह मुझे गुरु उपाध्याय सुधन्वा ने बताया था। इस कारण भृगुवंश को शस्त्र विद्या का जनक कहा जाता है। राम, भार्गव से मिलने की अभिलाषा रखते हैं।"

"भद्र! तृणधूमाग्नि से यान का ज्ञान प्राप्त करो।"

"राम तत्पर हैं।"

"तो चलिए।"

सुतीक्ष्ण ने देखा, यथेष्ट शिक्षार्थी आक्रमणकारी तथा रक्षणशील कार्य परस्पर कर रहे थे। उनके पास धनुष-बाण के असि एवं भुशुंडिया तथा नाना प्रकार के शस्त्रास्त्र थे। राम उनमें से कतिपय शस्त्रों को नहीं जानते थे। भार्गव शिलाखंड पर बैठे अपने परशु की ओर निहार रहे थे। सहसा उन्होंने पथ की ओर दृष्टि की तो सुतीक्ष्ण के साथ राम-लक्ष्मण-सीता आ रहे थे। इनके आगमन का सन्देश उन्हें दूर बोध से प्राप्त हो गया था।

तृणधूमाग्नि ने शिक्षार्थियों से कहा, "अयोध्या के राजकुमार आ रहे हैं। प्रयाग आश्रमवासी अगस्त्यजी के शिष्य अग्निवेश भी उनके साथ आ रहे हैं। ये दक्षिणवासियों के लिए भरद्वाज से व्याकरण का ज्ञान सीख आए हैं। अब दक्षिण के लोगों को अगस्त्य व्याकरण देंगे। आप फल-फूल एवं भोजन की व्यवस्था कीजिए। मैं कुटिया पर पहुँचता हूँ।"

तृणधूमाग्नि कुटिया में आकर आसन पर विराजमान हो गए। उसके कुछ समय बाद ही राम के साथ ही सुतीक्ष्ण ने प्रवेश किया। राम ने भार्गव का चरण स्पर्श किया, भार्गव ने आशीर्वाद दिया और मृगचर्म पर बैठने का संकेत किया।

भार्गव ने सुतीक्ष्ण तथा अग्निवेश का कुशल-क्षेम पूछा। फिर अग्निवेश ही बोले, "भ्रातर राम वनवासी हैं। इन्हें अपने वनवास की अवधि में आपसे कुछ ज्ञान प्राप्त करना है। वह इन्हें दीजिए ताकि ये दंडकारण्य का निष्कंटक राज्य भोग सकें।"

"राम का अभीष्ट क्या है सभी जानते हैं। किन्तु याचक के रूप में भार्गव, राम को वायुयान तक का ज्ञान देने के लिए तैयार हैं। किन्तु इन्द्र और वरुण के सन्देश रावण साम्राज्य को नष्ट करने के हैं। इसलिए भार्गव की भक्ति का राम द्वारा दुरुपयोग एक न एक दिन किया ही जाएगा क्योंकि राजनीति में कूट से लेकर वध तक क्षम्य ठहरते हैं और मुझे कैलास जाना है क्योंकि भैया परशुराम तथा दशानन किसी पारलौकिक ज्ञान में व्यस्त हैं और उन्हें मेरी आवश्यकता

है। फिर भी राम के लिए जो ऋषि सुधन्वा और विश्वामित्र ज्ञान नहीं दे सके, वही अगस्त्याश्रम पर हमें देना है। फिर भी राम को परामर्श दूँगा कि रावण जैसी महाशक्ति से टकराना जिसका कि भानजा शम्बूक दंडकारण्य में ही 'सूर्यहास खंग' का आविष्कार कर रहा हो, मृत्यु को निमन्त्रण देना है।''

''भृगु ऋषि! राम अकारण तो कुछ करेगा नहीं किन्तु कोई कारण बना तो राम पीछे नहीं हटेगा।''

''राम, तुम धार्मिक उद्‌देश्य के साथ 'रक्ष सभ्यता' से संघर्ष करने किसी दूसरे की प्रेरणा से आए हो, यह बात किसी भी ऋषि-मुनि से छिपी नहीं है। इन्द्र के आगमन तथा शरभंग के चितारोहण ने इन सबकी पुष्टि कर दी है। बात को छिपाने से कोई लाभ नहीं।''

''तुम देखोगे भार्गव कि राम एकाकी वन में आया है। उसने समुद्र तट देखा तक नहीं, फिर वह समुद्र से घिरी लंका पर कैसे आक्रमण कर सकता है? राम कितना पौरुषवान क्यों न हो किन्तु बिना सैन्य-शक्ति के क्या कोई भी क्षत्रिय लंका दुर्ग तक पहुँच सकता है? क्या इतना प्रमाण भार्गव की सन्तुष्टि के लिए पर्याप्त नहीं है?''

तृणधूमाग्नि प्रसन्न हो गए। राम का उत्तर अकाट्य था।

अग्निवेश बीच मे ही बोले, ''भार्गव, तुम्हारा ज्ञान व परिश्रम ही इस आश्रम की प्रसिद्धि का कारण है क्योंकि ऋषि अगस्त्य कुल से भृगु जी के अच्छे सम्बन्ध रहे हैं। भारतवर्ष के जितने भी सम्राट हैं, वे सब हम ब्राह्मणों, ऋषियों के कारण ही राज्य भोगने में सक्षम हैं। इस युग में प्रत्येक सम्राट साम्राज्यवादी है। एक ओर रावण का विशाल साम्राज्य है तो दूसरी ओर राम भी यदि अपने दंडकारण्य राज्य का विस्तार करें तो इसमें हमें कौन सी आपत्ति है? शान्ति का सन्देश राजतन्त्र में व्यर्थ है। इनका कर्म ही राज्यों का विस्तार करना है। तभी उस व्यक्ति की, जो स्वर्ण सिंहासन पर बैठा है, प्रसिद्धि, ख्याति होती है अन्यथा राजा का पद धारण करना व्यर्थ!''

''अग्निवेश! हमें विस्तार से क्या प्रयोजन? हम तो अपने ही ज्ञान की वृद्धि में व्यस्त रहते हैं। उसमें से जो सारभूत होता है वह दूसरों को दे देते हैं। रावण के श्वसुर मय दानव ने सूर्य सिद्धान्त को असुर जाति में फैलाया है उसी क्रम में रावण वायुयानों में सफल है। मय यन्त्र विद्या में निपुण है। उसने दशानन को इसमें भी पारंगत किया और रावण की लगन ने उसे शीर्षस्थ सम्राट के स्थान पर पहुँचा दिया। अब भौतिकवादी रावण पुनः भैया परशुराम के साथ तप कर रहा है। किसी नवीन अनुसन्धान में व्यस्त है। यह उसका शान्ति काल है। राम यदि वर्तमान समय में मेरे द्वारा दिए गए ज्ञान एवं शस्त्रों का प्रयोग लंकापति के विरुद्ध न करे तो भार्गव राम को सुशिक्षित करेगा।''

''राम अब से लेकर पाँच वर्ष तक लंका के विरुद्ध आपके ज्ञान एवं शस्त्रों का प्रयोग नहीं करेगा। और अनिवार्य आवश्यकता तथा घोर संकट में ही राम आपके द्वारा दी जानेवाली विद्याओं का प्रयोग रक्षेन्द्र रावण के लिए करेगा अन्यथा नहीं।''

''ठीक है राम, मैं प्रसन्न हुआ अब तुम्हें यथेष्ट ज्ञान देता हूँ—

''सुनो राम, तुम्हें सुधन्वा और विश्वामित्र ने बहुत-कुछ दिया है। यदि किष्किन्धा राज्य में अंगद को हनुमान और मतंग ऋषि ऋष्यमूक पर्वत पर उच्चतर सामरिक शिक्षा दे रहे हैं तो राम को पड़ोसी देश, जो कि शत्रु की श्रेणी में माने जाते हैं, को अवसर आने पर परास्त करने के लिए तथा दंडकारण्य राज्य का विस्तार करने के लिए भार्गव तृणधूमाग्नि को तुम्हें शस्त्रास्त्र में पारंगत करना ही होगा।

"राजकुमार राम! इस आश्रम के कार्तिकेय स्थान में वाहिनी के संचालन की शिक्षा दी जाती है और कोबेर स्थान में पोत संचालन व जलस्तम्भन और जल संस्तरण की शिक्षा दी जाती है।

"रावण इन सभी विद्याओं में दक्ष होकर अपने लंका राज्य के गुरुकुलों में इन सभी विद्याओं का ज्ञान अपनी प्रजा को बिना किसी भेदभाव के दे रहा है। वहाँ की नारियाँ भी विज्ञानी हैं।

"रावण के श्वसुर मय दानव ने त्रिपुर निर्माण में अपनी वास्तुकला और स्थापत्यकला का ऐसा परिचय दिया था कि त्रिपुर को नष्ट करने के लिए देवजाति को अपनी सेनाओं को कई बार पीछे लौटाना पड़ा था, और अन्ततः उनको तोड़ने के लिए अनार्य देव रुद्र को ही बुलाना पड़ा था। तब उस परिखा युक्त दुर्ग को तोड़ने के बाद भी मय द्वारा बनाई गई विशिष्ट वापी (बावड़ी) के भू मार्ग से इतने दैत्य, दानव सैनिक प्रकट होते थे, कि उस बावड़ी के गुप्त मार्ग का ज्ञान देवता भी नहीं लगा सके और सैनिक यह कहने लगे थे कि इस बावड़ी में अमृत है। मारे हुए सैनिक ही जीवित होकर पुनः समर के लिए आ रहे हैं। जबकि मय का वह वैज्ञानिक अड्डा था और वहाँ उसकी सुरक्षित, संरक्षित सेना का निवास था जिसके मार्ग का ज्ञान त्रिपुर वासियों के अतिरिक्त अन्य को नहीं था। इसी कारण देवताओं ने भेद जानने पर इस वापी को पहले पाटा और भू गर्भ अवस्थित सैन्य दल को रोका तब जाकर रुद्र बड़ी कठिनाई से मय से जीते और मय द्वारा अनुसन्धान करने पर प्राप्त मयद चीत्कार (आवाज) करनेवाली 'शक्ति' जो कि मय ने कलापूर्ण बनाई थी, जिसमें कि आठ घंटियाँ लगी थीं, और जो सोने से निर्मित होकर वायु में विद्युत गति से चलती थी और पीछे एक अग्निरेखा अंकित करती थी, के कारण शंकर की सेना के भी छक्के छूटते थे फिर वह 'शक्ति' जैसा अमोघ शस्त्र भी नष्ट कर दिया गया तब कहीं रुद्र से मय पराजित हुआ और रुद्र ने त्रिपुरारि की उपाधि धारण की।

"तथा उसी मय ने इन सभी शक्तियों से रावण जैसे महान सम्राट को अलंकृत कर दिया है और दशानन इन शस्त्रास्त्रों की दौड़ में, होड़ में बहुत आगे निकल गया है। मैं स्वयं इस 'शक्ति' नामक 'हलमुखानि' शस्त्र का निर्माण करने में असमर्थ हूँ। जबकि रावण का पुत्र मेघनाद 'शक्ति' निर्माण एवं इसके संचालन में दक्ष है। यह शक्ति शत्रु का शोणित पीनेवाली है और इसका वार कभी खाली नहीं जाता। इसकी विद्युत धारा के गम्भीर प्रभाव को किसी बूटी से समाप्त किया जा सकता है जिसका ज्ञान लंका के राजवैद्य सुषेण को ही है और किसी को नहीं। या मेघनाद और दशकन्धर ही इस बूटी को जानते हैं। यह किस पर्वत पर व कहाँ उपलब्ध है, इसका ज्ञान भी लंका के वैज्ञानिकों को ही है। राम कहीं भी विज्ञान का इतना बड़ा चमत्कार तुम्हें देखना तो दूर सुनने को नहीं मिला होगा जितना कि लंकपति के पास है। यह दुर्लभ ज्ञान है फिर भी वरुण की आज्ञा के कारण मैं तुम्हें दे रहा हूँ क्योंकि वरुण (ब्रह्मा) का सिंहासन हमारे लिए नमन योग्य रहा है और हमारे पूर्वज भृगु को इनका मानस पुत्र कहा जाता है। इस कारण भृगु वंश कभी भी अपने कुल के पूर्वजों की आज्ञा का उल्लंघन नहीं करता। अन्यथा भार्गव तृणधूमाग्नि ब्राह्मण दशानन, सम्राट, जिसने कि यम, वरुण, इन्द्र जैसी शक्तियों को परास्त कर दिया है और राम इन हारी हुई महाशक्तियों की प्रेरणा से संचालित होकर दक्षिण में अपना राज्य फैलाने के उद्देश्य से आया है, को कभी भी ये गूढ़ ज्ञान नहीं होता।"

राम और लक्ष्मण को आश्चर्य हो रहा था जो बात सिर्फ राम जानते हैं और लक्ष्मण अनभिज्ञ हैं, वह सब भार्गव कैसे जानता है। यह अलौकिक ज्ञान है। गुरु सुधन्वा ने बाल काल में राम को एक ही पाठ पढ़ाया था, वह था ब्राह्मणों की सेवा एवं उनका आदर-सत्कार। क्या यह सम्मान का पाठ इसीलिए पढ़ाया था कि राम ब्राह्मणों से कुछ प्राप्त करे तभी क्षत्रिय राज्य की रक्षा

की जा सकती है और उनका फैलाव भी बाढ़ के पानी की भाँति किया जा सकता है? राम को सामरिक ज्ञान भले ही गुरु सुधन्वा से कम प्राप्त हुआ हो किन्तु यह ब्राह्मण सम्मान का पाठ आज किसी अमोघ अस्त्र से कम नहीं हैं। कार्तवीर्य ने ब्राह्मणों से वैर किया, परशुराम ने वैश्यों और शूद्रों को अपनी ओर करके उसे नष्ट कर दिया। उन्होंने अपनी सेना का नाम ही भार्गव सेना रखा और ये सभी सैनिक युद्ध के बाद से भार्गव ही कहलाने लगे। इस ब्राह्मण वर्ग का इसी कारण क्षत्रिय मान ही नहीं करते अपितु चरण पखारकर अपनी कन्याएँ भी देते हैं और इन्हें रुष्ट नहीं होने देते। इसी कारण क्षत्रिय वर्ग ने ही ब्राह्मण को वर्णों में शीर्षस्थ स्थान दिया है और दोनों एक रहते हैं। इसी एकता के कारण दोनों वर्णों की तूती भी बज रही है अन्यथा दोनों ही कहीं क्षेत्र के लिए संघर्ष करते तो धरती पर सदैव उथल-पुथल मचा रहता। शान्ति सम्भवतः नहीं होती और न ही महर्षि परशुराम जैसा क्रोधी अपना राज्य दान करता। यही एकीकरण वर्ण संघर्ष से बचने के लिए रक्षा कवच भी है।

"क्या सोच रहे हो राम?" भार्गव ने पूछा।

"कुछ नहीं।"

"मन की गाँठ बुरी होती है राम!"

"जानता हूँ। इसी गाँठ के कारण राम माता-पिता की आज्ञा से वन में आया है।"

"राजनीतिक गाँठ षड्यन्त्र से ही खोली जाती है।"

"राम षड्यन्त्र नहीं जानता।"

"इसे जाना नहीं जाता बल्कि मन के कुटिल भावों के कारण स्वतः षड्यन्त्र का जन्म हो जाता है।"

"फिर तुम्हारा विवेक शून्य हो जाएगा और बुद्धि मन के अधीन हो जाएगी। राम वही करेगा जो मन कहेगा एवं वह मृदु होगा। भले ही बाद को लोग उसे बुरा कहें परन्तु राम राजनीति में अच्छे से अच्छे विनयशील कठोर होते ही नहीं देखे, प्रत्युत षड्यन्त्रों में धर्मशील भी लिप्त होते देखे हैं यहाँ तक कि अकारण वध तक लोगों का हो नहीं जाता बल्कि करा दिया जाता है और यदि कोई करनेवाला नहीं मिलता तो स्वयं कर दिया जाता है।"

"भार्गव, राम सम्भवतः यह न कर सके।"

"राम मानव है और मानव की स्थार्थवश यही नियति बताई गई है, जो मैंने कही है। जब कटुता विष बेल के समान फैलती है, तब महान से महान व्यक्ति भी उन सब कामों को करने लगता है जिनसे हम घृणा करते हैं। जिसमें युवा वर्ग तो शीघ्र संलग्न हो जाता हैं क्योंकि अनुभव की कमी के कारण उसकी बुद्धि पूर्ण विकसित नहीं होती।"

राम समझ गए भार्गव तृणधूमाग्नि को सभी ज्ञान उनके कुल से प्राप्त हुए हैं। ये उनके ब्राह्मणत्व की देन है कि उन्हें हर विषय का गूढ़ से गूढ़ ज्ञान प्राप्त है। सम्भवतः रावण और इन अग्निपूजकों (भृगुवंश) में मात्र यही अन्तर है कि ये त्यागी हैं और दशानन जैसा ब्राह्मण राजभोगी है। इन द्विजों से कभी बैर नहीं करना चाहिए बल्कि इनको शीश झुकाकर प्रणाम कर इनसे विज्ञान का ज्ञान प्राप्त करना चाहिए। यही कारण है कि हमारे पूर्वजों ने ब्राह्मण को सर्वश्रेष्ठ और सर्वपूज्य घोषित किया।

इसी समय तृणधूमाग्नि को मधुमक्खी यन्त्र (दूर नियन्त्रण, रिमोट कंट्रोल स्पाई बी) से अगस्त्य का सन्देश मिला, "राम को रात्रि भोज दिया जाए तथा मैं उन्हें अन्य सामरिक, राजनीतिक परामर्श दूँगा।"

25

रात्रि के प्रथम पहर में राम-सीता-लक्ष्मण के साथ अगस्त्य, सुतीक्ष्ण, अग्निवेश, तृणधूमाग्नि, यदुराज आदि ने भोजन किया और फिर अकेले में अगस्त्य ने राम, लक्ष्मण, सीता से वार्ता प्रारम्भ की। मुनि ने श्वेत दाढ़ी पर हाथ फेरते हुए कहा, ''राजकुमारो, रावण महा मेधावी और वर्तमान में विश्व की महान शक्ति है। रावण ने लंक द्वीप से भारतवर्ष के गोकर्ण क्षेत्र, महेन्द्र क्षेत्र (उड़ीसा व आन्ध्र तक), मध्य देश तक अपना साम्राज्य स्थापित कर लिया है और दक्षिण कोशल तक ही नहीं उत्तर कोशल तथा विदेह तक उसकी धाक है। मिथिलापति और अयोध्यापति मात्र दो ही शक्तियाँ उत्तर भारत की शेष हैं जिन्हें रावण चाहता तो कभी भी पराजित कर देता परन्तु अब सम्भवतः उसे अन्य देशों से मित्रता व विदेशी राजनीति तथा अनुसन्धानों में रत रहने से युद्ध के लिए समय नहीं है। सात देशों में उसका अधिराज्य है और उसके सिंहासन में दस मुकुट होने से वह दशकन्धर दशानन कहलाता है। इस कारण अन्य राष्ट्र उसकी कीर्ति उसके रावण नाम की गूँज से जलते हैं। ईर्ष्यालु हैं।

''रावण इन्द्र विरोधी है, वरुण विरोधी नहीं है। फिर ये शक्तियाँ रावण विरोधी हैं क्योंकि मनुष्य चिन्तनशील प्राणी है। रावण ने अपने चिन्तन से नए दर्शन, नई संस्कृति को जन्म दिया। रावण का वह नया सिद्धान्त जो रक्ष सिद्धान्त बना, उससे इन्द्र की, वरुण की संस्कृति को चोट ही नहीं पहुँची रावण ने इन्हें रणक्षेत्र में भी परास्त कर दिया। इस पर इन महानुभावों का, जिन्हें प्रजा ने देवत्व के रूप में स्वीकार कर लिया था, शौर्य रावण ने नष्ट कर दिया। यम, वरुण, इन्द्र, कुबेर, वासुकि जो कि मित्र राष्ट्र के रूप में एक थे सबके सब रावण के कारण प्रजा में सम्मानित नहीं रह गए हैं। इस कारण आर्य संस्कृति को पुनर्जीवित करने के लिए इन शक्तियों ने हम ऋषियों के कन्धे पर यह भार डाला है कि आर्य धर्म पर सवार राक्षस धर्म को कैसे मिटाया जाए?

''और हमें, तुम्हें और जिनमें विशुद्ध आर्य रक्त है उनके लिए यह अनिवार्य है कि अपनी सभ्यता को अक्षुण्ण रखने के लिए रावण की स्वनिर्मित सभ्यता को समाप्त किया जाए। मगर यह हो कैसे? इसके लिए दशरथ तथा जनक के अतिरिक्त आर्यावर्त की और कोई नई शक्ति नहीं है जो लंकपति से टकरा सके। और मिथिला तथा अयोध्या की सम्मिलित सेनाएँ भी रावण को नहीं हरा सकतीं। इस कारण क्षत्रियों ने फिर भीतर ही भीतर समस्त ऋषियों को आर्य धर्म की रक्षा के लिए एक कर दिया है। विश्वामित्र जी तथा मेरे भ्राता वसिष्ठ जी में अहल्या के शीलभंग के बाद से ब्राह्मणों में क्षत्रियों के प्रति कटुता फिर से परशुराम की भाँति उत्पन्न हो गई थी जो कि मुनियों-ऋषियों के प्रयास से मात्र आर्य धर्म ध्वजा के लिए फिर से पाटी जा रही है और इसी कारण कई स्थानों पर तुम्हें सहयोग प्राप्त हुआ।

''राजकुमार राम, दंडक वन तक तुम्हारा राज्य है किन्तु मेरा आश्रम रावण के राज्य में आता है। हम लंकपति को कर देते हैं। स्वर्णनखा (सूर्पणखा) जनस्थान की स्वामिनी है। वही कर वसूल करती है। आर्यावर्त में ब्राह्मणों से कर नहीं लिया जाता किन्तु लंका राज्य के नियमानुसार प्रत्येक नागरिक को कर देना अनिवार्य है। इसलिए हम लोग भी इस राजकीय व्यवस्था से असन्तुष्ट हैं। रावण के अनुचर इतनी कठोरता से कर का अधिग्रहण करते हैं कि पशुओं तक को हाँक ले जाते हैं। यद्यपि राजकीय कोष भरने के लिए मैं इसका पक्षधर हूँ क्योंकि राजकोष में धन नहीं होगा तो राज्य के रचनात्मक कार्यों एवं सैनिकों व चाकरों की वृत्ति के लिए धन कहाँ से आएगा?

''किन्तु राम, इन सबके बावजूद रावण जैसा कुशल राजनीतिज्ञ, प्रजारंजक इतने बड़े साम्राज्य को सँभालने में चाकरों की मनमानी के कारण असमर्थ सा प्रतीत होता है। रावण की राजकीय व्यवस्था उसके तपेश्वरी होने से बिगड़ रही है। रावण के चाकर, अनुचर के, राजसेवक, आमात्य सब स्वेच्छाचारी हो गए हैं। इसका पता दशानन को नहीं होगा परन्तु सम्राट होने से दोषी वही कहलाएगा। असन्तोष में ही इन्द्र, वरुण, विश्वामित्र तथा वसिष्ठ के सन्देश प्राप्त हो रहे हैं कि रावण को परास्त कराओ, राम की सहायता करो।

''राम! महाराजा रावण गन्धर्वों का मित्र है, उनका जामाता है। सिन्धु नदी के उत्तर से, जलमार्ग से पश्चिम पयोधि (अरब सागर) होते हुए विशाल पोतों से ससैन्य आ धमका। और दक्षिण के अनेक मित्र राष्ट्र भी रावण के पक्ष में युद्ध करेंगे। ऐसी अवस्था में इस सागरी-युद्ध में कुशल सेनापतियों, वैद्यों, अभियन्ताओं व साहसी सैनिकों के साथ-साथ भयानक अस्त्रशस्त्रों की आवश्यकता होगी। इन सबको जुटाने के पश्चात् ही इस विश्वयुद्ध को साकार रूप दिया जा सकता है और तभी इन्द्रादि का मनोरथ पूर्ण हो सकता है। इस संघर्ष में शिव शंकर किसी की सहायता करेंगे या तटस्थ नीति अपनाएँगे, यह भी देखना होगा।''

राम गम्भीर हो गए। युद्ध की राम के मन में कल्पना तो है परन्तु उस अगस्त्य ऋषि के अनुभव के कारण साहस होते हुए भी किंचित् डगमगाहट भी है। फिर रावण राम का व्यक्तिगत शत्रु नहीं है, यदि है तो राजनीतिक तथा धार्मिक शत्रु। फिर भी राम के सम्मुख रावण के शौर्य, शील एवं सम्राट के रूप में उसकी गम्भीर संवेदनशीलता का बखान प्रत्येक मुनि-ऋषि ने किया। राजतन्त्र में चाकरों की त्रुटि पर सम्राट को दोषी माना जाए, यह कोई गले उतरनेवाली बात नहीं। यूँ तो राम भी मानव है, दंडकारण्य में राज्य भी भरत के नाम पर मुझे करना है तो मैं अथवा अयोध्या का सम्राट लोकापवाद के भागी होंगे तो इस प्रदेश में जहाँ नाना जातियाँ और खर-दूषण का साम्राज्य हो वहाँ राम को रक्ष संस्कृति की भी अन्तर्भुक्ति आर्य संस्कृति में करनी होगी तभी राम प्रजारंजक कहलाएगा अन्यथा जनता में विश्वास कैसे अर्जित किया जाएगा। फिर राम रावण से अकारण लड़े ही क्यों?

''क्या सोच रहे हो राम?'' अगस्त्य ने पूछा।

''कुछ नहीं।''

''कुछ तो?''

राम ने झिझक के साथ कहा, ''यदि रावण से हम लड़े नहीं तो क्या होगा?''

''तो राम आम लोगों की भाँति जैसा आया है वैसा ही चला जाएगा। जिन महाशक्तियों को, क्षत्रियों को राम से कुछ आशाएँ हैं वे धूमिल हो जाएँगी तथा राम का नाम अमर नहीं हो पाएगा। राम महामानव नहीं कहला पाएगा। जिस क्षत्रिय राजकुमार ने कोई युद्ध नहीं किया और अपने राज्य का विस्तार नहीं किया, वह राजसिंहासन पर बैठने के योग्य नहीं। फिर कैकेयी, विश्वामित्र, वसिष्ठ की वाग्धाराओं का क्या होगा? राम का वनवास अकारण नहीं सकारण है, सोद्देश्य है, फिर इस विस्फोटक युद्ध सामग्री का क्या होगा? राम अपनी माँ की वाग्धारा का स्मरण करो, उसके वचनों को विचारो।

''सुनो राम, रावण मेरा भी कोई दुश्मन नहीं है। मेरा उसका तो नाता भी है फिर वह ब्राह्मण वंशी है और मैं भी। मुझमें जातिवाद का विकृत विचार भी आ सकता है, तुमसे अधिक मैं रावण का पक्षधर हूँ। परन्तु किसी भी राजा की कोई जाति नहीं होती है, वह मात्र प्रजापालक तथा प्रजारक्षक होता है। उसके सामने सभी धर्म समान होते हैं किन्तु रावण महान धर्मात्मा

तथा प्रजापालक और सार्वभौम सम्राट होते हुए भी रक्ष धर्म का ही पोषक है। उसके अपने शास्त्र हैं, उसकी अपनी वैदिक विधि है, अपने कर्मकांड का अपना अलग तरीका है, उसने मनु के नियमों के स्थान पर नियम बनाए हैं जो हमारी आर्य सभ्यता के पूर्णतः विरोधी हैं। उसके यज्ञों व हमारे यज्ञों में अन्तर है और उसके सामाजिक रीति-रिवाजों का गुणगान इन्द्र, वरुण, दोनों के स्थान पर हो रहा है। लंका की सभ्यता दक्षिण में ही नहीं अपितु एक दिन समूचे उत्तर में फैल जाएगी। फिर तो अयोध्या व मिथिला का तुम्हारा राज्य नहीं रह जाएगा बल्कि वहाँ भी रावण का ही राज्य हो जाएगा। ऐसी स्थिति में राम इन्द्र जैसी शक्ति की भाँति असहाय होकर अधीनता स्वीकार करेगा और फिर ऐसा वातावरण नहीं बन पाएगा जिसका कोई क्षत्रिय नृप लाभ उठा सके।

"यह कार्य छत्र को करना पड़ता है और छत्र, राजदंड को धारण करनेवाले का ही यह कर्तव्य होता है कि वह सामाजिक, आर्थिक, धार्मिक, राजनीतिक व्यवस्था को देखें। इस कारण यह कार्य तुम्हारा है। हम तो सहयोगी हैं। यदि तुम्हें अपना नाम और अपने कुल के नाम को अमर करना है तो सभी की वाग्धाराएँ कंठस्थ करो और आर्य धर्म की रक्षा करो। राजनीति एक षड्यन्त्र है, एक कुचक्र है, इसमें भला-बुरा नहीं विचारा जाता। इसमें सत्ता की और अपने अस्तित्व की रक्षा की जाती है।"

लक्ष्मण तत्काल बीच में ही बोले, "तात, आप ठीक कहते हैं। भले ही रावण हमारा शत्रु नहीं है फिर भी उसकी दृष्टि में अयोध्या तो शत्रु है ही और राजनीतिक गुण-दोषों के आधार पर लंका हमारी शत्रु हुई। इसमें मानसिक विरोध तो हुआ ही, इस कारण जनस्थान से ही पहले राक्षसी सत्ता को उखाड़ा जाए।"

"वत्स लक्ष्मण! यह सब समयानुसार ही किया जाएगा। शीघ्रता की आवश्यकता नहीं है। इस कार्य में कठिनाई बहुत है। अभी तो आप लोग यहाँ ब्रह्मास्त्र जैसे शस्त्र का मुझसे ज्ञान प्राप्त करो क्योंकि दशानन को इसका ज्ञान है। सूर्यचक्र व्यूह की रचना व उसके भेदन का ज्ञान भी तुम्हें प्राप्त करना होगा, तब तुम अपने उद्देश्य में सफल हो सकोगे।" फिर पूछा, "बोलो राम! तुम्हारा क्या निर्णय है?"

"गुरु के निर्णय को राम ने कभी टाला नहीं है। राम वही करेगा जो आप कहेंगे।"

"मुझे तुम्हारे पुरुषार्थ पर विश्वास है। कुछ दिन तुम लोग यहाँ रहकर यथेष्ट ज्ञान प्राप्त करो और पंचवटी में अपनी कुटी बनाकर रहना। यहाँ की प्रजा को अपनी ओर करना। फिर तुम्हारा शेष काम स्वतः होता जाएगा क्योंकि सूर्पणखा के गुप्तचर फिर रण की व्यवस्था स्वयं रच लेंगे। हाँ, शम्बूक अवश्य सूर्यहास खंग का आविष्कार कर चुका है। वह इधर ही तप कर रहा है, वह वीर है, उसके वार से बचना।

"राम! वैसे तो तुम्हें तुम्हारे कर्तव्य का ज्ञान प्रत्येक महर्षि ने कराया है। रावण एक विदेशी साम्राज्यवादी शक्ति है जिसने भारत में कूटनीति, रणनीति से अपने उपनिवेश स्थापित किए हैं। उन्हें तुम्हें नष्ट करना है। ताड़का वध एवं काकासुर वध के बाद से अब तक आर्य सभ्यता के प्रसार में तुम्हें मुनियों के सहयोग से सफलता मिली है। तुम एक भारतीय देशभक्त हो। रावण दीर्घायु है, वह जब तक जीवित रहेगा तब तक भरद्वाज, विश्वामित्र के वेद के मंडलों का गान नहीं होगा। उनकी रचनाओं का कोई मूल्य नहीं होगा और ब्राह्मण श्रेष्ठ कहलाता है तो रावण इस वर्ग को छत्र व परम बुद्धिमान होने से तर्क के आधार पर हमें, तुम्हें कहीं भी नहीं टिकने देगा। वाक्‌युद्ध में उसे हराया नहीं जा सकता। वह विरोध, मैत्री सन्धि समस्त चालों

का ज्ञाता है, उसे छला भी नहीं जा सकता।

"हम पुरोहित हैं हम अपनी ही आर्य संस्कृति (ब्राह्मण संस्कृति) के प्रचारक हैं। इसी के लिए दक्षिण तक मैं आया हूँ। मैंने इस अँधेरे दक्षिण मार्ग मे महायात्रा की है। आश्रमों में कुलपतियों को बैठाया और दक्षिण भारत की अनेक जातियों से मिला, तोड़-फोड़ की नीति का सहारा लिया तथा वर्षों इसी क्षेत्र में समुद्र के बीच महेन्द्राचल पर्वत और समुद्र के पार कुंजर पर्वत तक आर्य धर्म के स्थापन के लिए अनेक जातियों से सम्पर्क स्थापित किया। वासुकि के कुल से सम्बन्धित नागजाति के लोगों से भी इस ओर समुद्र के निकट नागों की बस्ती में जाकर निर्भीक किया और ऐसा मत समझो कि समूचा अनार्य वर्ग रावण से प्रसन्न हो। क्योंकि रावण के अतुलित धन व वैभव के कारण उसके चाटुकार मदान्ध हो गए हैं, जो सामन्त होने से कभी-कभी अत्याचार भी करने लगते हैं। तुम जानते हो राम कि वैभव की परिणति स्त्री पर जाकर समाप्त होती है। अब दक्षिण में स्त्री को सम्पत्ति ही मान लिया गया है, इस कारण प्रजा सम्राट रावण को ही अत्याचारी मानने लगी है। लंकेश स्वयं कहाँ-कहाँ व्यवस्था देखेगा और नृप होने से उसने अपने हिसाब से जिनके हाथ में व्यवस्था दक्षिण में सौंपी है, वे उसका आनन्द ले रहे हैं। सत्ता के मद में चूर होकर उपभोग में व्यस्त हैं। सुरा-सुन्दरी के सिवा भारत में रावण उपनिवेश अधिष्ठाता कुछ चाहते ही नहीं हैं। और यही रावण जैसी महान शक्ति की एक सामाजिक पराजय भी है। परन्तु आर्य-अनार्य, आर्य-द्रविड़, अनार्य-द्रविड़ एक होकर भी सैनिक सन्निवेशों से संघर्ष करने में भयभीत हैं, क्योंकि वे सब रावण नाम से ही डरते हैं और इसी कारण लंकेश के अनुचर, क्रीतदास जैसी भी मनमानी करते हैं उसके विरोध या विद्रोह के रूप में वे खड़े नहीं हो सकते।

"फिर भी राम, दक्षिण में दंडकारण्य से ताम्रपर्णी नदी तक अगस्त्य का नाम प्रत्येक जाति और जनजाति जानती है। राम का मार्ग तो प्रशस्त किया ही जा चुका है अब कुछ अपने पुरुषार्थ से करो, दृढ़ आत्मविश्वास के साथ। तुम्हारा काम दक्षिण में राजकुमारों की भाँति दर्शन देना है बल्कि अधूरे काम को पूर्ण करना है।"

"मुनिवर, रावण ऐतिहासिक महापुरुष है। वह अनार्य जाति का सुदृढ़ संगठनकर्ता है और लंका जैसे द्वीप का कुशल शासक है। उससे युद्ध करने के लिए समुद्र तट की दूरी तक छोटे-बड़े सभी साम्राज्यों को या तो हराकर एक करना होगा या सन्धि द्वारा उनसे मैत्री करनी होगी तभी तो अयोध्या का सम्राट वहाँ तक पहुँच सकेगा अन्यथा नहीं।"

"राम, जिस मनुष्य ने धरणी पर जन्म लेकर अपना नाम नहीं कमाया, वह ऐतिहासिक पुरुष कैसे होगा? इतिहास तक पहुँचने के लिए उसे आर्यों के लिए कुछ करना तो होगा और यदि किसी महान शक्ति को कोई ऐसा पुरुष हरा देगा तो वह महान स्वतः हो जाएगा। यदि तुम्हें महापुरुष कहलाना है तो पूर्व से अब तक की वाग्धारा का अनुशीलन तुम्हें ही करना होगा, किसी दूसरे को नहीं। दूसरे सहयोगी होते हैं। संगठन के कार्यकर्ता होते हैं परन्तु दिशा का ज्ञान स्वयं ही करना पड़ता है।

"सुनो राम-लक्ष्मण, रावण की रक्ष संस्कृति में क्या नया अध्याय और जुड़ गया है, स्त्रियों का अपहरण क्योंकि रावण के विनाशकारी युद्धों में सैनिकों ने जो हजारों नारियों का अपहरण किया, उन्हें सैनिक लौटाने को तैयार नहीं थे तथा रावण यदि जबरन उन्हें वापस भेजता तो सेना विद्रोह भी कर सकती थी। इस कारण जो रावण नाग कन्याओं के हरण पर सेना को दंड देने के लिए तैयार रहता था वही रावण वासुकि वंश के एक ओर समुद्र तट के नागों के वंश को हराने के उपरान्त नारी-हरण पर मौन रहा। (वासुकि नाग सम्राट की राजधानी इलाहाबाद

थी परन्तु समुद्र के किनारे व समुद्र के पार भी नागों के अनेक वंश थे जो सम्राट थे। रावण ने यहाँ के सम्राट को भी हराया होगा व सेना ने स्त्री-हरण किया होगा इस कारण वासुकि वंश का ही कोई नागजाति का नृप होने से उसे भी वासुकि कहा गया होगा।) अब रक्ष-संस्कृति में सर्वश्रेष्ठ सुन्दरी के हरण को एक प्रचलन (रिवाज) का रूप दे दिया गया है। रावण की राज्य परिषद ने यह प्रस्ताव पारित कर दिया है। इस प्रस्ताव के बाद से रावण सैनिक सन्निवेशों में साधारण नारियों का भी अपहरण होने लगा है, अब तो सर्वश्रेष्ठ का भी प्रश्न नहीं रह गया है। इस जनस्थान में खर-दूषण की चौदह हजार सेना इस प्रचलन में फँसी है। यह कृत्य या रिवाज, प्रथा, क्या सुन्दर है? इसका विरोध आर्य ही तो करेगा, अनार्य नहीं?''

''सर्वश्रेष्ठ सुन्दरी का शीलभंग तो आर्य इन्द्र ने भी किया। उनका पुत्र मेरी पत्नी सीता के साथ भी कुदृष्टि रखता था, अन्य आर्यों का यही हाल है तो फिर लंकाधीश को दोष क्यों?''

''लंकाधीश सम्राट है। सम्राट ने नियम बनाकर अपहरण को सामाजिक मान्यता प्रदान कर तो दी नारी की सुरक्षा के प्राकृतिक अधिकारों का हनन हो गया। इन्द्र ने जो किया उसे नियम में नहीं बाँधा। वह ऐसा नियम भी नहीं बना सकता है जिसे समाज स्वीकार ही न करे। नियम तो सामाजिक मान्यताओं के परिप्रेक्ष्य में मानव कल्याण हेतु मानव-मूल्यों को दृष्टिगत रखते हुए बनाए जाते हैं। रावण की राज्य परिषद का नियम सामाजिक मान्यताओं का विरोधी है। चाहे कोई आर्य हो या अनार्य अथवा द्रविड़ मनुष्य होने के नाते समाज से बाहर तो किसी को नहीं किया जा सकता। समस्त वर्णों, वर्गों व जातियों का समूह समाज है। और समाज में नारी की शक्ति के साथ अन्याय नहीं किया जा सकता। स्त्री के सतीत्व की सुरक्षा के लिए, उसके आत्मसम्मान के लिए ऐसे नियमों को तोड़ना ही होगा अन्यथा मेरी, तुम्हारी पत्नी के साथ भी ऐसा हो सकता है। जब अपने आप पर शीलभंग की घटना बीतती है तो मनुष्य युद्ध के लिए सन्नद्ध हो जाता है। रावण के साथ कुम्भीनसी के वृत्तान्त में यही सिद्धान्त प्रतिपादित होता है; वह मधु से युद्ध करने पहुँच गया मानसिक संवेदना के कारण।''

लक्ष्मण बीच में ही सक्रोध बोले, ''भ्राता राम! आपके मन में किंचित् संकोच है या फिर आप मृत्यु से भयभीत हैं। अन्यथा गुरुओं की वाग्धारा को अभी तक बिना किसी तर्क के आपने धारण कर लिया होता और रघुकुल का ध्वज लंका में फहरा दिया होता। लक्ष्मण के होते हुए राम अग्निरथ से भयभीत क्यों? रावण का राम का सांस्कृतिक, राजनीतिक तथा वंशानुगत वैर है। अभी तक दशकन्धर का यशोगान आर्य-अनार्य सभी कर रहे हैं कल जब वह धराशायी हो जाएगा तब राम का यशोगान भूमंडल पर होगा। यदि रघुवंशी मारे गए तो रावण जैसी शक्ति से युद्ध करने से राम का नाम तो इतिहास में जुड़ेगा ही। यदि चींटी हाथी से टकराएगी तो भी उसकी हिम्मत की सराहना की ही जाएगी। राम, तर्क छोड़ो और कर्म के लिए तत्पर हो। ऋषि, मुनि, ब्राह्मण, नाग, किन्नर, वानर, असुर आदि जातियों को जब महात्मा अगस्त्य रावण के विधर्म को बतलाकर, उनमें फूट डालकर आर्य धर्म के लिए रावण के ही नातेदार होकर कह रहे हैं तो राम आर्य नीति के संस्थापक होकर उससे पीछे क्यों? क्या राम का विवाह होने से उन्हें अब अपनी भार्या प्रिय हो गई? या फिर राम वनगमन के पश्चात् अयोध्या सम्राट का शुभचिन्तक नहीं रह गया है। राम ने विश्वामित्र के संकेत पर ताड़का की सेना का हरा दिया। राम माता के कहने से वन में आया किसलिए? क्या राम रघुकुल की वचनवाली नीति को भूल गया है? क्या राम नारियों के अपहरण के क्रन्दन को सुन सकेगा? यदि नहीं तो लंका की राज्य परिषद की आज्ञाओं के विरोध में विशेष शक्ति को भारत से खदेड़ देगा। इस भारतखंड का

समूचा साम्राज्य क्षत्रियों का है इस पर विदेशी उपनिवेश एवं विदेशी विधर्मी रावण की अधीनता नहीं रहेगी। उसकी मैत्री सन्धि को समूल नष्ट किया जाएगा, भले ही विश्वयुद्ध ही क्यों न हो? फिर राम के नाम पर, आर्य धर्म के नाम पर इक्ष्वाकु वंश लड़ेगा, जीतेगा या मरेगा, मरेगा या मारेगा, उठो राम, जागो राम, युवावस्था में ही संघर्ष किया जा सकता है। वृद्धावस्था में व्यक्ति की इन्द्रियाँ शिथिल हो जाती हैं, वह स्वय शान्तिप्रिय हो जाता है। राम को इस समय शान्ति नहीं क्रान्ति की आवश्यकता है, समग्र क्रान्ति। ऐसी क्रान्ति जिसमें आर्य का मान रहे और विश्व में आर्य ही सर्वोपरि कहलाए। ऐसा वातावरण, ऐसा समय बार-बार नहीं आता। समय का जो लाभ नहीं उठाता वह हाथ मलता रह जाता है। आज तुम्हारे साथ ऋषियों की विध्वंसकारी वेधशालाएँ हैं। उनके बटुक हैं, जो सैनिकों का कार्य करेंगे तो फिर राम अपना वंशानुगत वैर का हिसाब रावण से करने में हिचकिचाता क्यों हैं? माता कैकेयी नारी होकर भी महान है जिसने राम को सोद्देश्य दंडक वन भेजा तथा राम पुरुषार्थी होकर भी इस राजनीतिक षड्यन्त्र का लाभ उठाने में असमर्थ सा दिख रहा है ऐसा एक राजकुमार के लिए उचित नहीं।''

''भद्र लक्ष्मण! राम मृत्यु से नहीं जनहानि से भयभीत है। राम-रावण युद्ध एक विश्वयुद्ध होगा जिसमें आन्ध्रालय (आस्ट्रेलिया), अंग (सुमात्रा), भवद्वीप (जावा), मलयद्वीप (मलाया), शंखद्वीप (बोर्नियो), शिवभूमि (अफ्रीका), बाराह द्वीप (मेडागास्कर), थाईलैंड, इंडोनेशिया, रावण ने नाना पाताल (अबीसीनियाँ) से तथा ओर्ब (अरब गणराज्य) से रावण की ओर से लोग भाग लेंगे।''

अगस्त्य बोले, ''राम, राक्षस राज्य के विस्तार को रोकने के लिए दक्षिण की अनेक जातियों से हम मिल गए हैं। आपको जंगली जातियों से सन्धि वार्ता ही करना है, उन्हें रावण के विरुद्ध भड़काना है। आग तो हम फैला चुके हैं, तुम्हें घृत डालने का कार्य करना है। जो अन्य राजा को, जो कि लंकापति के पक्षधर हैं साम, दाम, दंड, भेद से अपनी ओर करना है। 'हरि' सूर्यचन्द्र (चीन) तथा ऋक्ष-नक्षत्र (रसिया, रूस) ये सभी वानर जातियाँ हैं जिनमें कि आर्य तथा अनार्य हैं, कालान्तर में हमारे साथ हो जाएँगी क्योंकि नील (वानर जाति टोटम) को रावण ने लंक सुन्दरी से विवाह करने की अनुमति वर्गभेद-वर्णभेद को नष्ट करनेवाले राजा रावण ने नहीं दी। और वहीं सैनिकों के हित में या लंका की राक्षस प्रजा को प्रसन्न करने के लिए अपहरण का नियम पारित कर काले राक्षसों का श्वेत वानरों पर धक्का लगानेवाला आदेश बुद्धिजीवियों के लिए आलोचना का विषय हो गया। ये सब कालान्तर में काले-गोरे के रूप में संघर्ष का रूप धारण करेंगे। तब महाराजा रावण जनप्रिय होकर भी जनप्रिय नहीं रह जाएँगे क्योंकि जातिवाद तथा रंग का भेद विरोधियों-विपक्षियों के सत्ता के विरुद्ध जनमत तैयार करने कि लिए अहम् मुद्‌दा है, जो प्रजा भोली-भाली होती है उसे उत्तरी गोलार्ध से दक्षिणी गोलार्ध तक किसी भी बात पर भड़काया जा सकेगा। उत्तरी गोलार्ध के आर्य, हरि, ऋक्ष (श्वेत) एवं दक्षिणी गोलार्ध के राक्षस, असुर, नाग (काले) लोगों के बीच सागरी युद्ध होगा। लंका उसका रण क्षेत्र होगा और राम-रावण दो शक्तियों में से जो विजयी होगा, वही विश्वविजयी कहलाकर प्रजा में अपना नाम युगों तक अमर करेगा।''

पुनः एक दीर्घ साँस छोड़कर कहा, ''राम, शिवशंकर का प्रश्न अवश्य ही एक संकट का कारण हो सकता है। कैलास वासी त्रिपुरारि (त्रैपुर-युद्ध मृत सागर—डेड सी) तटस्थ रहेंगे या रावण की सहायता करेंगे यह उलझन अवश्य है। अन्यथा राम मुझे अपने आयुधों पर अभिमान है कि उनके सम्मुख कोई भी शक्ति टिक नहीं पाएगी। परन्तु शिव की एक ऐसी तीसरी महाशक्ति है जिसे त्रिनेत्र कहा जाता है उससे राम-रावण दोनों ही हार जाएँगे।''

"मुनिवर, रुद्र आर्य संस्कृति को नहीं मानते फिर भी वे आर्य रक्त के हैं, इसलिए उनसे हम भी सहायता माँगने का अधिकार रखते हैं। यदि रावण शिव का अटल भक्त है तो राम भी शिव-भक्ति का नया द्वार आर्यों के लिए खोल देगा। राजनीतिक दाँव-पेच में अनार्य द्रविड़ संस्कृति को भी आर्य संस्कृति को आर्य संस्कृति में समाविष्ट कर देगा। राज्य को राम स्वयं नहीं भोगेगा और न ही अपने अधीन किसी राज्य को रखेगा बल्कि जिस राज्य को जय करेगा उसका सम्राट वध किए हुए नृप के वंशधर को ही बना देगा। अपनी आर्य संस्कृति की एक निराली नई छाप छोड़ेगा। राम ने गुरु सुधन्वा तथा गुरु विश्वामित्र से अर्थशास्त्र सीखा है। विश्वामित्र द्वारा निष्कासित अनेक क्षत्रिय जन दक्षिण में ही नहीं बल्कि सागरीय द्वीपों में समाए हुए हैं। राम को उनका भी सहयोग प्राप्त होगा। मुनिवर सामरिक शिक्षा में राम पूर्ण सम्पन्न नहीं हैं, उसे आप पूर्ण करेंगे तो राम की आत्मा कहती है कि राम रावण को परास्त करेगा।"

"ठीक है राम! मैं तुम्हें वैष्णव चाप, ब्रह्मास्त्र (रिवाउंड), अक्षय तूणीर और हेमभूषित खंग आदि शस्त्रास्त्र की विद्या दूँगा और अवसर आया तो स्वयं रणक्षेत्र तक चलूँगा।"

"मुनिवर, राम आश्रम कहाँ बनाए?"

मुनि अगस्त्य भौगोलिक स्थिति समझते थे जनस्थान में स्वरूपनखा (सूर्पणखा) के अस्तित्व को समझते थे। इस कारण सोच-विचारकर उन्होंने परामर्श दिया, "राम पंचवटी से अच्छा अन्य कोई स्थान नहीं है। यहीं से दक्षिण भारत पर दृष्टि रखी जा सकती है और गृध्रजाति विज्ञानी है, वह हमारी मित्र भी है। इसलिए राम को दंडकारण्य में पंचवटी पर निवास करना चाहिए और वहीं से अपना राजनीतिक कार्य प्रारम्भ करना चाहिए।"

26

आह! कब प्रातःकाल हो गया राम को पता ही नहीं चला। राम ने रात भर में क्या-क्या विचारा यह सीता व लक्ष्मण न जान सके। किसने राम से क्या कहा, यह राम को ही याद है। सहसा सीता के नूपुरों की ध्वनि हुई, राम की आँखें कुटिया के द्वार की ओर गड़ गईं, सीता घड़े में पानी लेकर आ रही थीं, प्रवेश के साथ ही राम को विलोककर पूछा, "आर्य, आज सम्भवतः आपकी आँख नहीं लगी। ऐसा कौन-सा दुख है आपको?"

"अवसाद कोई नहीं है सीते, वैसे ही अनुशीलन कर रहा था।"

"राम, राजपाट छोड़कर आए हैं। राम का अनुशीलन मात्र राम का उद्देश्य होना चाहिए। अपने लक्ष्य की ओर बढ़ो राम। जिस दिन तुम्हारी जय-जयकार होगी उस दिन तुम्हारी भार्या सीता फूली नहीं समाएगी। राम अपने कर्तव्यों का पालन कर अपनी महानता के कारण समाज के लिए एक आदर्श पुरुष के रूप में जाने जाएँ—मेरा यही मनोरथ है।"

राम की आँखें जागने से लाल हो गई थीं। सीता ने कलश रखकर राम को शुद्ध जल देते हुए पुनः कहा, "आर्य, संसार के द्वारा माना गया राजा ही परमेश्वर कहलाता है, अन्य कोई नहीं। सम्राट के लिए न स्वर्ग है न नरक। न धर्म है न अधर्म। प्रजा का स्वामी होने से भूपति ही सृष्टिकर्ता, पालक तथा संहारक कहलाता है। मृत्यु जब अवश्यम्भावी घटना है तो फिर क्लेश क्यों? रण में मारे गए शूरवीरों की पत्नियाँ गर्व से अपना मस्तक ऊँचा उठाती हैं, समाज में सम्मान प्राप्त करती हैं। राम, जिस सीता या जिस भाई के मोह में तुम्हें अपने कार्य का परिणत

करने में बाधा जान पड़ती है तो यह तुम्हारा भ्रम मात्र है। क्योंकि स्त्री-पुरुष का भेद तो अप्राकृतिक है। यह तो मनुष्य का बनाया हुआ है। यथार्थ में दोनों एक ही हैं। इसलिए राम मेरे पति तथा प्रजा के परमेश्वर राम उठो व महान कूटनीतिज्ञ महाराजा रावण की राक्षस सभ्यता को नष्ट करो। जहाँ रावण के गीत गाए जाते हैं वहाँ राम-लक्ष्मण व सीता के गीत कालान्तर में कवियों द्वारा गाए जाएँ। राम कथा आदर्श रूप में ऋषियों, मुनियों, ब्राह्मणों के शुभाशीष से जगत में विनती है। हम मनुष्य हैं और मनुष्य होने से हम वह न कर सके जिसे आर्यसमाज, आर्यक्षत्र, आर्यऋषि चाहते हैं तो इनकी वैदिक सूलों की साधना व उनके वैदिक गीत जो आज भरद्वाज जैसे मुनि रच रहे हैं, कल उन्हें कौन कंठ में धारण करेगा? राम-लक्ष्मण-सीता अयोध्या की धरोहर वनवास के बाद से नहीं रह गए हैं। वे मानव समुदाय के साधारण प्राणी हैं जिनके तापस भेस से तपस्वी रावण का वध होना है। यही तुम्हारी राजनीतिक विजय होगी।''

राम को प्रतीत हुआ कि सीता नारी होकर भी वीरांगना है, मानो वह राम के पुरुषार्थ का ललकार रही हो और राम उसको उत्तर देने के लिए उठ खड़े हुए। सीता ने राम को धनुष और तरकश दे दिया। राम कुटीर से बाहर और लक्ष्मण पहरे पर सन्नद्ध।

आकाश में वायुरथ आ गया। गृध्रराज ने कब रामटेक से उड़ान भरी, राम को ज्ञात नहीं हो सका। राम वायुरथ पर कब चढ़ गए उन्हें इसका ध्यान नहीं रहा। राम आकाश में आर्य संस्कृति के लिए रावण के विरोध में जा रहे हैं और जटायु प्रसन्नचित्त यान संचालन कर रहा है, दोनों ही निर्वाक् हैं, तभी सहसा राम के कंठ से प्रस्फुटित हुआ, ''तात जटायु, आज मैं नीले आकाश के नीचे और धरती के ऊपर आप सभी सज्जनों की वाग्धारा के बीच आनन्द व कर्म के मध्य उड़ रहा हूँ। जीवनपर्यन्त याद रहेगी माता-पिता, ऋषिगणों, मित्रगणों, माता तथा भार्या की वाग्धारा...।''

मुक्ति खंड

''सार्वभौम सम्राट, महाराजाधिराज, राक्षसेन्द्र महाराजा रावण की जय हो!'' ''जय हो, जय हो, जय हो।''

''प्रजारंजन विश्व-विजयी दशकन्धर की जय हो।''

''जय हो, जय हो, जय हो!''

रावण जय-जयकार की गूँज के बीच मन्थरगति से राजमन्दिर की ओर बढ़ रहा था। राजमार्ग पर पुष्प बिछे थे जिन पर एक-एक पग रखता हुआ रावण आया था। नागरिकों की भीड़ थी। स्त्रियाँ आनन्दमग्न थीं। अपने लोकप्रिय लंकाधीश पर पुष्प व अक्षत की वर्षा कर रही थीं। सभी मन्दिरों में घंटे बज रहे थे। लंका के तपस्वी रक्ष जन-स्तुति कर रहे थे जिनका मधुर स्वर दशानन सुनता जा रहा था। घर-घर में शंखों का निनाद हो रहा था। नर-नारी स्वर्णाभूषण धारण किए हुए थे। नारियों के कटि प्रदेश पर रशना झूल रही थी। नूपुरों की ध्वनि हो रही थी। सभी के गले में मणि मालाएँ पड़ी थीं।

लंकापति लघुकाय-सिंहाकार चतुष्पाद पर आधारित रत्नजटित नृपासन पर विराजमान हुआ। इस भद्रासन के ऊपर स्वर्णालंकृत श्रीवितान तना हुआ था जो कि धन, वैभव, ऐश्वर्य का प्रतीक था। नृपासन के मध्य में रत्नजटित धवल छत्र झूल रहा था। दोनों ओर दो-दो दासियाँ गौ-पुच्छाग्र के चमर डोला रही थीं।

रावण के सिंहासन के पीछे के भाग में नौ मुकुट और जड़े हुए थे तथा एक स्वयं अपने शीश पर धारण करने से दशकन्धर, दशग्रीव, दशानन आदि विशेषणों का परिपूरक रावण सदन की कार्रवाई में संलग्न हुआ। कंचनजंघा से लौटने के बाद रावण-सभा की यह पहली कार्रवाई सम्पन्न होने जा रही थी। सभी मन्त्रीगण, युद्ध परिषद व राज्य परिषद के सदस्य एवं जनता अपने राक्षसेन्द्र रावण के निर्णयों को सुनने व उनका पालन करने के लिए इसी प्रकार उपस्थित होती थी।

एक ओर विभीषण तथा दूसरी ओर युवराज मेघनाद अपने पृथक व भद्रासन पर विराजमान थे।

प्रहस्त ने समादर राजकीय शब्दों का उच्चारण करते हुए कहा, ''रक्षराज! वानर जाति आपके प्रश्रय से सभ्य हुई, समृद्ध हुई और अब यही वर्ग लंका में उत्पात मचा रहा है। अपनी उच्छृंखल प्रवृत्ति के अनुसार हमारी प्रचंड शक्ति को चुनौती देकर रक्ष-सभ्यता को अस्वीकार कर रहा है तथा रक्ष-धर्म के विरुद्ध जनमत तैयार कर रहा है। नील की घटना को तूल दिया जाकर अपने आर्य धर्म की महत्ता का ही प्रचार-प्रसार कर रहे हैं, उपद्रव मचा रहे हैं और असुर, दानव व नागों के विरोध करने पर ये लोग खड्ग खींच लेते हैं तथा कभी-कभी वध भी कर देते हैं। अपने लिए पृथक जागीर की माँग कर रहे हैं। लंका राष्ट्र को विभाजित करना चाहते हैं। इन्हें

समझाया जाता है तो पक्षपात का आरोप लगाते हैं। इस कारण देश की एकता और अखंडता को खतरा उत्पन्न हो गया है।''

रावण के चन्दन-चर्चित माथे पर तीन बल पड़ गए। उसका चेहरा तमतमा उठा। सहसा वह गरजा, ''नीति कहती है—सम्राट को कठोर व करुण दोनों होना चाहिए। परन्तु रक्षेन्द्र ने कभी भी लंका की प्रजा के साथ कठोर नीति का पालन नहीं किया किन्तु सर्वसत्ताधारी दशानन के राज्य में वानर वर्ग ने इतना बड़ा दुस्साहस कर लंका राजमुकुट की एकता को चुनौती दी है जो असहनीय है। यह राजद्रोह है। इन आतंकवादियों ने धर्म की ओट में निहत्थी जनता को मौत के घाट उतारा। यह राज्य-नियमों का उल्लंघन है। रावण नहीं चाहता कि आतंकवादियों को नष्ट करने तथा उन्हें कारा में डालने के लिए सैनिक कार्रवाई की जाए। वे स्वयं विचारें कि ऐसे कृत्यों से राष्ट्र की सम्प्रभुता को आँच आएगी और हमारे शत्रु आर्य-राष्ट्र हमें पापी, अधर्मात्मा कहकर वानर वर्ग को प्रोत्साहन देंगे। विदेशी शक्तियाँ लंका के अतिरिक्त राजद्रोह का लाभ उठाएँगी।

''मैं वानरों का प्रशंसक हूँ। उन्होंने हमें सर्वसत्ताधारी बनाने में सहयोग दिया है। वानर यूथपतियों ने इन्द्र, वरुण, यम को पराजित कराने में लंका राज्य के लिए अपना जीवन न्योछावर किया है। क्या वे ही लोग लंका के विशाल साम्राज्य के पतन के भागी बनेंगे? नहीं...नहीं। रावण अपने काल में यह नहीं होने देगा। जिस वैभवशालिनी लंका को पाला-पोसा और धन-धान्य तथा सूर्य-चक्र-व्यूह से अभेद्य बनाया, उसी का विभाजन रावण की आँखों के सामने नहीं होगा, कभी नहीं होगा। रावण को लंका की सेना पर अभिमान है कि वह ऐसे आतंकवादियों को सही मार्ग पर लाएगी।''

शुक बोला, ''महाराज, इसमें विदेशी शक्तियों व विदेशी घुसपैठियों का हाथ प्रतीत होता है। वानर वर्ग के पास अस्त्र-शस्त्र भी हैं जो आर्यों द्वारा प्रदान किए गए होंगे।''

''मेरे कुछ समय तक कंचनजंघा तपस्यारत रहने से इतना सब घटित हो गया और हमारे गुप्तचर तथा सीमा के प्रतिहारी क्या सोते रहे? जिस रावण की चर व्यवस्था इतनी सुदृढ़ थी कि किसी भी देश या स्वराज्य में पत्ता भी खड़कता था तो उसकी सूचना सर्वप्रथम लंका की सत्ता को प्राप्त होती थी, वही अविश्वसनीय हो गई है या रिश्वतखोरी के कारण सैनिक, चर, कर्मचारी, मन्त्रीगण सब बिक गए हैं? विभीषण, इन्द्रजित! यह मैं क्या सुन रहा हूँ?''

इन्द्रजित आसन से उठा, पिता रावण के चरणों का स्पर्श कर गरजा, ''तात, परराष्ट्र में आतंकवाद होता तो आपका पुत्र इन्हीं वानर, दानव, असुर रक्ष सैनिकों के भरोसे पर उसे जीतकर विद्रोहियों को आपके चरणों में डाल देता। परन्तु अपने राज्य की जनता पर बिना शासक, स्वामी की आज्ञा के कैसे प्रहार किया जाता जबकि वानर सेना की बागडोर पितातुल्य श्रेष्ठ मन्त्री श्री विभीषण के हाथ में हो और विभीषण स्वयं सर्वधर्म की समानता का डंका पीटकर आर्य सभ्यता की ओर आकर्षित हों। आर्य धर्म के रक्षक ही नहीं, उसके पोषक भी हों तो रक्ष-धर्म की जड़ें खोखली ही होंगी।''

विभीषण शान्ति के साथ बोले, ''मेरी जागीर में यह उत्पात नहीं हुआ। किसी धर्म को धारण करने का अर्थ यह नहीं होगा कि वह उसका पोषक है या उसे खड्ग की नोंक पर थोपना चाहता है। धर्म का सीधा अर्थ है प्राणीमात्र की रक्षा की जाए। प्रजा पर प्राणघातक आक्रमण करना या लूट-पाट करना आतंक का प्रतीक है और ऐसे असामाजिक तत्त्वों का धर्म, संस्कृति, सभ्यता से कोई सम्बन्ध नहीं होता। उसका चिन्तन होता है—जब तक सामर्थ्य है, शक्ति है,

सुख का उपभोग करो। वे अपना ही मंगल चाहनेवाले होते हैं, दूसरों के क्लेश या दुख से उनका कोई सम्बन्ध नहीं होता। ऐसे ही लोग परस्त्रीगमन तथा स्वेच्छाचार को बढ़ावा देते हैं। दूसरों की सम्पत्ति को अनधिकार रूप से ग्रहण करने में इन्हें आनन्द आता है। ये कुल-मर्यादा को नहीं जानते। ऐसे लोग रक्ष-धर्म अथवा आर्य-धर्म दोनों को ही नष्ट करनेवाले होते हैं। ऐसे आतंकवादियों के साथ कठोर कार्रवाई की जाए, विभीषण नीतिपरक मार्गदर्शन में कभी पीछे नहीं रहेगा।''

विभीषण के स्वर का एक साथ, आर्यों, अनार्यों, दानवों तथा कुछ वानरों ने भी समर्थन किया और एक वानर सभासद ने झल्लाकर कहा, ''देशद्रोह को सहन नहीं किया जाएगा। यदि आतंकवादी किन्हीं आर्य धार्मिक स्थलों में भी छिपे हुए हैं तो उन्हें वहाँ से जीवित या मृत लाए जाने की आज्ञा वानर सेना को ही दी जाए। हम लंका साम्राज्य के वासी हैं। हमारा राष्ट्र वर्ण-भेद, धर्म-भेद, रंग-भेद, वर्ग-भेद के एकीकार को स्वीकृति देता है, न कि पृथकतावाद को। वानर यक्षों के दास थे। महाराजा दशानन ने उन्हें मुक्ति प्रदान की है। आर्य संस्कृति को धारण करते हुए भी हमारी वानर जाति की नारियों को आर्यों द्वारा ही दासी बनाया जाता था। लंकापति ने हम जैसे जंगलियों को सुसभ्य, विज्ञानवेत्ता बनाकर जो महान कार्य किया है उससे वानर वर्ग उऋण नहीं हो सकता। हनुमान से अपनी भानजी अनंगकुसमा का विवाह कर दशकन्धर ने वर्णवाद, जातिवाद, वर्गवाद, रंगवाद की खाई को पाटा है। श्रीरावण के कृत्यों से समाज में परिवर्तन हुआ है। नई वर्ग-चेतना आई है तो दुष्ट आर्यों को लंका राज्य आँख की किरकिरी के समान चुभता है। महाराज, ऐसे आततायियों को दंड दीजिए।''

तालियों की गड़गड़ाहट से वानर सदस्य के वक्तव्य की पुष्टि की गई।

खर-पुत्र मकराक्ष बोला, ''प्रजानाथ! वानरराज बालि आपका मित्र है और सुग्रीव सत्ता का लोभी होने से बालि का भाई होकर भी शत्रु है तथा आपके जामाता हनुमान सुग्रीव के सहयोगी हैं। इस कारण उन्हें लंका के गुप्तमार्ग ही नहीं, बल्कि अनेक द्वीपों, समुद्री मार्गों, पर्वतों, नद-नदियों का ज्ञान है और वे ही समुद्र के उस पार से वानरों को भड़का रहे हैं। इन्द्र, वरुण, यम भारत में गोदावरी से किष्किन्धा तक अगस्त्य ऋषि के माध्यम से हमारे जनस्थान के बीच में आर्य-टोलियाँ और रक्ष समुदाय को हमारे विरोध में खड़ा करने का निरन्तर प्रयास कर रहे हैं। सुना गया है अगस्त्य को अयोध्या के कुलगुरु वसिष्ठ ने भी कोई सन्देश भेजा है। महाराज, आपकी सत्ता को पलटने के लिए इन्द्र, वरुण, यम आदि विदेशी शक्तियों ने हमारे ईषत सेवकों को उत्कोच से क्रय कर लिया है। इसीलिए समय पर सही जानकारियाँ हमें प्राप्त नहीं हो रही हैं। एक भयंकर षड्यन्त्र देवजाति द्वारा आर्य संस्कृति की ओट में रक्षद्वीप के विरुद्ध चलाए जाने का समाचार कुछ दिन पूर्व अकम्पन ने जनस्थान से भेजा था। हनुमान हमारे सम्बन्धी होकर भी विश्वासघात कर रहे हैं। नीति कहती है—भाई-बहनोई- जामाता-पुत्र भी सत्ता के उपभोग में अन्धे हो जाते हैं और पद-लोलुपता में सत्ता हथियाने की होड़ में सभी को भूल ही नहीं जाते हैं, वरन् उनका वध भी कर देते हैं। वह तो महाराजा बालि एवं समुद्र-सम्राट के कारण उत्तर से लंकाद्वीप तक कोई आने का साहस नहीं करता क्योंकि इन दोनों साम्राज्यों से लंका की मैत्री है और ये दोनों सम्राट किसी को मार्ग नहीं देते। यदि कोई इनसे युद्ध भी करेगा तो यहाँ तक आते-आते अपनी सैन्य-शक्ति ही खो बैठेगा। अथवा खाद्य सामग्री की पूर्ति न होने से सेना भूख से ही तड़प-तड़पकर मर जाएगी। श्री लंकपते, नीति कहती है—आतंकवादियों को तत्काल समाप्त कर देना चाहिए अन्यथा फिर दूसरे भी सिर उठाने लगते हैं। सिर उठाने से पहले ही

इनका दमन कर देना चाहिए अन्यथा गुटबन्दी बढ़ जाती है और अन्य लोग भी सम्मिलित हो जाते हैं। तात, यही उपयुक्त समय है कि कुशल राजनीतिज्ञ शासक को कर्तव्य-बोध होते ही उचित निर्णय लेना चाहिए...।''

''दानव-नन्दिनी मन्दोदरी, गन्धर्व-नन्दिनी चित्रांगदा, वानर-नन्दिनी श्रीप्रभा, तुम्हारा पति क्या सुन रहा है। कोई भी पुरुष अपनी पत्नी से कोई गुप्त बात भी नहीं छिपाता। आज तुम्हारे तपस्वी रावण के मुख से अपनी प्रजा को ही कैद करने या उसे मारने की आज्ञा देनी होगी। विधि की यह कैसी विडम्बना है। जो सम्राट प्रजा-वत्सल होकर अपनी जनता की प्रत्येक सुख-सुविधा का ध्यान रखता है और एक गौ की भाँति बछड़े के समान लोगों का पालन-पोषण करता है उसे ही कभी-कभी ऐसी आज्ञाएँ विपरीत अवस्था में देनी पड़ती हैं। यह स्वामी-सेवक-प्रजा का कैसा नाता है! एक ओर हर्ष होगा तो दूसरी ओर विषाद। एक ओर अश्रुमाला होगी तो दूसरी ओर पुष्पमाला। हाय रे विधाता, ये सिंहासन का कैसा रूप है! सर्वजयी सार्वभौम सम्राट रावण युद्ध में निर्भीक रहा, निर्मोही होकर पीछे नहीं हटा किन्तु उपद्रव को रोकने के लिए, आतंकवादियों को नष्ट करने के लिए सैनिक कार्रवाई करनी होगी। फिर सत्ताधारी को दोषी ठहराया जाएगा और धर्मात्मा रावण को दुष्ट रावण कहा जाएगा। ये कैसी नियति है तेरी विधाता, सुयश का भागी अपने ही देश से अपशय का भागी होगा! अपने ही राष्ट्र का निर्माता अपने ही राष्ट्र में रक्त बहाएगा! सच ही कहा है—'इस जनता के लिए कुछ भी करो, कभी यह माँग, कभी वह माँग, माँग की कभी पूर्ति नहीं होती।' और जो करो उसमें भी छिद्रान्वेषण, आलोचना, सब कुछ होता है तथा एक विष के घूँट के समान सत्ताधारी को वह सब पीना पड़ता है।

''पट्टमहिषी मन्दोदरी! अवगुंठन उठा, तू राजलक्ष्मी है। तू लंका की साम्राज्ञी है। आड़े समय में तूने रावण को मार्गदर्शन दिया है। उसका मार्ग प्रशस्त किया है। तेरे पतिव्रत ने रावण की रक्षा की है। चित्रांगदे, तुमने सुहाग के जोड़े में भी रावण को आसक्ति से दूर रखकर उसकी विजय की कामना की है। श्रीप्रभा, तुमने रक्ष-धर्म के लिए रावण का वरण स्वेच्छा से किया और रावण के भौतिकशास्त्र उसके अनुसन्धानों में सहचरी के रूप में सन्नद्ध रखा है। बोलो, प्रजारूपी पुत्रों की माताओ, बोलो! रावण प्रजा का पिता होने से क्या आज्ञा दे?''

रावण की सभा में सन्नाटा छा गया। करुणा का उद्वेग सभी के मन में समा गया। वानर-नन्दिनी श्रीप्रभा के कन्धों पर यह गुरुतर भार था कि अपनी ही जाति के लोगों को कुचलने के लिए महाराजा की आज्ञा को कैसे शिरोधार्य किया जाए। सत्ता का धर्म जातीयता से बड़ा है। सत्ता की आज्ञा राजकीय आज्ञा है। छत्र के आदेश का उल्लंघन राज्य-द्रोह है। जातिवाद की संकीर्ण विचारधारा एक मानसिक कुष्ठ रोग के अतिरिक्त और कुछ नहीं। राजसत्ता में आने के उपरान्त पुरुष एवं नारी के भेद मिट जाते हैं। यहाँ सब समान हैं। सत्ता की सुरक्षा का दायित्व सत्ताधारियों पर ही है, किसी अन्य पर नहीं। देश-काल-परिस्थिति को ध्यान में रखते हुए वानरों के विद्रोह को कुचलना एक मजबूरी नहीं, एक अनिवार्य आवश्यकता है। यह काम राजदंड का है, प्रजा का नहीं। प्रजा का काम है सत्ता तक अपने शब्द पहुँचाना और सत्ताधारी सम्राट का कर्तव्य है उन्हें सुनकर चाकरों से, सेवकों से सत्ता की आज्ञा का पालन कराना।

श्रीप्रभा उठीं। सभासदों ने उनके सम्मान में मस्तकनत किया और फिर उठा लिया। राजमहिषी ने अवगुंठन हटा दिया और गम्भीर वाणी से बोलीं, ''परमेश्वर (सम्राट के लिए संबोधन)! सम्राट प्रजा का संकटमोचक कहलाता है। धर्म कहता है—दुःखियों को सुखी करो। तो बिना किसी संशय के राजन्, आज्ञा दें, वानर वीर अपने राष्ट्र की आन, एकता व अखंडता के लिए आतंकवादियों

को कुचल दें और यदि उनकी सहायता कोई वर्ग करे तो उसे भी मौत के घाट उतार दें। यह कठोर आज्ञा पारित हो।''

रावण श्रीप्रभा की राजोचित वाणी सुनकर प्रसन्न हुआ। फिर गम्भीर मुद्रा से आज्ञा दी, ''वानर सैनिक द्रोणगिरि, देवीनिवारा तथा हनुमन्तोता में सैनिक कार्रवाई संयम से सम्पन्न करें। सेनानायक यह ध्यान रखें कि अकारण प्रजा को कोई कष्ट न हो। मात्र राजद्रोहियों, आततायियों पर ही खड्ग चलाया जाए। प्रयास यह भी किया जाए कि आतंकवादी जीवित पकड़कर कारा में डाले जाएँ और फिर उन्हें राजद्रोह के आरोप में विधि की सहायता से दंड दिया जाए। सैनिक इसी समय कूच करें।''

रावण की आज्ञा के साथ पुनः सभा ने जय-जयकार किया। कुछेक वानर-प्रजा इस कड़ी आज्ञा को न पचाने के कारण उठकर चली गई।

इसी समय अकम्पन ने राजसभा में प्रवेश किया और श्रीरावण को बारम्बार प्रणाम करने के उपरान्त निवेदन किया—

''रावण, मध्य-पूर्वी देशों (अरब, थाइलैंड, आस्ट्रेलिया, इंडोनेशिया आदि) से मैत्री-सम्बन्ध की तपस्या रत है और लंका साम्राज्य को आर्य सम्राट फूटी आँख भी नहीं देखना चाहते। रावण की भारत में राजनीतिक शाख कम हो रही है। रावण के राजनीतिक प्रवास में दक्षिण भारत में रक्ष-धर्म का सर्वनाश हो रहा है।''

''कैसे, अकम्पन! रावण तो भगिनी शूर्पणखा, खर-दूषण-त्रिशिरा के कारण उधर से निश्चिन्त था। फिर ये चिन्ता कैसे, क्यों उत्पन्न की जा रही है, चर!''

''सिन्धूरगिरि (एमतेक) पर दो तपस्वी आकर रहने लगे हैं। उन्हें अगस्त्य ऋषि का संरक्षण प्राप्त है। वे लगभग दस वर्षों से वहाँ रह रहे हैं और गृध्रराज उन्हें वायुयान में बिठाकर जाने कहाँ-कहाँ ले जाता है!''

''उनका कोई काम देखा?''

''देखा।''

''क्या?''

''कृषि को महत्त्व देते हैं। ऊख व धान की खेती स्वयं करते हैं तथा दूसरों को करने की प्रेरणा देते हैं।''

''तब तो तपस्वी ही प्रतीत होते हैं।''

''मैं ऐसा नहीं मानता।''

''तो चर के अधिकार से तुम बताओ।''

''ऐसा सुना गया है, सुतीक्ष्ण उन्हें अगस्त्य आश्रम तक लाया था। और अगस्त्य को इन्द्र, वरुण ने पटाकर रावण के विपक्ष में खड़ा कर दिया है।''

''तो क्या महात्मा अगस्त्य ब्राह्मण-विरोधी हो गए हैं?''

''ऐसी जनश्रुति है कि ब्राह्मणों ने एक नई विचारधारा को जन्म दिया है जिसमें आर्य ब्राह्मण, क्षत्रियों के साथ रहेंगे क्योंकि आर्य ब्राह्मणों का वर्चस्व क्षत्रियों को आशीर्वाद देने में ही निहित है और हमारे ब्राह्मणों को रक्ष-ब्राह्मण कहा जाकर उन्हें आर्य आचार्य संहिता से निकालकर आपकी संहिता में रख दिया गया है।''

''समझा, यह इन्द्र की राजनीतिक चाल होगी कि वर्ण-संघर्ष को जन्म देकर ऋषियों को अपनी ओर कर लूँगा। किन्तु इन्द्र यह भूल गया कि ब्राह्मण कपिल ने कुपित होकर सगर के

पुत्रों को भस्म कर दिया। कार्तवीर्य अर्जुन जगत को क्षत्रिय-प्रधान बनाना चाहता था, उससे मैं तो पराजित हुआ, किन्तु मृग-चर्मधारी आत्माभिमानी ब्राह्मण परशुराम ने उसे नष्ट कर दिया। इन्द्र, वरुण ने मैत्री सन्धि को ठुकराकर पुनः दशानन को शान्ति से क्रान्ति की ओर बढ़ने का अवसर प्रदान किया है। मुझ एकाकी ब्राह्मण का राज्य क्षत्रियों को खटकता है अकम्पन, तो इस बार रावण इन्द्र से सन्धि नहीं करेगा वरन् उसका वध कर इन्द्रासन पर अपने पुत्र को बिठाएगा।''

''यह तो हो जाएगा परन्तु वे तपस्वी साधारण ब्राह्मण प्रतीत नहीं होते, महाराज! उनकी वाक्शक्ति के कारण प्रजा तत्काल आकर्षित हो जाती है। मुझे तो कुछ दाल में काला दिखता है।''

''अकम्पन, उनके पास सेना तो नहीं है?''

''नहीं है, राजन्!''

''नहीं है तो वे हमारा क्या कर लेंगे! ब्राह्मण बालकों से हमें क्या लेना-देना। ब्राह्मण वर्ण-भेद पर पृथक हो जाएगा तो एकजुट भी तत्काल हो जाएगा।''

''किन्तु पंचवटी में उन तपस्वियों की धाक जम गई है।''

''फिर शूर्पणखा वहाँ पर क्या कर रही है? क्या खर-दूषण विलासिता या रावण नाम के अभिमान में चूर हो गए हैं या राक्षस वीरों का बाहुबल घट गया है?''

''ऐसा नहीं है।''

''ऐसा नहीं है तो वे तपस्वी हमारे विरोधी नहीं हैं अन्यथा खर-दूषण ने उन्हें कभी का यमलोक पहुँचा दिया होता।''

''फिर भी ऐसा लगता है कि ये इन्द्र और वरुण के कोई गुप्तचर हैं। हमें ताड़का-वध का भी पता न चल सका। बस, इतना ही जान सके कि विश्वामित्र ने नारी पर आक्रमण की शिक्षा-दीक्षा को वैध बताकर निरपराध ताड़का का वध किन्हीं क्षत्रिय-राजकुमारों से करा दिया और हमने विश्वामित्र से कोई प्रतिशोध नहीं लिया। हमारा शान्तिकाल विकास की दृष्टि से उत्तम रहा तो राजनीतिक तथा सामरिक दृष्टि से बिलकुल निकृष्ट। चित्रकूट में काकनासुर को किन्हीं बनवासी राजकुमारों ने मार दिया और हमारी खोजी सेना निराश लौटी। हमारी यह असफलता भी शान्तिकाल में रही। सत्ताधिकारी को शान्तिकाल माना गया है और जिस रावण के प्रताप के गीत घर-घर गाए जाते थे वहीं पर इस अल्प समय में इतना बड़ा परिवर्तन मैंने पाया कि राज्यारोहण और दिग्विजयों से लौटते श्रीरावण का प्रजा पुष्प-अक्षत बरसाकर स्वागत करती थी, वहीं अकम्पन जैसे देशी-विदेशी दूत, चर ने यह पाया कि लोगों को लंकपति के नाम में वह रुचि नहीं रह गई है जो कभी थी। यह चमत्कार हमारे शत्रुओं का नहीं है तो किसका है?

''मैं लंका राज्य की प्राणपण से सेवा करनेवाला वीर यह समझता हूँ कि जब लंका में ही राजद्रोह हो रहा है और रावण, जो कि स्वयं शत्रुओं का शीश काटते नहीं थकता था, सेना को भी आज्ञा दे रहा है तो संकोच, संशय के साथ कि कहीं ऐसा न हो कि वानर यूथ-पति विद्रोह न कर दें। यही सोच की सीमा रक्ष संस्कृति की अवहार है, महाराज! जनद्रोह को कुचलना आपका कर्तव्य है। सत्ता का उपयोग अदम्य साहस से ही किया जाता है। यह आप ही तो अभिमान के साथ हमें सिखाते आए हैं और वही दशग्रीव, दशकन्धर चौथेपन में शान्तिमय हो गया है।

''जागो सम्राट, अभी भी क्रान्ति फैलाई जा सकती है। तुम्हारी अनुमति के बिना ही जनस्थान के ऋषियों पर राज्याधिकारियों ने कर लगा दिया है। कृषकों को उनके द्वारा सताया जा रहा

है। श्रमिकों को खनन का पूरा प्रतिफल नहीं दिया जा रहा है। चारों ओर रावण के नाम पर शोषण हो रहा है। जहाँ सैनिक सन्निवेश है, वहाँ स्वेच्छाचारिता बढ़ रही है। लूट-खसोट स्वयं राजकीय सेवक कर रहे हैं। रक्षक भक्षक हो गए हैं। तुम्हारे मन्त्रिमंडल में कतिपय सदस्य भी इससे अछूते नहीं रह गए हैं और कुछ तो आपके द्वारा अर्जित इस वैभव और अपार सम्पदा पर आँख लगाकर सम्राट बनने का स्वप्न देख रहे हैं। अब अपने सुख के प्रति उदासीन होकर अपनी प्रजा के लिए पुनः श्रमशील बनो।''

''अकम्पन, रावण अपनी प्रजा के लिए सदैव श्रमशील रहा है। इस राज-पद के साथ कितना परिश्रम और चिन्ताएँ सम्बद्ध हैं, यह तुम नहीं जानते। क्योंकि तुम मेरी आज्ञा के अधीन हो। जो कुछ हमने प्राप्त किया है, उसकी सुरक्षा की चिन्ता सम्राट का सिर खाती है। सत्ताधारी नृप अहर्निश राजकीय काम में व्यस्त रहता है। उसके आठों पहर नियम में बँधे हैं। उसे प्रवास के लिए भी कम समय प्राप्त होता है। फिर विदेशों से राजनयिक सम्बन्धों पर ठोस निर्णय स्वविवेक से लेने पड़ते हैं। जिसमें इतने विशाल साम्राज्य और उपनिवेशों तथा अधीन राष्ट्रों का नायक रावण सदैव अपने राज्य, अपनी प्रजा, अधीन राज्यों की प्रजा की समस्या में ही तो लगा रहता है। वह भी मनुष्य है। मनुष्य होकर भलाई तथा बुराई दोनों के बीच सामंजस्य स्थापित कर उसे राज्य संचालन करना पड़ता है, जिसमें त्रुटि हो सकती है। रावण क्षत्रिय सम्राटों के लिए दम्भी, अभिमानी, दुष्ट है परन्तु तुम्हारे लिए वह घोर करुणामय, घोर शान्तिप्रिय है। भारतवासियों तथा अन्य राष्ट्रों के लिए एक आततायी, रक्त बहानेवाला हूँ क्योंकि उनके लिए मैं विदेशी विधर्मी हूँ। कोई भी प्रजा विदेशी शक्ति को पूर्णतया आत्मसात नहीं कर पाती। आचार-विचारों व धार्मिक सम्मतियों को तो व्यक्ति थोड़े-बहुत संशोधन के साथ अपने समाज में स्थान दे देता है परन्तु विदेशी सत्ता के अंकुश को स्वीकार नहीं किया जा सकता। यही कारण है कि राज्यों का स्वरूप समयानुसार बदल दिया जाता है—जनशक्ति की भावनाओं के अनुकूल।''

''मैं जानता था एक दिन लंकाधीश के सम्मुख ऐसा समय अवश्य उपस्थित होगा और अकम्पन, कल जो इन्द्र, वरुण पूजे जाते थे हमने उनके स्थान पर शिव-भक्ति को अपनाकर विश्व में रुद्रों की महिमा का गुणगान रावण नाम के साथ करा दिया। परन्तु एक दिन ऐसा भी होगा जब इन सबके स्थान पर कोई दूसरा पुरुष, जो युद्ध से अपनी सत्ता का आदर्श स्थापित कर देगा, पूजा जाएगा और इन्द्र, वरुण, शिव, रावण सब पीछे रह जाएँगे। उसके बाद दूसरा, तीसरा, चौथा, पाँचवाँ और न जाने कितने सम्राट होंगे जो विश्व की बढ़ती हुई जनसंख्या के आधार पर अपने-अपने देश में 'ईश्वर के रूप' में पूजे जाएँगे। क्योंकि मनुष्य की एक शिथिलता है। वह जीवन-मृत्यु के बारे में जब सोचता है तो यह कहता है कि कोई अदृश्य शक्ति है जो प्राण, आत्मा, सुख, दुख का कारण उत्पन्न करती है। मैं नहीं कहता कि सत्कर्मों से ही श्रेष्ठ योनि प्राप्त होती है और बुरे कर्मों से निकृष्ट किन्तु इतना अवश्य सोचता हूँ कि परोपकार को ध्यान में रखकर कुछ भी करो, सही है और यही विधाता का विधान है। दर्शन के तत्त्व भ्रम उत्पन्न करते हैं, मैंने अमरता के लिए सब कुछ किया परन्तु मुझमें भी आम आदमी जैसी विकृति है, मुझे भी चोट लगती है, सुख-दुख की अनुभूति होती है। राजा को हम परमेश्वर मान बैठे हैं। महापुरुष के आदर्शों के कारण हम उनकी पूजा करते हैं। सब मिथ्या है। राज्य-लिप्सा में लिप्त इन्द्र, योगक्रिया में रत शिवशंकर तथा कुंडलिनी के बल पर साधक रावण 'ईश्वर' नहीं है। हम राज्य-विस्तार के लिए युद्ध कर रहे हैं। आर्य तथा रक्ष धर्म की ध्वजा फहराने की स्वार्थनीति में भोली-भाली जनता को घसीटकर मात्र अपने छत्र की, राज्य की तथा राष्ट्र की सम्प्रभुता

की रक्षा करना चाहते हैं और स्वयं न्यायासन पर बैठकर किसी से सच, किसी से झूठ बोलकर राज-भोग करना चाहते हैं, और कुछ नहीं।

"अकम्पन, प्रहस्त, सम्राट होने से हम छत्र धारण करते हैं और छत्र की सुरक्षा ही हमारा कर्तव्य है। इसलिए अब अपने सम्राट की आज्ञा सुनें—

"जनस्थान के तपस्वियों की गतिविधि, वहाँ की जनता की मनःस्थिति की जानकारी प्राप्त करने हेतु चर भेज दिए जाएँ तथा रावण अपनी दूर-दृष्टि के अनुसार यह भी अनुज्ञा-पत्र देता है कि अवसर आए तथा तपस्वियों को यदि रक्ष संस्कृति के विरोध में पाएँ तो उन्हें प्रथमतः कैद कर लिया जाए और यदि युद्ध हो तो युद्ध में उन्हें परास्त कर उनका वध कर दिया जाए। यह सन्देश शूर्पणखा को भेज दिया जाए। विधाता का विधान मैं नहीं जानता किन्तु राजनियमानुसार वर्तमान में यही उपयुक्त आज्ञा है।"

"यदि मुनि अगस्त्य तपस्वियों की रक्षा करें तो?" प्रहस्त ने पूछा।

"तो उनका भी वध कर दिया जाए। यह रावण की राजकीय कठोर आज्ञा है।"

पुनः कहा, "संधिविग्रहिक (विदेशी मन्त्री) हमारे अधीन राष्ट्रों, मित्रराष्ट्रों को सूचित करें कि इन्द्र सन्धि तोड़ रहे हैं तथा कूटनीतिक चालों व षड्यन्त्रों से हमारी आन्तरिक व्यवस्था में हस्तक्षेप कर रहे हैं जिससे सभी सावधान हों और इन्द्र, वरुण, यम को कड़ा विरोध-पत्र भेजा जाए। हमारे सम्मान में जो भेंटें विदेशों से आई हैं वे सब राजकीय कोष में जमा कर दी जाएँ। न्यायमन्त्री जनता के आवेदनों पर विचार कर उन्हें अंगीकृत हेतु सम्राट के पास भेजें। राजस्व-मन्त्री आज ही अर्थ का लेखा प्रस्तुत करें। व्यवहारासन (यह मात्र राजस्व के मामले में प्रयोग होता होगा क्योंकि कालिदास जिन मन्त्रियों का उल्लेख करते हैं उनमें न्यायमन्त्री का पद पृथक से दिया गया है तो 'क्रिमिनल प्रकरण' न्यायमन्त्री द्वारा सुने जाते होंगे। शुक्रनीति भी इसकी पुष्टि करती है। डॉ. भगवतशरण उपाध्याय ने 'कालिदास का भारत' में इसकी पुष्टि भी की है।) पर बैठकर अभियोजन पक्ष को सुनें और निर्णय के लिए लिखित पत्र मुद्रा के साथ तैयार करें। तीर्थ-प्रधानों (विभागाध्यक्ष अथवा सचिवालय के समान) की बैठक आयोजित करो रात्रि के प्रथम प्रहार में अन्तपालों (सीमा सुरक्षा) को निर्देश भेजो कि वे उत्तर से आनेवाले समुद्री व्यापारियों का पूर्ण परीक्षण करने के उपरान्त ही भारवाहक पोतों को जाने दें। सीमा की चौकसी कड़ी कर दी जाए। पौरों (राज्यपालों) की बैठक सात दिन में बुलाई जाए। गुप्तचरों से वार्ता रात्रि के द्वितीय प्रहर में आयोजित की जाए। राजकीय लेखक व कवि कल प्रातःकाल प्रथम प्रहर में बुलाए जाएँ और उन्हें निर्देश दिया जाए कि वे राजकीय महिमा के गीत बनाकर चारणों को दें।"

"श्रीरावण की आज्ञाएँ शिरोधार्य की गईं। अब सभा की कार्रवाई का समय समाप्त हो।" चारण की इस उद्घोषणा के साथ ही सभा उठ खड़ी हुई और महाराज को नमन किया। फिर रावण सिंहासन से उठा और अपनी तीनों महारानियों के साथ अन्तःपुर की ओर चला गया।

2

राम के मार्गदर्शन में पंचवटी अब पूर्ण सुशोभित हो गई है। दूर-दूर तक आर्य यज्ञों का धूम उठता दिखाई देता है। खेत लहलहाते दृष्टिगोचर हो रहे हैं। गोदावरी के किनारे ईख के खेतों

में कृषक बालाएँ इठलाती निर्द्वन्द्व विचरण कर रही हैं। कृषक कुलवधुएँ ईख के पेड़ों के नीचे बैठकर पाथेय पान कर रही हैं। आर्य, द्रविड़ सभी को अपनी मधुर वाणी व व्यवहार से एक कर दिया है। आर्यों में अनार्यों के रीति-रिवाजों को मान्यता प्रदान कर दी गई है। सीता ने नारियों में आर्य संस्कृति को कूट-कूटकर अब तक भर दिया था और लोग उन्हें जानकी माता कहने लगे थे। सीता कदाचित वाक्शक्ति में राम से अधिक चतुर थीं तथा उनका मृदु स्वभाव उसमें मिसरी जैसा कार्य करता था। साथ ही सीता जनकनन्दिनी एवं विश्वामित्र के आश्रम में जाने से मन से रक्ष-विरोधी थीं। लक्ष्मण, राम व सीता दोनों से भिन्न स्वभाव के थे। उन्होंने जो ठान लिया वह करना मात्र उनका उद्देश्य था। उसमें राम की अनुमति की आवश्यकता नहीं थी। विरोध, प्रतिशोध उन्हें सुमित्रा के राजप्रासाद से ही विरासत में मिला था। सुमित्रा के साथ घटती राजनीतिक घटनाएँ और उसका एक उपेक्षिता जैसा जीवन लक्ष्मण को अयोध्या के लिए टीस था तो वह वातावरण वनवास के लिए संयोगवश वरदान था।

लक्ष्मण व राम बैठे हुए जटायु से वार्ता में व्यस्त थे। राम कह रहे थे, ''तात, मुझे वनवास नाम से बड़ा कष्ट हुआ था परन्तु मुनि अगस्त्य ने कर्म का जो पाठ पढ़ाया तो पता ही नहीं लगा और दस वर्ष राम ने काट दिए। वनवासी मुझे महात्मा राम कहते हैं, राक्षस जाति तपस्वी कहती है और कोई-कोई अवतारवाद की अवधारणा के कारण मुझे भगवान राम कहते हैं। यह विधाता का कैसा अनोखा खेल है, राजकुमार राम वनवासी होकर ईश्वर राम हो गया।''

''श्रीराम, मनुष्य के सत्कर्म ही उसे महान् बनाते हैं। पंचवटी से दक्षिण के सागर तट तक अब राम की महिमा फैल गई है, यह राम नहीं जानते। गृध्र जाति, अनार्य जाति, रक्ष सम्प्रदाय—सभी ने थोड़े-बहुत विरोध के साथ राम की नई संस्कृति को अंगीकार कर लिया है। ऋषियों ने राम-कर्म की पवित्र महिमा का गुणगान भले ही आर्य-धर्म की स्वार्थतावश किया हो, फिर भी दंडक वन के राजाराम को उठाने में पूर्ण सहयोग दिया है।

''राम, तुम्हें भाई भी ऐसा आज्ञाकारी प्राप्त हुआ है कि जो अपनी शक्ति-परीक्षा में पूर्ण निपुण है। राम को जिस कार्य के लिए ऋषियों ने दक्षिण में भेजा, वह इन्द्र, वरुण के सहयोग से निश्चित पूर्ण होगा।''

इसी समय आकाश में एक यान दृष्टिगोचर हुआ, लक्ष्मण ने उसे शत्रुयान समझकर तत्काल ही निशाना साध लिया, किन्तु राम ने रोक दिया।

कुछ देर बाद ही वायुयान उतरा जिसमें से इन्द्र, वरुण दोनों उतरे। राम इन दिव्य पुरुषों को पहचान नहीं सके। उन्होंने अचकचाकर सहसा जटायु से कन्धा स्पर्श करते हुए पूछा—

''इनमें कोई राजा श्रीरावण तो नहीं, क्योंकि ये मुकुटधारी हैं?''

''नहीं, ये तो इन्द्र और वरुण दिखते हैं क्योंकि चालक मातलि पीछे-पीछे आ रहा है। मैंने शनि-युद्ध में सबको देखा है, राम! मातलि एक बहुत ही कुशल सारथी है। इससे अच्छा वायुयान कोई नहीं चला सकता।''

राम-लक्ष्मण दोनों उठ खड़े हुए और कुछ दूर चलकर वरुण की अगवानी की, उन्हें साष्टांग प्रणाम किया। फिर मृगचर्म के बिछावन पर उन्हें बिठाया। राम-लक्ष्मण दोनों सेवा में खड़े हो गए। फिर राम ने कहा, ''तात, हमारे धन्यभाग जो आप पधारे। सेवक के पास कन्द-मूल फल के सिवा और कोई वस्तु आपके राजोचित सम्मान के लिए उपलब्ध नहीं है।''

''वत्स राम, हम आतिथ्य के लिए नहीं बल्कि राजकीय यात्रा पर तुम्हें मार्गदर्शन देने आए

हैं। कुछ गुप्त वार्ता करने आए हैं।''

''बोलो तात, राम को क्या आज्ञा है? राम आर्यों की सेवा कर रहा है और रावण का विरोधी होता जा रहा है।''

वरुण बोले, ''राम, अब वह समय आ गया है जबकि रावण को पराजित किया जा सकता है। तुम्हारी राजनीतिक गतिविधियों को खर-दूषण नहीं जान सके। क्यों नहीं जान सके, इसका मुख्य कारण यह है कि राजपद पाकर व्यक्ति व्यसनों में फँस जाता है। खर-दूषण भी रावण नाम का लाभ उठाकर निश्चिन्त होकर दुर्व्यसनी हो गए हैं और वैसे ही उनके चाकर हो गए हैं। ऐसे ही कारणों से राजा का पतन होता है।''

फिर इन्द्र बोले, ''राम, इस प्रजा की विशेषता है कि यह किसी भी बात का विस्मरण भी बहुत शीघ्र करती है। तुम्हारी दस वर्ष की तपस्या (कर्म) का प्रभाव इस समय जनता पर छाया है और बारह वर्ष का राजनीतिक युग माना जाता है। इस बारह वर्ष के काल के पश्चात् सत्ता के क्रिया-कलापों के प्रति उदासीनता स्वतः उत्पन्न हो जाती है। इसलिए राजनीतिक, सामाजिक चेतना का लाभ उठाकर अब रावण उपनिवेशों का भारत से सफाया कर दिया जाए। किसी समय किष्किन्धा तक उत्तर कोशल की राज्य सीमाएँ थीं, जो घटकर दक्षिण कोशल तक ही रह गई हैं। यह सब आपके पिता दशरथ की भीरु नीति का परिणाम रहा। अब तुम्हें ही उपयुक्त समझकर अयोध्या के राज्य-विस्तार के लिए खड़ा किया गया है।''

''तात, वह सब तो ठीक है, परन्तु रावण के सैनिक सन्निवेशों से युद्ध होगा तो रावण शान्त नहीं बैठा रहेगा। वह पुरुषार्थी है। उसने आप जैसी शक्तियों तक को पराजित कर दिया है तो राम या अगस्त्य किस प्रकार आपके अभियान को सफल कर सकेंगे। राम तो वचनों के चिन्तन तथा मनन में ही युवा से अधेड़ होता जा रहा है। वंशानुगत, सांस्कृतिक, राजनीतिक विद्वेष के प्रतिशोध की भावना से राम तथा लक्ष्मण दोनों जल रहे हैं। हमारे संस्कारों में गुरु सुधन्वा, माता कैकेयी, गुरु विश्वामित्र ने ऐसा बीजारोपण किया है कि एक सुयोग्य विदेशी शासक का पासा हम आपके कहने से पलटने का प्रयास कर रहे हैं। रावण के सहायक बहुत हैं, राम का सहायक कौन है?''

''राम के सहायक इन्द्र तथा वरुण हैं। हर प्रकार की युद्ध सामग्री राम को दी जाएगी। अब राम को अगस्त्याश्रम से विरोध की सुशिक्षित सेना को बुला लेना चाहिए और खर-दूषण पर आक्रमण कर उनका राज्य दंडक राज्य में मिला लेना चाहिए। मुनि अगस्त्य तुम्हारे साथ रहेंगे। अगस्त्य मेरा पुत्र है, राम! वह ब्रह्मास्त्र के साथ चलेगा। रावण को यदि किसी शस्त्र पर अभिमान है तो वह ब्रह्मास्त्र (रिबाउंड) ही है।'' वरुण ने कहा।

''फिर ये सीता वहाँ तक जाने में एक बाधा हैं।''

सीता कन्द-मूल फल ला रही थीं। उन्होंने अपने पति राम की यह गम्भीर वाणी सुनी और कड़वे शब्दों को श्रवण करने के उपरान्त भी स्मित के साथ देवजाति के दोनों सम्राटों के सामने फल रखते हुए बोलीं—''आर्य, मैं बाधा नहीं हूँ, बल्कि आर्यों के महान् यज्ञ में भी सहायक हूँ। मेरी रक्षा का भार समाज ने पति होने के नाते आपके सबल कन्धों पर सौंपा है किन्तु मैं स्वयं भी रक्षा करना जानती हूँ। जिस कार्य में राम-लक्ष्मण असमर्थ होंगे, वह काम सीता करेगी। नारी का रूप स्वयं एक षड्यन्त्र है और नारी की आकर्षण शक्ति से अच्छे-अच्छे सम्राट परास्त हुए हैं। वहीं अग्नि ने स्त्री के पातिव्रत धर्म की, उनके सतीत्व की रक्षा भी की है। सीता साधारण नारी नहीं है, राम! वह भी 'पुरुष' है और वैदेही होने से सभी बातें समझती है। यदि कैकेयी

और शूर्पणखा वीरांगना हैं तो सीता भी वीरांगना है और षड्यन्त्रकारी भी बनकर दिखा सकती है। राम, इतना मत सोचो कि विचारों के भँवर में कुछ कर ही न पाओ। जो करना है उसके लिए कर्तव्य-पथ पर चलते चलो। काँटे तो हर काम में हैं। जो काँटों पर चलना जानता है, आग से खेलना जानता है, वही अन्ततोगत्वा सफल होता है।

''सुनो आर्य, सर्वसत्ताधारी रावण साधारण ब्राह्मण विद्याधर था। उसने स्वयं के बाहुबल और साहस के भरोसे खड्ग की नोंक से धूल में से मुकुट उठाकर धारण किया है। दिग्विजय प्राप्त की है। लंकद्वीप से उत्तर तक की ससैन्य कठिन यात्रा कर सुषा सम्राट को पराजित कर अपने पुत्र को इन्द्रजित की उपाधि रुद्र से प्राप्त की है। यह असाधारण कृतित्व एवं व्यक्तित्व है श्रीरावण का। और ऐसा रक्ष महापुरुष जब राम जैसे साधारण पुरुष से परास्त होगा तो फिर राम ही महापुरुष विश्व में हो जाएगा। उसे भी कवियों की वाणी में स्थान प्राप्त हो जाएगा और राम एक इतिहास-पुरुष हो जाएगा।''

इन्द्र व वरुण सीता के वचनों को सुनकर स्तब्ध हो गए। मात्र जटायु गद्गद हो रहा था और मन ही मन फूला नहीं समा रहा था। लक्ष्मण का तो स्वभाव ही क्रोधी था। वे भैया राम की बातों से सन्तुष्ट नहीं थे। गुस्से से बोले, ''भ्राता, सम्भवतः तुम भीरू हो। मैं समझता हूँ माता के वचनों को पूर्ण करने में राम असमर्थ हो गया है। राम देवताओं और ब्राह्मणों का अभीष्ट पूर्ण करने के अयोग्य है तो उसने क्षत्रिय कुल में जन्म लेकर इक्ष्वाकुवंश को कलंकित किया है। अपनी माता कौशल्या का पुत्र कहलाने योग्य वह नहीं रह गया है। भैया, ब्राह्मणत्व की रक्षा करना क्षत्रियत्व का श्रेष्ठ कर्तव्य है। यदि क्षत्रिय यह नहीं कर सकता तो उसे चुल्लू भर पानी में डूब मर जाना चाहिए। यह समय की पुकार है, जनता-जनार्दन का स्वर है कि रावण को सत्ता-विहीन किया जाए। दक्षिण-भारत से दासता की जंजीरें खड्ग से काट दी जाएँ। विदेशी राजतन्त्र के स्थान पर स्वदेशी राजतन्त्र स्थापित किया जाए और यही बात देव सम्राट चाहते हैं।

''क्षत्रिय राम, यदि तुम ऐसा नहीं कर सकते तो भाभी सहित अयोध्या लौट जाओ। लक्ष्मण एकाकी लंका तक धावा बोलेगा और रघुवंश का मस्तक ऊँचा करेगा।''

''शान्त, लक्ष्मण, शान्त हो। राम जानता है कब क्या करना है। राम में प्रचंड शक्ति है परन्तु हम एक ब्राह्मण-कुल के विरुद्ध ही तो संघर्ष करेंगे। हम ब्राह्मणों के रक्षक भी हैं और शत्रु भी हैं। क्यों? इसलिए कि देवजाति हमारी मित्र और रावण उनका वैरी है। माता कैकेयी का इसलिए रावण वैरी है कि महाराज दशरथ की छाती में घाव रावण ने ही किए और माता कौशल्या का इसलिए कि उनके स्वयंवर को रावण ने एक औपचारिकता माना और दशरथ का पीछा किया। ऋषियों का इसलिए अरि है कि उनके वेदसूक्तों, उनके यज्ञ-कर्मों का वह विरोधी है। यह सब 'अपनी-अपनी तूती बजाने का कार्यक्रम' के अलावा और कुछ नहीं है। ऐसे महान् शासक से मित्रता कर उससे हमें विज्ञान, राजनीति सीखना चाहिए, लक्ष्मण!

''और फिर सौमित्र, युद्ध का परिणाम भयानक होता है। विस्फोटक पदार्थों के उपयोग से वर्षों तक प्रदूषण बना रहता है और फिर परतन्त्रता के बाद स्वतन्त्रता के सिद्धान्त की स्वतः पुनरावृत्ति हो जाती है। किसी भी पराजित सम्राट के वंशज पुनः खड़े हो जाते हैं और सिंहासन से संघर्ष करने लगते हैं और सम्भवतः सत्ता हथियाने में सफल भी हो जाते हैं। जगत् के इतिहास में ऐसे अनेक उदाहरण हैं कि विजेता कुछ दिन तक ही राजभोग कर सके हैं और उन्हें सत्ताच्युत

होना पड़ा है।"[1]

"यह सांसारिक क्रम है, राम! परिवर्तन आवश्यक एवं नैसर्गिक है। इसे कोई रोक नहीं सकता। जन-मानस की उग्र भावनाएँ क्रूर-से-क्रूर राष्ट्राध्यक्ष को बिना सेना के ही राज्यच्युत कर देती हैं। सैनिक शक्ति के प्रयोग से जन-शक्ति को दबोचा नहीं जा सकता। जन-शक्ति राजकीय शक्ति से महान् एवं सर्वोपरि है। तुम जानते हो वत्स, सेना के हार जाने पर या समर्पण करने पर अथवा राजा के वध हो जाने पर सेना भाग खड़ी होती है तथा उस पराजित राष्ट्र की पराजय करोड़ों जनता को दुखी मन से स्वीकार करनी पड़ती है। यद्यपि विजयोल्लास की जनता को जितनी प्रसन्नता होती है उससे भी बढ़कर दुख होता है प्रजा को पराजय का और वह और उसके मन्त्रीगण इसे सहन करते हैं। दूसरी सत्ता को मौन स्वीकृति देते हैं तथा राजदंड को धारण करते हैं। फिर बुद्धिजीवी शनैः-शनैः जनता को सत्ता के विरोध में उकसाते हैं। छद्मवेश धारण कर जनता के बीच पहुँचते हैं। विद्वेष की चिंगारी अपने प्राणों को हथेली पर रखकर फैलाते हैं। तब तक वर्षों में सेना को तोड़ने-फोड़ने का प्रयास किया जाता है और फिर कहीं दूसरे देशों की सहायता से सत्ता पलटी जाती है।

"वत्स राम, युगों से मानव जाति इसी सत्ता के जाल में फँसी आ रही है। चाहे कोई संन्यासी हो या परिव्राजक, वह भी राजनीति से दूर नहीं रह सकता क्योंकि बिना इसके उसका कोई सम्मान नहीं है। यही कारण है कि हम, तुम, ऋषि, महर्षि सभी राजनीति में किसी-न-किसी कारणवश पूर्णतया लिप्त हैं। राजनीति में ही राजकीय सेवक भी आकंठ डूबे रहते हैं। यदि नहीं डूबेंगे तो सत्ता के प्रति उनका कोई मोह नहीं रह जाएगा। फिर तो उनके मन में यह भावना पनपेगी कि कोई भी सत्ता में आए, हमें क्या है! हमारा तात्पर्य तो मात्र वृत्ति से है। इससे तो वे उत्तरदायित्वहीन हो जाएँगे। राजकीय व्यवस्था में शासकीय सेवकों का सुन्दर योगदान तभी प्राप्त हो सकता है जबकि उन्हें राजनीतिक वातावरण के बीच छत्र के प्रश्रय में काम करने का अवसर दिया जाए।"

"तात वरुण यदि यही सांसारिक राजनीतिक क्रम है तो राम का अभियान इसी क्रम से चलेगा। अब राम के पास है भी क्या! राम तो आप सबका एक यन्त्र है। वह उधर ही घूमेगा जिधर देवता, ऋषिगण घुमाएँगे। आज्ञा दो, तात, राम अब क्या करे?"

"आगे खर-दूषण हैं। पहला चरण राम का यहाँ से प्रारम्भ होगा एक सुनियोजित ढंग से। तब कहीं राम इस दंडकारण्य से बाहर दक्षिण की ओर निकल पाएगा। शेष मार्ग अब तुम्हें स्वयं प्रशस्त करना है।" इन्द्र ने कहा।

इसके उपरान्त इन्द्र ने मातलि को पास बुलाया और उसके हाथों से पायस[2] (अमृततुल्य औषधि) लेकर कहा, "नारद का ज्योतिष कहता है बेटा, श्रीरावण के भाग्य को नष्ट करने का

---

1. विभीषण का राजतिलक होने पर उसके विरोध में रावण का पुत्र अल्पकाल में ही खड़ा हुआ और विभीषण को लंका के सिंहासन से उतारा गया।
2. कुछ रामायणों में इन्द्र पायस सीताहरण के बाद अशोकवाटिका में देता है जिसे अमृत भी कहा गया है किन्तु लंकापुरी में पायस दिए जाने का कोई अर्थ नहीं है क्योंकि नारद ज्योतिषी है, वह सीताहरण का समय भी बताता है तथा अग्निवास अथवा माया सीता की बात करता है। माया सीता अथवा अग्नि में वास करनेवाली सीमा मात्र कल्पना है। असली सीता ही का राजनीतिक अपहरण किया गया मानना होगा और रावण से सीता के एक वर्ष तक के व्रत्त के कारण भूख-प्यास शान्त करने हेतु पायस जो कि औषधियुक्त था, सीता को दिया गया। हमने पायस का वर्णन पंचवटी में ही करना तर्क-संगत समझा क्योंकि इन्द्र लंका नहीं जा सकता।

समय हो गया है जिसमें तुम्हारी साधना बहुत ही जटिल होगी। आगामी समय में इसलिए यह पायस (भूख शान्त करनेवाला) राजवैद्य से तुम्हारे लिए बनवाया गया है। इसके सेवन से अब तुम्हें भूख नहीं लगेगी और न ही तुम्हारी कान्ति क्षीण होगी। लो, इसका पान करो, जनकनन्दिनी सीते! और अपनी कठोर तपस्या में रत होकर विदेशी सत्ता को जय करने में सहायक बनो। यही मेरा, आर्य धर्म का प्रवर्तक, संरक्षक होने से तुम्हें शुभाशीष है।''

सीता ने इस औषधि का पान किया और इन्द्र तथा वरुण आशीर्वाद देकर वापस चले गए।

3

दंडक बन में लक्ष्मण आखेट के साथ-साथ शम्बूक के तपःस्थल की खोज कर रहे हैं। हिंस्र पशु इतस्ततः भाग रहे हैं। घने वन में लक्ष्मण अपने उद्देश्य की प्राप्ति में दृष्टि चारों ओर घुमा रहे हैं। कभी-कभार स्वर्ण सदृश मृग भी नकल कर खड़े होकर लक्ष्मण की ओर अपने नयनाभिराम कर देते हैं और कभी नीची ग्रीवा कर दूर्वांकुर चरने का प्रयास करते हैं। लक्ष्मण जी को मृगया में कोई रुचि नहीं है। विराध ने समाचार दिया था कि शम्बूक सूर्यहास खंग के आविष्कार में सफल हो गया है और यह घातक अस्त्र है जो लक्ष्मण को अनिवार्यतः प्राप्त करना है। विराध कह रहा था—शम्बूक का तपःस्थल दो पहाड़ियों के बीच घनघोर वन की घाटी में है। वहाँ एक जल-प्रपात भी है—ऐसा महात्मा अगस्त्य ने बताया है।

अरे, अब तो संकीर्ण पथ आ गया। काँटेदार झाड़ियाँ आ गईं। फिर उत्तर दिशा। मैं मार्ग का सही अनुमान नहीं लगा पा रहा हूँ। लक्ष्मण फिर पीछे लौटे। फिर उन्हें एक भालू दृष्टिगोचर हुआ जो भागता हुआ चला गया। उसके पीछे श्वेत सिंह दृष्टिगोचर हुआ जो पूँछ उठाकर खड़ा हो गया। लक्ष्मण ने सोचा, इसका आखेट किया जाए परन्तु अनायास ही वह गर्जना कर उठा और अपनी क्षुधा शान्त करने के लिए एक हिरण के पीछे छलाँग लगाकर चला गया।

लक्ष्मण आगे बढ़े। जिधर शार्दूल ने छलाँग लगाई थी, वहाँ एक पगडंडी थी। वे उसी ओर चल पड़े। पगडंडी घने जंगल की ओर बढ़ रही थी और उसके पश्चात् दो वृक्षों से भरी हुई पहाड़ियाँ भी दृष्टिगोचर हुईं। और आगे बढ़े तो बगुलों की उड़ान दृष्टिगोचर हुई। लक्ष्मण समझ गए कि वहाँ कोई जल-प्रपात होना ही चाहिए। यह स्थान अगस्त्य द्वारा तैयार किए गए रेखाचित्र से मिलता है। उन्होंने पीपल के पात पर नख से बने मानचित्र को एक बार फिर देखा और उस पर मनन करते हुए बढ़ते चले गए।

जल-प्रपात के समीप पहुँचकर पहले तो लक्ष्मण ने प्यास बुझाई, फिर बाँस-वन की ओर देखा तो एक स्थान पर मार्ग था। लक्ष्मण ने वह मार्ग ग्रहण किया और घुसे चले गए। फिर अग्नि-धूम उठता दिखाई दिया तो लक्ष्मण समझ गए कि वह सही स्थान पर आ गए हैं। अब तक भटकते-भटकते लक्ष्मण को दोपहर हो गई थी।

लक्ष्मण ने देखा यज्ञशाला बाँस की बनी हुई है और उस पर घास का छप्पर छाया हुआ है। कुटिया के मुख्यद्वार के भीतर कोई पुरुष धौंकनी चला रहा है और किसी वस्तु को चिमटे से पकड़कर बार-बार अग्नि में तपा रहा है। लक्ष्मण समझ गए, यह शम्बूक ही होगा। फिर भी पुष्टि के लिए द्वार पर पहुँचते ही पूछा, ''क्या नाम है तुम्हारा?''

अपने कार्य में व्यस्त रहते हुए ही उत्तर दिया, ''शूर्पणखा-पुत्र—शम्बूक।''

"यहाँ क्या कर रहे हो?"

"देखते नहीं हो, अनुसन्धानरत हूँ!"

"काहे का अनुसन्धान?"

शम्बूक ने अब अपनी ग्रीवा ऊँची की तो सामने खड्गधारी एक तपस्वी को देखकर मान से पूछा, "मेरा परिचय तो पा लिया, अपना तो दे। यहाँ मेरी माता के अतिरिक्त और कोई नहीं आता। न ही इस निर्जन स्थान का किसी को पता है, तुझे किसने यहाँ तक पहुँचाया है? तू कौन है?"

"मैं लक्ष्मण हूँ।"

"किसका पुत्र है? पूर्ण परिचय दे।"

"अयोध्या के सम्राट दशरथ का पुत्र हूँ।"

शम्बूक ने शालीनता से कहा, "तो आ बैठ, बाहर क्यों खड़ा है! अयोध्या में मैंने युवावस्था में तपस्या की है। वहाँ जब मातुल रावण के विरोध का पता चला तो इधर ही चला आया। मैं कालकेय (केलट) वंशी हूँ। तू राजपुत्र है, मैं भी राजपुत्र हूँ। अन्तर इतना है, तुम्हारा राम के साथ वनागमन है और मेरा स्वेच्छा से।"

लक्ष्मण को 'वनागमन' शब्द पर आश्चर्य हुआ तो भावों को समझकर पुनः शम्बूक ही बोला, "हमें प्रत्येक बात का ज्ञान हो जाता है। हम दूरबोध (टेलीपैथी) से सब जान जाते हैं क्योंकि मातुल की राजधानी लंका में सभी विद्याएँ सिखाई जाती हैं। अब यह तो ज्ञान है जो जितना श्रम करेगा उतना वह उसमें दक्ष होगा। मैंने किशोरावस्था तक लंका के गुरुकुल में ही अध्ययन किया है। तुम आश्चर्य न करो, राजकुमार!"

"तुमने क्या-क्या आविष्कार किए हैं, शम्बूक?"

"एक विज्ञानी बड़ी ही कठिनाई से एकाध आविष्कार कर पाता है। वर्ष हो गया साधना करते-करते तब एक आयुध का अनुसन्धान कर पाया हूँ—सूर्यहास खड्ग का।"

"कहाँ है शम्बूक, वह अस्त्र?"

"वह देखो, मेरे पीछे।"

लक्ष्मण ने देखा, शम्बूक के पीछे खड्ग उगता हुआ-सा प्रतीत हो रहा था। उसकी आकृति ही अद्भुत थी। लक्ष्मण ने यह आयुध अगस्त्याश्रम में भी नहीं देखा था।

"इससे कितनों का वध किया जा सकता है?"

"लक्ष्मण, शायद तुम इस अस्त्र का भेद जानना चाहते हो?"

"नहीं, वैसे ही पूछ लिया।"

फिर कुछ रुककर लक्ष्मण ने कहा, "इस प्रकार तप करना तो ऋषियों का कार्य है, तेरा नहीं।"

"मैं रक्षधर्मी हूँ। रक्षधर्म में सभी के लिए उन्नति के द्वार खुले हैं। वहाँ समानता का अधिकार है।"

"परन्तु लोग तो तुझे शूद्र कहते हैं।"

"आर्यों की भाषा में तो सभी विधर्मी शूद्र हैं किन्तु कौन क्षत्रिय है, कौन ब्राह्मण है, यह भेद तो उच्चवर्ग ने राजप्रश्रय के कारण स्वयं किया है। विधाता ने सभी को समान गुणों से उत्पन्न किया है। हमारी रक्ष-संस्कृति इसी कारण मानव समुदाय ने स्वतः अंगीकार की।"

"परन्तु हमारा आर्य धर्म तुम्हें अनुसन्धान करने की अनुमति नहीं देता।"

''तुम्हारे धर्म के संचालक उच्चवर्ग के क्षत्रिय तथा ब्राह्मण हैं जो अपनी अधीनता में सबको रखना चाहते हैं, वे किसी को उठने नहीं देना चाहते।''

''लक्ष्मण यह नहीं जानता। वह तो गुरुजी की आज्ञा का पालन करना जानता है।''

''राजकुमार, इन गुरुओं की नीति-रीति समझना तुम्हारे वश की बात नहीं। इन्हें छोड़ो और अयोध्या में आनन्दपूर्वक रहो।''

''परन्तु हमें तो अयोध्या के सम्राट ने आज्ञा दी है कि हम तुम्हें तप करने से रोकें।''

''लक्ष्मण, यह अयोध्या की राजाज्ञा नहीं, अगस्त्य गुरु की आज्ञा है। मेरे इस गुप्त आश्रम का ज्ञान मात्र मेरी माता शूर्पणखा को है या फिर अगस्त्य को।''

''तुम्हारी माता क्या यहाँ आती है?''

''हाँ, प्रतिदिन।''

''क्यों?''

''कौन माता अपने पुत्र को देखना नहीं चाहेगी। मुझे मेरी माँ सर्वाधिक स्नेह करती है और श्रेष्ठ वत्सला भी है।''

''वह कब आती है?''

''आने का समय हो रहा है, विश्राम कर। तू उनसे मिलकर गद्गद हो जाएगा।''

''नहीं, उनके आने से तो मेरा काम ही बिगड़ जाएगा।'' लक्ष्मण ने कहा, ''मेरा ध्येय कुछ और है, शम्बूक!''

''क्या?''

इस 'क्या' का उत्तर लक्ष्मण ने शम्बूक पर खड्ग का शान्त प्रहार करते हुए कहा, ''मात्र सूर्यहास खड्ग प्राप्त करना।''

शम्बूक के शरीर से रुधिर बह रहा था। लक्ष्मण ने सूर्यहास खड्ग शीघ्र हड़पा और कहा, ''यह खड्ग राक्षसों के वध के लिए ही प्राप्त किया है।''

''मुझ निरपराध को इस अमोघ अस्त्र के लिए मारा लक्ष्मण, तू पापी है। यदि तेरे इस मन्तव्य का मुझे आभास भी हो जाता तो मैं तुझे तेरे भाई सहित कभी का यमलोक पहुँचा देता। यह अधर्म है लक्ष्मण, तू पापी है, दुष्ट है, तुझे पातक लगेगा।''

''लक्ष्मण यह नहीं जानता। राजनीतिक, सांस्कृतिक युद्ध में धर्म और अधर्म सब मान्य हैं।''

शम्बूक कराहते हुए बोला, ''मुझे युद्ध के लिए ललकारा होता। मुझे समय दिया जाता तो तेरे टुकड़े-टुकड़े कर देता। अकारण मेरा वध करके तूने युद्ध को जन्म दे दिया है, लक्ष्मण!''

''युद्ध तो वीरों का बाना है ही, लक्ष्मण उससे नहीं डरता।''

''नहीं डरता तो शान्त बैठे हुए मुझ पर वार कर कायरता का कार्य क्यों किया?''

''बिना श्रम के ही तेरा अस्त्र प्राप्त करना...'' कहते हुए लक्ष्मण चल पड़े।

शम्बूक चिल्लाया, ''दुष्ट, ठहर! मेरी माँ के आने तक रुक तो तुझे पता चलेगा कि रण क्या होता है!'' और फिर शम्बूक अचेत-सा होने लगा।

लक्ष्मण सब कुछ अनुसना करके लम्बे-लम्बे डग भरते हुए चले गए और विजन वन में खो गए।

शम्बूक की बेचैनी बढ़ती जा रही थी किन्तु वह प्राणों को तब तक रोकना चाहता था जब तक कि अपनी माता के दर्शन न कर ले। उसने पितृ-सुख कम ही भोगा था। मातृ-सुख

ही उसे किशोरावस्था से आज तक प्राप्त होता रहा। पिता कालकेय वंशी होने से युद्धों में खेलता रहा और उन्हीं युद्धों में मारा गया। क्षत्रियों की कितनी घिनौनी स्वार्थ नीति है कि निरपराध का वध कर उनसे अस्त्र छीन लेते हैं।

इसी समय शूर्पणखा आ गई। अपने पुत्र की यह दशा देखकर वह उससे लिपट गई और रुदन करती हुई बोली, "बता पुत्र, तेरी यह दशा किसने की है? तेरी सौगन्ध, मैं उसे जीवित नहीं छोड़ूगी।"

माँ का ममता भरा स्वर सुनकर शम्बूक को कुछ चेतना आई। वह आह भरकर कठिनाई से बोला, "अम्ब, वध तो तेरा ये वीर पुत्र कर देता किन्तु अचानक आक्रमण कर वह कायर सूर्यहास खड्ग चुराकर भाग गया।"

"कौन वत्स, कौन?"

"अयोध्या का राजकुमार लक्ष्मण।"

"वह यहाँ कैसे आ गया?"

"तापस वेश में।"

"क्षत्रिय और तापस वेश में? आश्चर्य!"

"आश्चर्य मत कर माँ, पंचवटी के तपस्वी क्षत्रिय राजकुमार राम तथा लक्ष्मण हैं। दशरथ के पुत्र हैं। उन्होंने यह प्रत्यक्ष वैर ठना है।"

"वत्स, उन तपस्वियों को हम और हमारे चर आज तक न समझ पाए। हम तो उन्हें भोले-भाले समझते थे।"

"वे भोले नहीं हैं। यह लक्ष्मण अभी बताकर गया है। उनका उद्देश्य और ही कुछ है।"

"पुत्र, मैं उन्हें नष्ट कर दूँगी। उन्हें कच्चा चबा जाऊँगी। (मुहावरा है जैसे कि कभी-कभी हम-आप मामूली झगड़े में कह देते हैं—साले को कच्चा खा जाऊँगा।)"

"अम्ब, मुझे चरण-स्पर्श करने दे। अब तो मेरे प्राण निकलना चाहते हैं। विष चढ़ता जा रहा है।"

शूर्पणखा ने पुत्र का हाथ उठाकर अपने चरण-युगल पर रख लिया और दहाड़ मारकर रोने लगी, बोली, "हाँ बेटा, तेरे अवलम्ब पर ही तो मैं आज तक जीवित थी, अब मेरे प्राण कैसे रहेंगे! हाँ शूरवीर, तू अकाल ही काल के गाल में जा रहा है।"

"अम्ब, मृत्यु तो सदैव ही निकट रहती है, पता नहीं कब जा जाए। तू तो विदुषी नारी है, इसका सोच क्यों करती है? यह तो अवश्यम्भावी घटना है।"

"पुत्र-मृत्यु का मुझे कोई सोच नहीं। सोच है तो यह कि हमारे शत्रुओं ने ही तेरा छल से वध किया और जब तेरी तपस्या का फल सूर्यहास खड्ग प्रकट हुआ तो उसे लुटेरे लूट ले गए।"

"क्षत्रियों का कर्म ही लूटना है, स्वयं राक्षस हैं, दूसरों को राक्षस कहते हैं। हम तो रक्षा ही करते हैं और ये शोषण करते हैं। ब्राह्मण इनकी कन्याओं को दान में पाकर इनकी चाटुकारी करते रहते हैं और बिना हाथ हिलाए ही भोजन किया करते हैं। इसी कारण आर्य-ब्राह्मण अकर्मण्य हो गए हैं। क्षत्रियों ने उन्हें निकम्मा बना दिया है। अम्ब, इसीलिए वे मात्र क्षत्रियों को ही अपना कट्टर समर्थक मानते हैं।"

"वत्स, तेरे वध का प्रतिशोध तेरी माता ही लेगी।"

"तू वीरांगना है, अम्ब! रण-क्षेत्र में राम-लक्ष्मण का वध कर और उनके कटे हुए शीश

अयोध्या भेज दे ताकि जैसे तेरी छाती मेरे लिए फट रही है वैसे ही राम-लक्ष्मण की माताओं की भी फटे।''

इतना कहते ही शम्बूक ने प्राण विसर्जन कर दिए। शूर्पणखा हाहाकार कर उठी।

4

राम-लक्ष्मण एक शिलाखंड पर बैठे हुए हैं। सीता कुटिया में रसोई तैयार कर रही हैं। जटायु वायुयान से अपने भाई सम्पाती से मिलने रामाज्ञा लेकर गया है। विराध के सैनिक इतस्ततः घूम रहे हैं। विराध स्वयं शस्त्र-सज्जित होकर घूम रहा है।

राम ने दबे स्वर से लक्ष्मण से कहा, ''शम्बूक का वध कर तुमने अधार्मिक कृत्य किया है। साथ ही विपत्ति भी मोल ले ली है।''

''वह अनुसन्धान नहीं कर सकता। तपस्या ऋषियों और क्षत्रियों का कर्म है। कालकेय शूद्र होते हैं। हमारे राज्य-नियम में शूद्रों की तपस्या पर प्रतिबन्ध है। मैंने ठीक किया भैया, और फिर सूर्यहास खड्ग भी तो हमें प्राप्त करना था।''

''कुछ भी हो, जनस्थान की सीमा में रहकर हमारा यह कृत्य हमारे लिए ही संकट का विषय है। वध करने से पहले मुझसे तो परामर्श किया होता।''

''आपसे परामर्श लेता तो गुरु अगत्स्य की आज्ञा का पालन कैसे होता, भैया? गुरु की आज्ञा ही हमारे लिए सर्वोपरि मानी गई है। विराध जो सन्देश लाया था, उसका मैंने पालन किया है।''

राम-लक्ष्मण यह वार्ता कर ही रहे थे कि शूर्पणखा अपने चौदह अंगरक्षकों के साथ सामने से आती हुई दिखाई दे गई।

राम-लक्ष्मण ने चन्द्रनखा, शूर्पणखा का नाम सुना था परन्तु आज तक उसे देखा नहीं था। राम-लक्ष्मण ने देखा एक अनिंद्य सुन्दरी, जो ढलती आयु में भी एक वयस्क तरुणी के समान प्रतीत हो रही थी, विधवा होकर भी वह राजसी वस्त्र धारण करने से किसी महारानी के सदृश प्रतीत हो रही थी। ऐसा रूप लक्ष्मण ने कभी नहीं देखा था। शूर्पणखा के सौन्दर्य पर कोई भी मुग्ध हो सकता था। उसके मुख पर अंगराग का लेप हो रहा था और उसके शरीर की रचना इतनी नयनाभिराम थी कि विधाता ने मानो इसे गढ़कर बनाया हो। आसक्ति का भाव उत्पन्न होना स्वाभाविक था। किन्तु संयमी राम धीर वृत्ति होने से शान्त बैठे रहे और लक्ष्मण राम के पास से उठकर दूसरी ओर पीठ करके बैठ गए।

इसी बीच शूर्पणखा राम के पास आकर खड़ी हो गई तथा अंगरक्षकों को शान्त करने का संकेत कर उन्हें चार धनुष पीछे रहने का निर्देश दिया।

सीता भी इस अपरिचित दल को देखकर बाहर आ गई और राम के निकट खड़ी हो गई।

राम ने आँखें नीची कर लीं। शूर्पणखा ने दृष्टिपात किया। दोनों की आँखें चार हुईं। सीता ने शूर्पणखा के नयनाभिराम नेत्रों में आग देखी, नख-शिख तक राजकीय वैभवयुक्त शृंगार देखा। पाँव में स्वर्ण-पायल और सुन्दर रत्नजटित पादत्राण देखे। कटि प्रदेश में झूलता खड्ग देखा।

शूर्पणखा ने राम से ही पूछा, ''तुम ब्राह्मण तपस्वी हो या क्षत्रिय तपस्वी?''

''क्षत्रिय तपस्वी।''

"ठीक है, झूठ नहीं बोलना, समझे! हूँ...।" फिर कहा, "अयोध्या के राजकुमार हो?"

"हाँ!"

"निर्वासित वनवासी?"

"हाँ!"

"नहीं, दंडक वन के राज्य के स्वामी।"

"ऐसा भी मान सकती हो।"

"मानने का प्रश्न नहीं है। मेरे चरों ने अब तक सब ज्ञात कर लिया है। भरत को अयोध्या का राजपद और राम को 'दंडक' का राजपद दिया गया है।"

"हाँ!"

"और तुम दोनों भाइयों में से गौरवर्ण लक्ष्मण हैं और तुम राम हो, यह तुम्हारी पहचान है। मुझे तुम्हारा यह हुलिया भी, जो मेरे पीछे खड़े हैं, उन्होंने बताया है।"

"आप ठीक कहती हैं।"

"तुम्हारा वनवास क्षत्रिय चाटुकार दुष्ट ऋषियों ने राक्षस इन्द्र के कहने से तुम्हारी माता कैकेयी को भड़काकर मेरे भाई रावण की रक्ष-सभ्यता का दमन करने के लिए कराया गया है।"

"यह राम नहीं कह सकता परन्तु इतना अवश्य है कि हमारा-तुम्हारा जातीय वैर है और उसके साथ राजनीतिक तथा आर्य शत्रुता भी जोड़ दी गई है।"

"बात एक ही है, राम! किन्तु इस जनक-नन्दिनी सीता को इसमें क्यों घसीट लाया?"

"मैं किसी को नहीं लाया, सब अपने मन से आए हैं।"

"तो तुझे विदित होना चाहिए कि तू इसकी रक्षा नहीं कर सकेगा।"

"पति का कर्तव्य है पत्नी की रक्षा करना।"

"तेरा और तेरे भाई का तो यहाँ के जनस्थान के सम्राट खर तथा उसके सेनापति दूषण ही वध कर देंगे। तू अब जीवित नहीं रहेगा।"

"जीवन-मरण राम नहीं सोचता।"

"ठीक है, मेरा परामर्श मानेगा?"

"उपयुक्त होगा तो।"

"उपयुक्त ही होगा।"

"तो बताओ।"

"तेरे भाई लक्ष्मण ने मेरे पुत्र शम्बूक का अकारण तप करते हुए वध किया है और उसकी वर्षों की तपस्या का फल 'सूर्यहास खड्ग' चुरा लाया है?"

"स्वीकार है!"

"स्वीकार है तो इसका निदान यह है कि इस लक्ष्मण तथा उस खड्ग को मुझे दे दे ताकि मैं अपने बेटे की हत्या का प्रतिशोध लक्ष्मण को मारकर ले सकूँ। मेरा शत्रु तू नहीं, लक्ष्मण है।"

"यह अस्वीकार है। कोई भाई अपने सहोदर को कटने के लिए शत्रु को कैसे सौंप सकता है!"

"तो विचार राजकुमार, तूने तो नीतिशास्त्र सब कुछ पढ़ा होगा फिर एक माता का पुत्र तेरे भाई ने काल को कैसे सौंप दिया? शम्बूक कोई सम्राट तो नहीं था? शम्बूक कोई अपराधी तो नहीं था? शम्बूक कोई राजनीतिक पुरुष तो नहीं था? शम्बूक तो महान् तपस्वी था। महान्

वैज्ञानिक था। ऐसे व्यक्ति की हत्या क्यों?''

''इसके लिए लक्ष्मण को पातक होगा, वह प्रायश्चित करेगा...। और फिर हमारे यहाँ ऋषियों का यह नियम है कि कोई शूद्र तप नहीं कर सकता। यदि करेगा तो उस राज्य पर संकट आएगा।''

''एक आदर्शवादी राम अन्धविश्वासी हो, तो वह आदर्श का ढिंढोरा पीटनेवाला ढोंगी होगा। तुम मेरे चिर शत्रु हो। जिसके पास सच्चाई नहीं है राजकुमार, वह हमारे नियमानुसार वध के योग्य है। शम्बूक शूद्र नहीं, कालकेय राजकुमार था। शूद्र तुम, तुम्हारा कुल।''

राम का पुरुषत्व जागा और गुस्से से बोले, ''साहस रखती हो तो वह लक्ष्मण बैठा है, उससे बात करो। वह क्या कहता है और तुममें कितना सामर्थ्य है, यह भी देख लो।''

सीता के अधरों पर हास्य आ गया। वे समझ गईं राम का यह पैंतरा उपयुक्त है और लक्ष्मण क्रोधी है।

शूर्पणखा लक्ष्मण के सम्मुख जाकर बोली, ''ओ, भीरु लक्ष्मण, चुपचाप क्यों बैठा है। तूने पुरुष होकर, वीर होकर भी अव.ारों का काम किया। धिक्कार है तुझे, तेरे कुल को!''

''मुझे धिक्कार सकती हो किन्तु मेरे कुल को नहीं। तू नहीं जानती मैं किसका पुत्र हूँ!''

''जानती हूँ तुझे, तेरे बाप को और तेरी सौतेली माता कैकेयी को। वही दशरथ, जिसकी छाती रावण ने शम्बर युद्ध में छलनी कर दी थी। वह तेरा पिता कोई प्रतापी राजा नहीं है। वह तो पुंसक भी नहीं है। मुझ ब्राह्मणी से पूछ, वह क्या था?''

''तुम स्त्री हो इसलिए अभी तक मेरा तीर नहीं चढ़ा,...वरना...!''

''वरना यही न कि तेरे रघुकुल की नाक कट जाएगी।''

लक्ष्मण क्रोध से गरजे, ''राक्षसी, सँभलकर बात कर।''

''रावण की बहन को श्रृंगी-ऋषि की कृपा से उत्पन्न पुत्र समझता क्या है? मेरे पुत्र का वध करके चुपचाप बैठ गया है। यदि तुझमें साहस था तो शम्बूक को ललकारता और फिर मारता तो मुझे दुख नहीं होता। मेरे ही क्षेत्र में निवास कर मुझे चुनौती देना अपनी मृत्यु को आमन्त्रण देना है, लक्ष्मण! रावण की सेनाएँ अयोध्या तक सर्वनाश कर देंगी।''

शूर्पणखा का क्रोध उभर आया था। उसका चेहरा लाल हो उठा था। उस समय वह चंडी-सी प्रतीत हो रही थी। लक्ष्मण ने युक्ति सोची और बोले, ''तुम चाहती क्या हो?''

''मेरी सीमा में अपराध करनेवाले को जनस्थान के नियमानुसार दंडित किया जाएगा।''

''अपराधी मैं हूँ। भैया राम से पूछो, वे क्या कहते हैं?''

''यह कार्य मेरा नहीं है, मैंने राज्य किया है। मैं राज्य-संचालिका हूँ। तुम्हें मैं आज्ञा देती हूँ कि तुम मेरे साथ चलो।''

''किसलिए?''

''लक्ष्मण, बहुत हो गया। नारी-हृदय कोमल होता है तो कठोर भी होता है। मैं नहीं चाहती कि अकारण युद्ध की रूपरेखा बने और तुम्हारे जैसे युवकों को खर-दूषण मौत के घाट उतारें। मैं भी जानती हूँ, तुम्हें उपयुक्त दंड दिया जाएगा। मेरी आज्ञा का पालन करो, इसी में भलाई है। मैं राजमाता भी रही हूँ। प्रजा के साथ कैसा व्यवहार किया जाता है, यह मैं जानती हूँ।''

''और लक्ष्मण यदि तुम्हारी आज्ञा न माने तो?''

''तो फिर मेरा और तुम्हारा युद्ध होगा।'' कहते हुए शूर्पणखा ने खड्ग खींच लिया।

''किन्तु हम क्षत्रिय लोग स्त्री से युद्ध नहीं करते।''

''बातें मत बनाओ। तुम्हारे उस बड़े भाई ने विश्वामित्र के कहने से ताड़का का वध किया।

क्या वह क्षात्र धर्म था? क्या ताड़का स्त्री नहीं थी? यदि थी तो फिर तेरे क्षात्र धर्मानुसार तेरा भाई अपराधी है। तू उसे दंड दे या अनीति का साथ छोड़ दे।''

''ताड़का हमारे गुरु के लिए बाधक थी। उसने रक्ष-धर्म के यज्ञों का प्रवर्तन किया था।''

''उसने बलि-प्रथा बन्द की, उसने सात्विक यज्ञों की बात कही तो विश्वामित्र को काठ मार गया। वह स्वयं तो सम्राट रावण से परास्त हो चुका है इसीलिए प्रतिशोध की आग ने उसकी मति भ्रष्ट कर दी और क्षत्रिय ब्रह्मर्षि होने से ब्राह्मण सम्राट का विरोधी हो गया।''

राम समझ गए, शूर्पणखा सुयोग्य संचालिका है। इसे यहाँ से जैसे भी हो भगाना होगा। अभी राम रावण से टकराने में असमर्थ हैं। उन्होंने लक्ष्मण की ओर देखा। लक्ष्मण भी राम की ओर देख रहे थे। उन्होंने संकेत से समझा दिया कि युद्ध नहीं करना, इसे भगा दो।

लक्ष्मण हँसे फिर बोले, ''लक्ष्मण अपने आप में स्वतन्त्र है। उसने अपने राजकीय नियमानुसार जो किया, वह ठीक किया। यह दंडक वन हमारा राज्य-क्षेत्र है, तुम्हारा नहीं। तुम यहाँ से चली जाओ। यह मेरा अनुरोध है।''

शूर्पणखा गरज उठी, ''तू अभी तक मेरे लिए बालक के समान था किन्तु तू तो उद्दंड निकला। सँभल, राजकुमार!'' कहते हुए शूर्पणखा लक्ष्मण पर टूट पड़ी परन्तु लक्ष्मण ने वार बचा लिया और छुरा फेंककर वार किया। जिसे शूर्पणखा ने बचाने का प्रयास किया परन्तु वह नाक में जाकर चुभ गया। शूर्पणखा वेदना से तड़प उठी किन्तु दूसरे ही क्षण लक्ष्मण ने फुर्ती से खड्ग पर वार किया और शूर्पणखा के हाथ से खड्ग छूट गया। वह निहत्थी रह गई तो लक्ष्मण सक्रोध बोले, ''देख लिया युवा रक्त? चली जा, भाग जा और भूलकर भी इधर न आना। वरना ताड़का जैसा ही हाल तेरा भी कर दिया जाएगा। तूने मुझे बालक समझा, ठीक समझा। मैं भी तुम्हें माता समझकर कहता हूँ कि फिर तुम्हें अपमानित होकर जाना पड़ेगा। अथवा अभी तो नाक पर छुरा चला है, अब वही गर्दन पर चल जाएगा।''

अंगरक्षकों में से एक ने पूछा, ''माता, हमें क्या आज्ञा है? रण करें? यह आपका निरादर है।''

शूर्पणखा ने पल्लू से नाक का बहता हुआ रक्त पोंछा और राम की ओर देखा। वे नीची ग्रीवा किए बैठे थे। फिर सीता की ओर। उनके अधरों पर एक कुटिल हँसी थी। फिर लक्ष्मण को जो पश्चात्ताप करता हुआ-सा विराध की ओर जा रहा था। सीता की चिढ़ानेवाली हँसी शूर्पणखा के अन्तस्तल को वेध गई। वह आवेश में बोली, ''चलो, क्या करना है, राजप्रासाद में निर्णय लिया जाएगा।''

शूर्पणखा चली गई तो राम तत्काल उठे और विराध से बोले, ''तुम जो सन्देश लाए उससे तो संकट ही संकट प्रतीत हो रहा है। अब ये जाने क्या करेगी!''

''राम भद्र! तुन चिन्ता न करो। मेरी सेना ने अगस्त्याश्रम पर ऐसा प्रशिक्षण लिया है कि खर-दूषण को उनकी सहायता से कुचल डालूँगा।''

''और कहीं रावण ही आ गया तो?''

''सार्वभौम सम्राट रणनीति जानता है। वह स्थिति देखकर सोच-समझकर निर्णय लेता है, राम! दशानन में अहं भी है, हठी भी है। जो ठान लेगा उसे जीवन पर्यन्त ठाने रहेगा और मित्र बना लेगा तो उसका कठोरता से पालन करेगा। ऐसी अनेक विशेषताएँ हैं रावण की। वह कूटनीतिज्ञ है। ससैन्य कभी हम जैसे टुकड़ी सैनिकधारियों से रण नहीं करेगा क्योंकि वह अकेला ही हम सैकड़ों को यथेष्ट है और हम उसके लिए कुछ भी नहीं हैं। वह जो पग उठाएगा राम, उसमें षड्यन्त्र निश्चित होगा और इसलिए वह सफल है कि सर्वसत्ताधारी की चाल को कोई समझ

नहीं सकता। वह प्रति उत्पन्न-मति है, तत्काल निर्णय लेने की उसमें क्षमता है इसलिए आप रावण की ओर से निश्चिन्त रहे।''

शूर्पणखा राजप्रासाद में आकर सीधी खर-दूषण के पास जाकर बोली, ''भैया, जो तपस्वी पंचवटी में रहते हैं और अयोध्या के राजा दशरथ के पुत्र हैं, अब हमारे चर जान पाए कि ताड़का का वध भी इन्होंने किया था। बड़े का नाम राम तथा छोटे का लक्ष्मण है। दोनों आर्य धर्मी हैं, विधर्मी हैं। हमारे शत्रु हैं फिर भी हम उन्हें वनवास के कारण संरक्षण देते किन्तु उन्होंने मेरे इकलौते पुत्र शम्बूक का वध कर दिया और उससे 'सूर्यहास खड्ग' छीन लिया। हमारे नियमानुसार अपराधी लक्ष्मण दंडनीय है। वह ढीठ नहीं आया और मेरी यह दशा उससे युद्ध में हुई।''

''बहन चन्द्रनखा, जिसने तुम्हें हाथ लगाया है, जीवित नहीं रहेगा, युद्ध होगा।''

''वहाँ विराध भी ससैन्य था। वह भी राम की ओर हो गया है।''

''ताड़का और शम्बूक का हत्यारा इन्द्र ही क्यों न हो और विराध तो क्या यदि समूचे देवगण भी उसके रक्षक होंगे तो भी वह मारा जाएगा...।'' फिर रुककर बोला, ''आज्ञा दो, दूषण और त्रिशिरा अपने चौदह हजार सैनिकों को सजाएँ और पंचवटी के उन ढोंगी तापस वेशिओं के शीश काटकर स्वर्ण-थाल में सजाकर, महाराज रावण को भेजे जाएँ।''

राम ने विराध के सेनापतित्व में आसन्न संकट का सामना करने के लिए व्यूह-रचना कर ली थी और लक्ष्मण तथा सीता को छिपाने का निर्देश दे दिया। लक्ष्मण सीता को लेकर कुछ दूर जाकर छिप गए। राम विराध को समझा रहे थे, ''पहले शत्रु का आक्रमण होने दिया जाए और जब उनके तीरों का अम्बार कुटीर के प्रांगण में लग जाए तो धनुष-बाण से युद्ध किया जाए। खड्ग का प्रयोग न किया जाए। राम स्वयं सेना के मध्य भाग का संचालन करेगा और आक्रमण तथा रक्षा दोनों प्रकार के रण से युद्ध जीतेगा।'' और राम ने कवच धारण कर स्थिति ग्रहण की।

राम का निर्देश जैसे ही पूर्ण हुआ वैसे ही उन्होंने देखा राक्षस कटक सुसज्जित होकर आ रहा है।

राक्षस सेना में खर सबसे आगे-आगे चल रहा था। उसने सेना को निर्देश दिया, ''कुटीर को घेर लो और वह जो सामने बैठा है, उस पर आक्रमण करो।''

सैनिकों ने राम पर बाणों की वर्षा शुरू कर दी। राम रण-कुशल थे। उन्होंने तत्काल ही रेत के ढेर का सहारा लिया और उसके पीछे छिप गए तथा राम की नीति और निर्देशानुसार एक-दूसरे स्थान से विराध के दो सैनिक तपस्वी वेश में अनायास प्रकट हुए। राक्षस सेना उन पर आक्रमण करने लगी। इसी समय राम ने एक तीर असावधान खर पर छोड़ा जो सीधा छाती में जा धँसा और वह गिर गया।

तब त्रिशिरा ने सामने से एक साथ दो बाण छोड़े, जिन्हें राम ने असफल कर दिया और फिर राम ने विराध को निर्देश दिया, ''अपनी सेना को आज्ञा दो, अब एक साथ तीरन्दाज बाण-वर्षा करें और खड्गधारी सैनिक मध्य भाग से नहीं, किनारे से शत्रु सेना पर टूट पड़ें।''

अनायास इस एक साथ आक्रमण से त्रिशिरा का अग्रभाग टूटने लगा और सैनिक मरने लगे। तीनों ओर के आक्रमण ने त्रिशिरा के सैन्य-संचालन को शिथिल कर दिया और राम ने फिर चाप चढ़ाया, लक्ष्य साधा और त्रिशिरा देखते ही देखते यमलोक पहुँच गया। त्रिशिरा तथा खर के मरने से सेना में भगदड़ मच गई। अब पृष्ठ भाग पर दूषण रह गया था। वह गरजा,

''धनुषधारी क्षत्रिय राजकुमार, तूने विराध को फोड़ लिया। यह तेरी राजनीतिक चाल सफल रही। विराध विश्वासघाती है, राजद्रोही है। इसे और शम्बूक के हत्यारे लक्ष्मण को मुझे सौंप दो तो युद्धविराम कर दिया जाएगा।''

''ये दोनों कार्य नहीं किए जा सकते। रण कर, तेरे आधे सैनिक मर चुके हैं और जो रह गए हैं वे भी भाग जाना चाहते हैं। यदि अपना जीवन चाहता है तो भाग जा दूषण, और मुझसे मित्रता कर अपने राजप्रासाद का राज भोग। हमने शूर्पणखा को, रावण की और तेरी भगिनी होने से ही नहीं मारा अन्यथा क्षत्रिय-धर्मानुसार सैनिक भेषी किसी का भी वध किया जा सकता है।''

''फिर तुमने क्षत्रिय होकर शूर्पणखा का अपमान किया है।''

''कैसे, दूषण?''

''क्या पराई नारी का स्पर्श पाप नहीं है? लक्ष्मण ने शूर्पणखा का हाथ पकड़कर पाप नहीं किया? उसके विद्याधर कुल को चुनौती नहीं दी?''

''लक्ष्मण ने समर में ऐसा किया है। चन्द्रनखा क्या, हमारी दृष्टि में कोई भी पराई नारी माता तुल्य है। फिर भी शूर्पणखा ने हमारे पिता तक को कोसा है, बुरा-भला कहा है, यदि उस वाक्-युद्ध में लक्ष्मण ने कुछ कहा भी है तो वह मानहानि की श्रेणी में नहीं आता।''

''तुम्हें नहीं मालूम है, राम! हमारे सम्राट ने नील को बिना हमारी धर्म-दीक्षा लिए लंका सुन्दरी का हाथ नहीं सौंपा। और तुमने शूर्पणखा का हाथ थामा था तो उससे प्रणय करते। रावण से मित्रता करते।''

''मैं तो विवाहित हूँ दूषण, और हमारे यहाँ विधवा विवाह, अनमेल विवाह की प्रथा नहीं है।''

''किन्तु हमारी संस्कृति में विधवा विवाह, अनमेल विवाह दोनों की रीति है। चन्द्रनखा का हाथ तुम्हारे भाई ने थामा है, क्या वह विवाह कर सकता है?''

''वह भी विवाहित है, दूषण!''

''ठीक है, तो मैत्री-सन्धि का अब कोई मार्ग नहीं है क्या?''

''है।''

''वह क्या है?''

''ब्राह्मण धर्म (आर्य धर्म) की दीक्षा।''

''राम, तुम्हारा मस्तिष्क विकृत हो गया है। हमें हमारे रक्ष-धर्म पर अभिमान है। हमारे यहाँ उन्नति के सहस्रों मार्ग हैं। मैंने तो तुम्हें शूर्पणखा के अपमान के कारण अपने रीति-रिवाज प्रदर्शित किए थे। शूर्पणखा एक साध्वी नारी है। महारानी मन्दोदरी एक पतिव्रता स्त्री हैं। तुम्हारे क्षत्रियों में सैकड़ों रानियों को रखे जाने, स्वयंवर में अपहरण करने की प्रथा है। चौथेपन में भी षोडशवर्षीया राजकुमारी एक वृद्ध सम्राट की धर्मपत्नी हो जाती है। ये पत्नी-धर्मपत्नी क्या है, ये तो क्षत्रिय जानते ही नहीं। तुम्हारी माता कौशल्या के अपहरण के समय रावण महाराज के साथ था। उस समय वे एक अतिथि सम्राट थे और तुम्हारी माता को वे चाहते तो हर लाते क्योंकि दशरथ पराजित हो चुके थे और फिर कहीं तुम लंका में जन्म लेते तो किस धर्म का डंका पीटते? बोलो।''

राम यह घटना-क्रम भूल चुके थे। आज फिर यह घाव हरा हुआ। माता के वचन स्मरण हुए। उसका माथा ठनका और फिर कहा, ''राक्षसराज ने यदि पिता दशरथ और माता कौशल्या

को मुक्त किया था तो यह उनकी महानता थी। और हमने भी शूर्पणखा को मुक्त कर हिसाब बराबर कर दिया है। अब क्या वक्तव्य है तुम्हारा, दूषण?"

"यही कि तुम जनस्थान में तभी रह सकते हो जबकि हमारा धर्म स्वीकार कर लो अथवा इस स्थान को छोड़ दो।"

"यह नहीं होगा, दूषण! राम ने सांस्कृतिक, राजनीतिक ऋषियों की वाग्धारा कंठस्थ की है। उन्हें वचन दिए हैं कि राम कट्टर आर्य है और किसी भी प्रलोभन से अपना दल नहीं बदलेगा। वह पूज्य ब्राह्मणों के निर्देशों का पालन करेगा।"

"तो दूषण भी कट्टर अनार्य है। उसने भी अग्नि को साक्षी कर रावण को वचन दिया है कि वह जनस्थान में अपने रक्ष-धर्म की मात्र रक्षा ही नहीं करेगा, वरन् उसका प्रचार-प्रसार भी करेगा।"

"तो फिर युद्ध ही एक चारा रह जाता है, दूषण!"

"तो होने दो, राम! मनुष्य-जन्म एक बार होता है। रणभूमि में सोने से तो मुक्ति प्राप्त होती है।"

"तो फिर उठाओ, अस्त्र-शस्त्र।" राम की इस आज्ञा के साथ ही भीषण युद्ध छिड़ गया। दूषण और राम परस्पर खड्ग-प्रहार करने लगे। सेना सेना से लड़ने लगी और ऋषि अगस्त्य के आश्रम में प्रशिक्षण प्राप्त विराध की सेना दूषण के कटक को शौर्य, साहस के साथ काटने लगी। दूषण बिना कवच के था। राम के हाथ से दूषण के प्रहार से जैसे ही खड्ग छूटा वैसे ही राम ने दूषण के पेट में उछलकर छुरा भोंक दिया। दूषण गिर पड़ा और बोला, "जय रक्षराज!"

राम की जीत हो गई। जनस्थान का रक्ष-सिंहासन रिक्त हो गया, राम कुछ सोचने लगे और उन्होंने लक्ष्मण को बुलाया और कहा, "मधुमक्खी पर मुनि अगस्त्य से बात कर पूछो कि अब क्या करना चाहिए।"

लक्ष्मण कुटीर में गए और उन्होंने यन्त्र निकालकर महात्मा अगस्त्य को अवगत कराया, "विराध की सेना के सहयोग से हमने खर, त्रिशिरा और दूषण को स्वर्ग पहुँचा दिया है। जनस्थान का सिंहासन रिक्त है। अब आपका क्या निर्देश है?"

अगस्त्य ने मधुमक्खी पर बताया, "दूषण के पुत्र सुन्द का रिक्त सिंहासन पर राजतिलक कर दो। इससे जो शेष सैनिक होंगे वे विद्रोह नहीं कर सकेंगे और राक्षस-सिंहासन पर रक्ष-धर्मी को ही बैठाओ, इससे वह अयोध्या के अधीन हो जाएगा और राम का अगला पथ निष्कंटक हो जाएगा।"

लक्ष्मण ने यही निर्देश राम को बता दिया और राम-लक्ष्मण ने विराध के साथ राजप्रासाद में प्रवेश किया। वहाँ शूर्पणखा उदास एक आसन पर बैठी थी। राम ने विनम्रता के साथ निवेदन किया, "माता, हम जयी हो गए हैं। हम राज्य नहीं चाहते। तुम्हारा राज्य अपने अधीन घोषित कर आर्य धर्म-ध्वजा के नीचे दूषण के अंश सुन्द का लक्ष्मण राजतिलक करेगा।"

"मुझ पराजित को यह सन्देश चरों ने दे दिया है। विजेता विजित के साथ क्या व्यवहार करेगा, यह पूछने का अधिकार पराजित को नहीं है। सुन्द पिता के शोक में डूबा हुआ है। तुम उसे राजसिंहासन पर बैठाओ या स्वयं बैठो। मैं तो अब लंका जाकर भैया दशानन को सूचना दूँगी।"

"माता, राम-लक्ष्मण राज्य को त्यागकर आए हैं। वे पद-लोलुप नहीं हैं अन्यथा सुन्द को राजतिलक करने के स्थान पर हम ही सिंहासन पर अधिकार कर लेते।"

"राजकुमार! पद-लोलुप वह होता है जिसने सत्ता को धारण नहीं किया। तुम तो राज-गृह में उत्पन्न होने से ही सत्ताधारी हो। यदि अपना राज्य, अपने कुल को छोड़कर दूसरे को परशुराम की भाँति दान करते तो राज्यलिप्सामयी नहीं कहलाते। तुम्हारा ध्येय ऋषियों ने एकमुखी कर दिया है। तुम्हारी शान्त नीति में भी क्रान्ति का दिग्दर्शन है। तुम अपने वंशानुगत, राजनीतिक, सांस्कृतिक वैमनस्य आर्य-धर्म की आड़ में रक्ष-सभ्यता को मिटाना चाहते हो और वसिष्ठ, विश्वामित्र, भरद्वाज, अगस्त्य के सन्देशों को जनता जनार्दन तक पहुँचाना चाहते हो। तुम यह भी जानते हो कि यदि विजित देश में स्वयं राज्य करोगे तो कालान्तर में सत्ता के प्रति असन्तोष तो होगा ही, साथ ही यह राज्य-भोग एक विदेशी नहीं कर सकेगा। वह सक्षम सत्ताधारी होकर भी अक्षम हो जाएगा और सिंहासन से उतार दिया जाएगा।

"राजकुमार सन्तोष के उपरान्त असन्तोष और असन्तोष के बाद आन्दोलन तथा शासन के प्रति अश्रद्धा स्वतः ही किसी-न-किसी कारण से उत्पन्न होती है। यह जनता, जिसे हम 'हमारी-तुम्हारी' से सम्बोधित करते हैं, अपनी सुख-सुविधा के अतिरिक्त कुछ नहीं सोचती। और आज्ञाओं में थोड़ा भी परिवर्तन होने से, किसी नियम के परिवर्तन करने से कुछ सामन्तों द्वारा भड़काने से जनता भड़क जाती है। सच्चे राज-सेवक का भी आसन पलट देती है। आरोपों का कोई ठोस आधार न होने पर भी राम, सत्ताहीनों को भ्रष्टाचारी, निकम्मा, स्वार्थी और दुराचारी कहा जाता है। पत्थर फेंके जाते हैं और वध तक कर दिया जाता है या करा दिया जाता है। 'राज्य-लिप्सा' ऐसा ही एक भयानक शब्द है जिसमें व्यक्ति आसक्त तो रहता ही है और स्वयं के दोषों की गणना कभी नहीं करता। सम्राट के एक दोष को भी लोकापवाद का रूप देकर उसकी छवि विकृत करता है। मैंने राजमाता होकर क्या पाया? मन्त्रियों की आपसी फूटपरस्ती, सत्ता हथियाने के दाँव-पेंच और कभी इस दल में सम्मिलित होना तो कभी उस दल में। और इस राजनीतिक दलदल में तुम भी फँसे हो, रावण भी फँसा है और मृत्युपर्यन्त फँसे रहोगे किन्तु उपलब्धि के नाम पर शून्य रहोगे। सदैव संघर्षमय जीवन रहने पर भी देश-विदेश की चिन्ता घुन की तरह शासक की नींद उड़ा देती है। यह सब ज्ञान मैंने अपने भाई दशानन से प्राप्त किया है। वे यह भी कहते हैं कि राजनीति में सगा भाई भी शत्रु हो जाता है। उसकी दाढ़ में जब राजभोग का रक्त लग जाता है तो वह धर्म, मर्यादा—सब कुछ भूल जाता है। राम! रावण के विचार महान् हैं। साधु होकर भी राजनीति में संन्यासी नहीं है। निर्लिप्त होकर भी लिप्त है। वह एक महान् आदर्श पुरुष है फिर भी उसके अनगिनत शत्रु हैं। उसकी लेखनी के अरि ब्राह्मण, ऋषि, मुनि हैं, राजनीति के शत्रु इन्द्र, वरुण, यम, अयोध्या, मिथिला हैं और धार्मिक शत्रु अगस्त्य जो कि फूफा है तथा तुम जो कि उसके पुत्र के समान हो। यही अजस्र घटना-क्रम प्रकृति का चलता रहता है। इसे कोई बदलता नहीं है बल्कि नियम एक चक्र के समान मन्थरगति से घूमते रहते हैं। रावण का उदय से अस्त तक साम्राज्य है फिर भी स्वतन्त्रता कहीं-न-कहीं से किसी-न-किसी रूप में उभरती ही रहती है।

"मैंने सुना है, रावण की मैत्री सन्धि तोड़कर इन्द्र तथा वरुण स्वतन्त्र होने की घोषणा करनेवाले हैं। कतिपय रावण के अधीन राज्य भी स्वतन्त्रता का राग अलाप रहे हैं। तंगण देश से रावण के स्वर्ण-व्यापारिक सम्बन्ध समाप्त हो गए हैं। यक्षराज कुबेर ने अलकापुरी से तंगण देश के किरातों से नए व्यापारिक सम्बन्ध स्थापित कर लिए हैं। यह कार्य इन्द्र करा रहा है जो कि एक महान् शक्ति है तो इन भौतिक साधन-सम्पन्न शक्तियों द्वारा यदि एक-दूसरे राष्ट्र के कार्य में टाँग नहीं अड़ाई जाएगी तो फिर उसका अस्तित्व कौन स्वीकार करेगा? विश्व में

उनकी शाख कैसे स्थापित होगी? यह एक स्पर्धा है जिसमें सभी राजनयिक अपने-अपने अस्तित्व के लिए संघर्ष कर रहे हैं। प्रजा की निर्धनता की यहाँ किसी को परवाह नहीं है और रावण अपनी लंका का अस्तित्व स्थिर रखकर उसके वैभव तथा गरीबी को दूर करने में व्यस्त ही नहीं रहा बल्कि निर्धनता की रेखा, जो अन्य देशों में है, वह लंकपति के यहाँ नहीं है। लंका के समाजवाद ने सभी को पूँजीपति बना दिया है। समुद्री व्यापार धड़ल्ले से हो रहा है। तो भी रावण दुखी है। वहाँ भी अकारण रंग-भेद, जाति-भेद उभर रहा है। वानर जाति और दैत्य जाति में ठन रही है। हैं सभी रक्ष-धर्मी, रक्ष संस्कृति के पोषक फिर भी अपने-आप ही मनमुटाव हो रहा है। यही दशा प्रत्येक राष्ट्र की है। यही विधाता का खेल है।

"राम, भविष्य किसी का कोई नहीं जानता। होनी अटल है। आत्माभिमान सभी में है तो आत्मग्लानि भी सभी में है। अब अन्तिम निर्णय कहाँ होगा, कौन बता सकता है। अपना कर्तव्य-पालन तुम करो, अपना कर्तव्य-पालन मैं करूँगी।"

राम-लक्ष्मण हतप्रभ रह गए। शूर्पणखा ने जो कहा, वह राम-लक्ष्मण को राजनीतिक ज्ञान था। राम प्रसन्न होकर बोले, "तुम्हारे वचनों से राम गद्‌गद हुआ। राम प्रत्यक्षतः रावण-विरोधी नहीं था। राम सम्राट रावण का सम्मान भी करता है। किन्तु हम राजाओं की नीतियों में स्वाभाविक रूप से ही कटुता है। उसे मानवीय गुणों के कारण कोई भी सत्ताधारी भुला नहीं पाता।"

"ठीक है, राम! शूर्पणखा भी अपने पुत्र शम्बूक को कैसे भुला सकती है। उसकी आँखों के सामने लक्ष्मण है तो हजार बार मन मारने पर भी प्रतिशोध की ज्वाला शान्त नहीं होती। वह सर्वनाश चाहती है। तुमने मेरा घर उजाड़ा है तो तुम्हारा कैसे बस सकता है। तुम्हें भी तो दुख के अगाध सागर में डुबकी लगानी होगी और वह मात्र रावण ही कारण हो सकता है, दूसरा कोई नहीं। अब या तो रक्ष-कुल ही रहेगा या रघुकुल।" कहकर शूर्पणखा उठ खड़ी हुई फिर बोली, "राम, सुन्द का राजतिलक खर, दूषण, त्रिशिरा की चिता की राख से कर देना। मैं चलती हूँ।"

5

महाराजाधिराज रक्षेन्द्र रावण का सभागार भरा हुआ है। रावण की विरुदावली राज्यसभा में इस प्रकार पढ़ी जा रही है–

"लंकापति की कीर्ति चारों दिशाओं में फैल रही है। महाराजा की दिग्विजय ही श्रीरावण की आधारशिला है। 'रव' करने से शिव शंकर ने महाराज को रावण की उपाधि प्रदान की। श्री दशानन के इन्द्रियजित होने से ही रावण-चरित्र-भवन का निर्माण हुआ। अपने लंका राष्ट्र की उन्नति ही वह दीप स्तम्भ है जो श्री दशकन्धर के चरित्रांकन में कवियों का पथ-प्रदर्शन करती है। दशग्रीव के कैलास-तप से ही उनके महान् चरित्र की मन्दाकिनी प्रवाहित हुई जिसमें लंका की समूची प्रजा ने आचूड़ अवगाहन किया। लंका के स्वर्ण-निर्मित राजप्रासाद का विश्व में अपना 'अरष्ठा' नाम रखने से रावण की कीर्ति गगनचुम्बी हो गई है। ऐसे महान् योद्धा कुशल शासक की जय हो, जय हो।"

इसी जय-जयकार के बीच नारद ने पदार्पण किया। रावण ने मुनि नारद को ससम्मान उचित आसन देकर बिठाया और पूछा, "कुशल-क्षेम तो है या वरुण (ब्रह्मा) ने किसी षड्यन्त्रकारी

सन्देश के साथ भेजा है?''

''सब कुशल है परन्तु इन्द्र ने रक्षेन्द्र की अधीनता का त्याग कर अपने सुषा राज्य को स्वतन्त्र घोषित कर दिया है।''

''नारदजी, यह समाचार तो बासी हो गया। रावण के चरों ने कल ही जानकारी अपने सम्राट तक पहुँचा दी है।''

''अच्छा, तो क्या रावण की चर-संख्या इतनी शक्तिशाली है कि वह त्रिलोक की किसी भी घटना के समाचार तीव्रगति से रावण तक पहुँचा देती है? खैर, कोई बात नहीं, अब दूसरी बात बताता हूँ। सुनो, तुम्हारे प्रतिनिधि और राजपुरोहित सीता-स्वयंवर में मिथिला गए थे। वहाँ उन्होंने जनक से सीता को तुम्हारे लिए माँगा था।''

''तो क्या हुआ, वह राजकीय नीति की बात थी! प्रत्येक स्वयंवर में ऐसा होता है। कोई माँगता है तो किसी के कंठ में माला शोभा पाती है, तो कोई हरण कर लेता है। अब उस सीता से सम्राट रावण का क्या सम्बन्ध? रावण चक्रवर्ती नहीं अपितु दिग्विजयी सम्राट होकर भी आसक्त नारी तक का परित्याग कर देता है।''

''वह तो मुझे विदित है। नाग-रानी का आपने आसक्त होने पर भी त्याग कर दिया था। परन्तु उस जनक-नन्दिनी को तुमने देखा नहीं, वह विश्व की सर्वश्रेष्ठ नारी है। सुन्दरता प्रतियोगिता की जाए तो वही विश्व-सुन्दरी पद्‌मिनी नारी होगी। इस पृथ्वी-तल पर ऐसी स्त्री अलभ्य है। वह लंकपति की पटरानी क्यों न बनाई जाए।''

रावण ने अट्‌टहास किया फिर कहा, ''नारदजी, आप जब भी आते हैं तब किसी-न-किसी राजनीतिक षड्‌यन्त्र में लिप्त होकर आते हैं। पहले इन्द्र की प्रेरणा से आए थे और अब वरुण की प्रेरणा से आए हैं।''

''तुम विद्या-विशारद हो, सार्वभौम सम्राट हो, तुम रहस्य की बात भी समझ जाते हो। यह सब जानकर भी मैं आता हूँ और तुम्हें कुछ-न-कुछ अवगत करता हूँ। अभी तुमने सीता को देखा नहीं। देख लोगे तो मूर्च्छित हो जाओगे।''

''नारद, तुम्हारी और तुम्हारे देवता वरुण की मति भ्रष्ट हो गई है। यह काम तो वृद्ध इन्द्र का है, वृद्ध रावण का नहीं। रावण समस्त भोग भोग चुका है, वह अब रमणी नहीं चाहता बल्कि रमणीक जीवन जीने की अभिलाषा रखता है।''

''तुम भूल रहे हो रावण, मैंने पूर्व में तुमसे ज्योतिष के आधार पर कहा था कि वैदेही तुम्हारी मृत्यु का कारण होगी इसलिए उसकी चर्चा कर रहा हूँ।''

''मृत्यु के लिए निमित्त तो आवश्यक है। मृत्यु तो मुक्ति होती है मनुष्य की। सीता का रूप मेरी मृत्यु का कारण बने, यह नहीं होगा, नारद!''

''और सीता दशरथ-पुत्र राम की भार्या है, दशानन!''

''होने दो। जब राम रावण के मार्ग में बाधक नहीं है, तो रावण क्यों साकेत से इस अवस्था में शत्रुता करे! पूर्व में अवश्य मिथिला तथा अयोध्या दोनों पर आक्रमण करना चाहता या परन्तु केकय नरेश ही महाराज दशरथ पर आक्रमण की योजना बनाने लगे थे तो फिर रावण तो साले-बहनोई के युद्ध से ही प्रसन्न था किन्तु वह नहीं हुआ और कंचनजंघा शोध करने चला गया। जब भार्गव तृणधूमाग्नि वहाँ पहुँच गया तो मैं वापस आ गया।''

''यह तो तुम जानो सम्राट, कूटनीति तो यह कहती है कि सीता जैसी अनिंद्य सुन्दरी राम के पास नहीं, रावण के पास रहनी चाहिए। अब यह तुम्हारी इच्छा पर है, जैसा चाहो वैसा करो।

मैं तो चलता हूँ।''

''सीता मेरी पुत्री के समान है, नारद! मैं ऐसा घृणित कार्य कर अपने चौथेपन में अपने युवा पुत्रों, उनकी वधुओं के लिए एक उपहास का विषय नहीं बनूँगा। वैसे भी सीता को भगाकर लाने में संग्राम तो छिड़ेगा ही और अनासक्त स्त्री को मुर्दा के समान अपने घर में रखने से कोई लाभ न होकर मन अशान्त हो जाता है। आसक्त रमणी हो तो बात अलग होती है, नारद!''

''मैं एक रत्न को और जोड़ने की बात कह रहा था।''

''मैं इस सम्बन्ध में कुछ भी सुनना नहीं चाहता। मैंने सम्राट के सभी गुणों का पालन किया है। मैं सदैव विलास से दूर रहा हूँ नारद, और सदैव रहूँगा, यह मेरा प्रण है। मैंने वरुण की पुत्री प्राज्जकस्थला वेदवती और रम्भा जैसी श्रेष्ठ अप्सरा रमणीय नारियों के प्रणय-प्रस्तावों को ठुकराया है और उनके शाप को ग्रहण किया है। मुझमें अनुरक्त न जाने कितनी नारियों को मैंने बिलखता छोड़ा है। किन्तु दुर्भाग्य कि रावण के संयम की बात भी इन नारियों ने अपना स्वार्थ पूर्ण न होने से गलत ढंग से प्रचारित किया और मुझे ही अपयश का भागी बनाया।''

''श्रीरावण! ज्योतिष के आधार पर नारद यह जानता है कि तुम सच्चे रहे हो और कामातुर स्त्रियाँ ही दोषी रही हैं किन्तु सीता का चरित्र इन सबमें महान् है। वह तुम्हारी गृह-शोभा का एक अनुपम अनूठा रत्न होगी।''

''रावण यह सुनना नहीं चाहता मुनिवर, जाओ और देवी मन्दोदरी से आतिथ्य-सत्कार ग्रहण कर आकाशगामी बनो। रावण को अभी सोने में सुगन्ध जैसा महत्त्वपूर्ण अनुसन्धान करना है।''

नारद चले गए। उनकी दाल नहीं गली। फिर अकम्पन, प्रहस्त ने सभा में जानकारियाँ दीं, ''महाराज, वानर जाति का द्रोह दबोच दिया गया है। एक सहस्र आतंवादी कैद कर विभिन्न स्थानों के कारापिंजर में डाल दिए गए हैं। काराधिकारी को निर्देश दिए गए हैं कि एक माह तक राजद्रोहियों से किसी को न मिलने दिया जाए। इस विद्रोह को समाप्त करने में हमारे दो सौ सैनिक मारे गए हैं और एक सहस्र राजद्रोही।''

''उन शवों को अग्नि रथ पर आरूढ़ किया गया है अथवा नहीं?''

''जी, राजन्! सभी तो नहीं, कुछ को समुद्र में प्रवाहित कर दिया गया है।''

''रक्त से सने मार्गों को धोया गया है अथवा नहीं, प्रहस्त?''

''श्रमिकों द्वारा यह कार्य प्रदूषण रोकने के लिए करा दिया गया है।''

''ठीक है, अभी द्रोण गिरि, देवी निवारा तथा हनुमन्तोता (हनु शब्द आदिवासी का प्रतीक है, मेरा ऐसा विचार है कि इन स्थलों पर वानर जाति ने अपने टोटम के आधार पर इधर ही निवास किया होगा) के पौरों (राज्यपालों) को निर्देश दो कि वहाँ सेना की चौकसी कड़ी की जाए और जनता को खाद्य एवं आपूर्ति की कोई कठिनाई न हो। इसके लिए रथों से, नावों से खाद्य सामग्री निरन्तर भेजी जाकर प्रजा के द्वार-द्वार पर प्रदान की जाए।''

''जी, महाराज!'' कहकर प्रहस्त बैठा ही था कि अनायास, सहसा शूर्पणखा ने सभागार में प्रवेश किया।

रावण ने भगिनी के अधिकार से चन्द्रनखा को आसन दिया और उदासीनता को भाँपकर पूछा, ''बहन, आज तेरे मुख पर कान्ति नहीं है। जो नयन तेरे गर्व से उठे रहते थे वे आज झुके हुए हैं। अपने भाई को देखकर जो भगिनी हँसती थी, बिलबिलाती थी, प्रसन्न होती थी वह आज मलिन क्यों है? सार्वभौम सम्राट की एकाकी बहन के क्षोभ को दूर करने के लिए रावण आकाश के तारे भी ला सकता है। बोल, जनस्थान की अधिष्ठात्री! तू दुखी क्यों है?''

"जिस सम्राट के नाम से विश्व की शक्तियाँ थर्राती हैं उस चक्रवर्ती राजा का भाँजा शम्बूक तप करते मारा गया और उससे सूर्यहास खड्ग छीन लिया गया।"

रावण क्रोधित हो उठा, "कौन है वह दुष्टात्मा? रावण अभी उसका शीश काटकर तुझे अर्पित करेगा। बता, शीघ्रता कर।"

"अब शीघ्रता से कुछ नहीं होगा। तुम्हारा सन्देश उन तपस्वियों के बारे में प्राप्त हो चुका था किन्तु इसके पूर्व ही उन्होंने षड्यन्त्र पूर्ण कर लिया था और जब मैं शम्बूक के वध का प्रतिशोध लेने गई तो लक्ष्मण नाम के तपस्वी ने मुझ पर वार किया। उसके छुरे का घाव मेरी नाक पर अभी प्रमाण के लिए है। फिर उसने पौलस्त्य कुल को बुरा-भला कहा यद्यपि मैंने भी उसके नपुंसक कुल को कोसा।"

सभासद अकुला उठे, कुछ क्रोधित हो उठे। मेघनाद ने खड्ग खींच लिया। अकम्पन और प्रहस्त के नथुने फूल गए। रावण के मस्तक पर बल पड़ गए और फिर पूछा, "ये तपस्वी कौन हैं? इनके बारे में मैंने बहुत कुछ सुना है।"

"ये राज्य-च्युत राजकुमार कहूँ अथवा वनवासी कहूँ या दंडकारण्य के राजा कहूँ। वैसे ये हैं तुम्हारे शत्रु, अयोध्या के राजा दशरथ के पुत्र राम और लक्ष्मण। उनके साथ जनक की पुत्री सीता, राम की भार्या भी है।"

"निष्कासित राजकुमार राम-लक्ष्मण और अभी-अभी जिस अनिंद्य सुन्दरी सीता के रूप का वर्णन कर नारद गए हैं, वे सब मेरे ही क्षेत्र में हैं और मेरा ही विरोध कर रहे हैं? मैं समझ गया बहन, उनकी रक्षा, इन्द्र, वरुण, यम और अगस्त्य कर रहे हैं। यह एक षड्यन्त्र है देवों का, ब्राह्मणों का। अच्छा, ये राम-लक्ष्मण कैसे हैं?"

"दशरथ-पुत्र दुष्ट आर्य राम का गात स्यामल है, विशाल वक्षस्थल है और आजानुभुज है। लक्ष्मण गौर वर्ण है, स्वभाव से क्रोधी है और वीर है। सीता एक श्रेष्ठतम विश्व-सुन्दरी है, पतिव्रता है।"

"फिर खर-दूषण क्या करते रहे?"

"उन्होंने अपनी सेना के साथ युद्ध किया और वीरगति प्राप्त की।"

"यह मैं क्या सुन रहा हूँ?"

"आप सच सुन रहे हैं। त्रिशिरा भी मारा गया और बहुत से सैनिक रणखेत रहे।"

"क्या? एकाकी राम ने यह युद्ध जीता?"

"नहीं।"

"तो फिर किसने उसकी सहायता की?"

"धोखेबाज विराध जटायु तथा उसकी सेना ने।"

"रक्ष-धर्मी विराध आर्य राम के साथ? यह मैं क्या सुन रहा हूँ?"

"हाँ, विराध की सैन्य टुकड़ी ने फूफा अगस्त्य के आश्रम पर प्रशिक्षण प्राप्त किया और राम ने कुशल सैन्य संचालन ही नहीं किया, व्यूह-रचना भी की और विजय प्राप्त की।"

"ओह! सच ही कहा है, जगत में फूट के कारण ही महान् से महान् व्यक्ति का पतन हुआ है। उसमें आदर्शों की सच्चाई का मूल्यांकन करने के बजाय उसे धराशायी करने का उपक्रम अपने ही समूह से किया जाता है। वही तुम्बुरु गंधर्व अर्थात् विराध ने यक्षराज कुबेर के साथ किया और अब मेरे साथ कर रहा है। एकता का ललित स्वर गुंजित करनेवाले अनेकता में बँट जाते हैं, बिखर जाते हैं। यह कितना बड़ा दुर्भाग्य है कि हम अपनी ही राजनीति की चिन्ता

में निर्धनों, असहायों की पीड़ा को देखते तक नहीं हैं।''

''राक्षसेन्द्र, संसार के प्रसिद्ध एवं प्रतिष्ठित पौलस्त्य कुल की पुत्री शूर्पणखा का उसने हाथ भी पकड़ा, जिसके कारण मुझ नारी की लाज का हरण हो गया। हाय, दिग्विजयी दशासन की विधवा कालकेय-कुल की वधू लुट गई।'' कहते हुए शूर्पणखा विलाप करने लगी।

रावण आर्द्र हो उठा, सभासद क्रोधित हो गए और प्रहस्त बोला, ''बहन शूर्पणखा के अपमान का प्रतिशोध लेना एक अनिवार्यता है।''

विभीषण गम्भीर होकर बोला, ''यह एक अप्रिय घटना है। दुर्धर्ष वीरों की भगिनी ही नहीं, जनस्थान की रक्षिका का घोर अपमान है, रण हो।''

रावण ने हस्तक्षेप कर कहा, ''रण की क्या आवश्यकता है! रावण एकाकी ही उनका वध कर शीघ्र लौट आएगा।''

मेघनाद बोला, ''नहीं, हमें दाशरथि राम को ऐसा पाठ पढ़ाना चाहिए जिनकी चिन्ता में वह भटकता रहे और भटक-भटककर मर जाए।''

''ऐसी क्या युक्ति हो सकती है अमात्यो, सभासदो, मन्त्रियो?'' रावण ने प्रश्न किया।

शूर्पणखा ने रुँधे कंठ से कहा, ''सीता को राम यथेष्ट अनुराग करता है। वे परस्पर एकनिष्ठ हैं। सीता का वध कर दिया जाए। क्योंकि जनस्थान के राज्य-सिंहासन पर सुन्द का राजतिलक भी राम ने कर दिया है।''

''ओह! हमारे राजासनों पर राजतिलक करने का अधिकार मात्र हमें है। यह तो स्पष्ट रूप से उन सामान्य राजपुत्रों की चुनौती है। अब इन्द्र भी यदि उसकी सहायता करेगा तो भी रावण अपने नियमों के अन्तर्गत राम की अपकीर्ति करेगा। भगिनी, तेरा अपमान होने से तो नीलगिरि तक रावण अपयश का भागी हो जाएगा और अब तक की अर्जित वीरता और रावण की कीर्ति भी धूल में मिल जाएगी। सारा संसार सार्वभौम सम्राट की निन्दा करने लगेगा तथा अपकीर्ति की दशा में रावण जी नहीं सकेगा। इन अपराधियों को दंड तो देना ही होगा।''

अकम्पन बोला, ''यदि महाराज वध करना चाहते हैं तो 'जैसे को तैसा' वाली युक्ति ठीक रहेगी।''

रावण चिन्तित हो गया, फिर बोला, ''राम को विरहाग्नि में तड़पा-तड़पाकर मारा जाना उपयुक्त होगा।''

''हाँ, यह युक्ति ठीक है। सीता का वध करने से राम का स्वतः वध हो जाएगा और शूर्पणखा के अपमान का बदला भी पूर्ण हो जाएगा।''

''तो अब रावण सोचेगा कि उसे क्या करना चाहिए। आज की सभा की कार्रवाई समाप्त कर दी जाए।''

रावण अन्तःपुर में आ गया। वह बिछावन पर चित लेटा था। मन्दोदरी उसके पैर दबा रही थी तथा चित्रांगदा और श्रीप्रभा विजना डोला रही थीं। तीनों को आज का घटनाक्रम ज्ञात था परन्तु पति के दुखी होने से वे भी दुखी थीं। उन्हें रावण की प्रतिष्ठा, मान और उसकी ठेस की उतनी ही चिन्ता थी जितनी रावण को। रावण की आँखों से नींद उड़ गई थी। वह सोच रहा था, 'यदि राम से ससैन्य संग्राम किया जाता है तो लोग हँसेंगे और कहेंगे दशकन्धर जैसे वीर ने मात्र दो राजकुमारों के लिए सेना भेजी। रावण की दिग्विजयी शक्ति यहाँ भी आड़े आ

रही थी तथा महापराक्रमी दशानन निष्कासित राजकुमारों से युद्ध भी करेगा तो देवजाति उपहास करेगी। क्षत्रिय सम्राट दोष देंगे। फिर भाई के होते हुए बहन का अपमान कौन सहन कर सकता है! यह तो चुल्लू भर पानी में डूब मरने की बात है। रावण के लिए यह विकट राजनीतिक, धार्मिक संकट है। विश्वामित्र, वसिष्ठ, भरद्वाज, अगस्त्य जैसे ऋषियों के साथ मेरे धार्मिक, राजनीतिक शत्रु इन्द्र, वरुण, यम भी आर्य धर्म के कारण दशरथ के सहयोगी हैं। ये लोग राम के वध को अनुचित ठहराएँगे और दिग्विजयी सम्राट की वीरता को धिक्कारेंगे। समाज में फिर रावण की स्थिति क्या होगी? आज भी मुझ पर आर्यों द्वारा दुराचारी, सत्ताधारी, रक्त-पिपासु, राक्षस जैसे अकारण असत्य आरोप लगाए जाते हैं। मेरा इतना बड़ा साम्राज्य है जिसमें किसी भी भू-भाग में यदि घटना घट जाती है तो उस अप्रिय घटना के लिए शासक ही दोषी ठहराया जाता है। प्रशासन को लंकेश ने सुदृढ़ किया है फिर भी चाकरों का अहंभाव और उनका उच्चस्तरीय पद दोनों ही ऊँच-नीच की परिखा को विस्तीर्ण कर रहे हैं। कहीं ऐसे वीर प्रशासक हैं जो पौरों (राज्यपालों) तक की बात नहीं मानते, तो कहीं कायर भी हैं जो राजस्व विभाग, जो शासन है, का गुरुतर भार भी वहन करने में असमर्थ हैं। राजस्व मन्त्री तक की आज्ञाएँ स्वेच्छाचारिता एवं उत्कोच के कारण दबा दी जाती हैं तो कहीं मन्त्रियों के नाम पर चाकरों को ही दबोचा जा रहा है। यह दुर्व्यवस्था विश्व में फैली हुई है फिर रावण क्या समाधान खोजे?

'राम को साढ़े बारह वर्ष हो गए, उन्होंने आर्य धर्म की छाप दक्षिण में लगा दी और भीतर ही भीतर षड्यन्त्र भयंकर विस्फोटक हो गया और लंकाधीश तक सूचना ही प्राप्त नहीं तो भी सम्राट ही दोषी है। अब रावण क्या करें? जो स्वयं दूसरों को कूटनैतिक परामर्श देता है वह स्वयं किससे द्रोणनीति में परामर्श करेगा? कुम्भकरण तो युद्ध की एक ही बात जानता है और गुफा में, अपने प्रासाद में दिन-रात पड़ा रहता है। वह नीति-अनीति को नहीं समझ सकेगा। विभीषण अप्रिय घटना के बाद भी कोई निर्णय नहीं ले सका, वह धर्मात्मा होने से भीरु प्रवृत्ति का है। राजनीतिक पुरुष नहीं है। कूटनीति उसे छू तक नहीं गई है। यदि उसे किसी गूढ़ काम को करने को कहा भी जाएगा तो वह तर्क-वितर्क करेगा और भला-बुरा सब कुछ घंटों सोचेगा तब कहीं उत्तर देगा। कोई बात यदि हानिकारक भी हो तो वह कहीं शत्रु के पक्ष में ही अपना सुझाव न दे दे।

'रावण प्रतिशोध में जल रहा है और शेष चैन की निद्रा में हैं। शूर्पणखा नारी है। सीता भी नारी है। नारी का सतीत्व ही सर्वस्व होता है। लक्ष्मण ने चन्द्रनखा की सुन्दरता पर भी संयम का परिचय दिया। वह चाहता तो अन्य युवा राजकुमारों की भाँति कुछ भी कर सकता था। हो सकता है वह आसक्त भी हो किन्तु लोकलाज ने उसे ऐसा न करने दिया हो तो भी अन्य क्षत्रियों की अपेक्षा राम-लक्ष्मण कुचक्र में फँसे होने पर भी व्यवहार से अगस्त्य के कार . उद्दंड नहीं हैं किन्तु सुन्द का राजतिलक इस बात का प्रतीक है कि राम अपनी महिमा बढ़ाना चाहता है। यह तो असहनीय हस्तक्षेप है और अयोध्या के मेरे वंशानुगत वैर को बढ़ावा देनेवाला कृत्य है। रावण ने अन्त्यजों को अपनाया तो राम भी रक्षधर्मियों को अपनाकर उनको समाज में स्थान दे रहे हैं। दैत्य, दानव सभी को एक सूत्र में प्रेम से बाँध रहे हैं, यह बुद्धि अगस्त्य की ही हो सकती है। क्षत्रियों में तो कोरा अक्खड़पन और जूझने की क्षमता है। यह सांस्कृतिक चेतना तो सुतीक्ष्ण आदि का कार्य है। राम-लक्ष्मण स्वयं कुछ न होकर ऋषियों की उधार नीति से संचालित हैं।

'फिर रावण को कौन-सा मार्ग प्रतिशोध के लिए अपनाना होगा? हमारे नियम में स्त्री

का राजनीतिक अपहरण भी जायज माना गया है। बदले के लिए क्यों न इसी राजनीतिक हथकंडे का उपयोग किया जाए। सीता की सुन्दरता नारद एवं शूर्पणखा—दोनों ही बखान चुके हैं। रावण भी पुत्रीवत् सीता जैसे रत्न को लंका में सजाएगा और बहन के अपमान का प्रतिशोध राम की पत्नी सीता से लेगा। इससे अयोध्या सम्राट की अपकीर्ति होगी। राम तथा लक्ष्मण को अजेय लंका नगरी का मार्ग विदित नहीं है। मात्र विराध की सेना के बल पर यहाँ तक आने के पूर्व किष्किन्धा, समुद्र तक ही वे मर जाएँगे। और उनकी मृत्यु के उपरान्त रावण सीता को मिथिला या अयोध्या वापस लौटा देगा। इस प्रकार अपना बदला पूर्ण हो जाएगा।

'यह काम कैसे हो? राम को परास्त कर सीता को बलात् लाना ठीक रहेगा या छल से सीता का अपहरण? वैसे तो छल द्वारा अपहरण किया जाना उचित रहेगा। इससे राम को पता नहीं चलेगा कि कौन सीता को हर ले गया। मेरी समझ में यही युक्ति ठीक है। षड्यन्त्रकारी को षड्यन्त्र से ही उत्तर दिया जाना एक कुशल राजनीतिज्ञ का कर्तव्य भी है। इससे फिर एक बार इन्द्र और वरुण की राजनीतिक हार हो जाएगी। क्षत्रियों के शीश झुक जाएँगे और रावण इस शूर्पणखा के अपमान से ठेस लगी प्रतिष्ठा को पुनः प्राप्त कर लेगा।

'किन्तु रावण ने न तो राम को देखा है और न लक्ष्मण को। इसके लिए भी किसी योग्य व्यक्ति की आवश्यकता है। और वह भी छली हो तो और सुन्दर होगा।' रावण ने बुद्धि व्यायाम किया। उसे स्मरण हो आया कि 'इसके लिए मारीच ही एकमात्र ऐसा व्यक्ति है जो इन परिस्थितियों को पहचानता भी है और वह छद्म वेश धारण करने में भी कुशल है। छली भी है। सहयोगी के रूप में मारीच ही ठीक रहेगा। इससे अच्छा प्रतिशोध हो नहीं सकता फिर राजनीतिक अपहरण से रावण की कीर्ति को भी बट्टा नहीं लगेगा।'

अब रावण कुछ निश्चिन्त-सा हुआ तो उसके मुख पर प्रसन्नता का भाव आया और फिर बोला, "अब तुम तीनों विश्राम करो। मैं सम्राट हूँ। मेरा सोना आवश्यक नहीं है। मुझे राज्य की सैकड़ों चिन्ताएँ हैं, व्याधियाँ हैं तो उसकी भागी तुम भाग्यवान क्यों बनती हो! तुम तो वैभव से रहो।"

मन्दोदरी बोली, "आप सम्राट हैं तो हम साम्राज्ञी हैं। आपकी पत्नी होने से राज्य का कुछ भार हमारे कन्धों पर भी है। यदि आप चिन्तित हैं तो हमारा चिन्तित होना स्वाभाविक है। आप निद्रालीन हो जाएँगे तो हम भी उसके उपरान्त सो जाएँगी।"

"तुम्हारा कथन सत्य है फिर पति का कर्तव्य है कि वह पत्नी की सुख-सुविधा का भी ध्यान रखे। आप लोग पति आज्ञानुसार अब विश्राम करें। रावण को क्या करना है, संकल्प-विकल्प से मैंने इसका निर्णय कर लिया है और जो दशग्रीव आज दुखी है उसके स्थान पर कल राम दुखी होगा।"

प्रातःकाल रावण उठा। उसने स्नान किया, त्रिपुंड से ललाट को रचाया और शंकर का ध्यान किया। फिर खड्ग उठाया। उसे मस्तक से लगाया, कटि प्रदेश में खोंसा और पुष्पक पर एकाकी विराजमान होकर चल पड़ा समुद्री टापुओं की ओर, मारीच से मिलने।

समुद्री मार्ग में लंका से कुछ दूरी पर द्रोणगिरि की ओर से चतुष्कोटि के एक टापू पर पुष्पक उतर गया। इस टापू पर गरुड़ जाति निवास करती थी। इसके पूर्व समुद्री व्यापारी निषादों से यहाँ गरुड़ों का युद्ध हुआ था और उन्होंने निषाद जाति को हराकर अपना अधिकार कर लिया

था। गरुड़ वीर थे और सगर का नाती अंशुमान जब अश्वमेध यज्ञ का घोड़ा खोजने गया था तो मृतकों की रक्षा गरुड़ कर रहे थे। गरुड़ आर्यधर्मी थे और विष्णु के भक्त थे। इस जाति ने रावण राज्य के सन्निकट होने पर भी रक्षधर्म स्वीकार नहीं किया था। वे स्वतन्त्र थे। किन्तु रावण ने समुद्र के एक टापू पर ही नाग जाति को भी बसा दिया था जो रक्षधर्मी हो गई थी और सुरसा उनकी अधिष्ठात्री थी। रावण ने घोषित कर उसे राजमाता (नागमाता) सुरसा का अधिकार पूर्व में ही दे दिया था। ये भी समुद्री व्यापार करते थे, इस कारण गरुड़ों तथा नागों का समुद्री व्यापार की होड़ तथा धर्म के नाम पर युद्ध भी हो जाया करता था और गरुड़ों को इस प्रकार निरंकुश नहीं रहने दिया जाकर उन पर वीर नाग जाति का अंकुश थोप दिया था। इसलिए नाग तथा गरुड़ परस्पर शत्रु थे। नाग जाति रावण की अन्ध भक्त थी तो गरुड़ जाति विष्णु की। इस प्रकार अनेक स्थानों पर आर्य, अनार्य, दैत्य, दानवों के कुल बसे हुए थे जो कि सदैव वीर वेश में ही घूमा करते थे।

राक्षसराज श्रीरावण को देखकर गरुड़ों के स्वामी ने पहले प्रणाम किया फिर पूछा, "आज एकाकी महात्मा रावण किसलिए आया है?"

"महात्मा मारीच की सुधि लेने सम्राट रावण नहीं, एक याचक रावण आया है।"

"सार्वभौम सम्राट को याचना की आवश्यकता क्यों पड़ी?"

"इस जगत में सत्ताधारी को कब, किससे, क्या काम पड़ जाए, कहा नहीं जा सकता। राजकीय झंझटों, उलझनों में सत्तारूढ़ व्यक्ति को छोटे-से-छोटे और बड़े-से-बड़े व्यक्ति से सम्पर्क करना पड़ता है। शत्रु को मित्र और मित्र को शत्रु भी बनाना पड़ता है। लोग समझते हैं कि हम वैभवों में डूबे हुए हैं और यह हम जानते हैं कि वैभवों के उपभोग हमें छू तक नहीं जाते।"

"ठीक है। मुझसे कोई कार्य हो तो बताओ, राजन्!"

"नहीं वर्तमान में कोई काम नहीं है।"

"तो फिर आतिथ्य का अवसर दो।"

"अभी शीघ्रता में हूँ। फिर कभी आऊँगा।"

"आपके निकट होने पर भी आपको कभी इधर आने का अवकाश ही प्राप्त नहीं हुआ।"

"मैं तो चाहता हूँ कि मैं सभी से सम्पर्क करूँ किन्तु राजकीय व्यवस्था की व्यस्तता कहीं जाने ही नहीं देती।"

"तो ठीक है, आज्ञा दें तो मारीच आश्रम तक मैं आपको ले चलूँ।"

"नहीं, मैं चला जाऊँगा, मैंने वह आश्रम देखा है।"

"तो प्रणाम, सम्राट!"

"प्रणाम?"

कहते हुए रावण तपस्वी मारीच के सुन्दर आश्रम की ओर चल दिया। इस आश्रम पर कभी बालखिल्य महात्माओं ने घोर तप किया था। बिलकुल शान्त वातावरण और मनोहारी उपवन में एक वट-वृक्ष के नीचे मारीच बैठा हुआ था। उसने तपस्या के बल पर अघोर विद्या में सिद्धि प्राप्त कर ली थी। वह चोला बदल लेता था। उसका योग-बल इतना परिष्कृत था कि वह सशरीर, योजनों दूर क्षणों में चला जाता था।

मारीच ने रावण को देखकर गद्‌गद होकर साष्टांग नमस्कार किया फिर मृगचर्म पर बिठाया और कुशल-क्षेम पूछा तो रावण ने उत्तर दिया, "महात्मा मारीच, जिन तपस्वियों ने तुम पर विश्वामित्र के आश्रम पर अकारण आक्रमण किया था, वही राम और लक्ष्मण दशरथ के पुत्र देवताओं की

कूटनीति से संचालित होकर दक्षिण में हमारी शक्ति को नष्ट कर रहे हैं। राम पुनर्जन्म के सिद्धान्त का तथा आर्य धर्म का प्रचार करता हुआ लंका में भी अपने सिद्धान्तों को थोपना चाहता है। वह हमारी शक्ति को नष्ट करना चाहता है और सम्पूर्ण भारत को एक सूत्र में बाँधना चाहता है।''

''राजन्! किसी भी देश की प्रजा न तो कभी एक सूत्र में बँधी है और न कभी भविष्य में बँधेगी। संगठन और विघटन दोनों अवश्यम्भावी घटनाएँ हैं जो विधाता के संकेत पर निरन्तर चलती रहती हैं। राम का संगठन भी कालान्तर में बिखर जाएगा जैसा कि अब तुम्हारा बिखर रहा है। संस्कृतियाँ थोपी नहीं जा सकतीं, वे तो अंगीकार की जाती हैं। विश्व में कितनी ही संस्कृतियाँ विद्यमान हैं फिर भी हमारी रक्ष-सभ्यता ने विश्व में द्वितीय स्थान प्राप्त कर ही लिया। इस रक्ष-संस्कृति को मिटाने के लिए, आर्य, यक्ष, सूर्य, यम—सभी संस्कृतियों के साथ-साथ नास्तिकवाद का अस्तित्व भी उभरा। प्रकृति और पुरुष की महत्ता ने स्थान ग्रहण किया। हमने द्रविड़ देवता रुद्र की भक्ति ग्रहण की तो किसी ने इन्द्र की, वरुण की, यम की और सब कहीं-न-कहीं वंशानुगत शत्रुता, राजनीतिक शत्रुता, धार्मिक शत्रुता में परस्पर विरोधी हैं। इस विश्व समाज का यह अनूठा कृत्य नैसर्गिक रूप से चलता आया है और चलता रहेगा।''

''किन्तु राम ने भारत में हमारी सत्ता को उखाड़ दिया है। खर-दूषण—त्रिशिरा मार दिए गए हैं।''

''यह तो राज्य-लिप्सा है। क्षात्र का कर्तव्य है कि पराधीनता के स्थान पर स्वाधीन बने। यह काम राम एकाकी नहीं कर सकता। जिस प्रकार ताड़का-वध में विश्वामित्र और उनके आश्रमवासियों का सहयोग था तो यहाँ भी कोई-न-कोई रावण की प्रचंड शक्ति का प्रतिद्वन्द्वी होना चाहिए।''

''हैं महात्मा अगस्त्य और उनके यदुकुल के क्षत्रिय-जन तथा विश्वामित्र की निष्कासित प्रजा जो दक्षिण में बस गई है और उत्तर भारत से विरासत में आर्य संस्कृति लाई है।''

''तो फिर पुनर्स्थापना असम्भव है, सम्राट! एक बार सत्ता जाने पर दूसरी बार हाथ नहीं आती। जन-जागरण होने पर सैनिक कार्रवाई भी असफल सिद्ध होती है, यह नीति कहती है। जनता ही सर्वशक्तिमान है, सत्ता नहीं।''

''यह तो रावण जानता है किन्तु राम ने हमारी भगिनी शूर्पणखा के तपस्वी पुत्र शम्बूक का भी लक्ष्मण से अकारण वध करा दिया और बहन शूर्पणखा पर अर्थात् नारी पर आक्रमण कर उसे अपमानित करने का घृणित कार्य करने से वह दंड का भागी है।''

मारीच इस बात पर शोक में डूब गया। शम्बूक की हत्या ने उसे क्रोधी बना दिया और एक सम्राट की बहन के अपमान का मतलब तो यह हुआ कि दैत्यों, दानवों को क्षत्रियों ने चुनौती दी है। वह बोला, ''यह तो अक्षम्य अपराध किया है तपस्वी राम ने। इसका मुझे बहुत दुख है। शूर्पणखा को मैंने इन हाथों से खिलाया है, उसका अपमान असहनीय है।''

''इसी से तो मैं खिन्न हूँ। इस कृत्य से रावण की अपकीर्ति होगी। इस कारण अयोध्या-नरेश के पुत्रों को दंडित किया जाना अत्यन्त आवश्यक हो गया है।''

''इससे मैं सहमत हूँ। किन्तु राम कैसे अपमानित होगा, राजन्! अभी तो तुमने उन्हें देखा भी नहीं है। जहाँ दशरथ साहसहीन है, वहाँ राम में कैकेयी जैसा अदम्य शौर्य और क्रोध है, बदला लेने की भावना से भरा हुआ है और लक्ष्मण तो आगा-पीछा कुछ सोचता ही नहीं है। उसे रामाज्ञा चाहिए फिर वह प्राणों की चिन्ता किए बिना युद्ध करता है। दोनों वीर हैं, गुरुओं

से सीखे हुए शस्त्रास्त्र चलाने के ज्ञाता हैं। युद्ध करना होगा।''

''मैं युद्ध नहीं करना चाहता। उन सामान्य राजकुमारों ने विराध को भी फोड़ लिया है। मैं तो कूटनीति से, छल से, अपमान का बदला अपमान से लेना चाहता हूँ।''

''वह कैसे, दशकन्धर?''

''राम-भार्या सीता का हरण।''

''सीता एकनिष्ठा होगी क्योंकि वह धर्मात्मा सीरध्वज जनक की पुत्री है।''

''हम मात्र अपहरण चाहते हैं। उन्हें मात्र अपमानित करना चाहते हैं। सीता को रावण पुत्री के समान लंकापुरी में रखेगा।''

''यह तो ठीक है क्योंकि हम लोग पर-नारी को माता, पुत्री मानते हैं परन्तु इससे भविष्य में मिथिला, केकय और अनेक आर्य राष्ट्र एक होकर लंका पर आक्रमण कर सकते हैं क्योंकि सीता का राजनीतिक अपहरण कोई साधारण घटना नहीं होगी।''

''राम को यह पता नहीं चलेगा कि सीता का अपहरण किसने किया है। यह तो हमारी छलपूर्ण नीति होगी कि हम उसे उठा लाएँ।''

''परन्तु उसकी रक्षा भी तो राम-लक्ष्मण करते हैं।''

''उन्हें ही तो छलना है।''

''ठीक है, जब आप राजनीतिक कर्तव्य पर आरूढ़ हैं तो राज-धर्मानुसार मारीच अपने प्राण देकर भी रक्ष-संस्कृति के लिए सब कुछ करेगा। अपमान के लिए अवलोकिनी विद्या, आकाशवाणी विद्या और सिंहनाद का प्रश्रय लेना। रावण, तुम्हारी यह नीति मुझे उचित प्रतीत होती है। क्योंकि राम को सीता का वियोग असहनीय होगा और वह सीता-हरण से उसी दंडकारण्य में ही सीमित रह जाएगा या फिर लंका तक का आपद मार्ग ही उसे साँप के समान डस जाएगा।''

''तो फिर चलें, मारीच!''

''मारीच को स्वामी की आज्ञा चाहिए। राजनीतिक द्वन्द्व में मारीच कभी पीछे नहीं रहा और न रहेगा। जिस लंका साम्राज्य का विस्तार हमने प्राणपण से किया है उसे एकाकी राम या क्षत्रियों से बचाया जाएगा, उसकी रक्षा की जाएगी। चलो सम्राट, चलो।''

रावण का विमान पंचवटी से दूर चौसर भूमि पर उतर गया। रावण तथा मारीच पेड़ों के पीछे छिप गए। वहाँ रावण ने मारीच को मार्गदर्शन दिया, ''मारीच! मैं परिव्राजक का वेश धारण करता हूँ। सम्राट के वेश में रावण यह कार्य नहीं कर सकेगा। तुम राम को युद्ध के लिए ललकारना और विचरण करनेवाले मृग के समान भागना। तुम्हारी तीव्र गति के कारण राम तुम्हें पकड़ नहीं पाएगा इससे तुम भी बच जाओगे और मैं सीता का हरण भी कर ले जाऊँगा।''

''किन्तु लक्ष्मण तो रह जाएगा।''

''लक्ष्मण को मैं पराजित कर दूँगा या फिर तुम सिंहनाद का सहारा लेना।''

''ठीक है।''

''पहले मुझे राम-सीता-लक्ष्मण को दिखाओ तो सही, कौन-से हैं?''

''राजन्! आगे बढ़ो, उस झाड़ी की ओट से तुम्हें दिखाऊँगा।''

रावण और मारीच झाड़ी के पीछे छद्म वेश में बैठ गए। तभी सीता दोनों भाइयों के लिए फल लाई।

मारीच ने कहा, ''फल लानेवाली सीता है और श्यामगात वाला राम तथा गौरवर्ण लक्ष्मण है।''

रावण ने पहले राम को फिर लक्ष्मण को तथा तदुपरान्त सीता को देखा। अवलोकिनी विद्या से रावण समझ गया कि सीता अनुसुइया द्वारा दिए गए अंगराग का अनुलेप किए हुए है। इन अंगरूप की विशेषता है कि पर-पुरुष के स्पर्श से इसमें से अग्नि-ज्वाला निकलती है। रावण ने सीता के रूप मात्र को ही निहारा किन्तु उस पर आसक्ति की आँच नहीं आने दी। सीता को रावण ने पुत्री के समान ही आभास किया।

तब रावण बोला, ''राम को अब कैसे छला जाए, मारीच? सीता-हरण तभी सम्भव होगा जबकि राम-लक्ष्मण न हों या उन्हें हम पराजित कर दें।''

''हिमालय में कनक-मृग विचरता है। इसकी जाति बहुत कम है। यह गन्धर्वों का राष्ट्रीय पशु है किन्तु रुद्र की पिशाच जाति को इसका मांस प्रिय होने से उन्होंने इसका आखेट किया। अब इसके वध पर प्रतिबन्ध है किन्तु इक्का-दुक्का ही दिखता है। मैंने चोला बदलकर उस मृग को देखा है। आप कहें तो राम को छकाने के लिए उस मृग का वेश धारण कर लूँ और वापस आ जाऊँ। इससे सीता रीझेगी और राम आखेट को चल देगा।''

''यह तो अद्‌भुत कार्य होगा, मारीच!''

''हम भी तो अद्‌भुत कार्य ही सम्पन्न कर रहे हैं।''

''किन्तु राम को ललकारना तो होगा ही अन्यथा राजनीतिक अपहरण का राम को कैसे ज्ञान होगा?''

''वह जो गृध्रराज बैठा है न, वह जानकी की ही सेवा करता है। वह रह जाएगा तो राम को सन्देश पहुँच जाएगा।''

''तो तुम पहले राम को युद्ध के लिए दूसरी ओर से ललकारो और थोड़ा-बहुत युद्ध करो फिर छद्‌म रूप धारण कर भागो। आज तुम्हारी अघोर विद्या का पूर्ण प्रदर्शन होना चाहिए।''

''ठीक है, अब मैं कुटी की ओर जाता हूँ। शेष काम तुम शीघ्रता में पूर्ण कर लेना। यदि मेरे सिंहनाद का स्वर सुनाई दे तो समझ लेना मारीच मारा गया।''

''ठीक है, जाओ।''

मारीच तपस्वी था किन्तु इसके साथ ही वह महान् योद्धा भी था। उसने इन्द्र और वरुण को विजय करने में सेनानायक का पद सँभाला था। इस कारण बाण के विष-बुझे फल से बचने के लिए मारीच ने कवच धारण किया और फिर टेढ़े-मेढ़े मार्ग से होता हुआ कुटी के सामने खड़ा हो गया।

राम ने तपस्वी को देखकर पूछा, ''किस आश्रम के वासी हो, मुनि?''

''मैं तो रावण की आज्ञा से विचरण कर रहा था। तुम पर अनायास दृष्टि पड़ी तो कुछ आभास हुआ कि तुम राम-लक्ष्मण हो। मैंने तुम्हें ताड़का-वध के समय देखा था और तुम्हारे एक बाण के वार के कारण एकाकी होने से भाग गया था। अब आज मारीच उसका प्रतिशोध लेगा। राम, उठाओ अपना अगस्त्य का दिया हुआ अक्षय तूणीर और वैष्णव चाप। मैं तुमसे युद्ध कर आज अपनी प्यास बुझाऊँगा।''

''एकाकी ही या ससैन्य।''

''जब तू एकाकी है तो सेना का क्या काम? दो वीर परस्पर लड़ते हैं और अपने प्राण गँवाकर या किसी एक के प्राण लेकर ही शान्त होते हैं। सेना सहित आक्रमण तो किसी ससैन्य सम्राट पर ही किया जाता है। यह हमारी रक्ष-नीति की सभ्यता है। एक योद्धा पर सेना सहित

आक्रमण करना वीरता नहीं कायरता है।''

''तो फिर उठाओ अपना खड्ग, मारीच!'' कहते हुए राम ने एक बाण छोड़ा जो मारीच की छाती में लगा। किन्तु मारीच के कवच को न वेधने से मारीच ने अट्टहास किया और जंगल की ओर भागकर छिप गया। राम क्रोधित होकर गरजे, ''युद्ध को ललकारता हुआ भागता है, मारीच! तेरा काल राम खड़ा है। सामने आओ और शस्त्र सँभालो।''

राम गरजते रहे किन्तु उन्हें कोई नहीं दिखा। फिर वे चारों ओर घूमे तो एक ओर से कनकमृग आ रहा था जिसने एक छलाँग लगाई और सीता के पास खड़ा हो गया और फिर पहले धीमे-धीमे और बाद में तेज गति से भागता हुआ राम की पहुँच से बाहर जाकर मार्ग पर खड़ा होकर आश्रम की ओर देखने लगा।

राम क्रोधित थे। यह समय श्राद्ध पक्ष का था। सीता ने यह हिरण कभी नहीं देखा था और न ही राम और लक्ष्मण ने।

सीता बोली, ''आर्य, यह तो किंवदन्ती के अनुरूप हिमालय में उत्पन्न होनेवाला कनकमृग प्रतीत होता है। भटककर इधर आ गया है। आप इसका आखेट करें। इसका मृगचर्म श्रेष्ठ रहेगा।''

सीता राम से यह कह ही रही थी कि परिव्राजक के छद्म वेश में रावण आ गया और बोला, ''राम, मैं अवलोकिनी विद्या और ज्योतिष शास्त्र से यह जान गया हूँ कि तुम दशरथ के पुत्र हो। वर्तमान में श्राद्धपक्ष चल रहा है। तुम यदि अपने पितरों को कुछ करना चाहते हो तो तुम्हारे सभी पितरों को प्रसन्न करने के लिए एक ही विधान है—'प्राचेतसं श्राद्ध कल्पम्।' इसके अनुसार हिमालय में रहनेवाले कांचन पार्श्वमृग से श्राद्ध करने से पितर विशेष रूप से प्रसन्न होते हैं। और तुम तो पुनर्जन्म के सिद्धान्त का प्रचार ही कर रहे हो तो यह उसकी सहमति भी है।''

''परन्तु, तात, यह मृग यहाँ कैसे उपलब्ध हो सकता है?''

''कैसे? तुम्हारे क्षत्रिय सौभाग्य से और मुझ ब्राह्मण के भाग्य से अभी-अभी मैंने उसी प्रकार के कनकमृग को देखा है। यहीं मार्ग में खड़ा था।''

सीता तत्काल बोली, ''जाइए स्वामी, मृग का आखेट कर संन्यासी को कृतार्थ करें और पितरों को प्रसन्न।''

राम ने लक्ष्मण को निर्देश दिया, ''तात! अभी भी वह मारीच घात लगाकर आक्रमण कर सकता है। इस कारण तुम सीता की रक्षा करना। विराध की सेना व्यवस्था हेतु आखेट के लिए गई हुई है। जब तक मैं न आ जाऊँ, तब तक सीता को अकेला नहीं छोड़ना।''

''ठीक है, भैया!''

राम मृग के पीछे-पीछे चल पड़े और सीता कुटीर के सामने ही उनके द्वारा रोपे गए वृक्षों में पानी देने लगी और फिर उद्यान के पुष्पों को देखने लगी। रावण अपनी उधेड़-बुन में ही लगा रहा। अपनी योजना की प्रतीक्षा करता रहा। सीता कुछ देर पश्चात् घूमकर लौट आई और लक्ष्मण के पास आकर बोली, ''अभी-अभी जो मारीच ललकारने आया था, बड़ा वीर प्रतीत हो रहा था। कहीं ऐसा न हो कि आर्य को देखकर उसकी छिपी हुई सेना आक्रमण कर दे।''

''सेना तो यहाँ है ही नहीं। विराध कह रहा था कि खर के शेष सैनिकों ने राम में आस्था प्रकट कर दी है तो हमारा शत्रु इक्का-दुक्का हो सकता है परन्तु पूर्ण सैनिक कार्रवाई नहीं हो सकती।''

"कहीं महाराजा रावण ही ससैन्य आक्रमण कर दें तो?"

"श्रीरावण विद्याधर वंशी सम्राट हैं, महान् नीतिविद् हैं, तपस्वी हैं, दूत द्वारा सूचना भेजे जाने पर ही आक्रमण करेंगे। फिर रणक्षेत्र में भले ही छल-बल हो तो भी वह नीतियुक्त माना गया है। इसलिए महान् व्यक्ति की राजनीतिक गति को समझना कठिन होता है। वे कोई अन्य चाल भले ही चल सकते हैं।"

रावण सब कुछ श्रवण कर रहा था और मन ही मन प्रसन्न हो रहा था। वह समझ रहा था कि राम-लक्ष्मण भी राजनीति का ज्ञान रखते हैं।

तभी सहसा सिंहनाद हुआ। सीता भयभीत हो गई और पूरे जंगल में नाद ही नाद गूँज उठा।

सीता बोली, "लक्ष्मण, शीघ्र जाओ। मुझे ऐसा प्रतीत होता है, राम से उसी राक्षस का युद्ध हो रहा है।"

"ठीक है किन्तु वह परिव्राजक कहाँ चला गया? अभी-अभी हमारी आँखों से ओझल हो गया।"

"वह आए या जाए, परन्तु वर्तमान में तुम्हारा राम की सहायता हेतु जाना अनिवार्य है। वह संन्यासी है, महान् योगी है अन्तर्ध्यान हो गया होगा फिर आ सकता है और न भी आए तो कोई बात नहीं।"

"ठीक है, मैं जाता हूँ। तुम इस आश्रम से बाहर नहीं जाना। तात जटायु अब तुम्हारी रक्षा करेंगे।" कहते हुए लक्ष्मण जिस ओर से बार-बार सिंहनाद हो रहा था, उधर ही तीव्रगति से चले गए।

रावण पुनः प्रकट होकर चिन्तित सीता से बोला, "मैं हस्त-रेखा विशेषज्ञ हूँ। अपना हाथ बढ़ाओ, मैं बतलाऊँगा कि तुम पर कोई संकट है अथवा अयोध्या में कोई संकट है या तुम्हारा पति राम संकट में है।"

सीता ने आर्य राम के नाम पर नारी-सहज-स्वभाववश तत्काल ही अपना हाथ रावण की ओर बढ़ा दिया।

रावण सीता का हाथ थामकर बोला, "सुनो पुत्री! राम जिस कनकमृग के पीछे गए हैं, वह छद्म वेशी मारीच ही था।"

सीता डर गई, फिर पूछा, "परन्तु मेरे पति और देवर तो सकुशल लौट आएँगे?"

"लौट आएँगे और मारीच रणभूमि में राम के हाथों मारा भी जाएगा। किन्तु तुम्हारा और राम का विछोह हो जाएगा।"

"वह कैसे, मुनिराज?" सीता ने इस प्रश्न के साथ ही जैसे दृष्टि उठाई तो उनके आश्चर्य की सीमा न रही। उनका हाथ एक संन्यासी नहीं बल्कि एक मुकुटधारी के हाथ में था जिसके भाल पर चन्दन का त्रिपुंड भ्राज रहा था। जिसके विशाल वक्षस्थल पर मणियों की माला पड़ी हुई थी।

सीता ने पूछा, "तुम कौन हो?"

जटायु की ओर रावण की पीठ थी और वह इनसे कुछ दूर भी थे फिर संन्यासी से उन्हे कोई भय नहीं था इसलिए वे निश्चिन्त-से बैठे थे। वे यह भी समझते थे कि सीता वीरांगना है, कोई बात होगी तो वह बता देगी और रण भी कर लेगी।

"मैं सार्वभौम सम्राट रावण हूँ।"

"यहाँ किसलिए आए हो, तात?"

"तुम मेरी पुत्री के समान हो परन्तु शूर्पणखा के अपमान के प्रतिशोध हेतु राम-भार्या का राजनीतिक अपहरण करने आया हूँ।"

"यह निन्दनीय कृत्य है।"

"जानता हूँ परन्तु कूटनीति में सब क्षम्य है, वैदेही!"

"और यदि वैदेही न चले तो?"

"तो रावण तुम्हें उठाकर अपने पुष्पक में बिठा लेगा।"

"तो क्या तुम्हें पर-नारी-स्पर्श का दोष नहीं लगेगा?"

"सीता का अपहरण आसक्त के रूप में नहीं, एक पुत्री के रूप में, मात्र प्रतिशोध के लिए किया जा रहा है। और जनकनन्दिनी जानती है कि जब दृष्टि में दोष न हो तो पर-नारी-स्पर्श का दोष नहीं लगता। अन्यथा तुम तो सती अनुसुइया का अंगराग अनुलेप किए हो, उससे अब तक अग्नि की लपटें उठ गई होतीं और रावण भस्म हो गया होता। इस अभिमन्त्रित अंगराग चूर्ण की विशेषता यही है कि यह नारी के सतीत्व की रक्षा करता है और रावण किसी के भी सतीत्व को नष्ट नहीं करता। यह उसका प्रण है।"

"तो सार्वभौम सम्राट का, आर्य अयोध्या सम्राट को यह खुला निमन्त्रण है।"

"यह सब तो दाँव-पेंच की बातें सत्ताधारी के रूप में होती रहेंगी। अब तुम पुष्पक में स्वयं चढ़ो। रावण तुम्हें आज्ञा देता है।"

सीता चीखी, "पुष्पक में तो राम-भार्या चढ़ जाएगी किन्तु मुझे एक ही दुख रहेगा और वह होगा—पति का विछोह।"

"यह सम्राट जानता है तभी तो राम को दुखी करने के लिए यह अपहरण कर रहा है। क्योंकि उन्होंने मेरी संस्कृति पर अनधिकार अपनी संस्कृति थोपने का कार्य किया है तो रावण अपने वंशानुगत, सांस्कृतिक शत्रु को दंड तो देगा ही और राम को रावण का दंड है। मात्र एक वर्ष के लिए। तदुपरान्त पौलस्त्य कुलोत्पन्न रावण तुम्हें लौटा देगा या फिर राम में साहस होगा तो वह मुझे पराजित कर तुम्हें लंका से ले जाएँगे।"

"तो चलो, तात! सीता में सब कुछ सहन करने की शक्ति है किन्तु राम के अगाध दुख में प्रेमाश्रु तो बहेंगे ही।"

"एकनिष्ठा पतिव्रता नारी के लिए पुत्री, तेरे वचन सत्य हैं। तुझे विश्वास दिलाता हूँ कि लंका में कोई कष्ट नहीं होगा।"

अब सीता ने करुण स्वर में कहा, "हा राम! हा आर्य!! तुम्हारी अर्द्धांगिनी राजनीतिक अपहरण की अवधि में तुम्हारी सेवा न कर सकेगी। उसके लिए क्षमा करना।"

सीता और रावण जैसे ही पुष्पक पर चढ़े उसी समय जटायु ने सीता का क्रन्दन सुना और तत्काल खड्ग लेकर दौड़ा। बोला, "ठहर, दुष्ट! तू संन्यासी के वेश में यह क्या कर रहा है?"

रावण का पुष्पक राम-आश्रम से कुछ दूरी पर था। रावण ने सीता से कहा, "इस गृध्रराज से मैं निपट लूँगा। तुम पुष्पक पर चढ़ो। इसकी विशेषता है कि विधवा स्त्री इसमें नहीं बैठ सकती इसलिए यह तुम्हारे सधवा होने तथा राम की मारीच पर विजय प्राप्त करने का प्रतीक है। गृध्रराज की देखरेख में तुम्हारे होने से यह उसका धर्म है कि वह अपने प्राण गँवाकर भी तुम्हारी रक्षा करे।"

सीता पुष्पक पर चढ़ गई और रावण को जटायु ने ललकारा। जटायु ने जैसे ही सम्राट रावण को देखा, वह बोला, "राजन्! तुम?"

"मैं ही हूँ, गृध्रराज! इस जनस्थान का स्वामी। राम मेरी सीमा का उल्लंघन करे, मेरे भानजे का अकारण वध हो, बहन शूर्पणखा का अपमान हो, तो रावण की जैसे अपकीर्ति हुई वैसे ही राम की भी होनी राजनीतिक दृष्टि से एक अनिवार्यता है।"

"है तो किन्तु राम क्षत्रिय हैं। वे अपनी आर्य संस्कृति के अनुसार सैनिक स्त्री से युद्ध कर सकते हैं और तुम ब्राह्मण वंशी सम्राट हो, तुम्हारे कर्तव्यों और क्षत्रियों के कर्तव्यों में यथेष्ट अन्तर है। ब्राह्मण को क्षत्रियों ने सर्वश्रेष्ठ कहा है और दोनों ने परस्पर सहायता की है, सहयोग किया है और दोनों की टकराहट जब-जब हुई है, तब-तब घोर आपत्ति, घोर संकट का सामना करना पड़ा है, जैसा कि परशुराम कार्त्तवीर्य अर्जुन के कारण हुआ।"

"रावण यह सब समझता है कि ब्राह्मण श्रेष्ठ है और श्रेष्ठ रहेगा। किन्तु रावण ब्राह्मण के कर्तव्यों के अधीन वर्तमान में कोई काम नहीं कर रहा है। वह इस समय क्षात्र के कर्तव्य के पालन में यह अपहरण कर रहा है। मुकुटधारी होने से मैं इस समय राजकीय आज्ञा के अधीन हूँ।"

"यह गृध्रराज भी जानता है कि तपस्वी दशानन के लिए स्त्री तुच्छ है और क्षात्र के लिए भी सीता पुत्रीवत् है क्योंकि क्षत्रिय सम्राटों में जो अपहरण किया जाता है उसमें तो अपहरित नारी को महारानी बना दिया जाता है और ब्राह्मण रावण के राज्य में रावण के जीते-जी ऐसा नहीं होगा परन्तु सीता का हरण एक अग्निपरीक्षा तो है ही।"

"मैं इस बात से सहमत हूँ, गृध्रराज! परन्तु रावण एक असाधारण व्यक्ति नहीं है, प्रत्युत् एक असाधारण सम्राट है जो सिंहासन की मर्यादा के लिए यह कृत्य कर रहा है। दुख मुझे भी बहुत है। क्षमा चाहूँगा, गृध्रराज!"

"तो फिर मुझे भी कर्तव्य पालन करना होगा।"

"अवश्य। अन्यथा सुरक्षा का गुरुतर भार वहन करने की असमर्थता में जटायु की अपकीर्ति होगी।"

"तो फिर उठाओ, खड्ग।"

दोनों लड़ने लगे। रावण ने समझा था, जटायु को वह शीघ्र मार गिराएगा। किन्तु इसके विपरीत जटायु ने रावण के दो धनुष काट दिए और उसकी बाईं भुजा पर भी प्रहार किया। सीता इससे प्रसन्न हुई और पुष्पक से उतरकर स्वयं भी जटायु की सहायता करना चाहती थी परन्तु चतुर रावण ने तत्काल ही क्रोधित होकर खेल-खेल में ही जटायु के दोनों हाथ काट दिए ताकि वह रावण का पीछा करने के लिए वायुयान का संचालन न कर सके। फिर एक प्रहार उसकी ग्रीवा पर किया और जटायु मरणासन्न होकर गिर गया। सीता विलाप करने लगी और जटायु से बोली, "तात, तुमने अपना धर्म निभाया है। मेरी रक्षा का भार लक्ष्मण ने जो तुम्हें सौंपा था, वह सेवक के कर्तव्य में अनूठा उदाहरण होकर तुम्हारा यशोगान होता रहेगा।"

जटायु कराहते हुए बोला, "जनकनन्दनी, दशरथ मेरे सखा रहे हैं और एक भाई जो काम नहीं कर सकता, वह अवसर आने पर मित्र ही कर सकता है। वैस मित्र से बड़ा कोई शत्रु भी नहीं और मीत भी नहीं है। तुम्हारे हरण का समाचार अयोध्या तक मेरी गृध्रजाति पहुँचा देगी और राम के वापस आने तक मैं जीवित रहूँगा।"

रावण बोला, "सीते, मृत्यु ही मोक्ष है। जटायु का मोक्ष हो गया। अब विलम्ब न करो। जो मरनेवाला है उसके लिए कब तक पश्चात्ताप करोगी। मुझे विलम्ब हो रहा है, इस कारण अब चलो...।"

सीता दुखी थीं। पुष्पक पर चढ़ने में उनके पैर नहीं उठ रहे थे तो रावण ने फूल के समान उठाकर पुष्पक में चढ़ा लिया और पुष्पक दक्षिण की ओर चल दिया। जटायु यह सब देखता ही रह गया।

6

जब लक्ष्मण सिंहनाद को सुनकर राम के पास पहुँचे तो राम ने उस समय मारीच पर तीर छोड़ दिया था जो सीधा उसके मस्तक में आ धँसा। मारीच भूमि पर गिर पड़ा और बोला, "राम, युद्ध तो मैंने भी बहुत किए और तुमने भी। मेरी गति बहुत तेज है। मैं योग-बल से योजनों दूर सशरीर पहुँच सकता था परन्तु अपने स्वामी की आज्ञा शिरोधार्य करने से तुम्हें रण में उलझाकर रखना ही मेरा रक्ष-धर्म था जो मैंने प्राण गँवाकर पूर्ण किया। विधाता तुम्हारे साथ क्या घटित करता है, यह मैं नहीं कह सकता किन्तु यह सत्य है कि राजनीतिक परिप्रेक्ष्य में वर्तमान में तुम पराजित हो चुके हो। अब लौट जाओ। लक्ष्मण मेरे सिंहनाद के कारण ही यहाँ तक आया है।"

"किन्तु आपने स्वामी की आज्ञा का आशय नहीं बताया।"

"सच्चा देशभक्त, सच्चा चर और सच्चा सेवक कभी भी प्राणों के संकट में होने पर भी रहस्य नहीं खोलता। यदि यातना से भयभीत होकर गुप्त रहस्य खोलता है तो वह राष्ट्र की सेवा के योग्य नहीं है। स्वामी-भक्ति के योग्य नहीं है। मैं तो मरनेवाला हूँ राम, अब तुम जाओ।"

राम ने लक्ष्मण से मार्ग में पूछा, "कनकमृग तो मिला नहीं, ये मारीच अवश्य मुझे मिला और युद्ध को ललकारने लगा तो समर तो करना ही था। वैसे बड़ा दुस्साहसी था। अदम्य योद्धा था। उसने मेरा खड्ग तो गिरा दिया परन्तु इस वैष्णव चाप से मारा गया। किन्तु इसका रहस्य कुछ समझ में नहीं आया।"

"यह तो मैं भी समझ रहा हूँ, भैया! लेकिन हम दोनों तो यहाँ हैं ही, मात्र भाभी ही वहाँ हैं और वह भी जटायु की रक्षा में हैं!"

"फिर भी कोई-न-कोई षड्यन्त्र हो सकता है, लक्ष्मण! हो सकता है मारीच ने चोला बदलकर कनक मृग का वेश धारण किया हो और आकर वह मनुष्य रूप में वीर मारीच के रूप में खड़ा हो गया हो क्योंकि विश्वामित्र ने हमें बताया था कि मारीच तपस्वी और योगी होते हुए भी मायावी है।"

"अब शंका तो मुझे भी हो रही है क्योंकि सिंहनाद तो एक कला है, गुण है जिसे हर कोई नहीं कर सकता। यह तो अवश्य ही किसी-न-किसी अप्रिय घटना का संकेत है। शीघ्र चलें, आश्रम पर कोई आपत्ति हो सकती है।"

"किन्तु जटायु को पराजित करना कठिन है। क्योंकि जटायु का मर्मस्थान उसके दोनों हाथ हैं। उनके कटे बिना तो वह अपने वायु-रथ के संचालन और हवाई युद्ध में निष्णात हैं। उन्हें तो कोई मार ही नहीं सकता।"

इन्हीं बातों में आश्रम आ गया। उन्हें सीता कहीं भी दिखाई नहीं दीं तो पहले राम ने आवाज दी, "जनकनन्दिनी, तुम कहाँ हो?"

कोई प्रतिउत्तर नहीं आया तो राम दौड़कर कुटिया में गए, वहाँ सुनसान था। फिर उन्होंने

जटायु को आवाज दी। यद्यपि जटायु ने स्वर सुना किन्तु वह जोर से बोलने में असमर्थ था और दक्षिण के मार्ग में पड़ा था। फिर लक्ष्मण ने झाड़ियों में घुसकर आवाज दी, "भाभी, तुम कहाँ हो?" किन्तु नीरवता के अतिरिक्त कुछ नहीं मिला।

राम चिन्तित हो गए। विराध भी अभी तक नहीं लौटा था। सीता बिना राम-आज्ञा के अगस्त्याश्रम भी जटायु के साथ कभी नहीं गई फिर सीता कहाँ गई। क्या कोई जंगली पशु उठा ले गया। नहीं, यह तो हो ही नहीं सकता। सीता स्वयं की रक्षा करने में सक्षम है। फिर वह परिव्राजक कहाँ गया? वह भी तो आश्रम में ही था। राम यह सब सोच रहे थे किन्तु पछताने के अतिरिक्त कोई विकल्प न था।

राम से लक्ष्मण बोले, "मुझे सिंहनाद सुनकर नहीं आना चाहिए था परन्तु भाभी के मुख पर अनायास उस नाद से मलिनता आ गई और मैं चल दिया। यह मेरी त्रुटि रही।"

"वह भी तुम्हारा भ्रातृत्व-कर्म था। तुम्हारा तो दोष है ही नहीं लक्ष्मण, फिर भी चलो देखें चारों ओर...।"

राम-लक्ष्मण अनायास दक्षिण पथ की ओर ही बढ़े थे तो उन्होंने कुछ दूरी पर टूटे हुए धनुष देखे। जिज्ञासावश दोनों भाई वहाँ शीघ्र पहुँचे तो रक्त दिखा और थोड़ी ही दूर पर जटायु मरणासन्न पड़ा था।

राम ने तत्काल जटायु का सिर अपनी गोद में रख लिया और घबराकर पूछा, "तात, तुम्हारी यह दशा किसने की? मैं राम बोल रहा हूँ। आँखें खोलो, गृध्रराज!"

जटायु को कुछ चेतना आई फिर रुँधे स्वर में बोला, "रावण...।"

"हाँ-हाँ, रावण ने क्या किया?"

"सीता का राजनीतिक अपहरण कर लिया। मैंने युद्ध किया तो मर्मभेदी रावण ने अपने ज्ञान से ही मेरे मर्मस्थान, दोनों हाथ काट दिए और जानकी को अपने हाथों से उठाकर रथ में बिठाकर दक्षिण दिशा की ओर चला गया।"

"आह, गृध्रराज! तुमने मेरे तात की मित्रता में अपने प्राण गँवा दिए। अब राम तुम्हारा अन्तिम संस्कार अपने हाथों सम्पन्न करेगा, तात जटायु!"

"मरने के बाद तो यह शरीर मिट्टी है। संस्कार तो होगा ही। इस बीच मैंने अपने अंगरक्षक के हाथों अयोध्या तक सीता-हरण का समाचार भेज दिया है। तुम्हारी सहायता मेरे कारण समूची गृध्रजाति करेगी। मेरा भाई सम्पाती और उसका पुत्र दक्षिण सागर तट पर मन्दार-शिखर पर रहते हैं। वे भी दशरथ से परिचित हैं और आर्यधर्मी हैं इसलिए तुम्हें वायुयानों का पूर्ण सहयोग प्राप्त होगा।"

"तात, तुम्हें तो अभी भी राम की चिन्ता है और राम तुम्हारे लिए कुछ भी न कर सका। दक्षिण तक राम कैसे पहुँचेगा। यह अँधेरा मार्ग कैसे तय करेगा, यह भी एक विडम्बना है।"

"राम, धैर्य रखो। संकट तो सभी पर आता है और टल भी जाता है परन्तु जो संकट को साहस के साथ जीता है, झेलता है वही विजय भी प्राप्त करता है। और जिसमें आपत्तियों, विपदाओं से संघर्ष कर मार्ग निकालने की क्षमता नहीं है वह युवा होकर भी वृद्ध हो जाता है तथा चिन्ता में ही डूबा रहने से मर जाता है। तुम सीता के बारे में बहुत कम सोचना, राम! रावण का व्यवहार, आचार सभी कुछ व्यक्तिगत रूप से अति सुन्दर है। सीता को कोई दुख नहीं देगा रावण।"

पुनः जटायु के नेत्र मुँदने लगे, वह अवचेतन होने लगा। इसी समय विराध भी अपनी

टुकड़ी के साथ आ गया और जटायु की दशा देखकर व्याकुल हो गया।

राम ने रुदन किया। जटायु उन्हीं की गोद में मरकर अमर हो गया। सभी ने जटायु का अग्नि-संस्कार किया।

फिर राम ने लक्ष्मण से कहा, "सीता के राजनीतिक अपहरण का समाचार मधुमक्खी पर अगस्त्य को दे दो।"

लक्ष्मण ने अगस्त्य से वार्ता की, उन्होंने आज्ञा दी, "दक्षिण की ओर आप लोग सीता की खोज में आगे बढ़ें। अभी यह नहीं कहा जा सकता कि राक्षसेन्द्र सीता को कहाँ रखेगा! तुम लोग अब बराबर मुझसे सम्पर्क बनाए रखो। सही समय पर मैं स्वयं और सैनिक तथा युद्ध-सामग्री पहुँच जाएगी। तुम्हें आगे कबन्ध मिलेगा, उससे भी कुछ जानकारी प्राप्त हो सकती है।"

अब राम को चैन कहाँ! सीता-विछोह में दुखी राम और लक्ष्मण तथा विराध निर्वाक् दक्षिण-पथ पर जा रहे हैं। राम सोच रहे हैं कि कल इस समय सीता मेरे साथ थी। उसकी लजीली हँसी और मेरे प्रति अगाध स्नेह को मैं भूल नहीं सकता। लोग-हँसाई राम की हो गई। रावण ने अपना प्रतिशोध ले लिया। जहाँ हमने उसकी भगिनी का अपमान किया, वहीं रावण ने राम-भार्या मैथिली और साकेतराज सुन्दरी का अपहरण कर अनार्यों को आनन्दित कर दिया। क्षत्रिय राम का भी अपमान हो गया। लोग क्या सोचेंगे! पशु-पक्षी तक अपनी पत्नी की रक्षा करने में सक्षम हैं और मैं मनुष्य होकर भी धर्मपत्नी की रक्षा करने में असमर्थ रहा। राम की अपकीर्ति हो गई। क्योंकि राम एक राजकुमार है। अयोध्या का भावी सम्राट है, और राजकुल से जुड़ा होने से पिछड़े वर्ग के लोग, जो राजनीति नहीं जानते, वे तो यही कहेंगे कि सीता पर-पुरुष के बन्धन में रहने से विश्वसनीय नहीं है। राम के सामने धर्म-संकट खड़ा हो गया। राम विलाप भी करेंगे तो कहाँ तक अश्रु बहाएँगे। एक दिन तो असीम की भी सीमा होती है। अब राम को सीता को बन्धन-मुक्त करने हेतु पहले खोज करनी होगी और फिर पता लगने पर क्या होगा? कौन जानता है!

मार्ग में राम ने गोदावरी नदी को प्रणाम किया और लक्ष्मण तथा विराध के साथ चले तो हिरणों का झुंड दक्षिण दिशा को दौड़ता हुआ चला गया। राम भी उन्हीं के पीछे-पीछे चल दिए। वैसे विराध को मार्ग का पूर्ण ज्ञान था।

चलते-चलते राम कबन्ध तक पहुँच गए। कबन्ध की दोनों पत्नियाँ रावण की सहायता के कारण उसका गुणगान करती थीं। कबन्ध का इन्द्र से तो युद्ध ही हुआ था, इस कारण वह इन्द्र का राजनीतिक और धार्मिक दोनों प्रकार से ही शत्रु था।

राम ने कबन्ध से कहा, "मैं दाशरथि राम हूँ, आर्यधर्मी हूँ। तुमसे मार्ग चाहता हूँ। अपनी इन दोनों वीरांगना धर्म-पत्नियों को आज्ञा दो कि वे अपने सैनिकों को हटा लें।"

कबन्ध ने अट्टहास किया, फिर कहा, "राम, लक्ष्मण! तुम्हें मार्ग देने के लिए मुझे इन्द्र एवं वरुण का ही समाचार एक मुनि ने दिया था परन्तु मैंने यह प्रस्ताव ठुकरा दिया और क्रोधाग्नि में मुनि का अनादर भी किया। अरे...जिन इन्द्र ने मुझ श्री के पुत्र दनु को, जो कि सुन्दरतम था, रण में वज्र मार-मारकर कुरूप और कबन्ध बना दिया। अब लोग मुझे दनु नहीं कहते। बल्कि कबन्ध कहते हैं क्योंकि मेरे शरीर की रचना कबन्ध शब्द के अनुरूप हो गई है। वह दनु क्षत्रिय राम को मार्ग नहीं दे सकता। रावण ने दनु की रक्षा की है। कबन्ध जिसका लवण खाता है उसके साथ विश्वासघात नहीं करता। राम यदि विजयी हो जाएँ तो मार्ग दिया जाएगा। मेरे चरों ने विरही राम की पूर्ण कथा मुझे बता दी है।"

"रावण दुष्ट है, कबन्ध! उसने मेरी भार्या का अपहरण कर लिया है।"

"रावण धर्मात्मा है, राम! उसने मेरी भार्याओं की तथा मेरे उदर-पोषण की व्यवस्था की है।"

"किन्तु नारी के अपहरण का पाप तो लगता है।"

"यदि कामेच्छा से किया जाए तो। सीता का अपहरण राजनीतिक अपहरण है। राजनीतिक बन्धन है, जो कूटनीति में अनैतिक कर्तव्य नहीं है।"

"परन्तु आर्यों की दृष्टि में यह एक दुराचार है।"

"यही घटना यदि किसी अनार्य राम के साथ घटती तो वह सदाचार हो जाती। यह तो एक थोथा दोषारोपण है, राम! रावण के लिए सीता पुत्री के समान रहेगी। किन्तु तुम्हारे इन्द्र ने हेमा (मन्दोदरी की माँ) का बलात् अपहरण कामेच्छा से किया था तो किसी भी क्षत्रिय सम्राट ने इन्द्र को पापी, दुष्टात्मा नहीं कहा। क्यों? इसलिए कि हम द्रविड़, अनार्यों की पत्नियों का सतीत्व सतीत्व नहीं है और तुम आर्यों की भार्याओं का सतीत्व सतीत्व है। अरे, हमारे यहाँ भी मन्दोदरी जैसी एक-निष्ठा पतिव्रता स्त्रियाँ हैं। सुलोचना जैसी साध्वी नारी रावण की पुत्र-वधू है। वहाँ शूर्पणखा, जो लक्ष्मण की अम्ब के तुल्य है, का अपमान असहनीय तो होगा ही। फिर जनकनन्दनी के अपहरण पर राम इसलिए क्षुब्ध हैं कि वह राम का वामाँग है। तुम्हारा पिता दशरथ मय दानव के वामांग पर क्षुब्ध क्यों नहीं हुआ?

"और सुनो, राजकुमार राम! इन्द्र-पुत्र जयन्त क्या सीता पर कुदृष्टि नहीं रखता था? यदि रखता था तो कौन नीच है, पापी है? परन्तु राम इन्द्र से कुछ नहीं कह सकता क्योंकि इन्द्र का वरद हस्त राम के सिर से उठ जाएगा तो राम असहाय हो जाएगा।

"कबन्ध राम का शत्रु नहीं है किन्तु रावण की सहायता के बोझ से दबा तो है फिर उसके काम कबन्ध तो आएगा ही। कबन्ध रक्ष-सैनिक सन्निवेश का अधिष्ठाता शबरी आश्रम की सीमा तक का है। राम एक बात विशेष रूप से ध्यान रखना कि रावण के उपनिवेश और उसके मित्र राज्य बिना युद्ध के तुम्हें बढ़ने नहीं देंगे। हमारी रक्ष-संस्कृति में स्वामी की अन्धभक्ति है, सत्ता के प्रति अन्धश्रद्धा होती है। यही हमें अग्नि-साक्षी करके प्रतिज्ञा करनी होती है।"

"तो फिर संग्राम ही अनिवार्य घटना है क्या?"

"हाँ, क्षत्रिय राजकुमार!"

"तो फिर होने दे। विलम्ब अब नहीं होगा। राम की महायात्रा लम्बी है और समय कम है।"

अन्ततोगत्वा युद्ध हुआ। विराध की सेना के सामने दनु (कबन्ध) के सैनिकों ने घुटने टेक दिए और कबन्ध राम के बाण से आहत हो गया फिर बोला, "राम, मुझे तो वीरगति प्राप्त होगी ही, साथ ही मैं आज महाराजा रावण के ऋण से भी उऋण हो गया उनके लिए प्राण गँवाकर। अब बोलो, तुम्हारा क्या प्रिय करूँ?"

"रावण सीता को कहाँ ले गया है?"

"यह तो मुझे ज्ञात नहीं है राम, आगे तुम्हें इसी मार्ग पर शबरी मिलेगी, वह आगे का मार्ग बताएगी। यह दक्षिण-पथ बड़ा कठिन है इसलिए पूछते-पाछते और संघर्ष करते ही तुम्हें पम्पा (सुग्रीव) तक जाना होगा।"

और इसी के साथ ही दनु (कबन्ध) स्वर्ग सिधार गया।

राम फिर यात्रा पर।

राम का इस यात्रा में अनेक जातियों से सम्पर्क हुआ। राम की जनस्थान की खर-दूषण-विजय का समाचार दक्षिण तक पहुँच गया था और प्रतिशोध में सीता-हरण का भी। शबर जाति की शबरी शूद्रा थी किन्तु मतंग ऋषि की सेवा में रहने से उसे यथेष्ट ज्ञान हो गया था। मतंग के स्वर्ग सिधार जाने से अन्य शिष्य भी बिखर गए परन्तु शबरी अभी भी इसी आश्रम में रहती थी जो प्रत्यकस्थली कहलाता था। मतंग ने ऋषि के महत्त्व को प्रोत्साहन दिया था और गोदावरी नदी से प्रत्यकस्थली तक कुल्या (नहर) खोदकर एक कूप में डाल दी थी, जहाँ ऋषिगण स्नान-ध्यान करते थे। ऋषि के मरने के बाद, वह आश्रम के उद्यान की देख-रेख करती थी। यह फलोद्यान था जिसमें बेर के वृक्ष भी थे और जो वर्तमान में फल दे रहे थे।

शबरी को रामागमन का ज्ञान था। वह असमंजस में थी कि राम क्षत्रिय होने से मुझ अन्त्यज से मिलेंगे भी या नहीं। शबरी विभीषण की विश्वसनीया थी। क्योंकि शबरी आर्य धर्म की अनुयायी थी। विभीषण पद-लोलुप था और लंकपति के सिंहासन पर बैठने का स्वप्न साकार करना चाहता था। विभीषण को रावण से अलगाव की नीति अपनाने की तोड़-फोड़ का काम हनुमान ने कर दिया था और लंका के भीतर अपनी मरुत जाति को छद्म वेश में भेज भी दिया था जो कि वानर जाति, मरुत जाति को वर्ण के आधार पर रावण के विरुद्ध उकसाया करते थे। जिसमें विभीषण का स्पष्टतया कोई हाथ, दंड के भय के कारण नहीं होता था परन्तु वह इन छद्मवेशियों को संरक्षण प्रदान करता था। इस प्रकार रावण के विरुद्ध इन्द्र-वरुण अर्थ बहाकर अपनी आर्थिक साम्राज्यवादी नीति को लंका में पनपा रहे थे।

शबरी को विभीषण ने भूर्जपत्र भेजकर राम के खर-दूषण-वध के कारण आर्य धर्म में दीक्षित होने की अभिलाषा प्रकट की थी। और बालि के स्थान पर सुग्रीव से मैत्री सम्बन्ध बढ़ाने का उल्लेख किया था। शबरी सुग्रीव के लिए भी समाचार का एक माध्यम थी और ऋष्यमूक तक वह आया-जाया करती थी क्योंकि मतंग का अनुसन्धान-केन्द्र यही पर्वत था। सुग्रीव मतंग ऋषि की भी सेवा किया करता था। मतंग ऋषि हनुमान तथा सुग्रीव के लिए वेदों के अध्ययन के साथ-साथ रक्ष-धर्म के विरोध में जनमत तैयार करने का भी पाठ पढ़ाते रहते थे। क्योंकि सभी ऋषिगण इन्द्र के भले ही कम शुभचिन्तक रहे हों परन्तु वरुण में उनकी निष्ठा सदैव रही। वरुण को ही जब रावण ने मित्र सहित परास्त कर दिया तो ऋषियों को दुख हुआ और वे रावण के विशाल साम्राज्य को संकल्प के साथ नष्ट करने की रूपरेखा तैयार करने लगे। षड्यन्त्रों का जाल फैलाने लगे। अर्थ की व्यवस्था सत्ता पलटने के लिए सम्राट इन्द्र ने की।

शबरी का जीवन ऐसे ही क्रान्तिद्रष्टा ऋषियों के बीच बीता था जिनमें कि विशुद्ध आर्य रक्त था और जिन्होंने रावण की भाँति शूद्रों, अन्त्यजों के लिए भी द्वार खोला और उन्हें शरण दी। उनकी हीन भावनाओं को मिटाकर उन्हें मानव योनि की समानता का दर्शन कराया तो शबर जाति, हनु हाति, वानर जाति जैसी आदिवासी जातियाँ भी आर्य धर्म ध्वजा के नीचे आकर संगठित हो गई थीं परन्तु रावण से प्रकट में वैर करने का उनमें साहस नहीं था। ऋषियों के पास छत्र नहीं थे और दृढ़ संगठनकर्ता होने के उपरान्त छत्र के अभाव में सशस्त्र आक्रमण का विचार भी नहीं किया जा सकता था। सुग्रीव, हनुमान ऋषियों के साथ थे तो भी बालि के विशाल साम्राज्य की मैत्री ही नहीं अपितु रावण से बहन का विवाह होने से सागर तट की ओर आँख उठाकर देखना भी कठिन था।

और राम को ऋषियों द्वारा सांस्कृतिक रूप से तैयार किया हुआ सुदृढ़ प्रशस्त मार्ग प्राप्त हुआ। रावण को राज्य करते वर्षों बीत गए थे इसलिए परिवर्तन के सिद्धान्तानुसार असन्तोष

भी होना स्वाभाविक था। अधिक समय तक राज्य करने से राजनीति चन्द मन्त्रियों या चन्द लोगों के हाथ में ही घूमने से, कोई नवीन व्यवस्था जनता को न दिए जाने से, रावण जैसे महान् सम्राट के विरुद्ध अपने ही साम्राज्य विरोधी स्वर का उठना कोई अस्वाभाविक बात नहीं थी। क्योंकि रावण ने लंका साम्राज्य में प्रत्येक बात को महत्त्व दिया। लंका की सामान्य प्रजा को भी सुशिक्षित, अनुसन्धानकर्ता के रूप में महान् तपेश्वरी का रूप दिया। लंका की नारियों को भी सैनिक शिक्षा तक दी गई और सभी को रावण ने बुद्धिजीवी का बाना पहना दिया एवं इस बुद्धिवाद की होड़ और वैज्ञानिक भौतिकवाद की चमक ने विभीषण जैसे अनेक पद-लोलुप मन्त्री, सामन्त खड़े कर दिए जो वैभवशालिनी लंका के उपयोग के लिए अपने राजनयिक सम्बन्ध अन्य राज्यों के असन्तुष्टों, विपक्षियों से करने लगे।

यही कारण था कि विभीषण, जिसे जब रावण सभा में शूर्पणखा द्वारा अयोध्या सम्राट दशरथ-पुत्र राजकुमार राम और लक्ष्मण का ज्ञान होता है तो एक शक्तिमान राज्य का प्रश्रय प्राप्त करने के उद्देश्य से विभीषण ने अपना पत्र क्षत्रिय राजकुमार राम तक पहुँचाने के लिए शबरी तक पहुँचाया। शबरी को स्वयं पत्र लेकर राम तक पंचवटी पर पहुँचाना था परन्तु बीच में ही सीता का राजनीतिक अपहरण होना क्षत्रिय सम्राट राम को रावण का प्रतिशोध तो था ही, इसके साथ-साथ क्षत्रियों को भले ही न हो किन्तु इन्द्र-वरुण को एक चुनौती थी और इन्द्र-वरुण की समूची राजनीतिक षड्यन्त्री गतिविधियों के लिए यह एक राजनीतिक सुन्दर उत्तर भी रावण की ओर से चेतावनी के रूप में था जिससे इन्द्र व वरुण के पक्षधरों का क्षुब्ध होना स्वाभाविक था। उनका आक्रोश में आना भी स्वाभाविक था। इस कारण अब राम को इस प्रशस्त मार्ग पर इन्द्र और वरुण के सहारे स्वयं चलना आवश्यक हो गया था और राम का कबन्ध तक आने का समाचार शबरी को प्राप्त हो चुका था।

शबरी आश्रम में बैठी हुई कुछ सोच रही है। वह प्रातःकाल ही कुछ फल उद्यान से लाई है और बेर-फल भी। बेर तो उसने स्वयं चखे थे। अच्छे, मीठे-मीठे, उसने एक टोकरी में रख लिए थे। बेरों को दो-चार दिन तो रखा ही जा सकता है और उन्हें सुखा लिया जाए तो एक वर्ष तक भी खराब होने का कोई प्रश्न नहीं। शबरी पतिव्रता थी और एक अच्छी माँ भी थी। उसने अपनी सन्तान को भी अच्छे गुणों से परिपूर्ण किया।

राम ने दूर से ही पम्पा सरोवर के पूर्व एक सुन्दर आश्रम देखा। वे समझ गए कि यही मतंग-आश्रम होना चाहिए। विराध से उत्सुकतावश पूछा, "विराध, क्या यह सामनेवाला उपवन ही मतंग-आश्रम है?"

"हाँ, आर्य!"

"और इसके चारों ओर झोपड़ियाँ हैं, वे किनकी हैं?"

"वे शबर जाति की ही हैं।"

"तो शबरी क्या इन झोपड़ियों में ही मिलेगी?"

"नहीं, वह तो मतंग की मृत्यु के बाद से आश्रम में ही निवास करने लगी है।"

"अच्छा, सुना है शबरी भी बड़ी पतिव्रता है।"

"सत्य है। वह अपने पति के नित्यप्रति चरण धोती है। फिर भी साधनारत शबरी, पति के क्रोधी स्वभाव का होने से प्रसन्न नहीं है।"

"यह तो बड़ी विडम्बना है नारी जाति के साथ कि दासी के समान पति की सेवा करने पर भी पुरुष वर्ग उसे प्रताड़ित करता है।"

"यह तो संसार है। स्वभाव-व्यवहार के नाना रूप मनुष्य में ही तो पाए जाते हैं, पशुओं में नहीं।"

"यह क्या रावण का ज्ञान है?"

"हाँ, राजकुमार!"

"तब तो दशानन ने दर्शनशास्त्र की बहुत-सी बातें तुम्हें ज्ञान कराई होंगी।"

"मुझे ही नहीं, सभी को।"

"तब तो राजा रावण विद्या का भंडार है।"

इसी बीच राम आश्रम पर आ गए। शबरी उनके सम्मुख खड़ी हो गई, तब राम ही बोले, "मैं दशरथ का पुत्र राम हूँ, साथ में मेरा छोटा भाई लक्ष्मण और विराध है।"

"बैठो, राजकुमार! तुम्हारे आगमन का तो मुझे ज्ञान था परन्तु शबरी के आश्रम पर आओगे या नहीं इसका आभास नहीं था।"

राम ने कुटिया की ओर चलते हुए कहा, "बिना कारण कोई किसी के पास नहीं आता। मैं भी सकारण आया हूँ।" राम-लक्ष्मण कुटिया में बिछी हुई शिला पर बैठ गए।

"कारण बाद में बतला देना, भूखे होओगे कुछ खाओगे, राम?"

"अवश्य।"

"तो उस उपवन के कुछ फल और बेर हैं, इच्छा हो तो दूँ?"

"इस समय तो सभी कुछ उचित है। जो हो, वही प्रदान करो।"

शबरी ने राम के आगे बेरों और फलों की टोकरी रख दी। राम ने बेर खाते हुए कहा, "तुम्हें मेरे आगमन का ज्ञान है तो मेरी भार्या सीता के हरण का भी ज्ञान होगा ही।"

"है तो परन्तु मुझे भी तुमसे काम था। मैं स्वयं मिलना चाहती थी।"

"बोलो, तुम्हारा क्या काम है राम से?"

"मेरा व्यक्तिगत कोई कार्य नहीं है राजकुमार से। क्योंकि मुझे राज्य नहीं चाहिए परन्तु जो राजभोग की अभिलाषा रखते हैं, उनका कार्य है आपसे।"

"एक वनवासी राम, जो स्वयं दूसरों के सहयोग का अभिलाषी हो, यदि उसका किसी को सहयोग चाहिए तो राम देगा।"

"आवश्यकता पूर्ति का मार्ग तैयार करती है। तुम्हारी आवश्यकता है सीता की खोज और रावण के भाई विभीषण की आवश्यकता है लंकाधीश की।" कहते हुए शबरी ने विभीषण का भूर्जपत्र राम की ओर बढ़ा दिया।

राम ने पत्र पढ़ा फिर बोले, "समयानुसार ही भाग्य के बलवान होने से सारे कार्य होते हैं। विभीषण के राजतिलक के लिए राम व्यवस्था करने का पूरा प्रयास करेगा। इस पत्र से राम को लंका में ही रावण का प्रतिद्वन्द्वी और राम का मीत प्राप्त हुआ। अब तुम बताओ, सीता कहाँ है? उसे कैसे प्राप्त किया जाए?"

"राम, हमें मतंग ऋषि ने कई विद्याएँ सिखाई हैं। उनके अनुसार सीता को लंका में ही होना चाहिए फिर भी आप सुग्रीव के पास जाकर अपनी भार्या के बारे में पता लगाइए। आप तो सिंहनाद जैसी विद्या भी जानते हैं, पराक्रमी हैं। क्षत्रिय राजकुमार होने से ब्राह्मणों जैसे सर्वज्ञ हैं। मैं एक स्त्री आपको क्या बता सकती हूँ! सुग्रीव तक पहुँचने का पथ अवश्य बता देती हूँ।"

इसी समय अन्य लोग आ गए। परस्पर नमस्कार हुआ। एक ने शबरी से राम का परिचय पाने के उपरान्त कहा, ''हमारे सरोवर में कीड़े पड़ गए हैं राम, वे कैसे नष्ट होंगे। आप तो अगस्त्य-आश्रम से आ रहे हैं। आपने वहाँ औषधि-ज्ञान भी प्राप्त किया होगा। कोई कूप या वापी होती तो पानी निकाल दिया जाता और नया जल आता तो निर्मल हो जाता किन्तु सरोवर तो रिक्त नहीं किया जा सकता।''

राम ने सरोवर का जल निर्मल करने के लिए शबरी को औषधि बताई, ''देवि, तुमने राम का आतिथ्य मधुर फलों से कराया है और विभीषण का पत्र और सुग्रीव का मार्ग बताकर मेरी सहायता की है। इसके लिए प्रोत्साहन के रूप में यदि चाहो तो राम तुम्हें किसी महापौर के पद पर प्रतिष्ठित कर सकता है?''

''नहीं राजकुमार, शबरी इतना महान् पद धारण करने में असमर्थ है। उसे तो अपनी सन्तति ही प्यारी है क्योंकि भोजन की व्यवस्था इस क्षेत्र में अपर्याप्त है।''

''तो तुम दक्षिण कोशल की ओर अपनी शबर जाति को भेज दो। वहाँ भरत की राज्य सीमा में मेरा नाम लेने से ही भरण-पोषण की व्यवस्था के साथ-साथ वृत्ति का काम मिल जाएगा।''

''शबरी प्रसन्न हुई राम, मैं अपने वंश के इच्छुकों को मध्य देश जाने हेतु निवेदन करूँगी।''

''तो अब राम तुम्हारे उपकार के बोझ से दबा हुआ चलता है।''

7

महामना रावण का पुष्पक नामक विमान सीता सहित दक्षिण-पथ से निकला था तो चतुर सीता ने ऋष्यमूक पर्वत पर अपना उत्तरीय तथा एक आभूषण उस समय की प्रथानुसार खोज के लिए कुछ लोगों को बैठा देखकर फेंक दिया था जिसे पर्वत पर बैठे लोगों ने उठा लिया था। रावण का वायुयान गिरिश्रृंग की चोटी पर होने से अधिक ऊँचाई पर नहीं था। इस कारण एक अस्पष्ट आकृति के रूप में नारी को लोगों ने पुष्पक में बैठा देख लिया था। पुष्पक का ज्ञान इस क्षेत्र के लगभग समस्त वनवासियों को था क्योंकि रावण का राजकीय यान जब उड़ान भरता था तो लोग उसकी महानता के कारण सोचते थे कि या तो दशानन कैलास पर अपने इष्ट शंकर के पास जा रहा है या फिर किसी को युद्ध में पछाड़ने या कहीं किसी पर्वत से औषधियाँ लाने या कहीं किसी गुफा में तपस्या करने या किसी से विश्व-व्यापार-सम्बन्ध स्थापित करने अथवा किसी अधीन राज्य से कर प्राप्त करने या उसके स्वाधीन होने पर पुनः परतन्त्र करने जा रहा है।

किन्तु उस समय दशानन की विशेषता होती थी कि यान में अंगरक्षक, गुप्तचर तथा शस्त्रधारी सैनिक भी रहते थे तो प्रजा समझ जाती थी कि यह रावण की यात्रा राजनीतिक है और जब वह एकाकी पुष्पक में होता तो लोग समझ जाते कि यह उसकी धार्मिक यात्रा है। या फिर किसी से गुप्त चर्चा करने सम्राट दशानन एकाकी जा रहा है।

इस बार नारी को देखकर तथा उसके द्वारा वस्त्र-आभूषण नीचे गिराने से लोग समझ गए कि यह तो कोई दाल में काला है और किसी सम्भ्रान्त नारी का अपहरण है। इससे अधिक विचारना व्यर्थ था क्योंकि राजनीतिक दाँव-पेंच को सुग्रीव का दल अच्छी तरह जानता था तथा शूर्पणखा के अपमान का समाचार भी उन्हें प्राप्त हो चुका था। परन्तु गन्धमादन पर्वत पर वृद्ध

सम्पाती का पुत्र अपने यान की उड़ान भर रहा था। उसकी अपने पिता सम्पाती से पटती नहीं थी। पिता-पुत्र का विरोध अकारण ही चलता रहता था और दोनों में तत्काल कहा-सुनी भी हो जाती थी। सुपार्श्व हठी प्रकृति का, गृध्र जाति का एक आक्रोश रूप था। गन्धमादन पर्वत की घाटी में गृध्रजाति निवास करती थी किन्तु महात्मा दशानन ने कुशल शिल्पियों को अच्छी वृत्ति का लोभ देकर अपनी लंका के अनुसन्धान केन्द्रों में प्रतिष्ठित कर दिया था। और सम्पाती इस कारण कुछ पंगु हो गया था तथा गन्धमादन का नाम मात्र का स्वामी रह गया था। अपनी प्रजा का भरण-पोषण करने में असमर्थ होने से उसके पुत्र सुपार्श्व ने ही सत्ता अपने पिता से छीन ली थी और सम्पाती को एक पृथक स्थान पर रहने हेतु बाध्य कर दिया था। इसलिए सम्पाती दुखी रहता था। और जटायु ही इस विषाद का एक परिहार था जो कि अपने भाई के सम्मान के लिए सिन्धूर गिरि (रामटेक) से उड़ान भरकर अशक्त, सम्पाती की सेवा में आता-जाता रहता था और उसके भोजन की व्यवस्था करता रहता था।

सम्पाती के कलाकारों को रावण द्वारा क्रय किए जाने से और उनके विदेश चले जाने से सम्पाती और सुपार्श्व दोनों ही रावण के अप्रकट शत्रु थे। जिस सम्पाती ने गन्धमादन के क्षेत्र में अपनी जाति की उन्नति के लिए उन्हें योग्य बनाया, यान विद्या में पारंगत किया, वे ही सम्पाती के बुरे दिनों में साथ छोड़ गए और दक्षिण भारत से लंका जैसे विदेशी राष्ट्र में पहुँच गए।

सुपार्श्व शेष जाति को कुछ दे नहीं सकता था परन्तु उनका शुभचिन्तक अवश्य था। लेकिन अर्थाभाव के कारण वह भी यान विद्या की उन्नति नहीं कर पा रहा था। फिर भी वह एकाध यान की उड़ान तो भरता ही रहता था। जहाँ पुष्पक एक उच्चकोटि का वायुयान था वहीं सुपार्श्व का यान निम्नकोटि का था।

वह जब उड़ान भर रहा था तो उसी समय रावण का पुष्पक गन्धमादन से निकला। सुपार्श्व भी उड़ान पर था। उसने अपना यान निकट लाकर महात्मा रावण से पूछा, ''सम्राट, न तो ये सुन्दरी महारानी मन्दोदरी हैं और न ही आपकी अन्य दो साम्राज्ञी। फिर ये कौन हैं, इन्हें कहाँ ले जा रहे हो?''

दोनों के यान उड़ते जा रहे हैं। सीता सुपार्श्व को भली-भाँति देख रही है। क्योंकि दोनों खुले हुए यान हैं। सीता वीरांगना थीं। उन्होंने सुपार्श्व से गिड़गिड़ाकर अपनी सुरक्षा की भीख नहीं माँगी और न ही उन्होंने अपना भेद खोला। इस क्षत्राणी के समूचे शरीर में आग लगी हुई थी परन्तु मार्ग में सीता ने अनेक संकल्प-विकल्प किए थे। वे रावण के प्रति कुछ और ही ठान रही थीं। लंका में रहकर ही रावण की रक्ष-सभ्यता को आर्य-सभ्यता में परिवर्तन हेतु कुछ करना चाहती थीं। स्त्रियों को रक्ष-धर्म से विभाव करना चाहती थीं। अपने अपहरण के कारण उनके मन में भी प्रतिशोध की ज्वाला भड़क रही थी इसलिए वे निर्वाक् रही थीं।

रावण ने कुछ विचारा फिर कहा, ''यह मात्र प्रतिशोध का एक रूप है।''

''कैसा प्रतिशोध, राक्षसेन्द्र?''

''जिसने मेरी बहन का अपमान किया है उसकी पत्नी को ले जा रहा हूँ।''

''अच्छा, उन दो वीर तपस्वियों की भार्या हैं ये?''

''हाँ।''

''तब तो यह राजनीतिक अपहरण है।''

''हाँ।''

''किन्तु यह रक्ष-धर्म के विपरीत कार्य है।''

''स्वीकार है। परन्तु शुक्र नीति के अन्तर्गत उचित है।''

''राजनीतिक दृष्टि से तो छल, कपट, वध, षड्यन्त्र सभी कुछ उचित नहीं और न ही श्रेष्ठतम कार्य है। लेकिन इस नारी की आँखों की अग्नि, मुख का क्रोध तो यह प्रकट कर रहा है कि ये तुम्हें भस्म कर देंगी।''

''सार्वभौम सम्राट को ध्वस्त करने के लिए सर्वोच्च सैनिक शक्ति की आवश्यकता होगी।''

''यह तो जानता हूँ। फिर भी विश्व की महान् शक्ति का अपहरण करना था तो युद्ध करके करना था।''

''फिर अपमान के प्रतिशोध का रूप न होकर लोग यही कहते कि रावण ने कुछ तपस्वियों के लिए विशाल सेना के साथ आक्रमण किया तो उसकी अपकीर्ति न होती क्या?''

''होती तो अवश्य।''

''तो फिर रावण का यह कृत्य सर्वथा उचित है।''

''फिर भी महान् तपस्वी सम्राट दशानन अपवाद से तो नहीं बच सकता।''

''अपवाद-आरोप तो अहर्निश चलता ही रहता है। जनता कोई राजनीतिज्ञ तो होती ही नहीं, वह तो समाज के ठेकेदार, ब्राह्मण, क्षत्रिय और वैश्यवर्णी लोग जो कह दें, भले ही वह झूठ हो, बस उसी को कोई आंशिक रूप में तो कोई पूर्ण रूप से स्वीकार कर लेता है।''

''किन्तु वे तपस्वी तो सम्राट दशरथ के पुत्र राम-लक्ष्मण हैं। और इससे तो श्रीरावण के विरोध में अयोध्या, मिथिला, केकयदेश की सेनाएँ लंका तक धावा बोलेंगी।''

''रावण उनकी तुच्छ सेनाओं को हरा देगा, सुपार्श्व! जानते नहीं हो, इन्द्र, वरुण, यम तक को रावण परास्त कर चुका है फिर इन क्षत्रियों, सम्राटों को तो मैं चुटकी में ही ध्वस्त कर दूँगा।''

''यह भी जानता हूँ किन्तु स्त्री की चोट और उसके प्रहार से अच्छे-अच्छे धराशायी हो गए हैं। कितने ही भीषण युद्ध में भी, श्वेतद्वीप में सम्राट श्रीरावण को स्त्रियों ने ही छकाया है।''

''रणक्षेत्र में छकाना कोई आश्चर्य की बात तो नहीं है, सुपार्श्व!''

''फिर भी एक स्त्री के लिए सुपार्श्व आर्यधर्मी होने से नैतिकतावश तुम्हारा मार्ग तो रोक सकता है।''

''यह तो राम-रावण का वंशानुगत वैर है। जहाँ राम किसी आर्य धर्म का प्रचारक है, वहाँ भक्ति मार्ग का संरक्षक भी है। परन्तु रावण का राम के कुल से वैर है। व्यक्तिगत वैर तो नहीं था फिर भी उनके भाई लक्ष्मण ने शम्बूक का वध किया, बहन का अपमान किया तो रावण अपराधियों को दंड देगा ही और दंड विधान के अनुसार तुम्हें मेरे मार्ग में आने का कोई अधिकार नहीं है। और न ही इस विषय पर मेरा-तुम्हारा विरोध है। फिर भी यदि तुम मार्ग रोकना चाहो तो रावण समर के लिए तैयार है।''

''मैं क्यों अकारण युद्ध करूँगा और करना भी चाहूँ तो मुझमें सामर्थ्य नहीं है आप जैसे सम्राट से टकराने की। फिर भी निवेदन करता हूँ कि सीता को कोई कष्ट न हो।''

''सार्वभौम सम्राट स्वयं और उसकी पट्टमहिषी मन्दोदरी द्वारा, सीता ने जो वैभव नहीं देखे होंगे, वे लंकाधाम में देखेगी। सीता रावण की ही नहीं अपितु लंका साम्राज्य की पुत्री के रूप में प्रतिष्ठित होगी।''

''मैं धन्य हुआ श्रीरावण, मैंने कर्तव्य-बोध के कारण ऐसा आपसे अनुरोध किया था। वैसे आप ब्राह्मण-श्रेष्ठ होने से सर्वज्ञ हैं। मैं लौटता हूँ।''

सुपार्श्व लौट गया और रावण का पुष्पक समुद्र पार कर लंका धाम की राजकीय हवाई पट्टी पर उतर गया। रावण और सीता दोनों राजपथ पर चले। रावण की चारों ओर से जय-जयकार होने लगी।

रावण ने सीता को राजप्रासाद दिखाया और मन्दोदरी को बुलाकर उसे अपने साथ लिया फिर वैभवशाली अन्तःपुर दिखाया।

सीता ने लंका के राजप्रासाद और वहाँ की श्री समृद्धि का पारखी दृष्टि से अवलोकन किया। नाना भाँति के यन्त्रों की उपस्थिति पर सीता को आश्चर्य हुआ। आर्य सम्राट तो राक्षस राज्य की तुलना में तुच्छ प्रतीत हुए। प्रासाद स्वर्ण-मंडित। पथ स्वर्ण-मंडित। छत स्वर्ण-मंडित। सीता चौंधिया गईं। उनके पीछे जो परिचारिकाएँ थीं, वे आभूषणों के भार से लदी हुईं। सभी स्वस्थ एवं प्रसन्न-चित्त। किसी अभिन्द से वीणा के स्वर फूट रहे हैं। मन्दिरों में शंख, घड़ियाल की प्रथम प्रहर में ध्वनि हो रही है। राजभवन में त्रिपुंड लगाए सैनिक घूम रहे हैं। स्त्री, सैनिक, परिचारिकाएँ, चर—सभी कुछ विचित्र।

फिर रावण ने कहा, ''पुत्री सीते! इनमें से जो प्रासाद तुम्हें सुन्दर लगे, उसे रहने के लिए चुन सकती हो।''

''नहीं, तात! चूँकि मेरे पति वनवासी हैं इस कारण मुझे भी पतिधर्म के लिए किसी वन में, उद्यान में ही रहना होगा। मैं राज-वैभव तब तक नहीं भोग सकती जब तक कि श्रीराम न भोगें।''

''तुम ठीक कहती हो, देवि! यह भोजन करो, फिर मैं तुम्हें उद्यान दिखाऊँगा। सीते, किसी भी बात का कोई संकोच नहीं करना। मन्दोदरी अत्यन्त धार्मिक एवं पतिव्रता एकनिष्ठा नारी है। इसका व्यवहार मधुर ही नहीं बल्कि इसी की तपस्या के कारण रावण महान् हुआ है। मेघनाद की बहू सुलोचना महारानी मन्दोदरी से भी बढ़कर सती-साध्वी स्त्री है। तुम ऐसी ही सतियों के बीच रहोगी। तुम्हें यहाँ कष्ट तो दूर बल्कि मन्दोदरी की रक्षा में पलकों की छाँव में रखा जाएगा।''

''तात! मैं भोजन नहीं करूँगी बल्कि एक वर्ष तक व्रत रखूँगी। कन्द, मूल, फल सेवन कर अपना साध्वी जीवन माता मन्दोदरी तथा अन्य धार्मिक नारियों के बीच बिताऊँगी।''

रावण हँसा फिर बोला, ''मैं जानता हूँ सीते, कि तुम साध्वी होने के साथ-साथ राजकुल-वधू हो। सम्राट की राजपुत्री रही हो और गौतम-पुत्र सतानन्द जैसे ऋषि ने तुम्हें शिक्षा-दीक्षा दी है। उस पर भी मुझसे पराजित क्षत्रिय विश्वामित्र का वरदहस्त तुम पर रहा है तो तुम्हें कूटनीति पर भी अधिकार होगा। परन्तु मैं तुम्हें सावधान कर देना चाहता हूँ कि वन के एकान्तवास में तुम कोई राजनीतिक षड्यन्त्र नहीं रचना। क्योंकि शुक्रनीति कहती है—'स्त्री से श्रेष्ठ कोई षड्यन्त्रकारी नहीं हो सकता।' और रावण कहता है कि 'ऐसे षड्यन्त्रकारी का वध कर दिया जाए।' इसलिए मेरी तुम्हें चेतावनी है कि तुम यह कार्य नहीं करोगी। फिर तुम एक राजनीतिक कैदी हो फिर भी मैं तुम्हें कारापंजर में नहीं डाल रहा हूँ। तुम्हें तुम्हारे वांछित स्थान पर ठहरने की सुविधा दे रहा हूँ तो ध्यान रहे, लंका में क्षत्रिय समाज भी है आर्यधर्मी भी हैं, उनसे सम्पर्क करने का प्रयास नहीं करना। रावण राजनीति की प्रत्येक गति को समझता है।''

सीता निर्वाक् रहीं। सम्राटरूपी रावण के शब्दों में राजनीतिक पराकाष्ठा पर आश्चर्य हुआ। रावण उन्हें अन्तर्यामी विद्या का महान् विजेता प्राप्त हुआ। सीता समझ गईं कि दिग्विजयी सम्राट निश्चित ही एक श्रेष्ठतम व्यक्ति है जो कि हर विद्या, शास्त्र में पारंगत है। फिर बोली, ''मैं

साध्वी हूँ। मैं वही करूँगी जो मेरा धर्म कहेगा। मैं अकारण कोपभाजन नहीं बनूँ, इसका भरसक प्रयास करूँगी। सम्राट प्रजा का पिता होता है। आपने मुझे पुत्रीवत् स्वीकार कर सम्राट के धर्म का पूर्णरूपेण पालन किया है जिसके लिए मैं कृतज्ञता प्रकट करती हूँ तथा एक राजनीतिक कैदी को कारा के स्थान पर जो उन्मुक्त वातावरण में, प्रतिहारियों के मध्य रखने के मेरे अनुरोध को स्वीकार किया, उसके लिए सीता आभारी है। अब मुझे वन दिखाने की कृपा करें।''

श्रीरावण कोमल हो गया। सीता के शब्दों ने, उनके वाक्चातुर्य ने रावण को मृदु बना दिया फिर रावण बोला, ''चलो सीते! मैं और मन्दोदरी तभी विश्राम करेंगे जब तुम्हें विश्राम-स्थल तक पहुँचा देंगे। जनकनन्दिनी, प्रत्येक सम्राट एक पिता है, एक परिवार का सदस्य है। उसे भी सुख-दुख होता है क्योंकि वह मनुष्य है परन्तु छत्र धारण करने के उपरान्त उसे कठोर-से-कठोर आज्ञाएँ देने के लिए बाध्य होना पड़ता है। चलो वैदेही, चलो।''

रावण आगे-आगे चल रहा है। सीता लंका के चौड़े पथ, उसके दोनों ओर खड़े हुए कतारबद्ध वृक्षों का अवलोकन कर रही है। रावण एक उद्यान में प्रवेश कर बोला, ''वैदेही, यह सामन्त-कुसुम-उद्यान है। यहाँ भाँति-भाँति के फूल खिला करते हैं। जिनकी सुरभित गन्ध सदैव ही मन को प्रसन्न किया करती है। इस उद्यान में पुष्प ही पुष्प हैं और पुष्प-वाटिका के मध्य में एक कृत्रिम पुष्पकारिणी है। जिसमें सुनहले, नीले और गुलाबी कमल खिला करते हैं। यदि तुम्हारी अभिलाषा हो तो इस वन में रह सकती हो। यह उद्यान सामन्तों के उपभोग के लिए ही है। इसमें देश-विदेश के पुष्प भी सुशोभित हैं जिन्हें मैंने स्वयं रोपा है क्योंकि पुष्पों से नाक के रोग भी ठीक किए जाते हैं।''

सीता ने सब कुछ निहारा। मादकता भरी गन्ध का आभास हुआ। उन्होंने मन्दोदरी से कहा, ''माता, यह उद्यान मेरे योग्य नहीं है क्योंकि इन सुमनों की सुगन्ध में मादकता है और पति से बिछुड़ी सीता को यह सब वर्जित है। आप ही बताइए, सीता इसमें कैसे रहेगी?''

मन्दोदरी ने सीता के मस्तक पर हाथ फेरते हुए कहा, ''पुत्री, वैसे तो तुम्हें राजप्रासाद ही उपयुक्त होना चाहिए था परन्तु पतिव्रत धर्म के महत्त्व को यदि उच्च कुल की नारियाँ ही त्याग देंगी तो समाज की व्यवस्था चरमरा जाएगी। इसलिए यह कुसुम-कानन तुम्हारे उपयुक्त नहीं है।'' फिर रावण से कहा, ''प्रजानाथ! आप सीता को दूसरे वन में ले चलिए।''

रावण ने फिर दूसरे पथ से जाकर नन्दन-वन सीता को दिखाया। सीता ने नन्दन वन की शोभा को देखा और कहा, ''तात! यह तो नन्दन वन है, इसमें तो आनन्द का साम्राज्य है। आप धर्मज्ञ सम्राट हैं। सीता की यह अवस्था धर्मानुसार विपन्नावस्था कहलाएगी तो विपत्ति में सीता स्वामी के बिना कैसे आनन्द से रह सकती है!''

''ठीक है सीते, नारी धर्म के अनुसार तुम्हें अशोक वन उचित रहेगा। उसमें मात्र वृक्ष हैं जिनमें कुछ शोभावाले हैं और कुछ फलदार हैं किन्तु जहाँ अशोक वृक्षों की भरमार है, वहीं उन वृक्षों के बाद ही कदली-वन भी लगा हुआ है। यहाँ क्षुधा शान्त करने के लिए तुम्हें कदली-फल प्राप्त होता रहेगा।''

''तो चलो तात, सीता ऐसे ही निर्जन वन में रहना चाहेगी। अशोक वृक्ष पवित्र होता है, वहीं वह अपना समय काटेगी।''

रावण सीता को अशोक-वन में ले आया। सीता को यह अशोक वाटिका रास आ गई। घने और ऊँचे-ऊँचे वृक्ष जहाँ सीता को वनवास जैसे ही थे वहाँ उनकी छाया भी ठीक थी। सीता ने अपने लिए एक स्थान स्वयं ही चुन लिया और कहा, ''तात! मुझे यही स्थान उपयुक्त

प्रतीत होता है। यदि आपकी आज्ञा हो तो सीता यहाँ निवास करे।''

''ठीक है, सीते! तुम्हें यह स्थान अच्छा लग रहा है तो तुम यहाँ निवास करो। तुम्हारी सुरक्षा के लिए सरमा की पुत्री त्रिजटा नियुक्त की जाती है और महारानी मन्दोदरी को आज्ञा दी जाती है कि वे तुम्हारे सुख-दुख का ध्यान रखें। परिचारिकाएँ तुम्हारी सेवा में रहेंगी।''

रावण यह आज्ञा देकर चला गया तो रह गई मन्दोदरी और राज-सेविकाएँ। मन्दोदरी ने धान्यमालिनी को आज्ञा दी कि वह सीता के लिए भोजन-व्यवस्था करे।

धान्यमालिनी ने सीता के सम्मुख स्वर्ण थालों में सात्विक भोजन रख दिया। किन्तु सीता ने उन्हें छुआ नहीं तब मन्दोदरी ने बड़े करुण स्वर से कहा, ''सीते, हम माताओं से पूछ जो अपनी सन्तानों को जन्म देती हैं और उनका पालन करती हैं फिर उनके कष्ट को देखने में वे कैसे समर्थ हो सकती हैं। यहाँ रक्ष-संस्कृति का साम्राज्य है जिसमें बिना कुछ खाए-पीए कोई नहीं रह सकता अन्यथा सम्राट दुखी होते हैं। मैं जानती हूँ तुम्हारा भोजन यह सात्विक खाद्य पदार्थ नहीं है फिर भी यह राज्य नियमानुसार तुम्हें परोसा जाना अनिवार्य था। अब तुम्हारे लिए सुवासित फल आएँगे जिन्हें खाकर अपनी क्षुधा शान्त करो बेटी, अन्यथा यह जीवन नष्ट हो जाएगा।''

''किन्तु मुझे श्रीराम का स्मरण कुछ खाने नहीं देता क्योंकि श्रीराम मेरे वियोग में अत्यन्त दुखी हुए होंगे और उन्होंने कुछ भी खाया-पीया नहीं होगा।''

''सीते, श्रीरावण कार्त्तवीर्य और बालि के यहाँ राजनीतिक कैदी रहे तो मुझे भी घोर दुख और संकट का सामना करना पड़ा फिर भी साहस बटोरकर जगत्-नियन्ता के नियम को ध्यान में रखते हुए, उपवास करते हुए भी फल-फूल का सेवन करना पड़ा। मैंने भी वर्षों रावण के सान्निध्य में रहकर तप किया है तथा उनकी सेवा की है। मेरी तपस्या के भी साक्षी हैं इन्द्र, वरुण। जब वे लंका में आए थे और श्रीरावण के सम्मुख यहाँ उत्पाती वानर जाति ने कुछ ऐसे चिह्न झूठ रूप में तैयार किए थे जिनसे श्रीरावण को मेरे सतीत्व के सम्बन्ध में शंका हो गई थी क्योंकि सम्राट वर्षों युद्धरत रहे।

''पुरुष की इस शंकालु प्रवृत्ति के कारण हम नारियों को तत्काल अपने पतियों की क्रोधाग्नि का सामना करना पड़ता है। यद्यपि श्रीरावण को उनके सम्राट होने के कारण लोकापवाद से बचने के लिए राजकीय प्रथानुसार सभी के समक्ष मुझे अग्नि-परीक्षा देनी पड़ी थी। उस समय इन्द्र और वरुण श्रीरावण के बन्धन-मुक्त कैदी थे। श्रीरावण-राज्यसभा के निर्णय पर जब मेरे सतीत्व की परीक्षा के लिए अग्नि-प्रवेश हुआ और मेरे सत्य की विजय हुई तो इन्द्र ने मुझ पर पुष्प-वर्षा की। फिर श्रीरावण ने अपनी धर्म-पत्नी को पुनः स्वीकार किया। ऐसे अवसर नारी के जीवन में आते हैं। चूँकि हम साम्राज्ञी हैं तो सम्राट का कर्तव्य है कि वह दंड-विधान के अन्तर्गत अभियोग का श्रवण करे और राजकीय व्यवस्था में यदि परिवार-जन भी फँस रहा हो तो उसका भी उसे परित्याग करना होगा। यही कारण है कि सम्मान के लिए राजा को अपने सर्वस्व का बलिदान करना पड़ता है।''

''यह शंका की बात तो आपने ठीक बताई किन्तु श्रीराम अपने वामांग पर शंका नहीं कर सकते।''

''नारी को पति शंका से नहीं देखता। यह समाज है जो नृप तक का छिद्रान्वेषण करता है। और समाज के लिए सम्राट को अग्नि-परीक्षा जैसे निर्णय लोक-लाज के लिए लेने पड़ते हैं, जो आवश्यकतानुसार न्यायोचित होते हैं। स्त्री जीवन सदैव एक अग्नि-परीक्षा है। पति से

कहीं विनोद-वार्ता में कोई गलत बात हो जाए तो मानसिक रस्साकसी जन्म लेती है जो विवाह-विच्छेद तक पहुँच जाती है। इस कारण नारी को एकनिष्ठा ही कहा जाता है और वही उसको महान् बनाती है। तुम पतिव्रता हो, साध्वी हो यह प्रसन्नता की बात है। भूलकर भी पर-पुरुष का स्मरण नहीं करना, यही तुम्हारा यहाँ एक सर्वश्रेष्ठ कर्तव्य होगा, तुम्हारी पतिपरायणता होगी।''

''माता, तुमने सम्राज्ञी होकर भी मुझे यथेष्ट ज्ञान कराया जो कि नारी-शक्ति के लिए आवश्यक है। सीता में भी अग्नि-परीक्षा का साहस है। यदि श्रीराम लंका-निवास के अपवाद पर सीता पर शंका करेंगे तो वह इसमें आप जैसी खरी उतरेगी।''

''तो ठीक है। लो, ये फल आ गए। इनका सेवन करो ताकि तुम्हारे खाने के बाद मैं जाऊँ और श्रीरावण की सेवा करूँ।''

''आपकी आज्ञा का पालन होगा। दुख ही तो है, आँसू बहाकर तो ढोया नहीं जाएगा। इसे तो साहस से सहा जाएगा।'' कहते हुए सीता ने एक फल उठाकर उसे मुँह में रख लिया।

8

केसरी-नन्दन हनुमान अपने राजप्रासाद में बैठे विचारों में डूबे हैं। पास ही एक आसन पर उनकी गदा सुशोभित हो रही है। चौड़ी छाती पर कंठहार झूल रहा है। वे युवराज हैं और तात केसरी के वृद्ध होने से माता अंजनी ने समूचा राज्य-भार अपने पुत्र पर छोड़ दिया है। हनुमान ने हनु-सम्राट (आदिवासी सम्राट) होने से कई भाषाएँ, बोलियाँ सीख ली हैं। विदेश में रावण के साथ युद्ध पर जाने से उन्हें यह आभास हो गया था कि बिना अन्य राज-भाषाओं के ज्ञान के विदेश नीति पर नियन्त्रण नहीं किया जा सकता। अब हनुमान एक विद्या-विशारद हो गए थे जो सदैव एक ही धुन में लगे रहते थे कि दशकन्धर के समान कैसे ख्याति अर्जित की जाए। यद्यपि रावण ने यक्षों को जीता, गन्धर्वों को जीता, नागों को जीता और देवों को भी हरा दिया। फिर लंका में सभी एक हैं।

यदि मेरे राज्य के यक्ष, गन्धर्व, आर्य, वानर और नाग रावण के विदेशी शासक होने से यहाँ एक हैं तो लंकपुरी में भी एक हैं। मैंने वानरजाति को उकसाया तथा विभीषण को भी अपनी ओर किया, उसे राजपद का लोभ स्मरण कराया तो भी क्या हुआ। रावण ने सैनिक-शक्ति का उपयोग कर उन्हें दबा दिया। सत्ता के हिसाब से रावण ने अपना अदम्य साहस दिखाकर यह सफलता प्राप्त की। जो न्यायोचित थी किन्तु नील का षड्यन्त्र विफल हो गया है। ऋक्षराज जाम्बवन्त से वार्ता हुई थी। उन्होंने षड्यन्त्र की विफलता पर खेद प्रकट किया था और कहा कि श्रीरावण को तभी परास्त किया जा सकता है जबकि उत्तर के आर्य सम्राट और हम सब एक हो जाएँ, अन्यथा नील के अपमान को भूल जाओ और अपना राज्य देखो। रावण प्रगति का एक कीर्तिस्तम्भ है जिसने लंका धाम को विश्व में अमर कर दिया है। उसे राजनीतिक दाँव-पेंच बिना युद्ध के जर्जर नहीं कर सकेंगे और रावण से हम जैसे सम्राट समर नहीं कर सकेंगे क्योंकि मार्ग में रावण का मित्र बालि बैठा है और उसके पश्चात् सम्राट समुद्र। यदि यह सब हो भी जाए तो सागर स्वयं लंका तट का प्राकृतिक रक्षक है जिसमें नौसेना भेजी भी जाए तो रावण का जहाजी-बेड़ा उसे निगल जाएगा।

हनुमान भी एकाकी क्या-क्या करे? इधर सुग्रीव निष्कासित है तो बालि की विद्रोही सेना

सुग्रीव से मिल गई है और वह उसकी रक्षा कर रही है।

जाम्बवन्त ने सुग्रीव को राजनीतिक शरण अपनी अग्रहारी (जागीर) में दे रखी है और बालि राज्य का मन्त्री पद छोड़कर सुग्रीव की सहायता से अपने आपको स्वतन्त्र घोषित कर ऋक्षराज बन गया है फिर भी सुग्रीव में साहस की कमी है और वह बालि से अब भी युद्ध करने से डरता है। यद्यपि मैंने उसे कई बार कहा कि मेरी सेनाएँ भी जाम्बवन्त की सेना के साथ तुम्हारे लिए लड़ेंगी फिर भी वह गुफा में ही पड़ा रहता है। उसने हम सबका ध्रुवीकरण करने के लिए यथेष्ट यात्राएँ की हैं, परिश्रम किया है फिर ऋष्यमूक से किष्किन्धा जाने में वह भयभीत है। हनुमान अपने मित्र सुग्रीव के लिए क्या करे। सत्ता पलटना टेढ़ी खीर है, बालि के जीते-जी प्रचंड वानर शक्ति को तोड़ा भी नहीं जा सकता।

इसी समय अनंगकुसुमा ने प्रवेश कर पूछा, "आपने कुछ सुना है?"

"क्या?"

"मेरे भाई शम्बूक का वध हो गया और माता का किन्हीं तपस्वियों ने अपमान कर दिया। तपस्वी सम्भवतः आर्य हैं।"

"तो तुम क्यों चिन्तित होती हो, देवि! इसके प्रतिशोध का दायित्व तो श्रीरावण पर है।"

"मैं प्रतिशोध की बात नहीं कर रही। मेरा ऐसा विचार है, कहीं इन आर्यों की हम अनार्यों पर आक्रमण की तैयारी तो नहीं है।"

"आर्य केसरी-राज्य पर आक्रमण नहीं कर सकते क्योंकि हम उनके मित्र राष्ट्र हैं।"

"परन्तु इन्द्र पर आक्रमण करने से तो आपकी शत्रुता हुई ही।"

"वह भी एक आवश्यकता थी क्योंकि इन्द्र स्वेच्छाचारी शासक हो गया था। उसे अभिमान हो गया था और वह हमारे नाना-नानी का शत्रु था। माता अंजनि इन्द्र को भार्जारि कहती थी।"

"किन्तु राम-लक्ष्मण तो इन्द्र, वरुण के संकेत और सहयोग पर ही आर्य सभ्यता के प्रचारार्थ एवं नवधा भक्ति के साथ-साथ पुनर्जन्म के सिद्धान्त के प्रतिपादन के लिए यात्रा पर हैं।"

"राम-लक्ष्मण के बारे में सुना है, वे सभी संस्कृतियों को आत्मसात कर रहे हैं। उनमें विरोध की भावना मात्र रावण से ही है, अन्य से नहीं।"

"परन्तु शम्बूक के वध के कारण हमारे भी शत्रु हुए।"

"यह तो तुम ठीक कहती हो, शम्बूक की हत्या अकारण की गई है। फिर हम क्या विचार करें?"

"मैं तो आपकी अर्धांगिनी हूँ जो आपका निर्णय होगा, उसी में मेरी स्वीकारोक्ति होगी।"

"कहीं हनुमान को रावण के विरुद्ध निर्णय लेना पड़ा तो क्या होगा क्योंकि सार्वभौम सम्राट ने वानरों पर लंका में सैनिक वध करवाया है जिसमें द्रोण क्षेत्र की जनता में रोष है। मुझे और सुग्रीव को तो सैनिक अभियान करना ही होगा।"

"यह तो आपका राज सत्तात्मक निर्णय है। इसमें अनंगकुसुमा महारानी के अधिकार से यही कहेगी कि आपके साथ विवाह होने से मेरा न तो पितृकुल से ही नाता है और न ही रक्ष-कुल से। मेरा धर्म तो अब आपके चरणों की सेवा करना है। अपने राष्ट्र के लिए बलिदान होना है।"

"मैं प्रसन्न हुआ, देवि! वैसे हम और सुग्रीव प्रयास करेंगे कि धर्मात्मा रावण सम्राट रावण के अधिकारियों को छोड़कर वानर प्रजा के साथ समझौता करें, उनकी माँग स्वीकार करें।"

"यह तो आपका दायित्व है। फिर भी मैं समझती हूँ, मातुल दशानन आपके सन्धि-प्रस्ताव

को ठुकराएँगे ही क्योंकि लंका की एकता, अखंडता के लिए वे कृत-संकल्प हैं।''

''तो फिर हनुमान सुग्रीव को किष्किन्धा का सम्राट बनाने का प्रयास करेगा ताकि हमारी और किष्किन्धा की सेनाएँ लंका पर धावा बोल सकें।''

''आर्य क्षत्रियों के लिए लंका अभेद्य है क्योंकि उन्होंने समुद्री युद्ध नहीं किया। समुद्र-संतरण उनके लिए एक समस्या है और हमारे नौसैनिक यह महान् कार्य सुगमता से कर सकेंगे। किसी भी आर्य सम्राट को हमने न तो प्रश्रय ही दिया है और न ही उसकी अधीनता स्वीकार की है। इसी कारण रावण श्री बालि से पराजित हुआ। किन्तु बालि जैसे कुशल सम्राट ने अपनी बहन का विवाह मात्र कतिपय भौतिकवादी ज्ञान-विज्ञान के लिए स्वार्थवश कर दिया, जिसके कारण सुग्रीव भी खिन्न है, वानर भी खिन्न हैं। और जहाँ वानर जाति ने अपनी कन्या रक्ष-धर्मी को प्रदान कर दी वहीं श्रीरावण ने नील से अपनी रक्ष सामन्त की पुत्री से विवाह करने की अनुमति नहीं दी। वानरों का रक्त खौल रहा है, प्राणप्रिय! आज नहीं तो कल वानरों का समर इस शक्ति से होगा ही।''

''होगा तो हो। अनंगकुसुमा तो अपनी प्रजा की हितैषिणी है। अपने राष्ट्र की सम्प्रभुता की रक्षक है।''

इसी समय सुग्रीव ने आकर प्रणाम किया। हनुमान ने भी उन्हें नमस्कार किया। फिर पूछा, ''कहो, राजपद-च्युत सुग्रीव जी, अब कितने लोग और बालि के विरुद्ध हो गए?''

''नल और तार फूट गए हैं और वे ही हमें बालि-साम्राज्य के गुप्त समाचार देते हैं।''

''और तुम्हारा भतीजा अंगद?''

''वह स्नेह तो मुझसे भी करता है किन्तु युवराज होने से सत्ता का हितैषी है ही।''

''अच्छा, और कितने सैनिक तुम्हारी ओर हो गए हैं?''

''हैं तो यथेष्ट किन्तु बालि के दंड के कारण भयभीत हैं। जिस सेना का सेनानायक मैं था, उसमें से चौथाई तो हमारे साथ हैं ही, अब कुछ और वृद्धि हो गई है।''

''रूमा का कोई सन्देश प्राप्त हुआ?''

''वह तो हम वानरों की प्रथा के कारण दुखी है। पहला पति तो मैं ही हूँ इसलिए एक स्त्री-चर ने उसका सन्देश दिया था कि वह मन में आज भी सुग्रीव की ही है। वह चाहती है कि अब सुग्रीव किष्किन्धा का प्रजानाथ हो।''

''और यही सुग्रीव चाहता है परन्तु समय बड़ा बलवान है। हम जो चाहते हैं वह नहीं हो पा रहा है।''

''तो तुमसे अधिक योग्य हमारे समाज में तो कोई है ही नहीं। श्री हनुमान, तुम्हारे अतिरिक्त और कोई सहायक हो ही नहीं सकता।''

''सच तो यह है कि हम सब ज्वालामुखी पर बैठे हैं और विस्फोट की तैयारी कर रहे हैं। आग चारों ओर फैली है। कोई इन्द्र-वरुण के विरुद्ध है, कोई रावण के विरुद्ध है तो कोई वानर साम्राज्य के विरुद्ध है। अयोध्या और मिथिला स्वयं युद्ध की तैयारी में थे क्योंकि जनक ने सीता-स्वयंवर का निमन्त्रण दशरथ को नहीं भेजा जबकि सम्राट रावण को भेजा किन्तु विश्वामित्र ने दोनों को प्रेमपाश में बाँधकर एक कर दिया। युधाजित कैकेय स्वयं अयोध्या पर भरत के राज्याभिषेक के लिए दशरथ पर आक्रमण करनेवाले थे किन्तु कैकेयी जैसी चतुर महारानी ने राम को वनवास देकर या षड्यन्त्र तथा धर्म के लिए दंडकारण्य का राज्य देकर युद्ध का संकट टाल दिया और दशरथ ने भरत का राजतिलक कर दिया। वह सुयोग्य शासक नहीं क्योंकि

उसकी प्रवृत्ति संन्यासियों जैसी है। वह राजधानी को छोड़कर नन्दिग्राम में मन्त्रियों के बल पर नाम-मात्र राज्य-संचालन कर रहा है। ऐसी ही दशा विदेशों की है। वर्तमान में सभी राष्ट्रों में रावण के कारण उथल-पुथल है। कोई उसका सम्बन्धी है, कोई मित्र है तो कोई रक्षा-मुकुट के अधीन है।''

फिर कहा, ''ऐसे समय में जबकि समूचा विश्व आर्थिक, सामाजिक, राजनीतिक एवं धार्मिक परिवर्तन का अभिलाषी हो गया हो तो इसका लाभ हम उठाएँगे तो हम महान् कहलाएँगे और दूसरा उठाएगा तो वह। मात्र एक चिनगारी फेंकने की आवश्यकता है, समूचे विश्व में आग लग जाएगी। इसके लिए मात्र पूरब से पश्चिम तक तथा उत्तर से दक्षिण तक एक स्वर उठना है। जिसके लिए यदि द्वीप-द्वीप में वानर भेजे जाएँ तो सभी उठ खड़े होंगे और हम फिर बालि तो क्या रावण को भी परास्त कर देंगे। यदि हमने जन-शक्ति पर अधिकार कर लिया तो हमें देवों की सहायता की भी आवश्यकता नहीं होगी बल्कि देवजाति, आर्य जाति, हम सब अनार्यों, द्रविड़ों से सहयोग की भीख माँगेंगे।''

''तो ऐसा करो न श्री हनुमान, ताकि आनेवाले समय में हम भी इन्द्र, वरुण, यम, कुबेर की भाँति प्रजा द्वारा पूजे जा सकें। प्रजा हमारा गान करे जैसे कि इनका होता है, रावण का होता है। हम निराशावादी नहीं हैं। मेरे पास छत्र-दंड कुछ भी तो नहीं है अन्यथा मैं चिनगारी द्वीप-द्वीप में फैलाने का प्रयास करता।''

''यह सब करने पर ही तो विचार कर रहा हूँ, श्री सुग्रीव।''

''चिनगारी तो लंका तक में फेंक दी है। विभीषण स्वयं सम्राट का स्वप्न देख रहे हैं। लंकाधाम में जो आर्यधर्मी हैं वे और हमारी आदिवासी जाति–सब विभीषण के साथ हैं। उनका पत्र मेरे पास आया है।''

''विभीषण तो राज्यलिप्सामय नहीं थे।''

''लंका जैसा वैभव और विश्व की महान् शक्ति के सिंहासन पर बैठने के लिए किसका मन नहीं ललचाएगा, श्री हनुमान! विभीषण रावण-सभा का योग्यतम मन्त्री है तो राज्य के उपभोग की लालसा उसके मन में उत्पन्न होना स्वाभाविक है।''

''किन्तु दशानन के होते हुए विभीषण कभी भी राजगद्दी पर नहीं बैठ सकता। यदि दशग्रीव को कहीं इस षड्यन्त्र का ज्ञान हो गया तो विभीषण को वह राज्य से निष्कासित कर देगा, पद-हत कर देगा। रावण की यह विशेषता है कि वह राज्य-संचालन में भाई-भतीजावाद अथवा जातिवाद को प्रश्रय नहीं देता। दंड-विधान की सुदृढ़ता का कहीं पालन है तो वह मात्र लंका में ही है, अन्यत्र कहीं नहीं। उसके न्याय तो अनुकरणीय हैं।''

''एक सन्देश और भेजा हैं विभीषण ने कि वह राम-लक्ष्मण से मिलना चाहता है।''

''तब तो कोई-न-कोई भयंकर कूटनीति हो सकती है।''

''और मैं चाहता हूँ कि हम भी राम से सहायता माँगें। राम एक आर्य सम्राट है। राज्य से निष्कासित है तो क्या, उसके पास विराध का कटक तो है ही, जिसके बल पर उसने खर-दूषण को यमलोक पहुँचाया।''

''परन्तु राम से हमें क्या लाभ प्राप्त करना होगा?''

''किष्किन्धा का राज्य और उसकी प्रचंड सुशिक्षित सेना।''

''वह तो तुम्हारे लिए उचित है क्योंकि तुम्हें तो सभा की मुक्ति चाहिए और बालि का साम्राज्य परन्तु हनुमान के प्रतिशोध की पूर्ति नहीं होगी।''

"होगी। राम आर्य धर्म का प्रचारक है। वह लंका में पुनर्जन्म के सिद्धान्त का भी प्रचार करना चाहता है और अपने वंशानुगत वैर को रावण से भुनाना भी चाहता है। यह बात मुझे नाग सम्राट वासुकि ने प्रवास के समय भोगवती पुर में एक भेंट में बताई थी क्योंकि राम वनवास अकारण नहीं आया है बल्कि सकारण है और कैकेयी का राम को यही मन्त्र है।"

"तो राम से मित्रता की जाकर पहले तुम्हारा कार्य सिद्ध किया जाए।"

"यह तो तुमने मेरे मुँह की बात छीन ली, हनुमान!"

"किन्तु हमारा परिचय तो राम से नहीं है और राम अनार्य-विरोधी भी हैं तो सन्धि कैसे होगी?"

"सन्धि के सूत्रपात के लिए शबरी ने राम को हम तक पहुँचने का परामर्श दे दिया है और राम वहाँ से चल चुका है।"

"तुम मेरे सखा हो सुग्रीव, इसलिए देखते हैं राम हमसे मिलने आता भी है या नहीं।"

"मेरा एक सुझाव है कि तुम्हीं पहले उनसे मिलकर भेद ले आओ।"

"किसी गुप्तचर को भेज देते हैं, सुग्रीव!"

"गुप्तचर आर्य-भाषा कम जानते हैं और राम हमारी भाषा-बोली नहीं जानते इसलिए मतलब की बात नहीं हो सकेगी। तुम्हें सब ज्ञान है जैसा कि अगस्त्य को। इसलिए तुम्हीं जाओगे तो ठीक रहेगा।"

"मैं सम्राट के वेश में जाऊँगा तो राम का भेद नहीं जान सकूँगा। इसके लिए तो छद्म वेश में जाना होगा।"

"राम ब्राह्मणों-ऋषियों का सम्मान करता है इसलिए विप्र वेश में जाना उपयुक्त प्रतीत होता है।"

"ठीक है सुग्रीव, केसरी-नन्दन मात्र तुम्हारे लिए राम का रहस्य जानने के लिए जाएगा। वैसे यह मैं विदित कराए देता हूँ कि यदि राम का स्वयं का कोई स्वार्थ सिद्ध नहीं होगा तो वह हमारी बात शायद ही माने और यदि उसकी कोई शर्त हुई जिसे हमने मान लिया तो वह बालि से युद्ध करने को तैयार होगा क्योंकि क्षत्रिय सम्राटों की यह नीति है कि वे अपना वर्चस्व किसी-न-किसी रूप में दूसरों पर रखना ही चाहते हैं अन्यथा उनकी राजनीतिक पकड़ ढीली हो जाती है।"

"यह सब तो हम, तुम, नल, नील, और तार निर्णय करेंगे। पहले तुम उनकी परीक्षा लो और यदि वे खरे उतरें तो अपने साथ ही लेते आना।"

"आप कहते हैं तो मैं छद्म वेश में राम के पास जाता हूँ, आप अपने स्थान ऋष्यमूक पर्वत पर चलिए।"

"ठीक है, अब मैं चलता हूँ। हमारा रहस्य किसी अन्य पर प्रकट न हो।"

"ऐसा ही होगा सखा, तुम जाओ। शेष कार्य मेरे कन्धों पर होने से मैं जो उचित समझूँगा, वही करूँगा।"

सुग्रीव चला गया और हनुमान विप्र-वेश में राम से मिलने चल पड़े।

पम्पा सरोवर पर राम एक वृक्ष की छाया के नीचे विश्राम कर रहे हैं। विराध प्रतिहारी के रूप में सन्नद्ध हैं। विराध-कटक भोजन-व्यवस्था में व्यस्त है।

हनुमान को चर ने जो जानकारी दी थी, उसके अनुसार वह हनुमान के निकट आ गए।

सहसा लक्ष्मण ने विप्र-वेशधारी व्यक्ति को देखा तो उन्हें शंका हुई क्योंकि रावण ने भी संन्यासी का रूप धारण किया था। लक्ष्मण उसका पूर्ण रूप नहीं देख सके थे। उन्होंने तत्काल ही पूछा, ''आप ब्राह्मण हैं या कोई और? शीघ्र उत्तर दो अन्यथा मेरा बाण सीधा तुम्हारी छाती में धँस जाएगा।''

हनुमान स्वभाव से भोले थे क्योंकि पवन के औरस पुत्र थे फिर भी अकारण इस तरह रोष देखकर वे अपने बल का प्रयोग करने में नहीं चूकते थे। उन्होंने भी तत्काल प्रश्न किया, ''तुम कौन हो? जो तपस्वी वेश में हो किन्तु अस्त्र-शस्त्र धारण करने से कोई क्षत्रिय प्रतीत होते हो। इस मार्ग से जाने का क्या कारण है? सैन्य टुकड़ी भी तुम्हारे साथ है। जिस प्रकार तुम युद्ध कर सकते हो उसी प्रकार मैं भी समर में पीछे नहीं हटूँगा। तुम्हारी समूची सेना के लिए एकाकी ही भारी हूँ।''

लक्ष्मण संकोच में पड़ गए तो राम ही बोले, ''भाई, हमारा ही परिचय पूछते हो तो सुनो—हम दशरथ-पुत्र राम और लक्ष्मण हैं। मेरी भार्या सीता, जो मिथिलापति सीरध्वज जनक की पुत्री हैं, का अपहरण लंकापति रावण कर ले गया है। हम उसी की खोज में भटक रहे हैं। उस महान् सम्राट ने सीता को न जाने कहाँ छुपा रखा है! हम तो दुख के मारे हैं और लंका तक हमें पहुँचना है। हम सभी से प्रेम करते हैं। अपने से बड़ों का आदर करते हैं। फिर भी कोई अकारण युद्ध को निमन्त्रण दे तो उसे नकारते भी नहीं। परिणाम कुछ भी निकले।''

''किन्तु तुम्हारे भाई लक्ष्मण ने तो शम्बूक का वध शस्त्र उठाने का अवसर दिए बिना ही एक कुटिल चाल से किया है। यह आप जैसे दुर्धर्ष क्षत्रियों के लिए असम्माननीय है।''

''मैं इसमें तुम्हारा समर्थक हूँ। किन्तु लक्ष्मण अभी इन बातों के दूरगामी परिणामों को नहीं समझता। हम तो सभी से मित्रता करने आए हैं, भाई! यहाँ दक्षिण की भाषा भी हम नहीं जानते। बस, मार्ग में कुछ शब्द ग्रहण कर लिए। उसी टूटी-फूटी बोली से अपना काम चला लेते हैं। तुम तो विशुद्ध अभिभाषा का उच्चारण कर रहे हो, कौन हो? मेरे पास आकर बैठो। यदि तुम शत्रु भी होंगे तो तुम्हारा कोई अनिष्ट नहीं होगा। इसका आश्वासन देता हूँ।''

हनुमान, राम के पास आकर बैठ गए। राम ने उन्हें गौर से देखा। हनुमान विप्र-वेश धारण करते समय अपने राजोचित कुंडल उतारना भूल गए थे। राम ने हनुमान के कुंडलों को देखा फिर थोड़ा हास्य अधरों पर लाकर बोले, ''तुम भी कोई राज-प्रमुख प्रतीत होते हो। विप्र नहीं हो क्योंकि कानों में कुंडल झूल रहे हैं।''

हनुमान ने पहले कुंडलों को टटोला फिर विहँसकर कहा, ''तुमने ठीक पहचाना। यह विप्र-वेश तो तुम्हारी परीक्षा के लिए धारण किया था। मैं अंजनी-पुत्र हनुमान मरुतों का सम्राट हूँ। ऋष्यमूक पर्वत तक मेरी राज्य सीमा है। इसके बाद किष्किन्धा तक विशाल वानर राज्य है। वर्तमान में मैं सुग्रीव का दूत बनकर आया हूँ। तुम्हें पहचानता नहीं था, इस कारण चरों की जानकारी के आधार पर यहाँ तक पहुँचा हूँ। तुम्हारे मृदु स्वभाव से मैं बहुत प्रसन्न हुआ।''

''अंजनी-नन्दन, तुम्हारी नानी अहल्या को समाज में आदर मैंने ही दिया है। आज उनके माथे पर लगा कलंक का टीका धुल गया है। स्यात् यह कथा आपके ज्ञान में आई है या नहीं, यह मैं नहीं जानता।''

''मुझे यह ज्ञात हुआ था कि विश्वामित्र के कहने से किन्हीं राम ने अहल्या का उद्धार किया है। वह राम तुम हो तो हनुमान इसके लिए तुम्हें धन्यवाद देता है। अहल्या के कारण

ही मरुतों की सेना रावण के साथ इन्द्रधाम गई थी। मुझे पापिष्ठ इन्द्रदेव से घृणा थी।''

''सम्राट श्री केसरी को विश्वामित्र ने यह सन्देश इसलिए भेजा था कि अयोध्या की तुम्हारे साथ राजनीतिक मित्रता हो। राम का उद्देश्य आर्य धर्म की रक्षा करना है। यद्यपि आप सभी शिव-भक्त हैं तो राम भी आपकी मित्रता में शिव को नमन करेगा।''

''हम अनार्यों के साथ कभी भी किसी क्षत्रिय सम्राट ने मैत्री के लिए हाथ नहीं बढ़ाया और जो दक्षिण तक आए वे इसीलिए असफल भी हुए। हम सम्राटों का काम तो श्रीरावण जैसा होना चाहिए कि आर्य, अनार्य सभी जातियों को एक किया जाए, एक सूत्र में बाँधा जाए। परन्तु वर्तमान में दशानन के राज्य में हमारी वानर जाति पर अत्याचार हो रहा है। सेना अभी भी द्रोणगिरि, गाल आदि से नहीं हटाई गई है। जनता को रात्रि में घर से निकलने की अनुमति नहीं है। लूटपाट के भय के कारण वणिक लोग पण्यशालाएँ नहीं खोल रहे हैं। जनजीवन ठप्प हो गया है तो हमारे बन्धुओं के हितों की रक्षा के लिए मुझे और सुग्रीव को कुछ करना होगा। बालि तो रावण का मित्र है, वह कुछ नहीं करेगा अन्यथा उसके विदेशी सम्बन्ध नष्ट हो जाएँगे।''

''राम का उद्देश्य भी रावण ही है, हनुमान! तुम्हारा भी राजनीतिक कारण है और मेरा भी। इसलिए दशकन्धर तुम्हारा जातिवाद के आधार पर शत्रु है और मेरा धर्मवाद एवं राम-भार्या-हरण की राजनीतिक चुनौती के कारण। हमारी-तुम्हारी मित्रता की शक्ति ही कोई काम कर सकती है। एकाकी हनुमान या सुग्रीव अथवा राम श्रीरावण का बाल भी बाँका नहीं कर सकते।''

''जो तुम चाहते हो राम, वही तो सुग्रीव भी चाहता है। इसलिए तुम्हारा मन्तव्य ज्ञात करने ही मैं आया था। चलो, मैं तुम्हारी सुग्रीव से मित्रता कराता हूँ।''

''राम को यह परामर्श शबरी ने दिया था कि सुग्रीव ही तुम्हारा सहायक हो सकता है और अब तुम भी मेरे सहायक हो गए तो राम गद्गद हुआ और तुम्हें वचन देता हूँ हनुमान कि राम अंजनी-लाल को ही सर्वाधिक चाहेगा और अपने से कभी भी तुम्हें पृथक् नहीं करेगा।''

''तो हनुमान भी विधाता को साक्षी मानकर यह सौगन्ध लेता है कि वह भी राम को अपने उर में स्थान देगा। हम हनु (आदिवासी) जाति को किसी क्षत्रिय सम्राट ने पहली बार गले से लगाया है जिसके लिए हनुमान कृतज्ञता प्रकट करता है।''

''आओ, राम तुम्हें वक्ष से सटाकर अपनी एकता की गम्भीर छाप लगाना चाहता है। आओ, वीर सम्राट हनुमान! हम-तुम राज-पदधारी हैं और राज-पद धारण करनेवालों में कोई भेद नहीं होता।''

श्रीराम, श्री हनुमान दोनों वक्ष-से-वक्ष सटाकर गले मिले। लक्ष्मण और विराध ने राम की यह निराली नीति देखी और दोनों मन ही मन राम की कुशल राजनीतिक महिमा पर मुस्कराए।

फिर हनुमान बोले, ''चलो, श्रीराम! मैं तुम्हें ऋष्यमूक पर्वत पर श्री सुग्रीव के पास ले चलता हूँ। उनका निवास वर्तमान में वहीं है।''

''चलो हनुमान, हमें भी सुग्रीव से सहायता लेनी ही है।''

और फिर सभी पर्वत की ओर चल दिए।

सुग्रीव की सेना इधर-उधर पर्वत पर घूम रही थी। हनुमान ने विप्र-वेश त्याग दिया था और वे सबसे आगे चल रहे थे। नल-नील हनुमान के साथ आते हुए लोगों को दूर से ही देख रहे थे। सुग्रीव गुफा में बैठा हुआ तार से बातचीत कर रहा था। जाम्बवन्त भी अब तक पधार चुका था।

यूथपति तार सुग्रीव को सूचना दे रहा था, ''युवराज, किष्किन्धा की सेना में भी हमने

फूट डाल दी है। नाग, यक्ष, गन्धर्व और कुछ वानर सैनिक हमारे हो गए हैं। अब तो हनुमान की सैनिक सहायता से हम बालि को परास्त करने में सक्षम हो सकते हैं।''

''हनुमान हमारी बहन का लड़का है। हम उसके मातुल हैं फिर भी हनुमान ने बालि की अपेक्षा मुझे सखावत समझा है। किन्तु केसरी और वायु दोनों ही बालि से इतने भयभीत नहीं हैं जितने कि रावण से। तभी हमारे केसरी की सेनाएँ रावण की आज्ञानुसार उसके साथ सभी जगह लड़ने गईं। अब वानरों में एकता नहीं है, सब विभाजित हैं। ऋक्षराज के समय में हमारे अधिकार की खानों का सोना बाहर नहीं जाता था जिसे हम पराजित गन्धर्वों, यक्षों से निकलवाते थे। पार्वत्य जातियाँ शिलाजीत लाती थीं जिसे हम विक्रय करते थे और उसके बदले में दैत्यों, दानवों से अनेक प्रकार के पशु-चर्म क्रय करते थे।''

''तो क्या हुआ, राजा बालि ने भी पश्चिम बन्दरगाह तक हमारा व्यापार सम्बन्ध स्थापित किया है। हमें कम्बल उधर से ही आते हैं और हम यहाँ से पर्वतीय चमकदार पत्थर भेजते हैं। बालि ने स्वर्ण मुद्रा का प्रचलन किया है जो हमारे लिए सर्वथा अनोखा ज्ञान है। नल-नील जैसे शिल्पकला, वास्तुकला के धनी यान्त्रिकी बालि के कारण ही विश्व में अद्वितीय स्थान रखते हैं। बालि के ध्वज का कपिचिह्न यहाँ के गाँव-गाँव में ध्वजा फहरा रहा है। किन्तु अहल्या जैसी आर्यधर्मी से जन्मा जारज पुत्र इन्द्र जैसा शिथिल चरित्र का ही निकलने से हमारी वानर जाति की स्त्रियों में स्वच्छन्दता बढ़ी है। यहाँ ज्येष्ठ और देवर का कोई ज्ञान नहीं है। स्त्री किसी भी ओर आकृष्ट हो सकती है या उसे भोगने पर कोई पाप नहीं है। हमारे वानर समाज में जो चरित्र ऋक्षराज के माला में था, उसका हनन हुआ है। रूमा भी बालि की उपपत्नी है, राजन्! इसलिए आप दुखी हैं तो जिस राम के पास तुमने हनुमान को भेजा है, वह भी दुखी होगा ही। परन्तु इन आर्यों का भी कोई भरोसा नहीं है। सब काम सोच-समझकर किया जाएगा।''

''वह तो है ही यूथपति, पहले समाचार तो प्राप्त हो।''

''अरे, वह तो आ जाएगा परन्तु अंगद के बारे में कुछ सोचा है क्या?''

''युवक है परन्तु वह माता का भक्त है, पिता का नहीं।''

''और करेगा भी क्या वह अकेला। बालि की सेना भी फूट के कारण अस्त्र डालेगी तो उठाएगी ही नहीं। वह सर्मपण भी कर सकती है।''

इसी समय हनुमान, राम के साथ गुफा-द्वार पर आ गए। उन्हें विलोक कर, सुग्रीव, नल-नील, तार, जाम्बवन्त—सभी बाहर आ गए और परस्पर प्रणाम कर बैठ गए। फिर श्रीराम विनीत भाव से बोले, ''वानरेन्द्र, मैं तुम्हारी शरण में आया हूँ। तुम भी निर्वासित युवराज हो और मैं भी। तुम भी पत्नी के विरह में दुखी हो और मैं भी। मुझे श्री हनुमान ने आपसे मिलवाकर मुझ पर कृपा की है। वैसे पम्पा वन के आर्यों-अनार्यों की एकता अच्छी है। मैं यहाँ की भाषा नहीं समझ सकता फिर भी शबरी से आपकी जानकारी लेकर, आपसे मित्रता करने ही आया हूँ।''

सुग्रीव पहले झिझके फिर बोले, ''मैं भी साख्य करना चाहता हूँ। किन्तु मेरे यूथपतियों की यह राजनीतिक अभिलाषा है कि मैं किष्किन्धा का सम्राट बनूँ।''

''यह तो एक सशर्त समझौतेवाली बात हुई, युवराज!''

''मैं वर्तमान में राज्य-पद-च्युत व्यक्ति हूँ। अपने इन इष्ट मित्र यूथपति और कुछ सैनिकों के कारण जीवित हूँ। अन्यथा बालि जैसा अभिमानी वानरेन्द्र, जिसने रावण को पराजित किया हो, वह मुझे जीवित नहीं छोड़ता।''

"परन्तु मतंग के भय के कारण बालि तो ऋष्यमूक पर आ ही नहीं सकता था। मतंग के सिधारने के बाद उनके समूचे अस्त्र-शस्त्र तुम्हारे पास पहुँच गए और उन भयानक विस्फोटक पदार्थों के कारण बालि ने इधर झाँका भी नहीं।"

"ऐसा नहीं है। बालि वीर है, राम! किन्तु हनुमान के मेरे साथ होने से वह केसरी राज्य से बहन अंजनी के कारण टकराना नहीं चाहता। और फिर कुछ विलासिता ने भी बालि को जकड़ रखा है। वह राजसी भोगों में लिप्त हो गया है। किरात परिवार तथा वानर परिवार के लोगों के आर्थिक स्रोत में गिरावट आ गई है। स्वर्ण-मुद्रा का प्रचलन होते हुए भी किष्किन्धा की मुद्रा का अवमूल्यन हो गया है। विश्व-व्यापार में जहाँ पश्चिम तक अपना माल खपाते थे वहीं उसकी माँग कम होने से वाणिज्य पर गम्भीर प्रभाव पड़ा जिससे वैश्य-वर्ग कठिनाई का सामना कर रहा है। हमारे शिलाजीत में मिलावट होने से उसका क्रय भी कम हो गया है। अतः ऐसे सम्राट का सिंहासन पर बैठना उचित नहीं।"

थोड़ा रुककर पुनः कहा, "श्रीप्रभा विशुद्ध वानर जाति की थी फिर भी अहल्या के जार-पुत्र बालि ने उसका विवाह श्रीरावण से नीतिपूर्वक किया और सुग्रीव यह नहीं चाहता था। एक पराजित सम्राट को कन्या देने का उदाहरण कहीं नहीं है। बालि विजेता था, उसने अपनी बहन का विवाह रावण से कर वानरेन्द्र जैसे पद को कलंकित किया है। बालि इतना दम्भी हो गया है कि मुझे बिना कोई अवसर दिए ही राज्य से निष्कासित कर दिया। मैंने अगर थोड़ा राज्यासन पर बैठ भी लिया था तो कौन-सा अपराध किया था। मैं भी युवराज था और किष्किन्धा के मन्त्रीगण, सेनापति सब मेरी ही सत्ता को स्वीकारते हैं। मुझे ही किष्किन्धा के आसन पर भ्राजित होना चाहिए, यह लंका में बैठा विभीषण भी चाहता है।"

"मैं समझ गया सुग्रीव, जब सेना, प्रजा तथा मन्त्री तुम्हें ही चाहते हैं तो नैतिक रूप से राजनीति के अनुसार किष्किन्धा पर तुम्हारा ही अधिकार होना चाहिए।"

"यह तो इन्द्र तथा सूर्य (विस्वू) भी चाहते हैं। उनका मुझे सन्देश प्राप्त हुआ है कि मैं छल और कूटनीति से वानर-राजा बनूँ किन्तु बालि के बल के कारण मेरा साहस डगमगा जाता है।"

"बालि के सिंहासन पर तुम्हारा राजतिलक होगा किन्तु राम भी तुम्हारी सहायता ग्रहण करेगा सीता के लिए।"

हनुमान बोले, "राम व सुग्रीव दोनों ही साख्य करें और परस्पर सहयोग करें क्योंकि सुग्रीव किष्किन्धा का राज्य और अपनी पत्नी रूमा को चाहता है तथा राम रावण से सीता चाहते हैं। युद्ध के बिना दोनों कार्य असम्भव हैं। इसलिए दोनों परस्पर वचनबद्ध हों तो आगे का कार्य हो।"

जाम्बवन्त ने तर्क दिया, "राम, आप आर्य हैं, हम अनार्य। सुग्रीव कोई अकेला निर्णायक नहीं है क्योंकि नल-नील, तार, हम सभी बालि से फूटकर अपने दल-बल के साथ सुग्रीव के पास आए हैं। और आर्य क्षत्रियों से साख्य कर भी लिया जाए तो यह विश्वास कैसे हो कि आप बालि का वध करेंगे या मात्र सहयोग देंगे।"

"तो आप ही बताइए, मैं आपको क्या वचन दूँ। आप तो वृद्ध हैं, हमारे पूज्य हैं परन्तु सीता की मुक्ति मेरा कृत-संकल्प है क्योंकि वह विधर्मी बन्धन में है। हो सकता है उसे लंकापति द्वारा यातना दी जा रही हो क्योंकि राजकीय बन्धन बड़ा कष्टदायी होता है।"

"राम, हम सब रावण की नीति समझते हैं, आपकी आयु के मान से सीता लगभग पैंतीस

वर्ष की होगी। रावण की यह महानता है कि वह ऐसी स्त्रियों को पुत्रीवत् ही समझता है। मय-पुत्री मन्दोदरी तो एक विदुषी महारानी है और सुलोचना लंका में सती के नाम से प्रसिद्ध है। वहाँ सीता को कष्ट हो ही नहीं सकता। रावण श्रेष्ठ व्रात्य पौलस्त्य मूल वंशी है। वहाँ यातना तो दूर, सीता को लंका के सभी सुख उपलब्ध कराए जाएँगे परन्तु राम का वियोग स्वयं लंकापति भी दूर नहीं कर सकता। यह भी सत्य है राम, कि रावण जैसे शासक ने सीता को दृष्टि-कैद तो अवश्य किया होगा परन्तु कहाँ किया होगा, यह तो खोज से ही पता चल सकता है और दशकन्धर एक महान् शक्ति है। बन्धन-मुक्ति के लिए हम सभी को एकजुट होकर लड़ना पड़ेगा, सन्धि-वार्ता करनी होगी और यदि आवश्यक हुआ तो विभीषण जैसे पद-लोलुप को भी फोड़ने का षड्यन्त्र रचना होगा।''

''राम तो जनक-नन्दिनी को चाहता है, तात जाम्बवन्त! और कुछ नहीं।''

''तो मिलेगी, आर्य! धैर्य तो रखना ही होगा। आप हमारे युवराज सुग्रीव से साख्य करें और बालि का वध करें तो सुग्रीव आपको वचन देगा। मैंने लंका नगरी को देखा है। वह सूर्य-चक्र-व्यूह से घिरी होकर अभेद्य है। रावण हम सबको नष्ट कर सकता है फिर भी आपका कार्य सिद्ध होगा।''

''ठीक है, राम वचन देता है कि वह बालि का वध करेगा। और तुम्हें विश्वास दिलाने के लिए किष्किन्धा सम्राट के रूप में सुग्रीव का अभी इसी स्थल पर राजतिलक करता है।'' कहते हुए राम ने सुग्रीव का तिलक कर दिया और वानरों ने राम तथा सुग्रीव का जय-जयकार किया।

फिर अग्नि के समक्ष राम और सुग्रीव ने मित्रता के साथ शपथ ग्रहण की कि ''हम परस्पर आर्य-अनार्य होकर भी सहयोग करेंगे।''

राम का साख्य हो गया फिर भी सुग्रीव ने शंका उपस्थित करते हुए कहा, ''राम, बालि में इतनी शक्ति है कि वह सात ताड़ वृक्षों को एक साथ भेद देता है। इतनी शक्ति हममें से किसी में नहीं है। यदि आप उन वृक्षों का भेदन कर देंगे तो हम समझ लेंगे कि आप बाण-विद्या में निष्णात हैं।''

''मुझे बताओ वे वृक्ष कहाँ हैं, सुग्रीव! राम अपनी यह परीक्षा देने के लिए तत्पर है। क्योंकि रावण कहीं सीता को वश में न कर ले।''

''रघुनन्दन, रावण वैश्रवा-नन्दन है। वह महान् मान्त्रिक और यान्त्रिक है। वह सम्राट है। उसे नवयुवतियों की क्या कमी है? यदि पौलस्त्य-नन्दन यही सुख चाहता तो सीता जैसी विवाहित नारी का अपहरण क्या, किसी सुकुमारी राजकुमारी का अपहरण न कर सकता था। यदि उसे रंचमात्र भी जनक-नन्दिनी के सौन्दर्य का आकर्षण होता तो वह स्वयंवर में भी जा सकता था। जनक का लंकापति को स्वयंवर में निमन्त्रण होने से मात्र औपचारिकता की पूर्ति के लिए ही रावण ने राजसिंहासन के नियम के पालनार्थ अपने प्रतिनिधि को ही भेजा था। जबकि मिथिला के समीपवर्ती क्षेत्र में रावण के चर और ताड़का जैसी वीरांगनाएँ रावण के लिए कार्यरत थीं। फिर भी उसने मिथिला सम्राट की कन्या के स्वयंवर में अनुपस्थित होकर अनासक्ति ही प्रकट की। जबकि उन दिनों मैं मध्य देश की वानर जाति को एक करने गया था। उस समय ऐसा मुझे चरों ने अवगत कराया था कि कोशल एवं मिथिला में राजकीय सीमा के विवाद पर शीघ्र ही युद्ध छिड़ेगा और इसी कारण कूटनीति के ज्ञाता जनक के दशरथ को स्वयंवर का निमन्त्रण नहीं भेजा था। सीता का स्वयंवर भी हो जाता किन्तु वसिष्ठ, कश्यप, शतानन्द और विश्वामित्र

जैसे ऋषियों, पुरोहितों ने ऐसा राजनीतिक दाँव लगाया कि युद्ध और शत्रुता के स्थान पर कोशल और विदेह इस स्वयंवर से एक हो गए।''

पुनः कहा, ''तो ऐसा वीर शिरोमणि दशकन्धर वशीकरण जैसा घृणित कार्य कभी नहीं करेगा। हम सब उसे वर्षों से जानते हैं। अतएव रामभद्र, तुम वश में करने का विचार तो त्याग ही दो। हाँ, यदि वैदेही ने कहीं कूट चाल चली तो दशकन्धर उस समय अवश्य ही फटकारेगा, छत्र के कारण प्रताड़ित करेगा और जिस स्थान पर आज सीता हो वहाँ से किसी अन्य स्थान पर भी भेज सकता है।''

''किन्तु जनक-नन्दिनी मेरे कारण भूखी रहती होगी, तात!''

''राम, यह तो हमें चरों ने अवगत करा दिया है कि सीता को देवराज इन्द्र ने कमल के बीजों को बकरी के दूध में चावलों के साथ पीसकर पिट्ठी तैयार कर उसे घी में भूनकर पायस बनाकर पंचवटी में पिलाया है जिससे भूख नहीं लगती।

''और सुनो राम, तुमने भी शबरी आश्रम के सरोवर में पड़े कीड़ों को कृमि-नाशक औषधि—लसोढ़े की लकड़ी के चूर्ण को डालने का ज्ञान दिया था जिसे शबरी व अन्य वन्य जातियों ने सरोवर में यत्र-तत्र डाला जिससे अब उस सरोवर का पानी पुनः पीने योग्य हो गया है। किन्तु क्षत्रिय राजकुमार, हमारी रक्षा इन्द्र और सूर्य दोनों ही नहीं करते। हमारी ऋक्ष (टोटम) जाति के साथ भेदभाव किया जाता है जबकि हम लोगों का वर्ण इस क्षेत्र में सर्वाधिक है और तंगण देश के उस पार तो हमारा ही विशाल साम्राज्य है तो भी हम अनार्यों को बुद्धि, बल सभी में योग्य होते हुए भी देवजाति द्वारा सम्मान नहीं दिया जाता। इस कारण हम भी रुद्र के अनुयायी हैं। वैसे भी वर्तमान में दो ही विश्व की महान् शक्तियाँ हैं—एक तो कैलासवासी शिव और दूसरा लंकावासी रावण। ऐसी शक्ति से वैर ठानने के लिए, हमारे युवराज सुग्रीव को किष्किन्धा का राज्य दिलाने के लिए राम को भी हमें सहायता पहुँचानी होगी, तभी उस विश्वास के आधार पर हम परस्पर सन्धि कर सकेंगे।''

इसी समय तार बोला, ''जब सम्राट रावण का पुष्पक उस गिरिशृंग से निकल रहा था तो हमें किसी नारी के उत्तरीय और आभूषण पड़े मिले थे। आप उन्हें देख लें क्योंकि क्षत्रिय कुलोत्पन्न सीता ने अपनी खोज के लिए ही ये चिह्न छोड़े हैं। आप पहले उन्हें देखने का कष्ट करें।''

राम ने तत्काल ही उन्हें देखने की इच्छा प्रकट की तो एक सैनिक कुछ ही देर में सीता द्वारा फेंका या गिराया गया उत्तरीय एवं आभूषण ले आया।

राम-सीता के उत्तरीय एवं आभूषण तत्काल पहचान गए और पुष्टि के लिए उन्होंने लक्ष्मण से पूछा, ''सौमित्र, ये वस्त्र-आभूषण क्या सीता के ही हैं?''

''लक्ष्मण यह नहीं देख सका था, आर्य! क्योंकि सिंहनाद की चिन्ता के कारण भाभी के मुख पर दुख के भाव उभर आए थे और मातृ-स्नेह ने मुझे भी खींच लिया और अवसाद तथा हड़बड़ाहट में लक्ष्मण दौड़ता आपके पास चला आया। सीता के परिधानों एवं उनके आभूषणों का सर्वाधिक ज्ञान आपको ही होगा। लक्ष्मण अपनी माता की आज्ञा के पालन में आपके साथ सेवक की भावना से कर्म करने आया है। वह आपके संकल्पों की पूर्ति का सह-नायक है। उसने कर्म के सामने वस्त्रों एवं आभूषणों को महत्त्व ही नहीं दिया। जो कुछ था भी वह मैंने विक्रय कर दिया क्योंकि विशुद्ध तापस वृत में अधो-वस्त्र ही लक्ष्मण के पास रहे हैं। उसने चूड़ामणि, अँगूठी, ये सब आपको तथा भाभी के लिए ही छोड़ रखे हैं। मैं यह कैसे कह सकता हूँ अथवा पहचान सकता हूँ कि ये वस्त्र उस दिन भाभी ने धारण किए थे। यह ज्ञान-ध्यान तो मात्र पति

ही रखता है।''

पुनः कहा, ''भैया, पंचवटी पर एक बार जब भाभी सो रही थीं और मैं उनकी सुरक्षा में था तो आर्य धर्म के प्रचार के वापस लौटने पर आपने भाभी के निद्रालीन होने से उनके वस्त्र अस्त-व्यस्त होने पर मुझसे प्रश्न किया था—'लक्ष्मण, इस अवस्था में नारी को देखकर भी किसका मन विचलित नहीं होता?' तो मैंने उत्तर दिया था—'लक्ष्यवान मनुष्य के सम्मुख अपना दृढ़ संकल्प होता है तो उसे अपने उद्देश्य के अतिरिक्त और कुछ नहीं दिखता।' सौमित्र का लक्ष्य है रक्ष-धर्म का अन्त, अपने वंशानुगत वैर का प्रतिशोध। और यह बदले की भावना जब किसी विवेकी या हठी मानव के हृदय में जन्म लेती है तो वह सब कुछ भूलकर एक ही धुन में लगा रहता है कि इनकी पूर्ति कैसे सम्भव हो? और वह इसी उधेड़-बुन में, अपने लक्ष्य-वेध की चिन्ता में उन्माद की सीमा तक पहुँच जाता है तो उसे अपना वृत ही दृष्टिगोचर होता है और कुछ नहीं।''

''ठीक है, सौमित्र! मैंने पहचान लिया। यह उत्तरीय और ये आभूषण सीता के ही हैं। वैदेही ने उसकी खोज के लिए मार्ग में ये चिह्न छोड़े हैं ताकि हमें यह विदित हो जाए कि लंकापति रावण का मार्ग यह है। सीता को दक्षिण के अतिरिक्त अन्य स्थान पर महाराजा रावण नहीं ले गया, मुझे ऐसा आभास होता है। उसने सीता को इधर ही अपने किसी सैनिक सन्निवेश या अधीन राज्य में बन्धन में रखा होगा। इसलिए पहले सीता को इसी क्षेत्र में खोजा जाना चाहिए।''

हनुमान बीच में ही बोले, ''आर्य! महाराजा रावण के विश्व में अनेक सम्राट मित्र हैं। और्व (अरब) के भार्गव उसके मित्र ही नहीं प्रत्युत भ्राता तुल्य हैं। मय-देश से लेकर हिमालय तक दैत्य, दानव, गन्धर्व, नाग और कतिपय आर्य नरेश भी उसके सम्मुख शीश झुकाते हैं। यह अनुमान कि लंकापति ने सीता को यहीं कहीं छिपाया होगा, मात्र भ्रम है। सीता की खोज तो सर्वत्र और मुख्यतः दक्षिण पथ में करनी ही होगी। वैसे रावण राजरानी सीता को सम्भवतः अपने अधीन राष्ट्रों या अपने सैनिक सन्निवेशों के स्थान पर लंका में ही रखना उचित समझेगा फिर भी यह एक अत्यन्त जटिल कार्य है जिसमें सुग्रीव ही आपके सहायक हो सकते हैं, अन्य कोई नहीं।

''सुग्रीव बिना सत्ता के पंगु हैं क्योंकि राजकीय आज्ञा के बिना सीता तक पहुँचना सर्वथा असम्भव है। इसलिए आप पहले सुग्रीव के कार्य हेतु उनसे राजनीतिक साख्य करें, सन्धि करें और सुग्रीव को किष्किन्धा के वानर सिंहासन पर आरूढ़ कराएँ तभी आप सफल हो सकते हैं अन्यथा नहीं।''

नल बोला, ''इन आर्य क्षत्रियों ने हमें सदैव हीन समझा है। ये आर्य राजकुमार यह वचन दें कि हमारी जाति को भी सम्मान दिया जाएगा। ऋक्षराज को दशरथ एवं सीरध्वज जनक ने कभी घास नहीं डाली। दशरथ अपने ही क्षेत्र के चक्रवर्ती सम्राट रहे। मात्र महाराजा सगर ही आर्यावर्त का ऐसा सम्राट था जिसने वानरों की शक्ति को समझा था। वह दक्षिण तक आया तथा वक्ष-से-वक्ष सटाकर हमसे सहयोग माँगा था। हम यही सम्मान चाहते हैं, राम!''

''राम तुम्हारी जाति को प्रतिष्ठा प्रदान करने का वचन देता है। वानर जाति को क्षत्रिय-जाति अन्तर्भुक्ति तक की छूट देगी।''

नील बोला, ''मात्र अन्तर्भुक्ति ही पर्याप्त नहीं है। हमारी और तुम्हारी संस्कृति की रीतियों में अन्तर है। तुम्हें हमारी रीतियों को भी स्थान देना होगा और हम अनार्यों के शक्तिमान सम्राट

कैलासवासी रुद्र को भी वही स्थान मिलना चाहिए जो इन्द्र और वरुण का आर्यों में है। आर्यों में शंकर भी प्रभु कहलाएँ।''

''राम शिवशंकर का भक्ति-भावना से आदर ही नहीं करेगा, प्रत्युत उन्हें इन्द्र के समान ही आर्यों में प्रतिष्ठित करने का वचन देता है। राम भ्रातृत्व की भावना पर जातिवाद और साम्राज्यवादी नीति को त्यागकर आप सभी के ध्रुवीकरण की मान्यता को बल देगा। आपकी प्रथाओं को प्रश्रय देगा और यज्ञ में पशुबलि को भी अवरुद्ध कर यहाँ महाराजा रावण के सात्विक यज्ञ को आर्य यज्ञ में स्थान देगा। जहाँ आवश्यक होगा वहाँ आर्य संस्कृति में, वानर-सभ्यता, रक्ष-सभ्यता, वरुण-सभ्यता आदि को भी परिमार्जन के साथ राम उचित स्थान देगा। इसका भी राम आपको वचन देता है।''

हनुमान बोले, ''राम ने आपकी सभी बातें स्वीकार कर ली हैं तो सुग्रीव राजनीतिक मित्रता करें।''

तार बोला, ''राम ने बालि के सम्बन्ध में कुछ नहीं कहा। जिस सुग्रीव के लिए मैं, नल-नील, जाम्बवन्त—सभी राजसुख छोड़कर ऋष्यमूक पर्वत पर अपनी छावनी में पड़े हैं, हमें क्या मिला? राम को हमारा पहला काम यह करना होगा कि वे बालि को रण में परास्त कर सुग्रीव को किष्किन्धा के आसन पर बैठाएँ। अन्यथा हम लोग क्या ऐसे ही भटकते रहेंगे। पहले राम हमारा कार्य करें तब हम उनका काम करेंगे। हम यूथपति हैं किन्तु छत्र हमारे हाथ में नहीं। हम मन्त्री हैं किन्तु सत्ता हमारे हाथ में नहीं। सुग्रीव आज भी युवराज कहलाते हैं किन्तु आपके पास शिलाखंड का आसन भी नहीं, राज्य का उपभोग किया जाता है किन्तु हम सभी पद-लोलुपों के पास जंगली फल, कदली और मांस-भक्षण के अतिरिक्त और कुछ नहीं। वैसी ही स्थिति राम की है जैसी हमारी। ये राजकुमार हमें क्या दे रहे हैं? मात्र भाषण और मधुर शब्द। राम पत्नी-विहीन हैं तो सुग्रीव भी। दोनों वियोगी हैं। दोनों की अवस्था एक-सी है। राम आर्य धर्म के प्रचारक और संरक्षक हैं। देवताओं और ऋषियों से संचालित होकर अपने कुल की मर्यादा के लिए रक्ष-राज्य की समाप्ति का व्रत लेकर निकले हैं। हम भी किष्किन्धा के आसन से बालि की समाप्ति का व्रत लेकर निकले हैं। इन आर्यों की नीति का पहले विश्वास अर्जन किया जाए तभी हमें राम की सहायता करनी चाहिए!''

राम ने परिस्थिति को भाँपा फिर विहंसे और बोले, ''वानर, दैत्य, दानव, गन्धर्व, आर्य—सभी वर्ण और जाति के बन्धुगण सुनें, राम यह वचन देता है कि वह पहले आपका प्रिय करेगा, तब आपसे साधिकार सहायता की याचना करेगा।''

फिर चारों ओर देखकर पुनः कहा, ''आओ, किष्किन्धा सम्राट सुग्रीव, मेरे निकट आओ। मैं तुम्हारा इसी समय किष्किन्धा के राजासन पर राजतिलक करता हूँ।''

राम ने सुग्रीव को तिलक कर दिया तो सभा में हर्ष छा गया। तब हनुमान बोले, ''राम ने अपना काम कर दिया है। सुग्रीव, अब तुम अग्नि प्रज्वलित कर राम से साख्य करो। क्योंकि मेरी माता अंजनी विशुद्ध आर्य-रक्ता हैं। आर्य अग्नि को साक्षी करके सौगन्ध लें तो समझ लो वह आजीवन प्राण-पण से मित्रता का निष्ठापूर्वक निर्वाह करेगा।''

अग्नि प्रज्वलित की गई। राम ने अग्नि पर हाथ फैलाकर कहा, ''मैंने जो-जो वचन दिए हैं, वे सब पूर्ण करूँगा। सुग्रीव किष्किन्धा का राजा घोषित किया जाता है।''

फिर सुग्रीव ने अग्नि के सम्मुख हाथ फैलाया और कहा, ''सुग्रीव की सेना राम के लिए रावण से युद्ध करने में भी पीछे नहीं हटेगी और सीता को खोजेगी ही नहीं अपितु राम के वामाँग

में सुशोभित कर ही विश्राम लेगी।''

राम और सुग्रीव परस्पर गले मिले और सैनिकों में कोलाहल के साथ-साथ राम, हनुमान, सुग्रीव की जय-जयकार के स्वर गूँजने लगे।

फिर सुग्रीव ने कहा, ''राम, मेरा राजतिलक आपने कर दिया तथा आर्यों-अनार्यों का राजनीतिक साख्य हो गया किन्तु मुझे शंका है कि आप बालि जैसे वर शार्दूल को पराजित कर सकेंगे?''

''मेरे बल की परीक्षा लेना चाहते हो क्या? अपने शस्त्रों पर मुझे दृढ़ विश्वास है क्योंकि राम के बाण अति आधुनिकतम हैं जिनसे बालि परास्त होगा। फिर भी आपके विश्वास के लिए राम परीक्षा देने को तत्पर है।''

''यदि आपने भी सात साल-वृक्षों का एक साथ भेदन कर दिया तो हम वानरों को विश्वास हो जाएगा कि आप मुझे किष्किन्धा के सिंहासन पर बैठाने में समर्थ हैं, अन्यथा नहीं।''

''चलो, सुग्रीव! उन वृक्षों के पास मुझे ले चलो।''

राम ने पहले साल-वृक्षों का अवलोकन किया और फिर धनुष पर बाण चढ़ाकर छोड़ दिया जो सातों साल-वृक्षों का भेदन कर पुनः राम के पास वापस आ गया।

बाण वापस आते ही सुग्रीव को राम की शक्ति पर विश्वास हो गया और बोला, ''अब मैं कह सकता हूँ कि आप बालि को परास्त कर सकते हैं। बालि ने द्वन्द्व युद्ध में कार्तवीर्य को हराया था। तब से दक्षिण भारत के किष्किन्धा सम्राट का क्षत्रियों से वैर है। अब मैं युद्ध को तैयार हूँ।''

''अपनी सेना को इसी समय रण-क्षेत्र में भेजो। बालि को न तो तैयारी का अवसर प्राप्त होना चाहिए और न ही हमारी मित्रता का पता चलना चाहिए। यह कूटनीति है तभी हम विजयश्री प्राप्त करेंगे।''

''ठीक है, अनीक को सजने दो।'' सुग्रीव ने आज्ञा दी।

9

किष्किन्धा नगरी चारों ओर से सुन्दर उपवनों से घिरी थी। ऊँचे-ऊँचे नारियल और साखू के वृक्ष पंक्तिबद्ध लगाए गए थे। नारियल के उद्यानों में वानर कृषक समुदाय रखवाली में लगा हुआ था। कदली-स्तम्भों से लोग कदली फल तोड़-तोड़कर खा रहे थे। कोई कच्चा श्रीफल तोड़कर उसका मीठा पानी पी रहा था, कोई चतुष्पथ के बीच में पीपल-वृक्ष के नीचे बने चैत्य पर प्रतिष्ठित सूर्य प्रतिमा की उपासना कर रहा था।

किष्किन्धा नगर में नागरिकों की अट्टालिकाएँ तथा उनके पीछे चौड़ा मार्ग छोड़कर श्रमिक वर्ग के घर फूस, केले और श्रीफल के पत्तों से ढके हुए थे। भव्य पण्यशाला भी थी जहाँ पत्थरों तथा अन्य सामग्री का क्रय-विक्रय हो रहा था।

पण्यशाला के एक ओर मद्यशाला भी थी जहाँ आपानक का कार्यक्रम चल रहा था। कतिपय स्त्रियाँ भी पुरुषों के समक्ष ही मद्यपान कर रही थीं। मद्यशाला से कुछ दूरी पर नृत्यांगनाओं के भव्य भवन थे जिनसे प्रातःकालीन राग-रागनियों की ध्वनि आ रही थी। कुछ सामन्त नृत्य का आनन्द ले रहे थे। बालि स्वयं भी गान-विद्या तथा नृत्य विद्या का आनन्द लिया करता था। उसे इसमें रुचि थी। सम्राट बालि की नाग-सेना (हाथियों की सेना) विश्राम कर रही थी। बालि

गज-सेना पर दम्भ भरता था। उसके प्रशिक्षित मतवाले हाथी जब सुसज्जित होकर रण का प्रयाण करते तो वृक्षों को अपनी सूँड़ से पकड़कर उखाड़ते हुए मार्ग प्रशस्त करते। इसी कारण किष्किन्धा पर आक्रमण करने का साहस कार्तवीर्य-अर्जुन के अतिरिक्त किसी ने नहीं किया और वह भी बालि से पराजित हुआ।

इसके बहुत पहले आर्य सप्त-ऋषि इस क्षेत्र में आए थे। उन्होंने अपना आश्रम बनाया था और आर्यधर्म के कतिपय अनुयायी तैयार भी कर लिए थे। किन्तु देव जाति के विरोध में सूर्य-संस्कृति को एकदम नकारा जाना असम्भव था फिर भी सप्त-ऋषियों ने लूस क्षेत्र में आर्य-सभ्यता का बीज बो दिया था और आर्यों के कुछ जन निवास भी करने लगे थे जिनका युद्ध कभी-कभी विधर्मियों से होना स्वाभाविक था। इसी कारण ऋष्यमूक पर्वत पर भी आर्यों का अधिकार होने लगा। उन्हें हनुमान का प्रश्रय प्राप्त होने से बालि मतंग आश्रम की ओर आँख उठाकर भी नहीं देखता था। यद्यपि सप्तऋषियों की जीवन-लीला इसी क्षेत्र में समाप्त हुई, फिर भी अगस्त्य ने बागडोर सँभाली तो आर्यों की संस्कृति का प्रचार-प्रसार चोरी-छिपे द्रविड़ों में तथा रक्ष-धर्मियों में होता ही रहा। कुछ गन्धर्वों ने भी आर्य संस्कृति को अपना लिया था। इस कारण प्रकृति के नियमानुसार व्यक्ति ने एक सभ्यता छोड़ी, दूसरी अपनाई फिर वह समाज में पहुँची और कालान्तर में बढ़ती ही गई। बालि वीर था, उसने धर्म की ओर ताक-झाँक नहीं की और वह यह भी न समझ सकता था कि किष्किन्धा में ही सूर्य-संस्कृति के साथ-साथ, रक्ष-संस्कृति और आर्य संस्कृति इतनी पनपेगी कि उसके साम्राज्य की जड़ें हिला देगी।

अंगद सुयोग्य युवराज था। उसने परिस्थिति को भाँप लिया था। हनुमान और सुग्रीव की एकता के कारण वह सशंकित रहता था कि कहीं राज्य-लिप्सा के कारण घर की फूट से ही किष्किन्धा पर आक्रमण न हो जाए। इस कारण उसने ऋष्यमूक तथा केसरी के साम्राज्य तक चरों का जाल बिछा दिया था। और वह भी बालि की भाँति रावण-राज्य की मैत्री-सन्धि का पक्षधर था।

अंगद अपने कक्ष में बैठा हुआ तारा से वार्ता कर रहा था। तारा राजकीय परिधानों में थी। उसके वक्ष-स्थल तक स्वर्ण-मालाएँ सुशोभित थीं। उँगलियों में भाँति-भाँति के पत्थरों (रत्नों) से जटित अँगूठियाँ पड़ी हुई थीं। वह वृद्धावस्था की ओर अग्रसर होने पर भी अत्यन्त सुन्दर प्रतीत होती थी। उसका वर्ण पीला था। रशना बाँधने की रुचि उसे यक्ष जाति की रमणियों को देखकर हुई थी। उसे नए-नए आभूषणों को बनवाने एवं उन्हें धारण करने की अभिरुचि रहती थी। वह सदैव सुगन्धित तेल का ही प्रयोग करती थी और अपनी वेणी में पुष्पों को सजाती थी। वह पतिव्रता नारी थी। फिर भी रूमा के कारण वह दुखी रहती थी। सुग्रीव से वह स्नेह करती थी और कई बार सुग्रीव को बुलाने हेतु वह बालि से अनुरोध भी कर चुकी थी किन्तु बालि हठी था, झक्की था, अभिमानी था, परिस्थितियों से समझौता करना उसके वश की बात नहीं थी।

अंगद के सिर पर हाथ फेरते हुए तारा ने पूछा, "आज कोई नई बात है क्या?"

"कुछ सुना है।"

"क्या सुना है?"

"पितृव्य ने आर्य राम-लक्ष्मण से मित्रता कर ली है।"

"धूर्त आर्यों से जो अपनी संस्कृति को जबरन थोप देते हैं और स्वयं धोखे से बाज के समान वार करते हैं। आर्य अनायास ही आँधी की भाँति आक्रमण करते हैं। नहीं-नहीं, सुग्रीव

ने यह दुष्कृत्य किया है?''

''पितृव्य और तात दोनों एक हो जाते तो कितना अच्छा होता!''

''यह तो मैं वर्षों से चाह रही हूँ वत्स, परन्तु तेरे हठी पिता के सामने मेरी एक नहीं चलती।''

''यदि काकी रूमा को वापस करवा दिया जाए तो पितृव्य सम्भवतः शान्त हो जाएँगे।''

''नहीं युवराज, तुम मुकुट धारण करने के उपरान्त कूटनीति नहीं समझ सके। सुग्रीव रूमा को तो चाहता ही है, साथ ही हनुमान ने उसे राजासन का मोह भी उत्पन्न कर दिया है। क्योंकि सम्राट केसरी और सम्राट बालि की कभी नहीं बनी। इसीलिए केसरी ने रावण से मित्रता की, वायु ने भी की।''

''हनुमान आर्य भाषा जानते हैं। आर्य मन्त्रोच्चारण करते हैं क्योंकि उन्हें अम्ब अंजनी ने सब कुछ सिखाया है।''

''तेरे पिता भी तो इन्द्र-पुत्र होकर गौतम-पुत्र कहलाते हैं फिर भी उन्होंने सूर्य सभ्यता को ग्रहण किया क्योंकि ऋक्षराज विष्णु के मित्र थे, इन्द्र के नहीं।''

''फिर तो कठिनाई है।''

''यह पितृघाती इन्द्र बड़ा ही धूर्त है, वत्स! वह तो रावण ने इसे पराजित कर इसके अभिमान को दबा दिया अन्यथा स्त्रैण इन्द्र जाने क्या-क्या गजब ढहाता! इसीलिए तो देवताओं के विरोधी आर्य क्षत्रिय सम्राट भी हुए।''

''स्त्रैण तो हमारे सम्राट भी हैं अम्ब, अन्यथा किष्किन्धा में ही सेना सुग्रीव की हितैषी नहीं होती। नल-नील-तार जैसे बुद्धिमान लोग हमसे फूटकर सुग्रीव से जाकर नहीं मिलते।''

''हमारे यहाँ और बात है अंगद, वानरों में नारियाँ भोग्या मानी गई हैं। यहाँ की प्रथानुसार बहु-पतित्व, अनमेल विवाह सभी को मान्यता दी गई है। हमारी ही वानर-प्रजा के घरों में यक्षिणी, गन्धर्वा आदि बैठी हुई हैं और वानरियाँ यक्ष, गन्धर्व नाग, आर्य आदि के यहाँ माला के समान सुशोभित हैं फिर भी हमारे नियमानुसार विवाहित स्त्री किसी भी पर-पुरुष के साथ अपनी इच्छानुसार जाने में स्वतन्त्र है। रूमा की ही बात लो तो भी किष्किन्धा में इसका प्रचलन होने से प्रथा का रूप स्वीकारा गया है। वस्तुतः यह निन्दनीय कृत्य तो है ही और इसलिए मैं सम्राट को समझाती भी रहती हूँ।''

''किन्तु ये राम-लक्ष्मण विश्वामित्र, अगस्त्य आदि से विविध भाँति का आयुध-ज्ञान प्राप्त करके आए हैं। सुना है, इनके पास ऐसे बाण हैं जो शत्रु का नाश करके फिर वापस आ जाते हैं। ऐसी शक्ति भी है जो रोकी नहीं जा सकती।''

''फिर भी तेरे पिता की गदा के सम्मुख कोई टिक नहीं सकता। तेरे पिता शक्ति-शस्त्र को रोकना भी जानते हैं। युद्ध में तो उन्हें पराजित ही नहीं किया जा सकता, युवराज!''

''गुप्तचर ने यह बताया है कि इन्हीं राजकुमारों ने छल से शूर्पणखा के पुत्र शम्बूक का वध किया है और इसी कारण इनकी पत्नी सीता का किसी ने अपहरण कर लिया है।''

''तेरे पिता को इसका ज्ञान है। यह राजनीतिक प्रतिशोधात्मंक चाल है।''

''कुछ भी हो, पितृत्व के पास सेना भी जुट गई है तो कोई-न-कोई तो घटेगी ही।''

''सचेत होना आवश्यक है पुत्र, परन्तु रण-क्षेत्र में राम का बल भी तेरे पिता हर लेंगे। सन्मुख संग्राम में तो उन्होंने मायावी तथा दुंदुभी तक को परास्त किया है। फिर भी तू और जानकारी प्राप्त कर। मैं राजा से मिलने जाती हूँ।''

अंगद चला गया और तारा राजप्रासाद के उस अलिन्द की ओर चल पड़ी जहाँ सम्राट

बालि विश्राम कर रहा था। यक्षणियाँ तथा गन्धर्वियाँ चमर झल रही थीं। रूमा बालि के पाँव दबा रही थी। वह उप-पत्नी थी। किष्किन्धा की रानी थी फिर भी दासी के समान बालि की सेवा करना उसका धर्म था।

सहसा पट्ट महिषी तारा को देखकर वह बिस्तर से उठकर खड़ी हो गई। बालि ने तारा को देखा तो हँस पड़ा और पूछा, ''किंकिणी की मधुर ध्वनि करती हुई गजगामिनी तारे, प्राणप्रिये, केहि कारण तुम्हारा आगमन हुआ?''

''प्राणनाथ, एक सन्देश लेकर आई हूँ।''

''कहो, वानर सुन्दरी! कहो।''

''अंगद कह रहा था...''

''क्या कह रहा था?''

''सुग्रीव ने राम-लक्ष्मण से राजनीतिक साख्य कर लिया है।''

''कोई आश्चर्य की बात नहीं है, प्रिये!''

''राम के पास विराध का कटक है और अगस्त्य के अस्त्र-शस्त्र हैं।''

''बालि की गदा और ये सुदृढ़ हाथ उन्हें नष्ट कर देंगे।''

''सुग्रीव ने उन्हें आर्य जाति से भी मिलवा दिया है। उनको भाषण देकर राम अपने पूर्वजन्म के सिद्धान्त के साथ-साथ हमारी सभ्यता की आलोचना कर रहा था।''

''यह तो प्रकृति का नियम है। जब तक किसी संस्कृति के दोषों का विवेचन नहीं किया जाएगा और अपनी सभ्यता का गुणगान नहीं किया जाएगा तब तक उसे स्वीकारेगा कौन?''

''उस आर्य ने ऋष्यमूक पर सुग्रीव का राजतिलक कर दिया है और राम सुग्रीव को किष्किन्धा-सम्राट सम्बोधित करते हैं।''

''क्या राम अकेले किसी को सम्राट बना सकता है? अरे, जब तक राज्य का कोई निश्चित भू-भाग न हो, सम्प्रभुता न हो, राजधानी में सिंहासन न हो और शीश पर राजकीय प्रतीक मुकुट न हो, तब तक कौन राजा हो सकता है?''

''यह तो मैं भी जानती हूँ परन्तु सुग्रीव सत्ता-लोलुप है। हनुमान हमारे भी नातेदार हैं किन्तु अंजनी देवी आपकी बहन होने पर भी आपसे अधिक सुग्रीव से स्नेह करती हैं।''

''अंजनी देवी, केसरी साम्राज्य की महारानी है और पवन (वायु) देव जाति का सम्राट है, मरुतों का पवनेन्द्र है। हमारे राज्य की सीमाओं के कारण उनसे हमारा विवाद है और प्रिये, सीमावर्ती राज्य सदैव ही सम्राट के शत्रु रहे हैं। मुकुटधारी हनुमान हमारा सगा होकर भी राजकीय व्यवस्था के कारण हमारा नहीं हो सकता। इसमें चिन्ता की कोई बात नहीं है।''

''कहीं इन सबने आक्रमण कर दिया तो?''

बालि हँसा फिर गरजा, ''हमारा गज-दल सबको नष्ट कर देगा। ला, मैं मुकुट और माला धारण कर अभी अपने धर्म का पालन करता हूँ।''

बालि ने मुकुट धारण कर लिया और कंठ में दुंदुभि की मणि महामाला धारण कर ली। तारा ने कहा, ''आप सुग्रीव को रूमा को क्यों नहीं लौटा देते? क्या दोनों भाई एक होकर नहीं रह सकते?''

''तारा, क्या सुग्रीव ने भी कभी अनुशीलन किया है जैसा तुम कर रही हो। सुग्रीव अब एक उग्रवादी है। उसने हमारे अनेक लोगों को तोड़ लिया है। अब या तो वही किष्किन्धा का राजा होगा या तुम्हारा पति।''

"राजा तो दुर्धर्ष वीर मेरा पति ही रहना चाहिए।"

"एक साथ दो बातें हो सकती हैं, प्रिये! जब वह पूर्णतया इन्द्र से मिल गया हो, वरुण को चाहता हो तो बालि सुग्रीव की विचारधारा को कैसे उलट सकता है। वह मुझे और मैं उसे फूटी आँख भी देखना नहीं चाहते तो देर होने पर कुछ भी नहीं हो सकता।"

"तुम्हारी तो अपनी ही सेना में फूट पड़ी है। अंगद कह रहा था—तार जैसे यूथपति के जाने से सैनिकों में उत्साह कम हो गया है।"

"मुझमें तो साहस है। अंगद भी तो वीर है, उसमें भी विशुद्ध वानर-रक्त है, तू क्यों शंका करती है? प्रतिहारी को आज्ञा दो—संरक्षित सैनिक बल तत्काल सजे।"

"स्वामी, हमारा विशाल साम्राज्य है, हमारी प्रचंड शक्ति है फिर भी वर्तमान राजकीय व्यवस्था में सर्वत्र यह मान्यता है कि सम्राट के रण-क्षेत्र में मरते ही युद्ध विराम हो जाता है फिर पराजित सैनिक शस्त्र नहीं उठाता है और आर्यों के बारे में किंवदन्ती है कि उन्होंने कभी भी सम्मुख रण न कर धोखे से वार किया है।"

"तेरा वीर पति छाती के घाव से ही मरेगा, पीठ के वार से नहीं। मैं इच्छित वीर-गति प्राप्त करना उचित समझता हूँ। बालि रण से कदापि नहीं भागेगा, न ही पीठ दिखाएगा।"

"यह जानती हूँ फिर भी आज कहीं न जाना राजन्, तब तक अंगद व्यवस्था कर लेगा।"

"मैं राजसभा में जाना चाहता था। तुम कहती हो भामिनी, तो मैं वहाँ भी नहीं जाता। तुम्हारा मान रखना मेरा धर्म है।"

इसी समय बाहर सहसा कोलाहल सुनाई पड़ा। अनेक वानर सैनिक राजा सुग्रीव की जय-जयकार करते हुए आ रहे थे। सुग्रीव सबसे आगे-आगे चल रहा था। उसके गले में विजयश्री की शुभकामना हेतु गज-पुष्पमाला स्वयं राम ने धारण कराई थी। सुग्रीव के कटि-भाग में अपने वस्त्र की किनार इसलिए लपेटी थी कि बालि-सुग्रीव दोनों यमल (जुड़वा) थे। दोनों की शरीर-रचना एक-सी होने से उन्हें पहचाना नहीं जा सकता था। राम की यह बुद्धिमत्ता रणनीति के अनुसार श्रेयस्कर कही जाएगी जो उन्होंने बालि पर सहसा आक्रमण कराया। अन्यथा वे जानते थे कि किष्किन्धा से आगे राम कभी नहीं जा सकेगा। राम के निर्देशानुसार ही सम्पूर्ण सैनिक कार्रवाई बड़े विचित्र ढंग से तथा गुप्त रूप से किष्किन्धा नगरी पर हुई। नगर को चारों ओर से हनुमान की सेना ने घेर लिया। सुग्रीव वानर सैनिकों के साथ राजपथ की ओर चला आया। राजप्रासाद और महापथ के दोनों ओर सुन्दर उपवन थे। वहीं राम रुक गए और एक वृक्ष की ओट से शेष काम की पूर्ति की व्यवस्था का दृढ़ संकल्प लेकर खड़े हो गए। वहीं से कुछ दूरी पर बालि और सुग्रीव के युद्ध के लिए स्थान नल-नील ने अपनी बुद्धि अनुसार चुना था।

इस जय-जयकार को सुनकर और सुग्रीव को देखकर चाकर, परिचाकर सभी ने महाराज बालि को प्रणाम कर सूचना दी, "हे वानरेन्द्र, आपके भाई सुग्रीव दल-बल के साथ आ रहे हैं।"

"सुग्रीव के सैनिकों ने किसी को हताहत किया?"

"अभी तक तो नहीं किया।"

"और कौन है सुग्रीव के साथ?"

"तार, नल-नील। अभी-अभी संवाद प्राप्त हुआ है कि हनुमान और जाम्बवन्त ने किष्किन्धा को अनायास घेर लिया है।"

"अंगद को ड्योढ़ी की सुरक्षा का भार सौंपो। सेना सजाओ। आज सुग्रीव जीवित नहीं जाएगा।"

इसी समय बाहर सुग्रीव ने घोर गर्जना कर कहा, ''बालि, राजप्रासाद से बाहर निकल, सुग्रीव तुझे युद्ध के लिए ललकारता है।''

''अरे, दुष्ट सुग्रीव! ठहर, मैं अभी अपनी गदा से तेरा मस्तक फोड़कर तुझे यमलोक पहुँचाता हूँ। यह कायरों जैसा आक्रमण है, वीरों का नहीं। यह किसी आर्य का षड्यन्त्र प्रतीत होता है जो बिना अवसर के ही, बिना किसी सन्देश के प्रभंजन-गर्जना की भाँति किष्किन्धा से प्रवेश कर भीरु सुग्रीव सम्राट को युद्ध के लिए ललकार रहा है।''

तारा सुग्रीव की गर्जना और परिचायक के संवाद को सुनकर सकपका गई। उसने तत्काल ही बालि से निवेदन किया, ''वानरेन्द्र, आज युद्ध टाल दो, कल युद्ध-प्रयाण करना, तुम्हारी विजय होगी।''

''नहीं तारा, सुग्रीव कोई सम्राट नहीं है, वह तो भगोड़े सैनिकों के साथ उपद्रव ही करने आया है। हनुमान की सेना को युवराज अंगद की सेना परास्त करेगी। मेरे ही गुरुकुल में विविध भाषाओं को पढ़नेवाला हनु (आदिवासी) मेरे ही सिर चढ़कर आया है। उसका भी शिरच्छेद किया जाएगा।''

''नहीं, नाथ! आज नहीं, कल। मेरा मन कहता है कि यह उस राम का कोई भयानक षड्यन्त्र है जो दशरथ का पुत्र है।''

''राम और लक्ष्मण नहीं हैं और हों भी तो क्या, मिथिला-नरेश के राज-पुरोहित शतानन्द का भाई बालि युद्ध की ललकार सुनकर राज-प्रासाद में बैठा नहीं रह सकता अन्यथा रावण-जैसी शक्ति को पराजित करनेवाले बालि, अपने नाम का सुवर्ण सिक्का चलानेवाले बालि का सम्मान नष्ट हो जाएगा।''

तारा ने पति के पैर पकड़ लिए और पुनः निवेदन किया, ''आज मुझे अपशकुन हो रहा है। मेरे दाएँ अंग फड़क रहे हैं। आज का युद्ध युद्ध नहीं है, सम्राट! मात्र एक छलावा है, धोखा है। तुम्हें भयभीत करने के लिए नगर को घेरा गया है तथा सुग्रीव को किसी-न-किसी षड्यन्त्र के साथ भेजा गया है।''

बालि ने कन्धे पर गदा धारण की फिर कहा, ''देवि, बालि को सन्मुख रण में कोई पराजित नहीं कर सकता। यह तुम भली-भाँति जानती हो। उसके प्रचंड वीर वानर सैनिकों के सामने कोई शक्ति टिक ही नहीं सकती तो तू क्यों भयभीत होती है। मैं आज सुग्रीव का अन्त करके ही छोड़ूँगा। तू निश्चिन्त रह, मैं अभी सुग्रीव का वध कर लौटता हूँ।''

''रुक जाओ, सम्राट! दुष्ट आर्यों की क्या नीति है, कौन जानता है!''

''नहीं, तारा! बालि हठी है और युद्ध को जाएगा।'' कहते हुए बालि ने आज्ञा दी, ''सुरक्षित सेना को समरांगण में भेजो।''

''सम्राट, सुग्रीव को युवराज का पद देकर सन्तुष्ट कर दो। भले ही रूमा तुम्हारे साथ रहे।''

''नहीं, महारानी! वह युवराज होकर भी सन्तुष्ट नहीं होगा। वह तो यहाँ आकर भी मेरी सत्ता ही उखाड़ेगा। घर के वैर से ही सिंहासन जाता है क्योंकि कोई बहनोई, कोई भाई, कोई मातुल, यही लोग वर्तमान में सत्ता हथियाते हैं। अन्य में साहस नहीं होता। इस कारण सुग्रीव तो राजद्रोही होने से वध के ही सर्वथा योग्य है।''

''मैंने आपके हित के लिए कहा है।''

''मेरा हित तुम चाहती ही हो तो वह मात्र सुग्रीव का वध ही है ताकि अंगद निष्कंटक राज्य कर सके।''

"ठीक है, तो जाओ।" कहकर तारा ने बालि की प्रदक्षिणा की और अपनी भाषा में अनार्य मन्त्र पढ़े और पैर छूकर बालि को रण के लिए विदा किया।

बालि बाहर आते ही गरजा और बोला, "किसके कहने से तूने मेरा नगर घेरा है? तू क्यों अपने प्राण गँवाने आया है, सुग्रीव? भाग जा।"

"मृत्यु तेरे सिर पर नाच रही है। तू गजमेध सेना राम को दे दे और मुझे रूमा तथा राज्यासन।"

"अरे दुष्ट, मैं आर्यों की सहायता कदापि नहीं कर सकता। राम दाशरथि है तो अपने सैन्यबल को क्यों नहीं बुलाता, दूसरों की सेना का क्यों विनाश कराना चाहता है? उससे कह देना वह रावण से न टकराए और वापस लौट जाए।"

"तो फिर समर हो, बालि!"

"सँभल जा"—कहते हुए बालि ने सुग्रीव से गदा-युद्ध प्रारम्भ कर दिया। सेना से सेना भिड़ गई। अंगद हनुमान के साथ लड़ने लगा और भीषण युद्ध राजप्रासाद के मैदान में ठन गया।

बालि ने सुग्रीव पर प्रहार किया। वह पीठ पर गदा का प्रहार सहन न कर पीछे हट गया। उसी समय सहसा एक बाण लक्ष्मण ने छोड़ा जिसे बालि ने हाथ से ही पकड़कर तोड़ दिया। लक्ष्मण की ओर ललकारता हुआ बढ़ा। उधर से विराध दौड़ा किन्तु इसी समय राम का वृक्ष की ओट से अभिमन्त्रित बाण विद्युत धारा की भाँति छूटा, जिसे बालि ने हाथ से रोकना चाहा। उसने पकड़ भी लिया किन्तु उसका वेग तीव्र होने से एवं विद्युत-धारायुक्त होने से उसे रोकने में असमर्थ रहा। वह बाण सीधा बालि की छाती में जा धँसा। बालि बाण पकड़े हुए भूमि पर गिर पड़ा। तभी हनुमान ने शंखनाद कर विजय की सूचना कर दी और युद्ध बन्द हो गया। नल-नील आदि ने राजा सुग्रीव की जय-जयकार कर दी और तारा शंखनाद के साथ ही दौड़ती हुई प्रासाद से बाहर निकली और भूमि पर पड़े अपने वीर पति से लिपट गई।

राम भी जाम्बवन्त के साथ आकर बालि के निकट खड़े हो गए।

तारा ने बिफरकर इस धनुषधारी से पूछा, "तू कौन है पापी, जिसने धोखे से वार कर मेरे प्रियतम के प्राण हरे हैं?"

"मैं आर्य राम हूँ। कोशलाधीश राजा दशरथ का पुत्र हूँ।"

"मेरे प्रियतम ने तुम्हें तो कोई कष्ट नहीं पहुँचाया था। फिर भी यदि क्षत्रिय हो तो सामने से समर क्यों नहीं किया। धिक्कार है तुम्हारे पुरुषत्व को!"

"सुग्रीव मेरा राजनीतिक सखा है। मैंने उसे वचन दिया था कि मैं तुम्हें किष्किन्धा के सिंहासन पर आसीन करूँगा। मैं वचन भंग नहीं करता।"

"निरपराध को मारकर सत्ता प्राप्त करना और अपने स्वार्थपूर्ण वचन से दूसरे की हत्या करना क्या पाप नहीं है? क्या यही आर्य-धर्म है?"

"नहीं, आर्य-धर्म मानव की रक्षा का धर्म है किन्तु सुग्रीव की पत्नी को रखना क्या पाप नहीं है? तुम तो पतिव्रता हो, क्या यह नारी के प्रति अत्याचार नहीं है?"

"वानर राज्य के नियमानुसार यहाँ कोई अत्याचार नहीं है। इस देश में बहुपतित्व की प्रथा है। तारा तुम्हें शाप देती है कि तुम्हारा भी पुनर्जन्म जब होगा तब मेरे पति द्वारा ही तुम्हारा वध किया जाएगा।"

राम सकपका गए। इसी समय अंगद भी पिता की दशा पर बिलखने लगा और सुग्रीव से बोला, "पितृव्य, ये आर्य और उसमें भी क्षत्रिय मात्र, अपना ही वर्चस्व चाहते हैं। राम अपनी भार्या को प्राप्त करने के उपरान्त कभी भी इधर नहीं आएगा और न ही आज तक कोई सम्राट

अपना उल्लू सीधा करने के उपरान्त आया है। तुमने वानर प्रजा के साथ विश्वासघात किया है। अभी अंगद जीवित है, युद्ध फिर होगा।''

तारा ने चीखकर वानर सेना को आज्ञा दी, ''रण हो, अभी तुम्हारा सम्राट मूर्च्छित है, अभी पराजय नहीं हुई। प्रचंड वीरो! तुमने रावण तक की सेना को परास्त किया था। आज तुमने शंखनाद के साथ शस्त्र डालकर किष्किन्धा का अपमान किया है! उठो, अपने शस्त्रों से इन विदेशी आर्यों को पराजित कर अयोध्या तक लौटा दो ताकि तुम्हारी वीरता की गाथा कोशल तक अमर रहे। किष्किन्धा की महारानी तुम्हें आज्ञा देती है कि तुम भ्रातृघाती सुग्रीव का इसी समय वध कर अपने सम्राट का प्रतिशोध लो।''

तार, नल और नील ने सभी को शस्त्र न उठाने का संकेत कर दिया तो सुरक्षित सैन्य बल नाक-भौंह सिकोड़कर शान्त हो गया। तब तार ही ने कहा, ''महारानी तारा, सैनिक अस्त्र-शस्त्र नहीं उठा रहे हैं। उन्होंने तुम्हारी अवज्ञा कर दी है। अब तुम और तुम्हारा पुत्र अंगद सैन्य बल के अभाव में असहाय हैं।''

तारा वानरों के हतभाग्य पर विलाप करने लगी। इसी समय बालि को चेतना आई। वह बाण को अभी भी पकड़े हुए था। उसने आँखें खोलीं, सामने राम को देखकर कहा, ''तू ही आर्य राम प्रतीत होता है। तूने कपट से एक प्रचंड वीर को मारा, यह पाप किया। मैंने आज तक किसी आर्य को कष्ट नहीं दिया। मेरे राज्य में आर्य-अनार्य सभी सुखी हैं। मैंने कभी भी कोशल पर आक्रमण नहीं किया। मैं तुमसे युद्धरत भी नहीं था फिर तूने किसलिए समस्त नियमों का उल्लंघन कर मुझ पर छल से आघात किया?''

''मुझे अपनी भार्या सीता के लिए रावण राज्य तक पहुँचना है। और तुम रावण के मित्र ही नहीं बल्कि साले भी हो। इस कारण तुम मेरे मार्ग के बाधक थे। इसलिए मैंने कबन्ध, शबरी आदि से पूर्ण जानकारी प्राप्त करने के उपरान्त सुग्रीव से राजनीतिक सन्धि की ताकि तुझे किष्किन्धा का प्रचंड वानर सैन्य-बल प्राप्त हो। फिर राजनीति में शत्रु को परास्त कराया जाना सरल कूट-मन्त्र है। सुग्रीव तुम्हारा वैरी था और मेरा मित्र होने से मैत्री-धर्म के पालन में मैंने उसकी एक राजकुमार के अधिकार से सहायता की है जो सर्वथा उचित है।''

''राम, रावण विश्व की महान् यान्त्रिक शक्ति है। सुग्रीव और हनुमान दोनों ही रावण के लिए चींटी के समान हैं। इस काम के लिए यदि तुम मुझसे ही निवेदन करते तो मैं लंकापति रावण से सीता को माँग लाता और तुम्हें सौंप देता। रावण ने सीता का राजनीतिक अपहरण किया है जो शूर्पणखा के अपमान का प्रतिशोध मात्र है। किन्तु तुम आर्यों में सहनशीलता नहीं है। मैंने भी क्षत्रिय सम्राट कार्तवीर्य को पराजित किया और छोड़ दिया। रावण को कारापंजर में नहीं रखा, अपने राजप्रासाद में ससम्मान रखा और मधुर व्यवहार किया परन्तु तुमने तो राजपुत्र होकर भी अधर्म किया।''

''मैं दंडक वन का राजा हूँ। तुम्हारा राज्य दंडक के अधीन था और इक्ष्वाकु वंश का राजपुत्र जिसे चाहेगा उसे किष्किन्धा का सम्राट बनाएगा।''

''किष्किन्धा नगरी विश्वकर्मा की नगरी थी जो ऋक्षराज को दी गई थी। इक्ष्वाकु वंश की अधीनता में किष्किन्धा कभी भी नहीं रहा। कोशलाधीश को कभी भी वानर राज्य ने कर नहीं दिया, राम! बालि को हर बात का ज्ञान है। उसी ने वानर राज्य का उत्थान किया है। सभी भाषाओं की पाठशालाएँ किष्किन्धा में हैं जहाँ आर्य-भाषा, देव-भाषा, अपनी भाषा—सभी पढ़ाई जाती हैं। वानरों के देश-विदेश तक राजनीतिक सम्बन्ध हैं। विदेशी व्यापार का प्रचलन है और

समुद्र में बालि के वानर ध्वज के भारवाही पोत चलते हैं। उसे मारकर तुमने अपराध किया है, स्वार्थी राम!''

''हमारे देश में छोटे भाई की वधू पुत्र-वधू के समान मानी जाती है। तुमने अपने ही भाई की वधू को पत्नी बनाने का पाप किया है।''

''नहीं-नहीं, यह मेरे देश की प्रथा है और तुम्हारे देश में जो नियोग किया जाता है, वह भी तो पापाचार ही है। अप्सराएँ भी स्वेच्छाचार करती हैं। वह क्या देवताओं का पापाचार नहीं है? मेरे लिए रूमा भी रो रही है। वह देखो, उन नारियों के बीच खड़ी-खड़ी सिसक रही है क्योंकि आज उसका सुहाग मिट रहा है।''

फिर आह भरकर छाती में धँसे हुए बाण को अपने बलिष्ठ हाथ से खींचा। रक्त का स्राव तेज हुआ तो बालि बोला, ''राम, अपना यह बाण वापस ले लो, किसी और निरपराध के वध के काम आएगा।''

एक वानर वीर बोला, ''महारानी केसरी की सेनाएँ अभी भी बाहर युद्ध कर रही हैं। भागो और अंगद का राज्याभिषेक करो।''

तारा के बाल बिखरे हुए थे, क्रोध उसके मुख पर था और आँखों में अविरल अश्रु थे। वह चिल्लाई, ''आंजनेय, यह सब तेरी करतूत है। देख, तेरा धर्मात्मा, पराक्रमी मातुल बालि, वानरों का श्रेष्ठ राजा पृथ्वी पर सो रहा है। तुझे राजनीति ही करनी थी तो क्या तुझे अपना ही घर मिला। अरे, रावण के यहाँ से अपमानित होकर आनेवाले नील, तू भी इस षड्यन्त्र में सम्मिलित हो गया। तुझे यान्त्रिक बनाने का श्रेय, रावण से ज्ञान प्राप्त करने का श्रेय क्या सम्राट बालि को नहीं है? भूल गए राजनीतिक षड्यन्त्र में अपने प्रतापी नरेश को? धिक्कार है तुम्हारी जाति पर जो अपने ही कुल-शिरोमणि को डस गई। यह राम कोई सम्पूर्ण पृथ्वी का सम्राट तो नहीं है जो इक्ष्वाकु की दुहाई देकर अपना राज्य बता रहा है। क्या कभी किसी ने किष्किन्धा की आज तक सुध ली। झूठ बोलकर हम भोले-भाले वानरों पर आर्य ऐसे ही अत्याचार करते आ रहे हैं। चलो, वीरो! अंगद का राज्याभिषेक करो।''

राम शान्त हो गए परन्तु अभी भी बालि के प्राण थे। वह आह भरकर बोला, ''तारा, ठहर। ठहर—सुग्रीव का ही राजतिलक कर और अंगद को युवराज ही रहने दे। अभी राजनीतिक स्थिति प्रतिकूल है, अनुकूल होने पर तेरे पुत्र का राजतिलक ये ही वानर श्रेष्ठ करेंगे। तू पतिव्रता है, अन्तिम समय में अपने पति की लाज रख दे तारा, अन्यथा यह सिंहासन वानरों के हाथ से चला जाएगा।'' कहते हुए बालि के प्राण-पखेरू उड़ गए और वह चिर निद्रा में लीन हो गया।

तारा बालि से लिपटकर विलाप करने लगी फिर बोली, ''आ सुग्रीव, आ। दुष्ट आर्य राम का दास बनकर रह और अपने भाई के रक्त से राजतिलक कर।''

हनुमान, तार, नल-नील—सभी आगे आ गए। हनुमान ने करुण स्वर से कहा, ''महारानी, राजनीति पुरुषों द्वारा संचालित होती है। हम वानर अपना धर्म नहीं त्यागेंगे। राम आर्य धर्म के प्रचारक हैं, पुनर्जन्म के सिद्धान्त के प्रचारक हैं तो भी हम अपनी प्रथाओं में आमूल-चूल परिवर्तन नहीं करेंगे। यह हमारी जातीयता की बात है और छत्र के लिए तुम्हें विश्वास दिलाते हैं कि किष्किन्धा किसी की अधीनता स्वीकार नहीं करेगा। तुम जिसे चाहोगी, वही किष्किन्धा का सम्राट होगा, दूसरा कोई नहीं।''

''मेरे पति के अन्तिम वचनों की पूर्ति के लिए सुग्रीव ही सम्राट हो।''

इस शब्द के साथ ही सुग्रीव करुणामयी हो गया और बालि के शव से लिपटकर बोला,

"हाँ, भैया! तुमने मेरे साथ कभी घात नहीं किया। वह तुम्हारी महानता थी अन्यथा ऋष्यमूक पर ही मुझे अपने चरों से मरवा सकते थे और मैंने राज्य तथा स्त्री के लोभ में तुम्हें आर्य राम से मरवाकर पाप किया। मैं कुल-नाशक हूँ। मुझमें राज्य संचालन की क्षमता नहीं है। मैंने यह निन्दित कार्य सत्ता के लिए सम्पन्न कराकर अपयश प्राप्त किया है। मैं ही दोषी हूँ। यह प्रजा का क्रन्दन मुझसे देखा नहीं जाता। भाई तो भाई ही होता है। किन्तु लोभ प्रवृत्ति व्यक्ति को ठगकर उसे पतित बना देती है। राम, एक बाण सुग्रीव पर भी चलाओ, वह भी जीवित नहीं रहना चाहता। सुग्रीव आर्यों का दास नहीं बनेगा, राजकुमार!"

राम-लक्ष्मण दोनों इस प्रतिकूल दशा को देख रहे थे और सुग्रीव के शब्दों को सुन रहे थे। कतिपय वानर राम-लक्ष्मण की ओर घृणा से देख रहे थे। तारा भी स्थिति को भाँप रही थी। वह राम के पास आकर बोली, "दोष तुम्हारा भी नहीं है राम, क्योंकि तुम भी हतभागी हो और हतभाग्य से ही निन्दनीय कर्म होता है। तुम्हें वैदेही की मुक्ति चाहिए, यह तुम्हारा स्वार्थ है। सुग्रीव तो एक भड़काया हुआ व्यक्ति था जिसने लोगों के कहने में आकर यह कृत्य तुमसे सम्पन्न कराया। मेरा पुत्र अंगद अभी भी तुम दोनों भाइयों को द्वन्द्व-युद्ध में परास्त कर सकता है किन्तु तारा एक वियोगी को, जो स्वयं ही दुखी हो, मारने का कभी भी निर्देश नहीं देगी। परन्तु भविष्य में यदि अंगद तुम्हारे विरोध में कुछ करेगा भी तो तारा जीवित रहते अंगद की सहायता करेगी।"

राम कोमल हो गए। वे महारानी तारा से आँख नहीं मिला सके। वे बोले, "राजा सुग्रीव, राम अब तुम्हारी शरणागत है। मैंने तुम्हारे शरणागत का वचन पूर्ण किया है। देवी तारा से निवेदन करो कि ये व्यथित न हों, यह तो सांसारिक क्रम है। राम इस अपराध को स्वीकार करता है किन्तु इसमें आप सभी भागी हैं। राजनीतिक दृष्टिकोण से यह अधर्म नहीं बल्कि अपराध मात्र है। किन्तु प्रतिज्ञा और मित्रता के कारण यह अपराध भी नहीं है फिर भी मैं महारानी तारा से क्षमा की याचना करता हूँ और उन्हें विश्वास दिलाता हूँ कि अंगद के साथ भाई-चारे का व्यवहार होगा। अब महाराज बालि की अन्त्येष्टि सम्पन्न करो। सुग्रीव, यह शरीर अब मिट्टी है। अब पुनर्जन्म होगा, तब जाने किस योनि में बालि से भेंट होगी। अब विलम्ब मत करो।"

नल-नील ने चन्दन की शिविका मँगाई जिसे पुष्पों से सजाया गया। उसमें राजकीय सम्मान के साथ बालि का पार्थिव शरीर रखा गया और नदी के तीर पर समस्त नर-नारियों ने बालि के अन्तिम बार दर्शन किए। चिता तैयार की गई। अनार्यों की प्रथानुसार तारा ने अपने पति का शव गोद में रखा और रुदन किया। फिर हनुमान, अंगद, सुग्रीव, नल-नील ने शव को उठाकर चिता पर चढ़ाया। हनुमान ने अपनी अनार्य रीति के अनुसार प्रेत-कर्म के मन्त्र पढ़े और अंगद ने चिता को अग्नि दी। वानर विधियों के अनुसार दाह-संस्कार कर्म राम-लक्ष्मण के समक्ष पूर्ण हुआ। प्रजा राम-लक्ष्मण को अविश्वास की दृष्टि से देखती हुई, अपने महान् सम्राट बालि का स्मरण करती हुई वापस चली गई।

10

मेघ गरज रहे हैं। क्षणप्रभा कौंध रही है। दादुर, मोर, पपीहा बोल रहे हैं। वर्षा ऋतु चारों ओर इठलाती हुई अपने पूर्ण यौवन का आनन्द लेती हुई घूम रही है। नदियाँ उफन रही हैं। महाराज

रावण को समाचार प्राप्त हो रहा है—कहीं बाढ़ आ रही है, कहीं दो पुर बह गए, किसी ग्राम में पानी भर गया, कहीं मार्ग अवरुद्ध होने से नगरों से सम्पर्क टूट गया। रावण को मुधमक्खी तथा दूरबोध से राजकीय सेवक जानकारी भेज रहे हैं। सम्राट रावण प्रजा को बाढ़ से बचाने के लिए नौकाएँ भेज रहा है। कहीं-कहीं सैनिक सहायता भी भेज रहा है। किसी टापू पर घिरे लोगों को पुष्पक एवं अन्य वायुयानों से खाद्य-सामग्री भेज रहा है। उसे ज्योतिष के कारण ज्ञात है कि हस्त नक्षत्र में अतिवृष्टि होगी। जिससे जन-हानि एवं कृषि-हानि होगी किन्तु रावण सदैव ही अन्न का भंडार रखता है। रावण के ही समय में लंका राज्य में एकाध बार बाढ़ एवं सूखा-अकाल तो पड़ा ही है फिर भी प्रजा को दशानन के काल का आभास ही नहीं होने दिया। प्रजा ने उसे कालजयी की उपाधि से विभूषित किया। प्रजा ने दशकन्धर को 'लंका-रत्न' जैसे महान् शब्दों से अलंकृत किया। जन-मानस में कभी असन्तोष की भावना आई भी तो रावण ने निर्भीकता के साथ उसका सामना कर सन्तोष प्रदान कर प्रजा-रंजन के राजा के गुण को परिपूर्ण किया।

लंकाधीश सिंहासन पर बैठा है। राजसभा का वर्षाकालीन सत्र चल रहा है। मन्त्रीगण सामन्तों, अग्रहारियों से मन्त्रणाएँ कर रहे हैं, योजनाएँ बना रहे हैं क्योंकि वर्षाकाल में कोई भी सम्राट युद्धरत नहीं होता। दलदल, कीचड़, नदियाँ सभी मार्ग सेना के लिए बाधक माने जाते थे। इस समय प्रत्येक नरेश अपनी राजकीय व्यवस्था को समुन्नत करने एवं प्रजा को सुख-सुविधाएँ उपलब्ध कराने की वार्षिक रूप-रेखा तैयार करते थे।

आज की सभा में समस्त सभासद अत्यन्त प्रसन्न थे और सीता-हरण से राम का अपमान होने से सभी हर्षित होकर रावण की जय-जयकार कर रहे थे। कोई कह रहा था, "यह राजनीतिक पैंतरा शूर्पणखा के अपमान से बढ़कर है। श्रीरावण ने श्रीराम की चुनौती स्वीकार कर उन्हें स्वतः ही युद्ध का निमन्त्रण दे दिया या फिर अयोध्या तथा मिथिला के अधीन होने की शुभ सूचना दे दी। हमारा सम्राट निर्भीक है। उसने आर्यों के मुख पर फिर एक बार राजनीतिक तमाचा जड़ दिया है और क्षत्रिय सम्राटों के मुखों पर विषाद उत्पन्न कर ऋषियों के ललाट पर प्रस्वेद झलका दिया है।"

कोई कह रहा था, "अरे यह तो पौलस्त्यनन्दन श्रीरावण ही हैं जो एक मात्र अपने ब्राह्मणत्व के राजतन्त्र की धाक समूचे विश्व में जमाए हुए हैं। हम विशुद्ध वेदपाठी ब्राह्मण हैं जो शस्त्र और शास्त्र दोनों में निपुण हैं। उन पर इन्द्र, वरुण की संस्कृति निकृष्ट क्षत्रियों द्वारा थोपी जाए तो विद्याधर वंशी रावण का शंखनाद होगा। आर्यों की थोथी सभ्यता को हम क्यों ओढ़ेंगे। हम तो रक्ष-संस्कृति का पालन करेंगे तो आनन्ददायक सभ्यता है। जो पुनर्जन्म के सिद्धान्त का पाठ पढ़ाता आ रहा है वह राम, मनुष्य में एक निष्क्रियता व्याप्त हो जाएगी, उससे पुनर्जन्म के चक्कर में वीतरागी हो जाएगा तो संसार की उन्नति कैसे करेगा। संन्यास तो जीवन का विश्रान्ति-स्थल है, अकर्मण्यता की जड़ है। हम तो भौतिकवाद का परिधान धारण करके भी तपस्या-रत हैं। हमारा कर्म आर्य-धर्म से ऊँचा है, भ्रातर! हमारी सभ्यता, जिसे श्रीरावण ने पाला-पोसा है, वह महान् है। इस संस्कृति के सम्मुख विश्व की एक भी संस्कृति टक्कर लेने में समर्थ नहीं है। फिर वह दशरथ का पुत्र अगस्त्य के बल पर कब तक चलेगा। पत्नी-वियोग में भटकते-भटकते चल बसेगा या फिर हमारी ही सभ्यता को स्वीकार कर श्रीरावण की शरण में आकर सीता को ले जाएगा।"

तीसरा बोला, "अपनी अनार्य सभ्यता भगवान शंकर के दम पर चल रही है तो आर्य संस्कृति इन्द्र चला रहा है। सूर्य (विष्णु, मित्र, विवस्वान) मरुतों के सम्राट केसरी पर अपना सूर्य-धर्म

चलाना चाहता है। हनुमान ने सूर्य से रण छेड़ दिया और रावण तथा इन्द्र की सेनाएँ समय पर पहुँच गईं तो हनुमान पराजित हो गया। फिर भी उसने अधीनता स्वीकार नहीं की परन्तु केसरी को यथेष्ट सैनिक क्षति का सामना करना पड़ा जिसके कारण हनुमान का बल कम हो गया।''

''अगस्त्य ऋषि अंजनी पर्वत पर अंजनी के यहाँ निरन्तर गौतम ऋषि के कारण आते रहे और हनुमान को ज्ञान देते रहे। और इसी कारण हनुमान को अस्त्र-शस्त्र की पारंगति प्राप्त हुई। परन्तु अगस्त्य वसिष्ठ, विश्वामित्र के कारण हमारा राजनीतिक विरोधी हो गया और उन्होंने हनुमान को अपने चंगुल में फँसा लिया। इसी कारण महाराजा रावण ने केसरी साम्राज्य से सम्बन्ध खराब न हो, इसलिए अनंगकुसुमा का विवाह हनुमान से कराकर वानर जाति को अपने पक्ष में करने का सुन्दर प्रयास किया था किन्तु हनुमान ऐसे तुनक-मिजाज हैं कि वे सभी की आलोचना करने लग गए और मात्र नील के कारण अपनी जाति का अपमान समझ, हमारे विपक्ष में चले गए। जबकि आज तक किसी भी हनु (आदिवासी) को किसी ने भी उच्च कुल की कन्या प्रदान नहीं की।''

इसी वातावरण के बीच लंकेश्वर ने अपने पुत्र अक्षयकुमार से पूछा, ''दशरथ-कुल-वधू सीता सकुशल है?''

''हाँ, तात!''

''उसके फलाहार आदि की व्यवस्था महारानी मन्दोदरी, त्रिजटा दासी, धान्यमालिनी कर रही हैं?''

''हाँ, तात!''

''सीता दुखी तो नहीं है?''

''है, तात?''

''क्यों है? सार्वभौम सम्राट के राज्य में राजनीतिक नारी कैदी को क्या विषाद है? क्या उसकी सेवा में कोई कमी है अथवा उसे कोई कष्ट पहुँचाता है या किसी पुरुष के मन में सीता के प्रति कोई पाप तो नहीं है? यदि ऐसा पाया जाता है तो राक्षसराज उसे दंड देगा।''

''ऐसी कोई बात नहीं है, तात!''

''फिर क्या बात है? तुम तो अशोक वन की रक्षा में रत रहते हो, पुत्र!''

''जनकनन्दिनी कुछ कहती ही नहीं है। मेरे पूछने पर कभी किसी वस्तु की माँग ही नहीं करती।''

''अच्छा, रानी चित्रांगदा, श्रीप्रभा तथा तुम्हारी काकी सरमा कभी सीता से मिलने गईं या नहीं?''

''हाँ, सभी मिल आई हैं और धर्म के मार्ग पर चलने का परामर्श भी दे आई हैं।''

''सीता ने सबसे अधिक इनमें से किसे चाहा है। यह मनोभाव तुमने पहचाना या नहीं?''

''काकी सरमा को।''

''अच्छा, मन्त्रीवर विभीषण! आप बताएँ कि सीता क्यों दुखी रहती हैं?''

''महाराज, नारी का सर्वस्व पति ही होता है। जब उसी का वियोग हो गया तो सीता दुखी तो होगी ही, भले ही लंका का स्वामी वैदेही को पुत्रीवत् स्नेह से दुलारे। राजनीतिक-बन्धन से छुटकारे के लिए तो पिंजरे की मैना के समान सीता छटपटाएगी ही।''

''सीता को उसकी इच्छानुसार स्थान दिया गया है। उसकी देखरेख में विश्वासपात्र नारियाँ

नियुक्त की गई हैं फिर भी सीता अपने मुख पर अवसाद का भाव दर्शाती है तो निश्चित रूप से उसके राजघराने में जन्म लेने से कोई-न-कोई राजनीतिक गतिविधि उसके मन में होनी चाहिए क्योंकि सीता ने गौतम-पुत्र शतानन्द से प्रारम्भिक शिक्षा प्राप्त की है और विश्वामित्र से शस्त्रों का ज्ञान प्राप्त किया है। सीता को एक चतुर स्त्री होना चाहिए।''

''मैं तो अभी एक बार वैदेही से मिला हूँ। उसने अपना दुखड़ा मेरे सामने रोया था तो मैंने कहा था, 'मेरी दृष्टि में स्त्री का राजनीतिक अपहरण अनैतिक है। यह मानव धर्म के विपरीत आचरण है। मैं सार्वभौम सम्राट से अनुरोध करूँगा कि वे सीता को लौटा दें।''

''विभीषण, तुम मन्त्री हो। कूटनीति में अधर्म भी धर्म माना गया है। आर्य राम से ही अकारण ताड़का का वध विश्वामित्र जैसे कूटनीतिज्ञ ने ब्राह्मण-राज्य के विरोध में करा दिया। वसिष्ठ ब्रह्मर्षि है। उसने ब्राह्मणत्व और क्षत्रियत्व के बीच विश्वामित्र से युद्ध किया और रणक्षेत्र में अपना पुत्र गँवाकर भी विजयी हुआ। विश्वामित्र पराजित हो गया तो राजऋषि से ब्रह्मऋषि की ओर पहुँच गया। तब देव जाति ने मात्र आर्य संस्कृति के लिए दोनों में समझौता करा दिया। क्यों करा दिया? यह तुमने कभी विचारा नहीं, विभीषण!''

''नहीं, महाराज!''

''इसलिए कि ब्राह्मण रावण ही एकाकी सार्वभौम सम्राट है जिसने राजकुल में जन्म नहीं लिया फिर भी अपने ही एकाकी साहस के बल पर सर्वत्र अपनी विजय का डंका पीटा—किसी को अधीन किया, किसी से कर लिया, किसी से युद्ध किया और यहाँ तक कि अपनी वीरता और अदम्य साहस के कारण देवताओं जैसी चारों दिक्पाल शक्तियों को परास्त कर विश्व में महान् शक्ति के रूप में अपने ही जीवन-काल में उभरा और सार्वभौम सम्राट के सर्वमान्य पद पर प्रतिष्ठित हुआ। जिस रक्ष-धर्म का प्रवर्तक, संस्थापक रावण है, उससे आर्य-धर्म, जो सभी स्थानों पर व्याप्त है, उसे ठेस पहुँची। रावण के नए 'रक्ष-धर्म' की उन्नति हुई तो क्षत्रियों को एक साथ दो बातों का सामना करना पड़ रहा है—एक अपने छत्र की रावण से रक्षा और दूसरी आर्य-धर्म का प्रचार। ऋषियों, मुनियों के गानों के स्थान पर रावण-रचित गान, वेद-सूक्त प्रजा ने मुक्त कंठ से गाए तो उनकी महिमा समाप्त हो गई। रावण की सर्वोच्च सत्ता के सम्मुख जब अधिकतम क्षत्रिय सम्राटों ने शीश झुका दिया तो उसका वंशानुगत वैर क्षत्रिय सम्राटों से हो गया। महारानी सीता को यह सब बातें भी पढ़ाई गई होंगी। इस कारण वह दुख का ढोंग कर, तुम्हारे मन में अपने प्रति श्रद्धा के बीज बोना चाहती है ताकि अधिकतम सहानुभूति प्राप्त कर वह कोई कुटिल चाल चल सके। फिर भी रावण सम्राट के रूप में यह नहीं चाहता कि सीता के साथ लंका में कठोर नियम व्यवहार में लाए जाएँ। वह भी नरेश बाद में है, पहले मानव है और मानव करुणाप्रधान होता है। सीता को सुदृढ़ बन्धन में दशग्रीव जैसा ब्राह्मण राजा कदापि नहीं रखेगा विभीषण, जब तक कोई अन्य घटना सीता द्वारा न घटे, सीता लौटाई नहीं जाएगी। यह तो वीर लंकावासियों की जीत है।

''और सुनो, मन्त्री विभीषण! शम्बूक का वध क्या अनैतिक कृत्य नहीं था? बहन शूर्पणखा का अपमान क्या राम-लक्ष्मण का नियम-विपरीत आचरण नहीं था? रावण ने यदि अपने शत्रु राम के साथ सीता-हरण की मात्र एक कूटनीतिक चाल चल दी, जो षड्यन्त्र नीति के अनुसार उचित है, तो विभीषण किस धर्म-दंड के अन्तर्गत सीता-हरण को अनैतिक कहने का अधिकारी है? यदि राम को सीता चाहिए तो वह शम्बूक को मुझे लौटा दे। ताड़का और सुबाहु को लौटा दे। मैं यह तो नहीं कहता कि खर-दूषण को लौटा दो क्योंकि वे रण-क्षेत्र में मारे गए हैं और

रण-क्षेत्र में जय तो एक ही की होती है। रावण को इसका कोई दुख नहीं। परन्तु जो कटु सत्य है उसे तो कहा ही जाएगा, मन्त्रीवर!''

विभीषण निर्वाक् हो गए। राजसभा ने हर्ष ध्वनि की और सम्राट दशकन्धर की जय-जयकार हुई।

पुनः रावण ने शुक से पूछा, ''राम की गति को देखने हेतु हमने जो आठ चर भेजे हैं, उनका कोई समाचार प्राप्त हुआ?''

''जी, प्रभु!''

''क्या?''

''राम ने शबरी के बेर खाए और हनुमान के साथ एक पत्तल पर भोजन कर वानर आदिवासियों में विश्वास अर्जित किया जिससे दक्षिण की शूद्र जाति राम की जय-जयकार कर रही है। अभी तक सभी क्षत्रिय सम्राटों ने शूद्रों को हीन दृष्टि से देखा था, वहीं राम ने उच्छिष्ट भोजन कर आपके समान कार्य सम्पन्न कर जन-जन में श्रद्धा प्राप्त की है।''

''यह नीति अगस्त्य ने राम को दक्षिण अनार्यों में फूट डालने के लिए सिखाई है, शुक! अगस्त्य जितना विद्वान है उतना और कोई नहीं।...आगे बताओ और क्या हुआ?''

''राम की यात्रा निरन्तर है। उन्होंने अल्पकाल में ही हनुमान के माध्यम से अग्नि प्रदक्षिणा कर विद्रोही सुग्रीव से राजनीतिक साख्य कर लिया है।''

''यह राम की बहुत बड़ी राजनीतिक उपलब्धि है, शुक! हनुमान तथा सुग्रीव से मैत्री करने का आशय हुआ, अंजनगिरि से ऋष्यमूक तक व्यक्तियों का एक महान् संगठन करना। हमने शुदी बैसाख मास में सीता का अपहरण किया था और लगभग दो-ढाई माह में ही राम ने वानर जाति का एक दल अपनी ओर कर सीता को छुड़ाने के प्रयास में एक अच्छा पग उठाया है।''

अकम्पन बीच में ही बोला, ''प्रभु की आज्ञा हो तो ऋष्यमूक पर आक्रमण कर दिया जाए?''

''रावण तब तक राम से युद्ध नहीं करेगा, जब तक उसके पास सैन्य-बल न हो। तुम्हारा सम्राट एक महान् शक्ति माना जाता है। वह निहत्थे राम पर वार नहीं करेगा अन्यथा लंकेश्वर की वीरता को बट्टा लग जाएगा। हाथी और चींटी में साम्य नहीं है, अकम्पन! हमने राम की चुनौती स्वीकार की और उसने हमारी। यह तो प्रसन्नता का विषय है कि दोनों राजकुमार साहस के साथ अग्रसर हो रहे हैं। किन्तु सशस्त्र सैनिकों की टुकड़ियाँ और भेज दी जाएँ जो मार्ग में आने-जानेवालों पर दृष्टि रखें तथा सम्राट समुद्र से सागर तट तक चरों का जाल बिछा दिया जाए। रावण की आज्ञा के बिना युद्ध न किया जाए और न ही राम को किसी स्थान पर रोका जाए।''

इसी समय धूम्राक्ष ने प्रवेश कर सूचना दी, ''महाराजाधिराज, राक्षसराज, यातुधान सम्राट असुर (प्राणवान) की जय हो। तापस वेशी राम ने हनुमान की सैनिक सहायता एवं बालि के विद्रोही सैनिकों की मदद से अनायास आक्रमण कर छल से आपके मित्र एवं साले बालि का, वृक्ष की ओट से वध कर दिया तथा सुग्रीव को किष्किन्धा का सम्राट घोषित कर दिया।''

''तारा तथा युवराज अंगद की क्या स्थिति रही?''

''देवी तारा ने राम को खूब फटकारा तथा वानर-सेना से युद्ध के लिए कहा तो तार, नल-नील, जाम्बवन्त के कारण अधिकतर यूथपतियों ने युद्ध न कर स्वयं ही शस्त्र डाल दिए। पूर्व नियोजित हनुमान के षड्यन्त्र के कारण दुर्धर्ष वानर वीर जानबूझकर भाग खड़े हुए तो अंगद एकाकी क्या करता! वह भी मन मसोसकर रह गया, राक्षसेन्द्र!''

''इससे क्या हुआ! समय आने पर अंगद अपने पिता के रक्त का प्रतिशोध निश्चित रूप से लेगा। यह प्रकृति का नियम है कि पिता के हत्यारे को उसी का वंशज मारता है। अंगद वीर है किन्तु सेना ही शस्त्र-संधान न करे तो महान्-से-महान् योद्धा को भी लज्जा से नतमस्तक होना पड़ता है। अंगद और तारा इसमें दोषी नहीं हैं।''

''फिर भी परिस्थिति बदल गई थी महाराज, सुग्रीव स्वयं करुणामय होकर अंगद को ही राजपाट दे रहा था किन्तु राम ने कूटनीति से कहा—'हम तो आपकी शरण में हैं, वानरेन्द्र! इस वन में हमारा और कोई नहीं है।' इसकी पुष्टि हनुमान ने की। उन्हीं ने सुग्रीव और तारा को संसार की असारता का ज्ञान कराकर एवं सुग्रीव-राम की मैत्री तथा वचन का स्मरण कराकर सुग्रीव को ही किष्किन्धा के राजासन पर सुशोभित कर दिया है।''

इतने में विभीषण ने पूछा, ''महाराज, तस्कर सामग्री से लदा हुआ एक वानर पोत, सैनिकों के साथ हमारी सीमा में प्रवेश कर गया था, उसके लिए क्या कदम उठाए गए?''

रावण बोला, ''वह वानरध्वजी पोत हमारे अधिकार में है। हमने तस्कर सामग्री को ले लिया है। वानर-पोत के सैनिकों को कारापंजर में डाल दिया है। इससे समूचे वानर खिन्न हो गए हैं।''

''जल-पोतों को मुक्त करने के लिए बालि महाराज ने ताम्र-पत्र भेजा था जिस पर कोई निर्णय नहीं हुआ।''

''तस्कर सामग्री हस्तगत कर ली जाए। रिक्त पोत वापस भेज दिए जाएँ। हमारी समुद्री सीमा में यह कृत्य होने तथा सैनिकों के इस कदाचार में लिप्त होने से उन पर लंका-नियमों के अन्तर्गत अभियोग चलाया जाए। वानरेन्द्र सुग्रीव को इस निर्णय से अवगत करा दिया जाए।''

''इस निर्णय से उग्रवादी वानर जाति पुनः हमारे विरुद्ध हो जाएगी।'' विभीषण ने प्रतिवाद किया।

''राजकीय नियमों के पालन में दंडविधान को ध्यान में रखकर जो भी निर्णय लिया जाता है उससे किसी का हित और किसी का अहित तो होगा ही। यदि ऐसे राजकीय प्रकरणों में भी जनमत का ध्यान रखा गया तो शासन तो कभी चलाया ही नहीं जा सकता। शासन और प्रशासन दोनों में अधिनायकवाद आवश्यक है अन्यथा भोली सत्ता को लोग अकर्मण्य अथवा शिथिल शासन कहेंगे। व्यवस्था के स्थान पर दुर्व्यवस्था फैलेगी। हमारी जो नगर सेना है, वह अपराधियों को पकड़ने में सदैव असमर्थता प्रकट करेगी।''

प्रजा ने फिर सार्वभौम सम्राट की वाक्शक्ति का जय-जयकार किया। सर्व सत्ताधारी रावण की विरुदावली पढ़ी।

''अच्छा, यह बताओ, अब राम क्या कर रहा है? इस वर्षाकाल में कौन-सी चाल चल रहा है?''

प्रहस्त बोला, ''राम प्रस्रवण गिरि पर चातुर्मास यज्ञ कर रहे हैं। अगस्त्य ऋषि अपने बटुकों के साथ आ गया है। सीता को भगवती कहनेवाला भरद्वाज आश्रम का भौतिक शास्त्री अग्निवेश भी आ गया है। परन्तु तृणधूमाग्नि भार्गव कंचनजंघा को प्रस्थान कर गया है। अग्निवेश और अगस्त्य दोनों सीता-हरण के कारण नथुने फुला रहे हैं और महाक्रोधी हो गए हैं। वहाँ गिरि पर चातुर्मास यज्ञ के नाम पर निश्चित ही किसी-न-किसी प्रकार का राजनीतिक दाँव-पेंच तैयार किया जाएगा।''

''कोई बात नहीं, दादा पौलस्त्य स्वर्ग सिधार गए। पिता वैश्रवा को भी रावण ने अग्नि

दी तो इस अगस्त्य को अब कोई समझा नहीं सकता। अब तो रावण को अपने फूफा से ही संघर्ष करना पड़ेगा। दादा-पौलस्त्य के नाम पर बसाए जानेवाला पौलस्त्य नगर पूर्ण होने जा रहा है। वहाँ उनकी मूर्ति अनुपम शिल्पकला से बनाई जाकर उसकी प्रतिष्ठा की जाए। रावण अपने ही काल में अपने ऋषिवंश के गौरव को चरम सीमा तक पहुँचाएगा ताकि यज्ञोपवीतधारी दादा पौलस्त्य का दाढ़ी-युक्त मुख युगों तक लंका में अमर रहे। यह कार्य शीघ्र पूर्ण कर 'होमग्राम' (कम्बूक नदी के तट पर लंका में है) से मेघनाद को बुलाकर यह कार्य पूर्ण किया जाए। अब दिग्विजयी रावण पुनः युद्धरत होगा।''

इसी समय खर-दूषण का पुत्र जनस्थान का स्वामी सुन्द आ गया। अनायास आया देखकर रावण ने उसे आसन दिया फिर कहा, ''रावण तुम्हारे पिता की वीरगति के लिए दुख प्रकट करता है। शोक-सन्देश मेरे द्वारा पहले ही भेजा जा चुका है। सीता-हरण के समय तुम्हारे राज-भवन में न पहुँच सका, इसके लिए खेद प्रकट करता हूँ। मैं यह भी जानता हूँ कि तुम शोक-सन्तप्त होंगे परन्तु विधाता के लिखे को सर्वसत्ताधारी रावण नहीं मिटा सकता, वत्स!''

''तात, सुन्द को हर्ष है कि उसका प्रतापी पिता रणभूमि में सोया किन्तु जनस्थान के आर्यों ने सीता-हरण के बाद से अगस्त्य तथा अग्निवेश के भड़कावे में आकर मेरी आज्ञाओं का उल्लंघन कर दिया। वे जनस्थान को पूर्णरूपेण स्वतन्त्र राज्य घोषित करना चाहते हैं। स्थिति नियन्त्रण के बाहर हो गई है। फिर भी सैनिक शक्ति पर सुन्द अभी भी लंकेश्वर सम्राट का ध्वज फहराए हुए है। उसे उतारने का प्रयास आर्यों द्वारा किया गया जिसे विफल कर दिया।

''मुख्य बात यह है कि अगस्त्य राम से शंकर की आराधना कराकर, उनके पार्श्वलिंग की स्थापना कर वानरों, गरुड़ों, गन्धर्वों को यह प्रदर्शित करना चाहते हैं कि आर्य भी शिव की उपासना करते हैं। इससे अनार्य वानर जाति में राम के प्रति और श्रद्धा उत्पन्न होगी तथा क्षत्रिय राजकुमार द्वारा शिव-आराधना किए जाने से शंकर भी इन्द्र की भाँति आर्यों में प्रतिष्ठित हो जाएगा तो रुद्र इससे प्रसन्न होंगे। अगस्त्य की यह एक सफल चाल होगी कि राम शिव की शरण में होकर उनसे युद्ध-सामग्री प्राप्त करे ताकि लंकेश्वर को परास्त किया जा सके।''

''अच्छा, अगस्त्य ही राम को आयुध जुटाने के नाम पर किष्किन्धा में चातुर्मास शिव यज्ञ में लिप्त देवताओं का जमघट कर एक विश्व-युद्ध की रूपरेखा तैयार करना चाहता है। अब रावण कभी भी शीश नहीं झुकाएगा और विश्व-युद्ध में विजय प्राप्त करके ही पीछे हटेगा। मैं शंकर का भक्त हूँ। भोलेनाथ पहले मुझे सैनिक सहायता देंगे, बाद में राम को। रावण को आयुधों की आवश्यकता नहीं है। सुन्द, लंकानगरी के सुवेल-नगर (उरुवेल-नगर) में युद्ध सामग्री का भंडार है। रावण के सूर्य-चक्र-व्यूह का भेदन किए बिना विश्व की कोई भी शक्ति दशानन को परास्त नहीं कर सकती। राम अगस्त्य के कथनानुसार पाशुपत व्रत कर अनार्य प्रजा को यह बताना चाहता है कि आर्य भी इन्द्र, वरुण, सूर्य के समान शंकर के उपासक हैं। उनकी रीतियों, प्रथाओं को स्वीकारते हैं और आर्य मन्त्रों में रुद्र को कोशलाधीश का पुत्र राम स्थान देता है। इससे शिव जन-जन में पूजित हो जाएगा और रावण प्रसन्न होगा। इस व्रत के पीछे ब्रह्मास्त्र के ज्ञाता अगस्त्य जैसे कूटनीतिज्ञ ऋषि शंकर से दिव्य-धनुषों का भंडार तथा महापाशुपतास्त्र की खेप चाहता है ताकि रावण जैसी महान् यान्त्रिक शक्ति को परास्त किया जा सके।''

''सुन्द, देवजाति फिर रुद्र पर दबाव डालेगी कि आपके धर्म को आर्यों ने भी स्वीकार कर लिया है इसलिए राम के पास चलकर उन्हें अभय दान दो। यह ध्रुवीकरण का प्रयास है। सम्राट रावण आज्ञा देता है कि इस युद्ध में भाग लेने के लिए अभी उसे रावण के अधीन तथा

उसके मित्र राज्यों के साथ-साथ अन्य रक्षधर्मी देशों को स्वर्णपत्र भेज दिए जाएँ ताकि लंका में कटक, यूथपति, सामन्त, सम्राट, आयुध आदि का अम्बार लग जाए। दक्षिण के नागों को सचेत कर दिया जाए कि कोई भी दक्षिण से लंका की ओर न आए। यदि रोकने पर न रुके तो उससे युद्ध किया जाए। एक मात्र सत्तात्मक सत्ताधारिणी नाग माता-राजमाता सुरसा को भी सूचना भेज दी जाए। महान् स्वाभिमानी रावण जिसने देवताओं को परास्त किया हो, उनके सम्मुख अब नहीं झुकेगा। यह प्रकृति का नियम है कि जिसने जिन्हें जय किया, उनकी शरण में जाना घोर अपमान तथा मृत्यु के तुल्य है। धूर्त इन्द्र-वरुण एवं अगस्त्य के आगे दशानन नहीं झुकेगा। रण की तैयारी अभी से प्रारम्भ की जाए। अहर्निश आयुधों का निर्माण किया जाए। लंका राष्ट्र अब विदेशी वीरों को एक बार फिर परास्त करने के लिए पुकार रहा है। साम्राज्यवादी नीति का पोषक दशकन्धर अहंकार के साथ कहता है कि तुम्हारा रक्ष-राज्य अमर रहेगा और लंका की एकता-अखंडता के लिए दशग्रीव मृत्युपर्यन्त संग्राम ही करता रहेगा। जो युद्ध हुआ तो विजयश्री प्राप्त कर या प्राण गँवाकर ही यह विश्व-युद्ध विराम पर आएगा।

''आर्य मुझ एकाकी, सर्वशक्तिमान, ब्राह्मण, दिग्विजयी सम्राट से टीस रखते हैं और वे धरती से ब्राह्मण राज्य का अन्त कर देना चाहते हैं। देवजाति का यह मन्तव्य तुम्हारा लंकेश्वर कभी पूर्ण नहीं होने देगा। मैं विश्वास दिलाता हूँ कि मेरी तपस्या निष्फल नहीं जाएगी।''

प्रजा ने रावण को जय-जयकार के साथ विश्वास दिलाया कि ''हम अपने रक्ष-धर्म और लंका राष्ट्र के लिए अन्तिम साँस तक लड़ते रहेंगे और कभी भी रण से विमुख नहीं होंगे। हमारा सम्राट हमारे वक्षस्थल पर ही घाव देखेगा, पीठ पर नहीं। लंका देश की सवा दो लक्ष्य प्रजा अपने धर्मात्मा सम्राट के लिए अपने पुत्रों का बलिदान कर देगी। जिन भुजाओं ने इन्द्र को परास्त किया, वे ही भुजाएँ कट जाने पर भी रुण्डरूप में रणरत रहेंगी।''

रावण ने घोर गर्जना की फिर अट्टहास किया और कहा, ''फिर तो विश्वयुद्ध में हमारी जीत सुनिश्चित है और यदि हम जयी हो गए तो हमारा 'रक्ष-धर्म' भी अमर हो गया। इसलिए प्राणों की बाजी लगाकर भी मेरे वीरों, युद्ध करना। मेरा गणित कहता है कि भविष्य में युद्ध ही होगा।''

इसके साथ ही रावण की राज्यसभा विसर्जित हो गई।

11

गिरि-गुफा में कूट-मन्त्रणा चल रही है। राम धैर्य से सभी की बातें सुन रहे हैं। इन्द्र, वरुण, नारद तथा अयोध्या से जाबालि सीता-हरण का समाचार सुनकर आ गए हैं। जाबालि अपने साथ सेना की टुकड़ी भी लाया है। देव तथा क्षत्रिय सम्राटों से लेकर गन्धर्व, दानव, दैत्य, वानर, ऋक्ष आदि समस्त नरेशों को रावण द्वारा सीता के राजनीतिक अपहरण का समाचार प्राप्त हो गया है और आर्य धर्म के रक्षक वीर, ऋषि, मुनि—सभी इस गिरि पर किष्किन्धा में एकत्रित हो गए हैं। आर्यधर्मी वासुकि वंश के नागराज तथा गरुड़ राजा भी इकट्ठे हो गए हैं। राम का चातुर्मास, कूटनीतिक यज्ञ अगस्त्य जैसे महान् ऋषि के प्रश्रय में चल रहा है। भारतवर्ष के उत्तर से लेकर किष्किन्धा तक के आर्य-संस्कृति-पोषक शुभेक्षु सभी आ गए हैं।

सुग्रीव ने चार मास में ही दस सहस्र वानर वीरों को एकत्रित करने तथा उन्हें ससैन्य आने

का निमन्त्रण श्री हनुमान के कहने पर पूर्व में ही भेज दिया था। जिसमें ऋक्ष देश (रशा या रूस) के सम्राट अपने ध्वजों पर ऋक्ष का चिह्न फहराते हुए वानरेन्द्र सुग्रीव की आज्ञा-पालन में आ धमके थे। हरि-देश (चीन की जाति जिसका टोटम वानर) के यूथपति अपनी ध्वजाओं पर लांगूल (वानर) चिह्न अपने रथों पर फहराकर ससैन्य आ गए थे। तंगण देश (तिब्बत) ने स्वर्ण-व्यापार लंका से होने के कारण लंकपति की सहायता की ओर कूच कर दिया था।

इस मन्त्रणा के पहले इन्द्र ने पूछा, ''महर्षि अगस्त्य, आपके बिना राम-रावण यज्ञ की पूर्णाहुति नहीं हो सकती। नाना देशों के सम्राटों की सेनाएँ इतनी प्रचंड शक्ति नहीं रखतीं कि यदि हमारी सैद्धान्तिक विचारधारा के विरोध में महामना रावण से युद्ध हुआ तो वे उसके सम्मुख टिक सकें। राक्षसों की प्रचंड सेना को तो वानरेन्द्र-शक्ति ही परास्त कर सकती है।''

रण-क्षेत्र में जय-विजय पर संशय करना व्यर्थ है। हम ब्राह्मण-धर्म के प्रचार के लिए दक्षिण तक आए हैं। महात्मा दशानन का क्षत्रियों से वंशानुगत, राजनीतिक वैर है। हमसे योग्य, विद्वान् 'रव' करने से रावण जैसे विचारक ने अपना पृथक ब्राह्मणत्व का मत चलाया है जो आर्य-संस्कृति के लिए घातक है। अनार्यों-द्राविड़ों में, जिनमें सभी वर्ग सम्मिलित हैं, पर रावण की अपनी सभ्यता ही रह जाएगी जो तुम्हारा, हमारा—सभी का चिह्न समाप्त कर देगी। इसलिए रावण को एक बार पराजय का मुख दिखाना आवश्यक है। और इसी कारण आप, हम सब आर्य-अनार्य भारत में एक होकर यदि रण-दुन्दुभी बजाएँगे तो लंका पर विजय प्राप्त कर सकेंगे, अन्यथा नहीं।''

''यह तो हम भी समझते हैं कि हमारे मित्र-राष्ट्र और भारत के अनार्य-राष्ट्र, जो भले ही मित्र न हों, उनसे सुग्रीव के समान साख्य करके रावण को परास्त ही नहीं बल्कि उसका वध किया जाए। यदि वह जीवित रह गया तो पुनः संगठन कर लेगा और फिर हमें पराजित कर सकता है।''

फिर वरुण बोले, ''वत्स अगस्त्य, देवताओं का कार्य था राम को कैकेयी जैसी राजनीतिज्ञ महारानी द्वारा दंडकारण्य तक भेजना और रक्ष-सभ्यता का वध कर अपनी आर्य सभ्यता को दक्षिण के अनार्यों पर थोपना। अब रावण के जनस्थान पर अधिकार कर उसकी भारत में बढ़ती हुई शक्ति को रोकने में राम ने सफलता प्राप्त कर ली है। किन्तु रावण ने सीता का अपहरण कर हम सभी की चाल को विफल ही नहीं कर दिया बल्कि एक आर्य-सती-साध्वी नारी को लंका में ससम्मान प्रतिष्ठित कर यह बता दिया कि दशकन्धर अभी भी भारत के ब्राह्मणों, क्षत्रियों, देवताओं तक की नाक काटने में सक्षम है। यह हमारे लिए दशग्रीव की खुली चुनौती है। इतने विशाल देवत्व, ब्राह्मणत्व तथा क्षत्रियत्व समाज पर एक मुक्का मारा है जिसमें सीता की पुकार है कि अब यदि आर्यों में साहस है तो वे रावण से मुझे मुक्ति दिलाएँ या अपने घरों में बैठकर चूड़ियाँ पहन लें और मोहनी का रूप धारण कर नृत्य करें।''

यमराज बोले, ''सूर्य के उपासक वानर (टोटम) हैं। इन्हें ही इस युद्ध का भार सौंपकर और अपनी सेनाएँ सुग्रीव के अधीन कर हम विजयी हो सकते हैं।''

अयोध्या-दूत जाबालि बोला, ''इससे तो वानरों को अभिमान हो जाएगा और रावण को जीतने के पश्चात् वे हम पर भी आक्रमण करने की योजना बनाएँगे। ऋक्ष-ध्वजी, वानर-ध्वजी हमारे सहायक रहें और हम रण का नेतृत्व करें।''

अगस्त्य ने कहा, ''कटक दल वानरों का ही सर्वाधिक है। उनके सम्राट स्थान-स्थान पर देश-विदेशों में हैं जो पधार चुके हैं, किष्किन्धा में भी मन्त्रणा कर रहे हैं। उनमें एकता है, जातीय

अखंडता है, उन्हें तोड़ा नहीं जा सकता। उनके नेतृत्व में ही सफलता प्राप्त हो सकती है अन्यथा हमारी सेनाएँ, जो रावण के नाम से थर-थर काँपती हैं और राक्षस वीरों के सम्मुख ही भाग खड़ी होती हैं, सीता को वापस नहीं ला सकतीं। सीता राम की भार्या है या क्षत्राणी है, इसका प्रश्न नहीं है। प्रश्न है आर्य रूपी सीता जिसे आर्यों की चुनौती के रूप में लंकेश्वर ले गया है। यह एक रघुकुल-वधू का विचारणीय प्रश्न नहीं, बल्कि यह इन्द्राणी, सरस्वती और सैकड़ों आर्य स्त्रियों के अपहरण का प्रश्न है।

"रावण मेरा शत्रु नहीं है आपका तो है भी, राम का भी है। परन्तु जिस सरयू नदी के तट से इस संस्कृति को हमारे पूर्वजों ने जन्म दिया, मनु ने जिसका पोषण किया, भृगु अंगिरा आदि ऋषियों ने जिसका गान किया, जिसके लिए युद्ध किए और भार्गव काव्यउशना (शुक्राचार्य) तक से विरोध किया, हम उस संस्कृति को रक्ष-सभ्यता के सामने शीश नमन कर सकल आर्य समाज को डुबा दें तो इससे अच्छा है कि हम सभी चुल्लू भर पानी में डूब मरें।"

देवराज बोला, "तो फिर क्या करें ऋषिराज, जटिल परिस्थितियों में आप ही हम देवताओं, क्षत्रियों, ब्राह्मणों के सहयोगी हुए हैं। हम परशुराम से तो यह आशा ही नहीं कर सकते कि वे हमारी सहायता करेंगे।"

"परशुराम को तो इसका ज्ञान ही नहीं होना चाहिए अन्यथा वह क्षत्रियों के नाम से ही क्रोधित हो जाएगा तथा स्वयं तो परशु नहीं उठाएगा परन्तु वह हमारे विरुद्ध वैश्य और शूद्र सेना को पल भर में एक कर देगा। उसके एक सम्भाषण के आगे अहि (नागजाति), वैश्य जाति और अन्य अन्त्यज जातियाँ स्वयं उठ खड़ी होंगी और तुम्हारे ही विरुद्ध खड्ग चला देंगी। यदि एक बार भारत में गृह-युद्ध छिड़ जाएगा तो लंकेश्वर अट्टहास करेगा। फिर भी ओर्व गिरि (अरब देश) के भार्गव सम्राट रावण की ओर से ही संग्राम में लिप्त होंगे। मलाया, जावा, सुमाली, आँध (आस्ट्रेलिया), मयदेश (अमेरिका)—ये सब रावण के ही सहयोगी राज्य होंगे। मय-देश के दानवों की प्रचंड शक्ति वानरों की प्रचंड शक्ति को भी दबोचने में सामर्थ्यवान होगी।"

नारद बोले, "ऋषिराज, आपने तथा भार्गवों ने आर्यों के कर्म के लिए सर्वस्व न्योछावर कर दिया। आप लोग दक्षिण के नहीं बल्कि अनेक द्वीपों में इसके प्रचार के लिए गए फिर भी भार्ग-वंशी क्या फोड़े नहीं जा सकते?"

"असम्भव! भार्गव विभीषण को नहीं चाहते क्योंकि वह नीतिविद् नहीं है। वह मात्र सिंहासन का महत्त्वाकांक्षी है। उसमें राज्य-संचालन की क्षमता नहीं है। उसके धर्म से भार्गवों का कोई सम्बन्ध नहीं है। भार्गव जहाँ कट्टर आर्यधर्मी हैं, वहीं रावण अनार्यधर्मी के कट्टर समर्थक भी हैं। यह तो सन्धि है नारद, इसमें राजनीति सर्वोपरि होती है, धर्म नहीं। मात्र संस्कृति का उत्तरीय ओढ़ने से ही छत्र-दंड का निर्वाह नहीं किया जा सकता। राज्य का आभूषण धर्म नहीं है। राज्य के आभूषण हैं—साम, दाम, दंड तथा भेद। विश्व में ऐसा कोई राज्य है जहाँ मात्र एक ही धर्म की प्रजा हो?...नहीं। हर राष्ट्र में हर धर्म, हर सभ्यता के लोग रहते हैं और किसी भी धार्मिक आस्था का सम्राट सिंहासन पर हो, वे उसकी आज्ञा का समान रूप से पालन करते हैं। लंका में ही विभीषण नहीं वरन् वानर, गन्धर्व तथा कुछ यक्ष भी आर्यधर्मी हैं। हमारे यहाँ हिमाचल के गन्धर्व, यक्ष, मध्यदेश की अनेक जातियाँ रक्ष-धर्मी, अनार्य-धर्मी हैं। कोई इन्द्र की सभ्यता को, कोई शिव की सभ्यता को, कोई वरुण की संस्कृति को और कोई रावण की संस्कृति को अपनाए हुए है। धर्म की विविधता, जाति की विविधता के बावजूद नाग, किन्नर, गरुड़, यातुधान और असुर तक समूचे विश्व में फैले हुए हैं। विश्वामित्र ने राम के माध्यम से यदि

जाति के संघर्ष में सुबाहु, ताड़का को मरवा भी दिया और मारीच को खदेड़ दिया तो क्या इससे उनका प्रभुत्व समाप्त हो गया? नहीं हुआ और न होगा। हाँ, कालान्तर में प्रकृति के नियमानुसार फिर कोई मेधावी व्यक्ति अपनी शक्ति से एक नया सिद्धान्त प्रचलित करेगा। इन्हीं संस्कृतियों में आंशिक संशोधन कर या पूर्णरूपेण परिवर्तन कर एक नई सभ्यता का जन्म होगा जिसमें पहले कम अनुयायी होंगे और फिर सैकड़ों, सहस्रों अनुयायी हो जाएँगे। संगठन और विघटन दोनों का क्रम चलता रहता है।''

पुनः कहा, ''हम रावण को आतताई क्यों कहते हैं? इसलिए कि वह विदेशी शासक है। उसका भौतिकवाद हमसे ऊँचा है तो हमें वह रास नहीं आता। जबकि वह धर्मात्मा है फिर भी भारतीयों को वह दुष्ट ही प्रतीत होता है। वही राम हमारे लिए आदर्शवादी आर्य राजकुमार है तो किष्किन्धा की तारा और अंगद के अनुयायियों के लिए दुष्ट प्रकृति का मनुष्य है। वानरों ने क्या, स्वयं केसरी-नन्दन हनुमान ने स्पष्ट मना कर दिया कि हम राम की अधीनता स्वीकार नहीं करेंगे। जब जनस्थान भी सुन्द की अनार्य-सत्ता की दासता के विरुद्ध है। राजनीति में आक्रामक प्रत्येक विजित के लिए पापात्मा है। विजेता कितना ही मधुर व्यवहारी, महान्, दानशील हो तो भी प्रजा के नेत्रों में वह किरकिरी के समान खटकेगा ही। इसलिए परिस्थिति के अनुसार हम सब बिना किसी भेद-भाव के सभी को साथ लेकर अग्रसर होंगे। हमारा यह राजनीतिक और सैद्धान्तिक विरोध है जिसमें हमारी जल-थल और नभ-सेना आधुनिक अस्त्र-शस्त्रों से सुसज्जित होकर भी बिना सुग्रीव की सहायता के रुद्र की सहायता से सफल नहीं होगी।''

नारद ने फिर कहा, ''अब आप ही बताइए, मुनिवर! आगे क्या किया जाए?''

''पहला काम है—हम शिवशंकर, जिन्हें हमने आमन्त्रित किया है, के आने पर उनसे राम को कैलास के अनुपम, अमोध आयुध प्रदान कराएँ। रावण युद्ध सामग्री में आत्म-निर्भर है। हम नहीं हैं। हमारा पहला नैतिक कर्तव्य है, राम को शस्त्रों से विभूषित करना तदुपरान्त यह ज्ञात करना कि लंका में सीता कहाँ है और विभीषण जैसे पद-लोलुप को अपनी ओर करना। यदि हमने कूटनीतिक कार्य सम्पन्न कर लिए तो फिर मेघनाद जैसी प्रचंड शक्ति, जिसे हराना अत्यन्त जटिल कार्य है, उसे छल-बल से नष्ट करना क्योंकि उसके आयुध विस्फोटक हैं। शंकर यदि तटस्थ भी रहे और उन्होंने रावण को सैनिक सहायता नहीं भी दी तो भी युद्ध-सामग्री तो अपने भक्त रावण को देंगे ही। फिर मैं स्वयं लंका तक साथ रहूँगा। आवश्यक होगा तो सन्धि की वार्ता भी की जाएगी। तब कहीं महाभयंकरी रण प्रारम्भ किया जाएगा। यह भविष्य की बात है, पहले तो तैयारी की बात करो।''

जाबालि बोला, ''तात, मिथिला से सीता के भाई ससैन्य चल दिए हैं और भरत के मामा युधाजित भी केकय-देश से शीघ्र पधारेंगे। उन्हें महारानी कैकेयी ने दूत द्वारा सन्देश भेज दिया है। वर्षा काल की समाप्ति तक सभी एकत्रित हो जाएँगे।''

इसी समय शंकर मय भगवती पार्वती के गिरि पर आ गए। भगवान (सम्राट का सम्बोधन) रूप के प्रकट होने से इन्द्र, वरुण, यम, कुबेर, अगस्त्य, राम-लक्ष्मण—सभी ने साष्टांग प्रणाम किया। प्रभु शंकर ने सभी को आशीर्वाद दिया और बाघाम्बरधारी रुद्र को बाघ-चर्म के आसन पर बिठाया। फिर प्रसन्न मुद्रा से अगस्त्य बोले, ''प्रभु, राम आपके पाशुपतव्रत अर्थात् आपके धर्म में लीन हो गए हैं। उन्होंने आपको आर्यों में प्रतिष्ठित करने का संकल्प लिया है। आप इन्हें आशीर्वाद दें कि ये अपने व्रत में सफल हों।''

पुनः कहा, ''आपने मुझ किंकर को दक्षिण में भेजा था। मैंने दक्षिण में आपके मत का

प्रचार किया है और वानरों में शिवलिंग की उपासना प्रारम्भ करा दी है। योगिराज, आपके मन्दिरों की स्थापना भी रावण की ही भाँति श्रीराम करेंगे।''

''अगस्त्य! मैंने जैसे रावण को शक्तियाँ दीं, इन्द्रजीत को दीं, वैसे ही राम-लक्ष्मण को भी दे दूँगा किन्तु राम को इनकी क्या आवश्यकता है?''

इन्द्र बोला, ''प्रभु, हम देवों पर जब-जब संकट आया है, तब-तब आपने हमारी सहायता की है। हमें दिग्विजयी सम्राट से मुक्ति दिलाई है। अब राम पर संकट है उसे भी मुक्ति प्रदान करो, भगवन्!''

''ठीक है, वैदेही-हरण के कारण आप अब एकत्रित हुए हैं। किन्तु शंकर का तो रावण अनन्य भक्त है। उसके विमुख तो मैं नहीं हो सकता। क्यों, पार्वती?''

''मैं क्या जानूँ! आप अनाथों के नाथ हैं। कैलासधाम में स्वर्णमृग, कस्तूरी मृग और पंखवाले सर्प विचरते हैं। उस अनुपम धाम के सर्वशक्तिमान सम्राट की राजनीति में पार्वती इतना ही कह सकती है कि राम के साथ सम्पूर्ण देव-सम्राट हैं, आर्य सम्राट हैं और ब्राह्मण श्रेष्ठ हैं। कुछ उद्यम आप भले ही न करते किन्तु साध्वी सीता को राजनीतिक अपहरण से मुक्ति दिलाने के लिए नारी-सुरक्षा के प्रबन्ध के दृष्टिकोण से कुछ उपाय तो अनिवार्यतः किया जाना चाहिए। हाँ, रावण सदैव ही कैलास उठाए रहता है तो यह भी हमारा नैतिक उत्तरदायित्व है कि हम उतने ही शुभ-चिन्तक दशानन के भी रहें। क्योंकि लंकपति आपका एकनिष्ठ परम भक्त है। यह भी ध्यान रखा जाए कि इन्द्र, वरुण, स्वयं यदि राम-रावण युद्ध हो तो न जाएँ। सहायता किसी भी प्रकार की जाए।''

थोड़ा रुककर फिर पार्वतीजी ने कहा, ''अनुह्लाद ने भी आपके श्वसुर पुलोमा अर्थात् शची के पिता से मिलकर इन्द्राणी का राजनीतिक अपहरण कर लिया था। देवराजजी, आपने ही अनुह्लाद को रण-क्षेत्र में अपने श्वसुर सहित परास्त कर पुनः देवी शची को अग्नि-परीक्षा के उपरान्त ग्रहण किया था। सीता का अपहरण भी युद्ध की ललकार है, चुनौती है। राजनीतिक संग्राम तो प्रधान रूप से राम को ही धारण करना होगा। ये रीतियाँ नारियाँ तो नहीं बनातीं, ये तो आप सभी पुरुषों के पौरुषपूर्ण कार्य हैं। आप ही इन प्रथाओं को जन्म देते हैं। नारियाँ तो अपहरण के उपरान्त अपने सतीत्व की रक्षा करती हैं, व्रत करती हैं फिर भी उन्हें शंका की दृष्टि से देखा जाता है और फिर लाचार स्त्री लोकापवाद से बचने के लिए समाज के समक्ष अपने सत्य को प्रमाणित करने के लिए अग्नि-परीक्षा देती है; तब पतिदेव उसे स्वीकार करते हैं। आप सम्राट हैं, उच्चकुल के पुरुष हैं। हेमा का अपहरण कर लेते हैं, अप्सराओं की सेवा प्राप्त कर लेते हैं, अहल्या का शील भंग कर लेते हैं तब भी आपकी मर्यादा में, आप पुरुष वर्ग के सम्मान में कोई अन्तर नहीं पड़ता। क्या पुरुषों के लिए यह कुरीति, कुप्रथा नहीं है? यदि है तो इस अपहरण की प्रथा को राजवंश अर्थात् उच्चवर्ग द्वारा मिटाया क्यों नहीं जाता? राम जैसे राजकुमार इन कुरीतियों को भी मिटाएँ। एक आदर्शवादी समाज-संरचना करें जिसमें रावण के समान सभी वर्ग के लोगों को संरक्षण की प्राप्ति हो। नारी के पीछे राजनीतिक संग्राम नहीं होगा। सीता साध्वी हैं, इसके साथ ही राजकुल में जन्म लेने से कूटनीतिक होना स्वाभाविक है। वे भी उद्यमशील होंगी। रावण यज्ञकर्ता है। प्रकांड विद्वान् है, हमारा भक्त है। वहाँ सीता को कष्ट तो होगा ही नहीं, राम! फिर भी एक पति का कर्तव्य है कि वह अपनी भार्या की रक्षा करे। उस क्रम में आप तथा अगस्त्य ऋषि जो उपयुक्त समझें, करें। परन्तु लक्ष्मण ने शूर्पणखा का अपमान कर सोते नर-शार्दूल रावण को ललकारा है। इसलिए श्रीरावण ने जो भी

किया, ठीक किया।''

राम विनम्रता से बोले, ''मुझे अम्ब ने जो कहा, ऋषियों-ब्राह्मणों ने जो कहा, मैंने उसी का पालन किया है, माता! राम अधर्म और अन्याय का प्रतिकार ही करेगा, इसका वचन देता है। समाज में अनेक वर्ग और नाना विसंगतियाँ हैं जो कई विचारधाराओं से जुड़ी होने से उन पर अनायास तो निमन्त्रण नहीं किया जा सकता परन्तु राम एक आदर्शवादी समाज की संरचना को दिशा अवश्य देगा जिसमें आर्यों के साथ-साथ अनार्यों की संस्कृति का समावेश हो। राम जिस शत्रु पर विजय प्राप्त करेगा उस पर शासन कदापि नहीं करेगा बल्कि उसी विजित राज्य के राजकुल के किसी भी पुरुष का राजतिलक करेगा। राम भगवान शंकर और माँ पार्वती की शरण में है। विधाता ने जो कर्मदंड भाग्य में लिखे हैं, वे तो भोगने ही होंगे। माँ, संकट में श्रीशिव-शक्ति ही सबके काम आई है। मुझ दीन-हीन शरणागत की रक्षा करो, सहायता करो। न मैं आर्य हूँ, न अनार्य। मैं मनुष्य मात्र हूँ, भगवन्!''

भोलेनाथ प्रसन्न हुए और बोले, ''राम, तुम मुझसे क्या चाहते हो?''

''मात्र आप जैसी शक्ति का वरद-हस्त।''

''वह तो है, और कुछ?''

इन्द्र बीच में ही बोले, ''आपके दिव्यास्त्र भी राम को चाहिए। आप राम को पाशुपतास्त्र की खेप भेजने की कृपा करें ताकि शरणागत राम अपनी भार्या सीता को वापस ला सकें।''

''अच्छा, अगस्त्य! और कुछ तो नहीं चाहिए। क्योंकि रावण भी आयुधों और सैनिक सहायता की याचना करेगा अथवा वह ऐसा आत्माभिमानी है कि मुझसे कुछ भी न माँगे। फिर भी एक बात बताए देता हूँ कि अपने विवेक का प्रयोग करके ही विश्व-युद्ध का भयानक विस्फोट करना। मैंने त्रिपुर-विजय में मय-दानव से विश्व-युद्ध में विजय प्राप्त कर जो त्रिपुरारि का पद प्राप्त किया है, उसमें मुझे ज्ञात हुआ कि दैत्य-दानव महान् योद्धा हैं। देवता तो कई बार राक्षसों से हारे ही हैं इसलिए जन-हानि, धन-हानि को ध्यान में रखकर ही रण-भेरी बजाई जाए। अगस्त्य, तुम भी ब्रह्मास्त्र के ज्ञाता हो और रावण भी। कहीं यह अणु-युद्ध हुआ तो वर्षों तक प्रदूषण रहेगा। जहाँ भी विस्फोट होगा, वह स्थान कई वर्षों तक निवास के योग्य नहीं रहेगा। इसलिए पहले युद्ध को मानव-कल्याण के लिए टालना और जब कोई चारा न रहे तो फिर युद्ध एक अवश्यम्भावी घटना होगी।''

पुनः कहा, ''राम को कैलास के भू-गर्भों में निर्मित अस्त्र भेज दिए जाएँ। शरणागत की आशा पूर्ण करना शंकर का धर्म है क्योंकि वह औघड़-दानी है। जो याचक के रूप में रूद्र के पास आता है वह शत्रु ही क्यों न हो, शंकर उसे रिक्त-हस्त वापस नहीं लौटाता। राम, रावण के योद्धा कोई वीर नहीं। श्रीरावण महान् है और महापुरुष है। अगस्त्य जो कहें वही करना, राम!''

इतना कहकर शिव-पार्वती अन्तर्ध्यान हो गए तो इन्द्र बोला, ''राम, मैं मातलि जैसे कुशल वायुयान चालक के साथ अपनी नभ-सेना मय इन्द्ररथ (वायुयान) के भेजूँगा। हम सब आपकी सहायता करेंगे परन्तु स्वयं युद्ध में भाग नहीं लेंगे।''

''राम को मात्र सैनिक विमान तथा पोतों की सहायता की ही आवश्यकता है, शेष कार्य तो महात्मा अगस्त्य, जाबालि और सुग्रीव करेंगे।''

''ठीक है राम, मातलि रथ लेकर आ गया। अब हम लोग अपने-अपने धाम को प्रस्थान करते हैं। हमें मात्र प्रभु शंकर के आयुधों की ही गहन आवश्यकता थी और वह उन्होंने कृपावन्त

होकर पूर्ण कर दी। अब आप निश्चिन्त रहें, रावण से या तो सन्धि होगी अथवा विश्व-युद्ध में वह अगस्त्य की सहायता से तुम्हारे हाथों मारा जाएगा और राक्षस-राज्य का अन्त हो जाएगा। फिर हमारा-तुम्हारा राज्य ही नहीं बल्कि अनेकों सम्राट निष्कंटक हो जाएँगे।''

नारद बोले, ''राम, मेरे ज्योतिष के अनुसार तुम पहले नवधा भक्ति करना और नौमी के उपरान्त दशमी को दक्षिण की ओर लंका-जय हेतु प्रस्थान करना। यह दशमी तुम्हें गणित के मान से पूर्णरूपेण फलित होगी। आश्विन शुदी दशमी को ही विजय के लिए शुभ मुहूर्त निकलता है। यही दशमी तुम्हारे लिए विजयादशमी होगी। इस दिन ससैन्य ब्रह्म-मुहूर्त की अमृत बेला में तुम्हारा रण-प्रयाण तुम्हारी राशि और लगन से सर्वश्रेष्ठ है।''

राम ने कहा, ''जो आज्ञा मुनिवर, ऐसा ही होगा।''

12

किष्किन्धा नगरी में वानरध्वजी सेनाएँ उद्यानों, विशाल राजकीय भवनों तथा तम्बुओं में विश्राम कर रही थीं। लक्ष्मण राजमार्ग तथा उसके दोनों ओर के स्तम्भों पर विभिन्न राष्ट्रों के ध्वजों का अवलोकन करते जा रहे थे। किसी के ध्वज पर ऋक्ष चिह्न था, किसी के ध्वज पर लाल मुख कपि का, तो किसी के ध्वज पर कृष्ण मुख कपि का। मार्ग में अनेक स्थानों पर मन्त्रणाएँ भी चल रही थीं। लक्ष्मण सब कुछ देखते हुए जा रहे थे, कुछ अनदेखा भी करते जा रहे थे। सेनाओं का इधर-उधर से जाना-आना, कोट-खाइयाँ और शस्त्रों की झनकार भी हो रही थी। लक्ष्मण किष्किन्धा नगरी की शोभा भी देखते जा रहे थे।

राजप्रासाद में सोने-चाँदी के चषकों में मद्यपान चल रहा था। हनुमान समस्त वानर सम्राटों से वार्ता कर रहे थे। हरिवर्ष (महाराष्ट्र), ऋक्षवर्ष (गुजरात) के सम्राट भी सम्मिलित हो गए थे। वानर (टोटम) प्रचंड शक्ति का खुला प्रदर्शन हो रहा था। तारा और अंगद दोनों ही दुखी थे तथा वानरों की एकता पर प्रसन्न भी थे।

भाँति-भाँति के राजमुकुट धारण किए हुए गवाक्ष, मेन्द, द्विविद, गज, शण, विद्युन्माली, वीरबाहु, नल-नील, तार, जाम्बवान, दधिवक्त्र, सुपातल, स्वयं महाराजा सुग्रीव और हनुमान उपस्थित थे।

तारा कह रही थी, ''आपकी शक्ति अनुपम है। विदेशियों के भड़काने से रावण को क्यों नष्ट करना चाहते हो। आर्य राम-लक्ष्मण दोनों विदेशी मात्र अपना अस्तित्व स्थिर रखने के लिए तथा अपनी आर्य शक्ति का डंका पीटकर अपना नाम दाशरथि-राम प्रसिद्ध करना चाहते हैं। ये विदेशी परस्पर फूट डालकर समूचे विश्व में अपनी जय-जयकार कराना चाहते हैं। ये क्षत्रिय निरपराध लोगों का वध कर मात्र रावण-राज्य का अन्त ही नहीं चाहते, हम सभी राज्यों को आत्मसात् करना चाहते हैं। आप लोग युद्ध को न जाएँ। यदि जाना ही है तो राम अपनी आर्य सेनाओं के बल पर लड़ें। हम वानरों की सेना को अकारण रावण जैसे ब्रह्मास्त्र ज्ञानी से क्यों नष्ट कराएँ।''

हनुमान बोले, ''ये विदेशी राजकुमार हमारे विरोधी नहीं हैं और न ही अन्य सम्राटों की भाँति ये हमारे शत्रु हैं। इन्होंने महाराज सुग्रीव की सहायता की है और सुग्रीव ने उन्हें वचन दिया है कि सीता की खोज भी की जाएगी और वापस लौटाया भी जाएगा। हम वानरों का

राम की मैत्री में बहुत बड़ा स्वार्थ सिद्ध होगा। जहाँ आर्य-धर्म तथा रक्ष-धर्म की जय-जयकार में इन्द्र तथा रावण के गान गाए जाते हैं, वहीं हमारी समुन्नत दशा होने पर भी हमारा विश्व में कोई मान नहीं है। हम प्रचंड वीर हैं फिर भी हमें अन्य क्षत्रिय तथा ब्राह्मण सम्राट घास नहीं डालते। हमें स्वयंवरों में आमन्त्रित नहीं किया जाता। यदि हमने इस समय राम का साथ दिया तो आर्यों में हमारी गणना होने लगेगी तथा हम भी पूजे जाने लगेंगे। इसलिए राम की सहायता करने से हमारा उत्कर्ष उत्तरी गोलार्ध में ही नहीं, दक्षिणी गोलार्ध में भी बढ़ जाएगा।''

अंगद कटाक्ष के साथ बोला, ''हनुमान हमारे वर्ग के शुभचिन्तक हैं, हितैषी हैं फिर भी इन्होंने तात बालि का विदेशियों से वध कराकर हमारे लिए ठेस पहुँचाई है। हनुमान श्रीरावण के जामाता हैं। केसरी राजा ने इन्द्र से युद्ध किया था और स्वयं हनुमान जैसा श्रेष्ठ यूथपति इन्द्र के व्रज-प्रहार से पराजित हो गया था। केसरी सम्राट ने श्रीरावण-साम्राज्य से सन्धि की। इन्द्र को जय करने में लंकापति के साथ हनुमान और वायु दोनों की सेनाएँ सुषा (इन्द्रधाम) तक गईं। अब हनुमान मात्र लंकाराज्य की वानर-प्रजा के कारण राम से मैत्री कर रावण पर आक्रमण करना चाहते हैं। यह अनैतिक हस्तक्षेप है। लंका सम्राट का यह आन्तरिक मामला है। इसमें सीता की ओट में वानर सम्राटों का हस्तक्षेप अकारण और अनौचित्य पूर्ण कहलाएगा। हमारे राज्य में भी आर्य, अनार्य, वानर, क्षत्रिय, ब्राह्मण, दास—सभी वर्ग के हैं। यदि एक वर्ग विद्रोह कर दे तो क्या कोई भी जातिवादी राज्य यह अधिकार रखता है कि वह हमारे आन्तरिक विद्रोह को दबाने के बजाय उभारे। मेरे मत से ऐसा नहीं हो सकता। रावण महान् शक्ति है। सुग्रीव को सिंहासन चाहिए था सो प्राप्त हो गया। वैसे भी अभी वानरों में असन्तोष है इसलिए हमारी शक्ति का प्रयोग पदलोलुप मित्रता के कारण कदापि नहीं किया जाना चाहिए। हनुमान को तो राम ने देवताओं के समान पूजे जाने का प्रलोभन दे दिया है, जो एक षड्यन्त्र है।''

सुग्रीव बोला, ''आप सभी ठीक सोचते हैं किन्तु मेरे सोच का धरातल इससे ऊपर है। मैं चाहता हूँ कि हमारी शक्ति से भले ही राम विजयी हों या न हों किन्तु ये विदेशी राम न तो किष्किन्धा में रहेंगे और न ही लंका में। यदि हम आर्यों के कारण जयी हो गए तो हमारा ही दक्षिणी गोलार्ध पर भी अधिकार हो जाएगा। राम तो हमारे लिए आर्य-शक्ति के सहयोग के लिए अमोघ अस्त्र मात्र हैं। हम स्वयं ही फिर इस भूखंड के तथा विश्व के अधियन्ता होंगे। वानरों की शक्ति के सम्मुख उत्तर-दक्षिण सभी झुकेंगे। वर्तमान में रावण के कारण हम आगे नहीं बढ़ पा रहे हैं। राजनीति में भिन्न मत तथा भिन्न सम्प्रदाय से सम्बन्धित होने पर भी कभी-कभी अपना उल्लू सीधा करने के लिए अनुचित लोगों से भी मैत्री करनी पड़ती है। सुग्रीव नहीं चाहता कि वह विरोध में भी किष्किन्धा के सिंहासन पर बैठे। यह आसन युवराज अंगद का ही है और निष्कंटक होने पर किष्किन्धा का राज्य अंगद को ही सौंपा जाएगा। परन्तु मेरा उद्देश्य है कि पहले हम हनुमान के मार्ग-दर्शन में राक्षसों जैसी प्रचंड शक्ति को परास्त करें फिर आर्य-शक्ति को तो एकाकी अंगद ही समाप्त करने में सक्षम है।''

पुनः पैंतरा बदलकर कहा, ''राम का सहयोग हमें इसलिए आवश्यक है क्योंकि उनके साथ इन्द्र, वरुण, विवस्वान, और अब तीसरी शक्ति अथवा त्रिनेता कहे जानेवाले हमारे भगवान शंकर भी शस्त्रास्त्र देने को सहमत हो गए हैं। इसका लाभ प्रत्यक्ष रूप से भले ही राम को मिले किन्तु परोक्ष रूप से हमें ही मिलेगा क्योंकि राम कोई शक्ति नहीं है, रावण एक प्रचंड शक्ति है जिसे अब बिना सभी वर्गों, वर्णों के एक हुए पराजित नहीं किया जा सकता। यदि राम ने लंका को जीत लिया तो राम की राजधानी अयोध्या पर हम अंगद से आक्रमण करा

देंगे और उन्हें परास्त कर देंगे। यदि हमारी हार होती हुई दिखी तो हम दल-बदलुओं की भाँति रावण को ही भड़काकर राम के विरुद्ध कर देंगे। अंगद ऐसे कामों में कुशल है। राम हमारी शरणागत हैं। हमने कूटनीति को ध्यान में रखकर ही उनसे साख्य किया है। यह वीर हनुमान का ही काम है कि उसने राम से सन्धि प्राप्त करने में सफलता प्राप्त की है। यह बात अलग है कि भाग्य से भले ही राम जयी हो जाएँ अन्यथा रावण जैसे यान्त्रिक को पराजित करना अत्यन्त कठिन कार्य है।''

तार बोला, ''महाराज सुग्रीव का कथन बहुत उच्च-कोटि का है। यह सही है कि राम दंडकवन से तो जाएगा ही और लंका से भी क्योंकि राक्षस राज्य राम की अधीनता कभी स्वीकार नहीं करेगा। यदि कुछ समय को कर भी ली तो रावण के वंशज, जो अपने सिंहासन के लिए प्राण तक उत्सर्ग करने में पीछे नहीं हटेंगे, कालान्तर में ही अपने आपको स्वतन्त्र घोषित कर देंगे तथा विद्रोह मचा देंगे। इसलिए आर्यों के सहयोग से हमें लंका पर अधिकार कर लेना चाहिए।''

जाम्बवन्त बोला, ''हम ऋक्ष जाति को तो मात्र वानर समूह पर ही विश्वास रहा है। हमने कभी तुम्हारे साथ विश्वासघात नहीं किया है। आर्य-जन विश्वास के योग्य कभी नहीं रहे हैं। यदि राम पर भरोसा कर भी लिया जाए तो वर्तमान में राम तथा लक्ष्मण इन्द्र तथा अगस्त्य की कठपुतली हैं। राम वही करेगा जो अगस्त्य कहेगा। अगस्त्य आर्य-सभ्यता का कट्टर समर्थक है। जैसे राम ने सुग्रीव को किष्किन्धा का आसन सौंपा, वैसे ही कहीं विभीषण को लंकापति घोषित कर दिया तो फिर क्या होगा? क्योंकि विभीषण राम से पत्र-व्यवहार कर रहा है और हमें भी उकसा रहा है।''

तारा बोली, ''यह तो राम करेगा ही। राम भी महान् कूटनीतिज्ञ है, वह अवसरवादी है। जिस प्रकार हमारे कुल की फूट का लाभ उठाकर राम ने घात से महाराज बालि का वध किया वैसे ही रावण का भी कर देगा और विभीषण की फूट के कारण लंका का राज्य राक्षसराज विभीषण को सौंपकर साकेत चला जाएगा। इस विश्व-युद्ध में ऋक्षों-कपियों की जन-हानि होगी, वह सब व्यर्थ ही जाएगी।''

अंगद बोला, ''व्यर्थ नहीं जाएगी। मैं तत्काल ही राम से रण करूँगा और उन्हें पराजित कर लंका को किष्किन्धा के अधीन करूँगा।''

हनुमान ने कहा, ''अंगद का विचार स्तुत्य है, प्रशंसा के योग्य है परन्तु पहले तो हमें राम का ही साथ देना होगा ताकि हमारी जाति की जो दुर्दशा लंका में हो रही है उससे हम त्राण पा सकें। युद्ध हमारे नाम से नहीं लड़ा जाएगा, वह तो राम-रावण के नाम से ही लड़ा जाएगा। हमारे पोत लंकपति छीन लेता है, वे घटनाएँ भी समाप्त हो जाएँगी। ताम्रपर्णी नदी से सीधा सागर पर हमारा अधिकार हो जाएगा। हम राम का सहयोग राजनीतिक कारणों से एवं अपनी प्रचंड शक्ति के अभ्युदय के लिए कर रहे हैं। आर्यों की चाटुकारिता के लिए नहीं।''

तारा व्यंग्य से बोली, ''केसरी-नन्दन, तू बात का धनी नहीं है। तेरा क्या है, कभी इधर, कभी उधर ढुलक जाता है। राम ने जैसे शंकर को आर्य-धर्म में स्थान दे दिया वैसे ही कहीं तुझे, सुग्रीव अथवा अंगद को दे दिया तो तुम लोग निष्क्रिय हो जाओगे क्योंकि आर्य-धर्म में स्थान पाने के लिए देव-वर्ग, वानर-वर्ग, गरुड़-वर्ग, अहि-वर्ग—सभी लालायित हैं। राम कपि-वर्ग को प्रतिष्ठित तो करेगा ही अन्यथा वह रावण-युद्ध में सफल नहीं हो सकता। क्योंकि सागरी युद्ध का ज्ञान न तो अयोध्या की सेनाओं को है और न ही केकय देश की सेनाओं को है। जलवायु के दृष्टिकोण से एवं भौगोलिक ज्ञान के दृष्टिकोण से हमीं लोग इस रण के विजेता

हो सकते हैं। यह बात राम भले ही न जाने परन्तु धनुर्वेद का ज्ञाता अगस्त्य सब कुछ समझता है क्योंकि वह छल-नीति का महा-पंडित है।''

सुग्रीव ने कहा, ''तुम ठीक कहती हो। परन्तु अभी हमें विश्व में अपनी शक्ति का प्रदर्शन करना है। जय होने के उपरान्त तो हम सभी से निपट लेंगे। मैंने राम को जो वचन दिया है उसकी भी पूर्ति हो जाएगी और भविष्य में हमारा भावी सम्राट अंगद ऋक्ष-शक्ति और कपि-शक्ति के बल पर सब कुछ कर लेगा।''

अंगद ने कहा, ''अम्ब, पितृव्य ठीक कहते हैं। तेरे मन में जो राम के प्रति वितृष्णा है, उसे तेरा पुत्र अंगद ही मिटाएगा परन्तु देश-काल तथा परिस्थिति के अनुसार वर्तमान में मेरा यही विवेक काम कर रहा है कि राम की आड़ में हमें एक बार रक्ष-सम्प्रदाय पर निश्चित ही आक्रमण करना चाहिए।''

नल-नील, नवय, जाम्बवन्त, हनुमानादि नाना वीरों ने अंगद के वाक्य की पुष्टि की और राजा सुग्रीव के नेतृत्व में अपनी शक्ति का सहयोग राम के पक्ष में देने का निर्णय किया।

इसी समय द्वारपाल ने सूचना दी, ''आर्य लक्ष्मण पधारे हैं।''

''उन्हें ससम्मान आने दिया जाए।'' सुग्रीव ने अनुमति प्रदान की।

लक्ष्मण को एक उच्चासन पर विराजमान किया गया। तारा ने घृणा से लक्ष्मण को निहारा और बोली, ''कहो, आर्य लक्ष्मण! किस काम से आगमन हुआ? तुम्हारे मुख पर क्रोध है। क्या मित्रता पर शंका है? या फिर अब किसी और का वध करना चाहते हैं?''

लक्ष्मण को राम ने निर्देश दिया था कि यहाँ दक्षिण में उनका कोई नहीं है इसलिए वार्ता धैर्य और संयम से करें अन्यथा सब किए-कराए पर पानी फिर जाएगा। जिस बात का संकल्प लेकर हम चले हैं वह किष्किन्धा की शक्ति के सहयोग पर ही निर्भर है।

लक्ष्मण ने धैर्य से कहा, ''नहीं, अम्ब! अब किसी का वध नहीं होगा। अब तो हमारे-तुम्हारे शत्रु रावण का ही वध होगा। मैं तो तात श्रीराम की आज्ञा से सम्राट सुग्रीव को स्मरण दिलाने आया हूँ कि अब सीता की खोज में विलम्ब न किया जाए।''

हनुमान ने कहा, ''जैसे आप गिरि पर इन्द्र, वरुण, शंकर से सहायता माँग रहे हैं, वैसे ही हम भी अपनी तैयारी में जुटे हैं। हमारी भी मन्त्रणा चल रही है। राक्षस प्रचंड वीर और साहसी हैं इसलिए सेना का मनोबल तथा साहस बढ़ा हुआ नहीं है। क्योंकि हमने राक्षसों का रण-कोशल देखा है, लक्ष्मण! उनसे टकराना सीधा मौत के मुँह में जाना है। यूथपतियों का साहस बँधाया जा रहा है और उन्हें रण के लिए उत्प्रेरित किया जा रहा है।''

सुग्रीव बोला, ''आर्य लक्ष्मण! हम कभी भी वचन भंग नहीं करते और न ही साख्य तोड़ते हैं। देखो, ऋक्ष और गोलांगूल पशुओं के उपासक पन्द्रह दिन में ही एकत्रित हो गए हैं। महेन्द्र गिरि के लोग खाल ओढ़े घूम रहे हैं। वहाँ के सम्राट सींगोंवाला मुकुट धारण किए हुए हैं। हिमालय, विंध्य और कैलास से भी खाल के वस्त्र धारण करनेवाले वीर वानर आ गए हैं। उदयाचल, पद्माचल के रीछ का चेहरा (मास्क) लगानेवाले वानर उपस्थित हो गए हैं। अंजनी पर्वत के सम्राट श्री हनुमान को तो आप जानते ही हैं। समुद्र तट के शंख से पानी पीनेवाले आरोगी वानर, जिनका संघर्ष सदैव ही रक्ष वीरों से चलता रहता है, भी यहाँ आ गए हैं। रुमण, गन्धमादन, इन्द्रजानु, दुर्मुख—सभी मन्त्रणाओं में लगे हुए हैं। ऐसा मत समझना कि सुग्रीव साख्य भूल गया। सम्राट होने से जितनी तत्परता से मैं कार्य कर रहा हूँ, उतना कोई नहीं कर सकता। राक्षस बड़े रण-बाँकुरे हैं। वे भी हमारी भाँति चेहरों का प्रयोग करते हैं। इस कारण सोच-समझकर

ही तो कोई पग उठाया जाएगा। यह सत्य है कि राक्षस हमारे शत्रु नहीं हैं फिर भी उनकी प्रचंड शक्ति को पराजित करना कोई खेल नहीं है, आर्य!''

''यह तो श्रीराम भी जानते हैं परन्तु अब तो भगवान शंकर, जो आपके इष्ट हैं, उन्होंने भी हमें सहायता देना स्वीकार कर लिया है। अस्त्र-शस्त्र का बल तो हमें प्राप्त हो ही जाएगा।''

''शस्त्र-बल तभी सार्थक है, आर्य लक्ष्मण! जबकि सैनिकों का उच्च मनोबल हो। तुम तो अभी राजनीति में बालक ही हो। रावण से युद्ध एक शक्ति का युद्ध है। यहाँ से लंका तक बहु-भाषी लोग हैं जिन्हें हम नहीं जानते, जैसे तुम हमारी भाषा नहीं जानते। वैसी ही अनेक कठिनाइयाँ हैं, उनका परिमार्जन भी सम्राट सुग्रीव को ही करना होगा। रावण कभी भी सुषुप्त-अवस्था में नहीं रहता। वह सदैव जाग्रत अवस्था में रहता है। जो मार्ग किष्किन्धा से समुद्र और समुद्र से लंका तक का है वहाँ तक चारों ओर लंकपति की सैन्य टुकड़ियाँ सीता के राजनीतिक अपहरण के बाद से नियुक्त हैं और चौकन्नी भी हैं।'' तारा ने कहा।

''अम्ब, आप ठीक कहती हैं परन्तु राजा सुग्रीव को राम बुलाते हैं।''

सुग्रीव ने कहा, ''मैं क्यों, हम सभी चलते हैं। राज-शिविका मँगाओ...।''

राज-शिविका में सुग्रीव तथा लक्ष्मण बैठे और समस्त वानर सम्राटों, यूथ-पतियों के साथ राम के पास आ गए।

पहले सभी ने महात्मा अगस्त्य को, फिर राम को प्रणाम किया और शान्त बैठ गए।

तब सुग्रीव ने कहा, ''आर्य राम! किष्किन्धा में वानरों-ऋक्षों के ठट्ट के ठट्ट तो आपने इसी पर्वत से देख लिए होंगे। हमने अपनी युद्ध परिषद भी बना ली है। जिसमें भालुओं (टोटम) के राजा जाम्बवान वयोवृद्ध, वीर और बुद्धिमान हैं वही मेरे प्रधानमन्त्री रहेंगे। गोलांगूल शाखा के सम्राट हनुमान, जिनके मुकुट में कपि चिह्न है, वे मेरे अग्रगण्य मन्त्री हैं। अंगद मेरे पहले राजदूत हैं, जो अपनी वाक्-शक्ति में अद्वितीय हैं। नल, नील, नवय, गवाक्ष—ये महान् यान्त्रिक हैं, जो सेना के लिए मार्ग तैयार करेंगे और सेतु का निर्माण करेंगे। आहतों की चिकित्सा के लिए तार, पनस, बालिमुख आदि हैं तथा वैद्यराज सुषेण भी हैं (यह दूसरा सुषेण है।) सामग्री-खाद्य सामग्री को पहुँचाने के लिए बालिमुख, दधिमुख, मेन्द, द्विविद आदि यूथपतियों को नियुक्त किया गया है। ये सब बलवान और युद्ध-विशारद हैं। यह सब व्यवस्था कार्य की कठिनता को देखते हुए सभी के एकमत निर्णय के उपरान्त की गई है। अब ये सब आपकी सेवा में उपस्थित हैं।''

अगस्त्य बोले, ''पहला काम तो जानकी की खोज के साथ-साथ विभीषण को अपनी ओर कैसे भी करना है क्योंकि वह पद-लोलुप है। इसलिए दक्षिण में जाने के लिए जो वीर-वानर जाएँगे उनका चयन बुद्धिमत्ता से करना होगा।''

''तात अगस्त्य, लंकापुरी का एक-एक उद्यान-प्रासाद सब कुछ हनुमान जी का देखा हुआ है और उनकी सहायता के लिए युवराज अंगद, जाम्बवान, नल, शरभ, मेन्द, द्विविद को दक्षिण दिशा में भेजा जाना चाहिए। श्री हनुमान ही विभीषण को फोड़ सकते हैं। अन्य दिशाओं से और सैनिक एकत्र करने के लिए दूसरे दल भेजे देते हैं जो आपके आर्य सम्राटों को आपका सन्देश देंगे और युद्ध के लिए यहाँ एक मास में पहुँचेंगे।'' सुग्रीव ने कहा।

''प्रभु सुग्रीव, मैं तो आपकी शरण में हूँ। हे कपिराज, आप मेरे सुहृद् हैं। जो विचार आपने किया है उसी के अनुसार अपने यूथपतियों को राजाज्ञा दीजिए ताकि इस विश्व-युद्ध के लिए प्रयाण किया जा सके।'' राम ने कहा।

''आर्य राम! दक्षिण दिशा ही हमारे लिए महत्त्वपूर्ण है। श्री हनुमान लंका में दूत का कार्य

भी सम्पन्न करेंगे और सीता का कुशल-क्षेम भी लाएँगे। वैसे आप भी यथेष्ट गूढ़ राजनीतिज्ञ हैं। परन्तु हम भी अपने गूढ़ उद्देश्य की पूर्ति में तत्पर हैं। सुग्रीव आज्ञा देता है कि हे वानर-यूथपतियो, आप लोग एक माह में रण का न्योता देकर निश्चित ही लौट आना अन्यथा अवधि समाप्त होने पर तुम्हें प्राण-दंड दिया जाएगा। यह तुम्हारे सम्राट सुग्रीव की आज्ञा है।''

फिर राम विहंसे तथा श्री हनुमान को बुलाकर उन्होंने कहा, ''हनुमान, तुम मेरी यह नामांकित मुद्रिका ले जाओ। इससे सीता तुम पर विश्वास करेगी तथा तुम्हें राम का हितैषी समझेगी। सीता वैसे राजनीति-निष्णात है। वह वहाँ शान्त नहीं होगी। तुम लंका में गुप्त रूप से विभीषण से वार्ता करना। वहीं सीता का कुछ सूत्र अवश्य ही प्राप्त होगा। यद्यपि दक्षिण दिशा दुर्गम पथ है फिर भी तुम अपने कर्तव्य-पालन में दृढ़ता के साथ अग्रसर होओगे, ऐसा मुझे विश्वास है।''

अगस्त्य ने कहा, ''वत्स हनुमान! यदि लंकपति श्रीरावण से भेंट हो जाए तो उनसे निवदेन करना कि वे इस विश्व-युद्ध को टालें और सीता को लौटा दें। अन्यथा रण के परिणाम भयंकर होंगे।''

''जो आज्ञा'' कहकर हनुमान अपने दल के साथ चल पड़े।

13

लाल फूलों से लदे अशोक वृक्षों के वन में सीता एक गोल-गृह में बैठी थी जो कि सहस्र स्तम्भों पर आधारित था। यहीं से एक जल-प्रपात का स्वच्छ नीर बह रहा था। दासी मंजरिका उनकी सेवा में थी। त्रिजटा तो अब तक सीता की अभिन्न सखी हो गई थी। सीता ने अपने मधुर व्यवहार से जहाँ मन्दोदरी से माता के समान दुलार प्राप्त कर लिया था, वहीं सरमा से भी प्यार प्राप्त करने में विजय प्राप्त कर ली थी। सीता एक विशुद्ध आर्य नारी थी जो आर्य-धर्म के लिए कुछ भी करने में पीछे नहीं थी।

सीता को रावण-सभा की सूचना सदैव रावण के ही कुटुम्बियों से प्राप्त होती रहती थी, जो रावण के लिए घातक थी। रावण ने सीता को पुत्रीवत् स्नेह के कारण अपने परिवार के ही लोगों को नियुक्त किया। सीता जैसी साध्वी कूटनीतिज्ञ नारी ने अपना राजनीतिक जाल फैलाया। सीता रक्ष-संस्कृति की हत्या करने के निर्णय पर अटल थी। वह अपने पति के वचनों के पालन में लंका में ही एक आर्य स्त्री-चर का रूप ग्रहण कर चुकी थी। सीता वियोगिनी होकर भी यदि चिन्तित रहती थी तो मात्र आर्य संस्कृति के लिए। जब रावण के स्वर्ण मंडित राजप्रासाद को सीता ने देखा था तो उसे आश्चर्य हुआ था राक्षसों के अटूट भंडार पर और जब माली स्मारक का अवलोकन किया था तो सीता को ज्ञान हुआ था रावण की शिल्पकला की प्रियता का। ऐसे ही सेतुबन्ध पर पौलस्त्य नगर से रक्ष-संस्कृति के स्थापत्यकला के साथ-साथ वास्तुकला में प्रवीण होने का भी आभास हुआ था। अयोध्या नगरी लंकाधाम के सम्मुख नतमस्तक-सी प्रतीत होती थी। सीता के मन में रावण राज्य को नष्ट करने की टीस उत्पन्न हो गई थी।

पीले वसन, पीले भूषण और पीली देह में सीता का रूप जहाँ मुखर था वहीं राक्षस-राज्य में सीता से अधिक सर्वांग सुन्दरियाँ सीता की सेवा में ही रत थीं। राक्षसों का, अधेड़ आयु की ओर अग्रसर होती हुई सीता के प्रति अनासक्त होना स्वाभाविक था। रक्ष-धर्म एक महान्

यान्त्रिक धर्म और लंकावासियों के लिए लोकहितकारी धर्म था। प्रातःकाल से ही प्रत्येक घर से मन्त्र-ध्वनि मुखरित होती, शंख बजते, घड़ियालों का नाद होता और शैवमन्दिरों तथा चंडिका और निकुम्भिला देवी के मन्दिरों में आरती उतारी जाती थी। जनेऊ-धारी राक्षस ब्राह्मण अंजलि से पानी देते और अपनी लंका की समृद्धि के लिए प्रार्थना करते फिर सज-धजकर अपने-अपने काम पर जाते।

सीता ने ब्राह्मणों का जो उत्कर्ष लंका में देखा वैसा विश्वामित्र के आश्रम में भी नहीं देखा था और न ही अगस्त्य जैसे महामुनि के आश्रम में। लंका चारों ओर से यन्त्रों से घिरी थी। स्थान-स्थान पर दूर-नियन्त्रण-यन्त्र स्थापित थे जिन्हें मधुमक्खी कहा जाता था क्योंकि उनका आकार मधुमक्खी के बराबर ही था और जब वार्ता होती थी तो उसके पूर्व इन यन्त्रों में से पहले मधुमक्खी की भिन-भिन जैसी ध्वनि होती थी तब वार्ता की जाती थी। प्रक्षेपास्त्र तो अनेक स्थानों पर, पर्वतों की चोटियों पर थे। इन्द्रजीत के पास तो उसकी पावन यज्ञशाला में अग्नि-प्रलय मचानेवाले कई अस्त्र थे। सीता को यह सब जानकारी प्राप्त हो चुकी थी।

त्रिजटा विभीषण की पुत्री थी। उसके हाथों सीता ने अनेक बार सन्देश भेजकर यह निवेदन किया था कि आप आर्य-धर्म स्वीकार कर लंकाधीश का आसन ग्रहण करें। श्रीराम तुम्हारी सहायता करेंगे। हनुमान वानर जाति के कारण भी विभीषण को लंका का सिंहासन पलटने का समाचार भिजवा चुके थे। सुग्रीव ने बार-बार अनुरोध किया था कि हम वानर तुम्हारी सहायता करेंगे। इस कारण विभीषण भी सत्ता का लोभी हो गया था किन्तु रावण के भय से प्रकट विद्रोह करने में अक्षम था। इसीलिए वह गौण रूप से निरन्तर राम तथा सुग्रीव से सम्पर्क बनाए हुए था। विभीषण यह भी जानता था कि लंका राष्ट्र की श्रद्धालु सेना अपने राष्ट्र के लिए कभी भी पीछे नहीं हटेगी और घोर युद्ध करेगी। यदि विभीषण कहीं भूल से भी किसी प्रकार की चूक कर गया तो उसे लंका राज्य के नियमानुसार अपमानित किया जा सकता है। और लंका से भी निष्कासित किया जा सकता है। परन्तु सिंहासन की भूख के कारण उसे नींद नहीं आती थी। इसीलिए वह कभी किष्किन्धा की ओर, कभी राम की ओर हाथ फैला रहा था। सत्ता के कारण वानर प्रजा और गरुड़-प्रजा विभीषण को ही एक मात्र अपना हितैषी समझती थी और उसे ही आसन पर बैठाने के पक्ष में षड्यन्त्र भी रच रही थी। लंका की आर्य जाति तटस्थ नीति की पोषक थी क्योंकि रावण ने कभी भी उन्हें कोई कष्ट नहीं पहुँचाया था। इस कारण लंका जैसे समुन्नत राष्ट्र की रक्षा के लिए लंका का आर्य समाज भी अपने राष्ट्र तथा स्वामी दोनों का ही हितैषी था। आर्य सैनिक वानरों-जैसे उच्छृंखल सैनिक नहीं थे बल्कि गम्भीर तथा अपने धर्म से ऊँचे, देश के सिद्धान्त के अनुयायी थे। इसीलिए हनुमान से नील के साथ घटी घटना के समय एक मुनि ने कहा था, ''रावण-जैसी महान् शक्ति के साथ मुट्ठी-भर वानरों का राजद्रोह सर्वथा देश-द्रोह कहलाएगा। रावण एक महान् तपेश्वरी और कर्तव्यनिष्ठ सम्राट है जो अपनी प्रजा का पालन वैसे ही करता है जैसे एक गो अपने बछड़े को पालती है।

आज सीता ने विभीषण को बुलाया है। सीता अपनी ऊहापोह में लगी हैं कि विभीषण को कैसे राम की ओर किया जाए। वे विचार कर रही हैं। अपने ज्ञान के कोष को मस्तिष्क में बिठा रही हैं और विभीषण की प्रतीक्षा कर रही हैं। त्रिजटा कह रही थी, ''तात संध्या-सावित्री के उपरान्त पधारेंगे परन्तु रात्रि के प्रथम प्रहर के आगमन पर भी विभीषण नहीं आए। यदि विभीषण नहीं आए तो सीता का षड्यन्त्र निष्फल हो जाएगा। सीता मात्र एक सामान्य नारी ही रह जाएगी। यदि राम कुछ उद्यम कर रहे हैं और रावण विदेशी सैनिक सहायता हेतु पत्राचार

कर रहे हैं तो सीता भी आर्यदूती है, वह भी कुछ-न-कुछ उद्यम तो करेगी ही। वैसे तो स्त्रियाँ परतन्त्र होने पर रुदन ही करती रहती हैं। सीता क्यों रोएगी? रुदन तो भीरुता का प्रतीक है। सीता वीरांगना है। वह तो वीरता से ही जीएगी और रावण के इस राजनीतिक अपहरण का लाभ माता कैकेयी के वचनों की पूर्ति के लिए प्राप्त करेगी।

इसी समय दूर पथ पर एक छाया-सी दृष्टिगोचर हुई। त्रिजटा ने तत्काल कहा, "देवी, यह छाया मेरे तात की ही प्रतीत होती है। इस समय धान्यमालिनी एवं मंजरिका नहीं हैं। वे राजप्रासाद में गई हैं। इसी समय आपकी तात से वार्ता हो जाएगी।"

विभीषण निकट आ गए और एक ओर बैठ गए। सीता ने विभीषण की ओर देखा। मस्तक पर त्रिपुंड था। तपेश्वरी मुख दीपाधार के प्रकाश में तमतमा रहा था। गले में स्वर्ण माला, कानों में कुंडल और शीश पर मुकुट सुशोभित हो रहा था।

विभीषण ने पहले त्रिजटा को चौकसी करने का निर्देश दिया फिर पूछा, "जनक-नन्दिनी, किस कारण से मुझे बुलाया है?"

"तात, आप धर्मज्ञ हैं। मेरे पिता समान हैं। सहिष्णु हैं। कृपालु हैं। आपका गुणगान मैंने लंका की प्रजा से सुना तो आपसे मिलने की उत्कंठा हुई।"

"तुम्हारे पिता जनक भी वेदज्ञ हैं। इसलिए वैदेही की वाणी मधुर होना स्वाभाविक है किन्तु जिस सीता को अपहरण की कोई चिन्ता न हो वह सीता सम्राट के भाई विभीषण को अकारण वार्ता हेतु नहीं बुला सकती, प्रत्युत् कोई-न-कोई कारण होना चाहिए।"

"बिना स्वार्थ के तो संसार की उत्पत्ति ही नहीं हुई तो हम और आप तो प्रकृति के खिलौने मात्र हैं। आपका चौथापन है, तात! अपने विभीषण नाम की सार्थकता के लिए कुछ कीजिए न!"

"विभीषण अपने भाई की वीरता और उसके तप से जितना प्रसन्न है, तुम्हारे अपहरण से उतना ही दुखी भी है। क्योंकि हमारा विरोध आर्य-लक्ष्मण से है, राम-भार्या सीता से नहीं। यद्यपि राजनीति में यह सब हेय नहीं है क्योंकि लंकापति के अनोखे प्रतिशोध ने आर्यों का नाम डुबो दिया है। क्षत्रियों की भुजाओं को बिना काटे ही काट दिया है। अब इस घटना से उनमें वर्ग चेतना आई है फिर भी श्रीरावण को कोई पराजित नहीं कर सकता।"

"मैं इस प्रतिशोध से दुखी नहीं हूँ, तात! मेरे यहाँ आने से मुझे आप लोगों के मन्त्र, आपकी भाषा का ज्ञान हुआ। आपकी संस्कृति, जिसे लोग बुरा कहते थे, उसकी अच्छाइयों का भी पता चला। इतने विदेशियों के बीच एक नारी एकाकी पड़ी है जिसकी ओर कोई रक्ष वीर आँख उठाकर भी नहीं देखता तो यह रक्ष-धार्मिकों की महानता ही है।"

"लंकापति का भय ही इतना है कि जिस पर उनकी कृपा हो जाए उसे कोई हाथ नहीं लगा सकता।"

"परन्तु आप बल-बुद्धि में श्रीरावण के समान होने पर भी कुछ नहीं कर पा रहे हैं, यह एक विचारणीय बात है।"

"मैं कुछ चाहता नहीं हूँ। कभी-कभी बस एक विचार आता है और वह भी तिरोहित हो जाता है।"

"उस विचार में आपकी महत्त्वाकांक्षा छिपी है, तात! आप उसे उभरने दें। कोई भी महत्त्वाकांक्षी पुरुष आज तक ऐसा नहीं हुआ जिसने अपने संकल्प की पूर्ति न की हो।"

"महत्त्वाकांक्षा कूटनीति में दबकर रह जाती है, सीते! जगत् के बड़े-से-बड़े सम्राट छल

और कपट के कारण सिंहासनों से नीचे आ गए हैं। कहीं सैनिक तन्त्र का ध्वज गड़ा हुआ है तो कहीं लोकतन्त्र का। राजतन्त्र की ध्वजा तो आज सर्वत्र है ही।"

"आप भी उसी छल-कपट की नीति को अवलम्ब क्यों नहीं बनाते?"

"मुझमें साहस नहीं है।"

"धैर्य धारण कर कर्तव्य-पथ पर अग्रसर होंगे तो सफलता निश्चित मिलेगी।"

"कोई मार्ग नहीं है सीते, चारों ओर अन्धकार ही अन्धकार है।"

"अन्धकार में से ही प्रकाश की किरण विस्तीर्ण करे, वही महान् होता है।"

"किसी-न-किसी के सहयोग से ही व्यक्ति महानता की ओर अग्रसर हो सकता है। एकाकी उसका कोई अस्तित्व ही नहीं होता।"

"मैं आपके साथ हूँ।"

"तुम स्वयं राजनीतिक बन्दिनी हो। तुम क्या मदद कर सकती हो?"

"मैं तुम्हें लंका के सिंहासन तक पहुँचा सकती हूँ।"

विभीषण ठहाका मारकर हँसा फिर बोला, "श्रीरावण को कहीं भान हो गया तो तुम्हारा और मेरा दोनों का शीश कटवाकर तुम्हारे पति राम के पास भेज देगा।"

"यही तुम्हारी कायरता है, तात! मृत्यु से खेलनेवाले ही मुकुट धारण करते हैं। प्राणों को हथेली पर रखनेवाले ही रण में विजयश्री प्राप्त करते हैं। तुम अपने मन से इस डर को निकाल दो, तात!"

"जानकी, विभीषण यह भी जानता है कि सर्प से खेलनेवालों की मृत्यु सर्प-दंश से ही होती है। जटिल परिस्थितियों में मनुष्य विवेकशून्य हो जाता है और असहनीय अवस्था में वह आत्महत्या कर लेता है।"

"यह तो मैं जान ही चुकी हूँ तात कि आप लंकापति का स्वप्न सँजोए बैठे हैं परन्तु श्रीरावण और तपेश्वरी इन्द्रजीत दोनों ही आपके लिए काँटे हैं। मैं वचन देती हूँ कि तुम्हारा राजतिलक लंका के सिंहासन पर होगा।"

"कैसे, वैदेही? असम्भव को सम्भव नहीं किया जा सकता। श्रीरावण वर्तमान में त्रिलोकीनाथ कहलाता है। उसने विश्व-युद्ध की परिकल्पना कर ली है और एक ऊँची मीनार (वाच टावर) तैयार करा रहा है जहाँ से वह रणक्षेत्र को देख सकेगा। ऐसे दूर दृष्टिवाले दशकन्धर को तो पराजित किया ही नहीं जा सकता।"

"मेरी बात ध्यान से सुनो, तात! जो सम्राट होता है उसी का इतिहास लिखा जाता है, सामान्य जन का नहीं। श्रीरावण का तो नाम अमर हो गया। अब आप अपना नाम भी रक्षपति बनकर अमर कीजिए। मनुष्य योनि बार-बार नहीं मिलती। पता नहीं पुनर्जन्म में आप किस योनि में जन्म लेंगे तो फिर आप कुछ भी नहीं कर सकेंगे।"

"श्रीरावण का नाम तो स्वर्णाक्षरों में लिखा ही जा रहा है। उसके गीत गाए जा रहे हैं। विभीषण भी अपना गान चाहता है फिर भी असहाय-सा, अचेत-सा पड़ा है।"

"आप सचेत होइए, तात! मेरा कहा मानिए यदि आपको यथार्थ में ही राजासन चाहिए।"

"चाहता तो हूँ। मैंने हनुमान को सन्देश भेजा, तुम्हारे पति राम को भी भेजा परन्तु सब चुप्पी साधे हैं, सभी भयभीत हैं। विभीषण भी कायर बनकर बैठ गया है, वह क्या करे?"

"समयानुसार ही सब काम बनते हैं। भाग्य के सीधे होने पर टेढ़े काम भी सीधे हो जाते हैं। आप भले ही आडम्बर के रूप में सही किन्तु कुछ दिन के लिए आर्य-धर्म को ग्रहण कर

लें। इससे श्रीराम को यह विश्वास हो जाएगा कि आप आर्य-संस्कृति के पोषक हैं फिर वे आपकी सहायता निश्चित रूप से करेंगे।''

विभीषण खूब हँसा फिर बोला, ''सीते, धर्म और सत्ता दोनों में यथेष्ट अन्तर है। धर्म को धारण किया जाता है और सत्ता को भोगा जाता है। तुम्हारा पति राम लंका के द्वार तक कभी नहीं आ पाएगा। रावण के प्रक्षेपास्त्र, आग्नेयास्त्र राम-लक्ष्मण को ध्वस्त कर देंगे। हाँ, यदि ऋषि अगस्त्य कहीं राम के साथ लंका तक आ गया तो कुछ हो सकता है।''

''तात! आप तो मेरे साहस को भी डगमगा रहे हैं। आपसे तो मैं अबला नारी ही अधिक साहसी हूँ, जिसका लंका में कोई नहीं है फिर भी जी रही हूँ। इस आशा के साथ कि एक दिन श्रीराम आएँगे और मुझे यहाँ से ले जाएँगे। आप पुरुष हैं। आपके पास सैन्य दल भी है फिर भी आप कापुरुषों-जैसी बात कर रहे हैं।''

विभीषण कुछ झेंप गया फिर कुछ सोचकर बोला, ''मेरे चाहने से तो सिंहासन प्राप्त नहीं हो जाएगा, सीते!''

''बिना श्रम, बिना खड्ग उठाए आज तक किसी ने मुकुट धारण किया है, तात?''

''नहीं, जानकी।''

''तो फिर आपको कैसे प्राप्त हो जाएगा? मनोकामना की पूर्ति के लिए कष्ट तो उठाना ही पड़ता है। राजनीतिक चाल चलनी ही पड़ती है। यदि आप सार्वभौम सम्राट होना चाहते हैं तो आपको अपने भाई से विमुख होना ही पड़ेगा और श्रीराम से सहायता लेनी ही होगी अन्यथा आप इस जीवन में कभी भी सिंहासन पर नहीं बैठ पाएँगे। श्रीराम की शक्ति यदि अपार समझो तो आप यह कार्य करना, अन्यथा नहीं। मैं नहीं चाहती कि बिना शक्ति को पहचाने आप कोई काम करें। पहले आप यह ज्ञात करें कि राम के पास सैन्य-बल, शस्त्र-बल है या नहीं तभी आप श्रीरावण से वैर लें, अन्यथा नहीं। यह भी सुनिए तात, यदि श्रीराम का पलड़ा आपको भारी दिखे तो आप उनकी शरण में जाएँ, अन्यथा नहीं।''

''यह बात तुम्हारी लाख टके की है। तब तक विभीषण लंका में ही रावण की नीति के विरुद्ध गुप्त रूप से षड्यन्त्र चलाएगा और अवसर आने पर उसका लाभ उठाएगा।''

''षड्यन्त्र भी आर्य-धर्म की ओट में एक आडम्बर के रूप में चलना चाहिए ताकि श्रीरावण के चर आपका और मेरा भेद न जान पाएँ।''

''ठीक है, जानकी! विभीषण तुमसे सीधा सम्पर्क स्थापित करने के लिए तुम्हारे इस गोल गृह में दूर-नियन्त्रण-यन्त्र स्थापित कर रहा है। इससे तुम मुझसे और मैं तुमसे सीधी बात करूँगा। ध्यान रहे, इस यन्त्र का किसी को ज्ञान नहीं होना चाहिए क्योंकि यह यन्त्र राज्य के उच्च वर्ग के लोगों के पास ही है। विभीषण राज्य-लिप्सा का भूखा तो है परन्तु वह वृद्ध सिंह के समान अपनी माँद में पड़ा है।'' कहते हुए विभीषण ने खड्ग के कोष के भीतर से दूर-नियन्त्रण-यन्त्र निकाला और उसे सीता के निकट स्तम्भ में स्थित कर दिया।

फिर सीता ने विहंसकर कहा, ''तात, वृद्ध सिंह को भी कभी-कभी माँद में ही भाग्य से आखेट प्राप्त हो जाता है। वैसे ही सीता को विश्वास है कि तुम्हारे भाग्य से ही राम जयी होंगे और लंका राज्यश्री आपका वरण करेगी।''

''ठीक है, सीते! जब नौका पर सवार हो ही गए तो प्रभंजन-गर्जना के बारे में क्या सोचना। नौका डूबेगी या पार लगेगी। जब तुम्हें आवश्यकता हो, तब तुम मुझसे बात कर सकती हो।''

''अच्छी बात है तात, मैंने यह सब जानकारी प्राप्त करने के लिए ही आपको बुलाया था

तो मैं समझती हूँ मेरे बाण का लक्ष्य सही रहा।''

''अब यह तो भविष्य बतलाएगा परन्तु इतना अवश्य है कि अब विभीषण और अधिक उत्तेजित, उत्प्रेरित हो गया तथा उसकी राजासन की भूख बढ़ गई।''

''जिसकी भूख बढ़ती है, वही भोजन की व्यवस्था करने में समर्थ होता है। यदि व्यवस्था करने में असमर्थ हो जाता है तो वह भोज्य पदार्थ को दूसरे से छीन लेता है। इसलिए आप इस भूख को बढ़ने दो ताकि आप सत्तारूपी भोज्य पदार्थ को छल-बल-घात से छीन सकें।''

इसी समय त्रिजटा ने दौड़कर कहा, ''कोई आ रहा है तात, अब आप जाइए।''

14

हनुमान, अंगद, जाम्बवान, मुख्य मार्ग को छोड़कर दक्षिण की ओर चोरी-छिपे जा रहे हैं। मुख्य मार्ग पर दुर्धर्ष राक्षस वीर इतस्ततः अटन कर रहे हैं। अंगद कंडु मुनि के आश्रम तक गया था। वहाँ तक का विजय-वन-पथ उसका देखा हुआ था। हनुमान महा बुद्धिमान थे। वे जानते थे कि यदि प्रमुख मार्ग से हम लोग निकले तो कहीं-न-कहीं पकड़े भी जाएँगे या युद्ध में मारे जाएँगे। यदि पकड़े गए तो न्याय हेतु रावण के पास ही एक माह में पहुँच पाएँगे। तब तक तो अवधि ही समाप्त हो जाएगी और लौटने पर राज्य नियमानुसार प्राणदंड ही दिया जाएगा।

कंडु मुनि के आश्रम पर पहुँचकर अंगद ने निवेदन किया, ''तात, हम दाशरथि राम के काज से लंका की ओर जा रहे हैं। प्रमुख मार्गों पर यज्ञोपवीतधारी दुर्धर्ष ब्राह्मण वंशी वीर घूम रहे हैं जो प्रक्षेपास्त्रों से लैस हैं, जिनके पास दूर-नियन्त्रण-यन्त्र हैं। उनसे बचकर समुद्र तट तक हमें पहुँचना है। आप आर्य ऋषि हैं। राम आर्य क्षत्रिय हैं। सहानुभूति के रूप में उनकी भार्या का कुशल-क्षेम पता लगाने के लिए हमें राजा सुग्रीव ने भेजा है। अतएव इस वन से सागर तट तक का मार्ग प्रदर्शित करने की कृपा करें।''

कंडु मुनि ने धीरे से आँखें खोलीं फिर कहा, ''कहाँ महाबली ब्राह्मण सम्राट दशानन और कहाँ तुम भीरु वानर। ये केसरी का पुत्र उच्छृंखल हनुमान, जिसने सूर्य पर अकारण आक्रमण किया और फिर पराजित होकर लौटा। ये ऋक्षराज जाम्बवान जिसकी मति सठिया गई है और कहाँ तू आदिवासी युवराज अंगद! विद्याधर वंशी दशकन्धर से तुम्हारी क्या तुलना!''

विनीत होकर हनुमान बोले, ''तात, वर्तमान में तो हम सुग्रीव के चाकर हैं और सुग्रीव राम के मित्र हैं। हमें तो राजाज्ञा का पालन करना ही होगा। समता या विषमता का विचार तो सम्राट करते हैं। हम सेवकों को यह अधिकार नहीं है।''

''फिर भी मैं कहता हूँ, लौट जाओ, अन्यथा दुर्गति होगी।''

''राजाज्ञा के लिए शीश कटाया जा सकता है किन्तु उसका उल्लंघन नहीं किया जा सकता, तात! यह नीति है। यह राजधर्म है।'' जाम्बवान ने कहा।

''तो ठीक है, सीधे इस पर्वत से चले जाओ। आगे ऋक्ष-बिल मिलेगा। वहाँ से सागर तट निकट ही है।''

हनुमान आदि फिर मार्ग पर चले। उन्हें एक गुफा दृष्टिगोचर हुई जिसके द्वार पर कोई प्रहरी खड़ा था।

हनुमान ने आदर भाव से पूछा, ''यह कौन-सा स्थान है?''

"ऋक्ष-बिल।"

"क्या यहाँ कोई रहता है?"

"हाँ, देखते नहीं, ये पक्षी शीतल जलपान कर बाहर आ रहे हैं।"

"तू कौन है?"

"मैं महाराजा मय-दानव का प्रहरी हूँ।"

"वही मय सम्राट, जिनकी पुत्री मन्दोदरी दशकन्धर को ब्याही है?"

"हाँ!"

"परन्तु वे तो हेमप्रभा की प्राप्ति के साथ ही अपने मय देश को चले गए।"

"सेवक को इससे क्या लेना-देना!"

"हमें भी भूख लगी है, प्यास लगी है। क्या भीतर जा सकते हैं?"

"नहीं, इस बिल में मात्र स्वामी ही जा सकते हैं।"

"स्वामीभक्त हो?"

"निश्चित ही।"

"तो फिर द्वन्द्व-युद्ध कर।"

"पीछे कौन हटता है!"

हनुमान ने अंगद को संकेत किया और दोनों ने प्रहरी का वध कर दिया। फिर भीतर सभी ने प्रवेश किया। कुछ दूर चलकर गुफा में प्रकाश दृष्टिगोचर हुआ। सुरम्य उद्यान और उसमें एक वृद्धा बैठी हुई दृष्टिगोचर हुई। फिर सुवर्ण नगरी की चमक-दमक से सभी की आँखें चौंधिया गईं। फिर भी साहस के साथ वे तपस्विनी के निकट जा पहुँचे और हनुमान ने पूछा, "आप कौन हैं? यहाँ कैसे तपस्या करती हैं? इस दुर्गम स्थान में कोई आ ही नहीं सकता।"

"मैं दिव्य गन्धर्व की पुत्री तथा हेमप्रभा की दासी स्वयंप्रभा हूँ। मैंने ही मन्दोदरी, मायावी, दुन्दुभी का लालन-पालन किया है। मैं पट्ट महिषी मन्दोदरी की धाय हूँ। आप लोग कौन हैं? इस वन में आप कैसे भटक गए हैं अथवा आपको दिशाभ्रम हो गया?"

जाम्बवान योग्य थे, उन्होंने हनुमान को चुप रहने का संकेत देकर कहा, "भगवती, जो अभी तुमसे बात कर रहे थे ये श्रीरावण के जामाता हैं। शूर्पणखा की पुत्री अनंगकुसुमा इन्हें ब्याही गई है। हम सभी महाराजा श्रीरावण को श्रीराम का समाचार देने जा रहे हैं। परन्तु प्रमुख मार्ग के वीर ब्राह्मण हम पर सन्देह, शंका करते हैं। इसलिए लुक-छिपकर सागर तट तक पहुँचना चाहते हैं।"

"यह तो ठीक है परन्तु द्वार पर वीर दुर्दम-दानव था। उसने क्या तुम्हें रोका नहीं?"

"रोका था माता, किन्तु श्रीरावण के हितार्थ हमने उसका वध कर दिया।"

स्वयंप्रभा ने अपने तपोबल से यथार्थ ज्ञान किया फिर कहा, "तुम श्रीरावण के कार्यार्थ नहीं, बल्कि श्रीराम के कार्य से लंका जा रहे हो। झूठ बोलकर तुमने पाप किया है।"

अंगद बोला, "माता, राजनीति में छल-कपट सब उचित बताए गए हैं। हमें तो प्राणों का भय है। इस कारण कैसे भी राजाज्ञा के पालन में हमें लंका तक पहुँचना है। हम आपकी शरण में हैं।"

"ठीक है, शरणागत हो तो सागर तट तक तुम्हें पहुँचा दिया जाएगा किन्तु यह दानवों की नगरी है। इसके अब भग्नावशेष रह गए हैं। शरणागत की रक्षा करना हमारा धर्म है। पहले कुछ खा-पी लो फिर तुम्हें इसी गुफा के दूसरे छोर से निकालती हूँ जहाँ से सागर

दृष्टिगोचर होने लगेगा।''

सभी ने फल-फूल खाए, प्यास बुझाई और देवी स्वयंप्रभा ने आगे-आगे चलकर गुफा के दूसरे गुप्त द्वार से निकालकर कहा, ''वह देखो, सागर हिलोरें ले रहा है।''

स्वयंप्रभा वापस चली गई तो अंगद बोला, ''हम तो निरुत्साह हो गए हैं। अवधि भी समाप्त होने जा रही है। मार्ग में असुरों की नगरी मिली, उनसे कठिनाई से प्राण बचाए। आर्यों की बस्तियाँ मिलीं, कई ऋषियों के भग्न आश्रम मिले, तब कहीं यहाँ तक जैसे-तैसे आ गए हैं। अब फिर प्राण संकट में हैं। प्रायोपवेशन कर प्राण विसर्जन करना ही श्रेयस्कर है।''

जाम्बवान बोला, ''यह तो गन्धमादन पर्वत है। यहाँ गृध्रों की नगरी होनी चाहिए। सम्पाती हमारे मित्र हैं। यहाँ गरुड़ भी होंगे। यहाँ कोई भय नहीं है। गृध्रराज भूमि मार्ग तथा समुद्री मार्ग पर अधिकार रखने के साथ-साथ आकाश-मार्ग पर भी अधिकार रखते हैं। ये लोग महा-यात्री हैं और दक्षिण से उत्तर तक व्यापार करते ही रहते हैं। धैर्य-धारण करो, युवराज अंगद!''

हनुमान बोले, ''उत्साह रखो, अंगद! संकट के समय धैर्य से ही काम लिया जाता है। यदि तात जाम्बवान का भूगोल सत्य है तो हमें उस सामने के मार्ग से अग्रसर होकर नगर-प्रवेश करना चाहिए।''

जाम्बवान ने ज्योतिष का पुनर्मनन कर कहा, ''मैं सही हूँ, चलो।''

नगर द्वार पर ही प्रतिहारी ने पूछा, ''तुम लोग कौन हो? कहाँ जाते हो?''

''पहले यह बताओ, यह किसका धाम है, प्रतिहारी! हम मार्ग खोज रहे हैं।'' हनुमान ने कहा।

''यह सम्राट सम्पाति के पुत्र सुपार्श्व की नगरी है। महाराज ने समस्त राज-काज सम्राट सुपार्श्व को सौंप दिया। वे अस्वस्थ हैं और उधर हैं। एक शिला-खंड पर विश्राम कर रहे हैं।''

''हम महाराजा सुग्रीव के चाकर हैं। राम-काज से आए हैं। तात सम्पाती से मिलना चाहते हैं।''

''तुम्हारे जैसे वेश बदलकर अनेक रक्ष-धर्मी यहाँ आते हैं और हमारे गुप्त हवाई-अड्डों का पता लगाकर चले जाते हैं। श्रीरावण के गुप्तचर तो नहीं हो?''

सम्पाति शिलाखंड पर उठंगा पड़ा हुआ ये सब बातें सुन रहा था।

हनुमान बोले, ''अरे, एक गृध्रराज जटायु ने राम-भार्या सीता के लिए अपने प्राण तक उत्सर्ग कर दिए और तुम कोशलाधीश के मित्र होकर भी हमें सम्राट से मिलने की अनुमति नहीं दे रहे हो?''

सम्पाति वहीं से बोला, ''प्रतिहारी, इन्हें मेरे पास भेज दो। तुम चर को भेजकर सुपार्श्व को बुलाओ तथा इनके आतिथ्य की तैयारी करो।''

सभी वानर अस्वस्थ सम्पाती के पास आकर बैठ गए। सम्पाती ने मीठी वाणी में पूछा, ''मुझे बुढ़ापे में कम दिखता है, भाई! तुम लोग कौन हो? कहाँ जा रहे हो। मेरे सहोदर भाई जटायु का मरण सुनकर मुझे शोक हो रहा है। वह पहले तो मेरे पास आता था और उसने बताया भी था कि वह दशरथ-नन्दन श्रीराम को यान में बिठाकर आर्य धर्म का प्रचार कर रहा है। वह किस दुष्ट के हाथों मारा गया?''

''तात सम्पाति, मुझे पहचानने का प्रयास करो। मैं जाम्बवान हूँ।''

''कौन, ऋक्षराज जाम्बवान?''

''हाँ, वही।''

"और ये कौन हैं?"

"केसरी-पुत्र हनुमान तथा बालि-पुत्र अंगद।"

"अरे, जाम्बवान! जरा-जीर्ण अवस्था में कुछ सुध तो रहती नहीं। हमने-तुमने महाराज दशरथ की सहायता की थी।"

"हाँ, भगवन्!"

"तो पहले बताओ, मेरे भाई का वध किसने किया? कैसे उसने वीरगति प्राप्त की?"

"वह श्रीराम-भार्या सीता के राजनीतिक अपहरण में श्रीरावण के हाथों मारे गए।"

"अच्छा...!" कहते हुए सम्पाती के नेत्रों से अश्रु निकल पड़े फिर बोला, "यह तो राजनीति है भाई, इसमें किसी को दोषी नहीं ठहराया जा सकता। वैसे पुत्र सुपार्श्व ने मुझे बताया था कि लंकापति श्रीरावण ने किसी आर्य नारी का हरण किया है। जब वह उसे पुष्पक में बिठाकर ले जा रहा था तो सुपार्श्व ने श्रीरावण से वार्ता भी की थी।"

फिर कहा, "किन्तु सुपार्श्व यह नहीं जानता था कि दशरथ हमारे परम मित्र हैं। वैसे एक बार एक चर सुपार्श्व से कह रहा था कि श्रीरावण ने सीता नामक सुन्दरी रानी को लका में अशोक वन में पुत्री के समान प्रतिष्ठित कर दिया है।"

हनुमान बोले, "तब तो हमारी उलझी गुत्थी सुलझ गई, तात!"

"क्यों?"

"हमें सीता की खोज तथा उनके कुशल-क्षेम जानने के लिए ही भेजा गया है।"

"वह तो ठीक है परन्तु श्रीरावण के जल-पोत, उसकी पनडुब्बियाँ सभी कुछ निरन्तर घूमा करती हैं, वत्स! इसे पार करना बड़ा दुष्कर कार्य है।"

इसी समय सुपार्श्व आ गया जिसके मुकुट में गरुड़ का चिह्न अंकित था और जिसकी आकृति गिद्ध के फैलाए हुए पंखों के समान थी। इस मुकुट के बीचोबीच एक मोती जड़ा था। गरुड़ की आँखों में हीरे जड़े थे। ऐसा अद्भुत मुकुट कभी भी हनुमान, अंगद ने नहीं देखा था जिसमें दो पक्षियों का समावेश हो।"

सुपार्श्व ने सभी वानरों को प्रणाम किया। फिर सम्पाती ने पूर्ण वृत्तान्त सुपार्श्व को सुनाया और कहा, "पुत्र, इनकी सहायता करो। दशरथ मेरे सखा रहे हैं तो श्रीराम भी तेरे सखा हुए। तू सम्राट है, अपने कर्तव्यों को स्वयं समझता है। पहले तू इनसे विचार-विमर्श कर, इनका राजप्रासाद में आतिथ्य कर।"

जाम्बवान बोला, "तात, मैं आपकी नाड़ी देखकर भेषज देता हूँ जिससे आपमें चेतना, स्फूर्ति सभी कुछ आ जाएगी।"

जाम्बवान ने नाड़ी का परीक्षण कर चुटकी भर औषधि दी। सम्पाती कुछ ही देर में अपने को स्वस्थ अनुभव करने लगा। कुछ देर बाद बोला, "अरे जाम्बवान, तेरी एक मात्रा ने तो चमत्कार कर दिया। मेरा जूड़ी-ताप चला गया। अब मैं स्वस्थ हो जाऊँगा और फिर से उड़ान भरूँगा।"

"ठीक है मित्र, यह सब आप ही की देन है। हमने भेसज विज्ञान में जितनी सफलता प्राप्त की है उतनी लंका के अतिरिक्त अन्य किसी राष्ट्र ने नहीं की।"

सुपार्श्व बीच में ही बोला, "आप लोग चलिए, हम राजप्रासाद में ही सागर-सन्तरण पर चर्चा करेंगे।"

नगर में अनेक मनुष्य चेहरे लगाकर घूम रहे थे। कोई शंख और सीपी से पानी पी रहा था। गृध्रों के इस नगर में विशाल अट्टालिकाओं पर गृध्र-ध्वजाएँ फहरा रही थीं। जिससे गरुड़

(टोटम) प्रजा के भव्य भवनों की ध्वजाओं पर श्येन चिह्न बना हुआ था। कहीं-कहीं रमणियाँ चैत्य-पूजा कर रही थीं और किसी चैत्य में मांस बलि चढ़ाई जा रही थी। ये सब जातियाँ रक्ष-संस्कृति की शत्रु थीं। यहाँ मनुष्यों की नाक लम्बी तथा आँखें नीली थीं।

राजप्रासाद में मोती मंडित चौकी पर हनुमान, अंगद, जाम्बवान आदि को बिठाकर सुपार्श्व बोला, "तात, हमारे शंखों और सीपियों से जल ग्रहण कर आरोग्य की प्राप्ति करें। सम्राट समुद्र की राज्य सीमा के उपरान्त फिर दक्षिण तट पर आपकी जाति के ग्राम हैं। कुछ हमारे लोग भी हैं। हमारी उन सभी वानरों से मित्रता है। हमारे-उनके दो-पाल, तीन-पालवाले बड़े-बड़े पोत वावेरू (वेवीलोन, मिस्र देश) तक जाते हैं। श्रीरावण के तथा सम्राट समुद्र के व्यापारी पोत रक्त समुद्र (लाल सागर) तक जाते हैं। अभी वावेरु-देश से मेरय आया है जिसे शंख में भरकर पीने से आनन्द आ जाता है। आप उसका पान कीजिए और भक्ष्य पदार्थों का सेवन कर विश्राम कीजिए।"

हनुमान बोले, "राजा सुपार्श्व, पहले हमें लंका पहुँचाने का प्रबन्ध करो, यह सब कार्य तो चलता ही रहेगा।"

"तात हनुमान, दिन में तो सागर-सन्तरण किया ही नहीं जा सकता। आप तो श्रीरावण के जामाता हैं। आप जानते ही हैं कि सागर के बीच में कई पर्वत डूबे हुए हैं, कई चट्टानें उभरी हुई हैं। वहाँ सदैव ही रावण की सैनिक नौकाएँ घूमा करती हैं। जिसमें अब तो और भी चौकसी बढ़ा दी गई है। दिन में यह कार्य सर्वथा असम्भव है।"

"तो फिर कैसे सम्भव होगा?" जाम्बवान ने पूछा।

"यह सब रात्रि को ही सम्भव होगा, तात! क्योंकि समुद्र के बीचोबीच राजमाता सुरसा का साम्राज्य है। उससे बचकर लंका तक पहुँचना असम्भव है। सुरसा की नाग-सेना बड़ी दृढ़ है। उनका मुख बड़ा, नाक छोटी तथा शरीर से कृशकाय होने पर भी ये लोग वीर हैं, लड़ाकू हैं। आज तक जिसने भी लंका की ओर जाने का बिना अनुमति प्रयास किया, उसे सर्पाकार, कुंडाकार, मुकुटधारिणी राजमाता सुरसा के सैनिक मारकर फेंक देते हैं। नागजाति का अमोध अस्त्र नागपाश है। इसमें जो फँसा, वह निकल नहीं पाता। वहाँ चौरस मैदान है। हम थोड़ा विश्राम भी कर लेंगे और किसी-न-किसी भाँति वहाँ से जो उड़ान भरेंगे तो त्रिकूट पर्वत पर ही उतरेंगे। यह बड़े साहस का कार्य है, बन्धुओ! कोई सरल कार्य नहीं है। इसलिए श्रीरावण तक कोई शत्रु नहीं पहुँच सका है। मैं तुम्हें अपनी पीठ पर ले चलूँगा।"

अंगद ने आश्चर्य से पूछा, "पीठ पर?"

"हाँ, पीठ पर।"

"इसका अर्थ हम नहीं समझे।"

"ठीक है, निशाकर अभी आता होगा। वह आर्य भाषा तथा अन्य भाषाएँ जानता है। तुम्हें इसका आशय समझा देगा।"

इसी समय निशाकर आ गया। उसकी वेश-भूषा देखकर सभी चकित हो गए। वह ऊपर से नीचे तक ढका हुआ था। उसकी आँखों के सामने कोई पारदर्शक वस्तु चिपकी थी (आज का राकेट-बोल्टधारी अन्तरिक्ष यात्री)।

अंगद ने पूछा, "यह क्या है, सुपार्श्व?"

"यह तात सम्पाती का आविष्कार है। इस वेश-भूषा में तुममें से कोई एक मेरे साथ चलेगा।" फिर निशाकर से कहा, "ये लोग किष्किन्धा से आए हैं। इन्हें पीठ का आशय समझा दो।"

"यान...। हमारा लघु यान (हेलीकोप्टर) है, जो छोटे स्थान पर उतारा जा सकता है। यह उड़ान-विद्या का एक नया आविष्कार है। इसमें इस वेश-भूषा में बैठा जाएगा और समुद्र-लंघन करने के लिए इसे मात्र एक बार विश्राम देना पड़ेगा। तदुपरान्त पुनः यह त्रिकूट पर्वत पर आ सकेगा।"

सब लोग भयभीत हो गए तो जाम्बवान बोला, "हनुमान, तुममें अदम्य उत्साह है। तुम्हारी लंका नगरी अनेक बार देखी हुई है तथा तुम्हें लंका के यथेष्ट लोग जानते हैं। तुम्हीं यह सागर लंघन करो। फिर विभीषण से भी तुम्हीं परिचित हो। उन्हें अपनी ओर करने का गुरुतर भार भी तुम्हारे ही कन्धों पर है।"

"लंका नगरी में मैंने अनेक बार नौकाओं से, पोतों से प्रवेश किया है परन्तु आज पहली बार इस प्रकार यात्रा करने का अवसर प्राप्त हो रहा है। सुरसा यह जानती है कि अब मैं रावण-विरोधी हूँ इसलिए युद्ध तो उन बड़े मुखोंवाले नागों से होगा ही। उसके लिए व्यवस्था आवश्यक है।"

सुपार्श्व बोला, "मेरे पास आग्नेयास्त्र हैं। मैं और तुम दोनों आग्नेयास्त्र के प्रहार से नागमाता सुरसा को परास्त कर देंगे। उनके पास मात्र खड्ग और नागपाश दो प्रकार के ही शस्त्र हैं। इसका मुझे पूर्ण ज्ञान है, तात हनुमान! सुपार्श्व नागपाश को काटना भी जानता है। तुम इसकी चिन्ता मत करो। लंका की पहाड़ियों पर, चोटियों पर चौरस मैदान है। वहाँ मेरा यह लघु-यान उतर जाएगा। यह समुद्र के किनारे ही रहेगा और तुम्हारे लौटने की प्रतीक्षा करेगा।"

हनुमान ने सभी वानरों से मत लिया। सभी ने हनुमान को ही जाने का परामर्श और आश्वासन दिया।

हनुमान जी ने पहले राम की मुद्रिका को ठिकाने से लंगोट की अंटी में कस लिया फिर अधोवस्त्र धारण किया और निशाकर ने उन्हें अपनी वेश-भूषा पहना दी। फिर हनुमान ने गदा को अपने कन्धों पर रखा और ऐसे ही वस्त्रों में सुपार्श्व विभूषित हुआ। दोनों ही इन्द्रगिरि पर आ गए। अब तक सन्ध्या-सावित्री समाप्त हो चुकी थी। सुपार्श्व और निशाकर ने पहले लघु यान का निरीक्षण किया फिर पहले सुपार्श्व यान में बैठा फिर हनुमान चाँदनी के प्रकाश में चढ़े।

फिर जाम्बवान बोला, "वीर हनुमान, तुम्हारा शुभ हो, तुम शुभ-लक्षण सीता को जीती-जागती देखकर आना। लंका में अभी पुरुषार्थ मत दिखाना अन्यथा संकट में पड़ जाओगे और महाराज रावण से कहीं मिलाप हो जाए तो दूत कर्मानुसार अति विनीत भाव से वार्ता करना। विभीषण को सिंहासन का लोभ ही अपनी ओर कर सकता है जिसे तुम नीति-युक्त वचनों से अपनी ओर करना। हे भद्र, आकाश-मार्ग से जाते हुए तुम्हारा कल्याण हो। पर-हितार्थ जाते समय वायु तुम्हारा अनुगमन करे!"

इस प्रकार तात जाम्बवान के आशीर्वाद को प्राप्त करते हुए तथा अन्य वानरों, गृध्रों, गरुड़ों का अभिनन्दन प्राप्त करते हुए हनुमान विदा हुए और सुपार्श्व के लघु यान (हेलीकोप्टर) ने तत्काल ही उड़ान भरी।

वानर-यूथपतियों ने आकाश में जाते हुए कुछ देर तक यान को देखा फिर वह आँखों से ओझल हो गया।

सौ योजन के बीच में ही सुपार्श्व बोला, "तात हनुमान, यह जुगनुओं की भाँति जो नगरी नाग मणियों से भूषित होकर प्रकाशित हो रही है, वही सुरसाधाम है। हम वहाँ उतरेंगे, यदि नहीं उतरे तो ये पतली कमरवाली नाग जाति हमें फाँस लेगी और हमारा यह यान गिरा देगी। इसलिए तुम आग्नेयास्त्र छोड़ो, मैं इसे उतारता हूँ।"

"अच्छा", कहकर हनुमान ने आग्नेयास्त्रों का प्रहार कर दिया। नागों के नगर में विस्फोट हो गया और धुएँ के बीच सुपार्श्व ने अपना यान उतार दिया। नागमाता स्वयं शस्त्र लेकर आ गई और बोली, "तुमने अकारण मेरी नगरी को नष्ट कर दिया। समुद्र में आग लग रही है। मेरी नाग जाति जल-जलकर नष्ट हो रही है। तुम कौन हो? आओ, युद्ध करो।"

हनुमान बोले, "मैं कपिराज केसरीनन्दन हनुमान हूँ। श्रीरावण का जामाता हूँ।"

"अरे दुष्ट, तू तो रावण का विरोधी है। तूने मेरा सर्वनाश कर दिया। मेरे वीर सैनिक तड़प रहे हैं, अट्टालिकाएँ विस्फोट से गिर गई हैं जिनमें नन्हे-नन्हे बच्चे दबकर मर गए हैं। यह भयानक नरसंहार क्यों किया, दुष्ट हनुमान? तुझे लाज नहीं आई?"

"राजमाता! राजनीति में धर्म-अधर्म नहीं देखा जाता। बिना तुम्हें नष्ट किए हनुमान लंकद्वीप तक पहुँच ही नहीं सकता।"

"तो युद्ध होने दो।"

सुपार्श्व तथा हनुमान दोनों ने रण किया और आग्नेयास्त्रों से भयभीत नागों ने आत्म-समर्पण कर दिया। राजमाता सुरसा का दम्भ धरा रह गया और उसने भी पराजय स्वीकार कर ली।

फिर सुपार्श्व ने उड़ान भरी और हनुमान से कहा, "केसरीनन्दन, आज समुद्र अशान्त है। ज्वार-भाटा उठ रहे हैं। इस कारण इधर कोई पोत नहीं है। यह हमारा सौभाग्य है अन्यथा श्रीरावण की नौ-सेना हमारा सर्वनाश कर देती। अब यह तो समुद्र है, सम्भवतः दो-चार दिन अशान्त ही रहे। आगे मैनाक का शिखर है। वहाँ हमें कोई संकट नहीं है क्योंकि वहाँ मात्र समुद्री लुटेरों का निवास है। इस मैनाक की चोटी पर अमृत के समान अनेक मधुर फूल हैं, फल हैं। इस मैनाक पर्वत में सुवर्ण और अनेक बेशकीमती रत्न (पत्थर) हैं। मैनाक पर्वत से रत्नों को निकालकर, श्री लंकपति विदेशी व्यापार करता है। इसी कारण लंका नगरी रत्नों की खान भी कहलाती है। दशरथ के कुल के पूर्वज सगर के पुत्र इस मैनाक की चोटी तक आए थे। इसकी चोटी का स्पर्श करता हुआ यान अब सीधा त्रिकूट पर्वत पर उतरेगा। सगर-पुत्रों के इस अगाध जल-राशि तक आने के कारण ही पयोनिधि सागर कहलाता है अथवा यों कहिए कि सगर-पुत्रों के मैनाक शिखर तक आने के कारण ही इसका नाम सागर पड़ा है। यदि आप चाहें तो यहाँ के फलों को खा सकते हैं।"

"सुपार्श्व, यह कार्य करने में अभी मैं असमर्थ हूँ। तुम्हें तो यथेष्ट ज्ञान है। मैं तो कभी भी इस समुद्री मार्ग से लंका नहीं आया।"

"समुद्र के प्रमुख मार्ग से आने पर तो अभी तक हम यमलोक ही पहुँच गए होते। मैंने सीधे मार्ग से तुम्हें लंका धाम नहीं पहुँचाया है बल्कि वक्र-मार्ग से यान ला रहा हूँ। ताकि हम इस रात्रि का लाभ उठाकर और दुर्धर्ष यातुधान वीरों से आँख चुराकर कैसे भी त्रिकूट पर्वत पर उतरें। प्रमुख मार्ग पर तो रावण की नौसेना अभी भी कहीं-न-कहीं पोतों को लंगर डालकर खड़े किए होगी। उनकी सहायता के लिए छोटी-छोटी नौकाएँ, अनेक गोताखोर तथा दूर तक तैरनेवाले सैनिक सन्नद्ध होंगे। यह मार्ग यद्यपि थोड़ा लम्बा है किन्तु मात्र सुरसा ही इधर की सागर-स्वामिनी थी। यह हमारी बुद्धिमत्ता है और तात सम्पाती की देन है कि रात्रि में भी हम दिशा ज्ञान रखते हुए चलते हैं। इस यान में दिशा-बोधक यन्त्र लगा हुआ है, हनुमान!"

फिर कहा, "वह देखो, वह त्रिकूट पर बसी लंका नगरी अब दृष्टिगोचर होने लगी है। मैं एक गुप्त स्थान पर यान को उतारता हूँ और तुम अपना कार्य कर शीघ्र लौटना। हम इस ओर से मैनाक पर तनिक विश्राम कर सीधे महेन्द्रगिरि पर उतरेंगे।"

''ठीक है, सुपार्श्व! तुम्हारे सहयोग के लिए तुम्हें बहुत-बहुत धन्यवाद!''

सुपार्श्व ने त्रिकूट के एक गिरि-शृंग पर लघु यान उतार दिया। हनुमान ने अपनी वेश-भूषा त्याग दी और अपने राजोचित वस्त्र धारण कर लिए। कन्धों पर गदा रखकर अपने कार्य हेतु अग्रसर हुए।

हनुमान को लंका के उद्यानों, प्रासादों, मार्गों—सभी का ज्ञान था। भोर को मन्दिरों से घंटों की ध्वनि होने लगी थी। राक्षसों के घरों से शंखों की गूँज उठ रही थी। रमणियाँ प्रातःकालीन मंगल-गान कर रही थीं। यज्ञोपवीतधारी विद्याधरवंशी मन्त्रोच्चारण कर रहे थे।

हनुमान ने सबसे पहले विभीषण के भवन की ओर जाने का ही निश्चय किया। वे भोर के धुँधलके में लम्बे-लम्बे डग भरते हुए विभीषण के द्वार पर पहुँच गए।

विभीषण से मिलने अनेक वानर सदैव आते-जाते रहते थे। इस कारण इस वानर पर शंका का कोई प्रश्न उपस्थित नहीं हुआ था। फिर भी 'हनुमान' नाम से लंका के यथेष्ट लोग उन्हें जानते थे। इसलिए हनुमान का सांकेतिक भाषा में उपनाम बजरंगबली था जिसे मात्र विभीषण जानते थे। उन्होंने प्रतिहारी को कहा, ''तात विभीषण को सूचना दो, बजरंगबली आया है।''

बजरंगबली का नाम सुनते ही विभीषण स्वयं द्वार पर आए और हनुमान को अपने साथ अन्तःपुर पार कर एक गुप्त गृह में ले गए। आसन पर विराजने के उपरान्त पहले विभीषण ने कुशल-क्षेम पूछा फिर कहा, ''कहो, जामाता हनुमान! आज आगमन कैसे?''

''कारण तो आप जानते ही हैं। आपने श्रीराम को जो स्वर्ण-पत्र भेजा था, वह उन्हें शबरी ने दे दिया है। बालि-वध और उसके आगे का वृत्तान्त तो लंका के चरों से आपको विदित हो ही गया होगा।''

''हाँ, हो तो गया है और श्रीराम, इन्द्र, वरुण, शंकर आदि की सन्धि का ज्ञान भी हो गया है। लंकपति भी युद्ध की तैयारी कर रहे हैं। विश्व-युद्ध होगा, हनुमान!''

''विश्व-युद्ध?''

''हाँ, जहाँ राम की ओर नाना देशों से सेनाएँ आ रही हैं, वहीं श्रीरावण की ओर भी विदेशों से सेनाएँ आ रही हैं।''

''तब तो यह युद्ध बड़ा कठिन कार्य होगा, तात!''

''होगा ही।''

''किन्तु हम वानरों, ऋक्षों की आँखें तो आप पर लगी हुई हैं। हम चाहते हैं कि हमारी प्रचंड-शक्ति के बल पर आप लंका के स्वामी बनें।''

''इस कूटनीति में विभीषण लिप्त है, आप लिप्त हैं फिर भी श्रीरावण के भक्त, जो समर्पण तो जानते ही नहीं, वे दुर्धर्ष युद्ध ही करेंगे।''

''कोई समझौता, सन्धि-वार्ता की क्षीण आशा हो सकती है?''

''इस बारे में महामति रावण के विचार आज तक तो प्रकट नहीं हुए।''

''राज्य-सभा में तो आप कम-से-कम सीता की वापसी के पक्ष में अपना मत दीजिए।''

''मेरे एकाकी मत से कुछ नहीं होगा, हनुमान!''

''नहीं होगा तो क्या हुआ, इससे वातावरण तो तैयार होगा।''

''और विभीषण को दोषी ठहराया जाएगा। शत्रु-पक्षी कहा जाएगा।''

''तभी तो आपके मन में एक खोट उत्पन्न होगी और धर्मात्मा विभीषण सिंहासन के लिए आत्माभिमान के साथ हमारे पास आएगा।''

"आत्माभिमान नहीं, आत्म-ग्लानि से ओत-प्रोत होकर।"

"तब तो और अच्छा होगा, तात! आत्मग्लानि वाला व्यक्ति प्रतिशोध की उच्चतम सीमा तक उन्मादी हो जाता है। और वह तभी चैन से बैठता है जब वह या तो बदला ले लेता है या फिर स्वयं आत्महत्या कर अपनी इहलीला समाप्त कर देता है।"

"हनुमान! मुझमें लंकपति बनने की एक तीव्र भूख है परन्तु उसकी पूर्ति का कोई विकल्प न होने से एक उदासी, एक निरुत्साह उत्पन्न हो जाता है।" विभीषण एक ठंडी साँस खींचकर चुप हो जाता है।

"यही तुम्हारी भूल है, राजा विभीषण! श्रीराम ने जिस प्रकार बालि का छल से वध कर सुग्रीव का राजतिलक किया वैसे ही श्रीरावण का वध कर विभीषण का लंका में राजतिलक होगा।"

"तुमने क्या आज बायाँ पैर रखकर लंका में प्रवेश किया है, हनुमान?"

"हाँ, तात! वह भी शकुन है। सुपार्श्व के लघु यान से समुद्र लाँघकर चुपचाप आया हूँ। तुम्हें आर्यों की प्रचंड शक्ति और वानरों की वीर सेना की बागडोर सौंपने तथा श्रीरावण से विमुख करने।"

"श्री दशानन को यह भनक है कि मैं किसी-न-किसी स्थान पर त्रुटि कर रहा हूँ। किन्तु आज तक उन्होंने मुझसे कुछ नहीं कहा।"

"वह जानते हैं कि यदि विभीषण कहीं टूट गया तो श्रीरावण हार गया क्योंकि घर का भेदी बुरा होता है। श्रीराम की ही नहीं, बल्कि समूचे कपिराजों, ऋक्षराजों तथा अन्य सम्राटों का मत यहीं है कि विभीषण ही अब लंका के अधिपति हों। मैं इसलिए आपकी शरण में आया हूँ। आपकी ही मनोकामना की पूर्ति के लिए।"

"तो विभीषण तैयार है किन्तु यह बताओ, फूफा अगस्त्य साथ रहेंगे कि नहीं?"

"बिलकुल युद्ध के अन्तिम चरण तक महात्मा अगस्त्य श्रीराम के साथ रहेंगे।"

"तो समयानुसार, परिस्थितियों के अनुसार मैं तुम्हारे कटक में सम्मिलित हो जाऊँगा। वैसे अभी भगवान शंकर की ओर से जो अस्त्र-शस्त्र आए हैं उनमें पाशुपतास्त्रों की संख्या कम है। जबकि श्रीराम ने युद्ध-सामग्री क्रय करने में सर्वाधिक पाशुपतास्त्र, अक्षय तूणीर और नाना प्रकार के चापों की माँग की थी।"

"प्रभु शंकर ने कुछ सामग्री राम को भेज दी है। इस कारण कैलास पर भी तो कुछ भयानक शस्त्रास्त्र चाहिए वह भगवान रुद्र ने अपने लिए रोक लिए होंगे।"

"ठीक है हनुमान, वैसे सीता भी यही कह रही थी कि मैं आर्यों का साथ दूँ। सीता महान् कूटनीतिज्ञ नारी है। साधारण स्त्री नहीं बल्कि असाधारण प्रमदा है। उसे यथेष्ट राजनीतिक ज्ञान है।"

"मैं भी सीता से मिलना चाहता हूँ।"

"ठहरो, मैं पहले बात करता हूँ और तुम्हारे आगमन की शुभ सूचना देता हूँ।" कहते हुए विभीषण ने सीता से बात की तो श्रीराम-दूत हनुमान का आगमन सुन वे प्रसन्न हो गईं। दूर-नियन्त्रण यन्त्र पर उन्होंने विभीषण से आग्रह अनुरोध किया कि वे हनुमान को शीघ्र उपस्थित करें।

फिर विभीषण बोले, "चलो, सीता अशोक वन में हैं। पहले मैं तुम्हारी उनसे वार्ता करा दूँ या तुम्हीं चले जाओ।"

"मैं ही चला जाऊँगा किन्तु मेरे वचनों का निर्वाह करना, तात!"

"मैंने कहा न समयानुसार विभीषण रक्ष-धर्मी होकर भी आर्यों से मिलेगा और लंका के मुकुट को धारण करने की अपनी महत्त्वाकांक्षा पूर्ण करेगा या जीवित ही मरेगा।"

हनुमान प्रसन्न हुआ, "तात विभीषण! यह मेरा मुख्य कार्य था जो पूर्ण हुआ। अब तो सीता का कुशल-क्षेम ही शेष रह गया है। आप यदि आज्ञा दें तो राम के दूत के रूप में तात श्रीरावण से भी कुटिल भाव से मिल लूँ।"

"जैसा तुम समझो। पहले जानकी से मिल आओ। फिर सोचेंगे।"

"ठीक है तात, आपका बहुत आभारी है हनुमान।" कहते हुए हनुमान अशोक वन की ओर चल दिए।

पीछे से फिर विभीषण ने थोड़ा टोककर कहा, "थोड़ा चौकन्ने होकर जाना, हनुमान!"

"इतना समझता हूँ तात, और फिर लंका नगरी मेरे लिए कोई नई तो है नहीं।"

"ठीक है, जाओ। तुम्हारी यात्रा शुभ हो!"

हनुमान छिपते-छिपाते, विभीषण द्वारा प्रदत्त राक्षसी मुखौटा (मास्क) धारण किए अशोक वन में पहुँच गए। वहाँ विनिर्दिष्ट स्थान पर गोल गृह में पहुँचे। सीता वहाँ नहीं थीं। उन्होंने चारों ओर देखा सीता स्यात् मन बहलाने के लिए शिंशपा वृक्ष की घनी छाया में बैठी थीं। वृक्ष पर सुनहरी पक्षी (सोन-चिरैया) चहचहा रही थीं। जिनकी सुन्दरता देखते ही बनती थी। एक-दो अनिंद्य रक्ष-सुन्दरियाँ भी इतस्ततः घूम रही थीं।

इसी समय हनुमान को साम्राज्ञी मन्दोदरी तथा अन्य परिचारिकाओं से घिरा, मुकुटधारी रावण आता हुआ दिखाई दिया। वह हँसता हुआ आनन्द के साथ आ रहा था।

हनुमान सीता को पहचानते नहीं थे और रावण के आगमन के कारण वे एक अशोक वृक्ष के पीछे छिप गए।

रावण के साथ आती हुई रमणियों के मधुर नूपुरों, किंकिणी आदि की झनकार सुनकर सीता मर्यादा के कारण सिकुड़कर संयत होकर बैठ गई।

श्रीरावण की जय-जयकार कर दासियों ने पुष्पवर्षा की।

रावण सीताजी के निकट आया तो उन्होंने कहा, "प्रणाम, तात!"

"प्रणाम, सीते! कहो पुत्री, कोई कष्ट तो नहीं है?"

"नहीं, तात!"

"चालीस रक्ष-कुल रमणियाँ स्वर्ण-पात्रों में शुद्ध जल लेकर तुम्हारे स्नान की सेवा में रत हैं या नहीं?"

"हैं, तात!"

फिर मन्दोदरी की ओर मुख करके रावण विनम्रता से बोला, "रक्ष-कुल की राज्यलक्ष्मी मन्दोदरी, मैं सीता की मात्र विरह-वेदना नहीं मिटा सकता। रावण पति-पत्नी के अटूट सम्बन्ध और उनके अगाध स्नेह को जानता है फिर भी लाचार लंकपति अपनी पुत्री तुल्य जानकी को यह पीड़ा पहुँचा रहा है। वैदेही के मन में सम्राट लंकपति के प्रति कहीं-न-कहीं तो घृणा होगी ही।"

"नहीं तात, नारियों की अनेक परीक्षाएँ होती हैं। उनमें हम राजकुल की राजरानियाँ, चाहे वे आर्य-कुल की हों या अनार्य-कुल की अथवा रक्ष-कुल की, उन्हें कभी सतीत्व परीक्षा तो कभी एकनिष्ठा की परीक्षा अपने पति को देनी ही पड़ती है। धर्मात्मा, महाराजा, ब्राह्मण, सार्वभौम सम्राट रावण पर यह आरोप लगाकर जानकी पाप की भागी नहीं बनना चाहती। आप महान्

हैं। राजनीति की विद्वेषता में आप अपने कर्तव्य-रथ पर आरूढ़ हैं तो श्रीराम अपने पर और सीता अपने पर।''

''वह भी दशानन जानता है। तुम राजघराने में जन्मी हो, राजकुल में ब्याही हो तो कूटनीति विरासत में लाई हो। जो रक्ष-कुल की नारियाँ, आर्य सीता को नहीं जानती थीं, वे ही तुम्हारे मधुर व्यवहार का गुणगान करती हैं। जैसे अनंगकुसुमा हनुमान को ब्याही है, कालकेयवंशी है फिर भी आदिवासी हनुमान का ही गुणगान करती है। मेरी ही भाँजी होकर मेरे ही विपक्ष में जामाता हनुमान को परामर्श देती है। यह विश्व की स्त्रियों की अद्वितीय विशेषता है कि वे अपने पति-कुल को ऐसे धारण कर लेती हैं जैसे शरीर को ढकने के लिए वस्त्र धारण किया जाता है। यह बात हम पुरुषों में नहीं पाई जाती, वैदेही! अभी तुम्हारे पति राम ने अकारण बालि का वध कर महापाप किया और सुग्रीव जैसे सहोदर भ्राता ने ही अपने ज्येष्ठ भ्राता का वध करा दिया तो सत्ता के लिए इससे घिनौनी और क्या वस्तु हो सकती है?''

जानकी समझ गई, महाविद्वान् का यह व्यंग्य-बाण है, जो विभीषण से सम्बन्धित है। सम्राट रावण को सीता की प्रत्येक गतिविधि का ज्ञान है फिर भी कटु शब्द नहीं बोला तो यह सम्राट रावण की अपनी विशेषता है, महानता है।

फिर रावण हँसा और बोला, ''चिन्तन तुम्हारा कार्य नहीं है। यह तो मेरा है। मैं तुम्हारी भेद-नीति की आलोचना नहीं कर रहा हूँ। मैं पुनः गम्भीर गर्जना कर सम्राट के अधिकार से सचेत कर रहा हूँ कि फिर ऐसी सूचना प्राप्त हुई तो स्थान परिवर्तित कर दिया जाएगा। और यदि आवश्यकता पड़ी तो राज्य नियमों के कठोर बन्धन में बँधा रावण अपनी पुत्री तो क्या राज्यलक्ष्मी मन्दोदरी का भी वध करने में पीछे नहीं हटेगा।'' कहते हुए रावण ने भावावेश में खड्ग खींचकर अपना राजकीय आक्रोश सीता के षड्यन्त्र के प्रति प्रकट किया।

मन्दोदरी ने नम्रता के साथ रावण के हाथ को थामकर कहा, ''स्वामी, शान्त! जिस सीता को हम पुत्रीवत् स्नेह कर रहे हैं, उससे यदि एकाध त्रुटि होती है तो उसे क्षमा करना एक सम्राट का भले ही कर्तव्य न हो किन्तु पिता का तो है ही...और सती स्त्री का मान-भंग करने से आपकी आकाश-गामिनी विद्या, जिसमें आप योग-बल पर एकाकी आकाश में विचरण करते हैं, वह नष्ट हो जाएगी।''

''यह सीता का मान-भंग नहीं है रक्ष-राज-महिषी, यह तो राजकीय आज्ञा है और राजा को छत्र के दंड-पालन में कोई पातक नहीं लगता। रावण ने सीता को पुत्रीवत् पुष्पक में भ्राजित किया है। यदि उसके मन में पाप होता तो वह तुझ जैसी पतिव्रता से आँख नहीं मिलाता, मानिनी! भले ही सीता-हरण आर्य-जन अपने देश में हीनता समझें और ब्राह्मण रावण को कामुक दृष्टि से देखें, यह उन्हीं की पाप दृष्टि है। रावण का प्रचार मात्र सूर्य-कुल-लक्ष्मी सीता के लिए वासना-वशीभूत बताकर किया जाए तो भी दशकन्धर अपने धर्म पर अडिग रहेगा। विधाता जानता है, सीता जैसी नारी सती अनसूया के अंगराग में सनी है और पति राम के प्रेम में पगी है। रावण पाप-दृष्टि से सीता का स्पर्श नहीं कर सकता। ऐसा होता तो वह तुरन्त अपने मन्त्रों से शून्य हो जाता।

''मन्दोदरी, ये आर्य, जो स्वयं नियोग जैसे सिद्धान्तों की रचना कर वर्ण-संकर सन्तान उत्पन्न करते हैं, वे मेरे पवित्र रक्ष-धर्म के सिद्धान्तों को क्यों सराहेंगे? वे तो मात्र रावण का ही झूठा प्रचार करेंगे। उसे असत्य आरोपों से ग्रसित कर उसकी छवि को धूमिल करेंगे। यही इनकी नीति है। परन्तु सीता, तुम साक्षी हो, विधाता साक्षी है कि आर्य-देश में रावण पर जो लम्पटता

का आरोप लगाया जाता रहा है, वह कितना झूठ और फरेब से भरा है।

''पुत्री सीता, एक दिन रावण भी नहीं रहेगा और तू भी इस जगत में नहीं रहेगी फिर भी तुम रावण के माथे पर लगे इस कलंक को अपने ही देश में धोना। अहा, भगवान शिव के भक्त को, तपेश्वरी दशानन को भी आर्य समूह अपनी थोथी सभ्यता का ढोल पीटकर, रुद्र को ही क्या सभी देवगणों के समक्ष मुझे कामी का रूप देकर विश्व-युद्ध की तैयारी कर रहे हैं। रावण इसमें पीछे नहीं हटेगा और इस आरोप पर तो सीता कभी भी लौटाई नहीं जाएगी।''

सीता बोली, ''तात, आप दुखी क्यों होते हैं? मैं आपकी धार्मिकता, पवित्रता का चित्र तैयार करूँगी और अयोध्या में अपने ही प्रासाद में लटकाकर कहूँगी कि यह है वह महान् तपेश्वरी, धर्मज्ञ रावण जो इन्द्र से भी महान् है। लोग इसकी संस्कृति का भी मूल्यांकन करें और इसके पीछे यदि सीता को आर्य-सभ्यता के कारण लोकापवाद भय से राम कोई दंड भी देंगे तो तुम्हारी पुत्री उसे भी हँसते-हँसते धारण करेगी। सीता भी आत्माभिमानिनी नारी है। यदि नारी का सतीत्व श्रेयस् है तो आत्माभिमान भी उसका एक भूषण है।''

''ठीक है, सीते! यह तो जगत् है जिसमें गुण-दोष-झूठ सभी को प्रश्रय प्राप्त है। इन तत्त्वों के बिना संसार चल भी नहीं सकता। सात्विक और हिंसक सभी प्रवृत्तियों के प्राणी विधाता ने रचे हैं तो मनुष्य विधाता की उस अमिट प्रक्रिया से परे नहीं हो सकता। वह प्रत्येक गति का वरण स्वयमेव करता चला जाता है। इसमें न तो आर्य सम्प्रदाय ही सर्वथा दोषी है और न ही अनार्य। यदि दोषी हैं तो वे मठाधीश जो अपनी विद्वत्ता के आडम्बर मात्र में स्व-पूजा तथा अपने नेतृत्व का अस्तित्व बनाए रखने के लिए मिथ्या भाषण देते हैं और जन-समूह को मूर्ख बनाते हैं। रावण ऐसा नहीं करता, न कभी भविष्य में करेगा।''

''मैं धन्य हुई तात, आपके सारगर्भित वचनों को सुनकर।''

''जानकी, आज तू माया-निर्मित (विजार्ड-आर्ट) राम-लक्ष्मण को देखेगी। यथार्थ राम को मैं नहीं ला सकता परन्तु तेरे आत्म-सन्तोष के लिए माया-निर्मित दिखा सकता हूँ।''

पुनः कहा, ''मंजरिका, धान्यमालिनी, तुम राम-लक्ष्मण को प्रस्तुत करो। सीते, यह हमारा भौतिक विज्ञान है जो इतनी उन्नति के शिखर पर है। यह सब भगवान शंकर की लंकपति पर कृपा है। फिर भी रावण अमर नहीं हो सकता। बस, यह एक महौषधि और सोने में सुगन्ध दो प्रयोग रावण न कर सका।''

मंजरिका और धान्यमालिनी ने राम-लक्ष्मण को प्रस्तुत किया। वे चल रहे थे। हँस रहे थे। बोल रहे थे। (यन्त्र-मानव)

सीता ने देखा तो आश्चर्य की सीमा न रही और उन्होंने मन ही मन मायारूपी राम का दर्शन किया और हर्षित होती हुई बोलीं, ''तात, इस अनुग्रह के लिए पुनः धन्यवाद।''

''ठीक है, पुत्री सीते! अब मैं चलता हूँ किन्तु मेरी क्षत्राज्ञा का स्मरण रखना।''

रावण, मन्दोदरी और अन्य दासियाँ भी चली गईं। सीता लंका के इस विज्ञान पर दाँतों तले अँगुली दबाए थीं। और जब से उन्होंने राम का रूप अवलोकन किया तब से उनके मन में राम के साथ बिताए दिनों का स्मरण होने लगा था। राम ने एक बार उन्हें स्वयं वस्त्र धारण कराए थे। उनके माथे की बिन्दी के स्थान पर उनके कपोल पर मैनसिल की बिन्दी लगाई थी। सीता स्मरण कर पुलकित हुईं।

इसी समय हनुमान ने नत ग्रीव किए हुए बैठी सीता को प्रसन्न चित्त से निवेदन किया, ''महाभागा, सुलक्षणा, दशरथकुल-वधू जानकीजी! मैं श्रीराम का दूत और वानरराज सुग्रीव का

मन्त्री हनुमान हूँ। भगवान राम तथा लक्ष्मण सकुशल हैं।''

''आर्यों की अनार्यों से कभी मित्रता नहीं हुई। मैं कैसे विश्वास करूँ कि आप श्रीराम के दूत हैं?''

हनुमानजी ने राम-नामांकित मुद्रिका सीता के सामने रख दी। सीता ने अँगूठी देखी तो हर्षित हो गईं। फिर ग्रीवा उन्नत कर कहा, ''बैठो, राम-मित्र हनुमान! आज यथेष्ट काल पश्चात् मुझे मेरे स्वामी का सन्देश प्राप्त हुआ तो मेरा रोम-रोम खिल उठा। कहो, कपिवर! उनकी आपसे कैसे मित्रता हुई?''

''सुग्रीव को राजपद चाहिए था और आर्य राम को दक्षिण में सैन्य-बल। दोनों में साख्य मैंने ही करवाया। मैं पवन-पुत्र हनुमान, देवी अंजनी का पुत्र हूँ।''

''आपसे मिलकर प्रसन्नता हुई। यह बताओ, भगवान राम मेरा कब उद्धार कर रहे हैं? क्या उन्होंने सैन्य-शक्ति एकत्रित कर ली है?''

''हम वानर यूथपों का समर देखना। रावण वैसे भी महाराज बालि से पराजित हो चुका है। हमें राक्षसों के युद्ध-कोशल का ज्ञान है। ऐसा विश्वास है कि विजय हमारी ही होगी।''

''तात हनुमान, लंका में भी युद्ध की पूर्ण तैयारी हो रही है। महामना कुम्भकर्ण भले ही आलसी है किन्तु किसी गुफा में सदैव नाना आयुधों के निर्माण कार्य को देखता रहता है। लंका में भी विदेशी सेनाओं के पहुँचने का मुझे समाचार मिला है। कहीं इस विश्व-युद्ध में आर्य पराजित हो गए तो सीता आत्म-हत्या कर लेगी।''

''जानकीजी, जैसे श्रीरावण तुम्हारा अपहरण करके लाया था, वैसे हनुमान तुम्हें इसी समय यहाँ से ले जाने का भेद-बल रखता है। यह अनुमति हो तो चलो मेरे साथ। मैं तुम्हें कन्धे पर बैठाकर ले जाऊँगा और लंका के बाहर जो यान खड़ा है, उसमें बैठाकर श्रीराम के पास पहुँचा दूँगा।''

''हनुमान, तुम ऐसा करने का प्रयास भी करोगे तो तुम्हारे प्राण यहीं चले जाएँगे। यह राजनीतिक अपहरण श्रीराम को श्रीरावण की चुनौती है इसलिए सीता इस प्रकार नहीं जाएगी। हमारा अभीष्ट तो वैसे भी राक्षस राज्य को समाप्त करना है। वह बिना श्रीराम के, तुम्हारे पुरुषार्थ के पूर्ण नहीं होगा। वैसे ही श्रीरावण दुष्टात्मा, दुराचारी नहीं है। वह धर्मात्मा है तथा व्यक्ति के रूप में तो श्री दशानन से श्रेष्ठ कोई व्यक्ति हो ही नहीं सकता। दशकन्धर सीता को सदैव पुत्रीवत् वात्सल्य प्रदान करता है। रक्ष-राज्य-लक्ष्मी महारानी मन्दोदरी जानकी को पुत्री के समान स्नेह करती है तो यह मेरे उन धरम के माता-पिता का भी अपमान होगा। राजकुमार अक्षयकुमार ने सीता को सदैव बहन के समान समझा है। यदि सीता लुक-छिपकर तुम्हारे साथ जाती है तो इससे मर्यादा ही भंग नहीं होगी बल्कि श्रीरावण को दुख होगा और सीता को अपयश का भागी होना पड़ेगा। साथ ही श्रीराम को भी लोग कायर कहेंगे। इस प्रकार दोनों ओर से हमारा तिरस्कार होगा। हनुमान, सीता को पुरुषार्थ से श्रीराम ले जाएँ। उनसे मेरा यह वचन कह देना और कहना सीता यहाँ भी अपनी कूट चाल निरन्तर चल रही है जिसका ज्ञान पुण्यात्मा सम्राट रावण को हो गया है।''

''जो आज्ञा, जानकीजी! आपका यही सन्देश श्रीराम को सुना दिया जाएगा।''

''और यह भी कहना कि वियोगिनी सीता आपके लिए दुखी है किन्तु आर्य के लिए यह अवसाद भी हँसते हुए सहन करेगी। शेष समस्त प्रकार के सुख यहाँ उपलब्ध हैं फिर भी जानकी अपने व्रत का पालन कर रही है। राजनीतिक संघर्ष में अधिक विलम्ब उपयुक्त नहीं माना जाता

इसलिए मुझे शीघ्र यहाँ से मुक्ति प्रदान कराने की कृपा करें। तात विभीषण का श्रीराम को अवसरानुसार पूर्ण समर्थन प्राप्त होगा।''

''यह काम तो मैंने भी कर लिया है, जानकीजी! अब विभीषण हमारे दल में सम्मिलित होंगे।''

''आपके आगमन का समाचार मुझे तात विभीषण ने ही दूर-नियन्त्रण-यन्त्र से दे दिया था जिसका ज्ञान आपको भी है। किन्तु मेरा आपसे परिचय न होने से आप पर अनायास विश्वास किया जाना भी राजनीतिक भूल होती इसलिए आपकी परीक्षा लेना आवश्यक था। तात विभीषण ने मुझे यह भी अवगत करा दिया था कि आप उनके जामाता हैं। सीता जान-बूझकर अनभिज्ञ रही।''

''तो अब मैं चलूँ, जानकीजी?''

''जाना तो होगा ही। वैसे एक दिन ठहर भी सकते थे किन्तु अकारण समय नष्ट करने से क्या लाभ! यह मेरी चूड़ामणि श्रीराम को दे देना ताकि वे समझ जाएँ कि आपने सीता को खोज लिया है।''

हनुमान ने चूड़ामणि लेकर रख ली फिर प्रणाम किया और कहा, ''अपनी भूख बुझाता हुआ अब वापस चला जाऊँगा।''

''उधर अक्षयकुमार तुम्हें देख लेगा और राज-उद्यान के फल बिना अनुमति के नहीं खा सकते।''

''उसकी चिन्ता तुम मत करो, देवि! मुझे वैसे भी सार्वभौम सम्राट से मिलना ही है क्योंकि दूत के अनेक कार्य होते हैं। उनमें से अभी मात्र दो ही कार्य हुए हैं। इन फलों के खाने के दंड में शीघ्र ही रावण की राज्य-सभा में उपस्थित होऊँगा। मैं यह प्रयास करूँगा कि इस विनाशकारी विश्व-युद्ध को लंकेश्वर टालें और आपको ससम्मान वापस लौटा दें।''

''यह आपका कर्तव्य है, श्रीरावण का कर्तव्य है। आप जानें। अब परिचारिकाओं के आने का समय हो रहा है। तुम्हें मुझसे वार्ता करते देख लिया गया तो हमारा भेद खुल जाएगा इसलिए अब आओ, महावीर! तुम्हारा मार्ग कल्याणमय हो!''

हनुमान ने प्रणाम किया और अनिश्चिन्तता के साथ कदली-वन की ओर चल पड़े।

कदली-वन में दो-चार केले खाए फिर मधुवन में घुस गए। मधुवन के रक्षकों ने हनुमान से कहा, ''ए वानर, यह राजवन है। इसमें क्यों बिना आज्ञा के घुसा?''

''क्षुधा के कारण।''

''श्रीरावण के राज्य में कोई भी दीन-हीन नहीं है और न ही भूखा-प्यासा रहता है, तू तो परदेशी प्रतीत होता है।''

''हाँ, परदेशी ही हूँ।''

''तेरे पास लंका राज्य का मुद्रांकित पार-पत्र है?''

''नहीं है, भाई?''

''नहीं है तो अपराधी हो। हो सकता है तू कोई चर हो।''

''पहले क्षुधा शान्त करने दो फिर देख लेना।'' कहते हुए हनुमान ने धृष्टता के साथ फल तोड़ लिए और खाने लगे।

''तेरे बाप के फल नहीं हैं। तू अपराधी है। अभी तुझे बन्दी बनाता हूँ।'' कहते हुए रक्षकों को मुख्य आरक्षक ने बन्दी बनाने का आदेश दिया।

हनुमान ने विरोध किया और दो-चार से द्वन्द्व-युद्ध करने लगे तो अनायास ही मेघनाद, जो घूम रहा था, अपने बाण-कोशल से ऐसा रस्सीदार तीर छोड़ा जिसने हनुमान को पूरा बाँध दिया। इस ब्रह्म-फाँस के खोलने में महावीर सर्वथा असमर्थ हो गए। ऐसा अद्‌भुत-कोशल देखकर हनुमान समझ गए कि यह मात्र प्रतापी मेघनाद का ही कार्य हो सकता है।

मेघनाद ने हनुमान के मुखौटे को नहीं उतारा बल्कि सेवकों को आज्ञा दी, ''इसे सीधे राज-सभा में ले आओ।'' कहते हुए मेघनाद स्वयं सभा की ओर चला गया।

हनुमान विलक्षण बुद्धि तथा प्रति-उत्पन्न मति थे। उन्होंने तत्काल ही यह विचार कर लिया कि अब मुझे महाराज सुग्रीव का दूत घोषित कर देना चाहिए क्योंकि दूत अवध्य होता है और जो मैं चाहता था वह अब स्वतः हो जाएगा।

मार्ग में रक्ष-रक्षकों ने हनुमान को पीटा भी, एकाध घूँसा भी जड़ा। किसी ने उनके बाल खींचे तो मुखौटा गिर गया। मार्ग में प्रजा यह देख रही थी और विहंस रही थी। बालक तालियाँ बजाकर नाच रहे थे। हनुमान रक्षकों से घिरे थे, पाश में बँधे थे, अपराधी थे, निस्सहाय थे।

अब तक मेघनाद अपने रथ से राज-सभा में पधार चुके थे। वह अपना आसन ग्रहण कर चुके थे।

ब्रह्म-फाँस में बँधे हुए हनुमान ने रक्ष-राजेश्वर दरबार में प्रवेश किया। रावण की सभा की कार्यवाई चल रही थी। तभी मेघनाथ बोला, ''रक्ष-कुल तिलक की जय हो! मैं एक अपराधी को बाँध लाया हूँ जो आपके सामने प्रस्तुत है।''

सभी ने देखा। रावण ने देखा, रज्जु में बँधे हुए हनुमान खड़े थे। मेघनाद को भी आश्चर्य हुआ। विभीषण ईषत् विस्मित हुए तभी श्रीरावण ने आज्ञा दी, ''ये तो जामाता हनुमान हैं, पहले इन्हें पाश से मुक्त करो और उच्चासन प्रदान करो।''

ब्रह्म-पाश खोला गया। हनुमान ने थोड़ा चलकर महाराजाधिराज को प्रणाम किया फिर आसन पर विराजे।

रावण ने प्रहस्त से कहा, ''इनसे पूछो कि बिना पूर्व-सूचना के यहाँ किसलिए आए हैं। रावण के जामाता और परम वीर हनुमान के द्वारा राजाज्ञा का उल्लंघन किया जाए तो इससे बड़ा और क्या निन्दनीय कृत्य हो सकता है!''

प्रहस्त ने बड़े संयम से 'हनुमान' शब्द का सम्बोधन करते हुए कहा, ''कपिश्रेष्ठ, आप सम्राट भी हैं फिर भी आपने लंका-नगरी में अनुज्ञा-पत्र प्राप्त किए बिना और बिना किसी अनुमति के मधुवन से फल तोड़ने का अपराध किया है। उसके लिए आप क्या निवेदन करना चाहते हैं? अपने बचाव के लिए रक्ष-राज राजेश्वर से प्रार्थना करें तथा किस कारण से आपने लंका में प्रवेश किया है, यह भी स्पष्ट करें। आप सच-सच बतला देंगे तो आपको छोड़ा भी जा सकता है अन्यथा लंका-राज्य के नियमानुसार इस अभियोग में आपको प्राणदंड दिया जाएगा।''

हनुमान अत्यन्त विनीत भाव से रक्ष-दरबार की मर्यादा, गरिमा एवं राजकीय नियमों का पालन करते हुए बोले, ''पौलस्त्य-नन्दन प्रभु दशानन की जय हो! प्रजानाथ, आपकी कीर्ति दशों दिशाओं में फैल रही है। आपका धर्म विश्व में स्थान प्राप्त कर गया है। आपके मात्र एक निन्दनीय कृत्य ने समूचे आर्य-समाज को एक-सूत्र में बाँध दिया है जिसमें महाराज सुग्रीव अर्थात् श्रीमान के साले और आपका ये जामाता हनुमान भी आर्य राम के साथ हो गए हैं। वर्तमान में हनुमान वानरराज सुग्रीव का राजदूत है जिसे अनुज्ञा-पत्र की कोई आवश्यकता नहीं होती और दूत के कार्यों से श्रीमान परिचित ही हैं। हनुमान अपराधी नहीं है और दूत अवध्य होता है।

"मैं यह भी जानता हूँ कि श्रीमान देहात्मबुद्धि से भी विकारी नहीं हैं। आप निर्विकार हैं और आपसे बड़ा विश्व में कोई तत्त्वदर्शी नहीं है क्योंकि आपने सर्वश्रेष्ठ ब्राह्मण-कुल में जन्म लिया है। परन्तु श्रीराम तथा श्रीरावण का राजनीतिक वैर, वंशानुगत वैर इतना बढ़ गया है कि आपके ही भाई-बन्धु-सखा-मीत सब आर्यों के सहयोगी होते जा रहे हैं। हे महामते! मैं यह भी जानता हूँ कि सीता-हरण एक राजनीतिक अपहरण है। शम्बूक-वध तथा माता शूर्पणखा के अपमान का प्रतिशोध है किन्तु महात्मा रावण के लिए निष्पाप, निष्कलंक होने पर भी यह कृत्य अशोभनीय है।"

रावण बोला, "जामाता हनुमान, यह मैं भी जानता हूँ कि आत्मा का देह, इन्द्रिय, प्राण और शरीर से मिला होना सारे बन्धनों का कारण है। जबकि आकाश सर्वत्र व्याप्त होने से भी किसी पदार्थ से लिप्त नहीं होता। उसी प्रकार आत्मा भी निर्लिप्त है। आत्मा चिन्मात्र, अजन्मा, अविनाशी तथा आनन्दस्वरूपा ही है फिर भी देहधारी होने से हम सभी के अहंकार का कारण है और अहंकारवश कोई व्यक्ति किसी के वश में नहीं किया जा सकता। कहीं-न-कहीं आत्माभिमान जागता ही रहता है। तपेश्वरी रावण ने राज-कार्यवश कोई निन्दनीय कार्य नहीं किया। यह श्रीराम भी जानते हैं। रावण यह भी जानता है कि शम्बूक-वध के मूल में साम्राज्यवादी लिप्सा और श्रीराम का धार्मिक विरोध छिपा हुआ है तो रावण के मन में भी वही भाव छिपा हुआ है। यदि मीत-बन्धु सभी रावण को ही दोष दें तो यह उनकी राजनीतिक भूल है। राम भी शम्बूक-वध और बालि-वध के कारण महापापी है। सीता को पुत्रीवत् उठाकर लानेवाला रावण चोर नहीं है बल्कि उसकी यह चुनौती है राम को, समूचे आर्य समाज को।"

"मैं मानता हूँ, महाराज दशकन्धर! श्रीराम भी दोषी हैं किन्तु सीता राम-भार्या हैं। वे राजनीति के दाँव पर क्यों लगाई जाएँ?"

"आर्य राम ने भी ताड़का को विश्वामित्र के कहने से दाँव पर लगा दिया।"

"वह आपकी शासिका थी, भार्या नहीं।"

"राजनीति सत्ता की पत्नी ही होती है। इसमें ताड़का रावण की सत्ता की भार्या थी। उसका निर्दयी आर्य राम ने वध कर दिया और मैंने सीता का वध नहीं किया। सदैव उसका कुशल-क्षेम पूछता रहता हूँ। क्या कभी आर्य राम ने शूर्पणखा का कुशल-क्षेम पूछा? राम आर्य ऋषियों, महर्षियों के भड़काने से स्वार्थवश अपनी षड्यन्त्री चाल से वानर-राज बालि तक का वध करता चला गया।"

फिर क्रोध से आँखें लाल कर कहा, "अरे मूर्खो, तुम्हारा साख्य छल से भरा हुआ है। राम आर्य-धर्म के संस्थापक के रूप में अग्रसर हो रहा है। दिग्विजयी सम्राट का स्वप्न देख रहा है और रावण की भाँति अपना नाम स्वर्णाक्षरों में अंकित कराने का प्रयास कर रहा है। दशकन्धर के जीवित रहने तक राम का यह लक्ष्य पूर्ण नहीं होगा। रावण राम का रणक्षेत्र में वध करेगा।"

"आप महान् हैं। श्रीराम से अधिक बलशाली, परम विद्वान हैं। आपकी यान्त्रिक शक्ति विश्व में बेजोड़ है। तभी इन्द्र, यम, वरुण तथा स्वयं आपके भाई कुबेर, दिक्पाल भी आपके अधीन हैं। यदि आप अपनी विशाल हृदयता से शत्रु भावरूप का परित्याग कर भगवती सीता को लौटा देंगे तो विश्व-युद्ध टल जाएगा अन्यथा दिक्पाल भी अपने आपको स्वतन्त्र घोषित कर देंगे तो चारों ओर से लंका पर आक्रमण होगा। यह तो हनुमान नहीं कह सकता किन्तु जहाँ आप त्रिलोकीनाथ कहलाते हैं, कहीं आप पराजित हो गए तो फिर राजा राम त्रिलोकीनाथ कहलाएगा। सन्धि-सुलह ही श्रेष्ठ उपाय है। युद्ध तो मूर्खों को शोभा देता है। आप राम के

पिता-तुल्य हैं तो धर्मात्मा होकर अपनी सहिष्णुता क्यों त्याग रहे हैं?''

''सम्पूर्ण सुखों को भोगनेवाला अजेय रावण सन्धि नहीं करेगा। हाँ, यदि राम रावण की शरणागत हो तो लंकेश्वर समस्त भेद-भावों को भुलाकर मित्रता करने को तैयार है। जिस रावण की भुजाओं में बल हो, जिसकी सेना प्राणांत तक दुर्धर्ष संग्राम करती हो, जिसके भाई विभीषण और कुम्भकर्ण जैसे महाबली हों और मेघनाद जैसे महापराक्रमी इन्द्रजीत की उपाधि धारण करनेवाला पुत्र हो, वह सदैव सहिष्णु ही रहा है, हनुमान! किन्तु छत्र-धर्म के पालन में कोई मुझे असहिष्णु, अधर्मी भी कहे तो यह उसकी भूल है। मुकुट-धारण करने से तथा मूल-बल (संरक्षित सेना) के कारण दशानन राजकीय नियमों तथा षड्यन्त्रों में फँसा एक सार्वभौम सम्राट है और सिंहासन के बाद रावण एक सामान्यजन है।

''हनुमान, तुम समझते हो कि तुम्हारे दक्षिण-प्रयाण का मुझे ज्ञान नहीं है, ऐसा नहीं है। ऋक्षबिल में दुर्दम नामक प्रतिहारी का वध किया, स्वयंप्रभा ने तुम्हें पथ-प्रदर्शित किया, उसी समय दूर-नियन्त्रण-यन्त्र से देवी स्वयंप्रभा ने रक्ष-पति को सूचना संचारित कर दी थी। मैं चाहता तो तुम्हारा मार्ग में ही वध करा देता किन्तु सार्वभौम सम्राट नहीं अपितु तुम्हारा मातुल श्वसुर रावण हनुमान के कारण अपने ही राजकार्य से किंकर्तव्यविमूढ़ हो गया, विमुख हो गया। यह उसके अपने रक्त का आभास है।''

फिर गरजकर कहा, ''जाओ, हनुमान! रावण तुम्हें क्षमा प्रदान करता है अन्यथा तुम्हें प्राणदंड ही दिया जाता किन्तु रावण जिनका राजनीतिक शत्रु है, उन राम-लक्ष्मण से कह देना कि वे सुग्रीव का कटक ही नहीं अपितु उन जैसे अनेक आर्य सम्राटों, मयूरासन पर बैठनेवाले गरुड़, सुपार्श्व जैसे नृपों के साथ शीघ्र लंका में आएँ। रावण लंकपुरी में उनका मस्तक काटकर स्वागत करेगा। सम्राट का धर्म है कि वह शीश भेंट में दे या प्राप्त करे। अयोध्या से जाबालि आ ही गया है। वह राम-लक्ष्मण का कटा हुआ शीश ही लंका से लेकर अयोध्या जाएगा और कहेगा कि कैकेयी तेरे ही षड्यन्त्र ने, तेरी ही महान् कूटनीति ने रावण का वध तो नहीं किया उलटे तेरे ही पुत्रों का वध कर दिया।''

''आप जैसे प्रतापी पुरुष की आज्ञा शिरोधार्य है। आपने हनुमान को दूत समझकर, अपना ही जामाता समझकर उसे क्षमा प्रदान की। उसके लिए पवन-पुत्र हनुमान कृतज्ञता प्रकट करता है। अन्यथा हनुमान इस नगरी से जीवित नहीं जा सकता था। आपको हमारे समस्त गूढ़ रहस्यों तक का पता है। मयूरासन पर बैठनेवाले सम्पाति-पुत्र सुपार्श्व और गरुड़ सम्राट के साख्य का ज्ञान है तो आपका कौन गुणगान कर सकता है!

''प्रणाम, सार्वभौम सम्राट को प्रणाम! रक्ष-कुल-तिलक को प्रणाम! राजदरबार लंकेश्वर को प्रणाम!''[1]

15

सभी ओर के वानर लौट आए हैं। मिथिला, कोशल, केकय-देश की सेनाएँ आ गई हैं। फिर भी राम उदास हैं। हनुमान, अंगद, जाम्बवान अभी तक नहीं लौटे हैं। एक मास की अवधि

1. लंका-दहन प्रक्षिप्त होने से तथा अतिरंजित होने से छोड़ा जाता है। वैसे भी यह वर्णन अस्वाभाविक प्रतीत होता है। मात्र नाटकीय दृष्टिकोण ही है। यह कौतुक के रूप में है और कुछ नहीं।

में एक दिन शेष रह गया है। विजय दशमी का विजय मुहूर्त तो राम को साधना ही होगा।

इसी समय गगन में आवाज सुनाई दी। धीमे-धीमे आकाश में यान का घोर शब्द गूँजने लगा और उसमें बैठे हनुमान का सिंहनाद, अंगद की किलकारी का आभास हुआ तो वानर समझ गए कि हनुमानादि कार्य सिद्ध कर वापस आ रहे हैं। वे हर्षित हुए। यान प्रवर्षण गिरि की समतल भूमि पर उतरा। परन्तु...ये विमान किसका है?

हनुमान, अंगद आदि ने पहले राजा सुग्रीव को प्रणाम किया तदनन्तर राम और लक्ष्मण को। राम ने आतुरता से पूछा, "कहो, सीता कैसी है? क्या अभी जीवित है या बन्दिनी सीता का वध कर दिया गया? यह यान किसका है?"

"आर्य श्रीराम! सीता जीवित हैं, वे सकुशल हैं। श्रीरावण पुत्री की भाँति उनकी देखभाल कर रहा है। आपके वियोग से दुखी सीता माता कैकेयी तथा आर्यों की कार्य-सिद्धि के लिए इस दुख को भी हँसते-हँसते झेल रही हैं। आपसे उनका एक ही विनम्र निवेदन है कि आप शीघ्र ही उन्हें मुक्ति प्रदान कराएँ।" हनुमान ने कहा।

"तुममें से कौन लंका गया था, हनुमान?" राम ने प्रश्न किया।

"मैं ही गया था, तात!"

"कैसे लंका पहुँचे, हनुमान!"

"तात जटायु के भतीजे और सम्पाती के पुत्र सुपार्श्व, जो आपके सम्मुख अद्भुत वेश-भूषा (अन्तरिक्ष यात्री के वस्त्रों) में हैं, इन्हीं के यान और सहायता से समुद्र-लंघन कर मैंने लंका में प्रवेश किया। इन्हें धन्यवाद दीजिए, तात! गरुड़ सम्राट सुपार्श्व का वायु-बल हमें प्राप्त होगा। माता जानकी ने मुझे यह चूड़ामणि प्रदान की है और आपकी अँगूठी उनके पास है।"

राम ने पहले हनुमान को फिर सुपार्श्व को छाती से लगाया और सभी को धन्यवाद दिया। चूड़ामणि (जूड़े में लगानेवाला आभूषण) को पहचानकर अपने पास रख लिया और पूछा, "शेष कार्यों की क्या प्रगति है?"

"विभीषण लगभग टूट चुके हैं। धर्मात्मा रावण की सभा में पहुँचने के पूर्व मैंने मधुवन में प्रवेश कर फल खाए तो इन्द्रजीत की ब्रह्म-पाश में बँधकर पिटता हुआ राज-दरबार में पहुँचा।"

राम ने बीच में ही कहा, "यह तुमने भर्त्सना योग्य कार्य किया। तुम्हें मधुवन के फल नहीं खाने चाहिए थे। खैर, जो हुआ सो ठीक हुआ, फिर रावण ने क्या सन्देश दिया?"

"मुझे जामाता होने से क्षमा प्रदान करते हुए धर्मात्मा श्री दशानन, राजराजेश्वर-लंकेश्वर ने कहा—'लंका के रणक्षेत्र में सार्वभौम सम्राट रावण राम-लक्ष्मण का वध करेगा' कहते हुए आपको युद्ध का निमन्त्रण दिया है। जानकी नहीं लौटाई जाएगी।"

"सन्धि-मैत्री पर भी कुछ कहा उन्होंने?"

"हाँ, आर्य राम यदि शरणागत होकर आएँ तो मैत्री होगी अन्यथा नहीं।"

लक्ष्मण क्रोधित हो उठे और बोले, "फिर तो हम भी पीछे नहीं हटेंगे।"

"महात्मा रावण महान् राजनीतिज्ञ हैं, लक्ष्मण! समुद्र-सन्तरण हमारे लिए गम्भीर समस्या है।"

सुग्रीव बोला, "राम, नल-नील जैसे महा यान्त्रिक समुद्र पार करने की व्यवस्था करेंगे।"

अगस्त्य ऋषि बोले, "वत्स राम, चिन्ता छोड़ो। चिन्ता तो कार्य बिगाड़नेवाली होती है। श्री नारद द्वारा बताए मुहूर्त पर प्रयाण करो। विजय तुम्हारी होगी। आशा से ही सब कुछ प्राप्त किया जा सकता है, निराशा तथा संकटों पर साहस ही विजय प्राप्त करता है। तुम और मैं

मनुष्य हैं। जो होनी है वह अटल है।''

''ठीक है, तात! आपकी आज्ञा राम शिरोधार्य करता है।''

पुनः कहा, ''सम्राट सुपार्श्व, आप पधारें और अपने उड्डयन विभाग के साथ रणक्षेत्र में मिलें।''

सुपार्श्व 'जो आज्ञा' कहकर आकाश-मार्ग से चला गया।

इसी समय दधिमुख आ गया। सुग्रीव से बोला, ''महाराज, आपके मधुवन में आर्य तथा वानर दोनों ही सेनाएँ प्रवेश कर गई हैं और मधु-फलों को खाकर उन्मत्त हो रही हैं।''

''तात दधिमुख, आज जानकीजी का शुभ समाचार हमें प्राप्त हुआ है। इस हर्ष में किष्किन्धा का एक मधुवन क्या, सारे वन, उपवन न्यौछावर हैं। उन्हें खाने दो।''—सुग्रीव ने कहा।

राम फिर सोच में पड़ गए। 'किष्किन्धा से लंका तक की यात्रा ही टेढ़ी खीर है फिर दल-बल के साथ तो मार्ग में आनेवाले रावण के मित्र-राज्य भी हैं। कोई मार्ग देगा तो कोई नहीं देगा। फिर युद्ध होगा, जब वह पराजित हो जाएगा तब राम अग्रसर होगा। सुग्रीव ने आर्यों, द्रविड़ों, वानरों आदि की सेना तो एकत्रित कर ली परन्तु वह कह रहा था—आगे वेलान्धपुर, सुवेलांचन तथा हंस द्वीप आदि राज्यों से सेना को जाना पड़ेगा जिसमें वेलान्धपुर का सम्राट-समुद्र स्यात ही मार्ग न दे, क्योंकि वह महाराजा रावण का मित्र है। विष्णु (सूर्य) ने समुद्र राजा पर आक्रमण किया तो उनके रत्न और लक्ष्मी जैसी सुन्दर पुत्री को भी ले गए। तब से वह देवताओं और आर्यों का शत्रु है। वह बालि तथा रावण का परम मित्र रहा है। अब राम को कुछ शक्ति तो वेलान्धपुर में ही लगानी होगी।

'राम का कार्य आर्यों के लिए महान् है तो अनार्यों, दैत्यों, दानवों, यातुधानों और असुरों के लिए निकृष्ट। श्रीरावण का अपनी प्रजा के प्रति अगाध स्नेह है। लंका का एक-एक वीर श्रीरावण की आज्ञा पर अपना शीश भेंट चढ़ा देगा किन्तु रणक्षेत्र में राक्षस वीर पीठ नहीं दिखाएँगे। रावण पुत्रीवत् सीता से स्नेह करता है फिर भी राम को राजनीति के कारण रण करना पड़ेगा। राम युद्ध नहीं करता तो सूर्य-कुल की नाक कटती है। अजेय लंकापति को पराजित करना कोई खेल नहीं है। राम को इन्द्र, वरुण, यम सभी ने एक महान् तपस्वी के विरुद्ध कर विश्व-युद्ध का आवाहन किया है। इसका दोष श्रीरावण को तो नहीं है। उसने कभी भी राम को जनस्थान में नहीं ललकारा। शूर्पणखा भी कभी मुझसे मिलने तक नहीं आई। मैं सदैव रक्ष-संस्कृति के विरोध में ही संलग्न रहा फिर भी खर-दूषण जैसे वीरों ने आर्य राम पर वार नहीं किया। विश्वामित्र ने ताड़का जैसी महान् विचारक नारी का इसलिए राम से वध करा दिया कि विश्वामित्र का प्रभुत्व अपने स्थान में कम हो गया था। ताड़का के ब्राह्मणपक्षी क्रान्तिकारी, ओजस्वी भाषणों ने जन-समूह को आकृष्ट कर लिया था तो वसिष्ठ जैसे धार्मिक ज्ञानी भी मात खा चुके थे। उन्होंने माता कैकेयी को एक मोहरा बनाकर राम को रक्ष-सभ्यता के विरोध में खड़ा कर दिया। अब सभी मौन हैं। अगस्त्य ऋषि हैं भी तो इनका क्या है, युद्ध तो राम के नाम पर होगा। हार भी गए तो जैसे सेना और प्रजा दोनों ही पराधीन हो जाती हैं, वैसे ही अगस्त्य भी हो जाएँगे। फिर अपने आश्रम पर बैठ जाएँगे। राम ही एक ऐसा है जो अपना शीश कटाकर ही शान्त होगा। उधर रावण है जो अपना शीश भेंट चढ़ाएगा तो सभी उसके मित्र हो जाएँगे। देवराज फिर सन्धि कर लेंगे। वरुण का तो आज भी श्रीरावण सम्मान करता है। वरुण भी श्रीरावण का सम्मान करने लगेंगे। निष्कर्ष यही है कि राम को ही उष्णीश बाँधकर सभी ने मूर्ख बनाया है।

'सुग्रीव और हनुमान दोनों के मन की बात मैं अच्छी तरह समझता हूँ। ये दोनों अपनी

वानर जाति का अभ्युदय चाहते हैं। अपनी प्रचंड शक्ति का प्रदर्शन कर विश्व में अपनी सामरिक सेना की श्रेष्ठता प्रमाणित करना चाहते हैं। इनकी यह भी कूटनीति प्रतीत होती है कि रक्ष और वानरों का व्यापारिक तालमेल कभी नहीं बैठा है। बालि और रावण का भी युद्ध हुआ। किन्तु उसने नल-नील को विदेश (लंका) भेजकर उन्हें विज्ञानी बना दिया। रावण ने भी किष्किन्धा में प्रशिक्षण दे दिया तो किष्किन्धा राज्य में भौतिक यान्त्रिक शक्ति वर्धित हो गई। अब अपनी साख बनाने के लिए वानर सम्राट एक बार विश्व-विजयी राजा रावण से टक्कर लेना चाहते हैं। इससे इनका सागर तट, महेन्द्राचल तक पूर्णाधिकार हो जाएगा या भविष्य में लंका पर पुनः आक्रमण कर उसे अपने अधीन कर लेंगे। यह हनुमान जैसे सुयोग्य कपि सम्राट की रहस्यमयी कूट-चाल है।'

राम ने गहरी साँस ली। 'हाय, इस अकारण विश्व-युद्ध की भूमिका में सीता भी राम से विलग हुई। रणक्षेत्र में क्या कहा जा सकता है। हम दोनों भाई धर्मात्मा लंकापति से परास्त हो जाएँ तो रावण हमारा वध न कर हमें आजीवन कारावास में ही डाल दे। फिर कौन छुड़ाएगा। भरत के वश की तो बात है नहीं। सीता के भाई भामंडल ससैन्य आ ही रहे हैं। आर्य सम्राटों का तो स्वयमेव अन्त हो गया। राम ने ये क्या अनर्थ किया कि विश्व की प्रशंसा अर्जित करनेवाले रावण के विपक्ष में चन्द देवों तथा आर्यों के कहने से ही चले गए। राम यदि युद्ध जीत भी गया तो रक्ष-धर्म की अन्तर्भक्ति आर्य-धर्म में करनी ही होगी। रक्ष वीरों, वानरों और अनार्य-धर्मियों को उच्चस्थान देकर उन्हें आर्य संस्कृति में समाविष्ट करना होगा। कुछ उनकी सभ्यता भी ओढ़नी होगी। तभी आगे समाज चलेगा अन्यथा आर्यों की कट्टरता से तो राम जयी होकर भी पराजित हो जाएगा।

'वैसे तो जय होना ही नहीं है। रावण के पक्ष में भी गन्धर्वराज शैक्तूष, उत्तर के कुछ नाग लंका में पहुँच रहे हैं। मलाया, जावा, सुमात्रा आदि के अनेक विदेशी सम्राट भी भाग ले रहे हैं। यह युद्ध प्रलयंकारी होगा। अनेक पर्वत नष्ट हो जाएँगे। लंका और भारत के कई नगर भी नष्ट हो जाएँगे। विस्फोट से कितनी जन-हानि होगी, मानव-समाज की धर्म के नाम पर, देश-विदेश के नाम पर हत्या होगी। वर्षों तक उस तहस-नहस भू-भाग पर कुछ नहीं होगा। मानव-समुदाय के हत्यारे राम-रावण नहीं होंगे बल्कि वे देवता और ऋषि होंगे जिन्होंने इस युद्ध को जन्म दिया। मात्र अपनी प्रतिष्ठा के लिए। यथार्थ में आर्य-अनार्य-युद्ध न होकर रावण के विरोधियों का षड्यन्त्र मात्र है।'

सन्नाटे को तोड़ते हुए और राम के विचलित मन को जोड़ते हुए अगस्त्य ऋषि बोले, "वत्स राम, मैं तुम्हारे संकल्प-विकल्प को पढ़ रहा हूँ। रावण पर मात्र छल-बल से ही विजय प्राप्त की जाएगी। वह धार्मिक है, उसकी महानता को हम कूटनीति से जीतेंगे, राम!"

"नहीं, तपेश्वरी रावण के साथ राम यह नहीं करेगा। राम छल से विजय नहीं चाहता।"

"तो राम कभी भी ब्राह्मण सम्राट रावण को पराजित करना तो दूर, उसकी लंका नगरी का स्पर्श तक नहीं कर सकता और न ही जीवन भर सीता को मुक्त करा सकता।"

"सीता, मेरी प्राणप्रिया, सहचरी, वैदेही राजनीतिक चंगुल में नहीं रहेगी, मुनिराज! उसके लिए तो राम अपने प्राण उत्सर्ग कर देगा। मैं श्रीरावण की शरण चाहता हूँ।"

"तो यही प्रायोपवेशन कर राम अपने प्राण त्याग दे और सीता-मुक्ति का विचार छोड़ दे। अगस्त्य अपने आश्रम की ओर लौट जाएगा।"

लक्ष्मण क्रोधित होकर बोले, "भैया, तात अगस्त्य ठीक कहते हैं। रण में छल-कपट सब

धर्मोचित माना गया है। बिना अधर्म के श्रीरावण को विश्व-युद्ध में नहीं मारा जा सकता। स्मरण करो, कहाँ हमारी ये साधारण सेनाएँ और कहाँ लंकापति की अजेय असाधारण, सुसज्जित सेनाएँ! हमारा उद्देश्य भाभी की मुक्ति मात्र ही नहीं अपितु एकाकी ब्राह्मण राज्य की समाप्ति तथा आर्य धर्म का संस्थापन भी है। इसी क्रम में हमने शम्बूक का अधर्म से वध किया। महान् धार्मिक सम्राट बालि का अन्याय से वध किया। आपने किस स्थान पर सत्य का अनुगमन किया है? आपने ताड़का जैसी साध्वी स्त्री को मात्र विश्वामित्र के कहने से मार डाला। राम ने आदर्शों और मानवीय मर्यादाओं का उल्लंघन तो कर ही दिया है। आर्यों में न सही, अनार्यों में तो अपयश अर्जित कर ही लिया है फिर इन सभी बुरे कृत्यों पर पानी फेरने के लिए अब मात्र एक ही कार्य है और वह है श्रीरावण का छल-कपट नीति से वध।''

राम का मुँह मलिन पड़ गया। लक्ष्मण कटु सत्य बोल रहा था। राम की सुग्रीव से मैत्री में भी अपना ही स्वार्थ है और विभीषण से भी इसी शर्त पर सन्धि की जाएगी कि वह लंका की समस्त सूचनाएँ राम को दे तो रावण के बाद लंका का राज्य विभीषण को ही दिया जाएगा। विभीषण भी इस नीति से लगभग सहमत हो रहा है। अधर्म, छल-कपट से अपने लंका जैसे समुन्नत राज्य की प्रतिष्ठा तथा अपने देश की गूढ़ सूचनाएँ राम को देकर मात्र राज्य-पद की प्राप्ति हेतु राष्ट्र को बेच रहा है।

विभीषण महान् धार्मिक है किन्तु राज्य-प्राप्ति के लिए देश-द्रोह ही नहीं, अपितु भ्रातृ-द्रोह भी कर रहा है। राम से वय में अधिक है, राजनीति का ज्ञानी है फिर भी कुमार्गी हो रहा है। राज्यासन के लिए अगस्त्य जैसे महात्मा भी अधर्म को धर्म की संज्ञा दे रहे हैं। फिर राम राजनीति, रणनीति में धार्मिक कैसे हो सकता है? उसे वही करना होगा जो सर्वसम्मत होगा। रावण को पराजित करने में सत्य, धर्म एवं न्याय की कमोबेश तिलांजलि तो देनी ही होगी अन्यथा राम का वामांग धिक्कारकर कहेगा कि तुम पुरुष होकर भी अपनी अर्धांगिनी की रक्षा न कर सके।

राम सगर्व बोले, ''तात लक्ष्मण, तुम ठीक कहते हो। हमारी सेनाएँ और वानर सेनाएँ रक्ष-विरोधी होने से क्रोधी हो गई हैं। ये रक्ष-सेना की तुलना में सर्वथा अयोग्य हैं। यह धर्म-युद्ध नहीं हो सकता। अधर्म से ही संग्राम होगा। प्रातःकाल ही 'विजय' नामक मुहूर्त के शुभ अवसर पर कल दशमी तिथि को 'यान' हो। राम की सेनाएँ तात अगस्त्य, हनुमान और सुग्रीव के मार्गदर्शन में कूच करें। राम अब 'कूट-युद्ध' करेगा।

''राम एक धर्मात्मा सम्राट के लिए अधर्मी बना दिया गया है। जो वह नहीं था, वह सत्ताधारियों ने अपनी-अपनी प्रतिष्ठा के लिए बना दिया है। न यहाँ क्षत्रियवाद है न ब्राह्मणवाद बल्कि यहाँ सर्वत्र स्वार्थवाद का बोलबाला है जिसमें राम जैसा दार्शनिक फँसा दिया गया है। यदि सीता होती तो राम सब कुछ त्यागकर संसार को असार मानकर हिमालय पर तपस्या करने चला जाता। अदृश्य शक्तियाँ सुनें, रावण-वध की रूपरेखा का भागी राम नहीं है। विधाता, तू साक्षी है, राम किनके हाथों की कठपुतली है। 'यान' हो।''

16

रावण प्रसन्नचित्त राजासन पर बैठा हुआ है। युद्ध परिषद, मन्त्री परिषद तथा अमात्य परिषद आनन्दमयी वातावरण में हैं। सम्राट को चारों ओर से समाचार दिए जा रहे हैं। द्रोणगिरि के

राजद्रोही कारा में डाल दिए गए हैं। सेना ने आतंकवादियों को नष्ट कर रावण की प्रशंसा अर्जित कर ली है। श्रीरावण ने सैनिकों की देशभक्ति पर गर्व प्रकट करते हुए नव्य आज्ञाएँ दी हैं, ''मृत सैनिकों को एक लाख सुवर्ण मुद्राएँ, अपंग हुए सैनिकों को जीवन-भर घर बैठे वृत्ति दी जाएगी और आहत सैनिकों की चिकित्सा का पूर्ण व्यय राजकीय सुरक्षित कोष से किया जाएगा।''

महात्मा रावण अपने ही गृह-युद्ध से ईषत् चिन्तित है। बाहरी शक्ति राम के आक्रमण की तैयारी से रावण ने लंका की प्रजा को ज्ञान करा दिया है। लंका की अखंडता, एकता की चुनौती अयोध्या के राजकुमार राम और रावण के बीच एक प्रश्न चिह्न के रूप में उभरकर आई है। साथ ही वानर सेना ने जहाँ लंका राज्य में जनता के बीच प्रशंसा अर्जित कर देश की सार्वभौमिकता की रक्षा की है, वहीं द्रोणगिरि की प्रजा ने दमन की पीड़ा को सहन कर रावण के प्रति कटुता को जन्म दिया है। देशभक्त प्रजा विदेशी शक्ति राम के प्रति घृणा भाव से अपने राजा रावण को स्वामी-भक्ति के लिए न सही परन्तु देश-भक्ति के लिए प्राण-पण से छत्र के साथ है। वह सीता-हरण को शूर्पणखा के अपमान का प्रतिशोध स्वरूप मानकर उसे 'न्याय-संगत चरण' कहकर प्रिय सम्राट दशानन के अदम्य साहस की प्रशंसा कर रही है। विभीषण और उसके कुछ राज-लिप्सा में लीन साथी सत्ता हथियाने के लिए कूट वातावरण बनाने में नहीं चूक रहे हैं। दशानन के पास समस्त गुप्त सूचनाएँ हैं किन्तु राजकीय व्यवस्था के कारण राजनीतिक दृष्टि से अनेक रहस्य सम्राट दशकन्धर प्रकट करने में असमर्थ है। वह समयानुसार उत्तर देने में सक्षम है। आलोचनाओं पर प्रहार कब और किस समय करना उपयुक्त होगा, दशग्रीव जानता है।

प्रहस्त ने सभा की कार्रवाई प्रारम्भ करते हुए कहा, ''लंका के देशवासियों को रक्ष-सिंहासन की ओर से उनकी खुशहाली के लिए शुभकामनाएँ! जिस संस्कृति ने. जिस एकता ने लंकाराज्य का सर्वांगीण विकास किया है, उसका श्रेय आपके परस्पर सद्भाव, भाई-चारे की नीति के साथ-साथ आपकी वीरता के लिए जाता है। हमारे देश की सेना ने अपने सम्राट के संकेत पर जहाँ दिग्विजय प्राप्त कर, राष्ट्र के विकास के लिए अपने रक्त की एक-एक बूँद बहाकर रावण-राज्य को अमरता प्रदान करते हुए अपनी कीर्ति के लिए कवियों की वाणी में स्थान पाया है, वहीं ऐसे सुसम्पन्न राज्य के वैभव और उन्नति के कारण विधर्मी आर्य छत्रियों को लंका आँख की किरकिरी के समान चुभ रही है। अनेक आर्य सम्राट एक होकर राम के साथ युद्ध में भाग ले रहे हैं। रक्ष-धर्मी अनेक असुर सम्राट हमारी सहायता के लिए आ रहे हैं। इस विश्व-युद्ध में आपका उत्तरदायित्व सर्वाधिक है क्योंकि लंका की भूमि पर रण होगा और जो देश रण-क्षेत्र की परिधि में आता है उसे सर्वाधिक क्षति उठानी पड़ती है। इस कारण हमारी सेना के विभाग, सभी वर्ग अर्थात् असुरवाहिनी, नागवाहिनी, एक होकर अपने राष्ट्र की रक्षा के लिए प्राणान्त तक लड़ते रहें। जिस प्रजा का सैनिकीकरण सम्राट द्वारा किया जा चुका है, वह अपने देश के लिए सर्वस्व न्योछावर कर दे।''

सहस्त्रों कंठों से एक साथ स्वर फूटा, ''हम अपने राज्य और रक्ष-संस्कृति के लिए मर जाएँगे किन्तु समरांगण में पीठ नहीं दिखाएँगे और न ही शत्रु से सन्धि करेंगे। हम लड़कर समूचे विश्व में लंका और रावण का नाम अमर करेंगे।''

रावण गर्व से फूल उठा। वृद्धावस्था में भी उसकी भुजाएँ फड़क उठीं। प्रजा के जोश के कारण उसका स्वाभिमान जाग उठा। रक्ष-सभ्यता के जनक का मुख कमल के समान खिल उठा। हजारों कंठों से रावण की जय-जयकार, 'राजा रावण अमर रहे, रक्ष-राज्य अमर रहे' का स्वर

उठ रहा है। रावण को कर्णप्रिय शब्द सुनाई दे रहे हैं। उसके सामने खड़े सैनिक अपने खड्गों को कोष से खोलकर चूम रहे हैं, प्रफुल्लित हो रहे हैं, आनन्दित हो रहे हैं। सभी कह रहे हैं, ''क्षत्रिय राम का शीश काटकर समुद्र में फेंक दिया जाएगा और सीता को वापस नहीं लौटाया जाएगा। यदि राम सीता को चाहते हैं तो रावण की अधीनता स्वीकार करें।''

श्रीरावण गद्गद हो रहा है, मन ही मन फूला नहीं समा रहा है। प्रजा अभी भी जय-जयकार कर रही है। नारियाँ प्रमुदित और उत्साहित दृष्टिगोचर हो रही हैं। बालक-बच्चे भी औरों का अनुसरण कर रहे हैं। करतल ध्वनि हो रही है। अमात्य परिषद पुष्प-वर्षा कर रही है। रमणियाँ, प्रौढ़ाएँ, वृद्धाएँ सभी अपने प्रिय राजा की बलैयाँ ले रही हैं।

श्रीरावण की दृष्टि चारों ओर घूम रही है। उसे किसी भी कोने से ऐसा आभास नहीं हो रहा है जिस ओर से युद्ध के भीषण परिणामों की चिन्ता प्रकट हो। सभी ऐसे प्रतीत हो रहे हैं मानो उन्हें रण एक सुगन्धित पुष्प के समान हो जिसे सूँघकर वे मतवाले हो गए हों। विशेषकर लंका देश की स्त्रियों के मुखों को रावण पढ़ रहा था। उसने किसी भी सुन्दरी के मुख पर अवसाद के भाव नहीं पाए जिनके पति और बेटे देश के लिए रण-रथ पर आरूढ़ होकर अपने प्राणों का बलिदान करेंगे। ऐसी राष्ट्रीय भावना रावण ने पहले कभी भी नहीं देखी थी। इस राष्ट्रीय भावना का जन्मदाता कौन है? रावण स्वयं से प्रश्न करता है और हँसकर चुप हो जाता है। रावण ने सभी को एक किया। वर्ग-भेद, वर्ण-भेद को समाप्त कर नई संस्कृति को जन्म दिया और आज उसी दशानन के लिए, लंका राज्य के लिए समूचा जन-समूह सारे भेद भुलाकर युद्ध के लिए तैयार है। वानर प्रजा, जिसने राजद्रोह किया था, वह भी विदेशी शक्ति के विरुद्ध है। कारा में पड़े वानर जाति के नेताओं के सन्देश आ रहे हैं, ''महाराज, विदेशी शक्ति के आगे झुके नहीं। रक्ष-संस्कृति की रक्षा और लंका राज्य के लिए हम अपना रक्त बहाने के लिए तैयार हैं। सीता का वापस लौटाना आर्यों की जीत और अनार्यों की हार होगी। जिस लंका की आपने यान्त्रिक समृद्धि कर उसे सूर्य-चक्र-व्यूह से एक अजेय दुर्ग बना दिया है, उसकी शक्ति प्रदर्शन का यही समय है जबकि लंका विश्व-विख्यात होगी और महाराजा रावण का नाम स्वर्णाक्षरों में लिखा जाएगा।''

आह, राजा रावण सम्राट के साथ-साथ एक सामान्य व्यक्ति भी है। उसमें करुणा है, दुख है, हर्ष है। प्रजा-रंजन दशकन्धर ने युद्ध किए हैं किन्तु विश्व-युद्ध की भयानकता मात्र दशानन जानता है। उसकी ये भोली-भाली प्रजा नहीं जानती। जिस प्रजा के लिए रावण ने हँसने-खेलने का अवसर दिया, वही प्रजा-वत्सल होकर अपने पुत्रों, भाइयों, वृद्धों सभी को रण में उतारेगा। अपने ही सामने स्त्रियों-वधुओं की सूनी माँग और उनका मिटा हुआ सिन्दूर देखेगा। विधवाओं और बालकों का क्रन्दन देखेगा। हाय, विधाता! इस युद्ध में कौन जयी होगा। यह तो तू ही जानता है किन्तु रावण प्रण करता है कि या तो विजयश्री प्राप्त करेगा या अपने प्राण अपनी प्रजा और लंका के लिए उत्सर्ग कर देगा। वह पीछे नहीं हटेगा। अब चाहे देवता या पराशक्तियाँ ही क्यों न सामने आएँ, रावण प्राण रहते पराजय नहीं मानेगा।

सहसा रावण आसन से खड़ा हो गया। अपने प्रिय सम्राट की ओर हजारों आँखें उठ गईं और वातावरण शान्त हो गया। प्रजा जानती है, सम्राट का भाषण जब भी होता है, उसका पांडित्य, देशी-विदेशी राजनीति एवं राष्ट्र की समृद्धि के स्वर फूटते हैं जिस पर जनता बलि-बलि जाती है।

रावण ने पहले सिंहनाद किया फिर कहा, ''जीवन में अनेक घटनाएँ घटती हैं, उनमें से

छोटी हम भूल जाते हैं और बड़ी सदैव स्मरणीय रहती हैं। मैं बचपन से अब तक महत्त्वाकांक्षा मे जीया हूँ। मेरे मित्र, जो गुरुकुल के थे, वे भी बदल गए। जब राजनीति में आया तो नए हाथ मिले, नया काम मिला और रक्ष-सभ्यता का उत्पत्तिकर्ता रावण अनेक कष्ट उठाकर संघर्ष के साथ लंका सम्राट घोषित हुआ। कुछ पुराने मित्र वहीं रह गए जहाँ से मैंने यात्रा का आरम्भ किया था। सिंहासनारूढ़ होने के उपरान्त फिर नए मित्रों का पूर्ण सहयोग मुझे प्राप्त हुआ जिनके विश्वास पर, जिनकी वीरता पर रावण दिग्विजयी सम्राट घोषित हुआ।

"राज्य-संचालन में त्रुटियाँ होनी स्वाभाविक हैं जिससे मेरे मन्त्रीमंडल के कुछ सहयोगियों को चोट भी पहुँची होगी और सीता-हरण से कुछ मन ही मन क्षुब्ध भी हुए होंगे, दशानन की कूटनीति को कोस रहे होंगे किन्तु यह अनेक सोच की विकृति है अथवा सत्ता भोगने की उनकी महत्त्वाकांक्षा है। मैं नहीं जानता परन्तु इतना अवश्य कहूँगा कि हमें 'दस्यु' शब्द से सम्बोधित करनेवाले आर्यों का रक्त क्या दस्युओं से भिन्न है? क्या उनके और हमारे पूर्वज एक नहीं हैं? क्या हम सब कश्यप की सन्तान नहीं हैं? तो उत्तर प्राप्त होगा—हैं। फिर भाई-भाई में क्यों ठनी? तो उत्तर मिलेगा—राज्य के लिए, सत्ता के उपभोग के लिए। सभी ने युद्ध किया और हमारी पराजय होने पर हमें काश्यमिरा (काश्मीर) से बाहर भगा दिया ताकि हम ठोकरें खाएँ और मर जाएँ। किन्तु विधाता कुछ और चाहता था। हमारे पूर्वजों का वंश बढ़ा और हम एक गोलार्थ के स्वामी बन गए। हमारी सत्ता आज विस्तृत है जबकि आर्यों की सत्ता मात्र भारत में ही केन्द्रित होकर रह गई है। इन्द्र, आदित्य, वरुण को क्या अधिकार कि वे हम पर राज्य करें। जिस प्रकार आर्य सम्राट साम्राज्यवादी हैं, उसी प्रकार हम भी साम्राज्यवादी हैं। लंका ने वह सब कर दिखाया तो राजा रावण विधर्मी हो गया, अत्याचारी हो गया और उससे अनीतिपूर्ण युद्ध करने के लिए जब सभी आर्य सम्राट एक हो गए तो फिर दस्यु (असुर) सम्राट भी क्यों न एक हों?

"उसका अवसर रावण देना नहीं चाहता था क्योंकि पिछले देवासुर (विश्व-युद्ध) संग्राम के परिणामों को दशकन्धर जानता है परन्तु 'शम्बूक-वध' ने रावण की हृत्तन्त्री को झकझोरकर रख दिया और प्रतिशोध की आग ने जानकी-हरण के लिए विवश कर दिया।"

प्रबुद्धजन बोले, "नहीं, यह विवशता नहीं बल्कि हम राक्षसों की विजयश्री है। आपने भारत के आर्यों की भाग्य-लक्ष्मी सीता को प्रतीक के रूप में कैद कर आर्यों की पुत्री को पुत्रीवत् स्वीकार करते हुए राक्षसों के उज्ज्वल चरित्र का निर्माण किया है। इससे क्षत्रिय सम्राटों की जड़ें हिल उठी हैं और इन्द्र जैसे पापिष्ठ की आँखें नीची हो गई हैं क्योंकि—हेमा-अहल्या आदि के साथ किए गए दुराचार के कारण राजा के ईश्वरीय रूप को ठेस पहुँची है। इन्होंने राजा शब्द को कलंकित किया है। आप महान् ही उत्पन्न हुए हैं और महानता के शिखर तक पहुँच गए हैं। आपने हमारी प्रतिष्ठा को स्थिरता प्रदान की है। आपके सीता-हरण के कृत्य की जो निन्दा करे, उसे राज्य-सभा से निष्कासित कर दिया जाए या मृत्यु-दंड दिया जाए।"

पुनः प्रजा ने रावण की जय-जयकार का घोष किया।

रावण धैर्य के साथ बोला, "लंका राष्ट्र के शुभ-चिन्तको, राम स्वयं कोई नहीं है और न ही वह विश्व-युद्ध चाहता है किन्तु वह देवजाति और ऋषियों के जाल में फँसकर एक यन्त्र-मानव बनकर रह गया है। वह इन्द्र, वरुण, यम जैसी शक्तियों के निर्देशों का उल्लंघन करने में भी असमर्थ है अन्यथा इनकी सेनाएँ अयोध्या और मिथिला को ही नहीं, केकय देश को भी नष्ट कर देंगी। विश्वामित्र, वसिष्ठ, भरद्वाज और अगस्त्य जैसे ऋषिगण के चंगुल में फँसा राम ऐसे

थर-थर काँप रहा है, जैसे लुटेरों के बीच फँसा मनुष्य भयभीत रहता है।

"अब तो राम कुछ न होकर अगस्त्य मुनि ही सर्वस्व है। ये सत्ता-धारकों तथा महापंडितों को अपना नाम कमाने, अपनी सेनाओं का बल दिखाने तथा अधुनातम अस्त्र-शस्त्रों की होड़ में शक्ति-प्रदर्शन का अवसर देकर विश्व-युद्ध का निमन्त्रण है। राम-रावण दोनों में से कोई दोषी नहीं है। दोषी है तो जगत-नियन्ता जो सम्भवतः इस युद्ध से विश्व की जनसंख्या का घनत्व कम करना चाहता है। विजयमाल किसी के भी कंठ में सुशोभित हो परन्तु अब यह निर्विकार रूप से सत्य प्रतीत हो रहा है कि कोई भी राष्ट्र किसी के बन्धन में न रहकर सभी स्वतन्त्र हो जाएँगे। अब कालान्तर में न कोई क्षत्रियराज रहेगा और न ही ब्राह्मणराज तथा राक्षस-राज। अब सब निरंकुश हो जाएँगे तथा इस भू-भाग से जो विदेशी सैनिक युद्ध के बाद लौटकर जाएँगे वे अपने देश की प्रजा के लिए एक नई चेतना के स्रोत बनेंगे।

"इस कारण आप लोग बिना किसी चिन्ता के समर करें। प्रत्येक युग परिवर्तन का प्रतीक रहा है तो इसमें भी परिवर्तन होना स्वाभाविक है। इसे कोई रोक नहीं सकता। आओ, हम सब एकजुट होकर इस युद्ध का सामना करें।"

श्रीरावण की फिर जय-जयकार हुई।

फिर रावण बोला, "लंका की सहायता के लिए अनेक राष्ट्रों की सेनाएँ भाग लेंगी। सभी सम्राट ससैन्य चल पड़े हैं। ऐसी सूचना उनके दूतों द्वारा प्राप्त मुद्रांकित ताम्रपत्रों पर प्राप्त हो चुकी है।

"सुनो सभासदो, दैत्य-कुल-भूषण हिरण्यकशिपु के वंशज जो 'कशिपुसागर' (केस्पीयन सी) के तट के हैं, उन्हीं के कुल के अखंड पैतृक सत्ताधारी दैत्य सम्राट ससैन्य पधार रहे हैं।

"हमारे गुरु शुक्र भार्गव के पुत्र मर्क (डेनमार्क) तथा इन्हीं के भ्राता षंड के वंशज जो अपने देश (स्कंडनेविया)[1] के सत्ताधारी हैं, दानव-दल के साथ आपकी सहायता के लिए आ रहे हैं।"

सभा ने रावण की जय-जयकार तुमुल घोष किया।

श्रीरावण हर्षित हुआ और बोला, "महाराजा बालि के वंशज भारत से भागे तो उन्होंने अपना नया उपनिवेश बसाया, जो बालि द्वीप (वेल्जियम) के नाम से जाना जाता है, वे भी रण की प्यास बुझाने आ रहे हैं।

"कालकेय दैत्य सम्राट, जिनकी एक शाखा विदेश गई, वे हमारे सम्बन्धी होने से अपने देश (केल्ट) से पदार्पण कर रहे हैं। भाइयो, निकुम्भ दानव जाति के वंशज (म्युनिख) से और जो विदेश में रहने से श्वेत दानव भी कहलाते हैं, अपने देश (स्विज) से आ रहे हैं।

"हमारे असुर सम्राट जो कि शुक्र-पुत्र त्वष्टावरूपी (वेरूत, लेबनान) में सुन्दर राज्य का संचालन कर रहे हैं। हमारे भार्गवों के मित्र होने से ससैन्य एवं अनेक अस्त्र-शस्त्रों के साथ आ रहे हैं।

"मेरे श्वसुर मय के वंशज (अटलांटिक सागर) वासी अपने मय देश (मैक्सिको) से वीरों को रण-भूमि में सुलाने के लिए चल दिए हैं।

"शिवदान (अफ्रीका) से नाना भी शीघ्र आ रहे हैं।

"इस प्रकार नाना देशों के भूप हमारी सफल विदेशी राजनीति के कारण हमारी ओर से

---

1. षंड ने ही स्कंडनेविया को बसाया था और षंड के नाम से ही डेन्यूब नदी ग्रथित हुई।

लड़ेंगे। भारतवर्ष से भी हमारे लोग आ रहे हैं। समक्ष में जीत किसकी होगी, सभासदो?"

सभी ने एक साथ कहा, "महाराजाधिराज राक्षसेन्द्र श्रीरावण और लंका देश की। विश्व की महानतम विभूति श्रीरावण का यशोगान करने में हम लंकावासी असमर्थ हैं। आपने लंका देश के नाम को विश्व में जो शीर्षस्थान दिलाया है, उसके लिए लंकावासी अपने सम्राट श्रीरावण के चिर ऋणी रहेंगे। हम विश्व-युद्ध में हारें या जीतें, इसकी चिन्ता किए बिना ही अपने सम्राट को विश्वास दिलाते हैं कि जब तक साँस रहेगी तब तक लंका की प्रजा लंका के लिए एक होकर लड़ती रहेगी।"

"रावण धन्य हुआ आपके निर्णय से।"

रावण पर पुष्प-वर्षा की गई। रमणियों ने अपने सम्राट की आरती उतारी। मंगल-गान गाए और वानर यूथपति से सहसा कहा, "सम्राट की जय हो। महाराज यद्यपि वानरसेना, सुग्रीव की वानर सेना से ही लड़ेगी तो भी 'भाई से बड़ा देश' के नाम पर हम वानर वीर अपने लंकाराज्य के लिए हनुमान तक को पराजित करने में पीछे नहीं हटेंगे। आप देखना, जहाँ आर्य सेना, दस्यु सेना, राक्षस सेना के वीर धराशायी होंगे वहीं उनसे अधिक हम कपिध्वजी लंका की सुरक्षा और उसकी अखंडता के लिए अपना रक्त बहाएँगे।"

एक ब्राह्मण अतिरथी बोला, "सेना का धर्म राष्ट्र की स्वयंप्रभुता की रक्षा करना है और रंग-भेद, जाति-भेद तथा वर्ग-भेद भूलकर सत्ता की आज्ञा को शिरोधार्य करना है। वह आज्ञा भले ही अपने बन्धु-बाँधवों के विरुद्ध दी गई हो, सेना का कर्तव्य है राजाज्ञा का पालन करना। उसी क्षत्राज्ञा को धारण कर हम सब अपने स्वामी के अभिमान की रक्षा एक सच्चे सेवक की भाँति करते विजयश्री प्राप्त करेंगे। ऐसी मैं समस्त सेनानायकों से आशा करता हूँ। जल-सेना का महत्त्व इस युद्ध में सर्वाधिक है और नभ-सेना अपनी उड़ानों से विस्फोट कर शत्रु की थल-सेना को मारे तथा हमारी थल-सेना ऐसी मारकाट मचाए कि राम ही क्या, इन्द्र और अगस्त्य भाग खड़े हों।"

इसी समय ब्राह्मण देश (मीरपुर) के दूत ने आकर कहा, "राजाधिराज, ब्राह्मण महाराज राजेश्वर की जय हो। ब्राह्मण देश के ब्राह्मण सम्राट, जिनका राज्य आयुधजीवी कहलाता है और जो दार्शनिक विद्वान होकर अपनी स्वतन्त्रता की रक्षा के लिए मर-मिटने को तैयार रहते हैं, की सेनाएँ आपकी सहायतार्थ समुद्र-सन्तरण कर पोतों से आ गई हैं।"

"अहोभाग्य है! ब्राह्मणों के दुर्धर्ष वीरों का लंका में स्वागत है। रावण स्वयं उनकी अगवानी, स्वागत के लिए तत्पर है। दूत, तुम्हें रावण रिक्त हाथ नहीं जाने देगा। लो, ये मोतियों का हार भेंट स्वरूप स्वीकार करो।"

"जय हो, दीनानाथ!" कहकर दूत ने श्रीरावण से मोतियों का हार ग्रहण किया और तभी प्रहस्त ने सभा विसर्जन की आज्ञा देते हुए रण हेतु पधारनेवाले सम्राटों को प्रत्येक प्रकार की सुविधा के निर्देश प्रत्येक मन्त्री को दिए।

17

राम की सेना कटक किष्किन्धा की सीमा त्यागकर ताम्रपर्णी नदी के किनारे से दक्षिण सागर की ओर अग्रसर हो रही है। राम-लक्ष्मण तथा अगस्त्य मुनि की कड़ी सुरक्षा सुग्रीव ने कर दी

है और अंगरक्षकों में हनुमान को मुखिया बना दिया गया है। अंगद, जाम्बवन्त, तार, ऋक्षवान, दृढ़ांग वीर यूथपति अंगरक्षक हैं जो सदैव ही राम पर आँख लगाए रहते हैं। सीता के भाई भामंडल और केकय तथा कोशल की सेनाएँ सबसे पीछे चल रही हैं। आगे-आगे सम्राट सुग्रीव, युवराज हनुमान तथा अन्य दो द्राविड़ सम्राटों की अनेक सेनाएँ अपनी ध्वजाओं पर अपना चिह्न फहराती हुई मार्ग पर जा रही हैं।

राम हर्षित नहीं हैं। उनके साथ भयानक विस्फोस्टक आग्नेयास्त्र रथों पर लदे हुए जा रहे हैं। महात्मा अगस्त्य युद्ध की कपट-मयी रूपरेखा की उधेड़बुन में लगे हैं। वे अग्निवेश (यहाँ अग्निवेश गुरु द्रोणाचार्य के गुरु रहे हैं) को निर्देश देते जा रहे हैं और सुतीक्ष्ण को समझाते जा रहे हैं। ब्रह्मास्त्र के प्रयोग और यान्त्रिकीय लंका नगरी, उसके परकोटे, खाई आदि को कैसे नष्ट किया जाएगा और विश्व-युद्ध में विजयश्री कैसे प्राप्त की जाएगी, पर विचार करते जा रहे हैं। अगस्त्य, अग्निवेश तथा सुतीक्ष्ण अपने लक्ष्य में इतने दत्तचित्त हैं कि वे राम-हनुमान की बातों को कान ही नहीं दे रहे हैं।

राम ने उदासी को तोड़ते हुए हनुमान से पूछा, ''तात केशरीनन्दन, लंका नगरी के नाम से ही सम्राटों के छक्के-छूट जाते हैं, सेनाएँ भाग खड़ी होती हैं, इसका क्या कारण है? इस महानगरी की विशेषताएँ मुझे विदित कराओ। मैं ऐसे समुन्नत राष्ट्र की राजधानी का वर्णन सुनना चाहता हूँ। इससे कुछ मार्ग भी कटेगा और राम का ज्ञान भी बढ़ेगा।''

''तात राम, लंका मेरी ससुराल है। मैंने विश्व में ऐसी सुन्दर राजकीय व्यवस्था और नियम नहीं देखे। लंका नगरी का पूर्ण वर्णन करने में तो हनुमान भी अक्षम है, फिर भी मुख्य-मुख्य बातें बतलाता हूँ जो आपको विचित्र प्रतीत होंगी। किन्तु विज्ञान के चमत्कार के कारण सभी सत्य हैं। श्रीरावण के गुणों का बखान करना मेरे वश की बात नहीं है। हम सब एक ऐसी वैज्ञानिक शक्ति से टकराने जा रहे हैं जो विश्व में सर्वोच्च है। राम, मैं स्वयं नहीं जानता कि मैं क्यों और कैसे, किन स्वार्थों के लिए जामाता होकर भी एक धर्मात्मा के विरुद्ध हो गया। श्रीरावण की न्यायप्रियता का, उनकी क्षमाशीलता का अन्य कोई परिचायक नहीं है। हनुमान अथवा राम अब तक सभी काल के गाल में समा गए होते परन्तु श्रीरावण की भारी चर-व्यवस्था के बीच भी अभी तक हम जीवित, सकुशल जा रहे हैं। राम, इसी मार्ग में सुरंगें बिछी होतीं और श्रीरावण के लड़ाकू यान अब तक हमारी समूची सेना पर बमवर्षा कर गए होते परन्तु सम्राट 'लंकेश्वर' ने अभी तक हम पर कोई वार नहीं किया, यही उनकी महानता है। आप यह न समझें कि हमारी इस यात्रा का ज्ञान श्रीरावण को नहीं होगा बल्कि प्रतिपल उनके पास दूर-संचार-व्यवस्था से सूचनाएँ प्रेषित की जा रही होंगी। फिर भी महामना ब्राह्मण सम्राट, पौलस्त्य-कुल-भूषण रावण अपने यज्ञ और तप में ही तल्लीन होगा।''

''श्री हनुमान जी, फिर तो हमें सन्धि कर इस भीषण युद्ध को टालना चाहिए।''

''मेरा भी अब यही मन करता है कि अकारण बहकावे का युद्ध उचित नहीं। कितनी धन-सम्पदा और जन-हानि होगी, कोई आकलन नहीं किया जा सकता। किन्तु, इन्द्र, वरुण, अगस्त्य जो चाहेंगे अब तो वही होगा।''

''ठीक है, अब लंकापुरी का ही वर्णन करो। भविष्य की बातें स्थिति अनुसार भविष्य में ही की जाएँगी।''

''सुनो राम! उस सुरम्य, राक्षस-स्वर्ण-धाम लंकापुरी की विचित्र बातें सुनाता हूँ। लंका सुख की खान है। लंका नगरी चारों ओर से जलयुक्त खाई से घिरी है जिसे पार करने के लिए यान्त्रिक

सेतु बने हैं। इन सेतुओं पर चबूतरे हैं जहाँ बटन दबाने से एक सिंहासन ऊपर-नीचे जाता है (लिफ्ट)। इसके साथ ही लंका के यान्त्रिक सुदृढ़ कपाट भी बटन की सहायता से खुलते हैं। (ऐसे दरवाजे डोर-क्लोजर तथा नाइट-लंच के अब आम हो गए हैं तथा लिफ्ट भी बड़ी-बड़ी इमारतों के लिए आवश्यक हो गई है।)

''लंका की बुर्जों पर भी यन्त्र सुशोभित हैं जिन्हें विचित्र आकृति के प्राणी स्वतः चलाते हैं। कोई मानव-आकृति है, कोई सिंह की आकृति है और कोई सर्पाकृति है। (यन्त्र-मानव—रोबोट) इन सर्पों-सिंहों में पंख लगे हैं जो उड़ते हैं। सिंह दहाड़ता है और मनुष्य की भाँति सभी कार्य करता है। (इलेक्ट्रॉनिक का चमत्कार जो आज हो रहा है।)

''लंका के पर्वतों की ओर जाने के लिए सुरंगें हैं जिनमें से राज-राजेश्वर श्रीरावण अपने अंगरक्षकों के साथ गिरि-दुर्ग, वन-दुर्ग, नदी-दुर्ग आदि में हो रहे अनुसन्धानों का अवलोकन करता है। ऐसी सुरंगों में रंग-बिरंगे प्रकाश की व्यवस्था कैसे की गई है, हनुमान की बुद्धि के बाहर है। (विद्युत-बल्ब)

''त्रिकूट पर्वत पर बसी लंका नगरी में दृढ़ांग राक्षस वीर सदैव पहरा देते रहते हैं। श्रीरावण राक्षस संस्कृति का जन्मदाता और अनार्यों का संगठनकर्ता होने से महान् विद्वान है और ब्राह्मण श्रेष्ठ कार्यों में संलग्न रहता है। ऐसे सार्वभौम सम्राट के दस हजार सैनिकों के हाथ में विचित्र त्रिशूल रहते हैं। इन त्रिशूलों की विशेषता यह है कि ये हँसते हैं, बात करते हैं और दूर-दूर तक के सन्देशों का आदान-प्रदान करते हैं। (वायरलैस सेट)

''श्रीराम! श्रीरावण के उड्डयन विभाग की प्रशंसा मैं कहाँ तक करूँ! ऐसे विमान चालक-रहित हैं, आकाश में स्थिर हो जाते हैं तथा अलोप भी हो जाते हैं। (ओटोमैटिक पायलेट व्यवस्था) ऐसे यानों को श्वेत-भूत के नाम से जाना जाता है। इन्द्रजीत इन यानों को एक नियन्त्रण-कक्ष में बैठा-बैठा अन्तरिक्ष तक अपने यानों को भेजता रहता है। सूर्य-चक्र-व्यूह से मंडित यह नगरी चमत्कारों की नगरी ही है। वनों, उपवनों और राजप्रासादों की स्वर्ण-मंडित, गगन-चुम्बी छतें सब कुछ अद्‌भुत हैं। विश्व की ऐसी महान् शक्ति, महान् वैज्ञानिक लंका नगरी सर्वथा अजेय है।''

''आश्चर्य है हनुमान, कि देवगण श्रीरावण का वध इन्हीं कारणों से कराना चाहते हैं तो राम को पातक लगेगा। राम की अन्तरात्मा कहती है कि राम को इन्द्र-वरुण ने कुमार्ग पर लाकर खड़ा कर दिया है। युद्ध में छल-कपट को न्याय बताकर राम को पाप के गर्त में धकेल दिया है। यथार्थ में श्रीरावण से, जहाँ संसार को ज्ञान प्राप्त करना चाहिए, वहाँ अगस्त्य जैसे महात्मा उसके मरवाने के षड्यन्त्र में व्यस्त हैं। हनुमान, यदि भौतिक शास्त्री श्रीरावण चाहता तो क्षत्रियों की भाँति सीता का शील भंग कर देता किन्तु पुत्रीवत् पालन करनेवाला दशानन राम के लिए सदैव पूजनीय रहेगा। विधाता जानता है कि राम ने रावण के विरोध की कल्पना भी नहीं की किन्तु राजनीतिक दाँव-पेंच ने राम को किस भाँति उग्रवादी विचारधाराओं में पड़कर श्री दशकन्धर के वध के लिए तत्पर कर दिया है। अधेड़ सीता को दशग्रीव के लिए कामुक बताकर उसे अपयश में जोड़ दिया है। सीता-हरण को राजनीतिक अपहरण न मानकर उसे लम्पटता का बाना पहनाकर सत्ताधारी देव जाति ने मुझे भी बदनाम किया। लगभग पैंतालीस वर्ष की सीता श्रीरावण के लिए कैसे अनिंद्य सुन्दरी हो सकती है? जब राम ही अब सुन्दर नहीं रह गए हैं। जगत के लोग जगत-नियन्ता की चिन्ता किए बिना ही इतनी निकृष्ट बात सोचते हैं जिसकी कल्पना नहीं की जा सकती।

"रावण, तुम धन्य हो! तुमने सीता को पुत्री समान माना ही नहीं बल्कि व्यवहार भी किया। दशरथ, कैकेयी और ये आर्य-अनार्य समाज के खोटी बुद्धिवाले लोग भले ही तुम्हें अकारण, बिना सोचे-समझे धिक्कारें परन्तु राम तुम्हारा मन से, आत्मा से पिता तुल्य रूप ही स्वीकारेगा और यदि विधाता ने ब्राह्मण-हत्या का भागी बनाया तो उसका प्रायश्चित करेगा। यदि राम-कटक पराजित हुआ तो राम राक्षसों में बेटी-विवाह-व्यवहार[1] का प्रचलन कर यह बताएगा कि धार्मिक कट्टरता समाज की शत्रु है, राष्ट्र की शत्रु है। इससे मानव-समाज में क्रन्दन उठ जाता है। उन्होंने रक्ष-संस्कृति को घृणा से देखा। जिनकी अपनी संस्कृति में महान् विचारक उत्पन्न हुए हैं, जिन्होंने अपनी वैचारिक क्रान्ति से संसार को अनेक बार प्रेरणा दी है, उन्हीं महान् आदर्शवादियों की श्रेणी में श्रीरावण एक महान् दार्शनिक के रूप में उत्पन्न हुआ तो ऋषियों को साँप सूँघ गया। उन्होंने जब यह आभास किया कि श्रीरावण की मेधा के सम्मुख हम बौने हैं तो उन्होंने रक्ष-सभ्यता को घृणास्पद बताकर उसके अनुभागियों को राक्षस ही कह दिया।"

"श्री हनुमान, अब सीता-हरण के साथ ही वृद्ध महात्मा तपेश्वरी रावण कामी भी हो गया। सीता-राम-लक्ष्मण सभी अग्नि-परीक्षा और लोकापवाद की जटिल समस्या में फँस ही गए हैं। दशकन्धर इस मार्ग में भी हमारा अनिष्ट कर सकता है और समूची सेना को एक ब्रह्मास्त्र से भस्म कर सकता है फिर भी उनकी महानता देखो। हमें लंका तक पहुँचने का पूर्ण अवसर दिया जा रहा है। यदि श्रीरावण के स्थान पर अन्य कोई सम्राट होता तो किष्किन्धा से आगे राम को बढ़ने नहीं देता परन्तु मित्र-राष्ट्रों की गुट-नीति ने राम को जकड़कर रख दिया है। विश्व-युद्ध को शालीनता से ओढ़कर दशग्रीव अपनी महान् गम्भीरता का परिचय दे रहे हैं। प्रतापी नृप वे ही हुए, इन्द्र जैसी धूर्त शक्ति नहीं।"

"राम, गृह-निरपेक्षता इस युग में फलीभूत नहीं हो सकती। यह सामन्तवादी युग है। इस युग में निर्गुट राष्ट्र का अस्तित्व ही नहीं रह सकता। इस वातावरण में सभी राष्ट्रों को एक होना ही पड़ेगा अन्यथा कोई भी सम्राट अपनी सत्ता से हाथ धो बैठेगा। महाराजा रावण की विदेश-नीति इतनी सफल है कि आप समर में देखेंगे विश्व के लगभग समस्त राजे-महाराजे, चाहे वे किसी भी सागर (डेडसी, रेडसी, केश्पियन सी आदि) अथवा किसी भी तल, अतल, सरातल (ये भी समुद्र ही हैं) आदि के समस्त भूप अपने-अपने राजकीय चिह्नों के साथ ध्वजाएँ फहराते हुए मिलेंगे। भू-सुर (ब्राह्मण), नाग, किरात, गन्धर्व, दैत्य, दानव, असुर कुल सम्राट लंका द्वीप में शोभायमान होंगे जिनके नाना प्रकार के मुकुट होंगे। किसी पर बाज पक्षी का चिह्न होगा तो किसी पर गधे का। किसी पर सर्प का तो किसी पर पशु के सींगों का। किसी सुन्दर शीश पर सिंह की आकृतिवाला स्वर्ण-हीरक जटित मुकुट दृष्टिगोचर होगा।

"स्वयं सम्राट श्रीरावण की सेना में दो प्रकार की ध्वजाएँ हैं—एक शार्दूल की ध्वजा और दूसरी वीणा-ध्वजा। इन सेनाओं के आर्य-अनार्य सभी वर्गों के दुर्धर्ष वीर आपसे, हमसे टकराएँगे। श्रीरावणेश्वर महाराज की कपि सेना किरण निष्णात है। वह सुग्रीव की सेना के साथ मोर्चा लेगी। यही नहीं, आक्रामक और रक्षात्मक दोनों प्रकार से रण-कोशल राक्षसेन्द्र के सैनिक दिखाएँगे।"

"आह हनुमान, बहु भाषा-भाषी और बहु देशी-विदेशी शक्तियाँ एकत्रित होकर किस स्वार्थ की पूर्ति के लिए इस विश्व-युद्ध को रचने में स्वतः सहायक हो रही हैं। यही तो सृष्टिकर्ता का वह अदृश्य अनुपम विराट रूप है, जिसे कोई भी दार्शनिक तथा वैज्ञानिक नहीं समझ सकता।

1. विभीषण से दशरथ-पुत्री शान्ता का विवाह भी राम ने किया है। ऐसा रामायणों में है।

यही मनुष्य मात्र, चाहे वह देवता हो या अति मानव, अपने आपमें यह आभास करता है कि प्रत्येक घटनाक्रम, परिवर्तन, महापरिवर्तन के साथ अजस्र नियामक चलता रहता है और यहीं सभी लोग भाग्य भरोसे काम को छोड़कर कभी-कभी कर्म की प्रधानता के बावजूद पराजित हो जाते हैं।''

''इसलिए श्रीराम, जो हो रहा है वह एक अदृश्य शक्ति से परिचालित है जिससे प्रत्येक मानव भयभीत रहता है, उसी के भरोसे मानकर इन समस्त कृत्यों को छोड़िए संसार में सुखी कोई नहीं है, सभी दुखी हैं। कोई अर्थ से लाचार है तो कोई यश से लाचार है। कोई सत्ता पाकर उसकी सुरक्षा के लिए दुखी है तो कोई राजकीय नियमों में बँधा होने से प्रजा की बलवती इच्छाओं की पूर्ति और राष्ट्रीय योजनाओं के साथ-साथ युद्ध से दुखी है।

''श्रीराम, कहीं वर्णवाद उभर रहा है तो कहीं वर्गवाद और अब तो जातिवाद के साथ-साथ भाई-भतीजावाद भी पल रहा है। यथार्थ में पूछा जाए तो हम सब सत्ता के मद से मद-मस्त हाथी हैं जो चारों ओर से अपवादों और विद्वेष से घिरे हुए हैं। जिन्हें राजकीय चिन्ता के कारण प्रजा की सुख-सुविधा का ध्यान ही नहीं है। अपने-अपने वैभव की स्पर्धा में जनता का ही कचूमर हो रहा है। क्षत्रिय राज्यों में गहरा असन्तोष व्याप्त है। राम, हमने सुग्रीव को भले ही राजतिलक थोपकर वानरासन दे दिया परन्तु श्री बालि-भक्त जनता तो अंगद और तारा को ही चाहती है। यह थोपा हुआ सम्राट एक दिन सिंहासन से उतारा जाएगा। जन-क्रान्ति के सम्मुख बड़े-से-बड़े क्रूर और दमनकारी सम्राटों के किले ढह गए हैं। बड़े-बड़े जनपद धराशायी हो गए हैं। इतिहास उदाहरण है कि सर्वश्रेष्ठ सम्राटों की भी कालान्तर में जनता मीत नहीं रही है। फिर राम-रावण श्रेष्ठ सेवा के उपरान्त क्या पाएँगे? मात्र अपना नाम!''

''श्री हनुमान, इतने ज्ञानवान होकर भी तुम कूटनीतिज्ञ कैसे हुए?''

''वैसे ही जैसे भोला-भाला राम दंडक राज्य में आने से हो गया। यह सत्ता सब कुछ स्वयं सिखा देती है।''

''आह, सखे! अब तो राम को कष्ट हो रहा है।''

''भीतर के राम को, बाहरी राम को नहीं। क्योंकि बाह्य रूप में राम सत्कर्म-कुकर्म दोनों में लिप्त है और रहेगा।''

इसी समय महाराज सुग्रीव ने बीच में आकर कहा, ''वेलान्धपुर के सम्राट समुद्र की राज्य-सीमा आ गई है और समुद्र का तट भी दृष्टिगोचर होने लगा है।''

''ठीक है, तात! मुनि अगस्त्य जी जैसा कहेंगे हम लोग वही करेंगे।''

सेनाओं को विश्राम के निर्देश दे दिए गए। रथ, अश्व, गज—सभी रुक गए। काशी नरेश, जाबालि, भामंडल तथा भरत के मामा केकय नरेश (पंजाब, झेलम के निकट) सभी महात्मा अगस्त्य के पास आकर सिला में ही बैठ गए।

अगस्त्य जी बोले, ''महाराजा समुद्र हमें मार्ग नहीं देगा। यहाँ से नल-सेतु (डमरू-मध्य) तक पहुँचकर ही हम इस उदधि को पार कर सकेंगे। इन्द्र-ब्रह्मा का शत्रु है। सम्राट समुद्र और वावेरु (वेवीलोन) तथा रक्त-सागर (रेड-सी) तक समुद्री व्यापार करता है। सम्राट समुद्र के कवच जगत-विख्यात हैं। युद्ध सामग्री में वेलान्धपुर के राजा से कवच प्राप्त करने ही होंगे।''

''महात्मन्! यहाँ तो पानी ही पानी दृष्टिगोचर हो रहा है। जलोदधि की हिलोरों में ही समूची सेना समा जाएगी और उस पर भी किन्नर, किरात, नाग सब श्रीरावण के मित्र हैं। यह तो एक विडम्बना ही है!''

''वत्स राम! कोई विडम्बना नहीं है। अभी देखते हैं सम्राट हमें आगे बढ़ने देते हैं या नहीं अन्यथा पुरुषार्थ से और मेरे ब्रह्मास्त्र से समुद्र का सैन्यबल समाप्त कर हम सेतु बाँधकर अग्रसर होंगे।''

जाम्बवन्त बोला, ''तात अगस्त्य, तब तक सेना मछली फँसाकर अपनी सुरक्षा शान्त करे?''

''भूख मिटाना एक अनिवार्य आवश्यकता है। इसमें पूछने की कोई बात नहीं तात जाम्बवन्त, आप तो सुग्रीव के सुयोग्य मन्त्री हैं। सेना को मछली मारकर खाने की आज्ञा दो।''

जब सब चले गए तब राम ने लक्ष्मण तथा अन्य आर्य सम्राटों के बीच कहा, ''देखो, यह समुद्र कैसा दुष्ट सम्राट है जिसने दंडक के राजा राम का अभिनन्दन नहीं किया। इतनी विशाल सेना को देखकर भयभीत नहीं हुआ। यह मनुष्यों में बड़ा अभिमानी प्रतीत होता है, इससे तो युद्ध करना ही होगा।''

तभी सहसा अगस्त्य बोले, ''पहले तीन दिन तक देखो, सम्राट क्या करता है! वैसे मेरा अनुमान है, सज-धजकर सम्राट युद्ध के लिए आता ही होगा। यह भी शंकर का भक्त है। समुद्र तट की समूची बस्तियाँ, चाहे वे आर्य हों या द्राविड़, सभी प्रभु शंकर के लिंग की पूजक हैं। यदि हमने समुद्र को पराजित भी कर दिया तो भी इधर के द्राविड़ों का सहयोग हमें प्राप्त नहीं होगा जब तक कि हम यहाँ देवाधिदेव की प्रतिष्ठा न कर दें।

''यह एक कूट चाल भी है कि आर्यों ने अनार्य देवता रुद्र की पूजा को अस्वीकार कर लिया। इसके दूरगामी परिणाम बहुत श्रेष्ठ होंगे। शंकर भी प्रसन्न होंगे।''

राम समझ गए, अगस्त्य के ब्रह्म तेज के सामने राम मोम की भाँति पिघल जाता है। वह उनसे तर्क नहीं कर पाता और जो अग्निवेश अपनी क्रोध भरी आँखें उठाता है तो राम सहम जाते हैं।

तीन दिन हो गए। समुद्र की सेनाओं का रण-स्थल में पदार्पण हो गया है और मार्ग अवरुद्ध कर दिया गया है। युद्ध का शंखनाद अभी नहीं हुआ है। क्योंकि अगस्त्य एक-दो झड़पों में ही समुद्र को जीतना चाहते हैं। वे रण-नीति में निष्णात हैं। युद्ध में फँसे नहीं रहना चाहते बल्कि यहाँ से शीघ्र उबरकर लंका-धाम पहुँचना चाहते हैं। यहाँ लड़ने से सैनिक थक जाएँगे या हताहत हो जाएँगे। यदि अभी से सेना में निराशा जन्म लेगी तो वह भविष्य के लिए घातक सिद्ध होगी। उसका उत्साह मारा जाएगा। किसी भी भाँति यदि सम्राट समुद्र आत्म-समर्पण कर दे तो इससे अच्छी युक्ति और कोई नहीं होगी।

महाराजा समुद्र को दो सन्धि-सन्देश और दो अनुरोध-पत्र विनती के साथ भेज दिए हैं। एक में यह भी उल्लेख किया गया है कि अनार्य सम्राट समुद्र की पुत्री कन्याकुमारी से राम स्वयं विवाह कर लेंगे और इस विवाह से अनार्य संस्कृति की अन्तर्भुक्ति होकर समाज में द्राविड़ों को सम्मान प्राप्त हो जाएगा। श्रीरावण की भाँति ऊँच-नीच की खाई पाट दी जाएगी। फिर भी दशकन्धर की सन्धि-मैत्री से वचन-बद्ध सम्राट टस-से-मस नहीं हो रहा है।

अगस्त्य सोच में ही डूबे हैं। अब युद्ध के अतिरिक्त कोई विकल्प नहीं रह गया है।

सहसा उनकी आँखों में क्रोध छा गया और राम से बोले, ''यहाँ ब्रह्मास्त्र का प्रयोग करो। चलो, अब रण-क्षेत्र की ओर प्रयाण हो। इस अस्त्र से समुद्र की सेना, जो पानी की भाँति फैली है, को सुखा दो, राम! धृष्टता और संवादहीनता की भी सीमा होती है। यहाँ टेढ़ी अँगुली से ही घृत निकालना होगा। एक बात और, तुम्हारे मुख पर सौम्य-भाव नहीं बल्कि अग्निवेश जैसा

क्रोध भाव होना अनिवार्य है।''

सम्राट समुद्र और राम की सेनाएँ आमने-सामने हैं।

राम बोले, ''तात! मुझे मार्ग दो।''

''नहीं, रावण का परम मित्र सम्राट-समुद्र युद्ध के बिना मार्ग नहीं देगा।''

''तो समर होने दो।'' इसके साथ ही युद्ध होने लगा और वानर वीर कटने लगे।

अगस्त्य ने तत्काल ही राम को निर्देश दिया, ''अब ललकारकर ब्रह्मास्त्र की धमकी दो।''

राम ने तत्काल ही अनुसरण कर कहा, ''महाराज समुद्र, अब मैं ब्रह्मास्त्र का प्रयोग करने जा रहा हूँ जिसके विस्फोट से तुम्हीं नहीं, प्रत्युत तुम्हारी समूची प्रजा नष्ट हो जाएगी। उसकी उष्णता से कोई बच नहीं पाएगा। यह महात्मा अगस्त्य का अमोघ अस्त्र है। युद्ध तत्काल बन्द कर दो वरना तुम्हारी इहलीला का अन्त यहीं हो जाएगा।''

सम्राट समुद्र ब्रह्मास्त्र के बारे में जानता था। इसके भयानक परिणामों से परिचित था। उसने युद्ध रोककर कहा, ''आर्य राम! यह अनीति है, नीति नहीं। हमारे पास ब्रह्मास्त्र, अजगव आदि आयुध नहीं हैं। महाराज अगस्त्यजी के कहने पर आप इसका उपयोग कर सर्वथा अधर्म का परिचय दे रहे हैं। तुम निन्दनीय हो, राम! समुद्र तुम्हें धिक्कारता है!''

''समरांगण में धार्मिक उपदेश व्यर्थ माने गए हैं और विजयश्री की प्राप्ति के लिए प्रत्येक आयुध को सही बताया गया है। राम युद्ध को जब सन्नद्ध होता है तो उसका एक ही लक्ष्य होता है--विजय।''

''यह राजा राम के शब्द नहीं हैं। ये तो वसिष्ठ, विश्वामित्र और अगस्त्य जैसे महान् ऋषियों के कूट-मन्त्र हैं। राम तो दूसरों से परिचालित है। धर्म की बात उसके कानों को रास नहीं आएगी। समुद्र को समर्पण करना ही होगा।''

''तुम्हारे समर्पण से राम प्रसन्न हुआ। सेना को अस्त्र और कवच डालकर वापसी की आज्ञा दो और अब मुझे बताओ, मैं इस ब्रह्मास्त्र को कहाँ छोड़ूँ। बटन दबाते ही यह उस नगरी का विनाश कर देगा।''

''मेरे शत्रु द्रुमकुल्य देश में हैं जो मेरे सामुद्रिक व्यापार में बाधा उत्पन्न करते रहते हैं। राम, तेरे पिता दशरथ और मैंने देवासुर-संग्राम में भाग लिया था। तब मेरी उनसे मित्रता हुई थी। मैंने अयोध्या में आतिथ्य स्वीकार किया था। इस कारण तुम महामुनि अगस्त्य से इस अमोघ अस्त्र का उपयोग इस आभीर-दस्यु देश पर करो।''

राम ने तत्काल ही ब्रह्मास्त्र चला दिया और द्रुमकुल्य देश (मरुकान्तार) इससे नष्ट हो गया।[1]

तब सम्राट ने कहा, ''मैं तुम्हारी सहायता नहीं करूँगा, राम! किन्तु तुम्हारा मार्ग खुल गया है। नल-सेतु (डमरू-मध्य) तक तुम्हारी सेना पहुँच जाएगी।''

''यह राम नहीं जानता। राम को कवच प्राप्त हो गए और वह अब अपने अभीष्ट में सफल हो गया। अब तुम सानन्द राज्य करो। जाओ, तात जाओ।''

अगस्त्य इस विजय से प्रसन्न हैं। वायुयानों से कुछ सेना समुद्र पार हो जाएगी। इन्द्र के कथनानुसार उनके यानों की खेप आज आ ही जाएगी और पोतों को बाँधकर सेतु का निर्माण भी कर लिया जाएगा। सम्पाती-पुत्र सुपार्श्व का यान और उसकी नौकाएँ आ ही गई हैं। यह व्यवस्था नल-नील जैसे यान्त्रिकों को दे दी जाए और जब तक सेतु का निर्माण होता है तब

1. द्रुमकुल्य देश (मरुकान्तार) तक मार करने के ब्रह्मास्त्र का आविष्कार हाइड्रोजन बम अथवा एटम बम की याद ताजा करता है।

तक दक्षिण के द्राविड़ों के मन को जीतने के लिए भगवान शिव के लिंग की स्थापना यहाँ करा दी जाए। इससे शंकर रावण को सैनिक सहायता नहीं दे सकेंगे। अस्त्र-शस्त्र तो उन्होंने राम और रावण को पहुँचा ही दिए हैं।

राम ने आते ही मुनि के चरण छुए और अगस्त्य ने आशीर्वाद देकर कहा, "राम, हम सब उत्तर भारत के आर्य लोग हैं। सुपार्श्व (गरुड़) विष्णु के भक्त हैं और द्राविड़ शंकर के। जब तक नल-नील द्वारा सेतु बाँधा जाएगा तब तक तुम इस रावणेश्वरम् में रामेश्वरम् नाम के एक शिवलिंग की स्थापना कर दो। यह हमारी धार्मिक कूट-चाल है। इससे हमें समुद्र-तटवासियों की सहानुभूति प्राप्त होगी और शंकर का भक्त होने से रावण प्रसन्न होगा। उनकी इस अनुकम्पा का लाभ भी प्रत्यक्ष रूप से हमें प्राप्त होगा।"

"किन्तु इस रामेश्वर लिंग को कैलास से कौन लाएगा तथा उसकी प्रतिष्ठा कौन कराएगा, तात?"

"हनुमान वायु-यान से लाएँगे और प्रतिष्ठा परम विद्वान ब्राह्मण श्रीरावण द्वारा कराई जाएगी।"

राम मुनि के वाक्य सुनकर अवाक् रह गए। श्रीरावण द्वारा प्रतिष्ठा की बात राम की कल्पना में भी नहीं थी। उनके आश्चर्य की सीमा न रही और लक्ष्मण फटी आँखों से अगस्त्य की ओर एकटक निहारने लगे। वे विचारने लगे, जिन लोगों के कारण हम रावण जैसी शक्ति के अकारण वैरी बने, व्रती का कपटी बाना धारण कराया और वही अब न जाने कौन से नए षड्यन्त्र में हमें फाँसकर हमारे प्राण ही सम्भवतः गँवाना चाहते हैं। लवणासुर (मथुरा का राजा) का सैन्य-दल लंका रणक्षेत्र में पहुँच चुका है। वह कोशल का शत्रु है और मुनिराज फिर कोई नई कूटनीतिक चाल चल रहे हैं। इन ब्राह्मणों को करतार ने बड़ा विलक्षण बनाया है। इनकी बात काटो तो महान् क्रोधी, सम्मान न दो तो विकट शत्रु और यदि रण को ललकारो तो महान् योद्धा। रण में कभी पीठ नहीं दिखाते। जहाँ-जहाँ हम क्षत्रिय रण-कोशल में असफल हुए हैं वहाँ-वहाँ ब्राह्मणों, ऋषियों की सैन्य-शक्ति ने ही हमारी रक्षा की है और आज भी कर रहे हैं। इनसे देवता तक भयभीत हैं। कहो तो किसी भी देव सम्राट के विरुद्ध कोई भी सूक्त की रचना कर उसे विनष्ट कर दें और ख्याति पर दुष्ट राक्षस, पापात्मा जैसे शब्दों को पिरोकर पानी फेर दें, किसी की संस्कृति को अपनाकर उसके मत की पुष्टि ऐसी कर दें मानो वह राज-मुद्रांकित कोई आज्ञा हो अथवा कोई ऐसा प्रण कर लें कि छत्र सिंहासन तक को नीचे उतार दें। इसीलिए इन्हें भू-सुर जैसे विशेषण लगाकर वर्ण-व्यवस्था में सर्वश्रेष्ठ घोषित किया गया है। भार्गवों ने धनुर्वेद की रचना क्या की है, समूचे संसार को वैज्ञानिक चमत्कारों से विस्मय में डाल दिया है। भार्गव भयानक-से-भयानक विस्फोटक आयुधों का आविष्कार कर चुके हैं। यह विश्व-विज्ञान के लिए एक अनोखी देन है। हम लोग यहाँ किसी विपद् जाल में फँस गए। सर्वत्र मृत्यु का तांडव-नृत्य हो रहा है। सम्भवतः यह श्रीरावण को बुलाकर सन्धि का कोई नया उपक्रम हो परन्तु इनसे पूछे कौन?

अगस्त्यजी ने राम-लक्ष्मण के चेहरों को पढ़ लिया। वे विहँसे फिर बोले, "वत्सो, मैंने जो कहा है वह नीति-युक्त तो है ही, राजनीति-युक्त मुद्दा भी है। हनुमान सभी देवताओं को सपत्नीक आमन्त्रित करेंगे ताकि उनसे कुछ और सामरिक उद्देश्य की पूर्ति की जा सके। श्री यमराज और श्री शंकर भगवान का रक्त-सम्बन्ध है। वे देवाधिदेव से कुछ और सहायता भी दिला सकते हैं। उन्हें तटस्थ नीति पर सुदृढ़ रूप से आरूढ़ करेंगे। समस्त देवताओं के समक्ष रामेश्वर लिंग की स्थापना से ही आर्य समाज में द्राविड़ों के देवता की प्राण-प्रतिष्ठा हो जाएगी, जो युगों तक

उनकी पूजा के रूप में चलेगी।

"दूसरी बात श्रीरावण की है तो यह यथार्थ है। इस तपेश्वरी ब्राह्मण से श्रेष्ठ वर्तमान में कोई भी सुयोग्य कर्मकांडी ब्राह्मण जगत में नहीं है। रावण के ध्वनि-मन्त्र, बीज-मन्त्र का सही उच्चारण और उनका महत्त्व अन्य कोई नहीं समझता। वेदपाठी, भाष्य-निर्माता दशानन श्रीरावण राजनीति के दलदल में सत्ताधारी है तो दूसरी ओर मनुष्य भी है। और पौलस्तेय होने से संसार का एक सर्वश्रेष्ठ महापुरुष है। मैं और तुम दोनों उनके सम्मुख चींटी के बराबर भी नहीं हैं। ऐसे महामानव की प्रशंसा की जानी भी एक अनिवार्य आवश्यकता है। राजनीतिक, धार्मिक, सांस्कृतिक विरोध अपने स्थान पर है और ब्राह्मण-कुलोत्पन्न यज्ञकर्ता श्रीरावण का अपना अद्वितीय स्थान है। इसमें कोई कटुता नहीं है और हमारे द्वारा आमन्त्रित करने पर दशानन आएगा, निश्चित आएगा। पचपन कलाओं में प्रवीण प्रकांड विद्वान दशकन्धर द्वारा स्थापित यह रामेश्वर लिंग इस रावणेश्वर स्थान में जनता के लिए भविष्य में एक तीर्थ-स्थल बन जाएगा। इस मन्दिर की सत्यता से समूचा जग आलोकित होगा। रामेश्वर लिंग की स्थापना करना कोई सरल कार्य नहीं है। कोई भी श्रद्धालु तभी मूर्ति-पूजा की ओर आकर्षित होता है जबकि उसकी मनोकामना पूर्ण हो क्योंकि संसार स्वार्थ-मय है। मनुष्य पहले अपना स्वार्थ सोचता है तदुपरान्त वह किसी अच्छे फल की आशा से मन्दिरों में विश्वास के साथ ढोक लगाता है। अपने मन में पाप सदा के लिए न सही किन्तु उतनी देर तक के लिए तो धोता ही है और शान्ति का आभास करता है।

"ऐसा सफल यज्ञ करानेवाला इस प्राण-प्रतिष्ठा के कर्मकांड में और वह भी शिव-भक्ति के लिए एकाकी श्री दशग्रीव ही है।

"सुनो, राम! ऐसे पवित्र कार्य के लिए क्या आवश्यक है, यह भी महामना सार्वभौम सम्राट ही जानता है। लंकेश्वर महान् है। वह ऐसी रणनीति और उथली राजनीति में अपने कर्म से पीछे नहीं हटेगा। यहाँ उसके लिए राम एक यजमान है। तू आमन्त्रण भेज, वत्स! सब ठीक होगा।"

18

समुद्र की लहरें हिलोरें ले रही हैं। तीन पालवाली नौकाएँ तक हिल जाती हैं। नल-नील जल-डमरू-मध्य तक से लंका-द्वीप के तट तक निरीक्षण कर आए हैं। जहाँ-जहाँ सागर उथला है, वहाँ-वहाँ से सेतु बनाए जाने का सर्वेक्षण चुपचाप कर आए हैं। फिर भी चिन्तित हैं। पत्थरों से सेतु बनाया नहीं जा सकता। नौकाओं का बन सकता है परन्तु, रथ हाथी, घोड़ों आदि का भार कहीं अधिक हो गया तो बीच में ही टूट जाएगा। सेना डूब जाएगी। यह उपक्रम किया भी जाए तो एक स्थान पर जहाँ पानी अधिक होने से लहरें अधिक ऊँची उठती हैं, वहाँ नौकाओं से सेतु बन ही नहीं सकता। नौसेना की एक तैराक महिला, जिसे जल-सुन्दरी की उपाधि प्राप्त है, कह रही थी कि इस स्थान पर धार भी तेज है, नौकाएँ स्थिर नहीं रह सकतीं। हनुमान को अपनी असमर्थता प्रकट की तो वे लड़ उठे। उन्हें अभिमान हो गया। हनुमान सागर बाँधने की इस तकनीक को नहीं समझते। समूचा समुद्र खारा है किन्तु जहाँ जल की धारा तेज है, वहाँ का पानी नौसेना ने चखा था और जल-सुन्दरी (परी) को बताया था, वहाँ पानी मीठा है। यह तो ऐसा प्रतीत होता है मानो लवण सागर में अमृत हो। हनुमान झक्की है और उसे अपने

बल पर अभिमान है तो नल को भी अपनी यान्त्रिक तकनीकी का गुमान है।

फिर नल-नील क्या करें! जाम्बवन्त (जामवन्त) भी भेसज तथा वास्तुकला विशेषज्ञ हैं। वे भी तकनीक पर सोच रहे हैं। ऋक्ष वंश (रूस का विज्ञान) कोई निर्णय नहीं ले पा रहा है। तो हम हरि (चीनी) क्या करें! श्रीरावण के द्वीप में तो मय-देशी (अमेरिका) के साथ-साथ ओर्वजन (अरबी सेना) अन्य विदेशी सम्राट हैं जो प्राणपण से श्रीरावण के ईष्ट मित्र, नातेदार और ब्राह्मण हैं। दैत्य, दानव, अहि (नाग) लोग भी हैं। यह सेतु जब तक नहीं बँधता तब तक वे सब विहँस रहे होंगे। फिर सूर्य-चक्र-व्यूह से मंडित लंकापुरी में समूचे सम्राट आनन्द कर रहे होंगे। यहाँ राम के पास आपूर्ति के लिए जो कुछ आया भी, वह कम है। वह समुद्री मछलियाँ भूख की साधन हैं अन्यथा इतना खाद्यान्न तो इस तट पर ही समाप्त हो जाएगा। हनुमान को हमारा यश रास नहीं आता। महाराज सुग्रीव किसी से कुछ कहते ही नहीं हैं। यह उनकी कायरता है या अब उन्हें अपनी बहन श्रीप्रभा की सोच होगी।

नल ने गहरी साँस ली फिर पूछा, "तात नील-जाम्बवन्त, इस सेतु का क्या करें?"

नील ने उसाँस भरकर उत्तर दिया, "मेरी समझ में एक कार्य हो सकता है कि जंगल से बाँस-वृक्ष लाए जाएँ और उनका सेतु, डमरू-मध्य तक बाँधा जाए। जहाँ तेज-धार है, वहाँ का कुछ समझ नहीं आ रहा है। रस्सी बँटकर उन्हें बाँध दिया जाए तो सम्भवतः सेतु शीघ्र बनता है।"

नल को यह तकनीक समझ में आई और फिर उनका यान्त्रिकी मस्तिष्क घूम गया। उन्होंने तत्काल ही कहा, "फिर तो लोहे की मोटी नलिकाएँ, जिनका मुँह तोप के बराबर बड़ा है, को शीशे से बन्द कर (लोहे के पाइप सील्ड किए हुए), मोटी रज्जु से बाँधकर उनका सेतु बनाया जा सकता है। वह लहरों और तेज धार, सभी के लिए उपयुक्त होगा। वह हाथियों का भी भार वहन करेगा। बाँस बाँधकर कुछ ड्योढ़े बना दिए जाएँ जो लंकाद्वीप के पश्चिम भाग मन्नान सागर तट से, विभीषण की अग्रहारी (जागीर) कल्याणीपुर तक पहुँच सके।"

जाम्बवन्त खिलखिलाकर बोला, "यह युक्ति सतकनीक और सुन्दर है। हनुमान पत्थरों से जीवन-भर सेतु नहीं बाँध सकता। फिर सेतु की सुरक्षा भी करनी होगी अन्यथा श्रीरावण की नौसेना उसे नष्ट करने का प्रयास भी करेगी। अब शीघ्रता करो नल और समूची कपि-ध्वजी सेना को यह कार्य सौंपो। आर्यों की सेना इतनी बलवान नहीं है कि वे बाँस-वृक्ष लाएँ, रस्सी बँटें और अय-नलिकाओं का काम करने में भी वे असमर्थ हैं। उनसे और काम लो।"

"जो आज्ञा, तात! अब तो हम लोग शीघ्र ही इसे पूर्ण करेंगे और इसका सुरक्षा-भार आर्य नौसेना को आठ प्रहर के लिए सौंपेंगे।"

नल सीधे महात्मा अगस्त्य के शिविर में पहुँचे। वहाँ राम भी बैठे थे। नल ने तत्काल ही प्रसन्नता में अगस्त्य जी के चरण स्पर्श किए फिर कहा, "सेतु बँध जाएगा किन्तु वह नौकाओं से नहीं बल्कि लोहे की नलिकाओं के शिरों को बन्द करके बनाया जाएगा। जिससे उसमें वायु रहेगी और वे पानी में तैरेंगे।"

अगस्त्य प्रसन्न हुआ, यह एक जटिल गुत्थी थी जिसे तुम जैसे वास्तुकलाविद् ने पूर्ण कर दिया। हमारा-आपूर्ति स्थान यह श्रीरावणेश्वरम् ही रहेगा। यहीं से युद्ध और खाद्यान्न सामग्री समुद्र के उस पार वायु-रथों से भेजी जाएगी। इसकी सुरक्षा के लिए यहाँ भी योग्य और आज्ञाकारी सैनिक तथा जाबालि को रखा जाएगा। क्योंकि जाबालि अब दक्षिण की भाषा समझने लगे हैं। तमिल का ज्ञान उन्हें हो गया है। उस पार सेना उतरने के उपरान्त हमारी रण-नीति नई होगी,

नल! क्योंकि राम अधूरा है और श्रीरावण पूर्ण। सूर्य-चक्र-व्यूह से सुरक्षित लंकद्वीप निश्चित ही अजेय है। लंका ही महायुद्ध का रण-क्षेत्र है। 'धार्मिक युद्ध' शब्द मुँह से बोलना अलग बात है और निर्वाह अलग। हम क्या करेंगे, यह अभी भविष्य के गर्भ में है। किन्तु हनुमान, नल और राम-लक्ष्मण यदि यह सोचें कि इस विश्व-युद्ध के उत्तरदायी कौन हैं और जय-पराजय किसके हाथ में है? तो यह कहना होगा कि इस महायुद्ध के दुष्कर परिणामों के लिए उत्तरदायी पूर्णतया धनुर्वेद के आचार्य—भार्गव, जमदग्नि, परशुराम, वसिष्ठ, विश्वामित्र जैसे वैज्ञानिक हैं। उन्होंने धनुर्वेद की कई संहिताएँ रचीं। भरद्वाज ने भी धनुर्वेद का सम्पादन किया है। उशनसों (काव्य उसना शुक्राचार्य के भार्गव वंशज) ने सभी प्रकार व्यूह-रचनाओं का विवरण दिया है। शिव का धनुर्वेद तो महान् है ही जो युद्ध-विद्या की तकनीकी की पराकाष्ठा है। ये सब, हम, तुम लोग और राम-लक्ष्मण—सभी इस महायुद्ध के जघन्य अपराधी के लिए दोषी कहलाएँगे क्योंकि यह आयुधों का परीक्षण भी है और राजनीतिक सफलता या विफलता भी। श्रीरावण सर्वथा निर्दोष है। मुझसे ही ब्रह्मास्त्र का उसने ज्ञान लिया है। शंकर से सूर्य-चक्र-व्यूह की रचना का ज्ञान प्राप्त किया है। विद्याधर वंशी श्रीरावण महाशक्तियों से भी बलवान हो गया है। वह सबकी आँखों की किरकिरी है। यह धर्म-युद्ध कभी नहीं हो सकता। यदि हुआ तो रावण विजयी होगा इसलिए कूट-युद्ध ही होगा। अब देखना है कि रामेश्वर लिंग की स्थापना में क्या-क्या गुल खिलते हैं। आप लोगों को मेरी चेतावनी है कि विभीषण के राज्याभिषेक के जो सन्देश हमने सीता को पहुँचाए तथा हनुमान वार्ता कर आए, उसके बाद भी विभीषण अभी तक फूटकर नहीं आया है। यदि आ जाए तो घर का भेदी ही लंका को ढहाने में काम आएगा। वही एक निर्णायक पुरुष होगा। यद्यपि विभीषण की पद-लोलुपता धिक्कारणीय और लंकावासियों के लिए उसके प्रति घृणास्पद होगी। किन्तु हमारे लिए विभीषण मणिकंचन योग होगा। इस कूटनीति पर शान्त न बैठा जाए। जितने वानर-चर और कुछ लंका के देशद्रोही मन्त्री हमारे लिए लंका में काम कर रहे हैं उन्हें किसी भी प्रकार के प्रलोभन से तोड़ा-फोड़ा जाना एक आवश्यक विषय है।

"सुनो, अगस्त्य स्वयं नहीं समझ पाता है कि वह महात्मा है या दुष्टात्मा और वह किस अदृश्य शक्ति के संकेत पर क्या कर रहा है? क्यों कर रहा है? देवजाति तो कपटी है ही परन्तु चौथेपन में भी क्या-से-क्या हो गया है, यह वह स्वयं नहीं समझ पाता। मैं श्रीरावण का फूफा हूँ। यदि मुझे युद्ध में ही भाग लेना था तो महात्मा श्रीरावण की ओर से लेना चाहिए। मुझे आर्य और देवों से तो कोई सरोकार नहीं है। दशकन्धर की माता और उनके नाना माल्यवान भी नीतिविद् हैं, विद्वान् हैं फिर भी अगस्त्य का मन लंकाधीश की सेवा में जाने को नहीं होता। मैंने मन्दोदरी के भाई का वध किया फिर भी रावण ने महानता का ही परिचय इसलिए दिया कि बुआ लोपामुद्रा विधवा हो जाएगी। तात पौलस्त्य ने मुझे पुत्र के समान ही माना और इस कारण कुछ ऋषिगण मुझे तात पौलस्त्य ऋषि का पुत्र ही कहने लगे। इतने पर भी अगस्त्य का हृदय नहीं पसीज रहा। विधाता ने उसे पत्थर का बना दिया है। भृगु, पौलस्त्य दोनों अब संसार में नहीं हैं अन्यथा अगस्त्य जहाँ है वहाँ कभी हो नहीं सकता था। अब वैश्रवण भी स्वर्ग सिधार गए हैं तो अगस्त्य क्या करें? हम जिस दृश्य को देखते हैं जिसमें अलौकिकता होती है, उसकी वस्तुस्थिति कुछ और ही होती है। तभी बार-बार कहना पड़ता है—जगत मिथ्या है। संसार-चक्र में फँसा मनुष्य विध्वंश के बीच जी रहा है और राम सत्कर्म नहीं, कुकर्म कर रहा है। चेतनावस्था के बावजूद उग्रवाद, आतंकवाद सर्वत्र व्याप्त है। इस पर नियन्त्रण नहीं हो सका किन्तु अब यह विश्व-युद्ध कर देगा और जो जीव रह जाएँगे वे सब शान्ति-शान्ति चिल्लाएँगे तब वहाँ करुण

क्रन्दन के मध्य से एक ही आवाज गूँजेगी—ये राजनीति, ये संस्कृतियाँ और ये धर्म मनुष्य के सदाचार के लिए नहीं बल्कि सामंतों की, सम्राटों की अपनी-अपनी रोटियाँ सेंकने के शब्द-जाल हैं। हमें अश्वमेध यज्ञ का नरसंहार नहीं चाहिए। हमें आर्य-अनार्य सभ्यता की पगड़ी नहीं चाहिए। हमें भौतिक विज्ञान का विनाशकारी और विलासमयी आविष्कार नहीं चाहिए। हमें क्षत्रियों, ब्राह्मणों, वैश्यों, शूद्रों और चैत्यों के उपदेश नहीं चाहिए। हमें राजभोगों में लिप्त सम्राट, जनपद या गणराज्य नहीं चाहिए।

"हमें चाहिए अपना सुख और दूसरों के जीवन की सुरक्षा तथा विश्व में शान्ति की स्थापना। यह होगी जन-क्रान्ति, जिसमें स्वयमेव सत्यता होगी और ऐसा प्रत्येक युग-परिवर्तन पर, प्रत्येक महायुद्ध पर नैसर्गिक रूप से होता आया है जिसे कोई टाल नहीं सका बल्कि सत्ताएँ, सेनाएँ सब उसी शब्द की ओर झुकती चली गई हैं जिस ओर से इस शब्द का प्रस्फुटन हुआ था। सर्वोच्च सत्ता किसके हाथ में रही? राज्यभोगियों, राज्यकर्मियों अथवा सर्वशक्तिमान जनता के?

"जनता भी क्या विलक्षण है! राम, तुम्हारा भाई भरत जो सुन्दर राज्य कर रहा है स्वस्थ एवं सुन्दर सुविधाएँ प्रदान कर रहा है तथा कर और ऋण से मुक्ति प्रदान कर रहा है, ऐसे निर्धन-रक्षक भरत को अयोध्या की प्रजा कोस रही है। यही दशा लंका राज्य की है। जिस रावण के कारण लंकद्वीप विश्व में प्रसिद्ध है, सोने की नगरी कहलाता है, प्रजा पूर्ण सुखी और वैभवशाली है, विभीषण ही नहीं बल्कि अन्य सत्ता के भूखे-भेड़िए भी भोली जनता में कहीं जातिवाद की संकीर्णता का, कहीं साम्प्रदायिकता के कुछ रोग का तो कहीं दलगत राजनीतिक विद्रोह का लाभ उठाकर एक महान् शासक को दोष मढ़ रहे हैं।

"शूर्पणखा जैसी श्रेष्ठ राज्य-संचालिका कालकेयों को नहीं भाई। तुम्हारा भाई भरत, श्रीरावण तथा शूर्पणखा और विश्व के अनेक आदर्शवादी महापुरुष सुन्दर कार्यकर्ता हैं। इन्हें अकारण अधिनायकवादी, साम्राज्यवादी, भ्रष्टाचारी कहा जाता है। उनकी सच्चरित्रता का नहीं प्रत्युत् झूठी दुष्चरित्रता का चित्र जनता के सम्मुख रखकर उनकी प्रतिष्ठा को गिराया जाता है। उनके श्रेष्ठतम व्यक्तित्व और कृतित्व को गिराकर, समाज की दृष्टि से उन्हें हटाकर अपनी असफल राजनीतिक सफलता का दावा प्रस्तुत किया जाता है। मनुष्य होने के नाते हम उस छलावे में आ भी जाते हैं। फिर हम भी उसी ढर्रे पर चलने लगते हैं जिस पर अतीत का केंचुल चढ़ा रहता है। यदि हमारे पास मौलिक कुछ नहीं होता तो कालान्तर में हम नीचे आ जाते हैं।

"यह इक्ष्वाकु, नहुष, ययाति, ऋषभ (जैन), परशुराम, इन्द्र, शिव—सभी जानते हैं, भुक्तभोगी हैं किन्तु मकड़ी स्वयं जाल बनाती है और उसी में फँस जाती है।

"ऐसे ही समस्त जन एकाकी ताने-बाने में बिंधे हुए हैं। अन्तःकरण से कोई किसी का मीत नहीं है और कोई किसी का शत्रु भी नहीं है परन्तु भौतिक जगत व्याधियों के कारण मित्र-शत्रु सब कुछ है।"

राम लक्ष्मण फिर विस्मित हो गए। मुनि के ज्ञान की सीमा नहीं है। अगस्त्य सुधन्वा, विश्वामित्र, वसिष्ठ, भरद्वाज, वाल्मीकि आदि ऋषियों से भी महान् हैं। इनके चरण धो-धोकर पीएँ तो उऋण नहीं हो सकते।

फिर अगस्त्य बोले, "चरों ने कंचनजंघा से भगवान् भार्गव परशुराम के लंका-आगमन का समाचार तो नहीं दिया अन्यथा राम-कटक यहीं समाप्त हो जाएगा।"

"अभी तक तो नहीं, मुनिवर! वैसे विदेश से अनेक भार्गव सम्राट शुक्राचार्य के वंशज लंका में पहुँच रहे हैं या पहुँचनेवाले हैं। अहिरावण (महिरावण) भी इस युद्ध में अपनी पूर्ण नाविक

शक्ति के साथ आ रहे हैं।''

''क्या देवी का भक्त अहिरावण (अमीर-अरब), जिसके सम्मुख समुद्र थम जाता है, श्रीरावण की ओर से समर में आ रहा है?''

''हाँ, तात!''

''तब तो बहुत कुछ सोचना होगा, राम! परन्तु अभी से इस पर विचार करने से कोई लाभ नहीं। यह सब रण-स्थल की स्थिति के अनुसार सोचा-विचारा जाएगा। अभी तो नल, तुम सेतु का और राम, तुम यज्ञ का काम करो, शेष फिर।''

''चेरदेश, कोंकण (केरल) ये सभी परशुराम के आज्ञाकारी हैं। इस कारण रावण के पक्षधर हैं और उसी की सहायता करेंगे। यथार्थ में किष्किन्धा सम्राट सुग्रीव और केशरी की सेना ही हमारा सहयोग करेगी। वह भी बालि के वध के कारण। यदि अंगद ने वानर सेना में सैनिक विद्रोह करा दिया अथवा बीच युद्ध में शस्त्र रख दिया तो पराजय का मुँह देखना पड़ेगा। इसलिए युवराज अंगद को महत्त्व प्रदान करो, मन्त्री नल! वह भी वाक्प्रवीण है। उसने राम से प्रतिशोध लेने की ठान ली तो हम परस्पर ही उलझ जाएँगे।[1] मध्य देश के गौड़ ब्राह्मणों की सेना भी लंका पहुँच गई है।''

राम बीच में ही बोले, ''तात, राम तो दीन-हीन-सा होकर रह गया है। सामने समुद्र हिलोरें ले रहा है, पीछे लौटने पर कपि सेना राम की शत्रु है। जब सेना विचलती है तो वह सेनापति, सम्राट किसी की आज्ञा नहीं मानती और उन्हीं का वध कर देती है। राम से साहसी सीता का विछोह हो गया। यथार्थ में राम का वनवास तब नहीं था, इस अधेड़ावस्था में अब अवश्य हो गया। अब सन्धि ही करा दीजिए तात, ताकि राम अयोध्या लौट जाए।''

''राम, उदासीनता तथा किसी कार्य के प्रति अरुचि अपने कर्तव्य-पथ से विचलित होने की परिभाषा में आता है। सीता तुम्हारे कारण नहीं, हम सभी के कारण राजनीतिक बन्दिनी हुई है। अगस्त्य ने ही लक्ष्मण से शम्बूक-वध का रहस्य प्रकट किया था और अगस्त्य को भैया वसिष्ठ ने सन्देश भेजा था तथा वसिष्ठ को इन्द्र ने। सभी इस षड्यन्त्र में एक ही लक्ष्य को लेकर लगे हैं कि श्रीरावण की महिमा का अन्त हो। रमणियाँ जिसके चित्त को डिगा न सकें, माया जहाँ फटक न सके, ऐसे संसार में लिप्त होते हुए भी निर्लिप्त कर्मयोगी का जब तक अन्त नहीं हो जाएगा, तब तक कोई हमें शान्त नहीं बैठने देगा। अब पीछे हटे तो कायर कहलाएँगे तथा अपयश के भागी होंगे। यह चिन्तन तुम्हारा नहीं मेरा है, राम!''

पुनः पैतरा बदलकर बोले, ''हनुमान ने नल की बात नहीं मानी और बड़े-बड़े शिलाखंडों से सेतु बाँधने का प्रयास किया किन्तु असफल हो गए। प्रकृति भी जगत-नियन्ता की कितनी श्रेष्ठ सम्पदा है कि समूचा जलोदधि खारा है किन्तु एक स्थान पर जहाँ समुद्र की तली से जलस्रोत जा रहा है वहाँ मीठा है। इसी में मोती हैं, रत्न हैं। सब कुछ है किन्तु ये सब हमारे उद्देश्य के सम्मुख शून्य हैं। समुद्र तटीय लोग अधोवस्त्र धारण किए हुए, बारह मास लकड़ी के लट्ठों को नारियल की रज्जु से बाँधकर नारियल के पत्तों से बने झोंपड़ों में रह रहे हैं जैसे कि वर्तमान में हम। फिर भी ये लोग सुखी हैं। इनका काम देशी-विदेशी जहाजों को रत्न, शंख-सीपी कम मूल्य में विक्रय करना है और कन्द (गड्डा) खाकर पेट भरना तथा चटाई बिछाकर सपरिवार सुख की नींद सोना मात्र है। जबकि हमारी नींद उड़ी हुई है।''

1. बाद में अंगद ने राम को पराजित भी किया है।

"तात, नल प्रतिज्ञा करता है कि वह सेतु बाँधकर ही नहीं बल्कि सेना को सुवेल-अंचल तक पहुँचाएगा।"

"कर्म तो साहस से सफलता प्रदान कराता है। कर्म में ही लक्ष्य-वेध रहता है। उद्यमी कुछ खोकर ही प्राप्त करता है किन्तु जो निठल्ला है, इधर-उधर की डींग हाँकनेवाला है, निष्क्रिय है, वह क्या खोएगा, क्या पाएगा! इसलिए धीरज धरकर अब आप लोग अपने-अपने कर्तव्य का पालन करें। अगस्त्य का मनन-चिन्तन तो भला-बुरा चलता ही रहेगा। अब आप लोग जाइए।"

राम-लक्ष्मण और नल अपने-अपने शिविरों में चले गए।

हनुमान रामेश्वर लिंग लेकर कैलास-धाम में आ गए हैं। राम सैकत लिंग बनाकर दक्षिण भारतीयों को उसकी महिमा का बखान कर रहे हैं। इन्द्र, वरुण (ब्रह्मा) यम तथा देवाधिदेव भगवती पार्वती के साथ वायु-रथ से पधार आए हैं। वे रामेश्वर लिंग की स्थापना में शिव-शंकर को, आर्य संस्कृति का स्थान देने की पुष्टि ही नहीं करेंगे वरन् समाज में इसकी स्वीकृति प्रदान कर शैव, वैष्णव, सूर्य धर्म आदि की एकता का भी ज्ञान कराएँगे। यह धर्मों का राजनीतिक विलीनीकरण मात्र श्रीरावण के लिए होना है और इसके द्वारा भगवान शंकर की पूजा कर, उसे आर्य धर्म में आत्मसात् कर, दक्षिण के द्राविड़ों को यह बताना है कि हम धर्म-निरपेक्ष हैं। यही हमारी महानता है कि हम आपकी पूजा-अर्चना और संस्कृति को भी अन्तर्भुक्त कर रहे हैं।

श्रीरावण जैसा प्रकांड विद्वान् इसकी प्रतिष्ठा कराएगा। इस रावणेश्वर स्थान में दशानन के इष्ट शंकर का पूजा-यज्ञ होगा तो दशकन्धर फूला नहीं समाएगा। भीतर से वैर रहेगा परन्तु ऊपरी मन से भोली प्रजा को कूटनीतिक देवता यह समझा देंगे कि हम आर्यों-अनार्यों, सभी को एक समझते हैं। शंकर की भक्त, दक्षिण भारतीय जातियाँ सब राम को सहयोग भले ही न दें परन्तु असहयोग भी नहीं करेंगी।

नारियल के पत्तों को गूँथकर बनाए गए एक छोटे से पंडाल में राम-लक्ष्मण को छोड़कर सभी अतिथि अगस्त्य के पास बैठे हैं। विचार-विमर्श चल रहा है। श्रीरावण अभी नहीं आया है। मुहूर्त में भी अभी समय है और बिना वामांग के राम रामेश्वर लिंग की स्थापना करने में असमर्थ रहेंगे। क्या पता महामना पंडित श्रीरावण आते भी हैं या नहीं।

इन्द्र बोले, "तात अगस्त्य, आपने और भृगु ने मेरी पत्नी के ही सतीत्व की रक्षा नहीं की थी अपितु महाराज नहुष की सेना को छल से परास्त कर उस दुरात्मा को सर्प की भाँति घसीटकर सिंहासन से उतार दिया था और मुझे मेरा राज्य लौटा दिया था आपसे छल-बल में तो मैं दुर्बल हूँ ही। अतएव हे महामुने, अब आप ही राम की रक्षा कीजिए।"

"राम कोई एकाकी नहीं है, हम सभी उसके साथ हैं। जब वरुण श्रीरावण से पराजित हो गया तो उसके पुत्र वसिष्ठ का भाई अगस्त्य, जिसने द्वीप-द्वीप की यात्रा की है, और जिसे देवाधिदेव ने ही दक्षिण में भेजा है, वह अपने पिता की हार को दशमुख का फूफा होने पर भी राजनीतिक दृष्टिकोण से नहीं भूल सकता। उसकी पहली चाल छल से बालि के वध की सफल रही अन्यथा ये प्रचंड शक्ति हमें कैसे प्राप्त होती!" वरुण (ब्रह्मा) ने कहा।

फिर यमराज बोले, "मैं तो देवाधिदेव से यही आग्रह करूँगा कि सबसे बड़ी शक्ति तो वे ही हैं और आयुध में तो कैलास-धाम की तुलना ही नहीं की जा सकती। हिमालय की कन्दराओं, कंचनजंघा और हंस झील की तलहटियों में जाने कितने आविष्कार हो रहे हैं। उन्हें भी राम

को शस्त्रास्त्र देना ही चाहिए क्योंकि राम भी अब शिवजी के भक्त हो गए हैं।''

शंकर जी भोलेनाथ प्रसन्नचित्त होकर बोले, ''प्रेम तथा न्याय द्वारा शासित संसार में बल-प्रयोग की कोई आवश्यकता नहीं है। यह विश्व-युद्ध है। इसमें हिंसा से निर्दोष व्यक्ति को चोट पहुँचती है। हमें मानव-समुदाय के प्रति संवेदनशील होना चाहिए। आदर्श विचार स्वयमेव पूर्ण अहिंसामय हैं। अहिंसा सर्वोच्च सत्य है। मृदु के लिए असाध्य कुछ नहीं है। रावण अधिक शक्तिशाली है। आर्य राष्ट्र अनार्य राष्ट्रों पर युद्ध को लादकर मनुष्य जाति का भयंकर विनाश देखना चाहते हैं। मेरा भक्त दशग्रीव एक सशक्त और सशस्त्र पुरुष होने से अपने सम्मान और रक्ष संस्कृति के महत्त्व के लिए झुकेगा नहीं। यह ध्यान देने योग्य है कि जो शस्त्र उठाते हैं, वे ही राष्ट्र मारे जाते हैं। युद्ध राजनीतिक विवादों को शान्त करने का माध्यम नहीं है। अन्ततोगत्वा राज्यों को सन्धि पर ही आना पड़ता है। यदि सन्धि में असफल होकर युद्ध ही करना पड़ा तो उसका कोई स्थायी परिणाम नहीं निकलता क्योंकि कालान्तर में सत्ताएँ उखाड़कर फेंक दी जाती हैं और विजेता का वध कर दिया जाता है अथवा राज्य अपने आपको स्वतन्त्र घोषित कर देता है। युद्ध का उद्देश्य ही हत्या है। इसमें देशद्रोह के लिए प्रोत्साहन एवं गुप्तचरीय व्यवस्था के कारण निवासियों का विनाश होता है। यह युद्ध आतंकवाद के विस्तार, स्त्री का शीलभंग और वध तथा सेना द्वारा सामान की लूट-पाट आत्मतुष्टि के अतिरिक्त और कुछ भी नहीं है।

''युद्ध प्रकृति का कृत्य न होकर मनुष्यों द्वारा रचा हुआ एक घिनौना और षड्यन्त्रकारी दुश्चरित्र है। पृथ्वी पर अब शान्ति स्थापना की आवश्यकता है।

''किन्तु खेद है कि युद्ध में हम अपने आदर्शों की उपेक्षा करते हैं, उनका उल्लंघन करते हैं तो विजित देशवासियों से घृणा ही प्राप्त करते हैं। सबको अपना-अपना देश प्यारा है और राष्ट्र-धर्म तथा राष्ट्रीयता की आन के लिए सेना शौर्य का प्रदर्शन करती है। स्त्रियाँ तक इसमें पीछे नहीं रहती हैं। वे आक्रमणकारी के मुकुट से घृणा करती हैं। युद्ध स्वयमेव उन्मादग्रस्त होता है तथा इसके द्वारा उत्पन्न मनोदशा के कारण कोई न्यायोचित समझौता नहीं होता। क्योंकि विजेता का मस्तिष्क विजित राष्ट्र को तहस-नहस करने का होता है। सन्धि-सूत्रों में विजित देश की मर्यादाओं का पालन नहीं किया जाता। स्वामी जिसे चाहता है उसे शासक नियुक्त कर देता है तो वह जन-भावना का निरादर ही करता है और जनता से प्राप्त करता है विद्रोह।

''सभ्यता की निम्नतम श्रेणी से उपजा, धर्म के थोथे आडम्बर को सामने रखकर लड़ा जानेवाला यह युद्ध राष्ट्रीय वैमनस्य में बदले जाने से टलता नहीं दिखता क्योंकि इसका आरम्भ आर्य-अनार्य रक्त से जुड़ा है। साथ ही देवताओं की कटुता, क्षत्रियों की कटुता और ब्राह्मणों का क्रोध भरा हुआ है। कोई-न-कोई इन आधुनिक विस्फोटों और विषैली गैसों से भस्मीभूत होगा ही फिर भी मेरा सुझाव है कि पहले शान्ति हेतु सन्धि की व्यवस्था करो। शंकर जो आयुध देगा, वह दोनों को ही देगा।''

ब्रह्मा होंठ काटकर बोले, ''देवजाति पर जब-जब संकट आए हैं, तब-तब आपने समस्त वैर-भाव भुलाकर, धार्मिक, सांस्कृतिक राग-द्वेष को छोड़कर हमारा साथ दिया है। आज श्रीरावण आपका भक्त है तो आपने अन्तर्राष्ट्रीय शान्ति, सद्भाव और मैत्री की बात कर दी किन्तु आप जानते हैं कि युद्ध संसार का एक आन्तरिक अंग है जो मनुष्य के सर्वोत्तम गुणों का विकास करता है। युद्ध राष्ट्रों को पनपाता है और शान्ति से राज्य का विनाश हो जाता है। ये परिस्थितियाँ ही ऐसी निर्मित हुई हैं कि इनमें युद्ध करना अथवा करवाना एक राजनीतिक कर्तव्य है। शक्ति ही राष्ट्र की महानता की कसौटी है। दशकन्धर के लिए आक्रमणात्मक युद्ध गौरव की वस्तु

है, अपराध नहीं। छल, विश्वासघात, आतंकवाद जिससे भी विजय प्राप्त हो, वह सब उचित है। हममें से किसने नियम अनुरूप युद्ध जय किए हैं? हम सब सत्ताधारी सन्त नहीं हैं। हमें अपूर्ण संसार की राजकीय व्यवस्था और अपने प्रभुत्व की स्थिरता के लिए बल का प्रयोग करना ही पड़ेगा और हम सभी ने यह किया है। जिन वेदों के सूक्त ऋषियों के कंठ से निकल रहे हैं उनमें शत्रु की पराजय की प्रार्थनाएँ हैं। हमारे घर में आग लग रही हो और हम अहिंसा का वृत्त धारण कर बैठे रहेंगे तो हम ही मारे जाएँगे। युद्ध में अहिंसा उस सीमा तक उचित है जहाँ तक सेनाएँ सत्याचार करती हैं। हम सभी शस्त्र-निर्माता होकर विश्व की शक्ति माने जाते हैं किन्तु इन शस्त्रों को धारण करानेवाले, इनका उपयोग करानेवाले हम वीर सैनिक उत्पन्न न कर सके तो इनका आविष्कार व्यर्थ ही है। मनुष्य का क्रन्दन, परिवर्तन नियति का खेल है।

"हाँ, इतना अवश्य मैं स्वीकार करूँगा कि सम्पूर्ण सामरिक व्यवस्था के बावजूद वार्ता का द्वार बन्द न करते हुए उसे सन्धि मैत्री में लाने के लिए दूतों से सन्देश भेजकर सम्राट के निर्णय का ज्ञान प्राप्त किया जाए तभी सार्वभौम सम्राट से युद्ध किया जाए, अन्यथा नहीं। मैं भी शान्ति का समर्थक हूँ परन्तु तब, जबकि हमारा अपना काम भी सिद्ध हो जाए।"

फिर देवराज इन्द्र बोले, "मैं तो इतना ही कहूँगा भोलेनाथ कि आप राम को अजगव पिनाक चाप दे दें तो राम-कटक पर बड़ी कृपा होगी।"

पार्वती सक्रोध बोली, "नहीं, ब्राह्मण सम्राट रावण हमारा भक्त है। हम उसके विरुद्ध उपयोग करने के लिए ऐसे भयानक अस्त्र नहीं देंगे। भले ही राम हमारी पूजा न करे।"

"नहीं, प्रिये! तुम मन को छोटा न करो। दशग्रीव को तो ये सब हम दे ही चुके हैं। यदि देवराज जी के कहने पर अजगव (पैट्रन टैंक की तरह का अस्त्र) दे भी देंगे तो भी रावण को जय करना कठिन है। उसका ब्रह्मास्त्र इस कटक को क्षण-भर में समाप्त कर देगा। रावण भी नहीं चाहता कि ब्रह्मास्त्र का प्रयोग इस युद्ध में हो। राम-दल मन्नार के तट पर ही समाप्त हो सकता है। यद्यपि रावणेश्वरम् में राम का भंडार रहेगा तो भी अजेय लंकपुरी को जय करना राम के वश की बात नहीं। महामुनि अगस्त्य सम्भवतः कोई चमत्कार छल-कपट से अवश्य कर सकते हैं।"

पार्वती क्रुद्ध होकर बोलीं, "नहीं, इस राजनीतिक कलह में देवाधिदेव भाग नहीं लेंगे। रावण महान् तपोनिष्ठ है, छली नहीं। इस षड्यन्त्रकारी युद्ध से राम को पातक लगेगा। सहस्रों ब्राह्मण राक्षस वीरों की अकारण हत्या का पाप लगेगा। ब्राह्मण भू-देव हैं और रावण उनका महान् सम्राट है और हमारा तो भक्त ही नहीं, इष्ट मित्र भी है। उसी ने हमारे लिंगों की पूजा का प्रसार कर भोलेनाथ की महिमा को सर्वत्र फैलाया है। इसलिए हम शस्त्रास्त्र नहीं देंगे।"

ब्रह्मा और इन्द्र का चेहरा फक पड़ गया। यमराज बोले, "मातेश्वरी! मैं तो आपके कुल का ही हूँ। मुझे अकारण रावण ने पराजित किया। अपने वंशधर पर ही यह अनुग्रह करो, देवि!"

"मित्रता और भक्ति में अन्धानुकरण किया जाता है। हम रावण के विरुद्ध शस्त्र तो दूर, वक्तव्य देकर भी अपने भक्त का अपमान नहीं करना चाहेंगे। सच्चा मित्र वही होता है जो राजनीति में अपने भक्त के उचित-अनुचित दोनों कृतित्वों का समर्थन करे।"

"सीता हरण क्या अनैतिक नहीं है, देवि?"

"और शम्बूक का वध, शूर्पणखा का अपमान क्या नारी जाति को पुरुषों की चुनौती नहीं है? यदि है और नारी यदि पुरुष के समान ही अधिकार रखती है तो रावण का यह राजनीतिक

प्रतिशोधात्मक जानकी-हरण कदापि अनैतिक नहीं है। आप और इन्द्र भी तो नारियों का अपहरण करते हैं। क्या आपके कृत्य निन्दनीय नहीं हैं? ब्रह्माजी ने अपनी पुत्री वाणी से विवाह कर क्या अधर्म नहीं किया? अगस्त्यजी के भाई वसिष्ठ ने अपनी बहन अरुन्धती से विवाह कर लोकापवाद का कृत्य नहीं किया? क्या सीता पर जयन्त ने कुदृष्टि नहीं डाली? तो फिर पुत्रीवत् आर्य-रक्त सीता का पालन करनेवाले रावण के लिए सभी देवता एक होकर, उसके कुल का नाश क्यों करना चाहते हैं? अरे, वह सत्यव्रती है। व्रात्य कुल में जन्म लेनेवाले विद्याधर वंशी दशानन के आदर्शों ने आपको झकझोर दिया, आपके व्यर्थ के नियमों को तोड़ दिया, निर्धनता की रेखा से लोगों को ऊँचा उठाकर विश्व में नया कीर्तिमान स्थापित कर दिया तो वह पापी हो गया? नारी को लाज का आवरण देकर, उसे अवगुंठना बनाकर, उसके सतीत्व की रक्षा का नियम बना दिया तो रावण लम्पट हो गया? आत्म-बल पर जीने का मार्ग प्रशस्त करनेवाला दशकन्धर स्वाभिमानी नहीं, अभिमानी हो गया? लोक-कल्याण के लिए चमत्कृत कार्य करनेवाला रावण दुष्ट हो गया? उत्तर दो।''

सभी निर्वाक् रह गए तो शिवजी ही बोले, ''मानिनी, तू ठीक कहती है। हम पुरुषों को जगत् और समाज के अनुरूप कभी-कभी ऐसे कार्य करने पड़ते हैं जो हमें नहीं करने चाहिए। इसलिए हम राम को सैनिक सहायता नहीं देंगे। किन्तु राम द्वारा हमारा पूजन करने तथा हमारा भक्ति-मार्ग आर्यों में खोलने से हमें कुछ उपकार तो करना ही होगा। इसके लिए हम पर देवताओं का दबाव भी है। हम देवजाति से विरोध भी नहीं कर सकते, अन्यथा हमारी शक्ति को आँच आएगी। राम को अवगव धनुष[1] तो प्रदान करने ही होंगे। शेष कार्यों में हम तटस्थ रहेंगे। दशानन स्वयं बलवान है। राम उसे पराजित नहीं कर सकते। तुम निश्चिन्त रहो। फिर भी मैं अगस्त्य से कहूँगा कि वे पहले शान्ति व धैर्य से काम लें और वैदेही को लौटाने में सन्धि से सफलता प्राप्त हो जाए तो इस विश्व-युद्ध को रोकें अन्यथा न जाने कितनी जनहानि होगी। साथ ही ये हमारे मेधावी मस्तिष्क की उपज—संस्कृतियाँ भी नष्ट हो जाएँगी।''

अब पार्वती पति के निर्णय के उपरान्त क्या कहतीं! वे निर्वाक् हो गईं। अगस्त्य ने आश्वासन देते हुए कहा, ''मैं पहले शान्ति-सन्देश से ही काम लूँगा। युद्ध तो अन्तिम लक्ष्य होगा। इसलिए श्री दशानन को ही श्रेष्ठ ब्राह्मण-कर्म के लिए आमन्त्रित किया है।''

इसी समय अंगद ने प्रवेश कर सूचित किया, ''महामना सार्वभौम सम्राट का पुष्पक आकाश में दृष्टिगोचर हो रहा है। वे यज्ञ-स्थल पर उतरेंगे। तब तक आप नारियल का सुस्वादु जल ग्रहण करें।''

श्रीरावण का वायु-रथ जब उतरा तो महामना के स्वागत के लिए स्वयं राम अगवानी हेतु पहुँचे। उन्होंने पहली बार दशकन्धर को देखा चन्दन-चर्चित ललाट और तांबिया वर्ण का जनेऊधारी दशानन आज शुद्ध रूप से सम्राट के वेश में नहीं, अपितु ब्राह्मण वेश में आया था। उसके बलिष्ठ शरीर, चित्ताकर्षक आनन एवं स्वस्थ वक्ष-स्थल की शोभा को देखकर कोई भी रमणी रीझ सकती थी, यह राम ने आज जाना। राम स्वयमेव रावण के सम्मुख उसके पदार्पण की महानता से दीन-हीन-से हो गए थे। वानर लोग राम-रावण के जय-जयकार का तुमुलघोष कर रहे थे। राम

1. पैट्रन टैंक। क्योंकि चाप अभी भी बन्दूक के घोड़े (ट्रेगर) के लिए उपयोग में लिया जाता है। मेरा ऐसा विश्वास है कि चाप ट्रेगर का ही पर्यायवाची होकर अजगव धनुष है। पिनाक धनुष में ये सब जब अनेक पहियोंवाली गाड़ी पर रखे रहते थे और चाप चढ़ने अर्थात् घोड़ा दबाने से भयंकर आवाज करते थे तो पैट्रन टैंक पर रखी हुई गगनभेदी तोपों के अतिरिक्त यह और कुछ हो ही नहीं सकता।

को तत्काल मर्यादा का ज्ञान हुआ। उन्होंने रावण को प्रणाम किया।

फिर राम ने देखा, रावण के हाथ में कुछ था। क्या था, वे नहीं जान सके परन्तु उन्हें स्मरण हुआ, रामेश्वर लिंग की स्थापना हेतु शास्त्रानुसार वामांग की नितान्त आवश्यकता है। वैदेही यहाँ नहीं है तो वेद-पाठी दशानन यज्ञ कैसे सम्पन्न कराएगा।''

रावण ने आदेशात्मक स्वर से कहा, ''श्रीराम, चलो। आज मैं सम्राट नहीं, तुम्हारा पुरोहित हूँ। यह फूफा अगस्त्य की ही बुद्धि है जो वे समझ गए कि ऐसे महान् लिंग की स्थापना—वह भी भगवान शंकर के—मात्र तपेश्वरी यज्ञ-कर्मकर्ता ब्राह्मण ही करा सकता है और वह मैं ही हो सकता था, अन्य नहीं। दशकन्धर अपने अंगरक्षक भी नहीं लाया है, वह एकाकी आया है। वह सदैव निर्भीक रहता है, श्रीराम!''

''राम जानता है तात, कि आपकी गरिमा, आपकी महिमा विप्र वेश में क्या है? और सम्राट के रूप में क्या है? इन्हीं आदर्शों के कारण श्री दशकन्धर के आलोचक यथेष्ट हैं किन्तु राम उनमें से नहीं है। जो महान् होगा, जो उठेगा, जिसके हाथ में किसी भी प्रकार की सत्ता होगी उसकी प्रशंसा और आलोचना दोनों होंगी। जो कुछ कर नहीं सकते, हाथ पर हाथ धरकर बैठे रहना चाहते हैं और दूसरों के कुछ करने पर छिद्रान्वेषण करते हैं, वे कभी भी समाज में प्रतिष्ठित नहीं होते। बल्कि समाज उन्हें नकारता है। राजनीति का पृथक् स्थान है और धर्म का पृथक्। दोनों का योग भूलकर भी नहीं करना चाहिए अन्यथा राष्ट्र पतन के कगार पर खड़ा हो जाता है इसीलिए राम ने आर्य संस्कृति को, द्राविड़ सभ्यता को प्रभु शंकर से जोड़ने का नया अध्याय खोला है।''

''श्रीराम, तुम्हारा यह प्रारम्भ युगों तक अमर रहेगा। यह रामेश्वर कालान्तर में रामेश्वर तीर्थ-स्थल बन जाएगा। रावण जिस कृत्य को करता है वह युगों तक उसकी गाथा कहता है। यही उसके ब्राह्मण कर्म की विशेषता है।''

''राम धन्य हुआ, महानुभाव! वह मन्दिर है जिसे आपके जामाता हनुमान ने शीघ्रतापूर्वक तैयार किया है।''

इसी बीच इन्द्र, वरुण, यम, अगस्त्य और देवाधिदेव पार्वती सहित अवतरित हुए। महामना रावण ने भगवान शंकर को साष्टांग प्रणाम कर आशीर्वाद प्राप्त किया फिर रावण बोला, ''प्रभु शंकर, आपका ये भक्त आपसे किसी भी वस्तु की याचना नहीं करता। याचक के रूप में मात्र आपकी भक्ति ही मुझे वरदान रही है और रहेगी। माता पार्वती की कृपा से दशकन्धर महाप्रतापी सम्राट हुआ है। अब उसने सभी भोग भोग लिए हैं। अब उसकी अन्य वरदानों की अभिलाषा नहीं है।''

पुनः ब्रह्माजी की ओर प्रणाम कर कहा, ''आपकी अनुकम्पा से रावण ने यन्त्र-शक्ति पर विजय प्राप्त कर अपने सम्राट के उद्देश्यों को चरम सीमा तक पहुँचा दिया है। अब वह आपसे 'दीर्घायुःभव' का आशीर्वाद नहीं चाहता। इस संसार का उपयोग करने के उपरान्त मैं इस निष्कर्ष पर पहुँचा हूँ कि हम अदृश्य शक्ति के खिलौने मात्र हैं। मनुष्य के साथ विधाता जिस समय जो घटना घटाता है, वह उसकी सद्गति ही माननी चाहिए। भ्रमवश हम दुर्गति अथवा सद्गति के विवेचन में अपनी त्रुटि को खोजते हैं। यह मनुष्य की भूल है। विश्वास रखिए, दीनानाथ! दशानन की पवित्रता को कोई भी शक्ति अपवित्र नहीं कर सकेगी।''

पुनः विहँसकर शान्त स्वर में बोला, ''लंकापति का लंकद्वीप स्वर्ण-व्यापार तथा स्वर्ण भंडार के कारण सोने का कहलाता है। तन्त्र-मन्त्र और यन्त्रों के इस युग में रावण ने यन्त्र-मानव

तैयार कर उनसे कार्य तक कराना प्रारम्भ कर दिया है। उसके यन्त्र-मानव (रोबोट) समुद्र में बहते रहते हैं। युद्ध सामग्री में भयानक विस्फोटक पदार्थ—बम, आग्नेयास्त्र, प्रक्षेपास्त्र, ब्रह्मास्त्र हैं। गगनभेदी चापों के शकट, जिनके पहिए लोहे के हैं, और वे ऊँची-नीची कैसी भी भूमि पर चल सकते हैं, वे भी हैं। सतखनी अट्टालिकाओं पर चढ़ने के लिए मनुष्य को बटन दबाकर चलनेवाले चबूतरे (लिफ्ट) आदि तथा आवागमन के लिए वायुरथ तो स्वचालित हैं ही अर्थात् इस यान को मातलि नगर में बनाया गया है जिसका नियन्त्रण मातलि की वेध-शाला में बड़े-बड़े वैज्ञानिक और यन्त्र-मानव बिना किसी भूल के कृत्रिम हाथों से काम करते हैं। लंका की सुरंगों में विद्युत-प्रकाश की व्यवस्था है। उन सुरंगों को यदि कोई विस्फोटक से उड़ाने का प्रयास करता है तो वहाँ ऐसे काँच लगे हैं कि योजनों दूर से उनके चित्र उस पर उभर आते हैं और हम शत्रु की आक्रामक गति को विफल कर देते हैं। हमारे पास चौकोर पेटियाँ हैं जिनमें काँच पर योजनों दूर से ही युद्ध का विवरण देखा जा सकता है (राडार तथा टी.वी.) एवं दूर संचार की ऐसी व्यवस्था है कि लंकाधीश अपने साथ जो यन्त्र लाया है उस पर यहीं से किसी भी स्थान की बात की जा सकती है। सन्देश भेजा जा सकता है। (वायरलेस व टेलीविजन)

"लंकेश्वर अपने सूर्य-चक्र-व्यूह की रचना के कारण बाहरी आक्रमण से सदैव निश्चिन्त रहता है। ब्रह्मास्त्र से तुम्हारी इस सेना को इसी समुद्र तट पर होम कर सकता है और तुम्हारे द्वारा बनाए जा रहे छोटे-से सेतु को क्षण-भर में नष्ट कर सकता है। किन्तु यह सार्वभौम सम्राट की महानता नहीं होगी क्योंकि रण में आनन्द तभी आएगा जब लंका द्वीप पर आक्रमण हो। वैसे आप सभी महापुरुषों को मैं यह बता देना चाहता हूँ कि विश्व-युद्ध महा-घातक सिद्ध हुए हैं और भयानक विस्फोटों से उड़ी हुई गैसों के कारण जन-जीवन हमारों वर्ष तक के लिए अस्त-व्यस्त हो जाता है। इसलिए शान्ति ही अमोघ-अस्त्र कहा गया है किन्तु अगस्त्य मुनि एवं इन्द्र देव की माया निराली है। इसलिए मैं कुछ भी कहना नहीं चाहता। अब लंकाधीश यही कहेगा कि सबल का ध्येय निर्बल को अपने अधीन करना है। युद्ध के बिना कोई राष्ट्र अपने विकास की चरम-सीमा तक नहीं पहुँच सकता। इसलिए युद्ध जहाँ बुरा है, वहाँ अच्छा भी है।"

श्रीराम श्रीरावण के वचनों को सुनकर अवाक् रह गए। विषय बदलकर अगस्त्य बोले, "लंकपते, बिना वामांग के लिंग की स्थापना राम कैसे करेगा?"

रावण पुनः विहँसा और बोला, "वामांग मेरे साथ है। यह रही स्वर्ण-निर्मित जानकी की प्रतिमा। इससे राम के यज्ञ की विधि सम्पन्न हो जाएगी।"

"मैं जानता था कि श्रीरावण ही ब्राह्मणत्व में श्रेष्ठ हैं और वही रामेश्वर लिंग की स्थापना अभिषेक सहित कराने में सक्षम हैं। श्रेष्ठ ब्राह्मणत्व के कारण और श्रीराम के यजमान तथा श्रीरावण के पौरोहित्य कर्म से मैं पूज्य हुआ, दशानन! आज से आर्य-धर्मी भगवान शिव का पूजन करेंगे और उनकी भक्ति का मार्ग अपनाएँगे। द्राविड़ देवता रुद्र रामेश्वर लिंग की स्थापना से ही आर्य-संस्कृति में समाहित हो जाएँगे।" अगस्त्य ने कहा।

श्रीरावण ने विशुद्ध मन्त्रोच्चार के साथ समूचा कर्म सम्पन्न करवाया और रामेश्वर लिंग की स्थापना कराकर एक दृष्टि नल-सेतु पर डालता हुआ अपने वायु-रथ से चला गया।

इसके साथ ही सभी देवगण भी चले गए। इन्द्र ने राम को सैनिक सहायता का वचन दिया तथा मातलि के नेतृत्व में वायु-सेना भेजने का आश्वासन दिया। राम-लक्ष्मण-अगस्त्य फिर समुद्र-तट पर चिन्तातुर हाथ जोड़े खड़े रह गए।

19

श्रीरावण की सभा भरी हुई है। विशाल सभागार में आठ सहस्र छत्र, चमर, पंखे झूल रहे हैं। नाना देशों के विभिन्न प्रकार के मुकुटधारी सम्राट ससैन्य इस विश्व-युद्ध में भाग लेने आ गए हैं। अहिरावण (महिरावण), नाना माल्यवान भी आ गए हैं। सभी अपने-अपने आसनों पर विराजमान हैं। लंका नगरी रथ, अश्व, राज, वायु-रथ और मायावी यन्त्रों तथा भयंकर विस्फोटक युद्ध-सामग्री आदि से सज गई है। लंका में सेनाओं के भोजन, वस्त्र, पेय आदि पदार्थों की पूर्ण व्यवस्था है। अन्न भंडार खुल गए हैं तथा सुरक्षित भंडारों पर, आयुध सामग्री पर कड़ा पहरा बिठा दिया गया है। शत्रु पर कड़ी दृष्टि रखने के निर्देश शुक-सारण जैसे असाधारण गुप्तचरों को दे दिए गए हैं। चरों के सुरंगों का जाल सागर तट से लंकापुरी तक बिछा दिया गया है। लंका के द्वार पर 'दारु-पंचवस्त्र' यन्त्र है जो शुक्राचार्य भार्गव ने बनाया था और जिसे रुद्र कीर्तिमुख का नाम दिया गया था। जिसके मुख की यह विशेषता थी कि यहाँ से जो गतिविधि शत्रु करता, उसका पूरा चित्र इस पर उभरता और इसके मुख से अग्निगोला निकलता और शत्रु का संहार करता। यह कीर्तिमुख यन्त्र-मानव था जिसके विस्मयकारी कर्तव्यों से लंका दुर्ग सदैव अजेय रहता था।

इसी प्रकार रावण ने एक छत्र का और निर्माण कर लिया था जिसके खोलने पर पूरी लंका ढक जाती थी और शत्रु को दिन में भी अन्धकार दिखाई देता था। इस छत्र का नाम रावण ने ब्रह्म-छत्र रखा था। (यह आविष्कार अभी नहीं हुआ है। हो सकता है, हमारे वैज्ञानिक ऐसा छत्र बनाने में सफल हो जाएँ कि जिससे पूरा नगर एक कवच की भाँति ढक जाए।)

यह छत्र इस संकट काल में राजधानी लंकापुरी में रात्रि में तान दिया जाता था जिससे राजधानी ऊपर से अन्धकार में डूब जाती थी और भीतर विद्युत प्रकाश से जगमगाती रहती थी।

रावण की दृष्टि चारों ओर घूम रही है। वह प्रत्येक सम्राट के मधुर, उल्लासमयी मुखों को पढ़ रहा है। रावण के देश में पहली बार विश्व के भूपति (आस्ट्रेलिया, इंडोनेशिया, मलाया, सोमालिया, थाईलैंड, अरब (अहिरावण नौसेना लाया था), जावा, सुमात्रा, केस्पियन सागर के दैत्यराज, डेनमार्क, स्कंडनेविया, वेल्जियम, केल्ट, म्यूनिख, बेरुत, लेबनान, अमेरिका, अटलांटिक महासागर के वासी, अफ्रीका के पिशाच सम्राट) अपनी-अपनी विशिष्ट सैनिक शक्ति के साथ अवतरित हुए हैं। इस विश्व-युद्ध में या तो अब रावण-नाम का डंका युगों तक पिटेगा अथवा राम-नाम का, कोई कह नहीं सकता। युद्ध में जय-पराजय की कल्पना नहीं की जा सकती। प्रहस्त, अकम्पन, इन्द्रजीत, विभीषण तथा अन्य मन्त्री भी बैठे हुए हैं। रावण की जय-जयकार हो रही है। मध्यदेश के गौड़ ब्राह्मण तथा शुक्राचार्य के वंशजों की भार्गव ब्राह्मण सेनाओं के सेनापति विराजमान हैं।

रावण जानता है ब्राह्मण की सेना इस समय चरमोत्कर्ष पर है। फिर दैत्यों, दानवों और कालकेयों की सेना के सम्मुख राम की रूसी सेना, चीनी सेना (वानर ऋक्ष), तिब्बती सेना (तंवण देश, कुबेर के कारण ऋक्ष जाति ने राम का साथ दिया था और गृध्र (गरुड़ों) ने ब्रह्मा के कारण राम का साथ दिया था), वाराणसी के वासुकि (नाग सम्राट आर्यों के मित्र होने से राम की ओर से लड़े थे) काशी नरेश, अयोध्या की सेना, केकय देश, मिथिला की सेना, सुषा और यमपुरी की सेनाएँ कुछ भी नहीं हैं। किन्तु अगस्त्य ऋषि से रावण का मन डोल उठता है। उनके साथ

के यदुवंशी सम्राट वैज्ञानिक युद्ध की तकनीकी में प्रसिद्ध ही नहीं, सुशिक्षित भी हैं। सुतीक्ष्ण के आज्ञाकारी हैं और इन्हीं ने केसरी और सुग्रीव की सेनाओं को प्रशिक्षण देकर रण-कुशल बना दिया है। रावणेश्वरम् राम का आपूर्ति-स्थल रहेगा तो रावण का लंकापुरी। राम मात्र रावण के हवाई आक्रमण से ही पराजित होगा परन्तु इस जनहानि के पाप का भागी वही कहलाएगा जो पराजित होगा क्योंकि विजेता अपनी सफाई देगा और अपने आपको निर्दोष बताने का इतिहास लिखाएगा। कालान्तर में जब दन्त-कथाएँ गौण होने लगेंगी तो लोग जो पढ़ेंगे उसे ही सच्चा स्वरूप स्वीकार करेंगे जबकि वर्तमान में परिस्थितियाँ ही कुछ और हैं। भाग्य को दोष दें या विधाता को, सब व्यर्थ है। जो होना होगा उसे राम-रावण कैसे टालेंगे। यह तो प्राकृतिक घटना है, जो घटेगी तो घटेगी ही। भूकम्प आता है हजारों लोग मर जाते हैं। अट्टालिकाएँ ढह जाती हैं। शासन सहायता पहुँचाता है परन्तु दुखियों को हाथ मलने के अतिरिक्त कुछ प्राप्त नहीं होता। नदियों में बाढ़ आती है, लाखों की जन-हानि होती है। सैनिक सहायता के बावजूद हम प्राकृतिक घटना से मुक्ति नहीं पाते हैं। राम कुछ जानता ही नहीं है, वह तो ऋषियों के बल पर चल रहा है। वैसे भोला है, राजोचित गुणों से परिपूर्ण है किन्तु राजनीतिक गति में फँसा होने से अपने विवेक का प्रयोग नहीं कर पाता।

महामना रावण बोला, "देश-देश के वीर सम्राटो और सभासदो! युद्ध प्राणिशास्त्रीय एक अनिवार्य आवश्यकता है। पुरुषों की वीरता का बाना युद्ध है तथा स्त्रियों को वीर सन्तान उत्पन्न करना ही मातृत्व की श्रेष्ठ इति है। प्रत्येक राष्ट्र का अस्तित्व युद्ध करने के लिए ही है। हमें लोगों में ऐसी भावना उत्पन्न करने की आवश्यकता है जो लोगों को स्वतः शस्त्र उठाने की आज्ञा दे। दिव्यता सामान्य जीवन से परे की वस्तु है। हमारी संस्कृति पर चोट करनेवालों से हमारा यह युद्ध नहीं बल्कि विश्व में अपने अस्तित्व का रूप धारण करनेवाला होने से शोषकों के विरुद्ध न्याय के लिए कर्तव्य-भावना का युद्ध है। आततायी हमारा गुरु ही क्यों न हो, हमें बल-प्रयोग करना चाहिए। आत्मरक्षा के लिए हमें कुछ भी खोना पड़े तो भी अपने स्वाभिमान तथा राष्ट्र की रक्षा के लिए हमें अपनी अन्तिम साँस तक लड़ते रहना होगा जब तक कि शत्रु हमारी सीमा से बाहर नहीं चला जाएगा अथवा उसका वध नहीं कर दिया जाएगा। भाइयो, रावण सत्ताधारी होने से आपको विश्वास दिलाता है कि वह रण में अपनी मातृभूमि लंका के लिए अपने पुत्रों तक के बलिदान में पीछे नहीं हटेगा।"

प्रजा ने जय-जयकार की करतल ध्वनि की।

फिर कहा, "श्री सुग्रीव के यान्त्रिक नल-नील, जिन्हें बालि महाराज के समय मैंने प्रशिक्षण दिया, उनके द्वारा श्रीराम की सेना को समुद्र पार उतारने के लिए आधुनिक तरीके से सेतु बनाया जा रहा है। गंगा महासूरा ने इसका विरोध किया और सेतु न बनाए जाने के लिए उदाहरण दिया कि 'समुद्र को बाँधा नहीं जा सकता' तो हनुमान ने उसे मार डाला। रात्रि को जब हमारे अधीन मछुआरों ने सेतु नष्ट करने का प्रयास किया तो कड़ी चौकसी के कारण उन्हें पीछे खदेड़ दिया गया। रावण चाहे तो लंकापुरी से ही बम से सेतु को उड़ा दे और राम की सेना को भस्मीभूत कर दे परन्तु यह अनीति होगी और लोग कहेंगे कि सार्वभौम सम्राट दशानन ने कायरता का काम किया। उसकी भुजाओं में बल नहीं था तो छल-बल से राम-कटक को समुद्र के तीर पर ही नष्ट कर दिया। दशकन्धर न्यायिक युद्ध ही करेगा, राम-जैसा नहीं, जो मेरु दैत्य (द्रुमकुल्य देश) पर ही ब्रह्मास्त्र छोड़कर उसे अकारण मरुस्थल (मरु कान्तार) बना दिया। वहाँ विकिरण होगा और प्रजा विषैली गैस से अन्धी, गूँगी, बहरी होकर मर जाएगी। रावण ऐसी अत्याचार

और अनीति की रण-नीति से युद्ध-विजय नहीं करेगा। अपने स्वार्थ की पूर्ति के लिए दशकन्धर अपनी महिमा, गरिमा और लंका के आदर्शों को गिरने नहीं देगा।''

फिर से रावण का जय-जयकार हुआ, तभी विभीषण बोला, ''राजन, सीता को लौटाकर इस युद्ध को टालें।''

अकम्पन बोला, ''सीता को अब लौटाने का अर्थ है, राक्षसराज का समर्पण होना। सीता राजनीतिक बन्दिनी होकर भी अशोक वन में बहुत कूटनीतिक चालें चल रही है। वैदेही अबला नारी नहीं, सबला है। उसे राम का विक्षोभ कतई नहीं है बल्कि वह चाहती है रक्ष-संस्कृति का विनाश और आर्य सभ्यता का प्रसार। सीता त्रिजटा, सरमा से गोपनीय समाचार तक प्राप्त कर राम तक पहुँचा देती है। उसे अब किसी दुर्ग में कैद करना चाहिए।''

प्रहस्त बोला, ''हम राक्षस वीरों ने समस्त लोकों को जीत लिया है। युवराज मेघनाद ने इन्द्र को बाँधकर कैद कर लिया था। यमराज, जिसे काल का ही रूप माना जाता है, को भी पराजित कर दिया था। ब्रह्मा, जिन्हें साक्षात् परमेश्वर के विशेषण से जगत् सम्बोधित करता है, उन्हें भी हमने अपनी हुंकार से अपने अधीन कर, अपने श्रेष्ठतम पौरुष का परिचय दिया है। राम और अगस्त्य तो इन शक्तियों के सामने कुछ भी नहीं है। आप चिन्ता न करें, हम नल-नील-जाम्बवन्त-हनुमान जैसे महारथियों को हराकर आपके चरणों में डाल देंगे या उनका वध कर समुद्र में फेंक देंगे।''

कुम्भकर्ण बोला, ''तात, भगिनी शूर्पणखा के अपमान के प्रतिशोध के लिए प्रथम तो राजनीतिक दृष्टि से पंचवटी पर ही समर आवश्यक था किन्तु आपकी शान्तिप्रिय नीति के कारण आपने युद्ध न कर मात्र एक पर-नारी का अपहरण किया, यही आपकी नैतिक पराजय हुई। दिग्विजयी सार्वभौम सम्राट दशानन, जिसकी गम्भीर गर्जना के सम्मुख देवजाति, अतिमानव तक थर-थर कापें, उसी ने वृद्धावस्था में सत्ताधारी होकर भी शान्ति काल की घोषणा की। अब तो छत्र की रक्षा के लिए पुनः खड्ग उठाने ही होंगे। जानकी को वापस लौटाना ही था तो रामेश्वर लिंग की स्थापना में लौटा देते तब श्रीरावण का मान रह जाता और अगस्त्य उसे अंगीकार कर उसकी पवित्रता की साक्षी राम को दे देते। शत्रु जब द्वार पर चोट करने बैठा हो तो उसको शस्त्र से ही उत्तर देना चाहिए अन्यथा आपका राज्य और विश्व के अनेक दैत्य-दानव सम्राटों को आर्य-जन हेय दृष्टि से देखेंगे और अब आपकी अपकीर्ति ही होगी। कुम्भकर्ण सम्राट रावण को अपयश का भागी नहीं होने देगा। वह राम की सेना का वध करेगा तभी रणभूमि से वापस लौटेगा।''

इन्द्रजीत बोला, ''प्रभो, आप मुझे आज्ञा दीजिए, मैं अभी लक्ष्मण सहित राम और अगस्त्य को हवाई आक्रमण से परास्त कर वापस आता हूँ।''

फिर गर्व से सम्राट रावण बोला, ''ब्रह्मास्त्र का प्रयोग कर और हवाई आक्रमण कर हम युद्ध के नियमों तथा अपनी संस्कृति के शाश्वत अधिकारों का हनन करना नहीं चाहते। ये जो विश्व के भूपति अपना बाहुबल दिखाने पधारे हैं, ये क्या सोचेंगे! रावण रणस्थल में ही राम को पराजित करेगा, यही उसकी नीति है।''

विभीषण पुनः बोला, ''आप सभी वीर शिरोमणि रण से उन्मत्त दिखाई दे रहे हैं परन्तु हे राजन्, युद्ध में अब अगस्त्य के कारण राम की शक्ति बढ़ गई है। शिवशंकर ने अजगव, पिनाक आदि भयंकर आयुध राम को दे दिए हैं तथा अगस्त्य मुनि नीतियुक्त रण कभी भी राम को नहीं करने देंगे। इसलिए वर्तमान में कुम्भकर्ण, मेघनाद, महापार्श्व, महोदर, निकुम्भ,

अतिकाय, प्रहस्त, अंकपन और नाना माल्यवान जैसे वीर भी आर्य सेना द्वारा सम्राट समुद्र से छीने गए कवचों के कारण एवं इन्द्र की वायु-सेना के कारण युद्ध जीत जाएँ, इसकी मुझे शंका है। सीता एक ग्रह के समान हम सबको अपनी कुटिल चालों से डस लेगी। इसलिए वैदेही को वापस लौटाना ही श्रेयस्कर है।"

मेघनाद पुनः गरजकर बोला, "विभीषण जैसे मन्त्री ही नहीं, बल्कि इस सभा में अन्य मन्त्री भी देशद्रोही के रूप में बैठे हैं जिनमें से कुछ तो सिंहासन के लिए पद-लोलुप हैं और कुछ विदेशी मुद्रा लेकर हमारे राष्ट्र की गुप्त सूचनाएँ राम तक पहुँचा रहे हैं। ऐसे मन्त्रीगण भले ही हमारे रक्त-सम्बन्धी क्यों न हों, इनको दंड देना चाहिए। राजनीति के अनुसार रण की व्यवस्था में शत्रु की प्रशंसा मनोबल को गिरानेवाली होती है। इस कारण सीता के इस शुभचिन्तक और राज्य की गुप्त सूचना देनेवाले मन्त्री को दंड दीजिए, राजन्! विभीषण और उसके अन्य सहयोगी लंका राज्य में विश्वासपात्र मन्त्री नहीं हैं। ये पद-लोलुपता में भ्रातृ-स्नेह को भूल, भ्रातृघाती हो गए हैं। इन्होंने राम से मित्रता के लिए शबरी के माध्यम से पत्र भिजवाया था। हनुमान भी विभीषण से गुप्तवार्ता करने के उपरान्त ही अशोक वन में पकड़ा गया था। मधुमक्खी यन्त्र अभी सीता के पास से चरों ने खोज निकाला है जिसका सम्पर्क-सूत्र सीधा विभीषण से था। अतएव ऐसे दुष्ट दुरात्मा मन्त्री को कारापंजर में डालिए, प्रभो!"

सम्राट रावण इस जानकारी से क्रुद्ध हो गया। उसकी आँखें लाल हो गईं। सहसा उसका हाथ खड्ग तक पहुँचा परन्तु फिर भ्रातृ-स्नेह की भावना के कारण वापस आ गया और गर्जना कर बोला, "अरे राजद्रोही, यह कहावत आज सच चरितार्थ हुई कि अपनी ही जातिवाले जाति-भाइयों के विनाश की इच्छा रखते हैं। यदि तेरे स्थान पर कोई और होता तो आज मैं उसका वध ही कर देता। तू विद्याधर वंश में अधम है। तुझे धिक्कार है जो तूने अपने ही राष्ट्र की जानकारियाँ पदलोलुपता के कारण भेजीं। मैंने तुझे सदैव मान दिया। तुझे अग्रहारी के रूप में मेघनाद के समान प्रतिष्ठित किया और तूने ही लंका जैसे समुन्नत राष्ट्र को फूटी आँख से देखा तो तुझसे बड़ा राजकीय शत्रु और कोई नहीं हो सकता। जा...चला...जा, देशद्रोह के आरोप में सम्राट रावण तुझे लंका राज्य से निष्कासित करने की घोषणा करता है। तत्काल दूर हो जा। मेरे जीवन को धिक्कार है राक्षस-कुल-कलंकी! कायर! भाग जा...।"

विभीषण अपने चार मन्त्रियों अनल, पनस, सम्पाती तथा प्रभाति के साथ एक दर्पण (यह दर्पण टेलीविजन के अतिरिक्त कुछ और नहीं हो सकता क्योंकि अन्धकार से प्रकाश का वर्णन करते हुए इसे त्रिकाल द्रष्टा माना गया है) लेकर राज्य सभा से सीधा चला और राक्षसों द्वारा वध की आशंका से वायु-रथ में आरूढ़ होकर उड़ान भरी तो भ्राता कुबेर की पूर्व सूचना, जो कि उसने दूर-संचार (टेलीफोन अथवा वायरलैस) साधन से सम्पर्क कर प्राप्त कर ली थी, के आधार पर लंका राज्य की पद-लोलुपता के लिए राम की शरण में जाने के लिए हिमालय[1] अलकापुरी के सन्देशानुसार चल पड़ा।

राजद्रोही विभीषण का वायुयान आकाश में प्रकट हुआ तो सुग्रीव ने तत्काल राम से कहा,

---

1. विभीषण ने हिमालय यात्रा नहीं की बल्कि भ्राता कुबेर से पूर्व ही वार्ता कर ली होगी। हिमालय-यात्रा का कोई औचित्य नहीं है। कुबेर सौतेला भाई होने से रावण का विरोधी पहले से ही था। वह सपरिवार नहीं गया।

"यह यान हमारे दल का न होकर शत्रु का है। इसे उतरने न दिया जाए और आकाश में नष्ट कर दिया जाए।"

राम शत्रु के विमान को देखकर आश्चर्य में पड़ गए परन्तु हनुमान ने बात सँभालते हुए कहा, "यह वायु-रथ मन्त्री विभीषण का है, जो भूमि पर उतरने के लिए चक्कर लगा रहा है। यह हमारी कुबेर से हुई राजनीतिक वार्ता की सफलता प्रतीत होती है। यक्षराज कुबेर ने हमें सूचित किया था कि विभीषण शीघ्र ही राम से मिलेगा। उसे समर्पित किए जाने का, लंका राज्य का राज्यतिलक किए जाने का प्रलोभन देकर कूटनीति से शरण में लिया है। विभीषण की सेना बड़ी आज्ञाकारी है, जो सैनिक विद्रोह में हमारे काम भी आ सकती है। विभीषण घर का भेदी है। इसको अपनी ओर करने का पूर्ण श्रेय महात्मा अगस्त्य को है क्योंकि यह चाल गुप्तरूप से उन्हीं की चल रही थी। इसका ज्ञान आपको नहीं कराया गया था। इस यान को उतरने दिया जाए।"

विभीषण का वायु-रथ उतर गया। विभीषण के साथ चारों मन्त्री भी उतरे तो सुग्रीव, हनुमान, राम-लक्ष्मण सभी उन्हें घेरकर खड़े हो गए। स्थिति को भाँपकर विभीषण ही बोले, "मैं श्रीरावण का अनुज विभीषण तथा ये अन्य चार मेरे घनिष्ठ मित्र हैं! सुग्रीव, हनुमान, नल, नील, जाम्बवन्त—सभी मुझसे भली-भाँति सुपरिचित हैं। मैंने सार्वभौम सम्राट लंकेश्वर से सभा में अनुरोध किया कि वह सीता को लौटा दें और युद्ध को टाल दें। यह सत्य है कि मेरा निरन्तर इन्द्र, वरुण, यम, कुबेर तथा भगवती सीता से सम्पर्क रहा और मैं राजद्रोह का कार्य मात्र लंकापति के स्वप्न को साकार करने के लिए अपनी महत्त्वाकांक्षा के अधीन होकर करता रहा। इन्द्रजीत ने सभा में मेरा भंडा फोड़ दिया, इस पर सम्राट ने सुन्दर राजकीय नियमों का पालन करते हुए मुझे लंका राज्य से निष्कासित करने की आज्ञा दी। और उस आज्ञा के अधीन दूर-नियन्त्रण-यन्त्र पर भैया कुबेर द्वारा दिए गए निर्देशों के पालन में विभीषण अपनी सुरम्य-पुरी को छोड़कर आपकी शरणागत है। विभीषण अपनी रक्षा की भिक्षा आर्य राम से कदापि नहीं माँगेगा, यह उसका अपना आत्माभिमान भी है।"

सुग्रीव बोले, "आप रक्ष-धर्मी, बुद्धि से चतुर होते हैं। आप तो श्रीरावण के अनुज ही हैं और साथ में सशस्त्र मन्त्रीगण भी लाए हैं इसलिए यह महा शूरवीर प्रतापी राजा दशानन की कोई नई कूटनीतिक चाल भी हो सकती है। कभी एकान्त में आप विस्फोट कर हमारी सेना को समाप्त भी कर सकते हैं क्योंकि यह राम की सेना नहीं, सम्राट सुग्रीव का कटक-दल है। इसलिए तात विभीषण, मुझे तुम पर शंका प्रतीत होती है।"

राम बोले, "जब लोकपालों से प्रेरित होकर मात्र हमारे निमित्त ही विभीषण पधारे हैं तो हमारा कर्तव्य है कि हम उन्हें अभयदान दें।"

हनुमान बोले, "तात सुग्रीव, मैं तात विभीषण से मिला हूँ। इन्होंने सीता को लाल पुष्पों से भरे अशोकवन में रहने की बात मुझे बताई थी। तात विभीषण मेरे और तात कुबेर के कारण ही लंका राज्य की सूचनाएँ हमें देते रहे। मैं इनका जामाता होने से इनके व्यवहार से पूर्णतया परिचित हूँ। ये वानरों के रक्षक हैं। जो बल राम तथा सुग्रीव के पास नहीं है, वह तात विभीषण के पास है। विभीषण ही मात्र ऐसे विश्वस्त्र सूत्र हमारे लिए सिद्ध होंगे जिनके कारण लंका पर विजय प्राप्त की जा सकती है। विभीषण को ही लंका के गुप्त गृहों, यज्ञ-स्थलों, सुरंगों तथा अन्य सामरिक आयुधों का ज्ञान है, जिनसे लंका सजी-धजी होकर एक अजेय दुर्ग बन गई है। यदि विभीषण हमारी ओर राज्य-प्रलोभन से नहीं आते तथा पद-लोलुप न होते तो आज यह

शुभ घड़ी देखने को नहीं मिलती। हम लंका राज्य पर भले ही आक्रमण कर रहे हैं फिर भी बिना विभीषण के पंगु ही थे। मुक्ति तथा राज-भेद के बिना शत्रु को परास्त करना असम्भव होता है। श्री विभीषण उन सभी ज्ञानों के भंडार हैं। यह हमारी कूटनीतिक सफलता है। तात अगस्त्य की महानतम राजनीतिक गति की चरम सीमा है। श्रीराम, श्री विभीषण के विश्वास के लिए उनका राजतिलक कीजिए।''

तब सुग्रीव बोला, ''विभीषण हमारी रण में सहायता करने की प्रतिज्ञा करें तभी तो हमें उनके साख्य पर विश्वास होगा।''

''तात सुग्रीव! विभीषण ब्रह्मा के कूट-मन्त्र से आया है और रण-क्षेत्र में श्रीराम की सहायता करने की प्रतिज्ञा करता है। अब श्रीराम भी यह वचन दें कि यदि विजयश्री प्राप्त हुई तो वे विभीषण को ही लंकापति घोषित करेंगे।'' विभीषण ने कहा।

राम समझ गए, विभीषण राजनीतिक वाक्-पटु है। मेधा-शक्ति से प्रबल है। देवताओं से संचालित है, राम से नहीं। जय-पराजय का निर्णय तो विधि के हाथ में है फिर भी राम को तो जितने सहायक होंगे उन्हें साथ लेना ही होगा अन्यथा सीता बिना संग्राम के रावण के बन्धन से कदापि मुक्त नहीं हो सकती। विभीषण श्रीरावण का भाई है और एक साथ राज्यारोहण का आकांक्षी है। उसी की मनोकामना विभीषण को राम तक खींच लाई है। यह अभीप्सित औपचारिकता राम को विभीषण की मैत्री के लिए पूर्ण करनी ही होगी। भविष्य किसने देखा है! वर्तमान को ही सर्वस्व मानकर राम श्री विभीषण का राज्याभिषेक करेगा, हनुमान की यह युक्ति उचित है।

श्रीराम बोले, ''लक्ष्मण, सागर से कलश भर जल लाओ और हनुमान, तुम सैकत-लंका-निर्माण करो। मैं लंका के राजपद पर श्री विभीषण का, सम्राट विभीषण के रूप में अभिषेक करता हूँ।''

20

एक मास में नल-सेतु तैयार हो गया। फिर भी अगस्त्य समझते थे कि राम-लक्ष्मण को सेतु पैदल पार नहीं कराना चाहिए। हो सकता है समुद्र में रावण की पनडुब्बियाँ तैर रही हों और वे उसी क्षण इसे नष्ट करने की ताक में हों। इसलिए सेना, रथ, हाथी, घोड़े—सब इस लोहे के पुल से पार उतारे जाएँ और राम-लक्ष्मण-हनुमान को सुपार्श्व के यान से तथा अन्य अतिरथियों, महारथियों और सम्राटों को भी वायु-रथों से ही लंघन करके भेजा जाना उपयुक्त रहेगा।

अगस्त्य ने सुग्रीव और विभीषण को बुलाकर आज्ञा दी, ''यह फाल्गुन मास है। अब हमें बिना किसी विलम्ब के सेतु पार करना चाहिए। आप लोग वायुयानों से राम को समुद्र-लंघन कराकर दाल-चीनी तथा साखू के जंगल से भरे सुवेल पर्वत (वर्तमान ऊरुवेल नगर) पर पड़ाव डालिए। यह पर्वत युद्ध की दृष्टि से महत्त्वपूर्ण है। यहाँ से मन्नार के समुद्र तट से हम भावी योजना बनाएँगे। रण-क्षेत्र में जिसे शत्रु देश की भौगोलिक स्थिति का ज्ञान नहीं है, वह कभी विजयी नहीं हो सकता, जिसे छल-कपट अर्थात् भेद-नीति का ज्ञान नहीं है वह कभी युद्ध जीत ही नहीं सकता। राम एक श्रेष्ठ योद्धा है किन्तु उसे युद्ध-कला-प्रवीण हम बनाएँगे। एक बात ध्यान रखें, सुवेल पर्वत पर पहुँचते ही किसी प्रकार की कोई अप्रिय घटना न घटने दें बल्कि शान्ति से काम लें अन्यथा श्रीरावण हमें मार डालेगा। शेष सेना को सेतु से पार करो। सेतु

के दोनों ओर नारियल की रस्सी से बँधे हुए लट्ठों को सुरक्षा की दृष्टि से चौकसी के रूप में सशस्त्र सैनिकों के साथ अष्ट-प्रहर उदधि में तैरने दिया जाए, जो मन्नार के सागर तक घूमेंगे। किसी भी व्यापारिक पोत को न रोका जाए। सुवेल पर्वत (लंका का वर्तमान उरुवेल नगर) के अंचल में सेना घने जंगलों में कुछ छिपकर भी रहे ताकि श्रीरावण के चरों को हमारी पूर्ण सैनिक शक्ति का ज्ञान हो।''

जैसा अगस्त्य ऋषि ने कहा, वैसी समूची व्यवस्था की गई और राम-कटक का पड़ाव सुवेल पर्वत के अंचल में हो गया। समुद्र-लंघन कर राम अगस्त्य के साथ वायु-रथ से आए। अगस्त्य ने एक पृथक कुटीर तक सेना तैयार कर दी थी। राम ने जिज्ञासावश हनुमान से कहा, ''तात, लंकापुरी यहाँ से दृष्टिगोचर नहीं हो रही। राम उस सुरम्य नगरी के दर्शन कर अपने नेत्र सार्थक करना चाहता है।''

''श्रीराम! इस पर्वत पर चढ़कर ही आप लंकापुरी को देख सकेंगे। आइए, मैं आपको दिखाता हूँ।''

राम, लक्ष्मण, अंगद, हनुमान—सभी पर्वत-शिखर पर चढ़ने लगे तो उन्हें बीच में ही थकान का आभास हुआ। हनुमान बोले, ''हमें तो इन पर्वतों पर चढ़ने-उतरने का अभ्यास है। मेरे कन्धे सबल हैं। आप कन्धे पर बैठकर चढ़ सकते हैं।''

''नहीं, राम सामर्थ्यवान है। वह अभी प्रौढ़ भी नहीं है, वह स्वयं चढ़ेगा।''

अंगद सोच रहा था, यह हनुमान कैसा है जो क्षत्रियों को कन्धे पर बिठाने की बात करता है। मुझे तो राम से कतई अनुराग नहीं है। वह तो सम्राट सुग्रीव की आज्ञा के कारण चला आया है अन्यथा धोखे से मारे गए पिता के प्रतिशोध की अग्नि से अंगद का वक्ष-स्थल जला जा रहा है। श्रीरावण, जो कि मेरे फूफा हैं, राम को निश्चित ही पराजित करेंगे तब अंगद फूला नहीं समाएगा। अंगद को ऋषि अगस्त्य और राम दोनों से ही घृणा है। इनकी कुटिल राजनीतिक चालों में सत्यता अंश मात्र भी नहीं है। श्रीरावण चाहता तो बम-वर्षा कर सेतु नष्ट कर देता। रामेश्वर लिंग की स्थापना के लिए एकाकी आकर उसने अपनी महानता का परिचय दिया। कितनी गम्भीरता, शालीनता के धनी हैं सर्वभौम सम्राट। ये राम उनके आदर्शों के सम्मुख बौने हैं। हनुमान द्राविड़ देवता शंकर की पूजा चाहते थे, वह राम ने पूर्ण कर दी परन्तु वानरों का उत्कर्ष चाहनेवाला हनुमान ऋषि अगस्त्य के कारण निस्तेज-सा हुआ जाता है। हनुमान श्रीरावण का कैसा जामाता है कि अपने ही सम्बन्धियों को हानि पहुँचाने पर तुला है। विधाता करे राम-कटक यहीं डूब जाए तो अंगद प्रसन्न हो और जाकर माता तारा से कहे फूफा दशानन के हाथों राम मारा गया। अम्ब प्रसन्न हों और आपानक मधुपान करें।

इसी क्षण हनुमान ने पूछा, ''युवराज अंगद, क्या सोच रहे हो? बड़े शान्त मन से चल रहे हो।''

''सोच तो बहुत कुछ रहा था किन्तु कहने से आप कहेंगे कि अंगद में लड़कपन है जबकि यथार्थ में ऐसा कुछ नहीं है। मेरी विचार-धारा आपसे सुन्दर और स्वस्थ हो सकती है किन्तु आज के युग में कोई भी विचार तभी जगत-विख्यात होता है जबकि उसे राजाश्रय प्राप्त हो। यहाँ तुम्हारा अंगद तो बहुत छोटा व्यक्ति है। आर्य सम्राटों में सेना में श्रीराम के प्रमुख अंगरक्षक के रूप में हनुमान का ही नाम है। केसरी-नंदन, मारुत-नंदन आदि विशेषणों के साथ हनुमान का सम्बोधन किया जाता है। अंजनी पर्वत के छोटे से राज्य का युवराज, जो कभी बालि के नाम से प्रकम्पित रहता था, वही राम का बल पाकर कहूँ, या चापलूसी कर अपने अस्तित्व

को उठा रहा है। राजनीति में वैसे चापलूसी का भी महत्त्व है। प्रत्येक छोटे को उठने के लिए किसी-न-किसी को अवलम्ब बनाना ही पड़ता है। परन्तु अंगद कर ही क्या सकता है!"

राम-हनुमान दोनों समझ गए कि अंगद क्षुब्ध है। राम तो वैसे भी अंगद की ओर से शंकित रहते हैं। फिर राम ही प्रसन्न मुद्रा में बोले, "तात अंगद, इस बार तुम्हें ही दूत रूप में श्रीरावण की सभा में भेजा जाएगा। यह गुरुतर भार है जिसे तुम्हारे जैसे नवयुवक ही सँभाल सकते हैं। मन को हल्का मत करो। राम तुम्हारे नाम को, शौर्य को, साहस को सदैव स्मरण करेगा।"

इसी समय पर्वत शिखर पर पहुँचते ही हनुमान ने कहा, "तात, वह देखो लंकापुरी की ध्वजाएँ यहाँ से दृष्टिगोचर हो रही हैं। यह पुरी विचित्र प्रासादों, सुवर्ण-निर्मित परकोटों और तोरणों से सुसज्जित है। इसके अतिरिक्त शतधनियों, संक्रमों (सुरंगों) से भी सुशोभित होकर सूर्य-चक्र से घिरी हुई है। वह जो गगनचुम्बी स्वर्ण-कलश दिख रहे हैं, वह महाराजा श्रीरावण का सभा-भवन है जिसमें सोने के छत्र झूल रहे हैं। इसी सभागार में महात्मा, तपेश्वरी, श्री दशानन जनता को अपना श्रेष्ठ निर्णय सुनकर प्रजा-रंजन की गरिमा को धारण करता है।"

राम ने पर्वत चोटी से जो लंकापुरी का अवलोकन किया था, वह सामरिक दृष्टि से किया था परन्तु उनकी दृष्टि अब चौंधिया गई और लंका नगरी को अजेय मानकर मन में आत्मग्लानि उत्पन्न हो गई। ऐसी अवस्था में कई अक्षौहिणी सेनाएँ भी लंका को नहीं जीत सकतीं। राम उदास-से हो गए और वापस लौट चले।

राम नीचे आकर सीधे महात्मा अगस्त्य के डेरे में अन्यमनस्क से जाकर बैठ गए।

अगस्त्य ने देखा राम आज अधिक उदास हैं। ऐसा ग्लानि भरा मुख उन्होंने राम का कभी नहीं देखा था। अगस्त्य जान-बूझकर खिलखिलाए और बोले, "वत्स राम, उदासी से संकट कम नहीं होते, और बढ़ते हैं। मुख यदि विपत्ति में भी कमल के समान खिला रहे तो मनुष्य कठिनाई पर भी विजय पा सकता है। संसार में ऐसी कोई भी गुत्थी नहीं है जिसे विवेक से सुलझाया न जा सके। अगस्त्य आत्म-विश्वास के साथ कहता है कि राम का वामांग राम के पास ही रहेगा। सीता को मुक्ति प्राप्त होगी। मैं भी अनायास युद्ध को थोपने के पक्ष में नहीं हूँ। पहले वार्ता से, संयम से काम लिया जाएगा। किसी दूत को भेजकर सीता को लौटाने तथा किसी आर्य क्षत्राणी, जो सूर्य वंश की हो, से राक्षसों में विवाह सम्बन्ध स्थापित कर उन्हें आर्यों में मान दिया जाएगा। ऐसे सन्देश से श्रीरावण के विचार ज्ञात कराओ ताकि यदि संवादहीनता से हटकर सन्धि का कोई मार्ग निकलता है तो उसे अपनाने में सहायता मिले।"

अगस्त्य यह कह रहे थे कि कपि सेना में कोलाहल प्रारम्भ हो गया। 'पकड़ लिए, पकड़ लिए, दो गुप्तचर पकड़ लिए' कहते हुए उन्हें राम के पास ले आए। राम ने विभीषण को बुलाया, पूछा, "तात, इन्हें पहचानिए, ये कौन हैं?"

विभीषण ने देखते ही कहा, "ये तो श्रीरावण के शुक-सारण गुप्तचर हैं जो अवसर पाकर श्रीरावण के लिए दूत का कार्य भी सम्पन्न करते हैं। ये दोनों ही कर्मों में निष्णात हैं। श्री दशकन्धर तक आपके सैन्यबल का पूर्ण विवरण देना इनकी स्वामीभक्ति है। ये श्री दशग्रीव के प्रति निष्ठावान हैं और लंका के लिए प्राणोत्सर्ग करने में भी पीछे नहीं हटेंगे।"

तभी घृणा से विभीषण की ओर आँखें तरेरकर अपनी भुजाओं को शुक ने कपियों से छुड़ाकर कहा, "अहा, दुर्भाग्य कि महात्मा श्री दशानन का भाई शत्रु राम के यहाँ बैठा है और राक्षस-नगरी की गुप्त सूचनाएँ दे रहा है। अरे श्रीरावण तेरी पत्नी सरमा और पुत्री त्रिजटा को आज भी राज-प्रासाद में प्रश्रय दिए हुए हैं और उनका पोषण कर रहे हैं। तेरे पुत्र भी तुझ जैसे राजद्रोही

के विरोधी हैं। विभीषण, तुझसे तो श्री दशानन का अटूट प्रेम था, तभी तेरा वध न कर तुझे निष्कासित किया अन्यथा तू यहाँ शरण भी नहीं ले सकता था। तूने अपने देश, राजा और जाति के प्रति द्रोह कर अच्छा नहीं किया। यह भी तो भवितव्यता है कि कोमल हृदय दशकन्धर में सच्चरित्रता कूट-कूटकर भरी है। शुक-सारण तुझे राम-दल में ही धिक्कारते हैं। धिक्-धिक् तव जीवनम्। श्री दशानन एक आदर्श सम्राट, स्नेहवान भाई तथा वात्सल्यमय पिता हैं। अपनी जन्मभूमि की रक्षा हेतु वे मृत्यु से भी नहीं डरते। लंका वीर-पुत्र-धात्री है तथा श्री दशग्रीव अपने वीर पुत्रों को भी इस युद्ध में झोंकने से पीछे नहीं हटेंगे। हम विप्र हैं, वीरगति पाना जानते हैं। हमारा राक्षस-कुल लंका-पुत्र के विक्रमों से उज्ज्वल होगा, धन्य होगा।''

राम समझ गए, लंका के दूत और चर सभी निर्भीक और वाक्-पटु हैं। तब विहँसकर राम ने कहा, ''शुक-सारण, राम तुम्हारी लंका पर चढ़ाई करने नहीं अपितु मात्र अपनी भार्या सीता के लिए आया है। यदि तात दशानन जानकी को लौटा दें तो राम वापस चला जाएगा। इसमें मिथ्या नहीं है।''

फिर सुग्रीव की ओर मुख करके सारण ने कहा, ''तात सुग्रीव, अपने भाई का वध करनेवाले श्रीराम को क्यों सैनिक सहायता दे रहे हो? ये क्षत्रिय सम्राट कभी किसी के नहीं हुए और न ही इनके आर्य-धर्म के द्वार कभी किसी के लिए खुले। इनका धार्मिक अन्धापन इतना कट्टर है कि ये थोड़ी-सी घटना पर ही अपने कुल तक का साथ छोड़ देते हैं। जैसे विश्वामित्र ने अपने पुत्रों को ही निकाल दिया। तुझे महात्मा श्रीरावण का सन्देश है कि तू बालि की भाँति दशकन्धर से मित्रता कर और शान्तिपूर्वक रह। तेरी बहन महारानी श्रीप्रभा का भी यही समाचार है कि हम सभी द्राविड़ शिव-भक्त हैं और शिव-भक्त एक होकर रहें।''

सुग्रीव सगर्व बोला, ''जिन दिनों किष्किन्धा से निष्कासित सुग्रीव भटक रहा था, उस समय किसी ने उसे नहीं पूछा। आज सुग्रीव जब कपि सम्राट हो गया है तो भागिनी और बहनोई दोनों को स्मरण हो गया। अरे, मेरे बुरे समय में तो हनुमान के अतिरिक्त मेरा कोई भी साथी नहीं था। सुग्रीव वचन-भंग नहीं करता। श्रीरावण से कह देना, राम हारे या जीते, सुग्रीव राम के साथ ही रहेगा। जिस राम ने सुग्रीव की मनोकामना पूर्ण की, वह उसके उपकारों से दबा होने से राजनयिक सम्बन्ध नहीं तोड़ सकता।''

लक्ष्मण ने गम्भीरता से कहा, ''जाओ, शुक-सारण! तात श्रीरावण से कहना वे वैदेही को लौटा दें अन्यथा युद्ध होगा।''

लक्ष्मण के चुप होते ही शुक-सारण चले गए। तभी राम को मुनि अगस्त्य के वचनों का स्मरण हुआ और उन्होंने अंगद को बुलाकर निवेदन किया, ''तात अंगद, तुम लंकपति के सभागार में जाकर राम का सन्देश दो कि 'पुत्रीवत् पालन करनेवाला रावण जानकी को लौटा दे और उसके बदले में अयोध्या के सूर्य-कुल की कन्याएँ उन्हें ही दी जाएँगी।' इस सन्धि से ही राम-कटक वापस चला जाएगा। अन्यथा समरांगण का अन्तिमेत्थम और चेतावनी भी राम देता है।''

21

श्रीरावण सिंहासन पर बैठा है। उसके शीश पर स्वर्ण का हीरक जटित मुकुट सुशोभित है। वास्तुकला प्रेमी रावण ने इस सभा-भवन को वरुणालय के कुशल शिल्पियों से सोने का बनवाया था। इस

नए सभागार का नाम ब्रह्म-भवन रखा था। इसमें सत्रह स्वर्ण के छत्र स्थापित किए गए थे। आज इस भवन में रावण की युद्ध परिषद की बैठक सम्पन्न हो रही है। रक्षा मन्त्री से लंकेश्वर वार्ता कर रहा है। मातलि नगर वायु-रथ-चालकों को हवाई उड़ानों और विमानों से बम-वर्षा करने के निर्देश दे रहा है। लंकापुरी आपूर्ति-स्थल रहेगी। चारों द्वारों पर व्यूह-रचना कर उनका भार सुयोग्य सेनापतियों को दिया जाए।

इसी समय शुक-सारण ने प्रवेश किया और श्रीरावण की जय-जयकार कर निवेदन किया, "भगवन्! राम-कटक कुछ समुद्र लंघन कर और कुछ सेतु से पार उतरकर सुवेल पर्वत के अंचल में रुक गया है। हमने राम-कटक और आयुधों की जानकारी प्राप्त कर ली है। आपका भाई विभीषण अपने चारों मन्त्रियों के साथ हमसे विश्वासघात कर राम की शरण अर्थात् एक विदेशी आततताई की शरण में पहुँच गया है। उसी ने हमें पहचाना।"

"आह विभीषण, तुझे इन हाथों से पाल-पोसकर बड़ा किया था कि तू अपने ही भाई के वैरी से साख्य कर उसे अपने राष्ट्र की जानकारी देगा? मूढ़, तुझ जैसे सहोदर से तो यह वृत्तिवाले चाकर ही अच्छे हैं जो अपने देश के लिए हुतात्मा होने को तत्पर हैं। तेरे ही वंशज तुझे कभी क्षमा नहीं करेंगे।" रावण ने कहा।

इन्द्रजीत बोला, "तात, विभीषण जैसे कुशल योद्धा लंका में बहुत हैं। यदि आप आज्ञा दें तो मैं अभी हवाई आक्रमण कर राम-लक्ष्मण और विभीषण का कटा हुआ शीश आपके सम्मुख रख दूँ। आप चिन्ता न करें।"

"दीर्घजीवी हो, वत्स! रावण किसी राम या विभीषण से चिन्तित नहीं। वह तो इसलिए चिन्तित है कि भाई जब शत्रु से मिल गया है तो हमारे सैनिकों में कहीं-न-कहीं शिथिलता है क्योंकि विभीषण की सैन्य टुकड़ी उसी की आज्ञा का पालन करती है। मन्नार के सागर तट से द्रोण-गिरि तक के भू-भाग को और सेना भेज दी जाए।"

फिर कहा, "यह तो रणनीति है, चलेगी ही, शुक-सारण! शेष सभी बातें मुझे विस्तार से बताओ क्योंकि मेरे कान समूची जानकारी सुनना चाहते हैं।"

"महाराज, आपके भाई विभीषण का, सैकत लंका बनाकर अभिषेक भी राम ने कर दिया।"

"आह, शुक!" रावण ने अट्टहास किया—"यह अगस्त्य की विभीषण को पूर्णतया विमुख करने की सस्ती और सुन्दर नीति है। और कहो..."

"प्रजा-रंजन! आपका सन्देश सुग्रीव को बताया तो उसने ठुकरा दिया।"

"हाँ, ऐसा ही होना था। रावण यह समझता था फिर आगे कहो..."

"तात, राम ने कहा है, आप सीता को लौटा दें। वे आपको सीता के बदले अयोध्या की कन्याएँ देने को तैयार हैं। सन्धि कर इस विनाश-लीला से जनता को बचाएँ।"

रावण हँसा। समूची सभा हँसी। विदेशी सम्राटों ने अट्टहास किया। फिर रावण ही बोला, "यह कूटनीति है अगस्त्य की। हम भी सन्धि प्रस्ताव तैयार करेंगे। नाना माल्यवान से इस सम्बन्ध में परामर्श करेंगे।"

माल्यवान बोले, "सन्धि श्रेष्ठ है और सीता को लौटाकर मैत्री करना उससे श्रेष्ठ है। सन्धि-प्रस्ताव इस प्रकार तैयार किया जाए कि उसमें दोनों ओर की बात रह जाए।"

"तात, सीता को तो मैं राम-लक्ष्मण को वापस कर ही दूँगा। किन्तु शम्बूक का वध और बार-बार राम द्वारा राक्षस-संस्कृति के संहार की प्रतिज्ञा करना हमारे लिए चुनौती है और हम वीरों ने चुनौती-भरे निमन्त्रण स्वीकार किए हैं।"

"राजन्, राम ने स्वयं संवादहीनता की स्थिति को तोड़कर तुम्हारे सामने प्रस्ताव भेज दिया है। अब हमारा भी नैतिक धर्म है कि सन्धि-सूत्र तैयार कर अपना राजकीय धर्म निभाएँ।" माल्यवान ने कहा।

"तात की आज्ञा सर्वोपरि है। रावण की इसमें सहमति है। ताकि आप में से कोई भी सुभट रावण पर यह आरोप न लगा सके कि लंकेश्वर चाहता तो युद्ध टल जाता। किन्तु अभी शुक-सारण से और जानकारी प्राप्त कर लें फिर इस पर चर्चा की जाएगी। बोलो, शुक...।"

"राजन्! फिर हमने राम के प्रधान सेनापतियों को देखा जिनमें सुग्रीव, अंगद, हनुमान, नल-नील, जाम्बवन्त आदि से आप सुपरिचित हैं। इसके अतिरिक्त ऋक्षदेश (रसिया) तथा हरिदेश (चीन) के रम्म पनस, मैन्द, द्विविद, जिसने सेतु बाँधने में नल की सहायता भी की, तथा हजार यूथपतियों के बलवाला शरभ भी आ धमका है।"

पुनः सारण ने कहा, "प्रजानाथ, आर्यों में काशी-नरेश, वाराणसी-नरेश, मिथिला, कोशल, केकय सम्राटों के साथ अनेक अन्य सम्राट रणक्षेत्र में पधार चुके हैं। उनमें सीता के भाई भामंडल का मुख म्लान था। जाबालि कुछ चिन्तित दृष्टिगोचर हो रहा था। ये सब अयोध्यापति भरत द्वारा निमन्त्रित किए जाने पर राम की सहायता के लिए आ पहुँचे हैं।

"और तात शिव-धनुष भी पहुँच गए हैं। हमारे ही नगर का कुशल इन्द्र का सारथी मातलि विमानों की खेप लेकर सुवेलांचल में पधार चुका है। इन्द्र ने लड़ाकू विमान राम को देकर हवाई युद्ध की भूमिका भी रच ली है। अजगव, पिनाक, जिन पर से ब्रह्मास्त्र छोड़ा जाएगा, की व्यवस्था भी राम के पास है। वर्तमान में सूर्य संहिता के एक मात्र ज्ञाता अगस्त्य हैं जो सूर्य-चक्र-व्यूह का भेदन समझते हैं। सभी प्रकार के बाण, शतधनियाँ, भुशुंडियाँ बड़ी-बड़ी शर्तों पर इधर को मुँह किए सुशोभित हैं। धनुर्वेद की पूर्ण व्यवस्था राम के पास है। अग्निवेश स्वचालित तोपों की देख-रेख करता है और ऐसा निशाना साधता है कि अग्नि गोला निर्दिष्ट स्थान पर ही गिरता है। वह नीचे से ही आकाश-गामी यानों को नष्ट कर देता है।"

"ठीक है, राम को इन्द्र ने हवाई-बेड़ा दे ही दिया। कोई बात नहीं, दुर्मुख को सन्देश भेजो, वह समुद्र में पोतों के साथ अपना जहाजी बेड़ा ससैन्य उतार दे। प्रहस्त लंका की पूर्व दिशा में, महापार्श्व तथा महोदर लंका के दक्षिण द्वार पर, इन्द्रजीत पश्चिम द्वार पर तथा उत्तर द्वार पर मैं स्वयं रहूँगा और मेरे साथ रहेंगे शुक और सारण। अब चर और दूत का काम शार्दूल को सौंपा जाता है। समूची सेनाओं को इस प्रकार विभक्त कर चारों दिशाओं में समस्त आयुधों को भेज दो।"

पुनः कहा, "सरमा, त्रिजटा आदि सीता के पास दूर-नियन्त्रण-यन्त्र भेज सकती हैं इसलिए उसका स्थान अब अशोक वन नहीं रहेगा। सीता को अशोक वन से दूर राजनीतिक दृष्टि से पर्वत-शिखर (सीताएलिया) जहाँ अच्छी जल-धारा बहती है तथा वहाँ एक गुफा भी है, उसमें स्थानान्तरित कर दिया जाए। सीता ने त्रिजटा के माध्यम से यथेष्टा स्त्री चरों को अपनी ओर कर लिया। सीता यदि इतने पर भी अपनी गतिविधियों से बाज न आए तो भले ही रावण ने उसे पुत्रीवत् पाला है, लंका राज्य के हित में मुझसे प्रामर्श कर मेरे आगामी आदेश पर उसका वध कर दिया जाए। उसका अभी भी विभीषण से सम्पर्क हो सकता है।"

पुनः विहँसकर कहा, "हाँ, तात माल्यवान, अब हम सन्धि-सूत्रों पर विचार करें। मेरे मत में राम की ओर से पहले किसी दूत द्वारा प्रस्ताव भेजने पर सन्धि करनी चाहिए। राम ने शुक-सारण को सन्धि का सन्देश दिया है जो प्रस्ताव नहीं माना जा सकता। राजकीय व्यवस्था में दूत द्वारा

ही प्रस्ताव प्रस्तुत किया जाता है।''

माल्यवान बोले, ''जहाँ अगस्त्य जैसा राजनीति का आचार्य बैठा हो, वहाँ राजकीय नियमों की पूर्ति निश्चित ही होगी परन्तु उसके पूर्व हम लोग भी विचार विमर्श कर लें।''

''ठीक है, तात! मैंने सोच-विचारकर जो सूत्र सोचे हैं वे इस सभा में आपकी सम्मति के लिए प्रस्तुत करता हूँ—

1. निरपराध शम्बूक का वध करनेवाले हत्यारे लक्ष्मण को हमारे दंड-विधान से दंडित किए जाने हेतु हमें सुपुर्द किया जाए।
2. विभीषण देशद्रोही है, उसे लंकापुरी भेजा जाए। उसने जो राजनीतिक शरण ली है, वह राजद्रोह का कारण है।
3. सुग्रीव किष्किन्धा के आसन का उत्तराधिकारी नहीं है। कपियों के प्रथागत नियमानुसार अंगद को राज्य दिया जाए।
4. बिना लंका राज्य की अनुमति से जो सेतु बाँधा गया है उसे नष्ट किया जाए।
5. राम ने रुद्र को स्वार्थवश पूजा है, उसका प्रचार-प्रसार समस्त आर्यों में किया जाए।''

रावण के सन्धि सूत्रों पर सभी आश्चर्य में पड़ गए। इतनी शीघ्रता में इतना उत्तम सन्धि-पत्र बोलना मात्र रावण की ही मेधा-शक्ति का काम है अन्य किसी का नहीं।

माल्यवान बोले, ''सन्धि-सूत्र में से लक्ष्मण पर अभियोग चलाए जाने का सूत्र हटा देना चाहिए और इसके स्थान पर आर्यों-अनार्यों के परस्पर वैवाहिक सम्बन्धों के लिए, जैसे राम सूर्य-कुल की कन्याएँ देने को तत्पर हैं, वैसे ही हम भी अपनी लंकापुरी की कन्याएँ देने को तत्पर हों।''

इन्द्रजीत बोला, ''सीता-हरण का मूल तो शम्बूक-वध और बुआ शूर्पणखा का अपमान ही है इसलिए यह सूत्र रहने दिया जाए और कन्याओं वाले सूत्र को अन्तःस्थापित कर लिया जाए।''

प्रहस्त बोला, ''ये सभी सन्धि-सूत्र स्वर्ण-पत्र पर लिखकर भेज दिए जाएँ। इनमें से राम किन-किन पर सहमति देता है, तब पुनः दोनों पक्षों में विचार-विमर्श किए जाने हेतु तात माल्यवान को नियुक्त किया जाए। फिर सीता को लौटाया जाए।''

यह सर्व-सम्मति से स्वीकृत हुआ ही था कि अंगद ने राज्य-सभा में प्रवेश करते हुए कहा, ''मैं राम-दूत बालि-पुत्र अंगद महाराजाधिराज राक्षसराज को साष्टांग प्रणाम करता हूँ।''

''प्रणाम, प्रणाम! बालि के सपूत अंगद और राम-दूत को प्रणाम। आसन पर बैठो, पुत्र! रावण ने इन हाथों से तुझे खिलाया है। रूमा ने तुझे दुलारा है। तू रावण के कन्धे पर चढ़कर खेला है, आ तेरा माथा सूँघ लूँ पुत्र, आ! तुझमें और इन्द्रजीत में कोई भेद नहीं है। कितना बड़ा, कितना बलशाली हो गया है तारा का एकमात्र अंगद। समय जाते देर नहीं लगती। मेरा मित्र संसार से उठ गया। अपने भाइयों की ही कुटिल नीति में आर्य राम से मारा गया। हत्यारा राम, अपने स्वार्थ के लिए राजनीति में मर्यादा तोड़कर अग्रसर हो रहा है और तेरे ही काका उसकी मदद कर रहे हैं। देख पुत्र, यही भवितव्यता है। तुझे देखे हुए वर्षों हो गए। निःसंकोच आ, मेरे नयनों के तारे, आ! अपने फूफा के पास आ....।''

अंगद धीरे-धीरे सिंहासन की ओर बढ़ रहा है। सभा में रावण की मधुर वाणी से वात्सल्य-रस फूट रहा है। सहसा अंगद रावण के निकट पहुँच गया। रावण ने अंगद को वक्षस्थल से कब सटा लिया और कब उसका माथा सूँघा तथा कब श्रीरावण के प्रेमाश्रु ढलके, अंगद को पता

ही नहीं चला। उसे लगा, जैसे वह अपने पिता बालि के वक्ष से सटा हो। उसे लगा, मानो उसके मृत पिता के समान ही बलिष्ठ छाती किसी धर्मात्मा पिता की है। उसे लगा, मानो फिर से रावण के रूप में उसे पिता की स्वप्निल उपलब्धि हो गई हो। वह चाहता था, मैं भी ऐसे सटकर रो पड़ूँ किन्तु अनायास उसे सभा का ध्यान हुआ और वह पीछे हटकर एक आसन पर बैठ गया।

कुछ देर तक सभागार में नीरवता रही फिर सम्राट ही बोला, ''कहो वत्स, राम का क्या सन्देश लाए हो?''

''रक्ष-कुल लक्ष्मी पट्टमहिषी मन्दोदरी, चित्रांगदा तथा श्रीप्रभा की धरोहर लंकापति श्री दशानन को श्रीराम का यह सन्देश है कि वे सीता को लौटाकर इस विश्व-युद्ध को टालें और वैदेही के बदले में अयोध्या की अन्य सूर्यकुल-भूषण कन्याएँ ग्रहण करें।''

क्षणिक प्रेम के उद्वेग के उपरान्त फिर से फूफा रावण सम्राट रावण के राजोचित गुणों से तत्काल वेष्टित हो जाता है। यह अंगद नहीं जानता था। रावण प्रसन्न मुद्रा में बोला, ''सन्धि-मैत्री दोनों पक्षों की ओर से विचार-विमर्श के उपरान्त की जाती है। श्रीराम का प्रस्ताव स्वीकार है। हमारा प्रस्ताव श्रीराम को बता देना जिसमें पाँच सूत्र हैं।'' रावण ने पूरे प्रस्ताव अंगद को सुना दिए।

अंगद अवाक् रह गया। सुग्रीव के स्थान पर किष्किन्धा का राज्य अंगद को! अंगद यही चाहता है। परन्तु श्रीरावण ही सन्धि-सुलह त्यागकर श्रीराम को पराजित कर दें तो अंगद के दोनों मनोरथ स्वतः पूर्ण होते हैं। महामना रावण से यदि राम लड़ें तो हारेंगे ही।

अंगद बोला, ''तात, आपके सन्धि-सूत्र राम तक पहुँच जाएँगे किन्तु इनमें से ऐसी एक भी बात उपयुक्त नहीं है कि राम और अगस्त्य इसे मान सकें। इसलिए आप युद्ध का हठ छोड़कर सीता को क्यों नहीं लौटा देते?''

''वत्स, अंगद! राम ने तेरे पिता का वध किया। सम्राट समुद्र से कवच छीन लिए और द्रुमकुल्य देश के सम्राट मरु-दैत्य (मरुकान्तार) पर बम विस्फोट कर दिया। अब रावण युद्ध से विमुख हो जाए, यह कदापि नहीं हो सकता। मरु देश में विकिरण फैल रहा है। विषैली गैस से प्राणान्त हो रहा है, हमारे वैज्ञानिक सैन्य-टुकड़ियों के साथ विकिरण को रोकने के लिए जन-कल्याणार्थ गए हैं। ऐसी ढीठ राम को तो रावण ही दंड दे सकता है अन्य कोई नहीं। राम की अपनी कोई मर्यादा नहीं, प्रतिष्ठा नहीं। जो कुछ है वह सब ब्राह्मणों का है। उन्हीं के संकेत पर वह ऐसे दुष्कर्म कर रघुकुल को कलंकित कर रहा है। रावण तभी सीता को लौटाएगा जब राम उसकी शर्तें स्वीकार कर लेगा।''

''तो फिर राम की युद्ध-चुनौती को स्वीकार करो और अपने मित्र बालि-वध का प्रतिशोध लो। शान्त क्यों बैठे हो। अंगद तुम्हारे लिए वही काम करेगा जो विभीषण राम के लिए कर रहा है।''

''विभीषण का नाम मत लो, अंगद! रावण के चर राम-सेना में दूर-नियन्त्रण यन्त्र लेकर, वेश बदलकर प्रवेश कर चुके हैं। कुछ रमणी गुप्तचर भी पहुँच चुकी हैं जो घुल-मिलकर समस्त जानकारी रावण को देंगी। तुम प्रकट रूप से राम के रहोगे किन्तु अप्रकट रूप से लंका के। अगस्त्य को यह शंका नहीं होनी चाहिए कि अंगद राम-द्रोही है। राम तो दशानन के हाथों मारा ही जाएगा अंगद, फिर भाग्यवशात् कहीं पासा पलट जाए तो तुम अवश्य अपने पिता का प्रतिशोध राम की थकी हुई सेनाओं के लंका से लौटते ही लेना, यह मेरी कूटनीति है। राम का अधिक सैन्यबल भी अंगद के कम सैन्यबल से निश्चित ही पराजित हो जाएगा और कायर सुग्रीव किष्किन्धा

छोड़कर भाग जाएगा। अंगद पुनः अपनी खोई हुई सत्ता प्राप्त करेगा।''

''मैं धन्य हुआ तात, राम के भी गुप्तचर तथा नारी-चर अगस्त्य के निर्देश में लंका में प्रवेश कर चुके हैं जो आपके राज्य की गतिविधियाँ पहुँचाते हैं। एक माह में सेतु बँधा और पाँच दिन में राम-कटक पार हुआ। पता नहीं युद्ध कब तक चलेगा।''

''रण-क्षेत्र में क्या होगा, कौन कह सकता है, वत्स! तू अपना काम निर्भीकता से कर। रावण रण से पीछे नहीं हटेगा। स्वाभिमानी दशानन की भेंट, यदि सन्धि नहीं हुई तो, रण-क्षेत्र में होगी।''

अंगद शत-शत प्रणाम कहता हुआ लौट पड़ा।

रावण, सभा समाप्त कर अन्तःपुर में आ गया। मन्दोदरी खिलखिलाती हुई उपस्थित हो गई, ''नाथ, रण-दुंदुभि बजने जा रही है। आपने अपनी पुत्री सीता को अशोक वन से दूर गुप्त स्थान को भेज दिया तो राजनीतिक दृष्टि से यह चरण प्रशंसनीय है परन्तु स्त्री-चर मुझसे यह कह रही थी कि राम के पास भयंकर आयुध हैं और भगवान शिव शंकर दोनों की बराबर सहायता कर रहे हैं। विश्व की महान् शक्ति रुद्र ने वीरभद्र सेनानायक के साथ हमें प्रचुर आयुध और सैनिक सहायता रवाना कर दी है। फिर भी सीता को लौटाकर शान्ति-स्थापना करनी चाहिए।''

''पिता रावण सीता को लौटाने को तैयार है किन्तु राजनीति विशारद सार्वभौम सम्राट सीता को बिना सन्धि के लौटाने में असमर्थ हैं। यही भेद है साधारण पुरुष और राजनीतिक पुरुष में। राजनीति का पुरुष, पुरुषार्थ की दुहाई देता है और अराजनीतिक पुरुष मानवता की दुहाई देता है। इसमें दशकन्धर दोनों रूप से फँसा हुआ है, टस-से-मस नहीं हो सकता, देवि! एक ओर अपयश है तो दूसरी ओर सुयश। इन सबका निर्णायक है युद्ध। जो जीतेगा, उसी की सत्ता की छाप विश्व में लगेगी। ऐसा भीषण विश्वयुद्ध होगा जिसमें पहली बार समूचा विश्व और विश्व की शक्तियाँ भाग ले रही हैं। इसमें तेरे पति की गाथा, इन्द्रजीत का शौर्य यदि अमर हो तो तेरी जैसी वीर-धात्री का भी यशोगान होगा, देवि! रावण यदि झुकेगा तो सन्धि से अन्यथा रण-क्षेत्र में ही उसका निर्णय होगा। कहाँ एक छोटा-सा राजकुमार राम और कहाँ सार्वभौम सम्राट रावण, दोनों में अन्तर है। राम पराजित होकर भी जीता रहेगा, प्राणप्रिये! रावण उसे हराकर भी सीता को करुण कंठ से वापस कर देगा। जानकी बन्धन-मुक्त हो जाएगी। राम का यश चहुंदिश नहीं है। तुम्हारे पति के सुयश का डंका विश्व में पिट रहा है। अब राजनीतिक रावण को वही करना होगा जो राज-छत्र की आज्ञा होगी। प्राणवल्लभे, तू साक्षी है। लोग मुझे सीता के कारण लंपट, कामी कह रहे हैं। जो कह रहे हैं उन्हें यह भी ज्ञान नहीं है कि अपवाद किस बात का किया जाए। दशानन वृद्ध, सीता प्रौढ़। और दशकन्धर को सम्राट होने से वैदेही से सुन्दर अनेक रमणियाँ उपलब्ध हो सकती हैं किन्तु वेदपाठी, भगवान शंकर के मन्दिरों की प्रतिष्ठा करनेवाला, त्रिपुंड-धारी प्रकांड विद्वान ब्राह्मण रावण के साथ कैसी-कैसी बातें जोड़कर उसे झूठा ही कलंकित किया जा रहा है। उसे धोने के लिए समर ही करना होगा। महर्षियों ने सच ही कहा है—महान् पुरुषों के साथ कुछ अपवाद असत्य रूप से समाज के उन तत्त्वों द्वारा थोप दिए जाते हैं जिनका अपना कोई वर्चस्व नहीं होता।''

''मन्दोदरी धन्य हुई, स्वामी! आप भोजन कीजिए। मेरी चित्रांगदा-श्रीप्रभा से भी चर्चा हुई है। उनका कथन है कि हम लंकाराष्ट्र के लिए अपनी आहुति देने को तत्पर हैं। यदि अग्नि-रथ पर चढ़ने की आवश्यकता प्रतीत हुई तो उसमें भी हम पति की सहगामिनी होंगी।''

''रावण धन्य हुआ ऐसी महान् नारियाँ पत्नी रूप में पाकर परन्तु खेद है कि सरमा और

त्रिजटा किसी गुप्त सुरंग से सीता को सम्भवतः किसी प्रासाद में लाने का प्रयास कर रही हैं। यह सत्ता का दुखद मोह कब किससे छूटेगा देवि, कोई नहीं कह सकता। रावण को प्रत्येक बात की जानकारी प्रतिपल दर्पण पर चरों द्वारा प्राप्त हो रही है फिर भी वह शान्ति और धैर्य से सभी बातों का सामना कर रहा है।''

''यही तो महापुरुषों की विशेषता होती है, नाथ! आप भोजन कर विश्राम कीजिए। कोई अन्य राजकीय कार्य हो तो मुझे बताइए, मैं उसे करूँगी!''

''समय आने पर। अभी कोई कार्य नहीं है। तुम्हें यथेष्ट चिन्ता रहती है मेरी। जाओ, तुम भी जाकर भोजन करो।''

22

राम और मुनि अगस्त्य बेचैन-से अपने डेरे में घूम रहे हैं। अंगद अभी तक नहीं आया है। कहीं श्रीरावण से मैत्री तो नहीं कर ली? यदि अंगद विभीषण की भाँति फूटकर श्रीरावण की शरण में पहुँच गया तो कपि-ध्वजी अनुभवी सेना, जो राक्षस वीरों के रण-कोशल का ज्ञान रखती है, के बिना रण रचा ही नहीं जा सकेगा। यह वानर सेना ही मात्र ऐसी है जिसने राक्षसराज को बालि के समय पराजित किया है। कहीं अंगद ने विद्रोह कर दिया तो आतंकवाद का प्रारम्भ इसी सुवेलांचल से हो जाएगा और सेना-सेना में ही युद्ध छिड़ जाएगा। अगस्त्य बहुत दूरगामी दृष्टि से काम कर रहा है फिर भी संकोच जब उभरता है तो मनुष्य के सोच का धरातल ऋणात्मक होता चला जाता है। उसका धनात्मक विचार बनता भी है तो मन की शिथिलता उसे उखाड़कर फेंक देती है।

इसी समय कोलाहल हुआ, ''युवराज अंगद की जय हो।''

अंगद अन्यमनस्क-सा राम तथा अगस्त्य के सम्मुख निर्वाक्-सा खड़ा हो गया। अगस्त्य उसका मुख पढ़ रहे थे। अंगद में उत्साह नहीं था। ओज और तेज का धनी अंगद वैचारिक क्रान्ति के कारण अदम्य उत्साही नहीं दिख रहा था।

मुनि ने ही झूठा लास्य लाते हुए पूछा, ''क्या समाचार है, अंगद? निःसंकोच कहो।''

''तात, श्रीरावण-सभा को देखकर मैं आश्चर्य में पड़ गया। उनके आसन में जड़े मुकुटों और उनके वक्षस्थल पर सुशोभित कंठहार का अनूठा वैज्ञानिक सामंजस्य था। मुझे प्रतिबिम्ब के रूप में अनेक रावण उस लंका के आसन पर दृष्टिगोचर हुए। मैंने यह आभास किया कि अपने भुजबल से देवलोक को भी जयी करनेवाला प्रतापी राजा रावण यथार्थ में ही समस्त भौतिक साधन-सम्पन्न एवं महान् है। उन्होंने मुझे पुत्रवत् स्नेह दिया।

''प्रतापी तपेश्वरी सम्राट जहाँ शौर्य और पराक्रम के अधिनायक हैं, वहाँ धैर्य तथा संयम भी उनमें कूट-कूटकर भरा है। कार्यरत स्त्री चरों ने मुझे बताया, 'जिस सीता का उन्होंने हरण किया है, उनके पास श्री दशानन जब भी मिलने गया है तो एकाकी कभी नहीं गया। उसके साथ सदैव कोई-न-कोई महिषी तथा स्त्री रक्षिकाएँ रही हैं। सीता को कटु वचन सम्राट के अधिकार से इसलिए बोले हैं कि सीता की कूटनीति सदैव लंका में क्रियाशील रही और उन्हीं ने विभीषण को यह वचन दिया कि भविष्य में लंकेश्वर तुम्हीं होंगे। इसका ज्ञान होने पर भी चरित्र के संयम से महात्मा रावण ने जानकी के चरित्र को आँच तक नहीं आने दी।' इसके साक्षी यहाँ उपस्थित

स्वयं विभीषण भी हैं।''

पुनः कहा, ''दशकन्धर की सभा में महान् नीतिवान, परम विद्वान् मन्त्रीगण बैठते हैं। क्रोधवश दशग्रीव यदि कोई न्याय-पथ-विचलित निर्णय देने को तैयार भी होता है तो वे मेधावी मन्त्री युद्ध परिषद के सदस्य दिग्विजयी सम्राट को नीति का स्मरण कराकर न्यायोचित निर्णय दिलाने में सहयोगी होते हैं। हनुमान को दूत मानकर उन्हें मृत्युदंड न दिया जाना इसका प्रमाण है।

''श्री दशकन्धर ने प्रभुता पाकर भी कभी अपनी शक्ति, अपने पराक्रम और अपने वैभव का दुरुपयोग इन्द्र तथा अन्य क्षत्रियों की भाँति नहीं किया है। यह उनका आदर्श है। राजद्रोही विभीषण इसके प्रमाण हैं तथा श्रीराम-भ्राता लक्ष्मण अभी तक जीवित हैं, यह रक्षराज की नीति का अनूठा उदाहरण है।

''आपका सन्धि प्रस्ताव मैंने सुनाया जिसके उत्तर में लंकाधीश का मुद्रांकित सन्धि-पत्र आपकी सेवा में प्रस्तुत है। इन शर्तों के पालन से ही विश्व-युद्ध टल सकेगा अन्यथा नहीं, यह लंका राज्य की ओर से सम्राट का राजनीतिक सन्देश है।''

राम ने सन्धि-पत्र पढ़ा। उनमें सभी सूत्र जटिल थे। जिनका पालन करना असम्भव था। अगस्त्य ने भी उसे देखा, उनके माथे पर पसीना आ गया। फिर भी साहस बटोरकर पूछा, ''सैन्य-शक्ति का कोई समाचार है?''

''हे तात! श्रीराम चतुरंगिणी दुर्धर्ष सेना में जन-थल-नभ सभी को मिलाकर दो लाख पैदल, दस हजार हाथी, दस हजार रथ और बीस हजार अश्व हैं। सूर्य-चक्र-व्यूह से मंडित नगरी में दो हवाई अड्डे हैं जहाँ से लड़ाकू यान शत्रु की सेना पर बाज की भाँति वार करते हैं।''

इतना कहकर अंगद शान्त हो गया। अगस्त्य ताड़ गए कि अंगद का हृदय जीतना राम के लिए कठिन कार्य है। अंगद की अभिलाषा है कि राम-रावण युद्ध हो और उसमें राम पराजित हों। इसलिए सभी जानकारी सही दे रहा है। परन्तु अभी खुलकर विरोधी भी नहीं बनना चाहता। वह समय को इस कारण से दूर-दृष्टि से देख रहा है कि राम इस रण-क्षेत्र में प्रतापी रावण के हाथों मारा ही जाएगा तो भला युद्ध की बला मैं क्यों मोल लूँ। और उसका यह सोचना स्वयमेव उच्चस्तरीय है।

अगस्त्य ने तत्काल समूची परिस्थितियाँ भाँप लीं और निर्देश दिया, ''हनुमान पश्चिम द्वार पर, नील पूर्व द्वार पर, राम-लक्ष्मण उत्तर द्वार पर तथा सुग्रीव और महाबली अंगद दक्षिण द्वार पर नियुक्त किए जाते हैं। ससैन्य रण में विजयश्री असम्भव है। इसलिए सेना की छोटी-छोटी टुकड़ियाँ लेकर आगे बढ़ो और यह विशेष ध्यान रहे कि श्रीरावण पर सामने से तो मात्र रक्षात्मक कार्यवाई की जाए और पीठ पर वार किया जाए अर्थात् लंका के दक्षिणी भाग से ही भौगोलिक दृष्टि का पूर्ण ज्ञान करके एक साथ दुर्धर्ष संग्राम करने पर ही हम विजय प्राप्त कर सकेंगे। भले ही हमारा सैन्य बल अधिक है तो भी रण में छल-कपट की जहाँ आवश्यकता हो वहाँ चूकें नहीं। मन्नार के समुद्र तट से हमारा दल चारों ओर से राजधानी लंका को घेरने का प्रयास करे। हम इस सागरी युद्ध में जब तक लंका के दक्षिणी भाग तक नहीं पहुँच पाते तब तक कितने वीर मारे जाएँ, कोई चिन्ता न करें। रण में मृत्यु प्राप्त करना मुक्ति कहलाती है। मैं भी साथ रहूँगा। रण में प्रक्षेपास्त्र (मिसाइल) तथा ब्रह्मास्त्र (रीबाउंड) आदि का उपयोग दोनों ओर से होगा परन्तु हमारे पास में शस्त्र कम मात्रा में हैं और दशकन्धर के पास अधिक मात्रा में हैं। उनकी यज्ञशाला (वेधशाला) में आज भी युद्ध-सामग्री का दिन-रात निर्माण हो रहा है। हमारे पास जो कुछ है वह सब 'रावणेश्वरम्' में इकट्ठा है। वहाँ से अब शनैः-शनैः सामग्री

मँगाई जाती रहे और चारों द्वारों पर समुद्री मार्ग से भेजी जाए। थल-मार्ग से नहीं अन्यथा लंका की सुरंगों में ही हम अपनी शक्ति नष्ट कर लेंगे।''

सब चले गए और जब राम एकाकी रह गए तो अगस्त्य ने कहा, ''मैंने अंगद के कन्धों पर यह भार नाम-मात्र के लिए सौंपा है। उसे प्रसन्न करने के उद्देश्य से। अंगद को कभी अकेला न छोड़ा जाए, उस पर युद्ध में भी चौकसी रखी जाए।''

राम मुनि के सामने आरम्भ से ही असमर्थ होकर निरुत्तर हो जाते थे। उन्होंने कभी ऋषि से तर्क नहीं किया था। ''जो आज्ञा, तात!''—कहकर चले गए।

राम के शिविर द्वार पर कोलाहल हो रहा था। वानरों ने मन्नार के तट पर सीता जैसी आकृति बहती हुई देखी थी और नल की नौसेना की टुकड़ी इस शव को उठा लाई थी। लक्ष्मण उसे सीता समझकर विकल थे। सुग्रीव का भी मन मसोस रहा था। उनसे राम ने पूछा, ''क्या बात है?''

लक्ष्मण ने उसाँस भरकर कहा, ''भैया, ये रहा भाभी का शव।''

राम ने देखा सीता अचेत पड़ी थी किन्तु हनुमान इस घटना से विचलित नहीं हुए थे बल्कि वही विभीषण को बुलाकर ले आए थे। विभीषण को देखकर चारों ओर का घेरा समाप्त हुए और उन्होंने मृत सीता को देखा तो वे भी दुखी हो गए परन्तु उन्होंने तत्काल ही अपना दूर-नियन्त्रण-यन्त्र निकाला तथा त्रिजटा से सम्पर्क स्थापित कर सीता का कुशल-क्षेम पूछा। त्रिजटा ने सीता की कुशलता का समाचार मय स्थान-परिवर्तन के बता दिया। राम इस सांकेतिक भाषा को नहीं समझ सके थे।

फिर विभीषण विहँसा और बोला, ''सीता कुशल से है। यह तो दशग्रीव की आपको हताश करने की चाल है। यह यन्त्र-मानव (रोबोट) है। यह सीता नहीं है यह तो सीता का पुतला है जिसे मेघनाद अथवा कुम्भकर्ण की वेधशाला में बनाया गया है। ऐसे कई यन्त्र-मानव लंका में कार्यरत हैं जो हमारे प्रक्षेपास्त्र (मिसाइल) तक की जानकारी (कम्प्यूटर) दे देंगे। हमें चकमा देने के लिए आकाश में मेघनाद के चालक-रहित वायुयान भी उड़ेंगे जिन्हें नष्ट करने के लिए हमें सभी प्रकार के अस्त्रों का प्रयोग करना होगा।''

''फिर अब क्या किया जाए। विश्वयुद्ध तो छिड़ गया है और दृढ़ांग राक्षस वीर अपनी सुरक्षा चौकियों पर आ डटे हैं। प्रत्येक द्वार पर रण-सज्जा हो चुकी है। थल में कैसे युद्ध होगा?'' राम ने कहा।

''श्रीराम, नील को लंका का पूर्ण भौगोलिक ज्ञान है। सुरक्षा की दृष्टि से मार्ग निरापद है या नहीं, समुद्र के यात्रापथ में शत्रु की कितनी नौसेना है, इसके लिए छोटी-छोटी टुकड़ियाँ थल से और कुछ जल-मार्ग से भेजिए। हमारा उद्देश्य लंका के दक्षिण भाग से एक साथ युद्ध करने का है। इधर से तो आप श्रीरावण को छकाते रहिए। यदि यथेष्ट सैनिक 'वायुनिया' तथा 'तिरुकोणमलै' तक हताहत भी होते हैं तो भी इन पर हमारी सेना का अधिकार होना आवश्यक है। तभी हम लंका के दक्षिणी भाग, 'देवीनिवारा' तक पहुँच सकेंगे। यही मेरी नीति है। अतएव नील के सेनापतित्व में चार अग्रिम टुकड़ियाँ भेजिए।''

राम ने तत्काल आदेश दिया, ''तात नील, ऐसा ही हो।''

नील रणनीति कुशल था। वह समझ गया कि मेरी टुकड़ियों को तो प्रहस्त जैसा कुशल सेनापति अपने सहयोगी सचिव—नारान्तक, कुम्भहनु, महानाद और समुन्नत के माध्यम से कुचलवा देगा। मध्य भाग में विरूपाक्ष ससैन्य आ डटा है। नील पहले उत्तर में शुक-सारण से लड़े, तब

पूर्व तक प्रवेश करे, तभी यथेष्ट सेना नष्ट होगी। सोचते-सोचते उसकी नसें फटने लगीं फिर अन्ततोगत्वा उसने टुकड़ियों को आगे बढ़ने की आज्ञा दे ही दी।

नील युद्ध-विशारद रावण की सैन्य-शक्ति, क्षमता, सम्भावनाओं आदि का जानकार था। उसने लंका की यात्रा हनुमान के साथ, बालि के साथ कई बार की और बालि की राज्य-सभा का मन्त्री भी रहा। सेनापति भी रहा। उसी से उसे शत्रु के मित्र-बल, अटवि-बल, मूल-बल आदि का ज्ञान था और नीति का भी। विभीषण ने नील के प्रथम प्रयाण में सेनापति चुनने में अपनी राजनीतिक दक्षता का सुन्दर परिचय दिया था। इस महासागरी युद्ध के लिए क्षेत्रीय ज्ञान और भौगोलिक ज्ञान भी दिया था।

नील की बाँस-वन की नौकाएँ जैसे ही उतरीं वैसे ही धूम्राक्ष की टुकड़ी से झड़प हुई और इस नौसैनिक रण में राम की सेना पराजित हुई। जो टुकड़ी त्रिकूट पर्वत की ओर वायुनिया होती हुई बढ़ रही थी, उसे भी शुक-सारण ने परास्त कर दिया। सुपार्श्व और हनुमान ने वायुनिया पर अधिकार करने हेतु अपने वायुरथों को दो-दो बार उड़ान भरवाई किन्तु दोनों बार का आक्रमण प्रहस्त के कुशल सचिवों ने प्रक्षेपास्त्र (मिसाइल) का प्रयोग कर नष्ट कर दिया। राम की थल-सेना की टुकड़ी भी पराजित हुई और इस युद्ध की झड़पों का अवलोकन करने में भी श्रीरावण पीछे नहीं रहा। उसने संध्याकाल को ऊँची मीनार (वाच-टॉवर) से शत्रु के आहत सैनिकों को देखा तथा अपने विजयी सैनिकों की 'रावण-जयकार' को सुना। दूरदर्शी यन्त्र से दोनों ओर को वापस जाती हुई सेनाओं को देखकर प्रसन्न हुआ।

संध्या समय प्रसन्न चित्त रावण लौट गया और अपनी इस छुट-पुट वारदाती विजय पर ही निश्चिन्त हो गया। यही सार्वभौम सम्राट की शत्रु-भेदन परीक्षण की कुछ भूल भी रही।

किन्तु नील दुखी ही रहा। वैद्य जाम्बवन्त को यह ज्ञात नहीं था कि हमारे सैनिक यहाँ बाणों से कम, प्रत्युत आग्नेयास्त्रों-प्रक्षेपास्त्रों से अधिक हताहत होंगे। उनके पास चिकित्सा में खड्ग और बाण के वार की ही औषधियाँ उपलब्ध थीं जबकि ऐसी बूटियों की आवश्यकता थी जो हिमालय पर्वत पर पाई जाती हैं अथवा लंका के द्रोणगिरि पर्वत पर। मारुत-नन्दन वायुयान से अभी जा नहीं सकते क्योंकि समुद्री-मार्ग, नभ-मार्ग और थल-मार्ग सभी रावण की सेना ने अवरुद्ध कर दिए हैं। फिर भी जाम्बवन्त वार्ता भी करते जा रहे हैं और उपचार भी।

इसी समय नल भागता-हाँफता हुआ आया और बोला, "तात, राम! हमारे सेतु का भी कुछ भाग रावण-सेना ने नष्ट कर दिया है और जब तक हम पीछा करते तब तक उनका वह छोटा जल-पोत (पनडुब्बी) समुद्र में न जाने कहाँ लुप्त हो गया। यद्यपि हमने पुनः उसे ठीक कर लिया है। चिन्ता की कोई बात नहीं।"

23

ब्रह्म मुहूर्त से ही त्रिकूट पर्वत (त्रिकोणमलै) से श्रीराम की सेना अतिकाय तथा महाकाय वानर यूथपतियों के नेतृत्व में सज-धजकर खड़ी हो गई थी। व्यूह-रचना में सुग्रीव मध्यभाग में थे और तैरनेवाले सेतु की सुरक्षा का भार पवनपूत (उड़नदस्ते) को सौंपा गया था। राम की सेना के ध्वजों पर लंगूर, ऋक्ष आदि के सर्वाधिक चिह्न दृष्टिगोचर हो रहे थे। इसके साथ-साथ सुरक्षा-पंक्ति में राम की गरुड़ध्वजी सेना आर्यों की सेना के साथ खड़ी थी।

अगस्त्य मुनि ने स्पष्ट निर्देश दिए थे कि किसी भी तरह पुत्तलम (पाताल) की ओर बढ़ने का प्रयास कर लंका के दक्षिणी छोर पर कैसे भी अधिकार करो।

श्रीरावण-सेना की ओर से आज का सम्पूर्ण भार मेघनाद के सेनापतित्व में सौंपा गया था जिसमें थल-सेना दो अक्षौहिणी (डिवीजन) त्रिशिरा तथा नारान्तक जैसे दुर्धर्ष वीरों के हाथ सौंपी गई थी। श्रीरावण-सेना की व्यूह-रचना विचित्र थी। आक्रमण के लिए नाग-ध्वजी नाग सेना अग्र पंक्ति में थी। यह महान् लड़ाकू सैन्य शक्ति थी। सुरक्षा पंक्ति में श्रीरावण सैन्य-दल की शार्दूल-ध्वजी सेना थी। रावण का मूल बल, जिसका ध्वज चिह्न वीणा (हार्ण) था, वह आज नियोजित नहीं की गई थी।

मेघनाद ने सेतु पर आक्रमण करने के लिए स्त्री सैनिकों की टुकड़ी नाग-कन्या सुवर्णमच्छा के नेतृत्व में तैनात की। मेघनाद ने उत्तरी लंका के 'मन्नार' तट से 'वायुनिया' और त्रिकोणमलै तक के समूचे भू-भाग पर सेना सजाकर राम का समुद्री मार्ग भी रोक दिया।

नील ने अगस्त्य मुनि को अवगत ही करा दिया था कि अभी किसी भी चौकी पर अधिकार नहीं किया जा सकता। क्योंकि 'दारुपंचवस्त्र' यन्त्र (राडार) जो कि कीर्तिमुख है और हमारी उड़ानों की छाया पड़ते ही इसके मुख से अग्नि-गोला स्वयमेव छूटता है, सीधा वायु-रथ को नष्ट करता है। सुग्रीव और सुपार्श्व के यान चालक इतने कुशल भी नहीं हैं, जो इस यन्त्र को नष्ट कर सकें। इसलिए युद्ध में तेजी न लाई जाए।

यह युद्ध सुवेलांचल की घाटी में ही छिड़ा। सर्वप्रथम तुमुल घोष श्रीरावण की नाग-सेना ने रावण की जय-जयकार के साथ किया। अतिकाय और महाकार वानर वीरों ने भी अपनी सेना को भुशुंडी (बन्दूक) के प्रयोग की आज्ञा दी किन्तु युद्ध-निष्णात नाग-वीर समस्त वारों को बचा गए। कुछ ने लेटकर तथा कुछ ने खन्दक में अपनी स्थिति सँभाली। तभी मेघनाद ने पाशुपत अस्त्रों का उपयोग शंकर के अजगव (पैट्रन टैंक) से राम-सेना पर प्रारम्भ कर दिया। सुरक्षा पंक्ति के दृढ़ांग राक्षस वीरों ने सम्राट समुद्र के छीने गए कवचों का भेदन करनेवाले बाण-अग्निदीप्ति, सूर्यमुख, उल्कामुख आदि छोड़कर राम-सेना के छक्के छुड़ा दिए।

इधर सुवर्णमच्छा की स्त्री-सैन्य-टुकड़ी दुर्मुख जैसे नौसेना के रणनीति विशेषज्ञ के निर्देश पर राम के तैरनेवाले पुल पर पोत, पनडुब्बी आदि के साथ जा पहुँची और वीरांगना सुवर्णमच्छा ने हनुमान पर अग्निबाण छोड़ना प्रारम्भ कर दिए तथा नौसेना सेतु को नष्ट करने लगी।

हनुमान अभी सचेत भी न हुए थे कि इस अनायास समुद्री आक्रमण से भयभीत हो गए और कठिनाई से बनाया हुआ नल-सेतु किनारे से टूटने लगा।

मेघनाद की यह रण-कूटनीति राम-सेना के पृष्ठभाग पर नारी-सेना द्वारा कराने की अद्वितीय चाल थी। ये नारी सैनिक समुद्र में गोता लगाने में भी निष्णात थी तथा इन्हें समुद्र के भीतरी मार्ग का पूर्ण ज्ञान था। यद्यपि यह उथला सागर था, जहाँ तैरनेवाला पुल था, फिर भी सामरिक दृष्टि से राम की रावणेश्वरम् से प्रदान होनेवाली सामग्री (सप्लाई लाइन) को खंडित करने की सफलतम योजना थी। इससे जाम्बवान भी इस आक्रमण से भयभीत हो गए और उन्होंने तत्काल मयन्द तथा द्विविद, जो सामग्री-सुरक्षा के प्रहरी योद्धा थे, को दूर-नियन्त्रण यन्त्र से सचेत किया और हनुमान की सहायता से वायु-रथ से समुद्र में सुवर्णमच्छा की सेना पर बमबारी का निर्देश दिया। केसरी, मारुत के वायुयान रावणेश्वरम् से उड़े और आकाश में अपने पंख फैला दिए किन्तु मेघनाद, जो कि रण-विशारद था, तत्काल दर्पण में जैसे ही सुग्रीव के यानों को देखा वैसे ही 'वायुनिया' विमानतल से अपने चारों यानों को उड़ने और हवाई आक्रमण करने की आज्ञा

दी और रावण की गगनभेदी शतधनियों से अग्नि-गोले (पैट्रन टैंक) से छूटे तथा पवनदूत के हवाबाजों को आक्रमण करने के पूर्व ही धराशायी कर दिए।

हनुमान और जाम्बवान दोनों इस रण-कौशल के दाँतों तले उँगली दबाकर देखते ही रह गए और हनुमान को विवश होकर सेतु की सुरक्षा के लिए नौसैनिक युद्ध करने हेतु बाध्य होना पड़ा।

नाग-सेना, जो अग्रभाग में आक्रमण के लिए थी, वह दौड़-दौड़कर राम-सेना के अग्रभाग की ओर बचाव करती हुई अग्रसर हो रही थी। वह चारों ओर से घेरा बनाकर बढ़ती ही जा रही थी। इस भुजंगपाश में राम-लक्ष्मण स्वयं बँधते अर्थात् घिरते चले जा रहे थे। सुग्रीव का सेनापति अतिकाय मेघनाद के भीषण आक्रमण से रणखेत हो गया था और राम-सेना का मूर्धन (सम्मुख भाग) टूट गया। मेघनाद के नेतृत्व में नाग-सेना उरस भाग (मध्य भाग) में प्रवेश कर सुग्रीव, राम तथा लक्ष्मण पर आक्रमण करने लगी थी।

मेघनाथ अपने रथ को सुग्रीव के सामने लाकर बोला, "मातुल (मामा), तुम्हें रण-रत शुक-सारण ने सम्राट का सन्देश दिया था कि तुम उनके साले होकर भाई के समान हो। तुम भी रुद्र की पूजा करते हो और हमने कभी भी तुम्हारा अहित नहीं सोचा। फिर क्यों महात्मा अगस्त्य और इस राजकुमार राम के कहने से अपनी सेना के प्राण गँवाना चाहते हो। लंका देवताओं तक के लिए सूर्य-चक्र-व्यूह के कारण अजेय है। आपका भला इसी में है कि आप किष्किन्धा लौट जाएँ। क्योंकि ये राम-लक्ष्मण मात्र राजनीतिक बन्दिनी सीता की मुक्ति के अभिलाषी हैं। मैं पूछता हूँ, इस क्षत्रिय राजकुमार राम ने शम्बूक का वध और बुआ शूर्पणखा का अपमान क्यों किया? निरपराध तात बालि का धोखे से वध क्यों किया? क्या यही हम मनुष्यों की धर्मनीति है? क्या हम इतने गिर गए हैं कि शत्रु का सामने से सामना नहीं कर सकते। यह कपटी इन्द्र का जाल है और फूफा अगस्त्य की इसमें चाल है। जिसके कारण आज यह विश्वयुद्ध हो रहा है।"

पुनः कहा, "वह देखो राम, तुम्हारी सेना के कितने वानर वीर इस रणभूमि में सो रहे हैं। इन्हें वृत्ति सुग्रीव ने दी, सेवा इन्होंने तुम्हारी की और इस रण-चंडी के सम्मुख कोई अपना-पराया न होने से दोनों ओर के ही ये वीर सेनानी वीरगति प्राप्त कर रहे हैं। इस युद्ध के दोषी राम-लक्ष्मण ही हैं। तुम्हें इतने बड़े नर-संहार का पातक लगेगा। इसलिए राम, तुम भी लौट जाओ। सीता लंका में दुखी नहीं है। वह महामना श्रीरावण की पुत्रीवत् है अन्यथा अभी तक तो सीता का वध कर दिया गया होता। युद्ध की विभीषिका-रचना सरल और राजनीतिक कार्य है। कहीं कोई राष्ट्र सीमा-विवाद पर, कोई सांस्कृतिक विवाद पर, कोई धर्म के नाम पर, कोई देश अपने आयुधों के प्रयोग और उनकी शक्ति का परिचय प्राप्त करने के नाम पर रण रचा देते हैं। जिसमें हम आक्रान्ता हानि उठाते हैं। किन्तु सम्राट के छत्र की आज्ञा का उल्लंघन न करने से हमें समरांगण में बिना किसी भेदभाव के उतरना पड़ता है और एक-दूसरे की गर्दन काट देते हैं।

"हमें तात श्रीरावण ने यज्ञ करना (अनुसन्धान करना), तप करना, पाठ करना, रुद्र का जाप करना और युद्ध करना ही सिखाया है। लंका के नर-नारी सब सैनिक ही हैं। लंका में गुप्तचरी का काम भी नर-नारी दोनों ही करते हैं। ऐसे समुन्नत राष्ट्र से रण करना लोहे के चने चबाना है। हमारे अनेक मुखौटाधारी (मास्क) चर आपके कटक में हैं और सम्राट सुग्रीव के भी चर हमारी लंका में होंगे जो उत्कोच अथवा किसी प्रकार के प्रलोभन पर आपके लिए कार्य कर रहे होंगे। फिर भी मुझ तपेश्वरी इन्द्रजीत का आग्रह है कि आप वापस चले जाएँ।

अन्यथा मल्ल-युद्ध, जिसके धनी मातुल सुग्रीव हैं और गदा-युद्ध जिसमें मेरे काका विभीषण प्रवीण हैं परन्तु माया-युद्ध, शस्त्र-युद्ध, मन्त्र-युद्ध (सोनी कंट्रोल), शक्ति-युद्ध (विद्युत-धारा), सौर-शक्ति, वायु-शक्ति (हवाई युद्ध), आग्नेयास्त्र, प्रक्षेपास्त्र और ब्रह्मास्त्र (रीबाउंड) में हम आपसे अधिक गुणी होकर इन रण-शस्त्रों के ज्ञाता ही नहीं, आविष्कारक भी हैं।

"अतएव अयोध्यानन्दन, वापस चले जाओ। अन्यथा आज इन्द्रजीत तुम्हें शरपाश (नाग सेना की घेरा) से मुक्त नहीं होने देगा।"

राम गम्भीरता से बोले, "तात इन्द्रजीत, आपसे यह मेरा प्रथम परिचय है। आपके रण-कोशल की राम प्रशंसा करता है। आपके वायुयानों ने जो बम-वर्षा कर वानर वीरों को मेरे निमित्त रण-भूमि में वीरगति दी है, अब सीता-मुक्ति के लिए नहीं, बल्कि इनकी मुक्ति के लिए भी राम को लड़ना होगा। इस भीषण युद्ध में जो रक्त बहा है, वह राम के कारण ही बहा है। राम अब बिना अपना रक्त बहाए रण-क्षेत्र से लौटकर कायरता का परिचय कैसे दे सकता है। वह भी राजकुमार नहीं, दंडक वन का सम्राट होकर। सम्राटों को तो लड़ने, मरने और राज्य करने की ही शिक्षा दी जाती है। फिर वह कैसा पति जो अपनी पत्नी को ही बन्धन-मुक्त न करा सका। इससे श्रेष्ठ तो यह है कि ऐसा पति इसी समुद्र में छलाँग लगाकर आत्महत्या कर ले। इस कारण राम पति के आदर्श तथा सम्राट की नीति में छत्र के अधीन आपकी भाँति बँधा होने से बिना वैदेही के वापस नहीं जा सकता। आप माया युद्ध में प्रवीण हैं, आपके यानों का धुआँ आकाश में उठ रहा है। अन्धाकाश-सा छा गया है। फिर आप प्रकाश बाण छोड़ते हैं तो उजाला हो जाता है। राम ऐसा अद्भुत मायावी रण-कोशल देखकर स्तब्ध है किन्तु रण होगा, लंका नन्दन!"

इस पर लक्ष्मण आक्रोश से बोले, "किसकी भुजाओं में कितना बल है, यह तो रण-स्थल में ही परीक्षा होती है, तात इन्द्रजीत! उठाओ अपने अस्त्र-शस्त्र और करो युद्ध। आज युद्ध-विराम नहीं होगा।"

कहते ही लक्ष्मण ने धोखे से इन्द्रजीत पर बातों ही बातों में नाराच छोड़ दिया। मेघनाद कुशल योद्धा था। उसने तरकश से वाराहमुख और नागमय दो बाण निकाले जिन्होंने लक्ष्मण के तीर को काट दिया। फिर मेघनाद ने क्रोधित होकर एक साथ लगातार भूमि पर से ही ध्वनि की गति से अग्रसर होनेवाले, कुछ प्रकाश की गति से चलनेवाले और कुछ वायु की गति से आगे बढ़नेवाले अस्त्रों का धुआँधार प्रयोग किया, जिसके कारण राम-सेना का महायक जैसा वीर भी मारा गया। तभी राम और लक्ष्मण ने चुम्बक शक्ति से नियन्त्रित बाण छोड़े जो शत्रु का भेदन कर पुनः उनके पास लौट आते थे। इस तुमुल-युद्ध में त्रिशिरा तथा नारान्तक जैसे वीर राक्षस सेनानी भी खेत हुए फिर भी युद्ध-विराम नहीं हुआ।

रात्रि तक यह भीषण समर मेघनाद राम-लक्ष्मण के मध्य चलता रहा। तभी पुनः स्वयं मेघनाद ने खेचर विद्या का अवलम्ब लिया और आकाशगामी होकर तत्काल ही एक यान में बैठकर पुनः राम की कपिध्वजी सेना पर विस्फोट किया। वानर-सेना में भगदड़ मच गई और नौ-सेना घेरा बाँधती ही चली गई जिसमें अन्ततोगत्वा राम के निर्देश पर वानरों ने अर्द्धरात्रि को अपने अस्त्र डाल दिए, मेघनाद ने सिंहनाद कर नागध्वजी सेना को आज्ञा दी कि सुग्रीव, राम और लक्ष्मण तीनों को कैद कर लो।

इसी समय अकम्पन बोला, "ये तीनों ही मूर्च्छित हैं या वीरगति प्राप्त कर चुके हैं। इन्हें बाँध लिया जाए और नागसेना का जो भुजंगपाश घेरा है, वह रात्रि भर ऐसा ही रहे ताकि यदि

ये काल के गाल में चले गए तो इनका अन्तिम-संस्कार सीता के समक्ष किया जाए और यदि मूर्च्छना से सचेत हो जाते हैं तो कल फिर रण में इनका वध ही किया जाए।"

मेघनाद ने नागसेना को चेतावनी दी, "हम निहत्थों पर वार नहीं करते। यदि राम-लक्ष्मण, सुग्रीव जीवित हों तो इन्हें बन्धन-मुक्त नहीं करना। वैसे मेरे वार से मुझे ऐसा प्रतीत होता है कि इन्होंने वीरगति प्राप्त कर ली है। तात अकम्पन, आप पिता श्रीरावण को रण-क्षेत्र से सन्देश दे दें कि राम-लक्ष्मण दोनों मारे गए हैं। मैं 'रत्नपुर' को चलता हूँ। पवनदूत हनुमान भी हमारी नारी-सेना की अधिष्ठात्री सुवर्णमच्छा से परास्त हो गया है। अभी सेतु पर रात्रि में भी छुट-पुट लड़ाई चल रही है और सेतु का कुछ भाग नष्ट कर दिया गया है। तात इस समाचार से प्रसन्न होंगे और सीता को यह सन्देश निश्चित ही सम्राट दशानन के अधिकार से तत्काल ही सुनाएँगे।"

मेघनाद इतना कहकर अन्तर्धान हो गया। अकम्पन ने श्रीरावण को अर्धरात्रि को ही पूर्ण समाचार दर्पण (वायरलेस) से भेज दिया। रावण संध्या की बेला तक तुमुल-युद्ध का अवलोकन मीनार (वाच-टॉवर) से करके वापस आ गया था। फिर भी रण-क्षेत्र की पूर्ण जानकारी के लिए वह एक राष्ट्रभक्त की भाँति सोया नहीं था। इस समाचार से वह प्रसन्न नहीं हुआ बल्कि उसने व्यंग्यवाणी से सरमा (विभीषण की पत्नी) को समाचार दिया कि राम-लक्ष्मण मृतप्राय-से भुजंगपाश में बँधे पड़े हैं। यदि सीता अभी मृत या मूर्च्छित राम को देखना चाहे तो श्रीरावण त्रिजटा को आज्ञा देता है कि वह सम्राट की राजनीतिक बन्दनी सीता और महापुरुष दशानन की पुत्रीवत् पति-परायणा सीता को अपने पतिव्रत-धर्म के लिए पुष्पक से ले जाकर अन्तिम दर्शन करा सकती है।"

सरमा डर गई। उसका साहस डोल गया फिर भी उसने ज्यों-का-त्यों समाचार त्रिजटा और सीता तक दूर-नियन्त्रण-यन्त्र (मधुमक्खी) से दे दिया। सीता व्याकुल हो गई। त्रिजटा ने धैर्य बँधाया और पुष्पक पर बिठाकर ले गई। नाग-सेना को पुष्पक के आगमन का सन्देश प्राप्त हो चुका था। पुष्पक नाग-पाश पर मँडराकर स्थिर हो गया। जानकी ने मूर्च्छित राम-लक्ष्मण को तथा अनेक वीरों को रण-भूमि में सोते देखा। उनकी आँखें भर आईं। वह विलाप कर त्रिजटा से कहने लगीं, "त्रिजटा, अब मैं आत्महत्या कर लूँगी। बिना आर्य के सीता जीवित नहीं रहेगी।"

त्रिजटा भी अधीर हो गई फिर उसे ध्यान आया कि पुष्पक में विधवा को तो स्थान नहीं मिलता। यह इसकी विशेषता है। वह विहँसकर बोली, "जानकी, राम-लक्ष्मण जीवित हैं क्योंकि पुष्पक विधवा को चढ़ने ही नहीं देता। यही प्रमाण है कि राम अभी मूर्च्छित हैं।"

"किन्तु रक्ष-सम्राट से विजय पाना एक दुसाध्य कार्य है, त्रिजटे! तात दशानन कितने महान् आदर्शवादी हैं कि उन्होंने मुझे राम के दर्शन भूमि में ही करा दिए। परन्तु राज-दंड के अधीन होने से हमारे सात्विक विचार, तात्विक विवेचन से भरी मनोवृत्ति कैसे निष्ठुर निर्दयी हो जाती है कि हम एक-दूसरे के शत्रु हो जाते हैं। यहाँ त्रिजटा, न धर्म रहता है न अधर्म, ये सब दिखावे की बातें रह जाती हैं और प्रत्येक का लक्ष्य एक ही हो जाता है विजयश्री का वरण करना। फिर भी मैं इन्द्रजीत की प्रशंसा करती हूँ कि उन्होंने जान-बूझकर इन्हें जीवित छोड़ा है अन्यथा वे चाहते तो आज सीता के माथे का सिन्दूर पुँछ जाता। क्या मनोदशा होती होगी उन हुतात्माओं की, विधवाओं की जो देश के लिए अपने प्राण उत्सर्ग कर चले जाते हैं। यह मैंने आज जाना। त्रिजटे, इस राजनीतिक, कूटनीतिक युँद्ध में किसी भी राष्ट्र को भाग नहीं लेना चाहिए। ये रणभूमि में वीरों के कटे शीश, बम-विस्फोट से धज्जियाँ उड़े हुए शरीरों के चिथड़े और रक्त से सनी हुई ये माटी किसका तिलक करेगी। और कब तक करेगी, किसके लिए करेगी। जिनके लिए

हम राज करना चाहते हैं वे ही जनता के लोग मारे जा रहे हैं। फिर ये सम्राट का सिंहासन किस काम का! नहीं, ये वध मुझसे नहीं देखा जाता। चलो, त्रिजटे! चलो, नारी तो अनन्त करुणा का सागर मानी गई है। रण-चंडी तो वह कभी-कभार होती है।''

सीता चली गई। सीता को जितने समय तक की अनुमति मिली थी उतना समय उन्होंने लिया और सीता के जाते ही नील ने गरुड़ सुपार्श्व को मधुमक्खी से समाचार दिया, ''राम-लक्ष्मण दोनों संकट में हैं अथवा इन्द्रजीत उनका वध करके चला गया है क्योंकि उधर से रण अथवा शान्ति का कोई समाचार नहीं आ रहा है। सुवर्णमच्छा मन्नार के तट पर डटी है और बराबर गतिविधि कर रही है। इस कारण हनुमान सेतु की सुरक्षा का भार नहीं छोड़ सकते। इस युद्ध-विराम की घड़ी मे मात्र तुम्हारी गरुड़ सेना, जो कि नागों के लड़ने की विद्या को जानती है नाग-सेना को छल से परास्त कर सकती है। मैं भी अग्रसर नहीं हो पा रहा हूँ। दुर्मुख जैसे नौसेना के खिलाड़ी पर चोट करना आसान कार्य नहीं है। विभीषण को साथ ले जा सकते हो, उनसे परामर्श कर सकते हो।''

सुपार्श्व ने तत्काल ही अपनी गरुड़ सेना को सजने की आज्ञा दी। सुपार्श्व चतुर था। उसने अपने यानों से छाताधारी सैनिक चुपचाप उतारे और तात विभीषण को स्वयं साथ में लिया और विभीषण ने प्रज्ञास्त्र आक्रमण करने का सुझाव दिया।

ईषत् काल में ही गरुड़ सेना के छाताधारी सैनिक रात्रि के निविड़ अन्धकार में उतर गए और चारों ओर से नाग-सेना को घेरकर प्रज्ञास्त्र से संहार करना आरम्भ कर दिया। गरुड़ सुपार्श्व ने विभीषण की सहायता से अपने छोटे यान को आकाश में कुलाँचें भरते हुए भूमि के इतने नीचे आकर विस्फोट किया कि थोड़ी देर में ही नागों की ये सैन्य टुकड़ी बिना सेना-नायक के भाग खड़ी हुई। तब विभीषण ने सुग्रीव, राम, लक्ष्मण को बन्धन-मुक्त कर अलकापुरी की औषध-जल की बूँदें मुँह में डालीं और उनके मुख पर छिड़का, तब सभी सचेष्ट हुए।

हनुमान सुवर्णमच्छा के आक्रमण से थक गए। केसरी की पुरुष-सेना-नारी सेना से पीछे ही हटती चली जा रही थी। कहीं भी अपने पाँव नहीं रोप पा रही थी। हनुमान कितना पीछे हटें, सेतु का यथेष्ट भाग नष्ट हो गया है। सेतु गया तो समूची वानर-सेना, ऋक्ष-सेना, लंका द्वीप में भूखी-प्यासी मर जाएगी और तात रावण बिना रण के ही स्वयमेव विजयी हो जाएगा। जिस नभ-सेना पर विश्वास था उसके समूचे विमान आज के युद्ध में ही इन्द्रजीत के प्रक्षेपास्त्रों (मिसाइल) से ध्वस्त हो गए।

सुग्रीव और सुपार्श्व ने सुवर्णमच्छा पर हवाई आक्रमण कर अग्नि-गोले बरसाना प्रारम्भ कर दिए तो मारुत की सेना ने साहस दिखाया और भुशुंडि से गोलियाँ छोड़ने लगे। कुछ ही देर में इस टुकड़ी ने आत्म-समर्पण कर दिया और सुवर्णमच्छा को हनुमान ने कैद कर लिया।

24

अगस्त्य मुनि चिन्तित हैं। लंका-अवरोध जिस ढंग से किया था उसका परिणाम प्रयत्क्षतः शून्य ही रहा और दस अक्षौहिणी (डिवीजन) में से आज मेघनाद ही एक अक्षौहिणी सेना समाप्त कर गया। जो क्षत-विक्षत हैं, उनकी चिकित्सा जाम्बवन्त कर रहे हैं। बहुत से आर्य वीर अपंग-विकलांग हो गए हैं। औषधियों का इतना भंडार भी नहीं है। विभीषण और सुग्रीव कह

रहे हैं कि रूमा के पिता सुषेण को चिकित्सा के लिए लंका से लाया जाए। उनसे अच्छा, शल्य चिकित्सक कोई नहीं है। लंका में आहतों को तत्काल औषधालय भेज दिया जाता है, जहाँ उपचार की समस्त सुविधाएँ उपलब्ध रहती हैं। इस समय अष्ट प्रहर वैद्य-गण सेवारत हैं और अपने लंका देश के लिए प्राण-पण से आवश्यक सेवाएँ अर्पित कर रहे हैं।

राम भी उदास क्लान्त-से बैठे हैं। वे अतिकाय और महाकाय जैसे यूथपतियों के वीरगति प्राप्त करने से शोक-संतप्त हैं। यथेष्ट का दाह-संस्कार कर दिया गया है और बहुत से शव समुद्र में फेंक दिए गए हैं जिन्हें मगरमच्छ खा रहे हैं। विश्व के सभी भूपति लगभग दोनों ओर से हैं। आज की रणभूमि में जाबालि तथा भामंडल तक के छक्के छूट गए तो भविष्य में क्या होगा! मेघनाद हमें मृत समझकर छोड़कर ही चला गया अन्यथा आज ही इस विश्वयुद्ध की इतिश्री हो जाती। यह तो स्वीकार करना ही पड़ेगा कि श्रीरावण-परिवार नीति की खान है। निहत्थे पर आघात करना इन्होंने जाना ही नहीं है। हम दक्षिण की ओर अग्रसर होने हेतु असमर्थता का आभास कर रहे हैं। अनीक साहस दिखाती है तो भार्गव शुक्राचार्य का लंका में स्थित कीर्तिमुख गोले बरसाता है। इस दारुपंचवक्त्र (राडार) को कैसे नष्ट किया जाए। बिना इसके नष्ट हुए तो लंकापुरी में प्रवेश ही नहीं हो सकता। देवराज इन्द्र ने वचन दिया था कि लंका के मातलि नगर और मातलि की ही यज्ञशाला (वेधशाला) में प्रशिक्षण प्राप्त वायु-रथ का कुशल सारथी मातलि वायुयानों की खेप के साथ ठीक समय पर पहुँच जाएगा। परन्तु यहाँ तो अब सुग्रीव तथा पवनपुत्र के वायु-रथ तो लगभग निष्काम ही सिद्ध हुए हैं। इनके सारथी (चालक) सुयोग्य नहीं हैं। इसी कारण आज यथेष्ट यान तथा अजगव और पाशुपतास्त्र नष्ट हुए पड़े हैं।

हनुमान ने सेतु बचा लिया। यह एक दुष्कर कार्य कर उन्होंने सभी के प्राण बचा लिए हैं फिर भी जितना टूट गया है उसे पुनः नल तैयार कर रहे हैं। ये सब राम के लिए निःस्वार्थ, निष्काम भाव से समर्पित हैं इसलिए कि यदि राम विजयी हुआ तो विश्व में वानर सेना श्रेष्ठतम सेना कहलाएगी और वानर यूथपति इतिहास में राम के साथ ही अमर हो जाएँगे। इसके अतिरिक्त और अधिक सोचने का सामर्थ्य इन लोगों में नहीं है। है तो अंगद और हनुमान में जिसमें अंगद तो आज मात्र कमर कसे अपनी सेना के साथ खड़ा ही रहा। उसने रण नहीं किया। वह चाहता तो मेघनाद पर आक्रमण कर सकता था किन्तु शत्रु सैन्य-बल की गतिविधियों पर दृष्टि डालने के अतिरिक्त उसने कुछ नहीं किया।

राम, अगस्त्य सभी ऐसे ही कुछ-न-कुछ सोच रहे थे कि विभीषण अपने दर्पण के साथ आकर बैठ गए।

अगस्त्य ने पूछा, "तात विभीषण, भार्गव शुक्राचार्य के धनुर्वेद के सम्मुख मैं नतमस्तक हूँ परन्तु यह तो विदित कराओ, यह दारुपंचवक्त्र (राडार), जिसे आप कीर्तिमुख कहते हैं, नष्ट कैसे होगा? बिना इसका नाश किए हमारे वायु-रथ रण के काम नहीं आ सकते।"

विभीषण ने मस्तिष्क पर हाथ रखा फिर कुछ सोचकर बोले, "तात, इसे सुवेल शिखर से प्रक्षेपास्त्र (मिसाइल) से नष्ट किया जा सकता है या कोई वीर इस यन्त्र से अपना वायुयान टकरा दे तो उसे वीरगति प्राप्त होगी किन्तु वह हमारे लिए जीवन-सिद्ध होगी। इन उपायों के अतिरिक्त मुझे और कुछ समझ में नहीं आता।"

राम बीच में ही बोले, "यान टकराने से तो हमारे एक चालक और एक यान दोनों की क्षति होगी जबकि रण में व्यक्ति और सामग्री दोनों ही अमूल्य होते हैं। मैं सुवेल शिखर से प्रक्षेपास्त्र (मिसाइल) निक्षेप कर इसे नष्ट करने का अभी प्रयत्न करता हूँ।" कहते हुए राम

सुवेल पर्वत की चोटी पर चढ़ने लगे।

राम ने देखा उनके पीछे-पीछे अग्निवेश आ रहा था। उसके कन्धे पर वैष्णव चाप लटक रहा था। राम ठिठक गए और पूछा, "कहो तात, तुम मेरे साथ कैसे?"

"रामभद्र! तुम्हारा चाप और तुम्हारा प्रक्षेपास्त्र इतना शक्तिशाली नहीं है जो कि भार्गव शुक्राचार्य के यन्त्र (राडार) को नष्ट कर सके। भार्गवों में ही धनुर्वेद का गहन अध्ययन कर मैंने उसी रीति से और अधिक शक्तिशाली आग्नेयास्त्र प्रक्षेपास्त्र बनाए हैं। जो इसी वैष्णव चाप पर चढ़ाकर दूर तक फेंके जा सकते हैं। मेरे ये अस्त्र जैसे ही टकराएँगे, भयंकर विस्फोट करेंगे और शत्रु का नाश करेंगे।"

फिर राम ने सोचकर कहा, "यन्त्र को नष्ट करने के लिए प्रक्षेपास्त्र का उपयोग तो नीतियुक्त है किन्तु यह आग्नेयास्त्र और मानवास्त्र तो नीति-विरुद्ध है।"

"राम, रण में नीति और धर्म दिखावे के लिए हैं। हम जो वक्तव्य देंगे उसमें से इनके प्रयोग को ही काट देंगे। यदि रीति-नीति में ही उलझे रहे तो माता सीता की मुक्ति तो दूर, तुम्हारी ही रण में मृत्यु हो जाएगी। युद्ध में किस राष्ट्र ने छल नहीं किया? कितने ही सिद्धान्त बने, टूटे फिर बने और फिर टूटे। अब तो रणदुन्दुभी दिन में भी, और छलावे से किसी चौकी पर अधिकार करना हो तो रात्रि को भी, बजती ही रहती है।"

"परन्तु दूसरे आग्नेयास्त्र का मैं क्या करूँगा?"

"इस आग्नेयास्त्र को लंका के राजभवन पर छोड़ा जाएगा।"

"भवनों और जनता पर आग्नेयास्त्र छोड़ने से तो अनर्थ होगा, अग्निवेश!"

"राम, जितनी गोलाबारी उस नगरी में होगी उतना ही रावण हतोत्सहित होगा।"

"नहीं, भद्र! यह सोचना गलत है। श्रीरावण असीम की सीमा से भी अधिक उत्साही है। वह राम-जैसा नहीं है। वह अधिक शक्तिवान, गुणवान और धर्मवान है। उन्होंने सम्पूर्ण सुख-दुख देख लिए हैं और सम्पूर्ण ऐश्वर्य भोग लिए हैं। दर्शन का ज्ञाता क्षणिक देर को ही दुखी होगा परन्तु दूसरे ही क्षण उसका हम पर भयानक आक्रमण होगा जिसे सम्भवतः हम न सम्भाल सकें। ये निकृष्ट आक्रमण, जिससे प्रजा को हानि हो, राष्ट्रीय सम्पत्ति की क्षति हो, राम नहीं कर सकता।"

"इस रण-क्षेत्र में जो मर रहे हैं, वे भी सैनिक और किसी राष्ट्र की प्रजा हैं। ये जो युद्ध-सामग्री नष्ट हो रही है, वह भी राष्ट्र की ही सम्पत्ति है। तुम्हारे, मेरे और रावण के पास जो है वह सब राष्ट्र का है। हमारा, तुम्हारा, रावण का कुछ नहीं है।"

राम निरुत्तर हो गए। विस्फारित नेत्रों से उन्होंने अग्निवेश को देखा। उसकी आँखें जल रही थीं। राम समझ गए कि भरद्वाज आश्रम से धनुर्वेद का ज्ञान प्राप्त कर आनेवाला अग्निवेश इस शिक्षा से राम के गुरु के तुल्य है। राम अग्निवेश के तर्क से पराजित हो गए थे। उनके हाथ अनायास ही अग्निवेश की ओर बढ़ गए थे और अग्निवेश ने वैष्णव चाप तथा आग्नेयास्त्र और प्रक्षेपास्त्र राम को दे दिए थे। राम और उनके पीछे-पीछे अग्निवेश शिखर पर कब आ गए थे, ये उन्हें आभास ही नहीं हुआ था।

राम ने इस भारती चाप को भूमि पर रखा फिर दालचीनी और साखू के घने वन से एक ओर हटकर देखा। वहाँ से 'दारुपंचवक्त्र' (राडार) ठीक ढंग से दृष्टिगोचर नहीं हुआ तो अग्निवेश ने दूरदर्शी काँच राम को दे दिया। राम ने काँच से यन्त्र देखा फिर भी कठिनाई हुई तो चाप के मध्य-भाग के ऊपर अग्निवेश ने उसे स्थिर कर दिया। अब राम सुगमता से सब कुछ देख रहे थे उन्होंने अपना अचूक निशाना साधा और प्रक्षेपास्त्र (मिसाइल, जो कि अधिक शक्तिशाली

था) को छोड़ दिया जिसने दारुपंचवक्त्र यन्त्र (राडार) को विस्फोट के साथ ध्वस्त कर दिया।

फिर दूसरा आग्नेयास्त्र चढ़ाया जो श्रीरावण के भवन के गगनचुम्बी स्वर्ण-कलश को लगा जिससे भवन को क्षति पहुँची और राम हँसते हुए लौट पड़े।

अंचल में स्थित घाटी में फैली हुई सेना ने उत्साह के साथ राम का जय-जयकार किया तो राम भी और उत्साहित हुए।

तब अगस्त्य ने राम के आने पर उनका माथा सूँघा। अग्निवेश का माथा सूँघा। दोनों ने अगस्त्य ऋषि के चरणों में ढोक लगाई फिर अगस्त्य बोले, ''हम अब निर्विघ्न रूप से हवाई युद्ध कर सकेंगे परन्तु एक ध्यान रहे कि लंका की दक्षिण दिशा तक ही पहुँचकर फिर भीषण संग्राम का ध्येय हो, तभी हम जयी हो सकेंगे, अन्यथा नहीं। नील पुत्तलम (पातालपुर) तक अग्रसर हो और आज भीषण रण हो। तात सुग्रीव, सेना को आज्ञा दो।''

सम्राट सुग्रीव ने आज्ञा दी, ''जिन्हें प्राण प्यारे हों, वे चले जाएँ। ऐसे सैनिकों को सुग्रीव पम्पापुर में दंड देगा। वानर वीर यूथपतियो, तुमने श्रीरावण की सेना को परास्त किया है। तुम फिर से अपनी कीर्ति उत्तर भारत में फैलाकर किष्किन्धा का निष्कंटक राज भोगना चाहते हो तो अपने प्राणों की चिन्ता न करते हुए दुर्धर्ष संग्राम करो।''

सुग्रीव ने अपनी भाषा में ये राजकीय आज्ञा दी थी फिर उसने सेना की रक्षा के अपनी भाषा में मन्त्र पढ़े। इससे सेना पर मनोवैज्ञानिक प्रभाव पड़ा। मन्त्र की शक्ति से अभिषिक्त सेना अपने को अमर अजेय मानकर बढ़ती थी। यह वानर-सेना की प्रथा थी।

इसी समय तार आ गया और बोला, ''सेतु-सुरक्षा में तो भूखे ही मर गए। रावणेश्वरम् में दिन-भर से खाद्य सामग्री हमें प्राप्त ही नहीं हुई तो आज रात को जब तक हमने सुवर्णमच्छा को पराजित नहीं कर दिया तब तक एक भी वीर ने पानी तक नहीं पीया। मीठा पानी जो हमारे पास था, उसे दो-दो घूँट कर पीते रहे और कोई एक सौ सैनिक हमारी ओर के हताहत हुए। पाँच-सौ घायल हुए जिनको चिकित्सा हेतु अब भेजा जा रहा है।''

''आज रात जैसी भयानक रातें इस रण में यदि दो-चार भी आ गईं तो श्रेष्ठ वानर वीर कुशल सेनापतियों के मरते ही रावण के सम्मुख शस्त्र रख देंगे। रात को जब भूख लगी तो मछलियाँ तो समुद्र में दिखीं ही नहीं। तब हनुमान ने एक बड़ा केंकड़ा पकड़ा और उसे खाकर क्षुधा शान्त की। अब तात नल नष्ट सेतु को ठीक करने में जुटे हैं तो मैं यह सन्देश देने आया हूँ कि आज श्रीरावण को युद्ध स्थगित करने का अनुरोध कर दिया जाए या जो आयुध एवं खाद्य-सामग्री है, उसी से काम चलाया जाए। क्योंकि सुवर्णमच्छा ने जो अग्निगोले सेतु नष्ट करने हेतु छोड़े, उससे समुद्र में से मछलियाँ दूर तक भाग गई हैं। भक्ष्य पदार्थ भी इस कारण अप्राप्य ही रहेगा।''

अगस्त्य बोले, ''रण तो हो किन्तु भीषण युद्ध आज न किया जाए बल्कि थल-सेना लंका को चारों ओर से घेरने का प्रयास करे और नभ तथा नौसेना इसमें पूर्ण सहायता करे। अभी युद्ध-स्थगन की आवश्यकता नहीं है। हमारे इस अनुरोध से लंकापति यह अनुमान लगाएँगे कि राम-कटक एक ही दिन के युद्ध में धीरज खो बैठा है और राम-लक्ष्मण अभी भी मूर्च्छित हैं।

''मैं आप सभी यूथपतियों को एक गुप्त परामर्श दे रहा हूँ कि रण में यदि किसी यूथपति, सामन्त, राजकुमार या सम्राट की मृत्यु हो जाए तो उसका समाचार तब नहीं देना जब तक कि अगस्त्य न कहे दें। यह कूटनीति है। दूसरा यह कि सैनिकों के रणखेत होने की भी पूर्ण सूचना हम अतिरथियों, महारथियों तक ही सीमित रहे। यदि हम वीरगति प्राप्त करनेवाले लोगों

की पूर्ण जानकारी अपनी ही सेना को देंगे तो इससे हमारे सैनिकों का मनोबल गिरेगा और शत्रु पक्ष प्रबल होगा। उनके योद्धा द्विगुणित बल से आक्रमण करेंगे। जितने मरते हैं उन्हें तत्काल चिता पर चढ़ा दिया जाए या समुद्र में फेंक दिया जाए।

"राम-कटक अधिक भले ही न हो किन्तु इस एक दिवसीय संग्राम ने यह सिद्ध कर दिया कि बिना छल-बल के हम विजयी नहीं हो सकते। इसमें कोई दो मत नहीं कि लंकेश अजेय है, पौरुषवान है, नीतिवान है और प्रकांड विद्वान होने से उसकी सात अक्षौहिणी सेना हमारी दस अक्षौहिणी सेना को परास्त करने में सक्षम है। दुर्मुख जैसे वीर श्रीरावण की ओर से समुद्र में रण के लिए सन्नद्ध हैं। वे हँसते-हँसते लड़ते हैं। उन्हें प्राणों की, परिवार की चिन्ता नहीं होती, न ही उनके मुखों पर ग्लानि अथवा उदासी कभी हमने देखी। वे मात्र अपने राष्ट्र के भक्त हैं और राष्ट्र की राजकीय आज्ञा के अधीन अपने सार्वभौम दिग्विजयी सम्राट के अन्ध स्वामी-भक्त हैं क्योंकि दशकन्धर ने ही उनको समुन्नत किया है। उन्हें सुवर्ण के प्रासादों में बैठाया है। वे वीर कभी सीधे युद्ध में पराजित हो ही नहीं सकते।

"श्री दशानन की कितनी सुन्दर सैन्य-व्यवस्था है कि उन्हें भोजन, भक्ष्य अथवा पेय पदार्थ रण-स्थल पर यथासमय प्राप्त हो जाते हैं और युद्ध समाप्ति पर सेना विश्राम करने भी चली जाती है फिर रण-दुंदुभी बजती है और पुनः रथों, अश्वों, हाथियों पर सजी सेना जब निकलती है तो उसका मनोहारी रूप देखते आँख थकती नहीं है।"

पुनः कहा, "इसलिए प्रतिपल दर्पण पर (वायरलेस) पर मुझे प्रत्येक सैन्य टुकड़ी की सूचना मिलनी चाहिए। लंका का प्रत्येक नगर, प्राकार, पर्वत, नदी आदि सभी का मुझे भौगोलिक ज्ञान है और जो गुप्त गृह, दुर्ग हैं, उन सबकी जानकारी तात विभीषण से आप लेते रहें ताकि हम दक्षिण तक पहुँचकर श्रीरावण की पीठ पर वार कर सकें।"

सब लोग मुनि के वचन सुनते रहे। किसी ने तर्क नहीं दिया तब फिर अगस्त्य ऋषि क्रोध से बोले, "अग्निवेश! राम से कहो, सेनाएँ प्रयाण करें। सुतीक्ष्ण और तुम राम-लक्ष्मण के साथ रहोगे।"

25

श्रीरावण को राम-सेना में कपि-वेश, गूँगे-बधिर बने शार्दूल ने यह समाचार संचारित कर दिया कि राम-लक्ष्मण शरपाश से मुक्त हो गए हैं। सुपार्श्व ने हवाई आक्रमण कर नाग-सेना के घेरे को तोड़ दिया। सुवर्णमच्छा को परास्त कर हनुमान ने कैद कर लिया है। अगस्त्य ने यूथपतियों, महारथियों की बैठक में कई कूट निर्देश दिए हैं और अन्त में क्रोधित होकर युद्ध करने की आज्ञा राम को दी। अंगद अभी तक तो निष्क्रिय ही है परन्तु उसकी मनोभावना से ऐसा ज्ञात होता है कि वह श्रीरावण से श्रीराम की पराजय देखना चाहता है। सेतु का कुछ भाग नष्ट हुआ जिसके कारण राम-सेना के पास अभी अन्न-संकट की सम्भावना है। यदि राम-सेना को नदी पार करने से रोक दिया जाता है तो राम-कटक यहीं पर मर-खप जाएगा। क्योंकि गत युद्ध में युवराज़ इन्द्रजीत ने राम-सेना के आर्य-अनार्य सभी वीरों पर ऐसी धाक जमाई है कि इनके पैर कभी भी उखड़ सकते हैं या सेना आत्म-समर्पण भी कर सकती है। दुर्धर्ष संग्राम तथा भीषण आक्रमण की आवश्यकता है। तात विभीषण ही हमारे समस्त भेद दे रहे हैं तथा हमारे द्वारा

बिछाई गई सुरंगों के मार्ग से बचाकर उन्हें आगे बढ़ने का मार्गदर्शन कर रहे हैं।

श्रीरावण ने समाचार सुना। लंका की नारी चरों तथा लंका के प्रत्येक मन्त्री एवं युद्ध परिषद के सदस्यों ने भी दर्पण से यह समाचार सुना। सरमा और त्रिजटा ने सुना तो उस सांकेतिक भाषा में सीता को राम-बन्धन-मुक्ति का सन्देश दिया। सीता खिल उठी और पुनः युद्ध की नवीनतम जानकारी प्राप्त करने लग गई।

लंकेश्वर ने वरिष्ठ सुयोग्य मन्त्रियों से मधुमक्खी पर वार्ता की। सभी ने रण की नई रूपरेखा पर गम्भीरता से विचार किया तथा अपने सामने रखे मानचित्र पर से सेनाओं को किस प्रकार से युद्ध में संलग्न करना है, के निर्देश सेनापतियों को अपने-अपने विवेकानुसार दिए।

श्रीरावण ने आज का नेतृत्व कुम्भकर्ण को सौंपने का सही निर्णय थल-युद्ध के कारण लिया और तत्काल ही कुम्भकर्ण को उसकी वैज्ञानिक गुफा से बुलाने की आज्ञा सेवकों को दी। फिर कहा, "नहीं महोदर, तुम कुम्भकर्ण को लाओ और आज धूम्राक्ष उत्तर दिशा की बागडोर सँभालेगा। वज्रदंत पश्चिम की तथा अकम्पन पूर्व की ओर रहेगा। विरूपाक्ष मध्य भाग में रहेगा। अब रण का संचालन और सेनापतित्व भाई कुम्भकर्ण करेंगे। तब तक आप ससैन्य नदी के तट पर पहुँचें और राम का सामना करें तथा देशद्रोही, राजद्रोही विभीषण का वध न कर, उसे जीवित बाँधकर लाएँ। ऐसे कुलद्रोही को रावण अपना भाई होने पर भी राजद्रोह के अभियोग में आप सभी से परामर्श कर लंका राज्य के नियमानुसार दंड देगा।"

महोदर के गुफा में पहुँचते ही वज्रज्वाला मिल गई। उसने विहँसकर पूछा, "राम-लक्ष्मण तो कल ही रणभूमि में सो गए थे, अब तो सम्राट सानंद होंगे?"

"नहीं, भाभी! उन्हें तात विभीषण ने युक्ति से मुक्ति दिला दी।"

"राक्षस-कुल-कलंकी सिंहासन का भूखा कायर देशद्रोही विभीषण, जिसे तात श्री दशकन्धर ने पाला-पोसा, उसने लंका के साथ विश्वासघात किया। लंकद्वीप की प्रजा उसके इस अपराध को कभी क्षमा नहीं करेगी। भले ही एक बार सम्राट उसे क्षमा प्रदान कर दें।"

पुनः कहा, "बोलो महोदर, रक्षः-कुलभूषण राक्षसेन्द्र की क्या आज्ञा है?"

"तात कुम्भकर्ण अब रणक्षेत्र को जाएँगे।"

"आह, वज्रज्वाला प्रसन्न हुई। ये कर्णप्रिय समाचार और शीघ्र क्यों नहीं लाए। प्रातःकाल है फिर भी निश्चिन्त होकर तुम्हारे भाई सो रहे हैं। आओ, भीतर आओ, कुछ खाओ-पीओ। मैं जगाती हूँ।"

वज्रज्वाला ने कुम्भकर्ण को जगाया, उसने अलसाई दृष्टि डाली फिर उसने महोदर को देखा तो तत्काल उठकर बैठ गया और पूछा, "भैया ने इस समय तो मुझे कभी नहीं बुलाया। आज कोई विशेष बात है क्या?"

"हाँ, आपको रणभेरी बजाना है।"

"इसके लिए तो कुम्भकर्ण की भुजाएँ सदैव फड़कती रहती हैं। थल-युद्ध, नभ-युद्ध में तो देवता भी हमसे हारे हैं। यह तो अकुशल सेनानी सग्रीव का कटक है। अन्य देशों के राजा तो वैसे भी सुरक्षा की पंक्ति में होंगे। आक्रमण तो हमारे भैया के साले ही करेंगे।... परन्तु राम-लक्ष्मण को तो भतीजा इन्द्रजीत ही कल मार आया था। फिर से जीवित हो गए क्या?"

"नहीं, हमारी धार्मिक नीति के कारण तात इन्द्रजीत ने निश्चेष्ट राम-लक्ष्मण पर वार नहीं किया बल्कि उन्हें नाग-सेना के घेरे में छोड़कर चले आए थे। जिन्हें बाद में बन्धन से मुक्त करा लिया गया।"

"तो क्या हुआ! अब कुम्भकर्ण वध कर देगा। युद्ध तो हम विद्याधर-वंशियों का एक उन्मीलन है। मैं एकाकी ही आज राम को ससैन्य परास्त कर आऊँगा। देख, इस गुफा में स्थित मेरी यह यज्ञशाला (वेधशाला)। वज्रज्वाला ने राम-लक्ष्मण और सीता बना लिए हैं। ये सब यन्त्र-मानव हैं। इनमें से राम-लक्ष्मण के कटे शीश वज्रज्वाला के हाथ से सीता तक पहुँचाए देते हैं तो वह राम-वियोग में मर जाएगी और भैया भी खूब हैं, अनावश्यक रूप से ऐसी चतुर नारी का अपहरण करके लाए हैं कि उसने सरमा-त्रिजटा को अपनी ओर कर लिया। मैं तो जानकी को देखने ही नहीं गया। एक दिन अवश्य क्रोध आया था कि जिस सीता को भैया पुत्रीवत पाल रहे हैं, वही हमारे आस्तीन का साँप बनकर हमारे ही राज्य में कूटनीतिक चालें चल रही है। इसका शीश काटकर राम के पास भेज दिया जाए किन्तु एक नारी पर और वह भी उस पर, जिसे हमारा धर्मात्मा सम्राट धर्म-पुत्री मानकर, बन्दिनी जनक-सुता को समस्त मनवांछित सुविधाएँ दे रहा हो, यह भी उचित नहीं। मैंने सोचा यह मेरे मन का पाप है। सीता यदि कूटनीतिक है तो बनी रहने दो। हमारा क्या कर लेगी! परन्तु वज्रज्वाला, अब अवश्य तुम जाना और सीता को ये राम-लक्ष्मण के पुतले (रोबोट) दिखाना। इनके कटे शीश दिखाकर उसे छकाना ताकि वह भी समझे कि विश्व में मानव का आविष्कार किसी ने नहीं किया परन्तु कुम्भकर्ण ने चलते-फिरते, हँसते और युद्ध करते यन्त्र-मानव (रोबोट) तैयार कर चमत्कार कर दिखाया है।

"महोदर! इस वेधशाला में सम्राट दशानन के अनेक रूप उपलब्ध हैं। वे सभी अट्टहास करते हैं जैसा कि तात करते हैं। वैसा ही खड्ग चलाते हैं जैसा कि तात चलाते हैं। ये सिंह-गर्जना भी करते हैं। हम जैसे भौतिक-शास्त्रियों को राम-समर की क्या चिन्ता!

"इन यन्त्र-मानवों को देखकर रणक्षेत्र में लोग समझेंगे अनेक दशानन एक साथ आ रहे हैं। भैया का तो ये सब यन्त्र-चलित पुरुष ही रक्षा-कवच हैं। आज के रण में कुम्भकर्ण अपने यन्त्र-मानवों की सैनिक-टुकड़ी भी उतारकर इसका प्रयोग कर इनकी सफलता तथा विफलता का ज्ञान प्राप्त करेगा। वज्रज्वाला, तुम शीघ्रता से मुझे राजोचित वस्त्र दो, मैं भैया का आशीर्वाद प्राप्त कर रण को जाता हूँ।"

कुम्भकर्ण शीघ्र तैयार हो गया। उसने शूल, शक्ति दोनों हाथों में धारण की फिर वज्रज्वाला ने हँसते हुए कहा, "किसी भी साध्वी नारी के लिए वह बड़े सौभाग्य का दिन होता है जब उसका पति देश की रक्षा के लिए रणक्षेत्र में जाता है। नाथ, शत्रु को परास्त करके ही लौटना। वज्रज्वाला आपकी प्रतीक्षा करेगी।"

फिर वज्रज्वाला ने कुम्भकर्ण की परिक्रमा करते हुए अपनी भाषा में मन्त्रोच्चारण कर कुम्भकर्ण को रक्त-तिलक किया और विदा दी।

इसी समय कुम्भकर्ण के पुत्र कुम्भ तथा निकुम्भ आ गए। उन्होंने कहा, "तात! हम भी रण के लिए तैयार हैं। भैया इन्द्रजीत ने जैसे अपना नाम अमर किया है, वैसे ही हम भी करेंगे। आपकी आज्ञा हो तो हमारी अजेय सेना तैयार है।"

"तुम लंका के सपूत हो। तुम्हें जन्म देकर यह जन्मभूमि धन्य हुई। देश के लिए तुम्हारे ये विचार जानकर आज तुम्हारे माता-पिता भी धन्य हुए। तुम सभी वयस्क हो, प्रौढ़ता की ओर अग्रसर हो रहे हो फिर भी अभी अपने पिता के लिए तो लाड़ले सुकुमार ही हो। अभी तो तुम्हारा पिता ही जाएगा। वैसे पिता ही पुत्र को समरांगण में भेजता है किन्तु अभी सम्राट ने मुझे आज्ञा दी है। तुम अपनी माता को देखो।" कहता हुआ वीर कुम्भकर्ण रथारूढ़ होकर महोदर के साथ राजप्रासाद की ओर चल दिया।

कुम्भकर्ण ने राजप्रासाद में पहुँचते ही सम्राट को प्रणाम किया फिर पूछा, "क्या आज्ञा है, तात?"

"महाबली कुम्भकर्ण को सम्राट या भाई दशानन क्या आज्ञा दे! अपना और देश का हित-अहित सोचकर ही मैंने तुम्हें भीषण-युद्ध के लिए बुलाया है। सेनाएँ अपने-अपने ध्वज फहराती हुई लंका के द्वारों से बाहर निकल गई हैं।" कहकर स्वयं सम्राट चुप हो गया।

"तात, राष्ट्र के हित के लिए मेरा-तेरा कुछ नहीं। युद्ध-काल में सम्राट की आज्ञा सर्वोपरि होती है। देशहित से बढ़कर भ्रातृ-स्नेह नहीं होता। लंका राज्य की एकता-अखंडता के लिए यदि रावण अपने ही कुल-दीपकों को रणक्षेत्र में नहीं भेजेगा तो उसकी कीर्ति चहुँदिश कैसे होगी? मुझे तो अब रण-मोह हो रहा है, भ्रातृ-मोह नहीं। महाबली कुम्भकर्ण को जब रण-रंग चढ़ता है तब उसे कुछ नहीं सूझता। उसके दोनों हाथों से कितने शत्रु पल-भर में मारे जाते हैं, कुम्भकर्ण स्वयं उस समय अदृश्य शक्ति को नहीं पहचान पाता। ये दशरथ के पुत्र तो देवताओं के आगे कुछ भी नहीं हैं। कुम्भकर्ण कभी रण से पीठ नहीं दिखाता और तब तक रणक्षेत्र से वापस भी नहीं आता जब तक कि शत्रु को परास्त कर उसका वध न कर दे या उसे बाँधकर आपके सुपुर्द न कर दे। इसलिए अब आप विश्राम कीजिए, महाबली कुम्भकर्ण या तो अपना शीश कटाएगा या राम का कटा शीश आपको अर्पित करेगा।" कहते हुए कुम्भकर्ण ने श्रीरावण के पैर छुए और रणस्थल की ओर चल पड़ा।

राम के गुप्तचरों ने त्रिकूट पर्वत (बन्दरवेला, तोता, पल्ला, किनिगल पोता और आदम को पूरा घेर रखा है। इन तीनों के शिखर आज भी लंक-द्वीप के मानचित्र में हैं। मेडागास्कर से गंगा की घाटी तक श्रीरावण का साम्राज्य था। उस समय लंका की समुद्र से इतनी दूरी नहीं थी जितनी वर्तमान में है। कुछ भाग तो इसी भीषण युद्ध में अणुबम आदि से टूटा और कुछ प्राकृतिक प्रलय आदि से। हमारा मत है कि सुवेलांचल (उरुवेलनगर) से राम-कटक लंका के उत्तर से दक्षिण की ओर अग्रसर हो रहा था जिसे मेघनाद ने परास्त कर दिया। अब कुम्भकर्ण का युद्ध भी लंका के उत्तर में ही छिड़ा होगा क्योंकि अब कुम्भकर्ण-वध के पश्चात् ही राम-कटक, निरन्तर गतिरोध के बावजूद अपने सामरिक अभियान में छल-कपट से आगे बढ़ सकता है। आध्यात्मिक रामायण में लिखा है कि कुम्भकर्ण ने राम-सेना की ओर बहती हुई नदी की धारा अपनी सेना से रोक दी थी। तात्पर्य यह कि उत्तर में उस समय लंका में कोई नदी बहती होगी जो सीधी पश्चिम पयोधि में गिरती होगी। यह युद्ध भी वर्तमान वायुनिया, तिरुकोणमलै, अनुराधानगर, मन्नार और पुत्तलम तक छिड़ा होगा क्योंकि यह घमासान युद्ध ढाई दिन तक अनवरत चलता रहा। यह नदी बाद में सागर में ही विलीन हो गई होगी और इसी कारण लंका का यथेष्ट भू-भाग प्राकृतिक प्रकोप से कटकर समुद्र में समा गया और लंका की भारत से जो निकटता थी वह अधिक हो गई।) से राम-दल को समाचार दिया कि परकोटों को लाँघता हुआ महावीर कुम्भकर्ण का वायुरथ मातलि से उड़ान भरकर कुशल सारथी के साथ आ रहा है। उनके कंठ में जीवरत्न माला (यह कोई वैज्ञानिक चमत्कार है) सुशोभित हो रही है। उनके हाथ में 'मोक्ख शूल' और शक्ति सुशोभित है। आज असुर सैनिक (असीरिया), यातुधान, मय देश, मलयद्वीप आदि मित्र राष्ट्रों की सेनाएँ रणक्षेत्र में अति सुन्दर सज-धज के साथ नागध्वजी, शार्दूलध्वजी, वीणाध्वजी आदि नाना ध्वज लेकर अवतरित हो रही हैं। अश्वाति 'उरश्छन्द' कवच के साथ घोड़े सजे हुए हैं। उनकी पूँछ में सोने की नलियाँ पिरोई हुई हैं। धनुर्धारी सैनिक अभेद्य कवज धारण किए हुए हैं जो सम्राट समुद्र से अच्छे स्तर के हैं। बाण-सन्धान करने के लिए

बाईं कलाई पर गोधा कसा हुआ है और शिरस्त्राण धारण किए हुए ये वीर इन्द्र की सेना से भी महान् योद्धा हैं। इसी भाँति गज-सेना और भूमि-रथों की सेनाएँ शत-शत भीषण लौहमयी शतधनियों के साथ पदार्पण कर रही हैं। कुछ पदाति मुख-त्राण (मास्क) धारण कर सबसे आगे आ रही हैं जो हमें भयभीत करनेवाली हैं।''

राम ने दर्पण रख दिया। ज्यों-ज्यों सेना निकट आ रही थी, त्यों-त्यों उसकी ध्वनि से पयोधि गुँजित होता गया। नदी तट पर विदेशी मित्रों की सेनाओं ने जल में भी प्रवेश कर राम-सेना की ओर अर्थात् उत्तर दिशा की ओर ही बहती हुई नदी की जलधारा के प्रवाह को रोक दिया। इतनी बड़ी सेना, जिसमें आर्य-अनार्य सभी सैनिक थे, के दर्शन कर राम-कटक के यूथपति भी भयभीत हो गए और कुछ कायर सैनिक तो चुपचाप खिसककर नौ-दो ग्यारह ही हो गए। कुछ बिखरकर भागने का प्रयास भी करने लगे। कुछ कानाफूसी करने लगे तो सुग्रीव ने बिखरे हुए सैनिकों से ललकारकर कहा, ''यदि किसी ने भी भागने का प्रयास किया तो ऐसे सैनिकों को पम्पापुर में भी मृत्युदंड ही दिया जाएगा।''

कुम्भकर्ण को मार्ग में अपशकुन हो रहे हैं। अनायास ही प्रचंड वायु बहने लगी। आकाश में धूसर वर्ण मेघ छा गए हैं और गीध पक्षी रथ पर मँडरा रहे हैं। ये सभी पराजय के सूचक हैं परन्तु वीर पुरुषों का जब तक हृदय न धड़के, तब तक कुम्भकर्ण अपशकुनों की कोई चिन्ता नहीं करेगा। इस भौतिकवादी लंका की साहसी प्रजा इन थोथे आडम्बरों पर क्यों विश्वास करे! राम तो सर्वथा असमर्थ है। उसे पराजित करने के लिए तो असुर यातुधान (प्राणवान) सैनिक ही यथेष्ट हैं। धूम्राक्ष, अकम्पन जैसे योद्धा तो आज रणदेवता का वरण करने ही चले हैं। कुम्भकर्ण इसी मेघाच्छन्न आकाश के नीचे राम को सदैव के लिए सुला देगा।

कुम्भकर्ण रणक्षेत्र में उतर गया। उसने हर्षित होकर सेना को हँसते हुए देखा। युद्ध के लिए उन्मत्त गज-सेना दिखी। अपनी टापों की ध्वनि से समुद्र को गुँजा देनेवाली सुसज्जित अश्वाति देखी। द्वीप-द्वीप के मित्र राष्ट्रों, अधीन राज्यों की खड्ग, शूल, बाण और अस्त्र- शस्त्रधारिणी थल-सेना देखी जो कि राम को कुचल देने के लिए सन्नद्ध खड़ी थी।

नदी का प्रवाह सेना के प्रचंड वेग से रुक गया था।

कुम्भकर्ण की सेना ने जय-जयकार की। सबसे पहले महावीर कुम्भकर्ण ने लंका की मिट्टी से अपने मस्तक पर तिलक किया और शूल को घुमाकर कहा, ''वीरो! जन्म-भूमि की रक्षा हेतु मृत्यु से कोई नहीं डरता और जो भीरु है, मृत्यु से डरता है उसे बार-बार धिक्कार है। लंका और मेरे मित्र राज्यों के दैत्य, दानव, असुर, नाग, किन्नर, गन्धर्व, कपि तथा आर्य-अनार्य वीरो! लंका का महिमा-मंडित रक्षध्वज राम से रक्षा चाहता है। इसी ध्वज के लिए हमारे पूर्वजों ने अपनी प्राणाहुति दी है। हम रहें या न रहें, हमारे रक्त की एक-एक बूँद लंका और लंकेश्वर की समृद्धि के काम आएगी। हमारा यह ध्वज विधाता के आकाश में रक्षकीर्ति बिखेरता रहे, यही हमारा आत्माभिमान है। हमने अपने भूतनाथ शिव के अनुग्रह से अपनी सभ्यता को अक्षुण्ण रखा है। वह विजयमाल धारण करनेवाले आप ही परमवीर, महावीर हैं जिन्होंने इन्द्र, वरुण और यमराज, जिसे साक्षात् मृत्यु का अवतार ही माना जाता है, तक को पराजित कर तात दशानन को सार्वभौम सम्राट जैसे भूषण से अलंकृत कराकर, आपने अपने रक्षःधर्म को, लंका की शक्ति को विश्व में एक नई शक्ति के रूप में लाकर खड़ा कर दिया है। राम भले ही इन्द्र, यम, वरुण की सहायता पर इठलाए परन्तु तुम इसके दर्प को चूर कर दो। सम्राट सुग्रीव का वध कर दो क्योंकि वह हमारे ही समान अनार्य होकर शंकर का उपासक है। वह इन्द्र का जारज पुत्र समाज

में अपनी प्रतिष्ठा स्थापित करने के लिए, इन्द्र की ही कूटनीति से बलात् सत्ता हथियाकर, युवराज अंगद के अधिकारों का हनन कर सम्राट बन बैठा है। शत्रु द्वार पर है। रक्ष वीरो! इस आर्य राम को आज जीता-जागता मत जाने दो। इस विदेशी राक्षस को भाई समेत मृत्यु का आलिंगन कराकर ही विश्राम करो। उठाओ शस्त्र और अयोध्या, काशी, विदेह तथा केकय की सेनाओं को पराजित कर अपना कुलदीप प्रज्वलित करो।''

पुनः आज्ञा दी, ''चारों ओर से घेरकर राम-लक्ष्मण-सुग्रीव का वध करो या जीवित कैद करो।''

इस आज्ञा के साथ ही धूम्राक्ष, अकम्पन की सेनाएँ बाज की भाँति पंख फैलाती हुई राम-दल पर टूटीं और दुर्धर्ष संग्राम करने लगीं।

राम की सेना पहले नदी से पीछे हटी, वहाँ भी उनके पैर न जम सके क्योंकि कुम्भकर्ण की व्यूह-रचना क्रौंच पक्षी की भाँति थी। कुम्भकर्ण, धूम्राक्ष और अकम्पन राम-दल के पीछे हटते ही प्रसिद्ध सेनापतियों को चुन-चुनकर काल के घाट उतारने लगे। क्षत्रिय सैनिक और कपि-सैनिक (टोटम), ऋक्ष-सैनिक (टोटम), गरुड़ सैनिक (टोटम) के मुख म्लान हो गए तथा सुग्रीव, जाबालि, भामंडल और अगस्त्य को जिन सैनिकों पर विश्वास था वे ही रणभूमि से विमुख हो धीरे-धीरे भाग खड़े होने लगे।

भार्गव शुक्र-युद्ध-नीति और धनुर्वेद के ज्ञाता असुर सैनिकों ने असुर-युद्ध अर्थात् लोहे की नलिकाओं में अग्नि-चूर्ण भरकर (बन्दूक का प्रयोग) राम-कटक पर गोली बरसाना प्रारम्भ कर दिया। थल पर लोहे के चक्रों के स्वचालित शकटों पर धरी हुई शतधनियों में अनल-चूर्ण डालकर गोले बरसाना प्रारम्भ कर दिए। (स्पष्टतः टैंक युद्ध) पाशुपतास्त्रों के प्रयोग का कुम्भकर्ण ने राम को अवसर ही नहीं दिया। चारों ओर से शुक्र रणनीति के अनुरार शत्रु का अधिक बल जानकर भी उसे परास्त करने की सुन्दर सुनियोजित रण-विभीषिका रची। वज्रदंत ने पुत्तलम से मन्नार तक हनुमान और नील दोनों के सैनिकों को पराजित कर पीछे हटने हेतु बाध्य किया। नील और हनुमान सभी इतने पीछे हटे कि पवनपूत ने पुनः वायु-रथ से आक्रमण किया। कुम्भकर्ण ने अपने मायावी मोक्खशक्ति शूल, जिसमें विद्युत तरंगें प्रवाहित रहती थीं, को मारुति के यानों की ओर कर दिया। सौर ऊर्जा के सम्पर्क से एक चिनगारी उठी और सीधी आकाश में विचरते यान को लगी। यान तत्काल क्षतिग्रस्त हो गया।

हनुमान ने ऐसा विज्ञान नहीं जाना था। देखते-ही-देखते कुम्भकर्ण ने पवन देव के लगभग बारह वायु-रथ अग्नि की भेंट चढ़ा दिए। इतनी हानि केसरी ने किसी भी रण में नहीं उठाई थी। उनके कुशल वायु-रथ सारथी नष्ट हो गए थे।

राम को जिस मन्त्र-युद्ध (सोनी कंट्रोल) में विश्वामित्र ने पारंगत किया था, उन सभी अस्त्रों पर विशेष शब्दों की ध्वनि से कुम्भकर्ण ने नियन्त्रण कर राम को मन्त्र-युद्ध में भी चुनौती दी थी। विभिन्न मित्र-राष्ट्रों की विभिन्न सेनाएँ नाना प्रकार की युद्ध-विद्या में नाना भाँति से विभूषित थीं। सभी महाविक्रमी रक्ष-योद्धा, कुछ भू-तल से, कुछ गगन से, अस्त्रों-शस्त्रों से प्रहार कर रहे थे। उनके शस्त्र राम-कटक की ओर वायु की गति से आगे बढ़ते और शत्रु को काटते सूर्यहास खड्ग जैसे भयानक शस्त्र सौर ऊर्जा का संग्रहण करते और जैसे ही इनका प्रयोग शत्रु दल पर किया जाता, वे सूर्यहास खड्ग से चिपक जाते। यह खड्ग शत्रु का शोणित पीकर अर्थात् सौर विद्युत शक्ति से नष्ट कर पुनः चुम्बक नियन्त्रण शक्ति से वापस आ जाता। राम-लक्ष्मण के सैनिकों के ऐसे शस्त्रों को विनष्ट कर ये असुर वीर निरन्तर मारकाट मचाकर रक्त की नदी बहा रहे थे जो सीधी समुद्र तट पर गिरकर राम-रावण युद्ध की कहानी कह रही थी।

वानर यूथपतियों के मुकुट रक्त से सन गए थे। क्षत्रियों का दम्भ नष्ट हो गया था, उनका शोणित लंका की मिट्टी में मिल गया था। जाबालि जैसे श्रेष्ठ, मन्त्री-परिषद, अमात्य परिषद और युद्ध परिषद को शिक्षा देनेवाले, मार्ग प्रशस्त करनेवाले, आचार्य का ज्ञान-विज्ञान ब्राह्मण सम्राट दशानन के लघुभ्राता कुम्भकर्ण के सामने नपुंसक हो गया था। अगस्त्य आश्रम की ब्राह्मण वटुक सेना भी यज्ञकर्ता विप्र कुलभूषण कुम्भकर्ण जैसे भूसुर के सम्मुख नत-मस्तक होकर रणक्षेत्र से पीछे हट रही थी। केकय, मिथिला, कोशल, काशी जैसे क्षत्रिय सम्राट, जिन्होंने रण में कभी पीठ नहीं दिखाई थी, वे भी आज के धुआँधार आक्रमण से पीठ दिखाकर मध्य भाग में शरण ले चुके थे। क्षत्रियों, कपियों में हाहाकार मचा हुआ था। मदमस्त गज सूँड़ में सैनिकों को दबोचकर उन्हें उछाल-उछालकर फेंक रहे थे और नर-धड़ों, नर-मुंडों पर पैर रखते हुए, चिंघाड़ते हुए कुशल महावत के संकेतों पर दौड़ रहे थे। साखू और दाल-चीनी आदि के वृक्षों को भी सूँड़ में लपेटकर जंगल को साफ करते हुए रथों के लिए मैदान बनाते जा रहे थे। अश्व सेना मध्य भाग पर सुग्रीव के चक्रव्यूह पर निरन्तर वार करती हुई उनके पैर तोड़ रही थी। अब तक सहस्रों वीरों की प्राण-आहुति लंक-द्वीप में लग चुकी थी। कहीं मांस के लोथड़े पड़े थे, कहीं किसी शूरवीर के शीश का कचूमर हो गया था। कहीं कोई गीध (गिद्ध) किसी पराक्रमी की आँखों का मांस-खंड नोंचकर अपनी क्षुधा शान्त कर रहा था। इस भयानक और वीभत्स रस की उत्पत्ति से सुग्रीव-कटक का आत्मबल डोल उठा था। मानो कुम्भकर्ण की बलवान सेना के पदाघात से पृथ्वी ही डोल उठी हो।

अगस्त्य ने तत्काल स्थिति को भाँप लिया और पराजय के लक्षण समझ तत्काल राम से कहा, ''विभीषण के साथ लक्ष्मण को युद्ध के लिए भेजो। हमारे ऋषभ, शरभ, गन्धमादन जैसे श्रेष्ठ शूरवीर कपि सेनापति और अनेक क्षत्रिय ब्राह्मण सामंत, जिन पर हमें गर्व था, काल के गाल में चले गए हैं। हमें चारों ओर से जो दर्पण पर सूचनाएँ गुप्तचर दे रहे हैं वे सब पराजय, करुण-क्रन्दन के ही समाचार दे रहे हैं। सेना साहस खो बैठी है। उसका युद्ध दिखावे का युद्ध मात्र रह गया है। अब रणनीति के अनुसार लक्ष्मण एकाकी युद्ध के लिए कुम्भकर्ण को ललकारे तो हमें दूसरी योजना पर विचार करने के लिए समय मिलेगा। अन्यथा आज ही हनुमान, सुग्रीव भी मारे जाएँगे।''

विभीषण के साथ आ रहे लक्ष्मण ने महारण दुर्मद मुकुटधारी कुम्भकर्ण को देखा। वे राजोचित वस्त्रों से अलंकृत थे। उनके कंठ में जीवरत्न वलय पड़ा हुआ था। ऐसा वलय राम-लक्ष्मण ने नहीं देखा था। इस पर दृष्टि नहीं ठहरती थी। इस समय चार घोड़ों के शार्दूल-ध्वजी रथ में कुम्भकर्ण आरूढ़ था। वायुरथ अपने-अपने स्थानों को चले गए। कुम्भकर्ण का शरीर अत्यन्त बलिष्ठ था तथा साँवले रंग पर उनकी नीली-पीली आँखें सुन्दर लग रही थीं। विभीषण और लक्ष्मण दोनों ही अस्त्र-शस्त्र नीचे करके आ रहे थे जो निःशस्त्र का ही प्रतीक माना जाता था। विभीषण ने जब राम-दल पार किया तो रावण के सैनिकों ने उन पर आक्रमण नहीं किया, वे सीधे कुम्भकर्ण के रथ के सम्मुख खड़े हो गए।

कुम्भकर्ण ने विभीषण को देखा फिर हँसे और रथ त्यागकर भूमि पर आ गए।

विभीषण ने अपने बड़े भाई कुम्भकर्ण के पैर छुए। कुम्भकर्ण का वरदहस्त सहसा उठ गया।

फिर लज्जा से गड़े हुए विभीषण ही बोले, ''तात, मैंने नीति की बात लंकेश्वर से कही थी। यदि वे मेरी बात मान लेते तो रण की स्थिति न बनती।''

''अरे, मूढ़ विभीषण! नीतिवान तो लंकापति ही है। तुम अपनी सहोदर बहन के अपमान

को भूल गए और राजलिप्सा के कारण राजनीतिक बन्दिनी सीता के श्रद्धा-सुमन बन गए। मैं जानता हूँ, तुम राजद्रोही हो फिर भी मेरे लघु सहोदर भ्राता हो इसलिए तुम पर वार नहीं करूँगा। किन्तु दुर्मते, जब तू अपने भाई का ही मीत नहीं हुआ तो वह राम कैसे तुझ पर विश्वास कर रहा है! तुझे तो मेरे सम्मुख आना ही नहीं चाहिए था। तू कुल-कलंकी है जो अगस्त्य और सुग्रीव के कहने पर हमारे दूतों, गुप्तचरों को पहचानकर उन्हें कैद करवा रहा है। अरे यह सत्ता और प्रजा किसी की नहीं हुई। हम परस्पर सिंहासन के लाभ और हित के लिए कितना ही उचित कार्य करें फिर भी प्रजा को छिद्रान्वेषण और आलोचना के लिए कुछ मिल ही जाता है।

"तू तात दशानन के चरणों की धूल भी नहीं है। देख, रावण लंकापुरी में सीता को पुत्रीवत् पालता है और तू ऐसे धर्मात्मा स्वाभिमानी भाई को छोड़कर अपनी जन्मभूमि को त्यागकर विदेशी शक्ति राम के हाथों का खिलौना बन गया है। लंका की प्रजा आक्रान्त राम, अगस्त्य और तुझे कभी क्षमा प्रदान नहीं करेगी। मैं राजद्रोही से अधिक वार्ता नहीं करना चाहता और तुझे लंका की प्रजा की ओर से धिक्कारता हूँ। विभीषण! जा, चला जा! तुझे लंका का राज्य कभी प्राप्त नहीं होगा और भाग्यवशात् कहीं मिल भी गया तो तेरे ही पुत्र, लंका के रक्ष-वंशज तुझे उस पवित्र आसन से उतार देंगे जिस पर विश्व का सर्वश्रेष्ठ तपेश्वरी, यज्ञकर्ता दशानन बैठता है। अब मुझे क्रोध आ रहा है देशद्रोही, दूर हट जा।"

फिर लक्ष्मण ही कुटिल हँसी हँसते हुए बोले, "तात, विधाता ही के खिलौने हम सब हैं। पराशक्ति के सामने हम मनुष्य शीश झुकाते आए हैं। उस अदृश्य शक्ति को ही हम क्यों न मूल कारण और दोषी मानें? आप धर्मज्ञ हैं। मेरे पिता तुल्य हैं। हम रणभूमि में परस्पर शत्रु हैं तो विभीषण को क्यों दोष मढ़ते हो? होनी प्रबल है तात, और सभी जीवधारी काल के वशीभूत हैं। आज युद्ध-नीति के अनुसार आपका-मेरा रण हो जाए। आप जैसा महावीर पराक्रमी योद्धा लक्ष्मण को आर्यावर्त से दंडकारण्य तक देखने को नहीं मिला।"

कुम्भकर्ण ने पहले अट्टहास किया, घोर गर्जना की फिर खूब हँसे और बोले, "ये अगस्त्य की कूटनीति है लक्ष्मण, तुम तो अभी रणनीति में अबोध बालक ही हो। ये तुम्हारी सेना इस पान-भूमि में चिर निद्रालीन हो गई है। शेष को बचाने के लिए अगस्त्य ने तुम्हें मेरा ग्रास (मुहावरा) बनाकर भेजा है। युद्ध की एकाकी चुनौती, मल्ल-युद्ध की चुनौती, संकुल युद्ध की चुनौती को हम वीर सदैव स्वीकार करते आए हैं किन्तु लक्ष्मण, तुम कुम्भकर्ण के हाथों आज मारे जाओगे। कल तपेश्वरी मेघनाद तुम दोनों भाइयों को मृतप्राय समझकर छोड़कर चला गया था। कुम्भकर्ण रणक्षेत्र से लौटता नहीं है, वह मरकर हटता है या जय कर ही लौटता है।"

"तात, मृत्यु से लक्ष्मण भी नहीं डरता। आप जैसे श्रेष्ठ ब्राह्मणों ने ही तो हमें यह विद्या शिक्षा-दीक्षा दी है। आप ही ने हमें शास्त्र तथा शस्त्र का ज्ञान कराया है। आप ही के शिष्य नीति से विमुख कैसे हो सकते हैं?"

"तू धन्य है, लक्ष्मण! धन्य है तेरी माता सुमित्रा को जिसने तुझ-सा सपूत पैदा किया। आज तूने ब्राह्मणों का गुणगान करके कुम्भकर्ण से कोटिशः आशीर्वाद प्राप्त किए। हम ऋषि पौलस्त्य वंशी वैश्रवण के व्रात्यधर्मी पुत्र तेरे साहस और औदार्यशील वाणी से प्रसन्न हुए।"

पुनः कहा, "अब रण के लिए तैयार हो जा, पहले तू अपने समस्त वार कर ले फिर कुम्भकर्ण तुझ पर वार करेगा।"

लक्ष्मण ने मानवास्त्र छोड़ा। कुम्भकर्ण ने उसे कांचनमालिनी शक्ति से नष्ट कर दिया। लक्ष्मण ने पाशुपतास्त्र छोड़ा। कुम्भकर्ण ने अपनी सौर-शक्ति से संचालित गदा को छोड़ दिया।

लक्ष्मण आश्चर्यचकित होकर इस रण-कोशल को देखते रहे। फिर उन्होंने अर्ध नाराच छोड़ा जिसे हँसकर कुम्भकर्ण ने अपने जीवरत्न हार को उठाकर, जो नाराच छोड़ा तो उसमें से जो किरणें निकलीं उनसे वह भी नष्ट हो गया। साधारण-बाण रक्षा-कवच ही नहीं भेद सके। तब उन्होंने चन्द्रहास खड्ग से प्रहार किया। कुम्भकर्ण बोले, "अब तुम सँभलो, लक्ष्मण! तुम्हारा चन्द्रहास खड्ग तो मैं अपने शूल के प्रहार से काटे देता हूँ और तुम पर बाएँ हाथ से यह मोक्खशक्ति फेंक रहा हूँ। इससे बचना दुष्कर कार्य है।"

लक्ष्मण इस मोक्खशक्ति को नहीं काट सके और रणभूमि में गिर पड़े। तभी रण-विराम का अनुरोध राम की ओर से विभीषण ने किया जिसे कुम्भकर्ण ने तत्काल स्वीकार करते हुए शुक-सारण, महोदर आदि से कहा, "तात दशानन को आज की विजय और लक्ष्मण-मृत्यु का समाचार तत्काल भेजो।"

लंका में जैसे ही कुम्भकर्ण-विजय और लक्ष्मण-मृत्यु का समाचार पहुँचा, वैसे ही सभी नर-नारी प्रसन्न हुए। उन्होंने कुम्भकर्ण का जयघोष कर लंकापुरी के प्रमुख मार्गों, गुफाओं, कन्दराओं तक को गुँजायमान कर दिया। श्रीरावण प्रसन्न हुआ और लंका में घी के दीपक द्वार-द्वार पर प्रज्वलित किए गए। भगवान शिव की अर्चना की गई। लंका के कल्याण के लिए रात्रि को ही वेधशालाओं में वायुरथ भयानक विस्फोटक आयुध तैयार किए जा रहे थे। मेघनाद की निकुम्भिला यज्ञशाला (वेधशाला) से प्रतिदिन एक दिव्य रथ अर्थात लड़ाकू विमान-निर्माण का कार्य द्रुत गति से चल रहा था। इस यज्ञशाला तथा कुम्भकर्ण की गुफा वेधशाला में यन्त्र-मानव, (रोबोट), दारुपंचवक्त्र (राडार), दर्पण (वायरलेस या टी. वी.) अणुअस्त्र आदि का दिन-रात निर्माण-कार्य चल रहा था जिनसे राम को मुक्ति दिलानी थी। इन वेधशालाओं का अवलोकन, निरीक्षण सम्राट स्वयं एवं इन्द्रजीत जैसे महान् शोधकर्ता वैज्ञानिक करते थे।

राम ने जैसे ही लक्ष्मण के शक्ति-आहत का समाचार सुना वैसे ही वे दौड़कर निश्चेष्ट लक्ष्मण से लिपट गए एवं 'हा, सौमित्र! हा, रघुकुल तिलक' कहकर रुदन करने लगे। राम-विलाप से अगस्त्य, जाबालि, भामंडल, सुग्रीव, हनुमानादि दुखी हुए। इसी बीच जाम्बवन्त वैद्य आ गए। उन्होंने नाड़ी देखकर लंका के सुषेण राजवैद्य, सुग्रीव के श्वसुर, रूमा के पिता से उपचार कराने हेतु परामर्श दिया।

राम ने शीघ्र ही कहा, "तात हनुमान, आप जाओ और तात श्री दशकन्धर से मेरी ओर से अनुरोध करना कि दंडक वन का राजा राम नहीं अपितु याचक राम अपने भाई लक्ष्मण के जीवन के लिए आपसे राजवैद्य सुषेण की याचना करता है। आप सम्राट बाद में हैं, पहले आप एक पिता, एक भाई और उस पर भी ऋषि पौलस्त्य-कुल-भूषण हैं। आपके दाता ब्राह्मण और भार्गव परशुराम, जिसने सम्पूर्ण राज-पाट तक दान कर दिया, उनके गुरु-भाई हैं। आप राम के इस आग्रह को स्वीकार करेंगे जब तक लक्ष्मण स्वस्थ नहीं होता तब तक युद्ध-विराम के लिए राम सम्राट के अधिकार से अनुरोध करता है।

"हनुमान मेरा ये सन्देश तात दशानन को सुनाकर शीघ्र ही वैद्यराज सुषेण को लाओ।"

हनुमान ने शीघ्र रावण के अन्य मन्त्रियों से मधुमक्खी-यन्त्र पर वार्ता कर श्रीरावण तक पहुँचाने हेतु अपने आने का समाचार दिया। धूम्राक्ष ने राम-विलाप तथा उनके आर्द्र-हृदय पर दुख प्रकट करते हुए हनुमान के लंकापुरी में दूत के रूप में आने का समाचार सीधा सार्वभौम सम्राट को संचारित कर दिया। रावण भी लक्ष्मण के आहत होने और राम-विलाप से सजल हो उठे।

हनुमान ने तत्काल ही उड़ान भरी और लंकापुरी में अपना लघुयान (हैलीकाप्टर) उतार दिया। हवाई तल से रावण का रथ राजप्रासाद में हनुमान को ले गया। हनुमान ने बिना विलम्ब के श्रीरावण सभागार में प्रवेश किया और तात दशकन्धर को प्रणाम कर श्रीराम का सन्देश दूत के रूप में मधुर वाणी से ज्यों का त्यों सुना दिया।

रावण ने तत्काल कहा, ''यदि सुषेण की चिकित्सा से लक्ष्मण को आयु प्राप्त होती है तो धर्मात्मा रावण अपने वैद्यराज को निश्चित भेजने की अनुमति देता है। अरे नहीं, जामाता हनुमान, एक पिता दशकन्धर तुम्हें ही यह आज्ञा देता है कि बिना किसी विलम्ब के तुम्हीं तात सुषेण को अपने साथ ले जाओ।''

फिर कहा, ''सत्ता का मद राम-रावण में से किसे रहने देता है, हनुमान! यह तो करतार ही जानता होगा। किन्तु दशानन कभी भी सत्ता के अभिमान में अपनी नीति से दूर नहीं जाएगा। भले ही उसे सत्य की कठिन परीक्षा के लिए अपने प्राण ही क्यों न गँवाने पड़ें। शीघ्रता करो, हनुमान! भाई-विछोह बड़ा दुखद होता है।''

हनुमान चल दिए और तात सुषेण को अपने यान में बिठाकर ले आए।

जाम्बवन्त, नल, सुग्रीव सभी ने तात सुषेण को प्रणाम किया। सुषेण ने नाड़ी देखकर कहा, ''अभी प्राण हैं। इस शक्ति का उपचार विशल्याकारिणी बूटी से हो जाएगा। अच्छा, यह मेरे पास अभी है। मैं इसे द्रोण गिरि (लंका के दक्षिण में ही है। संजीवनीमलाई या मारुतिमलाई पर्वत लंका के दक्षिण में ही स्थित है) से लाया था। यह अन्य शक्तियों से कम प्रभाव की है अन्यथा उपचार इस बूटी से नहीं होता।''

फिर कहा, ''अच्छा हुआ आपने मुझे शीघ्र बुला लिया और यदि देर कर देते तो प्राण-पखेरू उड़ने के बाद तो कोई भी कुछ नहीं कर सकता। लो, हनुमान! यह बूटी घोंटकर पिला दो। अभी एक पहर में ही मूर्च्छा जाती रहेगी। बल्कि इस शक्ति से जो शरीर में आग-सी लगती है, वह भी शान्त हो जाएगी और लक्ष्मण प्रातःकाल तक पूर्ण स्वस्थ होकर पुनः युद्ध कर सकेगा। आप लोग विश्राम कीजिए, मैं यहीं हूँ। वैद्य के लिए शत्रु अथवा मित्र दोनों ही बराबर हैं। रणक्षेत्र में हमारी लंका में तुम्हारे यथेष्ट घायल मूर्च्छित सैनिक कल भी श्रीरावण के वाहनों से पहुँचे। उनकी अति सुन्दर चिकित्सा राजाज्ञानसुार की जा रही है। जो कपि सैनिक बन्द हुए हैं, उनको भी चिकित्सा-सेवाएँ कारापंजर तक में उपलब्ध कराई जा रही हैं। जहाँ शल्य-चिकित्सा की आवश्यकता है वहाँ उसकी भी पूर्ण व्यवस्था लंकापुरी में है। हमें यह दीक्षा, तात दशानन द्वारा दी जाती है कि सैनिक शत्रु-पक्ष का ही क्यों न हो, वह राजाज्ञा के अधीन युद्ध करता है, जो उसका धर्म है। भेसज, औषधादि की समस्त सुविधाएँ प्रत्येक ओर के सैनिक को दी जाएँ और हमारे यहाँ पुरुष-स्त्री चिकित्सक दल आज भी इसी कार्य में संलग्न हैं।''

बातों ही बातों में राम की दुखभरी विभावरी बीत गई। चतुर्थ प्रहर में लंका के शिव-मन्दिरों में घड़ियाल, घंटे, शंखों का नाद होने लगा। भगवान शिव की आरती-पूजा-अर्चना आदि की ध्वनि होने लगी। लंका के ब्राह्मणों के वेद-मन्त्रोचार की भनक भी गूँज के रूप में राम-दल तक कभी मन्द, कभी मध्यम और कभी तीव्र गति से सुनाई पड़ने लगी। तभी सहसा लक्ष्मण सचेत होकर ऐसे बैठ गए मानो उन्हें कुछ हुआ ही न हो। वैद्यराज सुषेण हँसे फिर कहा, ''अब मुझे वापस पहुँचा दो, हनुमान! फिर कभी मेरी सेवाओं की आवश्यकता एक चिकित्सक के अधिकार से हो तो बुलवा लेना। सम्राट दशकन्धर बिना अनुमति के भी किसी की प्राण-रक्षा के लिए अपना वैद्य-दल सर्वत्र भेजता है। बाढ़-पीड़ितों, अग्नि पीड़ितों तथा भूकम्प आदि प्राकृतिक घटनाओं

के घटने पर लंकापति अपने निजी सुरक्षित कोष से सहायता भी करते हैं।''

राम ने तात सुषेण को सादर विदा करते हुए विनम्रता से अनुरोधपूर्वक निवेदन किया, ''तात! राम आपके प्रति और आपके सम्राट के प्रति कृतज्ञता प्रकट करता है और आशा करता है कि भविष्य में हमें आपसे ऐसा ही स्नेहयुक्त सहयोग प्राप्त होता रहेगा।''

''राम! मैं भी लंका राष्ट्र का भक्त हूँ। मुझे वहाँ भी तत्काल चेतना लाने, शल्य क्रिया कर सैनिकों के कटे हाथ, कटे पैरों को सन्धियुक्त करने और छाती में धँसकर हृदय फाड़नेवाली गोली, बाण आदि को निकालकर पुनः हृदय रोपण करने पड़ते हैं। उन्हें प्राणों की सुरक्षा का विश्वास दिलाने हेतु अमृत के समान अनेक घूटियाँ तथा बूटियाँ तैयार कर देनी पड़ती हैं। यहाँ के द्रोण-गिरि में श्रीरावण ने सभी बूटियों का वृक्षारोपण कर उन्हें पाल-पोसकर बड़ा किया है। वैसे मैं आपको यह ज्ञान दिए जा रहा हूँ कि शक्तियाँ कई प्रकार की हैं। जिनमें कांचनमालिनी शक्ति से कोई बच नहीं सकता फिर भी इसके लिए मृत-संजीवनी बूटी है जो विशल्याकारिणी के साथ घोंटकर प्रातःकाल से पूर्व दिए जाने पर शक्ति के प्रभाव को नष्ट कर मनुष्य को जीवनदान देती है। यदि ऐसा अवसर या जाए तो ये बूटियाँ तत्काल मँगाकर दे देना।''

जाम्बवन्त वैद्य थे। उन्होंने तत्काल ही पूछा, ''इसका नाम सुना है किन्तु देखा नहीं। इसकी पहचान क्या है, तात?''

''यह रात्रि को फूलती है और श्वेत रंग का इसका पुष्प होता है जो पर्वत पर रात्रि को ऐसे चमकते रहते हैं जैसे कि रात्रि में तारागण चमकते हैं। श्वेत रंग का पुष्प होने से इसे रात्रि को कोई भी पहचान सकता है।''

''जाम्बवन्त धन्य हुआ, महाभाग! आपको जाम्बवन्त का नमस्कार।''

सुषेण चले गए। हनुमान लौट आए और अगस्त्य तथा जाबालि जैसे ब्राह्मण श्रेष्ठ पुनः ब्राह्मण सम्राट के विरुद्ध नई रणनीति में उलझ गए।

कुम्भकर्ण को युद्ध-स्थगन का ज्ञान था, फिर भी वह दूरगामी दृष्टि रखने से यह जान गए थे कि सुषेण की औषध से लक्ष्मण बच जाएगा और अगस्त्य जैसा असाधारण असीम उत्साही ऋषि-श्रेष्ठ निश्चित ही युद्ध किसी नई योजनानुसार कराएगा। इसलिए सेना को सजाकर तैयार रखना आवश्यक है। यदि रावण युग-पुरुष है तो वसिष्ठ का भाई अगस्त्य मेरा फूफा भी अपने क्षेत्र का युग-पुरुष ही है। वह राम को युग-पुरुष बनाने जा रहा है। किन्तु अगस्त्य भूल जाता है कि विश्वयुद्ध में दो युग-पुरुष नहीं रह सकते। इसमें भैया श्रीरावण जैसा लौह-पुरुष ही युग-पुरुष रहेगा जिसको साक्षात् रुद्रावतार की भावना से जनता-जनार्दन ने विभूषित कर दिया है। अब तो रावण ही विश्व है और विश्व ही रावण है, की नई कहावत कुम्भकर्ण चरितार्थ करेगा।

कुम्भकर्ण ने किसी भी सेनापति का स्थान-परिवर्तन नहीं किया और न ही सैन्य दल में। आज उन्होंने मकर-व्यूह की रचना मात्र को नया रूप दिया था और सैन्यगत रक्त-सेना रणक्षेत्र छुड़वा दिया था। शाल-वृक्ष-वनों के घने जंगल के बीच के मैदान में पूजा-पाठ तथा मन्त्रों से स्वयं ही अभिषिक्त होकर ललाट पर चन्दन चर्चित त्रिपुंड और मुकुट धारण कर आ डटे थे। चरों ने भी इसी प्रकार की अपनी व्यवस्था बना ली थी।

परन्तु आज जाबालि ने कुम्भकर्ण-दल का सामने और पीछे—दोनों ओर से आक्रमण का भय मानकर गरुड़-व्यूह की रचना कराई जिसमें सामने सुग्रीव और हनुमान, पीछे अंगद-जाम्बवन्त और राम को रखा। लक्ष्मण को आज के रणक्षेत्र से हटाकर उनके स्थान पर भामंडल को रखते हुए सेना को कूच की आज्ञा दी।

कुम्भकर्ण के प्रहारों से विह्वल सेना ने लंका सेना का मकर-व्यूह देखा और सामने धूम्राक्ष, अकम्पन जैसे सेनापतियों के पुनः दर्शन किए तो राम-दल को साँप सूँघ गया। फिर भी सुग्रीव की आज्ञा को शिरोधार्य कर रण प्रारम्भ हुआ।

संग्राम ने देखते-ही-देखते भीषण रूप धारण कर लिया और लंका निर्मित अस्त्रों के सामने फिर कपि-दल पीछे हटने लगा। वे भागकर गिरि-कन्दराओं, गुफाओं और शाल-वृक्षों की ओट से अपने प्राण बचाने लगे।

सुग्रीव, हनुमान दोनों ने संयम से काम लेकर, सेनापतियों पर वार करने की तत्काल योजना बनाई। सुग्रीव ने धूम्रकेतुमुख बाण सेनापति धूम्राक्ष पर छोड़ दिया। यह बाण धुआँ छोड़ता हुआ गया और सीधा धूम्राक्ष के ललाट में धँसकर उसके मस्तक का कचूमर करता हुआ जा गिरा। धूम्राक्ष की तत्काल ही मृत्यु हो गई। अकम्पन ने सूर्य के समान अग्नि बरसाने वाला सूर्यमुख अस्त्र यन्त्र पर रखकर जो छोड़ा तो राम-कटक अग्नि की लपेट में आ गया और त्राहि-त्राहि करने लगा। तभी हनुमान ने अपने वरुणास्त्र का निक्षेप करते हुए तत्काल दाएँ हाथ से अपनी गदा को अकम्पन पर छोड़ दिया जिससे अकम्पन भी मारा गया।

अब क्रोधित होकर कुम्भकर्ण गरजा, "अरे, मूढ़ हनुमान! तू सेनापतियों को मारकर मेरी सैन्यशक्ति के आत्मबल को दुर्बल करना चाहता है?" कहते हुए उसने 'मकरानन' छोड़ा जिसने हनुमान को मूर्च्छित कर दिया। लंका के सैनिकों ने उन्हें कैद कर लिया। फिर कुम्भकर्ण सुग्रीव पर टूटे और बोले, "अरे, राजन्! तुम्हें तो द्वन्द्व-युद्ध का प्रणेता माना जाता है। कुम्भकर्ण अस्त्रों-शस्त्रों को फेंककर तुम्हें द्वन्द्व-युद्ध के लिए ललकारता है।"

सुग्रीव तो यही चाहते थे कि इससे कम-से-कम नर-संहार तो बचेगा। यह प्रथा थी कि जब सेना-नायक द्वन्द्व-युद्ध करते थे तो युद्ध-विश्राम माना जाकर द्वन्द्व-युद्ध की जय-पराजय से ही निर्णय हो जाता था और उभय-पक्षी सैनिक बड़े कौतहूल से इसका अवलोकन करते थे।

दोनों में द्वन्द्व-युद्ध होते-होते अर्धरात्रि बीत गई। यद्यपि सुग्रीव भीतर से टूट चुके थे और गरुड़-व्यूह, जो अब अनुपयोगी हो चुका था, के पृष्ठ भाग तक पीछे हटते-हटते पहुँच चुके थे। महाविक्रमी कुम्भकर्ण ने सुग्रीव को काँख से दबा लिया और उसे दबोच दिया (फ्रीस्टाइल कुश्ती) एवं फिर दोनों हाथों से ऊपर उठाकर चारों ओर घुमाकर नीचे पटक दिया। सुग्रीव फिर उठे ही नहीं। इन्हें भी कैद करने का आदेश कुम्भकर्ण ने दिया और सारथी को रथ लाने की आज्ञा के साथ ही गरुड़-व्यूह के पृष्ठ भाग पर भी आक्रमण की आज्ञा दे दी।

अगस्त्य इस आक्रमण से समझ गए कि प्रातःकाल अथवा सूर्योदय तक कुम्भकर्ण इसे तोड़ देगा और विजयश्री का वरण करेगा। वानर भाग ही रहे हैं। भामंडल लंका की भूमि पर कितनी कुशलता से रण कर सकेगा, जब मेरी बटुक सेना ही पीछे हट रही है। विराध अवश्य लड़ रहा है और वह कुम्भकर्ण के आमने-सामने है। वह देखो, पलक झपकते ही कुम्भकर्ण ने विराध का शीश काट डाला।

जाबालि बोला, "तात अगस्त्य! एक और ऐसा वीर चला गया जिसने राम के साथ यहाँ तक महायात्रा की थी। सम्भावना है, हम भी चले जाएँगे। अंगद युद्ध नहीं करेगा। उसकी सेना अवश्य कर रही है किन्तु पौ फटने में अभी कुछ समय शेष है। यह सेना भी शस्त्र रखकर भागने ही वाली समझो। लंका द्वीप में हमारे होते हुए सहस्त्रों वीरों की आहुति चढ़ रही है। सेनापति मर रहे हैं। हमारे अस्त्र-शस्त्र रावण का भाई कुम्भकर्ण ही नष्ट कर रहा है तो सीता कैसे वापस आएगी?"

अगस्त्य ने कोई उत्तर नहीं दिया और गम्भीर चिन्तन में डूबते-डूबते दिन चढ़ आया। तभी अगत्स्य ने विभीषण से पूछा, ''ये रण-बांकुरा कैसे हारेगा। इसका सारथी कुशल है। इसके शस्त्र-संधान के हस्तलाघव की प्रशंसा करता हूँ। बोलो, विभीषण! अब क्या हो?''

''पहले सामने से रण कर कुम्भकर्ण के जीव-रत्न-हार को राम काट दें और फिर कुम्भकर्ण की ओर पीठ करके वायव्यास्त्र यथा ऐंद्र शस्त्र का प्रयोग करें। कुम्भकर्ण कभी भी पीठ दिखानेवाले पुरुष को, कापुरुष मानकर, उस पर शस्त्र नहीं चलाता। यह उसका अपना अटल वचन प्रत्येक युद्ध में रहता है। उसका वह शूल फिर नहीं उठेगा जिसने लक्ष्मण को आहत किया था। क्या राम पीठ करने की विद्या में निपुण हैं?''

''हैं। शब्दवेधी शर-संधान में भी।''

''तो फिर इस प्रकार की कूटनीति से ही रण जीता जाएगा और हनुमान-सुग्रीव का संकटमोचन किया जा सकेगा।''

अगस्त्य गरजे, ''राम! पीठ-युद्ध की तैयारी शीघ्र करो अन्यथा तुम्हारी हार हो रही है।''

''तात! राम क्षत्रिय होकर यह अधार्मिक युद्ध नहीं कर सकता। वह कापुरुष नहीं कहलाना चाहता।''

''रण में कोई क्लीव नहीं आता। सभी वीरत्व के धनी ही यहाँ तक पहुँचते हैं। जिन्होंने गोलों का भयानक शब्द नहीं सुना, उनकी तो यहाँ तत्काल ही हृदय-गति रुक जाएगी। रण में न कोई क्षत्रिय है, न कोई ब्राह्मण और शूद्र। सभी समान हैं। उनका एक ही वर्ण है, वह है 'वीरवर्ण'। यहाँ न कोई सामन्त है, न कोई युवराज और सम्राट। यहाँ इस रण-चंडी के लिए एक सैनिक का भी उतना ही महत्त्व है जितना कि सम्राट का। हम सब सत्ता के अधीन होकर अपनी-अपनी सम्प्रभुता, अखंडता और सत्ता के ध्वज की आन-बान के लिए लड़ते हैं जिसमें धर्म, संस्कृति, सभ्यता सब कुछ समाहित है।''

फिर लाल नेत्र नचाकर कहा, ''जो सेनानी इस स्थल में प्राणाहुति दिए हैं, क्या तुम उनके लिए यह कह सकते हो कि वे सम्राट नहीं थे? हो सकता है उनमें से भी किसी माँ के लाल के भाग्य में राजपद लिखा हो और उसे हमने आज भेंट दिया मातृभूमि की बलि-वेदी पर भेंट चढ़ाकर। अब उनमें से जिसके ललाट में विधाता ने ऐसा आँक डाला है वह पुनर्जन्म में उसे पूर्ण करेगा। उसके यौवनकाल में ही उसकी जीवन-लीला समाप्त कराने के लिए कौन उत्तरदायी है? यह भवितव्यता भी नहीं है क्योंकि रण पुरुषार्थ से जय किया जाता है और जिसमें बाण के फल से मुकुट धारण करने की सामर्थ्य है, वही सम्राट है। तुम देख रहे हो कि यहाँ प्रत्येक योद्धा बाण, खड्ग, अस्त्र-शस्त्र सभी से सामर्थ्य के साथ सामना कर रहा है तो वे सब भी सम्राट हैं और यदि वे नहीं तो तुम भी सम्राट नहीं हो सकते।

''रण में 'पीठ-युद्ध' कायरता नहीं है। यह तुम्हारे मन का भ्रम है। युद्ध में पीठ दिखाकर जय किया या कपट-नीति से जीता, यह कोई पूछने वाला नहीं है। जयी के गले में जब विजय श्रीमाल होती है तो उसी की जय-जयकार होती है। जनता उसी की चरण-वन्दना करती है और जिस नायक के नाम पर लड़ा जाता है उसी के इतिहास का नव-निर्माण होता है। तुम्हारे कारण लंका के वीरों ने हमारे सैनिकों के रक्त से तर्पण किया है। सुग्रीव, हनुमान जिनकी सेना के बल पर तुम अभी जीवित खड़े हो, वे दुर्धर्ष महावीर कुम्भकर्ण की कैद में हैं। तुम्हारा कर्तव्य क्या उन्हें छुड़ाना नहीं है और यदि नहीं है तो मैं समझता हूँ कि राम का पीठ दिखाने का तो बहाना है, यथार्थ में वह मृत्यु से डरता है। मृत्युंजयी नहीं, मृत्यु-भीरु है।''

राम विचलित हो उठे। उनकी भृकुटि तन गई और सक्रोध बोले, "तात! राम मृत्यु से नहीं, अधर्म और अन्याय की नीति से भयभीत था और अब आपने उसकी बुद्धि के रन्ध्र खोल दिए। राम अब वह सब कुछ करेगा जो देश और वैदेही के हित में होगा।"

अगस्त्य के अधरों पर पुनः कुटिल हँसी खेल गई। और यह उनकी विशेषता थी कि वे निशाने पर तीर बिठाने के बाद हाँ-ना का उत्तर ही नहीं देते थे।

तीसरे दिन का मध्याह्न हो रहा है और अंगद कुटिलता के साथ भागते हुए वानरों से यह कह रहा है, "रे कपि-श्रेष्ठो! ठहरो! भागो नहीं। अब तुम्हें लड़ना ही नहीं पड़ेगा। अब तो तात कुम्भकर्ण का राम से आमना-सामना हो रहा है और रणनीति के अनुसार दो सेना-नायकों के युद्ध में सैनिक भाग नहीं लेते। भागकर यदि अपने प्राण भी बचाना चाहो तो जा ही कहाँ सकते हो। इधर समुद्र है और उधर सेतु पर द्विविद बैठा है जो सुग्रीव की रामाज्ञा के कारण भागनेवाले सैनिकों का वध करेगा और इधर वे दृढ़ांग रक्ष वीर तुम्हें कैद कर लेंगे। सुग्रीव ने चाहा था कपि-बल को आर्यों में प्रतिष्ठित करूँगा। वह देखो, मूर्च्छित पड़ा है। इसलिए अभी तो तात कुम्भकर्ण और तात राम का युद्ध देखो। अभी तो यही निरापद स्थान है। आज की जय-पराजय के बाद ही तुम स्व-विवेक से निर्णय लेना कि तुम्हें क्या करना है, अभी ठहरो भाइयो—ठहरो!"

हनुमान को अंगद के व्यंग्य-बाण चुभ गए। वे ही अंगद का गूढ़ अर्थ समझ पाए और सब तो यूँ ही सुनते रहे। हनुमान की मेधाशक्ति अच्छी क्रियाशील थी।

कुम्भकर्ण ने राम के सामने गर्जना कर कहा, "श्रीराम, कुम्भकर्ण ने तुम्हारे सहस्रों वीर इस ढाई दिवस के युद्ध में पान-भूमि में सुला दिए हैं। सहस्रों, जो कल आत्म-समर्पित हुए थे, लंका के कारापंजर में पड़े हैं। आज तुम्हारा व्यूह तो नाममात्र का ही रह गया है। तुम्हारी और सुग्रीव की सेना के आधे सैनिक भाग खड़े हुए हैं। तुम्हारे सैन्यबल के सर्वाधिक होने पर भी तुम्हें कुम्भकर्ण ने पराजित ही कर दिया है। अब तो यह तुम्हारा-मेरा अन्तिम युद्ध है और इसमें मैं तुम्हारा वध करके अभी तात श्रीरावण को जय की सूचना दिए देता हूँ। इसलिए अभी भी अवसर है, राम! बिना जानकी के वापस लौट जाओ। महामना पंडित दशानन तुम्हारा मार्ग अवरोध नहीं करेगा। विश्वास रखो, वह स्वयं वैदेही को अपने पुष्पक से अयोध्या छोड़ आएगा।"

"नहीं, तात कुम्भकर्ण! मेरे कारण इतने वीर इस लंका की पावन-भूमि में सो गए। अब किस नीति से राम रण से विमुख हो। अब तो रण में मृत्यु ही श्रेयस्कर है। राम अब इस समुद्र-तट (मन्नार) से पीछे नहीं हटेगा। अब तो इस लंका के द्वार[1] पर मेरा शीश कटेगा या तुम्हारा।"

राम के ऐसे वचन सुनकर कुम्भकर्ण प्रसन्न होकर बोला, "अजेय रक्षःराजभूषण श्रीरावण का ध्यान कर कुम्भकर्ण नीति-परक संग्राम करेगा।" 'जय शिव-शम्भू' कहते हुए कुम्भकर्ण ने कांचमालिनी शक्ति का प्रहार कर दिया। राम ने तत्काल ही 'विद्युज्जिहोपम', जो कि विद्युत के समान ही शक्ति थी, का प्रहार कर उसे काट दिया। कुम्भकर्ण अपने शूल का उपयोग करता, उसके पूर्व ही वे पीठ करके खड़े हुए तो कुम्भकर्ण ने अपनी विजय पर घोर अट्टहास किया किन्तु दूसरे ही क्षण चन्द्रहास आया, जिसने कुम्भकर्ण के जीव-रत्न-हार को काट दिया और उसकी इस मायावी शक्ति के कटते ही कुम्भकर्ण का घोर रव तत्क्षण शान्त हुआ और दृष्टि

1. मन्नार का तट ही लंका का द्वार है। लंका के द्वार पर कुम्भकर्ण का शीश और सागर में उसका धड़ गिरा। इसका सही एवं उचित अर्थ ऐतिहासिक दृष्टि से यही है। मेरे मत से होना यह चाहिए कि मन्नार का तट लंका का द्वार है। यहीं कुम्भकर्ण-युद्ध का अन्तिम चरण चला। यहाँ शाल-वन-वृक्ष भी हैं और इसी स्थल पर कुम्भकर्ण का वध हुआ होगा।

राम के पृष्ठ भाग पर स्थिर हुई। वह बोला, "पीठ दिखानेवाले शत्रु पर कुम्भकर्ण आक्रमण नहीं करेगा राम, जगत भले ही तुम्हें कुम्भकर्ण को जय करनेवाला कहे किन्तु पौलस्त्य कुलभूषण, वरुण और यमराज को अपने यान्त्रिक शूल से पराजित करनेवाला वैश्रणव का महाबली पुत्र कुम्भकर्ण तुम्हें क्लीव ही कहेगा।"

कुम्भकर्ण का यह वाक्य जैसे ही पूर्ण हुआ था कि राम ने तत्काल ही वायव्यास्त्र (वायु की गति से चलनेवाला अस्त्र) छोड़ा जिसने कुम्भकर्ण के शीश को काट दिया। वह सुवर्णमय मुकुट के कारण सूर्य के समान आकाश में चमका और पृथ्वी पर गिर गया। राम की पीठ थी फिर भी वे भयभीत थे। इस कारण उन्हें जैसा षड्यन्त्र बताया गया था, उसी के अनुसार उन्होंने तत्क्षण पीठ किए हुए ही ऐंद्रास्त्र धड़ भाग पर छोड़ा। इस अस्त्र के लगते ही कुम्भकर्ण का धड़ बाण-वेग के कारण मन्नार सागर के तट में जा गिरा।

26

रत्नालय (लंका का वर्तमान रत्नपुर) के राजप्रासाद में भार्गव शुक्राचार्य द्वारा प्रणीत मन्त्रों से ब्राह्मण जाप कर रहे हैं। अगरु, चन्दन तथा विशुद्ध घृत की आहुतियों से सुगन्धित धूम्र उठ रहा है। भगवान शंकर का पूजन हो रहा है। दुग्ध-शर्करा-मधु आदि से शिवलिंग का अभिषेक किया जा रहा है। कंब-नदी (कम्बूक नदी) तथा सुमद्र के जल से शिवलिंग को धोकर चिता भस्मी रचाई जा रही है। भगवती सुलोचना और महात्मा इन्द्रजीत अपने यज्ञ-कर्म में लीन हैं। इन्द्रजीत लाल धोती पहने हुए हैं। उनके विशाल वक्ष-स्थल पर यज्ञोपवीत सुशोभित हो रहा है। शेष-सम्राट कालनेमि की पुत्री सुलोचना भी लाल वस्त्र धारण किए हुए पति के साथ यज्ञ-होम कर रही है, मन्त्रोच्चारण कर रही है। लाल पुष्पों से ही पूजन हो रहा है। रुद्राक्ष, मोती, शंख, माणिक आदि नाना प्रकार की तन्त्र-सिद्ध मालाओं का उपयोग किया जा रहा है। मन्त्र-ध्वनि और मन्त्र-जाप में रत्नालय डूबा है।

सुलोचना की सेविकाएँ, दासियाँ सब निमग्न हैं। यज्ञ, होम की पूर्णता में कोई आसन त्यागता, बीच में जलाचमन नहीं करता, मेरुदंड को सीधा कर सब पराशक्ति को जाग्रत करने की साधना निष्काम भाव से करते हैं। साध्वी, एकनिष्ठा, पतिव्रता सुलोचना की पति-भक्ति लंका में ही नहीं अपितु लंका के बाहर समुद्र के पार दूर-दूर तक प्रसिद्ध है। सीता ने भी सुलोचना के सतीत्व की प्रशंसा नारी-सेविका के कंठ से सुनी थी। वह उसके दर्शनों की अभिलाषा रखती थी परन्तु उनकी यह इच्छा अशोक वन के लाल फूलों के खिलने और मुरझाने के समान हरी होकर भी इस कारण शुष्क हो जाती थी कि सीता न तो मन्त्र जानती हैं, न ही वे साधना जानती हैं तो किस प्रकार जग-प्रसिद्ध और महान आदर्श नारी से नेत्र मिला सकेंगी। इस कारण वे त्रिजटा से इच्छा तो प्रकट कर देती थीं परन्तु जब-जब त्रिजटा ने उनको कहा तब-तब वे बात को टाल गईं। यद्यपि धात्री प्रभाषा के हाथ सन्देश भेजकर शिष्टाचार-सदाचार के क्रम में भगवती सुलोचना ने रत्नालय में पधारने का निमन्त्रण भी सीता को भेजा था और अपने आने में पति-चरणों की पूजा के कारण असमर्थता भी प्रकट की थी। तब पहले तो जानकी का मन हुआ था कि जहाँ अनसूया, लोपामुद्रा जैसी सतियों के दर्शन किए हैं, वहाँ एक महासती के और दर्शन कर इस जीवन को धन्य किया जाए। नेत्रों को तृप्त किया जाए परन्तु दीन-हीन विचारों और मन की

शिथिलता ने वैदेही को नहीं जाने दिया था।

यज्ञ समाप्त हुआ। मेघनाद खड़े हुए तो सुलोचना ने चरण-पखारकर चरणामृत लिया। लाल चन्दन का तिलक इन्द्रजीत के मस्तक पर लगाया फिर लाल पुष्पों की माला धारण कराई और अपने महान् तान्त्रिक पिता कालनेमि द्वारा दी हुई अँगूठी (तान्त्रिक चामत्कारिक अँगूठी) को मेघनाद के मस्तक के चारों ओर घुमाकर अजर-अमर से अभिषिक्त किया। फिर सोने के थाल में सजी हुई घृत और कपूर की आरती उतारी और कुमकम का तिलक किया। अक्षत छोड़े फिर कदलीफल श्रीफल के साथ-साथ समस्त सात्विक भोजन व्यंजन की सुवर्ण-थाली में अपने हाथ से भोजन कराया, पानी पिलाया और अन्त में ताम्बूल खिलाकर पति-चरणों में ढोक लगाई और चरण-स्पर्श किए।

मेघनाद अन्तःपुर की ओर चरण बढ़ा रहे हैं, साध्वी सुलोचना पीछे-पीछे नाक तक घूँघट काढ़े चल रही हैं। सामने चबूतरे (लिफ्ट) पर पहुँचते ही दासी बटन दबाती है और द्वार खुलता है। मेघनाद, सुलोचना दोनों प्रवेश करते हैं फिर दासी एक बटन दबाती है तो द्वार बन्द हो जाता है। सुवर्ण-निर्मित, रत्नजटित चबूतरा (लिफ्ट) दूसरे बटन के दबाते ही ऊपर चलने लगता है। दासी फिर तीसरा बटन दबाती है तो सतखंडे भवन पर द्वार खुलता है। मेघनाद और सती सुलोचना आगे वैदूर्य-तल पर चलते हैं जहाँ दोनों ओर स्त्री परिचारिकाएँ उन्हें सादर अभिवादन करती हैं। स्त्री खड्‌गधारी सैनिक भी यही क्रिया करती हैं फिर हरे क्षोय (रेशमी) पर्दे को एक दासी उठाती है। स्वर्णमंडित रत्नजटित अलिन्द में प्रवेश होते ही नैसर्गिक रूप से द्वार बन्द हो जाता है। मेघनाद प्रसन्न मुद्रा से कहते हैं, ''देवि, तुम्हारी साधना बहुत कठिन है। मेघनाद तुम्हारी-जैसी पत्नी पाकर निहाल हो गया है।''

''वर्षों बीत गए, प्रिय! यह तो अब मेरी दिनचर्या है। आपसे बढ़कर पारलौकिक शक्तियों को भी नहीं मानती।''

''शक्ति का पुजारी है, तुम्हारा पति। चंडी ऐसी पारलौकिक शक्ति है कि उसके संकेत के बिना मैं और तुम समर्थ नहीं हैं। निकुम्भिला (होमग्राम) यज्ञशाला शक्ति की ही देन है, प्राणप्रिये! जिसमें से तुम्हारा पति दिव्य-रथ और दिव्यास्त्रों की प्राप्ति करता है। हमें पराशक्तियों पर विश्वास करना ही पड़ेगा अन्यथा जीवन और मृत्यु के नियन्ता हम ही होते। हमारी निकुम्भिला वेधशाला में प्रलयंकारी अस्त्र हैं जिन्हें मैंने और तुमने अनुसन्धानित कर निर्माण किया है। हम अपनी उस यज्ञशाला से प्रलय मचा सकते हैं। एक पल में विश्व-विजयी हो सकते हैं किन्तु उन शस्त्रास्त्रों को, जिन्हें हमने भार्गव धनुर्वेद के आधार पर तैयार किया है, उनका प्रयोग करने के उपरान्त तो सृष्टि ही नहीं रहेगी। जिसे शिव-शक्ति ने रचा है तो हमारे उस अकल्पित एकाकी जीवन की क्या सार्थकता रहेगी? हमारे चारों ओर कोई प्राणी ही नहीं होगा तो हम किससे बात करेंगे? किन पर राज्य करेंगे और यदि समूचे जगत् के हम ही स्वामी बन भी गए तो इस पृथ्वी पर उत्पन्न, उत्खनित समस्त सम्पदाओं का क्या उपयोग करेंगे?

''इसलिए पारलौकिक अदृश्य शक्तियों से हमें नैसर्गिक रूप से भयभीत होना पड़ता है। कर्म से हमें जो फल प्राप्त हो रहा है, वह भी उसी उद्‌देश्य नियामक शक्ति की कृपा ही है। इसीलिए हमें पराशक्तियों से डरना चाहिए। हमारे मन में जो विचार उत्पन्न होते हैं और किसी सिद्धान्त की हम परिकल्पना करते हैं वह भी उसी शक्ति की प्रेरणा है जिसका हम विखंडन नहीं कर सकते।

''प्राणवल्लभे! तुम्हें तो विदित है, अनुसन्धान में भी हमें प्रयोग में जब-जब बाधा उत्पन्न

हुई, हमारा प्रयोग असफल हुआ और जिसे हम बुद्धि से भी समाधान न कर सके, तब-तब स्वप्न में हमें अनेक गुत्थियों का समाधान प्राप्त हुआ और उसे आधार मानकर जब हम पुनः उस काम में जुटे तो हमारे प्रत्येक सिद्धान्त का प्रतिपादन ही नहीं हुआ बल्कि हमने प्रयोग में सफलता प्राप्त कर उस स्वप्न की पुष्टि की।''

''मैं तो आपके वचनों का पालन करना ही जानती हूँ। आपकी आज्ञा को ही मैं पराशक्ति मानती हूँ। मेरा धर्म इतना ही है।'' कहते हुए भगवती सुलोचना पर्यंक पर चित लेटे मेघनाद के पैर दबाने लगी।

फिर मेघनाद बोला, ''अपराह्न हो रहा है। तात कुम्भकर्ण के युद्ध का कोई समाचार अभी तक मधुमक्खी पर क्यों नहीं आया?''

इसी समय मेघनाद की धात्री प्रभाषा, जिसे देवी मन्दोदरी ने यह सन्देश दिया था, ''रणक्षेत्र में देवर कुम्भकर्ण ने वीरगति पाई है। सम्राट शोक-सागर में डूबे हुए हैं और अपने सहोदर भ्राता की मृत्यु पर आँखों से अश्रु बहा रहे हैं। वे स्वयं 'हा, कुम्भकर्ण!' कहते हुए शत्रु का नाश करने के लिए स्वयं समरांगण में जाने की प्रतिक्रिया कर रहे हैं। किन्तु हे लंका के सपूत, तेरी माता ने तुझे लंका के राष्ट्र के लिए अपनी कोख से जन्मा है। मेरी आज्ञा है कि तू अपने पिता को ढाँढ़स बँधाकर रण में विजयश्री प्राप्त कर। मेरी गोद सूनी होकर भी यदि लंका की कीर्ति-ध्वजा की रक्षा होगी तो मैं अपने स्त्री-जीवन को धन्य समझूँगी और श्रेष्ठ मातृत्व की गरिमा की पूर्ति करूँगी।''

प्रभाषा ने यह सन्देश जैसे ही मेघनाद को सुनाया वैसे ही वह पराक्रमी तत्काल राज-वसन धारण कर और मुकुट, कुंडल पहनकर शोकमग्न मन से चल दिया।

वज्रज्वाला ने जबसे कुम्भकर्ण के रणखेत होने का समाचार सुना था तब से वह निरन्तर विलाप कर रही थी और अपने पुत्र कुम्भ-निकुम्भ से कह रही थी, ''जाओ, बेटा! राम-लक्ष्मण का वध कर अपने पिता का प्रतिशोध लो। मेरा सुहाग पुँछ गया, कोई बात नहीं परन्तु लंका-राज्य का सुहाग अमर रहे। इसका ध्यान रखकर उस पीठ दिखानेवाले कायर राम का शीश काटकर मेरे समक्ष लाओ। लक्ष्मण को रण-चंडी की भेंट चढ़ाओ। तुम तात अगस्त्य को भी अब नहीं छोड़ना। राक्षसकुल-द्रोही को मारकर समुद्र में फेंक आना। तुम्हारे पिता ने वीरगति पाई जैसी कि दादा माली ने प्राप्त की थी। हम उनके स्मारक पर, उनकी पुण्यतिथि पर पुष्प चढ़ाते हैं। तुम उसी से प्रेरणा लेकर रण को जाओ और लंका की रक्षा करो। अधिक विलाप और शोक करने से कोई लाभ नहीं होता। स्मरण के पश्चात् विस्मरण की परम आवश्यकता मानी गई है। मैं उस सीता को इन यन्त्र-मानव रूप राम-लक्ष्मण के शीश काटकर प्रतिक्रिया के रूप में बताऊँगी कि पति दुख क्या होता है। जाओ, सम्भवतः लंका राज्य शत्रुओं के लिए अपने पुत्रों का बलिदान माँग रहा है तो वीर-प्रसविनी लंका की माताएँ ही अपने पुत्रों को प्राणाहुति के लिए हँसते-हँसते विदा करेंगी।''

कुम्भ-निकुम्भ ने तत्काल अश्रु पोंछ लिए और वीरों का बाना पहनकर, मुकुट धारण कर दोनों राजकुमार माता के चरण छूकर हँसते-हँसते बलिदान हेतु चल पड़े।

वज्रज्वाला (किन्हीं रामायणों में विद्युज्वाला आया है, वह गलत है) यन्त्र-मानव (रोबोट) के साथ सीता के दूसरे स्थान पर रथ से जा पहुँची।

भाग्य से सरमा और त्रिजटा दोनों ही मिल गईं। विधवा वज्रज्वाला को देखकर वे भयभीत हो गईं और डरी-सहमी-सी एक ओर खड़ी हो गईं।

वज्रज्वाला बरस पड़ी और फटकारते हुए बोली, ''रक्ष-राज्यलक्ष्मी का सत्यानाश करनेवाली तुम्हीं राजद्रोहिणी हो, कुल-कलंकिनी हो। तुम्हीं समूची गुप्त जानकारियाँ शत्रु-दल को भेजती हो और देवर विभीषण उन सूचनाओं का लाभ उठाकर मात्र पद-लोलुपता में अपने वंश का नाश करा रहे हैं। उस दुरात्मा पर संसार ष्ठीवन करेगा। भविष्य का बुद्धिमान व्यक्ति उसे इस घृणित कार्य से क्षमा नहीं करेगा। राक्षस राम की दुर्गति मैं तुम्हारे ही समक्ष कर रही हूँ। यह तो महाराज की महानता है जो तुम्हें अभी भी राजाश्रय में रखे हैं।''

सरमा जानती थी कि वज्रज्वाला यथा नाम तथा गुण है। वह हृदय से वज्र ही है और उसके शब्द ज्वाला के ही समान हैं। उसे वैधव्य की चिन्ता नहीं। चिन्ता है तो मात्र अपने राष्ट्र की एकता-अखंडता की और लंका-नाथ की।

रथारूढ़ राम-लक्ष्मण स्वयं रथ से उतरे। उनके कन्धे पर धनुष और पीठ पर अक्षय तूणीर शोभायमान हो रहे थे।

सीता राम-लक्ष्मण को देखकर प्रफुल्लित हुई। वे यन्त्र-मानव हँसे। उन्होंने धनुष-बाण चलाए। फिर सीता से रामरूपी यन्त्र-मानव ने आँखें चार की और फिर स्पन्दित होकर खड़े रहे गए।[1]

तभी वज्रज्वाला ने खड्ग से राम-लक्ष्मण के शीश काट दिए। उन कबन्धों से रक्त का स्राव भी हुआ। सीता दहाड़ मारकर गिर पड़ीं और मूर्च्छित हो गईं। वज्रज्वाला सरमा और त्रिजटा को कोसती हुई व्यंग्यात्मक फीकी हँसी हँसती हुई चली गई।

सीता पर सरमा ने अभिमन्त्रित जल के छींटे दिए तो उन्होंने धीरे-धीरे आँखें खोलीं फिर उठकर बैठ गईं और करुण विलाप कर बोलीं, ''अम्ब, मैं अब आत्महत्या करूँगी। आर्य के बिना सीता जीवित नहीं रह सकती।''

''वैदेही, धीरज रखो। पहले मैं मधुमक्खी से वार्ता कर लूँ तब कुछ सोचेंगे।''

सरमा ने दूर-नियन्त्रण-यन्त्र से तात विभीषण से सांकेतिक भाषा में राम-लक्ष्मण-वध का समाचार दिया तो उन्होंने सूचना दी, ''राम-लक्ष्मण यहाँ सकुशल हैं। यह तो वज्रज्वालारचित माया है। वे मायावी कटे शीश हैं। यह भाभी वज्रज्वाला का सीता को कष्ट देने का प्रतिशोध मात्र है।''

सरमा ने यही समाचार सीता को हँसकर दिया तो वे अश्रु पोंछकर पुनः प्रसन्न हो गईं।

श्रीरावण सभा में मन्त्रणा चल रही है। परस्पर सभी मन्त्री रण के लिए एक मत हैं। वावेरु (वेवीलोन) सम्राट देवान्तक, सम्राट अहिरावण, जो कि ओर्विदिश (अरब कंट्री) से आया था, सभी रण के लिए सहमत हैं। वार्ता चल रही है। रावण अपने भाई कुम्भकर्ण के लिए पश्चात्ताप कर रहा है। मानव कर्मों का फल मानकर भाग्य को सर्वोपरि मान रहा है।

इसी समय हनुमान ने रामदूत के रूप में सभागार में प्रवेश कर रक्षकुल सम्राट को प्रणाम करते हुए निवेदन किया, ''राजन्! महात्मा अगस्त्य, जाबालि की मन्त्रानुसार राजा राम ने यह बाण शान्ति स्थापना हेतु आपको समर्पित किया है और अनुरोध किया है कि आप सीता को लौटा दें।''

''सीता, सीता, सीता, जो कि रण का अन्तिम कारण है, को दशकन्धर लौटा देगा किन्तु सन्धि के लिए और क्या कहा उस राम ने? नहीं, हमारे फूफा अगस्त्य ने?''

''तात, आप तो विद्याधर हैं। आपकी यशलता अमर बेल के समान संसार रूपी वृक्ष पर

1. ग्रेट इंडियन के लेखक ने इसे रावण का विजार्ड आर्ट कहा है। हमने उस समय के विज्ञान की चरम सीमा को ध्यान में रखकर इसे यन्त्र-मानव अर्थात् रोबोट माना है।

छाई हुई है। दूत उतना ही सन्देश देता है जितना उसे दिया जाता है।''

नाना माल्यवान बीच में ही बोले, ''शान्ति स्थापना एक पक्षीय विचार से कभी सम्भव नहीं होती। नीति कहती है—शान्ति-वार्ता हेतु मध्यस्थता आवश्यक है। उभय पक्ष के सूत्रों पर दोनों पक्षों की सहमति हो जाएगी तभी शान्ति-व्यवस्था हो सकेगी।''

मेघनाद बोला, ''हमने लंका के लिए काका कुम्भकर्ण ही नहीं, अनेक योद्धाओं की बलि चढ़ा दी है। सन्धि-वार्ता में यह ध्यान रखा जाए कि हमारा पक्ष प्रबल रहे।''

हनुमान बोले, ''युवराज इन्द्रजीत! राम-कटक के भी अनेक यूथपति, महारथियों ने वीरगति पाई है। बल्कि सच पूछा जाए तो हमारे दल की जो हानि हुई है वही सर्वाधिक है। हम दो अक्षौहिणी (दो डिवीजन) सेना अब तक या तो खो चुके हैं या कुछ लापता हैं या आपके यहाँ कैद हैं या फिर उपचाराधीन हैं। हमारा वायु-बेड़ा तो लगभग नष्ट ही हो चुका है। आपको हमारी क्षति का अनुमान करके ही सूत्रों पर चर्चा करनी चाहिए।''

प्रहस्त बोला, ''श्रीराम सम्भवतः इस रण में यह जान गए कि उनकी पराजय अवश्यंभावी है इसलिए अगस्त्य ने पुनः सन्धि की कूटनीति को अवलम्ब बनाया है।''

सम्राट दशानन बोले, ''युद्ध में हानि होती ही है और जय-पराजय का तो संशय दोनों पक्षों को बना ही रहता है फिर भी तात माल्यवान जो उचित समझें वैसा सन्धि-पत्र तैयार कर हमारी ओर से हनुमान के साथ वार्ता हेतु जाएँ। वे हम सभी में अग्रज हैं और आयु में बड़े हैं। रक्षकुल की मर्यादा और मान्यताओं को ध्यान में रखकर वे मध्यस्थता करें और हमें सदन में विस्तृत जानकारी दें ताकि मन्त्रिमंडल, सचिवगण परस्पर विचार-विमर्श कर अपना निर्णय आज ही दे सकें। यह आपत्काल है और आज की सभा तो रात्रि तक भी चलेगी। इसके बाद भी जब तक युद्ध काल रहेगा, तब तक प्रतिदिन राज्य-सभा की कार्यवाई चला करेगी।''

माल्यवान और हनुमान दोनों ही चल दिए।

माल्यवान महानीतिवान थे। मार्ग में उन्होंने सभी प्रकार का चिन्तन कर लिया और पहुँच गए राम-कटक में।

राम-दल के सभी जनों ने उन्हें प्रणाम किया और सम्मान के साथ माल्यवान अगस्त्य के समीप आसन पर बैठे।

अगस्त्य मुनि बोले, ''तात! आप हम सभी के पूज्य हैं। आयु में भी श्रेष्ठ हैं। आपने देवासुर-संग्राम तक में भाग लिया है और जय-विजय को देखा है, परखा है, भोगा है। आप ही बताइए, राम-रावण के लड़े जा रहे इस विश्वयुद्ध की शान्ति किस प्रकार हो।''

''मुनिवर! आपको तो अपना आश्रम त्यागकर यहाँ तक आना ही नहीं चाहिए था। आप तो हमारे नातेदार हैं। आपकी सहायता कुबेर ने की है तो रावण ने भी। आप रावण पर कुपित हुए तो मात्र कुबेर के अलकापुरी जाने से। जबकि आपको तो रावण और कुबेर दोनों को ही समान समझना चाहिए। फिर रावण ने मन्त्रों-यन्त्रों की सिद्धि स्वयं प्राप्त की है। इसमें आर्य सम्राट ही नहीं, देव सम्राटों को भी साँप सूँघ गया। हम देव जाति से पराजित हुए तो हमने भारत, लंका, ओर्व आदि देशों तक को छोड़कर नए स्थानों, नए सागर तटों पर निवास किया। विश्व-भ्रमण किया और अपनी सभ्यता का प्रचार-प्रसार किया। फिर शक्ति सँजोकर रावण ने स्वयं अपनी मेधाशक्ति का उपयोग कर पचपन कलाओं में निपुणता प्राप्त कर देवजाति को हराया, इन्द्र को नीचा दिखाया। फिर उसका षड्यन्त्र प्रारम्भ हो गया। जिसमें वसिष्ठ, जाबालि और आप जैसे श्रेष्ठ ब्राह्मण, जो मन्त्रियों तक को शिक्षा देते हैं, कैसे नीति भूलकर धूर्त इन्द्र

की चाल में फँस गए? तुम्हारी अपनी सभ्यता पिट गई तो रावण से कूट-रण करने आ गए। राम को उलटी पट्टी तुमने पढ़ाकर उसे पीठ-युद्ध बताकर वत्स कुम्भकर्ण की आहुति दिलवा दी। तुम्हीं बताओ, इसमें दोषी कौन है?''

जाम्बवन्त बोले, ''तात, यदि हम त्रुटियों को ही देखते रहेंगे तो सन्धि कैसे होगी! हम तो ब्राह्मणों को भू-सुर कहते आ रहे हैं, उनके पैर पूजते आ रहे हैं और असुरों को भी सम्मान देते आ रहे हैं लेकिन लंका में हमारी जाति के ही साथ वर्णभेद है। शिविका में वे ही लगते हैं, उन्हीं से बेगार लिया जाता है। हमें ऋक्षों-कपियों को सुग्रीव की आज्ञा का पालन करना पड़ा और हमारे ही वीर सर्वाधिक मारे गए फिर भी हम चाहते हैं कि कैसे भी सन्धि हो जाए।''

फिर सुग्रीव बोला, ''मैं तो साख्य में वचनबद्ध हूँ किन्तु मैत्री सन्धि का अभिलाषी हूँ क्योंकि श्रीरावण मेरे बहनोई हैं और मैं चाहता हूँ कि हमारे दक्षिण भारतीयों (तमिल) पर अत्याचार न हो।''

हनुमान बोला, ''तात, मैं तो आपका जामाता ही हूँ। मैं भी अब नहीं चाहता कि युद्ध हो, अकारण वीरों को बलि का बकरा बनाया जाए।''

अंगद बोला, ''लंका के दृढ़ांग वीरों का रण-कोशल देखकर आप सबके अब छक्के छूट गए हैं और फूफा श्री दशानन के प्रलंयकारी अस्त्रों से आप सभी भयभीत हैं। पराजय तो आपकी आज हो ही गई थी किन्तु मुझे ये देखकर आश्चर्य हुआ कि आप लोग कितने धूर्त और निकृष्ट राजनीतिज्ञ हैं कि जैसे मेरे पिता का धोखे से वध करा दिया वैसे ही तात अगस्त्य, जिन्हें हम ऋषिवर और नीतिवान कहते हैं तात जाबालि, जो विप्र-श्रेष्ठ हैं तथा जिन्हें राजनीति का पंडित कहते हैं, उन्हीं ने राम को कापुरुष बना दिया। उसने शत्रु के सामने रण में पीठ दिखाई और जयी कुम्भकर्ण, अजेय कुम्भकर्ण छल से पराजित हो गया। अंगद चाहेगा कि सन्धि तो हो किन्तु राज-लोलुप देशद्रोही विभीषण और सुग्रीव जैसे लोगों का वर्चस्व ही न रहे।''

राम बोले, ''अंगद को, जो कहना न चाहिए था, वह कह दिया। मैंने तात सुग्रीव और विभीषण से साख्य किया, वह मैं नहीं तोड़ सकता अन्यथा मेरी जग-हँसाई होगी। राम नाम कलंकित होगा। अतएव सन्धि सम्मानजनक हो और स्थायित्व वाली हो तो उचित रहेगा।''

माल्यवान बोले, ''सन्धि आप सभी चाहते हैं परन्तु उस पर न बोलकर हम सभी में मतैक्य प्रतीत नहीं हो रहा तो मैं ही सूत्र रखता हूँ, सुनो—रक्ष सम्राट रावण का कहना है, मात्र तीन बातों पर वह सीता को लौटा देगा—(1) लक्ष्मण पर लंका में अभियोग चलाया जाए (2) विभीषण राजद्रोही है, उसने तुम्हारे यहाँ शरण ली है, उसे लंका को सौंपा जाए, और (3) अंगद को किष्किन्धा का राज्य दिया जाए।''

राम बोले, ''इनमें से मुझे एक भी बात स्वीकार नहीं। कोई भाई अपने भाई को दूसरे राज्य में कैसे वध के लिए भेज सकता है? मित्र को शत्रु को कैसे सौंप सकता है? जिसको सिंहासन पर बैठाया गया है उसे कैसे उतार सकता है?''

''तो फिर हम बन्दिनी जानकी को कैसे लौटा सकते हैं? जानकी को अब लौटाने का अर्थ है रक्ष-राज-कीर्ति का क्षय। और वह हम नहीं चाहते, राम! अच्छा होता आप सभी विद्वान इस विश्व-युद्ध के भयानक विनाश से प्रजा को बचाते परन्तु मुझे आभास होता है कि अब सब अपनी-अपनी प्रतिष्ठा को दाँव पर लगाए हैं तो समझौता नहीं हो सकता। वैसे भी मैं आप ही के समक्ष मधुमक्खी पर सम्राट से बात करता हूँ।''

माल्यवान ने बात की। रावण ने तत्काल मन्त्री-परिषद से परामर्श किया। सभी ने एकमत

होकर यह कहा, "मात्र एक ही सूत्र पर सीता लौटा दी जाएगी, वह है—लक्ष्मण पर अभियोग, जिसके कारण सीता-हरण हुआ।"

माल्यवान ने फिर अगस्त्य और जाबालि के सम्मुख यह एक सूत्र रखा जिसे सभी ने अस्वीकार कर दिया। फिर यही सन्देश पुनः माल्यवान ने रावण को दिया। उन्होंने मन्त्री-परिषद से वार्ता की। सभी ने एकमत से रण की सहमति दी।

तब माल्यवान बोला, "अहो, तुम सभी का दुर्भाग्य है! यह वार्ता असफल हो गई और अब तो रण ही होगा। मैं चलता हूँ।"

माल्यवान के लंकापुरी में आने पर देर रात तक रावण-सभा चली जिसमें वावेरु सम्राट देवान्तक, शेषनाग जाति के सम्राट कालनेमि, ओर्व सम्राट अहिरावण तथा मेघनाद, कुम्भ-निकुम्भ सभी ने लंकेश्वर को एकमत से आश्वासन दिया कि हमारे होते हुए आप रणक्षेत्र में नहीं जाएँगे। सम्राट तो अन्त में रण को प्रस्थान करता है। मेघनाद अकेला ही पूरे रामदल को मारने में सक्षम है। अब रण युवराज मेघनाद के नेतृत्व में हो। हम दुर्धर्ष वीरों के सामने अगस्त्य और जाबालि के षड्यन्त्र धरे रह जाएँगे। आप भ्रातृ-शोक न करें। इन्द्रजीत लक्ष्मण का शीश काटकर आपका भ्रातृ-शोक शीघ्र दूर करेंगे।

"आप सबके मत में मेरा मत है। प्रातःकाल से ही आप लोग रणक्षेत्र में पहुँचें।" रावण ने अनुमति दी और सभा विसर्जित हो गई।

27

मेघनाद के रणक्षेत्र में पर्दापण का समाचार चारों ओर फैल गया। देव सम्राट इन्द्र, ब्रह्मा तथा यम सोच में पड़ गए। गुप्तचर दूर-नियन्त्रण-यन्त्रों से देवांतक, कुम्भ-निकुम्भ आदि के रणक्षेत्र में पधारने का समाचार सुन-सुनकर उनके कान थक गए थे। देवता अपनी पराजय और लंका में अपना स्वाभिमान नष्ट कर आए थे। भोलेनाथ प्रसन्न हो रहे थे। देवताओं को स्मरण है, लंका में बारह आदित्यों के प्रतिनिधियों, सात समुद्रों तथा सात महाकूपों का शुद्ध जल, रत्नमणि कलश में भरकर मेघनाद का अभिषेक इन्द्र से कराया था और सातों द्वीपों के अधिपतियों ने इन्द्र के पीछे खड़े होकर मेघनाद के मस्तक पर छत्र लगाया था। सात सौ छोटे-बड़े आर्य सम्राटों ने दुर्धर्ष मेघनाद के हरे घोड़ोंवाले रथ-वलगा पकड़कर उसका रथ चलाया था और पौर-जनों ने रावण और मेघनाद का जयघोष किया था। वही प्रतापी इन्द्रजीत राम-लक्ष्मण को जीवित नहीं छोड़ेगा। इन्द्र, वरुण, यम उसके प्रताप से परिचित हैं। इन्द्र की रथ-सेना बड़ी वीर है। उसके दिव्य वायु-रथ पत्थर (बम) वर्षा करेंगे तो राम-कटक भाग खड़ा होगा। गरुड़-सुपार्श्व की वायुसेना अब लगभग टूट चुकी है। उनके श्रेष्ठ सारथी मारे गए हैं। ब्रह्मा और यम बार-बार राम को सहायता देने की बात कर रहे हैं किन्तु शंकर की शक्ति के सम्मुख असमर्थ हो रहे हैं।

ब्रह्मा ने दर्पण पर (टी.वी.) इन्द्र से भेंटवार्ता में निवेदन किया, "हम सभी प्रभु शंकर के पास चलकर उनसे वार्ता करें तभी कुछ हो सकता है। अब तो राम भी उन्हें पूजते हैं।"

'ब्रह्म वाक्यं जनार्दनम्' कहते हुए इन्द्र ने कैलास पर सभी देवताओं को पहुँचने का निर्देश दिया और स्वयं दानव-नन्दिनी शची के साथ शिव-धाम की ओर चल पड़े।

कैलास-धाम पर इन्द्र, ब्रह्मा, यम तीनों ही सपत्नीक आ पहुँचे तो शिव-शंकर उनके आगमन

का कारण समझ गए। फिर भी उन्होंने यथोचित आसन और सत्कार की तैयारी हेतु अपने गणों को निर्देश दिए। सभी के वायुयान कैलास पर उतर गए।

सभी ने शिव-पार्वती को प्रणाम किया और आसनों पर बैठ गए।

शंकर ने देवेन्द्र का कुशल-क्षेम पूछा तो उन्होंने तत्काल उत्तर दिया, "भगवान! राम-लक्ष्मण के प्राण संकट में हैं। आपके शिष्य अगस्त्य के समस्त कूट-मन्त्र मेघनाद विफल कर देगा तो राम का वध हो जाएगा।"

"युद्ध की विभीषिका तुमने रची प्रतिशोध की प्रतिक्रिया के रूप में तो अब मैं क्या कर सकता हूँ?"

ब्रह्मा बोले, "बहुत कुछ कर सकते हैं आप। आपकी कार्तिकेय वेधशाला के भयानक अस्त्रों से ही मेघनाद को जीता जा सकता है, अन्यथा नहीं।"

"रावण मेरा भक्त है। उसी ने मेरी पूजा हेतु राम को बाध्य किया अन्यथा आप लोग आर्यों में मुझे तो स्थान ही नहीं दे रहे थे।"

"प्रभु! वत्स कार्तिकेय के सूर्यहास खड्ग, ब्रह्मास्त्र, पाशुपतास्त्र और नाग-अक्षय-तूणीर जैसे आयुधों के बिना राम जयी नहीं होगा।"

"राम को मैं बहुत कुछ युद्ध सामग्री दे चुका हूँ। इससे अधिक ये विस्फोटक, विनाशकारी अस्त्र अपने भक्त के विरुद्ध शंकर कैसे दे सकता है! वह विश्व की तीसरी शक्ति शंकर के लिए असम्भव है।"

शची बोली, "भगवान, हमारे आपके राजपद वर्षों से चले आ रहे हैं परन्तु यदि इस बार मेघनाद जयी हो गया तो उसी का परम-पद जगत में पूजनीय हो जाएगा।"

पार्वती क्रोध से बोलीं, "रक्षःराज रावण और उसका पुत्र लंका में अनेक मन्दिरों में मुझे पूजते हैं। मेरे नाम पर यज्ञ करते हैं और मेरे नाम पर ही उनकी वेधशालाएँ हैं। हमने ये अस्त्र विकिरण के कारण किसी को नहीं दिए तो राम को कैसे दें? तुम्हारी ये धूर्त नीति है।"

देवराज बोले, "रण में सभी अपराध क्षम्य हैं, देवि! हम सभी ने अधार्मिक युद्ध करके ही अपनी सत्ता को बचाया है। धर्म के नाम से राजनीति का कोई सम्बन्ध नहीं है। धर्म मात्र व्यक्ति के लिए है, राज्य के लिए नहीं। राजा का एक ही धर्म होता है, वह है--राष्ट्र-धर्म। रण में राष्ट्र-धर्म, राष्ट्र-ध्वज ही सर्वोपरि होता है।"

"यह तो हम सभी जानते हैं किन्तु भक्त रावण के विरुद्ध उपयोग के लिए ऐसे विनाशकारी अस्त्र हम नहीं देंगे, देवराज!" पार्वती ने कहा।

फिर यमराज बोले, "देवि! इस विश्वयुद्ध में राम की हार-जीत नहीं बल्कि समस्त आर्यजनों की प्रतिष्ठा की हार-जीत होगी। राम तो हमारे संकेत पर चलनेवाला यन्त्र-मानव मात्र है। हम तो अतिमानव कहलाते हैं और संसार के लोग हमारे वैज्ञानिक चमत्कारों के कारण हमें ही पराशक्ति समझकर पूजते हैं तो हमारा यह धार्मिक, राजनीतिक गौरव कहाँ रहेगा? हमें लोग अजर-अमर मानकर हमारी भक्ति करते हैं। हम देवगण नहीं बल्कि साधारण जनमात्र रह जाएँगे और विश्व में हमारी अपकीर्ति हो जाएगी।"

शंकर ने कुछ विचारा फिर कहा, "श्रीरावण से मैत्री कर लो।"

"ये उपाय विफल हो चुका है, प्रभु!" ब्रह्मा ने कहा।

"तुमने शंकर को धर्म-संकट में फँसा दिया। मैं जानता हूँ कि मेरे अस्त्र भी पराक्रमी मेघनाद का बाल बाँका नहीं कर सकेंगे। फिर एक शर्त पर मैं कार्तिकेय वेधशाला के अस्त्रों

की खेप दे सकता हूँ।''

''वह क्या है, भगवन्?'' देवराज ने पूछा।

''कुम्भकर्ण-वध के समान आप कपटपूर्ण युद्ध नहीं कराएँगे। जैसे आप मातलि को वायु-रथों की खेप के साथ भेज रहे हैं वैसे ही मैं भी अपने गण वीरभद्र के साथ समस्त्र शस्त्रास्त्र श्रीरावण को भेजूँगा। हम सब रणस्थल में उपस्थित रहेंगे ताकि अनैतिक युद्ध न हो। यदि तुम लोगों ने अन्याय और षड्यन्त्र के साथ रण रचाया तो रुद्र अपनी सैन्य शक्ति को तुम्हारी ओर कर देगा।''

देवराज शिव के वचनों से सकपका गए। ब्रह्मा भी निरुत्तर हो गए तो रुद्र के कुल के यमराज साधिकार बोले, ''तात, रक्षःराज भी तो मायावी रण-कोशल में निष्णात हैं। उसे भी छल-युद्ध आता है। मैं तो आपके ही कुल का और आपके लघु-भ्राता के समान हूँ। आप धनुर्वेद के रचयिता और भेसज विज्ञान के जन्मदाता हैं। रावण जैसे वीर शिरोमणि को राग क्या परास्त कर सकेगा? वह नाभि में अमृत रखता है। अमर है, अजेय है, आप इस सशर्त वचनों को न रखें। हाँ, श्री लंकेश्वर की भी, आप जैसी चाहें वैसी सहायता करें। हम सब इस रण का अवलोकन करेंगे। इसमें हमारी पूर्ण सहमति है। हम तो याचक हैं।''

''ठीक है, यमराज, औघड़दानी के पास जो भी याचक बनकर आया, उसे शिव ने वापस नहीं जाने दिया। तुम कार्तिकेय के अस्त्र-शस्त्र ले जाओ। मैं वीरभद्र को लंका भेजता हूँ! आप सभी लोग रणक्षेत्र में अपने-अपने यानों से पहुँचेंगे किन्तु किसी भी ओर की रणनीति में कोई हस्तक्षेप नहीं करेंगे। उभय पक्ष अपनी-अपनी योजनानुसार रण करेंगे।''

''इसका हम सब वचन देते हैं।'' देवराज बोले।

''फिर भी एक बात और कहने की है कि लंका में शिव तथा शक्ति के ही मन्दिर हैं। उन पर बमबारी न की जाए।'' पार्वती ने कहा।

ब्रह्मा ने इस वचन में भी सहमति प्रदान कर दी।

तब रुद्र ने हँसकर कहा, ''देवताओ, तुम्हारी अवसरवादी नीति बड़ी श्रेष्ठ है। शंकर को विषम स्थिति में डालकर आपने अपना कार्य सिद्ध कर ही लिया। विश्वयुद्ध में अब तो विश्व के लगभग सभी आयुध और सभी के प्रतिनिधि भी भाग ले रहे हैं। परिणाम क्या होगा, कर्ता जाने!''

इन्द्र ने समस्त शस्त्रास्त्र ग्रहण कर मातलि को निर्देश दिया कि वह दिव्य रथों के साथ शीघ्र राम-दल में पहुँचकर उनकी सहायता करे।''

इसी प्रकार शिव ने वीरभद्र को बुलाकर आज्ञा दी कि वह समस्त शस्त्रों के साथ श्रीरावण-दल में पहुँचकर उनकी सहायता करे।

इसके उपरान्त कैलासधाम से तीनों वायुरथ उड़े और समरांगण की ओर के मार्ग ग्रहण किए। शिव-पार्वती नन्दी जैसे कुशल चालक के साथ अपने वृषभयान पर आरूढ़ होकर विश्वयुद्ध में इन्द्र का रण देखने चल दिए।

28

इन्द्रजीत ने पावक होम दिया और उसके अश्वाकार हरे रंग युक्त सहस्त्र अन्तरिक्ष लड़ाकू यान सन्नद्ध हुए। इन दिव्य रथों की शोभा देखते ही बनती थी। इनके चालक अन्तरिक्ष की हरे

रंग की पोशाक (पैराशूट) धारण किए हुए थे। उनके साथ छाते भी थे। ये छाताधारी सैनिक आकाश में भी युद्ध करने में सक्षम थे।

इन्द्रजीत के होम के बाद ही साध्वी सुलोचना ने मणि-अँगूठी से पति मेघनाद की आरती उतारी, चरण छुए और लाल वस्त्रधारी, मुकुटधारी इन्द्रजीत को रणक्षेत्र के लिए हँसकर विदा दी।

आज इस युद्ध को अन्तरिक्ष से अवलोकन करने हेतु चारों शक्तियाँ उपस्थित हो गई थीं। इन्द्र की आँखें रावण के मातलि पर्वत और करुणागल पर्वत पर स्थित हवाई अड्डे पर लगी थीं। उसे यह आभास ही नहीं था कि इन्द्रजीत नई कुशल नभ-सेना के साथ रणस्थल में अवतरित होगा।

पहली लड़ाई इन्द्र के पश्चिम द्वार अर्थात् विभीषण के क्षेत्र (पुत्तलम, चिलाव कल्याणी) पर हुई, जिसकी व्यूह-रचना विचित्र थी। वावेरु (वेवीलोन) का असुर सम्राट देवान्तक अग्रभाग पर, उसके पीछे शोणिताक्ष, प्रजंघ दाएँ-बाएँ और दुर्मुख नौ-सेना के अग्रभाग पर तथा कुम्भ-निकुम्भ दक्षिण की ओर सन्नद्ध किए गए। बीच के भाग में युवराज मेघनाद खड़े हुए।

अगस्त्य इसी क्षेत्र से लंका के दक्षिणी भाग तक पहुँचने का सतत प्रयत्न कर रहे थे। उन्होंने अग्रभाग पर हनुमान, बाईं-दाईं ओर यूपाक्ष और द्विविद तथा मध्य भाग में लक्ष्मण को अवस्थित करते हुए मातलि, गरुड़ तथा सुपार्श्व को नभ-सेना का भार सौंपा। गुहराज को नौ-सेना के दिशा-ज्ञान हेतु रखा गया। अगस्त्य ने एक नई चाल और चली। उन्होंने चकमा देने के लिए रावण कोट की ओर अग्रसर होने के लिए थल-सैन्य टुकड़ी भेज दी।

दोनों महान् कूटनीतिज्ञों की महान् रणनीति और षड्यन्त्रकारी युद्ध का जयघोष हुआ।

गुहराज जल-सेना संचालन में निष्णात था। उसने आर्यावर्त में युद्ध किए थे और राम का सखा होने से मित्र-बल की श्रेणी में वह भी इस रणक्षेत्र में आ पहुँचा था। गुहराज हवाई आक्रमण और यातुधानों की युद्ध-कला से परिचित नहीं था फिर भी अदम्य उत्साह के साथ उसने नौ-सैन्य संचालन का भार अपने कन्धों पर ले लिया था। इस सागरी-युद्ध में नौकाओं के अतिरिक्त बाँस-वन के बहनेवाले बजरों पर भी सैनिक अपनी युक्ति से सन्नद्ध किए थे।

दुर्मुख पर पहला आक्रमण नौ-सेना ने किया और तैरनेवाले छोटे-छोटे बजरों के घेराव का प्रयत्न किया। दोनों ओर से घमासान युद्ध होने लगा और सागर का पानी लाल हो गया।

हनुमान देवान्तक से लड़े किन्तु उस पराक्रमी वीर से पराजित हो गए तो चिल्लाकर बोले, "ब्रह्मास्त्र छोड़ो अन्यथा वावेरु सम्राट समस्त सेना को ग्रस लेगा।" लक्ष्मण ने ब्रह्मास्त्र प्रक्षेपण-यन्त्र से देवान्तक पर दूर से ही छोड़ा और सैकड़ों सैनिकों के साथ देवान्तक अग्नि की लपटों में स्वाहा हो गया।

उत्तरी छोर की रावण कोट की थल-सेना रावण की सेना से पराजित हो गई। उसने आत्म-समर्पण कर अपने प्राण बचा लिए। रावण इस सूचना से प्रसन्न हुआ।

इन्द्रजीत को जैसे ही देवान्तक की मृत्यु का समाचार मिला वैसे ही उसने अपनी हरी नभ-सेना को आज्ञा दी। अन्तरिक्ष में इन्द्र के वायुरथ और इन्द्रजीत के वायुरथ परस्पर टकराने लगे। विस्फोट के कारण आकाश में अन्धकार छा गया। राम-सेना का यूपाक्ष मारा गया तथा अन्य कई वीर धराशायी हो गए। वानर-सेना में भगदड़ मच गई तो शंकर-पार्वती प्रसन्न हुए और इन्द्र क्रोध से जलने लगा।

मेघनाद ने अदृश्य होकर एक साथ अक्षय तूणीर से कई प्रकार के बाणों की वर्षा की।

उसके आग्येयास्त्र, प्रक्षेपास्त्र और पाशुपतास्त्रों की मार से राम-कटक के सहस्त्रों वीर सो गए। सुग्रीव अचेत होकर गिर गए थे। वे देख सकते थे किन्तु बोल नहीं सकते थे। हनुमान रण-मैदान से भागकर जाम्बवन्त के पास आकर खड़े हो गए। मातलि इस हरी अश्वाकार नभ-सेना का रण-कोशल जानता था और अपने अनेक सारथी मरवाकर भी शान्त नहीं था। सुपार्श्व ने थककर अपने यानों की उड़ान बन्द करवा दी थी।

यह पहला भीषण हवाई युद्ध था। जिसमें यान-से-यान टकराए थे। इन्द्रजीत के यान इतनी ऊँची उड़ान भरते कि वे आँख से ओझल हो जाते और फिर इतना धुआँ छोड़ते कि दिन में भी अन्धकार के कारण रात हो जाती। इसमें विषाक्त गैस होती (अश्रु गैस होनी चाहिए) फिर एक साथ बाज की भाँति नीचे आकर राम-दल पर बमबारी करते किसी को भी पता नहीं लगता। इस मायावी (वैज्ञानिक) युद्ध से राम-लक्ष्मण विचलित हो गए।

तभी इन्द्रजीत को सूचना मिली कि दुर्मुख मारा गया है और राम-दल समुद्र के किनारे से धीमे-धीमे दक्षिण की ओर अग्रसर हो रहा है।

मेघनाद ने इसके साथ ही और भीषण समर करने की आज्ञा दी। राम-सेना पर मेघनाद ने हवाई आक्रमण के निर्देश दिए। राम की पाँच सौ नौकाएँ ध्वस्त हो गईं।

तब अगस्त्य ने लक्ष्मण को सूचना दी, ''इस रण में हम जीत नहीं सकते। मेघनाद पराक्रमी है, महावीर है, तुम उसे ललकारो ताकि वह स्वयं रण कर सके और आज के युद्ध के पश्चात् हम नई रूपरेखा बना सकें।''

लक्ष्मण ने ललकारा तो मेघनाद ने अपना रथ उनके सामने कर दिया और कहा, ''लक्ष्मण, उस दिन सरपाश से मुक्त हो गए थे। आज के रण में तुम जीवित नहीं बचोगे। मैं धरती पर युद्ध करूँगा और इस रथ को त्यागता हूँ।''

लक्ष्मण ने ऐन्द्रास्त्र, शंकर का सूर्यहास और पाशुपतास्त्र छोड़े। मेघनाद ने सभी को नष्ट कर अन्तरिक्ष में ऐसे पहुँचा दिया मानो कोई उलका जाकर स्थित हो गया हो। तब कांचनमालिनी शक्ति को हाथ में लेकर मेघनाद ने उसे लक्ष्मण पर छोड़ा। इसमें आठ घंटियाँ मधुर ध्वनि कर रही थीं। इन घंटियों की यह विशेषता थी कि ये सौर-ऊर्जा तत्काल ग्रहण कर लेती थीं। यह शक्ति वायु के वेग से चलती थी और सौरमंडल की विद्युत इसमें स्वतः उत्पन्न होने लगती थी। इस अस्त्र से कोई जीवित नहीं बच सकता था। विद्युतधारा के कारण शत्रु का प्राणान्त हो जाता था।

लक्ष्मण इस शक्ति को देख भी न सके। उनकी दृष्टि चौंधिया गई और वह शक्ति जाकर लक्ष्मण को लग गई। वह तत्काल रणस्थल में ही गिर पड़े।

इस छह घड़ी के युद्ध में रात्रि के प्रथम प्रहर में लक्ष्मण-शक्ति के साथ युद्ध-विराम हुआ। इन्द्रजीत अपनी विजय का समाचार तात रावण को सुनाने, यान पर आरूढ़ होकर लंकापुरी चला गया।

लंका में हर्ष की लहर दौड़ गई। आज के रण में मेघनाद विजयी होकर लौटा तो पूरे लंका राज्य में जय-जयकार का घोष हुआ।

रण-समाप्ति के उपरान्त विभीषण तथा हनुमान लूक लेकर वीरों को देखने चले। उन्होंने रणभूमि में अपने अनेक परिचित, मित्र, वीरों को सदैव के लिए सोते देखा। किन्तु सुग्रीव और लक्ष्मण नहीं दिख रहे थे। विभीषण ने आवाज भी दी। सुग्रीव ने सुना भी परन्तु वे बोल न सके।

फिर कुछ प्रयास कर बोले, ''मैं यहाँ हूँ, तात!''

इस भनक के साथ ही हनुमान दौड़कर पहुँचे। उन्होंने सुग्रीव को उठाकर कन्धे पर रख लिया, तभी विभीषण बोले, "यहाँ लक्ष्मण मरे हुए पड़े हैं।" राम भाव-विह्वल होकर दौड़ते हुए चले आए और लक्ष्मण से लिपटकर विलाप करने लगे। अगस्त्य, जाबालि, जाम्बवन्त भी आ गए।

राम 'हा भैया, हा सौमित्र' कहकर अविरल अश्रुधारा बहा रहे थे। वे इन्द्र, कैकेयी, वसिष्ठ, विश्वामित्र समस्त जनों को कोस रहे थे और बार-बार कह रहे थे, "ऐसा मुझे पता होता सौमित्र, तो मैं इस लंकद्वीप पर आक्रमण नहीं करता। बिना सीता के ही वापस लौट जाता। हा सहोदर भ्राता, किस मुँह से माता सुमित्रा से कहूँगा कि तुम्हारा पुत्र खोकर मैं जानकी को वापस लाया हूँ। अरे तात जाबालि, ये मेरा भाई चिर-निद्रालीन हो गया है। इसे जगाओ अन्यथा राम आत्महत्या कर लेगा। तात अगस्त्य, आप तो मृत्यु को भी जीतने का दम भरते हो। इसे जीवित करो। तात जाम्बवन्त, आप तो भेसज विज्ञान के धनी हो। मेरे भाई लक्ष्मण को इस दशा से छुटकारा दो। अरे, इस मृत्युदेवी ने पहले मेरा वरण क्यों नहीं किया। हा सौमित्र, तुम मुझे अकेला छोड़कर कहाँ जा रहे हो!"

इन शब्दों से वानर-सेना में हृदय-विदारक दृश्य उत्पन्न हो गया।

तब अगस्त्य ने कहा, "राम! रणभूमि में सोनेवाला प्रत्येक सेनानी तुम्हारा भाई है। अमर कोई नहीं है। मुझे और तुम्हें भी चिर-निद्रालीन होना ही है। यदि एक लक्ष्मण आर्यों के लिए बलिदेवी पर चढ़ गया तो क्या हुआ! तुम्हारे पीछे सहस्त्रों लक्ष्मण खड़े हैं। इस मानव शिथिलता का परित्याग करो और जाम्बवन्त को नाड़ी देखने दो। इस प्रकार विलाप करने से संकटों से छुटकारा नहीं पाया जा सकता। संकट तो कर्म करने से ही दूर होंगे।"

जाम्बवन्त ने लूक के प्रकाश में देखा, शक्ति पड़ी थी फिर लक्ष्मण की नाड़ी देखी तो प्रसन्न होकर कहा, "तात लक्ष्मण बच सकते हैं। इन्हें शक्ति लगी है। किन्तु जैसा कि वैद्यराज सुषेण ने कहा था कि मृत संजीवनी बूटी से ये स्वस्थ हो सकते हैं तो द्रोणगिरि से वह बूटी रात्रि में ही लानी होगी क्योंकि सूर्योदय के पश्चात् न तो उसे पहचाना जा सकता है और न तो वह प्रभावकारी ही होती है। हनुमान लंका के भौगोलिक स्थानों से परिचित हैं। इन्होंने लंका के दक्षिण स्थित द्रोण-पर्वत को देखा है। वे उस पर से ये बूटी लाएँ।"

तभी विभीषण बोला, "द्रोणगिरि[1] तक का क्षेत्र निरापद नहीं है इसलिए पवनपुत्र नभ-सेना की टुकड़ी सहित वायुरथ से जाएँ जिससे वे शीघ्र लौट सकेंगे। यदि मार्ग में कोई विघ्न भी उपस्थित होता है तो वायु-सेना युद्ध कर इस लक्ष्य की पूर्ति करेगी।"

द्रोणगिरि पर हनुमान शीघ्र कैसे पहुँचेगा। मार्ग में श्रीरावण के प्रहरी सैनिक निश्चित रोकेंगे। रावण के चरों ने युद्ध का विवरण दे दिया होगा और शार्दूल तथा सारण की सुन्दर गुप्तचर-व्यवस्था ने हनुमान के द्रोणगिरि-गमन की सूचना भी दे दी होगी। आज मेघनाद ने ब्रह्मास्त्र का प्रयोग

1. द्रोणगिरि (संजीवनी मलाड) लंका के दक्षिण में स्थित है। हनुमान हिमालय के द्रोणगिरि पर संजीवनी बूटी लेने नहीं गए। समुद्र के पुत्र जलन्धर (लक्ष्मी जी का भाई) ने द्रोणगिरि को शंकर-युद्ध में समुद्र में फेंक दिया था। इसका विवरण शिवपुराण पृष्ठ 90 पर दिया गया है। यानी वेलांधपुर के सम्राट समुद्र का विष्णु से भी युद्ध हुआ था और पार्वती पर जलन्धर के आसक्त होने पर शंकर जी सेभी युद्ध हुआ था। उस समय यह पर्वत जलन्धर ने समुद्र में फेंका था अर्थात् यह द्रोणगिरि (संजीवनी मलाड) हनुमान नहीं लाए बल्कि जलन्धर के समय से ही लंका के दक्षिणी तट पर स्थित है जहाँ से हनुमान बूटी लाए। जलन्धर का विवाह कालनेमि की पुत्री वृन्दा से हुआ था। इसी कारण समुद्र और सम्राट रावण मित्र थे। मेघनाद और जलन्धर साढू हुए। मैं यह नहीं मानता कि युद्ध के दौरान हनुमान हिमालय गया।

कर तैंतीस सेनापतियों को मार दिया। सुग्रीव अर्ध चेतनावस्था में है। विभीषण और उसके चारों मन्त्री निरन्तर कूटनीति में लगे हैं। विभीषण की जागीर में राम-सेना को बे रोक-टोक प्रवेश कर कूट-मन्त्र दे रहे हैं। कतिपय प्रजा और विभीषण के सखा भी गए हैं। विभीषण ने उन्हें राजपद प्राप्ति के उपरान्त मन्त्री बनाने का आश्वासन भी दे दिया है। यदि यह मार्ग खुल जाता है तो देवीनिवारा हम पहुँच सकते हैं। हनुमान को पहले संजीवनी बूटी लानी है तो विश्वसनीय सेना के साथ ही जाना उचित रहेगा। और इसी विचार को परिपक्वता प्रदान कर हनुमान वायु-रथों (हेलीकाप्टर) से सैन्य टुकड़ी के साथ चलें।

रावण को जैसे ही गुप्तचरों ने हनुमान के द्रोणगिरि पर जाने का समाचार दिया वैसे ही धान्यमालिनी को रावण ने शेषजाति के नाम सम्राट (टोटम) कालनेमि, मेघनाद के श्वसुर को कालघाट (कालातुर) पर आक्रमण के लिए और हनुमान को रोकने का सन्देश भिजवाया। कालनेमि खेचर-विद्या, कपट-विद्या तथा माया-विद्या में चतुर था। वह रण-बाँकुरा था। धान्यमालिनी स्त्री सैनिक सजाकर कालनेमि के साथ कालघाट पर वायुयान से पहुँच गई।

कालघाट पर कभी कालनेमि ने तपस्या की थी। वहाँ अति सुन्दर उद्यान था। कालनेमि के समस्त सैनिक छद्म वेश में थे और धान्यमालिनी ने स्त्री सैनिकों की व्यूह-रचना मकड़ी के जाले के समान तत्काल कर ली थी ताकि हनुमान प्रातःकाल तक इस चक्रव्यूह को ही तोड़ने में असमर्थ रहें। धान्यमालिनी ने यह व्यूह-रचना कालघाट (कालातुर) से द्रोणगिरि तक देखते-ही-देखते स्व विवेक से श्रेष्ठ सैन्य-संचालन का परिचय देते हुए की।

हनुमान जैसे ही यहाँ से निकले वैसे ही उन्हें राम-दल की नारी चर ने कालनेमि-अवरोध की सूचना दी। उनके दो यान समाचार सुनते-सुनते रक्ष नारी वीरांगनाओं ने गिरा लिए। हनुमान के छक्के छूट गए किन्तु इसी बीच नील की नौ-सैन्य टुकड़ी, जो आगे-आगे चलती थी, ने आग्नेयास्त्रों का प्रहार शुरू कर दिया। वे प्रक्षेपास्त्र छोड़ दिए तो कालघाट से आग की लपटें उठने लगीं।

धान्यमालिनी पीछे हट गई। तभी हनुमान ने कुछ छाताधारी सैनिक उतार दिए और चार यानों को तेजगति से अपने साथ उड़ने का निर्देश ऊँची उड़ानों के साथ दिया ताकि पृथ्वी से जो वार हो वह यानों को न छू सके।

वह युक्ति सफल रही और हनुमान ने हवाई आक्रमण कर कालेनेमि और धान्यमालिनी की सेना को नष्ट करना प्रारम्भ कर दिया। दोनों ओर के आक्रमण के कारण स्त्री सेना परास्त हो गई और छाताधारी सैनिकों के हथगोलों के कारण सेना ने आत्मसमर्पण कर शस्त्र रख दिए। कालनेमि लड़ता रहा और लड़ते-लड़ते जब थक गया तो उसे नील ने कैद कर लिया। धान्यमालिनी पराजय जान भाग खड़ी हुई।

हनुमान यान से द्रोण पर उतरे। उन्होंने देखा संजीवनी बूटी के पुष्प तारों के समान खिल रहे थे। उन्होंने पहले पुष्प तोड़ने चाहे किन्तु सोचा जड़, तना, पत्ते, पुष्प, फल में से कौन-सा भाग इस बूटी के काम आता होगा इसलिए जड़ समेत उखाड़कर ले चलना चाहिए और उन्होंने तत्काल ही बूटी को जड़ समेत उखाड़कर एक पूरा-सा बना लिया जिसे हाथ में लेकर वे तत्काल अपने लघुयान (हेलीकोप्टर) में आकर बैठे। उनकी रक्षार्थ चारों यान बीच में हनुमान के यान को सन्नद्ध कर ऊँची उड़ान के साथ उड़े। प्रहर के अन्तिम चरण में वापस आ गए।

वैद्य जाम्बवन्त ने मृत संजीवनी बूटी के पत्तों का रस लक्ष्मण को विशल्याकारिणी के साथ दिया तथा सुग्रीव की भी यही चिकित्सा की और सूर्योदय के पूर्व ही लक्ष्मण तथा सुग्रीव चेतनावस्था में आ गए।

29

महान् आदर्शवादी महापुरुष श्रीरावण की राम क्या प्रशंसा करें, उनके पास शब्द नहीं हैं। उन्होंने सैकत लिंग और रामेश्वर लिंग की स्थापना पर उनके दर्शन कर अपने नेत्र व जीवन को धन्य किया है। त्रिपुंड से सुशोभित ललाटवाला प्रकांड विद्वान, शास्त्रों से मंडित पंडित ब्राह्मण श्री दशानन के दर्शन कर मैंने स्वयं आभारा किया कि जहाँ श्रीरावण हैं वहाँ सूर्य अपना ताप नहीं छोड़ता। उनके रुद्र-तेज-दान के कारण भयभीत होकर हवा नहीं बहती, समुद्र में तरंगें नहीं उठतीं और वह शान्त हो जाता है, अग्नि ज्वलनहीन होकर प्रज्वलित नहीं होती और दहकता अंगार होते हुए भी प्रभावहीन हो जाती है।

'संसार में स्त्री का हृदय निष्ठुर माना जाता है। गृहस्थी की हितकारिणी गुणवती स्त्री होती है। इष्ट साधन संकल्प और दुःसाध्य साधन को बुद्धि से सरल किया जाता है। श्रीरावण सम्राट रूप में रण में स्त्री के हृदय के समान निष्ठुर हैं और राज्यरूपी गृहस्थी के रूप में गुणवती स्त्री के समान हैं। सम्राट एवं साधारणजन दोनों ही रूपों में दृढ़-संकल्पी होकर दुःसाध्य को अपने बुद्धि-कोशल से साध्य करने में सक्षम हैं। रण में प्रवीण हैं राजा दशकन्धर। श्रीरावण ने सम्राट के आनुवांशिक अधिकार को नष्ट कर स्वयं अपनी भुजाओं के बल से मुकुट धारण किया है। दशानन ने स्वर्णद्वीप (लंका) की प्रजा को सुखी किया है। इसी से जनता-जनार्दन में पुरुष ही नहीं, स्त्रियाँ भी अपने स्वामी सम्राट और लंका राष्ट्र के लिए प्राणाहुति देने में आगे हैं। सुवर्णमच्छा को हनुमान ने त्रास दिया, मारा-पीटा फिर भी उसने लंका राज्य का भेद अपने मुँह से नहीं खोला। अन्य कैदी लंका सुन्दरियों की दुर्दशा कपि-सेना कर रही है। सच ही कहा है, सैन्य अत्याचार सबसे निकृष्ट कोटि का होता है। अब उनके गर्भ रह जाएँगे तो इनके साथ विवाह कौन करेगा? इनकी जारज सन्तानें, कपि-सन्तानें कहलाएँगी। राम ने सभी सैनिकों को फटकारा भी है फिर भी कुछ ने अवज्ञा ही कर दी। जैसे श्रीरावण की सेना ने ऐसी ही गतिविधियों के कारण अपकीर्ति पाई, वैसी राम की सेना भी पाएगी। भला इसमें सेना-नायकों का क्या दोष! किन्तु जगत में समस्त त्रुटियाँ, भूलें, दोष सभी सत्ताधारी के माथे मढ़ दिए जाते हैं। फिर उसी को अपयश का भागी बनना पड़ता है। अब राम भी दोष-मुक्त नहीं हो सकता।

'श्रीरावण गुणग्राही, विनयशील है। स्वर्ण की सीता के साथ रामेश्वर की स्थापना एक शत्रु राम के निमन्त्रण पर करना, उसके ब्राह्मणत्व का श्रेष्ठतम गुण है। अन्यथा भू-देव, ये ब्राह्मण देवता जन्म से ही इतने अभिमानी होते हैं कि क्रोध इनका आभूषण ही है। गुरुजनों, विद्वानों का सम्मान करना तात दशशीश का एक स्वाभाविक गुण है।

'दशग्रीव भेदनीति में भी पारंगत हैं। उन्होंने अंगद को अपनी सभा में बालि-वध का स्मरण कराकर उसे फोड़ लिया और हम विभीषण को अग्रहारी (जागीर) में तोड़-फोड़ कर रहे हैं फिर भी अभी सफलता विभीषण और उनके पनस जैसे योग्य चार मन्त्री नहीं कर पाए हैं। स्तुत्य है लंकेश्वर की नीति-निपुणता।'

राम ने तात अगस्त्य के कहने पर सम्राट दशानन के पास लक्ष्मण के स्वास्थ्य की कामना हेतु दो दिवस के लिए युद्ध-स्थगन का अनुरोध तात सुग्रीव को दूत बनाकर भेजा। उन्होंने सहर्ष इसे स्वीकार कर लिया और प्रतिउत्तर में यह सन्देश भी भेजा, "लंका की प्रजा और सार्वभौम सम्राट विधाता से कामना करता है कि राम से ग्यारह माह छोटे सौमित्र को ईश्वर शीघ्र स्वस्थ करें ताकि देवगण अपने यान आकाश में स्थिर कर वत्स मेघनाद का रण-कोशल पुनः देखने

का सौभाग्य प्राप्त कर सकें।"

राम इस सन्देश को सुनकर चकित रह गए। सुग्रीव ने अपने बहनोई रावण को पुनः समझाया कि सीता को लौटाकर रण-प्रलय से संसार को बचाएँ तो सम्राट ने उत्तर दिया, "राम मेरे फूफा अगस्त्य की बातों में न आएँ और धूर्त इन्द्र की कूटनीति पर न चलें, वे लक्ष्मण या विभीषण में से किसी एक को मुझे सौंप दें तो पुत्री सीता को ले जाएँ। अन्यथा रावण यह विश्वास दिलाता है कि युद्ध में विजयश्री प्राप्त कर सीता को तत्काल ससम्मान लौटा देगा और पुष्पक से राम-सीता-लक्ष्मण को अयोध्या भेज देगा। विजयी होने के उपरान्त लक्ष्मण एवं विभीषण में से किसी को भी दंड नहीं देगा बल्कि स्वतः क्षमा प्रदान कर सभी को गले लगाएगा। इस विश्वयुद्ध में सातों द्वीपों के सम्राटों ने भाग लिया है। राजनीतिक संघर्षों के कारण यदि बिना शर्त सीता लौटाई जाती है तो रावण के मित्र-सम्राट उसे धिक्कारेंगे और इसे अपना अपमान समझेंगे। इस कारण दैववश दशकन्धर समझौता नहीं कर सकता। हाँ, राम कोई सम्राट नहीं है। पिता की आज्ञा से तापस भेसी वह निर्जन दंडकवन का स्वामी है। बिना प्रजा के, निश्चित भू-भाग के तथा राज्य की मान्यता और मुद्रा के कोई सम्राट नहीं होता। इसलिए राम की कोई राजकीय प्रतिष्ठा नहीं है। वह एक साधारण पुरुष मात्र है। निष्कासन के कारण वह युवराज अथवा राजकुमार भी नहीं है।

"थोपे हुए सम्राट सुग्रीव की छत्रछाया में राम को चाहिए कि वे वर्तमान परिस्थितियों के परिप्रेक्ष्य में मेरे प्रस्ताव को स्वीकार कर मेरे शक्तिशाली अणु, परमाणु बमों से संसार को प्रलय से बचा लें। अन्यथा कहीं ऐसा न हो कि आर्द्र हृदय पृथ्वीनाथ दशकन्धर रण की कूटनीति में अपनी यज्ञशाला (वेधशाला) से अधीर होकर ब्रह्मास्त्र (रीबाउंड) का प्रयोग कर दे। शान्ति और धैर्य का जब बाँध टूटता है तो मनुष्य उन्माद की उच्चतम सीमा को पार कर लेता है और उस समय उसे यह ध्यान नहीं रहता कि वह कितना निकृष्ट कर्म कर रहा है। उसे अपने उद्देश्य की पूर्ति ही सर्वोपरि दृष्टिगोचर होती है। इस उद्देश्य में अवसर आने पर मानव हिंसावादी भी बन जाता है। श्रेष्ठ आदर्शवादी विचारधारा का पुरुष भी विजय प्राप्त करने के लिए अधर्म की नीति का सहारा ग्रहण करता है। जैसा कि आपने बालि-वध में कपट-नीति को अपनाया। यह चारित्रिक दोष मनुष्य में परिस्थितियाँ स्वयं लाती हैं।

"विभीषण मेरा सहोदर भ्राता है। फिर भी राज-लिप्सा के रंग ने उसे मुझसे दूर कर तुम्हारी शरण में भेज दिया है। सुग्रीव का मैं बहनोई हूँ। अगस्त्य मेरा फूफा है। कर्दम ऋषि की एक पुत्री हविर्भू का विवाह दादा पौलस्त्य से, दूसरी पुत्री ख्याति का भृगु से हुआ। इस देववंश में ही पौलस्त्य कुलभूषण एक पुत्र विश्रवा (वैश्रवण) से मैं उत्पन्न हुआ हूँ। मात्र सत्ताधारी होने से मेरे द्वारा नई संस्कृति और शुद्ध सभ्यता को जन्म दिया गया। इससे राजनीतिक संघर्ष में हम सर्वशत्रु हो गए। क्यों?

"इसलिए कि रावण एक महान् व्यक्ति हो गया। नाम अमर करनेवाला हो गया तो विद्वत्ता में विज्ञानी, ऋषि, मुनि, ब्राह्मणों को काठ मार गया। रावण ने भौतिक विज्ञान का चमत्कार, नए अनुसन्धान स्वयं शास्त्राध्यन कर डाले। वैज्ञानिक स्पर्धा में रावण आगे निकला तो अन्य शोधकर्ता उसके शत्रु हो गए। सत्ता में दिग्विजय प्राप्त कर ली तो सभी राजा शत्रु हो गए। संगीत में रावण निपुण हो गया तो गन्धर्व अप्सराएँ रूठ गईं। पचपन कलाओं में दशानन प्रवीण हो गया तो देवजाति, मनुष्यजाति, सभी उससे विमुख हो गए। यह ईर्ष्या समूचे संसार में व्याप्त है और इसमें भाई-भाई की ख्याति फूटी आँख नहीं देखना चाहता।

"यही सुख-दुख का सागर है और कुछ नहीं। भाग्य और पुरुषार्थ के संघर्ष में भविष्य में क्या होगा, कोई नहीं जानता। समस्त भोगों के उपरान्त भी मनुष्य मुक्ति के लिए छटपटाता है परन्तु वह उसे प्राप्त नहीं होती। यही लीला विधाता करता आया है और करता रहेगा। जिसे न तुम जान पाओगे और न मैं। यही संसार का क्रम है जो निरन्तर परिवर्तन के साथ चलता रहेगा।"

राम ने ऐसा अनूठा सन्देश किसी भी आश्रम पर नहीं सुना था। राम को जो कुछ सुनाया गया था, उसमें श्रीरावण के प्रति घृणा और कुंठा थी। राम ने इसका प्रतिकार भी किया परन्तु उन्हें तर्क ने सफल नहीं होने दिया। वे वाग्धाराओं के भँवर-चक्र में फँसकर किंकर्तव्यविमूढ़ हो गए और अगस्त्य के तेज के सम्मुख एक प्रभाहीन पत्थर के समान हो गए थे।

जाबालि, अगस्त्य ने भी सुग्रीव के मुख से रावण का सन्देश सुना था। तब से राम के मन में जो ग्लानि भाव आया था उसे अगस्त्य ने अपनी विद्या से जान लिया था। दूर-बोध तथा मन-बोध का अगस्त्य को भली-भाँति ज्ञान था। प्रेरणा के उत्प्रेरक तत्त्वों को भी वे समझते थे।

अगस्त्य प्रसन्न मुद्रा में स्थगन-काल में राम से बोले, "वत्स, तुम्हारे पिता दशरथ भी तुम्हारा रण-कोशल देखने आ रहे हैं। वे आकाश में यान-अवस्थित होकर राम-रावण युद्ध को देखकर अपने आर्य नेत्रों को सार्थक करना चाहते हैं। उनके साथ अयोध्या के अन्य मित्र राष्ट्र भी आ रहे हैं। राजा भरत को लक्ष्मण के आहत होने का समाचार भेज दिया गया था। इससे दुखी होकर एक पिता कैसे कोशल में सुख की नींद सो सकता था! वैसे भरत ने तुम्हारे लिए अन्य राज्यों से, जिनसे साकेत के मधुर सम्बन्ध हैं, और भी सहायता माँगी है जो तीन दिन में वायुयानों से रावणेश्वरम् में पहुँच जाएगी। तुम्हारे पिता का सन्देश है-- चाहे अयोध्या का कोष रिक्त हो जाए या कोशलाधीश का एक-एक वीर बलिवेदी पर चढ़ जाए किन्तु वैदेही को लौटाना चाहिए। इस उद्देश्य के लिए भरत ने कोशल राज्य में युवकों के सैन्य संगठन का घोषणा-पत्र निकाल दिया है एवं सुधन्वा ऋषि युवकों को प्रशिक्षण भी देने लगे हैं।

"तुम्हारी माता कैकेयी लक्ष्मण-शक्ति से गहन शोक-सागर में डूब गई किन्तु वीरांगना ने कहा, 'यदि राम से तीन माह छोटा भरत और ग्यारह माह छोटा शत्रुघ्न भी रघुकुल के लिए रणक्षेत्र में प्राण गँवा देंगे तो भी आर्य साम्राज्ञी सीता की वापसी के लिए इस बलिदान को तुच्छ समझेगी।' भरत माता के इन वचनों को अंगीकार करते हुए सेना जुटाने लगे हैं।

"राम, अधिक सोच-विचार करनेवाला मनुष्य कायरता को जन्म देनेवाला होता है। दृढ़-संकल्पों में 'जो होगा, वह देखा जाएगा' के सिद्धान्त को मानकर चलनेवाला मानव ही उन्नति के द्वार खोलता है और अपने पराक्रम से जोखिम उठाकर ही सफलता प्राप्त करता है। जिन्होंने संसार में ठोकरें नहीं खाईं तथा दुख को नहीं देखा वे कुछ नहीं कर सकते। विकल्प और समाधान दोनों बुद्धि के अस्त्र हैं जिनसे कठिनाई को पराभूत किया जाता है। सोच और शोक से मन अशान्त होकर बुरे विचारों को जन्म देकर अतीत में ले जाता है। जिससे स्मरण बलवान होता है जो वर्तमान और भविष्य की योजना को विफल करता है।

"अतएव तुम कर्मशील बनकर, भूत तथा वर्तमान का परित्याग कर, भविष्य का चिन्तन करो। यही वह समय है जबकि राम इस प्रथम विश्वयुद्ध में अपना नाम तो अमर कर ही सकता है और यदि दशानन जैसे परमवीर, सार्वभौम सम्राट को पराजित कर लिया तो एक साधारण पुरुष से महापुरुष बनकर इतिहास के स्वर्णिम पृष्ठों में अपना और रघुकुल का नाम अमर कर देगा। कालान्तर में, अपनी मृत्यु के उपरान्त अवतारवाद की अवधारणा में आकर ईश्वरत्व को भी प्राप्त कर सकता है। वत्स, जीवित रहते हुए किसी का गुणगान कम होता है क्योंकि मनुष्य

मात्र में जो शिथिलताएँ हैं, उनसे वह दूर नहीं हो सकता। इसलिए लोकापवाद का कारण भी उससे जुड़ा रहता है। जगत के कल्याण के लिए तुम कितना ही कुछ करो फिर भी आलोचना के लिए स्थान तो मिल ही जाता है इसलिए मृत्यु के बाद ही व्यक्ति अपने श्रेष्ठ कर्तव्यों के कारण पूजा जाता है। उसके नाम के स्मारक बनाए जाते हैं और मूर्तियाँ (स्टेच्यू) बनाई जाती हैं। यदि यह महत्त्वाकांक्षा तुममें नहीं भी है तो उसे जाग्रत करो और रण में पराजय की बात सोचो ही नहीं। तुम्हारी विजय का तिलक अगस्त्य कराकर रहेगा किन्तु तुम्हारे पराक्रम तथा साहस दोनों कम न हों, यह ध्यान रखना होगा।

"आर्य कितने मरे? कौन मरा? यह सब रण में विचारणीय नहीं। युद्ध में कितनी चौकियों पर हमारा अधिकार हुआ? शत्रु-दल कितना पीछे हटा और उसके कितने भू-भाग पर हमने अधिकार कर लिया? यह प्रश्न विचारणीय होता है। युद्ध क्षेत्र वीरों का धर्मक्षेत्र होता है। तुम इसमें अपने आपको अजीवित मानकर अग्रसर होओगे तभी सफलता तुम्हारे हाथ लगेगी अन्यथा नहीं। एक बात और है, राम! मृत्यु तभी होती है जब उसका समय आता है। चाहे वह अकाल-मृत्यु हो या आयु पूर्ण होने पर प्राकृतिक मृत्यु। इसका जीता-जागता उदाहरण है लक्ष्मण-शक्ति। अन्यथा मेघनाद की शक्ति से आज तक कोई बचा नहीं है और इसे ही भाग्य कहते हैं। यहीं हमें ईश्वर का ध्यान आता है और यहीं हम उस परमपिता परमेश्वर के, जिसे किसी ने देखा नहीं, अस्तित्व को स्वीकार करने हेतु बाध्य होते हैं। हम उस परमात्मा के पुत्र हैं जो इस असार संसार में हमें माया-मोह के साथ जन्म देता है। उसी माया-मोह के जाल के बीच हमें कब उठा लेता है, इसका हमें ज्ञान तक नहीं होता। इसलिए हम पराशक्ति के आगे नतमस्तक होते हैं। मेरा कार्य है तुम्हें समय-समय पर कर्तव्य-बोध कराना। अभी युद्ध स्थगन का समय चल रहा है। तुम जाओ, विश्राम करो। मैं भविष्य के रण की नई विभीषिका रचता हूँ। तात जाबालि से परामर्श करता हूँ तथा पद-लोभी विभीषण से कुछ भेद ज्ञात करता हूँ।"

राम अगस्त्य के मस्तिष्क की शिराओं में बहते रक्त का अनुमान ही नहीं लगा पाता है। मुझे पता भी नहीं और तात दशरथ तक लक्ष्मण-शक्ति का समाचार पहुँच गया। ये महात्मा दूर-बोध से बहुत कुछ जान जाते हैं फिर इनकी चरीय व्यवस्था भी सुदृढ़ है। राम के मन के उतार-चढ़ाव को तात अगस्त्य कैसे समझ जाते हैं, यह राम समझ ही नहीं पाता। पिता दशरथ अपने पुत्र राम का युद्ध देखेंगे। राम आर्यावर्त का नाम नहीं डुबाएगा, भले ही वह मर जाए। राम-लक्ष्मण के सहायक ऋषि, मुनि, ब्राह्मण, ऋक्ष, कपि तथा देवगण हैं। राम को ऐसा स्वर्णिम अवसर कभी भी प्राप्त नहीं होगा। अगस्त्य राम को भविष्य के स्वर्णिम पृष्ठ खोलने का समयोपयुक्त परामर्श दे रहे हैं। उसे नाम, यश सब कुछ अर्जन कराने का आश्वासन दे रहे हैं। अब राम तात अगस्त्य की आज्ञा का ही पालन करेगा।

30

दो दिन पूर्ण हो गए। युद्ध-स्थगन समाप्त हो गया। मेघनाद स्वर्ण राजप्रासाद में स्थित शक्ति के मन्दिर में पूजा कर रहा है। पावक होम दे रहा है। तान्त्रिक क्रियाएँ पूर्ण कर रहा है। प्रज्वलित अग्नि से सुगन्धित धूम्र उठ रहा है। देवी सुलोचना साथ बैठी हैं। शुद्ध घृत की आहुतियाँ दी जा रही हैं। मन्त्रोच्चार हो रहा है। मख पूर्ण हुआ, शक्ति प्रसन्न हुई और एक दिव्य रथमय

अश्व देवी ने एक दिन के लिए मेघनाद को प्रदान किया। मेघनाद ने साष्टांग 'त्राहि माम' किया।[1]

दिव्य रथ तैयार है। बाहर रणभेरी बज रही है। वीरों का गान हो रहा है। सुसज्जित सेना अपने सेनापति की प्रतीक्षा कर रही है। अन्तःपुर में देवी सुलोचना मेघनाद को रण के लिए सजा रही है। मेघनाद कमल-नाल रेशों की धोती धारण किए हुए है। पैरों में रत्न और मणिजटित उपानह। वक्षत्राण के ऊपर रत्नजटित लाल रंग का कौशेय वस्त्र। उस पर कंठ में मुक्तामाल। ललाट पर रक्त चन्दन का त्रिपुंड। शीश पर रत्नजटित दिव्य मुकुट। कानों में हीरे के कुंडल धारण कराकर देवी सुलोचना ने अपनी तान्त्रिक अँगूठी को मेघनाद के सिर पर चारों ओर घुमाया। फिर मन्त्रोच्चार करते हुए प्रदक्षिणा कर उसने आज के स्वामी को अजेय और अमर कर दिया।

फिर अक्षय-तूणीर हँसते हुए पति के कर कमलों में भेंट किया और कहा, "ताम्रपर्णी द्वीप की नारियों का सुहाग अखंड, अचल और अटल रहे। ताम्र-लक्ष्मी के बाल-वृद्ध सभी के जीवन-रक्षा का भार युवराज इन्द्रजीत के सबल कन्धों पर रहे। लंकापुरी में अक्षय रक्षःराज युगों तक चलता रहे। इसका श्रेय मेरे भर्तार को इस रण में विजयश्री प्राप्त कर मिले। यही ताम्र-ललना की मनोकामना है, जिसे आप पूर्ण करें। जाओ वीर, रण में मेरा स्मरण तक नहीं करना। यदि सीता आर्य राम के लिए लंका में ही षड्यन्त्र रच सकती है तो सुलोचना स्वर्ण द्वीप के लिए अपने सत्य से, पतिव्रत धर्म के पराक्रम से, ब्राह्मण राज्य को अजर-अमर रखते हुए आपसे आग्रह ही नहीं करती अपितु शिव-भक्त अनार्यों की सुरक्षा के लिए आज्ञा देती है कि उस आतताई राक्षस राम का शीश काटकर आना या मातृभूमि के लिए कटाकर आना। जगत में अमर कोई नहीं है। ये मन्त्र और तन्त्र कुछ काल के लिए प्रबल प्रभावशाली अवश्य हैं किन्तु प्रभाव समाप्त होने के उपरान्त सब कुछ दैववश है। यदि आवश्यकता पड़े तो देवी निकुम्भिला का यज्ञ कर परमाणु अस्त्र से शत्रु दल का विनाश कर देना। जब जाओ, पौलस्त्यकुल-भूषण वैश्रवा-नन्दन इन्द्रजीत! रण का प्रयाण करो। तुम्हारी पत्नी तुम्हें हँसते हुए विदा करती है।"

मेघनाद हँसा, फिर बोला, "तुम्हारी जैसी एकनिष्ठा पत्नी की आज्ञा का पालन मेघनाद अक्षरशः करेगा और शत्रु का संहार करके ही अब वापस लौटेगा अन्यथा नहीं।" कहते हुए मेघनाद ने अक्षय-तूणीर को पृष्ठ भाग पर स्थिर किया और सिंह की गति के समान चल दिया।

वह दिव्य-रथ में आरूढ़ हुआ और रथ बिना सारथी के स्वयमेव पश्चिम द्वार की ओर बढ़ गया।[2]

पुनः मेघनाद ने गरजकर कहा, "आप लोग तात अहिरावण, खर-पुत्र मकराक्ष के निर्देशन

---

1. यह तान्त्रिक होम मन्त्र शक्ति का द्योतक है। हम प्रथम खंड में तन्त्र-मन्त्र का वर्णन कर आए हैं। यह महाभयंकर युद्ध तान्त्रिक, मान्त्रिक और यान्त्रिक तीनों शक्तियों के खुले प्रयोग के रूप में हुआ है। ये तीनों विधाएँ दोनों पक्षों की ओर से उपयोग में लाई गई हैं किन्तु रावण-कुल ने इनमें पारंगति प्राप्त की है। स्वयं कठिन साधना कर तीनों को सिद्ध किया है। इसलिए रावण-काल के बाद ये त्रिशक्तियाँ महाभारत काल में अंश-मात्र देखने को मिलती हैं। आज के वैज्ञानिकों को इनकी खबर तक नहीं है।
2. डॉ. चांसरकर ने राम की रणनीति में तत्काल दक्षिण द्वार पर गाल के निकट युद्ध बताया है। अन्य रामायणों में मेघनाद लंका के पश्चिम द्वार से ही निकलता है। अर्थात् सज-धजकर युद्ध पश्चिम द्वार यानी पुत्तलम, कालतुर आदि स्थानों पर होता है और हमारे मत से दुर्मुख के मरने से नौसेना का भार अहिरावण को सौंपा जाता है, जहाँ मेघनाद से पूर्व वह मारा जाता है। तब नौसेना की शिथिलता का लाभ उठाकर राम, लक्ष्मण, अगस्त्य, जाबालि के निर्देशन में मेघनाद को बिना अवसर दिए तत्काल ही उसे निकुम्भिला वेधशाला (होमग्राम) में विध्वंस करते हैं फिर दक्षिण द्वार पर लड़ाई होती है। जहाँ लक्ष्मण के छल-कपट से पराक्रमी मेघनाद अपने अन्तिम युद्ध में वीरगति प्राप्त करता है।

में व्यूह-रचना करो। अब कोई सेनानी तब तक वापस नहीं आएगा, जब तक कि राम-लक्ष्मण-सुग्रीव को पराजित नहीं किया जाएगा। आपको खाद्य सामग्री वायु-रथों से, युद्ध-सामग्री थल-रथों, शकटों से पहुँच जाएगी। अब शत्रु को लंका से बाहर खदेड़ना ही नहीं है बल्कि चारों ओर से मारकाट मचानी है। आज राम के पिता दशरथ भी मेघनाद का युद्ध देखेंगे। देवगणों के विमान तो आएँगे ही, मातलि नगर का मातलि हमारे ही यहाँ प्रशिक्षण प्राप्त कर विदेशी इन्द्र द्वारा अच्छी वृत्ति के प्रलोभन में आकर वर्षों से उसी राक्षस का नमक खा रहा है। वह हमारी अन्तरिक्ष रणनीति को भी जानता है। उससे सावधान रहना।

''सीता की वापसी अब इस युद्ध का मुख्य कारण है और छत्र का एक स्वर से निर्णय है कि सीता न लौटाई जाए। इसी कारण इस विश्वयुद्ध में देवजाति सर्वाधिक रुचि नहीं ले रही है। बल्कि खुली सैनिक सहायता, शस्त्रास्त्र से सहायता कर रही है। हिमालय के निकट द्रोणगिरि के राजा द्रोण की कन्या विशल्या, जो कि शल्य चिकित्सा में निष्णात है तथा संजीवनी बूटी विशल्याकारिणी जैसी महाऔषधियों से अमोघ-शक्ति तक का उपचार कर मृत्यु शैया पर पड़े हुए व्यक्तियों को जीवन प्रदान करा देती है, वर्तमान में तात सुषेण जैसे राजवैद्य से भी अधिक चामत्कारिक ज्ञान रखती है। वह इन्द्र की रणनीति के कारण अपना पूरा ही वैद्यक विभाग लेकर राम-दल की चिकित्सा के लिए पधार चुकी है। अतएव आप अधिक चरों की अपनी ही सांकेतिक भाषावाले समाचारों पर पूर्ण विश्वास करने के उपरान्त ही किसी तथ्य को स्वीकारें।

''विभीषण और उनके सहयोगी, चारों विश्वासघाती जन, हमारा भेद अगस्त्य को देकर हमारे गुप्त-स्थानों का दिग्दर्शन करा रहे हैं। 'ताम्रपर्णीद्वीप' के ताम्र मानचित्र से दिखा रहे हैं। लंकपति के हवाबाजो तात! अहिरावण के जहाजी बेड़ा, शस्त्रास्त्र, पनडुब्बियों तथा हमारे अन्तरिक्ष युद्ध के महान् कुशल चालकों और सैनिकों के सुन्दर रण-कोशल पर हमारी थल-सेना की रक्षा का महत्त्व है। सुग्रीव के वायु-रथ ऊँची उड़ानवाले नहीं हैं परन्तु देवराज इन्द्र के यान अवश्य योजनों तक की उड़ानवाले हैं। ये गुरुत्वाकर्षण को ध्यान में रखकर नीचे से भारी एवं सामने से चोंचयुक्त और सुन्दर पंखों से बनाए गए हैं। मातलि जैसे कुशल सारथी के निर्देशन में उनके वायु-रथों के चालक हमारे यानों का पीछा करेंगे, घेरेंगे और उन्हें नष्ट करेंगे, अग्नि गोले और प्रक्षेपास्त्रों का प्रहार करेंगे।

''वीरो! मेघनाद को तुम पर गर्व है। लंका की प्रजा विजयोपरान्त तुम्हारा नागरिक अभिनन्दन करती है, सम्मान करती है। सम्राट स्वयं अपने कर-कमलों द्वारा राजकीय समारोह में तुम्हें परमवीर, महावीर की उपाधियों से अलंकृत करते हुए तुम्हें स्वर्ण-पत्र का प्रशंसा-पत्र प्रदान करते हैं। तुम्हारे जन्म, माता-पिता, स्थान आदि का गौरवशाली बखान जब चारण करते हैं तो तुम्हारी छाती गर्व से, उत्साह से फूल जाती है। जनता करतल ध्वनि से तुम्हारा स्वागत करती है। उसी गर्वीले वक्षस्थल, वृषभ-स्कन्ध और इन हरे वस्त्रों से सज्जित आप सभी वायु-रथ वाहक अन्तरिक्ष में युद्ध करो। राम-लक्ष्मण जैसे छली युद्ध-कर्ताओं, अशूरमाओं तथा भ्रातृघाती सुग्रीव एवं विभीषण का शीश काटकर लंकेश्वर के चरणों में अर्पित करें ताकि भविष्य में कोई भी विदेशी शक्ति हमारे राष्ट्र की ओर आँख उठाकर भी न देख सके। आज का अग्रभाग तात अहिरावण सम्भालेंगे। भ्राता कुम्भ-निकुम्भ तथा मकराक्ष दाएँ-बाएँ होंगे और मध्य भाग में मैं स्वयं रहूँगा।''

अहिरावण एक कुशल प्रशासक सम्राट व सेनापति था जो सागरी युद्ध की रणनीति में निष्णात था और अपने विश्वसनीय जहाजी-बेड़ा की शक्ति पर वह संसार को जय करने की क्षमता रखता था। वह शक्ति का पुजारी होकर ऐंद्रजालिक विद्या में भी मेघनाद के समान ही

निपुण था। अहिरावण ओर्व[1] से इस विश्वयुद्ध में नाम-यश अर्जन करने आया था।

सर्वप्रथम अहिरावण का राम-दल से आमना-सामना हुआ। अगस्त्य को विभीषण ने अहिरावण की ऐंद्रजालिक और पोट शक्ति का भेद दे दिया था। अगस्त्य जैसे धुरंधर, छली तथा षड्यन्त्रकारी ने व्यूह रचना में हनुमान को सबसे पीछे रखा था और मातलि जैसे प्रसिद्ध हवा सेना-नायक को कम-से-कम वायुयानों को उड़ान भरने की आज्ञा दी थी। उसने अपने सारथीयों को परिस्थितिवश लंका के ऊँची उड़ानवाले यानों के नीचे उतरने पर उड़ान भरकर उनका पीछा करने तथा घेरकर समर्पित करने की अनुमति दी थी। यह कम ऊँची उड़ानवाले यानों के मापदंड को ध्यान में रखकर प्रक्षेपास्त्रों के प्रयोग का एक सुन्दर मार्गदर्शन था।

अहिरावण ने बिना आक्रमण के सर्वप्रथम शंख बजते ही राम-दल के सम्मुख आकाश की ओर हाथ हिलाया और दहकते अंगार गिरने लगे लेकिन नीचे आते-आते वे अंगारे जवाकुसुम में परिवर्तित हो गए।

फिर राम-दल के सैकड़ों सेनानी हवा में उड़ने लगे और हवा में ही उलटे हो गए। फिर वे भी हँसते रहे और कुछ देर बाद अपने ही स्थान पर आ गए।[2]

राम विस्मय से विजड़ित होकर ये दृश्य देख रहे थे और सेना इस कौतूहल का आनन्द ले रही थी। उन्हें इस खेल में भय छू तक नहीं गया किन्तु अगस्त्य चिन्तित थे।

मेघनाद ने अपना दिव्य रथ आगे कर दिया। वह पीछे रहनेवाला नहीं था। उसने हवा में हाथ घुमाया और सर्प लहराने लगे और नीचे गिरकर राम-दल की ओर कुछ दूर भागने लगे, सेना डर के कारण पीछे हट गई। वे सभी सर्प तत्काल ही अति सुन्दर स्त्रियों में परिवर्तित हो गए। उनके हाथों में खिले हुए श्वेत पुष्प सुशोभित थे जिन्हें उन कान्त रमणियों ने राम-दल की ओर जैसे ही उछाला, उनमें से कुछ अंगारे और कुछ उपलखंड (ओला) बन गए। राम की कपिध्वजी सेना उन अंगारों से जलने लगी, सैकड़ों मर भी गए। फिर मेघनाद ने सिंहनाद किया और राम-लक्ष्मण के देखते-देखते ही वह स्वयं आकाश में उड़ गया तथा उसके साथ ही वे ऐंद्रजालिक लावण्यमयी ललनाएँ भी आकाश में उड़ गईं। उनके आकाश में स्थिर होते ही तत्काल लाल रंग के चीर हो गए। मस्तक पर रत्नजटित किरीट सुशोभित हो गई। ललाट पर सिन्दूर का टीका दृष्टिगोचर हो गया। उनके हाथों में चमकदार चन्द्रहास खड्ग सुशोभित हो गए। इन्द्रजीत के अदृश्य होते ही ये लंका की निपुण मायावी नारियाँ तत्क्षण ही मारकाट मचाने लगीं। तब विस्मित सैन्यदल पर सुग्रीव गरजा, "सैनिक मर रहे हैं। ये इन्द्रजीत की माया है। युद्ध करो अन्यथा सब मारे जाओगे।"

युद्ध हुआ। कुछ रमणियाँ सैनिकों के बाणों, शस्त्रों के प्रहार से कटकर गिरीं तो इन्द्रजीत ने फिर दहकते अंगारे बरसाकर राम-दल को आगे बढ़ने से रोक दिया और आकाश में ही अट्टहास करने लगा। ये ऐंद्रजालिक प्रमदाएँ उन दहकते अंगारों पर तथा मरे हुए सैनिकों के वस्त्रों की आग की लपटों के बीच चलती हुई भीषण मारकाट मचाने लगीं। कपियों, आर्यों, अनार्यों का

1. अमीर-अरबों ने रावण की सहायता की थी, इनसे लंका के मधुर सम्बन्ध थे तथा व्यापारिक सम्बन्ध भी थे। अहिरावण अरब कन्ट्रीज का था।

2. अरब (इजिप्ट) का जादू आज भी प्रसिद्ध है। भारत तथा विदेशों तक के अनेक प्रेक्षागृहों में ये जादू आज के जादूगर एवं महिला ऐंद्रजालिक भी ऐसे करिश्मे दिखा चुकी हैं। विनीता गोस्वामी, जो बंगाल की जादूगरनी थीं, ने हवा में सर्प निकाले और पियानो-वादक को हवा में उड़ा दिया और वह हवा में भी पियानो बजाता रहा था। अधिक जानकारी लेनी हो तो जादूगर आनन्द से पूछें तो वे भी रामायण के इन्द्रजाल की पुष्टि ही करेंगे।

राम-कटक चिल्लाने, भागने और पीछे हटने लगा। तभी मेघनाद फिर जाने कब दिव्य रथ पर आकर बैठ गया और मरी हुई स्त्री सैनिकों को फिर से जीवित कर दिया।[1]

राम विभीषण की ओर और विभीषण अगस्त्य की ओर बार-बार देखते तथा अपनी दृष्टि नीची कर लेते।

तब राम ने ही शत्रु की प्रशंसा करते हुए कहा, "तात दशानन के पुत्र मेघनाद के पराक्रम की राम कितनी ही प्रशंसा करे, फिर भी वह करने में असमर्थ है। अरे आकाश में कहीं कोई देहधारी स्थिर हुआ है? कहीं सर्प रमणी बने हैं? कहीं कोई दहकते अंगारों पर चला है? कहीं कोई मरकर भी जीवित हुआ है? धन्य है उस तपस्विनी माता मन्दोदरी को जिसकी कोख से ऐसे पुत्र-रत्न ने जन्म लिया है। धन्य है उस राष्ट्र को जिसमें ऐसा राष्ट्र-रत्न उत्पन्न हुआ है। तात विभीषण, जब इन्द्रजीत दिव्य-पक्षी (अन्तरिक्ष-यान) की पीठ पर चढ़कर इतना ऊँचा उड़ जाता है, जहाँ से सूर्य का उदय और अस्त नहीं दिखता (परिभ्रामी गति आज के अन्तरिक्ष यात्री को भी नहीं दिखती) और उसके विशालकाय पक्षी (अन्तरिक्ष यान) उसकी सुरक्षा के लिए पक्षियों के झुंड की भाँति मँडराने लगते हैं तो देवराज इन्द्र और गरुड़ सुपार्श्व के यानों की क्या गणना करूँ? ऐसा प्रतीत होता है मानो अन्य ग्रहों के अतिमानवों से इन्द्रजीत ने गूढ़ ज्ञान प्राप्त किया हो या फिर हिमालय की अधिपत्यकाओं से कोई पराशक्ति अर्न्तभूमिक प्रदेशों से निकलकर हरे घोड़ों पर सवार होकर आ गई हो अथवा नवग्रह के वासी अन्तरिक्ष से उतरकर श्रीरावण-पुत्र की रक्षा कर रहे हों।

"तात विभीषण, कहीं भोलेनाथ ने कंचनजंघा के भूमिगत कोषागारों को खोलकर लंकेश्वर को आर्थिक मदद तो नहीं की? अथवा हिमालय की कंदराओं में निवासित अतिसभ्य, अतिभौतिक जातियाँ भगवान शंकर ने इस रणक्षेत्र में वीरभद्र के साथ भेज तो नहीं दी हैं? अथवा हमारी आकाशगंगा के श्वेतवर्णी अतिविशिष्ट महापुरुष, जो कि परमेश्वर ही माने जाते हैं, अपने अन्तरिक्षयान और ज्ञान से लंका लक्ष्मी मन्दोदरी के पुत्र को अलंकृत तो नहीं कर दिया है? अथवा हमारे गुरु बृहस्पति के ग्रह-नक्षत्र से कोई महान् आत्मा लंका में अवतरित तो नहीं हुई है? बताओ, तात! अन्तरिक्ष में योजनों दूर तक मेघनाद उड़ जाता है। उसके यान युद्ध-सामग्री भरे, हरे रंग की पोशाक (पैराशूट) धारी सारथीयों के साथ अन्तरिक्ष में योजनों दूर चले जाते हैं। वे संकेत ग्रहण कर लेते हैं, तरंगों से सब कुछ समझ लेते हैं। यह कौन-सा आश्चर्य और अविश्वसनीय सत्य राम देख रहे हैं, उनके पिता दशरथ देख रहे हैं। और स्वयं देवराज इन्द्र देख रहे हैं। तात अगस्त्य भी अवाक् हैं। उनके समस्त यन्त्र-संकेतों को पकड़ नहीं पा रहे हैं। एकाध तरंग बड़े दर्पण-यन्त्र पर उभरती-सी है और उसे समझने का प्रयास भी किया जाता है तो भाषा और संकेत दोनों न तो आर्य हैं, न अनार्य हैं और न ही रक्षभाषा। राम समझता है कि अहिरावण तथा मेघनाद के हाथों आज बच नहीं सकेगा। वैदेही के पतिव्रत धर्म से बढ़कर है शेष कालनेमि की पुत्री सुलोचना का पतिव्रत-बल। राम-लक्ष्मण अपने पिता के समक्ष ही प्राण गँवाएँगे। कोई भेद बताओ, तात विभीषण! अन्यथा राम-कटक के दृढ़ांग ऋक्ष, वानर, आर्य, अनार्य और विराध जैसे रक्ष तथा यक्ष वीर भी मारे जाएँगे। आज भ्राता अग्निवेश प्रक्षेपण-यन्त्रों, प्रक्षेपास्त्रों के सही सन्धान नहीं कर रहे हैं जबकि मातलि तथा करुणागल से शत्रु-नाराच चोंचधारी

1. दशकुमार चरितम् में विद्येश्वर ब्राह्मण नृसिंह तथा हिरण्यकशिप वध का खेल राजदरबार में दिखाता है और राजवाहन का विवाह कराते समय मायापुरुष भी आँख में काजल लगाकर उत्पन्न करता है। दशकुमार चरितम्, पृ. 104-5

दिव्य पक्षी (अन्तरिक्ष यान)[1] मेरे सहायक सम्राटों और उनके सेनानियों के प्राण-पखेरू उड़ाकर ले जा रहे हैं और राम बाण तक नहीं चला पा रहा है। लक्ष्मण क्रोधित है किन्तु असहाय-सा खड़ा है। बोलो मेरे सखा, कुछ तो बोलो!"

विभीषण बोला, "भद्र राम, इन्द्रजीत को कब और कैसे जयी किया जाएगा, यह भेद विभीषण आगे समयानुसार बताएगा। अभी तो अजेय मेघनाद, अहिरावण से भी आज रण करना होगा चाहे सहस्त्रों वीरों की आहुति लग जाए। मायावी मेघनाद धर्मात्मा है। शक्ति का पुजारी है और ये ही गुण अहिरावण में भी हैं तो विभीषण युक्ति सोचेगा। अभी रण करो, राम!"

31

अहिरावण का सुसज्जित सैनिक युद्ध-पोत मातलि तट[2] पर आकर रुक गया था और इसके आगे उत्तर में मन्नार सागर की ओर युद्ध-पोत नहीं बढ़ सकता था। क्योंकि यहाँ सागर उथला था। हनुमान ने कहा, "यहाँ नावें ही नहीं चल सकतीं अर्थात् मन्नार से ताम्रपर्णी नदी के मुहाने तक का समस्त भाग और नल-सेतु का भाग उथला है।"

नल-नील द्वारा निर्मित युद्ध-पोत इस युद्ध-पोत के सम्मुख कुछ भी नहीं थे। (यह अमेरिका के सातवें जहाजी बेड़े से भी कहीं अधिक शक्तिशाली जहाजी बेड़ा अहिरावण का होना चाहिए)। नल-नील की नौसेना के समस्त प्रहार रावण के शक्तिशाली युद्ध-पोत ने डकार लिए और सुग्रीव के कई बड़े पोत डुबा दिए गए। नौसेना भाग खड़ी हुई। नील ने नौसेना को जो निर्देश सेनापति के अधिकार से दिए वे सब अहिरावण और मकराक्ष ने विफल कर दिए। लंका के दो-तीन वायु-रथ मातलि के यानों का पीछा करते पहले उन्हें घेरकर पर्वत पर उतारने का प्रयास करते और सारथीयों द्वारा आत्मसमर्पण करने पर प्रेक्षेपास्त्रों का प्रयोग कर देते तो इन्द्र के यानों में आग लग जाती और समुद्र में ये वायुयान गिर जाते। यदि मेघनाद के हवाबाज कहीं राम-दल पर गोलाबारी करते हुए घिर भी जाते तो वे चकमा देने के लिए इतने नीचे अपने वायुरथ उतार देते मानो पृथ्वी से टकराकर नष्ट हो रहे हों किन्तु एक पल में सीधी चोंच करते हुए आकाशमयी हो जाते तो देवराज के कुशल रथ-वाहक भी पृथ्वी और पर्वतों की चोटियों से टकरा जाते और यान के ध्वस्त होने के साथ-साथ अपने प्राण भी गँवाते।

यदि कहीं यानों के इस कौतुक-युद्ध में मेघनाद का कोई यान आग की लपेट में आ भी जाता तो चालक तत्काल यान से आकाश में ही छलाँग लगा देते और उनके हरे छातों की यह विशेषता थी कि लंकापुरी की ओर ही हवा में तैरते हुए जाते एवं राम की थल-सेना द्वारा स्वचालित भुशुंडियों (ऑटोमैटिक गन मशीन) से प्रहार भी किया जाता तो पवन-रथ चालकों के हरे वस्त्रों

---

1. मिग-12-15, जगुआर तथा मिराज जैसे 60 हजार फीट की ऊँचाई तक उड़नेवाले लड़ाकू यान जो कि अब इस युग में बन रहे हैं, इससे भी महाभयंकर वायुयानों के सदृश वर्णन हैं। आज के वैज्ञानिक अभी भी ऐसे यान और भयंकर युद्ध शास्त्रास्त्रों का निर्माण नहीं कर सके हैं। वह वैज्ञानिक तकनीकी की पराकाष्ठा भरा विश्वयुद्ध एक मात्र रामायण काल का है जो महाभारत में देखने तक को नहीं मिलता जबकि यही अग्निवेश जिसने राम-रावण युद्ध में भाग लिया, वही गुरु द्रोणाचार्य का गुरु रहा। रावण और उसके कुल से बड़ा यदि कोई भौतिकशास्त्री है तो वह मात्र पराशक्ति या अन्य ग्रहों से उतरेवाली उड़नतश्तरियों में बैठे हुए महापुरुष।
2. पुत्तलम, चिलान, गाल तथा तिरुकोणमलै रावण के नौसैनिक अड्डे थे और करुणागल तथा मातलि हवाई अड्डे थे। लंका की राजधानी लंकापुरी के निकट त्रिकूट पर्वत आज भी है जहाँ जंगल ही जंगल हैं।

के कारण और मुख काँच से ढका होने से गोली का कोई प्रभाव ही नहीं होता।

कुछ चालकरहित यान भी नीले आकाश के वक्षस्थल पर उभरते, विषाक्त धुआँ उगलते (अश्रुगैस), फिर उपल वृष्टि करते अन्तरिक्ष की ओर अग्रसर हो जाते। कुछ छकाने के लिए उड़ान भरते और लंगूर-ध्वजी, ऋक्ष-ध्वजी, सूर्यचक्र-ध्वजी राम-सेना में आकर गिरते जिससे अनिल तथा कपीश्वर जैसे सेनापतियों तक के छक्के छूट जाते और जब गिरे हुए यान को देखते तो उसमें कोई चालक न पाकर अगस्त्य विस्मित होकर अग्निवेश की ओर दृष्टि उठा देते।

चार घड़ी तक मेघनाद-अहिरावण भीषण युद्ध मचाते रहे। अग्निवेश अपने प्रक्षेपण-यन्त्र पर टकटकी लगाकर युक्ति सोचता रहा, बुद्धि-व्यायाम करता रहा। सुतीक्ष्ण तथा अन्य वैज्ञानिक वटुक भी किस प्रक्षेपास्त्र से, किस कोण से, किस चाप[1] पर चढ़ाकर कौन-सा अस्त्र वायु की गति के समान चलनेवाले वायुयानों को नष्ट कर सकेगा। प्रतिपल, प्रतिघड़ी इनका क्या वेग हो सकता है और इन्हें किस वेग के, किस शक्ति के अस्त्र से विनष्ट किया जा सकता है। विभीषण इसे वैज्ञानिक युद्ध न कहकर मायावी रण बतला रहा है। यहाँ तो तान्त्रिक, मान्त्रिक, यान्त्रिक तथा मायावी समस्त युद्धों में निपुणतम दृष्टिगोचर हो रहे हैं पुलत्यकुल-भूषण भार्गवों के धनुर्वेद के ज्ञाता रावण-पुत्र और उसके शूरवीर।

तभी सहसा मेघनाद के यज्ञ-कुंड (प्रयोगशाला) से एक शस्त्रयुक्त स्यंदन (रॉकेट) निसृत हुआ और सीधा अन्तरिक्ष की ओर प्रचंडगति से अग्रसर होने लगा। इन्द्र, वरुण दोनों अन्तरिक्ष युद्ध (रॉकेट-युद्ध) से परिचित थे। मातलि को सांकेतिक भाषा में दूसरा शक्तिशाली स्यंदन छोड़ने का निर्देश दिया। मातलि ने मेघनाद के स्यंदन को विनष्ट करने के लिए तत्काल एक तेज गतिवाला रॉकेट छोड़ा जिसने अन्तरिक्ष में ही मेघनाद के स्यंदन को नष्ट कर दिया और अपने नियन्त्रण कक्ष से वरुण के भौतिकविदों को, इनके टुकड़ों को पृथ्वी पर न गिरने देने के लिए तथा टूटे हुए टुकड़ों को समुद्र में गिराने का निर्देश पारित किया।

तभी मेघनाद और अहिरावण ने चारों ओर से आक्रमण की आज्ञा दी और दुर्धर्ष शार्दूलध्वजी, वीणाध्वजी रावण-कटक के सम्मुख राम-कटक का मनोबल टूट गया। जाम्बवन्त जैसे वीर भी मूर्च्छित हो गए। अनिल तथा कपीश्वर मारे गए। आज के रण में सरसठ क्षत्रिय, कपि, ब्राह्मण आदि राम सैन्य के अतिरथी धराशायी होकर सदैव के लिए चिरनिद्रा में लीन हो गए। यथेष्ट सेना ने भागकर गुफाओं, कन्दराओं में शरण ली। भामंडल के निर्देश पर यथेष्ट सैनिकों ने आत्मसमर्पण कर दिया तथा राम की छह घड़ी में ही पराजय हो गई। अहिरावण ने जैसे ही राम-लक्ष्मण को कैद कर सरपाश (एक प्रकार कैदियों को बाँधने की गाँठ) में बाँधा तत्काल रक्ष-सैनिकों ने मेघनाद और अहिरावण की जय-जयकार की गूँज की तथा राम-दल शोकाकुल हो गया। इस पराजय से अगस्त्य, जाबालि, इन्द्र, वरुण, यम तथा दशरथ अत्यन्त दुखी हुए। भोलेनाथ तत्काल ही अपने कैलास धाम को चले गए। अहिरावण व मेघनाद दोनों ही अट्टहास करते हुए संध्यासावित्री की पावन बेला में अपनी विजय का समाचार राजधानी भेजने लगे। लंकापुरी में राम-लक्ष्मण के कैद होने का समाचार दशकन्धर ने सुना तो वह फूला नहीं समाया और उसने मधुमक्खी पर राजाज्ञा दी, "राम-लक्ष्मण के साथ राजकुमारों की भाँति व्यवहार किया जाए। उन्हें सम्मान के साथ रखा जाए। उन्हें सरपाश में न बाँधा जाकर उन्मुक्त कैदी के रूप

---

1. (प्रक्षेपण-यन्त्र) मेरा विचार है कि जिन-जिन धनुषों अथवा विशेष चापों, यथा—वैष्णव चाप, शिव-धनु ये उच्चकोटि के प्रक्षेपण-यन्त्र हैं जिनसे कई प्रकार के बाण (प्रक्षेपास्त्र) निक्षिप्त किए जाते हैं, आज के आधुनिक हथियार ही होंगे। क्योंकि इनकी गुणधर्मिता उसी प्रकार से वर्णित है जिस प्रकार से आज के शस्त्रास्त्रों की है।

में रखा जाए। उनकी वैचारिक स्वतन्त्रता को ठेस न पहुँचाई जाए किन्तु यह ध्यान रखा जाए कि पहरा इतना कड़ा हो कि कोई सूक्ष्म रूप में भी प्रवेश न कर सके। पराजित को क्या दंड या पुरस्कार दिया जाएगा, यह राजसभा में निर्णय लिया जाएगा। आप लोग रात्रि भर कठोर पहरे की व्यवस्था करें। इसमें शिथिलता नहीं आनी चाहिए।''

रावण प्रसन्नचित्त अन्तःपुर की ओर अग्रसर हुआ और प्रजा ने स्वर्णिम राजप्रासाद के बाहर लंका-माता (भारत माता) की जय-जयकार का तुमुल घोष किया। 'ब्राह्मण राज्य अजर, अमर, अक्षुण्ण रहे' के शब्द गुँजायमान किए। दशकन्धर, मेघनाद, अहिरावण की जय-जयकार हुई और भगवान शंकर के मन्दिरों में घृत के स्वर्ण-द्वीप प्रज्वलित किए गए।

रावण का बिना पूर्व सूचना के अन्तःपुर में आगमन! मन्दोदरी जानती है कि सम्राट कब आता है। या तो वह अतीव प्रसन्न होता है तब सब कुछ भूलकर हर्षातिरेक में आता है या अपनी सुध-बुध खोकर जब किसी शोक-सागर में डूबा होता है, तब आता है। चित्रांगदा, श्रीप्रभा, पट्टमहिषी मन्दोदरी के सामने बहुत कम बोलती हैं। यदि वह हँसती तो ये हँसती हैं और मन्दोदरी जैसी साम्राज्ञी दुखी होती हैं तो वे दुखी होती हैं। साम्राज्ञियों में अटूट स्नेह और पति-परायणता कूट-कूटकर भरी हुई है। अथवा दानव, गन्धर्व तथा कपि कुल का मणि-काँचन सुयोग होकर त्रिपुंडधारी प्रकांड विद्वान् ब्राह्मण दशानन के स्नेह और मधुर व्यवहार ने तीनों पत्नियों को प्रेम-सूत्र में परस्पर बाँधकर एक प्राण कर दिया है।

रावण ने प्रवेश के साथ ही खिलखिलाकर कहा, ''महारानी मन्दोदरी, तुम्हारा पुत्र विजयी हुआ। मानिनी, रावण तुझसे ऐसा वीर पुत्र पाकर धन्य हुआ। चित्रांगदे, श्रीप्रभे! आनन्दोत्सव मनाओ। तुम्हारा कुल धन्य हुआ। मेरी तपस्या पूर्ण हुई। राम-लक्ष्मण को अहिरावण ने कैद कर लिया। दान के लिए भंडार खोल दो। लंका के ऋषियों, ब्राह्मणों, गुरुओं को रत्न, सुवर्ण-मुद्राएँ उन्मुक्त हाथों से प्रातःकाल दान करो। प्रभु शंकर के मन्दिरों में सोने के घंटे चढ़वाओ, रुद्राभिषेक कराओ। आज रावण अत्यन्त प्रसन्न है। उसने आर्यावर्त के ही नहीं अपितु विश्व के समस्त क्षत्रिय चक्रवर्ती सम्राटों को जय कर लिया है। देवराज इन्द्र की कूटनीति अब सदैव के लिए विफल हो गई है। अब कोई हमारा शत्रु नहीं रह गया है, सब हमारे अधीन हो गए हैं। मैं प्रसन्न हूँ।''

फिर कहा, ''प्राण-वल्लभे, हमारी राम-लक्ष्मण को पराजित करने की मनोकामना पूर्ण हुई। रावण भगवान शंकर को साक्षी मानकर कहता है कि वह राम लक्ष्मण को दंड नहीं देगा। अब पुत्री सीता को सम्मान के साथ राम को लौटा देगा और रत्नों, मणियों के साथ राम-लक्ष्मण-सीता को पुष्पक से साकेत के लिए विदा करेगा, पहुँचाएगा। बहन शूपर्णखा तथा शम्बूक का प्रतिशोध पूर्ण हुआ। प्रिये! अब राम से कोई कटुता नहीं। अगस्त्य से कोई वैर नहीं।''

मन्दोदरी विहँसकर बोली, ''आपके इन्हीं आदर्शों के कारण हमारी जाति अक्षुण्ण है। हमने जिसे एक बार पुत्री स्वीकार कर लिया तो उसका निर्वाह करना भी हमारा कर्तव्य है। मन्दोदरी तो उसी में सुखी है जिसमें आप।''

32

राम-लक्ष्मण पराजित हो गए। कपीश्वर ने सेना का जो घेरा राम-रक्षा के लिए बनाया था, उसे अहिरावण के परमवीर साहसी सैनिकों ने तोड़ दिया किन्तु कपीश्वर जैसा शूरवीर अहिरावण

द्वारा मारा गया, इससे कपि-सेना की अपूरणीय क्षति हुई और पुत्तलम (पाताल ध्वनित होता है) पर अभी भी युद्ध-पोत खड़ा है।

अहिरावण ने राम-लक्ष्मण को किस स्थान पर कैद किया है, किसी को ज्ञात नहीं है। सभी अटकलें लगा रहे हैं। भूमिगत स्थान लंका में बहुत हैं। यदि स्थान का ज्ञान भी हो जाए तो बाहर सेना का पहरा होगा, जहाँ शूरवीरों से सामना करना पड़ेगा। अहिरावण की ओर्व-सेना (अरबी सेना) लड़ाकू एवं स्वामीभक्त है फिर कुम्भ-निकुम्भ, मकराक्ष जैसे महावीर हैं जिनसे लड़ना होगा।

अहिरावण शिवालय के अन्तर्भूमिक स्थलों पर भी जा सकता है और कामादेवी का पुजारी होने से वहाँ के भूमिगत स्थान पर भी जा सकता है। फिर वेश बदलने और दूसरे की बोली बोलने की कला में भी प्रवीण है अहिरावण।

अगस्त्य, इन्द्र, वरुण सभी सोच रहे हैं। शोकाकुल होकर सभी हाथ पर हाथ धरे बैठे हैं। सौरमंडल स्थित ग्रहों के लोगों से इन्द्र संकेतों द्वारा समाचार प्राप्त कर रहा है तथा किसी से सहायता की माँग भी कर रहा है। उसकी सांकेतिक सम्पर्क प्रणाली को अगस्त्य समझता है किन्तु शुक्र-ग्रह से इन्द्र को कोई सहायता नहीं मिल सकती क्योंकि वे रावण से सम्पर्की हैं। रावण ने बहुत ज्ञान इन्हीं अतिमानवों से प्राप्त किया है। भार्गव शुक्र मंडल से मदद भी करेंगे तो उनके शस्त्रास्त्रों से प्रलय हो जाएगी। पृथ्वी पर कोई जीव ही न बच सकेगा तो वे ऐसा भयंकर कार्य नहीं करेंगे।

गुरु बृहस्पति सम्राट रावण के पक्ष में हैं। वे उसका अनेक बार सफल मख करा चुके हैं। उनके शुद्ध उच्चारण से मख में विघ्न उपस्थित नहीं होता। इस ग्रह से भी राम के लिए कोई यान नहीं मिल सकता, जो काँचयुक्त होकर भी गोली या अग्नि गोले से नष्ट नहीं होता। (बुलट प्रूफ)

मात्र चन्द्रमंडल से इन्द्र को सहायता प्राप्त हो सकती है। देवराज के इनसे सम्बन्ध अच्छे भी हैं। वैसे भी देवराज ने अधिक ऊँची उड़ानवाले, अदृश्य विमान, गुप्त रूप से भेजने का समाचार इन्द्रधाम भेज दिया है। ये अदृश्य यान ही स्यंदन-रथों को नष्ट कर सकेंगे परन्तु रावण को कहीं यह गुप्त व्यवस्था पता चल गई तो? फिर शिवशंकर के श्वेत वृषभ नन्दी यान, जो कि सीधे मुँह के बल आकर शत्रु पर वार कर फिर ऊपर मुँह कर सीधे उठते चले जाते हैं? फिर तो युद्ध की विभीषिका अकल्पनीय होगी।

वैसे तो रावण जयी हो गया। उसकी जीत का डंका बज गया। यह अहिरावण और मेघनाद की कृपा है कि तात दशकन्धर द्वारा सीता को पुत्रीवत् पालने के कारण राम-लक्ष्मण का वध नहीं किया अन्यथा रावण के हृदय को चोट पहुँचती। अब तो वैसे भी रावण की पश्चिमी नौ-शक्ति को समाप्त कर पहले राम-लक्ष्मण को मुक्त कराया जाए अन्यथा प्रातःकाल के पश्चात् [illegible] सम्राट की सभा में अपराधी रूप में प्रस्तुत किए जाएँगे और विजेता विजित को प्राणदंड ही देगा क्योंकि यही छत्र-नियम चला आ रहा है। अगस्त्य भी यह जानता है कि यदि सम्राट दशानन राम-लक्ष्मण को भी प्राण-दंड देगा तो उसकी प्रतिष्ठा का वध हो जाएगा।

अगस्त्य चिन्ता के साथ इन्द्र और वरुण की ओर मुख करके बोले, "बीच भँवर में आर्यों की नौका फँस गई है। अब इसे कौन उबारेगा?"

"विभीषण ही अब पार लगा सकते हैं। इन्हें पुत्तलम, कल्याणी, चिलाव तक के भूमिगत स्थानों का ज्ञान है। इनके साथ के चारों मन्त्री तात विभीषण की जागीर के थल-मार्ग से ससैन्य

प्रयाण करें तो बहुत कुछ सामरिक लाभ प्राप्त हो सकता है। हमारे अदृश्य लड़ाकू-यान युद्ध-पोतों पर गोलाबारी कर अथवा ब्रह्मास्त्र, मानवास्त्र का उपयोग कर नष्ट करेंगे। दिन की प्रतीक्षा कतई न की जाए और उलूकों के प्रकाश में रात्रि को ही थल-सेना अग्रसर हो। अनल, पनस लंका जैसे सर्वमान्य विशिष्ट राज्य के मन्त्री रहे हैं तो इन्हें थल-मार्ग का भी पूर्ण ज्ञान होगा ही।''

वरुण बोले, ''एक ओर रणनीति में विशारद हम सभी जहाँ छल-युद्ध से भी पराजित हो रहे हैं वहीं तपेश्वरी एकाकी धार्मिक रणनीति को अवलम्ब बनाकर आदर्शों में हम सभी से ऊँचा उठ गया है। यह तो हमें चुल्लू-भर पानी में डूब मरने की स्थिति है। अब तो राम के नाम पर लड़नेवाले इस युद्ध के प्रणेताओं का पूर्ण उत्तरदायित्व है कि वे राम को उन्मुक्त कराएँ और इस विश्वयुद्ध को देवजाति अपनी प्रतिष्ठा का प्रश्न मानें। धर्म के नाम पर तो यह रण जीता ही नहीं जा सकता क्योंकि लंका की सहायता में जो मित्र राष्ट्र आए हैं, उनमें आर्य राष्ट्र भी सम्मिलित हैं। उसी तरह हमारे साथ भी अनार्य राष्ट्र सम्मिलित हैं और दोनों ओर की सेनाओं में ब्राह्मण, क्षत्रिय, वैश्य, शूद्र—चारों वर्णों के सेनानी तथा देव, दैत्य, दानव, कपि, ऋक्ष, असुर—सभी प्रकार की जातियों के शूरमा हैं। इस कारण मेरा विचार है कि आप लोग रावण को परास्त नहीं कर सकते। मेघनाद के पराक्रम को नहीं घटा सकते।''

अगस्त्य बोले, ''सब कुछ हो सकता है। हमें कपट-युद्ध करते ही जाना चाहिए। हम लड़ाई होने तक धर्म की ओर से नेत्र भींच लें और छल-युद्ध करें तो जयी हो सकते हैं।''

विभीषण बोला, ''फूफा अगस्त्य ठीक कहते हैं। युद्ध का आरम्भ ही कपट से होता है। मैं भेद बताता हूँ। अहिरावण पाताल (पुत्तलम) के निकट ही कामादेवी के भूमिगत मन्दिर में राम-लक्ष्मण को ले गया होगा। वहाँ के मार्ग का ज्ञान मैं कराए देता हूँ किन्तु वहाँ तक पहुँचने के लिए लंका के वीरों से जूझना पड़ेगा और यह शक्ति मात्र पवनदेव (नभ-सेना) में ही है। युद्ध-पोतों को नष्ट कर, कामादेवी के मन्दिर में जाप करते हुए अहिरावण से राम-लक्ष्मण को मुक्ति दिलाने का काम हनुमान के सेनापतित्व में अनल-पनस को सौंपा जाए तो हो सकता है। क्योंकि ये तीनों लंकावासी होने से यहाँ की कन्दराओं, गुफाओं, भूमि-स्थान तक पहुँच सकते हैं और पीछे से आप सभी एक साथ अपने प्राण बचाते हुए दक्षिण तक पहुँचें।''

अगस्त्य बोले, ''हनुमान को नभ-सेना की बागडोर दो। अनल, पनस तुम्हारी जागीर से थल-सेना के साथ चलें और पहले कामादेवी के मन्दिर से राम-लक्ष्मण को मुक्ति प्रदान कराते हुए उन्हें भी साथ लेकर देवी निवारा (डोंडा प्वाइंट) तक पहुँच जाएँ। रावण के चरों को यह भेद न लगे और चर तथा संवाददाता रणक्षेत्र में अवध्य माने गए हैं परन्तु यदि हमारा यह रहस्य इनमें से किसी के ज्ञान में आ जाए तो उसको तत्काल मौत के घाट उतार दिया जाए तभी हम राम को सीता वापस दिलाने में समर्थ होंगे, अन्यथा नहीं।''

जाबालि ब्राह्मण ने अगस्त्य के प्रस्ताव की तत्काल पुष्टि कर दी और उसी क्षण इन्द्र को जाने कहाँ से समाचार प्राप्त हुआ जिसे एकमात्र वे और वरुण (ब्रह्मा) ही समझ सके। इतने में अवृश्य यान सहायता के लिए आ गए।

ये आकाशी-दुर्ग-यान ऊँची तकनीकी के समावेश से निर्मित किए गए थे। ये आकार में छोटे (लघुरूप) थे। इनमें काँच और चालक के सामने कई बटन लगे हुए थे जो चालक के कर्णयन्त्र को प्रत्येक सन्देश स्वतः देते थे। ये मायावी शीशधारी लघु वायु-रथ शत्रु विमानों पर बटन दबाते ही लक्ष्य-वेध करने में सक्षम थे। ये ध्वनि लक्ष्य-वेध के सफलतम द्वितीय संगणकयुक्त यान परलोक (अन्य ग्रहों जिनसे इन्द्र का सम्बन्ध था) से आए थे जो कि कीर्तिमुख (राडार) से बचने

के लिए नीची से नीची उड़ान भरते थे और फिर चालक सहित होने से स्वयं ही आधार (बेस) पर लौट जाते थे। ये संकेतों का भ्रमात्मक सम्प्रेषण भी श्रीरावण के कीर्तिमुखों को छकाने के लिए करते थे और संकेतों को बाँधकर कीर्तिमुख की दृष्टि को विनष्ट करते हुए शत्रु के आक्रमण को ध्वस्त कर देते थे। फिर भी मेघनाद के प्रक्षेपास्त्र तरंगों की गति से यानों को विफल करने में सक्षम होने से इन्द्र, वरुण यह समझते थे कि इनका उपयोग पवनपूत द्वारा ही कराए जाने से राम-लक्ष्मण को मुक्ति दिलाई जा सकती है। क्योंकि समुद्रगामी अहिरावण की पनडुब्बियों और विशाल जल-पोत को नष्ट करने के लिए ध्वनि नौकायान परिधि (सोनार) से किया जाना चाहिए।[1]

अगस्त्य और जाबालि ने हनुमान को समझाया। मातलि ने लघु-रूप वायुयानों का नियन्त्रण अपने हाथ में लिया। पारलौकिक ग्रहों के इन दुर्भेद्य वायुयानों से हनुमान ने विभीषण से परामर्श और कूट-मन्त्र प्राप्त कर तथा पुत्तलम में कामादेवी का भेद प्राप्त कर मारुति वायु-सेना के बल पर अपनी साहसिक यात्रा प्रारम्भ की।

अन्तरिक्ष से आए चारों यानों से सबसे पहले श्रीरावण के कीर्तिमुखों की दृष्टि में धूल झोंककर मेघनाद के यानों को मातलि जैसे कुशल सारथी ने नीची उड़ान द्वारा नष्ट किया। फिर एक साथ प्रक्षेपास्त्रों का प्रहार मारुति वायु सेना ने हनुमान के निर्देशन में किया। सुरक्षा पंक्ति में गरुड़ सुपार्श्व के यानों की सहायता से सबसे पहले अहिरावण के जहाजी बेड़े को बमबारी करके नष्ट किया, जिससे समुद्र में आग लग गई तथा पंचवक्त्र यन्त्रों पर हनुमान के सूक्ष्म रूपधारी यानों का बिम्ब परिलक्षित न होने से लक्ष्य-भेदन सही होता चला गया। कुछ ही घड़ियों में रावण की गर्वीली नौसेना तथा वायुसेना का पश्चिमी छोर नष्ट करते हुए हनुमान ने पाताल (पुत्तलम) पर अधिकार कर लिया। थल-सेना भी अग्रसर होकर आ गई इधर हनुमान की सेना को खर-पुत्र मकराक्ष ने रोक दिया और भीषण संग्राम होने लगा। किन्तु अनायास आक्रमण तथा चालकरहित लघुयानों के कारण मकराक्ष की सेना ने घुटने टेक दिए और हनुमान ने मकराक्ष को बाँध लिया। (कैद कर लिया)।

हनुमान को विभीषण ने कामादेवी का मार्ग बता दिया था। दूर नियन्त्रण-यन्त्र से उनका विभीषण से सम्पर्क बना हुआ था। उसके निर्देशों में वे देवी के मन्दिर तक सैसन्य पहुँच गए।

राम-लक्ष्मण नागपाश में बँधे थे और अहिरावण ध्यानस्थ होकर देवी की पूजा में लीन था। कामादेवी का मन्दिर राम-कटक ने घेर लिया। इस मन्दिर के भीतर प्रवेश के लिए चारों ओर के स्वर्ण कपाट बन्द थे। स्वर्ण की ईंटों से बने मन्दिर की दीवार ध्वस्त किए बिना हनुमान की टुकड़ी असहाय-सी खड़ी थी।

सुपार्श्व ने तत्काल पनस से सम्पर्क किया जो कि सैन्य-दल के साथ अग्रसर होता चला जा रहा था। उसने मन्दिर की दीवार तोड़कर प्रवेश का दिशा-ज्ञान कराया।

---

1. वर्तमान-युग में मिराज तथा इलेक्ट्रॉनिक बाज जैसे यान और कम्प्यूटर के निर्देशों पर लक्ष्य-वेध करनेवाले हेलीकाप्टर अन्तरिक्ष-युद्ध के लिए तैयार हो गए हैं। भारत ने भी गजरात वापिति जैसे वायु-सेना को युद्ध-विमान दे दिए हैं। विमान बिना चालक के आकाश में उड़ता है और इसका नियन्त्रण पृथ्वी से पायलट करता है। यह यान राडार को नष्ट करता है। इसी प्रकार पैट्रन टैंकों को नष्ट करता है। ऐसे ही अनेक अस्त्र-शस्त्र धोखेबाज मिसाइल व आरमेंट जैसे विद्युत-चुम्बकीय उपकरण सिद्धान्त पर विकसित अस्त्र उपयोग में लाए जा रहे हैं। इनसे भी भयानक विद्युत चुम्बकीय अस्त्रों तथा इलेक्ट्रॉनिक यानों का उपयोग राम-रावण युद्ध में हुआ था जिसे मायावी कहा गया है।

तत्काल ही हनुमान ने अग्नि गोलों से मन्दिर को ध्वस्त करने की आज्ञा दी और प्रेक्षपास्त्रों के प्रहार से दीवार ढहाकर हनुमान के नेतृत्व में साहसी कपि-दल ने प्रवेश किया।

राज मन्दिर में अहिरावण देवी का आह्वान मन्त्रोच्चार हो रहा था। वह उस समय विभीषण का रूप धारण किए हुए था। अर्थात् मुखौटा लगाए हुए था। यह अहिरावण की शत्रु को छकाने की सफलतम कूटनीति थी परन्तु हनुमान जैसे ही विस्मित हुए वैसे राम बोल उठे, "तात, ये विभीषण नहीं हैं। ये वीर अहिरावण है, सम्राट है। अभी ये ध्यानस्थ है, इसका पूजा-अर्चन करते हुए ही वध करो अन्यथा एकाकी अहिरावण ही तुम्हारे दल को रणखेत कर देगा।"

महावीर हनुमान ने इस वाक्य के पूर्ण होते ही विभीषण रूपी अहिरावण का शिरच्छेद कर दिया और राम-लक्ष्मण को तत्काल ही अपने कन्धे अर्थात् लघु वायु-रथ में चढ़ाकर चल दिए और शेष मन्दिर को भी अग्नि-गोलों से नष्ट कर दिया।

33

मेघनाद को रणक्षेत्र में बराबर दूर-नियन्त्रण-यन्त्र तथा चरों द्वारा घमासान लड़ाई होने के सन्देश प्राप्त हो रहे थे। रात्रि के चतुर्थ प्रहर में ही अगस्त्य की नीति तथा घर के भेदी विभीषण के सहयोगी, राम की शरण के चारों मन्त्रियों—अनल, पनस आदि द्वारा प्रशस्त मार्ग पर सुग्रीव की कपि-सेना लंकेश की चौकियों पर निरन्तर त्वरता के साथ अधिकार करती जा रही थी। विभीषण की जागीर कल्याणी से होकर कपि-सेना निकली तो दृढ़ांग रक्ष वीरों ने रण किया किन्तु किसी भी ओर से सहायता प्राप्त न होने से और सम्पर्क-सूत्र नभ-सेना, नौसेना के कट जाने से उन्हें शस्त्र रखने पड़े। कल्याणी जैसे महत्त्वपूर्ण थल-मार्ग विभीषण के कारण द्रोणगिरि, गाल तथा वायुनिवारा (डोडापाइंट) तक का खुल गया और छुटपुट झड़पों और पराशक्तियों के सहयोग के कारण लंका के दक्षिणी छोर तक अधिकार होता चला गया।

मेघनाद को शार्दूल के चरों ने दर्पण पर समाचार दिया तो इन्द्रजीत क्रोधित हो उठा। पराशक्तियों एवं सौरमंडल के ग्रहों से प्राप्त इन लघु-यानों को ही नष्ट करने का विचार नहीं अपितु उसने समूची सेना को पीछे हटाकर रत्नपुर में संग्राम करने का निर्देश दिया। वह समझ गया कि पश्चिम पयोधि पर अब नील की नाविक शक्ति का साम्राज्य होता जा रहा है और आकाश में यदि इन्द्रजीत के हरे वायु-रथ उड़ान भरेंगे भी तो गिरा दिए जाएँगे। अगस्त्य सूर्य-संहिता का ज्ञाता है। वह कोई कूट चाल चले, इसके पूर्व राम ने जिस प्रकार द्रुमकुल्य देश (मरुकान्तार) पर परमाणु अस्त्र का प्रयोग कर उसे नष्ट कर दिया, उसी प्रकार मुझे होमग्राम के निकुम्भिला यज्ञशाला (वेधशाला) से राम-सुग्रीव, जाम्बवन्त के दल को ही नहीं अपितु आर्यावर्त (उत्तर भारत) को भी नष्ट कर देना चाहिए। अगस्त्य राम को जितना बल दे रहा है और अन्य ग्रहों से इन्द्र सहायता प्राप्त कर पराशक्तियों तक का आह्वान कर उन्हें युद्ध में आकाश गंगा से उतार रहा है। मेघनाद किसी की सहायता के बिना भी अपने परमाणु अस्त्र से सभी को मारकर संसार में प्रलय का रूप खड़ा करेगा।

मेघनाद का चिन्तन ठीक था। उसका सैन्य दल तत्काल पीछे लौटा और रत्नपुर से होमग्राम तक दुर्ग बनाकर फैल गया।

अगस्त्य और इन्द्र दोनों ही अजेय मेघनाद के कारण घोर चिन्ता में डूबे हुए थे। ताम्रद्वीप

(सिंहल लंका) के पृष्ठ भाग अर्थात् दक्षिणी छोर तक श्रीरावण की प्रत्येक चौकी पर अधिकार करने तथा जलोदधि पर अपनी नौसेना का अधिकार करने के उपरान्त भी इन्द्रजीत को जय करना टेढ़ी खीर थी।

अगस्त्य को ब्रह्म विद्या के अतिरिक्त अन्य कोई युक्ति नहीं सूझी। उन्होंने आत्मवाद के आधार पर तत्काल ही ब्रह्म-विद्या से आत्माओं का आह्वान योगबल से किया। एक श्वेतवस्त्रधारी, पीला उष्णीस धारण किए हुए कोई आत्मा सशरीर अगस्त्य के सम्मुख उपस्थित हुई।

अगस्त्य ने प्रणाम किया और पराशक्ति से पूछा, "अब रणनीति क्या हो? हम मनुष्य असमर्थ हो गए हैं। निरन्तर युद्धरत रहने से कपिदल को यथेष्ट क्षति उठानी पड़ी है। हम आपकी शरण में हैं।"[1]

"वत्स, लंका को चारों ओर से घेरो। थल-मार्ग से भी आक्रमण करो और मेघनाद सुलोचना जैसी योगिनी (योग विद्या में पारंगत) तक न पहुँच पाए। यदि वह सती के पास पहुँच गया तो उसके सत्य तथा योग-बल के कारण जो अनेक पराशक्तियाँ, पुण्यात्माएँ तुम्हारे साथ हैं, वे सब अभिमन्त्रित होकर बन्ध जाएँगी और महान् तपस्वी मेघनाद के वशीभूत हो जाएँगी और राम जयी नहीं होगा। वरुण और यम ने जिन दैवी शक्तियों को तुम्हारे साथ किया है, वे भी साथ छोड़ जाएँगी। हमसे ऊपर भी नियामक सर्वसत्ता है, उसका नियम सदैव अपरिवर्तनीय रहता है जिसे कोई नहीं जानता।"

पुनः कहा, "मैं युद्ध का मानचित्र तथा रणनीति भूर्जपत्र पर अंकित कर देता हूँ। उसे तुम समझ लेना तथा उसके अनुसार ही कार्य करोगे तो विजय निश्चित होगी। हम भी आकाश में स्थिर होकर अदृश्य रूप से रण का दृश्य प्रतिदिन देख रहे हैं किन्तु हमें राम-रावण समान हैं। हमारा पृथ्वी के मनुष्यों के हर्ष-विषाद से कोई सम्बन्ध नहीं है। युगों से ऐसा होता आ रहा है और होता रहेगा। हम भी जो आज हैं, वह सम्भवतः कल न रहें क्योंकि हमें भी कोई आज्ञा देता है, कोई शब्द का नाद होता है और समूचे संसार की पराशक्तियों तक एक पल में समाचार पहुँच जाता है। सौरमंडल के ग्रहों तक के प्राणी इस नाद को समझ सकते हैं। पृथ्वी के लोग नहीं। इसलिए उस नाद के कारण हम कुछ करते हैं या धरणी के मनुष्यों को सत्-असत् कर्म कराने की प्रेरणा देते हैं। वह आपको चमत्कार के समान प्रतीत होता है और जब हम पृथ्वी पर उतरकर तुम्हें कहीं दृष्टिगोचर हो जाते हैं तो तुम अज्ञानता के कारण भय से भाग जाते हो। हम किसी कर्तव्य के लिए ही आते हैं जो कि सम्प्रेषणीय होकर या तो कल्याणकारी होता है या विघटनकारी। हम नहीं जानते कि हमसे ऐसा कौन कराता है!

"तुम और राम क्या कर रहे हो, उसके कर्ता तुम नहीं हो। तुम तो निमित्त हो, उस कर्म के जो कि अच्छे या बुरे रूप में होना है। कर्ता समय-समय पर संसार के अनेक स्थानों में ऐसी विभूतियों को जन्म देता है जो सत्ता और समाज में परिवर्तन करें जिससे अनिष्ट होने पर व्यक्ति उससे डरे। यदि डर नहीं रहेगा तो जगत में सदैव उथल-पुथल रहेगी। तुम लोग जिसे धर्म कहते

---

1. यह चमत्कार नहीं है। ब्रह्म-विद्या संसार में घटित होनेवाली प्रत्येक घटना का शाश्वत् अपरिवर्तनीय एवं नियामक सत्ता, जो इनसे भी ऊपर होकर पराशक्तियों पर भी नियन्त्रण रखती है, के सक्रिय नियम के रहस्य को उद्घाटित करती है। वह हमें अलौकिक प्रतीत होता है। रामायण काल में अलौकिक कुछ नहीं था। यदि अलौकिक था भी तो वह था अपने-अपने प्रत्येक प्रकार के ज्ञान का वैज्ञानिक बल। जिसमें मेघनाद ब्रह्म-विद्या का विशारद था। उसका पंडित सम्भवतः इसमें अपने पिता श्री दशानन से बढ़कर था जिसे वाल्मीकि ने मायावी शब्द की टोपी पहनाकर तत्त्वदर्शन के मूल तत्त्व को ही नष्ट कर दिया।

हो, मर्यादा कहते हो, वह कहीं नहीं रहेगी और संसार में मारकाट, लूट-खसोट चलती ही रहेगी तो व्यक्ति जगत में जीवन के प्रति मोह नहीं रख सकता। समाज में उत्तरदायित्वों से विमुख हो जाएगा। वह भी उसी क्रिया में लीन हो जाएगा जो कि शक्ति से नहीं डरते।

"सुनो, वत्स! इसी कारण तुम्हारी जो मेधा-शक्ति है, वह क्रियाशील होकर मानव समुदाय में गतिमयता लाती है तभी मनुष्य कुछ करता है। अपना काम भी नहीं कर रहे बल्कि कोई अदृश्यमान हमसे करा रहा है। ऐसा मानकर चलोगे तो यशार्जन कर पाओगे अन्यथा नहीं।"

मानचित्र देकर आत्मा चली गई।

इन्द्रजीत ने ब्रह्म-विद्या के इस संचार को भी पकड़ लिया। वह अगस्त्य की इस कूटनीति को भी जान गया परन्तु अगस्त्य ने युद्ध के मानचित्र पर से तत्काल ही लंका के बुर्जों पर स्थित लम्बी मारवाले प्रक्षेपण यन्त्रों को नष्ट करने का निर्देश दे दिया और अग्निवेश तथा सुतीक्ष्ण जैसे सुयोग्य आग्नेयास्त्र निर्माताओं ने भयंकर विस्फोटक अस्त्र सही निशाने पर साधकर चाप पर रखकर निक्षेप कर दिए जिससे लंका के बुर्ज तक नष्ट हो गए।

अगस्त्य ने सुवेलांचल से फिर जाबालि से तत्क्षण परामर्श कर भामंडल के नेतृत्व में उत्तरी छोर से पूर्वी छोर तक थल-सेना को तत्काल आगे बढ़कर त्रिकूट पर्वतों तक घेराव करने की आज्ञा दी और आर्यवर्त की सेना, जिसके आत्मबल, मनोबल दोनों गिरे हुए थे, वह राम-लक्ष्मण के दक्षिण तक के लंकद्वीप पर अधिकार होने से अब तक बढ़ चुका था। और साहस के साथ यह दल तीव्रगति से निरन्तर युद्ध करता हुआ चला।

राम-कटक को प्रत्येक क्षण लंका के वीरों से सामना करना पड़ा। अनेक सैनिक रक्ष-कटक मौत के घाट उतार दिए फिर भी अगस्त्य तथा जाबलि के क्रोध भरे शब्दों एवं उनकी आरक्त दृष्टि के कारण वीरों में जहाँ ओज था, वहाँ दोनों ओर मृत्यु मानकर वे लंक सेनाओं से जूझते चले गए।

मेघनाद ने कुम्भ-निकुम्भ के निर्देशन में आज्ञा दी कि "जब तक मैं होमग्राम में निकुम्भिला में यज्ञ-सम्पन्न कर धरती को राम-लक्ष्मण विहीन न कर दूँ तब तक तुम प्राणों की बाजी लगाकर रणरत रहना। मेघनाद अब विश्व को राम की भाँति द्रुमकुल्य देश पर अकारण परमाणु-बम का प्रयोग करने का पाठ सिखाएगा। वह अगस्त्य की कूटनीति को अपनी परमाणु नीति से जय करेगा।"

और मेघनाद निकुम्भिला देवी के मन्दिर में आ गया। उसने ब्राह्मणों को निर्देश दिया, "मख प्रारम्भ किया जाए और वेधशाला से परमाणु-बम निक्षेप किया जाए।"

मेघनाद की शीशे (लेड) की भट्ठियाँ तत्काल ही वैज्ञानिक ब्राह्मणों ने चेता दी। यन्त्रों के बटनों को दबा दिया गया और भट्ठियों में कोयला झोंक दिया गया।[1] परमाणु भट्ठी को ताप दिया जाने लगा। नाभिकीय विखंडन की प्रक्रिया भट्ठी में अनिल चूर्ण (यूरेनियम जैसी धातु का ज्ञान था) रखकर प्रारम्भ हो गई।

भट्ठी को ठंडा करने के लिए कंबूक नदी का पानी उपयोग किया जाता था। निकुम्भिला मन्दिर ही एकमात्र परमाणु शक्ति का केन्द्र था।

किरणों से बचने के लिए त्रिपुंडधारी वैज्ञानिक ब्राह्मण शरीर पर कवच धारण किए रहते थे, जो विकिरण से बचाता था।

---

1. हो सकता है, कोयले के स्थान पर विद्युत धारा का प्रयोग किया गया हो।

इन भट्ठियों का जैसे धूम्र उठा और ब्राह्मणों के सूत्रों का ज्ञान हुआ, वैसे ही विभीषण का माथा ठनक गया और अनल, पनस से विचार-विमर्श करने लगा।

''इसे तत्काल विध्वंस करना चाहिए।''

''लंका के दृढ़ांग वीर मेघ के समान सुरक्षा के एिए सन्नद्ध हैं। हम मेघनाद के सैन्यबल से परिचित हैं। उन्हें पराजित नहीं किया जा सकता।''

अनल बोला, ''यज्ञ सम्पन्न हो गया तो मेघनाद तो अजेय बन ही जाएगा, साथ ही आर्य-अनार्य तथा कपि-दल का सर्वनाश होगा और भारत जैसा राष्ट्र निश्चित ही मेघनाद का आगामी लक्ष्य होगा जिसके लिए मेघनाद इस शक्ति का प्रयोग करेगा।''

विभीषण बोला, ''तात अगस्त्य और राम को सचेत कर यज्ञ विध्वंस करना चाहिए।''

पनस-अनल ने हाँ में उत्तर दिया और दूरसंचार से सुवेल तक यह समाचार भेजा। अगस्त्य, इन्द्र, वरुण—सभी दक्षिण भाग की ओर चल पड़े जहाँ राम-लक्ष्मण, हनुमान, सुग्रीव आदि रणरत थे।

इन्द्रजीत को यह समाचार शुक-सारण नाम की गुप्तचर संस्था ने तत्काल निकुम्भिला यज्ञशाला तक दे दिया।

मेघनाद प्रतिउत्पन्न मति था। उसने तत्काल ही नई कूटनीति को अवलम्ब बनाया और दिव्य रथ में कृत्रिम सीता को बैठाकर रण के लिए ससैन्य आ खड़ा हुआ। यह राम-दल को छकानेवाला तथा राम का मनोबल गिरानेवाला कूट मन्त्र मात्र था। यह रण की दृष्टि से सर्वथा उपयुक्त था।

मेघनाद के रथ पर सीता को देखकर राम-लक्ष्मण विस्मित हुए और मेघनाद ने अट्टहास किया। फिर सामने विभीषण को देखकर कहा, ''कुलद्रोही, तूने विदेशियों के साथ मिलकर लंका राज्य के साथ जो विश्वासघात किया है वह अक्षम्य अपराध है। आज तू जीवित नहीं रहेगा। भले ही संसार में मुझे काका के वध का पातक लगे तो भी छत्राज्ञा के कारण मेघनाद देशद्रोही का वध कर राष्ट्र की प्रजा के लिए यह उदाहरण करेगा कि लंका सम्राट के लिए देशद्रोही चाहे भाई ही क्यों न हो, उसका शिरच्छेद ही किया जाएगा।''

विभीषण की व्रीड़ा से आँखें नीची हो गईं। पुनः कहा, ''तेरी अन्तरात्मा ही तुझे धिक्कार रही होगी विभीषण, तू भ्रातृघाती है। रक्ष-संस्कृति का शत्रु है। कल्याणी नगर की प्रजा भी तेरे शव पर ष्ठीवन करेगी। तेरे नेत्र झुक गए, यही तेरी पराजय है। तू सामने से हट जा। अब तुझ क्लीव पर इन्द्रजीत आक्रमण नहीं करेगा।''

लक्ष्मण गर्जना कर सामने आ गए और बोले, ''तू भाभी सीता को छोड़ दे अन्यथा आज जीवित नहीं जा सकेगा।''

मेघनाद फिर हँसा और कहा, ''सौरमंडल के ग्रहों के यानों से मेघनाद की नभ सेना को छल से नष्ट करानेवाला अगस्त्य और पराशक्तियों का सहयोग करानेवाले इन्द्र तथा वरुण के सहायक होने पर भी इन्द्रजीत सीता को नहीं लौटाएगा, लक्ष्मण! जानकी ही अब एकमात्र युद्ध का मूल कारण रह गई है। यदि साहस है तो इन्द्रजीत को परास्त करो और वैदेही को ले जाओ।''

''हम क्षत्रिय हैं, मेघनाद! रण में पीठ नहीं दिखाते। हम लंका का घेरा त्याग देते हैं, तुम सीता को त्याग दो।''

''सीता लंका राष्ट्र में छत्राज्ञा के अधीन राजनीतिक बन्दिनी है। बिना सम्राट की आज्ञा के सीता नहीं छोड़ी जा सकती। तुम छली क्षत्रिय हो। ताड़का-वध, शम्बूक-वध, मातुल बालि-वध

और तुम्हारे बड़े भाई राम ने तो मेरे काका कुम्भकर्ण को पीठ दिखाकर ही हुतात्मा किया है। तुम्हारे पास धार्मिक युद्ध की नीति तो कहीं भी नहीं। यह तो हम ब्राह्मणों के पास ही न्याय और धर्म होता है। तुम्हारा अत्याचार तुम्हारे मुख से पढ़ा जा सकता है। सूर्यवंश में जन्म लेकर भी फूफा अगस्त्य ने तुम्हारी मति फेर दी है। तुम्हें कौन न्यायप्रिय, आदर्शवादी कहेगा?''

''रण में न्याय कब और किसने किया है? युद्ध क्षेत्र में एक ही लक्ष्य होता है—विजय। यदि युद्ध में धर्म और न्याय तथा करुणा को देखा जाएगा तो सैनिक लड़ेंगे कैसे? राष्ट्रों की रक्षा कैसे होगी? रण में न कोई ऋषि है, न मुनि, न कोई ब्राह्मण है और न कोई क्षत्रिय है। सब एक हैं और उनका उद्देश्य है—रण जय करना। अपने-अपने अस्तित्व की रक्षा करना और उसे स्थिर रखना।''

''परन्तु लंका का सम्राट ऐसी विजय को यथार्थ विजय नहीं मानता। उसकी जितनी भी रण यात्राएँ हुईं उनमें उसने नियम भंग नहीं किए तथा देवजाति के सम्राटों, दिक्पालों को परास्त कर सार्वभौम सम्राट की उपाधि प्राप्त की।''

''परन्तु भाभी को सामने रखकर तुम्हारा रणगमन क्यों?''

''इसलिए कि राम और सीता दोनों एकनिष्ठा हैं, एकात्मा हैं। सीता को लौटाने से भी अब यह कटुता तथा अपनी-अपनी संस्कृति और महान् कूटनीति पर आघात, यह विश्वयुद्ध तभी विश्राम पर आएगा जबकि विश्व में एक ही शक्ति रहे। चाहे वह श्रीरावण की हो या श्रीराम की। अब तो महानता का प्रश्न उपस्थित हो गया है! लंका का एक-एक वीर अपने प्राणों की आहुति के लिए तैयार है। परन्तु विदेशी शक्ति—इन्द्र, यग, वरुण और उनके अमोघ अस्त्र राम-लक्ष्मण—की सत्ता को लंका के बालक, वृद्ध तथा लंका राज्य के जिनसे दौत्य सम्बन्ध हैं, वे राष्ट्र कदापि स्वीकार नहीं करेंगे। यही कारण है कि दो गुटों में से अब जो शेष रहेगा वही सर्वसत्ताधारी के रूप में जगत में वरेण्य होगा, श्रेष्ठतम होगा तो ऐसा अवसर बार-बार नहीं आता। ऐसे समय को कोई भी मेधावी पुरुष हाथ से नहीं जाने देता। रण करो लक्ष्मण, सीता को देखकर मोह में मत फँसो। मृत्यु तो वीरों का बाना है।''

''मैं मानता हूँ, इन्द्रजीत! तेरे शौर्य को, किन्तु तुम सीता को लक्ष्मण तक छोड़ दो फिर युद्ध होने दो। भाभी के रथ पर रहते हुए रण कैसे होगा?''

''जानकी वीरांगना है, साध्वी है तथा महान् कूटनीतिज्ञ है। ऐसी स्त्री पर शस्त्र चलाने की सीख तुम्हें विश्वामित्र ने दी थी। वैदेही यहाँ युद्ध नहीं कर रही है। युद्ध तो मैं करूँगा और तपेश्वरी ब्राह्मण मेघनाद क्षत्रिय लक्ष्मण तक सीता को छोड़े, यह इन्द्रजीत के गौरव के विरुद्ध है। यदि सीता तुम्हारे लिए एक अबला प्रतीत होती है तो लो, मैं इसका शीश काटे देता हूँ।'' कहते हुए इन्द्रजीत ने सीता का वध कर शीश लक्ष्मण की ओर फेंक दिया और हँसता हुआ वापस लौट गया।

राम ने जब यह कृत्य देखा तो वे मूर्च्छित हो गए। लंका की सेना प्रसन्न हो गई और चारों ओर उन्होंने सीता-वध का समाचार तत्काल फैलाकर राम-कटक को हतप्रभ ही नहीं किया बल्कि कपि-दल के उत्साह को झकझोर दिया। भारत की सेनाओं के मनोबल को गिरा दिया तथा द्रोणगिरि की पुत्री विशल्या राम को चैतन्य करने की चिकित्सा में लग गई।

वरुण, विभीषण, अगस्त्य, जाबालि के अधर शुष्क हो गए। वरुण के माथे पर प्रस्वेद झलक आया। देवराज इन्द्र की दशा अकथनीय थी। सीता-वध से युद्ध का मुख्य उद्देश्य ही समाप्त हो गया था। लक्ष्मण राम का सिर गोद में रखकर विलाप कर रहे थे। हनुमान की सेना हनुमन्तोता

तक बढ़ गई थी। जब उन्होंने यह समाचार लंका के महर्षियों, पुरोहितों से जाना तो वे दुखी हुए किन्तु पुरोहितों ने परस्पर निकुम्भिला मन्दिर की ओर जाते हुए किसी यज्ञ की कानाफूसी की थी। उससे उन्हें यह गलत जानकारी भी लंका के महर्षियों, पुरोहितों की कूटनीति के अनुसार दी गई कि युवराज इन्द्रजीत मृत वीरों को जीवित करने के लिए यज्ञ कर रहे हैं।

ब्रह्मा (वरुण) ने आत्मज्ञान की साधना की। तब उन्हें ज्ञात हुआ कि जानकी जीवित हैं फिर दूर-बोध से अगस्त्य ने इसे सत्यता की कसौटी पर कसा। फिर राम के आँखें खोलने पर वरुण ने हँसकर कहा, ''कृत्रिमेयं हता सीता—यह तो माया-सीता (कृत्रिम सीता) का वध मेघनाद द्वारा मात्र अपना यज्ञ सफल करने के उद्देश्य से हमें विलंबित करने के लिए किया गया है। यज्ञकर्ता तपोनिष्ठ, शक्ति का उपासक मेघनाद ऐसा हीन कार्य कर अपने पौलस्त्य-कुल को कलंकित नहीं कर सकता। उसका प्रतिक्षण आदर्श भी है और चौंकानेवाली चामत्कारिक रणनीति भी है। उठो राम, वैदेही जीवित है।''

तभी विभीषण बोला, ''इसकी और पुष्टि में मैं मधुमक्खी से त्रिजटा से सम्पर्क स्थापित करता हूँ।''

विभीषण ने दूर-नियन्त्रण-यन्त्र से त्रिजटा से सम्पर्क स्थापित किया तो उसने बताया कि ''सीता हमारे ही राजप्रासाद में सुरक्षित है। सकुशल है।''

इसी बीच पवनपूत आ गया। वीर बजरंगबली ने यज्ञ की जानकारी दी तभी इन्द्र, वरुण, अगस्त्य ने कूटनीति के आधार पर तत्काल विचार-विमर्श किया और विभीषण से पूछा, ''अब क्या किया जाए? होमग्राम तक तो मेघनाद की मेघवाहिनी ही सन्नद्ध है। इस वाहिनी की रणगति चपलागति-सी है। इसे परास्त कैसे किया जाए? परमाणु भट्ठी के ठंडा होने तक किस प्रकार इस अणु-परमाणु शक्ति को नष्ट किया जाए अन्यथा मेघनाद सुषा तक को नष्ट किए बिना नहीं रहेगा। इन्द्र की अमरावती में मनुष्यों के शवों का ढेर लग जाएगा। यमपुरी निर्जन हो जाएगी। क्षीर सागर विषाक्त हो जाएगा।''

विभीषण बोला, ''तात, निकुम्भिला यज्ञ तो विध्वंस करना ही होगा। लक्ष्मण कपि-दल के साथ मारुतिवाहिनी को सुरक्षा-पंक्ति में रखकर हनुमान के साथ चलकर ऐन्द्रास्त्र का प्रहार करेंगे तो वेधशाला ही नष्ट हो जाएगी और तभी हम यज्ञ विध्वंस कर तत्काल शस्त्रविहीन इन्द्रजीत पर आक्रमण कर दें तो हमारी विजय होगी।''

राम ने प्रथम बार सहसा आज्ञा दी, ''ऐसा ही हो।''

महा मायावी मेघनाद पुरोहितों (वैज्ञानिकों) को निर्देश दे रहा है, ''तत्काल गन्धक, सोरा आदि का मिश्रण तैयार करो और प्रक्षेपण यन्त्र चढ़ाकर परमाणु बम निक्षिप्त करो। ब्रह्मास्त्र छोड़ो और इन्द्र को बता दो कि लंका की क्या शक्ति है? निकुम्भिला देवी हमारे अस्त्र-शस्त्रों को शक्ति प्रदान करेंगी। देवी का भक्त इन्द्रजीत अजेय है। मैं यज्ञ कर देवी को प्रसन्न कर मरे हुए वीरों को फिर से जीवन देने की दिव्य औषधि प्राप्त करता हूँ।''

मेघनाद मन्दिर में आ गया और अन्य महर्षियों के साथ यज्ञ करने लगा। प्रकांड पुरोहित वेधशाला में अणु-परमाणु ऊर्जा-शक्ति तैयार करने में जुट गए। चारों ओर से धूम्र उठकर फैलने लगा तथा मेघ-वाहिनी ने निकुम्भिला मन्दिर को चक्रव्यूह से घेर लिया।

लक्ष्मण के कन्धों पर इस व्यूह को नष्ट करने का भार था। अग्निवेश और सुतीक्ष्ण जैसे रणनीति विशारद ब्राह्मण वैज्ञानिक साथ में थे। कपि-दल आक्रमण के लिए और सुरक्षा के लिए मारुति-वाहिनी हनुमान की सेना भी।

मेघ-वाहिनी का संचालन और सेनापतित्व कुम्भकर्ण के पुत्र कुम्भ, निकुम्भ, अतिकाय जैसे महारथियों के हाथ में था। मेघ-वाहिनी छलयुद्ध, मायायुद्ध सभी में निष्णात थी।

अग्निवेश को अगस्त्य ने देवीनिवारा से सन्देश दिया, ''हम लंकापुरी पर चारों ओर से एक साथ आक्रमण कर रहे हैं जिसके कारण रावण उत्तरी छोर से पूर्वी छोर तक युद्ध-रत रहे और हम दक्षिणी छोर से रत्नपुर पर अधिकार करते हुए होमग्राम तक आक्रमण करेंगे तो आप लोग निकुम्भिला यज्ञ विध्वंस कर सकेंगे।''

अग्निवेश ने इसी सन्देश से तत्काल आक्रमण की घोषणा की जिसमें अग्निवेश द्वारा निर्मित भयंकर विस्फोटक अस्त्रों का प्रयोग किया गया।

इस धुआँधार आक्रमण का उत्तर कुम्भ-निकुम्भ ने हवाई आक्रमण, अजगव, पिनाक आदि से लेकर कपिसेना को बिखरा दिया। परन्तु हनुमान ने निर्देश दिया, ''यदि एक वाहिनी भी रणखेत होती है तो भी कपिश्रेष्ठ अपने प्राणों की आहुति देकर रत्नपुर पर अधिकार करें। यदि रत्नपुर पर अधिकार होकर होमग्राम में हमने मेघनाद का वध कर दिया तो फिर विजय तो हमारी हो ही जाएगी।''

सैनिक लड़ते रहे। लक्ष्मण ने ऐन्द्रास्त्र, अग्निवेश ने आग्नेयास्त्र का प्रयोग कर कुम्भ, निकुम्भ को मार दिया। उनके शरीर विस्फोटों में ध्वस्त हो गए फिर भी मेघवाहिनी अतिकाय के नेतृत्व में भीषण युद्ध लड़ती रही।

विभीषण बोला, ''ये मेघनाद की मेघवाहिनी है जो सेनापति के मारे जाने पर भी लंका राष्ट्र के लिए तब तक लड़ती रहती है जब तक कि एक-एक वीर अपने प्राण नहीं गँवा देता। जब तक हम इसे परास्त करेंगे तब तक तो इन्द्रजीत का यज्ञ ही सफल हो जाएगा। मेरी बात को आप सभी ध्यान से सुनो, कपि-सेना को युद्धरत रहने दो। शत्रु सैन्य को यह पता न चले कि सेना का कोई सेनापति है या नहीं। यहाँ से कुछ दूर कंबूक नदी की ओर से एक सुरंग जाती है जो सीधी निकुम्भिला जाकर खुलती है। उस सुरंग को हम पराशक्तियों के सहयोग से पार करेंगे परन्तु भगवान रुद्र के चरों की आँख बचाकर यहाँ से निकलना होगा अन्यथा वे यह सन्देश दे देंगे तो फिर तपेश्वरी धर्मात्मा मेघनाद का वध नहीं किया जा सकेगा और जब तक मेघनाद नहीं मारा जाएगा तब तक श्रीरावण अजेय, अमर ही रहेगा। इस कपट नीति में भी स्वामी-भक्त मारुत-वाहिनी की एक टुकड़ी हमारे साथ रहेगी तो लंका की गिरि-कन्दराओं, गुफाओं से होकर छोटे मार्ग से मैं सुरंग तक पहुँचा दूँगा। परन्तु यह ध्यान रहे कि सैनिक तीव्र गति से चलनेवाले हों और उनके पीछे अनुसन्धान दल भी चले। हम चिह्न छोड़ते जाएँगे क्योंकि सैन्य टुकड़ियाँ मार्ग भूल गईं तो कहीं-की-कहीं पहुँच जाएँगी और लापता हो जाएँगी।''

विभीषण की इस कठिन यात्रा का अनुमोदन तत्काल अग्निवेश ने कर दिया और सुतीक्ष्ण ने एक नई युक्ति बताई कि मेघ-वाहिनी के वीरगति प्राप्त सैनिकों के हरे वस्त्र उतारकर हमारे सैनिक धारण करें ताकि हमारे सैनिकों को इस छद्म वेश में लंका के चर मेघ-वाहिनी ही समझें।''

इस महान् कूटनीतिक व्यवस्था का षड्यन्त्र रचकर विभीषण अपनी पीठ पर दर्पण लटकाए हुए सबसे आगे चला। यह कटक पूँछ के समान बढ़ते हुए अग्रसर हुई अर्थात् आगे मूल में कम सैनिक और सबसे पीछे अधिक सैनिकों को रखकर चला। लंका के संकीर्ण एवं दुर्गम मार्ग से जाने के लिए तथा सुरक्षा के दृष्टिकोण से यह सर्वथा एक नई रण-कोशल की व्यवस्था थी, जो हनुमान ने विदित कराई क्योंकि अंजनी पर्वत ऋष्यमूक पर्वत के संकीर्ण मार्गों का इन्हें ज्ञान था और पर्वतों पर चढ़ते-उतरने तथा अन्तर्भूमिक मार्गों से आने-जाने का भी अभ्यास था।

विभीषण छिपते-छिपाते जंगलों, कन्दराओं के मार्ग से सुरंग द्वार पर खड़ा हो गया। अग्निवेश से बोला, "वत्स, इस सुरंग के मार्ग के निरापद होने का निरीक्षण अपने सूक्ष्म-यन्त्र से तुम करो। वैसे इस मार्ग का ज्ञान लंका के प्रमुख मन्त्रियों को ही है और मेघनाद इस ओर से निश्चिन्त होकर ही यज्ञ कर रहा होगा। यह सुरंग सीधी निकुम्भिला राजमन्दिर में निकलती है जहाँ महावीर इन्द्रजीत शक्ति की उपासना में लीन होगा। उस तपश्चर्या-रत मायावी का वध लक्ष्मण ऐन्द्रास्त्र से करेंगे तो उसके शरीर के टुकड़े-टुकड़े हो जाएँगे।"

अग्निवेश ने सूक्ष्म दृष्टि यन्त्रों से परीक्षण किया। यह सुरंग भाग्यवशात् निरापद थी और यह स्वर्ण अवसर प्राप्त हुआ लक्ष्मण को अपना कपट-युद्ध पूर्ण करने का।

सबसे आगे मारुत दल के पाँच सैनिक उतारे गए जिनके दस धनुषांतर की दूरी रखते हुए लक्ष्मण, विभीषण, हनुमान, अग्निवेश, सुतीक्ष्ण ने प्रवेश किया और इनके पीछे छद्मवेशी सेना में पूँछ के रूप में ही प्रवेश किया।

इन्द्रजीत मन्त्रोच्चारण कर रहा था। वह प्रज्वलित पावक को होम दे रहा था। उसके नेत्र बन्द थे। बाहर रण हो रहा था और महर्षि, पुरोहित सब अपने-अपने कर्तव्यों में लीन थे। इस दुर्गम मन्दिर तक सहसा पहुँचने का किसी को ज्ञान ही नहीं था। इन्द्रजीत शस्त्रविहीन होकर होम-यज्ञ कर रहा था। उसके पास कामा-स्यन्दन नहीं था और न ही अक्षय तूणीर।

सहसा राजमन्दिर की सुरंग का द्वार खुला और एक के बाद एक राम-कटक के दुर्धर्ष छद्मवेशी वीर आ गए। महर्षियों, पुरोहितों ने शस्त्र उठाकर युद्ध करना प्रारम्भ कर दिया। तभी विभीषण ने आक्रोश में लक्ष्मण को आज्ञा दी, "ऐन्द्रास्त्र छोड़कर मेघनाद को यमलोक पहुँचाइए अन्यथा लक्ष्मण की इसी मन्दिर में बलि चढ़ जाएगी।" (मुहावरा)

लक्ष्मण ने अग्निवेश की ओर देखा। उन्होंने संकेत दिया और देवी के सम्मुख दूर आसन लगाए बैठे मेघनाद के होम की ओर हाथ बढ़ाते ही ऐन्द्रास्त्र छोड़ दिया। मेघनाद का शीश कहीं, धड़ कहीं और हाथ कहीं उड़ गए।[1]

फिर हनुमान ने घोषणा की, "अरे ब्राह्मण महर्षियो, पुरोहितो! तुम लोग बाहर निकल जाओ। अग्निवेश का विस्फोट इसे विध्वंस करनेवाला है।" फिर भी लंका के महर्षि रणरत रहे तो अग्निवेश ने स्वनिर्मित अग्निगोला फेंक दिया और मन्दिर की प्राचीर गिर गई। कुछ पुरोहित बाहर हो गए फिर वेधशाला पर अस्त्र विक्षिप्त किया और एक भयानक विस्फोट के साथ निकुम्भिला यज्ञशाला नष्ट हो गई। जिसकी ऊर्जा-शक्ति का यह केन्द्र भी अग्निवेश ने नष्ट कर महर्षियों, पुरोहितों को आश्चर्य में डाल दिया और उन्हें भागने के लिए बाध्य होना पड़ा।

फिर हनुमान ने बाहर गर्जना कर कहा, "श्रीरावण के पराक्रमी पुत्र मेघनाद का वध लक्ष्मण ने कर दिया है और रत्नपुर पर हमारा अधिकार हो गया है। अपने प्राण बचाना चाहते हो तो आत्मसमर्पण कर दो।" फिर हनुमान ने अपनी छद्मवेशी सेना की ओर संकेत कर कहा, "वह देखो, तुम्हारे ही हरे वस्त्रधारी सैनिकों ने आत्मसमर्पण कर दिया है।"

मेघ-वाहिनी दोनों ओर से इस बीच घिर चुकी थी और सहस्त्रों सैनिक रणखेत हो गए थे। कुछ निरन्तर युद्ध के कारण सैनिकों के वस्त्र भी नहीं खुले थे और वे थकित भी हो गए थे। उन्होंने आत्मसमर्पण के स्थान पर युद्ध-स्थगन की घोषणा कर पीछे हटने की बात कही, जिसे तत्काल सुतीक्ष्ण ने स्वीकार कर लिया। मेघनाद-वध के उपरान्त युद्ध फिर रुक गया।

1. कट गए शब्द का प्रयोग अस्त्र-प्रयोग के कारण स्वयमेव त्रुटियुक्त है। उड़ गए शब्द से मेघनाद के कटे हाथ का सुलोचना तक पहुँचने का भी निरूपण होता है।

34

"आह, शक्ति का पुजारी शक्तिधर वीर पुत्र मेघनाद वीरगति को प्राप्त हुआ। धार्मिक अनुष्ठानों, वैज्ञानिक पिता को छोड़कर संसार से विदा हो गया। कुसुम-कानन में स्थित चंडी का भक्त कैसे हुतात्मा हुआ, प्रहस्त! ये रक्षोराज माँ जगदम्बा का भक्त चरों, दासों, सन्देशवाहकों के समाचार पर विश्वास नहीं रखता। ओह, शिव शंकर! दशानन ने योग-साधना में रत होकर शीश काटकर भेंट चढ़ाए और आज उसी के पुत्र का मृत्यु-वरण हो गया। रावण को चौथेपन में अपने पुत्रों के बाहुबल के कारण निश्चिन्तता थी परन्तु ये कैसी देवेच्छा है कि रावण अपने ही भाई विभीषण के वैरी होने से लंका के समस्त गुप्त राजनीतिक तथ्य खो बैठा है। इन ब्राह्मणों—अगस्त्य, सुतीक्ष्ण, अग्निवेश तथा जाबालि—को क्या हो गया है कि ये सब मेरे शत्रु इन्द्र के कारण मेरे बैरी हो गए हैं। जबकि हे विधाता, तू जानता है कि रावण ने सार्वभौम सम्राट होने से सभी के साथ सम व्यवहार किया है। हे भवभूमिविधे! क्या ये रंगभूमि तू ने राम-रावण के संग्राम के लिए ही रचाई है। क्या तू ही वह शक्ति है जो राजा से रंक तक के सुख-स्वप्न को निरन्तर भंग करती रहती है। यदि यही तेरा अटल नियम है तो तेरी इस लीला को भी दशकन्धर देखेगा।"

फिर रावण शान्त हो गया। उसकी आँखों से अजस्त्र अश्रु बह रहे हैं। रावण के विलाप से मन्त्री परिषद, युद्ध परिषद की सभा भी आर्द्र हो उठी। महारानी मन्दोदरी पुत्र-शोक से संतप्त है किन्तु चित्रांगदा-श्रीप्रभा के म्लान मुख पर शत्रु राम के प्रति बोध भी है। प्रहस्त, माल्यवान सभी धैर्य बँधा रहे हैं और निकट ही खड़ा रावण का चित्रांगदा से उत्पन्न पुत्र वीरबाहु की आँखों में जहाँ पानी है, वहीं उसकी मानसिक प्रतिद्वन्द्वता में लक्ष्मण के प्रति घृणा है। राजद्रोही विभीषण जैसे भेदिए के लिए उसकी आँखें जल रही हैं और हृदय में प्रतिशोध का ज्वार उठ रहा है। यही दशा समस्त रक्ष-वीरों की, रक्ष-माताओं की है। वे विदेशी आक्रमण को लंका के लिए घातक मान रही हैं, अपनी लंक-लक्ष्मी-माता की रक्षा के लिए अपने पुत्रों-पतियों को रण-क्षेत्र के लिए तिलक कर रही हैं। लंका की नारी-शक्ति पूर्व से ही जाग्रत थी। अपना रण-कोशल दिखाने के लिए वीर-बाना धारण कर रही हैं।

श्रीरावण के सम्मुख लंका के युवकों-युवतियों का दल शस्त्र धारण किए हुए खड़ा है जिनके मस्तक पर अभिराम त्रिपुंड सुशोभित हो रहा है। बहनों और भाइयों का मिलन होकर सभी परस्पर एक-दूसरे से हँसते-हँसते श्री लंका माता की रक्षा के लिए रण-रंग में सराबोर होकर पावनभूमि के लिए प्रस्थान कर रहे हैं। मानो उनकी मूकता सम्राट को आश्वस्त कर रही हो कि हे महाराजाधिराज दशानन! आपका एक पुत्र नहीं, हम लाखों पुत्र-पुत्रियाँ तुम्हारे हैं और लंका की धरती पर जन्म लेकर हमने अपनी माताओं को इसी दिन के लिए धन्य किया है। लंका के भ्राता मेघनाद के हुतात्मा होने से गोद सूनी हुई। हम आपको विजयश्री का शीघ्र समाचार देंगे।

रावण फिर अश्रु पोंछकर सम्राट पद की गरिमा, प्रतिष्ठा के अनुरूप शान्त स्वर में बोला, "अरे पुत्रो, पुत्रियो! ठहरो! दशानन सार्वभौम सम्राट है। उसके पुत्रों को रण में नहीं जाना पड़ेगा। रावण स्वयं प्रहस्त के साथ रणक्षेत्र को जाएगा। पहले अपने औरस पुत्रों को ससैन्य भेजेगा, तुम्हें नहीं। लंका वीर-प्रसविनी है तो इसका अर्थ ये नहीं कि सम्राट भाग्यवादी, निराशावादी बनकर बैठा रहे। रावण यज्ञ करेगा और युद्धस्थल में राम-लक्ष्मण, अगस्त्य, जाबालि से कायर नीति से, छल-नीति से नहीं, आमने-सामने पुरुषार्थ से लड़ेगा और मेघनाद को धोखे से मारनेवाले

लक्ष्मण का वध करके लौटेगा। सम्राटों के सम्मुख अपने पुत्रों के बलिदान के अनेक अवसर आते हैं फिर भी इस क्षणिक शोक को धारण करते हुए नृप समर को जाते हैं और दुर्धर्ष संग्राम करते हैं। अब राम-लक्ष्मण और जामाता हनुमान, जिसकी वायुदूत और पवनदूत दोनों नभ सैन्य-शक्तियाँ हैं, वह भी रावण से परास्त होगा और जो पराशक्तियाँ हैं वे भी। रावण ने चन्द्रलोक, सूर्यलोक तक की शक्तियों को परास्त किया है। वे भी पृथ्वीवासी दशग्रीव की शक्ति से परिचित हैं। गुरु-ग्रह (सौरमंडल) की शक्तियों का आह्वान करूँगा, बृहस्पति से यज्ञ सम्पन्न कराऊँगा तथा विषैली गैस से कपि-दल को नष्ट करूँगा।''

वीरबाहु ने गरजकर कहा, ''भैया कुम्भ-निकुम्भ, मेघनाद जैसे पराक्रमियों के वीरगति पाने से हम रक्ष-धर्मी लंक-पुत्रों का अब यह उत्तरदायित्व है कि हम अपने देश की रक्षा के लिए सम्राट को इस आपद्काल में अपना सर्वस्व न्योछावर करते हुए लंका के लिए बलिदान हो जाएँ। पुत्र जब युवा हो जाते हैं तो पिता का अवलम्ब हो जाते हैं और राष्ट्र के लिए समर्पित हो जाते हैं। हम अपने दायित्व का निर्वाह कर रहे हैं। आपने नारी-शक्ति को पुरुष के साथ समानाधिकार प्रदान किए हैं। उन्हीं में भगिनी सुवर्णमच्छा का कटक, माँ धान्यमालिनी का कटक भी था जो परास्त हुआ तो अब ये शक्तियाँ रण को जाएँगी ही।''

इसी समय वज्रज्वाला आ गई और ममता की अश्रुमाला अंजली में भरकर सम्राट से बोली, ''तात! लंका अजेय अमर है। सहस्त्रों वीर दोनों ओर के भेंट चढ़ गए हैं तो उन हजारों हुतात्माओं का बलिदान व्यर्थ नहीं जाएगा। अब तो राम रहे या रावण। इन वीरों को जो लंका ने दिया है, आपने दिया है उससे अऋण होने का यही शुभ अवसर प्राप्त हुआ है। तुम्हारे भाई कुम्भकर्ण और महा शूरवीर पुत्र मेघनाद का प्रतिशोध लेने के लिए उन विदेशी पापी राम-लक्ष्मण का शीश काटकर तुम्हारे चरणों में डालने की आज्ञा दो। महाराज, हम आपकी प्रजा हैं, आपके इष्ट मित्र सम्राट इस विश्वयुद्ध में लड़ रहे हैं। उस कपटी इन्द्र और अगस्त्य को जब तक कारा में नहीं डाला जाएगा तब तक लंका का अवरोध भंग नहीं होगा। प्रजा का स्वर उठ रहा है। लंका के महर्षियों, पुरोहितों, ब्राह्मणों का स्वर गूँज रहा है कि अब तो अपना बलिदान देकर जगत् में सदैव के लिए लंका और अपने सम्राट का नाम अमर करेंगे। राजन्! मैंने तुम्हारे जैसे अनेक यन्त्र-मानवों का दल तैयार कर लिया है जो युद्ध में अगस्त्य, इन्द्र, जाबालि वरुण सभी को छकाएगा।''

रावण वज्रज्वाला के स्वभाव से परिचित था। वह इस वीरांगना तथा महान् स्त्री वैज्ञानिक के नित नव्य चामत्कारिक आविष्कारों से आकर्षित और प्रभावित रहता था। वह निर्वाक् हो गया। तरुण-तरुणियों के दल चले गए।

इसी समय महासती सुलोचना ने वीर-वेश में सभागार में पर्दापण किया जो अपनी स्त्री-सैन्य-शक्ति के साथ आई थी।

समूची युद्ध परिषद पवित्र पावक नाग-सुता को विलोक रही थी। वह धीरे-धीरे सिंहासन की ओर अग्रसर हो रही थी। जिसके हृदय में पति का विछोह का अगाध दुख और मुख पर शत्रु-प्रतिशोध का भाव था किन्तु नेत्रों में जल नहीं, आग जल रही थी। वह वीर-वेश में स्वयं ही शक्ति का रूप प्रतीत हो रही थी। वह मूर्ति, निर्भीक होकर अपने श्वसुर सम्राट रावण को सांत्वना देते हुए बोली, ''तात, तुम्हारे पुत्र शत्रुओं का संहार कर स्वर्ग को गए हैं। उन्होंने वीरों का कर्म कर वीरगति प्राप्त की है। तुम्हारे पुत्र के पराक्रम से पौलस्त्य-कुल उज्ज्वल हुआ है। आप विलाप न करें। आपके पुत्र के स्थान पर अब पुत्र-वधू वीर कर्म करेगी।''

"पुत्री सुलोचना, रावण विलाप नहीं करता। विलाप से लाभ भी क्या है! मैं अब उसको प्राप्त नहीं कर सकता किन्तु हिय में एक व्यथा है कि लक्ष्मण ने अनीति से विभीषण के कहने पर मेघनाद की हत्या कर दी। मेरे पुत्र को वीर कर्म से वंचित कर वध करनेवाला अधर्मी मूढ़ लक्ष्मण जीवित नहीं रहेगा और न उसे रहना चाहिए। मैं स्वयं सेना सजाकर अपने कर्तव्य का पालन करूँगा और युद्ध-स्थगन की याचना शत्रु से रावण नहीं करेगा। बल्कि वह प्रतिदिन रण-रत रहेगा।"

"तात, अभी तो सुलोचना रण करेगी। मेरे साथ मेरी सातों सखियाँ भी हैं जो स्त्री सैनिकों की व्यूह-रचना में मेरे साथ रहेंगी।"

"जा पुत्री, रावण रण से प्राणान्त तक विमुख नहीं होता। महासती, तेरे सत्य की अग्नि से राम-लक्ष्मण झुलस जाएँ। यही मेरा तुझे आशीर्वाद है। दशानन लंका के लिए किसी से मोह नहीं करता। राष्ट्र की रणभूमि में मृत्यु से कोई डर नहीं। विधि के हाथ में जो लिखा होगा, श्रीलंका के भाग्य में वह तो होगा ही फिर दशानन कर्म से क्यों पीछे हटे?"

सुलोचना फिर महारानी मन्दोदरी, चित्रांगदा, श्रीप्रभा की ओर मुड़ी और क्रमशः अपनी सासों का चरण परसकर मन्दोदरी से बोली, "अम्ब, तुम धन्य हो जो तुमने लंका की पवित्र धरती पर ऐसे महा मायावी, पराक्रमी पुत्र को जन्म दिया! जिसे देवता तक सम्मुख युद्ध में परास्त करने में असमर्थ रहे, उनका धर्म के ठेकेदारों ने कायरता का परिचय देकर लक्ष्मण से वध करा दिया। इससे आर्यावर्त की थोथी धार्मिकता की पोल खुल गई और तुम्हारे पुत्र की यशकीर्ति चारों ओर फैल गई है। इन्द्र की असफलता तथा इस हत्या से देश-विदेश के नाना भूप विभीषण तथा लक्ष्मण की निन्दा कर रहे हैं। माँ, तुम वीरांगना हो! अब अपनी पुत्र-वधू को अनुमति दो।"

"हाय, सुलोचने! मन्दोदरी क्या आज्ञा दे अपनी बेटी को, जब सम्राट ने सहमति प्रदान कर दी है? नारी-धर्म में तुमसे महान् कोई नहीं। आज वह साध्वी भी रण-क्षेत्र को जाएगी, ऐसा किसी माँ ने सोचा था? किन्तु इस रणभूमि पर क्या-क्या भविष्य में घटित होना है, कोई नहीं जानता। सब काल (टाइम) के हाथ में है। हर स्त्री की लालसा होती है कि वह पति से पूर्व मरे परन्तु ऐसा कम होता है। संसार की अधिकांश स्त्रियाँ वैधव्य धारण कर जीती हैं अथवा कोई-कोई साध्वी सत्य से चिता में अग्नि प्रज्वलित कर पति के साथ सहगमन करती है। तुम महासती हो, अपना धर्म समझती हो। जाओ, रणक्षेत्र में जाओ और अपने सत्य का पराक्रम राम को दिखाकर लंका की स्त्रियों की पवित्रता-धार्मिकता के नए अध्याय से विदेशियों को परिचित कराओ।"

महासती सुलोचना अपनी सैन्य शक्ति के साथ वापस हो गई।

श्रीरावण ने युद्ध परिषद, मन्त्री परिषद से परामर्श किया। समस्त विचारकों ने अपनी वीरता और लंका की प्रजा के पुरुषार्थ का बखान करते हुए विजयी होने का चिन्तन किया। एक सदस्य ने सीता का वध किए जाने का भी मत प्रकट किया, जिसे प्रहस्त और वीरभद्र ने काटते हुए कहा, "रक्षःराज ने सीता को पुत्री माना है तो यह निन्दनीय कृत्य नहीं किया जा सकता।"

माल्यवान तथा श्रीरावण की माता केकसी ने युद्ध टालते हुए पुनः सन्धि-वार्ता को दोहराया। इस पर दृढ़ांग यातुधान वीर बोले, "अब सन्धि करने का तात्पर्य है रक्ष-संस्कृति का अपमान। हमारे सहस्त्रों वीरों का बलिदान होने पर इन्द्रजीत जैसे माया-युद्ध, वायु-युद्ध विजेता का क्लीव, कायर राम-लक्ष्मण ने बालि के समान अनीति से वध कर दिया। सहस्त्रों नारियाँ वैधव्य का

वरण कर चुकी हैं, तो सन्धि किसलिए? हमारे रक्त की एक-एक बूँद लंका को नई चेतना प्रदान कर नई लंका का निर्माण करेगी। हमारे सैनिकों ने कभी भी पीठ नहीं दिखाई जबकि तात कुम्भकर्ण का वध स्वयं राम ने पीठ दिखाकर अगस्त्य के कहने से किया। हम राक्षसों के स्वाभिमान और हमारे सम्राट का जो शीश सदैव अभिमान से उन्नत रहता है, वह देवताओं के आगे नहीं झुका तो राम के सम्मुख कदापि नहीं झुकेगा। हम ब्राह्मण हैं, हम जगत-पूज्य हैं। हमारा राम से अब कोई समझौता नहीं होगा। हमारे सैनिकों के अदम्य साहस, उत्साह के अतिरिक्त हमारी प्रजा भी राम को फूटी आँख नहीं देखना चाहती। वह विदेशी सत्ता को रणक्षेत्र में ललकार रही है तो सहस्त्रों लोगों की भावनाओं और उनके बल के अनुरूप हमें युद्ध करना होगा अन्यथा लंका में विद्रोह हो जाएगा। जन-मानस विपक्ष में चला जाएगा। ब्राह्मण वर्ग, पुरोहित वर्ग, जो कि दिन-रात यज्ञशालाओं में, वेधशालाओं में काम कर रहे हैं, को भी ठेस पहुँचेगी। इसलिए अभी जिस जनता ने अपना सर्वस्व न्योछावर करने का प्रण करते हुए विजय को आश्वस्त किया है, वही हमें कायर कहेगी, धिक्कारेगी—तुमने लंका के भाग्य का निर्माण गलत किया है। हमें भारतवर्ष के अयोध्या के राजा की दासता की जंजीरें नहीं चाहिए, हमें चाहिए अपना श्रीरावण जैसा वीर योद्धा सम्राट, जिसने विश्व में लंका को ख्याति दी। अपनी यशस्वी सेनाओं को विश्वप्रसिद्ध किया। यह सन्धि नहीं होगी।''

सदन का अन्तिम निर्णय महामना रावण ने सुन लिया था। महासती सुलोचना का निर्णय भी उसने देख लिया था। सुलोचना के कबूतर गुप्तचरी के लिए आकाश में उड़ने लगे थे। एक बार रावण ने मन्दोदरी की ओर देखा, उसके मुख के भाव को पढ़ा। इतने में महारानी बोली, ''नाथ, लंका का उद्धार राम से सन्धि करने में नहीं, बल्कि युद्ध करने में है। वह लक्ष्मण जो यज्ञ करते हुए मेरे पुत्र का वध करे, उसका वध कौन करेगा? श्रीरावण या सुलोचना?... सुलोचना प्रयाण कर चुकी है। सार्वभौम सम्राट दुर्धर्ष संग्राम कर पुनः देवताओं को कारापंजर में डालेगा और राम-लक्ष्मण के कटे शीश दशरथ देखेंगे परन्तु रक्षःराज उन्हें कैकेयी के पास भेजेगा। जिस जानकी को मैंने पुत्री समझा है, वही मेरे राज्य के विरुद्ध षड्यन्त्र रच रही है और राजद्रोहिणी सरमा के राजप्रासाद में पहुँच गई है। उस वैदेही को विधवा वस्त्र धारण कराकर विजयोपरान्त पुष्पक से मिथिला भेजा जाए।''

श्रीरावण बोला, ''गुरु-ग्रह से सहायता माँगो, श्री बृहस्पति को बुलाओ और लंका के रत्नागिरि पर्वत पर यज्ञ की व्यवस्था करो। रावण उन तुच्छ राम-लक्ष्मण का वध करेगा या अपना कराएगा, यह प्रण करता है और जब तक युद्ध का निर्णय नहीं हो जाएगा तब तक रणभूमि से नहीं लौटेगा। अपने प्राण रहते रावण किसी से पराजय नहीं मानेगा। यहाँ तक कि मूल बल के नष्ट होने पर भी दशानन लड़ता रहेगा।''

पुनः अट्टहास करते हुए कहा, ''मेरे रणक्षेत्र में जाने से पूर्व आज ही दरिद्रों, दुखियों को राजकीय कोष से मुद्राएँ वितरित की जाएँ ताकि वे अपना श्रेष्ठ जीवन बिता सकें। जो भूमिहीन, आवासहीन हों, उन्हें भूमि दी जाए ताकि प्रजारंजन दशग्रीव की राजकीय व्यवस्था में कोई निर्धन भी उसकी सत्ता की आलोचना न कर सके। कारा में जो राजनीतिक नेता कपिगण पड़े हैं, उन्हें मुक्त किया जाए तथा जिन अपराधियों, चोरों, लुटेरों को दंड दिया गया है, उन्हें भी छोड़ दिया जाए। किन्तु राम-दल के जो सैनिक कारा में हैं, उन्हें न छोड़ा जाए। यदि रावण रण में मारा जाए तो भी प्रजा अपने सम्राट के लिए रुदन न कर लंका राष्ट्र की उन्नति का ही चिन्तन करे और फिर से शक्ति एकत्रित कर विदेशी सत्ता को उखाड़ फेंके। सुयोग्य प्रजा हितैषी राजपुत्र

अथवा मन्त्री को राज्यासन पर बैठाए।

"मुझे मेरी प्रजा, सैनिक, सेवकों ने जो अटूट स्नेह देकर सार्वभौम सम्राट की पदवी तक पहुँचाया, देवजाति को पराजित करने से लंका ने विश्व में जो शीर्षस्थ नाम-यश अर्जित किया, वह हमारे देश की तपस्विनी, धार्मिक प्रजा तथा यज्ञकर्ता पुरोहितों का पुण्यफल है और राष्ट्र के विश्वासपात्र मन्त्रियों और असीम की सीमा तक उत्साही हमारी दुर्धर्ष सेना की वीरता है। इसीलिए आज रक्षःराज विश्व के अनेक छत्रपों की आँख की किरकिरी बना। जहाँ-जहाँ रक्ष-संस्कृति के सम्राट हैं, उनके विरोध में भारत के ही राजाओं ने नहीं, अपितु विशेषकर देव सम्राटों ने षड्यन्त्र रचा और आज हमारी इस धरती पर विश्वयुद्ध हो रहा है, ये सम्राट दशकन्धर की शक्ति को चुनौती है, आपकी शक्ति को चुनौती है और दृढ़ांग रक्षःवीरों के बाहुबल को चुनौती है। इस चुनौती को हमने स्वीकार किया। राम-भार्या सीता का राजनीतिक अपहरण कर पृथ्वी के समस्त क्षत्रिय सम्राटों को हमने ललकार दिया।

"इस सुग्रीव कंटक को एकाकी कुम्भकर्ण और इन्द्रजीत ही यथेष्ट थे किन्तु हमारे अपने ही लोग, जिन पर हमें विश्वास था, फूफा अगस्त्य, जामाता हनुमान (पवनपूत, वायुदूत ये हनुमान का हवाई सैनिक बेड़ा था) और हमारी सुसराल किष्किन्धा के सम्राट धार्मिक राजा बालि का छल से वध करा दिया। सुग्रीव हमारा शत्रु हो गया अन्यथा राम की सहायता इन्द्र, वरुण, यम द्वारा किए जाने के उपरान्त भी उन्हें मार्ग नहीं मिलता। हमारे चरों ने अब हमें अवगत कराया है कि राम-रावण युद्ध एक भयानक षड्यन्त्र है। इसमें हमारे शत्रु पूर्णतया लिप्त हैं और कैकेयी को इन्द्र ने अपने जाल में फँसाकर दशरथ जैसे मूढ़ नृप को इस कुचक्र में बाँध दिया। सीता के भाई भामंडल ही नहीं, अपितु कैकेय, काशी आदि समस्त सम्राटों के साथ देवता भी अपनी सैन्य-शक्ति, अस्त्र-शस्त्र शक्ति के साथ राम के साथ खड़े हो गए।

"अगस्त्य ने अब पराशक्तियों, अन्य ग्रहों के लोगों को भी आह्वान कर इस रणक्षेत्र में उतार दिया है। अब हमें भी शुक्र, गुरु-ग्रह से सहायता लेने हेतु बाध्य होना पड़ा है। रावण कर्म और पुरुषार्थ तथा यज्ञ धर्म का प्रणेता है। वह जय-पराजय की चिन्ता किए बिना दुर्धर्ष संग्राम कर विश्व में फिर एक बार भूचाल उठा देगा। समुद्र को लाल कर देगा ताकि समुद्र की उत्ताल तरंगें राष्ट्र तक जाकर लंका की यशोगाथा और राम-लक्ष्मण की छल-गाथा कहें।

"बन्धुओ! साहस मनुष्य का सबसे श्रेष्ठ साथी है। इस संकट की घड़ी में लंकावासियों को धीरज, अदम्य उत्साह और अपने त्याग और बलिदान के लिए तैयार रहना चाहिए। आप सभी को लंकेश्वर का प्रणाम।

"मेरा प्रणाम, विदा, चिरसंगिनी महारानी मन्दोदरी से विदा, अमर लंका राज्य के वासियों से विदा, धन्यवाद! जय श्रीलंका!"

फिर से रावण का जय-जयकार हुआ। अपने प्रिय सम्राट के भाषण पर करतल-ध्वनि से सभासदों ने स्वागत क्रिया और दशानन अपने युद्ध-कर्म में संलग्न हुआ।

35

इन्द्रजीत के वध के उपरान्त भी कपि-सेना चिन्तित है, व्याकुल है। सहस्त्रों योद्धाओं का बलिदान होने पर मेघनाद कपट से मारा जा सका। उसका मायावी युद्ध, अन्तरिक्ष युद्ध शत्रुओं के मन-मस्तिष्क

में छाया हुआ है। हनुमान, राम, लक्ष्मण सभी मेघनाद-वध पर शोक-संतप्त हैं किन्तु इन्द्र प्रसन्न है। अगस्त्य भी सोचते हैं कि दुर्धर्ष योद्धा को विभीषण के भेद से यज्ञ करते हुए मेघनाद का वध रण की कूटनीति से भले ही विजय हो किन्तु धार्मिक युद्ध-नीति के अनुसार इससे लक्ष्मण को अपयश ही प्राप्त होगा। यही समाचार जब शिवशंकर सुनेंगे तो क्या होगा? उन्हें कौन शान्त करेगा? विश्व की महान् शक्ति शंकर कहीं स्वयं ही युद्ध न करने लगें अथवा स्वामी कार्तिकेय को न भेज दें अन्यथा त्रिपुरारि एक पल में सबको अपनी शक्ति से भस्म कर देंगे। आदित्य को बुलाया है, अभी तक क्षीरसागर से चले नहीं हैं। यमराज और रुद्र एक ही वंश के हैं, फिर भी भोलेनाथ को सन्तुष्ट कर सकेंगे या नहीं। अभी-अभी चरों ने सूचना दी है कि रावण कैलास पर शंकर-पार्वती से आशीर्वाद लेने पहुँच गया है और उन्होंने मकेश्वर लिंग प्रस्थापन का परामर्श रावण को दिया है। वे सैनिक सहायता भी भेज रहे हैं। मेघनाद के वध से स्वयं पार्वती ने राम-लक्ष्मण को धिक्कारा है। रावण मकेश्वर लिंग लेकर एकाकी आ रहा है। उसे छल से एकमात्र आदित्य (विष्णु) और नारद ही छल सकते हैं या फिर पुष्पक को नीचे उतारकर लिंग छीन सकते हैं। मित्र (विष्णु) तक समाचार वरुण ने भेज दिया है।

तभी अगस्त्य को दूरबोध से समाचार प्राप्त हुआ कि श्रीरावण मकेश्वर लिंग लेकर पुष्पक से चल दिया है और स्वच्छ नीले आकाश पर विष्णु का गरूड़यान उसका पीछा कर रहा है। आदित्य के साथ नारद भी हैं जो श्रीरावण के यान को उतारने के लए बाध्य कर रहे हैं। फिर अगस्त्य ने दर्पण का बटन दबा दिया और उन्हें सब कुछ काँच में दृष्टिगोचर होने लगा।

श्रीरावण ने स्वेच्छा से आदित्य के अनुनय-विनय पर अपना पुष्पक एक स्थान पर उतार दिया और विष्णु ने भी अपना वायु-रथ निकट ही उतार दिया।

त्रिपुंडधारी श्री दशानन ने प्रणाम कर विहँसकर पूछा, ''लक्ष्मीपते, किसलिए रावण को उतारा है? क्या उसका कल्याण करना चाहते हैं या षड्यन्त्र से दशग्रीव का वध!''

''नहीं सार्वभौम सम्राट, विष्णु यज्ञकर्ता पवित्रात्मा श्रीरावण का वध नहीं करेगा क्योंकि आदित्य अपनी मर्यादाओं को कभी नहीं तोड़ता। फिर जब राम-रावण युद्ध हो ही रहा है तो दशकन्धर पर विवस्वान अपना चक्र धोखे से क्यों चलाए?''

''चक्र न सही जगत्पते, फिर भी किसी-न-किसी कुचक्र से तो ग्रसित हैं ही क्योंकि अभी तक तो आप अन्तर्ध्यान थे, आज आप कैसे प्रकट हो गए?''

''यथार्थ में जिस लिंग को तुम अपने साथ ले जा रहे हो, वह चमत्कारी शिवलिंग है। इसका चुम्बन मात्र लेने से लोगों की मनोकामना पूर्ण हो जाती है। ऐसे लिंग का प्रतिस्थापन भारत की धरती पर ही होना चाहिए ताकि भारत के लोग शिव के उपासक बनें और द्राविड़ देवता का प्रभुत्व भारत के ब्राह्मण विद्वानों की वाणी में आए।''

रावण की अतिशय शिव-भक्ति उसे अन्धा बना देती है। वह भगवान शिव के लिए कुछ भी कर सकता है। ''वैसे यह मकेश्वर लिंग रुद्र ने मुझे राम पर विजय प्राप्त करने के लिए दिया है किन्तु जिस विष्णु को संसार अवतार रूप में स्वीकार करता हो, वही याचक के रूप में उससे यह लिंग माँगे तो रावण याचक को सब कुछ देगा। यद्यपि भगवन्, यह आपका षड्यन्त्र है। रावण ऐसा समझता है परन्तु जिस विष्णु को कमल-दल से उत्पन्न माना गया तथा अयोनिजा कहा गया हो, उस प्रजा के पालनहार को दशानन खाली हाथ नहीं जाने देगा, भले ही उसकी पराजय क्यों न हो जाए। यह रावण की तो विजय ही है।''

विष्णु मुस्कुराए। फिर बोले, ''रावण, जगत्-नियन्ता कौन है, मैं स्वयं नहीं जानता किन्तु

इतना अवश्य है कि जो स्वेदज, अंडज, पिंडज हैं उन सभी की मृत्यु अवश्यम्भावी है। तुम मृत्युंजयी हो, फिर भी मृत्यु का वरण प्रकृति करेगी। ऐसा मैं युगों से देखता आ रहा हूँ। मुझे ज्ञात नहीं है कि मैं कब कितने वर्षों तक शयन करता हूँ। कब पराशक्तियाँ मुझ पर कृपा करती हैं और सौरमंडल के महापुरुष, जो सूक्ष्म रूपधारी हैं, कब मुझे ब्रह्मा द्वारा रचित सृष्टि का पालन करते की आज्ञा देते हैं। यह प्रकाश कब अन्धकार में और कब ज्योति रूप में आता है, मैं नहीं जानता। यहाँ तक कि भोलेनाथ भी कब संहार करते हैं, उन्हें भी ज्ञान नहीं रहता। हम सब किसी ऐसी शक्ति के अधीन कार्यरत हैं, जिसकी माया को जानना कठिन है। तत्त्वज्ञान, योगज्ञान, इष्ट साधन हो सकते हैं, फिर भी कहाँ से कब क्या निर्देश प्राप्त होते हैं, कोई नहीं जानता। तुम महान् हो, फिर भी रावण की मृत्यु होगी। राम की मृत्यु होगी। यह विधाता का अटल नियम है। इसलिए सोच-विचार त्यागकर महामते, परम प्रकांड विद्वान ब्राह्मण वीर इस लिंग का प्रस्थान मेरे द्वारा तुम मेरे पुरोहित बनकर कराओ। नारद इसके साक्षी रहेंगे।''

''अहा, दशानन धन्य हुआ! आज आदित्य का पुरोहित-कर्म दशकन्धर करेगा। इससे बड़ी प्रसन्नता की बात पौलस्त्यवंशी की और क्या होगी? नारद जी, रावण के पुष्पक से मकेश्वर लिंग लाओ, रावण भगवान आदित्य का पुरोहित बनने का सौभाग्य प्राप्त कर अपने जीवन को धन्य करेगा। यद्यपि दशानन अब यह समझ गया है कि उसकी मृत्यु निकट है और उसकी सायुज्य-मुक्ति ही होगी जिसे सभी ने श्रेष्ठ कहा है। दशकन्धर अपने इष्ट शंकर के लिए यह महान् त्याग भी जय-विजय तथ्य को छोड़कर करेगा।''

रावण ने मकेश्वर लिंग का प्रतिस्थापन विष्णु से करा दिया और अपने लंकाधाम को प्रसन्नचित लौट आया। विष्णु नारद के साथ लंका में राम-दल में उतर गए।

सभी देवगणों को राम ने प्रणाम किया। सादर अभिवादन किया। अगस्त्य ने परमात्मा विष्णु को आदर के साथ उच्चासन पर बिठाया तो नारद ने चुटकी लेते हुए कहा, ''महात्मन्! आपके कल्याण के लिए आज भगवान विष्णु ने परम नीतिवान दशानन को वाक्शक्ति से जीत लिया।''

''मेरे कल्याण के लिए या राम के कल्याण के लिए या उस सभ्यता, संस्कृति के लिए जिसके लिए देव स्वयं संघर्ष करते रहे। इसी समुद्रतट पर भगवान विष्णु के नेतृत्व में देवासुर-संग्राम हुआ है। यहीं अमृत-मंथन हुआ है और यहाँ असुर भगवान आदित्य द्वारा ही छले गए हैं। महामना दशकन्धर को छला जाना कोई आश्चर्यजनक बात नहीं है किन्तु देवाधिदेव शंकर अवश्य राम-लक्ष्मण पर कुपित हो रहे हैं और देवी पार्वती श्रीरावण की सहायता के लिए फिर से भगवान रुद्र को उत्प्रेरित कर रही हैं इसलिए विश्वयुद्ध की भयानकता बढ़ सकती है।''

फिर नारायण हँसकर बोले, ''यह विश्वयुद्ध की चरम सीमा है। तात यमराज और मैं स्वयं देवाधिदेव से मिलकर आ रहे हैं। स्वामी कार्तिकेय को शान्त कर दिया गया है। उन्हें विधाता का अटल नियम परिवर्तन बता दिया गया है और सार्वभौम सम्राट दशानन को भी प्रकृति के परिवर्तन, महापरिवर्तन से अवगत कराते हुए होनी को महान् और जिसे टाला नहीं जा सकता, कह दिया गया है। प्रकांड तत्त्वदर्शी विज्ञानवेत्ता श्रीरावण विधाता और उसके द्वारा रचे गए भाग्य का ज्ञान मुझसे प्राप्त कर चुका है। मैंने श्री दशानन को छला नहीं है महात्मन्, बल्कि दशकन्धर की अतिशय शिवभक्ति से मैं स्वयं छला गया हूँ। यथार्थ यह है कि भगवान भक्त से पराजित हो गया है और श्री दशग्रीव ने विष्णु का मान रखने के लिए, अपने पौलस्त्य कुल तथा श्रेष्ठ ब्राह्मणत्व की महिमा के लिए वचनों का पालन किया है।

"मैं भी क्या करता! मुझे रावण के भविष्य का ज्ञान है। उसकी सायुज्य-मुक्ति होगी जो कि विरले देहधारियों को ही प्राप्त होती है। मेरे तात वरुण, यमराज तथा संहारकर्ता भगवान शिवशंकर के नियमो को राम-रावण भंग नहीं कर सकते। मनुष्य कुछ भी प्रयास क्यों न करे परन्तु समय आने पर वही होगा जो हमें विधाता निर्देश देगा। हम दिति-अदिति की सन्तानें हैं और संसार में हमारा ही कुल फैला हुआ है। फिर भी हमारी भावनाएँ कलुषित हैं। हम एकात्मा नहीं हैं, निर्विकार, निर्लिपत नहीं हैं इसीलिए ये युद्ध लड़े गए थे, लड़े जा रहे हैं और लड़े जाएँगे। इसमें राम-रावण तो निमित्त मात्र हैं। यथार्थ में यह प्रकृति का खेल है जिसे हम खेलते हैं और वह खिलाती है। कोई नहीं जानता कब कौन-सी घटना घटेगी, और क्या होगा? जो सुनिश्चित भविष्य जानते हैं वे नारद और दशानन जैसे महान् ज्योतिषी भी उस क्षण के लिए भूल कर जाते हैं। यह महान् ज्योतिषियों का दोष नहीं बल्कि प्रकृति का वह छलावा है जिसमें फलित ठगिनी माया के कारण ठगा जाता है।

"भविष्यवाणियाँ होती तो सही हैं किन्तु काल की गणना की त्रुटि के कारण मनुष्य को सही तिथियों का भ्रम उत्पन्न करा देती हैं। घटना कभी पहले और कभी बाद को घट जाती है। विज्ञान-वेत्ताओं का भौतिक विज्ञान जब अहं को प्राप्त कर लेता है तो प्रकृति पुनः कोई-न-कोई ऐसी घटना उत्पन्न कर देती है जिसके कारण योगबल भी धरा रह जाता है और अदृश्य में भी दृश्य उत्पन्न कर, उल्कापात कर विज्ञान-वेत्ताओं को ग्रहों-नक्षत्रों की धरती को छूने के पश्चात् उन्हें ईश्वरीय सत्ता को स्वीकार करने हेतु बाध्य करती है। यही मनुष्य मृत्यु की कल्पना करते हैं, वैरागी हो जाते है, उन्हें भीतरी ज्ञान प्राप्त हो जाता है कि हमारा विज्ञान एक महान् ज्ञान है किन्तु वह प्राकृतिक सत्ता को जय करने में असमर्थ हैं।

"यही ज्ञान श्रीरावण को अब मन-ही-मन उत्पन्न हो गया है इसलिए वह वीर युद्ध अवश्य करेगा और राम को पराजय के लिए बाध्य करेगा। किन्तु महात्मा अगस्त्य, जिन्होंने तात इन्द्र की सहायता कर देवी शची का सतीत्व सम्राट नहुष से बचाया है, की नीति से ही संसार का प्रकांड विद्वान अनेक विशेषणों, उपाधियों से विभूषित धर्मात्मा दशानन षड्यन्त्र व ब्रह्मास्त्र से ही मुक्ति प्राप्त कर सकेगा। आदित्य उस महर्षि को क्या युक्ति बतलाएगा। जिसने पराशक्तियों तक का आह्वान कर जगत् में श्रेष्ठ मानवयोनि को धन्य कर लिया हो। ये तो रण-रचयिता स्वयं सोचें। मैं तो समय के प्रतिकूल होने से रावण-वरुण-युद्ध में अन्तर्धान हो गया था और अन्तरिक्ष में स्थित होकर इन्द्र, वरुण, यम की पराजय हँसते हुए देख रहा था। चाहता तो अपने अमोघ अस्त्र 'चक्र' से लंका के समस्त योद्धाओं को रणभूमि में ही सुला देता परन्तु दशकन्धर का समय उसके अनुकूल था, विधाता दक्षिण भाग्य में था। तात ब्रह्मा से ज्ञान प्राप्त करनेवाले, ब्रह्मा से ही वरदान प्राप्त करनेवाले और ब्रह्मा (वरुण) से युद्ध करनेवाले भक्त रावण से परिस्थितिवश पराजित होना पड़ा। यह सब कालचक्र है।"

भगवान आदित्य के वचन सुनकर सब शान्त हो गए। तभी चरों ने समाचार दिया, "वीरांगना महासती सुलोचना अपनी वीरांगना सखी शक्तियों की स्त्री-सैन्य-शक्ति के साथ रणक्षेत्र में रणचंडी-सी अवतीर्ण हो रही है।"

यह समाचार सभी ने सुना और विष्णु तत्काल ही अन्तर्धान हो गए तथा इन्द्र, वरुण, और यम के वायुयान अन्तरिक्ष में स्थिर हो गए। अगस्त्य का संकेत पाते ही राम-लक्ष्मण-सुग्रीव देवी सुलोचना के सम्मुख उपस्थित हो गए।

साहस के साथ सुलोचना बोली, "अरे तात राम-लक्ष्मण, तुम मेरे पिता दशानन से महान्

नहीं हो। तुम्हारा छल से बालि-वध और कपटपूर्ण सुग्रीव-मैत्री, देशद्रोही विभीषण के साथ पक्षपात और लंका के घर-घर में रावण-विरोधी आग फैलाने वाले हनुमान के चरों को दंड न देकर सम्मानित करना, नीति-विरुद्ध है। धर्म की दुहाई देनेवाले तुम्हारे अनुज लक्ष्मण ने मेरे पति इन्द्रजीत को होम करते स्वर्ग पहुँचाया। क्या यह अधर्म नहीं है? सुलोचना तुम्हें धिक्कारती है और रण के लिए ललकारती है। पत्नी का धर्म पति के साथ सहगमन करना है, यह लंका की पतिव्रताओं का कर्तव्य है। उनमें पति को जीवित करने की भी सामर्थ्य है। तुमने मार्ग में काँटे बिछा दिए हैं। मनुष्य-मनुष्य के बीच प्रेम नहीं, राम, तुमने वैरभाव के बीज बो दिए हैं। हर जाति, हर वर्ण में एक मानसिक अन्तर्द्वन्द्व चल रहा है। क्या राम ने अपने व्यक्तिगत स्वार्थ सीता-मुक्ति के लिए समीष्ट को युद्ध में नहीं झोंक दिया है? बोलो राम, एक पतिव्रता के प्रश्नों का उत्तर दो।''

''देवी सुलोचना नाग-सुते! राम ने राम-रावण युद्ध के औचित्य को कभी स्वीकार नहीं किया। यह उसका मन जानता है या परमात्मा जानता है। राम को इस युद्ध का नायक बनाया है विश्व की महान् शक्तियों ने। तात श्रीरावण आत्माभिमानी, वीर और बलशाली हैं। यह राम जानता है और यही नहीं राम भी श्रीरावण से परास्त होने की आशंका से ग्रस्त है। इसीलिए उसने सन्धि-हेतु लंका के जामाता हनुमान को ही भेजा। फिर भी राम असफल रहा तो जिन महर्षियों से संचालित होकर राम ने वन-गमन किया, जिस माता कैकयी ने अपने प्रण को अपने पुत्र के समक्ष दोहराया और जिन ब्राह्मणों ने रावण संस्कृति के बढ़ते प्रभाव को रोकने के लिए राम से कहा, उस शक्ति-पुंज के कारण दंडक वन तक अनेक संकल्पों-विकल्पों, संश्यों के साथ राम आया और तात अगस्त्य के आशीर्वाद से राम एक यन्त्र-मानव बनकर रह गया। वह विधाता की लीला को ही सब कुछ मानकर अग्रसर हुआ। किन्तु अजेय लंका दुर्गा, दृढाँग यातुधान वीरों, महापराक्रमी श्री दशकन्धर और महान् प्रतापी मायावी मेघनाद के रणकोशल ने राम-लक्ष्मण को विवश कर दिया। युद्ध की विभीषका ने रणनीति में जय-प्राप्ति के लिए गुरुओं की तात्कालिक शिक्षा से पीठ-युद्ध कर्ता या कपट-युद्ध कर्ता बना दिया। इसमें दोष किसी का नहीं, दोष है तो रण में विजयी होने का।''

पुनः दुखी मन से कहा, ''नाग-सुते! राम मेघनाद-वध पर शोक प्रकट करता है और यदि तुम चाहो तो राम देवताओं से विनती कर मेघनाद को जीवित करा सकता है।''

''भद्र राम! सुलोचना मात्र अपने पति की ही आज्ञा का पालन करती है। जीवन-मरण और पुनर्जन्म के सिद्धान्त को जानती है। यदि किसी पतिपरायणा नारी की परीक्षा ही लेनी है तो देखो, मैं अपने पति के समस्त अंगों को जोड़ देती हूँ।'' कहते हुए सुलोचना ने शान्तिमती से जल लिया और अभिमन्त्रित करके उसे जोड़ा तो मेघनाद के समस्त कटे हुए शरीर (धड़-हाथ-शीश) आकाश में उड़ते हुए आए और भूमि पर जुड़कर एक हो गए।

सुग्रीव ने यह कौतूहलपूर्ण विस्मयकारी दृश्य देखकर कहा, ''यह निशाचर माया है।''

सुलोचना क्रोधित हो गई और उसने अपने सत्य की शपथ लेते हुए कहा, ''हे प्राणनाथ, कपीश्वर सुग्रीव के मन में संशय है। मेरे सतीत्व की सच्चाई के लिए आप दुखी होकर नहीं, हँसकर सभी के समक्ष मुझे आज्ञा दो कि मेरी अन्तिम गति क्या हो?''

सहसा मेघनाद के शरीर में प्राण एक क्षण के लिए लौटे और मेघनाद ने मुन्दे हुए नेत्र खोले। फिर हँसकर कहा, ''प्राणवल्लभे, जीवन-मरण-पुनर्जन्म ईश्वरीय सत्ता का नियम है जिसे देवगण भी नहीं पलट सकते। तुम भी मेरे समान युद्ध में वीरगति प्राप्त कर अपने लंका देश

और स्वामी के ऋण से उऋण होकर मेरे साथ ही चिता पर सहगमन करोगी। मेघनाद ने रण में प्राण छोड़े हैं तो उसकी मुक्ति ही हुई है। तुम भी धैर्य और शान्ति के साथ अपनी लंका माता की गोद में हँसते-हँसते रणक्षेत्र में प्राण-विसर्जन कर मेरे पास आओ।''

सुग्रीव ने एक बार महासती सुलोचना की ओर देखा और व्रीड़ा से ग्रीवा नत कर ली। सती के सत्य से लक्ष्मण भी दुखी हुए और महान् योगिनी, तपस्विनी सुलोचना के सामने बोले, ''वीर प्रतापी मेघनाद को सम्मुख रण में देवगण भी जय नहीं कर सके। उसे शेषावतार की अवधारणा से विभूषित लक्ष्मण जय करने में सर्वथा असमर्थ था। मैं मनुष्य हूँ, मुझमें मानव-सम्वेदना का प्रत्येक गुण है और मेघनाद-वध से आर्द्र हृदय हूँ परन्तु रण की कठोरता और विजय की लालसा मनुष्य को कहीं-से-कहीं पहुँचा देती है। ऋषियों, महर्षियों, ब्राह्मणों, क्षत्रियों को वीर-कर्म में रत होते देख कूट-युद्ध स्वयं जन्म लेता है। रण में सभी शत्रुओं को रणखेत कर हम अपनी विजय-पताका फहराना चाहते हैं। उसमें जो त्रुटियाँ मानव-मात्र से होती हैं, वे जयोल्लास के कारण अस्वीकार होती हैं। तुम्हारे पति का दुर्लभ मोक्षप्रद मरण हुआ है, इसलिए कोई सन्ताप न करो। वीरांगना का वैधव्य तो बाना है। हा, लक्ष्मण ये दुर्दिन भी देखेगा कि उसे सतियों से समर करना होगा तो इस विश्वयुद्ध की भयंकरता से यथेष्ट दूर चला गया होता। अब साहस के साथ अपनी पति-आज्ञा का पालन करो, पुत्री! आज शेष का शेषसुता से ही युद्ध होगा। यह धर्म-युद्ध होगा। मुझ पर वार करने में कोई संशय नहीं करना।''

यह युद्ध सात दिन तक चला। वीरांगना सुलोचना और शान्तिमती ने जो रण-कोशल सुग्रीव की सैन्य-शक्ति को दिखाया, उससे सभी ने दाँतों तले उँगली दबा ली और अन्तिम युद्ध में महासती सुलोचना मारी गई। रावण स्वयं रणक्षेत्र में आया और पुत्र मेघनाद तथा पुत्रवधू सुलोचना का शव ले जाकर एक ही चन्दन-चिता पर दोनों को सुलाकर अपने पुत्र वीरबाहु से दाह-संस्कार कराया। तब महामना सम्राट ने दोनों की अस्थि-भस्म को स्वर्ण-कलश में भरकर तीन दिन तक शोक मनाया। लंका की प्रजा ने अस्थि-कलशों के दर्शन कर महाप्रतापी इन्द्रजीत और महासती सुलोचना को अश्रुभरी श्रद्धांजलि अर्पित की और पुनः लंका का स्वामी लंकेश्वर युद्ध के लिए तैयार हुआ।[1]

36

''अटल आत्मविश्वासी महाराजा रावण के लिए आर्यावर्त के राजकुमार राम-लक्ष्मण कुछ भी नहीं हैं। अब धरती बिना राम की होगी। लंका के ब्राह्मण, ऋषि यज्ञ कर मूल वेद-मन्त्र-ज्ञाता ब्राह्मण दशमुख अग्निमुख को अजर-अमर करेंगे। बृहस्पति एवं शुक्र ग्रह के विशिष्ट देवपुरुष पधार रहे हैं जो कि गुरु बृहस्पति द्वारा प्रणीत यज्ञ सम्पन्न कराएँगे। रत्नगिरि पर्वत से विषैली

1. रामायण कामविन के अनुसार मेघनाथ की पत्नी ने युद्ध किया था। इसी को हमने सही आधार माना है। सेरीराम के अनुसार मेघनाट तथा कोमालदेवी (सुलोचना) का भस्म स्वर्णपात्र में रावण द्वारा रखा जाता है और युद्ध चालीस दिन तक स्थगित रहता है।
हमने युद्ध-स्थगन के स्थान पर सात दिन तक सुलोचना का युद्ध माना है, तत्पश्चात् शोक और तीन दिन के युद्ध-स्थगन के उपरान्त पुनः युद्ध। क्योंकि राम ने चारों ओर से घेरा डालकर अगस्त्य से सूर्य संहिता का उपदेश प्राप्त कर युद्ध किया था। वे रावण को यदि और समय देते तो पास ही पलट जाता।

गैसें यज्ञशाला से छोड़ी जाएँगी जो सुग्रीव के सैन्य दल में जाकर फैलेंगी और वानर आँखों से अश्रु बहाकर मर जाएँगे और धर्मज्ञ, वेदज्ञ, तपोनिष्ठ महाराजा श्रीरावण विजयी हो जाएँगे। मैं सीता-स्वयंवर में चाहता तो अजगव को भंग कर देता और राम का अवसर ही नहीं आने देता। परन्तु हमारे सार्वभौम सम्राट की आज्ञा थी कि गुरु शिव के धनुष का अपमान न किया जाए। उस अमोघ यन्त्र की सुरक्षा की जाए।

"यदि लंकेश्वर महाराज की आज्ञा होती तो राम को मिथिला में ही परास्त कर देता। राम कोई वीर योद्धा नहीं है और न ही फूफा अगस्त्य की नीति-युक्ति के बिना सुग्रीव का दल पवनपूत के वायुरथों सहित यहाँ आ सकता था। यदि सिंहासन-लोभी विभीषण राम के सहयोगी नहीं होते तो राम-लक्ष्मण महावीर मेघनाद का वध नहीं कर सकते थे।

"हम ब्रह्मा और शिव के अटल भक्त हैं। हमने उनसे अनेक विद्याएँ वरदान-स्वरूप प्राप्त की हैं। हमने त्रिपुरारि से आग्रह किया कि वे अपने त्रिपुर विमान की भाँति नभ, थल और जल में चलनेवाला यान हमें दें ताकि उसकी तकनीक का गहन अध्ययन कर लंका में उसका निर्माण किया जा सके। परन्तु अभी हम युद्धरत हैं। युद्धोत्साह और युद्धोत्सव के समाप्त होने पर ही यह यान लंका में बनाया जाएगा। इससे हमारा देश विकासशील राष्ट्रों की पंक्ति में आकर खड़ा हो जाएगा। हमने अपने देश को आत्मनिर्भर बनाकर विश्व में नया कीर्तिमान स्थापित किया है और देव सम्राटों को परास्त करने से लंकावासियों के सुयश को पूर्व से पश्चिम तथा उत्तर से दक्षिण तक फैलाया है। हमारा विश्वास है कि इस संकटकाल में देश की एकता-अखंडता के लिए लंकावासी अपने प्राणोत्सर्ग कर अपनी मातृभूमि के लिए बलिदान हो जाएँगे—जय श्रीलंका!"

कहते हुए प्रहस्त ने अपना भाषण बन्द किया और फिर युद्ध परिषद से परामर्श कर महामना सम्राट रावण ने गम्भीर वाणी में कहा, "अहो, सार्वभौम सम्राट दशानन जब पट्टमहिषी मन्दोदरी के साथ राजकीय यात्रा पर इन्द्र-धाम गया था तो देव सम्राट इन्द्र ने सुषा नगरी को किसी नवेली दुल्हन की भाँति सजाया था। रावण पर पुष्प और अक्षत की वर्षा की गई थी। राजप्रसाद के महापथ पर नीलकमल, स्वर्णकमल बिछाए गए थे। महापथ के दोनों ओर लंका के रंग-बिरंगे ध्वज फहरा रहे थे। दर्शकों की अपार भीड़ थी। वे रक्षःराज-राजेश्वर श्रीरावण की जय-जयकार कर रहे थे। लंका और सुषा के राष्ट्रीय गीतों की धुन बजाई जा रही थी। राजप्रसाद के मुख्य द्वार पर पहुँचते ही इक्कीस शतघ्नियों से गोले छोड़कर रावण का स्वागत किया गया था। पट्टमहिषी शची ने देवी मन्दोदरी की अगवानी की थी। सार्वभौम सम्राट ने इस शिखर-सम्मेलन में शान्ति की बात दोहराकर जन-मानस को युद्ध से विमुख करने का भाषण दिया था, जिसकी प्रशंसा सभी छोटे-बड़े राष्ट्रों ने की थी। रावण ने शान्तिकाल कंचनजंघा (कैलास) पर तप में व्यतीत किया। उन्हीं देवराज ने इस समय प्रतिशोध की तैयारी करते हुए राष्ट्रों को विश्वयुद्ध में झोंक दिया। यह विश्व के सम्राटों का अपमान है। रावण उस शक्तिमान इन्द्र के अनुयायी राम-लक्ष्मण को परास्त करने का प्रण करता है।"

पुनः कहा, "बन्धुओ! रावण ने क्षीरसागर-वासी प्रभु विष्णु के धाम में पहुँचकर देवी लक्ष्मी के दर्शन कर अपने जीवन को धन्य किया। भगवान कपिलदेव ने मुझे ईश्वर के विराट रूप का ज्ञान कराया और रावण ने अभयदान प्राप्त किया। आज वही जगत के पालनहार वाम हो गए हैं, दशानन ने उनकी मर्यादा के लिए यह जानते हुए भी कि यह छल है, मकेश्वर लिंग को लंका में प्रतिस्थापित न कर भारत (मक्का) में कर दिया। फिर भी लंका की जीत होगी। युद्ध में दशानन परास्त नहीं होगा।"

फिर अट्टहास कर कहा, "गुरु बृहस्पति यज्ञ सम्पन्न कराएँगे जिसमें से विषैली गैस[1] उत्पन्न होगी और सुग्रीव का कंटक मारा जाएगा। अब अन्तरिक्षवासियों का संघर्ष सौरमंडल के ही सूक्ष्म जीवधारियों से होगा। भगवान विष्णु, देवराज इन्द्र और देवाधिदेव शंकर आकाश में अपने वायुरथ स्थिर कर असुरराज रावण, जिसके सम्मुख दिग्पाल शीश झुकाते हैं, का रण-कोशल देखें। रावण नर-शार्दूल की भाँति रण करेगा। दशकन्धर के पराक्रम को, उसके पांडित्य को, राजनीतिक ज्ञान को और साहस, दृढ़ता तथा विश्वास के साथ प्रस्तुत किए गए भौतिक विज्ञान को भविष्य के कवि अभिव्यक्ति प्रदान करेंगे। दशग्रीव अपने पौलस्त्य कुल को तरंगित करते हुए असुर-राज्य की यशोगाथा वीर-रस में लिखाने की अमरता प्रदान करेगा। अनार्य देव शंकर का गुणगान कराएगा। धरती पर या तो राम रहेगा या रावण।

"अरे लंकावासियो, रावण ने लंका के चरित्र को महान् बनाया। उसने वरुण की पुत्री पुंजिकस्थला और रम्भा के प्रेम-प्रस्ताव को ठुकराकर अपने ब्राह्मणकुल की महिमा के लिए शाप को माला के समान धारण किया, फिर भी उसे रति-दान न करने से पापी कहा। यह संसार सत्य पर नहीं, झूठ पर विश्वास करता है। दशकन्धर ने इच्छुक नारियों को भी नहीं भोगा। इन्द्र अनिच्छुक नारियों को भोगता है तो उसके शरीर के सैकड़ों टुकड़े होने का कोई शाप नहीं देता। यह पक्षपात रक्षःराज के साथ क्यों? जयंत राम-भार्या सीता पर दृष्टि रखता है। राम इन्द्र के भय से उसका वध नहीं करते, मुनि अत्रि शाप नहीं देते क्योंकि देवराज के राज-प्रश्रय से ही उनकी कीर्ति है। सती अनसूया का सत्य स्तुत्य है परन्तु महासती सुलोचना के सत्य के सम्मुख, जो कि मृत पति को अपने सत्य से जीवित कर मेघनाद से निर्देश प्राप्त करती है, कुछ भी नहीं है। हमारे पुरोहितों का यज्ञ-कर्म, हमारे पंडितों का विज्ञान स्तुत्य है, फिर भी आर्यजन, देवजन प्रतिशोध के कारण हमारे सुकृत्यों का गुणगान नहीं करते। दशग्रीव जैसा न्यायप्रिय एवं धार्मिक सम्राट इन मनुष्यों से क्यों डरे? हमारा मनुष्यत्व इन्द्र, राम, अगस्त्य से बढ़कर है। दशानन को अपनी संस्कृति-सभ्यता पर अभिमान है और वह बलवीर, बलशाली होने से स्वाभिमानी है। वह इन मनुष्यों को पराभूत करेगा। पृथ्वी पर एकछत्र ब्राह्मण राज्य, रावण राज्य की स्थापना के स्वप्न को साकार करेगा। जिस राम ने छल-बल से लंका राज्य के सैनिक उपनिवेशों को समाप्त किया है, वही नामराशि रावण अयोध्या, मिथिला, कोशल, काशी, कैकेय में अपना राज्य साम्राज्यवादी नीति पर अधिनायकत्व के बल पर करके रहेगा।

"नाना भरद्वाज[2] भी समय की गति के कारण दशानन के विरोधी हो गए हैं। रावण अपने ही नातेदारों और ब्राह्मणों में जातीय उन्नति की स्पर्धा, टीस और खीज के कारण या करतार के अटल नियमों के कारण अकारण विरोधी हो गए हैं। क्षत्रिय राम के सहयोगी, फूफा अगस्त्य भी देवजाति के स्वार्थ से अपनी मातृभूमि भारत के लिए, रावण के विरोध में चले गए हैं। उन्हीं ब्राह्मणों, ऋषियों के लिए दशग्रीव ने संघर्ष किया, ब्राह्मणत्व को श्रेष्ठता प्रदान की। वे ही क्या, वसिष्ठ और जाबालि जैसे गुरु भी मात्र राज-प्रश्रय के कारण अपना थोथा यशोगान आर्य ग्रन्थों में लिखाने के लिए, अपने कर्म को विक्रय कर, इन्द्र की कूटनीति के अधीन हो गए हैं। फिर भी लंका की प्रजा को सार्वभौमिक सम्राट विश्वास दिलाता है कि वह अपने प्राणान्त तक दुर्धर्ष संग्राम करता रहेगा। वह अपना सर्वस्व अपनी लंका के लिए न्यौछावर कर देगा। यदि मेघनाद ने वीरगति प्राप्त की है तो ऐसे ही वीरबाहु के मरने पर भी दशानन वीर-कर्म से पीछे नहीं हटेगा

1. यह अश्रु गैस या अन्य कोई विषाक्त गैस होनी चाहिए।
2. इनकी पुत्री देववर्णिनी वैश्रवा की पहली पत्नी थी, जिससे कुबेर का जन्म हुआ था।

और धार्मिक युद्ध ही करेगा। राम-लक्ष्मण जैसा कपटपूर्ण कायर युद्ध नहीं करेगा।

"लंका देश के वासियो, हमने खगोल विद्या में पारंगति प्राप्त की है। संसार के सौर नक्षत्र-मंडल के ज्ञाता हमारी आकाशगंगा से टूटते तारों को देखते हैं। इनके निर्माण और विनाश को नहीं जानते। हम ऐसी दैवीय बात समझकर खगोल पर ध्यान नहीं देते। हमारे पूर्वज ब्राह्मण-ऋषियों ने जो सूत्र हमें दिए, उससे आगे हमने स्वयं आकाश-गमन कर सौरमंडल का ज्ञान किया है। ऐसे ही मूल-नक्षत्र में वसिष्ठ-पुत्र (धूमकेतु) वर्षों बाद दृष्टिगोचर हो रहा है। इसकी घोषणा लंका के ज्योतिषी रत्नगिरि वेधशाला से कर चुके हैं। सभी विद्वान, ज्योतिषी, ऋषि, मुनि, महर्षि देखेंगे अपने-अपने दर्पण हाथों में लेकर। वसिष्ठ-पुत्र (धूमकेतु) की एक या दो पूँछ का अवलोकन कर उसके रंग-भेद के आधार पर अच्छे-बुरे फल का निर्णय करेंगे। ये संख्या में बहुत हैं। इनके कई वर्ग हैं और अनेक नाम हैं। गुरुपुत्र (विकचा), बुधपुत्र, चन्द्रपुत्र, शनिपुत्र और ब्रह्मपुत्र आदि नामों से जाने जाते हैं तथा कुछ विशिष्ट धूमकेतु भी होते हैं। इनमें से कुछ मोतियों की माला के समान या हीरों के हार के समान जगमगाते हैं। ये किरण नामक धूमकेतु सूर्य से उत्पन्न होने से सूर्यपुत्र कहलाते हैं और पूर्व या पश्चिम दिशा में दिखाई देते हैं। उत्तर दिशा में चाँदी के समान या श्वेत कमल के रंग जैसे पृथ्वी पर आनन्द लानेवाले धूमकेतु होते हैं। इन्द्रधनुष के रंगवाला धूमकेतु अनिष्टकारी होता है। आग्नेय दिशा में अग्नि से उत्पन्न होनेवाला धूमकेतु हरे रंग के साथ, दक्षिण दिशा से उत्पन्न होकर रोगों को निमन्त्रण देते हैं।

"वीरो, इस समय इस मूल-नक्षत्र में जो धूमकेतु पूर्व से उदय हुआ है, वह अस्थिकेतु नामक धूमकेतु है जिसे शास्त्र भी कहा जाता है।[1] इसके उदय से भयंकर युद्ध होते हैं और रोग फैलते हैं। यह सब आप देख रहे हैं। ये सभी धूमकेतु अन्तरिक्ष में सैकड़ों की संख्या में घूमा करते हैं। अब देखना यह है कि ये रावण के नामराशि राम को घातक सिद्ध होता है अथवा रावण को। अगस्त्य, जाबालि भी इस पर मनन कर रहे होंगे किन्तु इस धूमकेतु का पूर्ण ज्ञान नहीं रखते। वे इसका नाम तक नहीं जानते। रावण वह सब गहन और सूक्ष्म अध्ययन कर चुका है और तुम्हें इसका परिणाम भयंकर युद्ध बतला रहा है। ये यथार्थ में लंका और भारत दोनों को ही अनिष्टकारी हैं और रावण यह भविष्यवाणी करता है कि अयोध्या-सम्राट सरयू में प्रवेश कर आत्महत्या कर प्राणोत्सर्ग करेगा। अजेय दशानन भले ही इस तथ्य को सुन पाए या न सुन पाए किन्तु लंका की भावी पीढ़ी अवश्य यह सुन लेगी।

"तुम्हारे शौर्य की प्रशंसा जगत करेगा, भले ही दशग्रीव संसार से अन्तिम विदाई ले ले। परन्तु उसकी रक्षःसंस्कृति तथा असुरों की वीरता कभी लंका से क्या, विश्व से विदा नहीं होगी। कालान्तर में रावण के कारण ही इस त्रेतायुग का इतिहास स्वर्णाक्षरों में कवि-कोविद लिखेंगे—जय श्रीलंका!"

37

सहस्राक्ष, विरूपाक्ष, चित्रांगदा-पुत्र वीरबाहु, श्रीप्रभा-पुत्र महोदर, महापार्श्व और प्रहस्त जैसे कुशल सेनानायकों के साथ श्रीरावण सौ सिंहोंवाले विशाल तथा अलंकृत रथ में चढ़कर चला। देवी मन्दोदरी ने अपने पति की अमोघ शक्ति सार्वभौम सम्राट को कुंकुम का तिलक करते हुए भेंट

1. वराहमिहिर के अध्ययन से सूक्ष्म रूप दिया गया।

की और कहा, "लंका का मान रहे, राम का नहीं, श्रीरावण का गर्व रहे और रक्षःराज अखंड रहे।"

महामना दश मुकुटधारी श्रीरावण विहँसा। उसके त्रिपुंडयुक्त ललाट पर तीन बल पड़े। उसने एक बार पट्टमहिषी की आँखों की ओर देखा, फिर दोनों हाथ बढ़ाएँ, कन्धों का स्पर्श किया और माथा सूँघा मानो अपनी अमरता की पुष्टि की हो। फिर धीमी गति से चित्रांगदा, श्रीप्रभा तथा अन्य परिचारिकाओं, दासियों पर मधुर मुसकान बिखेरता हुआ शार्दूलध्वजी सिंहरथ पर चढ़ गया। सजे-धजे सिंहों ने सिंह-गर्जना की। उनकी कटि हिली और सिर के सुनहरे बाल लहराए। श्रीरावण के इस रथ में आज सारथी के रूप में शंकर का गण वीरभद्र था जो कुशल सिंह-रथवाहक था। इस रथ को श्रीरावण का मूल-बल (सुरक्षित सेना एक हजार) घेरकर चल रहे थे। इस सौ सिंहों से खींचे जानेवाले रथ में बैठे दशानन पर फिर पुष्प-अक्षत की वर्षा की गई और राजप्रासाद से रण-दुंदुभी बजाती हुई लंका की सुरक्षित सेना युद्धभूमि की ओर चली।

राम का यद्यपि घेरा कसकर अब सिमट गया था और नल-नील, जाम्बवन्त, सुग्रीव, विभीषण, हनुमान ने लंका के दक्षिणी सागर की ओर से अग्रसर होते हुए लंका की धरती पर रत्नपुर तक अधिकार कर लिया था। इसी प्रकार उत्तर की ओर से लंकानगरी के पौलस्त्य नगर तक कपि-सेना, जिसे लंका की भौगोलिक स्थिति का पूर्ण ज्ञान था, बढ़ आई थी। फिर भी राम ने आज श्रीरावण से लड़ने में असमर्थता प्रकट कर दी थी और वे आज दशानन की आक्रामक तथा सुरक्षात्मक कार्यवाई का सिंहावलोकन करना चाहते थे।

आज के रण का भार सुग्रीव और विभीषण के कन्धों पर सौंपा गया था और सुरक्षा-पंक्ति में लक्ष्मण तथा हनुमान को रखा गया था।

दोनों ओर की सेनाएँ आमने-सामने हैं। श्रीरावण भ्राता विभीषण, जामाता हनुमान, साले सुग्रीव को देख रहा और सोच रहा है।

'आह, जिस सहोदर भाई को बचपन में पिता के समान पाला-पोसा और अग्रहारी बनाया, लंकाराष्ट्र के मन्त्री पद पर सुशोभित किया, सत्ता की बागडोर तक जिस विश्वासपात्र विभीषण को सौंपी थी, वही सत्ता के मद में पद-लोलुप हो गया। लंका के सिंहासन के लिए लंका का ही विरोधी होकर देशद्रोही हो गया। धिक्कार है ऐसे मनुष्य को जो राष्ट्र के विरोध में शत्रु की शरण प्राप्त कर सिंहासन पलटने या राष्ट्र के विभाजन का काम करते हुए देश की एकता-अखंडता को नष्ट करे! सम्राट दशकन्धर की दृष्टि में अक्षम्य है ऐसा मानव और उसका सहयोगी राम—आज पृथ्वीपाल दशग्रीव इन्हें मृत्यु का दर्शन कराएगा।

'आह, पवनपूत, नभसेना का संचालक आदिवासी हनुमान विद्याधर वंशी रावण का जामाता है, जो जातिवाद के कुष्ठ रोग से पीड़ित है। सम्राट केशरी का पुत्र मात्र नल और लंका के वानरों के विद्रोह के कारण शत्रु हो गया। जिस केशरी के वायुदूत आकाश में विचरते हैं, वही नभ-सेना श्वसुर रावण के विरुद्ध लड़ रही है। कौन कह सकता है सत्ता दोषी है। वस्तुतः सत्ता शब्द और उसके नियमों को न समझनेवाले ऐसे लोग जिन्हें स्वयं अपनी स्वार्थ-सिद्धि करनी है, दोषी हैं। सम्भवतः सत्ताधारी को इस युग में अच्छा, श्रेष्ठ कार्य करने पर भी दोषी ठहराया जाता है। यही वह हनुमान है जिसने अपने सगे मातुल (मामा) बालि का किष्किन्धा में छल से राम से वध करा दिया। यह आजकल मनुष्य के चरित्र को क्या हो गया है कि वह स्वयं अपने अस्तित्व के लिए अपनों से ही विमुख हो रहा है और भयानक षड्यन्त्र रचकर अपनों का ही विनाश कर रहा है। इन्द्र ने जिस हनुमान पर वज्र चलाया वही आंजनेय आज उसके

पक्ष में है। यह प्रकृति की कैसी नियति है! रावण ऐसे नातेदारों, रिश्तेदारों से दूर रहेगा और ऐसे जामाता को कभी क्षमा नहीं करेगा।

'आह, सुग्रीव तो कपि-कुल-कलंकी ही पैदा हुआ जिसने स्वार्थवश अपने सहोदर भ्राता का वध करा दिया। वह रावण का क्या मीत होगा? रावण कैसे कुचक्र में फँसा है, किस पर शस्त्र चलाए, किसका संहार करे? सत्ताधारी होने से यह वह सब करेगा। रणक्षेत्र में लंका का धर्म निरन्तर निभाकर मुक्ति प्राप्त करेगा।

'ये फूफा अगस्त्य हैं, जिनके नेत्र सजल नहीं हैं, हृदय में करुणा नहीं है। तपस्या का ओज और तेज जिनके मुख पर सदैव ही प्रकट रहता है। इनके आयुध इनके ज्ञान के अटूट भंडार की कहानी कह रहे हैं। इन ब्राह्मणों का विज्ञान संसार में जगमगा रहा है। इनकी संहिताएँ अद्वितीय हैं। सूर्य संहिता का ज्ञाता, ग्रहमंडल का विज्ञानी और अन्तरिक्ष से पृथ्वी तक का खगोलशास्त्री अन्य लोकों को विश्वयुद्ध में झोंककर अपनी 'वाह-वाह' कराने में जुटा है। युद्ध मेरी देन नहीं, इन देवताओं और ब्राह्मण, ऋषि-मुनियों की देन है। मेरे अधीन देवगण स्वतन्त्र हो गए। सन्धि को भंग कर दिया तथा सार्वभौम सम्राट के विरुद्ध षड्यन्त्र रचने लगे तो लंकेश्वर को भी अपनी महान् कूटनीति को अवलम्ब बनाकर अपने उपनिवेशों की रक्षा करने हेतु बाध्य होना पड़ा। आज कूट-मन्त्र विश्वयुद्ध की क्रूरता का बाना ओढ़कर लंका की पवित्र भूमि पर प्रचलित है। निरपराध ताड़का, भानजे शम्बूक का वध एवं भगिनी शूर्पणखा, जो नख-शिख तक परम सुन्दरी है, उसके मान-भंग के कारण वीर शिरोमणि दशानन शान्त कैसे बैठ सकता था। यदि इन घटनाओं को दैवयोग मानकर एक भूपाल चुप हो जाता तो भी क्या युद्ध रुक जाता। इन्द्र, वरुण, यम ने कैकेयी को कूट-मन्त्र दिया। वे राम को रक्ष-संस्कृति के विपरीत इतना भर चुके हैं कि राम अपने को युद्ध से विमुख नहीं कर सकता।

'फिर महामना दशकन्धर जिसकी यशलता धर्मव्रता चहुँदिश फैल रही हो और वीरता का डंका पिट रहा हो और जिसका रक्ष-धर्म विश्व-विख्यात हो गया हो, उसका रणक्षेत्र में उतरना स्वाभाविक है अन्यथा आर्यजन, देवजन श्री दशानन को कायर, भीरु कहेंगे। विधाता जानता है दशग्रीव अपने पुत्रों तक को युद्ध-भूमि में वीरगति प्राप्त करते देख प्रफुल्लित होगा।

'श्रीराम देख रहे हैं। उन्हें आश्चर्य हो रहा है। जगत में किसी भी सम्राट का सिंह-रथ नहीं है। यथार्थ में महान् विभूति और महापुरुष हैं ब्राह्मण सम्राट श्रीरावण। भगवान शंकर का कट्टर भक्त, त्रिकालदर्शी, अजेय दशानन के स्वर्ण से मढ़े और रत्नजटित मणिखचित रथ को सौ सिंह खींच रहे हैं। उसके अग्रभाग में अच्छी जाति के श्वेत सिंह जुटे हैं और प्रभु शंकर का सेनापति वीरभद्र महान् राजनीतिज्ञ दशग्रीव का सारथी होकर वल्गा थामे है। इसने स्वामी कार्तिकेय के साथ अनेक युद्ध जय किए हैं। वीरभद्र को शंकर जी ने भूत विद्या, पराविद्या में भी दीक्षित कर दिया है। उड़नेवाले दो सर्प और दो सुनहरे उड़नेवाले शार्दूल रथ के ऊपर उड़ रहे हैं। अलौकिक दृश्य राम ने क्या, सम्भवतः उन देवताओं ने भी नहीं देखा जो कि आकाश में स्थिर होकर यह युद्ध देखेंगे। ये सार्वभौम सम्राट को सुशोभित कर रहे हैं और चरीय व्यवस्था में रत कबूतरों की पंक्ति आकाश में उड़ रही है। दशमुकुट दशों दिशाओं के प्रतीक के रूप में हैं। पौलस्त्यनन्दन की अघोर तपस्या, यज्ञ, योगी के रूप में उसका दमकता मुख और आँखों का तेज ऐसा है कि अमर केकसी-पुत्र से युद्ध कर कोई अपनी मृत्यु को निमन्त्रण दे ही नहीं सकता। बलिष्ठ, दृढ़ांग लंकेश्वर की भुजाओं में आज भी फड़कन है। विशाल चौड़ा कंचूक में कसा हुआ वक्षस्थल किसी के मुष्टिका-प्रहार, गदा-प्रहार और द्वन्द्व-युद्ध के लिए अजेय है।

राम-लक्ष्मण और ये सहस्त्रों वीर असमर्थ हैं ऋषि पौलस्त्य-कुल-भूषण राम के नामराशि श्रीरावण को परास्त करने में।

'आह ये धर्म, ये वर्ण, ये जातियाँ-प्रजातियाँ किसने क्यों निर्मित कीं, किसलिए कीं? क्या सत्ता के लोभियों की मानव-मानव में वर्ग-भेद वर्ण-भेद उत्पन्न कर उन्हें कहीं रंग-भेद के नाम पर, कहीं जातिवाद के नाम पर तो कहीं साम्प्रदायिकता के नाम पर संघर्ष में झोंकने की कुटिल नीति नहीं है? कौन सधर्मी, सवर्णा उत्पन्न हुआ है? सभी ने मनुष्य मात्र के रूप में जन्म लिया है। दोषी वे महापुरुष हैं जिन्होंने अपनी पूजा के लिए व्यक्तिवाद के आधार पर धार्मिक साम्प्रदायिक संगठन खड़े किए और अपने धर्म को श्रेष्ठ बताकर दूसरे को हेय दृष्टि से देखा जबकि युद्ध में सभी एक हैं। मार्ग पृथक्-पृथक् हैं तो भी यह कौन कह सकता है कि आज जो राम क्षत्रिय के घर जन्मा है कल पुनर्जन्म के सिद्धान्त पर शूद्र के घर जन्म नहीं ले सकता। आज जो रावण श्रेष्ठ ब्राह्मण कुल में जन्मा है, वह कल अन्त्यज के घर भी जन्म सकता है। ये सब विकृत मस्तिष्कवालों की उपज है। उन सर्मांध लोगों की उपज है जो अपने अस्तित्व को रखने के लिए धर्म की ओट में जघन्य अपराध करते हैं। असामाजिक तत्त्वों को प्रश्रय प्रदान कर उनसे देशद्रोह, विद्रोह, हिंसा, आगजनी, लूटपाट करवाते हैं और राष्ट्र की एकता, अखंडता को नष्ट कराने का षड्यन्त्र रचते हैं। राम लंका में राज्य नहीं करेगा। राम विभीषण को गले लगाएगा किन्तु अयोध्या वापसी पर सुग्रीव, हनुमान सभी को विसार देगा। इन सभी में विचारों की मानसिक सकीर्णता है। अंगद ने राम के अस्तित्व को ही आज तक स्वीकार नहीं किया है। किसके मन में क्या है, राम नहीं जानता। राम को दृढ़ विश्वास था कि मेघनाद के मृत्यु-शोक से लंकापति सन्धि करेगा, अगस्त्य की युक्ति और उनके कूट मन्त्रों तथा अन्तरिक्षवासियों के यान-युद्ध से तिलमिला उठेगा। साहस भंग कर देगा परन्तु ऐसा नहीं हुआ। वैदेही की व्यथा राम मिटा सकेगा या नहीं, करतार ही जाने। मूल-नक्षत्र में पुच्छल तारा (धूमकेतु) प्रकट हुआ जो अनिष्टकारी है। सभी खगोलशास्त्री कहते हैं परन्तु किसके लिए है—राम के लिए या श्रीरावण के लिए, कोई नहीं कहता। कहे भी कैसे, दोनों की राशि एक है और कुंडली देखने का समय किसे है? यहाँ तो युद्ध और उसकी व्यवस्था रावणेश्वरम् (रामेश्वरम्) से लंका के सुवेलांचल तक व्याप्त है। तात अगस्त्य और देवराज इन्द्र की कूटनीति में राम को अधार्मिक, अन्यायिक रण करना है। हा सीते, तुम्हें राम देख भी सकेगा अथवा नहीं।'

फिर राम ने लक्ष्मण की ओर निहारा और कहा, "अनुज, पितातुल्य वन्दनीय, पूजनीय सार्वभौम सम्राट श्रीरावण सामने अट्टहास कर रहा है। युद्ध को ललकार रहा है जिसके मुख पर मेघनाद का क्षोभ नहीं, रण की लालसा है। उद्भट वीर, वृद्धावस्था में भी सहस्त्रों यूथपतियों को पराभूत करने में सक्षम है। महामना श्री दशानन के रण-कोशल का पहले अध्ययन करना, फिर वार करना। इसीलिए आज आक्रमण के लिए सुग्रीव और विभीषण को रण की बागडोर सौंपी गई है। ध्यान रहे लक्ष्मण, स्वाभिमानी दशकन्धर राजनीति का पंडित है। गुरु के तुल्य ही नहीं, सर्वगुण-सम्पन्न होने से गुरु बनाने के सर्वथा योग्य है। इसीलिए पौलस्त्य-नन्दन का अपमान, निरादर न हो और न ही कटु वचन कहना। अन्यथा राम एकाकी रह जाएगा। हमने ब्राह्मणों, ऋषियों, मुनियों के संग्राम में आकर अकारण ही, अनजाने, बिना बल का ज्ञान किए ही ब्राह्मण, पुरोहित, देवताओं, तक को पराजित करनेवाले श्रीरावण से शत्रुता मोल ले ली। अब पश्चात्ताप की अग्नि, वैदेही का राजनीतिक हरण हमारे चित्त को वेध रहा है। कहीं ऐसा न हो सौमित्र, कि रघुकुल का तिलक लंकाधाम में ही मिट जाए। सोच-समझकर, विचारकर सुरक्षा-पंक्ति में

सन्नद्ध होकर रण करना।''

रावण का सिंहरथ दोनों दलों के मध्य भाग में खड़ा है। शक्ति के पुजारी को विलोककर कपिदल में हड़कम्प हो रहा है। अच्छे-अच्छे सूरमाओं के हिय धड़क रहे हैं। एक बार रावण का उत्तर द्वार अर्थात् मन्नार पर रण-कोशल कपिसेना देख चुकी है। उनके छक्के छूट रहे हैं।

रावण गरजा। उसने कुंडलिनी जाग्रत की। फिर कहा, ''लंका के अजेय वीरो, विजय से तुम्हारा नाम रावण स्वर्णपत्र में टाँक देगा। तुम्हारी अमर-गाथा के लिए तुम्हारा स्मारक स्तम्भ के रूप में लंका के इसी दक्षिण द्वार पर बनाया जाएगा। हुतात्मा होने से अमर पद प्राप्त होगा। यह देशद्रोही विभीषण आज लंका के सम्राट से रण करने को तत्पर है। यह कुल-कलंकी मेरा भाई है। फिर भी मेरी आज्ञा है राजद्रोही का दानव, असुर, यातुधान वध करें।''

पुनः थोड़ा-सा रथ आगे कर कहा, ''यह महारानी श्रीप्रभा का भाई दुष्टात्मा सुग्रीव अपनी समूची कपि सेना के साथ विधर्मी राम की शरण में पहुँचकर भ्राता का वध कराकर किष्किन्धा के आसन पर बैठ गया है। इसे भी प्राण-दंड दो और अंगद का पम्पापुर में राज्याभिषेक करो।

''ये हनुमान बावरा हो गया है। इसकी रगों में, नस-नस में जातिवाद भरा हुआ है। यह वानर जाति का पक्षधर बनता है और अनार्यों का सम्राट होकर भी आर्यों से मित्रता कर अनार्यों से लड़ने आ गया है। मेरा जामाता है, फिर भी छत्र के अधीन रावण बिना किसी भेद के आज्ञा देता है—इसके वायु-बेड़ा सहित इसको नष्ट कर दिया जाए।

''ये फूफा अगस्त्य हैं। ब्राह्मणवंशी हैं, वसिष्ठ के भाई हैं और मुझ ब्राह्मण के साथ ही कूटनीति, छलनीति से षड्यन्त्रकारी, अधार्मिक युद्ध कर रहे हैं। मेघनाद जैसे योद्धा पर वश नहीं चला तो यज्ञ करते, होम करते जगत्प्रसिद्ध मायावी को निहत्था मार दिया।

''ये पापी हैं। दुष्टात्मा हैं। इन्हें लंका के दक्षिणी सागर में डुबो दो। वीरो, ऐसा समय बार-बार नहीं आता। तुम तो अमर ही हो। तुम्हारा सम्राट अमर है। मृत्यु कभी तुम्हारा वरण नहीं करती। रण हो, आज न राम रहेगा, न लक्ष्मण।''

विरूपाक्ष की गज-सेना ने वानरों को सर-सन्धान नहीं करने दिया। विरूपाक्ष श्वेत हाथी पर आरूढ़ था, विभीषण को बार-बार ललकार रहा था और घमासान युद्ध कर रहा था। सुग्रीव और रावण-पुत्र का घमासान रथ-युद्ध हो रहा था। दोनों एक-दूसरे पर ब्रह्म शक्ति का प्रयोग कर रहे थे, गदा-प्रहार कर रहे थे और दोनों के रथ कभी-कभी इतने निकट आ जाते थे कि उनकी धुरी-से-धुरी टकरा जाती थी।

प्रहस्त जैसा धनुर्वेद का ज्ञाता उड़ानों पर नियन्त्रण कर रहा था और सम्पाति-पुत्र सुपार्श्व के वायु-बेड़े के आक्रमणों को विफल कर रहा था। आज पवनसूत के वायुयान सुरक्षा में उड़ रहे थे जो सुपार्श्व के यानों की सुरक्षा नहीं कर पा रहे थे। दो विमानों में आग लग गई थी और एक को घेरकर मातलि हवाई पट्टी पर उतार लिया था।

सुग्रीव अपने सैनिकों को ढाढ़स बँधा रहे थे, फिर भी कपि-सेना रक्ष-सेना से परास्त हो रही थी। तभी सेनापति सुग्रीव ने महापार्श्व पर ब्रह्मशक्ति छोड़ी जिसे महापार्श्व ने काटना चाहा किन्तु पल-भर में ही शक्ति लगी और गज सहित महापार्श्व मारा गया। और रावण की आँखें क्रोध से लाल हो गईं। उसे क्रोध आ गया और रावण का रथ सुग्रीव के सामने हो गया। सुग्रीव दशानन से आँख नहीं मिला सके। दोनों का तुमुल युद्ध होने लगा और सुग्रीव पीछे हटने लगे।

लक्ष्मण समझ गए, सुग्रीव असमर्थ हैं। उन्होंने अपना रथ बढ़ा दिया। तभी सम्पाति-पुत्र सुपार्श्व की मृत्यु का समाचार फैल गया। राम शोक में डूब गए। हनुमान भी यह समाचार सुनकर

लक्ष्मण के पीछे सन्नद्ध हो गए।

विभीषण ने सूर्यहास खड्ग का प्रयोग कर रावण-पुत्र महोदर को रणभूमि में सुला दिया। लंकापति ने अन्धाधुन्ध वार करने की आज्ञा दी। रक्षा-सेना पीठ दिखाना नहीं जानती थी। राक्षस वीर निर्भीक होकर कपि-दल पर टूटे तो मारकाट के कारण कुछ सैनिक फिर भागने लगे।

रावण का दुर्धर्ष संग्राम देख विभीषण भी सुग्रीव की सहायता को पहुँच गए। रावण ने जैसे ही विभीषण को देखा तो वे बाज की भाँति उन पर टूटे और चन्द्रहास छोड़ दिया जिसे विभीषण ने काट दिया और थोड़ा पीछे हट गए। तभी रावण ने मानवास्त्र लक्ष्मण पर छोड़ दिया, आग्नेयास्त्र सुग्रीव पर तथा ऐन्द्रास्त्र हनुमान पर। चारों योद्धाओं से एक साथ रावण का युद्ध देखकर देवगण चकित रह गए। रावण सिंह-गर्जना करता, अट्टहास करता, हँसता जैसे महोदर-जैसे पुत्र का उसे कोई दुख ही न हो।

सुग्रीव, विभीषण, लक्ष्मण, हनुमान—चारों ने रावण के रथ को अपने-अपने रथों से घेरना चाहा। वार पर वार एक साथ किए परन्तु रावण ने सभी विफल कर दिए। लक्ष्मण से कहा, "राजकुमार, तूने मेरे अजेय पुत्र इन्द्रजीत को छल से वीरगति प्रदान की है। आज तेरी रक्षा ये सुग्रीव, विभीषण, हनुमान तो क्या, आकाश में खड़े देवगण भी नहीं कर सकते।" कहते हुए रावण ने मन्दोदरी द्वारा दी गई मय दानव द्वारा निर्मित अमोघ शक्ति उठा ली। विभीषण गरजे, "अरे तात, धर्मज्ञ दशानन! इस शक्ति को मुझ पर छोड़ो, लक्ष्मण जैसे अजेय पर नहीं।"

सुग्रीव बोला, "अरे महामना, प्रकांड विद्वान, चौवन कला प्रवीण, सर्वशक्तिमान, विश्वविजयी सम्राट, महाराजाधिराज, शिव-भक्त, कैलास उठाने वाले, तपेश्वरी रावण! यह अनर्थ मत करो।"

हनुमान गरजे, "अरे यज्ञ-होमकर्ता, योगीश्वर, दशग्रीव, आपकी महानता, शालीनता से देवता तक प्रसन्न हैं। यह तो करतार का खेल है जिसमें हम अभिनय कर रहे हैं वरना आप जैसे महाविज्ञानी, यानविद्या, खेचर-विद्या के धनी, दशकन्धर से युद्ध करने का साहस हम और राम कदापि नहीं कर सकते थे। इस शक्ति को मुझ पर छोड़ दो।"

रावण हँस रहा है, घूम रहा है। शस्त्र उसके शरीर को छूकर स्वयं ही नष्ट हो जाते हैं। योगी रावण के नेत्र उठाते ही अस्त्र विफल हो जाते हैं। लक्ष्मण ने लगातार अनेक प्रकार के बाणों, शस्त्रास्त्रों का प्रयोग किया। शिव-चाप पर आग्नेयास्त्र चढ़ाकर बरसाए। ब्रह्मपाश, नागपाश—सभी स्वतः कट गए। एक अभेद्य दुर्ग की भाँति रावण, एक हीरे के समान न काटे जानेवाला दशानन, सागर के समान अथाह, चमत्कारों से भरा हुआ सामने गरज रहा है। उसके मुकुट में दस प्रतिबिम्ब हो रहे हैं मानो दशशीश हँस रहे हैं, गर्जना कर रहे हैं, अट्टहास कर रहे हैं। अगस्त्य, राम सभी भयभीत हैं। ऐसा करिश्मा कभी किसी भी भारतवासी ने नहीं देखा था। उत्तर भारत के, किष्किन्धा के, गोदावरी के तट के और अगस्त्य जैसी शक्ति के ही नहीं अपितु परलोक की पराशक्तियाँ भी धरती के इस नर-पुंगव, नर-शार्दूल के सम्मुख नत-मस्तक हैं। सचमुच दशानन वरदानी है, बलशाली है।

दशकन्धर ने किसी की विनती सुनी या नहीं सुनी अथवा वह अपने लक्ष्य का ही मनन करता रहा और अब उसके हाथ से मय दानव की अचूक प्राणलेवा अमोघ शक्ति छूटी। किसी को आभास भी न हुआ और अनायास दशकन्धर की गर्जना बन्द हो गई।

हनुमान इस शक्ति को अपने ऊपर लेने के लिए आगे बढ़े ही थे कि वरुण देव ने उन्हें पीछे खींचते हुए कहा, "यह लक्ष्मण ही धारण कर सकेगा।" वरुण का इतना कहना था कि भाले के समान आकृति की यह वायुमंडल के सम्पर्क से विद्युत उत्पन्न करनेवाली शक्ति अपनी

विद्युतधारा के साथ लक्ष्मण की छाती पर जा धँसी और लक्ष्मण तत्काल अचेत होकर गिर पड़े।

पुनः रावण ने कहा, "सारथी वीरभद्र! आज रावण प्रसन्न है। उसने लक्ष्मण को निष्प्राण कर अपने पुत्र-शोक को उबार लिया। अब कहो तो इसका शीश काटकर देवी मन्दोदरी को दिखा दूँ या महोदर की माता को।"

"तात दशानन! आप मात्र मुझे मान देने के लिए या मेरी धार्मिक परीक्षा के लिए मुझसे ऐसा स्वयं धर्मज्ञ होकर पूछ रहे हैं। मैं कहता हूँ—समर-भूमि में निहत्थे वीर पर वार करना न्यायोचित नहीं तथा धर्मयुद्ध के विपरीत है। सार्वभौम सम्राट अपनी नीति का परित्याग कदापि नहीं करेगा।" वीरभद्र ने कहा।

"वीरभद्र! रावण तुम्हारे नीतिपूर्ण वचनों को सुनकर धन्य हुआ। चलो, श्रीराम के अनुज-शोक हेतु तथा रावण के पुनः पुत्र-शोक हेतु आज का युद्ध-विराम होता है।"

38

राम विकल हैं। लक्ष्मण का हृदय शक्ति ने चीर दिया है और विद्युतधारा के ताप ने रक्तचाप को कम कर दिया है। जाम्बवन्त और द्रोणगिरि सम्राट की पुत्री विशल्या सैन्य शिविर में लक्ष्मण की शल्य-चिकित्सा कर रहे हैं। उनके चीरे हुए हृदय को टाँके लगा दिए हैं। विशल्या देवी ने संजीवनी जैसी अनेक बूटियों को पीसकर लक्ष्मण के कंठ में डाल दिया है। उनके घाव पर शीघ्र लाभ हेतु विशल्यारिणी औषधि के रस का अनुलेप कर दिया है। फिर भी लक्ष्मण निष्प्राण-से पड़े हैं। राम रुदन कर रहे हैं। उनका हृदय भ्रातृ-स्नेह के कारण फटा जा रहा है। विशल्या देवी राम को सांत्वना दे रही हैं। उन्हें उनके उपचार पर विश्वास है। यदि लक्ष्मण का यह हृदय कार्यशील नहीं रहेगा तो वह दूसरा हृदय रोपण कर देगी। इसके लिए मरणासन्न युवा सैनिकों को भी शैया पर लिटा दिया गया है। वह ऐसा सफल प्रयोग अनेक बार कर चुकी हैं। शल्य चिकित्सा की अधिष्ठात्री विशल्या ने चमत्कृत आविष्कार कर ऋषियों को भी पीछे छोड़ दिया था। उसके बारे में यह कहावत चरितार्थ हो चुकी थी कि वह मरे हुए में प्राण फूँक देती है और उन्हें जीवित कर देती है। देवजाति उसकी सेवाओं का लाभ कई बार उठा चुकी थी।

अभी तक विशल्या ने लक्ष्मण की नाड़ी से हाथ नहीं हटाया था। वह उसकी मन्द गति तथा रुक-रुककर होनेवाले स्पन्दन पर ध्यान दिए थी। सहसा नाड़ी की गति तीव्र होकर सही चलने लगी तो विशल्या के मुख पर प्रसन्नता खेल गई। वह गद्गद होकर जाम्बवन्त से बोली, "तात, लक्ष्मण अब बच जाएगा। यह पुनर्जीवित हो गया है। चार प्रहर के बाद आँखें खोल देगा, तब तक अचेत रहेगा। किन्तु अब यह कुछ दिन युद्ध नहीं कर सकेगा। राम को सन्देश दे आओ। मैं सैनिकों और यूथपतियों की चिकित्सा करती हूँ। सुग्रीव, विभीषण दोनों को गदा की चोटें आई हैं। मैं अब उनकी देखभाल करती हूँ।"

रावण पुत्र-शोक में डूबा है। वह देवी मन्दोदरी, चित्रांगदा, श्रीप्रभा से कह रहा है, "आह, मेरे सुख-स्वप्न को विधि की यह अलौकिक लीला भंग कर रही है। तुम्हारे पुत्रों के बलिदान से पौलत्स्य कुल उज्ज्वल हुआ। मैंने समर में लक्ष्मण को मारकर तुम्हारी छाती शीतल की है। अपने प्रण को पूरा किया है। किन्तु हे मानिनी, मैं लक्ष्मण का शीश काटकर तुम्हें दिखाना चाहता था तो वीरभद्र ने मुझे नीतियुक्त वचन कहे जिससे मैंने यह धृष्टता नहीं की। रावण चौथेपन

में समर-भूमि में सोए हुए वीर का शीश काटकर अपने तपेश्वरी रूप को लाँछन नहीं लगाना चाहता। हम वीर-प्रसविनी लंका के पुत्र हैं। हम अधर्म से, अन्याय से झूठी विजय नहीं चाहते। राम भले ही ऐसी विजय को सच्ची विजय माने किन्तु रावण ने देवताओं तक को पराजित कर अनेक पदवियाँ धारण की हैं और मेरे सम्मुख दशों दिशाओं के सम्राटों ने अपने मुकुट देकर अभयदान माँगा है। जिसे सार्वभौम सम्राट के भूषण से अलंकृत किया गया हो, वह न्याय-पथ से कभी विचलित नहीं हो सकता।

"देवियो, मैं नहीं कहता कि लक्ष्मण बचेगा या नहीं। विशल्या हृदयरोपण कर सकेगी या नहीं परन्तु इतना सत्य है कि लक्ष्मण अब रणजयी नहीं रहा। वह सदैव के लिए रण के उपरत हो गया। वह रणभूमि में पदार्पण करने में असमर्थ रहेगा। लक्ष्मण को पंगु बनाने से लंका धन्य हुई। दिग्विजयी सम्राट के पुत्र-नाती सभी यदि रणखेत हो जाएँगे और धरती यदि राक्षसविहीन हो जाएगी तो भी रावण प्राण रहते तक युद्ध करता रहेगा।

"वीरवाहो, प्रहस्त, वज्रज्वाला की कन्दरा में जाओ और उससे रावण रूप यन्त्र-मानव लाओ। अब दशकन्धर राम-वध के लिए तत्पर है। प्रातःकाल से ही सेना सजाकर निर्मोही होकर रण-प्रयाण करूँगा। भले ही लक्ष्मण लंका की सद्यनिनि औषधि से अपने प्राण-पखेरू बचा ले तो भी लोकनायक दशग्रीव एक बार फिर यह दिखा देगा कि रावण भी सौरमंडल में धूमकेतु के समान प्रकट हुआ और विलीन हो गया।"

आज रावण ने पूरी युद्ध-व्यवस्था परिवर्तित कर दी है। दूत और चरों में लोहिताक्ष को नियुक्त किया है। आज की व्यूह-रचना में वीरबाहु को लोकनायक से सेनापति का भार सौंपा है। दाएँ भाग में विद्युन्माली[1] को तथा वाम भाग में प्रहस्त को सैन्य-संचालन की बागडोर दी गई।

राम अपनी सेना के अतिरथी, महारथी, यूथपति के मुखों को देख रहे थे। उनके चेहरों पर युद्ध का उल्लास-उन्माद नहीं था। सभी की क्रूर दृष्टि अगस्त्य और जाबालि पर बार-बार टिक जाती थी और राम की दृष्टि देवराज इन्द्र से टकराकर झुक जाती थी मानो सभी की दृष्टियाँ इन ऋषियों, मुनियों और षड्यन्त्रकारी इन्द्र, वरुण, यम से पूछ रही हों—तुम्हें इस विश्वयुद्ध ने क्या दिया, सर्वनाश? मनुष्य को शान्ति नहीं, क्रान्ति के लिए तैयार कर विश्व-मानवता को अन्धकार मे ढकेलनेवाली विश्व की महान् शक्तियाँ ही हैं जिन्होंने अपने स्वार्थ के लिए त्यागी, तपस्वी, योगी दशमुख रावण से अपने सामाजिक, सांस्कृतिक वैर को भुनाया।

अंगद रुष्ट है। उसकी दृष्टि हनुमान और सुग्रीव की ओर उठी हुई पूछ रही है—तुमने पम्पापुर की कपि-सेना का दुरुपयोग किया। लाखों दृढ़ांग वानर अकाल ही काल के गाल में चले गए। ऋक्ष देश, हरि की सेनाओं को बुलाकर लानेवाला दुष्ट सुग्रीव ही इसका जिम्मेदार है। अंजनी का लाल हनुमान, जिसने पद लोभी सुग्रीव से राम की मैत्री कराकर महान् राजनीतिक सम्राट बालि का वध कराया। आज सेनाएँ थकित हैं तथा पराजय सामने है। जिस किष्किन्धा राज्य ने महाराजा रावण से हार नहीं मानी, उसी राज्य के रण-बाँकुर पराजय की कगार पर खड़े हैं।

क्या मिला आर्यों को महामना दशमुख पर कामी का असत्य आरोप लगाकर! रावण विजयी हो जाएगा और जगत के आर्य अब यह सुनेंगे कि दशानन ने सीता का हरण काम की दृष्टि से नहीं किया। जब वसिष्ठ, विश्वामित्र, इन्द्र, अगस्त्य के सांस्कृतिक वैर से प्रेरित राजकुमार

1. विद्युन्माली राक्षस सम्राट ने राम के अश्वमेध यज्ञ का घोड़ा रोक लिया था।

राम ने शम्बूक की हत्या की, विधवा शूर्पणखा का अपमान किया तो एक वीर यह सब कैसे सहन कर सकता था? उसी प्रतिशोध की अग्नि में पैंतालीस वर्षीय जानकी का पुत्रीवत् राजनीतिक अपहरण किया। यह सर्वथा योग्य प्रशासक की उचित कूटनीति है। यदि रावण को नारी-भोग की ही आवश्यकता होती तो उन्हें रमण के लिए विश्व की अनेक सुन्दरियाँ सम्राट के अधिकार से उपलब्ध हो जातीं।

फिर प्रौढ़ सीता इतनी सुन्दर भी नहीं है कि सार्वभौम सम्राट उसकी ओर आसक्त होता। सारा जग जानता है, देवी मन्दोदरी वृद्धावस्था में भी सीता से कहीं अधिक अनिद्य सुन्दरी लगती हैं। फिर मैंने तो बुआ चित्रांगदा और श्रीप्रभा को भी देखा है। वे भी आज की अप्सराओं से कहीं अधिक सुन्दर हैं। फिर दशमुख का कामी रूप समाज में चित्रित कर आर्य ऋषियों को क्या मिला? एक घुटन, एक क्षोभ और उसमें डूबी हुई आर्य क्षत्रियों की मानसिक संकीर्ण विचारधारा जिसमें देवता भी लिप्त हैं। एक यज्ञकर्ता ब्राह्मण श्रीरावण को मुँहतोड़ उत्तर देना अनिवार्य है। जब दशानन पर लगे झूठे आरोपों का जगत को ज्ञान होगा तो लोकनायक रावण की ही जय-जयकार होगी। देवी साध्वी सीता स्वयं लंका से आकर कहेगी कि पितातुल्य श्रीरावण तथा मातातुल्य भगवती मन्दोदरी ने सदैव उन्हें पुत्री माना है।

विभीषण जैसे सिंहासन-लोभी की शिथिलता के कारण ही जानकी की कूटनीति लंका में सफल रही। आज यदि विभीषण, जिसे कि लंका के गुप्त मार्गों, स्थानों और राजनीतिक मुख्य व्यक्तियों का ज्ञान है, राम के साथ न होता तो मन्नार के सागर में ही राम-लक्ष्मण के कहीं रुंड, कहीं धड़ और कहीं शीश बह रहे होते। मेघनाद की हत्या का परिणाम लक्ष्मण भोग रहा है। राम के पश्चात् अगस्त्य भी डूब जाएगा और इन्द्र, वरुण, यम का अस्तित्व भी स्वतः समाप्त हो जाएगा क्योंकि इस धार्मिक, सामाजिक, सांस्कृतिक, राजनीतिक युद्ध में लोक-परलोक की शक्तियाँ संलग्न हैं। जो शेष रह जाएगा, वही लोकनायक अस्तित्व में आएगा और उसी के अधीन धरती हो जाएगी। अंगद क्या करे? सभी साम्राज्यवादी बने बैठे हैं। राम भी, सुग्रीव भी, हनुमान भी और महाशक्ति दशग्रीव तो है ही।

फिर अंगद ही क्रोध से बोला, "अरे सैनिको! इस युद्ध को लड़ हम रहे हैं, मर हम रहे हैं। ये इन्द्र, वरुण, अगस्त्य युक्ति बताकर भी झूठे, पीठ-युद्ध रचकर भी सत्यार्थ में सार्वभौम सम्राट लोकनायक श्रीरावण से पराजित हो चुके हैं। इनके षड्यन्त्र, कूटनीति सभी कुछ ज्ञान के भंडार रावण ने नष्ट कर दिए हैं। अभी लंका के यान उड़ेंगे और बम-वर्षा कर फिर से सेन-संहार करेंगे। चंडी यज्ञ के लिए गुरु बृहस्पति गुरु-ग्रह से आ गए हैं। भार्गव शुक्राचार्य का समूचा वंश जो कि महाविज्ञानी है, ब्राह्मण पौलस्त्य-नन्दन के साथ ही है। लंका के हवाई-अड्डे नष्ट किए बिना राम की विजय नहीं हो सकती। मैं भी वीर हूँ परन्तु वैज्ञानिक चमत्कारों के आगे पुरुषार्थ का महत्त्व अल्प रह गया है। अजेय लंका-नगरी सूर्य-चक्रव्यूह से मंडित है और इसका भेदन हममें से कोई नहीं जानता तो अकारण प्राण गँवाने से क्या लाभ? मैं फूफा से सन्धि-वार्ता करता हूँ और वैदेही को वापस लाता हूँ। अब रण से कोई लाभ नहीं।"

राम ने सिंह-गर्जना कर कहा, "सन्धि वार्ता टूट चुकी है। हमारा भी सर्वस्व लुट चुका है और महामना श्रीरावण का भी। अब ये महात्मा अगस्त्य, देवता इन्द्र तथा वरुण रण को जय करने की कोई नई युक्ति क्यों नहीं बताते हैं? राम भार्याहीन हो गया। लक्ष्मण के वक्षस्थल में गम्भीर घाव है। पिता दशरथ की छाती में लगे रावण के बाणों के कारण ही माता कैकेयी ने समस्त देवगणों तथा गुरु सुधन्वा, वसिष्ठ, जाबालि, विश्वामित्र और अगस्त्य जैसे महात्माओं

के परामर्श से राम को अयोध्या से दंडक वन तक और दंडक वन से लंका धाम तक अकारण पहुँचाया है। राम अधिक नहीं जानता। राम मात्र इतना ही जानता है, उसे धर्मात्मा से पापात्मा बनाया तो देवताओं ने, न्याय से अन्याय और झूठी विजय प्राप्त करने के लिए प्रेरित किया। महान् ऋषि विश्वामित्र ने रावण की थोथी, असार, असत्य आलोचना कर, राम को स्त्री पर वार करने का औचित्य बताया।

''राम ने रावण को सदैव दोष-मुक्त माना। राम यह भी जानता है कि सीता लंकेश्वर के हृदय में पुत्रीवत् बसी है। उसने रंचमात्र सीता को कष्ट नहीं दिया। यह तो साम्राज्यवादी स्पर्धा में भूपालों की कूटनीति है जिसके कारण दैवयोग से राम-रावण के नाम पर विश्वयुद्ध हो रहा है और अब राम की यह उत्कृष्ट अभिलाषा है अंगद, कि यह युद्ध आप जैसे वीरों के बाहुबल पर किया जाए। हम ऐसे बिन्दु पर आकर खड़े हो गए हैं जहाँ से पीछे नहीं लौटा जा सकता। यदि रणभूमि में मारे गए तो सुरधाम मिलेगा।

''जगत में प्रत्येक युग में कोई-न-कोई लोकनायक होता रहा है। अभी यदि रावण लोकनायक है तो राम की अन्तरात्मा और उनका आत्मविश्वास कहता है कि भविष्य में लोकनायक आप सब होंगे। अब तुम्हारे भाई राम की आज्ञा है कि अपनी कीर्ति फैलानी है तो एक ही लक्ष्य रखो--जीव-मुक्ति। यहाँ से लौटकर संसार में उपहास की वस्तु मत बनो। अब तो दो में से एक ही रहेगा--राम या रावण। चाहे राम को कुछ भी क्यों न करना पड़े, वह यदि जयी हो गया तो तुम्हें विश्वास दिलाता है अंगद, सुग्रीव, हनुमान, विभीषण, जाम्बवन्त, नल-नील को अयोध्या ले जाकर राम-पंचायत में स्थान देगा और तुम्हारा यशोगान, गुणगान कराएगा।''

अगस्त्य का मुख तमतमा उठा। अगस्त्य जो अभी तक नहीं सोच पाए थे, वही अंगद के मुख से निकल गया। अंगद की वाणी ने अगस्त्य को सचेत ही नहीं किया, बल्कि वह सूत्र स्मरण करा दिया जिससे कि रावण की नभ-शक्ति नष्ट हो सकती है। मात्र अगस्त्य ही सूर्य संहिता का ज्ञाता है। वह दशग्रीव के हवाई-अड्डे नष्ट कराएगा। अग्निवेश ने मेरे निर्देशन में जो अमोघ ब्रह्मास्त्र बनाया है, उसे परशुराम द्वारा निर्मित हर-प्रसाद-चाप पर चढ़ाकर निक्षेप कराएगा। शिव-चाप पर यह नया ब्रह्मास्त्र नहीं चढ़ाया जा सकता।

अगस्त्य ने पलभर में सब कुछ विचार लिया और आँखें लाल कर बोला, ''वत्स अंगद, तुम वानरों के अनेक राज्य हैं। तुम प्रचंड शक्तिवाले हो, समृद्ध हो। तुम्हारे बल पर ही राम गरज रहा है। तुम्हारे कारण ही लंका का मार्ग खुला है अन्यथा आर्यावर्त के लोग समुद्र नहीं लाँघ सकते थे। नल-नील जैसे वानर यान्त्रिकों ने सैकड़ों जहाज बनाए, सेतु बनाया, तभी राम-दल ने उदधि पार किया। इसके लिए मैं आर्यजन की ओर से समस्त कपिभूपों और उनकी सैन्य शक्ति का आभार प्रकट करता हूँ। मैं यह भी मानता हूँ कि वानर वीरों और विशेषकर युवराज अंगद जैसे शूरमाओं तथा हनुमान जैसे विलक्षण बुद्धिवाले व्यक्तियों के मन में वानरों के अस्तित्व को स्वीकार करना है। वे सम्राट सुग्रीव की भाँति आर्य-छत्र के अधीन दासत्व स्वीकार करना नहीं चाहते। राम ने आपके साथ ऐसा कोई व्यवहार नहीं किया है। उन्होंने किष्किन्धा के सिंहासन पर आपको बिठाया है। तुम्हारे मन में यह बात भी बार-बार उठती है कि राम ने बालि जैसे सुयोग्य सम्राट का वध क्यों किया? तो यह आपकी ही फूट की परिणति मात्र थी जिसका श्रेय राम को मिला। बालि जैसे कपि सम्राट का सिंहासन पलटने का षड्यन्त्र तुम्हारा अपना था जिसमें किष्किन्धा का सैनिक विद्रोह भी शामिल है। सर्वाधिक यूथपति सुग्रीव के ही पक्ष में थे जिसका लाभ सम्राट सुग्रीव को प्राप्त हुआ। राम ने सुग्रीव को सखा बनाकर अपनी मित्रता

के कर्तव्य को पूर्ण किया और साख्य-सन्धि कर सुग्रीव अपना कर्तव्य निभा रहे हैं।

"उत्तर भारत से दक्षिण भारत तक के ध्रुवीकरण के लिए एक भी सम्राट ने प्रयास नहीं किया जबकि यही कार्य गुरु वसिष्ठ जैसे ज्ञानियों ने राजकुमार राम-लक्ष्मण के माध्यम से प्रारम्भ किया। राम ने आपके हितों को सर्वोपरि रखते हुए नागों की शक्ति को गरुड़ों से पराभूत करा दिया। जो गरुड़ कभी भी वानरों के मित्र नहीं हुए, उन्हें मित्रता में बाँधकर नागों की प्रचंड-शक्ति को उनसे नष्ट करा दिया। अन्यथा नागराज, जो कि सदैव ही लंका के मित्र रहे हैं, की शक्ति को क्षीण करना सर्वथा असम्भव था। नागों को हम शूद्र मानते हैं। यदि राम ने शूद्रों का उत्थान किया है, आप सबको समता की ओर अग्रसर करने के लिए पुनर्जन्म के सिद्धान्त का प्रतिपादन किया है, तो उनकी यह आरक्षण की नीति उन्हें ही घातक सिद्ध होगी। परशुराम ने भी सैन्य संगठन कर शूद्रों का उत्थान किया था। किन्तु कालान्तर में शूद्रों ने विद्रोह कर दिया। उसी प्रकार राम को भी शूद्रों के विद्रोह का सामना करना पड़ेगा। अगस्त्य आरक्षण नीति के विरुद्ध है। परन्तु राजनीति में सभी कुछ न्यायसंगत होता है या यों कहिए कि अपनी-अपनी तूती के लिए सत्ताधारी को सब कुछ करना पड़ता है।

"आप सभी हनुमान की भाँति विद्वान हैं। आपके किष्किन्धा के पुरोहित वर्ग की, आर्यावर्त के ब्राह्मणों की अन्तर्मुक्ति की वार्ता अगस्त्य करता आ रहा है और वर्षों दक्षिण भारत में रहने के बाद अगस्त्य ने अन्तर्मुक्ति में सफलता प्राप्त की। आर्य धर्म का प्रचार-प्रसार किया। उसकी श्रेष्ठता, उसके सात्विक पवित्र गुणों का ज्ञान कराया। हमने द्राविड़ सभ्यता के अच्छे परिपक्व विचारों को भी ग्रहण किया। उनके देवताओं को आर्य-धर्म में सम्मिलित करते हुए दोनों को एक करने का प्रयास किया। हम यह भी चाहते थे कि रक्षःधर्म के प्रणेता विद्वान श्रीरावण भी अन्तर्मुक्ति के सिद्धान्त को मानें। परन्तु इस वार्ता के पूर्व ही उस विश्वयुद्ध की रचना किन परिस्थितियों में, किन धार्मिक, राजनीतिक, सामाजिक तथा आर्थिक कारणों से तैयार हुई, अगस्त्य नहीं जानता। उसे निर्देशित किया गया है कि ऐसा करो। उसने वही किया। यह तो विश्व-शक्तियाँ ही समझती हैं कि राम-रावण युद्ध थोपा हुआ युद्ध है या पूर्व नियोजित षड्यन्त्र की परिणति है।

"वीरो, हमारी सेना में वानर, नाग, किन्नर, राक्षस, दानव, क्षत्रिय, ब्राह्मण, गरुड़ हैं तो श्रीरावण की सेना में भी हैं। यथार्थ में सेना का कोई धर्म नहीं होता। उसका धर्म एकमात्र राष्ट्र-धर्म होता है और आप सभी अखंड भारतवर्ष के वीर सेनानी हैं। अब यह भारत के सम्राटों के मान का प्रश्न है। हमारे अन्य मित्र-राष्ट्रों के सम्मान-स्वाभिमान का प्रश्न है, जो सैनिक दलों के साथ रणक्षेत्र में खड़े हैं। यह अयोध्या, मिथिला, कैकेय, काशी, किष्किन्धा और मैं तो कहता हूँ कि वेलांधपुर के नृप समुद्र का भी यह नैतिक कर्तव्य है कि उत्तर से दक्षिण भारत तक के समूचे देशभक्त एक होकर प्राणपण से अपने आपको किसी राज्य का नागरिक न मानकर, भारतीय नागरिकता को स्वीकारते हुए अपने देश के लिए बलिदान हो जाएँ।

"आज अंगद, राम, हनुमान के रक्त की आवश्यकता है। आज अनेकता में एकता की आवश्यकता है। हम बहुभाषा, बोली, आचार-व्यवहार से पृथक होते हुए भी एक हैं और भारत देश की एकता-अखंडता के लिए हमारा लक्ष्य हो लंका को जय करना। राम किसी भी राज्य को जय करने पर भी अधीन नहीं बनाएगा। वह लंका में अपनी सत्ता नहीं थोपेगा। क्योंकि हम जानते हैं कि परराष्ट्र को कितने दिनों तक दास बनाया जा सकता है। वह एक दिन तो स्वतन्त्र होगा ही। परतन्त्रता की निगड़ कालान्तर में प्रजा काट देती है। लंकेश्वर की अधीनता

इन्द्र, वरुण, यम ने स्वीकार की और अब स्वतन्त्र हैं। अब देवगण लंका को कर नहीं देते। सार्वभौम सम्राट दशकन्धर को शीश झुकाने लंका नहीं जाते। जिस इन्द्र ने पराजित होने पर मेघनाद का अभिषेक किया था, वही इन्द्रजीत मारा गया। किसके लिए? लंका राष्ट्र के लिए और महादेवी भगवती मन्दोदरी ने आँसू तक नहीं बहाया। किसलिए? वह लंका-भक्त हैं। क्या अंगद जैसा वीर युवराज कपिराज होकर आज भारतवर्ष के लिए अपने प्राण उत्सर्ग नहीं करेगा?

''यदि अंगद राम को वैरी मानता है और रावण को फूफा मानता है तो मुझसे दृष्टि मिला अंगद, मैं भी रावण का फूफा हूँ। फिर जम्बूद्वीप[1] के लिए अगस्त्य स्वयं रणभूमि में अपने नव्य आयुधों के साथ है। अपनी सैन्य शक्ति के साथ है। यह काम राम का अकेला नहीं बल्कि हम सबका है कि उसकी भार्या वैदेही जो कि धर्मात्मा रावण के उर में पुत्री के समान बसी है, उसे भारत की राज्य-लक्ष्मी मानो और उसका राजनीतिक बन्धन काटकर उसे भारत वापस लाओ। अगर नहीं ला सके तो वीर प्रसविनी भारत माता की कोख में मत जाओ। इस जलोदधि में वीर होकर भी डूबकर मर जाओ ताकि भारत की वीरांगना कैकेयी यह तो कह सके कि भारतवर्ष में माताएँ पीठ दिखानेवाली सन्तानें नहीं जनतीं। वे मरनेवाली सन्तानों को जन्म देती हैं।''

तभी अंगद गरजकर बोला, ''तात अगस्त्य, यदि तुम भारतवर्ष की संप्रभुता की बात करते हो तो उसके लिए अंगद ने कभी भी भारत में विदेशी सत्ता को स्वीकार नहीं किया है, न उसके स्वर्गवासी पिता ने किया है। अंगद जिस माँ के गर्भ से जन्मा है, वह कैकेयी से अधिक वीरांगना है। उस वीरमाता तारा ने भारत देश के लिए कभी भी अपने पुत्रों को बलिदान होने से नहीं रोका है। अंगद भारत के भीतरी राज्यों की फूट और स्वार्थ की राजनीति से बाद को निपटेगा। मुनिवर! अब यह प्रण करता हूँ कि जो अंगद अभी तक युद्ध से दूर था वही अब दुर्धर्ष संग्राम करेगा और अपनी इस वानर-ध्वजी सेना से लंका जय करेगा। यदि तात अगस्त्य श्रीरावण की नभ-शक्ति को नष्ट कर दें तो थलसेना, जिसका साहस लंका के सैनिकों ने तोड़कर रख दिया है, वह फिर से अपना शौर्य दिखा सकती है।''

अगस्त्य प्रसन्न हुआ, ''अभी तो आप लोग रण करें। मैं आदित्य संहिता राम को बताऊँगा और लंका की नभ-शक्ति, जो कि सूर्य-चक्रव्यूह से मंडित है, को नष्ट कराने का कूट मन्त्र दूँगा। अगस्त्य यह विश्वास दिलाता है कि वह भारत माँ के लिए आप जैसे वीरों के पूर्व ही अपने प्राण गँवाने में अपना गौरव समझेगा और वीरगति प्राप्त कर ब्राह्मण ग्रन्थों में अपना नाम स्वर्णाक्षरों में आपके साथ लिखाएगा।''

39

अंगद अपने शिविर में हनुमान के साथ बैठा है। वह मेद, तार, द्विविद से वार्ता कर रहा है। अपने पिता की प्रचंड शक्ति और उनके द्वारा जय किए गए युद्धों का स्मरण दिला रहा है। अंगद का हृदय-परिवर्तन श्री भारत की राष्ट्रीयता के नाम पर, एकता-अखंडता के नाम पर महात्मा अगस्त्य ने कर दिया। वह रामभक्त नहीं, श्री भारतवर्ष का भक्त हो गया है। अब वह जातिवाद, साम्प्रदायिकता की संकीर्ण और जीर्ण विचारधारा से दूर हो गया है। यद्यपि राम से प्रतिशोध की भावना अभी भी विद्यमान है किन्तु 'जहाँ दानव, दैत्य, वानर, क्षत्रिय, पुरोहित एक होकर

1. जम्बूद्वीप भारत, रूस, चीन आदि को मिलाकर माना जाता रहा होगा।

'जय श्री लंका' और 'जय श्री रक्षःराज' की आवाज से समुद्रतट गुँजायमान करते हैं वहाँ हम वीर-प्रसविनी भारत भूमि की जय-जयकार क्यों नहीं करते? लंका के सैनिकों में भेद नाम की चीज नहीं है। वे वानर, क्षत्रिय, दानव, पुरोहित भी रक्षःराज के भक्त हैं। लंका के लिए प्राण गँवाना अपना वीरकर्म मानते हैं। हनुमान 'स्वर्णमच्छा' से आज तक कोई भेद नहीं ले सका। उसके नाखून उखाड़ दिए गए हैं, उसके स्तन दाग दिए गए हैं और सैनिकों ने रमण कर उसे गर्भवती बनाया। फिर उसे घूँसे मारकर उसका गर्भ गिरा दिया तो भी वह 'जय श्रीलंका, जय श्रीरावण, जय श्री रक्षःधर्म' ही कहती है। कितनी कठोर नारी-चर है कि उसे हम तोड़ न सके। यह राष्ट्र-भक्ति, अटूट स्वामीभक्ति एकमात्र लंका में ही देखने को मिली है।

''फिर हम ब्राह्मण, क्षत्रिय, वानर, गरुड़ क्यों एक राष्ट्र श्री भारत के लिए, जो कि महान् तीर्थ है, प्राण उत्सर्ग नहीं करें? अगस्त्य जैसे ऋषियों की तपोभूमि के लिए 'जय आर्यावर्त, जय भरत-खंडे' क्यों नहीं कहते? अंगद अपना पैर रण से पीछे नहीं हटाएगा। जैसे कि लंका के वीरबाहु, प्रहस्त, अकम्पन नहीं हटाते।''

सब सोचकर अंगद बोला, ''तात हनुमान, ऋषि अगस्त्य की वाक्शक्ति ने अंगद को छल लिया। उनसे तर्क करने की मुझमें शक्ति नहीं है। उनकी आँखों से एक तेज-सा निकलता प्रतीत होता है और मनुष्य मन्त्र-मुग्ध, मोहित हो जाता है (हिप्नोटिज्म)। मैं शक्तिहीन-सा हो जाता हूँ, तात अगस्त्य की नेत्र-शक्ति के सम्मुख। तभी राम कहता है कि मुनि अगस्त्य पता नहीं मन की भावनाओं को कैसे ताड़ जाते हैं और नेत्र खोलकर जो धारा-प्रवाह बोलते हैं तो अपनी न्यायपूर्ण, अन्यायपूर्ण बात को भी व्यक्ति के गले उतार देते हैं और यही कारण है कि देवता तक इन तपस्वियों की चरण-वन्दना करते हैं, फिर राम ने इन्हीं ब्राह्मणों के बार-बार चरण-स्पर्श कर बहुत कुछ प्राप्त कर लिया है। इस विश्वयुद्ध में भारतीय राजकुमार राम-लक्ष्मण ने जगतप्रसिद्ध सार्वभौम सम्राट से टकराकर ब्राह्मण-बल, ऋषि-शक्ति पर अवलम्बित होकर एक साहसपूर्ण कार्य किया है। अन्यथा देवगणों को पराजित करनेवाले दशमुख के विशेषणधारी रावण से संघर्ष लेने की किसी भारतीय में शक्ति नहीं थी।''

''यह तो ठीक है अंगद, परन्तु यह युद्ध जय नहीं किया जा सकता। रावण अमर है, उसकी नाभि में अमृत-कुंड है (कुंडलिनी)। राम हतोत्साह हो गया है। वह अपने को पराजित मान रहा है। इसीलिए आज अगस्त्य ने जिन्हें आर्यावर्त के ब्राह्मणों, ऋषियों, मुनियों ने इस युद्ध के लिए मात्र श्री भारत के मान, गौरव तथा उसकी यश-लता को फैलाने के लिए उत्प्रेरित किया, उन्हें आज राम की उस शिथिलता को दूर करना था तथा तुम जो विद्रोही बन बैठे थे उसे भारतीय राष्ट्रवाद के नाम पर एक सैनिक जागरण करना था।

''ये ऋषि महान् त्यागी होते हैं। इन्हें अपनी ख्याति नहीं चाहिए। ये अपने नाम का स्मारक भी नहीं चाहते। इनका आदर्श एकमात्र भारतीय संस्कृति, भारतीय आदर्श और श्री भारत के सूरमाओं को इस विशाल देश की सुरक्षा का पाठ पढ़ाना है। ये लोकनायक होकर भी लोकनायक का मुकुट अपने शीश पर धारण नहीं करते। ये सत्ता के सहयोगी रहते हैं किन्तु उसके उपभोग से दूर रहते हैं और किसी भी राज्य पर संकट आने पर अपना सर्वस्व न्योछावर कर उसकी रक्षा करते हैं। इसीलिए ब्राह्मण को भू-देव कहा जाता है। इन्हें कहीं सत्ता प्राप्त भी हो जाए तो श्री परशुराम के समान उसे दान कर देते हैं। अगस्त्य तथा भृगु ने शचि के सतीत्व को बचाया है। इन्द्रासन पर फिर से इन्द्र को बैठाया है।

''ये इनके गुण हैं जिसके कारण हम सब इनकी पूजा करते हैं। अंगद, राम वीर योद्धा

है। वैदेही-हरण से वह चोट खाए सर्प के समान हो गया है। रण उन्हें आवश्यक है चाहे रणक्षेत्र में वीरगति ही क्यों न प्राप्त हो अन्यथा रघुकुल का मान जाता है।

"दिग्विजयी सम्राट रावण को अगस्त्य, राम, इन्द्र, वरुण का कोई भय नहीं है। वह निर्भीक अमर योद्धा हैं। उसे झूठ, झाँसे और छल-बल से ही विजय किया जा सकता है, धर्म-युद्ध से नहीं। यह तात अगस्त्य जानते हैं। वे रावण के यज्ञ और तपस्या से भी परिचित हैं और यह भी जानते हैं कि वे स्वयं श्रीरावण के सम्मुख प्रत्येक शक्ति में बौने हैं। जिन विद्याओं को अगस्त्य नहीं जानते, उनमें दशानन पारंगत है। वह एकाकी आकाश में उड़ सकता है। योगी होने से शस्त्र उसे काट नहीं सकता। वह अपने प्राण भी योग से बाहर निकाल लेता है और सौरमंडल तक भ्रमण कर आता है। उसका पार्थिव शरीर महीनों महासाध्वी देवी मन्दोदरी की सुरक्षा में पड़ा रहता है। ऐसे महान् पुरुष को पराजित करने के लिए मुनि कोई-न-कोई युक्ति ही खोजते रहते हैं।"

द्विविद बोला, "सहस्त्रों वानर-शव समुद्र में बह रहे हैं जिनसे मगरमच्छ अपनी क्षुधा शान्त कर रहे हैं। हनुमान, ये बातें जो तू अब हमारे जामाता श्रीरावण को अवगत करा रहा है, वे पहले विदित कराता तो पम्पापुर से यहाँ तक द्विविद नहीं आता और न ही बालि-वध में तुम्हारा सहयोगी होता। तुम लोगों ने वानरों के शान्त राज्य में अशान्ति उत्पन्न कर दी है और अब जो कहीं राम फिर छल-बल से जीत गया तो वही विश्व-विजयी सम्राट हो जाएगा जिसे भू-मंडल के क्या आर्य सम्राट, क्या वानर, दैत्य, दानव, गरुड़, नाग, किन्नर, किरात सम्राट—सभी मुकुटधारी नमन करेंगे। अयोध्या को कर देंगे, स्वर्ण मुद्राएँ देंगे तथा कन्याएँ भी देंगे। फिर कहीं आर्यावर्त के कूटनीतिज्ञ ब्राह्मणों ने राम को रंग चढ़ाकर अश्वमेध यज्ञ का घोड़ा छुड़वा दिया और उसे किसी ने पकड़ लिया तो हमें राम को सैनिक सहायता देनी पड़ेगी। अच्छे संकट में प्राण डाले तुमने। अब तो युद्ध से ऊब गए हैं। हम सभी श्रीरावण के रिश्तेदार, नातेदार हैं। हमी अकारण, अनावश्यक रूप से जाने क्यों ऐसी महान् शक्ति से लड़ने चले आए। हमें किसने संज्ञाशून्य कर दिया कि हम यह भी न सोच पाए कि विश्वविख्यात अजेय लंका दुर्ग को कैसे जय कर सकेंगे? फिर तपेश्वरी, महान् योगी, चौवन कलाओं में प्रवीण, त्रिपुंडधारी ब्राह्मण सम्राट, पौलस्त्य-कुल-तिलक वैश्रवा-नन्दन से कैसे युद्ध करेंगे? निश्चित ही हमारी मति मारी गई थी, अंगद, हनुमान, जो अपने कपि-कुल को डुबोने चले आए।"

मेद बोला, "पर अब क्या होता है? अगर हमने बीच में ही बिना निर्णय के युद्ध छोड़ दिया तो हताहत, घायल सैनिक धिक्कारेंगे। शेष सूरमा विद्रोह कर देंगे और हमारा वध कर देंगे। हाँ, जो भयभीत हैं वे अवश्य प्रसन्न होंगे। फिर सम्राट सुग्रीव की आज्ञा है कि जो रण से भागेंगे, उन्हें प्राणदंड दिया जाएगा तो भागा भी नहीं जा सकता। इधर कुआँ उधर खाई।"

हनुमान ही फिर बोले, "अब तो पावनभूमि में ही प्राणोत्सर्ग करना उचित है। अंगद, तुम महारथी हो। तुम्हारी सेना अभी तक आक्रमण की पंक्ति में नहीं लगी है। आज वानरों का गौरव तुम्हारे हाथों में है। अपने मूल बल को आक्रमण में सन्नद्ध करो। हमारी सेनाएँ थकित हो गई हैं, वायुदूत भी उदास हैं। अब राम के लिए नहीं अपितु तात अगस्त्य के शब्दों में अपने देश के लिए लड़ो।"

"ठीक है। यदि अंगद रणभूमि में अपने राष्ट्र के लिए हुतात्मा हो जाए तो माता तारा को मेरा सन्देश दे देना कि तुम्हारे इकलौते पूत ने अपने पिता के समान कभी रण से पाँव पीछे नहीं हटाया और श्री भारत के लिए सुरधाम चला गया। यदि जीवित रहा तो पिता के वध का

प्रतिशोध ले लेगा।''

फिर कहा, ''जाओ, हनुमान! मेरा यही सन्देश महात्मा अगस्त्य को सुना देना। अब अंगद अपनी प्रचंड वानर-शक्ति के साथ रण-प्रयाण कर रहा है।''

रावण की सेना के यूथपति महारथी, अतिरथी, महापार्श्व वज्रदंष्ट्र, सूर्यशत्रु, घन, शतनाम, शठ, कपट, ध्वजग्रीव, अक्र, ह्रस्वकर्ण जैसे सुभट पावनभूमि में आ गए थे। प्रहस्त और अकम्पन नभ-सेना की बागडोर के साथ-साथ राम की जल-सेना, जो कि नील के नेतृत्व में दक्षिण से पश्चिमी छोर की ओर अग्रसर हो रही थी, को भी रोकने का निर्देश दे रहे थे।

श्री दशानन फिर आज रथ परिवर्तित कर अश्व-रथ में आया था, जो विशाल था, अनेक पहिए लगे थे।

आज राम स्वयं मातलि जैसे कुशल सारथी के साथ रथ में विराजमान थे। अनेक शस्त्रास्त्र उनके रथ में भरे पड़े थे। अंगद आज का सेनापति था और उसका दल-बल आक्रमण के लिए सन्नद्ध था।

सुपार्श्व ने गरजकर कहा, ''साक्षात् विश्रवा-नन्दन सार्वभौम रक्ष सम्राट श्रीरावण वेद-विद्या में निपुण, यज्ञान्त में स्नान करनेवाले, स्वधर्म-परायण तथा अनेक गुण सम्पन्न हैं। वे लंका के सभी वर्गों को साथ लेकर चलते हैं। जिन्होंने लक्ष्मण का शक्ति से हृदय विदीर्ण कर दिया है, वे धर्मात्मा सम्राट आज रणक्षेत्र में धार्मिक युद्ध करेंगे। राम का वध कर शीघ्र ही जानकी जी को वैधव्य वस्त्र धारण कराकर साकेत वापस भेजेंगे। भारत जैसे विशाल देश में दक्षिण के कुछ आर्यों ने उत्तर भारत में यह झूठा समाचार भेजा है कि श्रीरावण सीता के प्रति आसक्त हैं और उन्हें अपनी पत्नी बनाना चाहते हैं। यह भ्रामक प्रचार प्रत्येक नारी-अपहर्ता के लिए किया जाता रहा है जिसमें ऋषि-मुनियों ने इस राजनीतिक अपहरण को यह रंग मात्र श्री दशानन जैसे तपस्वी धर्मात्मा सम्राट की अपकीर्ति के लिए चढ़ाया है। विधाता जानता है कि हमारे प्रिय सम्राट के मन में सीता पुत्री के अतिरिक्त और कुछ नहीं है। आज भी वैदेही सरमा, त्रिजटा के प्रासाद में रह रही है। हमारे प्रजारंजक सम्राट ने उन्हें कारा में नहीं भेजा जबकि सीता महान् कूटनीतिक, षड्यन्त्रकारिणी होने से अपराधिनी भी हैं। भगवती मन्दोदरी ने प्रौढ़ सीता को कभी कष्ट नहीं दिया। हम सती का मान करते हैं और प्रत्येक नारी की अस्मत की रक्षा करते हैं। हमारे यहाँ लंका में एक-निष्ठा सती-साध्वी स्त्रियाँ अनगिनत हैं। हमारी संस्कृति में नारी शक्ति-रूप में मानी जाती है, भोग्या के रूप में नहीं।''

पुनः अपना हाथी आगे बढ़ाकर कहा, ''हमने दुष्ट राम जैसा अधम युद्ध कभी नहीं किया। हमने युद्ध के नियमों को कभी नहीं तोड़ा। हमारे यहाँ राम के जितने सैनिकों ने समर्पण किया उनको तात सुषेण की वैद्यक सेवाएँ दी गईं और उन्हें पौष्टिक भोजन दिया जा रहा है। किसी भी चर के साथ अमानवीय व्यवहार नहीं किया गया जबकि हमारे चरों ने हमें बताया है कि लंका के जितने सैनिक आपके यहाँ कैद हैं उन सभी से अमानवीय व्यवहार किया जा रहा है। देवी सुवर्णमच्छा जैसी अनेक चर रमणियाँ सैनिकों के उपभोग की सामग्री बनी हुई हैं, फूफा अगस्त्य के तपोबल के समक्ष। वह राम, जिसकी अपनी सेना सागर की मछलियों से पेट भर रही हो, हमारे कैदी सैनिकों को सुस्वादु भोजन कहाँ से करा सकता है। अब आज वही राम इस रणभूमि में सदैव के लिए सो जाएगा और विश्व में रक्षोराज अक्षुण्ण हो जाएगा। युद्ध हो।

''बन्धुओ! तपस्वी शम्बूक की हत्या का प्रतिशोध, महान् शासिका मातातुल्य शूर्पणखा

के अकारण अपमान का प्रतिशोध, राम का वध करके लो। राम ने हमारे विरुद्ध स्वयं ही राजनीतिक षड्यन्त्र रचा था, हमने राम के विरुद्ध नहीं। राम को यदि इन्द्र, कैकेयी और गाधि-विश्वामित्र श्रीरावण के विरुद्ध भड़काते हैं तो राम भी दक्षिण के दंडकारण्य में हमारे विरुद्ध आर्यों को ही नहीं, अनार्यों को भी भड़काता रहा है। इसका राजनीतिक द्वेष ही इसकी मृत्यु का कारण है। आज रणक्षेत्र से राम की अर्थी उठे।

''मित्रो, हम राक्षसों को निशाचर, असुर कहते हुए भारतीय नाक-भौंह सिकोड़ने लगते हैं; जबकि इनसे अधिक प्रज्ञावान, नीतिवान, तपस्वी तथा वेद धर्म का पालन करनेवाले हम ही हैं। फिर भी हमें दुष्ट, अधर्मात्मा, कामी, लम्पट कहा जाता है। एकमात्र सीता के कारण राम द्वारा उकसाए जाने पर किसलिए ये ढेर सारे अपवाद राम के दूतों ने फैलाए हैं। क्या इसका एकमात्र कारण यह नहीं है कि राम श्रीरावण के विरुद्ध ऐसा भ्रामक प्रचार मात्र राजनीति के कारण कराकर श्री दशानन जैसे महान् सम्राटों के ऐश्वर्य, उनके आदर्शवादी विचारों को कलंकित करके उनके विपरीत जनमत से भी अधिक रूपवती सुन्दरियों की कमी नहीं है। यदि उन्हें बहु भोगों की ही आवश्यकता होती तो यौवनावस्था में ही यज्ञकर्ता श्रीरावण पर अनेक सुन्दरियाँ मोहित हुई हैं। रम्भा जैसी अप्सरा के प्रणय-प्रस्ताव को आदर्शवादी धर्मात्मा ब्राह्मण दशकन्धर ने ठुकरा दिया है और नलकूबर का कोपभाजन बना है। लंका में बलात्कार के लिए कठोर दंड की व्यवस्था है। वैदेही को लंका में पुत्रीवत् प्रश्रय दिया गया है।

''और ये हनुमान हमारा ही जामाता है। इसने लालची विभीषण को सिंहासन का लोभ देकर अपनी ओर कर लिया है और पापी, कायर, देशद्रोही विभीषण 'घर का भेदी' बन गया है। यातुधान वीरो, आज इसका भी पाश काट दिया जाए। दुर्धर्ष संग्राम करो। यज्ञकर्ता लंकेश्वर ने अपनी सम्पत्ति को आपके लिए दान कर दिया है। जिस युक्ति से सोने का व्यापार कर लंका कोष भरते दशमुख ने सोने की लंका की अतिशयोक्ति प्राप्त की है, उसी लंका की मणियाँ, रत्न, स्वर्ण मुद्राएँ—सब कुछ आपके उपभोग के लिए आपके घर भेज दी गई हैं। देवी मन्दोदरी तथा गर्भवती माता धान्यमालिनी[1] द्वार-द्वार जाकर धन बाँट रही हैं। लंका का धन लंका की ही प्रजा के उपभोग के लिए है, अन्य के लिए नहीं। उस धन-सम्पत्ति की रक्षार्थ युद्ध हो।''

राम-रावण के रथ आमने-सामने हुए। रावण और राम के बाण एक साथ आकाश की ओर छूटे, दोनों टकराएँ तथा बिजली के कण बरसने लगे। फिर एक-एक बाण छूटे और पुष्पवर्षा होने लगी। देवता आकाश गें विहँसने लगे और फिर दोनों ओर के कपिध्वज, शार्दूलध्वज, जीर्णध्वज उठे और दोनों ओर शंखनाद होते ही घमासान युद्ध होने लगा।

वीरबाहु अगंद से टकरा गया और उसकी सेना को काटने लगा।

रावण ने पलभर में राम की रक्षा पंक्ति के एक हजार घुड़सवार सैनिक अपने स्वनिर्मित प्रक्षेपास्त्रों से नष्ट कर दिए। मदमत्त गज-सेना ने कपि-दल को रौंद डाला।

राम के बाण शत्रुओं को मारकर फिर लौट आते थे। रावण राम की इस शस्त्र-शक्ति को शीघ्र नष्ट करना चाहता था। उसने अपने विशाल रथ से विज्ञान-विदुषी वज्रज्वाला द्वारा निर्मित रावण सदृश यन्त्र-मानव (रोबोट) पावनभूमि में उतार दिए। राम, हनुमान, अंगद, विभीषण, सुग्रीव सभी के सम्मुख एक-एक दशकन्धर रावण (रोबोट) प्रकट हो गया और घमासान युद्ध

1. धान्यमालिनी के गर्भ से अरिमर्दन ने जन्म लिया था जिसने परशुराम के सहयोग से विभीषण का तख्त पलट दिया और फिर से लंका को स्वतन्त्र राज्य घोषित कर दिया।

करने लगा। ये यन्त्र मानव श्रीरावण के विज्ञान की परकाष्ठा थे, जो दशानन के समान ही अट्टहास करते थे। उसके समान ही शस्त्र-सन्धान करते थे।

राम ने ऐसा चमत्कार नहीं देखा था। उन्हें ऐसी अद्भुत माया का ज्ञान नहीं था एवं इसे काटना राम की युक्ति से बाहर की बात थी। प्रत्येक यूथपति के सम्मुख मायामयी (नकली) रावण युद्ध कर रहा था। मातलि की दृष्टि चौंधिया गई थी। वह जिधर देखता उधर उसे दशशीश रावण ही रावण दृष्टिगोचर होते। यह माया-युद्ध राम ने नहीं देखा था, अगस्त्य ने नहीं देखा था, देवताओं ने नहीं देखा था। यह सर्वथा लंका का नया आविष्कार था। जब शिवशंकर ने रावण पर आकाश से पुष्पवर्षा की तो अन्य देवताओं ने भी दशकन्धर की भूरि-भूरि प्रशंसा करते हुए स्वर्ण कमल, नील कमल, श्वेत कमल की वर्षा की।

अंगद रण से पीछे हटना नहीं जानता था। उसके सम्मुख भी यन्त्र रावण युद्धरत था और सेना उस पर असफल वार कर रही थी। यदि शत्रु का कोई वायुयान ऊपर आता तो इनके शीश से नोंकदार गोल कोई चीज़ स्वतः छूटती और यान को ध्वस्त कर देती। इन यन्त्र रावणों की दृष्टि से शत्रु बचकर नहीं जा सकता था।

अंगद वीर था। वह सम्राट समुद्र के उच्चकोटि का कवच धारण किए हुए था। उसकी बुद्धि भी विलक्षण थी। वह समझ गया, इसके उदर पर किसी भी युक्ति से वार हो जाए तो यह पुतला नष्ट हो सकता है। इसके वक्षस्थल पर, शीश पर, हाथों पर, पैरों पर जितने वार किए, सभी इस वज्र देह से टकराकर नष्ट हो गए। सहस्त्रों वीर धराशायी हो गए। सेना का व्यूह टूट रहा है, मनोबल गिर रहा है। बहुत से सैनिक भाग रहे हैं। कोई पेड़ों पर शरण ले रहा है तो कोई लंका की गुफा, कन्दराओं की ओर प्राण बचाने के लिए दौड़ रहा है। राम के सामने की एक पंक्ति ने फूफा रावण के सामने घुटने टेक दिए और आत्मसमर्पण कर दिया है। मातलि ने रथ पीछे हटा लिया और दूसरे स्थान से मोर्चा लेने के लिए राम को निर्देशित कर रहा है। यह तो पराजय है हम श्री भारत में जन्मे वीरों की। अंगद सेनापति है। वह स्वयं भी अग्रसर नहीं हो पा रहा है। उसने तत्काल गरजकर कहा, "वीरो, अकारण पुरुषार्थ का प्रदर्शन कर अपने प्राण मत गँवाओ। यह मायावी रावण है। इसे पुरुषार्थ से नहीं, युक्ति से नष्ट किया जा सकेगा। गज सेना का घेरा इसके चारों ओर डालकर इसके उदर भाग पर गदा-प्रहार करो, तभी यह नष्ट हो सकेगा।"

तत्काल ही गज-सेना ने घेरा डालना प्रारम्भ किया तो सभी यथेष्ट गज-सेनानी धराशायी हो गए। फिर चारों ओर से घेरकर बड़ी कठिनाई से मायामयी दशशीश रावण के उदर पर एक साथ कई वार किए गए, तब वह यन्त्र-रावण नीचे गिरा तो देवगण अंगद की युक्ति, उसके शौर्य की प्रशंसा करने लगे और उस पर पुष्प-वृष्टि की।

फिर इसी युक्ति स अंगद अग्रसर हुआ और उसने वीरबाहु को घेरकर घमासान युद्ध कर उसे स्वर्गलोक पहुँचा दिया।

रावण को जब यह समाचार दिया गया तब वह राम से घमासान युद्ध कर रहा था और मातलि राम के प्राण संकट में समझकर निरन्तर पीछे हटता जा रहा था। संध्या सावित्री की इस पावन बेला में रावण राम पर ब्रह्मशक्ति छोड़ने ही वाला था कि विद्युन्माली ने चित्रांगदा के पुत्र की वीरगति का समाचार दिया। रावण के हाथ से शक्ति छूट गई। आज के युद्ध-समाप्ति की दुंदुभि गूँज उठी। रथ को मातलि ने बाएँ कर दिया। रावण का निशाना चूक गया और भाग्य से राम ब्रह्मशक्ति से बच गए।

40

राम को अपनी चिन्ता नहीं है। वे रथ से उतरकर सीधे लक्ष्मण के शिविर में गए। देवी विशल्या से अनुज के स्वास्थ्य का कुशल-क्षेत्र पूछा। लक्ष्मण को संजीवनी बूटी प्रतिदिन दी जा रही थी। शक्ति से होनेवाली जलन को शीतलता प्रदान करने के लिए विशल्यकारिणी बूटी दी जाती थी। सुकुमारी विशल्या लगन व निष्ठा के साथ सौमित्र की सेवा-सुश्रूषा एक मधुर व्यवहार के चिकित्सक की भाँति कर रही थी।

राम ने गम्भीर वाणी में कहा, ''देवि, राम तुम्हारे उपकार से उऋण नहीं होगा। अयोध्या के वनवासी राजकुमार राम-लक्ष्मण तुम्हारे ऋणी हैं।''

लक्ष्मण ने आँखें खोलते हुए ही सहसा पूछा, ''भैया, आज के रण का क्या परिणाम रहा?''

''बस श्रीरावण की शक्ति से राम आज बच भी गया तो कल मारा जाएगा।''

''नहीं, ऐसा न कहो। अभी सौमित्र जीवित है। मैं रण करूँगा। मुझे आज्ञा दो।''

''तुम्हें विश्राम की आवश्यकता है...फिर श्री दशग्रीव ने तुम्हें पावनभूमि के योग्य नहीं रहने दिया है। तुम्हारा हृदय फटने के बाद भी तुम देवी विशल्या के कारण संसार में हो, यही हमारे माता-पिता का कोई पुण्य है।''

फिर अधरों पर हास्य लाते हुए कहा, ''लक्ष्मण, आज अंगद ने देवताओं की वाह-वाह खूब लूटी। उसने अपना पैर यन्त्र मानव के सामने भी पीछे नहीं हटाया। शूरवीर है अंगद, अपनी युक्ति से ही नकली दशमुख यन्त्र-मानव को मारकर वैश्रवा-नन्दन को महाबली वीरबाहु के पुत्र-शोक में डुबो दिया है।''

''जो धूमकेतु मुख बाणों की बरसा करता था, जो शिवचाप पर नक्षत्र-वक्त्र सर-सन्धान करता था, वह महासुभट चित्रांगदेव मारा गया। अंगद का बाहुबल, मस्तिष्क बल स्तुत्य है। प्रसन्न है लक्ष्मण। अंगद को पुरस्कार दिया जाए। उसे परमवीर चक्र प्रदान किया जाए।''

''लक्ष्मण, लंका में ऐसे सहस्त्रों असुर हैं जो कि दिव्यास्त्रों से विभूषित हैं। आज के रण में ऐसे अस्त्रों का प्रयोग किया गया, जिसमें से किसी में प्रज्वलन्त अग्नि निकलती थी, किसी में से धूम उठता था और कोई सूर्य के समान प्रभावमय था जिनसे दृष्टि चौंधिया जाती थी। आश्चर्य है सौमित्र, कि जो तात वसिष्ठ, विश्वामित्र और अगस्त्य ने हमें ज्ञान कराया है, उनमें से एक भी दिव्यास्त्र नहीं था। हमें उनकी तकनीक का ज्ञान तो दूर, नाम तक का पता नहीं है। तात रावण के पास ध्वंसकारी यन्त्र है, जिनमें मकरमुख, आशीविषमुख, वराहमुख प्रमुख हैं। इन यन्त्रों से छूटनेवाले आयुधों में अग्निदीप्तिमुख[1] है जो आग उगलता है और ढेर सारा धुआँ छोड़ता है। ग्रहनक्षत्र वर्ण जो सौरमंडल की ओर सीधा जाता, फिर किसी नक्षत्र के समान चमकता है और आकाश में ही टूटता है, फिर सीधा पृथ्वी की ओर गिरकर शत्रुओं का नाश करता है। ऐसे महाप्रतापी लंकेश्वर की मातलि हवाई पट्टी से हमारे रण को चित्रपट की भाँति दर्पण पर देखा जा सकता है। प्रहस्त जैसा मेधावी यातुधान प्राणदान वीर निर्देश देता है और असुर सुमाली यह सिद्ध कर देता है कि धरती के लोग अन्य ग्रहों के लोगों से कहीं अधिक वैज्ञानिक और भौतिकशास्त्री हैं। वे राम की सहयोगी पारलौकिक शक्तियों के वश में नहीं हैं बल्कि उनके छक्के छुड़ाकर उन्हें भी वश में करना चाहते हैं। धन्य है यह भूलोक जिसमें ऐसे विद्याधर विद्यमान हैं।''

1. राकेट के समान कोई प्रक्षेपास्त्र होना चाहिए जो युद्ध में आयुध के रूप में प्रयोग में लाया जाता होगा।

“फिर तात विभीषण ने कोई भेद नहीं दिया क्या?”

“उन्होंने तात अगस्त्य को लंका के सूर्य-चक्रव्यूह का मानचित्र दे दिया है। सम्भवतः आज सूर्य संहिता का ज्ञान दें। राम इतना अवश्य समझ गया है कि महामना लंकेश्वर निश्चित ही अतुलनीय, अकल्पनीय बलशाली हैं। वह देवताओं का शत्रु है। वेदविद्या, गानविद्या, खगोलविद्या, योगविद्या और भौतिकशास्त्र में निपुण होने से ही ऋषियों, मुनियों, ब्राह्मणों की आँख की किरकिरी बना हुआ है। रण में क्षत्रियों का दर्प चूर करने से मुट्ठी-भर सैनिकों के साथ लड़कर उनकी थोथी 'चक्रवर्ती' उपाधि का अभिमान भंग करने एवं दिग्गज क्षत्रपों को पराजित कर उन्हें लंका के अधीन करने से ही क्षत्रियों को धक्का लगा और वे अकारण शिवभक्त अरिमर्दन तात रावण के अरि हो गए। सांस्कृतिक वैर से आर्यावर्त के छत्रधारियों तथा ऋषियों ने अपने ब्राह्मण और क्षत्रिय शिष्यों को गुरुकुल में रक्ष-सभ्यता के विपरीत बीज बोकर, धर्म-निरपेक्षता को नकारकर, धर्म-सापेक्षता के सारे तत्त्व का ऐसा कूटनीतिक ज्ञान दिया जिसने वर्षों बाद रक्षमत के प्रति घृणा के अतिरिक्त और कुछ भी शेष नहीं रहने दिया। उन्हें अपने ही आर्य धर्म की श्रेष्ठता और उसी में निहित राष्ट्रीयता का दिग्दर्शन कराया गया। लंका में भले ही दशमुख जैसे तपेश्वर ने यह सब नहीं किया परन्तु रूढ़िवादी विचारों ने रक्ष-कुल को उच्च तथा देवगणों को अपने से हीन समझा। इसीलिए विश्व के विचारकों ने देवताओं से जीतते ही रावण को अभिमानी, दम्भी कहकर इसे अधिनायकवाद घोषित कर दिया और इस भीषण विश्वयुद्ध को रचकर सहस्रों को अकाल मृत्यु करा दी। यह साम्प्रदायिकता नहीं है बल्कि अस्तित्व और मान-सम्मान का संघर्ष है। जबकि यथार्थ में परमात्मा ने किसी को भी मानव समाज में धर्म के अभेद्य वर्ग के साथ जन्म नहीं दिया है। हम सभी भाई-भाई हैं। परामात्मा के पुत्र होने से हमें विश्व-बन्धुत्व का पोषक होना चाहिए। ये उपद्रव, विप्लव और छोटी-सी बात के लिए कठोर मूर्खता के प्रण करना किसी बुद्धिजीवी विवेकी का कार्य नहीं हो सकता। यह तो मानसिक रोगी का कोई बे-आधार मूर्खतापूर्ण बर्बर कार्य ही कहा जाएगा। राम युद्ध नहीं, शान्ति चाहता है। राम कट्टर, क्रूर मनुष्य नहीं चाहता है बल्कि मृदु, भोले मनुष्य जो समाज को दर्पण बना सकें। समाज की उज्ज्वल छवि और उसके निर्विकार पवित्र चरित्र का निर्माण कर सकें। एक ऐसे आदर्शवादी समाज की संरचना हो जिसमें धनी, अधनी, प्रतिष्ठित जन, साधारण जन तथा प्रतिष्ठित जन—सभी बिना किसी भेदभाव के आपस में मिल-जुलकर एक साथ प्रेम, आदर, श्रद्धा और सद्भावना के साथ रह सकें। राम कठोरता के स्थान पर कोमलता की कामना करता है। विघटन से संगठन की अभिलाषा रखता है।”

इसी बीच अगस्त्य ऋषि, हनुमान, अंगद, जाम्बवन्त, नल आदि के साथ आ गए।

राम ने मुनि को प्रणाम किया। लक्ष्मण ने लेटे ही लेटे हाथ जोड़े।

अगस्त्य ने हँसते हुए कहा, “वत्स, मैं तुम्हें सूर्य संहिता का ज्ञान देता हूँ जिससे रावण का सूर्य-चक्रव्यूह नष्ट हो सकेगा। तब तक हमारी युद्ध परिषद ने तात वरुण से परामर्श कर यह निर्णय लिया है कि एक बार और दूत भेजकर शान्ति-स्थापना और सन्धि की वार्ता सार्वभौम सम्राट से की जाए। इसके लिए अंगद राम का भूर्जपत्रयुक्त शान्ति वार्ता लेकर जाएगा, जिसमें सीता की वापसी का अनुरोध होगा तथा स्वीकार न करने पर अंगद रामदूत रूप में राम की ओर से फिर धमकी देगा।”

राम की यही लालसा थी। वे तत्काल बोले, “मुनिवर, राम तो यही चाहता था, चाहता है और चाहता रहेगा। अभी सुभट अंगद को भेजो, राम युद्ध-कर्म से ऊब चुका है।”

अंगद के मस्तक पर पम्पापुर का युवराज मुकुट सुशोभित हो रहा था। दूत कर्म के प्रथम अवसर में अंगद को प्रसन्नता हो रही थी, वह खिल उठा और बोला, "राजनीति-विशारद अंगद नहीं है, फिर भी यह गुरुतर भार अंगद वहन करेगा। मुझे शान्ति-सन्देशवाहक बाण प्रदान करो, श्रीराम!"

राम ने हनुमान के हाथ से पूर्व से ही तत्पर शान्ति बाण लिया और अंगद के हाथों में सौंपते हुए कहा, "राम को श्री भारत के प्रत्येक वीर पर गर्व है और विश्वास है कि वे अपने दुस्तर कार्य का भी सुलभ मार्ग प्रशस्त करने में सिद्धहस्त हैं। राम तुम्हारी मंगल-कामना करता है।"

अंगद ने तात अगस्त्य, हनुमान, सुग्रीव, राम—सभी की ओर देखा। फिर काका सम्राट सुग्रीव के सजल नेत्र देखे मानो वे पश्चात्ताप कर रहे हो कि इस विश्वयुद्ध से उत्पीड़न, घुटन दुख के अतिरिक्त क्या प्राप्त हुआ!

अंगद ने काका का चरण परस किया। सुग्रीव ने अपने वक्ष में अंगद को कस लिया, "सत्ता जब हाथ में नहीं होती, तब व्यक्ति स्वार्थवश इसे हथियाने का प्रत्येक सम्भव प्रयास करता है और जब राजनीति में प्रवेश के बाद पद प्राप्त हो जाता है तब इसका निर्वहन बड़ा ही कठिन होता है। राज्य या देश के आन्तरिक प्रश्न, प्रजा का सुख और शान्ति तथा देश-विदेश के बाह्य प्रश्न, विदेशी शक्तियों से तालमेल—सब कुछ बड़ा कठिन कार्य होता है, वत्स! कभी सीमा-विवाद, कभी मित्र-राष्ट्रों के हितों के कारण अकारण शत्रुता और फिर युद्धकाल क्रम के अनुसार जो विधाता रच देता है, इससे मनुष्य की विचार-शक्ति क्षीण हो जाती है। वह यह नहीं सोच पाता कि क्या करे! अपने वर्चस्व के लिए, मुकुट के लिए निन्दनीय-अनिन्दनीय सभी कुछ इस दौत्य कर्म में करना पड़ता है। तुम किष्किन्धा के युवराज हो, भावी सम्राट हो तथा इस पवित्र ऋषि-भूमि (भारत) में जन्मे हो जहाँ से कश्यप ऋषि की सन्तानें विश्व में फैली हैं। मुझे दृढ़ विश्वास है कि माता तारा की कोख से जन्मा पराक्रमी पिता बालि का पुत्र ऐसा कुछ नहीं करेगा जिससे कपि जाति कलंकित हो।"

"जो आज्ञा।" कहकर अंगद चल पड़ा।

रावण के गुप्तचरों ने यह सन्देश सभागार तक भेज दिया। रावण इस समय गुरु बृहस्पति, शुक्र आदि से चंडीपाठ की वार्ता कर रहा था और उसके लिए पुरोहितों की व्यवस्था-हेतु निर्देश दे रहा था। यहाँ दशग्रीव की गुप्तवार्ता चल रही थी जिसका ज्ञान विशिष्ट मन्त्रियों, विशिष्ट अमात्यों को ही था। रावण ने सभी को विदा कर दिया और सिंहासन पर विराजमान होकर युद्ध परिषद से वार्ता करने में जुट गया। इस आपद्‌काल में दशानन की औपचारिक- अनौपचारिक वार्ताएँ, सेना को निर्देश, मन्त्रियों, युद्ध-परिषद के सदस्यों को निर्देश, परामर्श अहिर्निश चलते ही रहते थे। यह उसके कर्तव्य-निष्ठा की अनूठी, अथक चारित्रिक सम्राटीय विशेषता थी।

रावण ने प्रहस्त से पूछा, "हमारे यानों के लिए ईंधन की कमी तो नहीं है?"

"नहीं है, महाराज! सूरजमूखी[1] के पौधों से तेल (पेट्रोल) निकाला जा रहा है। मातलि की कन्दराओं में अभी यथेष्ट पुष्प तथा पौधों का भंडार है और हमारी कलें दिन-रात तेल तैयार

1. सूरजमुखी के फूलों में पेट्रोलियम है। अमेरिका के जोजाबा पौधे में तेल है। वनस्पतियों की जड़ी-बूटियों की नस्लों का ज्ञान वनस्पतिशास्त्रियों को पूर्णरूपेण नहीं है। लगभग पाँच हजार किस्मों को विश्व-वनस्पति विशेषज्ञ जानते हैं। शेष वनस्पतियाँ लुप्त हो गईं हैं और कुछेक की वन-रक्षा न की जाकर आदिवासी लोग नष्ट कर रहे हैं। आज भी हिमालय की बूटियों पर शोध नहीं हो रहा है। यही दशा सभी देशों की है।

कर रही हैं। आपने हिमालय से जिन दुर्लभ जड़ी-बूटियों को द्रोणगिरि में रोपण किया है, रत्नगिरि में उगाया है, वे सभी वानिकी के अन्तर्गत सुरक्षित हैं। विश्व-भ्रमण के समय आपने जिन दुर्लभ पौधों को अनेक देशों से लाकर लंका में लगाया है, वे सभी फल दे चुके हैं और उनका बीज सुरक्षित रख लिया गया है। ईंधन की कोई समस्या नहीं है। लंकवासी तेल-शोधन कर रहे हैं और अनेक कल-कारखानों में युद्ध आयुध अनिलचूर्ण (बारूद) तैयार हो रहा है। गन्धक का भी भंडार है और ब्रह्मास्त्र भी चाप पर चढ़े हैं। विषाक्त गैसें और अन्य रसायन भी उपलब्ध हैं। बस आपकी आज्ञा की देर है, रक्षेन्द्र!''

''आज्ञा! विध्वंसकारी अनुमति दी जाएगी तो लंका का भी कुछ भाग विस्फोट से सागर में ढह जाएगा। जहाँ राम की सम्पूर्ण शक्ति नष्ट होगी वहाँ श्रीलंका भी अछूती नहीं रहेगी। यह चरण चंडी-पाठ, चंडी-यज्ञ सम्पन्न होने तक नहीं उठाया जा सकता क्योंकि सौरमंडल से देविका नदी तक के सूक्ष्म जीवधारी लंका में हैं।''

फिर कहा, ''रावण जानता है प्रहस्त, पुत्र-शोक क्या होता है। भ्रातृ-शोक क्या होता है! रावण के तीन पुत्र वीरगति प्राप्त कर चुके हैं जिनमें वीरबाहु और महोदर की मैं अकालमृत्यु मानता हूँ। सोचता हूँ कि धर्मात्मा, यज्ञकर्ता रावण पूर्वजन्म के किसी पाप या दैववश यह दुख सहता है। इस अणु-परमाणु शक्ति के विस्फोट और उसके उपरान्त विकिरण से लंका की क्या दशा होगी?''

''मेरा विचार था, जब शत्रु कूटनीति कर रहा है तो हमें पीछे नहीं रहना चाहिए। हमारे पास ऐसे रसायन हैं जो यज्ञ-धूम के साथ संयुक्त होने से विषाक्त गैस उत्पन्न कर देते हैं तो उनका उपयोग सामरिक उद्देश्य की पूर्ति के लिए नहीं किया जाएगा तो अर्थ ही क्या है महाराज के वर्षों तक आविष्कार करने का?''

आविष्कार ज्ञान-विज्ञान की परकाष्ठा है। लोगों को जहाँ वरदान है, वहाँ विध्वंसकारी होने से अभिशाप भी है। फिर प्रहस्त, राम कोई भगवान तो नहीं है। वह एक साधारण मनुष्य है जिसे इन्द्र, अगस्त्य असाधारण बनाने का प्रयास कर रहे हैं जबकि शिव भक्त दशानन असाधारण महान् पुरुष है। वह वरदानी है। सार्वभौम सम्राट रक्षेन्द्र की उपाधि प्राप्त है। उसे कौन परास्त कर सकता है। जिसने इन्द्र जैसी विश्व की महान् शक्ति को पराजित कर और देव सम्राट को कैद कर लंका की अक्षुण्ण शक्ति का प्रकाश फैलाया हो उसे दशरथ-पुत्र राम कैसे पराजित कर सकता है। तुम देखना, राम मेरे हाथों चिर निद्रा में लीन होगा और सेनानायक के मरते ही सेना भाग खड़ी होती है या शस्त्र रखकर आत्मसमर्पण कर पराजय स्वीकार कर लेती है। यह प्रथा अब तक चली जा रही है। प्रहस्त, विजयश्री हमारा ही वरण करेगी। तुम संशय मत करो। आकाश में जो पुच्छलतारा (धूमकेतु) प्रकट हुआ था, वह भारत देश के लिए ही अपशकुन था, लंका के लिए नहीं।''

इसी समय चारण ने अंगद के आगमन की सूचना दी। द्वारपालों को अंगद-आगमन का ज्ञान पूर्व से ही था, उन्होंने राज-सभा में जाने दिया।

अंगद की दृष्टि जैसे ही सामने पड़ी तो उसकी दृष्टि चौंधिया गई। उसे एक साथ एकादश सिंहासनों पर भ्राजित एकादश दशानन दृष्टिगोचर हुए। फिर रावण के कंठ में पड़े हार में दस शीशों को देखा। ऐसी अद्भुत पीठिका अंगद ने नहीं देखी थी। वह अपने फूफा से मिलने कभी नहीं आया था। यह कोई यन्त्र-मानव है या सम्राट की माया। दोनों ओर भव्य स्वर्ण आसनों पर, जिनमें मणि खचे हुए थे, मन्त्रीगण बैठे हुए थे। सभासद बैठे हुए थे। दशानन को न्याय-दर्शन

का ज्ञान कराने के लिए न्याय-शास्त्री बैठे हुए थे। चर विचरण कर रहे थे। सभागार के सशस्त्र सुरक्षाकर्मी (मार्शल की भाँति) एक-एक स्तम्भ से सटकर खड़े थे। उनकी दृष्टि अंगद पर थी। अंगद स्वर्ण-निर्मित इस सभा-भवन की शोभा देख रहा था जिसकी दीवारों पर अतिरम्य चित्र बने थे। ऋषि पौलस्त्य के हाथ में कोई दाढ़ीयुक्त चित्र सजीवता प्रकट कर रहा था। मोतियों, हीरों और मणियों से कहीं शार्दूल, वीणा और स्वर्ण मृग को बनाया गया था, जो रावण के वास्तुकला-प्रेमी होने का प्रतीक था।

एक ओर ग्रह, नक्षत्रों की झाँकी ज्योतिष के आधार पर उत्कीर्ण थी और दूसरी ओर सौर आकाश नीलमणि से ऐसा रचा गया था कि उसके बीच टिमटिमाते तारे साक्षात् आकाश मंडल का दृश्य प्रस्तुत कर रहे थे। एक ओर सूर्य-चक्रव्यूह के मानचित्र को पुखराज से बनाया गया था, जिसके बीच में माणिक खचाए गए थे। किसी स्थान पर वनस्पतियों से आच्छादित गिरि बनाए गए थे। कहीं उड़ते हुए पुष्पक और उसमें बैठे हुए मुकुटधारी दशानन का ऐतिहासिक चित्र उत्कीर्ण हो रहा था।

एक ओर युद्धप्रिय रावण ने युद्धरत सेना का रण-कोशल और उसी के निकट ब्रह्मास्त्र का चित्र बनाया था और उसके विस्फोटों से होनेवाले भयंकर परिणामों को भी प्रदर्शित किया था।

फिर अंगद ने तल पर धीमे-धीमे चरण बढ़ाए और एकाएक रावण की ओर अग्रसर हुआ तो रावण हँसा और बोला, ''आओ वत्स अंगद, आओ! इन मायावी काँचों के टुकड़ों की माया दशानन काटता है।[1] अपना विज्ञान तुम्हें छकाने के लिए नहीं था बल्कि यह कला भी है जिसे मैंने परिश्रम से प्राप्त कर लिया है। यह रक्षेन्द्र का राज आगार है जहाँ सम्राट अद्भुत सिंहासन पर बैठता है। यह श्रीलंका का वैभव है और प्रजा का अभिमान है।''

''अंगद धन्य हुआ आप जैसे दश मुकुटधारी और ललाट पर त्रिपुंडधारी, भू-देव, सार्वभौम दिग्विजयी भू-पाल के दर्शन कर। लंकेश्वर की कनकनगरी की विशाल गगनचुम्बी अट्टालिकाएँ, उन पर फहराते राजध्वज और अदम्य उत्साही नर-नारियों को देखकर। अंगद ने मार्ग में देखा सिंहल द्वीप की धरती पर विश्वयुद्ध रचा है। नाना देशों के भूपाल काव्य-उशना (भार्गव शुक्र) की सम्राट सन्तानें जिस राष्ट्र में अवतरित हुई हैं, उस राष्ट्र की प्रजा रणखेत हुए वीरों की चिन्ता न करके उनकी अति सुन्दर व्यवस्था के लिए चिन्तित है। उनके मुख पर अवसाद नहीं, प्रत्युत् अंगद की ओर हजारों दृष्टियाँ एक प्रश्नचिह्न के साथ उठ रही थीं। सम्भवतः बुआ श्रीप्रभा के कारण, अंगद को घृणा कर रही थी—ये कैसा भतीजा है जो एक विदेशी शत्रु के साथ है।

''किन्तु महाराज, आप तो सर्वज्ञ हैं। आपसे अधिक विद्वान तो देवराज भी नहीं हैं। आप जानते हैं कि श्री भारत का वासी भारत के लिए उत्पन्न हुआ है और भारत के लिए ही मर जाएगा जैसा कि आपकी जनता का सिद्धान्त है, वह लंका में जन्मी है तथा सम्राट के प्रति श्रद्धावान है और सिंहासन के लिए विश्वासपात्र है। यदि लंका में सर्वनाश भी हो जाए और कुल में दीपक जलानेवाला भी न बचे तो भी लंका का एक-एक पुरुष और स्त्री श्रीलंका के लिए हुतात्मा हो जाएगी एवं हो रही है। भले ही पितृहंता राम अंगद का शत्रु हो तो अंगद श्रेष्ठ ऋषिभूमि भारत के लिए राष्ट्रवाद के नाम पर अपना प्राण न्योछावर करेगा। यह सन्देश अगस्त्य ने दक्षिणावर्त में द्वार-द्वार पहुँचाया है और माता कैकसी-जाया महाराजाधिराज सार्वभौम सम्राट

1. यह विजार्ड आर्ट भी हो सकता है।

से भारत भूमि मुक्ति का अलख जगाया है। राम को तो ऋषियों का पूर्व से ही प्रशस्त मार्ग प्राप्त हुआ है, अन्यथा दक्षिणावर्त में ही यथेष्ट ऋषि-मुनि आपके प्रश्रय में पल रहे थे जो तात अगस्त्य के भाई वसिष्ठ के सन्देशों, आपके नाना भरद्वाज के समाचारों ने विमुख कर दिए। आश्चर्य की बात यह है कि शबरी तथा हनुमान ने पदलोभी विभीषण को भी फोड़ लिया किन्तु मेरे पिता ने बहनोई दशकन्धर की मित्रता प्राण रहते नहीं त्यागी। यह किष्किन्धा सम्राट की विश्वसनीयता थी, जिसे वानरों (टोटम) की फूट ने स्वर्गलोक पहुँचा दिया, अन्यथा राम ऋष्यमूक से ही लौट जाता। इन्द्र-पुत्र तात सुग्रीव को राम को वानरों की प्रचंड शक्ति प्रदान करने का सन्देश ही नहीं दिया बल्कि बार-बार कभी राजकीय यात्रा पर, कभी बिना पूर्व सूचना के ऋष्यमूक पर गोपनीय षड्यन्त्रकारी वार्ता सम्पन्न कर उन्हें पूर्णतया आपके विरुद्ध खड़ा कर दिया।

''अब युवराज अंगद कपि-सम्राट श्री सुग्रीव की आज्ञा के अधीन है। उसका स्नेह फूफा दशानन के प्रति अगाध रूप से हृदय से है किन्तु आपने ही तो छत्राज्ञा को सर्वोपरि किया और छत्रादेश उल्लंघन के लिए प्राणदंड निर्धारित किया, तो फिर अंगद कैसे अपने सम्राट की आज्ञा का उल्लंघन कर सकता है। सम्राट में दोष हो सकते हैं किन्तु सत्ता तो निर्दोष ही होती है और सत्ता के मान-अभिमान के लिए ही आपको दम्भी, अभिमानी, स्वाभिमानी कहा जाता है। यही स्वाभिमान अपने-अपने राष्ट्र के लिए प्रत्येक नागरिक रखता है तो अंगद भी अपनी माँ का दूध कैसे लजा सकता है?

''इसलिए हे सर्वगुण-सम्पन्न प्रभु, अंगद अपने प्रभु स्वामी सम्राट की सेवक को दी गई आज्ञा के क्रम में शान्ति-दूत बनकर आया है। राम ने यह शान्ति-सन्देशवाहक बाण सीता को लौटाने के लिए भेजा है, जो आपकी सेवा में प्रस्तुत है।''

दशकन्धर ने अट्टहास किया। शान्ति-बाण ग्रहण किया और बोला, ''बालि-पुत्र की वाक्पटुता की प्रशंसा करता है रावण। उसके दूत-कर्म तथा लंकापुरी में पधारने के साहस की प्रशंसा करता है दशग्रीव। तुझे बचपन में पिता के समान पीठ पर बैठाकर खिलाया है, उसके लिए तुझे अभयदान देता है सम्राट। आ, तेरा माथा सूँघकर अपने को धन्य कर लूँ। तू वयस्क हो गया है। तेरे बचपन से अब तक दशकन्धर इतना व्यस्त रहा, कभी युद्धों में और कभी कैलास पर तपस्या में कि पम्पापुर जाने तक का समय राजनीतिक व्यस्तता न दे सकी। सार्वभौम त्यागी, तपस्वी सम्राट अपनी सम्पत्ति इस विश्वयुद्ध में, विश्व की महान सामरिक शक्तियों से टकराकर घर के अनेक सदस्यों को, अपने पुत्रों को और प्रजा के पुत्रों को दे चुका है। सहस्रों पुरोहितों के पुत्र ब्राह्मण वीर अग्नि-रथ पर चढ़ चुके हैं जिनकी विधवा युवा पत्नियों ने आज तक साहस नहीं खोया है। लंका के मन्त्रियों ने एक साथ अभी यह निर्णय लिया है कि वे सिंहलद्वीप की रक्षा के लिए मर जाएँगे किन्तु विदेशी सत्ता कभी स्वीकार नहीं करेंगे। शक्तिवान जगत्-प्रसिद्ध पराक्रमी यशस्वी रावण अयोध्या जैसे छोटे से राष्ट्र के राजकुमार राम से कैसे शान्ति-सन्धि कर सकता है। राम ने ही शान्तिकाल में क्रान्ति के बीज बोए हैं, रावण ने नहीं। उन्होंने सांस्कृतिक और रघु के समय के राजनीतिक वैर को लेकर दंडकवन तक मात्र रक्ष शक्ति के विरुद्ध यात्रा की है तो अब शक्ति-परीक्षण की इस घड़ी में रावण युद्ध के निर्णायक क्षण में एक छोटे-मोटे युवराज से शान्ति-वार्ता क्यों करेगा?

''सीता का राजनीतिक अपहरण होने से वह लंका की स्वच्छन्द बन्दिनी है। वही जनक की पुत्री, जिसे दशानन तथा तुम्हारी बुआ देवी मन्दोदरी, चित्रांगदा तथा श्रीप्रभा ने पुत्रीवत्

वात्सल्य प्रदान किया, ने मेरे विरुद्ध षड्यन्त्र रचा और आज भी सरमा के प्रासाद में बैठी-बैठी मधुमक्खी से सम्पर्क कर रही है। उसके सहचर पकड़ लिए जाते हैं, फिर भी रावण ने उसे प्राणदंड नहीं दिया। आज तक राजद्रोहिणी सरमा, त्रिजटा से कुछ नहीं कहा और न ही उन्हें राजकीय राजभवन से निकालकर मृत्युदंड तो दूर, इस राजतन्त्र में वनवास तक नहीं दिया। उनका व्यय आज भी राजकीय कोष से वहन किया जा रहा है और उसमें भी कोई कटौती नहीं की गई, न ही उन्हें दृष्टि-कैद किया है।

"तुम्हारे आगमन के पूर्व युद्ध परिषद से मेरी गुप्तवार्ता हो चुकी है। उन्होंने चरों द्वारा तुम्हारे दूतरूप में लंकापुरी-प्रवेश का ज्ञान होते ही यह गुप्त बैठक आयोजित कर ली थी, जिसमें विशिष्ट मन्त्रीगण तथा सेनानायक और सचिवगण भी उपस्थित थे। बैठक में यह निर्णय लिया गया कि जिस जानकी की वापसी के लिए यह युद्ध हो रहा है उसके लिए राम शक्ति-परीक्षण दें, क्योंकि वे पल-पल तथा पग-पग पर कूटनीतिक युद्ध कर रहे हैं। लंका के वीरों का आरोप है कि राम वीर, पौरुष-प्रधान नहीं, कायर हैं। उन्हें तो लंका के दृढ़ांग राक्षस वीर ही जय कर लेंगे। यदि वह अनीति छोड़कर नीतिपूर्ण समर करें तो राम सच्ची विजय कभी भी लंका में प्राप्त नहीं कर सकेंगे।

"अब तो वैदेही ही युद्ध का कारण रह गई है। सांस्कृतिक, धार्मिक तथा राजनीतिक तथ्य गौण हो गए हैं तो उसे कैसे लौटाया जा सकता है, वीर अंगद! जाओ, सुग्रीव सम्राट से कहना कि वह श्री भारत के ऋषि-मुनियों के षड्यन्त्र में फँस गया है। तात अगस्त्य के सुझाव पर राम ने यह शान्ति-बाण क्यों भिजवाया? राम रण करें, रावण अब उसे रण में पछाड़ेगा। जाओ, तारा-सुत! साथ में शम्बूक द्वारा आविष्कृत यह सूर्यहास खड्ग ले जाओ। राम के पास चुराया हुआ यह एक ही अस्त्र है और रावण के पास सैकड़ों।

"रावण का यह क्रान्ति-सन्देश श्रीलंका की प्रजा की ओर से राम को दे देना कि सीता नहीं लौटाई जाएगी। रण की तैयारी हो।"

41

कालरूपी विश्वयुद्ध का मनन-चिन्तन दोनों ओर के देशी-विदेशी सम्राट अहर्निश कर रहे हैं। अंगद ने श्रीरावण का सन्देश सूर्यहास खड्ग के साथ ही श्रीराम को दे दिया है। दशकन्धर के उदात्त चरित्र और उसके शौर्य की प्रशंसा कपि-दल को सुना दी गई है। स्वर्गलोक (अन्तरिक्ष) की परी नील-उत्ताम भी लंकेश्वर के स्वर्णिम राजप्रासाद में पधार आई है। वह मेघनाद को पुत्रवत् मानती थी और दशकन्धर पर आसक्त थी। परन्तु रावण ने उसे भोगा नहीं, फिर भी वह पथ-विचलित न होकर एकमात्र दशानन की ही एकनिष्ठ मानस-प्रेमिका रही। रावण अपनी प्रेयसी के अब तक के निश्छल प्रगाढ़ प्रेम से प्रफुल्लित है। नील-उत्ताम स्वर्ग की सर्वश्रेष्ठ सुन्दरी ने कभी पर्यंकशयन न कर स्वर्ग के प्राणियों के पवित्र चरित्र की उज्ज्वलता को स्थिर रखकर यह सिद्ध कर दिया कि नारी-मन डोलता नहीं है। स्वर्ग के महापुरुषों ने उसके समक्ष विवाह का प्रस्ताव रखा किन्तु सतवन्ती ने एकमात्र श्रीरावण को ही अपना बिनब्याहा पति मानकर अपने संयम के कठोर व्रत का अनूठा उदाहरण प्रस्तुत कर यौवन से वृद्धावस्था तक अन्तरिक्ष में यश, प्रशंसा अर्जित की है।

देवी मन्दोदरी उसकी सेवा-सुश्रूषा प्रमुदित होकर कर रही हैं। माता देवर्णिनी और कैकसी भी महामना के राजप्रासाद में हैं। दोनों ही तपस्विनी हैं और एक ओर कुबेर के कारण तो दूसरी ओर रावण के कारण दोनों माताएँ दुखी हैं किन्तु तटस्थ हैं। दोनों कुबेर को समझाकर आईं हैं। वह देवजाति का शीर्षस्थ लोकपाल होने से जहाँ देव रहेंगे, वहीं वह रहेगा—यह उसका दृढ़ निश्चय है। दशानन, जिसे दोनों माताओं ने एक साथ अपने आँचल का दूध पिलाया है, भी वीराभिमानी होने से अडिग हैं और विश्वयुद्ध में भी राम तो क्या समूचे विपक्षी भूपों को एकाकी पराजित करने की क्षमता रखता है। वह देवजाति को नगण्य मान रहा है और अपनी विजय का आत्मविश्वास के साथ निश्चय किए बैठा है। दोनों माताएँ समझाकर थक गई हैं और शान्ति समझौते के मार्ग अवरुद्ध होने से दोनों ही, कभी देवताओं को, कभी अगस्त्य को कोस रही हैं। अब दादा पौलस्त्य, भृगु नहीं हैं अन्यथा अगस्त्य को तो भृगु ही शान्त कर देते और विश्वयुद्ध टल जाता। अगस्त्य ने भृगु ऋषि से खगोलशास्त्र का ज्ञान प्राप्त किया और एक तारा खोज डाला, जिसका नाम 'अगस्त्य' प्रचलित हो गया है। ऐसी मेधावी शक्ति से हमारा मेधावी भौतिकशास्त्री, खगोलशास्त्री पुत्र दशानन टकरा रहा है।

यह पुरुषवर्ग स्त्रीवर्ग की करुणा को जानता ही नहीं। उनकी ममता और वात्सल्य को भी अपने वर्चस्व के लिए रौंद देता है। हम महिलाएँ शान्ति की बात करें भी तो हमारे बेटे ही अपने बाप के गुणों को ग्रहण करते हुए अपने राष्ट्र के लिए, अपने स्वाभिमान और आत्मसम्मान के लिए प्राणोत्सर्ग कर देते हैं। हम माताएँ या वीर पुरुषों की पत्नियाँ अन्तस्तल की भावनाओं को दबाकर बस चुप रहती हैं यही हमारा धर्म है।

अंगद अगस्त्य से कह रहा है, "तात, गुरु बृहस्पति चंडी-यज्ञ कराएँगे। यह कहाँ होगा और इसमें मन्त्रशक्ति से किन-किन शस्त्रास्त्रों को आमन्त्रित किया जाएगा और क्या-क्या घटित होगा, हम नहीं जानते। परन्तु इतना अवश्य है कि यह विध्वंसकारी यज्ञ हमारे विध्वंस के लिए ही है। अब रक्षा करो। आप जैसा विज्ञानी ही कपि-दल की प्राण-रक्षा कर सकता है, अन्यथा हमारा तो सकल समाज फूफा श्रीरावण डुबा देंगे।"

अगस्त्य चिन्तित हैं। समस्त भूप बैठे हैं। उन्होंने राम को सूर्य-सूत्र का ज्ञान करा दिया है और बिना सूर्य-चक्रव्यूह को तोड़े रावण की वायुशक्ति को नष्ट नहीं किया जा सकता और इसी समय इस प्रचंड वायु-बेड़े को मातलि, करुणागल सहित नष्ट नहीं किया गया तो यज्ञ विध्वंस नहीं होगा और यज्ञ विध्वंस नहीं होगा तो राम-कटक डूबेगा, अगस्त्य डूबेगा।"

सहसा अगस्त्य चीखे, "राम, यह रात्रि का चौथा प्रहर है। शिव-धनुष (प्रक्षेपण-यन्त्र) लाओ और अग्निवेश से वह प्रक्षेपास्त्र (ब्रह्मास्त्र) लाओ जो सन्धान के बाद शत्रु का नाश कर वापस लौट आते हैं। तुम सूर्य-संहिता समझ चुके हो। अब अग्निवेश और मातलि के सहयोग से मातलि और करुणागल पर हवाई आक्रमण करो और प्रक्षेपास्त्र छोड़ो। हनुमान का पवनपूत[1] वायु-बेड़ा तुम्हारी सहायता को रहेगा। इसी समय जबकि शत्रु सजग नहीं है।"

राम ने अगस्त्य के लाल नेत्र और उसकी गर्जना को सुन लिया था। उन्होंने गुरु के चरण-स्पर्श किए और कहा, "आपके आशीर्वाद से राम यह अनीतिपूर्ण युद्ध करने जा रहा है और शत्रु की वायु-शक्ति समाप्त कर ही लौटेगा। आपकी सूर्य-संहिता राम को विजयश्री प्रदान करेगी।"

विभीषण को लंका के भूगोल का, सुरंगों का पूर्ण ज्ञान था। वह जानता था वायुशक्ति

---

1. पवनपूत हवाई बेड़े का नाम होगा।

नष्ट होने पर भी पदाति रात्रि में मुख्यमार्ग से कैसे पहुँचेगी और जब तक लंकानगरी नहीं घेरी जाएगी तब तक भानुराज भस्मलोचन और सद्वासुर जैसे मायावी (विज्ञानी) यातुधानों से कैसे जीता जा सकता है!

वह बोला, "तात राम, लंका के सम्राट लंकेश्वर में ही राजतन्त्र, लोकतन्त्र एवं सैनिकतन्त्र– तीनों प्रकार के राज्यों के रूप निहित हैं। भानुराज महा-मायावी है और वह सुरंग-निर्माण में निष्णात है। रात्रि के समय पदाति सुरंगों में समा जाएगी। लंका की भूमि पर उद्यान उगे हैं किन्तु नीचे खोखली है। सेना का भार प्रमुख मार्ग नहीं सह सकेंगे और कपि-दल खप जाएगा।"

"रघुकुलतिलक, भस्मलोचन के पास ऐसे दर्पण हैं जिनसे अग्नि निकलती है और उनके सामने जो पड़ता है वही भस्म हो जाता है। इसी कारण उसे भस्मलोचन कहा जाता है।"

राम ने पूछा, "तात अग्निवेश, इसे नष्ट करने का क्या उपाय है?"

अग्निवेश बोला, "भस्मलोचन के तल-उत्तल दर्पण शक्तिशाली हैं। इनसे शक्तिशाली दर्पण लोहे के चौखट में रखकर कसे जाएँ तो भस्मलोचन की शक्ति को ही नष्ट नहीं किया जा सकता प्रत्युत उसे भी नष्ट किया जा सकता है तथा जो दर्पण तात विभीषण के पास हैं, उन्हें ही अग्निवेश एक घड़ी में इतना ही शक्तिशाली बना देगा।"

"तो फिर काम प्रारम्भ करो।" राम ने कहा।

"पहले वायुशक्ति नष्ट करो, राम! यह कार्य तुम्हें ही करना है एवं अभी करना है अन्यथा समय कुछ और ही घटित करेगा।"

"तो राम को लक्ष्य बताओ। अब चाहे लंका की प्रजा नष्ट हो या भगवान शंकर के मन्दिर अथवा त्रिकूट पर्वत का भाग समुद्र में समा जाए, राम प्रक्षेपास्त्र छोड़ेगा।"

अग्निवेश ने प्रक्षेपण-यन्त्र का निर्देश कपि-दल को दिया और शत सैनिकों ने विशाल शिव-प्रक्षेपण-यन्त्र रख दिया। अग्निवेश ने पहले यन्त्र का परीक्षण किया, फिर राम को संचालन का ढंग समझाया। उसके बटनों का ज्ञान कराया और विद्युतधारा के साथ ही लक्ष्य-साधन बताया। फिर सूय-संहिता का निर्देश देकर शान्त खड़ा हो गया।

राम ने आणविक शक्ति का प्रयोग नहीं किया था। वे आज यह सर्वनाश करने जा रहे थे। किसके लिए? वैदेही के लिए, रक्ष सभ्यता के लिए, वंशानुगत वैर के लिए अथवा भारत की शक्ति के लिए? या फिर एकमात्र धरती से स्वर्ग तक की शक्तियों के शास्त्रास्त्रों तक का आह्वान कर अपने पास बुलानेवाले ब्राह्मण सम्राट रावण की शक्ति के लिए? यह जघन्य अपराध राम द्वारा विश्व-विजय के लिए करना ही होगा।

राम ने एक क्षण सोचा और बटन दबा दिया। मातलि नष्ट होकर धरती धँस गई और वायुयान नष्ट हुआ। दूसरी बार फिर लक्ष्यवेध हुआ तो करुणागल का कितना भाग समुद्र में अरराकर गिरने लगा। हवाई अड्डे के स्थान पर गहरा गड्ढा हो गया और पानी फूट पड़ा। कितनी ही जनहानि हो गई। शंकर के स्वर्णमन्दिर समुद्र में ढह गए। बहुत-सी स्वर्ण अट्टालिकाएँ नष्ट हो गईं। लंका में हाहाकार मच गया। प्रजा भागने लगी।

"विभीषण बोला, "अब पवनपूत बेड़े से अन्तरिक्ष में भागो राम, भस्मलोचन लंका के सिंहद्वार से ही दर्पण के इस यन्त्र को नष्ट कर देगा।"

भस्मलोचन की दर्पण-सेना शीघ्र तैयार हुई और शत काँचों से तीव्र किरणें प्रकट हुईं और अनेक सैनिक तथा प्रक्षेपण यन्त्र देखते-ही-देखते नष्ट हो गए। अनेक वानर वृक्षों की ओट में

छिपकर भाग गए, अनेक गिरि-कन्दराओं में जा छिपे। अग्निवेश, विभीषण और अंगद दक्षिण की एक गुफा में भाग गए। अग्निवेश दर्पण से दर्पण जोड़कर शक्तिशाली प्रकाशपुंज तैयार करने लगा।

राम, हनुमान अन्तरिक्ष में उड़ रहे हैं। हनुमान लंका के प्रमुख मार्गों पर बमबारी करके सुरंगों को नष्ट करते हुए भानुराज के मायावन को नष्ट कर रहे हैं ताकि पदाति बिना किसी क्षति के लंकापुरी को घेरने के लिए अग्रसर हो सके।

लंका में कोलाहल हो रहा था। सम्राट का मूलबल नागरिकों को 'लंक-गल' पहाड़ी की घाटी में बनी कन्दराओं में सुरक्षित पहुँचा रहा था। सेना भी प्रहस्त के निर्देशन पर घाटी के बीच में पीछे हटा ली गई थी। यह सुरक्षित तथा सामरिक दृष्टिकोण से श्रेष्ठ सूझबूझ थी। राम-कटक में नल-नील और पनस-अनल जैसे प्रवर मन्त्री थे जो कि लंका की युद्धनीति से सुपरिचित थे। मातलि प्रदेश का निवासी मातलि राम का कुशल सारथी था। वायुरथ-वाहक था।

अनल ने सुग्रीव से कहा, "तात, रात्रि समाप्त होने को है। इसी समय लंकापुरी की ओर बिना किसी विलम्ब के कूच करना चाहिए अन्यथा श्रीरावण के शक्तिशाली ब्रह्मास्त्र-प्रयोग से लंका तो क्या विश्व का आधा भाग नष्ट हो जाएगा। तुम्हारे भारत की क्या बात कहूँ, ऋक्षदेश और हरिदेश का विश्व के मानचित्र में कहीं नाम तक नहीं रह जाएगा। लंका की दक्षिण दिशा से ही लंकेश्वर को पराजित किया जा सकता है। इस ओर सुरंगें भी कम हैं क्योंकि लंकपति को एकमात्र मन्नार के सागर-तट से ही आक्रमण की आशंका रहती थी। जब तक राम वायुनिया और तिरुकोण-गिरि (म्लै) को नष्ट करेंगे तब तक हमें इन्द्रजीत की इस भूमि से घेरा बनाकर शून्य कर देना चाहिए। लंका में हाहाकार हो रहा है, कोलाहल हो रहा है तो प्रहस्त जैसा मन्त्री रणनीति-विशारद कोई-न-कोई नीति तत्काल रच देगा और सद्वासुर को सामने कर देगा तो हमारा पुर-प्रवेश कभी नहीं होगा।"

अभी यह वार्ता चल ही रही थी कि अमृत कली से रावण के यान धुआँ उड़ाते हुए और घोर गर्जना करते हुए एक साथ उड़े और अगस्त्य के पिनाकों पर बम-वर्षा करने लगे। जब तक पवनपूत वायु-बेड़ा सम्भलता तब तक धरती के सिंह पिनाक-धनुष (अजगव टैंक) सब कुछ स्वाहा हो गया और पवनपूत भी नष्ट हो गया। धू-धू कर राम के ही नहीं प्रत्युत राम के सहयोगी अन्तरिक्ष के श्रेष्ठ यान भी जलकर राख हो गए।

अब राम-दल में हाहाकार, चीत्कार तथा भगदड़ मच गई थी। अगस्त्य, जाबालि तक ने खन्दकों में शरण प्राप्त कर ली थी।

परन्तु अग्निवेश शक्तिशाली दर्पण तैयार कर चुका था और उसने यानों पर तीव्र प्रकाशपुंज छोड़ दिया था। यानों में आकाश में ही आग लगने लगी थी और रावण की महान् यान-शक्ति नष्ट होने लगी थी। भस्मलोचन यह सब देख रहा था। वह अपनी मायावी शक्ति के साथ युद्धभूमि में आ डटा और प्रहस्त लंक-गल की ओर घाटी में सैनिकों को ले गया। लंकेश्वर का आज ब्रह्म मुहूर्त से यज्ञ प्रारम्भ होना था। वह लंक-गल की चोटी पर स्थित चंडी के मन्दिर में देवी मन्दोदरी के साथ पहुँच गया था और आज युद्ध के लिए सद्वासुर[1] जैसे सेनानी महापराक्रमी को नियुक्त किया गया था।

---

1. सद्वासुर अन्तरिक्ष के देवताओं का आह्वान कर शस्त्रास्त्र प्राप्त कर लेता था, यह उसकी विशेषता थी अर्थात् अन्तरिक्ष के श्रेष्ठ देवगण भी अब तक अपने शस्त्रास्त्र, जिनका ज्ञान धरती के मनुष्यों को नहीं था, के साथ अवतरित हुए होंगे और उन्होंने श्री दशानन की सहायता की होगी।

सद्वासुर महान् मायावी और कुशल सेनापति था। उसने कुम्भकर्ण के पुत्र मूलकासुर[1], भस्मलोचन और सहस्तेज[2] तथा भानुराज को लेकर व्यूह-रचना की। विषाक्त गैसों से बचने के लिए देव-वस्त्र, देव-मुखौटे (पैराशूट टाइप के कोई वस्त्र) व कनटोपे धारण कराए।

सुग्रीव और अनल, पनस का सामना करने के लिए लंकपुरी से ब्रह्म मुहूर्त को शिव-आरती तथा घंटा-घड़ियालों की ध्वनि के साथ निकल पड़ा....।

42

राम-रावण की नभ-शक्ति, नौ-शक्ति लगभग नष्ट हो चुकी है। राम ने यह सब अपनी आँखों से देखा है। और अब देख रहे हैं सद्वासुर जैसे पराक्रमी द्वारा स्वर्ग से उतारे जा रहे शस्त्रास्त्र। देवताओं की भी क्या नीति है। कैसे मन्त्र-शक्ति में बँधे हैं कि राम की ओर इन्द्र, वरुण जैसी शक्तियाँ खड़ी हैं तो भी अन्तरिक्ष की शक्तियाँ दशानन की सहायता को जा रही हैं। कितना महान् योगी है सद्वासुर!

एक ओर खड़ा है सहस्तेज अपनी गदा-शक्ति लिए हुए, जो क्षण-मात्र में राम-कटक को भस्म कर देगी। अब अग्निवेश भस्मलोचन को तो परास्त कर देगा किन्तु कुम्भकर्ण का बलशाली पुत्र मूलकासुर एक ओर खड़ा है। श्रीरावण अब रण में नहीं हैं। लंका में शन्ति है। 'जो होना था सो हो गया' मानकर प्रजा अपने स्वामी की इतनी कठोर भक्त है कि टस से मस नहीं होती। राम क्या करे? गुरु अगस्त्य भी इस युद्ध में उपरत होना चाहते हैं। किन्तु अवसर ही प्राप्त नहीं हो रहा है।

इसी बीच अगस्त्य बोले, ''वत्स राम, पहले रावण पर आग्नेयास्त्र छोड़ो। मेरा यह त्रिमूर्ति ब्रह्मास्त्र है, जो त्रिमूर्ति-बाण के नाम से जगत्प्रसिद्ध है। इसे समय-समय पर जब रावण ध्यानभंग हो, तब प्रशिप्त करोगे तो महान् योगी, अमृतनाभि दशानन स्वर्ग सिधारेगा अन्यथा वह नहीं मरेगा। अब कितनी ही सेना समाप्त हो जाए तो भी राम पीछे नहीं हटेगा। सेना को चेतावनी दे दो, सेतु नष्ट कर दिया गया है। यदि कोई भागेगा तो भी मारा ही जाएगा।''

तात अगस्त्य के वचन सभी ने सुने। अंगद क्रोधित हो गया किन्तु अगस्त्य की आज्ञा को पलटने की शक्ति उसमें नहीं थी। आर्य सैनिकों की भुजाएँ फड़क उठीं, उनके नथुने फूल गए और परस्पर कहने लगे--इस ऋषि ने अब यह सिद्ध कर दिया है कि करो या मरो। लंका से बाहर नहीं जा सकते। नल-सेतु नष्ट होने से हम भारत नहीं भाग सकते। यदि आज्ञा का उल्लंघन करते हैं तो सम्राट सुग्रीव प्राणदंड देते हैं। अब तो दोनों प्रकार से हमारी मृत्यु है। इससे अच्छा है वीरगति ही प्राप्त करें।

राम ने सभी के मुख भाव पढ़े। यथेष्ट सेनानी राम को क्रूर दृष्टि से देख रहे थे। कुछ

1. यही मूलकासुर विभीषण का बाद में विरोध करता है और युद्ध में विभीषण को पराजित कर देता है। यह ऐतिहासिक घटना के समान है जिसे 'एक लख पूत, सवा लख नाती, ता रावण घर दिया न बाती' वाली कहावत को रचकर लंका के आगे के ऐतिहासिक क्रम को ही भंग कर दिया गया है। युद्ध में विजेताओं के तख्ते कई बार जनता ने बाद को पलटे हैं और अपने-अपने देश से विदेशी सत्ताओं को जन-आकांक्षाओं के प्रतिकूल सत्ताधारी को उखाड़ फेंका है।
2. इसी प्रकार सहस्तेज राक्षस की गदा जिस ओर घूम जाती थी। उसी ओर का व्यक्ति नष्ट हो जाता था। इस गदा में से विद्युत तरंगें बिजली के समान प्रकट होकर जिस पर गिरती होंगी, वही मर जाता होगा।

मयंद, द्विविद तथा तार जैसे यूथपति हनुमान को घूर रहे थे।

अंगद स्थिति को भाँपकर बोला, ''वीरो, जीवन तो नष्ट होगा ही। दोषी राम, हनुमान कोई नहीं। यह तो हमारा हतभाग्य ही है पम्पापुर की पावन धरती के प्रचंड वीर लंका की यज्ञों के धूम से सुरभित पावन भूमि में प्राण गँवाएँगे तो अन्तरिक्ष में उनका स्वागत किया जाएगा। स्वर्ग की नील-उत्ताम देवी, जो कि विचित्र भाषा बोलती हैं, भी देवास्त्रों की खेप लाई हैं। वह आप जैसे धरती के मानवों का रण देखकर प्रसन्न होंगी और स्वर्ग में श्रेष्ठ स्थान प्रदान कराएँगी। हमारे सशरीर स्वर्गारोहण से हमारी सायुज्य-मुक्ति होगी। श्रीरावण जैसे महात्मा के बाणास्त्रों से तुम्हें सुरधाम ही प्राप्त होगा। विधाता की यही नियति मानकर अपने किष्किन्धा के दूध को मत लजाओ। भूल जाओ कि यह युद्ध राम, सुग्रीव, हनुमान, अंगद के लिए है बल्कि स्मरण रखो कि यह युद्ध एकमात्र हम वानरों की प्रचंड शक्ति को विश्व में कीर्ति प्रदान कराने के लिए है। तुम्हीं आज से रण के सेनानायक और निर्णायक हो। तुम्हारी शक्ति पर ही सम्राट सुग्रीव तथा युवराज अंगद की गम्भीर गर्जना अमर रह सकती है। यही दशकन्धर तात बालि से परास्त हो चुके हैं। अपने श्री भारतवर्ष जिसके अनेक कपिराजा, आर्य राजा इस पावनभूमि में उपस्थित हैं, की आन-बान के लिए अपने प्राण विसर्जन कर कीर्ति-स्तम्भ में अपने नाम उत्कीर्ण कराकर अपने को धन्य करो, अमर करो।

''जय कपिराज, जय आर्यराज, जय भारत बोलते हुए आगे बढ़ो, वीर शिरोमणियो! संसार मुनि अगस्त्य के पग-पग सहयोग की यशोगाथा कम लिखेगा और तुम्हारी सर्वाधिक। लड़ो मित्रो, राजतन्त्र में युद्ध ही मनुष्य का प्रमुख कर्तव्य है।''

किसी ने किसी से कुछ नहीं कहा। अंगद का सम्भाषण समाप्त होते ही सेना स्वतः अग्रसर हो गई। लंकापुरी घिराव के लिए सेना अर्धगोलाकार रूप में बढ़ी।

राम, हनुमान सुग्रीव तथा अंगद अपने प्राणों की बाजी लगाकर सारथी मातलि के साथ पैदल चले। वायुरथों से युद्ध करने में सहस्त्राक्ष (भस्मलोचन) काँटा था, जिसकी काँच दृष्टि (राडार यन्त्र) से राम का रथ बच नहीं सकता था। सद्यासुर जैसा शूरवीर अन्तरिक्ष के देवताओं के शस्त्रास्त्रों से विभूषित खड़ा था जो विद्युत शक्ति, सौर ऊर्जा शक्ति, वायु शक्ति तथा चुम्बकीय शक्ति से संचालित थे। (ये शस्त्रास्त्र अणु-परमाणु की शक्ति से भी कहीं अधिक शक्तिशाली थे जिन्हें आज के वैज्ञानिक शायद ही खोज सकें।)

अभी सैन्य टुकड़ियाँ अग्रसर ही हुई थीं कि सद्यासुर का ऐसा अस्त्र छूटा जो ब्रह्मास्त्र से भी कहीं अधिक शक्तिशाली था और सुवेल की चोटी को सागर में गिराता हुआ सीधा दक्षिण भारत के गिरि को समुद्र में गिरा दिया।[1]

---

1. पांडुनीडि का भाग या इससे भी अधिक दक्षिण भारत का भाग इस परमाणु शक्ति के प्रयोग से सागर में समा गया था और राम द्वारा 'करुणागल' के स्वर्ण और रत्नों से भरे शिवमन्दिर स्वर्ण अट्टालिकाएँ एवं भीषण विस्फोटों से लंका का ही नहीं अपितु भारत का भी यथेष्ट भाग सागर में समा गया होगा और लंका से भारत की दूरी वह भू-भाग के नष्ट होने से बढ़ गई। और नल-सेतु (जलडमरूमध्य) का भाग भी रक्ष रणनीतिज्ञों ने नष्ट कर दिया होगा। यही कारण है कि त्रिकूट पर्वत की चोटियाँ भी तिरुकोणमलै के भाग के साथ लंका के सागर में समा गईं और समुद्र भी गहरा हो गया। इसका कारण यह भी हो सकता है कि युद्ध के बाद अवशेष बम सामग्री को नष्ट करने के लिए अगस्त्य ने समुद्र में ही सभी विस्फोट कराकर लंका से विदा ली हो, जिससे सागर गहरा हो गया क्योंकि वाल्मीकि रामायण में उथले उदधि और यहाँ नावें नहीं चल सकतीं का उल्लेख हनुमान करते हैं। तभी अभी गहरे पानी पैठकर पनडुब्बियों से तिरुकोणमलै के रामायणकालीन शिवमन्दिर के कई अवशेष खोज निकाले हैं। (धर्मयुग साप्ताहिक—16 से 21 अक्टूबर 1983, डॉ. चांसरकर का लेख)।

राम ने इस भयंकर विस्फोट की गूँज सुनी। अगस्त्य समझ गए, यह प्रतिशोध है। ब्रह्मास्त्र का प्रयोग तथा सद्धासुर जैसे वैज्ञानिक का नाश किए बिना आगे नहीं बढ़ा जा सकता और यदि विलम्ब किया तो मूलकासुर, सहस्तेज, सहस्त्राक्ष सैनिकों के साथ लड़ रहे हैं, वही इस तीन अक्षौहिणी (तीन डिविजन) सेना को नष्ट कर देंगे। ये सभी भार्गव शुक्र के वंशजों के शिष्य हैं और भार्गवों का धनुर्वेद विश्वप्रसिद्ध है। तो जब तक सद्धासुर जीवित है तब तक ऐसा ही विस्फोट होता रहेगा और वरुण भी राम को क्या विश्व तक इस भयंकर प्रलय से नहीं बचा पाएँगे।

वरुण (ब्रह्मा) बोले, "अगस्त्य, हनुमान को वह मन्त्र-शक्ति प्रदान करो, तन्त्र-शक्ति प्रदान करो जिससे इन देवास्त्रों को रोका जा सके। मैं मायावी काले बादलों का आह्वान करता हूँ ताकि हनुमान वायुरथ में बैठकर अन्तरिक्ष में उड़े और वहाँ सौर, वायु चालित ध्वनिरहित अस्त्र शत्रु सेना पर चलाए तो सद्धासुर सहस्तेज की शक्ति समाप्त हो जाएगी और अग्निवेश भस्मलोचन को समाप्त करे। अन्यथा अब भी सम्पर्कविहीन रावण को यदि राम परास्त न कर सके तो हमारी जगत-हँसाई होगी और दशकन्धर की पूजा होगी। रावण का सुरक्षा-कवच सूर्य-चक्रव्यूह मातलि, जिसे कि इस व्यूह के केन्द्र बिन्दुओं का ज्ञान था, के सहयोग से नष्ट हो गए तो भी अब राम पुरुषार्थ से स्वयं के विवेक से कुछ नहीं कर सकेगा तो फिर आज इस युद्ध का अन्त भी हो जाएगा।"

अगस्त्य ने इन्द्र, जाबालि से परामर्श किया और हनुमान को गूढ़ बीजमन्त्र, मूलमन्त्रों का ज्ञान कराते हुए उन्हें विमान पर चढ़ा दिया।

अब तक नीले-स्याह मेघाच्छन्न हो गए थे और हनुमान से ध्वनिरहित वायुरथ जिसका सारथी अन्तरिक्ष का कोई देव था एवं यह वायुदूत भी किसी ग्रह का ही था, के साथ आकाशमगन किया।

अपनी विलक्षण कूटनीति का सहारा लेकर अन्तरिक्ष से विशुद्ध बीज मन्त्र पढ़े तथा ध्वनिरहित और ऊर्जा से चालित विस्फोटक शस्त्रों का प्रहार निरन्तर किया। अग्निवेश ने अपने दर्पणों की शक्ति का प्रयोग भस्मलोचन की सेना पर धरती से किया और राम की आज्ञा पर एक साथ पदाति ने रण छेड़ दिया। इस कूटनीति से नभ-स्थल के एक साथ सहसा अधार्मिक रण से सद्धासुर का दल खपने लगा और सहस्तेज की विद्युत-तरंग युक्त गदा को भी अंगद ने राम से त्रिमूर्ति-बाण शिव-चाप पर चढ़ा, छुड़वाकर नष्ट करा दिया। एक घड़ी के संघर्ष में ही सद्धासुर, भस्मलोचन व सहस्तेज जैसे मायावी रक्ष शूरवीर कुटिल चालों में फँसकर स्वर्ग सिधार गए।

अब राम-दल को अग्रसर होने में कोई विरोध-अवरोध नहीं रह गया था और छिटपुट झड़प के बाद लंकापुरी के मुख्य मार्ग से राजप्रासाद की ओर राम सैनिक बढ़ रहे थे। इस विजय से कपि, गरुड़ सैनिकों का साहस लौट आया था और अब उन्होंने कोट-कंगूरों पर चढ़ने का साहस जुटा लिया था। राम अब रथ पर आरूढ़ हो गए थे और मातलि सारथी के रूप में घोड़ों की वल्गा थामे हुए था। रथ आगे बढ़ रहा था कि सुमन्त मन्त्री आर्तनाद करता हुआ आता दिखाई दिया। राम अधीर हो उठे। सारथी से कहा, "ये तो तात सुमन्त प्रतीत होते हैं। इनका आर्तनाद इस बात का द्योतक है कि भैया भरत संकट में हैं। रथ रोको।"

राम उतर गए। मन्त्री सुमन्त (ये मास्कधारी कोई रक्ष वीर है) आर्तनाद के साथ बोला, "अरे, आर्य राम! अयोध्या में तो यह समाचार फैल गया है कि लक्ष्मण मारे गए और राम भी। सीता को सार्वभौम सम्राट दशानन ने एकाकी अयोध्या लौटा दिया। इस कारण पहले तो महाराज

भरत ने सरयू प्रवेश कर आत्महत्या का विचार किया और माता कौशल्या तथा सुमित्रा ने अग्निरथ पर चढ़कर प्राण-विसर्जन की योजना बना ली। किन्तु मेरे समझाने पर अभी सब रुक गए हैं किन्तु भरत अवश्य मरणासन्न अवस्था में हैं।''

राम व्याकुल हो गए, उनकी आँखें सजल हो उठीं और उन्होंने छद्मवेशी सुमन्त को गले से लगा लिया। तभी विभीषण बोला, ''राम, इसकी बातों में न आओ। यह सम्राट लंकेश्वर का विशिष्ट गुप्तचर 'कापरिक' है जो छद्मवेश में मन्त्री सुमन्त का रूप धारण किए हुए है। ये सब स्वामी-भक्त हैं। ये तुम्हारा मनोबल गिराने की कूटनीति है और तुम्हें हतोत्साहित करने का सफल षड्यन्त्र है। हम राक्षस योद्धाओं की माया को आप नहीं जान सकते। बल्कि साकेत तक इन गुप्तचरों ने बिना सम्राट की अनुमति के ये सभी समाचार भेज दिए होंगे और अभी-अभी मुझे समाचार प्राप्त हुआ है जो लंका की ही स्त्री चर ने दिया है, इस युद्ध के उपरान्त महामना रावण अयोध्या पर तत्काल आक्रमण करेगा। इसलिए इस 'कापरिक' गुप्तचर को कैद कर लिया जाए और आप बिना किसी विलम्ब के रण करें।''

राम पुलककर बोले—''तात विभीषण! आपने राम को पग-पग पर बचाया है। आपकी विश्वसनीयता और निष्ठा के लिए मैं ऋणी रहूँगा। आपने मुझ विदेशी को जो सहायता-सहयोग दिया है, उसके लिए आपको लंका राज्य देना भी तुच्छ है। बल्कि आप राम को राज्य दे रहें हैं अन्यथा राम आज ही यह रण छोड़कर साकेत लौट जाता। अब देखना राम इस युद्ध को कितनी गम्भीरता और कूट मन्त्रों से लड़ेगा।''

''आर्य, तुम अयोध्या लौट भी नहीं सकते। लंका में जो रह जाएँगे, वे भी तुम्हारा पीछा करेंगे। इस मिट्टी का एक-एक पुरुष अकेला ही मार्ग रोककर युद्ध करने लगेगा। आपकी एकमात्र पुष्पक से हो सकेगी अन्यथा जलोदधि में फिर घमासान युद्ध हो जाएगा और अब ये थकित सेना या तो लंका की कारा में या फिर पयोधि में मगरमच्छ का आहार बनेगी। इसलिए धर्म-अधर्म को रण में सोचना मूर्खता है और शत्रु के सम्मुख होने पर न्याय-अन्याय मूर्ख ही विचारते हैं या फिर अपने प्राण गँवाते हैं अतएव आप जैसा मैं कहता जाऊँ, वैसा करते जाओ ताकि विश्व-विजयी कहला सको।''

''जो आज्ञा तात विभीषण, आप जैसे सखा और लंका के प्रधानमन्त्री के परामर्श से ही राम रण करेगा। न जाने आज क्यों मुझे आत्मविश्वास हो रहा है कि इस रण में मेरी ही विजय होगी। इसके पूर्व तो राम सदैव उदासी और पराजय के संभ्रम में ही घूमता रहा। आज जाने क्यों राम का मन प्रसन्न है या विधाता की कृपा है। आज मुझे ऐसा प्रतीत नहीं हो रहा है कि मैं रण कर रहा हूँ; बल्कि कोई अदृश्य शक्ति, पराशक्ति ने राम को ऊर्जावान बना दिया है और उस शक्ति के अदृश्य वरदहस्त राम के शीश के ऊपर हों या वो अप्रकट हाथ ही रण कर रहे हों। आज राम का कोई निशाना नहीं चूक रहा है। यह दैवीय अनुकम्पा के अतिरिक्त और कुछ हो ही नहीं सकता। चलो, स्वर्ण लंकपुरी में प्रवेश करें।''

लंका में प्रवेश के साथ ही राम ने देखा थोड़े-बहुत नर-नारी शान्ति के साथ बिना शस्त्र के निर्भीक होकर घूम रहे थे। कुछ त्रिपुंडधारी पुरोहित शान्ति-कर्म में संलग्न दिखाई दे रहे थे। किसी के मन में कोई अपवाद नहीं था। कपि, गरुड़, सेना के प्रवेश पर भी नर-नारी भयभीत नहीं थे।

राम को आश्चर्य हुआ। उनका अनुमान था कि पुर-प्रवेश के साथ ही घमासान युद्ध होगा किन्तु ऐसा नहीं हुआ तो उनकी दृष्टि विभीषण, पनस, अनल की ओर उठ गई और फिर झुक गई।

विभीषण, पनस, अनल जैसे श्रेष्ठ व योग्य मन्त्री भी विस्मित थे। विभीषण देख रहे थे। नगर सेना (पुलिस) आशाकर्ण तथा प्रलयकल्प के नेतृत्व में अहिंसावादी-सी नगर-सुरक्षा के लिए सन्नद्ध थी।

परस्पर तीनों ने वार्ता की और विभीषण ने एक नगर सेनानायक आशाकर्ण से पूछा, "वत्स, युद्ध क्यों नहीं करते? शत्रु-दल तुम्हारे सम्मुख है और इस धन, कला, विज्ञान की नगरी को गरुड़ सैनिक घेर रहे हैं।"

"पट्टमहिषी मन्दोदरी शान्ति-पाठ में व्यस्त हैं और उनकी आज्ञा है कि जब तक मेरी आज्ञा न हो तब तक हिंसा न हो। इसलिए अहिंसा की नीति पर अटल हैं। अन्यथा इन गरुड़ों को काटने के लिए हमारी नग-सेना की भुजाएँ फड़क रही हैं। सात दिन तक हिंसा इस नगरी में नहीं होगी। ऐसी साम्राज्ञी की आज्ञा है। अन्यथा तुम्हें बुर्जों पर रखी हुई शतघ्नियों के गोले अब तक तो यमलोक पहुँचा देते।"

हनुमान फुसफुसाए, "यह तो श्रीरावण की कोई नई चाल प्रतीत होती है, भ्रातर!"

"हाँ, प्रतीत तो ऐसा ही होता है।" पनस से कहा।

"ठहरो, इन पुरोहितों से पूछो, यह सब क्या है? यह ब्राह्मण वर्ग अपने को आर्यावर्त के ब्राह्मणों से कर्म में श्रेष्ठ मानता है। ये पुरोहित वर्ग गुणी है। मैं अनजान बनकर विप्र वेश धारण कर इनसे इनकी भाषा में बात करता हूँ।"

हनुमान ने तत्काल विप्र छद्मवेश धारण किया और पुरोहित वर्ग से पूछने लगे, "हे भू-देवो, आप किधर जाते हो? मुझे परम प्रकांड विद्वान श्रीरावण महाराज ने शान्तिकर्म के लिए आमन्त्रित किया है। मैं उनसे तत्काल मिलना चाहता हूँ, वे कहाँ मिलेंगे? आप तपस्वी कुछ बता सकते हैं?"

"हम यज्ञ-कर्म में जा रहे हैं। किन्तु तुम्हें स्थान नहीं बतलाएँगे क्योंकि तुम पर विश्वास नहीं किया जा सकता कि तुम लंका के पक्ष में हो या विपक्ष में। इस समय लंका में अनेक गुप्तचर, छद्मवेशी अटन कर रहे हैं। तुम्हारे जनेऊधारी होने से इतना भी बता दिया अन्यथा इतना पूछनेवाले का अभी तक वध कर दिया जाता।"

फिर कहा, "वैसे यह जो तुम्हारा मुख है, वह कपि जाति के समान है और यज्ञोपवीत कपि धारण करते हैं। हम अन्तर्यामी तो नहीं किन्तु वर्तमान में यहाँ अहिंसा का साम्राज्य है, शान्ति है। फिर भी बुरा न मानो तो कह देते हैं कि तुम सम्राट के जामाता अंजनी के पुत्र हनुमान हो।" कहते हुए सभी पुरोहित हँसने लगे।

हनुमान लज्जित हुए और वापस आ सुग्रीव, विभीषण के पास खड़े हो गए। तभी आदित्यगिरि की ओर से विभीषण को धूम दिखाई दिया।

विभीषण ने स्वयं ही पूछा, "तात हनुमान, क्या अवगत कराया पुरोहितों ने?"

"क्या कहूँ, लंका के विद्वान पुरोहितों ने दूरबोध से अथवा अपनी अन्तरात्मा के ज्ञान से मुझे पहचान लिया और इतना ही विदित कराया कि शान्ति-पाठ कहीं हो रहा है।"

विभीषण घबरा गया। वह अचकचाकर बोला, "यह तो अविजित यज्ञ सम्पन्न करा रहा है लंकेश्वर। यदि यह सफल हो गया तो हम जयी नहीं हो सकेंगे। वहाँ चंडी-पाठ हो रहा होगा और यह यज्ञ-धूम उसी का उठ रहा है। देवी मन्दोदरी भी वहीं होंगी। बिना वामाँग के यह यज्ञ सफल नहीं होता। इस स्थान को ज्ञात कर उसे विध्वंस किए बिना जीत का प्रश्न ही नहीं उठता।"

फिर राम के निकट आकर बोला, "आर्य, यह अभिजित चंडी यज्ञ हो रहा है। यज्ञ में भैया दशानन हिंसा नहीं करते। यदि यह यज्ञ सफल हो गया तो वैदेही विधवा हो जाएगी और

हमारी क्या दशा होगी, यह तो विधाता ही जाने। आप इसे विध्वंस कराइएँ।''

''इस धार्मिक यज्ञ को विध्वंस करने से राम की जगत् में अपकीर्ति होगी। ब्राह्मण राम को धिक्कारेंगे। अभिजित यज्ञ गुरु बृहस्पति ही सम्पन्न करा सकते हैं और कोई नहीं। तो राम से इतना बड़ा पाप मत करवाओ, विभीषण!''

''आर्य विभीषण नहीं जानता था कि राम ने जिस विभीषण को लंका के राजतिलक का वचन दिया हो, वह अपने साख्य को युद्ध के अन्तिम चरण में भूलकर कायर हो जाएगा। तुम क्षत्रियों के प्रण-वचन सब अवसरवादी हैं और ब्राह्मणों को मझधार में फँसाकर संन्यासियों जैसा झूठा वृत्त धारण करना युवराज राम के लिए कलंक है। राम आज आदर्शवादी बन रहा है और बालि वध के समय उसका आदर्श कहाँ चला गया था! निरपराध ताड़का तथा शम्बूक की हत्या के समय उसका सत्य कैसे असत्य में परिवर्तित हो गया था! कुम्भकर्ण से पीठ युद्ध तथा यज्ञ करते मेघनाद का वध क्या पाप नहीं था! राम ने कौन-से रण में सच्ची विजय प्राप्त की है, कौन-सा धार्मिक युद्ध लड़ा है बल्कि अब तक अपने थोथे आदर्शों का ढिंढोरा पिटवाकर हम सबको मृत्यु के मुख में लाकर खड़ा कर दिया है।''

फिर क्रोध से कहा, ''मैं ऋषि वैश्रवा-नन्दन देशद्रोही हुआ तुम्हारे कारण, वैदेही के कारण और आज भी दंडक वन के राजा के साथ हूँ। मैंने अपने ब्राह्मण धर्म पालन किया है और तुम रघुकुल में जन्म लेकर क्षत्रिय धर्म से पीछे हट रहे हो। राम, तुम्हारी स्वार्थ-नीति में यदि एकमात्र वैदेही की मुक्ति है तो मेरी स्वार्थ-नीति में एकमात्र लंका के सिंहासन पर बस एक बार मुकुट धारण कर बैठना है। हमारा स्वार्थवश साख्य है। तुम एकछत्र ब्राह्मण सम्राट श्रीरावण के राज्य का नाश चाहते हो। सुग्रीव और हनुमान वानरों की प्रचंड शक्ति की प्रतिष्ठा चाहते हैं। वे देवता जिन्हें लंकेश्वर ने पराजित कर दिया, जिन्होंने सार्वभौम सम्राट लंकापति की अधीनता स्वीकार की और सिंहल द्वीप को कर दिया, कन्याएँ दीं, वे सांस्कृतिक, सामाजिक वैर के कारण हम प्राणवान ब्राह्मणों से लड़े रहे हैं। हम सभी स्वार्थियों ने कहाँ धर्म और न्याय को स्वीकार किया है। स्वार्थ धर्म को फूटी आँख भी नहीं देखता। तुमने किसे न्याय दिया है? क्या भगिनी शूर्पणखा के अपमान के लिए लक्ष्मण दोषी नहीं है? यदि है तो फिर जनस्थान की न्याय-व्यवस्था लंकपति के अधीन है। फिर राम ने अपने भाई को लंका में धर्मस्थान (न्यायालय) में क्यों नहीं भेजा? क्या तुमने न्याय भंग नहीं किया? क्या तुमने परम्परागत नियमों को नहीं तोड़ा? और यदि सभी स्थान पर राम ने अधर्म से झूठी विजय प्राप्त की है तो राम को यज्ञ विध्वंस की आज्ञा देनी होगी अन्यथा इसी सैनिक शक्ति का मुख[1] कहीं राम की ओर न हो जाए।''

''बस करो, विभीषण! अब और अधिक राम नहीं सुन सकता।''

अंगद क्रोध से बोला, ''सुनना होगा, आर्य! अपने लिए नहीं, श्री भारत के लिए। तात अगस्त्य के वचन स्मरण रखो, अब धर्म और न्याय का प्रश्न नहीं है, अब प्रश्न है श्री भारत और श्रीलंका का। यह तो सौभाग्य है कि लंका के ही विभीषण जैसे सुयोग्य प्रधानमन्त्री और मातलि जैसे कुशल वायुरथ-वाहक हमें प्राप्त हुए हैं। फिर जब आपने मेरे पिता का बिना रण के वध कर जघन्य अपराध किया है तो यह तो युद्ध है। इसमें झूठ, झाँसा, सत-असत सब चलता है। अपने विशाल भारत राष्ट्र के मान-अभिमान के लिए आज्ञा दो राम, अन्यथा सैनिक विद्रोह हो जाएगा। क्योंकि अब परिस्थितियाँ बदली हुई हैं। योग्य शासक-प्रशासक और सेनापति वह होता है जो समय को पहचानकर परिस्थितियों का मूल्यांकन कर उचित निर्णय दे। विलम्ब

1. वाल्मीकि रामायण पश्मिोत्तरीय पाठ में विभीषण राम को यज्ञ-विध्वंस के लिए सावधान करता है।

अब घातक होगा, आर्य! शीघ्रता करो। तात विभीषण ठीक कहते हैं।''

राम क्रोधित हो उठे। उनके नेत्र लाल हो गए और उन्होंने सहसा आज्ञा दी—''आप लोग तात विभीषण के साथ जाकर यज्ञ-स्थल का पता लगाकर यज्ञ विध्वंस करें और श्रीरावण की तंद्रा भंग करें।''

फिर विभीषण विहँसे और बोले, ''क्षमा करना, राम! आप भूत एवं भविष्य दोनों में खो गए थे जबकि मनुष्य को वर्तमान की चिन्ता करनी चाहिए। जो हो गया, उसे भूल जाओ। जो होनेवाला है, उसका ज्ञान एकमात्र विधाता को होता है और वर्तमान ही मनुष्य को भावी सफलता प्राप्त कराता है। कठिनाई से कोटा, परकोटा, परिखा आदि को पार कर मुख्य द्वारों को हमारे वीर अग्निवेश के गोलों ने तोड़ा है, जलाकर भस्म किया है, तब कहीं राम लंकपुरी में विमानों से अपने सैनिक उतार सका है। देवताओं के रथ आकाशमार्ग से हमारे ऊपर मँडरा रहे हैं। नारद जैसे कूटनीतिज्ञ इन्द्र, वरुण, यम को ही नहीं अपितु शिवशंकर को भी आपकी ओर किए हैं, फिर भी आप अपने स्वरूप को भूल गए थे। विभीषण का यह नैतिक कर्तव्य था कि वह आपको एक योग्य मन्त्री, सेनापति के अधिकार से फटकारता। इस फटकार से सैनिकों में क्रोध-ऊर्जा का स्फुरण हुआ है। एक नई चेतना का संचार हुआ है जो वर्तमान में युद्ध की दृष्टि से आवश्यक थी अन्यथा भयभीत मनुष्य और भीरु मनवाली सेना कभी रण-जय नहीं कर सकती।''

''मैं धन्य हुआ, तात विभीषण! राम को आप जैसे वृद्ध तथा विचारों से प्रौढ़ व्यक्ति की ही आवश्यकता थी। आपकी सीख और ज्ञान के भंडार की आवश्यकता थी। क्योंकि खिन्न मन और चित्त के उदार होने पर उत्तेजक शब्द और व्यंग्यात्मक कटु वचनों से ही मनुष्य का पौरुष जाग्रत होता है। आप जैसे अनूठे व्यक्तित्व को पाकर राम ने मानव-जन्म को सफल किया। अब आप अपना कर्म कीजिए, तात! राम यहीं रुका है। जब धर्मात्मा परमवीर दशानन समर को आएँगे, तभी राम रण करेगा।''

विभीषण ने उन चरों से रावण के यज्ञ-स्थल का पता पूछा जो विभीषण के लिए ही लंका में कार्य कर रहे थे किन्तु सभी ने होमाग्नि को स्वीकार किया परन्तु स्थान बताने में असमर्थ रहे। हनुमान अंगद भी असफल होकर विभीषण से वार्तालाप कर ही रहे थे कि छद्मवेशी एक नारी सहसा विभीषण के सामने खड़ी हो गई। विभीषण उसे पहचान नहीं सके।

तब वही बोली, ''तात, सीता सकुशल है और त्रिजटा के साथ मधुमक्खी पर कोई समाचार एकत्रित कर रही है। जेठजी गुरु बृहस्पति से शुक्र-मन्त्रों के अनुसार होमाग्नि सम्पन्न करा रहे हैं। इस अभिजित यज्ञ का श्रेष्ठ अभिचार कर्म हवन-सामग्री होने से एक सहस्र परम विद्वान पुरोहित कर रहे हैं। चंडी का विशुद्ध पाठ गुरु बृहस्पति स्वयं कर रहे हैं। पराशक्तियाँ (अन्य ग्रहों के सूक्ष्म धारी जीव) रक्षा कर रही हैं जिनका आह्वान देवी नील-उत्ताम ने किया है और यदि यह यज्ञ सफल हो गया तो अजेय-अमर सम्राट का वध नहीं किया जा सकेगा, प्रत्युत राम का वध क्षणभर में जेठजी कर देंगे।''

फिर कहा, ''सुनो तात, सरमा, त्रिजटा और सीता को तपेश्वरी रक्षराज ने कभी कुछ नहीं कहा और न ही राजकीय सुविधाएँ समाप्त की हैं। उनकी महानता, घोर धार्मिक नीति और आदर्शवादिता शत्रु, देशद्रोही, राजद्रोहिणी सरमा के लिए कभी आगे नहीं आई और न ही सार्वभौम सम्राट अपने पथ से विचलित हुए। उन्होंने क्षण-भर में पुत्र-शोक भुला दिया और अपने कर्तव्य-पथ पर आरूढ़ हैं। यही कारण है कि जहाँ एक ओर यज्ञ सम्पन्न हो रहा है, वहीं दूसरी ओर भार्गव

शुक्र के वंशज 'लंक-गल' (आदित्यगिरि) स्थित शान्तिनाथ मन्दिर की वेधशाला से विषाक्त गैस तैयार कर पात्रों में एकत्रित कर रहे हैं जिनके प्रयोग से तुम्हारे कटक की साँस रुन्ध जाएगी और राम ही नहीं, अपितु आप सब सदा के लिए सो जाएँगे। इस विष-धूम से बचने के लिए लंकपुरी के नर-नारियों को ऐसा अभिमन्त्रित औषधियुक्त जल दे दिया गया है जिसके एक घूँट पीने तथा आँखों को धोने से न तो साँस, हृदयगति रुकेगी और न ही नेत्रों में जलन होगी और न ही कोई दृष्टिहीन होगा। ऐसे बहुरूपिणी विद्या-विशारद सम्राट को परास्त करने के लिए रण में सच्चाई कभी काम नहीं आएगी और न ही कभी राम सच्ची विजय प्राप्त कर सकेगा; बल्कि रणखेत हो जाएगा। झूठ और कूटनीति से तथा अवसर प्राप्त होने पर बिना धर्म-अधर्म का विचार करने पर ही सार्वभौम ब्राह्मण विद्याधर सम्राट पर विजय प्राप्त की जा सकती है। यज्ञ-विध्वंस में भी कठिनाई आएगी। जेठजी अपनी तंद्रा भंग कर सकेंगे, जबकि कोई विशिष्ट घटना घटे और देवी मन्दोदरी आर्तनाद कर उठें तथा अपने एकनिष्ठ इष्ट पतिदेव को चीख-चिल्लाकर उनके वीरत्व को, पुरुषार्थ को ललकारें।"

विभीषण ने छद्मवेशी सरमा का मस्तक सूँघा और उसके इस गुप्तचरी सन्देश के लिए राम की ओर से कोटिशः धन्यवाद दिया। सरमा ने अपने पति के चरण-स्पर्श करते हुए विदा ली।

विभीषण को पनस, अनल को 'लंकगल' तक पहुँचने के अन्तर्भूमिक मार्गों का ज्ञान था। उन्हें यह भी ज्ञात था कि कि अन्तःपुर से सीधे एक सुरंग जाती है जो सीधी आदित्यगिरि वेधशाला तक पहुँचती है। फिर भी पराशक्तियों का सुरक्षा-कवच भंग किया जाना एक बाधा है। इन्द्रदेव की वायुशक्ति की खेप अभी तक नहीं आई है। मातलि कह रहा था, वायुरथ सुषा से चल चुके हैं, एक घड़ी में पहुँचनेवाले हैं। यदि अभी यह वायु-बेड़ा आ जाता है तो पराशक्तियों से परास्त किया जा सकता है। हनुमान और अंगद की सैन्य टुकड़ियों के साथ शान्तिस्थान तक अन्तर्भूमिक मार्ग से पहुँचा जाए तो यज्ञ, विषाक्त-धूम्र नष्ट किया जा सकता है।

इसी समय आकाश में वायुयानों की ध्वनि हुई। विभीषण खिल उठा और हनुमान-अंगद से बोला, "तात, आपकी सैन्य टुकड़ियाँ अन्तर्भूमिक मार्ग से अनल, पनस तथा मेरे साथ आदित्यगिरि को कूच करेंगी। सुग्रीव, नल, नील, जाम्बवन्त सभी राम की सहायता के लिए यहीं रहेंगे और जो पराशक्तियाँ यज्ञ की रक्षा कर रही हैं, उन पर मातलि यहीं से अपनी पराशक्तियों को निर्देश देकर हवाई-आक्रमण कराएगा तो निश्चित ही यज्ञ विध्वंस करने में हम सफल हो जाएँगे।"

सभी ने एकमत होकर इस प्रस्ताव को स्वीकार कर लिया। विभीषण ने राम से कहा, "आपका जो ऐन्द्रास्त्र सुषा से आ रहा है, उसका प्रयोग एकमात्र रावण के लिए ही करना है। कहीं आवेश में इस अमोघ अस्त्र को अन्यत्र उपयोग में नहीं लाना। मातलि आपको समय-समय पर अश्व-रथ तथा वायु-रथ दोनों में अपनी श्रेष्ठ रणनीति का परिचय वीरबाहु की भाँति देगा, साथ ही बल्कि किस अवसर पर आगे बढ़ना है और कब पीछे हटना है, का परामर्श देते हुए शत्रु पर कब किस शस्त्रास्त्र का कहाँ से, कैसे (थल-नभ) और किस चाप पर चढ़ाकर प्रयोग किया जाए, का निर्देश भी देगा। आप ऐसे सारथी की आज्ञा का पालन अनुशासनबद्ध होकर करेंगे तो आज विजय होगी। क्योंकि वीर दशकन्धर शत्रु के द्वार पर होने से कभी भी सूर्यास्त तक रण से मुख नहीं मोड़ता। वह यज्ञ विध्वंस होते ही क्रोधित होकर अनेक प्रकार का रण करेगा जिसमें आप सब सावधान रहना और प्राण बचाने के लिए पीछे भी हट जाना। तात अगस्त्य द्वारा निर्मित ब्रह्मास्त्र से रावण की पीठ पर वार करना, तभी आप जीत सकेंगे। हम अपने षड्यन्त्र की सफलता के लिए आदित्यगिरि की ओर चलते हैं।"

43

प्रातः से अब तक चार घड़ी समाप्त हो गई हैं। सब अपने-अपने कर्म में संलग्न हैं। योजनाएँ बना रहे हैं। विभीषण अन्तर्भूमिक मार्ग से हनुमान-अंगद को लेकर जा रहा है। पनस आगे-आगे चल रहा है।

विभीषण मार्ग में कहता जा रहा है, "यदि तपेश्वर परम विद्वान भ्राता रावण का यज्ञ विध्वंस नहीं हुआ तो रत्नगिरि की वेधशाला से भयंकर ब्रह्मास्त्रों की वर्षा होगी। अभी तो दक्षिण भारत का ही कुछ भाग नष्ट हुआ है, अब अंजनी पर्वत, किष्किन्धा और साकेत तक का विनाश होगा। फिर श्री दशग्रीव धूम्र फैलाएगा तो राम-कटक स्वाहा हो जाएगा। लंका की प्रजा बच जाएगी। उनके पास उपकरण हैं, औषध हैं और ऐसा जल है जो कि विषयुक्त धूम्र को निष्प्रभावी बना देगा। फिर गुरु शुक्राचार्य के मार्गदर्शनानुसार गुरु बृहस्पति चंडीयज्ञ सम्पन्न करा रहे हैं जिसमें श्री दशानन समाधिस्थ होकर एकाग्रचित्त बैठा होगा और महारानी, महासाध्वी, महान् पतिव्रता, भगवती, भाभी मन्दोदरी भी होगी।

"यदि महाविनाश को महान् विज्ञानी लंकेश्वर से रोकना है और विजय प्राप्त करनी है तो जहाँ हम लोग वेधशाला पर अग्निवेश के आग्नेयास्त्रों का प्रयोग कर नष्ट करेंगे, वहीं विषाक्त-धूम्र उत्पन्न करनेवाले द्रव-पात्रों को नष्ट करेंगे तभी अपने प्राण बचा सकेंगे और महामना श्रीरावण जो कि मन्त्रोच्चार का रव कर रहे होंगे, की जटिल साधना को भंग करेंगे। तब कहीं अपने षड्यन्त्र में सफल हो सकेंगे। यह सब काम हनुमान सैन्य टुकड़ी और अंगद की सैन्य टुकड़ी को करना है।"

ब्रह्मास्त्र-सन्धान की तैयारी चल रही है। विषाक्त धूम्र उत्पन्न करनेवाले द्रव तैयार किए जाकर उन्हें पात्रों में रखा जा रहा है। शान्तिनाथ के मन्दिर की वेधशाला में वैज्ञानिक अपने प्रयोगों में जुटे हैं। नाग-सेना सुरक्षा कर रही है। चंडी-यज्ञ गुरु बृहस्पति करा रहे हैं और वे विशुद्ध मन्त्रोच्चारण कर रहे हैं। उन्हें चंडीपाठ कंठस्थ है। अन्य पुरोहित वर्ग भूर्जपत्र के पृष्ठों पर से मन्त्रोच्चारण कर रहे हैं। यजमान दशकन्धर योग-मुद्रा में लीन हैं। देवी मन्दोदरी पति का साथ ध्यानमग्न होकर दे रही हैं। घृत-तिल-जौ-अक्षत एवं अनेक प्रकार की हवन-सामग्रियाँ, समिधाओं के बीच जलकर, गम्भीर सुगन्धित धूम्र वायुमंडल में विस्तीर्ण कर रही है।

सभी यज्ञ-कार्य में निमग्न हैं। सहसा गुप्तद्वार से एक सैनिक प्रकट हुआ। अग्निवेश ने वेधशाला पर एक आग्नेयास्त्र छोड़ा और विस्फोट हुआ तो गरुड़ों ने वायुयान इन्द्र के वायुरथों के साथ आकाश में आक्रमण-हेतु सुरक्षात्मक पंक्ति बनाकर उड़े और रत्नगिरि पर आग बरसाने लगे। नाग-सेना इन अनायास आक्रमण से विचलित होकर यज्ञ-स्थल में शरण लेने को पीछे हटी तो हनुमान और अंगद की कुशल सेनाओं ने आक्रमण कर धराशायी कर दिया। अग्निवेश लगातार वेधशाला पर प्रहार कर उसे नष्ट करता रहा। रावण के प्रक्षेपण यन्त्र नष्ट हो गए। उसके ब्रह्मास्त्र का ढेर स्वाहा हो गया और विद्याधर अपने प्राण नहीं बचा सके।

यह सब विभीषण तथा पनस जैसे सुयोग्य कूटनीतिज्ञों की षड्यन्त्री चाल थी जिसमें वे सफल हुए और राम ससैन्य घाटी में घेरा डालकर युद्ध के लिए खड़े थे।

विभीषण फिर गरजा, "शीघ्रता कर यज्ञ विध्वंस करो। इस ध्यानस्थ पाठ करते हुए पुरोहितों को हाथ पकड़कर उठा दो और यदि न मानें तो इनका वध कर यज्ञ विध्वंस करो, अन्यथा इस यज्ञ-कुंड से एक अजेय दिव्यरथ निकलेगा जिसे अन्तरिक्षवासी भी नष्ट नहीं कर सकेंगे।

महामना लंकेश्वर इस पर आरूढ़ होकर अदृश होकर रण करेगा तो राम तो क्या, वरुण तथा इन्द्र भी नहीं बच पाएँगे।"

सेना ने अक्षरशः आज्ञा का पालन किया। पुरोहितों को आसनों से उठा-उठाकर फेंक दिया। जो वीर पुरोहित थे, उन्होंने मन्त्र-युद्ध करना चाहा तो उनका वध कर दिया गया और हनुमान ने गुरु बृहस्पति के सम्मुख रखे हुए चंडी-पाठ ग्रन्थ के पृष्ठ फाड़ दिए। फिर भी गुरु विशुद्ध मन्त्रोच्चारण करते रहे तो हनुमान ने उनको आसन सहित उठा लिया। यज्ञ-स्थल के बाहर लाकर झकझोरा तो उनके नेत्र खुल गए। चंडी माहात्म्य के प्रथम तीन श्लोक फाड़कर उसे अशुद्ध करते हुए गुरु के चरणों में ढोक लगाकर क्षमा माँगी, तब गुरु बोले, "हनुमान, तुमने चंडी माहात्म्य भंग कर अच्छा नहीं किया। अब माहेश्वरी इस अशुद्ध और यज्ञ-विध्वंस से प्रसन्न नहीं होंगी। मैं गौतम ऋषि के कारण तुझे शाप नहीं दे सकता अन्यथा मेरा तेज ही तुझे भस्म कर देता किन्तु विधि के लेख के सम्मुख सभी शक्तिहीन हैं जैसे कि आज सर्वशक्तिमान तपेश्वर रावण समय की गति और बुरे दिनों के कारण शनैःशनैः शक्तिहीन होता जा रहा है। अब लंकेश्वर की ही सायुज्य मुक्ति होगी और राम इस षड्यन्त्रकारी, झूठी विजय से कभी शान्ति प्राप्त नहीं कर सकेगा। दशकन्धर रात्रि को उन्हें सदैव रण के लिए ललकारता रहेगा। मैं अन्तर्धान होता हूँ।"

गुरु के अन्तर्धान होते ही हनुमान ने अंगद से कहा, "अब तात श्रीरावण को न उठाया जा सकता है और न ही उन्हें योग-माया से भंग किया जा सकता है। अब कैसे क्या करें?"

पनस बोला, "भगवती मन्दोदरी का अपमान करने से यदि वे उन्हें ललकारेंगी तो निश्चित ही तपेश्वर यज्ञकर्ता दशानन की समाधि टूट जाएगी। योगीरूप में हम महाबलशाली श्रीरावण का बाल बाँका भी नहीं कर सकते।"

अंगद ने अपनी सैन्य टुकड़ी से कहा, "आप लोग पवित्र मन से साध्वी मन्दोदरी देवी का अपमान करो। उन्हें आसन से खींचो और तीर चुभोकर उन्हें कष्ट पहुँचाओ। फिर भी विचलित न हों तो नेत्र भींचकर मर्यादा के साथ उनके वस्त्र खींचो जिससे उन्हें ऐसा आभास मात्र हो कि हम उनका शीलभंग करना चाहते हैं ताकि वे सम्राट दशानन को ललकार अपनी मर्यादा और नारी के एकमात्र सतीत्व धर्म की रक्षा के लिए चीखें। इससे क्रोधित होकर महामना दशकन्धर समाधि भंग कर उठेंगे और रण करेंगे, हम लोग बाद में बुआजी के चरणों में गिरकर उनसे क्षमा माँग लेंगे।"

अंगद की सेना ने देवी मन्दोदरी को आसन से घसीटा। थप्पड़, घूँसों का प्रहार किया। फिर भी वे ध्यानभंग नहीं हुईं। फिर बाणों की नोंक चुभोकर यन्त्रणा दी तो भी देवी की तन्द्रा नहीं टूटी। सैन्य टुकड़ी ने एक बार अंगद की ओर देखा, फिर उनकी चोटी पकड़ी और उनके चीर को खींच दिया। स्तनांशुक को जैसे ही छुआ, वैसे ही भगवती साध्वी मन्दोदरी गरजीं, "रुको पापियो, ठहरो! तुम्हारे टुकड़े-टुकड़े अभी सम्राट करेंगे। लंका की साम्राज्ञी का घोर अपमान राम जैसा पापी अपनी सेना से कराए, वह भले ही सीता का पति ही क्यों न हो, अब उसका वध मेरे स्वामी ही करेंगे।"

इस बीच सभी जन शान्त हो गए थे क्योंकि उनका एकमात्र उद्देश्य देवी मन्दोदरी में क्रोधाग्नि उत्पन्न करना था।

देवी ने फिर चीख-चिल्लाकर कहा, "अरे हनुमान, अंगद! तुम भी इस पापात्मा दुष्ट पदलोभी विभीषण के कहने में आकर ऐसा घृणित कार्य करने लगे। तुम्हें चुल्लूभर पानी में डूब मर जाना

चाहिए। तुम मेरे पुत्र के समान हो और अपनी माता के वस्त्र खींचते हुए देखकर भी तुम्हारा पौरुष नहीं जागा। कायरो! तुम क्या नारी के सतीत्व की रक्षा कर सकोगे, जब तुम स्वयं ही अस्मत लूटनेवाले हो और तुम्हारा वह शिखंडी क्लीव राम, जो अपने को आर्य सम्राट दशरथ का धर्मात्मा पुत्र कहता है, वह भी दुष्टात्मा है, भीरु है। वह सामने रण करने में असमर्थ है तो पीठ-युद्ध करता है। देवी शर्पूणखा ठीक ही कहती थी कि राम ने लक्ष्मण से मेरा अपमान कराया है। उनका आरोप सही था। राम नारियों का रक्षक नहीं, भक्षक है। मन्दोदरी ने लंका की रणभूमि में पुत्रों तक के वीरगति पाने पर अश्रु नहीं ढुलकाए। यह अपने पति को भी लंका के लिए उत्सर्ग करने में पीछे नहीं हटेगी और अब तुममें से कोई भी सम्राट के खड्ग से बच नहीं सकेगा। पापियो, दुष्टो! तुम्हें मन्दोदरी प्राणदंड दिलाएगी...।''

फिर श्रीरावण के निकट पहुँचकर क्रोध से कहा, ''हे सार्वभौम सम्राट, तपेश्वरी-कन्त श्रीरावण! महाराजधिराज, सुनो, तुम्हारे वामांग को आज तक किसी पर-पुरुष ने स्पर्श नहीं किया। आज उस क्षत्रिय राम के पापिष्ठ, कामी सैनिक तुम्हारी धर्मपत्नी को ललचाई दृष्टि से ही नहीं देख रहे हैं बल्कि उसके वस्त्र खींचकर उसका सतीत्व नष्ट करना चाहते हैं। जागो, उठो, स्वामी! और उस राम, हनुमान, अंगद तथा कुलद्रोही, राजद्रोही, विभीषण को मौत के घाट उतार दो ताकि तुम्हारी पत्नी अपने अपमान का प्रतिशोध ले सके। उठो नाथ, मेरी लाज लूटी जा रही है और इस तप को छोड़ो और इन दुष्टों का नाश करो।''

श्रीरावण ने नेत्र खोल दिए। उसकी समाधि भंग हो गई। उसने मन्दोदरी के बिखरे बाल और उसके अस्त-व्यस्त वस्त्रों को देखा। आँखें क्रोध से लाल हो गईं। उसने उठते ही खड्ग से हनुमान, अंगद[1] पर एक साथ वार कर दिया। विभीषण-पनस पहले ही भाग गए थे। सेना भाग खड़ी हुई। हनुमान और अंगद अचेत होकर गिर पड़े, रुधिर बह रहा था और वे मरणासन्न हो गए थे।

फिर रावण ने दृष्टि घुमाई, विध्वंस यज्ञ देखा; पुरोहितों को रज्जु फाँस में बँधा देखा। कुछेक के कटे शीश देखे। चंडी माहात्म्य फटा पड़ा था, वह अशुद्ध हो गया था, ग्रन्थ की पवित्रता नष्ट हो गई थी। माहेश्वरी का अनादर! रावण दुखी हुआ। चारों ओर अब सन्नाटा छाया हुआ था। प्रक्षेपण यन्त्र नष्ट हुए पड़े थे। जिस वेधशाला को बनाने में कोटि-कोटि भार स्वर्णमुद्राओं की लागत आई थी, सब ढेर हो गए थे। लंका के वैज्ञानिक दब गए थे और शान्तिनाथ का मन्दिर भग्न हो गया था।

रावण का माथा ठनका। वह समझ गया, यह यज्ञ-विध्वंस का भेद विभीषण ही दे सकता है। घर का भेदी लंका ढहा रहा है। ये देवी मन्दोदरी का सच्चा अनादर नहीं था, बल्कि एक षड्यन्त्र था रावण की समाधि भंग करने का। वह बोला, ''देवी! हनुमान-अंगद न तो तुम्हारा अपमान ही कर रहे थे और न ही तुम्हारा निरादर या शीलभंग। यह तो विभीषण, पुनस जैसे कुलघाती भ्रातृघाती स्वार्थी लोगों की क्रूर चाल मात्र थी। विभीषण जानता था कि यदि मेरा यज्ञ सफल हो गया तो फिर मैं अजेय हो जाऊँगा। इसलिए उसने यज्ञ-विध्वंस कराया। वह यह भी जानता था कि कैवल्य-पद तक समाधिस्थ रावण को वर्षों नहीं मारा जा सकता है, चाहे कैसा भी रण रचा जाए। इस कारण उन्होंने तुम्हारे शीलभंग का दिखावा किया ताकि तुम्हारा क्रोध जागे और तुम मेरी समाधि भंग करो। उसे मैं अधूरा छोड़कर उठूँ और यज्ञ पूर्णरूपेण

1. अंगद के दो टुकड़े हो गए थे।

विध्वंस हो। यदि तुम मुझे नहीं जगातीं तो भी मेरा चंडी माहात्म्य विशुद्ध रूप से पूर्ण हो जाता किन्तु अब समाधि टूट जाने से विघ्न उत्पन्न हो गया है और तप-यज्ञ सब कुछ खंडित हो गया है। ये निरपराध हनुमान-अंगद मारे गए, इसका मुझे पश्चात्ताप रहेगा।''

तभी अंगद रुन्धे कंठ से बोला, ''फूफाजी, बुआजी से कहो—अंगद निर्दोष है। किस की प्रेरणा से और क्यों यह सब हो रहा है, कोई नहीं जानता। मैं क्षमा चाहता हूँ। मेरे सैनिकों ने जो धृष्टता की है, वह बुआजी को माता मानकर एकमात्र सैनिक कर्म की नीति से की है जिसके लिए आप जैसी साध्वी देवी उन निर्दोषों को, जो कि हमारी आज्ञा का पालन करना ही धर्म समझते हैं, क्षमा करेंगी। तात हनुमान भी सर्वथा दोषमुक्त हैं।''

देवी मन्दोदरी तथा सम्राट दोनों तत्काल अंगद के पास आ गए। आँखें मिलाईं और रावण बोला, ''देवी तारा के एक तारे पर और अनंगकुसुमा के पति हनुमान पर दशग्रीव का कुठार कैसे चल गया, वह स्वयं नहीं जानता। तुममें प्राण है, यह जानकर रावण प्रसन्न हुआ। अब तो वैद्यराज सुषेण तुम्हें बचा लेगा।''

फिर हनुमान भी रावण की गम्भीर गिरा सुनकर बोले, ''तात, मैं भी सम्भवतः जीवित हूँ। मेरी मति फिर गई। मैं नहीं जानता, विनाशकाल आने पर विपरीत बुद्धि हो जाती है, स्यात् यही कहावत यहाँ चरितार्थ होती है। आप यथार्थ में ही महान् हैं। राम-लक्ष्मण राजनीति में आपसे शिक्षा प्राप्त करें। आपकी सर्वज्ञता, आपकी वेद-वादिता, आपका यज्ञ-कर्म संसार में अद्वितीय है। भौतिकशास्त्र में धरती के मनुष्य तो क्या, अन्तरिक्ष के अतिमानव भी आपसे हीन प्रतीत होते हैं। आप जैसा प्रकांड विद्वान् जगत में न कोई हुआ है और न कोई होगा। जितने भी विश्व सम्राट इस पावनभूमि में मर-कटकर शेष रह गए हैं, वे सब आपकी महानता की महिमा का गुणगान प्रतिदिन करते हैं। आपकी धार्मिक युद्धनीति की भूरि-भूरि प्रशंसा देवता तक करते हैं। आप-सा दृढ़-विश्वासी, दृढ़-संकल्पी न कोई हुआ है और न होगा। ऐसे सत्यवादी, धर्मात्मा पौलस्त्य-कुलभूषण, वैश्रवा-नन्दन को हनुमान बारम्बार प्रणाम करता है।''

''मैं प्रसन्न हूँ, हनुमान! तुम शान्त रहो, अधिक मत बोलो। अभी तुम्हें चिकित्सा की आवश्यकता है तथा रातण को युद्ध की। देवी मन्दोदरी वैद्यराज सुषेण से तुम्हारा तत्काल उपचार कराएँगी। अब तुम जीवित रहोगे और लंकेश्वर विधाता का खेल खेलने के लिए मूल-बल लेकर राम से रण करने जाता है।''

रावण चल पड़ा। गुप्तमार्ग से राजप्रासाद में आया, मुकुट धारण किया और मूलबल (सुरक्षित सेना) को लेकर रथ में आरूढ़ होकर घाटी में वहाँ आ गया, जहाँ राम खड़े थे। राम-रावण का इस अन्तिम युद्ध में आमना-सामना हुआ। रावण ने अट्टहास किया और युद्धभूमि में अन्तिम भाषण दिया—

''वह परमेश्वर जिसने धरती और आकाश का सृजन किया, जिसने मुझे और श्रीराम को रचकर प्राण प्रदान किया, वही ईश्वर जगत में सच्चाई, न्याय, शान्ति तथा धर्म की स्थापना करता है। वह परम पिता आज इस युद्ध का विनाश करेगा और देश-विदेश में शान्ति स्थापित करेगा।

''आज वह प्रभु हम भिन्न-भिन्न भाषा बोलनेवालों को एक करेगा। हम सब उसकी आज्ञा-पालन से यह विश्वयुद्ध लड़ रहे हैं। इस युद्ध को हम सभी ईश्वर के पुत्र इस कारण लड़ रहे हैं कि जो जयी होगा, वह पृथ्वी के समस्त राजाओं का सर्वशक्तिशाली सम्राट होगा और उसकी महिमा अवतार के रूप में देश-विदेश में गाई जाएगी। उसकी सामर्थ्य और अधिकार सर्वत्र मान्य किए जाएँ।

"जिस सम्राट रावण की आज्ञा का पालन हवा, प्रभंजन, गर्जना तक करते हैं, वही उस ईश्वरीय अविनाशी सत्ता के सामने सामान्य मनुष्य की भाँति खड़ा है। मैंने मूर्तिपूजा से इतनी शक्ति प्राप्त की है कि मैंने स्वयं मृतात्माओं से वार्ता की और इस गुह्य विद्या (भूतविद्या) की शिक्षा लंकावासियों को प्रदान की। प्रत्येक मनुष्य, जो पृथ्वी पर दुखी है, वही मरणोपरान्त सर्वथा सुखी होकर अन्तरिक्ष में भ्रमण करता है। वहाँ कोई दुख नहीं है। इसलिए उसे स्वर्ग कहा जाता है। इसका प्रमाण श्रीराम कटक में तात अगस्त्य हैं जिन्होंने आत्माओं तक को इस युद्ध में अवतरित कर दिया। मैंने दादा पौलस्त्य, भृगु आदि से संकट में समाधान प्राप्त किया किन्तु परमेश्वर को वही देख सकते हैं जिनका मन निर्मल है! दशानन उसी ईश्वर को देखेगा, उसी में विलीन होकर क्योंकि उसका मन निर्मल तो था ही, साथ ही उसने मनुष्य रूप में तप, यज्ञ कर उसे परम पवित्र बना लिया है। उसके साथ भी जो स्वर्ग सिधारेंगे, वे भी उस शक्ति के दर्शन कर धन्य होंगे। किन्तु विश्व के सभी सम्राट-मित्रो, इस धरती पर छली और दुष्ट व्यक्ति ही आदर पाते हैं, वे ही संसार में प्रतिष्ठित होते हैं।

"उनमें से श्रीराम का छल-कपट आप सभी सुन चुके हैं, देख चुके हैं। फिर भी अगस्त्य जैसे महात्मा उनके साथ हैं....और आज रावण साकेत के युवराज श्रीरामचन्द्र को संसार से विदा करेगा। वीरो, रावण का 'मूलबल' जगत्-प्रसिद्ध है। वह आज ऐसा दुर्धर्ष संग्राम करेगा कि राजा राम नहीं, सर्वशक्तिमान राजा रावण ही दैत्य, दानव, सुर-असुर, गन्धर्व, किन्नर, नाग-गरुड़ों का राजा और ईश्वर होगा।"

राम के सारथी मातलि ने रथ बढ़ा दिया। पाँच धनुषान्तर पर राम का रथ रुक गया और राम बोले—

"विश्व के आर्य-अनार्य सम्राट, वीर शिरोमणि सुनें। राम यह घोषणा करता है कि श्रीरावण सत्य कहते हैं, वे ईश्वर के पुत्र हैं और उन्हें प्रत्येक विषय का सम्पूर्ण ज्ञान है। श्रेष्ठ तपेश्वरी योगी ब्राह्मण होने से भू-देवों को राम प्रणाम करता है किन्तु सम्राट श्री दशानन यदि लंका के प्रभु हैं तो राम भी भारतवर्ष का महाप्रभु है। वह भी अपने देश का ईश्वर-पुत्र है। यदि श्री दशग्रीव में ईश्वरांश है तो इस पावनभूमि में खड़े प्रत्येक सैनिक में प्राण होने से वह भी ईश्वरांश है। यथार्थ में हम सभी जगत की ज्योति हैं और मरने पर हम महाज्योति में विलीन हो जाते हैं और पुनर्जन्म लेकर इस धरती पर परमेश्वर के पवित्र पुत्र रूप में जन्म लेते हैं। जब हम युवा और युवा से प्रौढ़ होते हैं तथा इस दुख भरे स्वार्थी संसार का धार्मिक, राजनीतिक, आर्थिक और सामाजिक ज्ञान प्राप्त करते हैं तब सुख की अभिलाषा के लिए, वैभव के उपयोग के लिए संघर्ष करते हैं। उस जटिल मार्ग में बाधाओं को जब धर्म नहीं काट पाता, तब कर्म एवं पुरुषार्थ के बल पर जन-जागरण कर एक नए संसार की रचना करते हैं। उस नव-संरचना को सिद्ध करने में सभी शास्त्र-रचयिताओं ने छल-कपट को धर्म-सम्मत, न्याय-सम्मत बताया है।

"राम मनुष्य जगत के नियमों में बँधकर वही कर रहा है जो एक सत्ताधारी को युद्ध में करना चाहिए। राम को व्यर्थ दोष देते हो, श्रीरावण! दोषयुक्त और दुखमय संसार का तो सृजन ही हुआ है। फिर अभी आपने सार्वभौम सम्राट की वाणी से कहा है कि जो जयी होगा उसकी ही महिमा अवतारवाद की अवधारणा पर धरती पर गाई जाएगी। तो राम इस अभीप्सित को क्यों पूर्ण न करे! जीवन तो नाशवान है। धरती पर ईश्वर के पुत्र देश-देश में होते रहे हैं और सभी को रण करना पड़ा है तथा उनकी विजय ने उन्हें अपने देश का भगवान बनाया है। यह प्रकृति का अटल नियम है, तो राम क्यों भगवान न बने? कालान्तर में उसकी मूर्तिपूजा और

उसके मन्दिर क्यों न बनें? तुम्हीं ने भगवान शंकर, देवी माहेश्वरी के मन्दिर बनाकर उनकी मूर्तियों को प्रतिष्ठित कर जगत में एकमात्र शिव-भक्त की उपाधि प्राप्त की है। मूर्तिपूजा की श्रेष्ठता को स्वीकारा है। राम तुम्हारे इस श्रेष्ठ गुण को ग्रहण करता है।

''पितातुल्य तात श्री दशकन्धर! स्वर्ग में दुष्ट पापात्मा कोई नहीं होता। उसे ये राजकीय भूख और राजनीति की कूटनीतिक चाल दुष्ट होने के लिए बाध्य करती है। आपसी भेदभाव, सिंहासन का लोभ किसी भी सत्ताधारी को सदाचारी नहीं रहने देता। और यदि वह सदाचारी और आदर्शवादी ही बना रहेगा तो उसका आसन पलट जाएगा। इसलिए दौत्यनीति में न चाहते हुए भी कभी-कभी निन्दनीय कर्म करना पड़ता है। जिसे छत्राज्ञा मानने के कारण निन्दनीय नहीं कहा जाता जबकि एक लुटेरा, एक कामी भी बुरा कर्म मानता है, फिर भी बार-बार करता है। वह जानता है कि यह पाप है, अधर्म है, फिर भी कारा से निकलकर, दंड भोगकर उसी निंद्य कर्म को ही ग्रहण करता है। यह उसके ग्रहों या पूर्वजन्म का परिणाम है अथवा विधाता का खेल, कोई नहीं जानता।

''वीरो, ईश्वरत्व आप सभी में निहित है, रण करो। आज श्रीरावण राम के हाथों प्राणहीन होगा।''

भारत का दैत्य सम्राट लवणासुर[1] जो कि रावण की ओर से लड़ रहा था, गरजकर बोला, ''वीरो, हमारा ईश्वर-पुत्र एकमात्र ऋषिकुल-भूषण वैश्रवा-नन्दन कैकसी का पुत्र दशानन ही है। राम कोई वीर पुरुष नहीं है, वह एकमात्र देव सम्राटों तथा भारत देश के ही ऋषि-मुनियों के षड्यन्त्र का अमोघ शस्त्र है। उसका विशुद्ध वैदिक यज्ञ विध्वंस और लंका की वेधशालाओं को नष्ट करने का तात्पर्य हम दैत्य-दानव सम्राटों के वीर शिरोमणि श्रीरावण, जो कि हमारा ईश्वर ही है, का विनाश करना ही है। जगत में बुद्धिजीवी, विज्ञानी अपनी ही प्रतिस्पर्धा के कारण परस्पर वैर रखते हैं। ये कभी एक नहीं हो सके। इन्हीं मतभेदों के कारण यह विश्वयुद्ध एक भयंकर षड्यन्त्रस्वरूप जन्मा। इसे धार्मिक, राजनीतिक विरोधी अगस्त्य, वसिष्ठ, विश्वामित्र जैसे ऋषियों ने उकसाया और राम ने हम लोगों के साथ विश्वासघात कर अपने भाई लक्ष्मण से देवी शूर्पणखा के पुत्र शम्बूक का वध कराकर विश्वयुद्ध को मूर्त रूप दे दिया है।

''यह युद्ध हम दैत्य-दानव तपेश्वरी सम्राटों के मान-अपमान का प्रश्न बन गया है। इस युद्ध में हम जयी हुए तो तीनों लोकों में हमारी सभ्यता, हमारे धर्म का प्रकाश फैल जाएगा। और यदि राम जयी हुआ तो उसकी आर्य सभ्यता तथा आर्य धर्म की अमरबेल विश्व-आकाश में छा जाएगी। हमारे श्रीरावण प्रणीत यज्ञ और वेदभाष्य उड्डीश तन्त्र और अनेक ग्रन्थ जला दिए जाएँगे। हमारी संस्कृति पर आर्य संस्कृति की सत्ता निरूपित हो जाएगी और विश्व में उसी सम्राट का आदर्श अस्तित्व के रूप में उभरेगा। प्रजा उसे ही स्वीकार करेगी तथा एक दीर्घ अन्तराल के बाद वही जन-जन का भगवान हो जाएगा।

''यदि तुम्हें अपने ईश्वर रूप श्री दशानन के मन्दिर भविष्य में बनाने हैं, उसकी आरती उतरवानी है तो रक्षराजेन्द्र लंकेश्वर श्री दशानन के लिए अपने प्राण त्यागकर विजयश्री प्राप्त करो ताकि श्रीरावण की जय-जयकार हो।

''वीरो, लड़ो-मरो, अपने लिए नहीं, अपने स्वामी श्री दशकन्धर के लिए लड़ो। दुर्धर्ष कर अमरत्व प्राप्त करो।

''देखो, इस राम ने हमारे उड़नखटोले (हेलीकॉप्टर) नष्ट कर दिए हैं। हमने राम के गरुड़,

1. इसी लवणासुर ने राम के अश्वमेध यज्ञ का घोड़ा पकड़ लिया था और युद्ध में मारा गया था।

मारुत, वायुयान मार गिराएँ तो उस अगस्त्य ऋषि ने धरती से हवा में मार करनेवाले, हवा से हवा में मार करनेवाले, हवा से धरती पर मार करनेवाले और धरती से धरती पर मार करनेवाले प्रक्षेपास्त्र (मिसाइल) छोड़कर हम दैत्य, दानवों की शक्ति को नष्ट कर दिया। हम चाहते तो कीटाणु-युद्ध में ही राम को सुवेल पर्वत पर संक्रामक रोगों से ग्रस्त कर उनकी सैन्य शक्ति का विनाश कर देते किन्तु इस भयंकर लीला को जग वीरता नहीं कहता। यह हमारे दिग्विजयी सम्राट की महानता है।''

फिर अपना रथ पाँच धनुष और आगे करते हुए कहा, ''मैं भी श्री भारत देश का हूँ और राम भी। मेरे राष्ट्र में अधर्म नहीं है। धार्मिक युद्ध ही भारत के वीरों की विशेषता है। मगर इस राम ने रघुकुल को ही डुबो दिया। इसका पल-पल पर अधर्म दृष्टिगोचर हो रहा है। हमारे वर्मयुक्त अजगव (बख्तरबन्द गाड़ियाँ–टैंक), जो कि पानी में भी तैरते थे और धरती पर भी चलते थे, अन्तरिक्ष की शक्तियों से नष्ट कराते हुए अहिरावण को मौत के घाट उतार दिया। लंका देश की प्रसिद्ध नौसेना जिसका अधिकार संसार के महासागरों पर था, का तीर (तारपीडो) और पनडुब्बियों से रात्रि को ही मारुतों से नष्ट कराकर लंका के विशाल विध्वंसक जलपोतों का विनाश कर दिया। विभीषण ने मन्नार के समुद्रतट पर बिछाई गई सुरंगों (माइनों) का ज्ञान कराकर नील जैसे कुशल नाविकों से सफाया करा दिया।

''मित्रो, फिर भी राम को शान्ति नहीं मिली तो अपनी अन्तरिक्ष सेनाओं से लंका पर बमबारी कराकर अगस्त्य और जाबालि जैसे मानवीयता के शत्रुओं ने आणविक शक्ति का प्रयोग कर लंका में स्थित अनेक राष्ट्रों की त्रिकूट पर्वत पर शिविरों में ठहरी हुई सेनाओं को ही नष्ट नहीं किया अपितु त्रिकोणमले तक के भू-भाग को सागर में लीन करके जघन्य अपराध किया है। फिर भी इन कायरों का मन नहीं भरा तो अग्निवेश द्वारा आविष्कृत अग्निगोलों[1] से यज्ञ विध्वंस करा दिया। अब ये आततायी राम-कटक जीवित नहीं रहेगा। युद्ध कर अपनी दैत्य-दानव कुल पताका फहराकर अपने धर्म, अपनी संस्कृति का नाम अमर करो और अपने स्वामी 'लंकेश्वर' के लिए हँसते-हँसते प्राण न्यौछावर कर स्वर्ग में आनन्द करो।

''लंका का मूलबल महान् लड़ाकू है और इसी ने देवराज तक को परास्त कर दिया है। यदि एक और राम के पास देवराज इन्द्र का सारथी धूर्त मातलि है तो दूसरी ओर भगवान शंकर का सारथी वीरभद्र दिग्विजयी सार्वभौम सम्राट श्री लंकेश्वर के साथ है। रण हो।''

प्रहस्त दाईं ओर था। उसने हनुमान की आकृति राम के यन्त्र-मानवों का मायावी दल (रोबोट) राम-कटक के सेनानियों के सम्मुख भेज दिया जो कि आग्नेयास्त्रों की वर्षा कर रहा था।[2]

---

1. यह थर्माईट बम की भाँति होना चाहिए जिससे इस्पात की मोटी चादर तक क्षण-मात्र में पिघल जाती है और लंका के हेम मन्दिर, हेम भूषित भूमि ऐसे ही बमों से पिघली हुई होनी चाहिए, जिसका प्रयोग मारुतिनन्दन आदि अनेक वीर करते हुए पाए जाते हैं। सम्भावना यह भी हो सकती है कि हनुमान का लंकादहन जिसे हमने छोड़ा है उसमें बम जैसे विस्फोटक मैग्नीशियम का प्रयोग किया गया हो।
2. ये रेडियो तरंगों से चलित मिसाइलें होनी चाहिए। क्योंकि भूगर्भ में से इन निर्देशित प्रक्षेपास्त्रों को छोड़ा जाता है जो रेडियो तरंगों से चलित होती हैं। इनकी दिशा भी कंट्रोलरूम से बदल दी जाती है और यदि शत्रु की रेडियो तरंगें शक्तिशाली होती हैं तो वे इस मिसाइल का मुख मोड़ देती हैं। राम के बाण मिसाइल यानी प्रक्षेपास्त्र भी शत्रु पर वार कर वापस लौट आते थे। ये शक्तिशाली रेडियो तरंगें ही होंगी जो प्रक्षेपास्त्रों से शत्रु पर वार कर पुनः प्रक्षेपक के पास वापस लौटने में समर्थ होंगी। ऐसे बाण (मिसाइल) अभी आविष्कृत नहीं हुए हैं और न ही अभी भूगर्भ के बजाय प्रकट रूप में ही रेडियो तरंगों से मिसाइलें छोड़ने का प्रचलन हुआ है। हो सकता है रामायण-काल में प्रक्षेपास्त्र चाप पर चढ़ाते ही रेडियो तरंगें उत्पन्न होती हों और उसी विशिष्ट

राम विस्मित हो रहे थे कि सैकड़ों हनुमान राम के विमुख कैसे युद्ध कर रहे हैं। जिस हनुमान ने दशकन्धर की यज्ञशाला को नष्ट कर कपिलवद भाले[1] के निर्माण को ध्वंस कर दिया वही कहीं श्रीरावण की वाक्शक्ति से प्रभावित होकर राम से ही समर करने को तैयार नहीं हो गए अथवा श्रीरावण की ही वानर सेना ने तो कहीं हनुमान का रूप धारण कर धुआँधार, अन्धाधुन्ध आक्रमण आरम्भ नहीं कर दिया है।

राम की इस आश्चर्यजनक सोच को विभीषण ताड़ गए और बोले, ''ये लंका के दूसरे यन्त्रमानव हैं और कुछ ने हमें छकाने के लिए छद्मवेश धारण कर लिया है या हनुमान का मुखौटा (मास्क) धारण कर लंका का यह मूल बल अग्रसर हो रहा है। यह प्रहस्त की कूटनीति है। इसे मारे बिना आगे नहीं बढ़ा जा सकता।''

''अच्छा!'' कहते हुए राम ने निर्देशित प्रक्षेपास्त्र (मिसाइल) प्रहस्त पर छोड़ दिया। इस प्रक्षेपास्त्र ने प्रहस्त का ही वध नहीं किया प्रत्युत सौ धनुष की दूरी तक के यन्त्रमानवों का भी विनाश कर दिया और वापस राम के पास लौट आया।

रावण ने जब यह विनाश-लीला देखी तो वह क्रोधित हो गया। उसने राम पर सुर-शक्ति छोड़ दी। मातलि जैसे सारथी ने रथ पीछे हटा दिया तो भी अश्व घायल हो गए और रथ टूट गया। मातलि भूमि पर गिर पड़ा। राम ने तत्परता से मातलि का हाथ पकड़कर उठाया। फिर रावण ने धनुष चढ़ाकर आग लगानेवाला बाण[2] छोड़ा जिसके कारण राम-कटक में अग्निलीला प्रारम्भ हो गई।

राम ने गरुड़ सेना को आज्ञा दी, ''आग लगानेवाले बम छोड़े जाएँ।''

गरुड़यान, इन्द्र के वायुरथ–सभी उड़े और मनुष्यता के समस्त सिद्धान्तों के विरुद्ध ये बम (नापाम बम की भाँति) लंका में बरसने लगे। सेना में भगदड़ मच गई तो रावण ने अपने ही रथ पर स्थित प्रक्षेपण यन्त्र से लगातार प्रक्षेपास्त्र छोड़कर राम के अनेक विमान गिरा दिए और अभिमन्त्रित बाण छोड़कर जल की वृष्टि कर अग्नि का शमन कर दिया तथा अपना रथ राम के निकट ले जाने के लिए सारथी वीरभद्र को आज्ञा दी।

राम क्रोधित खड़े हैं। रावण हँस रहा है, अट्टहास कर रहा है। राम की सेना भयभीत होकर भाग रही है। रावण का मूलबल भी हतोत्साहित-सा अग्रसर हो रहा है किन्तु पग-पग पर झड़पें हो रही हैं, बेमन से युद्ध हो रहा है।

राम समझ गए कि अब सेनाएँ शक्तिहीन हो गई हैं। दोनों ओर की थल सेनाओं का आत्मविश्वास टूट चुका है तथा रावण के रथ के चारों ओर दुर्धर्ष वीर यूथपति अग्निवर्ण, सर्वरोमा, खड्गरोमा अपने-अपने रथों पर अपने सम्राट की सुरक्षा के लिए सन्नद्ध हैं। इसी समय देवगण

→

धनुष की शक्तिशाली तरंगों से मिसाइल को प्रक्षिप्त कर फिर से वापस लौटाया जाता हो। ऐसी रेडियो तरंगोंवाले धनुषों का नाम कुछ और हो। ये धनुष (प्रक्षेपण यन्त्र) भले ही शक्तिशाली रहे हों, फिर भी इन्हें ऐसा तैयार किया गया होगा कि जिसे एक ही व्यक्ति धारण कर सकता हो, उठा सकता हो और प्रयोग में ला सकता हो। हो सकता है भार्गवों ने, विश्वामित्र ने या अगस्त्य ने ऐसे प्रक्षेपण यन्त्र और प्रक्षेपास्त्र तैयार किए हों क्योंकि राम के पास प्रक्षिप्त कर वापस लौटनेवाले बाणों का उल्लेख वाल्मीकि की रामायण नहीं करती। यदि इन्हें 'बूमरेंग' ही माना जाता है तो भी ये बूमरेंग रावण के पास नहीं हैं। ब्रह्मास्त्र तथा अन्य अस्त्र अवश्य ही दोनों के पास हैं जिनका खुलकर उपयोग रामायण-काल में हुआ है।

1. यह मिसाइल या राकेट की आकृति का कोई अस्त्र होना चाहिए।
2. यह ग्रेनेड लाँचर की भाँति होना चाहिए। नापाम ग्रेनेड की तरह का कोई हथगोला।

रावण को राम के निकट देखकर भयभीत हो गए। यथेष्ट वानर वीर भाग गए।

रावण के इस अट्टहास को राम ने अपनी पराजय समझा और ऐन्द्रास्त्र छोड़ दिया।

रावण ने उसे हँसते-हँसते काट दिया। राम ने अनेक अस्त्र छोड़ें, जिन्हें रावण ने काटकर कहा, "राम, चाहो तो रथ मेरा ले लो या फिर इन्द्र के ही रथ पर आरूढ़ होकर सामना करो। आज दाशरथि राम, दशकन्धर रावण से नहीं बचेगा।"

फिर आज्ञा दी, "रथ यूथपति अग्निवर्ण श्रीराम को लंका का रथ भेजो ताकि दशानन को देवता कलंकित न करें कि सार्वभौम सम्राट ने एक दंडक वन के सम्राट का पैदल रूप में सामना किया।"

विभीषण बोला, "राम, रावण कुंडलिनी जाग्रत कर सकता है इसलिए पहले इसकी नाभि के अमृतकुंड को नष्ट करो और आग्नेयास्त्र का नाभि क्षेत्र पर तत्काल प्रहार करो अन्यथा आज दशानन विजयी हो जाएगा।"

राम को अमृत नाभि का भेद मिल गया। उन्होंने आग्नेयास्त्र धनुष पर चढ़ाकर छोड़ दिया, जो सीधा विहँसते, अट्टहास करते रावण की नाभि में जा धँसा। महाबली रावण ने महाशक्ति विभीषण पर छोड़ दी जो राम ने काट दी। तब क्रुद्ध रावण ने राम पर सर्पमुख अग्निबाणों की वर्षा कर उन्हें घेरना प्रारम्भ कर दिया और एक बाण से मातलि को वेध डाला।

तभी मातलि विषादग्रस्त होकर बोला, "राम, श्रीरावण न मस्तक प्रहार से मरेगा और न ही नाभि पर बाण छोड़ने से। यह एकमात्र ब्रह्मास्त्र से ही नष्ट किया जा सकता है क्योंकि वीरभद्र जैसा कुशल सारथी दशानन को बचाने में सक्षम है, वह कुशल रथवाहक है। यद्यपि ब्रह्मास्त्र के प्रयोग से यथेष्ट क्षति होगी, फिर भी विजय प्राप्त करने के लिए जब त्रिमूर्ति बाण असफल हो गया तो ब्रह्मा का ब्रह्मास्त्र ही दशानन को मुक्ति प्रदान कर सकता है।[1] अन्यथा इन सर्पमुख बाणों में घिरकर राम मरने ही वाला है।"

राम ने देखा, रावण की नाभि में बाण धँसा है। राम ने अनेक अस्त्र-शस्त्र रावण के मस्तक पर छोड़ दिए, फिर भी इस वज्र से टकराकर सब चूर-चूर हो गए या श्रीरावण ने उन्हें काटकर नष्ट कर दिया और अब मेरे भी प्राण संकट में हैं। इस विश्वयुद्ध की मुक्ति के लिए राम को बिना विलम्ब किए हुए अट्टहास करते दशानन पर ब्रह्मास्त्र छोड़ देना एक अनिवार्य आवश्यकता है।

राम ने धनुष पर ब्रह्मास्त्र चढ़ाया, मन्त्र पढ़ा और छोड़ दिया।

वीरभद्र गरजा, "राम, यह पाप है, अधर्म है। तुम्हारी जीत नहीं हार है।" फिर भी वीरभद्र ने तत्काल रथ मोड़ दिया परन्तु रथ के पृष्ठ प्रदेश से ही ब्रह्मास्त्र ने पहले रावण की पीठ को, फिर हृदय को विदीर्ण करते हुए रथ को नष्ट करते हुए सार्वभौम दिग्विजयी सम्राट लंकेश्वर श्रीरावण को मुक्ति प्रदान की।

देवताओं ने रावण-मुक्ति पर आकाश में ही देव-दुन्दुभियों का नाद किया और विश्वयुद्ध विजेता भारतीय सम्राट श्रीराम पर पुष्प-वर्षा की।

●●●

1. ब्रह्मा द्वारा आविष्कृत यह ब्रह्मास्त्र अधिक शक्तिशाली था जो श्रीराम को तत्काल दिया गया होगा क्योंकि अगस्त्य का ब्रह्मास्त्र असफल हो चुका था अर्थात् रावण ने उसे नष्ट कर दिया होगा।